文学港

绍宋

榴弹怕水 著

上

春风文艺出版社

·沈阳·

图书在版编目（CIP）数据

绍宋:上、中、下 / 榴弹怕水著 . — 沈阳:春风
文艺出版社， 2024.5
（文学港丛书）
ISBN 978-7-5313-6376-7

Ⅰ . ①绍… Ⅱ . ①榴… Ⅲ . ①长篇小说—中国—当代
Ⅳ . ① I247.5

中国版本图书馆 CIP 数据核字（2022）第 235528 号

春风文艺出版社出版发行
沈阳市和平区十一纬路 25 号 邮编：110003
辽宁新华印务有限公司印刷

责任编辑：尹明明　高　洋		特约策划：张雪娇	
责任校对：赵丹彤		封面设计：琥珀视觉	
印制统筹：刘　成		幅面尺寸：170mm×240mm	
字　　数：1274 千字		印　　张：72.5	
版　　次：2024 年 5 月第 1 版		印　　次：2024 年 5 月第 1 次	
书　　号：ISBN 978-7-5313-6376-7		定　　价：158.00 元（全三册）	

目 录
Contents

楔　子

这年头的技术已经这么逼真了吗？

躺在床上的赵玖检视着自己和身旁众人的衣衫服制，心中不禁感喟。

须知道，他之前一睁眼，就发现自己身处一处枯井之内，头晕眼花，耳鸣闷气，幸亏被一群应该是御前班直的人大呼小叫着给救出来，只能道一声："好险！"

而现在，再次用心感受一下身体各处器官传来的真实感受，赵玖心中却又油然生起一股豪气：这高端的虚拟体验可是如今市面上都还没见到的《创宋》，是国内游戏公司为了抗衡国外元宇宙产业而制作的最新沉浸式虚拟舱游戏，以宋朝为背景，以宋朝人物为原型，游戏者可真实体验帝王指点江山的感觉。

赵玖自己也是因为好友钱看山是游戏开发人员，才有机会提前享受，没想到竟如此逼真。

不过，这都无所谓，来到这里，自当效宋太祖赵匡胤，黄袍加身，平定天下才对！

一番调息休整之后，赵玖稍作踌躇，脑子里闪过许多影视剧开场画面，便强作镇定，指着身边一位明显是内侍总管的胖子："尔等速速召赵光义、赵普面见！"

那内侍登时一愣，赶忙上前低声道："官家慎言，太宗皇帝的名讳岂敢宣之于口？"

赵玖闻言愣怔半晌，心中暗道：官家？太宗皇帝？现已不是后周显德七年？这是钱看山在哄自己，还是出了意外？

一念至此，那些脑海里的精彩场景早就消失不见，取而代之的是遮都遮不住的慌乱："那……朕……我……我爹，不是，之前那个官家，有啥常用的年号吗？"

内侍怔了一怔，眼神古怪地回头看了一眼旁边一名稍远一点的高大披甲武士，低头回复："好让官家知道，太上渊圣皇帝在时，就一个年号，唤作旌和……咱们刚刚躲开金人，正在去扬州路上呢。"

赵玖彻底蒙住，片刻后，随着脑仁神经一紧，居然直挺挺地晕了过去。

第一章　明道宫

秋风飒飒，日暖斜阳，傍晚时分，绍宋淮南东路亳州卫真县的明道宫外光影交错，天高气爽。

此时此刻，这座同时具有庙宇和行宫属性的庞大建筑群内，到处都能见到全副武装的兵丁与身着朱紫的贵人，眼见着不知道有多少文武大臣正于此处屯驻。而其中，位置最高的后殿小山所在之处，更是防备严密、秩序井然。远远望去，竟然能看到有数面三旒龙纛迎风招展。

这是金吾纛旄，乃是天子大驾专用，龙纛在此，意味着绍宋官家也在此处。

如此情形倒也不能说罕见，毕竟，绍宋皇室一直有笃信道教的传统，之前那位官家更是号称道君皇帝，而此处道祖本庭所在的明道宫也是真宗所建，那么有官家亲自至此祭祀，似乎也属寻常之事。不过，和当年真宗皇帝前来此处祭祀道祖时的盛况不同，此时此刻，这座皇家园林中的气氛不免有些凝重……全副武装的将领、士卒数量未免也太多了些，而素来喜欢舞文弄墨的文臣们也都没有半点游兴，反而三三两两相见小酌之后，忧色难掩。

且说，自旌和以来，金军南侵，二圣北狩，各地也叛乱不休，绍宋便陷入生死存亡的边缘，亡国之忧绝非妄言。而更让人糟心的是，值此危难之际，绍宋那位刚刚登基才两个多月的赵官家也出了一遭无端祸事——赵氏素来重道，故数日前，这赵官家的仪仗行经此处往南面淮甸预备抗金之时，不免要顺道参拜这明道宫的道祖李耳，然而这位年轻的赵官家在参拜完毕后，游览园林景色时居然当着数百文武的面一头栽入了明道宫左近的九龙井中。赵玖也没想到这沉浸式虚拟舱游戏的感受竟如此真实，然后当场昏迷！

当然了，只是昏过去而已，赵官家隔了半日便醒了过来，两位宰执也都探视过了。可问题在于，年轻体壮，素来能骑半日马、拉石五弓的赵官家醒来以后，明明行动如常，却没有按照原定计划继续南下，最近也只是在内侍省大押班康履的陪同下公开露了一面，便再无行动。

绍宋朝堂之上是一番龙争虎斗，甚至为此死了一个谏议大夫、两个太学生，还罢免了一个宰相，这才定下南行淮甸转扬州的国策。而且此次南行，太后已经先行去了扬州，同行宗室也有不少，几位财务上精干的重臣去了淮扬、江南一带筹措钱粮，诸位御前太尉、统制也纷纷往周边平叛，以求安靖道路，就连内侍省的大押班们都走了七七八八，去前面开道……可这最主要最根本的官家和朝廷文武才刚从宁庆启程不过百里，就停在亳州，算是怎么一回事？

于是乎，行至一时间人心惶惶。有传闻说，官家那一日虽然没有伤到身体，却坏了脑子，连潘妃和康押班都不记得了，所以东西二府的相公与内侍省的康押班当然不敢走。非只如此，譬如康履趁机囚禁官家，行狸妖换官家之策；又如道祖托梦，指点神将下凡相助云云……各种荒唐说法，随着行在停在这亳州明道宫时间越长，也是越发离奇起来。

"大家好箭法！"

就在这行在到处人心惶惶之时，明道宫中地势最高的后殿处，也正是舆论旋涡中心所在，眼见官家一如既往在日落前于龙纛下弯弓立靶，连续射尽两筒箭方才住手，等候在旁的内侍省大押班康履赶紧上前奉承询问："官家今日也要与诸班直一同用饭吗？"

"有何不可吗？"那所谓的官家身着红色圆领箭衫，年纪约两旬，生得却也算是高大俊俏，俨然赵氏嫡传，此时闻言也只是微微一笑，倒似乎浑不在意，"还是大官这里有事？"

"咱家能有什么事？"这年约三旬的康大官，也就是目前行在唯一一位内侍省大押班了，素来是掌握禁中机要文字，相当于后世秉笔太监，闻言不由得笼手叹气，"只是刚刚潘娘子着咱家来问，说是多日未见官家了，甚是想念，咱家以为……"

那赵官家闻言捏着手中硬弓尴尬一笑，并未作答，反而把头扭过去了。

"而且，大家伤后不是说想吃冰糕吗？"康履见状赶紧绕到对方身前，继续笼袖言道，"这潘娘子今日专门下厨，亲自为大家做了，大家不妨去一趟，也顺便见见皇嗣！"

"是吗？"年轻的官家微微一怔，倒是犹豫了片刻，不过很快他便回过神来，一声轻叹。"还是算了吧。那什么冰糕送来就好，我与今日同餐的班直一起用……"

"官家！"康履一时情急，居然连表示亲昵，行在中素来只有他一个人可用的"大家"都改了。"那是潘娘子亲手做的，如何能给班直们用？这成何体统？便是官家，也不能再与诸班直同餐了，传出去怕是要让外朝的大臣们不满，说官家轻视读书人，看重武夫。"

"自旌和后，这绍宋真还有什么体统吗？"年轻的官家闻言非但没有回心转意，反而当众冷笑，"但有半分体统，何至于到今日这个地步？至于什么读书人，什么不满，也不见他们对金人的铁骑不满，却如何偏偏对我不满？"

言罢，这赵官家便不再理会对方，反而兀自向后殿外面走去。那康履刚要跟上，却不料原本侍立在旁的数名佩刀班直一起起身跟上，直接阻断了康大官的去路。

康履难得失态慌乱，赶紧又朝殿门旁的一名轻甲军官示意。那名身材高大、容貌威严的年轻军官见状，一面微微低下头去，一面到底是起身跟上了这绍宋官家，也就是他们名义上的主君。

且说那些佩刀班直，对于康履似乎还能撑住劲，对上此人却明显放尊重了不少，非但没有阻拦，反而直接让开了道路。而走在前面，用眼角余光瞥见这一幕的绍宋官家赵玖，见状却面色丝毫不改，反而继续坦然向外行去。

不过，等转出殿外，赵玖却不急寻什么人一起用饭，倒是立在后殿所处的坡地上眺望周边许久，估摸着康履已经去处置那些机要文字了，这才忽然回头，朝跟在身后的那名年轻军官下了一道命令："劳烦杨舍人走一遭，替我取下潘妃的冰糕，再替我道声辛苦。"

杨舍人猝不及防，只能当众应声，转身离去，而赵玖赵官家也兀自向小坡下一处马鸣声不止的军营而去。

正是赵玖而非赵九，这绍宋官家真如流言一般被人给夺舍了！人家康大官还有那年轻军官，也就是合门祗候杨轶忠了，这一文一武两位禁中的实权人物对这位"大伤初愈"官家的"关心"还真不是逾越，反而真的是忠心可嘉！

毕竟现下局势不稳，国家正处于危急存亡的关键时期，完颜乌竹带着十万大军一路搜山检海，将赵玖的流亡小朝廷逼得退无可退，只得带着一众文武南逃至此，而主导这场逃亡的中坚力量，那些戴着硬翅幞头、穿着圆领紫袍、红袍、绿袍的绍宋官员，赵玖是一个都不认识！什么内侍省大押班康履、合门祗候杨轶忠，什么东府中书门下正牌子宰相黄虔汕，什么西府知枢密院枢相汪博彦，更是连听都没有听过。对赵玖而言，当下最要紧的不是潘妃和那个刚满月的婴儿，而是抓紧时间跟基层士卒搞好关系，笼络人心，借此获知一些必要信息。

至于说，保持官家身份的神秘性以维持权威，不是说不对，而是正如赵玖之前对康履阴阳怪气时那般所言，从旌和以来，这绍宋官家还能更丢人现眼一点吗？

"如此说来，你们都是丽东饥民出身了？"

傍晚时分，位于明道宫建筑群边缘位置的一处野地里，刚刚收过庄稼的田埂上，篝火畔，赵官家随手放下陶碗，毫无风度地抹了一下嘴，便继续追问不休了。

"禀官家……"

"叫我大家就好，坐着说就行。"

"禀大家。"那端着碗坐回到马扎上的壮汉明明是营中少有的口齿伶俐之辈，此时却手足无措，以至于说话也显得不利索起来，"俺们原本并不是饥民，都只是丽东寻常人家，就如俺，以往就是个贩马的，只是当初桓榛皇帝完颜阿古达进攻岐辙，岐辙皇帝征的钱粮太多，丽东无处营生，这才成了饥民。后来岐辙人打不过桓榛人，便在丽东招募俺们汉人饥民，因为说俺们没了营生都怨桓榛人，便称俺们叫个怨军，再后来有个奚人做了皇帝，又给改了常胜军。现在跟来行在的八百骑兵，全是当年怨军八营里面岩州营的老人……"

"岩州在哪里？"赵玖一时好奇，不由得再问。

"回禀大家，其实俺们岩州正经官名不是岩州，而是唤作岩渊州，挨着当年大丽东京道辽阳府，往南边贴着海……"有旁人忍不住插了句嘴。

一身扎眼圆领红袍，端坐在那里的赵官家心中恍然，连连点头之余居然忍不住拍了下大腿。

且说，赵官家连连颔首之余，却又不由得心中微动，引人遐思……他哪里还不明白，这是一支无牵无挂，跟谁都没牵连的"乞活军"，而且还是行在中少有的娴熟骑兵，所以自然动了些心思。

另一边，几位饥民眼见着年轻的赵官家若有所思，还以为对方之前只是亲王，不知朝堂大事，所以疑惑他们为何又到此处……却是不敢轻易停下，反而只能顺势将他们的来历说得清清楚楚。原来，这支兵马成立以后，本营长官唤作刘彦，而怨军，也就是常胜军总将则是著名的郭药师。

郭药师这个人，乃是这年头天下间数得着的传奇人物，这倒不是说他武艺如何绝伦，或者军略如何出众，乃是说此人身为岐靼余孽，在丽国灭亡以后的绍宋大金边界上反复无常，先是投降了绍宋，却又在见识到绍宋内部虚弱后投降金军，并直接建言大金大元帅、二太子完颜斡离不直捣汴梁，事实上促成了金军南下。

不过，在这基本上由丽东汉民组成的怨军八营，后来改名常胜军的丽地汉军中，岩州营将领刘彦却是个地道的绍宋人，似乎还是一个南方的读书人，但早年不知道为什么流落到了丽国，反正是有一丝隐情的……于是，等到郭药师反复，常胜军多随之北归，唯独此人引着岩州营留在了绍宋。对此，当时的皇帝为了表彰这支部队的忠诚，专门赐名，号曰赤心队。再后来，这支部队一直立场坚定，旌和之变中更是少有的一直活跃在抗金一线，却能在战后保持建制与战力的部队。

赵玖越听越有想法，以至于连呼侥幸……须知他此番至此，三成是好奇，七成倒是为了躲避杨轶忠，却不料大有收获。要知道，古今中外，内部局势越复杂的时候，君主、将领地位最不稳固的时候，往往会使用外籍部队来做自己的近卫，因为他们跟内部势力没有什么利害牵扯，只要君主和将领能保证待遇，这种外籍部队反而是可靠的部队。一念至此，赵玖便心中开始盘算，想着如何将这支部队拉拢过来，也好睡个好觉。

孰料就在赵官家心中渐渐有所盘算之时，那几位饥民你一言我一语，渐渐放开防备之后，越说越顺当，越说越详细，其中更是提及一个让赵玖格外关心的人名，并让他想到了另外一人。

"当日在东京，俺们跟着刘营头在那刘太尉麾下，却不料那刘太尉多少年的长腿性子不改，从高粱河到东京，还是一开战就跑！俺们区区一个营，真没办法，只能被他的上万西兵裹着往外跑，还没落脚呢，就说前头刘太尉跑得太急，结果在龟儿寺迎面撞上金人，直接被人杀了，然后上万西兵稀里糊涂就溃掉了……"

"当时不少贼厮都趁机跑了，就俺们没跑，可三千儿郎也只剩一千，就问刘营头往何处去。刘营头说了，东京没法去了，但俺们都受绍宋的恩德，不能不报，正好官家在河北做兵马大元帅，就寻你来了。"

"结果刚过河，就遇到宗副元帅受了官家的旨意，要去救二圣，俺们便又随宗副元帅一起去救二圣……"

"那宗副元帅端是一条好汉，年纪这么大了，还是进士出身，却和我们刘营头一般，半点酸气都无。跟着他是这几年俺们过得最利索的一段时日，可惜就是不会打仗……官家你千辛万苦凑的上万精兵，上来又是全军覆没。没办法，俺们死保着宗副元帅逃了出来，可这时候河北根本就没兵了，官家也从山东绕到了宁庆，俺们数了一下，也就八百人了，便只能随着宗副元帅渡河到了宁庆，这才跟上了官家……"

"诸位真是辛苦！"天色彻底黑了下来，回过神来的赵官家一声感慨。

"可可不敢！"几名围坐最近的饥民惊吓起身。

"说来，"就在这时，赵玖忽然话锋一转，并面露期待，"你们在河北久随宗副元帅，可曾认得一个叫岳斐的人物？"

然而，几名赤心队士卒面面相觑，却无一人知晓。

"敢问官家，这岳斐是哪位奢遮人物，竟让官家念念不忘？"之前那侃侃而谈的一人大着胆子询问。

"岳斐不是什么奢遮……"赵玖明显有些丧气，"岳斐就是那个岳斐，好像是河北人，字鹏羽的，跟宗颖，就是你们说的宗副元帅一起打过仗的……"

几名赤心队士卒再度面面相觑，却是相顾摇头。

赵玖彻底无奈。

然而，眼见着赵官家情绪低落，大概随时便要回转，再加上一晚上攀谈到底是让不少人没轻没重起来，其中一人却忽然主动开口："官家，俺听人说咱们这次忽然停下，不是因为前面有盗匪，而是官家你不想往南走了，有这回事吗？"

"哦……"赵玖一时恍惚，几乎是脱口而出，"这事吧，我确实有这个心思，但留在这里又实在是不知道该如何抵御说来就来的金军，说不得还得往扬州去。"

周围士卒闻言登时面色微变，却并无多言。

而此时，赵玖也反应过来自己似乎失言，便想岔开话题，但还未开口，身后的夜色阴影中忽然响起了一个熟悉的声音："官家，臣奉命将潘娘子的冰糕送来了。"

　　赵玖愕然起身回头，这才发现，不知道从什么时候开始，这杨轶忠便已经立在自己身后了，而且双手还端着一碗奶糕之类的点心，做恭敬状。

第二章　英雄气

　　杨轶忠的到来让年轻的赵玖心生警惕。而这日晚间，这位赵官家也如爹了毛的猫一般发作，他下令将那潘妃亲手做的冰糕分给赤心队的士卒后，干脆强行留宿在赤心队的营帐中。为此，康履三番五次派人来请，都被撵了回去，而杨轶忠与同样早早赶来却不敢出声的赤心队营将刘彦一起跪地苦劝，依然不能动摇这位赵官家的决心。而最后，无奈何下，也只能由着这官家去了。

　　然而，当日晚间，秋风大作，睡到中夜，赵玖忽然闻得帐外一阵喧哗之声，并有火光冲天，映照营帐，也是不由得愕然起身。

　　"出什么事了？"

　　赵玖刚要出去，却发现有个熟悉的身影正被帐外篝火照在军帐之上，便重新躺坐回榻上去了。

　　"好让官家知道，有几个赤心队的贼厮大概是以讹传讹误会了官家之前的言语，以为金人大军马上就到，便想要谋逆叛乱，劫持官家去投效金人……"杨轶忠隔着帐篷轻声言道。

　　"不过官家勿忧，大部分人还是心念官家恩德的，刘彦也深得赤心队军心，不过三五个逆贼，且刚刚串联便被同帐之人一起绑了。"

　　"我没忧！"卧在榻上的赵玖心情烦躁，只有一声叹息，"我只是不知道前途在哪里罢了。"

　　"官家若实在不想去扬州，不妨再和宰执们商议一下。"隔了片刻，杨轶忠方才勉强作答。

　　但回应这位杨舍人的乃是一片寂静。

话说，赵玖是真没有什么惧怕和忧虑之事，也没有为傍晚还如此忠贞模样的赤心队中忽然冒出几个反贼而感到愤怒……这都源于他不知道能干什么。

须知，身为绍宋官家，这些天赵玖也不是一直闲着的，即便是有些人在刻意隔绝和糊弄他，可以眼下这个乱糟糟的场面和局势，他也多少从其他方面（主要是底层班直）得知了一些讯息，诸如大的军队从之前试图夺回燕云十六州开始，基本上就没有任何军事胜利，而军队也是一送再送！绍宋大金合力伐丽，童贯在幽燕送了二十万精锐的部队！大金第一次南侵，开启了旌和耻的前半截，梁师成先在河北送了十几万！接着太原城下和汴梁城下，绍宋中枢的贤达和西军的名将们，当然最主要的是二圣本人了，又联手送了二十万！

等到好不容易靠着各路勤王部队和城内主战派的努力熬过了这一劫，结果这二圣又自废长城，自己解散了部队，以至于金军忽然第二次南侵时，也就是刚刚过去的导致前朝亡国的这一回了，东京城下事实上已经没有了可战之兵。

眼下，整个绍宋唯一一支成建制、大规模的职业军队，如今正在关中和西北，但东进道路却被大金的常胜将军完颜篓石隔绝；而能够收取财赋的东南、荆襄、巴蜀，却也需要时间来转运和统筹。

此时此刻，行在这里，包括派出去的剿匪部队，总共只有一万多兵，还多是临时收编的民兵。当下所处的中原之地，到处都是造反的乱军、叛军，称帝的都好几个，财政也基本上是靠搜刮各处皇家道教宫殿来暂时维持……而偏偏又不知道完颜乌竹什么时候就会领着他的十万大军来搜山检海。当然了，这些危机到底还没涌到跟前，最让赵玖觉得难以忍受的，还是他在这种生存压力下找不到一个可以沟通的人。

"官家！"

帐外的嘈杂声渐渐弱了下去，风声呼啸之下，杨轶忠再度开口："通直郎刘彦在帐前请罪……"

"不关他的事，那几个人也都赦免放归吧！"赵玖隔着帐篷随口答道，"本是丽人，想去哪儿就让他们去哪儿吧，我就不当面赦免安抚了。"

"诺！"杨轶忠沉默了片刻方才应声。

一阵动静之后，这个身材高大的将军身影再次被帐外火光映照在了帐篷上，依旧是扶刀着甲，端坐不动。

君臣二人隔着一张牛皮帐幕沉默了许久，杨轶忠忽然主动开口道："官家之前似乎是在寻岳斐岳鹏羽？"

"你认识？"赵玖微微蹙眉，也懒得计较对方始终监视自己的事了。

"河北相州人，姓岳名斐字鹏羽，原在元帅府刘副统制麾下，后来赏为武翼郎，以武艺著称……之前曾在元帅府中与臣一起饮过酒，应该便是官家所说之人了。"

"他人在何处？"

"两个多月前，官家在宁庆登基，然后当时在位的李相公，也就是李罡李伯纪了，"杨轶忠主动做出了说明，俨然是对帐内官家落井后"失忆"的事情一清二楚，知道该怎么说，"李相公准备让官家巡幸南阳，而黄相公与汪枢相准备让官家巡幸扬州，一时争论不休，这岳鹏羽听说后便违背制度，越次上书官家，要官家抗金，并弹劾三位宰执误国，结果被直接罢免一切军职，撵出军去了！"

"岳斐弹劾李罡误国？"饶是赵玖对这年头一些事情的荒谬早有准备，也不由得目瞪口呆，"为此被撵出去了？"

"是！"

"他俩不都是抗金的吗？"赵玖越发觉得荒唐，岳斐居然是因为弹劾李罡而被罢免，"李罡更是天下抗金旗帜！"

"这便是那岳斐的罪责所在了。"杨轶忠的声音依旧从容，"他身为一个武翼郎，官职极小，又是武臣，朝堂大局、前线形势什么都不知道，却上书言国政，以至于连弹劾人都弹劾错了，如何不获罪？当时主政者仍是李相，说不得便是被李相心腹给逐出去的。"

"且不说这些，"风声中，赵玖沉默了片刻，"你可知道岳斐现在人在哪儿？"

"去向不明，但他是河北相州人，因家乡离乱，抗金之意甚坚，此番离开军中大约是要回河北参加义军继续抗金了吧？"杨轶忠勉力再答，"可河北大半沦陷，兵荒马乱，想要找他未免太难。"

赵玖彻底无奈，却还是带着一丝不甘心："杨卿可记得他奏疏中所言的都是什么事？"

"无外乎是劝陛下亲自率六军渡河北伐，往相州去抗金，不要往南走……"

赵玖一时恍惚……即便是他也知道绍宋军主力尽丧，河北一马平川，偏偏金人主力此时俱在河北，其中包括桓榛人、岐鞑人、丽地汉人在内的骑兵不下十万。

"这岳斐今年多大年纪？"赵玖心情越发糟糕了。

"二十四，比臣还小一岁。"杨轶忠轻声相对。

赵玖早有预料，但此时依旧忍不住一声叹气，他是真想放声问一问这茫茫原野，他这个官家的心腹到底在何处？随着帐内一声叹气，赵官家到底是没问出口，反而是帐外那位合门祗候忍不住低声追问了一句："官家为何一定要找此人？"

"我是真想留在中原抗金。"赵玖近乎无力地应声道，"前几日在班直中听人说他是个武艺绝伦的人才，又是河北人，抗金之意甚坚，想着或许能一用。"

"且不说此人，只说此番走扬州，不是官家之前斟酌许久后的决断吗？"杨轶忠难得追问不止，"如何又要留在中原？"

赵玖一声冷笑，并未作答。

其实还是那个问题，说实话没用。对于行在这里的投降派们而言，你告诉他们哪怕是去了扬州，甚至去了江南，金人都不会放过他们，他们只会觉得荒唐。

想想就知道了，如果不是对偏安存在幻想，又哪来的投降派，或者说好听一点，又哪来的主和派呢？

"官家何故发笑？"

杨轶忠今夜主动开口的次数似乎要超过之前数日面对这赵官家的总和。

"我赵玖抗金，难道不是理所当然吗？"赵玖无可奈何，只能在榻上随便敷衍了一句，"国仇家恨这四字，杨舍人难道不懂吗？为何你们总觉得我要苟且偏安呢？"

秋风呼啸不停，夜色浓郁，而一直到黄淮大平原的正东面渐渐发白，帐内帐外都没有再吭一声。

翌日清晨，虽然天色已经发亮，但之前一夜秋风送来了一股微凉气息，继而产生了一种天阴阴兮欲雨的情景。

当此之时，饱受打击的赵官家一夜沮丧难眠，竟是带着黑眼圈走出帐来。

不过相对而言，身材高大、形象威严的杨轶忠却似乎总是不知疲惫，只见他全副甲胄，扶刀蹲坐在帐外，双目炯炯，见到赵玖出帐后更是即刻起身，然后再俯首相对："官家！好教官家知道，通直郎刘彦虽蒙赦免，却心下不安，只是官家早早歇下，也不敢打扰，故一直让他在别帐相候……官家是否要见一见？"

"不是让他放人就算了吗？"

杨轶忠俯首不答。

"算了，见一见吧。"打了个哈欠的赵玖无奈应声，虽不能感同身受，他却也能懂得刘彦的惊惧，而此时他也的确需要好生拉拢这样的兵头子。

刘彦今年三十来岁，看起来像个文官而不是武将，实际上，据说他在丽国是中过进士的，而通直郎似乎也是文官阶官，好像比岳斐那个武翼郎显贵得多。

嗯，为啥要说似乎和好像呢？

"刘卿字什么？"想了一下后，心情不佳，外加怕露馅的赵玖决定快刀斩乱麻。

"臣字平甫。"刘彦羞愧得头都不敢抬。

"平甫，朕知道你心难安，这样好了，你收拾一下吧。"立在帐门前的赵玖干脆板起脸正色言道，"自今日起，赤心队分出五十骑来随侍御前，并与诸班直同等待遇……反正诸班直都是重建的，就算是一个新班直吧，以此示朕不曾疑你与赤心队之意。而平甫你也辛苦一些，御前和这里两边都要照看好。天色阴沉，且速速生火吧，不要耽误大家用饭。"

此言既出，莫说刘彦与跟在他身后的几名赤心队军官个个喜出望外，便是杨轶忠也都怔在当场，心中翻腾起来。

听闻此言，刘平甫自然忙不迭地忙活起来，这一日夜变得多话的杨轶忠却又一时扶刀感慨不尽："官家这一日夜举止，真有汉唐之英雄气！"

赵玖本来恹恹的，却因安抚了刘彦和赤心队之后，野外天气阴沉、温度稍低之故，多少来了点精神，孰料，此时骤然闻得英雄气三字，却觉得牙都酸倒了……这算什么英雄气呀？他要是真有那种汉唐英雄气，刚刚早就直接对刘彦下令，就在这里把杨轶忠给宰了，然后领着八百骑兵蹚了这明道宫，把什么康、黄、汪、王一锅端了。还用得着在这里要你来说什么英雄气？

当然了，杨轶忠人高马大，全副武装，看起来就不好惹。而且据说他世出将门，在御前班直中也素有威望，赵玖这么一个手无缚鸡之力的人，哪里敢跟这种人动手？这要是五步之内，人尽敌国怎么办？想到这里，他只能摇头不语——昨夜他又胡思乱想了一夜，想要抗金，首先得有力量；想要力量，得有效控制剩下这半壁江山，并建立自己的大班底；而想要建立自己的大班底，眼前先得突破康、杨、黄、汪、王这五人的隔断以掌握朝政与人事；可想要突破这五人的隔绝，却又要先拉拢自己的一股小班底。今日这一遭，能顶着杨轶忠拉拢到刘彦，也算是因祸得福了。

"官家如此宽待刘平甫，可是看中了他的骑兵之利？"看到赵玖未作反应，趁着周围纷乱，无人在意，直身而立的杨轶忠再度开口询问，"且丽东兵马与行在各处皆无牵扯？"

赵玖终于盯住了杨轶忠，或者说，他终于意识到了自己这位贴身保镖的反常之处，只是他依然不明白缘由而已。是看出自己在故意掺沙子，分他在禁中的权柄，故此警告？照理说如此，但很显然，对方的反常昨晚上就开始了，这就更加耐人寻味了。

"杨卿何意？"不管如何，赵玖都警惕起来。

"臣只是想提醒陛下。"帐门前，杨轶忠扶刀微微欠身，"陛下乃是天子，无须如此防备自己的臣僚。"这相当于当面揭开了双方心照不宣的对峙，而且似乎颇有善意。

但这依旧不能让赵玖释怀，因为他根本不知道杨轶忠是个怎么样的人物，天知道下一秒对方会不会"殴帝三拳而走"？天知道他会不会拎着自己首级去投奔大金？

这是个反贼还是个忠臣，赵官家茫然一片哪。面对时空的突转带来的人事巨变，赵玖只能步步试探，对于眼前的杨轶忠，根本难以探知对方的禀性立场，这不得不让他产生一种失控感。

"陛下不必疑虑。"

清晨时分，秋风阵阵，天色也越发阴沉，隐隐有秋雨之势，而杨轶忠也放下扶刀之手，向前半步，对着心中百转面上却一言不发的赵官家继续言道："其一，天下离乱，陛下却是当今天下唯一正统所在，是人心所向，大势之下，行在这里并无人可以动摇陛下大位；其二，绍宋制度，万事决于君前，无人能做权臣……其中学士可通机要文字，翰林可入禁中随侍，御史可退宰执，御营诸将更是直属陛下，上至都统制，下至寻常士卒，皆陛下一言而定去留……就连臣也是之前陛下要重建班直，从张太尉那里要来的，在禁中并无根基，陛下一句话就可以把臣送回去。"

立在帐前的赵玖心下讶然，他再糊涂也听出来杨轶忠的意思了。这两句话，前一句是告诉他赵玖，不用担心人身安全和皇位，因为最起码在继承了绍宋整体框架的行在这里，他还是无可替代的；后一句则是干脆点出了康、黄、汪、王，甚至他杨轶忠的命门！

用有学士衔的人夺权！具体用翰林学士来压制康履，用御史钳制宰执。

至于他杨轶忠和那个王源，其实根本不值一提，因为绍宋制度在此，他赵官家找一个公开场合，一句话就能决定这些武人的进退了。

换言之，杨轶忠这是无条件反水了。

"为何与朕说这些？"看着不远处赤心队上下的忙碌与振奋，赵玖微微转首眯眼，"就因为朕赦免了昨日那几个人，在这里睡了一夜，又提拔了刘彦，有什么汉唐英雄气？"

"官家本就是天子！"杨轶忠微微俯首不卑不亢。

"那为何昨日不言？"赵玖回过神来，紧逼不舍，"前日不言？"

"官家非要刨根问底的话，臣只有四个字可对了！"杨轶忠终于在赵玖面前彻底抬起头来。

身高相似的二人近距离直面相对，赵玖才第一次注意到眼前之人盔甲下隐藏的那张同样年轻的面孔，而非一个简简单单的监视者意象。

"哪四个字？"停了半晌，赵玖方才问出口来。

"国仇家恨！"杨轶忠面无表情。

赵玖愕然难言，他当然知道那是昨夜自己为了堵杨轶忠的嘴所言的一句话。平心而论，这话本为敷衍之语，却不料竟能将此人一击而中。赵玖愕然。

赵玖不是不明白，对方的反水肯定有更深层的原因——这杨轶忠，身为一个禁中合门祗候，看似地位清贵，但在那个五人集团中地位最低，甚至隐约就是康履的附属品一般，这么硬撑着，远不如反水赌一把来的前途大。

不过无论如何，赵玖此时只对国仇家恨这四个字充满了好奇与震动。

"我记得有班直说过，你世出将门……"赵玖微微笼手而立，却又扭头看向他处，"你也应该知道，落井之后，有些事朕记不大清了。"

"臣自然知道。"

杨轶忠直立不动，坦诚相对："旌和中，臣父杨讳震，知麟州建宁寨，死于金人之手；臣祖父杨讳宗闵，时任永兴军路总管，殁于金人阵中。臣彼时年二十三，家破人亡，却不能死节，只好东走河间，路遇张太尉，共至信德府，得梁待制收留，方至元帅府。国仇家恨，于臣而言，也为切骨之痛！"

"你祖父叫杨宗闵？"赵玖恍惚回头，"宗字辈。"

"是。"

"那你家跟杨业杨无敌什么关系？"

"开国时，臣玄祖杨讳业在晋地久驻，确有薄名，无敌之号却闻所未闻。"杨轶忠依旧有一说一。

"你是杨门嫡传？"赵玖终于目瞪口呆，"正正经经的杨家将？"

"说不上什么嫡传，身为绍宋将门也不敢称什么家将。"杨轶忠那似乎从来都没有变化的面色终于黯然下来，"不过臣家门在河东百年，六代为将，于西军中自然有些名气，然自旄和之后，家族离散，身侧只有兄弟四人得存，其余皆不知去向。而行在这里，臣大概是唯一成年入仕之人，事到如今，便是有所谓杨家将怕也只剩臣一人罢了。"

随着一滴秋雨滴落，赵玖很快就反应过来了，然后主动上前一步："杨卿字什么？"

第三章　会议

"朕要召回李相公！"

这日中午，甫一回到行在，赵玖便对大押班康履说要见东西二府的两位宰执与御营都统制王源，态度之强硬令人咋舌，再加上随行的数十赤心队骑兵，康履猝不及防之下只能当众应声。而甫一在后殿正堂见到两位宰执，这位赵官家便"石破天惊逗秋雨"了。日出之后天色便渐渐阴沉，而等到上午时分，明道宫上方便已经开始飘洒建炎元年秋日的第一场雨水了。

"臣……臣……"枢相汪博彦还好一点，正经的宰相黄虔汕半日都说不出一句囫囵话来，也不知道是本性无能还是另有他由。

"大家！"康履实在是看不下去了，趁着此处乃是后殿而非正经朝堂，不顾身份出言相助，"李相公方被罢相，焉能朝令夕改？"

"不错。"黄相公也反应过来，并当即出声反对，"好教官家得知，本朝并无此成例！"

"国破之时说什么成例？"板着脸坐在椅子上，身上隐约沾了湿气的赵玖不等对方话音落地，便即刻反驳，"李相公只是罢相，又不是因罪去官，可有法度不许召回？"

秋雨绵绵，已经年近五旬的黄虔汕满头大汗："陛下，臣……"

"官家。"康履再度笼袖出言襄助，"官家许多事都不记得了，恐怕不知道，在宁庆的时候为了李相公的事情，前后死了一位谏议大夫、两个太学生……谏议大夫宋奇愈只因为议论李相公纸上谈兵，策略无用，便被李相公冒天下之大不韪而杀之，坏天下不杀士大夫之大忌；两个太学生是支持李相公的，却为了声援李相公公然诬陷官家私德……好教官家知道，官家之前之所以摒弃此人，不只是因为此人欲走南阳，更有此人跋扈无状、擅威擅福、无视陛下之故！"

听到这句话后，赵玖反而是真的信了，因为事实可能就是这样，否则以李罢在短短数月间重建中枢的泼天功劳，不可能这么快就产生这么激烈的矛盾，以至于皇帝才登基三个月不到就发生导致言官与太学生死亡的政争，并使得李罢罢相。

"是这样吗？"心情复杂的赵玖强行板着脸扫视了屋内五名要员，只见内侍省大押班康履惶急不堪，宰相黄虔汕惊愕失措，枢相汪博彦默然不语，御营都统制王源左顾右盼，唯独杨轶忠杨正甫面不改色，扶刀肃立在一侧。当然了，杨轶忠作为屋内唯一的扶刀人刚刚反水，再加上殿外侍立的刘彦，却正是这位赵官家决定抛弃慎重路线，改为莽一波的最大底气了。

"正是如此！"康履赶紧再答，并不顾一切直接往地上重重跺了一脚。

这下子，两位宰执、一位都统制也纷纷醒悟过来，一起俯首称是，俨然铁板一块。而让人感到荒谬的是，之前这些人之所以能结成一体，恰恰是因为他们以前都是皇上的心腹。

"那召回李相公一事就暂且算了吧！"赵玖冷眼看了半日，忽然再笑，"朕要召回宗副元帅……宗留守在河北便是元帅府副元帅，拥立之功不亚于诸位，也是朕素来亲近敬重的，他在东京，咱们在亳州，相距不过三百里，十日便能到此，如何呀？"

康履等人再度色变——宗颖表面上和他们一样出身大元帅府，但那老头儿脾气比李罢还臭还硬，真弄来了怕不是又要来一次腥风血雨？但此时却不能用之前的理由来搪塞了，而且这位官家今日这场突袭中展示出来的某些心意也着实让这几位行在重臣心惊肉跳了。

"陛下！"康履又一次换了称呼，"宗副元帅在东京位置紧要，不可轻易召来，好教官家知道，金军已经再度过河，进取汜水关了！如此时召宗留守，东京岂不是门户大开？"

"那要不朕与诸位一起去东京见他？"赵玖再度迫上。

康履彻底惶恐，只能回头求助。已经年近六旬的枢相汪博彦实在躲不过，终于无奈开口："焉能使至尊再陷绝地？官家，臣知枢密院，素来知道军情，旌和以来，东京人口离散，实为空城一座，周边军事空虚，饥荒不停，只有溃兵、流民、盗匪百万，劫掠无度，更兼彼处直面金军主力，此时过去，着实不佳。"

"那你们说如何？"赵玖再度冷笑，"你们再三催促朕南行淮甸、扬州，可身后若没有妥当安排，怎么能轻易南行？届时且不说河北、河东，便是中原士民岂不是都要以为朕与诸位要弃他们于不顾吗？届时闹出什么事来又怎么说？……我前日还听一个班直说起，当日旌和时，朕为使者去大金，让副使先行，走到相州，河北士民听说是去议和的，便直接将那位无辜副使活活打死在街头……有这事吗？"

"有的。"殿外风雨大作，而殿中安静了许久方才由枢相汪博彦勉力开口，"王及之因请和于北面，为相州士民殴死于路中。"

"你们就不怕被殴死吗？"赵玖轻声相询，宛如在问几位行在要员早饭吃了什么。

殿外那一阵风雨骤然而来骤然而去，而这明道宫后殿中也是一时风雨飘摇，这几位行在的实权大员，俨然是被赵官家这一次突袭给打晕了。面面相觑后，几个人无奈，只能由宰相黄虔汕硬着头皮开口："那官家以为该如何呢？"

"明发旨意，让行在文武不论品级，凡有官身者皆可上书言事，讨论中原布防之事。"赵玖终于第一次掌握了一丝主动，也终于暴露了他的最终目的，"朕要看看朝堂之上的文武到底是怎么想的。"

几位大员狼狈不堪，相顾之后，却是终于俯首称命。而赵官家也没有多做计较，直接就转入后面休息了。昨夜一番折腾，他其实并没有休息妥当。

且不提赵玖这一次莽了之后如何神清气爽，另一边，五位行在实权大员转出后殿，各有去处，可一刻钟后，却又在康履的组织下于明道宫中殿某个厢房内再度相会。此处，乃是枢密院临时占据的地方，而绍宋廷制度，机要文字内外交接便在这枢密院中进行，所以之前天子出了事后，便惯常成了五人（有时候杨轶忠不来）相聚之所。

"康大官，官家这是怎么了？"厢房外雨水淋漓，今年刚刚五十岁的黄虔汕表现得最为惶恐，刚刚在殿中他也是最为失态。

当然了，赵玖或许不懂，这些人却很懂黄相公的心思……须知，无论是李罡还是宗赜，直接威胁的都是他的地位，更关键的是，这黄相公和李罡李相公之前的斗争可是相互都见了血的！所以，一旦赵官家心意扭转，这黄虔汕就绝不是简单去位了，说不得便要去琼州岛走一遭。

康履一言不发，只是盯住了杨轶忠。素来奉迎妥当的杨轶忠会意，立即俯首恭敬作答，却是将昨夜之事与官家的行程毫无遮掩地朝几位大员详细汇报了一番，唯独免去清晨自己反水之事，最后又多加了一句揣测之语："官家大概是被昨夜的事情触动，以为北地人心皆不欲南，怕不做安排的话，路上再出这样的事情。"

"道理倒也说得通。"都统制王源微微松了口气，"人之常情，还须康大官这边多多劝解官家。"

"事出有因倒也罢了，但这只是表面。"康履闻言却没有任何松懈，反而面色越发阴沉，"关键还是那次坠井，醒来之后，官家忽然不认得你我，且行为怪异，宛如换了一个人一般……"

"康大官慎言！"枢相汪博彦马上肃容打断了对方，"官家就是官家，不能因为他受了一次伤，忘了些人事便说他不是官家。"

"不错。"王源也赶紧表示赞同，"只说一事，后殿那位若不是官家，那官家又在哪里？且行在上下数百文武百官、天下几百州军亿万士民也只认这个官家的……言语清楚、行动自如，那他就是官家呀！咱们几个人说他不是官家，怕是张峻那些军头回来，要先清君侧的！"

"咱家当然懂这个道理！"康履对两位宰执还能保持礼节，对上武将出身的王源却满脸不耐，哪怕后者是堂堂御营都统制，眼下小朝廷的实际军事统帅，"咱家是个内侍，比你们更需要后殿这位官家！没了这位官家，你们无外乎是没了权位，可咱家算什么？便是贬斥，你们都是去琼州岛的，而咱家是要去沙门岛的！如今官家竟然想着留在中原抗金，却也是实话。"

厢房内的众人登时失声。没办法，以前多好一官家，怎么就变成这个样子呢？也没法在这明道宫主殿前发个布告，请行在文武百官匿名解答一下的。殊不知，这些日子，赵玖赵官家觉得憋闷，这几个人却觉得天都要塌了。

"那康大官以为该如何应对呢？"众人半晌无语，宰相黄虔汕勉力调整情绪再度开口，却还是不自觉地将康履作为主要咨询对象。

"咱家也晓得厉害。"康履稍一思索便给出了应对底线，"但无论如何，都得想法子熬过眼前，再将官家平安引到扬州去。去了扬州，相隔千里，就用不着担忧金军，官家自然也就不会在意这些整日要抗金的贼厮言语了……到时候，咱们再好生伺候着官家，让他安稳快活下来，届时万事自然皆消。"

"可又该如何熬过眼前呢？"黄虔汕依旧难安，"官家的要求是不能拦的，隔绝内外的罪名不是你我担得起的，到时候根本不用官家，行在的这些翰林、御史就能把咱们送到琼州岛。"

"这事倒干脆。"康履肃容对道，"一来，得让官家知道，整个行在的文武大多还是要去扬州的，如那些赤心队中的逆贼，不过是一二丽地野人，并不能说明人心；二来，得更让官家记起来、想明白，如李罡、宗颖之辈，远不如你我贴心……"

"前一个倒好说，官家伤后很少问政事，奏疏多从你我处经手，这次官家要广开言路，咱们多费费心，把那些可能说胡话的人给细细叮嘱一番，再于这枢密院中细细查验一遍便是。"黄虔汕也严肃起来，"可后一个……"

"后一个黄相公便不懂了吗？"康履冷笑不止，"一月多前在宁庆你怎么杀的陈东，撵的李罡？官家忘了旧事，你也忘了？"

黄虔汕登时无言，却也会意。

"挑个好人选！"康履再度提醒房内的宰相，方才笼手转身离去，而杨轶忠不敢怠慢，居然直接跟了出去，并以合门祗候清贵之身亲自撑起纸伞，为这位内侍省大押班遮风挡雨。

房内剩余三人面面相觑，皆不多言。

"户部说没钱，御营说没兵，宰相说没人，几位学士说不妨稍缓，御史……纷纷弹劾李罡，请求追罪？还有人建议杀张邦昌？"

且说，随着雨水渐渐平息，赵玖一发飙便成功摆脱了那五名要员的隔绝，还在第二日晚间正式大面积接触到了行在文武们的奏疏，可局势似乎没有任何改变，好像所有人都是投降派。不过有意思的是，赵玖倒也没太在意。

"好教官家晓得，这都是人心所向！"灯火之侧，立在案旁的康履忙不迭地低头解释了一句，态度比前几日谦卑了不知道多少。

"张邦昌是谁？"赵玖好奇追问，"好像有点印象。"

康履无奈至极，只能暂且扔下"人心所向"，略微解释了一下。

原来，张邦昌是之前的宰相，也算是前朝最后一位正牌子宰相，他在靖和期间主要干了这么几件事：首先，取代李罡执掌朝政，并出城主持请降事宜；其次，大抵是此人办事妥帖，敌军撤退后便扶其做了伪皇帝，以为敌国藩属；最后，金人一走，大楚皇帝张邦昌便请回了当时寡居在家做道士的孟太后，并以孟太后的名义将天子位还给了当时跑到宁庆观望局势的赵玖。

赵玖恍然大悟，他想起此人来了，此人在旌和年间与李罡对立，是个投降派，后面的事情则没提。当然了，赵玖现在也是这么想的，至于康履说个不停的张邦昌称帝又还回来什么的，他反而没太在意……

"我当日一开始没什么言语与这厮吗？"

"有的。"康履收敛心神，认真答道，"官家当日登基时曾许诺过与他太平富贵，还给他太宰之位。"

"那后来为什么又要流放他？"赵玖越发觉得怪异，"而且我这些日子与班直们闲谈，说的事情也挺多，为何没人提过这厮？"

康履低头不语。

"大官有话直说。"赵玖不免蹙眉。

"不瞒大家。"可能是知道也瞒不住，康履低声相对，倒是说了几句实话，"当日张氏称伪帝，多有人劝大家除之，可即便如此，大家念在他还政的份上也只是让他往潭州安置。唯独后来知道他与靖恭夫人之事……大家这才震怒，当时便让咱家莫忘了提醒大家，待过一阵子，万事平顺后，一定要发旨意杀了张邦昌。"

"靖恭夫人？"赵官家越发糊涂。

"乃是当日道君太上皇帝宫中人。"

康履也越发小声起来，生怕门前杨轶忠等侍卫听到："当日张邦昌做伪帝、入内廷，金人将靖恭夫人赐予他为后，而靖恭夫人屡次送果品与这贼厮不提，据说还曾私下相会，称他大家，并有一二苟且难言之事，甚至等到张贼退出内廷时，这靖恭夫人还曾把着他的胳膊相送，并有言语指斥太上。如今，这靖恭夫人已经被锁拿在行在，就等届时招供清楚，一并除之了，只是偏偏官家此时落井……"

"真是荒唐！"刚刚听明白是怎么回事的赵玖忽然拍案出言，惊得门内杨轶忠和门外几名班直一起回头。

"确实荒唐！"康履赶紧低头附和。

"怎么能因为这种事情乱杀人呢？"赵玖明显气急败坏。

康履差点咬掉了舌头，俨然是把一些话强行咽了下去。

"若杀张邦昌，一开始以宰执降金之名堂而皇之杀了，天下人有什么可说的？非要因为这种事情改弦易辙？"赵玖愤愤难平，"再说了，那靖恭夫人行为有什么不对吗？那种局势下，若非张邦昌遮护了她，她一个弱女子得落到什么下场？难道要她被金人抓走才算好下场？！"

康履欲言又止。

"放了那什么夫人，让她去寻张邦昌吧！"赵玖回过劲来，也是觉得无趣，"张邦昌可杀，但事到如今杀之无益，让那夫人传句话，让他一辈子禁足在潭州，不得出来招摇，就当是囚禁了。"

康履半晌无言，直到那官家扭头冷冷去看他，方才颔首。

而看到康履应下，赵玖刚要再去看奏疏，却又忽然醒悟："行在这里还有多少宫人？"

"不多，三五百吧……"

"这样吧，"赵玖缓缓言道，"既然二圣全都北狩了，他们又着实无辜，再加上东京城及河北、河东逃出的大臣、军官们多有家族离散之事，便将宫人赐给他们……寻年长的、有德行的那种……也算是两全其美了。"

康履这次依旧俯首无言。

"到底何意？"赵玖懒得跟此人打哑谜，"若有我不知道的直接说来。"

"其中有一二百人，乃是官家登基之后，专门遣人在东京、宁庆寻访的'浣衣娘'……"

康履俨然摸到了几分这位官家的道道，立即出言解释："官家登基，没有宫人怎么能行？别的不说，谁来伺候潘娘子和皇嗣？"

灯下的赵玖无奈至极："算了……留二十人照顾潘娘子和皇嗣，然后再留些老成点、无家可归那种的用作宫中洗浣，其余年轻有容貌的全都挑出来，赐给那些离了家眷的年轻军官……但只能留在行在这里安置，不能随行外出，更不能跟在军中。"

"官家圣明！"康履连连颔首。

不过，等应下这些之后，眼见着赵官家准备继续看那些奏疏，这位康大官微微调整了一下心态，却是终于回到了他原本想说的正题："说起来，官家或许不记得了，当日最想杀张邦昌的，不是别人，正是李相公！"

"怎么说？"赵玖放了资政殿学士吕浩文的奏疏，又打开一本什么御史的奏对，甫一打眼，便不由得微微蹙眉。

"这就有些传言了，一则自然是李相公疾恶如仇，对这些不能守节之人气愤难平，非杀之不能后快！"

"二则呢？"

"二则，乃是有人言李相公与张邦昌有私怨，彼时朝廷新立，欲借之杀人立威，以定局势。"

"有三吗？"

"有……"

"说来。"

"三者，乃是说这李相公帮陛下重建朝堂，固然功劳极大，但此人轻视陛下，意图借此揽权、控制朝堂却也不能说没有。"

灯火摇曳，光影之间束手而立的康履缓缓言道："故此，当日他在朝中两个大的主张，一个是往南阳而去，表面上自然是说在南阳可以连接关中，以安西北人心，实际上有没有借此来压制原大元帅府中陛下的元从亲信的意图，恐怕谁也说不好。因为黄相公他们早在李相公来之前便议定了去扬州的，便是梁待制，人也早早去了东南筹款。官家，不是我们这些元帅府的老人不想抗金，实在是中原无险可守，而扬州那里咱又已经预备妥当，不好轻易反复。便是官家自己当日也是此意，这才罢免了李相公。"

"原来如此……然后呢？张邦昌呢？"赵玖继续端看手中奏疏，头也不抬。

"张邦昌……其实按照之前南阳—扬州之论，这李相公一力要求杀张邦昌，也有人言，他是明修栈道暗度陈仓，想借此除去一众东京旧臣，这样他便可以趁着独相之时在朝中填充私人，以成独揽朝纲之势。"

赵玖看着手中札子忽然失笑。

"官家不信？"康履见状不急反喜，"如此，何不召见几位东京旧臣来问一问？官家不是正好想要见见行在的朝臣，询问中原防御事宜吗？"

"都是哪些东京旧臣？"赵玖扭头笑问。

"资政殿学士吕浩文，乃是道学名家，原本早早辞去尚书右丞一职，往知宣州，只是道路不靖，更兼忧虑陛下身体，这才没来得及走；殿中侍御史张骏，素来耿直……这二人都是公认的道德人物，也都是从东京逃出来的，陛下何妨一见？”康履赶紧指着赵官家手中奏疏笑言道，"而且，这二人的札子，不正是官家今晚看得最久的两本吗？"

"既然是康大官推荐，那明日就见一见这二人吧！"赵玖摸着手中殿中侍御史张骏的奏疏，越发失笑不及，似乎依旧胸有成竹。

第四章　绝杀

康押班与赵官家都是一副成竹在胸的感觉，殊不知，二人却只是麻雀互啄一般低端可笑。康押班心中暗暗自得，乃是因为他自以为这些札子全都是白日间层层筛选过的，从内容上看所有人都是自己人，推荐谁都无妨。然而他不知道，自己的这些举止、行为一开始就被杨轶忠全盘给赵官家交代得清清楚楚。

至于我们的赵官家这里，别看他一副英明神武的样子，其实根本原因不在于他智珠在握，而是他一开始就没指望过这些札子，他的那些得意劲，只是来自昨日的胜利尚未消散。说白了，这厮到底年轻，之前憋了许多天，一朝赢了半回，便喜怒形于色。再简单点，就是得意忘形四个字罢了。

还有那吕浩文和张骏的奏疏之事，就更是可笑了。

而后者则是一字之差，赵官家将这位御史当成御营后军统制张峻张太尉了，但这张太尉如今在外剿匪他也知晓，所以赵官家看了半天哪里还能不明白自己这是认错了人，犯了糊涂？

而回到眼前，赵官家再愚蠢也知道，这些奏疏既然能被送到眼前，那就不能指望这些上疏之人会有什么积极的立场。但不管如何，八月下旬，随着天色微微放晴，刨去出井后第二日那次稀里糊涂的安抚人心之举，赵玖第一次以赵官家的身份接见了两位行在重臣，到底算是突破了之前的五人篱笆墙。

双方在后殿相见，康履、杨轶忠随侍，行礼完成，问安结束，波澜不惊，然后自然是吕浩文以资政殿学士的身份和做过兵部尚书以及尚书右丞的资历先行问对，却是从一些乱七八糟的闲话开始。

须知道，这番闲话看似无聊，其实是必需的。因为自从赵官家落井后一直以养伤为名少与外臣接触，而此番突然要求行在文武上疏议论中原防务，更是隐隐承认官家脑袋受伤忘记了一些人事的风言风语。所以，吕浩文此行俨然有代替外臣们观察官家身体情况的政治任务，赵官家需要接触外臣以重新掌权，而外臣怎么说都得大略验证下这位天子的合法性。不过还好，赵官家口齿清楚，言语顺畅，姿态从容，双方一番闲谈，后殿中别人且不提，吕学士倒是彻底放下心来——这个官家确实没傻。

而这时候，赵玖也方才知道吕浩文的一些底细，诸如此人的"道学"非是这明道宫的道，而是历史上那个鼎鼎有名的儒家道学之道。而且这吕浩文世出名门，他玄叔祖吕蒙正、曾祖父吕夷简、祖父吕公著，全都是宰相。与此同时，赵玖也明白了为什么康履放心推荐此人来见自己了，乃是因为此人之前请辞尚书右丞（宰相副署），就是因为李罡在朝中打击东京流亡大臣所致——此人当日在东京汴梁，参与过张邦昌的伪朝，却也是第一个劝说张邦昌归还皇位之人。

不过很显然，这位道学先生跟赵玖印象中的道学先生相差甚远，其人温文尔雅，有问必答，却既不趁机攻击李罡也不多言黄、汪二人之政，只是如他奏疏中文字那般，温和地劝赵玖凡事量力而为罢了。

借此，赵玖也多少又知道了一些隐情。

"朕看很多人奏疏中都说北方无兵，河北、中原确实没兵吗？"

"其实有兵，但多是乱兵、民兵，即便是招募下来也不能当金人野战一击。"吕浩文坦然相对，"河北士民受金人荼毒，多有战心，但无器械甲胄，所以多只能依靠山野为战；中原遍地乱军，人数多，甲胄也有，却多是从金人阵前溃下的禁军，根本不敢与金人为战，反而只能为祸地方。若非如此，以李伯纪之敢战，也不会让官家走南阳的，走南阳便是希望在彼处连接西北，将二十万西军引入手中。"

"朕懂了。"赵玖微微叹气，这和他了解的情况很像，应该便是实情了，"真要抗金，一则需要江南、巴蜀财赋，二则需要西北兵马，三则需要缓缓恢复各处士气，是这意思吗？"

"是。"

"你们劝朕走扬州，便是扬州为运河起点，本就是东南财赋输送集合的节点，是要以此为根本，缓缓图之的意思？"

"是。"

"可朕要南行，中原如何才能守？"

"东京以宗留守为任，泰山沂水一带再遣一大将……"

"若金军主力猝然来袭，他们能守住吗？"赵玖微微挑眉，面对切实的困难，他再无昨晚的得意。

"朕知道了。"赵玖微微调整心态，勉强做到面色如常，"那若金军弃二者不顾，直接从宁庆走亳州，一路南下追击行在又如何？"

"倚淮而守，以待四方援兵，并以东京、山东两路夹其后。"

"若淮河不能守，山东、东京不能倚仗，又如何？"

"弃扬州，走江南，守长江。"

"若长江也不能守呢？"

吕浩文再度默然不语。

"朕懂了。"赵玖微微叹气，"有件事须说与吕学士听，朕在病厄之中多少忘了一些人事，以至于行在中人心动荡……所以吕卿就不要去宣州了，复你尚书右丞的职务，留在行在这里以备咨询，也是要借你的资历安抚人心的意思。"

一直默不作声的康履愕然抬头，本能便想插嘴，却忽然意识到殿中这二人虽然立场相似，但根本上并不是他的政治盟友，而按照规矩，他这个内侍此时是没资格说话的。

当然了，经历了之前两日的风波，康履倒也不再苛全了，吕浩文虽然实诚，却到底是个支持南下的人，还能怎么样呢？所以，康大官立即闭嘴，并多少理解了昨日官家为何一直胸有成竹……臣子想和官家争权，未免可笑。

另一边，吕浩文犹豫了一下，便想按照规矩稍作推辞。

"国破家亡，这时候再学什么三辞三让便是迂腐了。"赵玖自然明白对方的意思，便干脆言道，"以后这种任命，能就能，不能就不能……国家涂炭，朝廷流亡，咱们身为国家核心，却在这里摆花架子，殊不知几辞几让浪费的纸墨换成钱粮都能在乱处活几条人命的。"

这便是对道德君子进行道德绑架了，而被绑架的吕浩文不敢多言，只能俯首称命，然后康履那边也不敢怠慢，赶紧传讯去专门请另一个可靠的翰林学士往厢房中写旨意。而做出这种传讯后，康大官的心情越发低落，这绍宋制度摆在这里，但凡官家有心索权，他们这种人拿什么去抵挡？唯独这几日和宰相勾结，权柄在手，正可谓炙手可热，康大官一想到往后再不能握此大权，只能心如刀绞罢了。

"吕学士……吕相公且坐。"看到对方受命，赵玖心下大慰，再看向了另外一人时，基本上便没了什么想法，"张御史……"

"臣请私下奏对！"

一直静立不动，年纪也就三十来岁的殿中侍御史张骏，也就是赵玖从没指望过的人，忽然间做出了一件让所有人都反应不及之事。

"私下奏对是何意？"回过神来的赵玖一时茫然，"这不就是私下奏对吗？"

"回禀陛下。"刚刚坐下的吕浩文即刻起身，"宰执、御史多有私下奏对的先例，不是弹劾宰执、追责大臣，便是举荐要害人物……臣请告退。"

"这哪里需要私下奏对？"赵玖醒悟过来，一面心中警惕，一面面上轻笑，"且不说此处并无几个人，吕相公又是个妥当人物，便是张卿的名字我也听过的，据说李伯纪李相公两次罢相都与你弹劾有关，昨日你的奏疏也是要追罪李相公，言语之激烈，让朕印象深刻……"

"若非如此，如何能得见天颜？"私下奏对，连象笏都未带，年轻的张骏直接昂首相对，拱手而言，"不过也罢了……陛下，臣殿中侍御史张骏弹劾宰相黄虔汕、枢相汪博彦、内侍省押班康履隔绝内外，意图不轨。臣请召回观文殿大学士李罡、东京留守宗颖，臣请召回御营各统制，暂归行在，以安人心。"

满殿鸦雀无声，康大官两股战战不提，连我们的赵官家都听呆了——聪明人这么多的吗？杨轶忠反水后，按照某位官家自作聪明的夺权思路，应该是他进退有度，智珠在握，凭借着勇气和毅力通过重重险阻，终于靠着缜密布置一步步在朝堂获得了主动权，最后历时数月，抢在完颜乌竹下决断南下之前就掌握了朝政，然后万众一心在东京坚壁清野，前后一年，死守成功，最终取得辉煌大捷，就此保住中原，历史也掀开了新的一页……

然而，艰难险阻还没看到影子呢，话都没说出口呢，这不知道是忠臣还是聪明人就一个个跳出来了！杨轶忠那次好歹说了一句国仇家恨，这次他真的是什么话都还没说呢！

"张卿，当日李相公两次罢相，都是你弹劾最为激烈……"眼看着康履到底是撑不住劲，扑通一下跪倒在殿中，赵玖这才回过神来，并稍微筹措了一下言辞。

随着官家的这几句话，匍匐在地上的康履方才停下颤抖。

直到此时，这位之前做了差不多一旬"内相"的康大官方才梦醒。原来，在绍宋廷制度之下，一旦脱离了官家和宰相，他居然连一个御史都应对不了！而此时此刻，这位康大官毫不怀疑，只要坐在殿中那位"转了性"的官家一声令下，一直给自己打伞，甚至在自己洗脚时侍立的杨轶忠便会直接把自己给拖出去，当日便派遣两个薛超、董霸之流将自己流放沙门岛。甚至为了遮掩他杨轶忠的丑态，说不得路上便会有一顿杀威棒将自己活活打死，然后毁尸灭迹。而这个过程中，最让人感到恐惧的居然不是可能的死亡，而是他这个"一旬内相"居然没有半点应对的手段，只能倚仗天恩。

"此一时彼一时也。"张骏昂然直立，依旧从容，"在陛下看来，乃至于那几位隔绝内外的贼人看来，臣一直抵触李相公，俨然是公仇私怨，水火难容，故今日一朝反复，颇显小人行径……"

殿中上下，依旧安静异常，只有这位殿中侍御史在扬声作对。

"然则，在臣看来，臣虽有反复，却不是为政争、私争，而是臣自己前后心境不同。"张骏娓娓道来，俨然早有准备，"臣四岁便是孤儿，后知名于乡中，年二十二中进士入仕。臣第一次弹劾李罢，乃是因为见他丧师于京城之下，依着个人性子，有一说一，按照制度弹劾而已；而旌和之后，臣于东京，亲身见识刀斧之利、国破之惊、丧乱之哀，方才知道，大局之下，有些事情是要分主次的，想要维持大局，有时候必须要含污纳垢、相忍为国。"

赵玖微微心动，依旧不置可否，而吕浩文却忍不住看了张骏一眼，但也仅仅是看了一眼而已。

"等臣到了行在，彼时陛下要用李相公为相，臣好友范宗尹、宋奇愈时为谏议大夫，皆以为不可，并有所进言，臣虽与李相公有私怨，却一言不发，反而劝这些人不要惹事。后来李相公到位，范宗尹被贬，宋奇愈被杀，臣心中极恨，却依旧没有以御史之身攻击他……因为臣知道，那个时候国破家亡，非是李伯纪这样的强横相公根本无法收拾人心，重建朝堂。

"再后来，李伯纪功成，朝堂重立，局势已经稳定，其人却屡屡轻视陛下，跋扈无度，任用私人成风，竟然隐隐有主次颠倒之势。彼时，臣虽与他政见几乎完全相合，却不能忍他如此无视陛下权威，方才弹劾……"

赵玖忽然开口询问："你与李相公什么政见相合？"

"陛下！"张骏正色厉声以对，"臣自东京忍辱偷生至此，早有定见：其一，金人野蛮，且狡猾反复，绝不可与之媾和！其二，河北、河东，国之根本，绝不可轻弃！其三，江南虽富，一旦依靠，必然是偏安之局，非往关中取西北强兵大马，控中原人力，方能收拾局面，重定河山！这三件事，陛下问一遍，臣答一遍，问十遍，臣答十遍，绝不会因为与谁有私怨而改弦易辙！"

赵玖一时失声。

"至于如今……"张骏讲出自己的政治方略，将赵官家和吕相公一起惊在当场后，便继续缓缓而论他的"此一时彼一时"，"如今陛下遗忘人事，又被奸臣隔绝，而皇嗣年方一月，连个封号都没有……这个时候，陛下处置了黄、汪、康等奸贼后，若稍微有些行为错乱，便会使得中枢威信扫地，继而使得人心不稳。而陛下想要维持行在权威，重新收拾人心，非李罡、宗颐等强硬大臣不可为！"

言至此处，张骏复又看向了一旁枯坐的吕浩文，依旧是一副凛然之态："至于吕相公，正如陛下此番安排的那般，以吕相公的君子才德，可以为副，以备咨询，以安人心，却不可值此风雨飘摇之时托付朝堂。"

吕浩文即刻起身朝赵玖俯首行礼，也不知道是赞同还是不赞同。

赵玖无所适从，想了半晌方才醒悟一事，却不由得轻笑："说了半日，张卿竟然是将黄相公、康大官隔绝内外的罪名先认定了，然后方才有召回李相公、宗留守的言语？"

张骏依旧不惧，却昂然反问："若陛下不以为这些人近日是在隔绝内外，以陛下对这些旧臣的恩宠，为何现在才来反问此事呢？"

赵玖无言以对，吕浩文悚然大惊，康履一言不发，只是连连叩首，便是立在殿门内的杨轶忠都难得色变。

"宰相们安排内侍、禁军遮护朕，未必是坏心。"一念至此，鬼使神差一般，赵玖反而替那些人打起了掩护。

而骤然闻得此言，紧绷了半日的康履几乎瘫在地上。

"有没有坏心，一验便知。"这张骏绝对是有备而来，"请陛下大召群臣，点验奏疏，看看有没有文武的奏疏被这几位逆贼截留！若有，便是他们的罪状；若无，便是臣擅自挑起是非，污蔑宰相！"

赵玖和原本想开口的吕浩文彻底无言，而康履内心却大起大落，几乎崩溃。

前日还是大权在握的内相，几乎与宰执平起平坐；昨日还胜券在握，以为万事都在掌握；今日一个御史当着一个副相的面做出一次弹劾，便可能要了他的命！

赵玖也已经想明白事情原委，却依旧沉默，因为他开始在心中做进一步的掂量和分析了：事到如今，首先，他要留下张骏，还要任用张骏！因为不管是投机还是真心，这都是第一个公开对他发表抗金政治宣言的正经大臣，为了这个，他都做好了容忍李罢跋扈的心理准备，何况是一个善于揣摩自己心意的聪明人？抗金才是最主要的任务，是核心矛盾！其次，如果留用张骏，那么这次张骏发起的攻击他就不好阻止，而这样的话，他还得保住杨轶忠。同样的道理，即便"国仇家恨"是装的，这个杨门虎将也是他此时人身安全的依仗。

但是，与此同时，赵玖却不得不忧虑一个人，那就是此时瘫坐在地上茫然失神的康履康大官。眼下，他担心自己从井里过来的时候，有没有什么把柄落入此人手中，杨轶忠对此人又是什么态度。想到这里，赵玖忍不住抬头看向立在殿门内的杨轶忠……却不料，此时此刻，对方也在紧张地盯着他。

君臣二人对视了一阵，双方还在沉默中相互猜度对方心意之时，地上的康履却注意到了这一幕，继而彻底失态，直接翻身叩首："大家，莫要错信了杨轶忠和张骏，这二人乃是一路货色，表面上大义凛然，其实都只是迎奉小人罢了！他们不过是见陛下转了心意，才装模作样而已！好教大家知道，张骏在东京，贪生怕死，国破之时，不能死节，只能躲在太学中装死！杨轶忠私下对我毕恭毕敬，就连我洗脚时他都站在一旁侍立！这种小人，大家怎么能够轻信呢？！"

赵玖闻得此言，反而下定了决心，便直接朝杨轶忠挥手示意。而见到有明确指示，同样下定决心的杨轶忠再不敢怠慢，直接上前将不知道还能说出什么话来的康履给摁住，然后便要作势拖出殿去。

人被摁住，康履反应过来，几乎是涕泪交流，强行压着身子对着殿上端坐的赵官家叩首哀号不断："大家救我，是我糊涂了！只求让我随侍身侧，再不敢贪权！"

赵玖本能张口欲言，却到底是忍住了，反而朝杨轶忠再度使了个眼色，本意是要对方速速把人带下去。

看到这一幕，杨轶忠会到什么意且不提，那康履，却不朝端坐在殿中的赵官家求情了，而是拽住了身侧吕浩文的衣角，并口出荒悖之言："吕相公！真不是咱家隔绝内外，而是大家真的被什么妖邪附体了！"

吕浩文目瞪口呆，而杨轶忠惊慌之中居然直接拔出刀来。"康履，你这厮丧心病狂到如此地步吗？直欲以'妖邪附体'之论动摇我赵氏江山根基？"殿上的赵玖听得此言，冷冷向这位康大官所处的位置看去。

闻得此言，殿中诸人皆怒目而视康履。康履惶恐至极，却再无法门，只能松开手，任由两边班直跟上，将他彻底拿下。而杨轶忠也彻底放下心来，并顺势看向了赵官家。"带下去吧!"赵玖无奈挥手。

可不想持刀侍立一旁的杨轶忠却会错了意,两名班直将这位康大官拖至殿外,竟拔刃而出,下一秒,众人便看到原本栖息在庭中大树上的鸟儿全部呼啦啦振翅而飞……然而,殿中诸人,除了赵玖心中一惊,其余所有人,包括吕浩文与张骏两名文臣在内,竟无半点表示。

虽然赵玖不了解战事细节,可据过往军报所知,这完颜乌竹一路追着自己搜山检海,又岂能不知自己才是对方的目标所在?

第五章　新局

九月秋末时节，这一日寒风呼啸，清晨醒来，赵玖小心掀开被褥起身，以免吵醒身侧的潘贤妃。

几名小内侍上前，在赵玖的示意下轻车熟路地为官家穿好衣服并束起了方便射箭骑马的革带，而赵官家出得门来，见是刘彦在外执勤，也不多言，直接微微努嘴，后者便已会意。旋即，数十骑丽东骑兵便护卫着这位赵官家驰出行在，汇合赶上来的杨轶忠等数骑人马，便于东面微光之下，一路向北而去。

这阵子，随着杨轶忠的反水、张骏的出位，黄虔汕、康履小集团一朝倒塌：康履因为殿上口出怨怼之言被当场处决；黄虔汕被罢相，去学士馆职，提举安亭洞霄宫，往澧州居住。

不过，两个核心成员之外，枢相汪博彦却被高高举起轻轻放下，从知枢密院事改成了同知枢密院事，乃是担心一朝东西二相俱罢，人心震动之故；除此之外，御营都统制王源也在专门寻赵玖哭诉之后获得赦免。

说白了，赵玖根本不敢将朝堂清空。如今朝堂上的格局，乃是李罡来得及赶回来之前，以尚书右丞吕浩文实际上掌握东府宰相职责；汪博彦依旧掌握西府枢密院；御营都统制仍然是王源；张骏被破格提拔为御史中丞，掌握台谏；内侍省另一位大押班蓝珪匆匆从亳州城折返，但内侍省的一半职责却被赵玖近乎荒唐地交给了杨轶忠，二人共领。而赤心队的刘彦基本上代替了宿卫之职；除此之外，赵玖还在吕浩文、张骏、杨轶忠等人的推荐下，大面积提拔了一批翰林、中书舍人、合门祗候之类的近侍群体，并发文召集了一批赋闲在家的老臣，以馆职的名义呼唤到行在，以做执政咨询……这个复杂的群体，其实就是所谓绍宋官家传统的秘书班子了。

而这一切，再加上元丰改制后有些实权的六部，便构成了如今行在的实际核心权力部门。

不过，仅有这些是不够的，不然赵玖也不会陷入眼下这个进退不能的困境了，更不会急得夜里做梦都发愁，还要天天早上驰马放松。

问题有三个，而这三个问题光是看上面的人事就已经很清楚了。

首先是财政。且说，虽然元丰改制将财政权力归还给了户部，然后户部直属宰执，但眼下这个局势，户部根本就是巧妇难为无米之炊，而真正的财源说白了还是长江流域，具体一点是需要集英殿修撰、徽猷阁待制、扬州知州、江淮等路制置发运使、领东南茶盐事的梁扬祖将东南财赋送来。这位当日收留了张骏、杨轶忠、苗傅、田师中等西军残部，几乎相当于救了赵官家一命的重臣，实际上是整个流亡小朝廷的财神爷，但此时怕是刚刚抵达江南……

除此之外，便是军队了。赵玖基本确定，在西军道路被隔断的情况下，眼下他手里就是一个御营加一个东京留守宗颖处的兵马，而御营各统制，此时基本上都在京东两路、淮南两路一带剿匪，甚至此时刚刚剿了还不到一半，届时恐怕还需要轮换休整一番，才能将各地盗匪给收拾得差不多。换言之，行在这里目前根本没有真正可以作战的大规模军队！

实际上，这正是赵玖没有处置王源和汪博彦的根本原因，眼下这个局势，他们根本握不住兵权，兵马都在各个军头手中，而这些大小军头，赵玖完全可以自己直接交流。

而除去无兵无钱外，最让赵玖感到崩溃的，或者说真正让赵玖这些天愁到不行的，却正是他之前最期待的宗颖了。

一开始赵玖发旨意往东京找宗颖来当枢密使的时候，宗颖接了职务，却根本不愿意过来亳州见赵玖，理由自然是东京那里战事危急，因为已经有金军出现在了汜水关，战事焦灼。

接着，赵玖继续派使者告诉宗颖，黄虔汕被罢相，他已经重新起用了李罡，于是宗颖立即回函，说明东京周边局势的困难，并直言东京在闹饥荒，然后要兵要钱要粮……对此，赵玖当然能够理解，而兵他自然没有，但钱和粮还是有一点点存货的，所以他勒紧裤腰带，努力支援宗颖，连道祖金身上的金粉都是刚一刮下来，就熔一熔送过去了。

然后，隔了不到七八日吧，李罢刚刚折返到淮西一带，就遇到了淮西那边冒出来的反贼丁进挡住道路，于是李相公便隔空发文，先表明自己的政治纲领，大约还是要行在这里准备好一切，等他一到便跟他一起去南阳云云……却不料，这道文书因为绕路送来，又引起了宗泽的注意，宗泽也立即发文行在，说是东京粮价已经平抑了不少，他手上如今又有百万大军，足以御敌，所以要官家不要去南阳了，直接回旧都就好。

　　这简直太荒唐了，且不说什么前脚还要兵要粮，还说东京在闹饥荒，后脚就变成了东京粮价平抑，关键是那百万大军……百万东京流民肯定是有的，可百万大军未免太儿戏了！这时候，赵玖是真的感受到了被人轻视的那种无奈，关键是赵玖心中隐隐约约是理解宗泽心思的。

　　宗泽之所以这么糊弄赵玖，本质上是怕赵玖又跑了！而赵玖这次一旦再启动逃跑之策，只要他跑到长江边上的扬州，即便不过江，宗泽奏疏里的一句话也会成为现实——中原之地、河北人心摆在那里，一旦放弃，想要再夺回来，就要十几年的工夫，几十万人马了！

　　而正是因为理解宗泽的苦心，赵玖方才不能无视对方的心意，可问题在于，真要是按照宗泽意思往东京去，必然是个死局吧？

　　这种情况下，宗泽即便如中流砥柱一般死守东京数年，堪称奇迹，可自己一旦过去，将完颜乌竹十万主力吸引到东京，到时候真拿那百万大军抵挡，怕是要被一锅端吧？

　　然而更加令人崩溃的是，当赵玖将自己对金军主力第三次全面南下的担忧告诉宗泽后，宗泽却根本不信，按照宗泽的说法，大金大元帅、二太子完颜斡离不都死了，金军中完颜瞻汉、完颜塔兰、完颜乌竹三人必然争权，短期内根本无人能做统帅领主力南下，请官家放心就是……顺便，宗泽还更新了数据，现在东京那里是两百万大军了！

　　这就是赵官家最无奈的一件事了——暂时没有力量倒也罢了，可撵走了奸臣，忠臣居然不信他！尤其是李罢已经被证明可为宰相不可为帅臣，而宗泽虽然领兵上阵不行，却是这个时代最出众的帅臣之一，是他之前想着的最大倚仗。

　　日出东方，赵玖立在涡水之畔，遥望西北，如果不是东京那种地方一旦进去便难以撤出，他真想驰马往东京走一遭，将自己的心剖给宗泽看，顺便看看让自己魂牵梦绕的岳鹏羽有没有在彼处。

当然了，宗颖如此姿态之下，二十四岁的岳鹏羽能做什么，赵玖越发没有信心了。

"天色大亮，官家，咱们尽早回去吧，否则行在人心不安。"眼见着赵玖再度遥望故都不停，刘彦心下感动之余到底是没忘了自己的职责，便主动上前劝解。

"走吧。"赵玖又一次瞥了一眼西北方向，终于是幽幽一叹，然后便要转身下堤。

他知道，宗颖的文书这几日恐怕就要停了，因为李罡马上要从淮西绕路赶到亳州了，然后这位李相公将会主持行在转移到南阳，甚至可能进一步从南阳入关中的事宜。在这种大环境下，宗颖到底是没法和主战派的旗帜李罡抗衡的，否则也不会抢在李罡回来之前屡屡上书了。

而一旦无视宗颖，听其余大臣们的安排，退几步到一块形胜之地，关中也好，荆襄也罢，扬州也成，安静积蓄力量，种田练兵，只要不犯错误，局面稳赢，唯独得多等十几年，多死几十万兵罢了！

且说，一众骑士刚刚下堤上马，却不料一只苍鹰忽然从天空掠过，从迎面的东南当空向西北滑去，引得众骑士纷纷看去。

赵玖同样愕然回头，心下惊疑，却终究不知所措。

第六章　天日昭昭

苍鹰振翅，一日千里。

除了赵玖以外，几乎所有绍宋文武都认为刚刚回师才数月的金军短期内不会再南侵。他们的理由各式各样，什么久师必疲，什么后勤不支，什么大元帅二太子身死内部权斗……但归根到底都是以自身度量对方。

实际上，数月前大金内部便由于二太子完颜斡离不的离世而发生政权更迭，国内的军政大权迅速被一分为三：首先是以国主为代表的完颜吴启迈一系，完颜吴启迈以完颜阿古达之弟的身份，团结了完颜阿古达的其余兄弟；其次便是以元帅完颜瞻汉为代表的有传承的大部，其人战功卓著，威望甚高，不但管辖着大金常胜将军完颜娄石部，负责河东战区，并实际上在完颜斡离不死后控制河北大部新占领地区，堪称国内实力最强。

而完颜乌竹又是一支旁人难以侵染的完颜阿古达直系力量，在完颜斡离不死后迅速继承了完颜阿古达直系在东路军中的威望与部分兵权。

此时的完颜乌竹虽然掌权成为大金重臣，但作为政坛上的后起之秀，自然无力与完颜瞻汉和完颜吴启迈抗争，只能转而南下，攻击京西北路和京东两路，趁势对中原地区形成夹击之势，由此进可追击绍宋新官家，劫掠财赋军械，退可回身对河北、河东地区发动大规模治安战，彻底消化这两块堪称国之根本的沃土。

所以说，这一次入侵，是有必然性的，

不管如何，完颜乌竹既然有此念，大金主完颜吴启迈和元帅完颜瞻汉虽然各有考量，闹出了一番争论，但最后还是迅速相互妥协。换言之，这才刚刚回师北面数月，大金最高层便已经通过了第三次主力南下侵绍宋的方略。

按照规划，完颜瞻汉挂名为主帅，却是让大金的常胜将军完颜娄石领原本的侵绍宋西路军，再度南下，其中有桓榛兵、丽国降兵，甚至还有绍宋降兵，合计十万，渡河向南，去攻洛阳、陕州！完颜吴启迈堂弟，也就是完颜乌竹的堂叔完颜塔兰，领兵五万，挂名为完颜瞻汉副帅，阿古达四子，也就是完颜乌竹本人，领兵五万，挂名为完颜瞻汉先锋，二者合力，也有十万之众，实际上重新组成了东路军，乃是要取京东两路。

回到眼前，金军动员二十万大军南下，骑兵纵横，呼啸往来，其中先发者自然是原本就在河北、河东一带的完颜瞻汉部，而首当其冲者，却并非是觉得汜水关吃紧的宗赟宗副元帅，也不是洛阳、陕州两地守军，而是一支刚刚在河北取得了一次大捷的绍宋偏师。

这支部队的首领唤作王彦，军职为都统制，兵力七千，而其人麾下有一统制，唤作岳斐岳鹏羽的，今年二十四岁，乃是河北相州人，天生神力，勇冠三军。

岳斐为何至此，自然是和李罡有关系了。且说，岳鹏羽昔日在宁庆为武翼郎，听闻奸相李罡、黄虔汕、汪博彦三人各执一词，或要去南阳，或要去扬州，俨然都是放弃河北士民南逃之举。身为河北流亡人士，他自然不平，便越次上书新官家，乃是要官家摒除三个奸相，尽起六军渡河，在他家乡相州建立行在，抗金作战，收复河北。

然而，李罡三人大权在握，如何能忍这种胡言乱语，直接就将这个小小武臣罢免，并逐出军中。而岳斐只是一意抗金，所以也不气馁，便只带着几个亲近兄弟，渡河往家乡而去，准备自己抗金。

孰料，刚走到河边准备渡河的时候，岳斐却遇到了李罡所提拔的河北西路招抚使张所在此招兵。通过一位故人——招抚使麾下干办公事赵九龄的推荐，岳斐得以见到张所本人。而张所这个李罡嫡系，对岳鹏羽却是大为欣赏，数日内将这个区区一白身，一路提拔不停。短短月余，先是"帐前使唤"，然后是"以白身借补修武郎"，继而又升为统领，最后，干脆又升为统制。

可怜韩师仲十八岁从军，斩驸马、擒方腊、战丽国、守河北，前后二十年整，才靠着追上了赵老九混到一个统制，相比较，岳鹏羽的这个官职虽然有些虚，官路却是顺畅亨通。总之，等到招抚使这里凑出七千兵马，岳斐更是以统制之身成为这支部队的主要将领之一，然后随都统制王彦一起渡河向北，并立即在河北新乡打了一个胜仗，成功收复这座重镇！

但也就是这个时候，奸相李纲被罢相了，张所的河北西路招抚使也被罢免。而等这支七千人的部队人心惶惶之下赶紧又去找宗泽建立行政关系的时候，忽然间，初冬时节，北面大金大军便密密麻麻涌上来了，周边光是独立旗号的大金骑将便不下五十之数，却是完颜瞻汉部本欲南下攻陕洛之时，闻得新乡陷落，便下令主力趁势围拢过来。

面对如此困境，这支军队一败涂地，全军在王彦带领下狼狈突围，且战且退，往太行山而去。而王彦部十一将，唯独岳斐部最能战、最敢战，而岳斐本人也是军中公认的万夫不当之勇，所以被安排断后，以至于损失极重。

等来到太行山脚，金军一则被岳斐用斩首战术生擒了一名将领，二则骑兵也不擅长进军山区，于是顺水推舟放弃了追击。但战局稍缓，岳斐却认为王彦之前在他断后时见死不救，以至于儿郎们纷纷屈死，心中愤懑，便干脆独自建寨，不去与王彦会合。

这个时候，局势危急，王彦麾下不过十一将，死了两个，跑了两个，降了三个，剩下四个还有一个岳斐不愿听指挥。于是，身为都统制的王彦三番五次给岳斐下命令，要对方把部队带过来，否则必然要军法从事。而数次不成后，王彦干脆下了最后通牒，说如果岳斐再不移寨到主力这边来，他便要公开行文东京留守宗副元帅，让河朔豪杰都知道，有个相州岳斐是个不听指挥的逃兵！

可回应王彦的，依然不是岳斐本部残存兵力，而是统制岳斐本人的单骑拜山。

"真一个人来的？"

新乡石门山坳中的营寨里，最中间的大帐之中，最近略显疲惫的都统制王彦愕然抬头。

王彦比岳斐足足大十六岁。此人年轻时参加御试，以武艺人才出众被那位道君太上皇帝亲自点名补为祗候，然后转入西军，为种师道麾下，多次参与同西勒战斗，多有功勋。后来大金南侵，河东沦陷，身为上党人的他义不容辞，立即往汴梁投军，等汴梁陷落，他见到张所组织渡河部队，便又重新投军作战，甫一入军便被任命为都统制，成为一军主帅。如此人物，无论是身份、地位、名望，还是现有的官职，又或者在东京留守宗泽心目中的重要性，无疑要远远高于他麾下几乎如裨将一般的岳斐。但是，岳斐却不服他。

"确实是一个人，单枪匹马，正在寨前相候。"代替门前小校回话的乃是王彦身侧参军，唤作范一泓，说来竟是范仲淹之后，也是见到山河凋敝，前来投军的，而以他这个家名，自然会被另眼相看，所以虽然也是区区一白身，而且极为年轻，却直接成了王彦身侧的机密参军。

"小范是何意？"王彦自然要询问自己的智囊。

"杀了！"参军范一泓面无表情，干脆作答。

"为何？"王彦轻声叹气。

"能为何？"范一泓一声冷笑，"太尉让他移军至此，他却孤身而来，俨然是要仗着一口野气抗命到底了。咱们孤军在外，周围都是金军，他岳斐身为下属却拒不听命，甚至视兵马为私物，这个时候若不正军法，人心怎么收拾？"

王彦默然不应，却是朝门前小校示意："将剩下几坛酒都取出来，再将就近的李统制及军中几位统领都唤来，我要设宴招待岳统制。只是设宴完成之前，不许他进辕门。"

小校领命而去，小范参军欲言又止，却只能顿足。

片刻，众人仓促摆好宴席，区区两三坛酒倒也罢了，唯独昨日小范参军去查探周边地形，遇到一只熊，此时初冬时节，正是熊膘肥体壮之时，被小范参军下令乱箭射死，今日倒是便宜了岳斐。

等众人坐定，酒水斟好，熊掌熊肉炖烂，才见到一骑来到帐前坦然卸甲去兵，然后昂然入帐。众将纷纷看去，只见此人身高七尺，相貌平平无奇，唯独面容稍阔，皮肤稍白，不像个庄稼汉子而已。不过，众人却都知道，此人看似寻常，其实天生神力，马上马下，长枪弓箭，俱为军中之冠，便是此番能摆脱金军追兵，也是靠他绝境之中亲手斩杀一金将，又生擒一将才能转安。不过，以诸位军官所想，大概此人也正是有此才具，才会恃才傲物，不听上令。

此人走入近前，朝主位上的王彦唱了个大喏，便兀自去落座，而且全程睥睨，好像在向王彦翻白眼一般。

王彦当即蹙眉："眼睛怎么了，为何一大一小？"

"回太尉的话，"那面阔之人即是岳斐岳鹏羽了，他只是在座中微微抬手，坦诚以告，"俺上月断后，被金人箭矢擦了一下，虽未破目，却伤了眉骨，现在看人只像是瞧不起人一般，便是往后伤好了，看人恐怕也都有些大小眼的模样。"

王彦默然一阵，方才捻须出言："鹏羽断后辛苦！"

"俺本就是河北人。"坐在左手最上方的岳斐依旧言语平静，"抗金杀敌，便是所求，并不觉得辛苦。"

王彦越发无言。

"岳统制！"就在这时，眼见着自家太尉屡屡无言，气势竟为一乱军所夺，坐在岳斐斜对面的小范参军却是半分都忍耐不住了，"我只问你，为何王太尉这里数番下令让你引兵合寨，你都不做理会？莫非王太尉不是你上官？"

"王太尉以往当然是俺上官，但往后是不是俺上官，须今日俺问过几句话才知道。"岳斐也懒得遮掩什么。

"荒唐……"

"你问。"王彦性格豪爽，竟干脆应下声来。

"太尉，"岳斐扭头用他那双大小眼盯住对方，竟然是微微抿嘴片刻，方才面上微微抽动，勉力出言，"俺在后面断后，儿郎们九死一生，为何没有说好的接应？"

王彦沉默不答，满座也都无言，便是小范参军也只老老实实低头啃熊肉。无他，其实在座的所有人都知道这个答案，这个答案也格外简单，只是偏偏没人能当面说出口罢了。

何意？很简单，岳斐部只是王彦麾下十一部之一，一开始王彦就准备放弃岳斐部，做好岳斐部被彻底歼灭或者被包围的准备，就没准备接应的事情，而等到后来，岳斐请求援兵的时候，王彦虽然嘴上答应，但依然没有任何真正去救人的意图。只是谁也没想到岳斐这么能打，竟然让他活着把部队带出来了。

这件事情，不能苛责王彦，四面被围之下，身为主帅军中取舍，断尾求生，向来是沙场上的寻常决断。只是人家既然活着回来了，然后当面质问，王彦身为一个奢遮人物，也只能理亏到无话可说。

"这件事情倒也罢了。"岳斐长长呼出一口气来，然后摇头不止，"毕竟是军务上的安排。俺还有一问，才是之前不愿移营和今日单骑过来的根源。"

"说吧！"王彦越发简练。

"俺听说，太尉在山中修寨立墙，还让三位统制分营占据山头，竟然是准备就在山中休养生息，长久住下？听说还要联络山中的两河豪杰，共襄抗金之事？"岳斐被箭镞伤到的眼睛睁到极致，以至于眼窝下方的面皮跳动不止，虽然口中平淡，心中却情绪激烈。

"不可以吗？"王彦也严肃起来。

"山中焉能抗金？！"岳斐勃然大怒，直接将身前的熊掌推翻在地，"河北百姓哀号于平地，咱们身为河北唯一王师，竟要躲在山中做贼大王吗？！"

"你竟然是疑我抗金之决意吗？！"王彦同样愤然难平，拍案怒目相对。

"此时此境，俺如何能不疑？！"岳斐站起身来，以手指目，复又环臂指向座中诸将，"且俺岳斐疑的只是你王太尉一人吗？平地上金军所到之处，河北乡人宛如鸡犬，任人宰割，男子身死，女子为奴，难道你们没看见吗？！你们今日为避战可做贼大王，明日是不是便能为了富贵降了金人？！"

岳斐心中激愤，口不择言，那边王彦却也怒气勃发，小范参军更是屡屡使眼色上来……然而，这王彦几番想发作，待看到岳斐那双大小眼时却又几次止住了杀意。

待岳斐骂完，帐中众人多少有些紧张，而王彦又一次松开刀把后，却是一声长叹，转而缓缓举杯相对："岳统制，我知你心意，你却误会了我的心意，且饮酒！"

岳斐悲愤难言，也不答话，但到底是坐回位中，一面举杯一饮而尽，一面连连用起案上残余的熊肉。

"鹏羽。"王彦见状心中越发感觉到难受，却只能强忍种种情绪相对，"我知道你因断后之事怨我，也知道相州就在前方，你的老母妻儿与乡人俱在那里，更知道今日兵败后，不知何时再能返家，可我为一军统帅，也有我的难处……也罢，我也不与你再计较了！这样好了，我将今日事写个行状给东京宗留守，让他来定是非。然后再与你一道守隘口的文书，许你单独领兵，你觉得哪里能引兵作战，便去哪里就是！"

岳斐听到此言，也不再吃肉，直接抹嘴站起："太尉这就给俺文书吧！"

王彦本还有话说，见状也只能作罢，片刻，小范参军运笔如飞，写好了行文，然后王彦自将之前宗颖送来的两河安置使大印用上，亲手将文书交给麾下这名能战的神将。两位可能是抗金之意最空绝的将领，就此分道扬镳。

且说岳斐接过文书，头也不回，便要出帐而去。

而那边王彦眼见对方大步走到帐门处，却终于是忍不住喊住他："岳统制！"

"太尉还有甚话可言？"岳斐转过头来，那双大小眼正似睥睨身后之人。

"精忠报国之意，王某一日都未曾变！"王彦坐在帐中，扬声相告。

"太尉拿什么来证？"岳斐面不改色。

"天日昭昭，可证我心！"王彦以手指胸，凛然言道，"你且去吧！"

岳斐难得沉默一阵，却到底是转身走了。

冬日的华北山区微寒，心中堵得难受的岳斐单骑离开王彦的山寨，行不过多久，转入一个山隘，迎面冷风一吹，却是冷静不少。

岳斐毫无疑问是个极有天赋的人。明明是传统北方农民家庭出身，明明两个哥哥都未养大成年，可到了他却天生神力，如神仙下凡一般，武艺一上手是一日千里，很快就成了今日这说不得是万中无一的勇将。

岳斐不仅习武，也着意修文，二十四岁就以千言书上奏官家，议论国事。

除此之外，面对着家国飘摇，这个年轻人的性格品性也一直在飞速成长。年轻时，他的性格比现在暴躁、执拗得多，然而一件件、一桩桩事经历下来，早非以往。这就如眼下一般，其实横枪立马，望着太行山脉出神的岳鹏羽心里隐约明白，自己和王彦今日都有些不对劲。

其中，王彦的性格本来和自己以前一样，执拗、自视甚高、非黑即白，既有武人的豪气与毛病，也有文人读了点书后的那种酸气和见识，但对方今日居然选择了容忍和大度，却不知道是为何。

同样的道理，岳斐自问也真是个善于学习和改过的人，虽说禀性难移，却很少再让自己重蹈覆辙。譬如弹劾李罡一事，岳鹏羽从行在出来，一路至此，早已经明白，如李罡这种宰相的存在有多么珍贵。而这次渡河之后，他更是隐约醒悟过来，想要抗金，必须要从大局考量，要从后方汇聚力量，然后以堂皇之师渡河向北，才能真正兴复河北！

实际上，这也是他和王彦产生方略冲突，以及今日质问王彦的根本缘由——山中游击不是不行，但是不可能真正凭此击败金人铁骑。岳斐遥望巍巍太行，心中谋划着兴复河山的大业，自己此刻身处新乡，不远处便是相州了，甚至，脚下这片山区，岳斐都曾来过，因为汤阴在相州南部，这片山区在新乡北面，距离不过百余里。而百余里外，他岳鹏羽的老母、妻子，还有长子岳云，都在彼处，此时却已经经年信息全无，生死不知了。

家乡在前，却遭此困厄之局，也难怪那王太尉会可怜自己。

眼下，岳斐却要做一次抉择了——此时金军重兵在外，自己要不要还尝试往相州而去呢？

"哥哥！"

就在岳斐立于马上，面无表情，睁着大小眼睥睨这巍巍太行山，更兼心中波荡之时，忽然间，山隘那边转来两骑，为首一人更是只见岳斐身影便遥遥相呼。

而岳斐不用去看，也不去问，便知道这是自家兄弟中最活泼的张显了，甚至他都能猜出跟在张显身后的必然还有面冷心热、沉默寡言的汤怀。

张显、汤怀，外加一个此时必然在军寨中主持大局的王贵，便是岳斐身边最体己的几个兄弟了。他们全都来自北面百里外的汤阴县，年少时一起跟随恩师周同学习骑射武艺，长成后从地方弓手开始，辗转各处，也一直相互扶持，不离不弃。说是左膀右臂，其实根本就是兄弟。

"哥哥！"张显打马来到跟前，却依旧紧张不已，"那王太尉性子不好，没为难哥哥吧？"

"没有。"岳斐回过头来，微笑言道，"反倒是许了咱们一道文书，让咱们自领兵随意去他处。"

"如何这般好说话？"便是素来冷脸的汤怀都惊了一惊。

"俺们几个还以为这王太尉要害哥哥呢！"张显更是活泼，"若如此，岂不是说咱们能往家去了？何时动身？接了婶子和嫂子，还有咱们的亲戚后，还要回来不？"

"且听哥哥说话。"汤怀冷眼镇压了一下张显，"此事不是这么简单的，前面金军密密麻麻，还都是骑兵，而咱们只有七八百兵力，其中三百还是刚刚招降的那个吉青手下山匪，哪能得用？"

"不光是不能得用的问题。"当着自家兄弟，岳斐没做丝毫遮掩，"关键是，这些人都是愿意抗金的好汉子，将心比心，岂能为了咱们几个兄弟的私心便要人家往北面路上送？"

"这算啥私心？"张显当即大急，"莫非去汤阴就不是抗金了？真要这么讲，那赵官家把俺们兄弟还有七千多好汉子一起糊弄过河，一下子又不管俺们了，弄得俺们明明打了胜仗结果还落到这个下场，岂不是俺们七千人都为了他赵官家的私心送在这里了？"

汤怀本能想训斥张显，但话到嘴边反而也有些不舍："哥哥，前面毕竟是汤阴。你家岳云都八岁了，莫要让他见到你后都认不出来！"

"俺也只是犹疑。"岳斐在马上坦诚以告，"关键是之前王太尉传檄诸郡，弄得金军以为咱们是主力，眼下北面金军实在是太多……"

汤怀当即颔首，这就跟他想的一样了……他何尝不想回家？但性格老成的他更在意能不能真过去。

"至于你这笨货。"岳斐复又斜眼看向张显，面色严肃了不少，"咱们几个跟赵官家是一回事吗？赵官家是有私心，但人家的私心能调动天下人的公心。也只有指望着这赵官家的私心，咱们才可能真的撵走金人，安心回家！以后这般胡话，不要乱说。"

张显心中不平当然了，张显也就是心中不平，当着岳斐和汤怀的面根本不敢多言。

且说，三个兄弟既然汇集一处，又大略明白了眼前情况，便不再多言，而是一起转出这个山隘，又汇合了候在外面的一队七八人亲卫骑兵，便一起往归其实同样在山坳中的营寨（吉青的匪巢）去了。

冬日天寒，又是山间道路，颇不好走，甚至路上还有零散的金人骑兵斥候，岳斐几个人一路辛苦，等到晚间方才回到只有几百人的营寨中。见到岳斐无事，早已经被这位武艺高、治军严的将领收服的本部军官士卒们纷纷长出了一口气，暗叫侥幸，等知道那王太尉也没追究，反而放开了手脚后更是满营欢腾。

不过，事情还没结束，晚间山中薄雾之下，刚刚进入帐中的岳斐尚未来得及用点热饭，这岳统制最信任、最依仗，也是能力最强、官位最高的一个兄弟王贵忽然再度转入帐中，俨然是有机密要私下来说。

"哥哥捉的那金将为活命，竟然主动招了许多机密。"王贵压低声音相告。

"从旌和元年算起，俺这还是第一次见到如此熊包的金将。"岳斐放下饭碗，愕然一时，大小眼一睁，也不知道是在鄙视那金将还是不信自家兄弟的意思。

"这不是正经金将。"王贵不由得冷笑对道，"却是个丽国人。"

岳斐兄弟几个从军经历丰富，早年间在军中见识了不少丽国军将，知道那些人暮气沉沉，只是如今跟了新主子，不免又抖起来罢了。

"那便可信了，且讲一讲。"岳斐重新端起饭碗，示意王贵细细说来。

"两件事，"王贵继续低声相对，"一则此番金军南下，不是仓促相遇，而是大军全军南下，分东西两路……"

岳斐微微一怔，方才扒了一口饭。

"西边这里他说得清楚，乃是完颜瞻汉做大元帅，一共发了十个万户十万兵，下面一百个千户，上百上千个骑将，据说是要打陕州、洛阳，扫荡河东，甚至要进取关中……东边他就不清楚了，只知道大约比照着来，是要扫荡河北大名府，然后打青州那边，说不得还要去打宁庆行在。"

"那边多少兵？"根本不知道赵官家已经南逃然后又停下的岳斐再也咽不下饭，直接放下饭碗，严肃追问。

"只多不少。"王贵也正色答道，"因为那边虽无元帅，却有十一个万户！领兵的先锋和压阵的副帅更是大金老皇帝完颜阿古达的亲儿子与堂兄弟。"

初冬天冷，岳斐却难得觉得胸口闷热难言，费了好大力气才消化了这些东西，再度开口："第二件事呢，怎么说？"

"第二件事却是说王太尉之前志得意满，传檄河北、河东诸郡，到底是让金军有些慌乱，以为是正经大军，所以此地金军却是得了命令，定要斩了王太尉才可南下……"帐中微微烛火下，王贵披甲立在一侧，出口哈气，白雾缭绕，似乎另有他意。

"这是好事。"

岳斐盯着自家兄弟面孔，稍微一想，便醒悟过来，心里也跟着轻松了不少。"金人厉害在骑兵，这山中他们根本施展不开，而王太尉在这山中，成败根本不在兵力悬殊，而在能否压得住山中人心……又能帮宗留守和陕州、洛阳那边牵扯不少兵马！"

王贵连连颔首："哥哥说得对，俺也正是这般想的！况且，俺今日私下想了一天，王太尉成了箭靶，也不关咱们兄弟的事，咱们留在这里也没用处，偏偏王太尉此番可不仅是帮宗留守牵扯住了兵马……哥哥，咱们为何不能趁金军主力南下，而此地金军又要先围王太尉之时，趁机从外围绕道回相州呢？"

岳斐心中一动，也是惊喜一时，张口便要答应，然而话到咽喉，不知为何，却终究不能出口。

王贵见状心中惊讶，但和汤怀、张显二人一样，他素来服气这个与他同龄的"哥哥"，所以也不敢多嘴。

兄弟二人一站一坐，足足一炷香的时间，岳鹏羽这才缓缓出言，竟是平日军中下令的语调："咱们不能占这个便宜去相州。咱们得赶紧回河南，把事情告诉宗留守，然后帮着宗留守守东京。"

"哥哥？！"

王贵怔了许久方才弄清楚对方的命令，却觉得难以理解。"这又不是咱们做了什么坏事，金人自要南下，王太尉自要装模作样，结果引来附近金人主力，俺为啥不能占这个便宜？"

"不是这个便宜能不能占。"岳斐盯住王贵，伤眼再度抽动，却是极为认真言道，"而是要懂得道理……"

"哪有家在前面不回的道理？"王贵彻底失控。

岳斐心中五味杂陈，却是强忍着情绪对王贵这个军中第二人恳切解释起来："兄弟，回家分真回家、假回家。此时回去，固然能到家，但必然不能立足，三日五日，三月五月，还得被金人如鸡犬一般撵出去，然后连累乡人被金人屠城……你愿意吗？"

王贵闻得此言，想起这两年的颠沛流离，瞬间落泪，但终究晓得道理，却是勉力强答："自然不愿！"

"所以咱们好汉子要回家就得真回家！"岳斐起身扶住对方肩膀言道，"可想要真正回家，就只有一条路，那就是得把金人彻底撵出去，乃至于要反过来打到他们家里去才行！可真正要把金人撵走，你也看到了、听到了，那就得有能和金人这种十万、二十万大军硬来的正规王师！而想要有这种大军，就得绍宋不倒，就得官家无事！否则咱们连军械都无处寻！所以咱们这时候想要回家，只能往南走！这个道理，张显肯定不懂，可你跟汤怀无论如何一定要懂，不然俺岳斐就真没臂膀了！"

王贵心中已经服气，只是觉得胸中难受罢了，此时闻得这番言语，更是强忍鼻中酸意，应下岳斐，答应帮他约束军队，即刻抢在金人彻底南下前，渡河往南。

而王贵既然出帐，岳鹏羽一人枯坐帐中，只是机械端起饭碗，一口饭含入嘴中，这个年轻的将军竟然和王贵一般，直接鼻中一酸流出泪来，却是赶紧抹了一把，仰头强忍。

夜间山风呼啸，不知道为何，已经记不清儿子模样的岳斐竟然想到今日王彦对他说的那句话来……天日昭昭！天日昭昭！

但何其难哪！

第七章 界沟

建炎元年冬季，以黄河为分界线，大河两岸到处都有人在南下，宛如追随候鸟。只不过，其中有人主动，有人被动，有人是发起者，有人是追随者，有人则是被驱逐者，然后有人意气风发，有人狼狈不堪，有人黯然神伤，有人麻木不仁罢了。

十月中旬这一日，张显被汤怀绑在马上，然后亲手按着上了渡船，几乎是同一天，相隔数百里的地方，赵官家也开始行进。

赵玖和整个绍宋行在真不是被金军吓走的。实际上，这个时候的金军，最起码完颜乌竹和完颜塔兰的那支东路军尚在河北，他们第一阶段的攻击目标也是绍宋京东两路，以及尚未陷落的河北孤城大名府，赵官家他们也还没看到金军东路军的影子。唯一的迹象是东京留守司那里，枢相领东京留守宗颖发来文书，说东京形势严峻，尤其是东京西面的侧翼金军越来越多，应该是金军西路军要发动新的攻势。但这个时候，除了赵玖外连李罡都不信他的话了。

没错，李罡终于回来了。这位主战派的旗帜人物从旌和元年算起，一年半内标准的三起三落，小一半时间都在贬斥和被征召为宰相的路上，堪称朝廷主战主和的风向标。而这么一位人物，又少了一个存心与他争权的赵官家，那以他的威望和能力，以及那刚愎性格，或者说"震主之相"，甫一来到行在，自然立即就掌握了大政上的主动权。

这次迁移，就是他主持的。反对者当然很多，行在这里扬州派的拥趸太多人了，扬州也太吸引了……但架不住副相吕浩文是个好好先生。同知枢密院的汪博彦现在恨不得李罡看不到他；新的御史中丞虽然讨厌李罡，但是在选陪都这个方案上偏偏和李罡不谋而合……因为去南阳不是最终目的，而是要在南阳观察形势，看看能不能联系到西军，最终进入洛阳或者长安。

便是赵玖心里也清楚，从理性上来说，这个方案和去扬州一样都是具有可行性的过渡方案，只不过一个是要寻求江南的财富为根基，一个是要寻求西北的军事潜力为根基罢了。于是，迁移立即就毫无阻力地开始了，赵玖一言不发地随大部队一起动了身，这位赵官家怀着某种羞耻感、畏惧感、茫然感、好奇感、振奋感并存的复杂心思第一次离开了明道宫，离开了亳州。

但大队人马离开亳州，往西南方向行不过百余里，刚一进入京西北路地界，也就是项城和万寿中间某处的时候，却又在颍水畔重新停了下来，因为前方有叛军拦路。如今中原到处是叛军，出了这样的事倒也不足为奇，而这支首领唤作丁进，被称为淮西贼的叛军赵玖等人也心知肚明，因为这支军队几乎是在赵官家和李罡眼皮子底下发展起来，就是前一阵子刚刚起势的，本就在剿灭的计划之中。唯独这支叛军发展迅速，短短月余就沿着淮河上游支流控制了大量城镇，此时又进逼颍水，挡住了往南阳方向的去路，却逼得行在这里不得不调整原来的军事计划，征召部队，先行剿灭。

"必要破丁进方可行！须知，此贼非止是挡住了南阳去路，更拦住了淮南诸州军往行在的通路，听说之前庐州、滁州、无为军、和州四郡闻得行在艰难，合力凑了一笔钱粮布帛，并以丁壮押送，都走到八公山了，却被此贼所挡！"

"区区贼寇，本就乘乱而起，前后不过两个月而已，看似兵多气盛，其实人心不附，只要汇集精兵，寻机一战胜之，便可轻易降服，收为己用。"

"不错，行在这里尚有精兵四五千，宿将多人，亦足以应对。"

"这些都是经验之谈，王源，你为御营都统制，我问你，具体何人可为将？"

"右营副统制刘正彦正在营中，苗傅、杨轶忠、刘彦，或世出将门，或久战宿将，皆可辅佐相从。"

"可若如此，行在岂非无兵？"

"不错，千金之子坐不垂堂，如今乱象，若行在精兵尽出，怕是几百水匪、野贼都能毁了绍宋社稷！肘腋之患，不得不防！"

"这也是老成之见，可那又该如何？"

"之前为保两翼无忧，御营使司刘广仕、后军统制张峻、左军统制韩师仲，皆在京东两路剿匪，距此并不远，且多有缴获、降服。如此，行在何妨暂停此处，然后召唤其中一二，来此护卫。一来，可坚实御营；二来，也要借缴获安置鼓舞随行文武；三来，也该对诸将官多加优赏。而待彼兵至，再发行在此处精兵去剿匪，也是雨露均沾之意。"

"此亦老成之见。"

尚书左仆射兼门下侍郎，也就是宰相李罡了，独立于诸臣之前，闻言只是思索片刻，便重重颔首。

"但京东重地，不可无守卫。我已急召张所往山东设留守司，但他之前被贬斥广南，此时怕是还在折返路上。宇文学士，你自青州来，可知彼处何人能为将？"

被问及之人，乃是资政殿大学士宇文绪忠，旄和中负责与大金议和，所以李罡初次执政时被贬斥青州，只是后来黄虔汕倒台，赵玖急需建立一个有政治威望的秘书班子，又因为张骏的举荐回到了行在。

而此人此时闻得李罡询问，先是稍作思索，却又苦笑摇头："李相公想多了，诸将之中此时有此资历、官阶、威望的，只有刘广仕一人而已，而且刘广仕这个人虽然不善战，却善于招抚、养兵，此时安抚局势以待张留守，他是不二之选。"

年纪四旬有余，比宇文绪忠年轻四五岁的李罡身材微胖、精神矍铄，此时扶着腰带，更是显得极有风采，一张口也是声音洪亮，将此时当作议事堂的小小庙宇正殿震得房梁发颤："不错，我也以为刘广仕可为京东暂驻，为张所辅弼！"

言至此处，其人也不问同知枢密院的汪博彦，直接回过头来看向之前宛如隐身的另外一人："官家以为如何？"

坐在如来佛像下方，跟如来佛一起装木雕的赵官家，也就是赵玖了，闻言终于有了动作，却是即刻颔首不迭，然后说出了这一阵子说得最多的一句话："就依李相所言！"

李罡满意至极，这次回来，官家的表现真是让他无话可说。

然而，和以往不同的是，本该继续去做木雕的赵官家却又顺势追问了一句："如此说来，便是要调韩师仲与张峻来此吗？"

李罡微微一怔，然后摇头："不用都来此处，淮东如今也不安靖，何妨派出一部往寿州一带以作侧翼？便是来行在这里的也只是临时护佑，待御前右军立了功，稍有缴获壮大，如张、韩这般宿将，都是要继续放出去，或剿灭叛乱，或屯驻前线要害的。"

"那就让张峻去寿春吧！"赵玖忽然再言，"让韩师仲来此。"

李罡只觉得莫名其妙，但这种小事不至于跟如此乖巧的官家产生冲突，便直接颔首应下了，这一次御前一佛堂一议事堂会议也圆满结束。

只能说，李罡来了以后，官家的生活就是如此波澜不惊、平平无奇。且说，大事议定，小事李相公自去忙碌，无所事事的赵官家在杨轶忠和刘彦的护卫下信步转出佛堂，四处闲逛起来。而等到赵玖在这寺庙旁寻得一个高处，远远眺望，本想观赏颍水风光，却不料一眼瞥见了七八里外的一个小集镇。

"那是……"

"是界沟镇。"杨轶忠似乎什么都懂，"因为在陈州与顺昌府交界处得名。彼处挨着颍水，有渡口，所以颇为繁华。"

赵玖微微颔首，他心中虽然极度好奇，却只是踮着脚眺望，并没有往那里走一趟的意思……无他，行在之前停在明道宫，如今停在野地里的寺庙中，本意都是为了防止侵扰百姓，也是为了防止百姓听信谣言，产生骚乱，冲击行在。行在这里几千兵马、数百官员，外加他们的家眷，对地方上造成的侵扰不可避免，但离得远一些，到底是聊胜于无。

就这样，赵官家在小坡上踮着脚看了许久，只大约觉得彼处确实人来人往，颇为热闹，但终究是模模糊糊，却不由得摇头。

"官家不用疑虑。"杨轶忠在旁笑道，"若无金人之事，此时天下尚在盛世，此处又没遭盗匪侵袭，自然是真的繁华热闹，便是咱们路上经过那些集镇，官家虽然在乘舆中，难得细看，可路上建筑与行人衣着总是假不了的。"

赵官家干笑一声，然后点了点头，便要转身下去，然而刚刚下了小坡，这赵官家却又忽然回头："正甫、平甫，你们可知道绍宋有多少人口？"

杨刘二人对视一眼，几乎是同时脱口而出："一万万又两千万！"

"这么多的吗？"赵玖不由得愕然。

"官家，这是三年前本朝户籍所载。"杨轶忠俯首小心应道，"有心人皆可知。"

"现在呢？"赵玖恍惚询问。

杨、刘二人再度相顾，却没有一个确切答案了。

"等天下安定下来，又能有多少呢？"赵玖再度开口问询。

而杨刘二人只能低头不语了。

"出去走走吧，咱们不给李相公添麻烦，就不去界沟镇了，只到周边乡野里看看。"赵玖一声叹气，复又调整情绪，微微一笑，终于是忍耐不住自己的好奇，要去学古之明君那般存问风俗了。

赵玖此时的心情很复杂。今日造访了紧挨着行在的两处村庄，而两处的景象都没有他想象的那么糟糕。想象中这里的村庄应该是"白骨露于野，千里无鸡鸣"，外加"老翁逾墙走，老妇出门看"。然而现实却是一半一半吧。

与此同时，村庄内的道路整齐，本地特色的茅草泥屋虽然不乏格外破落的存在，暗示着主人家的彻底破产与逃亡，可总体而言，新旧不一的颜色以及大部分房舍院落中遮掩不去的生气，依旧说明这两个村庄都还算是健康的。除此之外，留守村中老弱们的粗布衣服也还干净，里正更是穿了一身染色整齐，还有暗花的绸布长袍。总而言之，生产力低下是有的，因为北面战争导致的内部压迫加重也是存在的，贫富差距更是明显，底层老百姓数着米瓮里的米过活更是亲眼所见……可战乱一日没有波及过来，这到底还算是一个正常的乡野。

且说，以前在明道宫的时候，赵玖不是没有出去看过，但可能是那里更偏北，而且周边多是明道宫的"皇庄"，几次远行也都是清晨驰马，然后便匆匆折返。所以，这位赵官家很难接触到真实的基层风貌。

"官家真是圣天子仁心。"眼瞅着赵玖一边胡思乱想一边不自觉往界沟而去，杨轶忠终于忍不住再度开口，"知道前方有贼人，冬日间交战起来必然截断颍水、淮水，连上冬季冰封，说不得便要一冬都难通运输，便提醒村民储备一些粟米。"

"他们未必听，且天下战乱突起，河北河东基本沦陷，你们说绍宋有一万万又两千万人口，此时遭兵祸的，何止一两千万？将来遭兵祸的，又何止三四千万？"赵玖在马上回过神来，却头也不回地缓缓言道，"所以身为天子，行此微善，反而像个笑话……"

"不会的！"杨轶忠赶紧正色更正，"正所谓君子闻其声不忍食其肉，见其生不忍见其死，官家查探民情，知民之疾苦，虽只是随口善意一言，却正是君子仁心所在，而君子仁心又哪里分天子和寻常人呢？"

刘彦在旁，本想跟上奉承，张口欲言，却一时转不过弯来，只能硬着头皮加了一句："官家，臣也是这般想的。"

前方赵玖闻得此言，回头斜了这二人一眼："平甫不会说就不要说，正甫会说不妨多说点。正甫你不就是担忧我要是真去了界沟市集里，到时候李相公会训斥乃至于降罪于你吗？所以才出言委婉提醒，逛逛乡野也就罢了，就不要进去界沟了，因为朕身为官家，干这种事情并无意义，不如演个木偶来得有用。"

容貌威严的杨轶忠难得干笑一声，却又拍马上前，立即恢复了正常时的威严之态："官家！臣不仅是惧怕宰相，更是忧虑官家安危。市集之中，不能跑马，不好露刃，且不说时局动荡，万一真有胆大包天之徒，届时会有肘腋之患。只说官家这身圆领红袍装扮，伪作亲王，哄哄那些乡野人都不够，到了集镇中，必然会惊起有心人，届时身份揭穿，百姓又多，良莠不齐，不免会出岔子，官家也不可能看到什么。"

赵官家缓缓颔首，一本正经："我懂了，正甫是劝我脱了这件衣服再去。"

杨轶忠登时哭笑不得。在后面跟不上也插不上嘴的刘彦刘平甫看着前面二人面露怪异之色。赵官家他文武双全也好，嘴皮子厉害一点也行，那毕竟是官家，刘彦没得想更没得说。可这几个月随侍天子日久，刘彦发现，之前他一直以为是个威严人物的杨轶忠才是个真正了不得的人物。

想这杨轶忠六代为将，算是世出将门，而且容貌威严，身材高大，治军也算严谨，弓马也了不得，乍一看真是古之名将一般的人物，可怎么就学会了这种文官曲曲弯弯的本事呢？而自己一个进士，却半点不懂这些，以至于官家说出他怕刘平甫说话不好听这种话来。而就在杨轶忠和刘彦各自胡思乱想之际，那边赵官家说完冷笑话后，眼看着身侧、身后二人都一时胡思乱想，忽然抓住机会纵马加速，一瞬间便跑出百十步外，直往界沟方向而去。杨刘二人怔了一下，然后暗叫不好，便也双双勒马加速，奋力跟上。

且说，佛堂里的政事堂会议乃是午后才结束的，出来的时候便已经是下午，看了两个村子，此时快到傍晚，所以杨轶忠真正的心思乃是不停说"好听的"，以拖住这位赵官家，让这件事情不了了之。然而，相处日久，赵官家虽然未必懂得杨轶忠的花花肠子，却也警觉起来。而且身为官家，他随时可以掀开桌子任性，当然了，也有可能是被李相公逼得累了所以才忽然纵马飞奔而去。

回到眼前，且不提刘彦完全想不通自幼在汴梁那种天下第一繁华去处长大的官家，为何这么想要去这种野镇上玩耍，也不提杨轶忠心中惴惴，唯恐官家厌烦了他的奉迎。只说这赵官家素来善于骑马，更兼平原之上一骑当先，放肆驰骋便可。而偏偏那杨刘二人与身后骑兵又因为各自披甲的缘故，竟然一直追不上官家胯下的好马，反而越拉越远，以至于二人到了后来根本不敢乱想，只是拼命追逐了。

　　一直到日落时分，杨刘二人方才引数十骑追上赵官家，愕然发现这位官家并未进集镇，反而是驻马于集镇西南侧往行在方向的颍水河堤上，然后居高临下，望着这界沟小镇出神不已。

　　杨刘二人不敢打扰官家，便随之立马，然后一起放眼望去。只见这中原临河小镇，前有渡口连接颍水，后以木栏堆土成圩，方圆不过数百步，正经大房屋也不过数十幢，又有草木所立窝棚，以成露天市集，颇显简陋。唯独此时行在停于数里外，中间几个村庄年轻男女俱来此避让，又有一些行在官员家眷奴仆，带着金珠等物在此贩卖，并采购布匹粮食等紧缺之物，故确实显得人多一些、热闹一些罢了。

　　而此时，夕阳渐下，眼瞅着市集便要关闭，有些胆大的、穿着短袄的村民记挂家中，三五成群出得圩子，一边攀谈今日见识一边小心向村中而去，还又有些商户、百姓连连呼唤渡口渔民、艄公，请人家帮忙渡河向西，俨然是自颍水对岸而来，此时要往归对岸家中。

　　待稍一转头，却见到这圩子最后出来的一行人竟明显是行在负责采买之人，只见几个小内侍吆五喝六，让力夫赶着大车出来，竟是顺着河堤往自己这边过来了，临到近前，借着夕阳微光才看得清楚，乃是要将好几车冬菜送往行在。

　　赵玖伫立良久，目视这支队伍一路由远及近，临到跟前时领头人又发现不妥，然后匆匆跪下问安，方才忍不住微笑相询："张大官，朕且问你，买的都是什么菜啊？可有给钱？"

　　"回禀官家，李相公看得紧，不敢不给钱，只是此地太贫太野，除了冬菜以外，并无时鲜！"那张姓内侍听到官家喊他大官，喜得魂都要散了，赶紧爬起来表功，"不过，小臣不敢让官家和潘娘子受委屈，找了半日，先找了一些本地鱼鲜，然后竟找到了一家顺河来卖姜豉的人家。小臣问得清楚，这是东京城中逃出来的，口味地道，今晚官家和潘娘子有口福了！"

　　赵玖也不知道什么是姜豉，却不耽误他一面大笑不止，一面催促对方速速回行在所在寺庙。然而，等到目送这支队伍消失在渐渐暗下的初冬落日光彩之下的下一瞬间，夕阳彻底落下，暮色里，这赵官家却忽然止笑，继而黯然神伤起来。

　　一直留意官家的刘彦和杨轶忠几乎同时注意到了这一点，然而，就在刘平甫越发茫然不解之际，善于察言观色，且对这位官家日渐了解的杨正甫却在心中陡然醒悟——官家还是在担忧金人会发主力追来，而一旦金人南下中原，这并不怎么完美和华阜的情形将不复存在。怎么说呢？杨轶忠想起昔日河北逃难时的亲身经历，想起那些家破人亡之事，也不由得黯然神伤……

第八章　反了

　　荒野中苦挨的日子是很艰难的，尤其是所有人都在等待的时候。

　　平心而论，韩师仲的行军速度很快，十月十七日行在定下方略，然后快马疾驰往京东各处传送军令，廿三日才找到韩师仲。

　　这里面有个小插曲，原来，这位御营左军统制本来在距离界沟不过三百里的单州平叛，但是他格外能打，行在这边出发前给的命令，出发后不久他就平定了此处叛乱，收降了贼兵，却被上司刘广仕召唤过去帮手，等使者到达的时候，刘广仕这里的叛乱也差不多被韩师仲平定了。

　　不过，接到命令以后，韩师仲没有任何怠慢，恭喜了刘广仕以后便直接整军八千折返，等到十月三十这天，便有快马来报行在，说是韩统制已经到达明道宫了，再过两三日便可抵达行在。然而，即便如此，行在的官员们也不免闲得心里长草，若是以往，他们还可以讨论一下各处的人事任命，说下地方上的委派安置，可如今淮西贼死死拦在前面，道路不靖，京东、东京的事讨论过后，真的是一点事都没有。于是，绍宋官员们又开始相互攻讦了。

　　数日间，先是有人弹劾资政殿大学士宇文绪忠等人在旌和中的过错。这大概是因为这位大学士最近越来越得到官家的青睐和信重，传出了此人要进西府的风声，所以大家将心比心，替李相公警惕一下。然后又有人弹劾李罡跋扈无度，滥权至此，以至于行在困顿于这种乡野之间。这个就更不用说了，就李伯纪那种表现，不知道多少人想为陛下分忧呢！

　　不过，这些都是小打小闹，因为正经的言官这边一直没有动作，而真要想动什么宰相、大学士这种人物，就必须要有御史直接开火——绍宋政治传统，御史正面弹劾宰相，宰相必须请辞以自证清白。

这个时候官家就可以凭自己心意处置，或者留宰相以去御史，或者是顺水推舟，就此罢相。之前李罢两次罢相，都是这个流程。而此时，这台谏不是被官家亲自掌握了吗？

十一月初一，傍晚时分，并无什么事务的御史中丞张骏轻松回到自己住处。

虽说是住处，然而野地里的一处寺庙便是再齐整又如何能跟明道宫相比？所以即便是身为御史中丞，年纪轻轻便得了官家青眼，握有极大权柄，可也不过是分到了寺庙的一间雅静厢房而已。而就算是这样，左右邻居也都是学士、尚书、御史，而且多有拖家带口之人。

回到眼前，张骏尚未入内，便在走廊上闻到了一股难得的香郁之气，却是摇头失笑，而推门进来，果然又见到自己房内桌上摆着一盆姜豉，而自己那两个好友也都在榻上下棋相候。

其中一位年长之人见到张骏到来，立即掀了棋盘，起身笑对："德远再不来，我与明仲都要饿死在这盆姜侍郎面前了。"

须知，绍宋时即便商品经济发达一些，却不可能应对天时。冬季少菜，而姜豉是一种以姜为主要配料的肉冻，驱寒入味，自然是冬日间少有的"时鲜"，更是下酒的上品。昔日在东京，是个当官的便都吃过此物，时间长了，便就着一个五代时的典故，含沙射影一般起了个姜侍郎的别号。

而张骏见到这二人也是高兴，便直接掩了门，连招呼都不打便坐到桌前，先伸手捏了一块肉冻，吃完后方才兴奋出言："不料今日也有姜豉，真是难得！"

那二人相对一眼，然后一起坐到跟前，年纪较小的那个"明仲"不知从何处摸出一壶酒来，主动帮忙布置碗筷，然后为二人斟酒。

三人坐定，却是年轻一些的明仲正色开了口："德远兄不知道，自那日内侍去远处集镇中采购，买到一桶姜豉回来，这颍州、陈州便有了传言，说是官家最爱吃姜豉，故今日陈州知州赵元显来此觐见，便专门带来好几桶，许多人都分到了。只因为元镇兄那里人口多，小弟便将自己那份一并给了元镇兄家中的嫂夫人，然后一起来德远兄这里蹭肉吃了。"

闻得此言，张骏连连摇头失笑："且不说这些，只说官家这真是无妄之名，倒颇有当年拗相公喜欢吃鹿肉的风范了。"

此言一出，其余二人也都摇头发笑。

话说，当日禁中内侍出去采买，好巧不巧遇到一处游商，便买了一桶姜豉回来，结果呢？官家当晚只留给潘贤妃一碗，其余半桶给了御前信重军官，半桶分给了朝中重臣，自己一口没吃。地方狭小，一时就人尽皆知，结果传到外面还是官家喜欢吃姜豉。

"官家是圣天子！"笑完之后，复又一饮而尽，张骏却是正色起来一声叹气，"古之明君都未必能如此。"

"谁说不是呢？"年长之人也跟着感叹，"这便是地道的解衣衣我，推食食我了，更难得的是患难之中倾其所有。可恨还有人不知足。"

张骏心中微动，却捻了一块冻肉入口，又自饮了一杯方才抬起头来，然后以手指向中殿方向，聊作询问："赵兄是说哪位？"

"还能有谁？"那赵兄，也就是赵定赵元镇了，闻言再度摇头冷笑，"身为人臣，殊无人臣之礼，想当日官家自己都不用，这姜豉第一个便送给了他，结果他知道后反而去训斥官家私自出行在，前往市集，导致百姓惊扰。明明官家怕惊扰百姓，根本就没入市集。甚至连杨、刘这两个大官身前的爱将都挨了训斥，杨轶忠更是被降了一级阶官。据说，当日与他住得近的几位，如吕相公、宇文学士等人，连忙将这姜豉分给了下属，唯恐惹了麻烦，结果等他回去，反而与他儿子吃得舒坦。"

张骏闻言也是摇头，却缓缓相对，"无妨，这些都是小事，而且，官家落井之后，此番信重李相公之意，人尽皆知，不然也不至于万事都让李相公坐在中殿处置了。"

"我懂。"赵定也正色相对，"大局也确实需他持重。但且看着吧，待三五月，南阳安定，转入洛阳，他若还是如此轻视陛下，我必然要当面狠狠弹劾于他。"

张骏连连颔首，俨然心中还是认同对方的看法。而旁边那年轻人，也就是胡尹胡明仲了，却根本不在意这些话题，倒完酒后，自斟自饮自用，已经偷吃了小半盆冻肉。

赵定今年四十三岁，大张骏十二岁，更大身侧胡尹胡明仲十三岁，且一个河东人，一个四川人，一个福建人，所谓资历不同、年龄不同、官位不同、籍贯不同，原本乃是八竿子打不着的人，若是在往日东京城内，想要一起喝酒都得是朝廷大宴会才行。然而，世事难料，这三人如今竟是生死之交。

想当日旌和之变，前朝灭亡，这三个人，外加被李罡砍了的谏议大夫宋奇愈，一起畏死也好，求生守节也罢，总之一起结伴逃到了太学中，又一起扔下张邦昌主动来投赵官家。

不过，这个小团体虽然相互之间算是生死之交，极为可靠，但明显缺乏领袖，缺乏组织性，而且每个人的政治主张也都不一样。譬如，赵定想抗金，但他认为应该先稳定内部局势，再行兴复，所谓攘外必先安内；而胡尹则激烈得多，他认为当今天子不该登基，应该开始就北向迎回二圣；至于张骏，就有些不好说了，只是隐隐有人嘲讽他是曲意奉上，一意猜度官家心意才做方略。

当然了，总体而言，在东京那段相同的经历到底让他们认识到了金人的野蛮与狡猾，所以大约扯起了一个不可媾和、一意抗金的共同旗帜。然后，又因为之前官位普遍低下的问题，多了一层想要相互扶持上位的私心。实际上，当日张骏能够成功上位，便有三人一起协作的因素。彼时赵玖下了旨意以后，早已经心中生疑的三人安排妥当，其中赵定以老成持重之言，张骏以攻讦李罃之语，胡尹以劝天子渡河迎回二圣之论，一起发力。最后，赌局胜在张骏身上以后，这张德远也没有忘记两个好兄弟，赵定从权户部员外郎即刻被举荐为殿中侍御史，胡尹也从起居郎被举荐为中书舍人。都是清贵紧要，且能日常接触到官家的好去处。

而显然，如今局势稍有停顿，这其中年纪最大的赵定有些迫不及待了。唯独张骏如今深得帝心，知道李罃不可轻易动摇，所以稍作安抚。

话说行在简陋，一盆姜豉用完，又借着佐料与日常冬菜下了两碗热米饭，众人便已肚圆。随即，三人中赵定因是河东人，带着全家逃难出来的家眷，要折返回去外面营帐中照顾家人，胡尹则干脆留下来准备与张骏同宿。

三人刚准备起身作别，却忽然闻得外面一阵喧哗，然后便遥遥看到外围军营中火光亮起，并有数道火把极速来此，俨然是有哨骑信使之流不顾天色已晚，于营中驰马，惊动了一些官员家眷。

三人面面相觑，也不多言，一起往中殿赶去，但还在路上，他们便听到了确切消息：金军主力忽然出现在了黄河下游，先锋完颜宗弼，也就是金军四太子完颜乌竹，兵力五万不止，已经渡河，直指京东东路。自梁山泊往东，黄河沿线全线告急！

"官家居然猜对了，完颜乌竹真来了！"恍惚与震惊中，张骏本能想到了昔日在明道宫时，赵玖给宗颖发出的提醒。

金人主力忽然出现的消息，隔着六七百里路的距离，便几乎将整个行在的文武百官都吓破了胆。有人涕泣求见赵玖，请求罢免李罡的相位，理由是金人分明就是被这个主战派李罡引来的，不然为何之前两个月无事？还有人不顾一切，请求即刻御驾亲征。不过不是征金，而是让赵玖以天子之尊亲自驾临淮河上游的光州，临阵招降此时在彼处聚集兵马的丁进，这样就能速速赶路，连韩师仲都不需要等了！

也不是没有人劝赵玖回头的，但是只转回明道宫便可，因为韩师仲在那里，届时行在与韩师仲合兵足有一万三四，完全可以扔下丁进，绕路转淮东下海，直接南下扬州，甚至安亭。总之，原形毕露这四个字，此时用来极为贴切。

对此，不知为什么表面格外冷静且没有什么波澜的赵玖却是半忧半喜。忧的是，虽然他早有准备，但这些文武平日里看起来真的是像模像样，个个能文能武的，以至于他几乎信了这些人的鬼，而金人真的来了，他们也终于恢复了原形；而喜的是，到底只是几乎，还是有这么一点人没有被吓破胆的，而且还是有一些人坚持了立场。

李罡不必说，他几乎是行在中和赵玖一样唯二保持冷静之人，关键之时，这位尚书左仆射临时处置罢免了数人，强行逐回了那些找赵玖哭诉的朝臣，并以金人距离极远为理由，要求第二日再召开政事堂会议，最后他居然在儿子的伺候下，直接睡到了佛堂正殿，而且在大冬天敞开大门，任人观看，总算勉强稳住了人心。张骏以及张骏近来推荐的那几个年轻人也没有让赵玖失望，关键时刻都站稳了立场。

而最让赵玖惊讶的则是宇文绪忠这个人，这个昔日在旌和中负责与金人议和的大学士，这一次却显示出了极大的克制和风范，唯独立场不明，否则赵玖真想把他立即放入东西二府为相。宇文绪忠自陈当日负责议和却致二圣北狩，国家濒亡，常常自责，所以自请北上，一则力求拖延一二；二则看看能否说服对方退兵；三则看看有没有希望迎回二圣。

赵玖当然不许，然后宇文绪忠便和其他人一起被李罡逐出后殿。然而，正所谓你站在桥上看风景，殊不知自己也是风景，整个行在，自昨晚骚动以来，行在上下文武感到惊讶的事不是别的，正是赵玖的冷静。联想到他之前与宗颍交流时，那对完颜乌竹引金军主力南下的神奇判断，就更是让人惊愕了。

"这有什么好惊讶的？"

翌日早上，又一次御前—佛堂—政事堂会议召开，赵玖依旧好整以暇，说起话来也是面无表情。"金人本自渔猎部落联盟而起，彼时不知何为奢俭，不知何为权斗，不知何为君臣，十三载而起，便是急速沾染这些东西，却也简单至极。诸卿不是不懂，而是想多了。

"为何是完颜乌竹？便是因为他是完颜阿古达四子，仅此罢了。

"想那大金太祖阿古达一代天骄，功成身死，皇位转入其弟完颜吴启迈手中，然其人开国之威在大金中委实不可侵，所以二太子完颜斡离不虽死，可大金主完颜吴启迈、元帅完颜瞻汉却根本无法动摇完颜阿古达诸子丝毫权势。

"再一条，便是金人兵法传自狩猎，兵马左右分翼已成定式与传统，不可轻易更改。而完颜阿古达诸子多年幼，二子完颜斡离不既死，唯三人而已。大金以勃极烈制掌大权，长子完颜斡本必然要在中枢继续做他的勃极烈；而三子完颜讹里朵，原本在西路军完颜瞻汉麾下，多有根基，此番无论是独立出来掌握燕京中军还是如何，却是万万不会扔下本部的；故此，完颜乌竹虽然年轻，却是被诸兄弟推出来继承完颜阿古达嫡系在东路军中权柄的唯一人选。"

一番长篇大论下来，已经拆了如来佛像（拿去刮金粉了）的佛堂之中，端是一片寂静，而稍待片刻，却不知道是谁由衷赞叹了一声："陛下真是洞若观火，明烛万里！"

赵玖依旧面无表情，心中却忍不住暗暗吐槽："你若是知道答案，也能反推出来这么一个过程，可能比我还有理有据。"

"可是陛下之前为何笃定金军会即刻再度南侵呢？"御史中丞张骏忍不住追问了一句，"若以六月算起，这才区区四个月，金人居然便去而复返。"

"诸卿自东京来，比朕经历得要多得多，为何还会对金人稍有幻想？"闻得此言，赵玖终于动容，却是冷笑不止，嘲讽之意溢于言表，"金人称不上善恶，只是野蛮狡猾，宛如野兽一般，哪有野兽白吃了一顿肉，便不再回来的道理？"

而言至此处，赵玖复又看向宇文绪忠，语气也加重了不少："而若不将野兽打疼，也更没有与他们讲道理的说法！"

此言既出，宇文绪忠且不提，堂中诸多大臣也将腹中之话咽了下去，因为他们终于确定，这位官家目前暂时是不可能废弃主战思想的。当然了，真要是金军兵临城下，那就不好说了，毕竟有先例嘛。且再观望一二。

赵玖难得发作一回，眼看着李罡李相公也略显诧异地盯着自己，便赶紧肃然，然后继续端坐于去了佛像的莲花宝座之下装木雕了。

李罡沉默了片刻，然后回过头来，一张口却再无往日声音之洪亮。原来，其人昨夜为了安定人心，专门睡在此处，却又敞开堂门，点燃火盆，结果一夜寒风吹来，直接染了风寒，连嗓子都沙哑起来。

　　"此事我已有决断！"

　　李罡双目中皆是血丝，声音也低沉，但一开口堂中诸人便立即严肃起来，隐约比之前对待赵官家的发言还要严肃一些。"昨日连番快马军报，军情已无疑，却是金军主力大军南下，少则五六万。然以金军东西路军的常设来看，必然还有后续，最终十万主力应当无疑，且此番应该是冲着京东两路而来，不至于威胁行在，咱们不必过于忧虑。"

　　"此事我有异议。"就在这时，忽然有人不开眼地打断了李相公的沉着安排，引得众人纷纷怒目而视，待发现是官家后，便又干脆调整表情，满脸期待神情。

　　"陛下有何异议？"李罡越发蹙眉不止，这官家近些日子来虽然听话，但毕竟有前车之鉴，而且近来一两个月，眼见着他极善拉拢人心，身旁聚集了好一拨近侍文武，却也不得不防。

　　"金人不可能只取京东两路的。"

　　事关重大，赵玖也懒得计较什么三朝开济老臣心，以及老臣是不是在病中了，直接说出了自己的担忧："之前宗留守便说汜水关吃紧，未必是假，可见完颜瞻汉说不得也要发兵南下！"

　　李罡再度沉默了片刻，然后一阵咳嗽，方才勉力相对："陛下说得有理，而完颜瞻汉若发西路军南下，必然是要取洛阳、陕州，乃至于关中……"

　　众人瞬间惊住，如果是这样，且不说二十万金军再度南下，关键是若按照原来的安排，行在走南阳转洛阳或者长安，岂不是正羊入虎口？

　　"那就暂时到南阳不动，观望一二如何？"有人出言建议。

　　"也只能如此……真要事有不谐，何妨从南阳往南，入襄阳呢？"有人更加保守。

　　"就不能打一仗吗？"赵玖此言既出，佛堂中即刻鸦雀无声。

　　而不用其他人来说，天字第一号主战派李罡便一声轻叹，然后难得用沙哑口音轻声劝起赵官家："陛下，天下人尽皆知，臣向来一力主战，故若中原之地真有以一二可战之力，臣又怎么可能让陛下往南阳去呢？便是此时，关中且不论，京东两路，只有刘广仕万余人，其余皆为贼寇、地方州军新募丁壮弓手之流，以臣对金军战力的猜度，怕是年前，泰山以北便要尽数沦陷了。"

"若如此，便也无须想什么去处了。"赵玖也感叹起来，"金人既能立破京东两路，便立能知晓行在虚实与位置，届时有什么理由不追来呢？"

李纲刚要安慰赵玖，却不料这位赵官家已经继续说了下去："李相公，我之前说金人如野兽，你说野兽见猎物背对自己动身逃离，哪里忍耐得住？现在这个局势，与你的决断无关，乃是当日行在从宁庆拔营向南开始，便已经注定了的。金人既然破京东防线，又知中原虚实，复见行在南逃，而完颜乌竹年轻气盛，初掌大军，必然起轻视之意，又欲建不世之功与完颜瞻汉争雄，十之八九怕是要扔下一切，直接逐朕而来的。"

"那陛下以为该如何呢？"李纲越发蹙眉相对，而不知道是不是错觉，他似乎精神不振，需要借皱眉捏劲来提神，因为他的幞头两侧硬翅明显在微颤。

"我这些日子，思索良久，无外乎就是这么一个应对而已：能战则战，不求大胜，但求小胜以振民心士气便足以告慰天下了；而不能战则守，尽量布置兵马，御敌于江淮河网，稍保后方平安；至于不能守……"一身圆领红袍的赵玖说至此处，却并没有说下去。

不过，堂中人皆是饱读诗书的，闻言早已会意，却知道这是司马懿当日论军的言语，所谓能胜则战，不战当守，不守则走，可要是走不脱，就只能或死或降罢了。

李纲听得此言，心中稍作思量，却又摇头："陛下的意思臣清楚，但臣也说了，中原着实不可战！不过，宗颖在东京，刘广仕在泰山，或许还是可以守一守的。"

"能不能战，李相公说了不算。"赵玖今日俨然有了些跟李纲较劲的意思，却是让堂中不少人心中活泛起来，"当日，李相公自己也曾上书自陈不知兵……"

可能是大敌当前，也可能是赵玖的立场毕竟是好的，还可能是身上有病，所以李纲并未生气，也没发作，只是苦口婆心怼了回去："若臣不知兵，说了不算，谁又能说了算？陛下，你也不知兵，也未曾上过阵……"

"朕知道自己不懂战事，所以朕以为，能战不能战，当问韩师仲！"赵玖终于道出他今日的真正诉求，"韩师仲天下名将，而国家沦丧至此，难道没有战事不问将，却以中枢文臣遥隔千里为主的缘故吗？依朕说，早年在河北设四个藩镇，金人何至于饮马黄河，闹出靖和之变？"

这个话题格外敏感，但李罡依然即刻做出回复："国家丧乱，陛下可以用武人，但不可使之掌权。今日之语更是荒唐！至于中枢文臣遥隔千里为主的教训，臣也知道，所以使宗颖、张所为帅臣在前，驭将为战。"

赵玖也不与之争执，只是微微敛容以对："但从今以后，战事相关总该咨询一下前线诸将吧？"

堂中文臣议论纷纷，几名行在中随侍的武将却个个殊无表情，好像此番争论与他们无关，而李罡也稍作退让："若只咨询，陛下自可私下召见，亦可临时召于宰相身前询问，但之前那番藩镇之论、文武之论，还请陛下自重身份，莫要多言，以文驭武之道，实乃国家安定之根本，而一旦开禁，以武人之无德，为虎作伥也未必没有，届时金人不能挡，反而徒坏大局。"

赵玖得到李罡准许，自然不会再说这些意气之语，直接点头便是。

且说，赵官家与李相公各自收了神通，剩下的事情自然顺畅起来，很快堂上便议定了方略，或者说是通过了李相公的方略：一则，既然张所来不及去京东两路了，便只能快马传送，让宗颖、刘广仕小心布置两处防务，远水解不了近渴，只能死马当活马医，放权让他们自己处置。二则，虽说金军远在六七百里外，且兵锋对准的是青州、淄州、齐州等地，但如今行在后有金军，前有贼寇，还是应该即刻转入州城中以安人心。因北面陈州曾有过一次小叛乱，再加上此时很难说服行在文武向北，西南面又是叛军重兵云集，所以即刻议定了去南面偏东的顺昌府落脚。三则，无论金人是否追来，都必须即刻、迅速地处置掉前方淮西贼丁进。对此，行在定下了一个果决又大胆的方略，一面派本地出身的官吏去招抚，一面以原定的刘正彦为将，领三千精兵，外加苗傅、刘彦二人本部合计四千余兵马，直接渡过颍水，跟在使者后面向前逼近，一旦招降不成，即刻改为军事攻略。

这么做当然是很大胆的，一旦如此，行在这里短期内会出现个空窗期，只有杨轶忠领着几百御前班直进行护卫。不过，所有人都没有反对，莫忘了，今日已经是十一月初二了，韩师仲部队的前锋已经进入京东西路的范围，哪怕行在主动向顺昌府转移，早则今日，晚则后日，他必然能赶到行在保护官家与诸文武。换言之，即便是刘正彦引军离去，行在也处在两支最可靠御营部队的环形护卫下，只是距离稍远一点罢了。毕竟嘛，别看李相公一口一个武臣无德，但对于韩师仲还是很信任的。如果韩师仲都不可信，眼下这个局势还能信谁？

当然了，这个方略是有小心思的，赵玖不懂，其他人也没说，那便是既然要入州城，就不好带太多部队进去，否则会出乱子，最好是行在文武先入城中，然后韩师仲引兵到城下环卫。

事情既然议定，以李相公之雷厉风行，便即刻执行起来。

诸般繁杂且不提，反正不关赵官家的事情，而当日下午，赵玖便又一次开始迁移，习惯了骑马的他也不以为意。然而，这一日傍晚，只剩数百班直和几百文武及其家眷的行在顺颍水南下，一路跋涉，走到税子步镇暂时落脚，刚刚准备起晚饭之时，却忽然有人自东北面来……不是别人，正是今日早上议定方略以后，负责去迎接韩师仲的两位殿中侍御史之一的赵定。

浑身污泥、狼狈不堪的赵定甫一跳下马来，就给赵官家带来了一个晴天霹雳般的消息："官家，韩师仲那厮反了！"

刚刚端起一碗饭的赵官家目瞪口呆，久久难言……韩师仲都反了可还行？

第九章　走投无路

"韩师仲焉能反？！"

出言呵斥赵定的不是赵玖，而是宰相李罡，其人一夜冷风得了风寒，然后又主持会议、迁移、发兵诸事，再然后又冒冬日严寒跋涉至此，早已经疲惫不堪，此时闻言，却还是强撑着第一个表态。

"不错。"赵玖也醒悟过来，"韩师仲怎么会反？"

"臣也以为不会！"赵定面露激愤，却只对赵官家回话，"可他真的反了，臣亲眼所见。"

"不可能。"赵玖连连摇头，甚至低头扒了一口饭来强作镇定，"其中必有误会，赵御史不妨稍歇，再细细辨析。"

"不用辨析了！"赵定直接在帷帐内的篝火旁伏地叩首，"官家速速走吧！再不走就来不及了！与臣同行的牛御史已经被叛军杀了，彼辈距此不过二十里！"

赵玖再度怔住。

而一旁刚要起身再言的李罡也猛地跌坐回去。

"细细说来！"回过神来的赵玖依然不信，却也不能不做辨析了。

"官家，臣与牛御史奉命去迎韩师仲，结果在东面万寿县百尺镇便迎面撞上其兵马，初时前方哨骑还好，还能正常言语，交代军情，待到镇中遇到一个统领，其人言语不净，到后来干脆露刃！"周围早已经围上了一群原本就在官家所处帷帐中的重臣，而赵定也越说越悲愤，"臣与牛御史见情势不好，便要逃回，结果他们在后面放马引弓，故意把我们逼入冬日河中，然后用弓箭相迫，观望作乐，臣拼命抱着马匹逃出，牛御史体胖，挣扎不出，竟然活活在河中淹死，他们还在岸上大笑……"

赵定说到此处，早已经泪如雨下，却又勉力再言："臣狼狈逃来，他们还在后面隔着河沟喊叫，说臣躲得了今日躲不了明日，因为他们马上就要来官家面前做此射戏！杀尽文官！官家！速速走吧！百尺镇距此不过二十里，臣是下午遇到的叛贼，若贼人有心追上来，怕是随时要有不忍言之事！"

周围人纷纷色变，而赵玖恍恍惚惚，却好像抓到了什么："如此说来，只是百尺镇的韩师仲部因文武待遇有哗变之意，却未曾见到韩师仲亲自要反？"

"陛下！"不待赵定再言，旁边杨轶忠却已经面色发白，直接跪地劝说了，"此时不是韩师仲本人到底有没有反意的事情了，即便韩师仲本人没有反意，但他前军围了行在，做了不忍言之事，若再给他来个陈桥故事，又当如何？便是韩师仲精忠无二，事后杀了前军，又有何补救呢？韩师仲兵马七八千，前军最少两千，而我们却只有数百班直在此！"

赵玖恍然大悟，但依旧没有站起身来，而是端着碗侧身勉力强辩："便是前军也没有彻底反叛，说不得可以安抚一二……"

"没用的！"杨轶忠越发大急，"官家不晓得这些军中厮混之人，便是前军此时也确实没有造反之意，但凭着戏杀御史之事，早已经开了杀戒，而杀事一起，乱兵肆意无度，神仙都约束不住！陛下多读史书，不知道流离至尊之躯遭遇乱军是什么下场吗？所以还是速速走吧！"

非止如此，此时许久都没说话的李罢李相公勉力在自己儿子的扶持下站起身来，一时泪流不止，却又俯首请罪："官家，今日之祸全是臣粗疏所致，还请官家速速先行，臣自在此当之。"

赵玖认清了局势，一时手脚冰凉，再无言以对。

赵玖呆坐半晌，思索良久后，手脚居然复又温热起来，却是摇头不止："不关李相公的事，是朕咎由自取，到底没把此间局势当成乱世。而且此时也不是追究责任的时候。你们都说让朕走，可眼下的局势能往哪里走？"

"过河！去寻刘正彦、苗傅！"御史中丞张骏忽然插嘴。

"臣愿去百尺镇安抚乱兵。"宇文绪忠也插嘴言道。

"可以让杨轶忠引班直护卫官家过河！"李罢硬撑着言道，"但不要去惊动乱兵，此时去安抚，只会让乱兵知道行在虚实，反而容易肇祸！而过河后官家也不要去寻刘、苗，最好一面顺河疾驰顺昌府，一面派人将刘彦的赤心队调回。待入州城，再与韩师仲、刘正彦谈论。"

这似乎是一个可行的法子，赵玖恍然起身，扔下饭碗，便要去解开身后坐骑。

然而，其人刚一碰到马缰，便又醒悟过来，然后回头质问："朕过河去州城也好，找刘、苗二人也罢，要带多少兵？而乱兵若来，此处文武及其家眷殊无防备，又是何等下场？还有潘妃和皇嗣，他们也不可能随军奔驰，又是什么结果？再说了，朕只要一走，此处即刻会乱吧！"

"官家！"其余人皆一时无言，唯独张骏俯首低声以对，"官家刚刚亲口所言，此间局势已是乱世，而自古以来为人主者遭逢乱世，这种事少得了吗？"

赵玖连连摇头，却又放下缰绳，回头相对："朕读书少，唯独三国知道不少，张卿，朕可以做汉献帝，你却不能做董承！眼下这个局势，为汉臣的，都只该想着做武侯才对。"

篝火畔，非止张骏愕然抬头，便是其余所有人也都彻底失声。须知，赵玖所言乃是一桩三国故事。想当年，汉献帝东走，遭遇郭李乱兵，为渡河而逃，董承持刀砍随行人扒船的手，结果手指在船中堆积，居然可以以手捧之，而汉献帝虽走脱，可随行宫人、大臣、书籍、舆驾、宝物，却玉石俱焚。大家都是聪明人，自然懂得这话背后的含义，所以个个失声。

且说，赵定毕竟是个人物，他虽然狼狈而来，又亲眼见伙伴被杀，却没有彻底失态，而是来到赵玖所处的帷帐内，见到赵玖本人方才哭诉。故此，此时的篝火旁、帷帐内，绍宋流亡朝廷的核心人员虽然彻底失语，周围行在营地却毫不知情，恰恰相反，因为过一两日就可以进入州城，此时又在用晚饭，所以反而是欢声笑语一片，一条帷帐内外，天上地下，形成鲜明对比。

第一个打破沉默的是被儿子扶着的李罴："官家仁心，臣等无话可说。然而臣也愿借三国故事劝官家一句，天下可无臣等，却不可无官家。"

赵官家连连摇头，他是打心眼里不认可这句话，但对方接下来一句话却让他一时意动。

"若如此，不如让杨轶忠只领一百骑兵护卫，偷偷过河，对外只说是派杨轶忠去支援刘正彦。"李罴缓缓言道，"臣马上唤蓝大官来此，与此地诸臣一起隔着帷帐，继续伪作陛下在此模样，必不使人心自散，也不使行在对上叛军时殊无应对之法。而若陛下行得快，明日派来援军，或韩师仲真就不反，寻得他了结此事，则自然无虞。"

赵玖默然不语，周围人醒悟过来，纷纷出言相劝。更有一绿袍舍人，唤作胡尹的，直接开始脱衣服，似乎要与官家交换衣服，只是被杨轶忠阻止了……原来，此处帷帐一侧正对着颍水河堤，黑灯瞎火，无须在服装上作伪。

就这样，杨轶忠亲自出去调度妥当一百骑兵，众人便直接推着赵玖上了马，又偷偷划开对着颍水那边的帷幕，便催促赵官家速速动身从此脱出，沿河滩去寻杨轶忠。

而此时，李罡忍耐不住，却是挣脱儿子的搀扶，再度上前，然后在帷帐边缘于马下握住赵玖的手："官家，臣还有一言！国家悬危，所以官家让我们做武侯，我们惭愧……可是官家也不该以汉献帝自比，不求官家能为魏武，但求官家可为昭烈！"

赵玖心中一动，刚要回话，却不料李罡撒开手后，向人示意，就有人直接鞭打了一下赵玖胯下坐骑的屁股，坐骑吃痛，直接窜出了帷帐。

且说，夹杂着求生欲与羞耻感的赵玖半推半就，出了帷帐，俯身上了河堤。冬日暮间风寒，堤岸上的滋味更不用人说，而这官家被寒风一吹，却是生出不一样的心思：韩师仲今年三十九岁，身经百战，武艺绝伦，正是一个历史名将最黄金的阶段！今日早上说什么能不能战，要听韩师仲一言，真不是在跟李罡刻意打擂台，而是他这位官家的真心话。而且，赵玖坚信，韩师仲是不可能叛乱的。当然了，眼下的局势也很清楚，韩师仲没造反，这是他下属中的兵油子要哗变，但即便如此，赵玖也觉得荒唐。

刚刚李罡大概是觉得这一次真有可能是生离死别了，说出了让他去学刘备的话，大概是想劝他忍耐一时，或者是劝他学刘备不要耻于跑路……然而他赵官家若是刘备，那岳斐、韩师仲恰恰就是关羽和张飞呀！

好嘛，张飞手下作乱，把刘备逼得抛妻弃子……一念至此，赵玖心下恍惚，却是陡然醒悟，他终于明白为什么眼下这条路看似合情合理，自己却难以接受的缘故了。

刘备等张飞来见自己，结果张飞的前军作乱，那么刘备这时候该怎么选择？扔下所有人，顶着冬日寒风蹚过满是冰碴子的河去找什么孟达、魏延吗？不对吧！

且说，这些念头说来纷杂，其实在我们赵官家脑中早就开始盘旋了，此时不过是于一瞬间为冬日寒风所激，明了通顺了而已。一念至此，赵玖不再犹豫，居然顺原路打马转回帷帐，对着满帐愕然之人扫视一眼，然后立即指向其中一人：

"赵定！你说你曾与韩师仲前军哨骑询问过消息，到镇中遇到那统领才出现哗变之势的，是否？"

"是……"赵定恍然起身。

"那我问你，韩师仲本人在何处？"赵玖手持马鞭，面目于火光之下稍显狰狞。

"在……万寿县后方的斥沟镇！"

"距此多远？"

"四十里！"

赵玖听得此言，打马便走，片刻之后，却复又折返，然后依旧当着满帐茫然的诸臣工面抬鞭指向赵定："我不认得路，怕撞上乱兵，班直那里怕也要有些迷糊，赵御史来做向导可好？"

言罢，大概是担忧李罡会阻拦，又或许是醒悟路上还可以找到其他向导，总之，赵玖刚一说完，便匆匆打马再去，只扔下目瞪口呆的行在重臣们。

面对此情此景，身上污泥都已经烤干了的赵定张口欲言，却无半点声音发出。唯有之前同僚惨死冰河的情形，还有自家妻儿形象一时齐齐涌入脑中，催促他逃避一二。但不知为何，一种宛如福至心灵的感觉涌上心头，这位已经年逾四旬、在道君皇帝那里蹉跎了半辈子的人，身体几乎不受控制一般直接翻身跃上篝火旁的一匹马，然后从割开的帷帐缺口处上了河堤，并追了出去。

紧随其后的，还有御史中丞张骏与资政殿大学士、年近五旬的宇文绪忠。

平原之上的四十里路，对于不必吝惜马力的快马而言不过是大半个时辰而已。不过，夜间行路，而且不熟道路，速度自然要慢上不少；再加上随行班直皆有甲胄在身，几个文臣固然勇气可嘉，忠心可表，但驭马之术俨然不如赵玖和那些骑兵，所以又要慢上不少。故此，赵玖一行人足足花了近两个时辰，一直逼近三更天才来到斥沟镇，并以行在使者的名义一路来到韩师仲的"中军大帐"。

镇子里原本已经寂静无声，此时却又鸡飞狗跳，灯火通明。

集镇中心的街道之上，几名文臣气喘吁吁，几乎伏到了马鞍上，而赵玖却凭着体力优势勉力端坐在马上。至于旁边全服山文甲的杨轶忠，也再无往日的威严与从容，而是满头大汗，左顾右盼，对着四周数不清的面露好奇之色的骑士、甲士、弓手握紧了身前长枪，却又双手微颤。须知，若这泼韩五真反了，眼下的局势就再无转圜！

天可怜见，杨轶忠不是没想拦着官家，而是他又一次验证了自己的想法，这位官家的马术确实厉害！最起码自己穿着甲胄是追不上的！

大约等了半炷香时间，道路一侧一家二层客栈，也就是韩统制的中军大帐，方才打开了大门。然后，尚未见到人的影子，一阵骂骂咧咧的声音却先传出，接下来，一个只穿着绸布中衣短裤、披了一件白色大氅之人，方才摇摇晃晃走出门来。灯火摇曳，难见此人具体容貌，只能看出此人骨架奇大，身形极壮，还隐隐闻到了一丝酒气。

赵玖回头看了眼杨轶忠，后者紧张之余连连颔首。

这下子，赵官家彻底松了口气，却是遥遥放声相呼，声音之大，响彻整条街道："良臣！韩卿！御营左军统制韩师仲麾下前部造反，杀了朕的御史，朕被逼无奈，走投无路，只能抛妻弃子，扔下行在文武，来投奔你了！"

可怜韩师仲先是半夜被叫醒，此时听到这话，复又抬起头看了一眼那马上圆领红袍之人，却是惊得连大氅都掉到地上去了。

第十章　平叛

"劳烦梁夫人了，先给宇文学士与赵御史吧！他们年纪大，又是文臣，身体弱。"

"谨遵官家……"

"请官家先……"

"且用！"

客栈大堂上，年纪不过二旬多一些、匆匆起身装扮好的韩师仲夫人梁氏，正在亲手给赵官家盛饭、上菜，宛如某个遇到贵客上门的客栈掌柜一般。而一身圆领红袍玉腰带的赵官家则与几位紫袍、红袍、山文甲装扮的随行文武冠冕堂皇坐在堂中临时拼起的桌子前用夜宵，就像是半夜唤醒客栈小二来打尖住店的客人。当然了，要是店内外没有那么多甲士，没有那么多探头探脑看新鲜的韩师仲军中军官、士卒，那可就更像了。

但此时也管不了这么多，可怜赵官家之前一碗饭端了半天，就只吃了一口便扔下，其余人也都差不多，全是从上午到现在一整日奔波，如何不饿不累不渴呢？而且，现在韩师仲亲自引兵去百尺镇平叛，给行在那里报信的人也早就出发了，此处只有一个梁夫人在客栈内招待，一个唤作呼延通的副统领引兵护卫，除了吃吃喝喝等消息，这些君臣似乎也没什么话可讲，没什么事可做。

不过嘛，即便是只能坐在那里吃吃喝喝，堂中文武，包括已经知道了事情始末的梁夫人与那呼延通，也都觉得这位赵官家真的是胆气十足、从容不迫，真有人主之气！

其实，有没有人主之气不知道，但赵玖胆气十足、从容不迫肯定是真的，因为他连吃饭说话都虎虎生风的。甚至从这位赵官家的角度而言,这顿饭可能是他这几个月吃得最放松、最肆无忌惮的一次了。为什么?还不是因为这是韩师仲的中军驻扎之处!

且说,韩师仲,字良臣,今年三十九岁,边地州军出身,却是个天生的泼皮。不过,这厮毫无疑问是个天生的将才,到眼下为止,这个人生经历丰富、从军二十年的大将,攒下了以下但又绝不止如此的种种神仙战绩。

这厮从军数十年,无论是智谋还是武功,都堪称"人杰"。十几岁在烟广府当泼皮的时候,他差点一拳把一个算命先生给了结了,比某个花和尚三拳打死镇关西似乎都要给力,而这件事的起因是那个"算关西"给这位泼韩五算命,说韩五爷骨骼清奇,这辈子说不得能做到三公级别的高位,让下顿饭都不知道去哪里赖的韩五哥觉得受到了戏弄。

二十六岁那年,从军八年,却还在西军担任最基层军官的韩师仲,曾单骑突入对方中军帐中,斩杀了对面监军的西勒驸马,然后引发西勒军全军崩溃。

三十三岁那年,已为裨将、小校的他参与平方腊之战,先是以身诱敌奸灭了方腊本部,又亲自引人摸入方腊藏身洞中俘虏了对方。

三十八岁那年,旌和之乱起于海上之盟,绍宋军主力彻底崩溃,金人满万不可敌之言传播海内,而同一年,他在滹沱河巡逻,以五十骑遭遇金军两千骑,以斩首战术拔除对方军官,逼退了这支部队;同一年的冬天,河北实际沦陷,流落到赵州的韩师仲被围困在州城内,结果他趁着下大雪,悬索而出,百甲劫营,斩杀金军主将,成功解围!

且说,这些战绩加上这种资历,任何有些头脑的人恐怕都能看出来,这就是一个古之名将般的人物,天生将才,注定要载于史册的。实际上,赵玖与那些班直交谈,所有人无论天南海北,几乎都知道泼韩五的大名,知道这是个军中数一数二的豪杰人物,他的种种传奇也早已在军中传开。然而,另一个事实是,在军中二十年,光是神仙战绩就有这么多的韩师仲,最后位至统制,完全是因为他在河北,带着一队兵正好遇到了赵老九,得成从龙之功。否则,说不得还是个天下闻名的统领呢!

想当初,斩杀西勒监军驸马那事,整个西军人尽皆知,可消息一层层报上去,最后报到西军主帅童贯那里,而童枢相是何等人物,哪里会被这种荒谬的事情蒙骗?所以,这个战绩被打个对折再对折,最后干脆抹了,直接只让韩师仲升了一阶了事。还有方腊那事，破天的功劳，却被一个上官当众所夺。此事因为许多人亲眼见到过，并为之私下鸣不平，所以更加广为人知。至于后来靖和之乱起于海上之盟，韩师仲作为一个中层军官，从伐丽开始，一直身在大局之中，虽然本身强悍无匹，却只能随波逐流，那就更没人给他升官了。

也真就是靠着赵老九登基一事，他凭着拥立之功，才能当上如今这个御营左军统制，成为顶尖的实权武官。并因为后来平叛之功，刚刚被李罡做主升了定国军承宣使（武将加衔），从此可称一声韩太尉了！

回到眼前，且说之前韩师仲狼狈出兵以后，赵玖才主动提出用饭，然后梁夫人方让后厨再起火，等到饭做好，一群人和那百骑再眼睁睁地等赵官家肆无忌惮用完夜宵，又慢条斯理用起茶水……却不料，镇外喧哗一时，居然是那韩统制回来了！

"官家！"

身材魁梧的韩师仲披坚执锐，临到堂前扔下武器，却是裹着一股寒风和腥气步入堂中，然后俯首便拜："好教官家知道，那贼厮臣已经亲自了结了！"

说着，自有一名小校奉上一颗首级，俯首于韩师仲身前，好让堂中所有人看得清楚。其余人，那些军伍中人且不提，可宇文绪忠、赵定、张骏三个文臣，甚至还有梁夫人都只咬牙看了一眼，便无动于衷，赵定甚至冷哼了一声，俨然认出了这个首级。唯独之前端坐不动，今夜不知道让多少人觉得有人主之资的赵玖心下一惊，赶紧端起茶杯，将一口温热茶水咽下，以作掩饰……只能说，这次总算没当场失态。

"怎么平的？"

赵玖尽量目不斜视，却再难如之前想好的那般，起身近到韩师仲身前学汉昭烈装模作样了，只是依旧端坐不动而已。

"臣领军往百尺镇，还有十里的时候，他都毫无动静，便知道这厮没防备，臣扔下主力，只带百骑轻驰前往，在镇中唤醒他，然后就在街上一刀将他处置了……"

听到这种平叛方式，饶是赵玖早有心理准备也不由得一时失声，然后竟然不知道该怎么问下去了。

"叛军如何处置的？"宇文绪忠见机，主动插嘴询问。

"回宇文学士的话，俺着急回来见官家复命，并不敢轻易处置，只是让中军暂时围了那百尺镇。"

身上泥渍清晰无误的赵定复又忍不住一声冷哼。

"可曾问清楚了，他们为何要射杀朝廷派去的御史？"这时候，赵玖才彻底回过神来。

"臣惭愧。"

不知道是不是错觉，满口关西口音的韩师仲跟宇文绪忠说话时明显中气十足，俨然是韩五太尉当面，对上赵玖却总是有些小声小气，还没梁夫人刚刚交谈起来大气呢。"大约问了下，好像是先有传言，说是要将军中缴获交予行在，这些贼厮不懂大义，不舍得，所以来时便带了气。而后，他们作为先锋到万寿县城时，城中不许他们进入，也没给他们牛酒，只让他们去百尺镇中安置，而百尺镇却又早早被县中搬空，这就又起了郁气……不过归到根上，乃是这些人多为叛军降来，本就反了一次，做惯了贼厮的缘故。"

赵玖连连点头，这就合理多了，堂中也多有释然之意。唯独明白了缘由之后，赵官家心思回转，本想问问这斤沟镇百姓去向之事，说说军纪问题，但到底是心知肚明，晓得有些事情这年头真没办法，便又强行咽了下去。

而韩师仲抬头偷偷瞥见赵玖欲言又止，面色也不是那么好看，却是会错了意，赶紧又主动表起忠心："官家安心，臣知道行在这里道路被隔断，没有进项，连道祖和佛祖身上金粉都被刮掉，文武百官和右军那些贼鸟……那些贼厮数月不得俸禄赏赐，此次军中缴获，本就该拿出来给官家分忧才对！臣不会有半点不舍得的。"

"不是这件事！"赵玖连连摆手。

"官家是在忧虑如何处置那些叛军？"到底是直接受害人，赵定第一个忍耐不住，"韩太尉，我且问你，你部于行在之侧擅杀御史，逼得官家几乎孤身来寻你，此事若不能处置到底，国家制度算什么？"

"官家！"事关重大，韩师仲再不敢回避，只能不顾身上着甲，尽力躬身俯首求情，"此事最多只是一些军官贪财使气，臣这几日一定检查清楚，绝不使有人滑脱出去，但前军两千，这个时候怎么能轻易当成叛军一并处置呢？会出乱子的。"

赵定愤愤不平，起身便要正式弹劾，却被赵玖抬手制止了。这都什么时候了，刚刚不还说要认识到这是乱世吗？怎么稍微安泰一点就脑子发热了？

当然了，赵定本人是亲身经历，事出有因，也不好苛责罢了。

"此事朕信得过韩卿，韩卿是一军统制，自己军中内部处置就可以，但一定要与行在受惊吓的文武一个交代。"赵玖将早就想好的，可能也是最无奈却又唯一可行的处置方法说了出来。

韩师仲一时感激涕零，连连赌咒发誓。

不过，就在这时，本来放松下来的杨轶忠目光如炬，忽然眼角瞥见一幕……乃是刚刚一直沉默着的御史中丞张骏忽然用手在背后拽了一下他那至交兼下属，也就是殿中侍御史赵定的那身脏兮兮的绿袍子。对此，杨轶忠赶紧眼观鼻鼻观心，佯作不见。

而赵定会意，却又再度激愤出言："陛下！官家！臣不服！若以彼处乱兵太多难处置，时局艰难，臣无话可说！可身前韩太尉却只一人！他身为一军统制，麾下做出这种事端，却如何能不做处置？而若不做处置，这些军头眼中将来可还有朝堂威严与制度？"

韩师仲当即怒目而对赵定。

其实，这韩太尉自是今日被赵官家给当街一声喊蒙了，又天然服从官家权威，却如何会怕什么御史？真要是怕了什么御史，他还是泼韩五？便是此番匆匆平叛，也是给赵官家平的叛，难道是给这老措大出气来了？然而，韩师仲自在他本人中军客栈里怒目，赵定却昂然不惧，甚至看都不看此人，直接对着端坐于拼桌尽头的赵玖做出了正式弹劾："臣殿中侍御史赵定，弹劾御营左军统制、定国军承宣使韩师仲治军不力，含污纳垢，致使国家几有反覆之危，请罢此人一切职衔！寻良臣自代！"

韩师仲越发大怒，若非赵玖就在身前，怕是要直接直起腰来将这个漏网御史拎到后院茅坑，一并了结，想他韩师仲二十年才位至一军统制，容易吗？你却张口弹劾？这泼韩五心中戏码十足，回头看到赵官家怔怔不言，却又焦急不堪，然不敢撒泼，只是再度俯首求情罢了。

赵玖见到这一幕，回头环顾堂中左右，见行在文臣之狼狈，韩师仲之惶恐，又见这客栈中韩氏军官兵马，连着躲到堂边的梁夫人俱皆忧色满面……却是扶腰哑然失笑。

笑声不大，但甫一响起，韩师仲便不敢再出声，赵定也肃立不语，堂中登时静悄悄一片，只待这位官家出言决断。

"赵御史所言有理。"赵玖笑完之后，面色不改，依旧微笑相对，"国家越是沦丧，中枢越是虚弱，就越要讲制度，否则才是取祸之道。韩卿，今天要委屈你了！”

低着头的韩师仲听得此言，心如刀绞，声音中居然带了哭腔："官家如此说，臣不敢委屈！"

"那就好。"赵玖缓缓言道，"韩师仲驭下不严，部下擅杀御史，侵扰行在，免去承宣使，去御营左军统制，为权统制，依旧暂领御营左军。"

听得此言，其他人隔岸观火，多早有预料，而韩师仲这个当事人却是半喜半忧，喜的当然是官家心里有数，知道他的本事，到底没让他失了兵权，权统制也是统制；忧的是，大丈夫军中搏杀，求的就是万里封侯，显耀于人前，辛苦剿匪半年，好不容易得来的承宣使这个大衔却丢了，泼韩五变成韩太尉才半个月就又变回泼韩五了！将来得花多少工夫才能再变成韩太尉？

当然了，除此之外，还有三分气恼，却是恼那个年长的赵御史与坐在一旁指指点点做小动作的年轻御史中丞，他韩师仲勇冠三军，尤擅弓术，一双鹰目除了官家身上不敢乱瞅外，这客栈大堂何处看不清楚？

但不管如何，回到眼前，韩师仲听完这个处置，还是俯首谢恩了，一堂人都跟着松了一口气。

就在所有人都以为这场造反戏码就此结束的时候，赵官家忽然又出言："朕胆小，那首级实在是瘆人，一直不敢过去，韩卿且上前来！"

韩师仲不明所以，但还是两大步迈过去，匆匆于官家身前再度俯首。

"良臣站直了，抬起头来。"赵玖伸手扶住对方言道。

韩师仲依旧不明所以，但还是直起身，抬起头来，却还是不敢看身前年轻的官家，只是盯着前方二楼楼梯发呆。

而到此为止，火光之下，坐在原地不动的赵玖这才真正看清楚对方的容貌。一目之下，此人骨架着实突出，放在史书中一定要夸一句风骨伟岸的，然后又有一双眼睛目瞬如电，望之如鹰，令人啧啧称奇。

"良臣。"赵玖在座中打量了一阵，方才一声叹气，说了一句藏在心里的由衷之语，"以后见了我就不要弯腰了，因为我能直起腰来，向来是韩卿一直为我扶腰做胆。"

言至此处，满堂目瞪口呆中，这官家却是将不知何时解下的玉腰带拿了出来，然后就在座中，就在大庭广众之下，要为根本没反应过来的韩师仲亲手系上。

且说韩师仲归来，甲胄未除，腰中血渍黏稠，光影之下，黑褐一片，腥气扑鼻，而官家所佩玉带，自然是宁庆行宫中久存的制式宝物，此番匆匆围上，熠熠生辉之余瞬间被血污所染。见此情形，韩师仲回过神来，狼狈不堪，只能赶紧用手捏住对方。其人手劲极大，宛如铁钳，上来将赵官家捏得面色涨红……等韩师仲再度醒悟，却又只能尴尬松手，一时不知所措，失态至极。

"良臣平叛有功，本该重赏，可如今行在确实是空无一物，朕也一无所有，所幸今日良臣归行在，朕便不需要这种肥腰带来时不时提胆气了，正好与你，无须推辞……"

可能是手太疼的缘故，赵玖一边笨手笨脚系着腰带，一边只能缓缓出言拖延时间："至于区区承宣使，何必多想？你我君臣既然相逢，无非事成事败，若事败倒也罢了，若将来真能事成，难道朕还不如唐朝天子对郭子仪，舍出个郡王与良臣做做吗！"

韩师仲尚在失态，连话都听不清且不提，旁边赵定、张骏、杨轶忠等人却听得眼睛都红了。乱世中的危险从来都是莫名其妙和稀里糊涂的，正如这次韩师仲造反事件一样，确实是荒唐的，但危险也确实是存在的。

其实，这已经不是我们这位赵官家第一次遭遇类似事端了，之前在行在，就有赤心队的人因为误解了他的话，以为金军已经到来，所以准备捉了他当进身之阶，好回丽东。而且，这也不可能是最后一次。

不过，这一次虚惊却也是特殊。因为被逼到墙角以后，豁出去的赵玖收获的不仅仅是前所未有的安全感，也不仅仅是他自己开始有了一些莫名的信心，关键是其他人对这位赵官家的看法，也产生了一些微妙的变化。

"李相公病倒了，已实在是不能任事？"

在韩师仲亲自护卫下，十一月初五中午，系着一条牛皮带的赵玖甫一抵达顺昌府城外，便听到尚书右丞吕浩文如此来报。

然而和所有人反应一样，赵官家既没有太多惊讶，也没有过于担心的意思。之所以如此，乃是因为李罡之前发病缘由人尽皆知，此番病情深入也在预料之中。而且李罡这个人今年才四十五岁，平日里身强力壮，中气十足，此番来到顺昌府城这种不缺医药的大城中，完全可以得到妥善照顾，那么抵御风寒自然不用过于忧虑。

不过，除此之外，所有人心照不宣的一件事情在于，李罡行政固然出众，是个总揽朝政的好手，但他行事粗疏暴烈，不知道得罪了多少人，也不知道多少人巴不得看到他歇一歇，好让大家喘口气呢。再说了，这不是还有一位百骑平叛，顺便用一条腰带拴死了兵权的官家在此吗？大家不至于没有主心骨的。

回到眼前，韩师仲带着七八千兵，当然不可能引军入城，此时自去城外布置防务、设立营寨，而赵玖却在行在文武的簇拥下进入顺昌府，等到引百官探望李罡回来，又去安置下来，却已经是傍晚时分了。然而，等这位官家刚刚于官府大堂上落座，准备交代事情经过的时候，同知枢密院的汪博彦却小心翼翼站了出来……原来，顺昌府乃是淮上重镇，是连接两淮、水陆通衢的所在，所以区区三五日间早有各方讯息汇集于此，而汪博彦到底还是行在这里枢密院的执掌者，却也不敢不报。

"五日济南府便没了？"赵玖目瞪口呆，"朕也是看过地图的，济南府那么大，还是京东东路首府，那济南城也是天下名城，人口众多，如何五日就没了？金军跑马过去也得五日吧？"

"好教官家知道。"汪博彦言辞越发小心，"知济南府刘豫举济南降金，济南府中原有守将关胜，本欲出城分寨据敌，却被刘豫毒杀，此已经是十多日前的事情了……"

赵玖茫然一时，若有所思。

"回禀官家，乃是赵明诚。"尚书右丞吕浩文即刻回复。而这位副相既然知道赵玖忘记了不少人事，所以又主动多言了几句："赵明诚字德甫，乃前宰执赵挺之三子，之前为贼臣蔡京所诬，留青州闲居十余载，数年前启用，历任莱州、淄州知州，此番又被李相公就近任用……"

赵玖听到这里，却是忽然摇头失笑："此人应该不会降金吧？"

"自然不会！"吕浩文回复得极为迅速，"宰相之子，焉能降金？如刘豫河北无赖子，方有此祸！"

"那就好。"赵玖一声叹气，继而言语明确，"行在这里说到底还是被阻隔于道路，待淮西贼丁进得破，李相公醒来，后事自有将军、宰辅共议，当务之急，是问清楚前方蔡州、光州战局。"

此言既出，行在这里的众文武反而松了半口气。说来，人的心态真的很奇怪，李罡执政的时候，大家总觉得风格暴躁，希望官家出来搅和一下；而等到李罡病倒，官家暂时主持局面，大家却又想起官家之前那些诸如"能不能一战"的言语，担心官家会暴走，反而期望延续原来李罡的路线。但不管如何，且不提行在这里众文武怎么想，也不提他们后来知道什么"郡王"言语后的惶恐与轰动，官家回来召开了这次朝会，大约表态不会擅自更改路线以后，朝廷到底算是安生了几日。

然而，这种安泰只是表面的，是大局崩坏之下的暂时稳定。而接下来几日，随着西南面刘正彦交战不利，或者说是淮西贼丁进自知兵弱，合重兵守城不出，使得刘正彦一时无奈；再加上李罴病来如山倒，病去如抽丝，病情虽然稳定，却始终难以出来主持局面……顺昌府这里的安定越来越显得可笑，而躁动之意也弥漫于整个府城。

十一月十三日，又一个消息传来：早在数日前，赵明诚虽然没有降大金，却和这几年的许多绍宋文官一样，选择了弃城而逃，且淄州所属本土军将数千，全被他带到了隔壁青州，淄州八日便告陷落。这下子，行在全线震恐，又开始有人劝赵官家趁机从顺昌府改道东南去扬州了。当然了，此人遭遇了赵玖出井以来第一次手动操作处置……他不是要去南方吗？正好去琼州等黄相公！

然而，仅仅两日之后，十一月十五日，行在这里针对刘正彦的催促刚刚发出不久，又有一个坏消息传来：且说，青州知州刘洪道是个好样的，他非但没有投降和逃跑，反而汇集了济南府、淄州的逃军，外加青州本地的兵马，拢共凑出数万军民，并交给本州大将郑宗孟统帅，而郑宗孟也没有怂，主动引兵在青州和淄州的交界处，借着地利与金军主力展开了一场野战。结果，被坐拥五个万户的完颜乌竹一战而覆！

到此为止，京东东路的绍宋官方力量基本损失殆尽，整个京东东路都可以宣告彻底沦陷了。

行在这里，被惊得失语了一整日，而随后青州州治的知县张侃以身殉国、刘洪道和赵明诚一并南逃的消息陆续传来，却根本无人理会了……因为整个行在都乱糟糟的，大面积请求赵官家即刻动身往东南的上疏络绎不绝；少数建议沿淮河布置防线的也有；弹劾刘正彦无能，请韩师仲替之的更是几乎所有奏疏必备的言语。

当此乱局，下午时分，合力压住了完颜瞻汉主力出现在洛阳、陕州一带情报的几位中枢重臣，在尚书右丞吕浩文的带领下集体探望李罴回来，便即刻再去拜见官家，准备临时召开政事堂会议，却惊愕发现，赵官家居然在这个要命关头扔下城中文武，偷偷出城去颍水边上的韩师仲军营了。

"良臣为何不系玉带？"赵玖立在河堤上许久，终于等到匆匆赶来的韩师仲，而甫一回头，开口便引得一旁杨轶忠心中微微泛酸。

"如此贵重宝物，臣哪好真的天天戴着呢？"刚刚登堤的韩师仲匆匆一礼，便咧嘴而笑，不过这次倒是站得挺直，"放营中让夫人收着呢！"

"只要不耽搁上阵，这种东西就要日常系在身上显耀于人前的。"赵玖不以为意，"收着有什么意思？"

韩师仲连连颔首。

"且不说此事。"赵玖正式转过身来，也趁机转过话题，却顺势严肃起来，"良臣知道我私下找你来是要问什么事吗？"

"知道！"韩师仲举手指天，干脆直接，"官家与臣十日，不破丁进，臣便提头来见！"

"丁进算什么？"赵玖负手摇头相对，"刘正彦再无能，也不过是多几日的事情罢了……"

"那官家……"韩师仲是泼皮，又不是傻子，几乎瞬间便联想到了这些日子听到的一些风言风语，然后稍有醒悟。

"良臣，朕又被局势逼到墙角了，你给我说句实话。"言至此处，赵玖暗暗咬了咬牙，却又上前两步，主动握住了韩师仲的手，并问出了藏在他心里好久的一句话，"眼下这局面，金人真不能与之当面一战吗？"

韩师仲被握住双手，几度欲言，几度又止，他何尝不知道顺昌城内的争论？何尝不知道眼下的局势？何尝不知道自己这番话可能会影响接下来的大局走向？

但隔了不知道多久，这位被赵玖倚仗为腰胆的名将，到底还是正式且严肃地做出了回复："好教官家知道，中原平阔之地，金人骑兵数以十万计，咱们着实难战……"

赵玖一时黯然。

第十一章　官家开窍了

"国家大事竟然真的要问一个武夫了……"

"便是战事悬危，不得不问前线大将，何妨让韩师仲来政事堂，当着东西二府宰执、诸学士御史与六部主官之面堂而皇之一问？"

"这韩师仲就不靠谱！诸位不知道，那厮绰号泼韩五，除了已经去世的发妻外，现在一妻一妾都是风尘女子出身……快四十了，连个儿子都没有，只能日日夜夜带着夫人从军求子……"

"说人家私德干什么？韩师仲不靠谱，不足信，不是说他私德如何，武夫要什么私德？关键是月初那一次……若非官家有如此大智大勇，恩威并施，亲自去震慑住了那韩师仲，我等怕是早就死在税子步镇了。要我说，这韩师仲未必就有刘豫可靠！"

"都别说了，此时关键在于何去何从，说这些有什么用？"

"我们难道不知道这个道理吗？这不是官家不听我们的，却去听一个武夫才至于此的吗？你不知道官家对这厮的宠信，天子玉带都亲手系上了，官家只系牛皮带回来，这成何体统？更别说什么郡王之言了！"

"郡王倒也罢了，本朝是有成例的，若韩师仲真能在中原为官家挡住金人二十万铁骑，那便真是郭子仪再世，给他个郡王又何妨？怕只怕，官家年轻，本就好战，一时又被那韩师仲蛊惑了，准备留在这中原抗金，这绍宋就真……"

"慎言！"

"你我从东京来，这两年经历了什么，有什么可讳言的？要我说也是天命，那淮西贼丁进到底算什么呀？早两个月出来，早就平了；晚两个月出来，说不得还能迟滞金军，如何不偏不巧，就是从等李相公开始到决心去南阳为止忽然成了气候呢？先是耽误了李相公的来路，这又耽误了咱们的去路！"

…………

顺昌府官府大堂上，稍微恢复了仪制的一众绍宋重臣们七嘴八舌，着急上火，看似意见纷乱、立场不同，其实却是满满的于我心有戚戚焉——很显然，所有派系，无论主战主和、老成后进、扬州南阳，此时已经达成了共识，那就是不能再拖了，必须要动员官家先去一处安全所在！否则，一旦金军再突破了刘广仕的京东西路防线，就真的可以来个三五日突袭顺昌府，然后彼时官家最好的下场，也不过就是学汉昭烈败走当阳了。那么彼时的行在文武又如何呢？

"官家回来了！"内侍省大押班蓝珪匆匆从外面跑来相告。

"肃静！"一直闭目养神、保持沉默的尚书右丞吕浩文忽然睁开眼睛，大声呵斥道，"殿中侍御史何在，准备纠正朝纪！"

哪里需要纠正朝纪，闻得官家回来，行在诸臣早已经敛声屏息，静待官家上"殿"，然后就要拼死一谏了！

而片刻之后，随着杨轶忠引御前班直停驻于堂门前，久去不回的赵官家终于自外而来，然后直接上堂端坐，堂下重臣也自在吕浩文、汪博彦二人带领下纷纷出列俯首行礼，而君臣双方礼毕，各自相对，诸臣才发现，刚刚有了几日生动表情的赵官家复又变成之前那位木雕官家了。也不知道是福是祸。而且此时面对着这位面无表情的官家，竟然让人莫名怀念起那位粗疏如武人一般的李相公来了。但不管如何，事到如今，绍宋安危悬于一线，再不能有所保留了。

"陛下！"

一阵诡异的沉默之后，就在吕浩文作为东府副相当仁不让，准备上前主持会议之时，殿中侍御史赵定率先转出，并一脸严肃抢先开口，而且开门见山："事情已经很急迫了，臣请陛下巡幸淮甸，暂转扬州！"

见此情形，吕浩文立即便将本来要说的话咽进了肚子里。他本来就不是那种揽权的人，而赵定虽然固宠表态之意太过操切了一些，但到底是和大家本意一样的。

赵玖闻言微微叹气："我记得赵卿往日总是说金人不可和，说必要收复河山……"

"好教官家知道臣的心迹，臣今日也是这番话。"赵定言辞越发恳切，甚至有些失态，"臣是河东人，金人一到臣便全家流离，老妻小儿自河东往东京，又随臣出东京颠沛流离至此，臣一日不曾忘河东故土，抗金之意也从未动摇！但是陛下，要抗金首先得有抗金之力，有抗金之基。臣这些日子有幸随侍陛下，知道陛下是忧虑中原百姓，怕他们落到与河北士民一般下场，更担心此番一退便尽失河北、中原民心……"

"不是这样吗？"赵玖语气平淡。

"是这样的。"赵定即刻应声，"但若陛下与行在有了闪失，天下再复五代残唐格局，那臣敢问陛下，到底又有谁能组织起江南、巴蜀、荆襄、关中半壁江山，去应对金人的二十万铁骑呢？再说了，国家落到现在这个地步，两河沦陷，中原无兵，难道是陛下的过错吗？"

赵玖微微动容。

"陛下！"出乎意料，赵定刚刚说完，就在这时，堂中理论上的武臣之首，被排斥出核心圈子数月的御营都统制王源也忽然出列，并当场落泪，"臣受陛下大恩，自一武夫至此位，无时不念君恩，今日冒死进言，请陛下此时切莫有侥幸之心！须知，我军自旌和以来，连战连溃，几无可用之军，此时恰如朽木一块，而金军锐气勃发，方出河北，此时宛如离弦之箭，若强要迎上，只会被洞穿！但若能后撤东南，层层设防，则朽木亦可御长箭，待将来有所雕琢，还可反身迎上！届时兴复中原，乃至河北，也非是妄言！"

赵玖盯着对方一时不语，却又忽然抬头，扫视堂中其他文武。

而见到官家如此情状，见惯了朝堂的行在重臣如何不晓？官家这是不准备等这些人一个个出列了，而是要所有人干脆表态之意。于是乎，自东府尚书右丞吕浩文以下，同知枢密院事汪博彦、御营都统制王源即刻按班序出列，便是年轻的御史中丞张骏在稍微犹豫之后，也是小心低头出列。

这下，其余诸臣再不犹豫，在资历最长的资政殿大学士宇文绪忠带领下，纷纷出列。随即，吕浩文俯首开口相对："陛下，正如赵御史所言，事情已经到了瓜分豆剖的局面了，陛下千万不要再犹豫，此时暂避一二，方可图将来大局，至于去扬州后要不要再转南阳、襄阳都可再议，唯独希望陛下立下决心！"

"请陛下立下决心！"吕浩文之后，汪博彦立即咬牙跟上。

"请陛下立下决心！"汪博彦以后，满堂重臣皆从此言。

"诸位的心意我已经懂了。"赵玖依旧板着脸言道，"但我还有一问，李相公那里可有说法？他虽病倒，却依旧是当朝宰相，且到底没有到失了神志的地步，这种大事你们问过他了吗？"

"臣等刚刚问过了。"吕浩文早有准备，"李相公说若他能起身执政，必有主持与见地。但如今既然卧床难起，而陛下英武，又有定乱世之气，若陛下心中已有决心，他愿暂时屈己从之！"

赵玖怔了一下，却又缓缓颔首。

其实，李罢的"屈己"他是能感觉到的，而且是早在明道宫相见之后便察觉到了。想这李相公遮拦朝政，人事军政一把抓，却唯独没动对他本人威胁最大、也是赵官家心腹的台谏系统，这等于将一把刀子塞给了赵官家，从那时起，双方就已经有一些君臣之间的默契了。不过，饶是如此，当此关键之时，对方能够再度"屈己"，赵玖也是感激不尽的。

"其实，朕刚刚去问了韩统制，问他能否一战……"赵玖回过神来，也没让下面的群臣回到队列，而是直接开口做出了正式回应，"结果连他也说中原平地，实难一战，并劝朕以保全为上，暂往江淮相对。"

堂中先是稍起骚动，继而纷纷释然，接着又随吕浩文一声轻咳再度鸦雀无声，所有人都静待官家后面言语。

"朕也想明白了，今日之祸，本是我犹疑不定所致，而所谓吃一堑长一智……再不能如此优柔寡断了！"

赵玖端坐于上，面无表情，从容开口，语气之坚定，连立在堂门前的杨轶忠都忍不住偷偷去瞥了一眼，俨然是真的下定了决心。"朕意已决，发李相公与潘贤妃、皇嗣、行在老幼，明日出发往扬州安置，会合太后！而军情紧急，刚刚我便已经先发韩师仲往淮东泗、楚一带布置，让他与张峻一起，沿淮河布防，好与北面的刘广仕成掎角之势，以御北方可能来敌！然后朕与诸位……不妨先集合顺昌民壮、府库、军械之后，再巡幸寿州，临淮甸以做御敌打算！"

且说，寿州乃是淮上第一重镇，另一位宿将，名声比韩师仲还大的御营后军统制张峻此时应该已经去彼处布防了。而官家此言虽然还在遮遮掩掩，说什么去淮甸抗金，然而数月前官家未落井时不也说要去淮甸抗金吗？此言不过是考虑到黄淮之间的人心顾虑，以作遮掩而已。再说，皇嗣、宰相，还有皇嗣亲母，再加上行在家眷都要去扬州，难道官家还能不去？最多就是在淮上看看形势，若金军不追，便再折身；若金军来袭，亦可从容后撤扬州，乃至东南，倚大江大河以作防护。总而言之，太祖太宗在上，折腾了小半年，官家到底是开窍了，到底是要去扬州了！而且这一回，连李罡那匹夫都无话可说！

一念至此，不少行在老臣一时居然激动落泪。便是一些主战派，此时也有些释然之意，只觉得浑身都被官家掏空一般。

长久以来，行在这里的核心议题就是到底去南阳还是扬州。平心而论，南阳或者扬州似乎都差不离，都是对河北局势彻底无望和对中原大部的无奈放弃，然后寄希望于从后方振作的道路选择。而且，理性分析，扬州似乎还要比南阳更合适一些，因为扬州是大运河的起点，天然能够汇聚江南财富，而且前面还有淮河可做阻挡；相对而言，南阳盆地周边虽有山脉，东北向却也算是一马平川，彼处除了有个动辄百万大军的宗留守外，并无太多倚仗。

可是，所有人也都明白，扬州与南阳还有一个更深层区别，那就是一旦这两个地方也不能支撑时的后路选择。去了扬州，再守不住，就只能过江了。而一旦过了大江，只剩偏安。所以，看似合情合理最合适的扬州是主和派们的一致意见。

去南阳，进可入关中，退可入襄阳，且不说进入关中代表的主战含义，即便是退入襄阳，那地方也毫无疑问拥有比在江南更强烈的兴复政治信号，这一点当年武侯的隆中策说得很清楚了，这地方就是兴复中原的起点！所以，主战派在权衡了生存与兴复的平衡后，普遍认为应该以南阳为临时陪都。

至于宗颖回到旧都、岳斐渡河北上，包括韩师仲一开始也稀里糊涂上了个直接打穿大金战神完颜娄石的防区去长安的方略，基本上是被主流意见给当成胡话来听的，甚至宗颖断断续续的请回汴梁札子，某种意义上恐怕是因为他早在河北便认清了某些人的禀性，有借此来和李罡唱双簧的意味。是在强行架住、扯住赵官家。因为在当时那个情况下，唯一能扯住这位赵官家的，就只有类似的道德绑架手段了。君不见，即便是一群主和派，也只敢说去扬州抗金，而把过江偏安这种话给藏起来。

相对应的，即便是主战派，也绝不敢轻易言战，因为那是将二圣置于死路的一种狂悖方式，不是人子人臣该有的想法。实际上，即便是李罡，也只能说我们自强，则二圣自返。然而，这种清晰、明确的对抗逻辑之间，不是出了问题吗？因为一个不为人所知，却清晰无误的事实是，一切对抗与联合、矛盾与拉扯交会点上的那位赵官家，脑子里就根本是另外一个逻辑线条了：赵玖从未担心过二圣，也不会被二圣道德绑架。所以，他考虑问题的时候从来没想过那些人，也没被那些人的存在干扰。等到了李罡回来，行在开始迁移，赵玖在界沟目睹了许多鲜活之人，又在税子步镇受到那种生存环境挤压，多少是将他对这个时代的那种麻木感给驱散了不少。然而，也仅仅是驱散了不少，距离彻底扯开那层个人与时代的薄膜似乎还差了一点什么。

所以讲，此时我们这位赵官家的心思，莫说别人，恐怕连他自己都有些弄不清楚了……可越是如此，他越想无所顾忌地尽快扯开这层薄膜！

"德远在想什么？"

十一月下旬，已经结冰的颍水之畔，一支浩大而臃肿的队伍正在缘河而下，不过，即便是结了冰，作为原名颍州的顺昌府母亲河，颍水也依旧为这支迁移队伍带来了巨大的便利。故此，在还算是妥当的行程中，某段队伍的两名负责人还有时间在马上思索、交谈。

"不瞒元镇兄，"张骏从沉思中回过神来，倒未与赵定做什么遮掩，"我在想官家到底在想什么……"

"我知道德远的意思。"赵定苦笑摇头，于寒冬时节带出了一股白气，"你我俱知官家心有不甘，便是你我又如何心甘？但如今都已经要过淮河去扬州了，便是官家再有想法又如何？顺昌府这里还算是节点，往南阳往扬州尚有两可，而一旦到了寿州，过了淮水，正南偏西便是大别山。何为大别山？南北分江淮，东西别荆扬，这一去便只有东南一条路了！"

张骏连连摇头："这正是我犹疑之处，须知一旦过淮，再走下去，只有一路向南，而天下人的心气便会随之一路泄下去，而官家当日如此决绝之意，哪里像是泄气的姿态？"

"也罢！"赵定也是无奈，却又指着身侧士民百姓的迁移队伍叹起气来，"且不说东南之事，也随德远你怎么想，唯独眼下局势……你说，原本先发行在妇孺老弱，本意应该是轻装转移，如何又落得如此局面？这岂不是真成了汉昭烈携民渡江了？"

"这也是无奈之事。"张骏终于正色起来开口劝慰道，"旌和时金人便劫掠东京无度，致使彼处变成一片白地，彼时便有无数东京百姓逃亡此处……你莫忘了那姜瓛是如何来的。如今金人又尽破京东东路，依旧劫掠无度，京东两路难民再来，官家又要走，还要收丁壮、府库，士民惶惶，纷纷跟随，我们又有什么话说呢？尽量维持便是。而等这些人到了淮南，气候温暖，或者干脆散入东南，彼处城镇林立，又极富庶，总是有口饭吃的……"

赵定也是肃容，却又压低了声音："我如何不知道这番道理，且咱们几个人从东京一路挨过来，比此时更糟乱的局面也见过，我忧惧的还是此处动静太大，金人一旦得知，相距区区五六百里……正如官家之前的比方，明明野兽食人见血，却又要背对野兽，岂不是诱野兽来扑？"

"金人必然扑来！"张骏当即应声，"官家这个比方极为妥当，且从大局而言，行在自宁庆动身开始，便必然要引来金人追兵了。"

"我说的是眼下小局。"

"大小并不冲突，既然金人必至，何妨捎带顺昌府士民？"张骏越发严肃，"再说了，金人若要来，总得先过刘广仕那一关，刘广仕手上本就有一万多人，此番又得了整个泰山以南数个军州的防御之权，怕是不下三五万人，便是金人真来，不求他作战，只要他能倚城而守，节节后撤，也总能撑到开春的。"

赵定连连摇头，心中俨然不服，却没有再做争辩。且说，二人虽然是生死之交，又是铁杆政治盟友，但很明显，年轻的张骏率先得势，而且此时满脑子都是奉迎官家以稳住他的地位；与此同时，赵定年长，一直存着稳妥心思，不然当日在顺昌府城内也不会率先以官家心腹主战派的身份站出来劝说赵玖了，而且年长之人却是年少之人的直系下属，双方之间多少有些话语权上的尴尬。

就好像此时一般，明明是张骏负责维护这段迁移士民的秩序，他却一直在马上乱想，反而是忧虑这些士民带来麻烦的赵定一直兢兢业业，亲自维持住了迁移秩序。然而，二人既然沉默，未等赵定转身继续去巡视队伍，却忽然又有数骑沿河堤小心驰过，二人看得清楚，其中一人赫然是此时应该跟在官家身侧的中书舍人、自家兄弟胡尹，于是二人便几乎同时出言相呼。

而胡尹闻得呼声，一面并不稍停，一面却干脆直言相告："呼延通部小校与一刚刚从北面逃来的通判在许大参所领士民队伍中侵占、争夺百姓财物，为呼延统领所执，官家震怒，着我持金牌见呼延通，乃是要一并斩之！"

言到最后，胡尹竟是丝毫不停，直接消失在堤岸之上……而张骏与赵定也齐齐骇然！

且说，呼延通部是韩师仲走淮东前给赵玖留的一支千余人的可靠兵马，而所谓许大参，指的乃是许景衡，恰恰是张骏之前的御史中丞。当时赵玖不知道他的立场，只是见他多次维护宗颖，才没当成黄虔汕同党的，但也就是当成了工具人，把他随便扔进了六部闲置。而后来李罡回来，却是知道根底，引为臂膀，赵官家这才晓得这是位隐忍不言的主战派核心人物。故此，这次李罡先行，脱离行在，为了安人心，赵玖专门把吕浩文改成尚书左丞，将此人提拔为尚书右丞，同参知政事，也就是正式入了东府，做了副宰相，要借此表示对李罡信重不变的意思。

类似的处置还有很多，比如户部尚书、措置户部财用兼御营副使，同知枢密院事的张悫，此人原本被赵玖当成工具人扔出去到处刮佛像用的，据说还出了怨怼之语，如今也重回核心权力机构。而这些因为局势需要回归的老臣，正是张骏忧心忡忡的缘由所在。

但不管如何，现在的问题不是这些因为迁移而乱糟糟的人事变更，而是刚刚胡尹话中透露的另一个信息——官家居然主动杀人了！而且是不论文武一起杀！这代表了什么？官家此时到底在想什么？

"总不至于想着赤壁吧？"停了半晌，回过神来的赵定方才开口一语，却又忍不住嗤笑自嘲。

张骏却依旧不语。

就这样，二人继续催促队伍前行，复又两个昼夜，中间坏消息不断，而这日上午，忽然间，队伍前方又一阵骚动，细细听来居然是欢呼声，再一询问，原来前方队伍忽然发现前面冰面渐消，这才醒悟淮口不远，换言之，顺昌府与寿州边界已经要到了。

闻得这个讯息，一路辛苦的赵定自然是瞬间松了一口气，之前种种忧虑也是顿消。毕竟，按照计划，行在这里又要做一番分离，却是大部分文官就于此处携民渡淮，算是将顺昌府此番随行士民成功护送到了淮南之地；而与此同时，官家将与少部分行在核心人员，带着数千顺昌民壮与顺昌府库中的钱粮布帛军械继续顺淮河东行，到寿州去见徐州观察使兼御营统制之一的方面大将，也就是张骏的命中贵人张峻张伯英了。

换言之，一番惊吓与混乱之后，目的地终于要到了，而金人尚未追来，还有比这更好的局面吗？

"元镇兄……"

寒气逼人的淮河北岸，尚未结冰的大河渡口之侧，临别之际，一双黑眼圈的张骏忽然出言叮嘱："过河之后速速安置妥当，不要贪图淮南富庶安定，也不要接受淮南任命，即刻来行在相见。要我说，半载流离，天下事说不得要自淮上始见分晓。"

赵定半信半疑，但到底是重重颔首。

第十二章　荣辱

建炎元年最后一个月的第一日，大雪纷飞之时，赵玖在寿州城西三十里的淝水入淮口东台亭见到了中兴四将之一，与岳斐、韩师仲齐名的张峻张伯英！崛起道路大略和刘广仕类似，他也是在旌和全线崩溃里，拉出来一支两三千人的部队，然后在赵老九身边无人的时候出现在了该出现的地方。不过相对而言，张峻明显更有能力，因为他能够继承种家军这个西军大山头，倒是真靠搏命拼出来的。

首先，张峻是真跟着种师道在太原血战了，而且是在几乎全军覆没的情况下，拉出了一支残兵，突出重围；其次，他是靠着自己战场表现和个人魅力维持住了领袖地位。当然了，也肯定有一点点运气，比如说他遇到了贵人梁扬祖，这位先是接纳了张峻等流亡残部，又带着他们去见了赵老九的归德府知府是个知道进退的人，当日赵老九登基，商议保存原来的大元帅府，便是要此人担任元帅的，但梁扬祖主动放弃了兵权和中枢的权力，自请南下理财。而张峻便是又继承了这个山头，方才有资格位于刘广仕之下，韩师仲之上，成为御营一方统制。

回到眼下。大雪纷飞之中，东台亭中这次会面的气氛不知不觉变得紧张和僵硬，因为赵官家进入张太尉给他准备的暖亭后，先是很不给面子让人撤去了华丽的帷幕，又下令将亭中大部分美食、美酒赏赐给了辛苦披甲行军的班直与呼延通部，只留了几只亭中火炉上现烤的鸭子没动，然后却又一言不发，一直枯坐到现在。

可怜张太尉已经年逾四旬，一直立在亭檐边缘没有落座，肩膀上居然渐渐有了一点积雪……联想到当日这位官家对韩师仲的优待，以及那日落井后官家对某些原本心腹的态度转变，实在是不能阻止在场文武胡思乱想。而且说实话，大家普遍为张太尉鸣不平的，因为没有理由那边韩师仲部下造反得了玉腰带，这边张太尉出城三十里恭敬相对，却是如此待遇！当然了，赵玖真不是故意的，恰恰相反，正是因为知道这个张太尉的重要性，他才会一直犹疑，不知道该如何跟此人开口，然后一不留神就想远了。

"张卿且来同坐。"

终于，就在张浚旧部杨轶忠都有些想犯忌讳提醒一下的时候，赵官家到底是开口了，言语之随和登时便让亭中双方各自松了口气。

"臣不敢！"同样松了一口气后的张俊表现得依旧格外恭顺，"官家和相公们坐，哪里有我一个武夫的位置？"

"这有什么不敢的。"赵玖回过神来，一时失笑，"韩良臣前几日从这里过去，我不信张太尉没见到他腰中玉带，泼韩五连太尉都不是，尚敢整日系着玉带招摇过市，你堂堂张太尉居然不敢与我同坐吗？"

张俊依旧连连俯首推辞。

"张卿，"赵玖见状也是无奈，"你莫非是因我忘了些人事，便存心与我生分吗？正是因为如此，你我才该坦诚亲切一些才对，省得往日亲近反成了累赘。"

张俊闻得此言，不敢再犹疑，便走上前去，越过与他名字极似的御史中丞张骏，与几位东西二府相公一起落座，却又专门坐在了最外侧，只留了半个屁股于凳子上。

见到对方如此姿态，赵玖干脆摆手直言："这样好了，请诸位相公早些动身往下蔡城中安置，也省得在外挨冻，其余文武也都帮忙去安置队伍，朕与张太尉有几句话要私下来说……"

众人心中一惊，而吕浩文正在犹豫之时，刚刚回归核心圈子的同知枢密院事张悫却梗着脖子来了一句："官家与太尉说话，无事须避宰相！"

赵玖无奈，只能改口："我准备问张太尉些私事。"

"官家何曾有私事？"张悫几乎是脱口而出。

赵玖明显带了气，却也只能起身拂袖："那就请诸位相公在此慢慢用酒用鸭子，张太尉请来陪朕走走马，观望一下淮上雪景！"

这张悫本还想继续跟上，但想到官家那天下人尽知的马术，再加上亭子外面确实冷，到底也是被气了个不行，便干脆不起身相送，反而低头闷气喊人上鸭子，而亭中厨子早有准备，先将一份咸水鸭奉上，这才匆匆给诸位相公展示烤鸭厨艺。

等到目送官家和匆匆跟上的张峻一起打马往淮口走，又只有杨轶忠数骑远远相随后，不知道是不是因为名字问题，这张枢相一口烤鸭子下肚，复又将气撒到了御史中丞张骏身上，居然当众拎着鸭腿呵斥对方，说张德远身为台谏之首，殊无骨气云云。

而张德远年轻得志且不说，更因为心中清楚与这些老臣不是一路人，又哪里会示弱？虽不好如对方那般直接，却也阴阳怪气起来，以至于其余几位相公文武，还有张峻军中随行知机之人纷纷劝说不迭……但无论如何，亭中再闹，也难以阻止官家再度私下接见武臣了。

且说，大雪越发急促，河畔枯草白黄之色早已经变成一片洁白，而赵玖、张峻、杨轶忠一行人匆匆打马离开有暖炉的东台亭，避开大队过泗水的队伍后，几乎是前脚走过道路，后脚印迹便被风雪遮住。风雪之中，等到赵玖在张峻的带领下转入一处地势平缓的坡上，驻马遥望之时，却又见淮上气雾蒸腾，与漫天雪花交织一起，此时天地之间说是分明却又迷蒙一片，说是浑然一体却又天地河山分明，简直一片如画江山……想那赵官家小门小户出身，何曾见过如此景色？自然是啧啧称奇，刚才与那张憲的不快也顿时消散，几乎便要当场吟诗一首。

而等到赵官家看了许久景色，回头见杨轶忠远隔十数步立马，一行御前班直又远了数十步，身侧只有一张太尉的时候，却是终于进入了正题："张卿可知道我之前进亭中枯坐不语，是在想什么吗？"

"臣不敢冒昧猜测。"早就留心赵官家姿态，而且早就在心中想好了各种答案的张峻赶紧出言，"莫非是官家觉得臣在亭中布置奢侈了些？官家勿忧，臣知道行在艰苦，此番既然重归行在，之前缴获物资自然要尽数奉中枢调配，而臣这里也绝不会让下属为这种事闹出那等事端来的。"

"你想多了。"赵玖握着缰绳，继续望着淮上蒸汽缓缓言道，"我之前想的是如何让张太尉诚恳一些，为我所用，然后自然想起你我君臣相逢之事，便忍不住多想了一些……"

"臣惭愧，但有一言不吐不快。"张峻旋即低头再答，"臣在行在之外，也多少知道官家落井之事，但官家之重宛如泰山，官家对臣之恩，臣永世难忘，臣对官家之忠心与感激，也绝不会因为这等小事稍有顿挫……"

"我也是这么想的。"赵玖忽然开口，并直接扭头盯住了对方，"我刚刚在亭中想了半日，却是忽然醒悟，自己其实想多了。你和刘广仕相仿，又与韩师仲略微不同，咱们从河北相逢，一荣俱荣，一损俱损，相互之间反而无须什么腰带不腰带了。对否？"

"臣就是这个意思！"张浚大喜过望，只觉数月间的不安登时烟消云散，"官家果然还是官家。"

赵玖见状也跟着笑了起来，但笑完之后，却又直接在马上以手指向对方，然后又指向自己："不过张卿，那是彼时，彼时你我君臣在河北，你没有我便是道旁败犬，我没有你，便是金军饵料。而今时呢？今时若无你张卿，朕多少还有韩师仲与江南半壁可做倚仗；而若无朕，你与刘广仕却依旧只能如河北时一般，做那道旁败犬！对不对？"

不远处杨轶忠目瞪口呆，张浚更是面色大变。

"好了，朕现在问你。"赵玖严肃了起来，"张太尉，淮河能守吗？朕委实不想跑了！"

"官家！"

张浚怔了片刻，又赶紧翻身下马，即刻在雪地中以手指天："好教官家知道，韩师仲过寿州时已与臣说过此事，臣也是一般看法，金军胆敢违天时地利而来，三万以上，臣实不敢言守；若三万以下，还只是完颜乌竹那种初掌大军之人为帅，臣与韩师仲，再会合刘广仕、刘正彦，诸军合力，仗坚城联守，绝不会让金军过淮水半步！事有所败，且观臣死于陛下马前！"

"那就好。"赵玖居高临下连连点头，"就如之前所言，朕就在淮河对岸的寿春停下不走了，专替你等诱敌！事成，将来朕但有一桌酒席，总少不了你张太尉一凳；事败朕也不强人所难，或死或降皆请随意，只求张太尉不要再来见朕，以全今日雪中豪气！"

张浚自然无言。

话说，除了那些将心比心的投降派外，赵玖的心思其实瞒不住真正的有心之人。所有人都说不能战，那么他自然要问能不能守。所有人都说中原之地连守都不行，他自然要问能不能在中原边界，靠着淮河仗着地利守一守。而即便是淮河也难守金军主力的情况下，他自然还要再问一问，多少算是金军主力。问到最后，被官家逼到墙角的韩师仲终于画出了一条红线，那便是若能集合御营所有兵力，在淮河沿线靠着坚城大河布置妥当，三万以下的金军，还是能守一守的。

于是乎，赵玖就按照这个条件提出了这个粗疏的方案：他本人去做诱饵，看看能不能吸引来一路完颜乌竹的偏师，以求在淮河上达成一次最起码看似成功的防御，以提振民心士气。在赵玖看来，不成功便成仁。

但是不管如何，回到眼前，这种事情在金军绝对的实力面前依然显得很荒唐，所以即便是天不怕地不怕的韩师仲都主动与赵玖约法三章：其一，金人一来，赵官家必须即刻转移到淮河南岸，到安全一些的寿春"指挥"战事；其二，金人一旦超过三万，或者忽然气候有变，淮水结上厚冰，那赵官家必须要无条件撤离；其三，中枢文臣那里，须得赵官家亲自去应付。

而正是基于这些道理，赵玖方才兜兜转转，一面大张旗鼓，唯恐北面注意不到，一面却又尽可能将能对自己造成阻挠的中枢文臣靠着迁移之事一层层剥离出去。最麻烦也是威胁最大的李罡，趁着人家有病，甭管是真是假，赶紧让这厮带着潘妃母子先走。然后文官主体被从颍口分割，这还没完。等到这一日拿下了张峻张太尉以后，赵玖自随他去了蔡城，却又将几位原本用来安人心的老臣宰执分散出去。其中，实际掌管户部的同知枢密事的张悫被撵到淮东去卖盐引、度牒，筹措资金；而新的尚书右丞许景衡则被派遣到寿春，负责之前那些南逃官员的人事安置。

这都是光明正大也是必须的重任，二人倒也不疑，这使得赵玖身侧虽然依旧有东西两府宰执外加御营长官，却只有一个老好人吕浩文主持，汪博彦、王源之流纯属应声虫。

而等到腊月十五，两个重要消息同时传来，赵玖终于进入万事俱备只欠东风的状态了。

一个确定的好消息是，刘正彦在巨大的政治压力下，采用了刘彦刘平甫献上的疑兵之策，计策格外简单，根本就是学着董卓的故智，八百赤心队骑兵，白日耀武扬威驰入军营，晚间偷偷出去……而连续七八日后，淮西贼丁进终于承受不住压力，主动投降。现如今，刘正彦正在收降贼兵，年前便能往寿州会合行在。

坏消息则是，也不知道是多久之前了，完颜乌竹在沂蒙山山口击败了一支说不清是抗金义军还是想占便宜抢地盘的叛军。这支部队人数多达数万，地点又是南下要道之上，完全可以说，此战之后，完颜乌竹距离赵玖其实只隔一个刘广仕了。所以，这位大金四太子到底要不要来寻赵玖，很快就会见分晓了。

"完颜乌竹，你在说什么糊涂话？"青州益都城内，一处偌大宅邸之中，当着满堂大金军将、幕属的面，一身锦绣绸缎大袄，与其说是十万大军统帅，却不如说是个矮壮土财主的大金东路军监军副帅完颜塔兰重重砸下酒杯，复又一声冷喝，"此番南下，大国主旨意说得清楚，乃是要取京东东路，清外围以稳河北之意，如今战事顺利，你自当速速折返河北，攻下大名府才对！"

"大名府哪里需要俺去攻打？"塔兰话音未落，坐在堂中左手第一位的一个年轻桓榛贵人，也是一声冷哼，俨然一点面子都不与自家名义上上司留的，却正是大金东路军先锋，完颜阿古达亲子，俗称四太子的完颜乌竹。

且说，这完颜乌竹今年只有二十五六，比赵玖不过大四五岁，却和在场的大多数桓榛将领一样，因为早早便上战场磨砺风霜，又胡须荏苒，所以显得足有三十五六。三十五六也好，二十五六也罢，先锋也行，资历浅也成，却无一人敢在他与完颜塔兰争执时插嘴，因为完颜阿古达亲儿子的牌子比什么资历官位都要硬。

"大名府怎么就不需要打呀？那可是河北第一名城！"完颜塔兰佯作不知。

"那大名府留守杜充前几日闻得这里军情，早早弃了大名府从俺们身后逃了，此时说不得已经去了汴梁，大名府根本就是空城一座，随便遣人取下便是，何须大军折返？"完颜乌竹越发不耐，"可南下取那绍宋皇帝呢？叔父又不是不知道，绍宋赵氏就那一个种了，杀了此人，绍宋人花花世界尽在手中。"

"你说得好听！"完颜塔兰也有些不耐了，"南方气候与北方是一回事吗？且那绍宋人又不都是废物，陕州那里完颜娄石何等军略，十万大军累月攻不下，你若遇到一个相似的仗着大城耗下去又如何？莫非你以为完颜娄石是个无能之辈吗？"

"俺不是自大，而是说陕州那里难啃正是因为绍宋皇帝管不到，什么淮甸那里，却是绍宋皇帝自己管着的，如何能比？再说了，正是因为要防着陕州那种汉人豪杰不断起来，才要尽早除了绍宋皇帝！"

"你就是不知足，想取中原花花世界自用，说什么为陕州考量，不显得作伪吗？"

"便是如此又如何？不可吗？！"完颜乌竹终于怒气上来，"你莫以为俺不知道，完颜瞻汉取了河北，占了河东，此番京东东路，国主竟然也私下许给了你，还要与你一个鲁国国主之位！既然能许你鲁地，为啥不许俺取中原自用？！这番道理，到了上都俺也敢当面问问国主！国主与诸位勃极烈也绝没有不许俺的意思！"

完颜塔兰双目圆睁，一时捻须不语，俨然被完颜乌竹说到了痛处。而堂中大金东路军中桓榛、奚、岐鞑、汉各族头面人物，闻得此言也都有所思，却是一时都晓得了桓榛最高层天大的内部分派……不过，所有人也都没什么可说的，因为自古以来，人性便都如此。这无非是激进的少壮派与老成守旧的保守党之间固有的矛盾罢了，而此番京东东路既下，完颜塔兰好处尽占，自然也就无须南下。

"俺只说一件事。"完颜塔兰想了半日，却是咬死了一件事来，"国主的旨意在这里，断然没有违背旨意的说法，否则完颜乌竹你要南下，俺何必徒劳跟你作对？要俺来讲，完颜乌竹你便回头取了大名府，顺便飞马往中都讨了你大兄一份勃极烈的文书，再行南下又有何妨？还能从梁山泊西边进军，避开鲁南的刘广仕！"

完颜乌竹端起案上烈酒一饮而尽，却是朝着完颜塔兰越发冷笑起来："将在外有自决之权，明明只要叔父这个监军副帅点头，俺就能南下，可叔父整日与那些绍宋人挤在一起，学问没学到，只学了绍宋人的不爽利，把俺当皮鞠来踢。叔父，俺今日只有一句话了，俺若不用你的六个万户兵马，还自派两个万户让韩将军带着去攻下大名府，只带剩下三个万户南下，你是许还是不许？"

完颜塔兰一时心动，却又犹疑不定，而桓榛人此时行事倒也诚恳，这位监军副帅稍微一想后，却又干脆应声："完颜乌竹！俺确实还有些疑虑，容俺遛个鹰的工夫，私下去问个心腹智囊！"

完颜乌竹自然无不可，只是任由对方离席，先举杯自饮，复又提起酒壶招呼堂中金军武将饮酒吃肉，并催促原本被撵出去挨冻的一群娇娥回来跳舞助兴。

且不提前方恣意欢乐，只说那完颜塔兰裹着锦缎大袄往这偌大府邸的后堂而去，坐定以后却又让此处绍宋人奴仆去唤一人，不过须臾工夫，便有一身着青素绸缎，手脚麻利的绍宋士人匆匆而来。此人来到完颜塔兰身前，俯首行礼完毕，抬起头来，是一容貌端正、年约三十六七之人。

"我就知道小秦学士脚步快！"完颜塔兰也不啰唆，"此番召你乃是有一事要你替俺参详。现下京东东路已下，此番出征大功已成，完颜乌竹却准备直取绍宋皇帝首级，只让俺这个监军副帅给他方便，你咋说？"

那小秦学士闻言一怔："虽说四太子前途远大，但他此行一旦受阻，副帅必会被国主问责！副帅且待我思忖一二。"

说罢，这小秦学士便拜过完颜塔兰而去，却并未走远。

恰恰相反，此人一出门踏入门外雪地之中，便登时驻足，然后望天一声长叹，却不知道是想起了什么，而后居然直接回头行礼："副帅！"

"说来！"完颜塔兰满意捻须。

"将此事推在刘广仕身上便可！"秦会在门槛上躬身相对，"给四太子立个期限与要求，除了分兵攻下大名府外，还需他年前突破刘广仕所领泰山以南六个军州的防线，若能，便随他去；若不能，便不许他去！"

"妙哇！"完颜塔兰捻须而起，大为兴奋，"果然是小秦学士！"

"好教副帅知道，我毕竟曾是绍宋臣，如此言语，也是听天由命，给自己定个约论之意。"秦会小声辩解，但此时完颜塔兰早已经起身离去，半点都听不得了。

秦会无奈，只能低下头匆匆逃回院中。

不说秦会如何心思复杂，与此同时，完颜塔兰也转入前方大堂之中，堂中竟然还是安静如初，好似众人都在等他结果，他便径直坐下，将自己得到的计策从容讲了出来。

"就是这番道理了。"完颜塔兰捻须而坐，俨然轻松异常，"如何，完颜乌竹可敢应下？"

完颜乌竹闻得此言，左顾右盼，与堂中多人面面相觑，互使眼色，却又半日不言，一直到完颜塔兰渐渐不耐，方才出口相询："敢问叔父，这是你府中哪位参军的主意？"

"小秦学士。"塔兰也不遮掩，"来时国主专门赐给俺的，你莫要想欺负他，俺要留着重用的。"

完颜乌竹连连点头，却又嘴角微微翘起："非是要欺负他，而是要等出征回来专门宴请他，顺便送他几个帝姬、几万匹布、几万贯钱！"

完颜塔兰茫然不解。

而到此时，完颜乌竹方才仰头大笑，并引得满座大金将领俱皆大笑，以至于笑声震动屋瓦，瓦上积雪崩落。

完颜塔兰越发茫然。

完颜乌竹终于不再卖关子了："好教叔父知道，就在刚刚，有军骑来报，前方刘广仕趁着下雪，居然弃了六个军州，全军一起南逃了！此天意灭绍宋！"

完颜塔兰只是怔了一下，却又忽然起身捧杯转笑："如此，便祝完颜乌竹你马到功成，得建奇功！不过，你倒不必给小秦学士送什么帝姬了，因为俺府上人尽皆知，这小秦学士最怕老婆！"

完颜乌竹闻言越发大笑不止。

第十三章　十万之报

　　且说，腊月中旬，济南府百姓暴动抗金，投降的济南知府刘豫飞马求援，于十六日将军情送到此处。对此，完颜乌竹虽然着急建功立业，可依然保持了基本的军事素养，在稍作思考后复又分出五千偏师骑兵，跟着完颜塔兰扫荡济南府后趁势沿梁山泊南下，占据泰山西侧的济州，以作后路接应……此番举措，乃是考虑到泰山以东的沂蒙山区道路险要，要防着这些风起云涌的反金力量从进军路线上轻易切断他的后路。不过，也就是分兵之后，完颜乌竹即刻便冒雪南下，准备跟在刘广仕身后直扑淮甸。

　　而仅仅是隔了一日，腊月十八这一天，尚在淮河北岸下蔡城跟张峻一起等待消息的赵官家，便得到了一个晴天霹雳般的消息——飞马不断来报，说是他麾下布防的六个军州同时遭遇金军主力猛攻，总数估计不下十万金军即将南下！

　　行在仅存的几位重臣几乎要急得跳淮河——此时忽然来十万金军，这是要赶尽杀绝吧？便是之前豁出去一切守一守的赵玖都瞬间绝望了。刘广仕会不会谎报军情？没必要哇！须知赵玖一到下蔡就专门给刘广仕快马下了军令，一旦金军南侵，确定数量后就可以迅速南下，到淮河沿岸重新集结。换言之，赵玖是允许刘太尉弄清军情后立即撤退的。赵玖在恢复冷静后，与张峻彻夜讨论，结合种种客观条件与刘广仕的人品，得出的结论是——可能还是完颜乌竹本部五万人南下了。

　　且说，赵玖当初和韩师仲、杨轶忠等人在颍水河堤上构设的这个大致的作战计划是综合了各路情报才做出的军事预估。而在金军的铁蹄之下，京东两路义军纷起，也必然牵扯对方兵力。所以，完颜塔兰这个监军副帅首先需要确保金军在齐鲁之地的控制力度，所以必然不会支持完颜乌竹的，而完颜乌竹一旦南下便最多只有他自己的五个万户可以调度。

但是五个万户他能都带来吗？这厮总得留点兵马确保后路吧？京东财货那么多，总得分点兵马看守他在京东的缴获吧？还有沿途攻略刘广仕所领的那些城市，总得分兵驻扎吧？所以说，三万这个数字是一个具有可操作性的一个数字。这不是瞎编来的。但现在少则五万，多则十万是个什么？赵官家也好，张太尉也罢，以及随行的行在文武，完全被刘广仕刘太尉的这些军报给弄绝望了，而且这些军报混合着宗颖重新从东京送来的"北线无战事，东京可归"的系列报告，此时格外具有戏剧性、荒诞性，好像还偏偏有点合理性！

"无论如何，官家先过淮河吧！"

思考了许久之后，张峻扑通一声跪下："既然可能是五万金军主力，那臣委实守不了！更何况，刘正彦行军迟缓，刘广仕必然损失惨重，原定兵力布置都不足。"

赵玖沉默难言，俨然心有不甘……他当然心有不甘！好不容易鼓起勇气，准备破釜沉舟，准备给自己也给所有人一个交代，而且为此做了那么多事情，下了那么大决心，搞得好像要成什么大事一般，结果却被对方用如此直截了当的实力碾压给轻松击破……一时间，不用别人嘲讽，赵玖只觉得自己是个笑话。但这又能如何呢？打不过就是打不过。

事到如今，只能说，赵玖此番作为，纯粹侥幸心理发作，咎由自取。

"官家且过淮河吧！"

张峻张太尉说话的时候，行在这里的文官明智地保持了沉默，不是他们不想说，而是他们心里明白，这个时候张峻的一句话抵他们十句。

"过淮之后，官家自去扬州稍待，但也请官家务必为臣留够船只，并在淮南事先替臣征集好寿州、濠州丁壮，而臣先在下蔡城为官家尽量挡一挡，真不行了，臣便撤到淮南节节抵抗，务必使官家能有从容转圜的余地……"张峻言语越发恳切。

"不能一起渡河，然后在淮河后面守吗？"赵玖听到此处，终于忍不住开口，"我见对面八公山地势险要！"

"不能！"

跪在那里的张峻回答起来堪称斩钉截铁："官家须知，此时我军根本无法野战，想要守淮，必须要有倚靠着下蔡这样的坚城在淮北设有突出点，使金军不得不分大军于城下，然后方能纵水军之力隔绝长河，再引淮南人力物力往来支援淮北，这才是能坚守的道理所在，也是韩五方略确有可行的所在。否则千里淮河，金军便是费些时日，也能寻机从容而渡。"

赵玖再无话可说。除此之外，他还知道对方接下来要说什么，无外乎是金军兵力足够，来得又如此迅猛，那么下蔡城的存在恐怕不足以影响金军渡淮了，他们的计划一点崩，全盘崩。

"那就准备渡淮吧！"赵玖强行压住心中最后一口气，几乎是咬牙切齿一般应下了对方，"寿州士民，能送过去几个是几个！"

闻得官家此言，不知为何，堂中上下文武皆释然之余，又隐隐带了三分颓丧之意。毕竟，面对如此局势，谁又不希望眼前的这位官家真是个汉武唐宗般的人物呢？

寿州横跨淮河，而其中最富饶的下蔡、寿春双子城更是隔河遥遥相对，两城之间靠着码头、道路、市集连接不散，甚至晴日间站在淮河南面的八公山上是能同时看到两城盛景的。故此，本地淮北士民闻得金人要来，自然不会对往淮南躲避有什么不理解和不适应。

但是，丁壮是需要留下来守城的，财货是要带走的，粮食是要上缴的，而最让人崩溃的是军情太紧急了。按照刘广仕所言，他所领的泰山南部六个军州全数遭袭，那么最近的徐州北部到淮河边上不过四百里，以金人数年内展示出的敢战和不畏苦战，怕是五六日内就能有一支成建制有战斗力的金军先头部队赶到。

当然了，也可能是七八日，但这种情况下谁敢去赌？尤其现在还是年关。于是乎，极度缺乏安全感的寿州北部士民，紧张的河上运输，惊弓之鸟般的行在文武与军心不稳，外加贪欲发作的张峻部，导致了一场几乎是必然会发生的混乱。而混乱中，这年头绍宋军队的无纪律性、行在官员的倨傲与自私、百姓的惶恐与愤怒，又被反过来放大，使得所有人都陷入一种躁动和无序的状态……一句话，战争尚未到来，其引发的灾难就已经开始了。实际上，这几日煎熬下来，除了一个自淮南主动折返的赵定因为在对面八公山组织士民建立中转营地，渐渐展示出了极为老练的官僚手段，让赵官家稍微舒心了一点外，全程就没有半点能让他展眉的讯息。

"官家！"

就在天色渐晚，赵玖稍微勉励了一下田师中，准备折返之际，张峻忽然亲自来到城门楼上求见，言语颇显沉重："实在是拖不得了！还请官家现在就收拾一二，今夜务必就从城中内渡出发，往淮南去吧！"

"有消息了？"赵玖努力呼了一口气，试图让自己心绪平复下来。

"是！"张峻严肃作答，"前方军情，刘太尉大部已经到了涡水，此时应该正在渡河，明日或后日便能到此处。"

"来这里干吗？"赵官家一时蹙眉，"不是让他从濠州渡河吗？"

"应该是被金人追得紧。"张峻神色也越发凝重起来，"我军哨骑看得清楚，涡水东岸确实有了金军行迹……其实，金人此时才有踪迹，已经有些晚了。"

赵玖当即无言，只能勉力颔首。

就这样，赵官家再无转圜余地，当晚行在文武又与张太尉商量清楚：官家与行在夜间渡淮，先往对面八公山暂时安置；留都统制王源为水上总管，掌握船只，确保两岸继续通畅；尚未及渡的本地百姓也好，逃亡士民也罢，便是刘广仕部到来，也都先入城，然后从有城墙保护的下蔡临淮内渡输送、调拨；而除内渡外，其余所有城外渡口、船只一并焚毁，以免为金人所用。

赵玖没有参加这些议论，便是当夜渡河也都显得浑浑噩噩。

"官家！"临上船前，张峻张太尉第二次主动朝赵官家下跪，"臣有一言。"

"说来。"尽管有各种不如人意，但无论如何，张峻在寿州这一轮表现都守住了一个将领的底线，赵玖实在是难以对他产生什么多余恶念，也很难不认真对待他的进言。

"官家，今敌势方张，宜且南渡，故过淮之后，请官家稍作预备，便再度南行，据江为险，然后练兵政、安人心、候国势定，大举未晚。"渡口之上，狼藉一片，张峻不顾一切叩首以对，言辞恳切，"这是臣的真心话！也只有此时说来官家才不会以为臣是个怯懦之人，还请官家细细思量。"

渡口之上，赵玖定定地看着此人，如果他没记错，这应该是他第一次听到有人冒天下之大不韪公开提出渡江偏安之策，放在以往，莫说他赵玖，便是寻常内心渴望如此的那些主和派、投降派也要站出来先呵斥一番，然后给张峻安一个武人不知道德文章的保护性理由，再论可行性的。然而，今时今日，此情此局，赵玖反而真的难以驳斥了。

"我知道了。"

实际上，赵玖沉默了半日，却也只能如此说了。

第十四章　一梦方醒

淮河风起，河中泛起的小浪拍打着边缘薄冰，建炎元年的腊月二十七凌晨，赵官家终于率最后一批行在文武渡淮来到了八公山。

而也就是这一日中午，正在八公山亲自监督为张浚、刘广仕修筑撤退时凭险而守的军营时，晴空万里之下，候在临淮山峦上的赵官家亲眼看到了自东北方向往下蔡城涌来的刘广仕部溃军。其势密密麻麻，数都数不清，且旗帜混乱、骑步无序，散落在下蔡城东、淮河以北的平原之上，统一向着下蔡城汇集而来，宛如一堆乱糟糟却又闻到蜜水味的蚂蚁。

赵玖坐在八公山上看了半日，心情越发糟糕，回头找了一个行家询问："正甫，我虽不懂军务，可这数量是不是有些多了？刘广仕部有多少人？"

"回禀官家，"杨轶忠小心作答，"刘太尉部兵马以之前来论，虽是诸军中最多的一支，却也只有一万二三，此时数量却不下两万，应该是鲁南六军州中皆有本地乡勇弓手之流随行南下。"

"这么说……"赵玖忽然一声嗤笑，"刘太尉虽少有战场表现，可还是有些手段的，临如此险境依然能有这么多乡勇兵马弃家追随？"

杨轶忠越发小心起来，又压低声音相对："官家，刘太尉的兵马自河北起便是他们父子几十年养起来的，西军将门多有传承，又善于恩养……"

"我知道你的意思。"赵玖没好气地打断对方，"我哪里有半分问罪之意？真要问罪，我不也是狼狈逃了吗？十万也好，五万也罢，金军势大，刘广仕算不上罪过。"

杨轶忠旋即不语。

赵玖看了半日，复又看到那些士卒在城门前拥堵不堪，转身下令，让汪博彦拟了道旨意，着赵定寻王源过河去下蔡城中安抚刘广仕，让刘广仕好生整理败兵，可用的留下来和张峻一起固守，实在不可用的则让王源输送回南岸安置休整。

旨意传到，河对岸如何反应赵玖已经不知道了，但整个下午他都在八公山上端坐不动，也不知道在想什么，其余人侍立在旁，眼睁着溃兵纷纷入城，却又不由得松了一口气。当然了，赵玖也松了一口气，但他依然没有要动的意思。一旁文武心知肚明，也都随侍一旁，并努力眺望，以静待消息。

而终于，傍晚时分，眼睁着光线都要暗淡下来的时候，杨轶忠眼尖，忽然以手指向东北面一个方向，却是说出了一句居然让所有人释然的话："官家且看，金军到了！"

赵玖穿着圆领红袍，端坐在山坡上正中的一把太师椅上，微微抬头相望，夕阳下，果然看到一支装备严整队形不散的骑兵队伍自远方疾驰至城下。随着这股骑兵奔来，城外零散溃兵几乎是瞬间炸散，如无头苍蝇般四处散开，甚至有人不顾金军相距极远，直接跳入淮水之中……

赵玖远远瞥见这一幕，瞠目结舌。要知道，这个天气，除非是生在淮水边的好汉子，但凡跳下去便是死路一条，而这些绍宋军人，明明还没遭遇到生死危机，却个个丧胆如此。难道与金军正面对决真比冬日里跳入淮河可怕？更荒唐的是，这支只有五六百人的金军骑兵根本理都不理那些吓破胆的溃兵，却是放肆直冲密布旗帜、架满弓弩的下蔡城东门，俨然试图夺取足足有数万兵马屯驻的下蔡大城……好在河对岸的下蔡城上也已经窥见，一阵慌乱中拉起护城河吊桥之后，下蔡城上又有无数箭矢飞下，总算是逼退了这支金军。

而金军被逼退后，似乎有些气恼，竟然反过身四散开来，肆意砍杀那些不及入内的刘广仕部溃军以作发泄。更让人无奈的是，周围文武，个个都是从河北、东京逃来的，却并无多少意外，俨然都适应了一般。

"官家且去休息一下吧！"

天色暗下，金军自行离去，俨然是要去附近空荡集镇寻落脚之处，而昏暗之中，眼见官家端坐不动、神色不悦、状态奇差，吕浩文犹豫了一下，到底是履行了一个宰执的职责。"张、刘两位太尉合流，兵马充足，又有下蔡坚城，淮上交通也在我们手中，淮南物资也能供给。金军主力未到之时，下蔡必然能守。"

赵玖强笑一声，也没推辞，终于要起身离开，然而他刚一起身，却又闻得河对岸一阵扰攘之声暴起。

众人齐齐回头去看，却因为天色已经暗下，难见具体情形，只是隐约觉得像是下蔡城内某个方向出了乱子，让人越发觉得不解和紧张。而赵玖几乎是本能看向了杨轶忠。

"应该是刘太尉部初来，不服张太尉部约束，又因为晚间宿营、伙食之类，起了相争之意。"杨轶忠稍一思索，便给出了一个可信度极强的结论，"这是军伍中的常事，何况刘太尉那里已经殊无军纪……"

众人感慨了几句，还是觉得这是很自然的事情，便再无言语，继续各自散去，就在山上山下寻营中干净去处休息了。

不知道为什么，积累了太多情绪的赵官家这一日直接在山上宿营后，居然很快便坠入梦乡。

被狗叫声吵醒后的昏昏然中，赵玖隐约又听见人声，却是猛然从冰冷的帐篷中坐起，然后满头大汗，心跳如雨，缓了好一阵方才醒悟刚刚是做了梦，梦中前半部分俨然回忆起了导致眼前这一切的滥觞，宛如重新经历了一遍，历历在目；后半部分却又荒诞至极，似是梦中自我发挥。

"官家醒了便好。"杨轶忠见到如此，也是松了一口气。

赵玖回头去看同样面色极差的杨轶忠，抹了一把虚汗，这才勉力安慰对方："正甫勿忧，我只是做了噩梦罢了。"

杨轶忠小心翼翼，欲言又止。

"莫非有什么事吗？"赵玖本能相询。

"刘太尉渡河来了。"杨轶忠压低声音小心言道。

"什么？"赵官家又被弄糊涂了，"谁？"

"奉国军节度使刘太尉引兵渡河来了。"杨轶忠越发小心。

"我是让他把老弱与多余乡勇之流送来，可没让他来呀。"赵玖好像是想起了自己昨日或者今日下午下的一道旨意，却又越发糊涂，"是怕我处置他吗？"

杨轶忠面色为难至极。

"说实话！"赵玖彻底失去耐心，"到底怎么回事？"

"刘太尉带本部精锐抢了渡船过来的，反倒是将老弱与乡勇俱留在了下蔡。"杨轶忠明显也是为难到了极点，"之前傍晚时骚动，便是刘太尉亲自引军抢夺下蔡城内渡渡口缘故。"

"怎么分辨刘广仕麾下精锐与老弱？"赵玖茫然之中小心反问，他知道杨轶忠乃张峻部属出身。

"他部下三千西军本部、两千王夜叉部，还有京东收降的成建制的三千傅庆部，全都完整渡河来了。"杨轶忠咬牙言道，"这倒也罢了，就在刚刚，不知道是不是得了刘太尉走时叮嘱，那傅庆部最后一批人走时竟然还放火烧了下蔡内渡，如今下蔡城与城中张太尉部近两万众已成孤军。臣本是禁卫，不该过问此事，唯独见到对岸火起，方才偷偷下去找西军熟人询问，这才知道内情的！"

赵玖怔了许久，花了好大力气方才想明白杨轶忠此番汇报的具体情状，不顾天寒地冻，直接翻身出帐，飞奔到那处视野极佳的临淮山头，果然见八公山下渡口一路到隘口营寨，已然熙攘无度，不知道来了多少兵马，而对岸下蔡城中某处火光冲天。

赵官家先是彻底茫然，而后怒火中烧，血涌上头，刚要回头喊人，却不料杨轶忠复又从帐中极速追来，并不顾一切跪倒在地，死死拽住了这位官家："官家务必忍耐！须知，此时八公山左近只有数千民夫，可用兵马不过呼延通部与几百班直，如何是刘太尉八千精锐的对手？！"

话音未落，远远又有人飞奔而来，却是几名内侍遥遥相呼："官家，陛下！奉国军节度使刘太尉与御营都统制王太尉，还有枢密院汪相公，一起来求见！"

杨轶忠闻得此言，不敢再说话，手上却不免越发用力。

赵玖冷哼一声，奋力甩开对方，在篝火映照之下，其人面色狰狞之余似乎带笑，宛如自嘲："让他们来！都来！宰相、学士、御史，还有营中将领，全都来！"

"臣奉国军节度使刘广仕，拜见官家，不意相别数月今日方重见天颜！臣之前在淮北，为金人追击，又受张峻、王源排挤，几乎以为此生再难与官家相见了！"

出乎意料，赵官家带着悲愤之意在八公山上的野地里召开的这次深夜御前会议，居然是以刘广仕甫一出场便跪地哭诉开始的。

"刘卿……"

火光之下，饶是赵官家之前气涌难平，此时也不禁有些混乱，是不是杨轶忠为了偏袒张峻刻意说了谎，自己会不会误会了这位和韩师仲同龄的西军宿将？然而，他瞅了瞅跟在刘广仕身后、于帐幕边缘处远远下拜的那两个将领，一个叫傅庆的统领，以及他早就有所耳闻，外号王夜叉的王德……却又很难否定杨轶忠的汇报。

无奈之下，刚刚穿上衣服端坐于太师椅上的赵玖稍作调整，方才勉强压住诸多情绪开口再问："刘卿，金军且不提，你说你被张太尉和王太尉排挤……是怎么一回事？"

"官家！"全副甲胄的刘广仕忽然抬头，露出满脸泥污，连容貌都难看清，显得颇为可怜，"好教官家知道，臣昨日在下蔡接到陛下旨意，许臣分兵过淮休整，臣自然是感念不尽，又因我军中士卒为金人大举杀伤，实不堪战，便是待在城中也人心惶惶，反而不利守城，臣便想着让王太尉与张太尉开个方便，许臣引部分溃散兵马先行夜渡，以安军心……"

赵玖听到这里，想到那吓到跳河的一幕，居然忍不住点了下头，实际上刘广仕说到这里，似乎已经能把他偷渡过河的事情说个半圆了。只是……

"只是为何又起争执？为何要抢船？又为何要烧渡口？"赵玖蹙额追问不及。

"回禀官家！"刘广仕即刻抬头，同时以手指向同样选择了下跪俯首的御营都统制王源，"之所以起争执，都是因为王源不愿臣引兵夜渡！"

"为何不许他夜渡？"赵玖继续皱着眉头，宛如复读机一般开口追问，却是朝着王源问的。

"回禀官家！"王源此时抬起头来，赫然是满面烟火、干泥，比刘广仕的脸还要花里胡哨，唯独言语中悲愤难平，不知在压抑什么，"臣……"

"好教官家知道！"就在此时，旁边刘广仕忽然插嘴，继续指着王源落泪诉道，"王太尉有私心！他本应了许多行在显贵，在夜中偷偷为那些显贵输送财货，所以不愿为臣运兵！臣部下愤慨，与王太尉麾下争执，这才酿成祸乱！"

赵玖越发不解，只能继续询问："行在这里哪来的多少显贵，又哪来的什么财货，竟然要运兵船来运？便是有，也该在之前颍口过淮了，哪有到现在还在淮北的道理？"

"是张峻给的。"刘广仕赶紧叩首解释，"官家不知道，张太尉之前在京东、淮东接连剿匪成功，叛匪作乱，军州府库与百姓家产尽数为叛匪所得，而张太尉又从容取之，所以他在下蔡城内暗藏财货无数，此番早想拿出来贿赂行在显贵，以求前途。只是官家来了数日便要走，他根本来不及如此，所以才让王太尉为中人，深夜发财货无数渡淮，交予他旧部杨轶忠，以作分派……至于臣不能约束部下后来见财起意，以至于夺船烧渡，这确实是臣的罪过！"

赵玖面无表情，先是回头看了眼扑通一声跪下的杨轶忠，又看了看立在帷帐边缘一言不发的王德、傅庆二人，最终看向了王源："王卿，你怎么说？你替张伯英运输财货了吗？"

"臣……臣……臣实不知情！"王源吭哧了半日，却给出了一个匪夷所思的回答，"彼时乱起，臣正在河中运输部队，或者是臣留在下蔡内渡的巡检皇甫佐私自为之也说不定。至于乱起之后，臣切实无能，不能约束船队，又不能扑灭渡口之火，只能狼狈逃回……今日之罪，全在臣无能之上！"

赵玖歪着头想了一下才想明白王源的意思——刘广仕将一切的责任推给此时不能过河来分辩的张峻以及眼前的王太尉，而王太尉不知为什么，既不敢否定，又不敢担责，便将责任推给了一个下属。而且不用问，赵玖猜都能猜到那个皇甫佐此时怕也被滞留在淮北，一时半会儿过不来的。

想到这里，赵官家冷笑一声，复又扫过匆匆赶来此处的吕浩文、张骏等人，然后将目光停在另一个人身上："汪卿，你是枢相，现在刘、张、王三位太尉互有是非，能断他们的便只有你了，你说此事到底是怎么一回事。"

汪博彦上前一步，来到帷帐正中，他倒是保持了一个士大夫和宰执的体面，既没有下跪，也没有泪流满面，但也仅仅如此了。他张口欲言，但迎上赵玖那冷冷的笑意后，心中一突，几乎是立即便想将准备好的言辞咽下；可再一转头，目光飘过跪向赵官家的三个武将，落到身后帷帐入口，看到王德与傅庆的身影，终于还是不敢开口。就这样，停了许久，实在是不知道该如何说话的汪枢相只如一个榆木疙瘩，立在那里无声无言，端是滑稽。

赵玖越发冷笑，却也并不多言，只是安静相候，好像下定决心要看看对方到底能不能开口。不过，可能是早就等待这个时机，就在这个空当，远处一名小内侍却是趁机引着又一个全副甲胄的武将匆匆擦着王德与傅庆进入帷帐。

来人是韩师仲麾下的副统领呼延通，顺昌府那档子事后，此人就一直引本部留在赵玖身侧，并被提拔为统领，很显然，这是赵官家又一次类似赤心队的安排，俨然是要借机扩大自己的直属近卫。

而呼延通匆匆到来，直接引来了帷帐中所有人的注意，但此人并无言语，而是直接来到赵玖跟前，并躬身奉上一封文书。

赵官家迎着火光看了眼文书封漆，便立即严肃起来，然后直接当众打开阅览……随着这个动作，帷帐中的所有人又都将注意力转移到了这封文书之上，很显然这应该是相隔颇远的韩师仲送来的。不过，不知道是不是错觉，虽然官家只花了片刻工夫便阅览完毕，而且全程保持那种淡淡笑意，可旁边距离颇近的御史中丞张骏却隐约觉得官家看信之时竟然双手微颤不止。

"到此为止吧！"赵玖捏住文书，然后忽然间眯眼对汪博彦笑道，"汪枢相的意思朕懂，辛苦你了！"

"谢陛下！"汪博彦虽未下跪，却也老泪纵横。

"王太尉的意思朕也懂。"赵玖复又扭头看向在地上狼狈一时的王源，"不过你如此维护刘太尉，不惜推罪于自己下属，除了些许公心之外，莫不是有什么难言之隐？"

王源尚未说话，刘广仕本人和在场的其余人等却是心中一突，因为赵官家这话俨然是把罪责认定到他刘太尉身上了。

"臣……"刘广仕张口欲言。

"朕想了下，"赵玖抬手制止刘广仕的辩解，然后宛如自言自语若有所思道，"韩师仲曾与朕说过，当日征方腊时他是你王太尉的属下所领，而你王太尉当时是刘太尉亲父麾下所领，换言之，你与韩师仲居然都是刘延庆旧部！而刘延庆与咱们这位刘太尉父子，素来以将门传承，善于恩养士卒出名，你这是以刘氏家将自诩，所以不愿指认恩主之子，情愿为他担罪，对不对？"

王源尚未开口，另一边刘广仕却连连叩首不及："官家！臣绝无串通军中大将之意！臣只是……"

"刘太尉好大威风！"赵玖忽然捏着那份文书面色一冷，"你竟然不许朕在自己的行在里说完话吗？！"

刘广仕登时心中一惊，却又赶紧俯首不言。

"今夜你们的私心就不多说了，至于你们今夜的公心，无外乎是觉得刘太尉棋高一着，木已成舟，如今张太尉和他的兵马在淮北已成困局，而刘太尉和他的精锐却充斥行在。"言至此处，赵玖又不免冷笑起来，"所以为大局考量，不如弃了张太尉从刘太尉，或者是忧惧一个伺候不好，人家刘太尉便要来一次陈桥故事，你们也都成了柴氏遗臣……"

"臣委实惶恐！"刘广仕听到这里，再也忍耐不住，便连连叩首不及，"陛下说他们受臣父子恩，可臣父子却是世受皇恩！臣此番……"

"你若是再敢打断朕说话，朕就当你是想要占这把烂椅子了！"赵玖与刘广仕几乎是同时出言，"想说话，就先拎刀上来把朕撵下去！"

这一次，刘太尉彻底失声伏地。

"汪枢相一言不发，王太尉含污纳垢，朕的禁卫偷偷拽朕的衣服，让朕不要此时发作，吕相公与张中丞屡屡给朕使眼色，劝朕稍缓……大家的公心朕都懂，不就是怕逼急了，人家刘太尉一旦反了，今日这八公山就变成绍宋亡国之处了吗？"赵玖到底是把这番话说完了，"这个心思，今日帷帐中的大家明明都心知肚明，为何要遮遮掩掩？"

话音既落，远处帷帐边缘忽然又一声甲叶声响，却是让所有人紧张到了极致。沉默之中，风声火光交会，几乎所有人都想说话，但所有人又都没有那个勇气开口，便是刘广仕几次惶急抬头，却也不敢开口。

"王卿！刚才是你吗？"

打破沉默的还是心中微动的赵玖。

"不是臣！"王源狼狈回应。

"不是喊你。"赵玖忽然提高了音量，"立在帷帐边上的王德王夜叉！听得到吗？朕唤你呢！"

满脸胡子，形状真似个夜叉的王德愕然一时，却还是匆匆向前，来到篝火旁准备俯首行礼。

"上前来！"赵玖招手不及，"不要行礼，朕有事问你。"

王德越发茫然，但还是老老实实绕过了地上两位太尉，来到了赵玖身侧，并再度俯首。

"认得朕吗？"赵玖就在位中转向王德，并以手指向自己的鼻尖。

"认得！"王德茫然作答，"臣在河北、宁庆都见过官家的。"

"不是这意思……"赵玖释然失笑，"朕是问你，朕是谁？"

王德越发茫然："官家自然是官家！"

"官家和太尉谁大？"在身后杨轶忠和一旁吕浩文、张骏等人的粗声喘气之中，赵玖继续笑问不止。

"当然是官家大！"王德张口而对，却又忍不住加了一句，"不过官家，刘太尉真没谋反的心思，就是胆子小些，容易惹祸……"

赵玖点点头，似乎不以为意："王卿知道朕比太尉大就好。朕再问你一件事，王卿之前驻扎徐州，是撤退前遇到的金军呢，还是撤退后遇到的金军？后面的金军主力又到底有多少数目？是十万呢，还是两三万？"

话到最后，赵玖几乎咬牙切齿，而周围尚立着的几位文武也齐齐目瞪口呆，便是跪着的杨轶忠和王源也都愕然抬头，而不等王德回复，地上的刘广仕忽然连连叩首不止。

赵玖见到这一幕，心中狞笑，却又干脆抬手示意："王卿不必答了，去将傅统领请来。"

满场屏息无声，而王德茫茫然离开那把太师椅牌御座后，却到底是匆匆来到帷帐这里，捉着同样全副甲胄的傅庆至此。傅庆哪里是王德这种粗人可比，或者说此时这帐中恐怕只有一个王德是脑子不清楚的混货，不然他刚才也不会被赵官家那番露骨之语惊到，还弄响了甲叶。不过话说回来，这位傅统领被这个混货拽着，却反而是万般心思都不用多费了，直接顺水推舟便跟着对方来到御前下拜。

"傅卿是新降之人，所图者无外乎是功名利禄。对不对？"对上傅庆，赵玖却又换了一套说辞。

"臣……"

"你也不必答，听着便好！"赵玖就在太师椅中干脆言道，"都说刘太尉父子善于恩养士卒，平心而论，朕是做不到那分上的，但朕这里山穷水尽到如此地步依然能制住刘太尉，说明朕的本钱还是比他刘家厚一些的。傅卿既然是做买卖，与其把自己卖给他刘氏，何妨卖给朕？他给你的朕也能给，他不能给你的朕还能给！"

"臣万死请言！"刘广仕彻底忍耐不住，忽然开口大呼，"官家！臣着实没有异心！"

"朕知道你没有！"赵玖远远相对，"否则朕唤王德来时你便该开口阻止了。"

刘广仕瞬间觉得身体软了一半，只伏在地上出言："官家知道臣便可！此番夺了臣的军权，臣绝无二话！"

"麻烦两位卿家，帮我拿住刘太尉两只手。"赵玖不做理会，却又回头看向傅庆和王德。

王德愕然一时，明显犹豫，而傅庆却迅速蹿出，就在刘广仕将要起身之前，在背后用腿顶住此人，然后轻松将此人双手反剪拿下。

刘广仕被制住，只能奋力大呼："官家！臣绝非是要谋逆！请官家饶过我！"

这下子，轮到王德惶恐一时了，但一时之后，这位绰号王夜叉的勇将在官家的逼视下，尽管还在犹豫之中，到底是走上前去，从傅庆手中接过刘广仕一只早已经软趴趴的手来。

赵玖见到如此，终于起身，却是扭头四下找了一圈，然后竟是从尚在跪着的杨轶忠身上取下了一把明晃晃的钢刀来。

刘广仕越发惊恐，一时涕泗交流，却又在那里说起胡话："官家！好教官家知道！臣此番行止，固然罪重，却是揣摩着官家心意来的！臣素来知道官家想去江南，又见官家来了可走的旨意，以为是官家有所暗示，这才臆造了十万金军……"

"朕信刘卿。"赵玖拎着刀走来，丝毫不停，"只是朕老早就改主意了，不想去江南了！"

"臣真不知道官家与张、韩二人是要真打，臣也真的没有谋逆之意……"刘广仕继续辩解，却忽然见到有刀影在头上反光，竟然再无法出声。

"官家！"关键时刻，吕浩文同张骏对视一眼，无奈齐齐出列，然后吕相公当先匆匆开口，"既然事已至此，何妨夺了他军权，从容处置，哪有官家亲自动刀杀堂堂太尉的道理？国家制度在何处？"

"官家。"张骏也小心俯首劝道，"臣也以为刘广仕当死，可此时情势险恶，亡国之危非是虚妄之语，官家当以大局为重，不要轻易损耗人心。"

赵玖根本没工夫理会这些人，因为他拿刀在满身甲胄的刘广仕身后比画了很久。

"朕宁亡国，也要亲手杀此人！"

第十五章　骚动

理性而言，赵玖不该杀刘广仕，因为这么做的坏处太多了，不仅仅是一个木已成舟的问题。

首先，绍宋优待士大夫，可绍宋也没有对主动放弃兵权的大将赶尽杀绝的传统。甚至可以说，这严重违背了太祖的既定方略，何况是官家手刃。所以，人家吕浩文说得对，这个宰相此时也确实是称职的，赵玖此时就是在亲手坏掉绍宋制度，而绍宋制度恰恰才是这个风雨飘摇之时维系他赵官家权威的真正利器。换言之，赵玖是在亲手挖绍宋的根。

其次，从另一个角度来说，此时金军已经来到了淮北，双方一河之隔，所谓临战状态，那么此时杀如此一高阶大将又算是怎么一回事？王德和傅庆算是被赵官家亲自拿捏住反了水，可万一当时没拿捏成功呢？而且王德和傅庆还好，这二人一个是中枢挂着号的名将，跟中枢多有联系；一个是新降之人，部属也算独立。这两个人跟刘广仕的关系还不至于说是打断骨头连着筋，不然也不会被拿捏住了。

可此时此刻，刘广仕既死，那么他留在山下的三千西军本部又如何？乔仲福、张景这两个西军出身的统领此时尚在山下，如若叛变，后果不堪设想。可以说，杀了刘广仕以后，绍宋在中原附近少有的几支武装力量中，除了宗颖的东京留守司以及张韩二将外，其余那些乱七八糟的将领都变得不可靠起来。

只不过，赵官家不是说了吗？他宁可亡国，也要干这一桩事。换言之，这些危险他早就知道，但还是干了！或者再言之，他干这事的时候，就知道会有这些危险。实际上，相较于这些可以预见、符合推论之事，行在文武们此时倒是更担心这位已经不顾一切的官家接下来会做什么。要是再来几次"宁可亡国"，那等他们见到李罡和其余几位相公，又该怎么说？

"山下怎么说？"中午时分，阳光普照，从八公山山顶望去，对岸视野极佳，这使得金军大队人马到来的情况丝毫不得遮掩，而几乎是有所准备一样，随着金军大队陆续缓缓出现在北岸，安静了一个上午的南岸八公山下忽然又躁动喧哗起来……独自坐在八公山北峦顶上观察情势的赵玖听到动静，几乎是头也不回，便开口相询。

"回禀官家！"自山下折返，先在帷幕内朝几位行在文武重臣汇报了情况后，无奈之下不顾官家有令，掀开帷幕来到此处的杨轶忠赶紧俯首道，"好教官家知道，早上，有赖于王、傅两位的事先移营，而乔、张两位统领又识大体，到底是稳住了局势，可金人主力一来，全营骚动，便是王、傅两位的部属也多有仓皇之意……"

"不反就行，仓皇算什么？"赵玖回过头来，露出一丝嘲讽之意，而不知道是不是错觉，这位赵官家此时居然给人一种释然和轻松的感觉，"然后呢，王、傅部属都如此，那三千西军又如何？此时在下面带头鼓噪的就是他们吧？"

"正是！"

"不造反却只鼓噪，他们要什么？"赵玖越发显得不以为意起来。

"他们要赏赐！"低着头的杨轶忠小心翼翼偷看了眼起身从他身前经过的官家，不得不说，昨日之后，他对赵玖也多少又多了层畏惧感，"他们鼓噪生事，说以往成例，官家登基都要给禁军发赏赐，结果这次官家登基后到现在都不发赏赐，却要他们如此辛苦……"

"总算没有直说是因为刘广仕的事情。"赵玖一边负手踱步，一边稍微感叹。

"乔仲福和张景二位都是能识大体的西军宿将，不至于让军中下面这些人如此无忌，但士卒讨要赏赐，乃是军中素来都有的事情，也最能鼓动人心。"言至此处，跟在赵玖身后的杨轶忠言辞越发小心，"官家，几位相公和臣都以为，要是不能速速处置的话，怕是王将军、傅统领所部也都会卷入其中，便是呼延统领部与御前班直都要不稳……"

"看来闹事的人都是军中老人，知道该怎么闹，也知道什么时候闹。"

赵玖继续踱步向前，停到充当他这个赵官家行宫的帷幕边缘，然后忽然回头笑问："所以这赏赐不给如何？给了又如何？"

"不给，眼下没有统领级别的宿将支持，他们不可能造反，但金人两万主力在淮北，他们却未必不能趁机鼓动起来，让全营溃散南走。"杨轶忠严肃相对。

"不行！"赵玖当即摇头，然后以手指北，"你也看到了，金人主力已经到了，下蔡城的内渡又不知道要多久才能修好，张峻在对岸已经成了彻底的孤军，此时这淮南八公山大营要是再当面溃散了，那他便再无余地，或是一夜全城溃散，或是被下属架着投降，也就目下可见了。"

"那就只能赏赐了。"杨轶忠小心应道，"臣刚刚朝几位相公汇报，他们也都是这个意思，此时就在帷帐后等着官家呢！"

赵玖点点头，然后抬头望着冬日晴空一声叹气，也不知道在想什么："营中确实有充足财货吗？"

"充足说不上，但寿州、顺昌府两个大州的府库都在此处，大略赏赐全军还是可行的。"其实就在帷帐另一面的御史中丞张骏忍不住接口言道，"官家，官家既然以臣为御史中丞，那臣便不得不言，此时既然已经杀了刘广仕，多言无益，而刘广仕终究只是一人，山下此时却有数千人、上万人，不可能只靠刑罚稳住局势！"

"说得对，朕也没指望只靠刑罚……"赵玖隔着帷幕连连颔首。

"官家，好教官家知道。"又一人隔着帷幕开口，却是营中唯一正经东府相公吕浩文，"便是此时行在财货散尽，官家也无须忧虑行在与营中的用度，须知张枢密在淮东筹办盐引、度牒，一切顺利；梁待制在扬州处置东南财赋，也有成效……这都是直接能供给此处的。便是西面，丁进降服后，道路恢复，滁州等军州供给的财货物资也能即刻送到。"言至此处，吕浩文稍微一顿，到底是说了下去，"官家赏赐妥当，人心恢复后，且放心南下扬州，暂避兵锋，此处交给王德便是，也该升他个统制了。"

"王德确实可加统制衔。"赵玖隔着帷帐听了半晌，忽然又言，"可既然说起西面，赏赐了此地兵马，便不需要赏赐西面刘正彦、苗傅、刘彦，乃至丁进吗？而且刚杀了刘广仕，那边同为西军一脉，也要安抚，还有张所的去向也不清楚……总之，得要一位宰执重臣往西面走一趟，将滁州押解的财货就地发下赏赐，并适当加官，以安抚人心。吕相公、汪相公，你们二人谁去？"

帷帐对面安静了一会儿，但很快还是吕浩文再度开口："官家，官家身侧须最少有东西二府一宰执，否则人心难安。臣以为，不如以之前在颍口分开的资政殿学士宇文绪忠加同知枢密事，转淮西去安抚刘、苗，并兼顾淮西数军州转运事。"

"可以。"赵玖笑了一下，并未多言。

"那山下……"

"山下也准备赏赐吧！"赵玖隔着帷帐继续负手笑道，"王太尉先去告诉诸位将军、统领，让他们先安抚人心；然后将金银布帛财货都在南面山腰那个缓坡上摊开，让他们都亲眼看到，汪枢相再亲自看管着，寻老成之人公平分发下去。"

"官家明断。"

明显地，帷帐那边不少人都松了一口气，不过枢相汪博彦还是小心地提出了一个建议："不过官家，财货这种东西不好公开露在军士身前，否则一旦有不轨之徒煽动，说不得便是乱事根由。"

赵玖若有所思，继而缓缓点头，从善如流："既如此，那就不公开展露了。而且，既然忧虑现场再有人鼓动，何妨让那支西军中乔仲福、张景二人之下的军官，就是闹事的那些人……专门到山顶小寨，由吕相公、张中丞出面，多赏赐一些，也多安抚一下。这样，既省得赏赐大军时他们出来闹事，也好看看能不能从根子上安抚住这支部队。"

帷帐外面沉默了一下，继而是窃窃私语。但是，当赵玖低头掀开帷幕走进去以后，所谓行在重臣，也就是吕浩文、汪博彦、王源、张骏四人为首，外加诸如胡尹、杨轶忠、蓝珪之类的禁中文武内臣，纷纷噤声。

而为首者吕浩文也不再犹豫，反而即刻颔首："官家此言也是老成之论，臣以为可以一试。"

赵玖负手微笑以对，若非帷幕最中间的空地上尚有昨夜血迹，河对岸尚有金军主力与一座孤城，山下尚有正在鼓噪的乱兵，众人几乎以为眼前这个极度放松的官家是太平年月来游山玩水的仁皇帝呢！

就这样，众人既然都受了吩咐，便纷纷即刻转身去忙，而此时赵玖却又忽然开口提醒了一事："先取些财货来，朕要先亲手赏赐御前诸班直。"

这是情理之中的事情，众人旋即更加忙碌。且说，虽然赵官家这一次没有让行在重臣们过于担惊受怕，甚至反而有些合作愉快的感觉，然而乱糟糟的局面之下，即便是君臣一心，想要安抚上万士卒，尤其是其中还有三千为刘广仕不平的西军本部，又谈何容易呢？

折腾了一个时辰，军中方才传遍了赏赐的旨意，而一阵欢呼之后，却又因为谁先领谁后领闹得不可开交，等到吕浩文、张骏召集了那些闹事最活跃的军官后，赵官家这里已经赏赐好了诸班直，稍作吩咐后，便亲自带着杨轶忠朝山顶小寨而来。然而，尚未来到中间的大帐中，赵玖便闻得帐内喧嚷一片，是吕、张二人无法控制局面。

"官家！"杨轶忠眼见着赵玖要直接迈进去，惶急一时，直接侧身拦在了对方身前。

"无妨，他们要造反早就反了，此时闹腾，要么是想多要些赏赐，要么是存心想跑到南面避战，绝没有对付朕的意思！"赵玖从容对道，然后直接一迈腿，便从两名刚刚领完赏赐，此时慌乱行礼的守门班直中间走了进去。杨轶忠无奈，只能惶恐跟入。

赵玖一身圆领红袍，头戴硬翅幞头，腰中也专门换了一个金带，此时甫一入内，便觉得帐内乱哄哄，一股热浪当面扑来。而帐中一群西军顽痞，一开始其实还有点秩序。但一来吕浩文脾气好，二来张骏年轻，三来乔仲福、张景在下面准备赏赐事宜未到，所以几经试探之后，再加上又有人鼓动，帐中便渐渐不堪起来，此时更是形状各异。但无论如何，忽然看到一个如此打扮的年轻人进入帐中，尤其是不少人还曾见过这张脸，这群人瞬间感觉到了一股寒气自帐门处涌来，然后纷纷失声。

"如今军中规矩，见了天子，竟然不行礼的吗？"赵玖扇开热浪，来到慌忙起身的吕浩文处，一屁股坐下，然后便从容开口相询。

一众西军军官见状在几个老成军官的带领下，按官阶大小排列，躬身行礼问安。

"且起身。"赵玖抬手示意，只让这些人起身，并无让他们落座之意。

不少军官面面相觑，心中暗惊，有些不懂门道的转身要坐下，却又匆匆折返立住。不过，这种惊吓很快便消逝而去。因为赵官家端坐在彼处，面无表情，正色出言，开门见山："今日尚未过年，朕不过二十一岁，放在寻常不过是东京城中一走马使酒的衙内，只是因为国家遭此大变，不得不来做这个官家，所以确实不懂得你们的弯弯绕绕，而今日也就干脆直言了。诸位，大敌当前，你们这么闹，到底图的什么？若不说清楚，朕怎么可能知道你们的心意？是因为被金人狼狈追逐，又匆匆渡河，没了积攒的财货吗？还是在为刘广仕鸣不平？又或是被金人惊吓惯了，不愿再从军？"

帐中一时安静无声。

"一个个来，都躲不掉的。"赵玖随手指向最前面一人，他记得刚刚进来时此人正对着张骏张牙舞爪，"你叫什么名字？什么职务？哪里人？为何要鼓噪生乱？为何连宰相和御史中丞一起来劝都不愿听？"

"臣叫张永珍！"此人年纪三旬有余，身材极为高大，一拱手便露出手上刺青，却是咬牙昂首言道，"现为御营刘……刘太尉麾下直属准备将！陇右人！此番……此番在这里生乱，臣是罪魁祸首，又被抓了现行，官家要杀要剐，臣无话可说！"

"朕问你为何要生乱，没问你要杀谁剐谁！"赵玖端坐不动，面色不变，"到底是为钱货，还是为刘广仕，又或是畏惧了金人只想逃跑？"

"臣……臣什么缘由都有一些。"那张永珍被逼无奈，只能梗着脖子硬着头皮回复，"臣原本在烟广府，浑家孩子都在，又在军中十来年，混了个不大不小的官阶，结果年前金人一来一下子就没了！俺……臣跟着刘太尉在河北找到了官家，从那以后一路南撤，离家越来越远，也不知道西面啥样子，金人有没有打进烟广府，臣家里浑家有没有扔下孩子改嫁。反正就只是往南撤，越往南撤心里越惦记。好不容易剿匪攒了点家当，结果这次南逃又丢得精光。过了河，才一晚上，跟了许久的刘太尉又被官家杀了……就更不知道前途在哪儿，这才忍不住跟大臣中臣什么的吵嚷起来！"

"我晓得了。"赵玖盯着此人，沉默了许久方才出言，却是语调缓和了不少，"其实，朕何尝不想家呢？我昨夜杀刘广仕前还做梦梦到以往呢！可情势如此，实在是回不去又该如何？还有杀刘广仕的事情，归根到底何尝不是因为我太想家呢？"

帐中立在赵玖身侧的吕、张、杨三人都是聪明人，闻言各自思量。而那张姓准备将虽然不知道杀刘广仕跟想家有什么关系，但听得官家语调诚恳，也只能俯首。

"你的意思朕也懂了。"赵玖继续微微敛容道，"你是思乡、想要财物、为刘广仕鸣不平三种都有，对不对？"

"是！"张永珍也回过神来，咬牙承认。

"既然是想家，那便不是想弃了官职跑南面的意思吧？"赵玖忽然间再问，"不至于被金人吓破胆吧？"

"这是当然！"张永珍当即应声，"虽说臣确实有点怕金人，但那是因为知道打不过，不至于到官家意思里那份上。"

"朕知道了，你且坐下。"赵玖随手一指，那张永珍糊里糊涂，到底是老老实实坐到帐中一面座位中去了。

　　赵官家又随手指向另外一人。

　　就这样，帐中足足七八十个军官，官阶差异巨大，一开始还有人不敢在赵玖面前袒露心迹，全程认错，而后来眼见着这位官家确实诚恳，而且认了也没有什么，倒是渐渐把心底话说了出来，理由也是五花八门。对此，赵玖全程认真听下，却无多余表示。这个过程看似烦琐，但对答简单干脆，等到七八十人都说完坐下后，不过半个时辰。

　　"先说两个事情。"赵玖等到所有人落座后方才言道，"所有人都想要财货，朕给你们准备好了，而且比寻常士卒丰厚一些，待会儿出去你们都可以去寻吕相公领，这是之前便说好的。"

　　张永珍为首，一众军官便要起身谢过官家和宰相，却被赵玖抬手止住："等朕说完，还有要浑家的，朕不瞒你们，八公山这里如今一个宫人都没有，洗衣服都是内侍来做，你们不信，今日事后可以去看一看，没什么可避讳的，所以讨浑家这件事，朕一个都没法应。"

　　闻得此言，帐中虽然没有哄笑，却也有了些轻松之意。

　　"还有为刘广仕求情的，朕有言在先，朕知道刘广仕平素大方，善于体恤，但这件事，朕同样绝无多余可言，刚刚谁为他不平，谁先去寻张中丞领十个军棍！"赵玖忽然语气严厉起来，"否则断无赏赐！"

　　帐中旋即肃然，不少人偷偷相对，却无人敢私自出声。

　　安静了一会儿，端坐在那里的赵官家方才继续面无表情言道："朕今日与你们开诚布公，这里能为你们做的，一定会尽力去做。要赏赐的，朕可以掏空了行在与你们赏赐；为刘广仕鸣不平的，也都有军棍准备；求宫人赏赐下来做老婆，不是不行，而是切实没有。可除此之外，还有些东西，朕却是无能为力，譬如思乡之意，朕自己感同身受，却又能如何？想回家难道不需要诸位与朕同心协力吗？倒是想离开军伍之人，朕这里有了一点准备。这样吧，准备离开军伍去南方安顿的在此处相候，其余全都出帐去，领赏赐的自去寻吕相公领赏赐，领军棍的自出门去寻张中丞。金人就在北岸，咱们不要耽搁工夫了。"

　　帐中又安静了一阵，稍待之后，在赵玖的逼视下，那名张姓准备将无可奈何，干脆率先起身拱手应下："官家意思清楚，赏罚都明白，俺……臣无话可说。"

说着，其人兀自转身出帐，却又忍不住在帐门处嘟囔了一句："十个军棍，皮都不红。"

对此，张骏和吕浩文犹豫了一下，却到底是在赵玖的催促下，带着各自属吏，赶紧出去处置此事了。而三人既然出去，其余帐中之人面面相觑，也是哄然起身，各自跟着出门去了。一时间，只剩下十二三人。

一直立在赵玖身侧的杨轶忠瞬间松了一口气，连扶刀的手都松开了。

"你们这些人，确实要走吗？"赵玖以手指之，依旧是之前那副冷淡表情，"不再考量了？"

"官家！"有人忍不住站起身来，"只问官家一件事，官家把俺们单独分开，是不是走了便没赏赐了？"

"是这个意思……没赏赐！"赵玖轻声作答，却是想起此人名字，唤作侯丹，是个队将。

"那俺就不走了！"此人咬牙起身道，"离了军中俺也不知道能干啥！"

"那便去领赏赐吧。"赵玖继续轻声言道，却又忍不住再问，"你既然准备离开军中，便是被金人追怕了，此时又留下，便不怕对面金人打来吗？"

"俺是觉得，反正刘太尉死了，眼看着俺们最近肯定是要跟着官家行在走的，那一路跟着官家便是。"此人倒是面露狡猾之色，"官家若走，俺跟着官家自然安泰，官家若敢渡河死战，俺们又何至于惜命呢？"

赵玖哑然失笑，却是连连挥手，示意对方离开。

而这侯丹既走，又带走了两三个人，而赵玖再去看时，帐中只有八九人了。

"你们这八九个是一定要走了？"赵玖再度追问。

而这八九个人不但告诉赵玖他们一定要走，还和他谈起了条件，想要用一顿军棍换个赏赐，好维系南下的生活。赵玖听到这里面上不动声色，暗地里却早已暴怒，转头便带着杨轶忠出了帐子。不多时，赵玖便换了一身甲胄，带着杨轶忠等一众班直杀入帐中，不等这八九人反应过来，早已被赵玖等人射倒。

赵玖环顾四周，放声言道："朕今日告诉你们，你们这些残兵，朕这个大元帅亲自领了！而这几个首级，便是往后军中第一条规矩："为军而不敢战的，与刘广仕同罪！至于你们也不要干站着，领好了军棍与赏赐的，全都与朕一起往山腰去，那是第二条规矩：从今往后，朕要亲自掌握军中赏罚，全军赏罚一并决于眼前！"说完，眼看着那些准备将、队将惶然一片，纷纷整队。

第十六章　雪渡

山下渡口东面野地里突然发出一阵山呼海啸般的欢呼之声。原来，金人试图渡河，但根本就没有成建制的渡船，也不可能有渡河的充分准备。不过是金军主帅四太子完颜乌竹亲至，察觉河南异动，然后亲自立马于北岸河堤，并下了军令渡河侦察，而金军哨骑仗着这数年来的骄横，又想在主帅面前显露威风，这才当面操着两只不知道从何处弄来的小舟过河来看。人数不过二三十人罢了。

赵玖知道具体信息后，回复镇定，然后一面亲自下山，一面唤来王德，指船而论，当面许下御营统制之位，要看这王德本事。

而王德是何人，当日金军十万之众他都敢踹营抓人，今日区区二三十人怎么会怕？当即便上马，也不用大军，也不用弓弩，只在万众瞩目之下引本部亲军数十骑出寨，硬是在冻得硬邦邦的河堤畔，以肉搏战胜一船上岸金军。惊得后面一船直接从河中掉头回去了！而绍宋军也难得聚集在一起，放肆欢呼一场。

另一边，河对岸，遥遥望见到这一幕，并等来回报的一人却是怔怔失态。

"逃回来的这只船上人说，是王夜叉在对岸，那死了一船人俺也无话可讲，唯独他们说望见河对岸有天子仪仗，那绍宋新官家根本没跑，王夜叉便是奉命出战……"完颜乌竹坐在马上，立于河畔看了一会儿，却忍不住回头去问身侧一绍宋降人，"是真是假？"

"应该确实没跑。"身侧那降人乃是原京东东路一通判，此时正在得用，且因为沿途不惧辛苦，指点道路、城池、仓储有功，已经做到了参军一职，闻言自然赶紧解释："一来我大金进军神速，仓促之间，绍宋军难做全套遮掩；二来，四太子请看彼处，对面八公山北峦处，是否有一旗帜高高而立？"

"那旗帜又如何？"完颜乌竹一时不解。

"好教四太子知道，稍有常识之人都该认得，那便是金吾纛旍，乃是天子大驾专用，龙纛在此，则意味着绍宋官家必然也在此处！"此人赶紧解释，"两两照应，更是能证绍宋官家没跑，容臣在这里先恭贺四太子了！"

完颜乌竹怔了怔，却是忽然朝身后挥手示意："割了这厮喉咙！"

此人愕然一时，但尚未反应过来便早有金军上前。

完颜乌竹连连摇头："这些绍宋人，还什么稍有常识之人都该认得，俺不认得，又如何？落到亡国降人之地，还要摆谱，真真可笑！"言罢，其人兀自转身归营，只留一个死都不知道为何而死的降人尸体冻僵于河畔。

斩首十二级，外加驱逐一船十五人，虽然是难得的对金作战胜利，极大鼓舞了士气，但在数万大军有城有山有河跨区域对峙的情况下，仍然是区区小胜，不值一提，为此庆功是要记到史书上被人笑话的。

至于王德升任统制，更不是什么值得庆祝的喜事，甚至这都不是王德作战能力的彩头，而是本就讨论好的事情。刘广仕死后，其部现在就数王德官位最高、部属战力最强、资历最深，他本人更是少见的有对金作战经验之人；而赵玖虽然正式从枢相汪博彦身上夺回了他原本的兵马大元帅一职，成为刘广仕旧部三千西军名义上的直领，却不可能真的指挥打仗。

恰恰相反，现在淮南八公山大营分为左右两翼，由乔仲福、张景所领的三千西军；三千傅庆部，一千呼延通部数百御前班直，还有一个两千王德部，五六千从淮北撤下来却被留下修筑大营的民夫……抛去空饷、缺员，合计共有一万四五千人，其中战兵近八千人，具体披甲者不下五千，各军战马也有七八百。这都是赵玖通过赏赐摸清的数据，也是他坚持亲自去监督赏赐的缘故，他需要把这个数字记下来。总之一句话，这么多兵马，必须要得有个真正抓总的！而王源王太尉又实在是让赵玖很难信得过。所以还是那句话，王德上位理所当然，但不可能为这事大肆庆祝的。

此时大金四太子完颜乌竹引金军主力赶到，两万出头的数字远比之前的十万让人释然，但依然是野战不可敌的状态，依然让绍宋军望之生畏，更别说刘广仕渡河前那把火，把下蔡城变成了孤城。天知道下蔡城是不是下一刻钟就会开城投降？然后让金军从容越过这么一个重镇，从淮西某处搜罗船只、渡过淮河，再来个搜山检海。

但是，这日赏赐以后，也就是金军到来后的某日，淮南八公山大营依然还是不合时宜地大肆宴饮起来，甚至还有张灯结彩的意味……原因再简单不过，要过年了！而之前奉命带着淮北士民南渡的寿州知州林景默，又正好从南面带来了赵玖翘首以盼的东南各州转运的物资，其中不乏大量酒肉。天寒地冻，背井离乡，恰逢佳节，又临大敌，还是现成的酒肉，没有理由不发下去鼓舞士气。

"朕这个官家当得真是……"

山顶御帐前的帷帐中，高高飘扬的金吾纛旌之下，赵官家望着林知州给自己专门置办来的"特殊饮食"，却是难得失笑。而周围一起同宴的重臣、近臣，也都难得赔笑。原来，正如当日在界沟，只因为有内侍恰好买了一桶姜豉，便有知州送物资时专门给官家预备几桶姜豉一般。这一次，大概是因为张峻张太尉在泗口预备菜肴，官家只留了几种鸭子的缘故，这林景默居然又给赵官家预备了一堆淮地出名的咸水鸭子。

酒过三巡，醉意渐显，刚升了官的王夜叉大概是想表达一下感激之情，非要给官家敲鼓跳舞……军中敲鼓就算了，跳舞还是允许的；接着，王源和汪博彦又各自"回忆"了一番在河北与官家同甘共苦的往事，一个哭一个叹，算是又表了一番忠心；然后乔仲福、张景二人得了赵玖几句安慰后，忽然痛哭流涕，也不知道是因为身为西军宿将，之前在刘广仕麾下却一直不能作战，所以觉得受委屈了，还是那日处在上下左右之间，实在是担惊受怕，忧惧不堪，今日才释放出来；不过，真正的高潮出现在原本晴朗了数日的天空又开始飘雪的瞬间……胡尹大概是真喝大了，不管不顾起身作了首诗，却是一面概括除夕，一面替赵玖怀念了一番此时根本不知道在何处的"二圣"，最后还含泪勉励赵官家早日抗金功成，直捣黄龙，迎回二圣！

这是一个无可辩驳的政治口号，赵玖建立起绝对权威前不可能轻易更改，而且多少是抗金的，是要直捣黄龙府的，绝对是对路的，便是迎回二圣也能堵住多少士大夫的嘴，赵玖神色严肃地起身，并带领淮南大营的文武们一起郑重纳下了。

此事之后，雪花渐大，赵玖专门下令让军中小心防范，须得分出充足人手巡视营寨、河岸，看紧物资。既出此令，便是没有转入山顶小寨帐中继续宴饮的意思了，不过难得过年，营中开禁，这些文武若想要再私下饮酒自可归营再饮，也不碍事。于是乎，雪花之中，众人便将目光渐渐汇集到行在臣僚之首、尚书左丞吕浩文身上，等着这位相公带领大家一起告辞。

而好脾气的吕相公也没有让大家浪费时间，又饮了一巡之后便带着七分醉意摇晃起身，然后缓缓来到帷帐内赵玖所坐的案前俯首："官家，今夜除夕，本当宴饮达旦，君臣同乐，然大敌当前，又是军营之中，临淮作乐，实在是不该滥饮无度。臣年长，不胜酒力，请归营中歇息，并做个恶人，请诸位一并罢宴归营。"

宰相既然说话，其余所有文武便也纷纷离案，跟在宰相之后请求罢饮。

赵玖当然也无话可说，便也起身离案，顺势扶住了有些跟跄的吕浩文，竟然是要亲自送宰相归入山顶小寨旁新起的木制营房。这是了不起的恩遇，君臣之间，俨然一片和谐。

然而，就在二人于雪中缓缓踱步，好不容易挪到小寨那边的营房前之时，身后诸多武将终于松了一口气的时候，即将入房的吕相公忽然回身摸住了官家袖口，然后一时摇头感慨："官家穿个袍子还要系着袖子，不嫌太紧吗？"

赵玖一时没有反应过来，只是随口而答："系着袖子确实方便许多。"

吕浩文无奈，只能再去摸官家腰中："那许久不见官家戴幞头、着玉带了，又是为何？好些东西，莫非都丢了吗？"

赵玖怔了一下，终于醒悟对方意思，却是微微一笑，直接顶了回去："吕相公喝醉了，天子为天下帅，临阵之时，总得准备时时着甲吧？玉带、幞头如今不合时宜。"

吕浩文闻言终于撒手，指着自己头上的幞头尴尬而笑："如此说来，倒是臣的脑袋不合时宜了。"

这下子，赵玖反而也有些尴尬起来，却只好连连大笑遮掩，让内侍扶着吕浩文送入房内，便回头挥手，让群臣自散，然后方才缓缓归入北峦御帐前去了。

雪花愈大，天色愈晚，山下山上一时都灯火通明，赵玖回到北峦，心绪难平，难免感时伤怀这不是因为刚刚吕浩文的劝谏，让他意识到自己对各方面的掌控力，哪怕只是区区一个淮南大营，也只是流于表面和一时……更重要的是，赵玖依然在担心北面略显沉寂的下蔡城。年节对于生活在这片土地上的所有人而言都是一个天大的日子，金军也都要过年的，从八公山山顶北峦这个绝佳位置居高临下，遥遥相望，隐隐能察觉到金军大营也在张灯宴饮，可是偌大的下蔡城虽然灯火通明，此时却是一片寂静。

如此情形，只能说明彼处包括张峻张太尉本人在内的人心，已经沮丧到了一种极致。几乎可以想象，此时佳节来临，给下蔡带来的绝不是什么能喘一口气的机遇，反而加重了他们绝境下的绝望之感。

"官家！"职责在身，杨轶忠眼见着赵官家坐在龙纛下看了许久，肩膀上都已经开始有雪花，忍不住上前提醒，"天色已晚，此处风雪甚大，官家不如早些回去。"

"能给下蔡城送点什么东西吗？"赵玖负手而立，连头都没回。

"必然不行。"杨轶忠有问必答，自然早就想过这个问题，所以几乎是脱口而出，"臣知道官家忧心下蔡内的军心士气，可此时内渡被烧，这时候输送物资劳军，连停船的地方都找不到。"

"若不输送大量财货，只是派个使者劳军呢？"赵玖追问不及。

"单个船只当然没问题，白日间也不是没有巡河军士将官家和相公们的慰劳旨意送过去。"杨轶忠一声叹气，"但也仅能如此罢了，城内军士隐隐不稳，船只都不敢靠过去。这种情形下，若真派正经使者过去，怕是反而要弄巧成拙……"

"你是说会和赵元镇一般下场？"赵玖随口提到一人，却是当日大火前去渡河传旨，结果起火后失踪的赵定，昨日才确定是被愤怒的张峻部士卒给扣押在了下蔡城内，现在又被张太尉"保护"了起来。

"是！要是天使再被扣押在军中，反而会助长下蔡城中不稳。而且，如此……"

"如此局面下，行在本就没多少的文武中也根本没人愿意渡河，从大局看也不值得为此事徒劳葬送文武性命？"

"是。"杨轶忠即刻作答，却又顿了一下，方才咬牙言道，"臣可以去，臣本就出自张太尉军中，彼处人情熟稔，他们不会扣押臣的，反而可以劝张太尉定下心来，说不定还能将赵御史带回来。"

"那就去吧！"赵玖抬头看了看身侧不断飞舞落入火盆中的雪花，却是直接下了命令，"趁着天黑，带上朕的金牌，然后你自己下军令，带一队人佯作巡河，乘一条小船，偷偷渡河往对面下蔡内渡而去。"

杨轶忠连连颔首不及，匆匆而去，却又去而复返："官家有什么言语要交代给张太尉吗？"

"没有！只是当面慰劳便可！"赵玖犹豫了一下，却是忽然摇头，"预备妥当后来朕帐中取金牌。"

没由来的，杨轶忠心下一慌，只能应声。

杨轶忠既走，赵玖却又兀自回帐，并唤来内侍省押班蓝珪，先让蓝珪取来金牌，又让对方亲自帮自己着甲。蓝珪全程拉着一张苦脸，不敢劝谏。

片刻之后，杨轶忠回到御帐前，看到一身寻常班直打扮，拎着一个食盒的赵玖，居然不觉得意外，只是仰头一叹而已。和蓝珪一样，经历了刘广仕与西军逃兵那档子事后，淮南大营这里，表面上已经无人可以反抗赵玖的肆意无度了。实际上，不要说一个武将和一个宦官，即便是吕相公这种正经宰相，行在第二人的存在，不也只能借醉说几句模模糊糊的谏言吗？

但是，这一次毕竟还是事关重大，杨轶忠不敢直接劝谏，沿途步伐缓慢，等到河畔渡口时更是借口支开闲杂人等来拖延不休，久久不愿开船……对此，赵玖一言不发，只是任由其人表演，直到御史中丞张骏从蓝珪那里得到消息，狼狈来到渡口。

"官……官家这到底是为什么呀？"

张骏来到渡口，见到赵玖当着他的面从容上船，再也忍耐不住，直接扑到跟前，拽住对方手中食盒，几乎是带着哭腔询问。

"我弄错了两件事。"赵玖一脚在船内，一脚踏在船帮上，然后一声轻叹，"其一，我以为来的会是吕相公；其二，我以为德远你会直接开口劝谏，但竟问了这么一句话，倒是让我措手不及。"

"是臣拦住吕相公的。"张骏勉力应声道，"事到如今，以官家在这行在的权威，如果一意孤行，想做什么事都无人可拦，而臣为御史中丞，所谓言官台谏，本就有联络宰相、天子的职责，所以自告奋勇至此。至于臣今日这问，也是臣这几日想明白了，事情本无对错，只是要有所取舍罢了，所以臣是在替所有不懂官家的人问，到底为何要如此？"

"我真不知道……"

"那臣问得清楚一点。"雪花纷落，渡口火盆摇曳，踩在渡口木板上的张骏却根本没有撒手的意思，"为何官家一定要亲手杀刘广仕？为何一定要亲手料理逃兵？为何眼下局势已经如此不堪，下蔡已无转圜，官家还一定要在淮河坚守？到底有什么意义？而这一次，官家为何又一定要亲身犯险去对岸？官家难道不晓得，一旦张峻存了歹心，或者他约束不住自己下属，国家便有倾覆之危吗？而之前种种、往后种种，为何官家一定要一意孤行呢？"

"我还是不知道。"赵玖闻言再度摇头，"德远，我知道你是好意，也是真心，可有些事情哪有什么答案？"

张骏摇头不语，手上根本没有松开的意思，明显是对这个回答不满。实际上，这位御史中丞既然鼓起勇气至此，若不能给他交代怕也是不行。

"不过，我也能理解德远……"赵玖见到对方如此情状，反而失笑，"你们这些日子总是拿光武来勉励我，而论到光武，想当日昆阳战前，所有人都说要放弃昆阳，唯独光武坚持不可，然后只带十三人出城去寻援兵，想来彼时也有人会问，将军为何要一意孤行？实际上我也想问问德远，你学问大，你说光武彼时为何要一意孤行呢？按照彼时局势，退一步到襄阳不更好吗？他为什么不愿意退呢？"

张骏微微一怔。

"说到王莽，我也想问，王莽半生儒家楷模，又为何后半生要倒行逆施呢？夫差为何要放过勾践？勾践为何能一十八年灭吴？秦为何能六世明主，步步向前，吞并天下？又为何二世而亡？楚大夫为何蹈江而去？为何楚虽三户，亡秦者必楚？"

张骏已然渐渐失态，便是赵玖身后的杨轶忠都听呆了。

"还有李相公拿来勉励我的昭烈帝，刘玄德当日败走当阳，妻离子散，自己也都快性命不保，为何一定要携民渡江？"赵玖继续正色询问不止，竟带了一丝凛然之态，"诸葛武侯又为何要徒劳六出祁山？"

听到这里，想到那夜故事的张骏，手中力气几乎一泄。

"还有张巡又为何要死守睢阳？楚霸王又为何宁死不肯过江东？！"

言至此处，赵玖轻松拿开对方放在食盒上的手。"德远还不明白吗？你以为我这些日子是没由来地要做这些事吗？我就没有私下问过自己为何要如此一意孤行吗？"

言罢，一身班直打扮的赵玖终于抱着食盒坐到了船上，便要下令杨轶忠速速开船，忽然想起一事，朝渡口木栈上立着的张骏继续问了一句："对了，上次在下蔡城中，德远跟我说的李若水后来怎么样了？你也知道，朕确实记不得许多事了。"

"死了。"张骏茫茫然而应，几乎是脱口而出。

"你看，这便是了。"赵玖微微叹气，"李若水早年出使大金，从你那日说的言语中便知道，他比谁都清楚金人的野蛮，可他为何还是要骂呢？"

张骏再不能承受，跪在船畔木栈积雪之中，抓着船帮泪如雨下："官家，臣请代官家渡河往下蔡一行！"

"若你去能行，朕也不会说这么多了。"赵玖无奈挥手，"可此情此局之下，能安张太尉的，只有朕一人罢了。你若真有心，回御营替朕控制局面，尽量瞒一瞒也好，最好等到朕回来也不被发觉。"

赵玖兀自拂开张骏已经脱力的双手，让杨轶忠速速启动船只，而杨轶忠也不再敢有半分犹豫……须臾，大雪漫天，除夕之夜，堂堂绍宋官家，竟然只乘一轻舟冒雪渡淮向北去了。

这日除夕深夜，雪花飘落之际，却不止一个人喝酒喝上了头。

"军中无聊，俺要渡河去瞧一瞧！"

金军的中军大帐中，双腿架到案上的金军主帅，俗称四太子完颜乌竹的完颜宗弼忽然将手中金制酒碗整个掷到了硬邦邦的地面上。原本热气腾腾的军帐内登时安静了下来，帐中军官、参军们面面相觑，皱起眉头。

且说，以渡河而论，完颜乌竹明显是在玩命，因为目前寿州境内的淮河河段明显是控制在绍宋军手里的。得益于之前仓促的坚壁清野，大量船只被集中到了南岸，北岸的渡口也普遍被烧毁，金军根本没有多少船只在手，更无法组织大规模渡河，而那日仓促侦察失败后，这几日绍宋军甚至都壮起胆来在河中用渡船巡逻了。

"四太子是不准备攻城了？"停了一阵，一名形容粗犷的桓榛猛安率先发问。

"蒲卢浑想对了。"完颜乌竹仰头擦着自己胡子言道："这几日侦察你们也都看到了，这个下蔡城是一等一的要害大城，而俺们这次南下本不是来打这种仗的，只想捉拿绍宋新官家，这种大城能不碰就不碰！"

"四太子，昨日城中有人从西面逃走，被俺们捉了，说了城中兵士畏惧不稳的心思。"又一人开口说话，却是个容貌白净、身形矮小之人，此人唤作阿里，也是个地道的金军将军，所谓猛安谋克制度下的万夫长，"如何不能安心困城、攻城，逼迫这什么张峻降了？下蔡降了，那绍宋皇帝不就自己弃了北岸跑了吗？"

"你也说了，下蔡降了，绍宋皇帝便跑了，那俺们岂不是白费？"见到是阿里出言，完颜乌竹翻身坐起，带着酒气认真相对，"要是先行攻城，下蔡城里面有临淮的内渡，虽然据说是烧了，但跟淮南交通总是通的，而绍宋皇帝就在那什么八公山北峦驻着，那金吾什么纛高高挂着，城中一望便知，绍宋皇帝在那里，说不得城中士气反而是能支撑的！"

"不管四太子怎么讲！"阿里也将手中酒碗狠狠掷到地上，"我直说了，我宁可先派签军攻城，不成的话起炮砸城，也不想因为主帅喝醉酒淹死在淮河里连累我性命！"

此言既出，帐中汉军个个惊恐，而完颜乌竹却仰头大笑，其余的金军军官也笑了起来，只有阿里在那里兀自生气，另一位万夫长讹鲁补也面色不佳。原来，金军治军严谨，更有一条著名的军规，乃是上级军官若战死，其直属下级军官无论缘由如何，必须斩首示众！故此，每战只要某部军官亲自冲锋在前，其部也都会随之死战到底，绝不动摇。

而这，自然便是阿里气急败坏的真正缘故，他不怕完颜乌竹上战场，上战场算什么？完颜阿古达时代，金军贵人哪个不是尸山血海里磨出来的？便是阿里这个名字也有来历。阿里乃是阿里喜三字改来的，而阿里喜的意思乃是桓榛人当年部落制度下，进行小规模劫掠时，最低贱副卒的名称。

"阿里将军安心。"完颜乌竹笑完之后倒也安慰了几句，"今日除夕，对面也在张灯宴饮，如何会在此时还派船巡视江中？便是有巡视，俺带几个汉人应付过去便是。再说了，俺也不上岸，俺也不是喝多了瞎胡闹，乃是确实想在河中看看对面营寨虚实，瞅瞅绍宋皇帝到底在不在，对岸士气如何。再瞧瞧淮河能否直接浮马而渡，又或是能否扎浮桥。"

眼见着阿里喜还要说话，完颜乌竹冷笑一声，直接起身出帐去了，带着酒劲准备乘夜雪渡，观察敌营，而阿里喜和对面的讹鲁补对视一眼，只能闷头喝酒吃肉。

且说，完颜乌竹出了金军大营，也不招呼他人，直接引着三五个亲卫，骑马来到淮河北岸，寻到金军少有的几艘小船，又唤来十几个河北出身会划船的汉军，便兀自乘了一艘小船，冒雪渡河去了。小船往西偏行些许，临到河中央的时候，在两岸灯火的映照下，于相隔百余步的距离隐约见到了另一艘南岸汉军船只的朦胧身影，只是这艘船兀自向西北而去，明显冲着下蔡城方向，根本没有理会故意用汉话交谈的这艘小船，完颜乌竹也懒得理会对方这种信使，双方便擦身而过。

不过，此船之后，完颜乌竹再没遇到汉军船只，他便肆意横舟东西，举着酒壶在淮河中间仔细观察起两岸军情。然而，这一番观察下来，完颜乌竹却越看越觉得为难……下蔡城的坚固和完备不提，这几日他早已经尽知，而下蔡城东南面隔河相对的八公山下，也是山势险要，营寨坚固。非只如此，此时看来，这八公山不过是一整座山脉的一部分，或者说是独立延展，而此山遮断淮河南北，地势险要，北立下蔡，南支寿春，又有南北淝水在山下汇于淮水，地形着实复杂。而只说八公山，此山之所以闻名天下，正是因为它居于这番复杂地形的要道之间，若想要从此处渡河，两条正经宽阔道路都在八公山的左右遮蔽之下，而绍宋军却早早在此筑垒。

且说，完颜乌竹乃是完颜阿古达四子，今年不过二十五六，冒雪来到河中，一面固然是因为身为主帅，要为眼下局面寻到出路，所以要履行军事统帅的职责，亲自来窥探虚实；另一面，也有内心深处心思复杂，既看不起那些桓榛老将的粗俗，又看不起降人的做作，所以有逃避一番的意思。大雪纷飞，完颜乌竹一叶扁舟入淮，望山望河望天兴叹，先时还在认真看那些军事部署，但看到最后，随着半壶酒下肚，他竟然隐隐忘了自己此番真正目的，反而立在河中有些痴了。

"官家，前方便要入城了！"眼见着遮护内渡的城墙就在眼前，城墙上的望楼灯火通明，杨轶忠忽然回头提醒，"听之前过来的人说，河道中有烧毁的船只和木栅，数道水门也坏得七七八八，需要有人指引才能过去，官家请暂时不要开口。"

"正甫随意。"赵玖抱着怀中食盒，并不以为意。

"恁们还敢来下蔡？"看到有船只驶入，并有绍宋军水手呼喊，把守水门的下蔡城军士竟然直接开口喝骂，"恁们这些龟孙在河南吃香喝辣的，把爷爷们扔在这里，要不要点子良心？"

"滚滚滚！"而不及杨轶忠开口，城墙上的望楼内复又闪出一军官打扮的人物，却是更直接，"再敢有龟蛋来烦俺，俺便直接放箭了！"

"是河中府李老三吗？！"待杨轶忠听到此人声音，几乎是立即勃然大怒，"谁给你的胆子对我不干不净？我身上是带着圣旨的，要见张太尉。现在速速派人下来引路，再寻田统领来内渡那边接应，不要多事！"

那人认得杨轶忠声音，隔了片刻自遣人去回报，并亲自拎着灯笼下来指道，然而，临到水门旁却还是忍不住于岸上嘟囔了一句："杨大郎如今是官家前的红人，自然气势凶猛，哪里晓得俺们的苦处？俺们在这边被扔下，内渡又被烧了，就好像个没爹没娘……"

"李老三！"若在寻常，杨轶忠说不得也就听了对方胡扯，但今日船中有人，他如何会由着对方如此喋喋不休，"官家已经斩了刘广仕不说，眼下局面，对岸相公们几次劝官家先走，官家都不愿走，不就是因为你们吗？事已至此，有什么可埋怨的？你在这个位置，没事看看对面官家龙旗便是！"

"往这边走，不用扯水门了，这边烧了一大半，直接能过船……"那李老三立在门内岸上闷声指挥船只入城，却还是忍不住故意大声嘀咕起来，"谁知道是不是就一个龙旗，官家本人早就跑扬州了呢？听人说扬州金山银海……还有刘广仕，就知道唬俺，一个太尉，比张太尉还大，人家亲爹就是太尉，如何就杀了？糊弄谁呢？人头送来让俺瞧瞧！"

杨轶忠气了个半死，但眼瞅着官家并无半点动静，只好假装听不到。

就这样，船只沿水门进入城墙遮护的内渡后，虽然一时开阔，却因为水情复杂，曲曲弯弯绕了许久，也听了那什么老三的埋怨许久，方才寻到一处合适地点靠上岸去……而此时，张峻麾下的中军大将田师中早已经候在此处了。

"不要吭声，也不要乱看，官家在这里。"杨轶忠甫一上岸便握住了昔日同僚，并低声相告，"不要惊动他人，速速带我们去见太尉。"

田师中惊疑交加，不敢多言，只是回头让属下取来一些马匹，然后到底是忍不住借机一个个偷瞥过去，一直瞥到抱着食盒的赵玖本人，方才赶紧转身，须臾马匹到来，便又闷头带路。片刻之后，一行人便已经来到一处早已经安静下来的宽阔宅邸。

且说，田师中是张峻亲信中的亲信，心腹中的心腹，所以根本不用什么通传，前方遣人去将张峻叫起身来，后方这田统领便直接将赵玖与杨轶忠一路领到了后院张峻的卧房前，此时卧房中灯光才刚刚亮起而已。

"官家如何到此？宰相、御史、内侍，还有杨轶忠都该斩了！"

见此，赵玖先挥手示意，让那两个惊吓一时的侍妾和屋内其余使女尽数裹着被褥离去，又等到门外"本该斩了的"杨轶忠与田师中一起清了场，关了门，方才在屋内一处暖炉旁哆嗦坐下："天气寒冷，朕渡河过来，双手冰凉，就不扶你了，张太尉赶紧起来坐着吧。朕只是送几样东西，说几句闲话，也待不了许久。"

张峻闻言慌忙起身，又在自己床上寻得一个精致银色暖炉递来，这才狼狈系好衣服，小心地坐到赵玖对面，还是满脑空白。

"打开看看。"赵玖朝桌上食盒努嘴。

张伯英不敢怠慢，直接打开食盒，愕然看到盒中竟是一只少了一只腿的咸水鸭子，瞬间便不知道该说什么好了。

"今日除夕，朕在淮南八公山北峦设宴招待行在文武，这是寿州知州林景默专门给朕预备的。"赵玖捧着暖炉言道，"朕吃了一只腿，便忽然想到你我在北泗口东台亭的话来了，想着无论如何要给你送来，此时已经不好吃了，明日一早蒸一蒸再用吧！”

张峻张了张嘴。

"下面还有一层！”赵玖继续努嘴言道。

张骏赶紧抽掉夹层，又愕然跌坐回去，原来，食盒底层铺着一层雪花冰碴，冰碴之上赫然有一颗冻得硬邦邦的首级，正是刘广仕刘太尉！只能说可怜昔日世代西军将门之人，一朝身死，居然落到连鸭子都不如的境地，真真可叹。

"其实，朕本来不想将刘广仕首级带来的。”赵玖继续急促言道，"大过年的，带这个未免扫兴，可若不带来，又不知道能带什么……”

"刘广仕竟真死了？！”张峻终于忍不住开口，却不知道算是感慨还是疑问。

"真死了。”赵玖坦然答道，"过河当夜死的。”

张峻颇显尴尬：“之前对岸送旨意来说此事，臣还以为只是讹传。”

"不说这些了。”赵玖说着放下暖炉，复又从怀中取出一物，是一串带霜色的葡萄，结果此物放到桌上，却又叮咣作响，"这也是与你的。”

张峻伸手去摸，才发现如此栩栩如生的葡萄竟然是琉璃所做，毋庸多言，这是一份极贵重的宝物。

"这是扬州知州进贡来的东西。”不等张伯英要作势谢恩，赵玖便继续干脆解释道，"这次东南诸军州送来不少好东西，吕相公劝朕尽数砸了，以示简朴之意……若是李相公在这里，朕恐怕不砸也不行，但既然是吕相公，朕便说没必要，便存了下来，然后白日时还趁年节尽数赏赐下去。而这串葡萄朕估摸着应该是其中最贵重的一件，又恰好听人说你这人别的都好，就是贪财，所以便单独给你留下了。”

张峻张口欲言，还是不知道该说什么。

"其实这几日，对面行在文武都在议论，都说你必然会降，然后劝朕早些离开此处，往扬州去。”赵玖继续抱着暖炉言道，"而朕也是这么以为的，因为贪财的人必然贪生……而眼下局面，你若忽然降了，或者弃城跑了，朕也着实无话可说。”

张峻赶紧又要下跪，却又被赵玖伸手拿住胳膊，张峻不敢再动，只能勉力坐回原位。

"张太尉，朕今日来固然是想安你的心，但朕自己其实也不知道此番过来到底有没有一点用处。可若是不来与你送这只鸭子、这个脑袋、这串葡萄，说这几句废话，朕这个官家此时又能做什么呢？”

说到这里，赵玖单手放下暖炉，一声叹息：："今日过来，便是此意了……一是与你送新年礼，并想借此重申当日东台亭的许诺，只要你能抗金作战，能给你的，朕一定不会吝啬；二是要与你定个君子约定，刘广仕闯下大祸，使下蔡城成为孤城，所以这城你能守便守，不能守，准备降了、弃了，朕也不怪你，只是届时若朕的龙纛还在对岸，请你务必看在今日的份上，提前给朕一个口信。仅此而已！"说着，赵玖再不耽搁，直接起身扣上头盔便要离去。

张峻茫茫然起身，准备相随，却又被赵玖抬手制止，只能任由赵官家匆匆而来，匆匆而去……又过了足足小半个时辰，天色蒙蒙，送赵官家登船的田师中回来，发现那张太尉竟然还坐在桌前发怔。

"太尉今日是怎么了？"田师中入内，先瞥过那人头，许久缓过劲来后，却又不免满脸不解，"我与杨大郎在外面听了许久，官家着实诚恳，而太尉若是想走，何不趁机说来？若是有心坚守，何不趁机表一番忠心？如何半日唯唯诺诺，竟不得一言？"

"我现在也尚在梦中！"张峻忽然抬起头来，露出两只通红眼睛，"小田，你说如此推心置腹之人，软中带硬之辈，真是绍宋官家？"

田师中也瞬间无声。隔了足足一炷香的工夫，田师中方才又感慨言道："好教太尉再知道一件小事，杨大郎之前在院中偷偷向我索要赵御史，我便私自安排人送了赵御史到渡口相候。"

"这是对的。"张峻随口作答。

"然后赵御史在渡口见到官家后，又不愿渡河南归了，反而临时跺脚定了决心，说是要留下来助太尉守城，而官家也赏了他权发遣寿州的差遣，现在是赵知州了。"

张峻怔怔看了田师中一眼，哑口无言。

且说，一夜大雪渐停，天未亮前，两艘小船于淮河中再度遥遥相交，轮廓更加清晰，却依然相互不以为意，各自载着船上的要害人物回营去了。待到天色发白，建炎二年正式到来，南岸绍宋军沿河捣冰如旧，北岸金军驰马侦察如常，其中绝大多数人根本不知道各自主帅夜间干了什么。而过了一个令人沮丧年节的下蔡城，也终于开始渐渐活络了起来。

上午时分，金军忽然送一使者入城劝降。不管如何，时势流转不停，恰如淮水不息，而战争的节奏却永不改变，恰如八公山千百年来未曾动摇一般。

第十七章　买卖

金军使者是张峻的老乡，凤翔府人，唤作赵球，如今正在金军中领着几百人做某个猛安的副手，其实是这个猛安的仆从军补充。不管如何，老乡兼故人异地相见，张峻自然给足了面子。他亲自在自己居所里招待，说了什么其余人不知道，但是下午时分其人心满意足地出城而去却是所有人有目共睹的，于是，军心不免浮动；而新任寿州知州赵定闻讯前去张太尉宅邸询问，却一进不出，于是，军心越发浮动！

"他是这么说的？"

下蔡城东，金军大寨靠近河堤的一侧，一个新起的开阔营寨之中，正在骑马巡视的完颜乌竹听闻汇报，不免大喜过望。

当然要大喜过望！且说，昨夜这位大金四太子浮舟河上，亲眼见到此地山势险要、河流湍急、城池坚固，绍宋军又提早布置妥当，虽然自恃金军野战无敌，却也不免心中暗暗生懅……说实话，就这么一个地形和防御准备，若非那个刘广仕跑得如此狼狈，完颜乌竹差点以为自己此番是中了绍宋皇帝的诱敌之策，故意引他孤军至此，然后无功而返，以提振士气。但是反过来说，刘广仕逃得那么狼狈，根本不可能是装出来的；眼前这个淮河防御体系中极重要的一环，也就是下蔡城与淮南大营之间的大规模交互通道又被割断；此次南下的战略目标还就在河对岸。

回到眼前，张峻的答复如此直接干脆，自然让完颜乌竹觉得云雾顿开——这群绍宋人终究还是大多数时的模样。

"回禀四太子，他亲口对臣说的，他要金一千两、银三万两，其余珍宝财货四太子看着赏赐便是。"赵球跪地而言，"他说，银子是用来买城中士卒民夫的，金子是用来买军官的，后来的珍宝财货才是四太子赏赐他本人的，他还要四太子立个字据，免得事后反悔！"

"俺反悔个屁！"完颜乌竹越发大笑，引得周围随行桓榛人一起大笑，"不过这张太尉也太贪了些，收买军官俺是信的，哪来收买士卒民夫的道理？还不是他想自肥？你再去一趟，告诉他，俺帐中确实有些子珍宝财货，分他一半都无妨，但这么多金银之物，仓促之间你叫俺从哪里为他寻来？"

赵球欲言又止，但根本不敢驳斥，只是接令而去。

而赵球既走，旁边身材矮小的阿里不免蹙眉："四太子，既然下蔡城内动摇起来，那儿郎们驱赶周边汉人们来此伐木动工后，是先起攻城器械，还是先起浮桥牵舟？"

"不管下蔡城动不动摇，都要先起浮桥牵舟。"完颜乌竹睥睨答道，"都说了多少回了，这一战主要是淮南北峦上的那个人！其余什么州城军马有甚用？真要取军州，泰山南面七八个军州现在不是任俺们取吗？而且阿里将军何必装俦，俺若是有心先攻城，为何不把这木料场放在大营北面遮护起来？放在此处，本就是要先图渡河的。当然了，若能不战而取下蔡城，那自然是极好的。"

阿里越发蹙眉："我听人讲，对面只有旗帜，绍宋皇帝早跑了……"

"不是的！"完颜乌竹昂然答道，"俺昨夜亲眼看了，对面军营整齐得很，要是没有绍宋皇帝，刘广仕的败兵哪能如此听管教？王夜叉也约束不住。总之，阿里将军若是酒醒了就莫要多言，俺虽是初次领大兵，却也是军中长大，京东东路两战也无差错，如何就要对俺指指点点？"

阿里无奈，蹙眉不言，便是原本要开口的万夫长讹鲁补也没有说话的意思了。

倒是又一名汉地降人，原本京东西路的一个知县，此时窥见机会，忍不住小心开口："四太子？"

"有话便说！"完颜乌竹骑在马上头也不回，"还怕俺吃了你不成？"

"是……虽说官……虽说绍宋官家可能确实在南面八公山，但北面下蔡城内渡被烧掉，双方只能靠信使简单往来，所以寻常下蔡城士卒未必肯信绍宋官家还在此处，何不趁城内人心浮动之时，伪作书信、布告，就说绍宋官家确实跑了，只有一面龙纛在此做样子哄骗他们，然后让刚刚那赵球赵……赵太尉带入城中，以动摇张峻决心？"

"赵球就算了。"完颜乌竹若有所思，"因为张峻一个领着万人的将军，这种事情信与不信全看他自己，倒是城中士卒那里可以一试……这主意不错，升你为我幕下参军，去做此事！"

"谢过四太子恩典！"此人兴奋一时，赶紧下马俯首行礼，然后又匆匆上马而去。

此人一走，完颜乌竹复又巡视了一遭，除了继续敦促人驱赶周边汉人百姓过来伐木做工外，复又下令分出三个精锐猛安，一支往北面扫荡，乃是要与之前济州方向的那支兵马取得联系，打通后路之意；另外两支则是一支沿淮河向东，一支绕过下蔡城渡过淝水，乃是要沿途收集船只，寻找合适渡口，打探军情之意。

这些都是一个军事统帅的本分，当然毋庸置疑。而下达了这些命令后，饶是完颜乌竹志气满满，却也无事可做，便干脆与两位万夫长一起回营去了。但不等他回到军寨，二次入城的赵球复又折返。

"张峻条件不改，其意甚坚。"

这次轮到完颜乌竹微微蹙眉了，寨门前望着不远处的下蔡坚城驻马思索了许久后，又忍不住询问起对方的看法："你是张峻的故人，你说他的话可信吗？既然要降，为何敢跟俺如此讨价还价？"

"末将觉得可信。"犹豫了一下，这赵球方才咬牙言道，"好教四太子知道，这张伯英别的什么都好，就是出了名的贪财，他这人贪财的名声，从凤翔府到太原府，从京东到这淮上，恐怕无人不知。而且这次他还说了……"

"说什么？"

"他说绍宋官家其实对他不薄，若不是刘广仕烧了内渡，下蔡成了孤城，他是不会降的，但眼下局势如此，真要是被逼无奈做了降人，他也不准备再领兵对抗绍宋官家……所以，城中他本部一万余众，外加一万本地寿州精壮民夫，还有七八千跟着刘广仕逃来的京东西路的溃兵，合计三万人，粮秣无数，披甲者七千，他全都可以交出来！只求一个关西老家的知县、通判，让他做个富家翁便可……"

"俺懂他意思了，这笔钱不光是买他，还是买他的兵马，是这意思吗？"完颜乌竹一时兴致勃勃。

"是这意思。"赵球满头大汗，继续在马下辛苦言道，"而且他还说了……"

"你就不能一次说完？"完颜乌竹尚未开口，旁边讹鲁补便已经气急败坏了。

"赶紧说！"兴奋之下的完颜乌竹也连连催促。

"张伯英还说，他知道四太子军中是一定有这么一笔钱的，金银都有，他开的价不是虚的，还请四太子略微展示诚意……"

"胡扯！"完颜乌竹当即在马上呵斥，"俺一路追着刘广仕过来，都没来得及沿途搜刮，哪来的这么多金银，便是泰山北面有，此时来得及送来吗？"

赵球欲言又止。

"说话！"讹鲁补彻底气急，直接一鞭子抽到赵球的头盔上。

赵球赶紧俯首咬牙言道："张伯英说，刘广仕绝对有这笔钱！刘广仕素来的规矩，就是金银自存，铜钱赏赐下去，这笔钱此时必然被四太子所获！"

完颜乌竹和讹鲁补、阿里三人各自对视一番，却都不知道该说什么好了……因为事情的真相被张峻说中了。

当日晚间，三位桓榛贵人仔细商量了一番后，派赵球连夜入城，算是原则上答应了对方。

之所以如此，原因众多：首先，这笔钱买下蔡城和张峻手上那两三万人是绝对划算的，是物超所值，完颜乌竹三人还没堕落到认为军队比金银低贱的份上；其次，绍宋百年积蓄全在东京一城，结果一朝为金人所获，换言之张峻要这笔钱虽然很多，但三位金军实权大贵人还不放在眼里，他们在燕京的库存才叫一个真金白银，非只如此，这次进军的主导者完颜乌竹还朝两位万夫长许下暂借的诺语，算是承包了全部风险；最后，他们专门找来不少绍宋降人，认真打听了一番张峻此人，得出的结论都一样，这人确实是出了名的贪财，据说做生意的手段比打仗还利索。

当然了，这笔买卖肯定不能一口气答应，赵球一日内第三次入城，带去的条件是文书可以写，四太子甚至可以亲自画押，但营中金银确实逸散了不少，很难凑齐，所以希望先交纳一半，后一半等张峻开城后交接了人马，上任关西了，再补上。

张峻是何等人物？怎么可能应下这种糊涂账？咬得极死不说，当晚还当着赵球的面换上甲胄，参加了城墙上的巡夜。

第二日，也就是正月初二下午，赵球方才第四次入城，改成了先交纳七成金银，并提出完颜乌竹愿意多给张峻本人一些珍宝财货的最终条件。这一次，张峻沉思再三，终于无奈应下，并约定但见金银财货入城，等他当着使者的面清点分发完毕，第二日他便开城纳降，以迎金军王师。

耀眼的阳光下，张峻所居的那栋可能是全城最阔绰的宅邸后院之中，全身披挂整齐的张太尉亲手从箱子里捻起一个精致的金制绞丝簪花发箍，见到簪花缝隙里隐约的血污，也是一时怔住，许久不言。

"老张这是何必呢？"那赵球见状失笑道，"这不是你强要金银，为了凑足金子，才把这等好东西给你当成金货发来了……你是占了大便宜！"

"非只如此。"之前那位刚刚升了参军的知县，据说是唤作时文彬的，赶紧出言，"张太尉请看这两箱，这是四太子专门与你的财宝，里面全都是一等一的金石古玩，甚至还有文册记录来历。"

张峻折身又来看身后那两箱，果然看到有细致册子，讲清楚种种金石文物书画来历，终于一声感叹："辛苦二位了，也让四太子劳心了！我现在就召集城中军官，当着二位的面说明日开城之事。"

二人自然大喜，而此言既出，旁边台阶上坐着的一人却是仰头一叹……此人不是别人，正是连新官服都找不到，此时还穿着绿袍子的前殿中侍御史，今寿州知州赵定赵元镇。几个人闻得此叹，张峻尚未开口，倒是时文彬心有余而戚戚焉，忍不住上前隔着两个甲士去劝，只是赵定早已经心灰意冷，根本不愿理会罢了。

赵球见到如此形状，也是心中一动，拉着张峻往一旁走去，然后压低声音询问："老张准备怎么处置此人？"

"好合好散，明日一艘舟船送他渡河便是。"张峻坦然答道，又扶剑蹙眉反问，"老赵又是何意？"

"不如就在今日召见军将时杀了。"赵球劝说道，"这样兄弟我今日带出去，也是一个说法。"

张峻怔了怔，回头看了眼时文彬与赵定，又瞅了瞅身前的赵球，却是一时恍然颔首："既然是老赵的意思，那今日便见次血吧！"

赵球大喜过望，而时文彬和赵定依旧一无所知。

这边张峻既然应下，便再不犹豫，先让心腹大将田师中召集除城墙守军外的所有百人将及以上军官来他宅中前方大院相会，又让另一位心腹大将刘宝亲自登城，握住城墙守卫以防金军突袭，然后方才催促厨子、使女准备宴会。

忙活了足足半日，等到万事俱备，前院熙攘之声清晰可闻，张峻又亲自下令让数百亲卫披甲执锐，往前院四面立住，最后便带着后院这几个人一起往前院而去。

前院军士纷纷扰扰，议论不停，见到张峻亲卫把住大门，控住院落后有人喜有人忧，但绝大多数人只是释然与感叹而已……很显然，这几日使者往来不断，今日又是这般姿态，众人早已有所猜度。只是，一来张峻本部素来服从张太尉；二来本地民夫和京东溃兵一盘散沙；三来赵定被早早控制；四来局势确实艰难，下蔡孤城之态摆在那里，不少人也是心有怨气的……所以，便多有听之任之的意思。

而回到眼前，张峻全副披挂而出，到底是打熬出来的太尉，只是往主位上一坐，一言不发，院中便渐渐安静下来，然后便各自按照官阶、资历、亲疏在院中落座。

稍待之后，又有使女、侍者穿得花蝴蝶一般地将酒菜奉上，而张太尉还是不说话，只是在田师中亲手奉上一盘热气腾腾的蒸鸭子后直接下手啃起了鸭子，也让其他人都渐渐按捺不住起来。

"今日要杀便杀，我绝不能降！"被安排到与张峻并列几案后面的赵定第一个忍耐不住，放声大骂，"莫以为人人都如你张峻这般无耻！官家真是瞎了眼，竟然除夕时还亲自渡河来看你！"

骂完之后，赵元镇本想继续慷慨陈词，孰料却又悲从中来，一时落泪不止，连话都难说，不知道是不是想起了尚在淮南安顿的妻子儿女。

张峻扭头看了对方一眼，又扫视了一圈院中鸦雀无声的数百军官，这才缓缓开口："大家都是明白人，我且问你们，今日我张峻要是降了，有多少人如赵知州这般不乐意的？"

左手边坐下的赵球和时文彬齐齐松了一口气。

"俺也不是不乐意。"座中不知何处，还真有人敢出言插嘴，"就是听了啥知州的话，想问下太尉，官家除夕亲自渡河来看你是咋回事？除夕俺一直守着南面水门望楼，只见杨大郎来了一趟……"

"没咋回事，就是李老三你遇到的那次，官家让杨大郎领着自对岸过来，与我说了几句话，并把刘广仕首级送来，勉励我守城，说完就走。"张峻干脆直言。

而闻得此言，莫说院中轰然热闹起来，便是时文彬和赵球也相顾愕然。

隔了许久，等张峻放肆啃完一只鸭腿，声音才渐渐平息，然后又是之前那人自角落大声开口："若是如此，俺有个疑问！"

"说来！"张峻扔掉鸭腿骨，手染油污，停在那里。

"要是那夜赵官家亲自来了，岂不是金人射进来的鸟文告全是假的了？"

"这是自然。"

"刘广仕那贼厮首级在哪里？"

张峻扭头朝身后田师中示意，田师中也不言语，直接从脚下拎起一个食盒来到院子最中间倾倒于地，果然有一个栩栩如生的首级随着冰块一起落地。

喧嚷声再起，复又渐渐平息，而后又是那个李老三嘴碎不停："如此说来，那太尉你今日降了金人献了城，岂不是把对岸官家直接卖给金人？"

"不至于，官家见到城中动静，自然会走。"张峻不以为意道，"实在不行，今日咱们议定了，遣人告诉河南一声便是……"

"若是这样，俺有个说法。"

"讲来。"

"那夜俺在岸上引路，因为这刘广仕鸟厮的事也骂了一路，赵官家也没说砍俺的脑袋。这般降了，俺心里过不去，送信的时候能不能让俺去送？俺去了就不回来了，你张太尉自发你的财，俺做俺的刺手汉……怎的？"

赵球忍不住朝张峻使了个眼色，而张峻也无奈叹了口气："老三你要这么说，我倒是不舍得你走了！"

"多少年兄弟，太原城底下死人堆里一起爬出来的，也没耽误你发大财，却不许俺自便吗？"李老三依旧远远出声。

"不是这个意思……"张峻叹了口气，复又环视院中，"其他太原的老弟兄们怎么说？"

院中诸人面面相觑，有人目光从身后甲士和立在张峻身侧的田师中身上拂过，不禁将原本想说的话咽了下去，但也有少数人从席中呼喊，劝张峻给李老三一条路，甚至有人直接劝张峻也给赵知州一条路的。

既然有人开口，很快便带动一片，以至于院中再度喧嚷一时。喧嚷之中，张峻一言不发，离座起身，直接用满是油污的手从腰中拔出刀来……刀子出鞘，田师中以下所有近卫也都一起拔刀出鞘，而田师中更是主动持刀转入一侧，这下子，院中登时静得连根针落下都能听到。

"诸位弟兄的意思我大概明白了。"

张峻抬刀遥遥点了点身侧的赵球，扬声而言："老赵大家多是认得的，便是不认得，这两日往来不断，你们也该私下打探清楚了，这也是太原城下昔日的袍泽。

所以咱们凭良心讲，要是没有你们这些子一起从太原跟我逃出来的人，我张峻恐怕就和这老赵一样，做个路边的败犬，谁都能呼来喝去，谁看他不如意了，也都能一刀了之。"

众人听得糊涂，赵球也听得不对，刚要出声，却不料不知从何时转到他身后的田师中直接一刀自他后颈奋力插入，将他整个人钉死在了满是酒菜的桌案上。

遭此剧变，院中所有军官目瞪口呆，赵定也是恍惚失态，一旁的时文彬更是不堪，他原本正在下筷去用菜，结果那菜盆整个扣翻在了赵球的脑袋前侧，汤水混着血水飞溅一片，偏偏杀了人的田师中还在他身侧，他既不敢松手扔下筷子，更不敢收回，只能哆嗦不动。只能说，可怜一个昔日西军宿将，便这么稀里糊涂将自己送在此处，到死都不知道为何会死。

张峻却恍若未闻，继续刚才的话题，以刀指点左右军官，宛如刚才指点赵球一般，一字一顿越说越激烈，到最后宛如奋力嘶吼："可是话反过来讲，若你们这些人当日没有我，连败犬都不是。"

满院军官俱皆失色，却无一人敢出声驳斥。

"刚才李老三说不耽误我发财，以此来讽刺我贪财，这我也认！因为我这辈子就图一个财！"张峻继续奋力举刀指天言道，"但是太原的事情和老赵的事情却让我晓得一个道理，那就是发财也要讲道行的！"

此言尚未落音，无数披甲亲卫自后院抬来无数金银财宝，然后直接打开箱子倒在地上亮给所有人看……金银堆积如山，就在眼前，一众粗汉瞬间呼吸粗重起来。

"四万两白银，一千五百两黄金。还有乱七八糟的财宝珠玉好几箱子……金人给我送来的、我自己偷偷存下的，一直藏在这院中地窖里，当日官家在此都没舍得献出来，今日全都不要了，全都给你们。银子给士卒，金子财宝给你们，只求你们一件事！"张峻环顾左右，扔下刀子，喘着粗气缓缓而言，"替我守住下蔡！让我张太尉将来能凭此城翻个十倍八倍，这辈子再不受穷！"

言罢，其人有气无力，转身端起案上鸭子，转回后院去了，熟悉他的人清楚，这厮是不舍得亲眼看到自己的财货被瓜分殆尽。

不过，院中数百军官并不在意，反而在身后轰然应诺，而赵定却是赶紧起身，追入后院去了。

天色渐晚，前院声音渐渐平息，累了一日的田师中转过后院前来汇报。

"都发下去了？"端着个空盘子的张峻双目通红。

"都发下去了。"田师中小心言道，"城墙上刘宝那份和城墙执勤守军那份也发下去了……那个时文彬也被撵出去了。他居然不敢走，求我收留……我没敢留。在吊桥那下边哭了好一会儿才被金人哨骑带走，怪可怜的。"

"不管他了。"张峻叹气道，"这次把赵御史……赵知州给得罪狠了，之前在我这里质问了许久，也是一度哭泣失态。"

"无所谓，事到如今，官家知道太尉忠心便可。"田师中连连安慰，"赵知州也是识大体之人，将来还要并肩作战。"

"也是。"张峻终于强打精神起身，然后又随口吩咐，"其实金人攻城，前期攀城并不可怕，下蔡城又有淮水引入为护城河，真正厉害的在炮车……你可知道怎么做？"

"明日开始，拆掉城中所有带好木材的房舍，腾出一片空地，我们也起炮，以炮对炮！"田师中回答得非常干脆，"这是太尉之前对我说过的，是太原城的守法。"

"知道便好。"张峻点头转身入内，"我今日实在是心累，你且去做吧，我去休息一番。"

田师中这才赶紧告辞。

而不等这位张太尉麾下中军大将转身出得后院，张峻忽然又想起一事，然后直接在后院房内喊住对方："小田，你自己可拿到赏赐？"

田师中一时措手不及。

张峻会意，即刻言道："你且进来，今日既然做了散财的豪杰，那就得做到底，人人都该有赏赐的。"

田师中无奈，只好折返。

而张太尉在屋内翻了半天，却只是寻到那串葡萄、一个雕花银质暖炉，还有几个临时从侍妾头上扯下来的发簪……可怜张太尉比画了半天，那串葡萄着实不舍得，其余那点东西给田师中这样的中军大将兼心腹左右手反而像是侮辱，便也为难一时。

见此情状，田师中怎么好收，连连推辞，只说以后再论。

孰料，张太尉却连连摇头，想了一阵后干脆弃了这些东西，握着田师中手言道："无论如何都要给的，只是我如今实在是没有财货了……小田，我长子从太原逃出路上时死了，所以素来待你如亲子，你是知道的。"

"末将当然知道。"听到这话，田师中赶紧跪地应声。"末将自河北漂泊至此，无牵无挂，也一直视太尉如父！"

"我不是这个意思，你知道的，我长子虽死，长媳王氏却一直随行，素来也待我如亲父一般孝顺，我也一直将她当作亲女儿……我一直想为她寻个好人家，却心疼得厉害，总是挑不到合适的人。"张太尉不顾田师中目瞪口呆，继续缓缓言道："今日我倾家荡产赌上此城，便再无留余地的道理，而你若不受我赏，那便只能做我家人了。这样好了，今日我做主，你们今夜便成婚！还请小田日后以我女婿身份，替我守住这下蔡！将来，咱们翁婿共富贵！"

田师中怔了许久，忽然撒手，就在地上叩首不及。

第十八章　文书

"离这么远干吗，怕俺吃了你？也罢，这事终究不大关你的事，且免了你的参军，下去吧！"

出乎意料，被平白骗了一堆金银的四太子完颜乌竹并没有发怒杀人，最起码并没有迁怒于可怜的时文彬参军，这倒是让时文彬一时感激涕零，仓促而走。

时文彬既走，张太尉草船借箭一般耍了四太子一番，继而大赏全城，决心死守下蔡也成为既定事实。当此之时，无论如何，劝降策略破产的完颜乌竹都要继续做出战略决策。故此，当日晚间，完颜乌竹很快便和闻讯赶来的两位万夫长封闭军帐，再度议论起军略。

"四太子，事到如今，咱们是继续筹措浮桥准备渡淮呢，还是下定决心转而攻城？"

且说，两位万夫长中讹鲁补是个偏粗鲁些的人，对钱财之事本不太看重，更兼有完颜乌竹之前许诺的债务承包，倒是对此事没什么反应了，所以，他眼见着完颜乌竹许久不言，便直接开口追问。"好教四太子知道，咱们兵力毕竟有限，绍宋人之前又把寿州淮北的民夫拉走了许多，若要攻城，便不能三心二意了。"

一直黑着脸的完颜乌竹此时方才勉强一笑，又看向阿里："阿里将军以为如何？"

"我自一开始便没变过！"可能是因为债务风险问题，平素便有些小心眼的阿里说话时都不免死死盯着四太子，"咱们桓榛人打仗又不是没规矩，遇到这种情形，一开始便该一心一意准备攻城，劝降不成被骗了不是什么大不了的事情，接下来就准备攀城呗！攀城不行就准备起炮砸城，砸开城墙、填平沟渠，派精锐杀进去便是。取了这种就在身前的大城，再想渡河的事情。”

完颜乌竹连连摇头：“那是以往，咱们这次却是孤军深入，且只是冲着绍宋皇帝来的，没必要把军力耗在这种城上……”

“但这座城如此要紧，却不能不管，所以才想着投机取巧，以至于中了人家的计策。”阿里冷冷言道，“前几日在外面，四太子之前一直嫌我啰唆，可今日是咱们三个在帅帐里正经军议，依照咱们桓榛人的规矩，什么话都可说，出门抹灰便要忘掉帐内争执，我可能说话了？”

完颜乌竹长长呼了一口气，却也只能勉力颔首。

话说，阿里讲的规矩是有说法的。按照桓榛人的传统，凡是战前讨论军略，只要能入帅帐参与这种核心军议，所有人都可以不计较身份，围坐在一起畅所欲言，并对着身前类似于沙盘的灰土指手画脚，而且再低贱的人也能跟主帅当面争论。当然了，主帅依然保有决定权……

这些都没什么，而这个规矩的关键其实是在最后——按照规矩，最后定下方略后，所有人都要一起将身前用来指手画脚的灰土用手抹平，意思乃是将帐中争执一笔勾销，然后所有人按照最终决断全力去执行军事计划。将来，无论战事结果如何，任何人都不许以军帐中发生的任何事情、任何言语为理由，对任何人进行追责。这是桓榛人部落联盟时期遗留下来的淳朴作风了。

回到眼前，得到发言权的阿里倒是肆无忌惮了：“四太子，我不是要专门嘲讽你，也不是强求你一定攻城，你是主帅，到底还是你说了算，我今日只说两个军略上的看法和一个对你的劝谏。”

“讲来！”

“军略上首先的一个，我刚才便讲了，那就是何妨稳稳妥妥打这一仗？先攻城，攻下来再说淮南的事情，不要因为那个什么官家在河南那个山上坐着，就急功近利。”

“军略上不是两个吗？”完颜乌竹越发烦躁，“另一个呢？”

“还有一个就是跟讹鲁补将军一个意思，请四太子不要乱分心。”阿里继续肆意指手画脚道，“咱们这次出来就是两万多点人，三个猛安的哨骑派出去后，基本上就是两万人了。而如今一个万户实打实的万人是不错，但还是跟以往一样，一个猛安里不过六七个谋克，其余缺额多是新降汉人补充，而且便是正经的谋克里，如今也不比以往，什么奚人、岐辙人全都加了进来，所以兵力和战力其实不足……

那么依我看，既然眼下那城池跟河南还是分隔的，那就攻城不要想着渡河，渡河不要想着攻城。这正如昔日在丽东捕猎，只有一张弓在手，身前却同时有麋鹿和狐狸，想着两个一起取下，多半是一个都没有。"

这话说得极有道理，讹鲁补连连颔首。

而完颜乌竹微微皱眉后，也只能勉强点头："那阿里将军的劝谏呢？"

"我怕四太子年轻，到时候连续失利，会失了方寸！"身材矮小的阿里继续肆意言道，"我知道四太子身份贵重，虽说是军议，可实际上还是你一人做主，也知道此番出征四太子是想取河南的绍宋皇帝，别的都不放在眼里，但便是四太子想一意取河南，可有件事情也请四太子务必小心，你今日决心取河南绍宋皇帝无妨，可淮河如此广阔，对面如此严整，我们不攻城而仓促渡河的话，若是将来渡河受阻，又该怎么办？"

"阿里将军说怎么办？"完颜乌竹越发蹙眉不止了。

"回来老老实实砸城！"阿里正色答道，"千万不要因为失了面子而葬送机会！说到底，咱们桓榛人依旧是满万不可敌，南人依旧是一触即溃，按部就班地打硬仗，南人不是我们的对手，就怕四太子钻了牛角尖！"

"如此说来，俺忍住张峻挑衅，不去碰坚城反而是错的了？"完颜乌竹终于按捺不住自己的不耐了，"依俺说，今日因为这点子金银的事情，改了渡河的计划去碰下蔡这种坚城，才是白白贻误战机，张峻此举，明明就是想要俺们气上了头，弃了淮南皇帝，回身去打他。越是如此，越不能中了他的计策。"

阿里摇头不止："我要说的已经说完，四太子随意便是。"

完颜乌竹一时气急败坏。

倒是讹鲁补瞅着不好，劝了一句："四太子不要嫌弃，阿里将军是老成的法子，阿里你也不要故意顶撞，四太子这番定力还是好的，对面军寨虽然严整，但咱们大金野战无敌，不管浮桥还是渡船，只要能送过去三五千，便大势底定了。"

阿里和完颜乌竹闻言各自讪笑，都没有搭理讹鲁补的意思，而讹鲁补见状无奈，只好干脆一些了："如此说来，四太子的意思是忍下这一回，先尽量谋求渡河？"

"不错！"完颜乌竹昂然答道，"不可因小失大！更不可因为区区一点金银，便中了张峻引我们攻城的计策。"

"阿里将军的意思是，无论如何，无论有无今日之事，都该按部就班，一力破城？"点了点头后，讹鲁补继续扭头询问。

"不错。"阿里也坦诚言道，"不破城便渡河，太过冒险，我军远道而来，孤军深入，寿州淮北一带又被绍宋人提前做了迁移，无论如何都该先取立足之地，不然一旦迁延消耗起来，失了方寸，区区平地之上，没法立足，便只好退兵了。到时候，咱们非但抓不到绍宋皇帝，反而要被大家伙笑话的！"

话至此处，完颜乌竹和阿里复又齐齐看向了讹鲁补，而讹鲁补微微一叹，却也说出了一个顾虑："我只会打仗冲锋，这种事情以往并不掺和，但今日却也有一个疑虑要问四太子……若是我们筹划渡河时，咱们之前一直说的下蔡城内渡修好了又如何？"

完颜乌竹当即捻须冷笑："既然一意筹划渡河，下蔡城只要看住便可，内渡修好不修好又关大局如何？俺就不信了，他绍宋人敢出城野战？！"

讹鲁补这才恍然："是我糊涂了！那我无话可说了。我其实也不觉得会如阿里那般落到野地里不能立足的地步，野地里作战，咱们怕过谁？就凭眼下这两万军，绍宋人来十万都不怕。"

"这便是不做表态之意了？"完颜乌竹失笑相对。

"不错。"讹鲁补摊手而对，"两位自决！打仗时唤我便是。"

阿里摇头不止，完颜乌竹却是长出了一口气……毕竟，说是自决，完颜乌竹须是主帅，不还得按照这位四太子的意思来？

三人既然议定，依旧以渡河之事为主，还是要准备起浮桥渡淮，便也无话可说，只好各自散去，浮桥准备前的诸事只能由着完颜乌竹的性子肆意来了。

而送走两位万户，抹去帐中土灰，却难抹平完颜乌竹心中郁郁……任何一个年轻主帅如此被敌军戏耍，被老将如此当面教训，心中总是难平的。再加上浮桥准备妥当似乎还要数日，这位四太子便不免胡思乱想，一会儿担心对面那赵官家会因为下蔡城变得妥当而一跑了之；一会儿又想着对方干脆一走了之，使对岸一空，他便可直接弃了下蔡放肆去追；然后转过身来，一时却又觉得那个赵官家居然敢渡河来安人心，竟是将他乘夜入淮水的胆略给平了下去，心中越发不忿，竟起了意气之念。

总之，战争的空隙之中，强行按捺住攻城之意的完颜乌竹在明显受挫之后，确实是忍不住想做点什么。忽然，这位四太子也确实起了一个主意，却又遣人将那时文彬再度唤来。

"不要怕！"负手立在帐中的完颜乌竹看到地上之人战战兢兢，也是无奈，"都说了，此事与你无关，便是责罚也只是赵球该死，且已经死了。"

时文彬无奈，只能叩首谢恩。

"俺现有一个恩典给你。"完颜乌竹转过身来，严肃讲道，"等做好了，便立即复你的参军之职。"

时文彬还能说什么，难道还能拒绝？只能连连称是。

"是这样的，对面的绍宋官家怕是还不知道，俺们大金最近多了两个臣子，一个唤作昏德公，一个唤作重昏侯，你写封文书说明一下这事，再劝他也来降，说俺完颜乌竹保举他个王爵，然后你再做使者与俺送过河去！"说到这里，完颜乌竹不免气势渐渐回来，却是忍不住挺胸腆肚起来，"俺要亲眼看看那个大胆子绍宋皇帝的回信！"

时文彬抬起头来，根本不敢拒绝，却又忍不住心情复杂，以至于潸然泪下。

"哭个甚哪？"心情舒坦了的完颜乌竹坐回位中，却是连连催促，"速速写来！"

翌日，也就是正月初四这日上午，赵玖刚刚打发了中书舍人胡尹胡明仲往下蔡城一行，询问修复内渡一事，便见到了战战兢兢的金军使者时文彬，并看到了那封搞不清楚到底是存了什么心的劝降书。

就这样，不知道隔了多久，且说帐外依旧狼藉一片，然而眼见着赵官家依旧没有出帐，再加上帐外文武本身也多少有点累了，不禁忧虑起来。当初在宁庆登基的时候，这位主可就干出过当众哭晕过去的事来的；现在，这位官家虽然表面上渐渐喜怒不形于色，但实际上，看他一条腰带拴住最泼皮的韩太尉，一只咸水鸭子喂饱了胃口最大的张太尉，一把刀切了地位最高的刘太尉，几句话就把御史中丞挤对得痛哭流涕，便晓得这位的功力如今是越发地炉火纯青了。

那么如此局势下，天晓得这位能干出什么事来？

"官家有口谕！"

就在帐外众文武疑神疑鬼之际，内侍省大押班蓝珪忽然掀帐出来了，并正色肃容开口。

而帐外文武也是心惊肉跳。

"官家说了。"蓝珪面无表情，一字一顿转述道，"日哭到夜，夜哭到日，难道还能哭死董卓吗？"

150

"咳！"

听到董卓二字，最前面的吕浩文一个不稳，差点呛到了喉咙，其余行在大臣也都各自失态。

"官家还说了。"蓝珪体贴地等吕相公等人缓过劲来，方才继续抄手而立，严肃讲道，"二圣北狩之事、迎回二圣之论，之前李相公尚在宁庆时便早有正论，非国家自强，以兵威加之河北，否则断无可行之理。今日金人之辱，诸臣当牢记在心，然后砥砺前行，待一日大势反复，自当报答而已。"

言至此处，蓝珪稍稍一顿，复又放缓语调言道："官家说，此番旨意到后，要文武各安本职，各归本队，战事在前不可中了金军诡计，露出破绽，他就不亲自出来送大家了。"

此言既出，御帐外的多数人多少松了口气，然后或是哭喊几声，或是对那时文彬威吓几句，便都对着御帐行礼告辞。帐外很快便风平浪静，只剩些许中枢要员与近侍在御帐前的帷幕中干坐罢了。

虽然赵官家一直没有公开表明过他要继续之前的淮河防御战，但很显然是存了这个心的。实际上，后方物资押解过来后，整个八公山大营都一直在进行改建。过年的时候，吕浩文就住上了木屋；过年后山顶小寨的中军帐和赵官家的御帐也加了木质支撑；而现在，山下面的各处营寨的栅栏也都在增加土垒和壕沟，御帐前的帷帐也搭起了一圈木棚。就连那面立北峦最北面悬崖上的巨大龙纛，都堆了石块、钉了木桩，给彻底定在这八公山上了。一句话，赵官家之心，路人皆知，只是无人当众说出来罢了。

回到眼前，大部分行在文武各自散去后，御帐前，些许重臣与近臣按品级坐在木棚下面，唯独一个时文彬立在空荡荡的中间，却是战战兢兢，哆哆嗦嗦，不知今日性命又在何处。但是许久之后，官家依旧没有出来给个答复，众人渐渐不耐，若非赵官家这些日子威望日著，此事又过于敏感，吕浩文等人几乎要冲进去当面问一问了。不过根本不用如此，日头渐渐偏西之时，胡尹自河对岸匆匆归来，却是给了众人一个堂而皇之的请见理由。而在帐内躺了几乎一整日，也胡思乱想了一整日的赵玖听到帐外胡尹请见，情知无法再拖延，再加上他也的确有了一些切实想法，干脆起身，主动出帐而来。

"官家！"

吕浩文以下，纷纷起身问候，并面露期待。

"金人野蛮无耻，我们不可以自降身份，与野兽同等。"赵玖瞥了眼时文彬，也懒得与此人计较，"你们谁来执笔，替我以私人名义写封文书回告那大金四太子完颜乌竹，也好让使者带回。"

众人相顾无言，素来激进的胡尹不顾身上尚有没有回复的任务，直接请言："臣为中书舍人，冒昧为陛下执笔。"

赵玖自无不可。

书信写完，胡尹又当众朗诵了一遍，众人都觉得贴切，赵玖却久久蹙眉不语……说到底，他本意是很想直接来一句"请分我一杯羹"的，如何又会对这种文书看上眼？

只是他心里也清楚，那样的话，注定是要惹来大麻烦的，不要说吕浩文、张骏、胡尹等人会死谏，说不得刚刚抵达扬州的李罡都要跑过来找他算账。所以，犹豫了半日，赵玖终究无奈，只能强压一口怨气接过这文书，然后扭头看向了那金军使者："你叫时文彬？"

"臣……外臣正是时文彬！"那时文彬几乎在此处站了一日，米水未进不说，还被武臣推搡、文臣喝骂嘲讽了一整日，早已经体力不支，闻言几乎是本能双腿一软，便跪地准备称臣，但话已出口才醒悟过来……以他如今的作为和身份，是一辈子都不可能再做成绍宋人的了。

"你以前在何处任过职？"赵玖也不知道是根本不急，还是不愿意将这封文书交出去，却是顺势问了些闲话。

"外臣曾为郓城知县，再转潍州通判，将二任通判之时因为昔日郓城属吏绍宋江造反，为张叔夜张龙图所破，事后牵连，失了前途，贬斥许久，年前李相公主政，征召人手为京东各军州县主官，这才复为沂水知县。结果，上任才一个月，四太子便引兵南下，大军从沂水往南，知州南逃，外臣便……便随通判一起从了四太子。"时文彬跪在地上，小心翼翼、断断续续，到底是在赵玖怪异的目光下大略讲了一遍。

"原来如此。"赵玖听完之后一声叹气，"其实，金人大军南下，你所在沂水县首当其冲，兵威之下，我也没法怪你……"

"臣谢过官家体谅。"时文彬闻言居然直接落泪。

"不过时知县，体谅归体谅，你既然已经降了金人，又出来做了事，那日后便是敌非我了，将来的事情也就不要有什么奢望了。"赵玖继续感慨言道，"否则，你让我这个官家如何去面对你刚才所言的张叔夜那种臣子呢？你在金人帐下，那张叔夜绝食而亡，过绍宋界时咽气身死，总该晓得真假吧？"

时文彬一言不发，只是叩首落泪不止。

赵玖心下无力，又有些烦躁，便要将文书递过去了事，然后去做他想做的正事。

然而，不知道为什么，就在时文彬起身将要接过文书之时，忽然间，这赵官家做了一个让所有人都意想不到的举止——他猛然一叹，然后便收回手来，在众人面前愤愤撕碎了那份文书。

"官家！"

周边重臣、近臣，各自失色，便是今日一直跟在赵玖身侧，一直没吭声的杨轶忠都当场愕然。

"官家……可是臣言辞中哪里有不妥？"事关重大，胡尹赶紧俯首请罪。

"不关你的事。"赵玖如鲠在喉，"只是觉得若此番文书送到对岸，固然对得起二圣了，却如何对得起李若水、张叔夜等人？又如何对得起家破人亡的两河士民？如何对得起河对岸孤军固守的下蔡三万士卒？"

"臣惭愧！"胡尹登时无话可说。

而吕浩文等人也只能纷纷俯首称愧。

"要么就不回了？"请罪之后，御史中丞张骏咬牙出列建议道，"以示决心。"

"不回的话，只是徒增完颜乌竹的气焰。"赵玖摇头不止，"劳烦明仲再写一封，不用白纸，用宣旨的绢帛来写，只要抬头，内容与落款朕亲自来写！"

事情到了这一步，胡尹哪敢怠慢，他即刻回到木棚之下，须臾便在内侍的帮助下重新准备妥当，然后让开位置，请赵官家上前。

而赵玖走上前去，也不提笔，也不用墨，甚至没有思索，直接朝着那摊开的绢帛正中吐了一口攒了半日的唾沫！然后，其人方在众文武的目瞪口呆中，提起笔来，在落款处画了个"河北沧州赵玖"的押……沧州，乃是赵氏祖籍所在。然后这官家也不呼蓝珪，而是直接转入御帐，须臾便亲自取来体量颇大、根本不常用的绍宋天子印，就在木棚下往那绢帛上给重重盖上，却几乎盖住了小半个绢帛，乃是将六个字的画押给完整盖住。

做完这些，赵玖方才折起这文书，抬手拈来与那金军使者时文彬："如此便可，拿去吧！"

时文彬此时欲哭却已无泪，只能俯首上前，双手接过文书，然后仓促而走。

到此为止，全程下来，御帐内外，竟无半点声息。

话说，时文彬既走，做下如此荒唐事的赵玖却没有停止这次御前会议的意图，恰恰相反，之前在御帐中躺了一整日，发散了不知道多少思维的他现在却正准备办正事。

日光西斜之时，随着这位赵官家亲自下令，几个内侍纷纷搬出数把椅子长凳，就在御帐前的帷帐里摆好了座位，并请诸位中枢要员、近臣入座。便是本就着一身圆领红袍的赵玖本人也亲自回到帐中戴上了一顶让吕相公朝思暮想的硬翅幞头出来，并端坐于一把背对着御帐帐门的太师椅上。

赵官家落座以后，一开口的一长串官名便让现场气氛更加肃然起来："东府相公、西府相公、宪台中丞、御营都都统、内侍省大押班，还有数位中书舍人、合门祗候，以及这位刚刚入了玉堂的林学士……最关键的是还有朕这个绍宋天子。吕相公？"

"臣在。"坐在左手第一位的吕浩文即刻起身。

"吕相公，朕大半年前尚是寻常一亲王……""总之，不管什么原因，朕对绍宋官制、称呼至今有些糊涂。但朕再糊涂，也大概晓得，如今咱们这些人聚在一起，好歹还是个正经中枢的样子吧？"

"官家所言甚是。"吕浩文哪里敢有丝毫怠慢，便即刻正色应对，"施政的基本却未曾变过，乃是天子居中号令，政事堂宰执议政于君前。而今日虽各处皆有缺额、离散，但东西二府，禁中各要害处，皆有正经要员随侍御前。故此，眼下这御帐之前，无论如何都是正经中枢所在，自然可以发号施令。"

言至此处，吕浩文越发严肃，却又不禁顿了一下，才继续言道："不过官家，李相公、许大参他们毕竟不在，若有严肃政令，何妨稍等？便是等不到李相公，许大参和张枢密就在淮东、淮南，完全可以快马召来！"

此言一出，周围官员心中或是冷笑，或是无奈。而这其中，别人倒也罢了，唯独刚刚跳过转运使这一资历破格进入翰林学士院，如今正志得意满的前寿州知州、现在的翰林学士林景默就更是鄙夷到了不屑的地步。

这位小林学士看得格外清楚，人家官家明明要的就是没有这么多厉害相公的中枢行在，要的就是如你吕相公这般窝囊的文臣之首，要的就是可以随着他的心意做事情，这番话说来不觉得可笑吗？而且身为此时唯一得志的东府相公，西府相公又犯了大事，本该揽权上位的时候，却居然落得如此光景，你吕浩文不觉得可耻吗？实际上，联想到这些日子官家的一意孤行，今日在这中枢的各位文臣，个个都该觉得自己可耻才对！

不过，小林学士想到这里忽然一怔，因为他猛然醒悟，既然自己也在这里，之前也没拦住官家过河送鸭子和今日啐那一口，那是不是说明自己也挺可耻的？好像刚刚连写文书的活自己都没抢到！自己可是正经的玉堂学士！

"来不及了。"

就在小林学士心情复杂之时，那边赵玖面无表情认真听完，一句话直接否了这条建议，然后继续侃侃而谈："朕的意思，别人倒也罢了，唯独今日身前诸位，你们一直在我身侧随行，恐怕早就懂得了……"

在场中枢文武各自无声，也无反应。

"朕的本意是想在这里挡住金人一场，提些民心士气，然后再去南阳或者扬州稳住，发号施令，重建大势，重定国家！"

赵玖不禁提高了嗓门："然而这几日在这八公山上，朕眼见着有如刘广仕之流畏敌如虎，又擅自揣摩朕的心意，诬陷朕也是如他那般无耻畏死之流；又有八公山、下蔡城各处军心动荡，也居然有不少军士以为朕这个官家和中枢诸位都是只会逃窜之辈；还有今日这完颜乌竹欺上门来，似乎把朕当成了朕那位软弱可欺的兄长……是可忍孰不可忍？"

吕浩文等人听到最后两句，不禁眼皮一跳，别人倒也罢了，吕相公无论如何都躲不过去的，只能硬着头皮再问："那官家以为当如何？"

"当即刻明发诏书，告示天下！"太师椅中的赵玖依旧面无表情，"不必等去南阳或扬州，也不必等李相公、许大参他们，就在这八公山上，将朕的心意昭告天下！"

"敢问官家是什么心意？"一片肃静之中，吕浩文继续硬着头皮追问。

"其一，明定绍宋大金为敌为战之事！而既然开战，自当号召天下各处勤王、抗金！所谓人无分老幼，地无论南北，凡自认绍宋人者，遇金人之时，皆当据土为战！"

这其实是预料之中的一个东西，今日官家如此正式，也只能是这类事情，但东府相公吕浩文明明心中有所预料，却还是忍不住沉默了一下，并略带踌躇地扭头去看了眼自己理论上的政敌，也是朝中主和派仅存的一面大旗，此时完全变成朝堂植物人的枢相汪博彦，好像是期待这位相公出来跟自己一起担责一般。

而有意思的是，迎上吕浩文这个沉默后，汪相公毫不犹豫地趁势站了起来，然后扬声相对："臣附议！"

当然附议！

旁边旁观了这一切的小林学士几乎在心里喊了出来，天子的心意早数月前召回李相公时就已经显露无遗，如今更是出现在了战场前线，这抗金的心意已决然到顶了！而唯一可制衡天子的正经宰相李相公虽然不在此处，是比天子更知名的主战派，这种事情有什么可犹豫的？

就在小林学士心中一万个感叹之时，那边御史中丞张骏、御营都统制王源，甚至几位中书舍人之流却都在胡尹的带领下出列附议了。小林学士微微一怔，发现官家近侧除了自己以外，竟然只有杨轶忠、蓝珪两个不该说话的人没开口出列了。甚至接下来一抬头，他干脆迎上了官家质疑的目光……于是乎，林景默也赶紧出列，最后一个附议。

"臣以为可行！"吕浩文见到情势如此，也不再多言，终于俯首承命，"官家可还有他言？"

"自然有。"赵玖面无表情，坦诚答道，"但一事归一事，既然议定了，就即刻拟旨，定下此事再说，现在就写，将朕刚才的话写成正经文书旨意，天子印就在此处，写完就着人誊录，分发各路重臣，扬州李罢李相公，东京留守宗颖宗相公，淮南许景衡许参政，淮东张悫张枢密，东南梁扬祖梁待制，淮西宇文绪忠宇文枢密，以及各路转运使、经略使、制置使，外加关西诸将，还有就在眼下的张峻、韩师仲……一个都不许落下！而且还要他们接到旨意后，贴成布告，让天下人尽知！"

众人听得严肃，知道这不是寻常旨意，恐怕是正经制书，还要发敕榜明示天下。再加上事情确实已经经过天子示意、二府议定，自然也都无话可说。于是，便从小林学士以下，连着几位中书舍人，直接在旁边木棚下落座，然后小林学士大略引用官家刚才的"人地"之语，又因为官家明示要用大印，所以选择了最高档次的制书格式，并一气呵成一篇简短文，然后所有人一起誊抄，准备晾干分发。

一番忙活之后，日头越发偏西不少，方才结束。而不等这些人稍微歇一歇，端坐不动的赵官家便继续开口言道："其二，以靖和之变、两河沦丧为据，可知金人野蛮狡猾，故当以诏告到达之日为期，限令自朕以下，天下文武百官，非复两河兼迎回二圣，或金人主动求和，任何人不得论与金人议和事！否则一并罢黜！"

吕浩文和汪博彦两位相公只觉脑中嗡嗡一片，本能便觉得这不太合适，王源也一时惊吓，然而身后御史中丞张骏和还在木棚下执笔的中书舍人胡尹大喜过望，几乎是齐齐出声："臣附议！"

手中握笔的小林学士略显妒忌地偷看了眼比自己年轻许多的这二人，来此处也多日了，谁不知道金人狡猾野蛮、不可议和，还有还复两河、迎回二圣之论，根本就是这两个人，还有那个比他小林学士还走运，直接越过了数道资历门槛，成为寿州知州的赵定的基本政论？！

今日官家说下这话，与其说是他自己不留后路，倒不如说是采用了这群朝中最激烈抗金派的政治纲领，所以几乎是变相地给了这三人一个护身符，他们不附议就怪了！

"就依官家所言。"

"臣也附议。"

随着赵玖目光扫过心中发虚的汪博彦和王源，这二者也是不敢怠慢，几乎是忙不迭地表态。

见此情状，小林学士心中越发不解，他却是忘了这两位昔日主和派了，便只是为了自证清白，这二位也得支持官家的。

"那就依官家吧！"吕浩文只觉得呼吸都困难了。

"臣也附议！"小林学士清醒过来，一面暗暗自责又在出神，一面赶紧抢在官家看他之前在木棚下开了口。

"如之前一般，拟旨……如之前一般发各路文武重臣。"赵玖平静言道，"让天下文武百官士子都知道这个事情。"

小林学士心下明白，这次虽然也是昭告天下的旨意，却未必要用制书格式，而是要用晓谕官员体制某些事情的大诏令，也是几年难得一见的东西……想他刚刚当上玉堂学士，便连下如此多的大诏大制，也是一边运笔如飞，一边心中得意。

又是一番辛苦自不必多言。

"那好，其三……"赵玖干坐许久，等木棚下一众近臣刚刚又辛苦一番结束，只是微微顿了一下，便继续言道，"既然已经决心抗金，那便应该尽量团结任意可用之人、可用之力，所以即日恢复昔日李相公旧政，凡抗金义军，皆纳官署，黄河南北，河东、河北、京东、京西、淮南、关西十余路，皆可就近自寻官府安置，请求告身；诸如两河义军，河北河东之地，实难联络官府者，许暂时自据军州，处置军政。一句话，国有危难之时，凡事当以抗金为先，但凡是抗金的，朕都认！这一篇，也如之前一般发各路要员。"

这一次，没有人立即附议，但也没有人明确反对，而是难得认认真真的稍作讨论后，便顺势通过了而已。

"其四，朕有一句话在心里许久了，尔等应该也早就有所察觉，今日不妨一同明告天下。"赵玖当然知道这些人在想什么，缓缓言道，"寿州这一战，朕还是决意要为了……一句话，除非金人率先退却，否则朕就在八公山不走了！"

吕浩文等人几乎是齐齐在心中哀叹一声，一时无人出声……其实，正如赵玖自己所言那般，这位官家的心意早已经透过他的作为透露无遗。

"朕知道你们在想什么，"黄昏时分，就在行在文武心下无力之时，火盆光影摇曳之下，赵玖忽然表情生动，今日难得失笑，"而若朕真守不住，朕也绝不会逃，更不会投降受二圣那种辱！正甫！"

"臣在！"杨轶忠一个激灵，赶紧就在身侧俯首。

"你我君臣一场，到时候也不说什么忠心不忠心，但有丝毫情分，便该替我了断。"赵玖宛如说什么闲话一般言道，以至于很多大臣都没反应过来。

至于杨轶忠耳聪目明，自然听得清楚，却是目瞪口呆，只觉得自己脑中一片空白，一句话都说不出来。

而此时，赵玖瞥过身前呆立着的诸人，面上心下一时皆笑，越说越快，终于将自己发动这场战役时的那种自暴自弃外加极度自私的隐藏心态表露无遗："届时，朕若真死在了这八公山上，便请李相公在扬州扶持皇嗣继位，朕许大参、张枢密一起辅佐太后听政；若皇嗣年幼，将来事有不祥，便可请太后再寻南渡宗室继续立嗣主政；若人心实在是不服，那朕只有一句话，绍宋可亡，天下不可亡！但有豪杰能复河山而救万民者，自当取河山自用，为万民之主！这是朕的真心遗言，也算是一篇罪己诏。如二府议论可许，便明发天下；若二府议论不许，那朕便直接谕令给行在文武、东南诸臣。"

"臣附议！"

就在这时，一直在草棚下认真思索官家那番"其四其五"论述的小林学士，经过深思熟虑之后，眼见着无人率先表态，却是忍不住第一个跳了出来。

第十九章　浮桥

不管小林学士有没有附议，都不影响吕浩文和汪博彦这两位东西府相公难得硬气一回。实际上，便是赵玖想以谕令的方式把这些话私下传递给李罡、宗颖等重臣，也几乎不可能，因为除了一个附议的小林学士外，其余所有人都在赵玖这番话后做出了最激烈的反应，连一向和赵玖最配合的激进派，也就是中书舍人胡尹都表达了最直接的反对意见……最崩溃的杨轶忠干脆直接下跪涕泣起来。

不过这么一折腾，到了最后，除了这最后一句话外，其余赵玖赵官家想说想做的所有的事情，基本上全都成了。

"故战端一开，地无分南北，人无论老幼，皆有守土抗金之责！"

"念下一个！"大金淮北大营的中军大帐内，完颜乌竹面露不耐，"时参军念重了，这是第一个。"

"是！"

又一次侥幸从大金四太子怒火下得生的参军时文彬赶紧放下这个文告，复从案上取了另一个过来，而且这一次他先看了几眼，确定不是重复的方才继续念了起来："朕绍膺骏命……"

"直接说意思好了，这话听了许多遍了！"这次倒不是完颜乌竹不耐，而是万夫长讹鲁补拍案呵斥，"虽说天下万族都懂汉话，可这种绕弯弯的话一遍又一遍又有啥意思？"

"是！是！"

"这个旨意其实是在宣麻拜相，给在扬州养兵的李罡李相公提了一级，变成了总领三省的平章军国重事……"时文彬赶紧快速浏览了一遍，然后说与讹鲁补以及帐中所有桓榛、岐輆、奚、汉将领听。

　　"李罝不本来就是绍宋人第一个大相公吗？"有人忍不住开口询问，"如今又涨，岂不是空衔？"

　　"不一样的。"

　　帐中绍宋降人虽多，但多不敢轻易开口，到底还是时文彬赶紧解释了一下："这个旨意连着之前绍宋官家绝不再退的那个旨意，便有了托孤之意，万一这边四太子得胜，赵官家崩了，那边李罝便可轻易在扬州与孟太后一起拥立新君！"

　　"这便对了。"完颜乌竹恍然颔首，却又微微蹙眉："不过时参军，什么叫俺万一得胜？"

　　时文彬惊得身上寒毛都起来了，扑通一声跪下。

　　"起来。"而不等对方请罪，完颜乌竹便不耐挥手，"之前两次带回那种回信俺都没杀你，今日如何为这个杀你？便是真要杀你，也须你把这一堆抢来的绍宋文书给念完！"

　　"若还有文书就赶紧念！"另一位阿里将军也渐渐不耐，"不要误事！"

　　时文彬匆匆谢恩，狼狈再起，然后在案上翻腾了半天，还真又找到一封未读过的文书，可大略一看，却又忍不住泪流满面。

　　"如何又哭了？"完颜乌竹无奈至极。

　　"回禀四太子，"时文彬勉力收泪而对，却怎么都止不住眼泪往下流，"这是一封针对旌和以来到刚刚年节时所有降人的一封文书……说的是，年节之前，因为金军……因为我大金军力强盛，不可强人所难，故有绍宋文武手无寸兵者、力战穷途者，为金人所迫，一时曲身金人府中、军中者，皆可赦免，皆许反正归绍宋……唯三者不赦！"

　　"哪三者？"完颜乌竹瞅了瞅自己案前泪流不止的时文彬，又看了眼帐中那数量颇多，然后一时骚动的一堆沿途绍宋降人，却是冷冷相询。

　　"一曰有违节度、谎报军情、不战而逃之授节太尉，如刘广仕者；二曰为虎作伥，有攻杀、镇压绍宋军州士民实迹，如知济南府刘豫者；三曰……三曰有受金人军职，出谋划策，位属敌国如知沂水县时文彬者……"勉力读罢，时文彬努力控制情绪，却还是忍不住眼泪哗啦啦地流下来。

　　而完颜乌竹也在稍作思索后忽然捻须大笑，笑完之后方才摇头不止："老时，俺算是听出来了……这其实就是谁都赦，但你们三个无论如何不能赦！"

时文彬闻言越发落泪不止。完颜乌竹看得好笑，却又连连催促对方继续读那些旨意。

"不管如何，这些文书只能说明俺的计策成功了！"完颜乌竹昂首挺胸，丝毫没有前一晚见到那张绢帛后亲手抽了时文彬十几鞭子时的那种失态，"绍宋的新官家被俺激到，乱发旨意且不提，最要紧的是，他现在根本不跑了！而后日，咱们便可以尝试搭浮桥渡淮了！"

"为何这么仓促？"阿里忍不住蹙眉提出了质疑，"绍宋皇帝的那些旨意我是不懂得，但四太子的计策成功了却似乎也是真的，而那绍宋皇帝既然都明发了旨意说就守在八公山一步不退，又让他们的丞相带着皇嗣在后面以防万一了，如何还要如此着急渡淮？不能慎重一点，等物资更齐备稳妥一些吗？"

"有三个缘故。"完颜乌竹昂然答道，一副智珠在握之色。

"一则春日已至，说不得什么时候便会气温转暖，届时淮河各处支流便要化冰，可能便会有一股春汛，到时候反而渡淮困难。"

阿里和讹鲁补，还有一众桓榇猛安纷纷醒悟领首。

"二则，"完颜乌竹继续随意言道，"那赵氏小儿的旨意你们也都听了，什么守土抗金，什么不许议和，根本无谓，唯独一件事需要注意，便是那招募义军民兵，收为国用的旨意。这种事情，俺倒不是说会怕两淮的盗匪、民兵听了讯息，来寿州支援，但来一拨总得打一拨，总是费时费力的，倒不如趁早了断了此事。"

讹鲁补等人微微皱眉，俨然是想到了河北那按下葫芦起了瓢的义军，还有在京东干脆充当了抗金主力的盗匪，也反驳不得。

"三则，阿里将军不懂他们赵家人的狡猾。"完颜乌竹继续在主位中睥睨言道，"如对岸那绍宋皇帝，此番中了俺的激将法，被俺激到了，失了控，固然是实情，却未必是要真死守。"

"何意？"阿里蹙额追问。

"阿里将军想过没？"完颜乌竹昂然答道，"有没有可能对面那小官家是真心怕了俺，虽然表面上如此坚定激烈，又是对俺吐唾沫，又是号召守土抗金，又是托付皇嗣给宰相的，实际上却是存了哄骗所有人，然后趁机逃亡的心思？！这万一要是如你所言慎重起来，等船只物资备齐了再渡，绍宋皇帝早跑过长江了又当如何？"

阿里本能想要反驳，但转念想到昔日东京城的那什么二圣的作为，居然无言以对。

"就是这般了。"完颜乌竹见驳倒了阿里，也是浑身舒坦，便干脆摊手言道，"事情俺已经安排得万全了，后日便开始建浮桥渡河。此事你们可还有言语？"

阿里和讹鲁补对视一眼，又各自思索一番，加上之前的反对意见已经在那次抹灰军议中给抹掉了，也都无话可说，便各自颔首。而两位将军和主帅都已经意见一致，下面的人自然无话可说。不过……

"不过渡河之外，有件事须得提防。"散场之时，第一个起身的讹鲁补忽然随意出言。

"此事无所谓，讹鲁补将军觉得要做便去做吧！"完颜乌竹微微一怔，便也反应过来，却是一脸的无所谓。

讹鲁补连连颔首，率先出帐而去，军议随即也彻底散掉。

不过，就在刚刚控制好情绪的时文彬跟在最后，也准备告辞离去之时，完颜乌竹却又忽然开口喊住了此人："时参军今晚不必去后营那边了，就在俺帐中这前面随便寻个地方睡下，这是俺给你的恩典。"

时文彬茫然不解，却哪里有拒绝余地，只能连连俯首，口称谢过四太子恩典，而完颜乌竹也不多做解释便转入后面享乐去了。

时文彬既留在中军大帐中，也无被褥，也无处梳洗，又不敢去睡人家四太子主座上的皮毛，又不敢用座中酒水来取暖，只能缩在角落苦挨。冻累之际，帐外还有马蹄奔腾声不止，振甲白刃之音不停，而后帐也有歌舞声传来，并隐隐有女子哀求之声。好不容易安静下来，这时参军却又想起晚间念的那些旨意，想起留在沂水的家人，想到这几日担惊受怕、四处受气，想到自己再无别的出路，又偷偷哭了半夜，方才勉强入眠。好不容易挨过一夜的时文彬大约是觉得自己完成了"过夜"的任务，便匆匆出帐，准备回归后营住处稍作处置。然而，这位大金四太子幕下参军甫一出得中军大帐，便愕然怔在帐门前……原来，一夜之间，随行金军的几十个京东西路绍宋降人，也就是时文彬的后营伙伴们，也是平素争风吃醋、冷嘲热讽的那些昔日同僚，俱被斩首！

此时首级数十，形状不一，尽数悬挂在中军帐前的将台两侧，隐隐还结了冰。听到动静，几名身上还有血腥气的中军执勤军士，都是桓榛人、奚人、岐辙人之流，回过头来，看到是前日被绑在这里挨鞭子，今日却躲过一劫的时文彬，便纷纷指指点点，交谈取乐。而这一次，时参军跌坐于地，失声失语，到底是没有哭出眼泪来。

战争中个人的微小情绪并不值一提，尤其是这个人在军队中的地位还那么微不足道的时候。实际上，无论存着什么情绪和想法，很快无人在意，因为仅仅隔了一日，淮河战场的沉寂，你来我往激烈非凡的人心交锋，便彻底终结了，取而代之的是真正意义上的军事行动——金军开始搭建浮桥，尝试渡淮。

这一次，如果金人真的被阻拦在淮河一线，不管绍宋军被打得多惨，那么赵官家这一番的作为就说不得还是有希望成为一个伟大时代序幕的；可如果完颜乌竹洋相百出，却最终成功渡河，来个竟斩赵玖首级而去……那赵官家之前的表演反而只能成为一个笑话。

"这必然是前几日官家大发旨意，有往淮北的使者在两翼被劫的缘故。"下蔡城上，望着就在城东不足两里处开建的浮桥起点，全副披挂的田师中几乎是脱口而出，"完颜乌竹用兵果然还是有些能耐的，前面忍下泰山大人如此挑衅；后面察觉可能会有义军来援，便即刻渡河，堪称当断即断！"

不过，同样是全副甲胄的张峻张太尉，闻言却只是望着浮桥方向一言不发，并未接女婿的话。

"太尉。"另一员张峻部大将刘宝，也忍不住咬牙出言，"城中士气尚足，沿淮堤岸又无阻拦，要不要主动出击一番？但能毁了那浮桥前基，便是泼天的一份大功！"

"不可以！"张峻面无表情，连连摇头，"金军是故意这么近，故意敞开这条路的，看似只区区两里地，可全城这两三万人送光了也未必过得去。"

"夜袭呢？"田师中低头思索片刻，旋即再问，"待暮色至，这里佯攻，然后从水门处将百余敢死之士悬索而出，沿河堤潜行……"

"计策或许可行。"张峻摇头道，"但就怕来不及……"

"何意？"一直没开口的赵定原本听得连连额首，听到此言却悚然一惊，"莫非这浮桥一日便能成？"

"不是一日便能成。"张峻扭头严肃应道，"而是恐怕大半日便能成，到日暮时分便能渡过去千百精锐甲士！"

赵定愕然失声。

"赵大牧有所不知，这淮河说宽也宽，说窄也窄，金人临时伐木，木料不经打磨晒晾，不可能做成渡船，却能在烤干后做诸如木箱、船舱形状的稳妥东西，上架木排，以绳索连接，所以如无阻挡，这浮桥简直是说成便成！"田师中见状赶紧在旁解释道，"而且金军的敢战，绝非寻常，我当日在河北作战时，曾亲眼见过金军大军数万，在大金二太子完颜斡离不带领下公然冬日去甲，浮马蹚河，根本不吝牺牲畜、军士，乃至于他们大金贵人们的性命……"

言至此处，田师中忍不住稍微顿了一下，却才在赵定惊愕的神色中多提了一句："彼时正是六贼之一的梁师成为帅，他原以为可以隔河相拒金人，结果望见完颜斡离不身为大金数得着的权贵居然当先浮马渡河后，竟骇得不战而走，十几万大军也一触便溃！而今日这城外的大金四太子完颜乌竹，当日也在完颜斡离不麾下为将，末将不以为这才一年，此人便失了那种亲自浮马渡江的气魄，恐怕浮桥一成，便会不惜性命强令全军渡河。"

赵定听得面色发白，却无言以对。他们也知道，而且他们前几日也不是没做过努力，现在也不是没有想法，只是金人之前没有理会他们，现在没给他们机会罢了，或者说，赵定自己也非常清楚，在下蔡城与淮南大营被分割的情况下，此时金军既然选择渡淮而不是攻城，那压力本就该由淮南大营来承担才对，下蔡城管不了许多。

张峻看了一阵子，回过头来面色不变，又问及了另外一事："内渡修葺得如何？"

"还是很慢！"田师中赶紧再答，"关键是水中沉积杂物太多，又极难打捞，而且幕僚紧缺……"

"加派人手，日夜不停，炮车都可以稍缓；此外，全军小心防备，没我亲自下令，不得擅自出战！"张峻如此尽力吩咐一番后，便即刻转身下城去了。

而赵定叹了口气，虽然没有随着张峻一起下城，却也只能徒劳立在城上观望而已，然后偶尔看向河对岸的那面遥遥可见的龙纛。而随着赵定视线转向淮河南岸，八公山北峦峭壁之上，金吾纛旗之下，作为可能是整个战场视野最广阔的地方，眼见着金军开始在眼皮子底下有条不紊、顺顺利利地起建浮桥，此地的气氛却也可能是整个战场最糟糕的所在。

"官家！"御史中丞张骏看了半日，眼见着对岸也竖起一面大纛，然后无数铁甲骑兵拥着数人上了大堤，到底是忍不住出口相询，"要不要派人下去催促下王夜叉？让他速速发兵阻止浮桥？"

"不要！"端坐不动的赵官家咬牙应声。

"官家！"隔了一会儿，眼见着金军浮桥一面基座起来，然后开始延展不停，汪博彦也忍不住开了口，"不去找王德，要不要趁机发个旨意给下蔡？"

赵玖终于大怒："船只无论大小都在我们手里，金军则是在弃战马、铁甲之利渡天险，张峻、王德又都是军中宿将，之前议论的时候不是很妥当吗？你们到底在慌什么？"

龙纛下瞬间安静下来，并持续了一阵子。不过，随着日头渐渐高起，淮河浮桥几乎成了一半之时，还是有人忍耐不住了。

"官家。"吕浩文额头上微微沁汗，小心翼翼而言，"金军架桥如此神速，而且桥型稳固，并无丝毫被水流冲歪的迹象……关键是我军现在还没动静，是不是山下军中那些将领不服王德，以至于起了什么龃龉？要不要派个使者拿个金牌去问一问？"

赵玖见是吕浩文，多少给这位行在第一重臣留了点面子，扭头看向了已经哆哆嗦嗦的内侍省大押班蓝珪："去给吕相公、汪相公各加一把椅子，然后再让人泡几杯茶来，朕要陪两位相公喝茶。"

蓝珪狼狈受命而走。且说，这八公山居于淮南要道，早早接上了东南供奉，自然是什么都不缺，须臾便有几案、高凳摆上，并有茶水奉上……平心而论，若非来倒茶的小内侍看见对岸金军浮桥，惊得摔了茶壶，此地端有一番淝水之战重演的风采！

又隔了一阵，几乎正午时分，当金军浮桥进展到四分之三的时候，眼见着八公山大营西面通道的水寨大开，密密麻麻不下百余条大小舟船涌出，转入浮桥上游列队，大部分人都松下一口气来。

"官家！"

就在此时，居然又有人忍不住出言，众人回头一看，是行在天字第一号的激烈愤青胡尹胡明仲，倒是不禁疑惑起来。

"官家，"胡明仲面色潮红，昂然相对，"既然我军将战，何妨移御驾至山下东道渡口，然后官家亲自擂鼓助威，以壮士气？"

赵玖听完后愣了半晌，方才醒悟对方的意思，几乎要骂出脏话来。

"胡舍人糊涂了！"本不该插嘴的杨轶忠实在是听不下去了，冒天下之大不韪插了句嘴，"往东道渡口擂鼓助威不是不行，但若如此，应该早定此事，现在移驾，河中将士远远看到动静怕还以为官家逃了呢！"

胡尹怔了一下，老老实实闭了嘴。就在这时，微风鼓动龙纛，赵玖心中微动，居然略添几分自信，然后便要趁此时机说几句场面话表演一番。但不等他开口，胡尹再度蹙眉相对："既如此，为何数日前多次军议说起应对浮桥之时，诸将竟无一人请官家临淮督战呢？"

赵玖刚要失笑作答，却不料小林学士忽然紧张进言："官、官家，王德刚刚被提拔为统制，恐军中其他诸将不服，要不要派人去看一下，以防他们相互有什么龃龉，误了军机？"

赵玖先是微微一怔，继而气急败坏，不顾河中浮桥已经架到南岸浅水区，河对岸战鼓催发，金军全军振发，就在座中直接指着林景默对胡尹愤然言道："胡舍人现在知道为何诸将都不愿朕到渡口督战了吗？因为今日，朕在这北岸龙纛下坐着不动，便是两个泼天大功：一个是激励河中士气，一个是替他们拴住你们这些纸上谈兵之辈！"

此言未讫，龙纛下的一众文官也来不及多想，两岸鼓声便忽然齐齐大作，连斜对岸的下蔡城中居然也直接擂鼓助威，金军眼见着浮桥将成，而绍宋军舟船要行动，干脆催动甲士弓手上浮桥强渡，而绍宋军舟师也不再犹豫，直接在乔仲福、张景两员宿将的带领下，自上游划船向东，往浮桥上直直而去。

赵玖来不及跟身后面色发白的一众文臣说话，赶紧回头去看，却见到不过是须臾之间，绍宋军舟师前锋便已经冲到跟前，七八艘小船，然而再想细看，却因为相隔太远，根本看不清楚。只能隐约结合之前军议所闻，猜测这几艘船应该是带了放火之物……然而，虽然看不真切，但很显然，片刻之后这几艘船便失败了——火没有放起来，舟上人看不清楚，但应该非死即伤，因为这七八艘小船很快失去了控制，并顺水势接到浮桥上，成为金军的战利品。

实际上也的确如此，在赵玖视线不能及的地方，这几艘船几乎没有一艘抵达浮桥，便败在了金军硬弓劲弩的攒射之上。

浮桥之上，以金军、汉军为多，前者用弓，弓术本是他们的主要野战战术，其射程并不远，但胜在箭身极长，箭头长达五六寸，所谓势大破甲；而后者多用从绍宋军缴获的劲弩，这就更不用说了！小股部队试图用极小消耗放火应对浮桥失败，绍宋军也的确受挫，但军心并未动摇，在两员将领的亲自驱动下，绍宋军舟师的第二波主力攻势几乎是尾随而至，几艘偏大的船只为前，数十艘小船在后援护，从河中心顺流而下，奋力朝着浮桥撞上。

这一次，金军俨然不可能通过攒射来阻拦攻势，被数艘大船迎头撞到，然后不知道多少段浮桥整个被掀翻，数不清的金军甲士、弩手直接落水！而浮桥后半段某处，可能是彼处水流之最强，干脆被一艘大船直接撞成两截。经此一轮撞击，原本已经连到淮河南岸浅水区的浮桥直接少了三分之一。桥上金军瞬间减员过半。

赵玖等人在八公山北峦临淮峭壁上远远看得分明，几乎是人人释然，此时才觉汗流浃背，而山下左右两道寨中士卒与对岸下蔡城头上也是齐齐欢呼不止。

"战机到了！"

然而，立在淮河北岸堤上的完颜乌竹眼见如此，不怒反喜，大笑中抬起手中马鞭，奋力一挥。"蒲卢浑何在？不要管别的，趁此机会，速速引你部顺浮桥夺船，若能将浮桥裹住的这些船弄来，还要什么浮桥？！"

"四太子早有计算？"随着蒲卢浑部持钩索自河堤扑出，骑马立在完颜乌竹身侧的万夫长阿里忍不住微微眯眼，"怪不得之前再三吩咐要浮桥尽量连接结实，而不求速起？好像还在浮桥西侧尽量裹了渔网？"

"不错，但俺今日的算计可不止这些！"完颜乌竹只是睥睨一瞥，便豪气冲天，厉声应道，"阿里将军就在这堤上看着俺成俺二兄那般不世之功便是！"

第二十章　水战

"七哥，金人竟是要夺船！"

"俺看到了！"

处在河中央位置准备将张永珍便是之前撞断浮桥的那艘大船上的指挥官，然而其人在船上望着淮河北侧那乱糟糟的情形，一时陷入犹豫之中。

"那地方，把船靠过去！"

就在淮河中绍宋军败局已定的时候，河中一艘绍宋军大船之上，准备将张永珍立于船头，忽然指着北面断开的浮桥断口处开了口。

"张七哥！"

船上第二大的军官，唤作侯丹的一名队将赶紧上前肃容来劝："俺知道你有本事，官家也在上面看着，但此时不是逞能的时候！你一个陇西好汉，如何要在水上逞能？"

"若是能岸上逞能，俺如何不愿岸上逞能？"张永珍回过头来，勃然大怒，"还不是桓榛人岸上更强？！水上已经是俺们与他们最值得一搏之处了！"

"不是这个意思！"侯丹无奈至极，"金人水上也厉害，而且那边败局已定，一船军士带划船的汉子，足足七八十人呢！没由来为此送了性命！"

"又不需你们送命！"张永珍闻言反而满面狰狞，"将船在北面打个弯，把俺送过去，你们自走便是！"

"那也不值得！"闻得此言，干脆有陇右出身的亲近军士上前抱住张永珍的腰，"七哥，俺知道你那日服帖了官家，可便是如此，又何必为那官家给的几串子钱、几匹布送了这么好的一条性命？你若没了，俺们这群陇右的劣货在军中岂不是要受人欺负？"

"不错。"侯丹也赶紧再劝，"今日浮桥毕竟断了，便是失了许多船，金人拿来用，那也是明后日的事情了，所谓做一日和尚撞一日钟，今日俺们的作为其实已经成了，回到水寨里，那赵官家也无话可说，反而要赏赐咱们！"

"你们懂个屁！"

张永珍既然在西军中混到准备将一职，当日又是闹事的头子，一身勇力和威望总还是有的，所以只是用力一推，便将抱着自己的人推出去，然后又一脚踹翻。

不等其他人再言，这张永珍居然直接拔出腰中刀来，然后只一只手便捏住身侧刚刚进言的队将侯丹，在船头上仗着出众的个人武勇和力气将对方死死按住，并强行割下了一只耳朵来……

耳朵割下，此人方才松开手来，一手捏耳一手擎刀，就在满船西军士卒的愕然中扬声开口，其人面貌之狰狞，犹如恶鬼："俺今日早就想明白了！你们今日也只管送俺过去，俺死了你们自去快活，可若不送，现在在这船上俺和你们就不好说话了！"

"送他去！"侯丹狼狈爬起，捂着满是血水的半张脸，面目狰狞，咬住牙关奋力言道，"他自疯了要送死，还不认得好歹，不送他去留着祸害咱们吗？"

说着，这侯丹也从腰中单手拔出刀来，但只是与张永珍对峙片刻，便愤然转身，提白刃呵斥划船之人。

众人无奈，只能由着船只在河心转了一圈，摆在浮桥断口处。而那张永珍也不答话，早早去了沉重铁甲，换上一副皮甲，却又留下了铁盔在头上，然后擎着刀一跃而下，顺着摇晃的浮桥直直往北面战团中心而去了，也不知是要干什么。不过，即便如此，也有七八个陇右出身的军汉有样学样，同样装扮跳下船去，随着张永珍一直向北，反向突击。而这些人下去后，这艘船不再犹豫，而是即刻划动起来，直接掉过头去。

河中战场上乱糟糟一片，浮桥偏南区域经过撞击，根本就没多少人，金人注意力也都在围剿、逼降包围圈中剩余没法突出去的小船上面，便是之前那艘大船从河心断断续续转过一圈便走，也无人理会，或者说，他们根本就没想到此时此刻，还会有绍宋军主动下船来这边，这给了张永珍一个从容的机会。实际上，张永珍怒气勃发，近乎失态而来，也并非是准备直接送死，而是存了一点想法的，只是他身为厮混在西军多年的痞子，情知船上军心没有指望，这才如此放肆无忌。

回到眼前，这位准备将上了浮桥后，俯下身来，小心前行，中间杀了几个落水后狼狈攀上浮桥、有气无力的金军士卒，而无论金绍宋哪方遇到汉军却都不理会。就这样，潜行了不过百余步距离，大约前方不远处便有弓矢声不断之处，这张永珍才忽然停下，然后奋力一跃，跃上了一艘并无人控制的小船。

很显然，这是第一次试图火攻而失败的被遗弃的一艘船。众人见得此物，如何还不懂张七郎的心思，个个面色发白，张永珍也不含糊，直接提刀相对："你们既然之前跟俺过来了，现在如何又怕？想走的现在跳走，不想走的帮俺划船靠过去便是！"

几名陇右士卒面面相觑，却又纷纷咬牙应下。

张永珍的这艘火船既然划动，金军又猝不及防，被他偷偷划到跟前一击成功，仅仅投掷了两捆裹了硫黄和油料的柴草捆，就直接点燃了最外侧的一艘大船。火势一起，东南风微熏不停，金军又刚刚夺船，也不懂得如何灭火，竟然是眼看着这艘大船上的火势一发不可收拾，只能弃船而走。非只如此，大船本就纠缠浮桥与其余小船，火舌一卷便舔到许多其余地方，一时居然成了气候！火势一起，岸上岸下，一时皆惊。

八公山北峦处，赵玖等人愕然观望，面露期待，而河北的完颜乌竹也当机立断，号令即刻切割浮桥，并让得手的小船立即离开那处乱战场。

然而，战场原本就很混乱，此时更是被浓烟遮蔽，金人军士也不是那么擅长划船的，一时却是更加混乱不堪……实际上，此时金军驾船，恰如刚刚绍宋军溃退之态，相互纠缠，反而难得解脱。另一面，张永珍张七郎，此行根本是抱着敢死之志气过来的，得手一个之后，根本不停，非但没有回身河南之意，反而催促身后兄弟绕过这艘火船，转向战场核心位置，直奔剩下两艘大船而去。

金军自己也在混乱之中，所以，在死了两三个划船军士之后，还真让他闯进三艘大船一条浮桥围成的战场腹心之地了。

可一旦如此，张七郎环顾左右，又发现左右俱是小船，而且无论是试图躲避火势的金军还是本就想闯出去的绍宋军，个个无头苍蝇一般，阻他去路。没奈何下，张永珍只能下令且战且前，并沿途放火去烧那些阻拦的金军小船，遇到金军船只擦边撞上的，他还亲自持白刃而战，且连战连胜，势不可挡……但如此举止，也只会彻底暴露他的存在，小船上乱糟糟的金军还好，他们相互遮蔽阻碍，又无人统一指挥。但其中一艘挨着浮桥的大船上是桓楼猛安蒲卢浑亲自夺来，居高临下以作指挥之处的，而蒲卢浑既然望见此处动静，晓得失火来源，如何不怒？

此人当即下令，要周边能活动的小船主动迎上。

"七哥走吧！"

迎面数艘小船一起发来，为张永珍举盾那人便复又苦劝："燃火之物只剩两捆了。咱们立了泼天的功劳，又已经无力，此时回去，莫说赵官家，便是道祖佛祖都对得起了！"

不知道为何，战至此处，张永珍似乎早已经失了理智，从身后一人手中夺来火折，在船尾点燃那引火之物，复又回身劈手夺来进言那人的盾牌，号令船上之人继续划船直接撞向前方大船。火势既起，周围小船纷纷自散，迎面来接战的数艘小船上的金军也都目瞪口呆，又因为军法严密不敢不上前，唯独又害怕沾上此船，只好擦边迎上，并以弓矢相对。

张永珍独自一人立在船头，挥舞盾牌，凛然不惧，身上皮甲扎了足足十五六支箭矢，犹自举刀号令向前。船只越来越近，蒲卢浑彻底大怒之余竟然也有三分惊惧，下令船上射程最远的汉军不顾下面还有更多金军船只，一起放箭覆射，又让下面的金军船只一起靠近射箭，否则跋队而斩。

金军上下闻得军令，都不敢怠慢，而张永珍依旧不惧，且越发逼近大船。等到这位陇西张七郎奋力在船头杀了一名桓榛人，大腿又挨了重重一箭后，闻得不远处射箭那船上竟然是陇西口音在交谈，忍不住扶着盾牌大怒而吼："陇西人也敢射俺张七吗？！"此言既出，那艘最近的金军船上，诸多汉军，竟然骇得一矢都不敢发。而经此一怔，已经染了半个船尾的火船突出重围，直直向那艘大船而去。

更吊诡的是，到此为止，大船上的蒲卢浑居然也忽然主动下令停止放箭，并扶着船沿，一言不发看着那艘火船歪歪扭扭往自己这里而来。

张永珍此时身上已经不知道中了多少箭，流血如注，所以思绪也有些空白，一时不大理解，等到船只歪歪扭扭得不像样子，最后竟然顺流转向浮桥方向时，他才醒悟，却发现船上只有之前那个为自己举盾的老乡还有气了，但也中了不知道多少箭，早已经没有了力气。

此人见到张永珍回头，好像得到了什么见证一样，浑身一松便一头跌在船桨上，再无动静。

张永珍怔了片刻，方才试图向已经因为烧灼而渐渐下沉的船尾而去，意图自己去划船，但刚一起步，便觉得五脏六腑都如针扎一般疼痛，然后整个人便跌坐在船头，只是用盾牌勉力撑住身形罢了。随即，小小火船随波逐流，缓缓靠在浮桥边上，而张永珍始终再难以起身。

"先让大小船只赶紧都离了此地，再解开那段浮桥！"蒲卢浑面无表情，如此吩咐道，"若届时此人还未被烧死，便割了他的首级回来，俺要留下做俺这一次南下的战利品。"

言未迄，船上众人听得分明，却是北岸上忽然传来一阵鸣锣之声，诸多金军寻声望去，更见四太子大纛旁军旗挥舞，乃是不能再明确的放弃一切，速速撤兵之令，而此时便是四太子本人身影似乎也都不见。

蒲卢浑不知缘由，自然气急败坏，却又不敢不遵从军令，只能赶紧动身。然而其人刚刚离开大船，上了小船，闻得身后一声轰隆巨响，回头再看，居然是绍宋军一艘大船不知何时转向下游空地，借着开阔水面奋力划动，朝着此处拼命一撞，然后直接撞散一段浮桥。这还没完，那大船上复又趁机跃下数个绍宋军军士，拼了命地将那艘烧了一大半的火船上之人，搬去其余小船，似乎专为刚刚那船人而来。

蒲卢浑见到此状，越发不解……因为此地已经乱成这样，绍宋军敢来岂不是羊入虎口，白白与他军功？为何反要撤退？当载着蒲卢浑的小船转入浅水区，避开了冲天的烟雾，这名大金四太子麾下首席猛安方才恍然大悟，却又目瞪口呆——原来，淮河下游，也就八公山东面转南的那个转角处，不知道何时冒出了一堆望之令人生畏的巨舰！之前大半日水战，只是些寿州本地渔船、客船、货船所改的大小船只，此时出现在下游方向的船只个个巨大无比，而且几乎每艘船都有高大桅杆和风帆，再加上东南风微微鼓动船帆，真真势不可挡，正以泰山压顶之势往此处而来。

"泼韩五！"

下蔡城头上，遥遥看了半日水战，什么都没看到的张峻张太尉此时一语道破根由，然后愤愤下城。"就会一个装威风！还会啥？"

随着韩师仲亲率一支风帆舰队逆流而至，金军几乎是瞬间丧失了渡淮的欲望。

无论张太尉多么愤愤不平，韩师仲恰到时机的到来都事实上改变了整个战役的战略天平，也让今日这场战斗以绍宋军的成功防御为定论落下帷幕。不过，让绍宋军今日能够体面结束战斗的，绝不只是韩师仲和他的风帆舰队的功劳。

"官家来了！"

"官家来看张七哥了！"

"乔统领和杨大郎也在！"

"张七郎好大面子！"

傍晚时分，八公山山下西面通道的当道营寨中，也就是西面水寨的后方位置，随着一阵喧闹，专门戴上硬翅幞头，换了一条金腰带的赵官家神色严肃地出现在了一处人员密集的军帐之外。

很显然，他是来探望今日一战大功臣张永珍的。张永珍今日几乎以一船之力强行翻盘，功劳毋庸置疑；更重要的是，在整个军队一触即溃、无人敢战的时候，他的反击尤显珍贵；除此之外，这位赵玖"直属"准备将被抬回来后，众人才发现，他身上足足中了十九箭，血都快流干了，俨然性命难存。

进得帐来，满帐血水与河水混杂的腥气便迎面扑来，除此之外还有众人拥挤带来的汗臭味、燃料的焦味、中草药怪异的味道混杂一团，着实让人窒息。

平心而论，赵玖从一开始见到杀人流血而震动，到后来亲自动手杀人，再到抱着刘广仕首级渡河，早就该对某些场面适应了。可是，等这位赵官家来到张永珍的榻前，只见对方衣袍解开，身上血窟窿与金疮药杂乱捏合，与几乎惨白的皮肤相互映照，竟是再度当众失态，以至于扭头避开。调整片刻，赵玖还是看向了张永珍，只盯着对方的面孔，努力避开对方的身体。

"官家……果然来了，俺就知……知道官家会来……"张永珍努力开口，强行来笑，却上气不接下气，这正是一个将死之人的姿态，"俺也猜到……猜到……官家肯定会……会被俺样子……骇到。"

"张卿有什么话要交代吗？"赵玖勉力应声。

张永珍没有再浪费宝贵的精力，而是转了转眼珠，瞄向了周围围观之人。

赵玖会意，即刻回头，而不用这位官家开口，旁边的杨轶忠便心知肚明，却是即刻下令：“全都出去，张七郎有话要跟官家私下说！”

帐内众人虽然好奇，却无人敢怠慢，在统领乔仲福的带领下，一众围观军汉、医士、民夫纷纷出帐躲避。

片刻之后，张永珍依旧不言，将目光停在了杨轶忠身上。这一次，不待赵玖回头，杨轶忠便知趣避让，一时间，帐内只剩赵玖与张永珍二人。

"俺，俺今日……为官家长了脸，要……俺这个死人……得要个大官做，能……能封妻荫子的那种……"有些意外，却不足以让赵玖感到惊讶的是，张永珍临死之时，却并无什么古之英雄志气，而是开口讨要身后待遇。

"这是自然。"赵玖本能握住对方一只冷冰冰的手，几乎是毫不犹豫便开口应道，"张卿去后，肯定有追封，若将来寻到你留在烟广府的家人，长辈和妻子封诰命、给官职，儿子也一定给个大大荫官，非只如此，将来真有一日太平了，朕封你张永珍做个淮河的河神，给你起个庙，受天下人的香火。"

闻得此言，张永珍苍白的面上泛了泛红，手上也微微有了点力气，却又勉力来笑："俺这种人，如何……如何能做神仙？"

赵玖刚要再说，那边张永珍却没有停口："神仙倒、倒罢了，官家随意……官、官家。"

"你说。"

"俺今日……今日船上兄弟……"

"你放心，一船九个人，将来跟你一起成神仙，有家眷的，将来寻到，也一定有说法！可还有交代？"

"有，有！俺浑家……要是，要是改嫁了……俺心眼小……官家须……"

"我知道，"赵玖微微动容，勉力作答，"须不给她诰命！"

张永珍微微气缓，却又努力再言："还是、还是给她吧……她也难……而若是、若是烟广府找不到他们，他、他们指不定……是回，是回陇西老家了。"

"我都记下了！"赵玖听到这话，反而鼻中微酸，却又勉强止住，继续维持严肃神态，"你妻子无论改嫁与否都给诰命，烟广府若寻不到你家人，可去你老家再去找……你放心，我都应下你，只要能打回去，一定替你找到你家人，生要见人，死要见尸！不仅是你，你今日一船兄弟，我都会尽全力给你们一个结果！"

张永珍这才彻底释然，面上微微展露笑意。

"可还有交代？"赵玖继续追问。

"官、官家。"张永珍再度开口，却是气喘更短更促起来，胸部也开始有明显杂音，"你、你对俺和俺们……如此、如此痛快，有句话若、若不说，怕、怕是……对不住你……你、你趴过来……莫、莫让外头人听……"

赵玖赶紧附耳过去。

而张永珍也是迸尽全身力气，一面死死握住赵玖的手，一面拼尽全力在这位赵官家耳畔言道："俺知道官家是收买人心，俺一开始就、就知道！俺今天在河上发了疯，根本不是为了官家你，不是啥忠心，也不是为了啥赏赐恩典……俺、俺就是想回家，想回家……对，对不住……"

奋力说完此言，这张永珍只是往后一躺，又喘了两口气，第三口气没喘上来，便当场死于榻上。而赵玖闻得此言，先怔了片刻，又眼见着对方死在自己身前，不知为何，只觉得有一股什么东西砸开了他的心肺一般，攥着对方那只手，一时泪水控制不住地滴落下来，继而又觉得气息难平，干脆放开一切，如洪水冲开闸门一般放肆大哭起来。

且说，帐外不知道多少前来围观的西军军官、军士，以及闻讯赶来的行在文武重臣要员，初听到哭声本欲入内劝解，而距离最近的杨轶忠甚至已经伸手去掀帐帘，但骤然听到后面如此放肆哭泣之声，一时竟无人敢轻易向前。

第二十一章　生死

　　赵玖哭了足足一刻钟，待到日头彻底西沉方才出帐，众人这才赶紧围拢过来。

　　赵玖虽然做过整理，但面上犹有泪痕，他立在帐外本欲张口，一时难言，只能挥手让杨轶忠将此行前议论好的东西宣布出来，无外乎是一些追赠、许诺、赏赐、厚葬，还有将来封河神之类的话。

　　然而，以张永珍一个准备将的身份，再加上绍宋代重文轻武的制度，再有什么追赠也不可能高到哪里去……武官阶官五十三阶级，第一位的太尉是没法追赠的，但往下的横班使，也就是张永珍被追赠的协忠大夫，虽然活的时候是个要员，乃是转任边州的要害通道，但作为追赠而言也不过就是个正五品。其余同船之人，也多类似，看似提的阶级极高，但也不过就是从七品、正八品的追赠。至于说本来最该要紧的封妻荫子以及赏赐，此时他妻子又不在身旁，也不过是一句空话和许诺；便是同船之人，也只在军中找到了其中一个人的兄弟，提拔为御前班直，并额外赏赐了钱财，算是有个交代。最后说来说去，反倒是葬礼和立庙封神的事情，算是落到了实处。

　　就这样，折腾了一晚上。而既然说到封神，又让小林学士来写祭文，这林景默自然要趁机问一问人家都想知道的那张七郎的遗言。

　　而赵玖面色不变，却也是从容相对："张七郎只说了两件事，一件是不能归乡见烟广父老；一件是不能破贼以雪前耻，临终之前，更是连呼归乡而气绝！"

　　小林学士怔了一怔，本欲多问，但见到赵官家面无表情的样子，又想到之前闻讯赶来后听到的哭声，愣是把话憋住了，然后便以玉堂学士的身份，在这张七郎灵前写起了祭文。

祭文既成，赵玖又亲自下场，将今日这一船唯一主动反扑然后战死的士卒祭祀一番，眼看着几个人一起被匆匆埋葬在八公山下，复又叮嘱了乔仲福、张景二人一番，这才黯然折返，摸黑上山去了。而上得山来，赵玖却也并没有去休息的意思，而是先过小寨而不入，回到自己御帐内在自己的小本本上将今日许诺的事情一一记下，这才重新离开，往山顶小寨那里会合吕浩文，并接见了一群人——一群逃难之人。

且说，韩师仲自东面鼓风而来，虽然吓退了完颜乌竹，但以防万一，他还是先放弃了上岸，反而先去布置船队防守、巡逻、安顿……这些暂且都不提，只说这位韩统制之前在楚州、泗州一带备战，在淮河上理所当然地遇到了许多京东两路的逃散之人。其中，寻常士民自让他们过去不提，其中勇壮者拾捡起来充军，乃至于寻无家女子嫁给军士为妻也不提，可是有一拨人，韩师仲是多加礼遇的，并且干脆以军船运输，并在第一时给送到了岸上。

"哪个是青州知州刘洪道？"赵玖进入小寨中军大堂，坐下身来，不等这些人行礼问安，便先喊了一个人名。

"臣便是刘洪道。"灯火下，一人赶紧起身俯首行礼，"臣请为陛下贺，旌和以来，我军屡战屡败，一胜难求，不意今日有此胜……"

"朕还以为刘卿会先埋怨朕呢，说朕重武夫而轻文华，宁可去为一粗军汉哭丧也不来见你们！"赵玖俨然还没从之前的事情里走出来，不知为何，语气倒还称得上平静。但不管语气如何，这话从一个天子嘴里说出来，不免让包括吕浩文在内，这堂中一群大臣都不免忐忑一时。

首当其冲的刘洪道更是赶紧俯首："臣丧土败师之人，又不能死节，本当遮面请辞，远归乡林，蒙官家不弃，召来行在，如何敢再存怨望？"

"知道便好。"赵玖依旧平静，"这便是朕为什么把那张永珍的身后事，放在召见你们这些要员前面的缘故了，也是朕第一个唤你的缘故。今时不比以往，往日种种规矩，早就随二圣一起北狩了，朕发的那些文书看到没？"

"禀官家，看到了！"刘洪道越发小心。

"事到如今，金人犹自追击不止，灭绍宋之心昭然若揭，而绍宋大金之间也殊无转圜余地，所以从今往后，万事皆以抗金为论。"赵玖瞥了眼欲言又止的吕浩文，继续平静说道，"今日淮上交战，只有张永珍一人挺身而出，只有那一船人是北向而死，而且几乎动摇战局，所以他们便是抗金大业中一等一的有用之人，所

177

以朕先去看他们！而你刘洪道，是这群逃人中唯一敢与金人作战之人，所以朕来此处，先唤你来搭话。懂了吗？"

"懂了……"刘洪道顿了一下，方才小声应道。

"许参政前日自南面来札子，说是广南一带得到的讯息晚，很多人还以为旌和事未了，便捐家勤王，结果引军走到江南西路一带才知道国家已经亡了，再加上彼时正是奸贼黄虔汕为政，居然视他们为贼，不许他们过江，便失了进退。"赵玖继续缓缓言道，"朕留你之前一切官身待遇，然后给你个江南西路置制使的差遣，去彼处收纳部队，部入入手后，先平定江西当地治安，再引军来淮上支援行在，你能做吗？"

"此事容易。"刘洪道立即如释重负，"臣绝不负官家今日恩恕。"

"那就好。"赵玖也是如释重负，继而忽然一声叹气，"其实，自古艰难唯一死，二圣不能死节，凭什么让你们死节？"

满堂逃亡重臣，外加一个吕浩文，纷纷失色。

但赵玖依旧不为所动，而是继续感慨道："便是朕也从宁庆一路弃地逃到淮上，又怎么能以类似罪名治你们的罪呢？"

众臣这才微微释然。

赵玖的声音不停，反而越来越大："可是，国家沦丧之时，偏偏文臣中犹有李若水、张叔夜等人敢去死节，武将中犹有张永珍这种人敢独自向北而战……所以讲，苟且偷生这种事情，固然可以容忍，但不能一直容忍。而且你我君臣，是非对错总该心知肚明吧？也总该知道何为羞耻吧？"

一众文臣不敢怠慢，纷纷再度俯首称罪。

"不用请罪。"赵玖没有理会他们，继续言道，"这便是朕不愿再退的缘故了！也是要提醒你们，朕既然在淮河不退，尔等既过了淮河，谁再敢退，虽文臣犹然可杀！所以再无下次了！"

堂中气氛肃杀，赵玖却干脆起身："今日散去之前，赠你们一首据说是易安居士李清照嘲讽你我的名篇，望牢记在心，既做鞭挞，也当鼓励：'生当作人杰，死亦为鬼雄，至今思项羽，不肯过江东！'"

言罢，赵玖也不理会诸如淄州知州赵明诚在内的其余人等，直接拂袖而去。

赵官家一走，其余人等便纷纷望向了赵明诚，而赵明诚满脸通红，却也只能摊手顿足相对："绝无此诗！此必官家恨我等弃地入骨，以此讽刺罢了！"

相对于山下营寨中盘桓许久，赵玖只花了一炷香的时间来接见京东两路的逃亡大员们，还顺便吟了一首诗，随后便留了口讯，乃是要御帐小厨那里准备妥当，等韩师仲一上岸，便先带他去吃一顿热饭，然后再去帐中召见。

韩师仲上得山来，登时引来军中一片扰攘，而暂且不提赵官家那边如何跟韩师仲说话，只是吕浩文这里，毕竟聚集了许多要员，又多是聪明人，此时这些人坐在一起，你一句我一句，闲谈起此战，居然把赵玖和韩师仲的谋划从头到尾猜了个差不多……

首先，官家对韩师仲的看重是毋庸置疑的，这点行在官员人尽皆知，逃亡官员之前不知道，可等到了泗州、楚州，看到了韩统制身上的玉带，也肯定知道了。以赵官家对韩师仲的看重，这场几乎赌上他这个官家性命的战役，但真正操作起来时，又怎么可能把他钦点的腰胆韩师仲当作偏师扔到一边呢？所以韩师仲必须是主力，不是主力也得扶上主力！那么今日韩师仲来援应该本就在计划之中。

实际上，细细想来，韩师仲的言语、判断，似乎也是赵官家一直以来做选择的真正依据……譬如说，当日刘广仕之死，似乎多少也跟韩统制的军情文书有着直接关系——那日呼延通送来的正是韩师仲探明的军情，军报明确说到金军只有两三万不足的样子，而正是以这个军报为根据，和下蔡内渡火起二事，赵官家才不顾一切，亲自挥刀宰了刘广仕。

至于说韩师仲带来的这批巨舰，也不是什么意外之喜，恰恰相反，这些人比谁都清楚这支舰队的来历，因为这支风帆海船舰队，根本就是京东两路沿海军州凑出来的。原来，早在韩师仲从河北转到京东两路平叛不久，也就是官家刚刚登基后，韩师仲便因为一个奏疏接到了当时中枢发布的一个命令。当时京东东路沿海的知州们都担忧金人会浮海来攻，便上疏宁庆行在，请求防护，于是韩师仲便得了这个任务，乃是让他一边平叛一边就近收集京东两路沿海各军州的海船。

去年十一月初五，赵玖和韩师仲在顺昌府城外的颍水河堤上定下的计划，当日韩师仲便立刻动身率步兵沿淮水东行，并派快马召集舰队速速入淮；十一月下旬不到，双方就在楚州、泗州交界处的洪泽镇会合、整编，并以赵玖偷偷给出的金牌召集楚州、泗州、涟水军民壮、水手、物资；等到腊月十五，赵玖这边预备妥当，韩师仲也早已准备万全，主动缓慢往上游靠拢，进入泗州；再到刘广仕风波中，韩师仲主动探清军情，然后便再不犹豫，风帆军舰鼓帆而行，再度逼近上游，却根本就是在到了隔壁濠州涂山之后过的年；年节以后，随着张峻"草船借箭"成功，而完颜乌竹犹然不去攻城，判定金军要渡河后，赵玖却是再不犹豫，即刻呼唤韩师仲来此。甚至按照约定，韩师仲本该早一些赶到的……

"我等昨日夜间在东面四十里处的厥涧前遇到了金军。"带着三分醉意的刘洪道坦诚应道，"一上岸官家应该便早知道了，不然今日中午便能抵达，说不得金人连浮桥都不敢架的。"

"那厥涧处的金军有多少？从何处来？"同样带了几分醉意的吕浩文当即心中一惊，"可曾挡住了？"

"不过一千左右，应该是分出去的偏师，如何挡不住？"刘洪道随口而言，"而且非止是挡住，说来也是泼韩五的造化……我等在后方停帆暂候，并不知晓实情，只是听说那支金军夜间刚一渡河，便被韩师仲的舰队迎风隔断，当时日头刚冒出来，整个河面一片金黄，那金军瞬间失了许多船，最后不得不弃了船只上了河中心的小洲，如今正被泼韩五留的几艘船困在那里等死呢！我路过时专门看了，其中怕足足有四五百桓榛兵，河北面留下的上千匹马也被泼韩五顺手夺了，这可真是实打实的泼天功劳！"

"如此说来确实是造化！"

"说不得明日一早韩统制就要变回韩太尉了。"

众人不免感慨。

"依我看，这倒未必是造化。"众人中唯独小林学士喝得上头，直接脱口而出，"怕是他韩统制探知军情，故意为之，所以打得一场好仗，只是如此贪功，难道不怕今日八公山这边败了，误了天大事情？"

"不至于。"张骏稍作思索，便也随口而应，"贪功必然是有的，但不至于误事。须知风帆大舰不用人力，鼓风而行，昼夜不停，远比陆路快许多，而那厥涧镇距此不过四十里，今日东南风又正好，怕是大半日便能到，而韩师仲下午才至，俨然是知道金军今日搭桥渡河，刻意压了速度，准备下午抵达在河上好生施为一番的，只是他也没想到，会出来一个张永珍如此振作局势，让金军早早失了进取机会，直接撤回了。"

众人仔细一想，也都恍然，继而释然。然而，就在众人议论到此，准备再饮一轮散去之时，忽然间，木舍外又是一阵扰攘……一开始众人还以为是韩师仲要回去，可一打听才知道，泼韩五早已经离去上船了，而再一问，却是说御帐那里赵官家忽然亲自下令全军整肃，准备迎敌。非只如此，正当这些人准备去御帐处询问根由时，又见杨轶忠亲自披甲，于灯火通明之下，引数百披甲班直径直从众人身侧飞奔而去，仓皇出寨往西去了。

这下子，吕浩文以下，几乎所有人都面色苍白。

"我且问四太子三件事！"同一时刻的金军大营内，仅有三人的最高军事会议上，阿里正黑着脸相对完颜乌竹，"第一个，赵州泼韩五的名声你也知道，更知道他自在下游布防，那为何今日韩师仲引如此大舰来此，咱们之前派出去下游的一整个猛安，竟无一骑来此汇报军情？"

完颜乌竹黑着脸一言不发，讹鲁补刚要说话，却被阿里挥手止住："第二个，四太子你今日所言不止于此的算计又在哪里？还有第三个，四太子为何拖到现在才开军议，你到底在等什么？"

完颜乌竹闻得此言，终于抬头勉力相对："正如阿里将军猜的那般，两支猛安在两边都寻得渡船，东面的应该原本是留给刘广仕部渡河用的；西面的，却是一个叫丁进的绍宋军将官在泗口战败后遗弃的，都不多，都是几十艘小船，去掉坐骑，勉强能渡千人。故此，俺得到汇报后，就没让他们过来会合，而是直接今日一早从左右两边齐齐渡河，然后左右奔袭八公山，届时俺们若能一直鏖战至此时，不管水上损失多少，夜间三面夹击到来，以绍宋军陆战之无能，必然是要大败的！"

"现在呢？"阿里冷冷追问，"四太子拖延军议必然是在等两路兵马给你惊喜，可曾等到讯息？"

"东面的必然是被这种巨舰给灭了。"被逼问至此，完颜乌竹也觉得气息不稳起来，"西面术列那个猛安，俺却还不知道消息……或许是看不到交战撤了回去，又或许还在路上也说不定，也可能是路上随便夺了绍宋人一座城池等俺消息。阿里将军也晓得，就绍宋人那种兵马，千人夜袭，十之八九是能夺城的。甚至直接袭营，破了绍宋淮南大营也说不定！就怕他见到俺这里没动静，不敢轻易动手。"

阿里问得清楚，也懒得多言，干脆抹灰而走。

"阿里将军哪里去？"讹鲁补赶紧出言相询，"军议尚未出结果。"

"还说什么结果？"阿里头也不回，遥遥愤愤而答，"不管如何，术列那一千儿郎都已经成了孤军，明日后日，绍宋军知道了，有了防备，便无作为！而今日无论是想提醒术列，还是要助术列，此时都须造出动静来。速速唤起全军，夜间佯攻下蔡。见到如此，术列必然下定决心，直接夜袭绍宋军淮南大营。"

完颜乌竹与讹鲁补一起恍然，忙不迭起身跟了出去，而等到三人一起出得军帐，尚未调集兵马，便隔河遥遥闻得绍宋军淮南八公山大营开始喧嚷无度起来，西面水寨处更是一时火起。见此形状，完颜乌竹转忧为喜，却是再度振奋起来："术列真真是个好汉子，给俺们桓榛人长脸！"阿里心下无奈，却只能赶紧催促完颜乌竹速速鸣鼓起兵，夜袭下蔡。

第二十二章　作保

"诸位好兴致！"

八公山北峦御帐前的木棚下，在枢相汪博彦、御营都统制王源以及几名中书舍人的环绕中，正在召见两名官员的赵玖尚未回头便闻得身后一阵仓促的脚步声，以及那根本躲不开的酒气，也是一时摇头而笑。

"臣等失态，让陛下见笑了。"

吕浩文等人本来被满山满河的动静吓得不轻，此时见到赵官家没有亲自上阵，且姿态如此从容，也是瞬间浑身一软，便在身后张骏等人的搀扶下，勉力请罪。

"这有什么？"赵玖这才回过头来，依旧不以为然，"提心吊胆了多少日，今日援军至此，到底是隔绝了北岸人压迫，兼有小胜，再加上你们这些旧日同僚相聚，小酌一杯本是自然的道理。"

吕浩文等人到底喝了酒，晕晕乎乎中也不知道官家这是心情不好故意阴阳怪气，还是心情平和真的大度，所以只能再度集体请罪，然后便准备推吕相公和张中丞出来问一问军情。

不过，不等这些人开口，赵玖从容闪开身位，指着身后二人开口言道："马御史巡视荆湖回来，正有要紧的事情奏上，张龙图刚刚回来，朕也要听听他的言语，你们来得正好，一起听一听便是。"

吕浩文等人糊里糊涂，但借着火光瞅了瞅那两名立在官家身后，且都留着长胡子的年长官员一眼后，几乎所有人都瞬间起了一身白毛汗，原来，那马御史竟是很早之前便去巡视荆湖的殿中侍御史马伸，而张龙图也不是别人，是之前的河北西路招抚使，之前跟着李罡一起起伏不定的张所。

且说这一位马御史，首先，是原本行在诸御史中资历最高的一位；其次，是吕浩文道学上的前辈；再次，他还很得李罡李相公的看重，同时与原御史中丞、现在的副相许大参许景衡，外加一个枢密使、东京留守宗颖关系紧密；最后，仅看此人的人际关系便能猜得到——此人早在张骏跳出来之前，便已经是坚定的主战派了！

实际上，若非如此，这马御史之前也不会被打发到荆湖去。至于张所，就更不用说了，李罡左右手一般的人物，也就是没有宗颖副元帅的超硬资历，但足以出将入相了，也是之前被贬斥，走到荆湖一带才被召回的，此时将将回来，恰好赶到八公山。总而言之，虽然此二人因为荆湖之行和贬斥之行一直跟行在没牵扯，但是身份地位资历名声摆在那里，也是不容置疑的。说句不好听的，马伸这个人能够随时代替张骏，张所这个人也随时能让只剩一丝体面的吕相公连体面都没有，那敢问吕浩文、张骏等人又如何不惧呢？

回到眼前，张所倒也罢了，还朝吕浩文拱手问好，马伸略带厌恶地瞥了这群醉鬼一眼，才继续严肃汇报："官家，臣来之前，襄阳、南阳一带的叛乱已经平定，至于贼首李孝忠并非是昔日旌和中弹劾李相公不知用兵而遭通缉的李孝忠，后者为避通缉已经改名李彦仙，并再度投军河东，现在更是正在陕州一带抗金，且卓有成效，只是不知道行在这里是否通了消息……"

"东京留守宗颖早在去年十月便有奏疏送到，朕也早已经赦免了他，而且前几日也有了旨意，凡抗金用心者，皆可就地招抚安置，想来宗留守那里必然有安排。"山下扰攘声越来越大，赵玖依然不动声色，只是继续与马伸交谈。

吕浩文等人听得山上山下动静，再加上酒劲上涌，只觉得宛如在梦中，偏偏不敢轻易出声。

"是。"马伸也顿了一下，方才继续与赵官家奏对，"故此，襄阳、南阳处的那个李孝忠不过是昔日旌和中的溃兵罢了，因为知道李孝忠的名声，却不知道李孝忠被通缉后改了名，只以为人家死了，这便冒名顶替，兄弟二人，一个唤作李孝忠，一个唤作李孝义，借着他人名号引一支溃军作乱荆湖……"

言至此处，马伸不由得肃容起来："官家，臣弹劾原襄阳守臣、现湖北转运使黄叔敖不战而走，弃名城于乱军，以至于兵乱连接数月！事后又虚报军情，蒙蔽中枢！"

"罢免了吧！"赵玖点头应许，"你继续说，这个李孝忠的乱军处置了吗？襄阳收复了吗？”

"乱军自然处置了。"马伸正色答道，"区区乱军，素无制度，数战之后便无力气，轻易为御营同都统制范琼所驱，如今逃往荆南去了。不过，臣以为襄阳未必称得上收复！"

"是范琼吗？"赵玖早就不是刚来时那般无知了，也是一声轻叹，"因为朕杀了刘广仕？"

"不只是刘广仕……"马伸赶紧再对，却不料话刚说到一半，八公山西面通道尽头水寨处忽然火起，然后一阵山呼海啸般的喧嚷声。须知道，赵官家的御帐在临淮北峦，虽然没有直接通道连通水寨，但直线距离极近，所以一时火起，便将半个山峦映照得通红，再加上近在咫尺的喧哗声，莫说之前晕乎乎的吕浩文等人，马伸和张所也不由得一时怔住。

"无妨，马卿继续。"赵玖也回头瞥了一眼，继续催促，"范琼必然会反吗？"

"未必会明着反，但十之八九会拥兵自重，不听调遣。"马伸回过神来，看着赵官家也多少多了几分别样的意味，不由得加大了音量，"不仅是官家杀了刘广仕，更重要的是官家刚刚下了诸多旨意，明定抗金大义。范琼昔日在东京受金人指派，胁迫二圣出城、击杀抗金义民、拥立张邦昌，种种罪过他也是有自知之明的，等得到消息，焉能不惧？"

"这么说，朕还是太急了吗？"赵玖微微叹气，干脆回身在自己那把破椅子上坐了下来，"诸卿也都坐下吧……"

众人茫茫然谢过恩典，马伸也继续在座中奏对："官家，臣以为之前官家所发诸多旨意，虽有小可议论之处，但终究是使大义分明之事，而当此人心动乱之时，如此举止，瑕不掩瑜，范琼若真反，也是自取祸乱之事！"

赵玖点头不止："谁是敌谁是我，总要分明的。那些旨意刚发出去后，朕还一时忐忑，但今日后，朕再不后悔！"

马伸赶紧称是。

就这样，马伸与张所各自又汇报了一些荆湖一带的讯息，但多在赵玖预料之中，无外乎就是一个天下大乱、兵匪各起的局势……唯一让赵玖又提起兴趣的信息，是张所提到了洞庭湖天大圣钟相的事情。按照张所的说法，此时钟相尚未正式举兵，甚至还在旌和中派出了一支两百人的勤王部队，但实际上，钟相早在很久之前就在洞庭湖组织了乡社，建立了军队，并实际控制了洞庭湖。

等到此时，钟相更是肆无忌惮，开始散播一些均贫富的口号，以及他该做楚王之类的流言……用张所的话说，此人野心已发，洞庭湖周边各县事实上已经失控，不大可能再用招抚的手段来收拢了，将来荆湖还有的乱。

大略说完各地的千疮百孔，赵玖刚要应对，忽然间，淮河对岸也起了惊天动地的动静——金军不知道发了什么疯，居然乘夜全军启动，分东北两面齐攻下蔡。

放眼望去，河南河北，到处都是火光，将淮河、八公山、下蔡城、金军军营映照得如白日一般；放耳去听，东南西北，四面八方，也全都是喊杀声、兵甲声……此番气势，远比白日一战壮观得多！经此一闹，山上御帐之前，再无几个人能按捺得住，张所、马伸也停止了汇报，而早已经吓到酒醒的吕浩文、张骏等人更是再难忍受，纷纷起身观察形势，这些人观察了半日，也没看出个详细来，只能回头去问人。

说来有趣，一马当先的张骏张德远转过身来，居然没敢去问坐在那里纹丝不动的赵官家，反而指着同样慌乱迷茫的御营都统制王源质问起来："王都统，你是御营都统制，眼下到底是什么局面？速速讲来！"

王源无奈至极，他要是知道哪还能在这干站着？只能赶紧摊手。

吕浩文瞬间醒悟，也赶紧对着枢相汪博彦发问："汪相公，你是行在唯一的西府相公，眼下到底出了何事？"

汪博彦倒是保持了一个绍宋重臣的体面，微微摇头，继续四处观望。天知道下一刻他是不是就被张所给替了，眼下情形配合着官家的姿态，俨然另有蹊跷，他哪有心情给吕浩文当跳板？

"官家！"吕浩文终于问到了正经该问之人，"这到底是怎么回事？西面水寨为何起火？之前为何说有金军来犯？河对岸又是怎么一回事？为何忽然起了战事？"

"吕相公少安毋躁。"赵玖终于缓缓开口言道，"按照韩良臣所言，两岸皆在钓鱼罢了，眼下情形也并不出所料，且都稍待便是。"

"官家莫要开玩笑！"就眼下这局面，便是吕浩文再不愿惹事，也终究坐不住了，"乱成这样，如何能稍待？以我军之畏战，若一个不好弄巧成拙，炸了营又如何？"

赵玖闻言连连摇头："若是统领以上诸将都知道分晓，还能炸营，那等金军真来攻打，又怎么能不炸营？"

"果真有金军？"吕浩文愕然一时。

"应该有。"端坐在位中的赵玖摸了摸自己的金腰带，神色从容，坦诚以对，"金人兵法皆自狩猎而来，向来习惯军分左右两翼，东面既然有一千偷渡兵马，西面未必没有一个猛安已经渡河。故此，之前韩良臣尚未上岸时便发来军情，说起此事，让朕小心提防；刚刚上岸后朕再问起此事，他便提出乘夜诱敌之策，朕也允了他的诱敌之策。从对岸动静来看，韩良臣的猜测应该是对的，金军应该确实派了一支部队。不然也不会听到动静后，即刻攻城。"

"此事殊为荒唐！"

吕浩文瞠目结舌，一时不知道该如何言语，但就在这时，之前一直保持镇定的殿中侍御史马伸却忽然开口。

"哪里荒唐？"赵玖微微蹙眉相对。

"臣不是以为官家不可行此策。"马伸从座中起身昂然相对，"毕竟国家动荡，又在战时，官家既为天子，也为元帅，此时在前线军营，什么方略都可施展。然而，官家却不该扔下东西二府相公，仅仅因为韩师仲一句话便直接行此策。韩师仲一个武人，担不起这份责任。"

赵玖看了看马伸，又看了看一言不发的张所，不由得哑然失笑。

"官家何故发笑？"映天的火光之中，马伸神色严肃，颔下胡须抖动不停。

"朕是笑今日得到了一个可以托付重任的人才。"赵玖继续轻笑道，"刚刚说起荆湖必然还会乱下去，又说原襄阳守臣、湖北转运使黄叔敖无能……正想着谁能去湖北替朕整顿一番，并在襄阳身后顶住范琼呢？现在看来，马御史不畏强暴，又知情守制，可谓正当其职！如何？马卿可愿再替朕走一遭湖北，做个转运使兼……要不制置使吧？不求能制住范琼、钟相，但求能暂时安稳地方，不使彼处生大乱。"

马伸听到一半，便已经怔住……这可是一路制置使，至于说乱不乱，眼下何处不乱？李罡在扬州病刚好，立即处置了江南的安亭军乱，而且再乱也比抗金前线安稳吧？所以，此番安排，明明白白是超阶的提拔！而且，湖北也确实需要一个合格的文官去安稳局势，彼处正是做事的地方。

一念至此，饶是马伸刚刚还如此强硬，此时也不禁低头谢恩："臣愿为陛下分忧，安抚湖北！"

"好！"赵玖满意点头。

"不过，"马伸谢过赵玖恩典，又觉得哪里不对，赶紧再说起之前的事情，"臣就任受旨之前，依然是殿中侍御史，无不可言，而臣以为，韩师仲此举殊为不妥，不仅绕过东西二府私自鼓动官家行此策，更有置河对岸下蔡城内友军于不顾的嫌疑。"

"臣御史中丞张骏愿为韩师仲作保！"忽然间，一人带着酒气出列，"战事激烈，事发突然，故有急权，且此战臣以为必能大获全胜，哪有临战而穷究功臣的道理？"

马伸登时无言，赵玖也饶有兴致地打量起了忽然冒出来的张骏，远处喊杀声依旧激烈，御帐前的木棚下陷入一种怪异的平静中。

"臣，臣也愿为韩师仲作保！"隔了不知道多久，忽然间，又一人仓促出列，打破宁静，赫然是玉堂学士林景默。

赵官家目光从在场所有人身上扫过，忽然再度失笑。不知道为什么，傍晚那一场痛哭之后，虽然一度气不平，但缓过劲来，他又总觉得眼前所有人都真实可爱了许多。

"小田以为如何？"

时间已经是三更往后了，下蔡城头，半夜被惊醒的张峻张太尉带着赵定赵知州一起在城上看了半晌，又忽然扭头看向身侧的女婿，并扬声相询。

"泰山大人。"全副甲胄的田师中即刻俯首相对，"小婿一直在城头，看得真切，金军虽然声势极大，来得也急，但明显缺乏武器，半日轰响，只是在外围抛射箭矢罢了，区区四五处护城河狭窄地方攀了城，还都是汉军来徒劳送死……所以，小婿以为必然是佯攻无疑，所以刚刚下令，让各处望楼看清敌情，不要浪费箭矢。"

"你做得对。"张峻连连颔首，"而且我也是这般想的。但夜间作战，须提防有桓榛精锐忽然混杂其中，或者突袭一直没碰的城西，打我们个措手不及，也要防着刘广仕的旧部溃军逃习惯了，会一惊一乍断送了局面……务必小心。"

"泰山大人放心！"田师中赶紧再答，"小婿一直在城上，不会出错的！"

"那便好！"张峻继续张口而对，"你在城头上来回盯着，我与赵知州回城内府上敞开大门饮酒吃菜，以安人心，再让刘宝引一千最能战的老兄弟候着，随时准备支援！"

"泰山大人的安排极妥。"田师中依旧从容。

"你们翁婿二人莫要与我吃什么定心丸、百宝丹！"赵定何等聪明人，早听得这二人一对一答如此干脆其实是说给自己听的，却是不管不顾，直接在城上指着河南方向的火光追问不及，"城中的事情我一直亲眼所见，自然信得过你们，可是河南是怎么一回事？你们二位可能有个妥帖言语？"

"好教赵知州知道，内渡修葺艰难，河南的事再如何咱们暂时也管不到！"张峻见状也是无奈摇头，干脆一边说一边直接折身走了，"不过反正有泼韩五这么大一支船队在河上呢，以他的本事，便是真有一两个猛安偷渡过去，又如何支援不到？"

田师中再度俯首相对，赵定闻言也是泄气，只能跺了跺脚，然后转身追上。

片刻工夫，张峻张太尉和赵定赵知州刚回到下蔡城中府内，尚未来得及摆出夜宴安顿人心呢，淮南八公山方向却是又起了变化……二人闻讯到底是不敢怠慢，一起匆匆登上东南水门外的城墙塔楼，然后遥遥相望、细细观察，只见河对岸八公山西面通道的水寨处，成片的火光离奇地向更西面硖石山山谷中蔓延而去。

"撤兵吧！"就在同一时刻，距离张峻和赵定直线距离可能不过两三里的淮河堤岸上，金军大将、万夫长阿里骑在马上看了半晌后，忽然出言，"四太子与讹鲁补将军以为如何？"

"我也觉得撤兵算了。"另一位万夫长讹鲁补俨然也是醒悟了过来，却不由得觉得头疼。

"啥意思？"完颜乌竹茫然之余也是来了气，"说要佯攻的是二位，说要撤兵的也是二位，却如何都不与俺这个主帅讲清楚？"

"没啥！"阿里一声叹气，"怕是绍宋军也察觉到了应该有术列这么一支军在南岸，所以之前放火不是术列去攻，乃是绍宋军跟我们一个意图，故意自己燃火引诱他去攻打，而此时必然是术列又被暴露，被绍宋军发了狠堵在了北面山窝中！"

"想想也是。"旁边讹鲁补居然也摇了下头，"那韩师仲是三国公认的勇将，素来大胆敢战，以他的为人，若来的路上撞上一整个猛安，自然会想到西面也有另一个猛安，然后主动去打，而绍宋官家眼瞅着又是个听人劝的。"

完颜乌竹张了张嘴，只觉得胸口发闷。

"四太子，此事不怪你，倒是我计策短了些，不然也不会帮着绍宋军一起引得术列上当！"阿里见状，居然格外坦诚。

"哪里要你们来认错！"完颜乌竹满脸通红，不知是羞的还是火光映的，"说到底，术列是俺派过去的，你提议之前火便自己烧起来了！"

讹鲁补与阿里对视一眼，倒是都没有火上浇油之意。不过，随着三人又一起驻马看了许久，眼见着火光始终没有转回来，完颜乌竹到底是无奈，只能下令佯攻兵马回营休整。

而数万大军的夜间撤退何其烦琐，等到下蔡城周边零星战斗结束，其实已经接近四更时分了，东面天色也已经微微泛白……不知为何，一直到此时，牢牢控制了淮河河面的韩师仲韩统制方才想起派一艘小船来，到下蔡城水门前，给城中递交了一封书信。

书信极短，首先是嘘寒问暖，文笔之优美一看就知道不是韩良臣动手写的；然后提及他韩师仲在厥涧镇旁的淮河河心洲上，困住了金军一个猛安；最后提到，他"正准备"以诱敌之法，引来可能存在的淮南西面另一个金军猛安……乃是让张太尉早做准备，也免得"届时"担惊受怕！

"泼韩五！"

张峻一夜没合眼，早已经疲惫不堪，此时与赵定一起在火盆旁挤着看完这封书信后，终于气急败坏："苦和累都是我受了！肉却让这厮给吃光了！"

张太尉既然气急，连着周围赶到此处的军官们，从田师中、刘宝以下自然纷纷污言秽语，跟着声讨起了韩师仲。

且说，绍宋军中作风素来如此，大家都是从西军混出来的，多少年来不知道见过多少真腌臜的事，再加上此时官家就在对面，这泼韩五也只能用这种方式耍耍威风罢了，终究不是真的以邻为壑，一阵污言秽语之后，众人也都没当回事，便准备随着张太尉一起骂骂咧咧散去。

然而，就在这时，早已经拿着那封书信看了数遍，一直没吭声的赵定忽然发作起来，在城上勃然大怒，声色俱厉："上书弹劾他！全城队将以上军官随我一起联名弹劾韩师仲！这都什么时候了，还是西军那套门户之见，我就不信这是官家故意让他拖到此时才送信的！此事官家若不让韩师仲与我们下蔡一个交代，我赵定这个知州便第一个从这水门望楼上跳下去！"

张太尉以下，原本正要散去的下蔡城诸军官齐齐回头失声。

"诸位袍泽兄弟！"赵定依然穿着他那身不知道多久没换洗的绿袍子，正昂然立在城上火盆前，却是毫无文臣姿态，反而直接拍胸相对，指天而言，堪称言辞恳切，"但有我赵定在下蔡城一日，就绝不让诸位受一丝委屈，打仗我不行，但这等小事，我堂堂寿州知州，却是义不容辞！"

"早该想到的！"

一阵鼓噪称赞声中，田师中连连摇头，又低声相对自家岳父："如今这寿州境内，淮河两岸，早已是卧虎藏龙……不如以后让赵知州掌军粮？"

"苦和累都是我受了……"张峻低声嘀咕了半句，但眼瞅着赵定那身脏袍子，后半句怎么都没说出口，反而本能话锋一转："事到如今，且同甘共苦吧！"

张峻一直以为自己受苦受累，却让韩师仲抢了威风、吃了肉、夺了战功，但实际上，那一日折腾虽然动静极大，但双方都并没有一个确切结果，谁也没真正吃到肉。没错，不仅河上战事因为韩师仲的到来猝然中止，使得金军除了一条浮桥外并无多少损失，便是那夜被引诱过来的那个猛安，也就是金将术列所部千人，居然也没有被即刻消灭。实际上，从挡住金军渡河的兴奋感中解脱出来以后，所有人都不觉意外。

完颜乌竹从军以来，初次受挫，既担心身后完颜塔兰以及燕京方向会来人催促，又不舍得就在眼前的赵玖，而且他毕竟年轻气盛，无论如何都不能接受自己引数万无敌之众到此徒劳无功。甚至，完颜乌竹自己也开始渐渐怀疑起来，是不是真的中了绍宋人计策，引一支偏师来到了对方预设的战场之上，不过转念一想，那刘广仕的作为，便是阿里和讹鲁补都说不出这种话来。

总而言之，这位大金四太子明显心境失衡，进退失据，以至于喜怒无常，足足拖延了数日都无决断，至于每日在阿里和讹鲁补那里受了气，回来只能靠鞭打时文彬，以及军中岐鞑、奚人、汉人军官撒气。

然而，且不提完颜乌竹如何想到新的应对战略，就在这段相持之日中，随着赵玖之前的诸多旨意、文书发往各处，也起了无数波澜。仅在两淮，便有无数义军蜂拥而起，或三五百，或一两千，都是豪门大户自带干粮、自募青壮，纷纷往寿州汇集……不过说句实话，这些兵马，从淮南过来的都还好，多少都能平安抵达寿春、八公山一带，让新来却没给什么正式差遣的张所张龙图整编收纳着；可从淮北过来的，却多不是完颜乌竹所部随便一支游弋猛安的一合之敌，往往几支义军会合一起，声势大作，刚刚推举了首领在周围官府领了个有名堂的告身，一上路便被五六百闻风而来的大金骑兵一击而碎，继而变成溃兵，乃至匪兵。

而这一日，时间来到元宵佳节，赵玖的那些旨意文书，终于传到了早无昔日繁华景象的东京，落到了东京留守、枢密使、副元帅宗泽的手上。

"楚虽三户，亡秦必楚；若须牺牲，当自朕先……"

"别念了！就知道说这些大话，未曾见半点作为！"

留守府中，宗泽光着脚披着袭袍，盘腿坐在榻上，一面翻看批阅文书，一面听自己儿子宗颖立在榻前阅读官家的那堆文告忽然不耐，"依他的意思，着人誊录一番贴出去便是……"

"儿子知道了！"宗颖小心答道，却又一时不解，"只是爹爹，官家如此转变，又是抗金，又是启用李相公，还给爹爹如此厚待，不正是爹爹一直求的吗？如何反而不喜？"

年近七旬的宗泽披着袭袍，犹然显得身体精瘦，头发更是花白成片，俨然垂垂老矣，唯独抬起头时，一双眼睛炯炯有神，显得精力过人，此时在灯下更带了一丝嘲讽之意："谁说我不喜了？若这些文书都能坚持下去，我怕是要欢喜得延寿两年！只是我儿，你以为赵官家是何等人哪？"

"请爹爹指教！"宗颖回头看了看，见周围无人，方才低头请教。

"有什么可避讳的？"宗泽见状越发不耐，"我一个快死的老头儿，还有拥立之功，还是东京留守，皮给他扯下来他又能奈我何？"

"爹爹少说些生死事……"

"你听好了。"宗泽扔下手中笔，昂头睥睨言道，"我在河北看得清楚，这位赵官家内里之不堪，不比他父兄少半分。只是此人极善作伪，表面上体体面面，内里却懦弱不堪，见风使舵，随波逐流，放在官场也正是个蔡确之流，所谓善变无端之辈，依我看，他在金营中，其实早已经被金人吓垮了，如何真敢与金人作战？便是此番南下，不也是趁着李相公病重，忽然又改道扬州了吗？这才被金人追到了寿州！"

"那这些旨意、文书……又如何？"宗颖愕然一时。

"怕只怕他发这些旨意文书，是故意给金人还有淮北张峻那些人看的，然后好伺机逃窜！"宗泽言至此处，不免气上胸来，喘了好几口气方才稳住，"当日在河北，他不就是这样弃千万两河士民的吗？"

"彼时官家毕竟还不是官家……"宗颖还是有些难以接受，"此时官家却已经是天子，应该不至于如此！"

"官家天子又如何！"宗泽冷冷相对，"官家天子便不是人了？当日二圣在这东京城内也是正经天子，出尔反尔、六丁六甲的丑态你不知道？我算是看明白了，摊上这父子三个官家，乃是国家之大不幸！"

哪怕是父子单独相处，宗颖也不敢接此话。

"不过这旨意来得倒也算是个时机！且这位官家到底是系上了天下安危的，便是有万一可能，也不能不管！"宗泽复又微微敛容道，"你拿这些旨意去寻刚刚回城的岳斐，先去杀了金人使者，再去将马扩一起带来见我！"

"此时吗？"宗颖抬头看了下窗外暮色，不由得怔了一下，"而且人家是使者……"

"这不是人人皆据土而战吗？不是不准议和吗？杀个金使而已，还要挑时间吗？"宗泽一拍榻前几案，须发飘荡，"现在便杀了那几个给金人做狗的奸人，你家爹爹说不得能多活三个月！我再写一封请赵官家回东京，提六军北上复燕云的奏疏，写完了你若还不能提人头回来，便自去军中效力！"

宗颖狼狈而走。

第二十三章　元宵

"岳统领来了？"

夜近三更，月圆而清冷，宗泽见到自己儿子宗颖拎着一颗血淋淋的人头进来，也是不由得挑眉而喜，但等看到两个年轻人跟在自家儿子身后一起进来，却是更加欢喜，直接从榻上起身来接。

"拜见宗相公！"

两个年轻人中的一人，也就是那个容貌平平无奇、眼睛一大一小的岳斐了，听到宗泽呼喝自己，当然不敢怠慢，即刻上前俯首便拜。而岳斐身后，一名身材高大、容貌出众的年轻人，乃是早年间因为联络海上之盟而知名海内的马政之子，年少时便出入宫禁的马括马子充，见状也赶紧跟着下拜。

且说，宗泽早在去年秋季就被赵玖加了枢密使的衔，乃是正正经经的西府大相公，又是东京留守，有所谓河北中原人心所在，外加一镇诸侯的意味，而且年已经七旬，二人哪里能不大礼参见？不过宗泽并不是在意什么虚礼之人，双方见面之后，他自坐回榻上，干脆抬手示意："岳统领留下，我有好东西要与他看，你二人且出去门口守着。"

拎着人头的宗颖，以及从太行山北段辛苦穿越敌占区千里到此的马括相顾泛酸，却也无可奈何，只能道了一声喏，便一起出门，当起了门卫。

"鹏羽呀。"宗泽重新盘腿赤足坐到榻上，待听到外间一声门响，方才对着立在身前的岳斐微笑开口，"可曾记得年前腊月你出征前我的言语？"

"一日不敢忘！"岳斐拱手相对，严肃答道，"当时末将引五百骑，为踏白使，往汜水关侦察完颜瞻汉大队，临行前宗相公原话是：'汝罪当死，吾释不问，今当为我立功，往视敌势，毋得轻斗’！"

"是这话。"宗颖继续问道，"那你是怎么做的呢？"

"末将违背了相公军令，临阵相斗敌军大队而返。"岳斐坦诚答道。

"是呀。"宗颖裹了裹身上的杂色袭袍，一声轻叹，"你这算是违背了我的节制与军令吧……"

见到对方如此姿态，岳斐难得想主动解释点什么。然而，宗颖却微微抬手，阻止了对方的解释，自顾自继续说了下去："其实按军规，当日你刚来东京时，便该死了，因为无论如何，脱离主将私自南归渡河，一刀杀了总挑不出错来，更何况彼时王彦孤军在北，又是我亲自任命的河北制置使，断无理由饶你。整个留守司上下人人都说该杀你，可我当时还是赦免了你，只是把你降至秉义郎。还有年前腊月那一次也是，我明明在你出征前说得清楚，不许轻斗，你却公然违背军令，而返回后我也再度无视军律，非但没有责罚你，反而大力奖赏，并提拔你做到了统领，你知道为什么吗？"

"因为末将能抗金！"岳斐昂然答道，眼睛一大一小，宛如睥睨而对，"末将之前在河北归相公麾下，现在在东京也归相公麾下，从来都是相公麾下杀伤最多、战事最利的一个……"

"不错！"宗颖欣然而对，"就是如此！万事以抗金为先，你与王彦出了龃龉，归根到底是要论谁的法子抗金最得力；我让你不得轻斗，乃是因为骑兵宝贵，须得留作战场大用，而非白白葬送，而你既然能不失抗金之志，又有抗金之器，我自然要重用你，你说对不对？"

"不对！"

岳斐继续昂然睥睨言道："相公真欲收复河北，便当恪守军律，严格军纪，如相公如今这般作风，非止对我一人，对整个东京留守司，皆以情势或宽纵或严制，虽然能约束人心一时，却不得长久，也不能养出强军！而且万事皆系于相公一身，恩威也都出于相公一人，一旦相公身体出了岔子，东京这里好大局面，便要一朝葬送！说不得此处一半兵马都要散了去做贼！"

宗颖沉默了半响，方才勉强在榻上言道："你这个性子也该改改，否则随便换一个相公坐在此处，早就指着你这双大小眼说你轻视于他，然后便将你斩了！"

"末将知道，末将早非当年在河北执拗性子了，只是格外清楚恩相的心意志气，方才放肆说一番。"岳斐俯首相对，"望相公恕罪。"

"无妨。"宗颖随意摆了下手,"既然咱们都知道对方志气,就不要扯这些了,今日找你来,有三件事。"

"请相公钧旨!"

"当先一个,你年后这几日往滑州方向的出击,斩获又是留守司第一,听说还和你部下王贵联手斩了一个猛安,我这边已经写好了提拔你做统制、王贵为统领的文书,你拿过去便是,吉青部也还给你,再加上这次张㧑战死滑州,他的残部一千人都服气是你救了他们,也都一起给你,我明日再给你凑几百套甲胄弓矢什么的,弄个三千人的样子出来。"说着,宗颖直接从桌上取来一张纸,胡乱地用了押,便直接递给对方,"后事留守司这边自然会安排妥当。"

"末将谢过恩相!"岳斐一面接过墨迹未干的文书塞入袖中一面赶紧俯首,这才三个月不到,他这统制就又回来了。

"第二件事,"宗颖继续指着桌上一堆言道,"这些旨意发得到处都是,你说不得已经见过了吧?"

"见过!"岳斐继续干脆而答,"往河北去的信使根本过不去,全都被阻拦在了滑州,末将在军中便看了许多,只是不知道全不全。"

"无所谓了。"宗颖摇头道,"你大约怎么看?"

"总是好事!"岳斐依旧坦诚到了极点,"欲复河北,非一朝一夕能成,须大军数十万,迎敌主力而胜,方能成事;而欲成精兵数十万,非官家出面,定下如此决心与方略,再聚东南、荆襄、巴蜀、关中,乃至于两淮、中原之全力,否则断无可能!"

宗颖欲言又止,却只是摇头:"这些都有些远了,咱们今日只说其中一事……"

"可是需末将引兵去寿州勤王护驾?"岳斐本能回头看了眼外间门户方向,"不然也无须马子充来此,留守司人尽皆知,马子充此来是要面圣的。"

"不错。"宗颖难得一声叹气,"虽说前线艰难,可官家还是要援护一番的,不然真有个万一,到时候莫说祖宗大一统之势难见,说不得还要见到一个桓榛人天子,你我子孙皆要左衽!"

"断不许如此!"岳鹏羽眼睛一眯,本能作答,"近来河北逃人愈多,便是因为彼处局面被桓榛人糟蹋得越发不堪!"

"不说这个,"宗颖复又努嘴示意,"你懂我的意思便可,回去好生休息一番,明日等军械送到,便引兵去便是。案上还有一封奏疏,乃是劝官家回东京北伐的,你也带上……”

“相公，”岳鹏羽又一次没忍住，“东京看似能挡住桓榛大兵，滑州白马津方向也战得激烈，但其实大金中军本意在于扫荡河北，而非渡河进取，大金三太子讹里朵此时南下，更像是为四太子完颜乌竹扫尾，并未渡河。而所谓滑州渡河当面兵马，加一块也不过是两三万，我们十余万人几十部人马前赴后继，轮番作战都还吃力，如何能让官家再至此处？官家至此，怕是要把大金东西两路兵马都引来东京城下的，到时候拿什么抵挡？”

“是这样吗？”宗颖显然是不想跟岳斐深究此事，便干脆装模作样，“且送过去吧，反正官家在寿州被挡着，也过不来的……九成九还是得去扬州，你且去勤王救驾。”

岳斐无奈，只能又将那个札子塞入袖内，并好生用牛皮带扎好袖口，便欲拱手告辞。然而，他刚一抬手，又猛地想起什么来了：“恩相之前说有三事，是不是还有一事未说清楚？”

“哦，对！”宗颖也是恍然大悟，却干脆脱了裘袍，翻身爬上榻去，在榻上角落里翻腾了半天，然后捧出一个匣子来，这才回身招手，“鹏羽上榻来，给你看个宝贝！我差点忘了！”

岳斐一时无言，也不上前。

“真是宝贝。”宗颖见状无奈，只能将匣子捧到满是乱七八糟文书的案上，然后小心翼翼地打开，并从中取出一副厚重的丝制卷轴，复又小心铺开在身侧榻上，这才招手示意，“鹏羽来看……这是太宗皇帝留下的阵图，非大将不授，我在宫中找到的，今日专门与你。”

岳鹏羽只听到阵图二字便本能觉得荒唐，但看在太宗皇帝的面子上，还是将信将疑，上前就着灯光眯眼看了几下，然而只看了半张图，他就彻底看不下去了：“恩相！”

“如何？”宗颖一脸期待，“要不要带回去慢慢看，回来再与我交几篇心得文书？”

岳斐打量了一下宗颖的脸色，看在这位的面子上强行咽下去许多话……讲实话，若是往日正好轮在东京休整，他估计早已经捏着鼻子应下，以安慰对方，但明日就要长途跋涉去寿州了，哪里有这么多闲心搞这个？

于是，这岳鹏羽只能勉强辩解：“太宗皇帝的阵图当然是极好的，但想成这种阵势，非数万精兵以及数万特定军械不可，我一个小小统制，领着三千兵，还甲胄不全，要此阵何用？"

宗颖是何等人物，如何不晓得岳鹏羽意思，也是当即黯然："你直接说此物没用，而我宗汝霖又不知兵，闹了笑话便是！"

岳斐难得没有执拗，便要赶紧安慰对方。

不过，宗颖随意收起阵图，却又说出了一番话来："只是鹏羽，你是我生平所见之难得将种，在我麾下，凡出战必胜，缴获斩首必然第一，而且抗金之意最为坚定，不然我跟之前的张龙图，还有专门写行状过来放你一马的王彦都疯了吗？事事曲意维护你，次次超阶提拔你？而我再不知兵，也晓得一勇之夫和大将之才是不一样的，如今既然期待你早点成大器，以成一代名将，却也只能是问道于盲，病急乱投医了……"

岳斐微微一怔，也是难得恳切："恩相且放心，用兵之道，末将自有成算度量。"

"什么度量？"

"阵而后战，兵之常法，运用之妙，存于一心；兵家之要，在于出奇，不可测识，方能取胜！"

宗颖怔了怔，然后微微摇头："我听不懂……"

岳斐当即便要再行解释。

"你也不必解释，说到底用兵之道你比我强多了，你心中有计较便可！"宗颖连连摆手，然后便披着裘袍下榻，"此事就算了，我送送你！"

岳斐赶紧推辞。

"不至于如此，送个人而已，又要不了命，你此行若能尽忠报国，多多杀敌抗金，我说不得还能多延几个月寿……"

岳鹏羽无奈，只能低头应许。

而等宗汝霖穿上木屐出得门来，先见到马括、宗颖二人，这位东京留守不由得微微蹙眉，便出言呵斥："如何还拎着人头，不觉得腌臜吗？"

宗颖到底无奈，只能赶紧将人头放在地上。

而宗相爷根本懒得理会，只是复又抬手一指，指着岳斐对马括开口言道："马公子，你也收拾一下，明日就随在岳统制军中，往寿州见驾便是。"

马括不由得大喜，赶紧在门外朝宗颖、岳斐二人各行了一礼。

交代完这话，宗颖便不多言，在三人外加几名侍卫的簇拥下，一直走出留守府，来到街上岳斐侍从汤怀等人跟前方才驻足。

且说，大半年前的旌和之变中，虽然金军从头到尾一直没有入城，使得城内建筑普遍得以保全，但工匠、财货、军械军器、粮谷贮存尽数失去，再加上几十万禁军与勤王兵马被击败后溃散为盗，使得整个城市几乎沦为鬼城。

真的是鬼城，须知道，当年东京鼎盛时期，人口一百四十万，街上摩肩接踵，而如今东京左右，城内城外寻常人家加一块只剩二十万人口，而且人人穷弊，甚至一度闹出饥荒，得亏宗颖去年年中来到此处坐镇，一面安抚士民，一面招降溃兵，一面组织抗金，一面还要费心费力跟中枢行在文斗，这才勉强有了点样子。

回到眼前，今夜本是元宵佳节，放在往年，汴梁城早已经是火树银花不夜天，而此时却萧萧索索，虽有零星灯火，却也不过是兵丁巡防罢了，唯独一轮明月高挂中天，惹人遐思……只能说昔日东京繁华盛景，竟只宛如梦中。

四人之中，三人都经历过那般盛世，自然是口中无言，心下感慨，而岳斐虽未见过彼时盛景，但只看其余三人神色，再加上今日佳节之期，却如何不懂？便也肃立不语。

"散了吧！"夜寒月明，身形瘦削的宗颖披着一件杂色裘袍在街上看了半日，忽然主动挥手，"你们明日还要上路。"

岳斐、马括赶紧俯首，而宗颖原本想伸手扶着自家爹爹回去的，想到刚刚拎了半日人头，复又只能亦步亦趋。

然而，宗颖披着那件杂色裘袍慢腾腾走了数步，又忽然回头，喊住了那已经上马的二人："且回来！"

岳、马二人不敢怠慢，复又下马回身，恭敬行礼。

"鹏羽。"宗颖果然是先对岳斐言道，"我想了下，你之前说得极对，我这套做事法子是不能长久的，而且用兵之道，我也的确不行……想要真正收复河北、迎回二圣，还得按你说的来，严明军纪，兵精粮足而军械齐备，堂堂正正去战！"

岳斐在其余几个人的注目下赶紧俯首："末将惭愧，末将并非是指摘恩相，恩相在东京收纳人心，整饬军备，已然是帅臣楷模，末将所言用兵之道说的是临阵小道……"

"我知道，我知道，我也没有认错的意思。"宗颖上前扶住对方言道，"我一个末科进士，做了半辈子县尉、县令，哪里懂得用兵打仗？学什么诸葛武侯？只是家国沦陷，别人都不理会，只有我一个近七旬的老朽在这废都之上，能尽量修修补补已经不错了。"

"恩相说得是。"岳斐诚恳答道。

宗颍在东京能把这些溃兵、义军收拢得如此利索，让所有人为之赴死，难道是靠什么用兵如神？

能为今日局面，这宗元帅已经足称是此时天下第一帅臣了！因为此时这天下，根本就没有第二个人能突破之前行在的种种掣肘与眼下种种糟糕局面，来为国家鞠躬尽瘁，做另一个合格帅臣！

瘦削的铁柱子，也是擎天之柱！

"但有些事情你说得也对，对敌之策，我们这些文臣做起来终究难如你们武将那般用心于一……"宗颍继续扶着岳斐臂膀言道，"譬如说，朝中文武，我谁都不服，却只服气一个李罡，然而陕州李彦仙当年弹劾李罡不会用兵以至于被通缉，如今却在陕州几乎以力挽狂澜之态顶住完颜娄石兵马，不正说明人家说得对吗？所以李相公跟我，不会用兵就是不会用兵。只是鹏羽，不会用兵便不会用兵，因为国家制度，几百年的传统在这里，大事少不了我们这些相公！我二人在这里，还能支撑着你们在前面用兵，而真要是我与李伯纪稍微有所退让，那些乌七八糟之人便要来掌权的，官家也会再无人可制，彼时你们在前面再出色，又如何免得了旌和之事重来一回？！"

非止岳斐，其余马括、宗颍，乃至于一旁的汤怀听到宗颍如此恳切，也都纷纷肃然。

"所以鹏羽，我现在喊住你，是想告诉你，你想的是对的，不要管我们这些老朽如何，自己且依着你的军纪严明、兵精粮足的法子去做便是！但是，彼时我们必然不在，你们若想成事，须懂得自保和结识内外援护……"

宗颍也越说越严肃。

"你说你性子改了许多，这是好事，但一定要再改一改才好，千万不要学我又臭又硬，你一个武人，哪来我的这般恣意？"

岳斐张口欲言，却不知该说什么好，只能睁大眼睛勉力颔首而已。

"马公子，这几日招待不周，让你见笑了。"宗颍见状也不多言，复又拽着裘袍扭头先对马括缓缓言道。

"宗相公说笑了！"马括回过神来，不由得苦笑。

"其实没什么可遮掩的。"宗颖微微叹气，"一来，你父子参与海上之盟，东京这里留守的士民都有怨言，我虽不以为然，但也不好约束，以至于让你受了委屈；二来，你来做的这件事情我做不了主，而依我猜度，按照官家的禀性，知道了以后表面上自然是一万个孝悌恩义，但实际上未必会有个好结果，偏偏你在五马山做的好大事业，我又拦不得，便只好不做处置。"

"宗相公不必多言，这些我也懂得。"马扩越发苦笑，"但如今河北骚动，抗金之事正在其时，什么多余计较都该扔下……"

"这便是我叫住你的缘故了。"宗颖也上前扶住此人臂膀，恳切相对，"官家近来发的那些旨意，别的不提，只说有些话道理还是对的，当此时，便是一千个一万个不妥，只要能为抗金出力，那便是妥当之事。我老了，只求你、鹏羽、李彦仙这等年轻一些的人能尽忠报国，将来支撑起大局。这样的话，若有朝一日能收复河北，乃至于直捣黄龙，我彼时则虽在泉下，犹如生息！刚刚那番话，岂是说给岳鹏羽一人听的？"

马扩自真定一路南下，历尽艰辛，再往前数，这几年更是遭受下狱、俘虏等等困厄，受了无数的委屈，此时当得宗颖一句认可与勉励，只觉得鼻中一酸，虽未哭出来，却觉得万事都值了。

"走吧！明日还有事情要做！"

宗汝霖是个痛快性子，几句话交代完，便也不再拉扯，直接转身，拖着那身杂色裘袍步入府中。

至于马扩与岳斐一直目送对方入府，方才一起无言转身，上马归路。

且不说马扩回去如何准备，另一边岳斐回到城中住所，将随行的汤怀等人连夜派出城到军营中传达军令，预备明日军事之后，却是半点睡意都无，反而望月兴叹，心绪久久难平。

第二十四章　广济

正月十六这一日，岳斐整合了部属，接收了军械，带上马括一同起程，却在出了东京地界后顺着汴河大道往东南而行，隐约奔着宁庆方向进发。然而走了不过三日，刚入宁庆地界，他便忽然接到一份既非寿州又非东京发出的军令，偏偏还遵照军令无误，直接向北面偏东方向的广济军而去了。对此，便是一心想早日见到赵官家的马括都毫无怨言，因为这个是从河北撤下来的杨惟忠！那么杨惟忠是什么人？此人是西军体系内现存资历最老、官位最高、名气最大的一个，堪称活传奇。

旌和之变时，杨惟忠也早早寻到赵老九，上来便是当时元帅府的都统制，后来他留在河北，做了北道都总管。大金四太子完颜乌竹南下时，都没忘记让大将韩昌引两万大军去完成既定的吞下大名府的任务，而大金三太子完颜讹里朵更是在自己弟弟暴走后，亲自引中军自燕云南下，以作扫尾。而大名府留守杜充一开始就弃城而逃，重压之下，河北再无正面战场，败退下来的杨惟忠也只能一面尽量收拢溃兵，一面从韩昌、完颜讹里朵空隙中渡河南下，刚好来到广济军地界时接到了赵玖的那些旨意，然而这位老将知道了中原大略军情后却又起了别样心思。

"太尉的意思是，不去寿州，先破济州之敌，以断完颜乌竹后路？"

"济州只有五千金军，前后左右俱是孤悬？"

广济军定陶城内汇集了各路溃兵、义军、盗匪，岳斐引兵到来后，与马括一起来城中官府大堂上拜见杨惟忠，刚一入堂，尚未见到杨惟忠本人，便从各路义军首领那里大略知道了杨惟忠的意思，也是相顾起意。

这是当然，因为杨惟忠这个策略绝对正确。其实，来到京东西路地界以后，敌情基本上已经清楚了，完颜塔兰和完颜讹里朵的心思都在河北，完颜乌竹此时三万兵马根本是自己孤军冒进，但即便是如此，前头摆在寿州的两万多金军也不是任何一支绍宋军能野战拔除的。

大家都是军伍中摸爬滚打的人，而且坚持到现在还能聚在杨惟忠旗下的人，军事上的账也算得很清楚：眼下这个局势，双方各自出一百人，胜负真不好说，金军中有完颜娄石那种近乎不败的战神，但绍宋军中韩师仲、王德等人的威名也不是吹出来的，便是岳斐自问领自己一百最根基的兄弟上马，也不怵任何同样数量的金军。甚至放开了说，各处都还能寻些像样的好汉子，赏赐给足后，甲胄上身，长枪一舞，弓矢一射，你一条命我也一条命，谁怕谁呢？

但是一千对一千呢？平心而论，绍宋军就很难说了，或者干脆直言，胜算不大。金军随便出来一个成建制的猛安加上补充兵凑一千人，绍宋军这里恐怕就需要张峻、韩师仲那种级别的大将抽出自己的核心部队拼命一战了。但这个时候，绍宋军还是能战的，大不了发挥一下数量优势、地形优势，你一千人，我一万人。

那到了两万人呢？人尽皆知，金军到了这个级别，绍宋军基本上就没有任何解决对方的余地了，只能被动防守，因为这就不是什么数学游戏了，到了这个级别的战斗，数字的叠加已经没有了意义。这是绍宋亡国、军队体系彻底崩坏的后果，跟个人勇力大将之才没关系，万夫不当之勇挡不了真正的万军，岳斐在相州，韩师仲在白沟，张峻在太原，在大军之中都起作用了吗？

而现在，两万多金军摆在寿州那平地上，莫说赵官家御营那些兵马，再给他翻倍都不行，而且真翻倍了，未必就有现在张峻、韩师仲、赵玖摆出的下蔡—淮河—八公山防御体系更有效。实际上，岳斐等人进入京东西路地界，得知了寿州那边情形后，便与马括等人讨论，都觉得此去救援未必真能有效果，恐怕最多是在附近寻个临淮城池起支点的作用。

至于济州这五千金军，岳斐不是没想过，可他兵马不足，也只能是想想了，却不料杨惟忠杨太尉恰好到此，而赵官家那些文书又激起了无数义军，却足以在这广济军汇集起力量，自然是让人起了一点想法……破掉后路，逼迫完颜乌竹撤军，这才是此战唯一可解之正道！而这一点，恰恰应该也是赵官家孜孜以求的。

"鹏羽觉得可行吗？"

讨论了片刻，眼见着堂中各路兵马首领乱七八糟，三教九流什么都有，说的话一个比一个离谱，马括忍不住向岳斐私下相询，这几日他随在岳斐军中，见到这位宗颖麾下第一大将确实是治军严谨，令行禁止，早已服气。

"若有两万兵愿听调遣便足可行！"岳斐干脆答道，"却不知此时定陶城有多少兵。"

"京东繁华之地，两万兵必然有。"饶是马括已经服气对方，却也连连摇头，"但鹏羽，那可是五千金军，又有城池倚仗……"

"金军焉能弃野战而倚仗城池？"岳斐面不改色平静答道。

"这倒也是。"马括点了点头，旋即摇头，"但还是不对……正如你所言，金军本利野战，五千骑兵绝不会据城而守，但旷野之中咱们这两万兵又哪里够他们冲的？"

"为何要旷野作战？"岳斐依旧从容，"定陶这里顺着济水往下，在济州境内，恰有一处克制骑兵的战场，派一支兵马去诱敌，以金军如今之狂悖，必然尾随，便在彼处埋伏就是。"

马括微微心动，刚要再言，却听得堂上一片喧哗，俄而一名面色绯红，须发花白，年约六旬的老将便带着七八名全副武装的武官转入堂来，却正是杨惟忠。而这杨太尉身侧一名红袍文官虽然与其走在一平的位置，却只是唯唯诺诺……原来，这广济军上下官吏早已经在之前金军占领济州时逃得精光，此时跟来的是一名河北哪处的通判，乃是被杨惟忠顺手捞出来的，此时临时装样子，自然没有什么形状。但不管如何，一文一武当先坐下，到底是代表了绍宋的权威，堂中上下各路义军、盗匪、溃兵首领多少肃然起来。

"官家的旨意，你们都知道了。"

杨惟忠坐定以后，直接撸起袖子，一掌拍在案上，直接把身侧那通判吓了一跳。"俺的心意，你们也该懂得。而你们的心意，俺也懂得。座中有当过兵的，都该认得俺杨惟忠，知道俺是官家钦命的北道都总管；便是本地人也该认得俺，因为去年此时，官家登基前，俺在此处领兵做过屯驻。所以闲话少计较，俺与你们直说了，此番事情要是成了，没出身的自然有个好出身，有出身的也能有个好前途！想留家的，俺当场就能与你们一个正经的统制来做，让你们留在家有正经官身保家卫国；想光宗耀祖的，事后俺带你们去御前见到官家也不是个大事！咋说？！"

座中各路豪杰面面相觑，一面纷纷意动，一面却又不愿轻易做出头鸟。但大家既然至此，谁人不是为了老杨太尉口中那些出身和前途来的呢？于是乎，到底是有肤浅之人站起身来，就在堂中唱了个大喏，说起话来。既然有人开口，场面便也乱糟糟起来，这个说我与金人交过战，须多少多少兵马；那个说，须先定下名分，谁上谁下，方才能出兵云云；还有人自告奋勇，说将多少兵马与他；又有人愤愤不平，当场争执要做个太尉副手，总揽此战首尾。对此，杨惟忠既不阻止，也不倡导，只是冷眼旁观。

说了半日，最终是两个人在堂中占据了上风，一个是水泊梁山出身的好汉张荣，其人身后是八百里水泊半匪半民的数万渔民，实力强大；一个是从当日淄川一战逃回的盗匪首领李成，此人本是河北人，金军占据河北后，流亡山东，占据淄川为盗，数月前曾聚义与完颜乌竹大部队战过一场的，所以颇受山东好汉们敬仰。

二人一个是地头蛇，一个过江龙，实力相差无几，威望接近，都要做这个义军首领、杨太尉副手，几乎要闹到拔刀相向。二人争执半天，其中李成回头一看，看到岳斐与马括端坐在杨惟忠身前最近桌上，正瞅着他来看，便不由得大怒，竟然当众拔出刀来，指着岳斐喝骂起来："你这厮是何意，如何敢翻俺白眼？是瞧不起俺雄州李成吗？"

岳斐见对方拔出刀子指向自己，根本不慌，反而用跟对方一样的河北口音坦然作答："好教这位李首领知道，俺当日在河北曾被金军围住，突围时被箭镞伤了眉骨，所以看谁都像是翻白眼，并没有看不起谁的意思。"

李成骤然怔住，尚未想到如何应答，旁边张荣却已经干脆叉腰笑出了声，让李成越发羞赧之余骑虎难下。

"好了！"就在这时，老杨太尉忽然开口，"傅选，你去将座中豪杰的兵刃都收一下。"

不得不说，杨惟忠之前看似粗鲁，其实已经人老成精，他许久不开口，一开口便恰到好处，既给了李成台阶下，又化解了李成、张荣、岳斐三人的冲突，还顺便强化了自己权威。

听到军令，杨惟忠麾下一名年轻武官即刻上前，带领其余几个武官一起，从前往后，收缴了堂中诸人兵刃，只收了一个桌子，第二个便按顺序来到岳斐、马括二人身前。马括不以为意，直接将腰中宝刀交出，但岳斐居然岿然不动。

"这位岳统制……"名为傅选的武官忍不住催促了一句。

"你是太行山八字军？"岳斐端坐不动，只是抬头盯着此人脸颊上的八个刺字，微微轻叹，"应该不是当日渡河的十二部所属吧？不然我不至于不记得你。"

此人微微一怔，旋即肃然："回禀岳统制，金人迁移桓榇、岐辙猛安到河北各军州，又动辄几十万大军往来，索求无度，河北百姓熬不过日子，便纷纷起兵往太行山聚义。其中北太行五马山有信王作保，在北面声势最大；南太行以王太尉的八字军名头最亮，我是去年十一月离家去投的王太尉，然后刺的字，也的确在小范参军口中听过岳统制名声。"

岳斐微微颔首，又瞥了眼身侧马括，方才继续问道："既然八字军声势正大，你为何又在此？"

"这不是下山时候被金军主力冲散了吗。"傅选无奈答道，"山中声势是越来越大，一旦入平原，着实不是金军骑兵对手，所幸这次败走后往东行时恰好遇到了杨太尉，就一路跟来了。"

岳斐再度颔首。

"岳统制。"傅选在满堂人侧目中与岳斐说完闲话，最终催促了一句，"想要说话，咱们今晚上摆酒，我慢慢跟你说，此时请将兵器上缴……让兄弟好做则个！"

岳斐终于扶着腰中宝刀缓缓摇头："杨太尉认得我，你也听过我，便须知我是绍宋东京留守司统制，正阶武功郎，而这里须是绍宋官府大堂，断无堂堂绍宋统制和一群盗匪一般要上缴兵器的道理。"

马括闻言一时羞赧，傅选也是措手不及，而杨惟忠干脆扭头不语。

"你是何意？！"堂中李成闻言再度勃然大怒，并二度拔刀相对，"你这个什么鸟统制还是看不起我李成对不对？！"

"并非是看不起李首领，只是在说实话。"岳斐诚恳相对。

李成大怒，直接向前一蹿，便一刀当头劈来。见此形状，最近的二人，一个马括一个傅选，都反应极快，一个赶紧试图掀案阻拦，另一个则立即回身摸刀。但那李成俨然不是什么花架势，而且用心狠毒，绝非随意唬人，这一刀劈来力大势沉之余居然速度也极快，根本就是冲着杀人来的。相对而言，傅选尚未回身摸到武器便已经瞥到刀光，至于马括根本就没把几案掀起来……因为有一人比他俩反应快得多，岳鹏羽见到对方来砍，直接一脚踏上几案，便沉腰发力，拔刀相对！

几乎是电光火石之间，众人只觉得眼前一花，这二人便在堂中奋力对了一刀，且白刃相交之际，居然有火花溅出！在座的除了那位已经看傻了的文官外，几乎都是刀上卖命之人，只一刀而已，便明白这二人虚实，却是上下齐齐凛然起来，连提拔过韩师仲、见多识广的杨老太尉都忍不住微微眯眼。

至于岳斐与李成本人更是各自警惕，握刀之余也细细打量起对方……前者实在是没想到这个草寇居然有如此武艺、力气，多少有些感慨；后者更是心惊，因为此人出身河北，从军淮南，落草山东，大河南北全都走过，别的倒也罢了，唯独武艺自诩无敌，结果今日偷袭之下只是平手，这岂不说明眼前这个平平无奇的绍宋军官武艺到底胜自己三分？

那又如何不惊！

"李成！"

就在二人对峙不语之时，老杨太尉再度开口，却已经立场分明："你在俺绍宋的官府大堂上抽冷子砍俺绍宋的一个正经统制，是咋个意思呀？！"

此言既出，傅选等人回过味来，纷纷哐啷出刀，跟着李成的一群山东好汉也纷纷拔刀相对，却被回过神来的李成本人抬手制止。

非只如此，此人居然主动收刀，复又挺胸向前一步，赤手相对身前十余名手持白刃的绍宋武官，然后隔着这些军官对后面的杨惟忠开口说道："杨老太尉，俺们今日过来，都是应着你的大旗来抗金的，今日堂上固然是俺李成先拔了刀，坏了规矩，可你莫非就要为此杀了俺吗？杀了俺，京东两路豪杰谁还信官家的那些旨意？官家自河北一路逃到淮上，方才羞愤振作，下定决心不愿再退，结果他在那边尚未食言，杨老太尉便要在京东坏了官家的信誉吗？"

"好伶俐的口舌……"杨惟忠不由得捻须冷笑，"如此利舌，刚刚为何还与张首领说话时落了下风？"

张荣回过味来，也是微微一怔。

"不管如何，杨老太尉若不杀俺，俺便先行一步了！"说着，这李成也不扶刀，也不理会身前绍宋军官，只是瞥了一眼早已经面色如常坐回去的岳斐，便快步走出堂去。

而此人既走，许多山东好汉，或者说是京东东路的豪杰，四顾之下，大概是觉得李成走了，他们这些人在此处难以立足，便也纷纷唱喏告辞……之前还热热闹闹的大堂登时空了一半。

不过，张荣却是又腰而笑："如何？杨老太尉，此番俺来做你副手如何？也给俺个统制做做，回去梁山泊俺也好戴朵红花在头上炫耀一下……"

"张首领且等等，容我去后院喘口气。"杨惟忠捏住胡子，直接起身，换了一口流利官话，"岳斐、马括，你俩随我到后院来一下！"

"老太尉随意！"张荣不由得咧嘴再笑。

而岳鹏羽与马子充即刻起身，傅选等人也匆匆随行。须知，岳斐之前在元帅府也曾直属杨惟忠，至于马括更是熙州狄道人，属于西军背景，不然之前也不至于被杨惟忠一纸文书轻松喊来，此时如何敢怠慢？

"岳……"

根本没到后院，只是转入大堂后面的走廊而已，杨惟忠便忍耐不住，意欲开口。

"那李成本就是存心不良。"然而，不等老太尉开口问出来，岳斐便已经从容作答，"他虽是河北人，但手下都是京东东路的人，敢问他们一群京东东路的盗匪，如何弃了泰山、沂蒙山地利，弃了家乡，跑到京东西路来抗金？不过是见到乱世已现，所以专寻金人与我等交战之处，意图左右摇摆，坐地起价，乃至于趁机割据起来罢了！说句不好听的，也就是此时官家在淮上顶住了金军，若顶不住的话，淮上沦为金军践踏之处，这群人还要跑到两淮为乱的。"

杨惟忠想了一想，居然无法反驳，便是马括和傅选等人也都纷纷颔首赞同。

"张荣则不同。"岳斐继续面不改色言道，"水泊梁山一半都在济州境内，此番五千金军就压在挨着梁山泊的济州州城内，还作威作福，践踏百姓，张荣身为水泊之主，手下都是以水泊为生的穷苦渔民，对付这股金军之意怕是与我们一般坚决。所以，张荣可放心来用！而且想要击破济州五千金军骑兵，唯一之法便是引诱金军到水泊之中，借地利覆灭！"

杨惟忠想了半日，还是无话可说，傅选和马括也还只能颔首。

"唤张荣来！"杨惟忠见岳斐一时不再说话，自然心知肚明。

俄而，那张荣果然叉腰进来，见到三人立在这里，便继续笑起来。

孰料，岳斐根本懒得与此人多费口舌，劈头便问："张统制有多少兵？"

张荣不由得肃然，上前叉手而立："杨老太尉和这位岳统制果然真要打？"

杨惟忠与岳斐皆不言语。

张荣无奈，只能点头："若出水寨陆上作战，俺只能有七八千青壮！不过事先说好，你虽喊俺一声统制，俺这统制却不比你们，俺不吃乡亲空饷，你们也不会与俺饷……"

"若引诱至水泊畔呢？"岳斐懒得与对方贫嘴，正色再问。

"那俺能唤出来一万五六！都是能开弓划船用刀的，只是甲胄实在不多。"张荣越发严肃，"你们果真要打吗？莫要唬俺！"

"老太尉有多少兵？"岳斐扭头再问。

"我只一千多残部，不过傅统领自太行山带出来三千兵不止……"

"那便足够了。"岳鹏羽眯着眼睛答道，"精选出两万人，利用水泊之势，寻个出色地方设伏，足可破敌。须知，五千之敌，两万人伏击足矣，多了没用。"

杨老太尉和马括、傅选三人还是不知道该怎么反驳。

"水泊梁山八百里，神仙地方多的是，俺闭上眼睛都能知道哪里能让金军喂鱼。"倒是张荣依旧觉得有些浑噩，"可金军哪里会主动来水泊，还入俺的埋伏？"

"当然是趁敌此时猖狂无度，诱敌前往。"岳斐干脆作答。

"谁去诱敌？那是五千大金骑兵！"张荣重新叉起腰，嗤之以鼻，"谁去都是个送死！"

"自然我去。"岳斐依旧言语波澜不惊。

春暖而花未开，走廊内熏风阵阵，这下子，连张荣都不知道该如何反驳了。

"真要打？"停了半晌，张荣再度身前叉手而立。

"如此，需几日能预备妥当？"杨惟忠也捻着胡子咬牙询问。

"你那里缺军械吗？召集人手又要花多少时间？"岳斐继续询问，却是对张荣。

"不缺，也不用花时间召人手，水寨里啥都齐备，人也齐……本来就是聚在一起提防金军的，只要派船接你们从济水这边偷渡过去便是。"张荣同样咬牙作答。

"那从此时算，到渡过去安排妥当，具体要几日？"岳斐继续追问。

"五日足矣，你们明日一早动身，放肆赶路，后日中午就能到水泊边上，坐船一整夜，再休息一日夜，顺便整修器械，第五日无论如何都能埋伏妥当。这俺闭上眼睛都清楚。"张荣居然有些慌乱，"这条道俺走了不知道多少遍，断不会出错。"

"那就五日破敌。"

岳斐回过头来，从容答复杨惟忠："老太尉名声太大，不妨带着剩余残兵与那些小股义军留在此处饮酒作乐，以作吸引；张首领最好与老太尉当众吵闹一番，然后今晚偷偷回去；明日一早，马兄和傅统领便速速引兵往梁山泊；我则引五百骑兵从定陶这里渡河到济水南岸，并以第五日正月二十八为期，引金军主力往水泊而去……届时，你们在水泊前做好接应，指引我进埋伏圈，然后两万人齐发，胜负一场便定。不要拖时间，须知日久反而生变，咱们又不是行在那里，凡事都需要与一众相公商议来商议去。"

杨惟忠捻着胡子盯着岳斐看了许久，宛如在看什么古怪，本能地就想驳斥对方胡话。但他穷究自已半生的军事经验，思来想去，无可反驳。

至于傅选和马括，早已经听呆了。倒是张荣掐指一算，忍不住多了句嘴："五日之后正是正月二十八不错，还请岳统制最好傍晚之前把金人引过去。"

"可以。"

岳斐依旧宛如木头一般神色，但到底是微微打量了一下身前这个似渔民一般的水泊梁山之主。

第二十五章　水泊

正月二十八，天气已经很暖和了，百姓也开始准备春耕。可出现在济州城外田野上的农夫们却成为金军取乐的工具，穷极无聊的金人射杀汉民、掳掠妇女，简直无恶不作。但从正月二十六开始，济州城周边便出现了多支说不清人数的小股绍宋军骑兵部队，难得的强悍，金军三五成群，能逃回来一两个也得是军中马术的翘楚。发展到昨日下午，一支五十人、半个谋克的金军出城巡逻，青天白日之下，居然也被绍宋军骑兵两三百人围住……金军一开始还想作战，但出乎意料的是，这支绍宋军中的基层军官武艺远超想象，而少数武勇异常的军官在小股作战中的作用毋庸置疑。

最后，五十人回来十八个，还全被割了鼻子、耳朵。结果当晚按照大金军法跋队斩，居然斩了二十二个。因为百夫长，首级也被挂在一匹自己知道寻路的战马颈下，送回城内。所以，按照大金军法，没出去"狩猎"的几名十夫长也被稀里糊涂斩首示众。但与这些相比，最让人崩溃的是，这支五千人部队的首领，完颜部落出身的年轻贵人，此次南征第一次坐上万户的完颜塞里，居然公开下令，除小队哨骑外，不许任何人轻易出济州城三里外寻衅，违者斩！

此时此刻，几乎所有大金军人都觉得，五千大军足以横行中原，那么敢问从未受挫、气焰正盛的济州守军又如何能忍耐这种挑衅呢？不过就是军法二字罢了！

"大将军，城北有绍宋军挑衅！"

正月二十八上午，驻守济州城北城的猛安，渤海出身的大挞不野，正在所据宅院中光着膀子给战马擦拭身体的时候，骤然闻得一个荒唐讯息。

实际上，这位猛安怔了足足三五息的时间方才忽然一声不吭牵马出门，继而在大门前光着膀子翻身上马往城北而去。等到大挞不野上了城，往城下一看时，这种荒唐感就更难以言喻了。

因为此时城下竟然只有七骑！两骑在前，一左一右，各自举着一面竖旗，旗上各临时用糨糊粘了纸墨，右面唤作：打破济州城；左面唤作：活捉完颜塞里。又有一骑在后，却是竖着一面正经竖旗，上书：绍宋东京留守司统制岳。再往后，则是三名掠阵骑士，不必多言。除此之外，还有一将居中，在那正经竖旗之前，兜鍪甲胄俱全，负弓横枪，正端坐在一匹大马之上，岿然不动。

大挞不野到底是用兵无数，问清楚字迹意思以后，虽然气得发笑，却并不着急下城，而是一面让人来帮他着甲，一面远远眺望。他先是本能地将目光放在北面不过十余里外的巨大水泊之上，彼处岸畔青黄驳杂，芦苇丛生，旋即摇头，最后将目光盯在水泊与济州城中间位置的一处树林之上，却又再度摇头不止。

话说，平原之上，能藏人的地方不多，而那处树林并不大，最多藏个千把人到头了，再联想到之前金骑汇报，这股绍宋军总兵力怕是七八百骑都未必有，就更是可笑了。而若果真如此，那只能说对方是这两日占便宜占昏头了，以为千骑规模的交战绍宋军还能得势。但一个严肃问题在于，那个树林距此足足五六里，大挞不野便是有心想灭这支绍宋军，也未必敢去做。

一念至此，这位渤海猛安穿上甲胄后，只能一面聚集兵马到城北，一面再遣人去城中汇报，请求完颜塞里废止之前军令，允许他远离城池出兵，剿灭此獠。然而，等了好一阵子，大挞不野只等来了"不许"二字而已。情势如此，大挞不野反而越不能放过城下这七人了。

"事情你们也都知道了，现在与我再看清楚了！"

这名素来以先登先渡而闻名的大金猛安一气之下坐在了城头，唤来自己麾下几十名军官，指着下面那个平平无奇的绍宋军官而言："照理说，按咱们的跋队斩规矩，不该让你们这些军官下去。但此人须是个绍宋的统制，官也不小。从前两日作为来看，是个有本事的，今日过来，可见更是个有种的，这般人物也不能说辱没了你们吧？今日一句话，谁能在城下挑了此人，我豁了这次南下的军功，也要保举谁一番！如何？谁敢下去挑战这厮？"

这些军官闻言，多少喜上眉梢，因为他们知道大挞不野绝不是在吹牛皮。

要知道，大金制度的根基即为军政一体的猛安谋克制度。换言之，猛安和谋克不仅是军事上的千夫长、百夫长，更是大金新的统治阶层。那么身为猛安的大挞不野定会言出必行。交代完毕，大概是觉得下面那人其貌不扬，一番争执之后，终于有人取得先手，迫不及待下城而去，然后就在城门洞里披甲执锐、负弓勒马，径直出城而去。

大挞不野端坐城头，眼见着自家儿郎单骑出阵，战马带起一袭烟尘，心中顿起一番激荡之意，便回头下令军士击鼓助威。然而鼓声刚响，这位渤海猛安回过头来，陡然怔住，便是击鼓的军士也瞬间止住动作。原来，那出战之人竟然瞬间没了踪影！

"怎么回事？"大挞不野一时不解，"甲胄没披好，回来换衣服吗？"

"死了！"旁边一名谋克顿了好久，方才回过神来作答，"刚刚将军回头之时，斜录这厮正好弯弓搭箭，准备以弓箭取胜，却被对方远远一箭，相隔百余步直接射中面门，却恰好未落马，战马识途，直接将他尸首带回城了。"

大挞不野一时茫然，继而彻底恼羞成怒："谁去与我取来此人性命？莫非要我亲自上阵吗？"

众人中当然有不信邪的，便兀自下城而去，然而又只是一通鼓响起，此人便又被射死于城门下。大金众将面面相觑，如何不知城下那绍宋统制虽然容貌平平，却身怀绝技，此番来叩城更是有所倚仗，但所谓人活一口气，一个士气正在顶点的军队之中，谁能忍耐？

故此，须臾，又有人出战，换了一副重甲，且挂上护颈，戴上牛皮面罩，俨然要与对方比枪术。这一次，鼓声响足了一通，但也仅仅是一通而已，那人便被一枪戳死在城外，顺便还被割了首级放在地上。

这下子，再无人敢为了大挞不野区区许诺而擅自出战了……官位是一回事，性命却是自己的，眼瞅着城下那人乃是一等一的好汉，谁愿平白送了性命？

当然了，大挞不野虽然愤怒异常，却也不是什么愚蠢之人，既然见识到对方本事，他便再没有要求部下做什么单挑之事，而是干脆唤来一谋克，让此人引三十骑桓榛骑兵轻甲出战。所谓轻甲，乃是存了务必擒杀，不让此将逃脱之意；三十骑，乃是城门大小限制，一拥而出的最大规模。

时间来到中午，鼓声再起，这一次倒是格外精彩，城外七骑绍宋军扔下旗帜，与三十骑桓榛轻甲骑兵在城北的空地上直接展开了一场激烈的追逐战。

然而，战斗的走向却依旧让城上大挞不野等人目瞪口呆……之前便说了，桓榛骑兵的主要战术是马上弓箭，但他们的弓箭强在力道和破甲，远不如绍宋军箭矢的射程。而城下这七位绍宋军骑士非但马术、弓术俱佳，那为首将官更是难得的神仙箭术，此人非止射程极远，力道、准度更是远超想象，便是疾驰之中也能轻易躲闪和回身发矢。

只见三十骑桓榛人往来回转，那绍宋将每次回首都轻松射落一名桓榛骑士，翻来覆去，不过一炷香的时间，桓榛三十骑便只剩下了二十骑，士气沮丧至极，大抵所失之人多是军官。大挞不野看得目眦欲裂，一面下令鸣金收兵，一面又喊来一名桓榛谋克，让后者亲自去见完颜塞里，好允许他发大兵出城。

那受命的桓榛谋克也早已经失态，翻身上马一路疾驰来到城中心的官署所在，仗着身份一路直接进入后堂来见完颜塞里，然后不管不顾，直接跪倒在地，叙述城北之事，并叩请主将废除之前军令。

且说，完颜塞里今年二十六七，人生经历基本上跟此番浪到淮河边上的完颜乌竹类似，但此人和完颜乌竹相比有两个大大的不同：一者，他虽姓完颜，但亲爹却不叫完颜阿古达，这就决定了他的身份；二者，他这人属于汉化程度较高的那种，稍微读了些书很有城府。但说实话，这种特性放在日后可能会成就他，此时却未必是什么好事，因为会引起老派掌权人物的厌恶，这就限制了他的前途。

回到眼前，正在与一名年轻汉人将军小酌的此人听得汇报也是觉得匪夷所思，便放下手中酒樽，微微蹙眉："你看得清楚，果真七骑败了我们桓榛三十骑？"

"将军！事情的确怪异，照常理说不该如此，但末将在城上看得清楚，委实只有七骑，他们一骑不损，便杀散咱们桓榛三十骑！"来报的桓榛谋克一开口也觉得荒唐，却又更加想解决掉那七人，恳请越见急迫，"将军，速速放开限制，许我们引大军出去扫荡吧！绍宋人便有埋伏，我们一整个猛安又怕什么？"

"你不懂。"这完颜塞里微微摇头，又看向了对面的汉人小将，"刘兄，你们绍宋人中果然有如此神勇之人吗？"

那人微微一笑，尴尬作答："有自然是有的，此时正在淮河与四太子作对的韩师仲、王德，不都是如此吗？"

"是了！"完颜塞里当即恍然，复又扭头看向地上的那个谋克，"绍宋军中有一二顶尖豪杰实属寻常，就当是韩师仲来此了，没什么可大惊小怪的，依然不许出战！"

来报的桓榛谋克大失所望，却慑于军法与阶级，只能无奈而去。但此人既去，完颜塞里与那汉将一顿饭尚未吃完，对方居然去而复返。

"如何又来了？"

这下子，完颜塞里彻底发作，因为对方已经算是在挑战他的权威了，"军令不够清楚吗？！告诉大挞不野，若他不忿，可晚间寻其余几位猛安开军议来论，如何敢一而再再而三？！"

"将军，我家猛安被人家生擒了！"此人面如死灰，叩首以对，"绍宋军将之前战胜得来的咱们桓榛兵首级摆在马下羞辱，猛安愤绍宋军嚣张，出城相对，结果对方拼却了两骑性命，硬是让那个厉害的绍宋统制找到机会冲到跟前，然后单臂将我家猛安给夹过去了。"

完颜塞里怔了许久方才起身，却是一言不发，直接往后去了，那汉将也尴尬一时，只能起身候立。片刻之后，等到这名桓榛万户返回，已经是全副甲胄，而与此同时，城中其余大金军官闻得讯息也纷纷赶到官府署衙前。

双方堂上相见，不等下面这些猛安、谋克开口，完颜塞里便率先抬手相对："不必多言，之前我不许出战，乃是因为前方四太子在淮河受挫，进退不能，战事已然微妙，而阿里将军和讹鲁补将军都提前与我有私话递来，要我做好准备，务必不能失了后路，这件事情你们不知道，不要胡乱埋怨我。"

众人这才稍有醒悟。

"但今日既然有一个猛安被俘，便顾不得许多了。"完颜塞里继续言道，"想来再不做处置，你们也再不能服气，便是你们服气……不说别的，只讲大挞不野这个猛安里面的军官又该如何安抚？所以我已决心出兵，吃掉这股绍宋军，只是出兵之前，咱们须有计较。"

"若只是那几百骑兵，无论如何都能吃下，如何还须计较？"有人当即应声，还是对昨日、今日军令有些不忿，"其实，早许俺们出兵，便是大挞不野一个猛安也足以了结此事，何至于此？"

"不会只有区区几百骑的。"完颜塞里连连摇头，"如我所料不差，水泊畔必然还有伏兵！你们不记得了吗？说是绍宋一个太尉，唤作杨惟忠的，如今已经到了西面广济军，正在聚兵，你们想要去突袭，还被我否了，此番这人来得奇怪，十之八九跟杨惟忠有些关系。"

"便是有伏兵又如何？"又有人不满应道，"说到底，五千大军齐出，到底怕谁？那杨惟忠便是聚了一群乌合之众，可能受我们奋力一冲？"

"便是能受又如何？"不等完颜塞里搭话，旁边又有人不忿言道，"一冲不行，咱们两冲，两冲不行，咱们三冲，咱们桓榛骑兵何时怕过苦战？"

"我都说了，此番必然出兵！"完颜塞里愤然一掌拍在案上，"但既然出兵，须听我号令。一则，须留几百人手带着那些新降的汉儿看住城池；二则，北面那个水泊方圆百里，平生未见如此大湖，咱们善于骑战、步战，何曾擅长过水战？四太子这次在淮上，就是水战吃了大亏，明明绍宋皇帝就在对岸，至今不知道如何能渡河……"

"那就不入水便是！"下面军官听得有道理，但还是不耐，便直接应下，"咱们今日在堂上约定，出兵之后，不许下马入水，只在能走马步战的硬地追逐，如何？"

"我就是此意，不过除此之外，还不许靠近芦苇荡。"完颜塞里复又加了一条。

"若有伏兵，必然在芦苇荡，若芦苇荡不许靠近，如何能破？便是城外绍宋军想逃，也必然往芦苇荡逃，不许靠近芦苇荡，如何能救大挞不野？"这已经是第二次有人打断主将发言了。

而完颜塞里眼见群情汹涌，也是无奈，但又想起自己的职责所在，复咬牙摇头不许。

"不如多备引火之物便是。"

就在双方相持不下，都觉得为难至极之时，忽然有人开口建议，而众人寻声望去，是之前一直陪同完颜塞里的那名汉将，神色各异，但无论是谁，竟然都没有表示敌意……因为此人亲父乃是之前绍宋知济南府的刘豫，而此人唤作刘麟，正是刘豫亲子。

且说，刘豫自从投降，知道必然不能容于南方，便一心一意侍奉金人，很得监军副帅完颜塔兰喜欢。之前完颜乌竹南下，分兵给完颜塞里，让完颜塞里先从完颜塔兰平叛济南府，再顺势南下济州交通要冲，以做后路接应，刘豫借此机会，将亲子刘麟送出，引几十骑随侍完颜塞里，以做向导，是想万一有机会，就让儿子靠近完颜乌竹。而看在完颜塞里与完颜塔兰的分上，这群人当然给了刘麟些许面子。

"诸位将军！"刘麟见到堂中众人并没有排斥自己，心中得意，赶紧拱手解释，"如今春日刚起，芦苇刚刚抽绿，冬日的枯枝败叶尚未沉入烂泥，放起火来依旧利索，咱们追过去，绍宋军骑兵若是退入芦苇荡，不管有没有埋伏，咱们五千骑……不对，咱们四千五百骑，一人一把火扔过去，他们自然逃散，反而更加方便搏杀。如此，岂不是万全了？"

众人齐齐叫好，而完颜塞里沉思片刻，终于重重颔首："如此，便可万全了！就依刘公子之论，即刻全军进发！"

下午时分，随着济州城北门打开，那几名绍宋军——其实就是岳斐和汤怀、张显等人，立即扔下什么活捉完颜塞里的旗子、摆造型的人头，还有大挞不野的尸体，放马北走。

不仅是北门大开，金骑蜂拥而出，东西两面布置出去的游骑也都在疯狂摇动旗帜后狼狈而走……金军是三门齐开，主力尽出。当然了，这一幕，早在大挞不野被自己激怒下城，岳斐便早有预料——金军如此之猖狂，哪怕主将再谨慎，一支五千人的军队也绝不可能允许一个猛安被人抓在手里。

但是话说回来，跟金军作战数年，岳斐也早就有了足够的认识，在双方军队实力差异巨大，又存在跛队斩这种说不上是好是坏的军纪下，而且偏偏金军上自王侯贵种，下到层层军官，从不忌惮亲冒白刃箭矢，所以斩首战术是一种风险最大，却最简单、最有效的作战方式。

回到眼前，序幕结束，战事正式开启，但异常艰难。大股金军蜂拥而出，带来的战力是碾压性的，之前的个人武勇在这种战场上并非没有意义，却不可能带来质的改变。而且，仅仅是逃亡之中，岳斐也能察觉对面金军主将的慎重与稳妥，树林里的五百骑兵根本没有动摇金军倒也罢了，关键是竟然也没有金军呼喝怪叫，表达轻视。这只能说，事先军官便已经将这些事情传达到位了。

故此，在金军的强势压迫、包抄、追击，偏偏绍宋军有意稍微延缓时间之下，绍宋军数次被追兵接尾，并有伤亡。当然了，既然诱敌成功，这些都已经无所谓，只要尽量压住时间，按指示将这些人带入伏击处便可。

然而，一想到此处，岳斐却又不禁忧虑起那张荣来。他固然知道张荣战意可靠，也晓得对方多年来盘踞梁山泊如此稳妥，必然是个有实力、有算计的人，但若对方大规模战斗军事经验不足，最终在金军主将的谨慎面前功亏一篑，那又当如何呢？不过，这种忧虑只是一闪而过，因为且不论如今箭在弦上不得不发，而这一仗岳斐自问也早已经做到了极致的地步，更重要的一点是，抗金作战，义不容辞，大局倾颓之下，尽人事而听天命而已，能成便成，不成则尽量突围再寻将来，何必疑虑？

就这样，时间来到下午正中时分，眼见着日头来到了正西南方，岳鹏羽不再与身后大股桓榛骑兵做什么战术动作了，而是率领仅剩的四百来骑直接飞驰到梁山泊畔，然后便一眼瞥见了水面上的指示信号，他毫不犹豫按照信号在两大片相隔足有数里的芦苇荡中间转过弯来，进入水泊之中的一条硬实道路。

而甫一转弯，他便在正前方一片开阔水陆之间，一眼望见了自家兵马，心中惊愕之余，却也不容多想，便径直引骑兵驰去。

须臾之后，他见到了匆匆上前接应的王贵、马括、傅选等将。

"此处野滩唤作什么名字？"岳斐翻身下马，踩着浅水下硬实的沙石滩来到阵前，马上查看地形，然后好奇相询。

"张首领说，此处唤作缩头滩！"马括随口而答。

"为何不叫葫芦滩？"岳斐脱口而出。

"我们也是这般问的，张首领只是叉腰来笑，却并不多说。"王贵应声摊手，"他说此地地形漂亮，除了本地渔民又很少知道其中机巧，最为合适，我等也只能听他胡扯！"

由不得岳斐和王贵等人有此疑问，因为此地地形真真就是个标准的大葫芦！两个圆形沙石硬滩一大一小，相互连着，宛如一只大葫芦，西北、东南走向斜斜卡在了梁山泊南端水域中间，西北葫芦头方向是个小些的滩，东南葫芦身子方向，也就是岳斐进来的方向是个大些的圆滩，一侧是梁山泊深处自不必多言，另一侧也有足足七八里宽阔的深厚水域，马括、王贵、傅选三人引着五六千绍宋军占据那个小滩，然后在葫芦腰那个位置设置前沿阵地。

"他准备怎么打？"暂时按下地名的疑惑，岳斐继续相询，问到了关键。

"他只说若鹏羽真按时把金军大队引来了，那我们只要守住此处一个多时辰，然后便可大获全胜。"马括也是摊手，"我们再问他详细，他只是叉腰笑，而在他水寨里，往来搬运全靠他们的船只，竟然半句话都不能做主……来到此地后，只能猜测他是在准备让我们守一个时辰，然后自引水军从左右芦苇丛里涌出来，两面包抄！"

"来时我们还在议论，这水贼莫不会把我们卖了！"傅选也忍不住抱怨。

岳斐连连摇头，只是继续观望地形。要知道，这几日在济州出没，眼见着济州百姓被金军如此糟蹋，岳鹏羽当然不信跟金人有切骨之恨的水泊梁山会把他们卖了。

但也由不得身侧几个正经军官抱怨，因为只看眼下张荣安排的这个防守位置和地形，说险也险，当然足以据守，但也只是据守，跟岳斐预想中的出众伏击之地还是差了很远……更让人不解的是，既然是如此规模的伏击，总得求歼灭，而此处虽然两侧水深，却沙石硬实，且两边都通连岸上，以金军首领之慎重，到时候那张荣真引大队水军围上来，岂不是可以直接掉头就走？

须知道，来路的那个大圆滩，足足方圆三四里，而葫芦底子处和脚下的葫芦腰，估计都得有个三四百步宽！这个宽度和沙石硬度，莫说骑兵说来就来，说走就走，便是冲阵，只要不吝惜战马性命，恐怕都能冲起来！实际上，岳斐和他的四百来骑不就是直接飞驰而入的吗？

不过，由不得岳斐多想了，就在交谈和观望的片刻之间，金军在派出小股哨骑确定里面情形后，也是毫不犹豫，直接引大队人马开入水泊。

双方一目了然，半点遮掩都无。可即便如此，完颜塞里依旧保持谨慎，竟然还是勒马驻足，环顾左右，观察情形。然而，眼见着左右两边的大芦苇荡都有足足五六里远，又亲眼见哨骑奔马来去，竟然可以疾驰到绍宋军阵地跟前，再加上绍宋军没有援兵和倚仗，完颜塞里看了半晌，在其余军官的不耐下认定绍宋军已经技穷，不过是想仗着大队援兵固守，打到天黑，逼迫金军自退……这已经算是不错的算计了。

于是乎，这个素来慎重的万户不再犹豫，反而是号令全军进发追击，以求务必在天黑前击垮绍宋军，解决战斗。

一刻钟后，春日午后阳光之下，战事立即爆发。箭矢乱飞，血水四溅。葫芦腰这个隘口处，几乎是瞬间有血水荡开，而且绵延不断。

这个时候，金军似乎才获得了真正的"公平"待遇，展现出了真正的战斗实力。明明是远道而来对以逸待劳，明明数量上没有优势，明明无法发挥出骑兵的局部战场机动优势，明明对面的绍宋军更有射程优势，但凭着下马步战的硬撼、硬凿，以及桓榛弓箭的破甲杀伤力，战事的天平还是一步步地被金军亲手扳了回来，而且越来越倾斜。

"绍宋军技穷了！"

葫芦肚子上，骑马立在大圆滩最中心处的完颜塞里望着西北面的绍宋军军阵看了许久，忽然失笑。

旁边的刘麟恰恰相反，此人表情严肃，眉宇中全是忧色，闻言几乎是立即反问："完颜将军为何如此说？这股绍宋军战力之强，远超想象，受咱们四个完整猛安轮番上前硬撼，前后大半个时辰，竟然寸步不退，说不得真能熬到天黑，逼得咱们退军。"

"刘兄说的是对的，也是错的……"完颜塞里连连摇头。

"请完颜将军指教。"

"刘兄你看。"完颜塞里此时明显心情不错，便以马鞭遥遥相指，为刘麟做了些许解释，"说你是对的，乃是今日所见的这股绍宋军，确实是我生平所见最难得的一股绍宋军，纪律严明，阵型整齐，前赴后继；而说你是错的，乃是讲这股绍宋军中真正如此能硬战的，其实并没有五千之数，连上之前诱敌的几百骑兵，不过一千四五的样子，此时对方能够撑住，全靠那一千四五百兵在顶，其余各部已经摇动！"

刘麟恍然："必然是那个岳姓统制的本部！"

"不错。"完颜塞里不由得感慨起来，"一军统制，想来不是什么无名之辈，刘兄可认得此人？"

刘麟仰头想了许久，终究摇头："真不认得！"

完颜塞里微微失望。

刘麟察言观色，即刻醒悟："完颜将军莫非想招降？"

"人才难得！"完颜塞里一声叹气，"而且汉人中，南地如你父，北地如韩昌将军，不都是受了我们大金重用吗？他若带兵过来，立即猛安待遇，打两仗便是妥妥的万户了！"

刘麟微微心动，便自告奋勇："我虽不认得他，但绍宋军既然已经势穷，何妨趁下一次轮换攻击空隙，我为完颜将军去喊一声？"

"小心他箭术！"完颜塞里满意颔首，立即应许了。

片刻之后，随着一拨金军撤回，一拨金军引而未发，刘麟果然驰马上前，就在距离葫芦腰绍宋军阵地前百余步外停住，然后对着整个浸在血水中的绍宋军阵地遥遥相呼，却是让岳统制出来说话。

岳斐本自要拖延时间，加上他心知本部已经到了极限，当然没有不许的道理，立即跃马出阵，来到血水之中，遥遥立定，等对面开口。

"岳将军！"刘麟也不敢向前，只是躲在人马之后放声相对，"你部虚实我家完颜将军早已经看清，能战的不过是你本部千余人，如今也已经疲敝，经受不得再来两次硬凿了！而你杀了一个猛安，也已经惹怒了完颜将军，所以今日莫说撑不到天黑，便是奋起余勇顶到了天黑，我们金军也没有放过你们的意思。到时候你们步兵多些，我们全是骑兵，你想跑，只能扔下部众领着几百骑兵跑……是一个将军该做的事情吗？"

岳斐只是四面打量水面，根本没有回答对方的打算。

"莫非是等着水泊里的援兵吗？"刘麟见到对方不答，继续放声说，"水泊里的那群草寇，恨你们这些绍宋官兵更甚！都快一个时辰了还不来，必然是将你们卖了！而且便是有心贪图你们那点赏钱，我大金军威在此，又如何敢来接应？听我一句话，若能来降，完颜将军说了，保你个万户前途！"

岳斐听得无趣，便要折返。身后刘麟遥遥望见，也是着急。他是真心希望能有个会打仗的内线跟他父亲搭档的。但对方不识趣，他便也不愿意耽误军机，于是只能愤愤而对："岳统制，你若不识抬举，天黑之前，大军压上，便要你玉石俱焚！"

岳斐终于动怒，却是回身勒马，抬枪相指，放声说了今日第一个字："来！"

随即，岳斐便再度勒马回身，准备归阵。这番动作太大，马蹄踏下，直接带起一阵水花。岳斐本能低头去看，只在越发西沉的太阳映照下看到一圈粉红色的涟漪，心中随之波动起来。

刘麟叹了口气，不做他想，便要折返。然而，就在这时，所谓战场的空隙之间，岳斐和刘麟以及许多军士却都同时注意到了自西南方过来的一艘小舟……没办法，这艘小舟太突兀了，而且舟上之人的形状也太古怪了。

话说，梁山泊上从来不会缺小舟，便是刚刚大军涌入，也能看到许多惊慌躲避进芦苇荡的渔民，刚刚打起来之后更是有许多小船往来观察，也不知道是看热闹还是探消息……这一点，金军早早便注意到了，但也不以为意。

实际上，刚刚刘麟言语中提及梁山水贼，便是由此而来。因为完颜塞里中军处军官普遍认为，绍宋军应该确实是联络了梁山泊的水贼，但仅仅是以图后路，希望那些水贼来接应他们，只是战场激烈，金军强势，他们反而畏惧不敢出了。但是，和之前的小船往往隔着数里地遥遥观察战局，不过片刻便躲入芦苇荡不同，这艘形制古怪的轻快小舟竟然一直不停，不知何时便从水泊深处一路划到了所谓缩头滩的跟前，距离岸上金军不过百余步，勉强压住弓弩的射程罢了。而等到此时，不少左边近岸的大金军士，非但没有放箭，反而忍不住哄笑起来……因为临到跟前，大家才注意到这从左面芦苇荡划出的小船和船上之人的滑稽之处。

所谓小船，更像是一艘木排，中间一艘极破极小的小船，两边船舷外各自绑了一块两头磨尖的木头，乍一看就如同一个三根木头做成的木排一样，简陋至极。

至于人，那就更有意思了。初春时节，白日热，晚间冷，故此人披着一件破旧的大红棉袄，偏偏又裸着胸膛。这倒也罢了，更要命的是，此人居然还在头上簪了一朵好大的绸缎红花。绍宋传统，簪花实属寻常，状元跨马戴花游街不提，便是寻常都市之中，有一二浮浪子，自诩面白有容，也常常戴花文身，以此自夸容貌，以至于江湖上常常会有什么大名府一枝花某某，济南府一枝花某某，与什么九纹龙、八纹凤的齐名。

然而，回到眼前，这个年约三旬往上的渔民，风吹日晒出一副黝黑面容，看起来得有四十朝上，胸口一撮黑毛，披着一件油汪汪的大红破棉袄，还亲手摆着这么一艘破船，再来簪着一朵大红花，未免可笑。实际上，一开始是大金人笑，而眼见着此人摆船如飞，轻易转到小滩侧旁，便是认得此人的绍宋军也都忍不住偷笑了出来。

"岳统制！"

刘麟看了半晌，本想直接后退，见到如此一幕，又忍不住笑问了出来："这便是你的援兵吗？你今日将我们五千大金大军引到此处的倚仗？"

岳斐目送张荣从身畔两三百步外划船过去，却是从容抬头，放声反问："你看不起他吗？！"

"我懂了，岳统制是想借此人笑死今日这滩上的五千大军！"刘麟连连摇头，直接便要打马而去。

然而，刚一勒马，又陡然闻得湖泊上响起了一阵狼嚎般的声音，差点惊吓落马，稳住身形后才晓得是那红花汉子当众唱起渔歌来。此人音色难听，腔调一开始也没提起来，但一声试嗓之后，吊上嗓来，却到底隐隐有了几分江湖风味，也听清了粗俗歌词。正所谓：

爷爷生在梁山泊，禀性生来要杀人。

斩过火并无义汉，杀过东京鸟官人！

英雄不会读诗书，只在梁山泊里住。

虽然生得泼皮身，杀贼原来不杀人！

歌曲明显取自寻常渔歌曲调，因为每一句中都要加"那个"以作过渡，每一段最后结束，也总要来一声拖长的号子，以作结尾，非是艄公划船发力，不必如此。

岳斐立马在阵前渐渐清澈的水汪里，努力在战场嘈杂声中听着那嘹亮歌声自身后远远绕过，从左到右，由近及远，又由远及近，却始终没有动弹。

另一边，刘麟微微一怔，从那狼嚎般的惊吓中回过神来后，便早早回身，来向完颜塞里汇报。

"不降？"

"不降。"

"意料之中。"完颜塞里难得叹气，"但我是真欣赏此人能耐，想引为臂助的。"

"我也是……"刘麟心中暗对，却没有说出口。

"既如此，且不多言此事。"完颜塞里收起心神，复又指着从河滩另一边远远绕回来的簪花汉子正色相询："此人又是怎么一回事？"

"应该是水泊里的盗匪稍讲义气，出来一个首领给那姓岳的一个说法。"刘麟不以为意，"之前咱们猜得没错，绍宋军必然联络了水泊里的水匪，但那些水匪是什么东西，如何敢来战大军？此番必然临阵畏缩了，连接应的船队都不敢派。"

完颜塞里连连颔首，但眼瞅着那船从右面渐渐回转过来，却又觉得哪里不对，但何处不对一时也说不上来，居然怔在那里有些心慌。

说话间，那船只灵巧至极，已经渐渐接近，歌声再次入耳。

爷爷生在天地间，

不怕朝廷不怕官。

水泊撒下罗天网，

乌龟王八罩里边！

歌声清冽嘹亮，在水上传荡不息，而滩上右侧许多金军，却难听懂本地土话，只觉得此人形状可笑，和左边一开始见到此人的金军反应相同，乃是哄笑不断。然而，歌声与哄笑声中，完颜塞里一言不发，白白浪费战机。中军处，四个猛安全都亲自来问，却只见这位战事经验丰富的宗室大将呆呆立在马上，若有所思。

"将军！"刘麟小心提醒，"该下令总攻了！"

"有些不对！"完颜塞里坦诚相告，"那汉子不对！"

"那汉子就是个水中泼皮，故意扮丑的，江湖上历来有这般人物！"刘麟赶紧劝说，"若是一惊一乍，反而中了他的计策！"

完颜塞里左思右想，却怎么都想不通哪里不对，也开始怀疑自己是在疑神疑鬼了，便只好点头下令，乃是要集中精锐，连续硬凿，务必落日前冲垮绍宋军。闻得军令，金军蜂拥向前，不少人奔跑走马中溅起无数水花，在夕阳下与甲胄一起反光，煞是壮观。而见到这一幕，完颜塞里的不安感再度涌上心头，唯独总是难以说清楚具体是什么……有这么一瞬间，他几乎想要下令全军立即撤走，但终究是理性压住了感性。

战事再开，金军全军前压，双方开始在没到小腿位置的水中交战，每一人死，溅起无数水花的同时，很快便重新将之前的血池重新染红……而这一次，岳飞干脆亲自下马，率休息了半日的几百踏白骑兵步战向前。

故此，虽然绍宋军军阵渐渐颓势明显，还是死死将金军顶在葫芦腰处。

远远望着这一幕的完颜塞里心情烦躁不堪，而甫一回头，又遥遥看见那艘古怪小船出现在了自己左后侧，并继续歌唱。一瞬间，这名大金宗室大将心中警惕心更加强烈，而且被此人彻底吸引住了目光。而由于前方厮杀声中他根本听不清对方歌唱，所以完颜塞里选择扔下将旗，驰马到左后方滩边，立马于浅水中去听对方歌曲。而这一次，他又一次听清了对方的歌词。

爷爷生在天地间，不求富贵不做官。

梁山泊里过一世，好吃好喝赛神仙。

一朝金人来济州，杀我兄弟毁我田。

今日又来水泊中，如何能放他生天？

听到这里，莫说完颜塞里，便是一旁的刘麟也警惕心大作，但二人对视一眼，却都从对方眼中看出了一丝别样的疑惑……二人虽对梁山泊水匪的出现有过猜想，可真正见此情形却察觉到异乎寻常的危险气息。但由不得二人多想，随着对方驾船在芦苇荡前转了个弯，一声渔歌号子的"哎吼"声宛如打雷一般，重重落音。千人万人一起发声呼喊，在辽阔的水面之上反复震荡，登时惊得正在作战的金军、绍宋军各自失措。

而完颜塞里与刘麟，在一个最佳位置亲眼看到了一副壮观景象——夕阳下，数以千计的小舟自芦苇荡中涌出，每舟不过三五人，却如骑兵出林一般以不可当之势奋力向滩头而来，恰如万马奔腾，冲锋陷阵。完颜塞里倒吸一口凉气，赶紧回头去看，果然滩头另一侧，也就是右面梁山泊深处，芦苇荡涌出的小舟不亚于此处不说，居然还有大船无数，自后压阵，滚滚涌来。林林总总，两边埋伏的水军竟然不下数万！

"撤兵！"来不及多想，快马飞奔回正中心将旗下的完颜塞里做出了最合理的决断，"绝不能在此处与水贼夜战！"

这一次，随着将旗猛摇，几位猛安也好，中军军官也罢，竟然无一人反驳，因为刚刚那成千上万人一起呼应渔歌号子的场景太震动人心了，眼下这一幕的视觉冲击力，也着实让人惊慌了。

金军匆匆后撤整军，绍宋军在岳斐的指挥下放弃追击，反而选择后撤休整。稍待之后，随着前面灵活的小船逼近，金军整队上马完毕，夕阳下，数千铁骑立即后军变前军，沿着来路疾驰而去。但接下来发生的一幕，却颠覆了完颜塞里所有金军的常识。

在那名披着红袄的簪花汉子带领下，数百形制怪异的小船水上骑兵一般，在那个葫芦底子处，发动了对撤退骑兵的侧翼冲锋。骑兵相撞，质量、速度、牺牲，一瞬间便能决定胜负！毫无疑问，胜者必然是那种形制怪异的船只，因为船上骑士可以跳水……无数简陋的小船在驾驶者忽然在深水区跳入水中后，依然保持着一定速度向前，顺着浅水带着两根尖锐木刺在隘口处和金军战马、骑士撞在一起，人仰马翻船碎，血肉模糊，呻吟和哭喊不断，宛如血海地狱。

"为什么那里忽然间就有水了呢？"看到这一幕后，心脏发紧、头皮发麻的完颜塞里惊恐万分，当即拔出刀来四下相询，"我刚刚便想问，为什么那艘船能从左面忽然到右面，又从右面忽然到左面？后面葫芦底子明明就是陆滩！可以跑马进来的！是不是？！"

旁边金人军官多已失神，唯独一个刘麟回过神来，喏喏欲言，却几次张嘴都无声音。

"你到底想说什么？"完颜塞里勃然作色，直接将刀子顶到了对方脖颈前。

"潮……潮、潮水来了！"可怜刘麟堂堂七尺男儿，居然崩溃落泪，"我也没想到这湖这么大，居然能如大海一般涨潮落潮。"

完颜塞里是个聪明人，闻言手中刀一个不稳，居然落地。很显然，对海水涨潮并不陌生的他想到一个极为可怕的可能性。

"怪不得叫缩头滩！"

远处小滩之上，筋疲力尽的傅选狠狠将一口带血唾沫吐到了脚下已经湿润的沙石上，然后愤愤而骂："他娘的，这鸟滩等到半夜里潮水彻底涨起来，岂不是整个要被水面没住的意思？不然唤什么缩头滩？唤葫芦滩不好听吗？"

立在马上的岳斐回头瞥了对方一眼，没有回答，因为就在这时，眼见着木排舟成功阻断了金军归路，那些梁山泊的水匪却不知道在谁的带领下重新唱起了那首本地渔歌："爷爷生在天地间……"

歌声粗粝，歌词野蛮，却是岳斐生平听到最整齐，也是最震撼人心的歌曲！

"不是潮水？"上得大船来的岳斐见到换了身皮甲的张荣，却得到一个意外的说法。

"湖中哪来潮水？"头上已经没花的张荣叉着腰，满脸的不以为意，"此地此般景色只有春秋两个季节能见到，明显跟水位有关，许是地下暗河按时候灌入……不过岳统制问这些干啥？水能涨上去便是，你当它是潮水也无妨！"

"也是。"岳斐微微一笑，当即颔首。

火光之下，张荣见到岳斐居然发笑，也是叉着腰笑得更灿烂了。

无论原理如何，刘麟的解释和完颜塞里的猜想从结果上而言根本就没有错。

后路被阻塞，前路有重兵，关键是水也涨了起来，而且越涨越高，这种情况下，陆战强横的金军在区区一艘破烂小船面前便丧失了抵抗力……偏偏自傍晚到夜间，彻底围住了金军的水泊梁山好汉们根本就没有发动总攻，而是点起火把，唱起渔歌，在躁动中等待水位最高的那一刻。

金军早已经渐渐失去了自控能力与理智。天黑之后，一直有人脱去甲胄，试图浮马逃窜，却被乱箭射死，被小船撞死……或者更直接一些，在深水区被梁山泊的渔民拽入水里活活淹死！

至于畏缩在平坦沙石滩上的金军，只能随着时间变得饥饿、寒冷和畏惧起来。

整个过程，没有军官站出来组织突围或者组织投降……投降是不可能的，而且他们心里明白，这些渔民是不会放过他们的；至于突围，坦诚地说，金军都明白，从湖水涨起来以后，他们就丧失了存活的可能性，因为这跟战力、意志力没有任何关系，这就是天地造化之力！而且，天黑之前那一阵子，他们不是没有尝试过步战突围，但是没用。那处隘口早已经被碎木、甲片、尸首给弄成了一片死地，即便是在三面抛射打击下艰难穿过，也要迎来那个隘口后方数以千计的梁山盗匪。甚至有人狼狈爬回，告知了梁山贼寇在那处隘口后面挖沟渠，用水草、木架、烂泥建立圩子阻断归路的事情。

回到眼前，远处火光冲天，汇成一片火海，火海之下是一片真正的汪洋，这片汪洋大海的最中间，金军主帅完颜塞里的勇气，早已经随着金军各种花式突围失败而尽丧。不过最可怕的是那接连不断的渔歌，此起彼伏的整齐歌声似乎是有什么魔力，几乎击垮了完颜塞里的一切……早在之前，他就联想到汉人中那个"四面楚歌"的典故，如今随着夜深，已然彻底失控。

"我还年轻。"

完颜塞里忽然落泪，明明脚下还是干涸的沙石，他却已经手脚畏缩，不知在与谁说，"我是宗室，我读的书多……我想过许多次，只要能熬到四五十岁，大金要换宰相执政，必然轮得到我掌大权……如何今日便要死在这水泊里了呢？"

一旁早已经哭过的刘麟沉默以对。

"我……"

完颜塞里还要哭诉个不停，却不料刘麟忽然忍耐不住："将军体面些吧！事已至此，突围不成，无外乎三条路而已，再露丑态，只会徒劳让人笑话！"

"哪……三条路？"完颜塞里突然更加畏惧起来。

"要么现在偷偷弃甲，浮马而走，生死有命富贵在天！"刘麟咬牙应道，"要么坐以待毙，等着水匪和绍宋军来袭，叩求性命；要么……干脆自我了断！"

完颜塞里张口欲答，却居然无声。

"废物！"刘麟低声喝骂一声，却是率先起身解开甲胄，往西南方向的水域而去。

数名中军武士面面相觑，不少人随之起身解甲，浮马而去。完颜塞里遥遥观望，面露期许。然而，仅仅是片刻之后，随着西南方一片骚动，却闻得彼处梁山盗匪欢呼雀跃，似乎又有惨叫声隐隐传来，登时便让缩头滩上的金军上下安静了下来。不过，这一次安静没有持续太久，可能是意识到有大鱼在突围，绍宋军和梁山盗匪很快便发起了总攻。

大小船只开始围拢，大船在后压阵，小船在前挤压，并开始投掷火把，抛射箭矢。零星桓榛骑士试图反击，他们势大力沉的弓矢也不是没有效果，但黑夜中，浮在水泊上方的火海无穷无尽一般，不停地迫近。

最终，也不知道是隔了多久，完颜塞里听到了肉搏的声音，白刃相交的声音……终于是叹了口气，然后这名年轻的大金宗室鼓起勇气拔出刀来，便在依旧干燥的沙石滩上轻易抹了自己脖子。

执政之梦，到此为止。同样终结的还有金军那微乎其微的逃脱可能性，主帅既亡，金军再无反转余地，战到天明，终于是以全军覆没的结局迎来了这一战的终结。

正月二十八，距离广济军定陶城中的定计不过五日，济州五千金军宣告了覆灭。

正月三十，济州城破！同日，杨惟忠传完颜塞里首级于四方，号令京东西路各军州据城严守。

二月初四，正在起炮砸城的完颜乌竹一日内挨了重重两拳——辛苦起炮的结果，是尚未启动的炮兵阵地一上午便被城内隐藏的炮车反向砸了个稀巴烂，随即就是完颜塞里身死，后路断绝的消息。

相对应的，赵玖也在同一日见证了两个好消息，白天看了一场精彩炮战，晚上便接到了杨惟忠的报捷文书！平心而论，如果不是梁山泊和岳斐这两个关键词，赵玖几乎以为这位老杨太尉在糊弄他，就好像宗颖的百万大军一般。

"议一议吧！"赵玖端坐不动，对着规模日益扩大的行在文武如此言道。

而开口之际，不知道为何，接受了现实的赵官家居然对那位尚未谋面的岳将军有了一丝妒忌，隔了好几层的下属搞得这么好，让自己这个领导怎么做嘛。

第二十六章　议论

"完颜塞里首级被传示京东诸郡，济州确切被收复，可见此战讯息真实可靠，战果卓著明显，臣先恭喜官家、贺喜官家！"这日晚间召开的政事堂会议之上，出乎意料，第一个站出来的，居然是枢相汪博彦，"若非官家当日定策颖上，立足淮甸，又力排众议，死守寿州，还于八公山广发旨意，阐明抗金大义，号召天下人据土抗金，焉能有此大胜？"

"不错！"御营都统制王源也紧随其后，自火盆旁闪出，"所谓运筹帷幄之中，决胜于千里之外，韩统制歼敌于厥涧洲，王统制覆敌于硖石谷，张太尉先发制人炮打完颜乌竹，再加上这次梁山泊大胜，全赖官家筹划得当、用兵如神。而之前大破完颜乌竹浮桥于淮上，更是官家亲自坐定指挥。古往今来用兵如此者，虽唐宗与本朝艺祖莫过也！官家，绍宋中兴有望了！"

端坐在御帐前破椅子上的赵玖微微一怔，之前泛起的一丝丝妒忌居然被这两通马屁给拍散了不少。时间久了，赵官家对始终跟在自己身边的这些子行在文武，多少也有了一些深度认知。比如说汪博彦、王源这些人，所谓的投降派、主和派、扬州派，其实只有极少一部分人是由内而外，算是所谓铁杆的，大部分人被打上这个标签只是因为随波逐流，善于揣摩官家心意而已。

赵玖如今留在淮甸决意抗金，这些善于揣摩上意之人哪能不抓住时机，转变立场？说到底，主战主和，不过是这些人的政治投机罢了。实际上，赵玖前几日才知道，汪博彦的儿子在河北时居然也被金人抓走，而彼时金人也曾以此来要挟，他多少也是曾站稳了立场的。

不过眼前，汪博彦和王源两个失势之人如此姿态，自然引起了行在文武们的不屑。只是汪王二人分工妥当，汪博彦以行在臣属第二人，也就是西府相公的身份首先出来讨论军事，殊无问题。而且人家言语中多少还保留了枢相的体面，过分奉承的话全让王源说了。至于王源，武人嘛，会拍马屁难道还是罪过了？于是乎，众人只好一时冷眼旁观，看这二人抢得先机。

"先不说这些，"赵玖本能警惕了一下自己的心态，继而就势追问，"西府与御营正当其职，此战处置与后续安排，你们可曾有些腹案？"

"回禀官家，此事本在职责之内，臣等不敢怠慢。"汪博彦俨然有备而来，"首先战事依然紧张，所以当先论眼下的战后安排。"

"如何安排？"

"后路被断，完颜乌竹必然北走，但以其军力强横，须沿途小心防范，臣以为，当以杨太尉为首，总揽京东路各军州官兵、义军，妥善配置，再以张峻、韩师仲引兵尾随，待其过了泰山，方能说此战已了。"

"说得好。"赵玖连连点头，也是不得不承认汪博彦的稳妥。

"谢官家称赞。"汪博彦难得大喜，继续言道，"撤兵之后的安排与封赏，臣亦有腹案。"

"说来。"

"纵观此战，南北实为一体，其中杨惟忠、韩师仲、张峻三位立有殊勋，故韩师仲也当复承宣使，使其重新建节……"言至此处，汪博彦微微一顿，方才郑重其事，"而国事危难，何妨以武人暂充制置使？以张峻立淮西，以韩师仲立淮东，再以杨惟忠为宁庆留守，届时官家自在寿州，收刘正彦、丁进、辛道宗、辛兴宗、王德、傅庆、张景、乔仲福、呼延通诸将在御前，并以淮南、东南财赋为身后根基，直控两淮，遥控东京、宁庆，如此自然可以把控全局，兴复在望！"

此言一出，草堂即刻哗然一片。

纷乱中，立在木棚下的小林学士心中连连感叹。须知道，这位玉堂学士看得清楚，汪博彦今日所言明显是筹谋已久，却是借着梁山大捷与今日下蔡炮战大胜趁机抛出的。

而这位汪枢相短短几句话里，却露出了不止一条的泼天筹划。

首先，是武人正式出任帅臣。说实话，这是大势所趋，旌和中便要在河北立藩镇了，何况是眼下？而官家之前实际上也展现出了类似心意。至于韩师仲立淮东、张峻立淮西更是此战前便事实上做出的安排，称不上惊世骇俗。但是，这种

230

话第一次公开说出来，还是堂堂枢相所言，总是有些让人震动的。其次，汪博彦一石多鸟，还趁机以西府相公的身份，堂而皇之地拉拢了所有武臣，这让给韩师仲作保的御史中丞张骏，在下蔡城与张峻几乎一体的寿州知州赵定如何去想？其三，这厮居然让杨惟忠出任宁庆留守，而非制置使，即便是杨惟忠资历过人，此番又有殊勋，也着实惊世骇俗了。最后，也是最让许多人震动的是，汪博彦居然隐隐有让官家长久留在寿州的意图！不是扬州，不是南阳，而是寿州本地！

这一建议，看似荒唐，细细想来却是多有可取之处，便是曾为寿州知州，家族势力在淮南广大的小林学士自己都心动了。

御帐前的木棚间一片骚动，赵玖也沉思了许久，却是缓缓摇头："此事事关重大，何妨战后再论？汪相公前面所言都很妥当，现在暂且只说梁山泊大捷战后封赏便可，建武军节度使杨惟忠为宁庆留守，可行吗？"

"臣以为可行。"御营都统制王源当即应声，"杨太尉实为此战主帅，且资历出众、才干俱佳，又忠谨可靠，唯独河北实际沦陷，北道都总管一职，已然虚构，为宁庆留守，有何不可？"

赵玖叹了口气，即便是抛开了留在寿州这些严肃话题，他也能从汪王二人的迫切中敏锐察觉到一些政争的意味，然后不得不开始从政治角度来思索眼前这一切。说实话，这就是一个官家的无奈，他不可能扔下官僚机构专心于一场战事的，即便是他已经尽量维持一个不够强势的行在中枢团体了，但官僚机构依然如影随形，而且随着局势的微微好转变得越来越庞大，显得无处不在。偏偏理性角度，想要有效抗金又不可能少了他们。

就在赵玖心思飘到不知道什么地方的时候，映照得如白日一般亮堂的御帐前木棚中，一众绍宋政治精英却早已经将汪博彦的心思猜透了。其中，小林学士看得最为透彻——关键在于龙图阁直学士张所和最近从东南回来的辛道宗、辛兴宗，以及吏部主事林讳杞等人，这几个人的到来让行在进一步臃肿之余也让汪博彦以及他最大的盟友王源同时陷入一个微妙的境地。张所自不必多言，只要官家需要，随时可以代替汪博彦。辛道宗、辛兴宗世出西军将门，兄弟四人，堂兄弟六七人，势力广大，此番又因为东南平叛安亭军乱，受任李罡麾下，多少又抱到了大腿，所以隐隐有代替王源的可能。至于林讳杞，其实叫林杞，但没办法，小林学士早已故去的亲爹也叫这个名字，所以他只能在心里加个讳……呃，不管如何，这位刚来的吏部掌权人根本就是李罡的心腹，甚至堪称私人，和张所一样都是人家李相公遥遥展示影响力的一个标志。

那么在这种情况下，汪博彦和王源为了避免政治上的死亡，必须警惕并振作起来，然后努力扩大影响力，试图拉拢杨惟忠这种昔日大元帅府的同僚为外援，同时避免杨惟忠回归御前后分王源权柄，难道不是理所当然的事情吗？不过，官家始终不做应答，是不是不以为然呢？总不可能是在如此关键时刻愣神吧？

难道，官家是想让张所出任这个宁庆留守，或者说京东制置使？毕竟，官家对东京留守宗颖宗枢相格外优容，已经是行在公开的秘密了，那么如果在宁庆再安排一个帅臣，此人是不是该资历低一些？而且最好跟宗颖有过比较好的合作经历？那岂不就是张所吗？怪不得，张所这些日子只是收拢团练，在寿春练兵，并没有什么正经差遣！

一念至此，小林学士不禁例行鄙视起了吕浩文吕相公，既然李相公正要隔空碾压汪枢相，汪枢相又在垂死挣扎，且不论其他，你这个东府相公总该趁着身处行在优势趁机展示下存在感吧？不拘是帮着碾压汪博彦，趁机提拔自己人，还是唇亡齿寒，暗暗帮汪枢相一把，总要做吧？如何立在那里装死？还有点绍宋相公体统吗？

"臣以为不必！"

就在这时，御史中丞张骏忽然出列："臣冒昧以闻，杨惟忠太尉老成持重，正该归御前，总揽殿前司公事，至于宁庆方向，便是要设一帅臣，何妨以张所张龙图充任？张龙图多为战事，之前与宗留守在河北事上又合事顺畅，且此番立下大功的东京留守司统制岳斐，本为张龙图提拔，若张龙图去宁庆，岂不两全其美！"

赵玖心中微动，因为这正是他之前设想的，而且岳斐的相关讯息，才是他最看重的，张所与岳斐的关系也才正是他留着张所在身后寿春练兵，引而不发的真正原因。所以，不管对方误打误撞，还是因缘际会，只要说中他的心思也就无妨了。

"正是此理，那就如此好了。"赵玖稍微一顿，即刻同意，却又转过了话题，"其实无论是杨惟忠归御前，还是张所出宁庆，都是此战之后的事情了，还要等完颜乌竹退兵……岳斐、张荣、傅选三将又该如何赏赐？"

行在众人各自一怔，说实话，他们没有考虑到这么低的层次。

其中，地位最高的岳斐虽然是个统制，却是东京留守司的统制，属于宗颖提拔起来的杂牌军，跟御营的统制并非一个档次，这就好像之前的厢军和禁军差距一般，呼啦啦三个月提拔起来的统制跟韩师仲那种二十年提拔起来的统制是一回事吗？至于张荣一个贼寇统制……那就更尴尬了，还不如傅选一个招安后的八字军统领来得顺眼呢！

当然了，官家开口了，那自然可以专门御前讨论。

"岳斐现为武功郎（第三十五阶，从七品），可越阶转五转，至武节大夫，以示恩荣。"停了片刻，西府相公汪博彦便给出了一个合理赏格，"至于其他……他三月内从死囚至统制，已经恩荣到了极致，实在再难从差遣上予以提拔了，否则容易悖恩而为，臣以为，多加财物、恩荫上的赏赐便可。傅选可提一阶，加统制衔，为岳斐之副。张荣多加表彰，认了那个草头统制足矣！"

赵玖一时也无话可说，当日张永珍被追赠个正七品他还觉得如何如何不公，然而后来才知道，张所身上那著名的龙图阁直学士，也就是个七品。杨轶忠引以为傲的什么合门祗候，根本就是个从八品！总之，这是绍宋代官制畸形问题，京官位阶就是低。这一层连跃五阶，岳斐自己恐怕也会无话可说。

官家又不说话了……可怜下面一群人又要开始揣摩官家心意。

当然了，小林学士总是那个反应最快，想得最透彻的：首先，官家肯定是不满意，肯定是想给这三人中的谁一个更高的地位；其次，可以排除傅选，因为傅选和其余两位比起来，不具有代表性，岳斐有着宗颖、张所的关系，到底是正规军，而张荣是个草寇，他的功劳正好可以彰显出官家之前号召抗金的英明……一念至此，小林学士主动出列。

然而，就在这时，早已经有所进步的他却本能看向了御史中丞张骏，复又微微一怔，因为张骏居然没有任何动弹的意思。

这是为什么？小林学士思索片刻，便又陆然醒悟——非是张德远不想出来迎合官家，而是他当日已经保下了韩师仲，立场鲜明地与韩师仲这个武人成了内外援护，那就没法再援护一个岳斐了，否则岂不令人怀疑他的居心？

而想到这里，小林学士又联想到了赵定，这个火线提拔的寿州知州隐隐有一番和昔日至交张中丞分庭抗礼之势，靠的就是在战乱之时抓住了另一个得力武人张峻张太尉，双方相互成就。无论如何，战乱之时，想要在官家身前立足，当须联络一个武人为外援，这次是个天大的好机会！小林学士便要出列，然而就在他迈出步之后，尚未开口，便闻得身旁一人扬声而对："官家，臣中书舍人胡尹以为，岳斐此人敢战而可靠，不是寻常武夫，此番又有殊勋，何妨稍加提拔以观后效？"

"怎么提拔？"赵玖精神为之一振，明显到所有人都能看出来胡明仲此言正中官家心思。

"济州、广济军之地，左牵梁山水泊大泽，右接泰山余脉，实乃北面要冲，此番又遭兵祸，官吏一空，而偏偏完颜乌竹一旦回师，又要忧惧他是否会重夺二郡，倚之为后，再来进犯。"胡尹缓缓言道，"故此，何妨加岳统制为此两郡镇抚使，并以傅选为辅，让他安心镇守二郡？这样也能确保张龙图北上之前局势可控。至于镇抚使，臣乃是以制置使偏小设置，不仅是岳统制，便是其他各处义军成了气候，也可如此设置。"

赵玖微微心动，却又一时犹豫。毕竟，按照他的本意，还是想见一见岳斐的，但此时胡尹的安排不仅极合他心意，而且道理也是对的——完颜乌竹毕竟还没有退却，此时以战事为先，让岳斐卡住济州那个交通要道，才能事实上对完颜乌竹形成威胁，才会真正退兵。至于岳斐，既然已经到了这个层次，有了这个职务和任用，将来相见总是容易的。

于是乎，仅仅是犹豫了片刻，赵玖微微颔首，到底算是应许了胡尹的建议。

而周围人不是没有想吐槽和劝谏设镇抚使这种官职的，但北面沦陷区和赵官家的态度摆在那里，也无人可说什么，这一仗到了如今，眼瞅着便是官家赌赢了，年轻气盛、手握兵权，又有了自己一拨小班底的官家，除了李罡和宗颖，谁敢得罪？总而言之，岳斐广济、济州二郡镇抚使的名号算是定了下来。

"林学士有什么话要说吗？"赵玖与胡尹问对结束，复又对胡尹身侧的玉堂学士林景默随口而对。

"臣……"小林学士怔了怔，咬牙言道，"臣以为梁山泊张荣才是此战真正功臣，如杨惟忠、岳斐，皆是辅佐罢了！张荣虽是贼寇，亦当重赏，以示千金马骨之意！"

赵玖微微一怔，却又重重颔首："林卿说得不错，张荣才是此战真正主力功臣，该重赏！依你进言，加他东平州镇抚使！林卿有心了！"

灯火之下，小林学士一时强颜欢笑……无论如何，这次总算是有收获，有张荣总比没有强。

第二十七章 撤兵

寿州战役要胜利了！

这在梁山泊大捷后算是一件毫无疑问的事情，后路接应兵马被围歼了，不就等于后路被断了吗？而后路被断了，不就代表前线无法再支撑下去了吗？而前线一旦撤兵，在已经歼灭金军数千，还使金军不能越淮河半步的战况下，岂不就是胜了？八公山行在的官员们哪个不是饱读史书？哪个不懂这个道理？不然的话，行在这里也不至于在梁山泊大捷后，迫不及待地展开战后政争的预热了。

"完颜乌竹后路并未被阻断？"二月初五日，八公山北峦御帐外，所谓木棚边上、龙纛之下，赵玖愕然回头。

一同展现出惊愕之态的还有一群诸如学士、舍人之类的禁中近臣。

"本来就未被断绝。"韩师仲不顾周围人怪异的眼神，扶着自己的玉腰带，挺胸腆肚大声答道，"官家莫忘了，完颜乌竹是从沂水进的兵，沂水通道在泰山以东，而济州在泰山以西。完颜乌竹在济州摆这么五千兵，不过是因为西路比东路好走，防着东路沂水山区有反复，这才把接应路线定在济州这条路上罢了，而现在沂水那边未曾听过什么反复。"

赵玖一时竟然有些慌乱。

"再说了，之前刘太……刘广仕败得那么快，收拢的好几个军州的粮草辎重全都抛下了，金军一时半会儿也不至于缺粮。"韩师仲继续言道，"便是退一万步讲，眼下金军粮草也恰好要尽了，那以完颜乌竹的两万多金军，身后什么城打不下来？难道淮北这么多军州，每城都如下蔡这般屯了好几万兵马，起了一堆石炮？"

"那……"赵玖终于忍不住开口了，"梁山泊一战又算什么？"

"官家不用忧虑。"韩师仲闻言赶紧说出自己的判断，"梁山泊一战还是有用的，哪里有吞了五千金军没用的道理？只是没官家想的那么有效用罢了。此战之后，完颜乌竹一是损兵折将，二是进退两难，前面过不了河，身前打不下下蔡，身后还有一支能强吞了他五千大军的兵马虎视眈眈，任谁也该退了！"

赵玖恍然："良臣的意思是，大略威胁是到了，完颜乌竹到底力尽，只是他兵力充足，实力强劲，后路通畅，尚有反扑余地，所以便是真撤退也当足够从容。"

"官家真是英明！"韩师仲拍了个硬邦邦的马屁。

"朕明白了。"赵玖连连点头，"若非良臣提醒，朕几乎误事……既如此，那就继续稳住，等敌自退，切勿掉以轻心便是。"

"臣正是此意。"韩师仲赶紧颔首。

"那……"赵玖复又看向了立在韩师仲身后的田师中，这个张峻的女婿兼中军大将一直弯着腰恭敬相对，整个人都被韩师仲身形遮盖着，"田将军怎么讲？张伯英和赵元镇又是什么意思？"

"回禀官家！"田师中赶紧从韩师仲身后绕出，并大礼参拜，"好教官家知道，张太尉与赵大牧闻得讯息，都欣喜异常，让臣务必为官家贺此大胜！不过，眼前完颜乌竹之势大，不可小觑，张太尉和赵大牧都是和韩太……和韩将军一致的。"

赵玖微微颔首，而韩师仲微微一怔，扶着腰带把腰挺得更直了。

"不过，臣此行还有一个好消息给官家！"田师中继续俯首相对，"臣等一直在修缮下蔡城内的内渡、水门，到今日为止，其实已经修葺得七七八八，只是之前炮战大胜，忘了汇报罢了。故此，此番便是完颜乌竹强撑着不走，下蔡城与淮上、八公山连成一体，金人也断无可能破城！淮上自然也固若金汤！"

赵玖欣慰颔首，自然又把将来似乎还要拿钱来兑换的好话拿出来勉励对方一番。而后，军情还很紧急，赵官家便也没有留下韩师仲与田师中，这二人一个归山下水寨，一个直接回了下蔡自然不提……而片刻后，赵玖复又将此番言语当作口谕专门传达下去，敲打行在要员们，让他们继续勤勉做事，少些乱七八糟的心思。或者说，晚些再来那些乱七八糟的心思。

毕竟，赵官家虽然年轻浮躁，纸上谈兵，却也心知肚明，战争之后是政治，有些东西根本是躲不掉的。譬如，战后行在的去向，必然要引起当日陪都争议的再起，而此事事关重大，牵一发而动全身，无论如何都要慎重；然后是武臣崛起

236

的势不可挡，既然已经决定全面抗乱，那将来的朝廷格局中，兵事就是最大的，武臣的地位也将再难抑制，这一点其实所有人都有所准备了，不过具体安排赵玖依然没有下定决心；最后，则是之前刻意避开此战的李相公了，李罢战后必然重返朝堂，届时，此人兼相公之身、托孤之名、东南羽翼齐备之势，而他赵官家也有不可替代的正统性、绝对优势的兵权和战场赌斗成功后的威望，他二人一旦相逢，只是稍许摩擦和异动，恐怕都要引起朝堂上的震动。

想到这里，赵官家也实在是不好怪行在中最近上蹿下跳的这些人。将心比心，前路茫茫，浊浪滔天，谁不愿意事先备把伞呢？然而，就在赵玖按下种种复杂心思，以韩师仲、张峻的建议为根本，重新稳下心态，准备继续长久抗金之际，仅仅是隔了一日，也就是二月初六日一早，他便被一个新消息给弄蒙了！

"官家！"

甲胄未去的杨轶忠匆匆闯入御帐，单膝下跪，仓促汇报："官家速速来看，金人居然撤军了！"

明明让别人小心应付，自己却在榻上睡懒觉的赵玖茫然失声，蒙了很久方才冲出御帐，连那件标志性的圆领红袍都来不及穿，乃是大押班蓝珪亲自追着送出来，硬是在龙纛下套上的。

赵玖立在八公山北峦的金吾纛旍下，遥遥观望对面金营，果然看到整个金军军营都在忙碌之中——看起来的确是在撤退。到了中午，金军的撤退已经毋庸置疑了，根据杨轶忠和多名军士的肉眼观测结果，先是一支四五百人的轻装精锐骑兵部队例行开道向北，随即一支至少七千人的金军骑兵主力带着少许辎重车辆，缓缓向北，出发离开了淮河畔的大营。不过，七千人的军队一走，金军大营便即刻恢复了正常秩序，却并未见到更多的部队在收拾行装，准备离开。

"应该是分为三部……"杨轶忠立即给行在的文臣们做了解释，"前军、中军、断后，前军应该会先出发，在北面占据好一座城池，或者立好营寨，然后方才出中军，护卫着辎重离营，等中军到达，后军才会拔营出发。"言至此处，杨轶忠微微一顿，"这也是金军野战精练，自诩平地之上骑兵无敌，且支援极速，方能行此策，否则必然会因擅自分兵而入兵家大忌。可反过来说，正是因为平地骑兵无敌，支援得力，金军如此撤退，自然能够保全之前的缴获。"

赵玖以下，吕浩文、汪博彦，还有一大堆人似懂非懂。

"那他们是从东路沂水方向撤回还是要从西路济州撤回？"赵玖忽然想起昨

日韩师仲说的事情，不免再问，"为何往正北而去？"

"不好说！"这次不是杨轶忠，而是最近开始重新活跃的御营都统制王源在抢答，"回禀官家，从东走还是西走，须看金军是否往东渡过涡河，而此地正北，乃是蒙城，蒙城居于涡河畔，得金军到了彼处才能见分晓。"

众人恍然额首。

而赵玖复又追问不及："可能派出哨骑监视？"

"自然可以！"王源当即应声，"但须等后军拔营。"

赵玖终于不再多问。

不过，赵玖不问，有人却忍不住插嘴了："官家，臣中书舍人胡尹冒昧以问，韩师仲、张峻昨日方才说梁山泊大捷不足以迅速动摇完颜乌竹，那敢问，为何完颜乌竹今日匆匆而走？"

"臣翰林学士林景默，同有此问。"小林学士也赶紧出声，而且说得更加直接、更加不客气，"是不是韩张两位闻得岳、张等将有此大胜，又受赏镇抚使，心中妒忌，故意贬低梁山泊大捷？"

赵玖心中微动。说实话，赵官家心里也明白，以韩师仲和张峻西军的作风，做出这种事情实属寻常，小林学士和胡舍人的质询也算是言出有理。当然了，他更清楚的是，小林学士和胡尹其实也没什么恶意，他们只是在学赵定和张骏，各自为各自保举的武臣张目，是想提醒他赵官家，完颜乌竹撤退还是跟梁山泊大捷有直接关系，功劳还是要算在岳斐和张荣身上。只是，明白归明白，胡尹还好，这小林学士上来说这么直接，他这个官家反而一时不知道该如何应对了，是该承认韩张两人无耻，还是否认岳斐、张荣的功劳？

"好教林学士与胡舍人知道。"就在这时，御史中丞张骏忽然适时开口，"此事之所以有误判，并非是韩张二位将军妒贤嫉能，而是力有未逮，须知道，昨日进言此事的韩统制虽然通晓军事，却不懂政治人心。"

赵玖微微挑眉，胡尹和林景默也各自静听。

"尤其是林学士，你入行在稍晚，并不晓得，这完颜乌竹此番出兵乃是官家亲自来淮甸坐镇诱来的，算是擅自出兵。从军略上看，韩统制并无错判，只是他忘了完颜乌竹虽是堂堂大金四太子，却也受制于当今大金主嫡属完颜塔兰。此番身后出了这等大事，或许军略上不足以急切退兵，但身后完颜塔兰的催促要不要考虑？而且前后丢了七千兵，顿足于淮甸几乎两个月，殊无进展，要不要忧虑回国后被大金主与完颜瞻汉，乃至于他两个兄长责备？怕不怕为此丢了好不容易争来的兵权？"

张骏侃侃而谈，胡尹闭口不言，小林学士几度想要反驳却都无话可说，至于其余行在要员，则纷纷颔首，认可了张骏这番很符合他们认知的金人退兵推论。至于赵玖，虽然被解围，却意外地没有多言。就这样，众人纷纷散去，下蔡城、八公山，外加淮上水军见到金军撤退，纷纷欢呼雀跃都不提；只说当日晚间，赵玖用过晚饭，先往龙纛下遥望对岸金营灯火，沉思许久，复又转入帐中歇息，但躺了足足一刻钟，却终于是按捺不住心中疑虑，便临时起身，在榻上唤来了杨轶忠。

"正甫！"灯火下，赵玖披着外袍，端坐榻上，正色相对，"你觉得关于完颜乌竹撤兵一事，今日几个人谁说得对？"

"臣区区一合门祇候，不该论此事……"

"事关军略，不要耽搁！"

"臣觉得张中丞所言极有道理！"杨轶忠这才微微一凛，"昨日韩统制所言，臣其实极以为然，而今日完颜乌竹真的开始撤兵，臣也一时茫然，倒是张中丞让臣豁然开朗……臣之前实在是未想到军略之外的事情。"

赵玖缓缓颔首："所以，若是韩师仲昨日言论从军事上而言，其实并无过错？没有私心作祟，妒忌岳斐、张荣军功的意思？"

杨轶忠赶紧摇头："臣只是说自己看法恰好与韩统制相似，不敢说无错。"

赵玖犹豫了一下，却还是正色开口："叫上张骏、胡尹、林景默，你们四人随我去一趟山下水寨，我要当面寻韩师仲问清楚！"

杨轶忠明显一怔："官家，无论如何，金军都退兵了，何必纠结此事？"

赵玖直接起身，一面穿衣一面作答："天下事最怕认真二字，可退可不退而忽然退，与不得不退所以退，是一回事吗？"

杨轶忠无奈，只能出门去叫人，而立在一旁什么祇候级别的内侍也赶紧上前帮赵玖着衣。须臾，赵官家出得门来，直接在山顶小寨门前会合了四人，却是带着心思各异的四人直接乘夜往山下水寨而去，来见韩师仲。不得不说，韩统制带着夫人随军大约也是传统了，然后忽然闻得官家到来，狼狈而出更是无奈。

这一次他是进门后，坐下来，喝了一口茶，方才拉着人家的手吓唬的："良臣，今日玉堂学士林景默林卿、中书舍人胡尹胡卿，一起弹劾你，说你昨日言语，只是在妒忌岳斐、张荣，实属私心作祟，其实金人遭此梁山泊一战，必然后退之势已成……你跟朕说实话，站直了说！昨日那番言语到底是出于公心判断，还是存了私心胡扯？金军此番撤退是必然还是不必然之事？"

韩师仲被赵官家拉住手，只能扭头恨恨去看小林学士和胡尹二人，但眼见着二人都面无表情，各自若有所思，却是终于无奈，只能勉强拿住腰身对着身前赵玖恳切而言："官家！好教官家知道，臣自有此玉带，早就不把什么官位放眼里了，岳斐是个什么东西，小小镇抚使，之前名字都未听过，也值得俺韩五妒忌？昨日言语，实属公心！今日金军忽然撤军，实出俺所料！"

赵玖缓缓点头。

"朕的想法很简单。"赵玖松开韩师仲的手缓缓言道，"良臣是国家名将，战事上肯定要听你的建议，既然你从军略上说金军本不必匆匆撤退，那此番如此急促撤退，必然有可商榷的地方。"

随行几名文臣各自侍立无声，赵官家却又扭头主动看向张骏："德远白日所言固然是有道理的，但军事上的事情事关生死，只能料敌从宽、御己从严，而不能说找了理由，事情通顺了便过去了。真要找说法，完颜乌竹此人年轻气盛，性情与朕无二，当日战时空闲时分还要发封文书过来嘲讽，如此人物，在军中又无人能真正掣肘，怎么会放弃得这么干脆？"

张骏当即俯首："官家说的是，是臣思虑不足，擅做揣测。"

"所以良臣。"赵玖复又看向韩师仲，"今日寻你来不是逼你认错，而是说你是朕的腰胆，军事上还要倚仗你。你来讲，若完颜乌竹另有图谋，他所谋大略在何处？我们又该如何应对？此事非你不可。"

韩师仲先是即刻得意起来，但听到后来却又不禁肃然，最后只是仰头稍微一思，便得出答案："若臣是完颜乌竹，且另有图谋，无外乎便是两处，一处是趁着拔营北上，在蒙城处忽然启动，引骑军主力急袭济州，吞掉岳斐、张荣所部……不过若是如此，咱们别无他法，连通知都来不及的。"

赵玖微微颔首，济州距此四百余里，金人又全是骑兵，真要如此也只能听天由命。不过话说回来，赵官家也不是太担心，因为按照军报，岳斐跟张荣加一起足足近两万之众，而且同时据有济州城和梁山泊，那么以岳斐的本事，守个城又如何？便是守不了，退入梁山泊，占据本土地利，完颜乌竹难道还敢追进去？

"另一处自然是要我们懈怠，以图杀个回马枪，继续想着渡淮来取朕了？"

一念至此，赵玖顺着对方思路主动说了下去。

"回禀官家，此事是也不是。"韩师仲扶着腰立在军舍中昂然答道，"不是臣自夸，虽说官家也曾提醒过臣，说海船靠大帆行动，一旦风停就变成小船火箭的靶子，但官家事先坚壁清野，收拢了船只，金军如何骤然凑出小船来？又如何能一回身便破了臣的舰队？故此，若臣是完颜乌竹，杀这一番回马枪时却不是从此处来了。"

"那从何处来？"不知为何，听到这话，赵玖反而释然下来。

"也不过两条路，在北面往西偷渡浥水、颖水，奔袭上游的光州，或者在北面往东偷渡涡水、涣水，奔袭下游的泗州。"韩师仲若有所思道，"其中，尤其可能是光州！"

"为何？"作为此地第二个懂兵的，杨轶忠终于忍不住插嘴，"光州兵力强劲，泗州却兵力空虚，而且自上游渡河后，再奔袭到八公山行在，中间颇多山脉，下游则一路坦途，那个术列不就是迷了路被堵在山里了吗？"

"不然。"韩师仲摆手言道，"光州那边看似兵力多些，但苗傅、刘正彦、丁进、刘彦等将统属不一，宇文相公也未必捏合得起来；再说，其中兵马多些的丁进乃是新降之人，能不能战，愿不愿战都不好说。至于地形，俺且问你杨大郎，若金军过万，一起渡过了淮河，地形不地形又如何？咱们除了集合兵马护送官家南下难道有第二条路？"

"那泗州……"

"泗州不是不行，但不是太远吗？"韩师仲一声冷笑，"既然是回马枪，便是最后一招了，要的便是出其不意，泗州相隔一个濠州，哪有就在西面的光州方便？而且再说了，他们哪知道俺韩五为了防护寿州和濠州，将泗州掏空了？他们只知晓泗州是俺韩五的防地，说不得反而会为此畏惧呢！"

杨轶忠根本无法反驳。

"除此之外，还有个道理。"许久没吭声的张骏忽然缓缓开口，"若要奔袭光州，必然要从顺昌府走，之前咱们从顺昌府撤来的时候，官家仁念，专门迁移了许多顺昌府百姓，从彼处行军多少有一定遮蔽，韩将军所言颇有道理。"

"不管如何，先派人连夜通知上下游，泗州光州都要送到，让他们提前防备便是。"胡尹也适时出言，"便是济州，也当尽量派人绕路前往，不能因为传递得慢便不管了。"

众人一起颔首，复又齐齐看向赵玖。然而，赵官家面无表情斜坐在军舍内的椅子上，先是微微颔首，却又连连摇头，俨然是另有想法：“必然要如此，但即便如此，朕还是有些忧虑，因为光州那边，除了一个刘彦，朕都放心不下……”

军舍内的数人，除了韩师仲和小林学士以外，其余三人的眉毛齐齐一挑。小林学士却心思运转正常，甚至快人一步。莫非因为他们是西军将门？而官家因为刘广仕一事对西军将门都存了不善之念？转念一想，似乎如今立下功劳的、得用的，都不是西军将门。岳斐、傅选、张荣自不用提，便是韩师仲、张峻，虽然都是西军，却也都出身贫寒，而非数代将门序列。乃至于杨惟忠杨老太尉，如今虽然是西军中资历最厚年纪最长那个，但也是奋一代呀！人家一个环庆路番人，靠自己混到眼下军中第一人的地步，虽是西军，却绝不是将门！

随着赵官家一句话，几乎所有人都陷入了沉思，便是赵玖本人也盯着韩师仲不再言语。故此，这间木质军舍内复又安静了下来，一时只有烛火摇曳引动光影，舍外淮河春水微微荡漾引起波涛之声。

“要不让王德去支援一二？”停了片刻，中书舍人胡尹忽然主动建言，“以王夜叉为光州总管？”

“不行！”御史中丞张骏当即否定，“王德资历如何能指挥得动苗刘二人？便是之前宇文相公往淮西坐镇，也都是先加了同知枢密院事的相公身份！再说了，阵前换将，只怕反而会弄巧成拙！”

“那怎么办？”胡尹当即反问，却最终是忍不住看向了韩师仲与杨轶忠两个知兵之人，自那日水战之后，官家不喜欢文臣纸上谈兵便已经是公开的事情了。

而不知为何，官家的腰胆韩师仲此时却居然神游天外。

“除非官家与王德俱往淮西！”杨轶忠眼见着韩师仲立在舍中半日托腮不语，官家却只盯着韩师仲面露期待，只能无奈摊手作答，“但如此岂不是本末倒置？”

胡尹一时大急：“如何打赢了仗局势反而危急？”

“那是因为局势本就未曾好转过半分。”赵官家终于开口，却是一张口便石破天惊，准备小规模打破某些人的幻想了，“所谓打赢的仗，其实也都只是浮于表面罢了，无关两国军事根本。”

“官家什么意思？”张骏也忍不住了，“之前官家那么不顾一切，方才激起诸将引数万将士奋勇作战，如今各处义军蜂拥而起，敌军数万至此，丧师数千却要无功而返，眼瞅着便局势大好，如何便浮于表面了？”

"朕说的是军事。"赵玖眼见着韩师仲还在思索问题，便干脆继续斜躺在座中，回答利索，"德远，朕且问你，且不说此番胜负尚未分出，便是完颜乌竹这次是真的退了，那又如何？明年、后年，他若引金军东路军主力，合十万之众前来，咱们真能挡吗？"

张德远为之一噎。

"不止如此，还有陕州李彦仙，此人在年前比我们还早奋战，几乎要以一己之力率义军收复整个陕州，堪称神勇，但以军事而言，完颜娄石弃了陕西的西军回身专心于陕州，李彦仙将来一定还能守吗？"

赵官家幽幽一叹，继续反问不止。

"还有东京宗留守，在最前面苦苦支撑，年前几乎与我们同时开始，靠着一堆乱七八糟的溃军，在滑州硬是顶住了金军数万，不让金军渡河，毫无疑问是帅臣楷模，但完颜讹里朵也好，完颜瞻汉也好，甚至完颜塔兰也行，真的有一支过五万的金军精锐下定决心要覆灭东京留守司，以彼处的虚实，也真的能支撑下去？"

张骏满头大汗，无言以对。

"但为什么要打呢？这种几乎只是勉强的胜利，又有什么意义？"赵官家感慨言道，不待身前几个人接口便兀自说了下去，俨然是自问自答了，"还不是因为旌和之耻、两河沦陷后，绍宋、大金之间，断无媾和可能。如此战争，拼的不是一城一地、一胜一负，而是说一城一地、一胜一负，乃至于一草一木都要尽量拼上去！"

张骏以下，众人多已肃穆。

"就眼下而言，绍宋军务事实上已经无能，这没什么可遮掩的。所以当此之时，通过两三场局部小胜，告诉天下人，国家还在，国家没有放弃抵抗，而且金人并非是刀枪不入，就已经是了不得的成就了。朕从来不指望以这几胜定什么乾坤。朕只是要告诉天下人，无论如何辛苦，总是有办法的。这便是此战的基本道理了。"赵玖叹道，"这个道理，大多数人并不懂，朕也不好轻易说出去动摇人心，但你们身为国家栋梁，是一定要懂的。"

"臣受教！"张骏明白这是官家把他们当成了自己人，赶紧俯首。

实际上，刚才这段交流，这位御史中丞仿佛又回到了那日除夕之夜，却是难得发自内心感到某种震动。一旁的胡尹、林景默、杨轶忠也赶紧俯首。平心而论，除了因为被官家当作自己人感到振奋外，在这些近臣眼里，这位官家有时候随意得过分，无知得也过了头，但就眼下这种局势而言，到底是保有几分大智慧和大勇气，也真的令人有所震动。

"官家！"就在这时，赵官家的腰胆终于认真开口了，"其实还是有办法的！"

"朕就知道良臣不会负朕。"赵玖也当即失笑转头，"是什么办法？"

"直接从身前下手，掀了完颜乌竹的大营！"韩师仲昂首挺胸，干脆答道。

"是趁敌分三部，只剩最后一部六七千人在大营时主动出击吗？"不知道是不是刚刚经过官家教诲，一时上头的缘故，杨轶忠难得主动参与讨论。

"是！"

"还是太难，足足六七千金军，如何能在城外大营那种地方覆灭？"杨轶忠连连摇头，"又不是能涨水的水泊之中。"

"俺也觉得并不能覆灭金军！但若能集中兵力，乘夜猛攻，或许可以烧掉金军大营，让金人失了立足之处，不敢再图淮上！"韩师仲睥睨言道。

"拔营而不求歼敌？"

"不错。"

"但拔出区区一座大营，如何便使金军失了立足之处？"杨轶忠说话干脆，与其说在帮着韩师仲查遗补漏，倒更像是在给赵官家和三位文臣做说明。

"若金军本就自然北撤，占据了身后蒙城为据点，步步为营向后而退，这个策略自然无用，因为金军本有无数连续立足之处。"韩师仲依旧气势不减，"但若金军本意在于突袭光州，则他们分出的两部一万三四千骑离开大营后，必然是要从北面绕行，往顺昌府而去的。彼时金军便不会占据城池以作据点，或者说占据了也不会放重兵把守，那么当此之时，他们唯一的立足之处便在这下蔡城外的大营之中。掀了他们大营，大营守军只能北走去占据城池以作依靠，那两部也会即刻回转来援护这剩余六七千之众。否则野地之中，辎重尽丧，无缘无护，这六七千人怕是真要被我们覆灭！"

杨轶忠已然无声。

而韩师仲此时复又转向赵玖，正色进言："官家，此战关键在于时机，一定要在金军分成三部，走了两部之后不久便发动。既要他们来不及回援，又要他们来不及突袭光州。若金人明日撤走第二部，便应当是明夜或后夜开战。"

赵玖已然听懂，这是要强行抓住敌军动态运动中产生的那一丝战机。

"还是不对！"不等官家答复，杨轶忠沉思片刻，复又摇头，"若要如此，必须要尽量于明夜或后夜集中可战之力。而眼下，下蔡城张太尉只有一万可用之军，其余都是民夫与溃兵，一旦失败反而要将坚城葬送……"

"杨大郎莫要给张太尉贴金。"韩师仲一时嘴角微翘，"下蔡城哪来的一万可用之军，真要出城劫寨，只有他那三千多从太原带来的老卒可用！"

杨轶忠一时语塞，不知是该赞同还是该反对了。

"但臣这里有五千可用之卒！"韩师仲昂然拱手言道，"官家，王德部也可一用！乔仲福、张景部也可精选出一千来，呼延通部一千也可以用，杨大郎领的御前班直数百，也能用！"

"若八公山这里兵马渡河去攻，早已经惊动金军大营！"杨轶忠越发无奈。"若分兵依次去攻，只是往火中送柴……"

"朕知道良臣的意思了！"

就在三名文臣思索之时，赵官家忽然笑了起来："下蔡城内渡已经修好，那从明日开始，劳烦良臣辛苦，以风帆大舰遮蔽淮河，以小船结队，将下蔡城中刘广仕旧部溃兵送来南岸，再将朕与河南可堪一用之兵尽数换入下蔡城内！出其不意，掀了金人大营便是！"

军舍之内，人人脸色变幻。

"官家也要去吗？"莫说几个文臣和杨轶忠，便是计划主导者韩师仲也忽然有些慌乱。

"朕若不去下蔡城中坐着，你就不怕张太尉坑死你？"赵玖表情略显古怪，"又或是张太尉也敢信你？除非朕去，否则掀不得金军大营！是这个道理吧？"

韩师仲欲言又止，却只能重重颔首，几名文臣中自张骏以下虽然神色变幻不定，竟然纹丝不动，俨然是早有教训，知道劝谏无用。至于杨轶忠，却是难得想到了另一层——官家此去，怕是更担心张太尉把御前顶用的几部都给卖了吧？

而眼见着无人反对，赵官家心中居然难得有些得意起来。

第二十八章　观战

二月初七日一大早，决心已下的赵官家召集吕浩文、汪博彦这两位东西府相公，向他们单方面通报了大略军事计划，并在几名近臣的协助下，名义上通过了政事堂讨论。

上午时分，金军再度开始收拾行装，而在赵玖亲自坐镇水寨的情况下，韩师仲也开始按计划将下蔡城中的溃散部队替换为河南八公山大营的精锐。中午时分，金军第二部七千人正式出发。下午时分，赵玖与御前班直、多名近臣一同随呼延通部渡河，从内渡再次回到下蔡，因为要防范消息泄露，只是停在府衙内，并未露面。

而就在赵玖入城后不久，傍晚时分，韩师仲本人着寻常铁甲，也不带旗帜，忽然只率数骑从金营方向驰来，并在一番近乎杂耍的追逐战后从容入城，又向赵官家提出了更改攻击时间的建议。

"不好夜袭，改成明日清晨突袭？"赵玖闻言稍微一顿，然后即刻颔首，"就依照良臣所言。"

韩师仲本还想解释一番，然而非只是官家一口应下，便是随行文武也多无言，便干脆告辞。

韩师仲一走，一直冷眼旁观的张峻方才在旁开口："好教官家知道，韩统制这是怕了！"

"竟是如此吗？"端坐不动的赵官家面不改色，反而伸手指向自己身上的那件崭新大红袍，"朕还以为韩卿是想让出城袭营士卒都能看清城头上朕的新衣呢。"

张峻微微一怔，本想就此忍住，但还是没能忍住："官家！这根本就是韩五之前妄言，非要张罗夜袭，结果今日亲自侦察一番，发现金军守备严密，他的夜袭旧策根本不通，这才改了清晨突袭！"

"张太尉此言不妥。"就在此时，御史中丞，兼与张太尉有半个同名之谊的张骏忽然出列，当众驳斥，"韩统制此番调整，固然可能是低估了金军守备，但何尝不算是高估了我军夜战之力？

张峻见到是御史中丞，心下先惧了三分，气势也为之一滞，等他打起精神准备反驳之时，却有一人冷笑一声，抢在他之前对上了御史中丞。张太尉抬眼看去，赫然是这几日同甘共苦的赵定赵大牧。

"张宪台！"赵定甫一开口，言语中疏离激愤之意便彰显无疑，竟是丝毫不顾往日交情一般，"好教张宪台知道，我等日夜在淮北临敌，金人虚实尽知，若你们这些后方大员不晓得金军虚实，问一问我等便是，何至于在这里玩弄什么口舌？"

"不错。"张峻醒悟过来，赶紧应声，"若韩五之前能问我们淮北一声，何至于临阵改策？关键是还将官家陷于险地，好教官家知道，臣久在此处与金军周旋，深知金人军营整齐有备，宽广有序，夜间执勤严密，甚至还有鹰犬日夜提防……"

"鹰犬？"面无表情听了半日的赵玖忽然吓了一跳，"海东青和军犬？"

"不、不错。"张峻也被赵官家的反应吓了一大跳，却只能硬着头皮解释，"正是海东青和军犬，金人擅长渔猎，行军打仗法度多出自狩猎之法，自然有所携带，以作防备！"

"海东青飞得如此高，城内虚实岂不是一目了然？"赵玖赶紧追问，"咱们此番调度，岂不是也让海东青瞧去？"

"官家想多了。"张峻这才明白官家的意思，松了一口气，"海东青不过是猎隼而已，臣家在关西，也多有见识，这种东西再聪明也不过就是只鸟，草原荒漠雪地之中，大队人马行进它能晓得，中原腹地，到处都是人，野地里大股人流它都难分辨军民，又如何能弄懂城中是怎么回事？若真有这般神奇，臣的炮兵初起之时桓榛早该知晓才对！"

赵玖知道自己闹了笑话，这才缓缓颔首："换言之，这海东青到了中原，也就是借猎隼空中无敌之态，传递个军情密件，算是个信使居多些？"

"不错。"张太尉连连颔首，"好教官家知道，其实单以营寨防备而言，这鹰未必如犬，犬未必如营寨，营寨未必如人……总之，若韩师仲当日能问臣一句再进此策，便绝不会闹出临阵改期这等荒悖之事来！"

赵玖干笑一声，即刻颔首："朕知道张卿这些日子独力在下蔡支撑，干的都是苦活累活，更知道你为了守下蔡，几乎算是毁家纾难，这一战你是大大的功臣，朕心里是明白的。总之，断不会让你白打这一仗的！"

张峻闻得此言，瞬间觉得骨头都松了几斤，只觉得自己没有白赌这一场，也是即刻颔首不及。倒是一旁的赵定稍显无奈起来……官家云里雾里，不知道是装糊涂还是真糊涂，其中维护韩师仲之意却也不要太明显。而继续深究下去，只能说，无论如何，跟张德远先登一步，然后步步领先相比，他赵元镇始终还是各方面都差了一点什么。

翌日清晨，四更时分，几乎一夜难眠的赵玖被人唤醒，复又在张太尉的亲自护卫下，带着一众行在要员登上了下蔡城的东门楼。而此时，门楼上赫然已经摆上了数桌酒席。

"军士们可曾饱食？"换上了新的圆领红袍，戴上了硬翅幞头的赵官家瞥了眼城门后密密麻麻的着甲军士，并不着急入座，反而朝张峻微笑发问，"朕昨日带来的财货可曾尽数发下去了？"

"请官家放心！"张峻全副甲胄，拱手俯身而答，难得严肃，"赏赐已尽数发下，甲胄军械也尽数调配妥当，刚刚也分批饱食。"

赵玖连连颔首，又努嘴示意："酒水呢？"

"官家，"寿州知州赵定终于苦笑插了句嘴，"守城快两个月，虽然不乏食水，但城中酒水委实已尽了，这点是寻韩统制临时要的……"

"既然如此珍贵，那便暂且撤下。"赵玖挥手放声言道，"待军士们得胜归来，朕与他们共享也来得及，之前且让朕观诸位如何破敌！"

这番话，明显是说给城下士卒听的，张峻和赵定哪里不懂？于是二人不敢怠慢，即刻便要依言而行。

不过就在此时，城下原本安静探头去看官家的军士堆中，忽然有人大着胆子放肆出言："官家，依着俺说，这次出去，未必就能回来用你的御酒，何妨先给俺们用了？"

城上文武，什么御史什么学士什么知州什么都统制，各自尴尬失色，张峻更是气急败坏，朝城下跺脚而言："李老三，今日是在御前，你就不能与我安生点吗？没有功劳，凭什么与你酒喝？而且马上便要出击，此时赏赐，岂不是要乱了出击次序？"

赵玖本想就势赐下，闻得此言，又见东方渐渐发白，城下不知道多少甲士都在趁着晨晖翘首看着自己，也是微微一笑，便不再多言，而是引行在文武从容落座。

须臾，随着赵官家端坐不动，先是龙纛挂起，随后下蔡城内忽然集体发炮以作讯号。接下来，下蔡城东门北门西门外的吊桥一起放下，便是南面水门处也早有浮桥连通门外河堤……连着淮河中扑上岸的小舟，累计万余绍宋军甲士分成数部，即刻鼓噪出击，扑向已经略显慌乱的金军大营。

到此为止，东方日白，这片沉寂了近两个月的淮北平原战场忽然间躁动起来。但不知为何，龙纛之下，迎着日出端坐不动的赵官家忽然觉得，自己那躁动多日的心脏，此时反而平静了下来。恍惚之中，前方已然接战。

尽管之前便有所猜度，可战斗开始才片刻而已，赵官家便明白过来为什么韩师仲要临时更改出击时间了。无他，以绍宋军现在这个状态而言，真的是不足以支撑夜袭。须知道，夜袭一旦成功，效果自然惊人，但是反过来说，夜袭想要成功也要求攻击方必须保持足够的夜间战斗力和纪律性。

眼下，依赵玖亲眼所见，金军大营空旷，外加猝不及防，当绍宋军趁着日出之时一拥而上后，金军外围小寨、分营，诸如淮河畔护卫水源的水营、看守木料的工坊营、最前方被砸了个稀巴烂的炮车营，几乎是瞬间陷落，但这个过程中让人崩溃的是，不少冲锋最前的绍宋甲士，在借着突袭势头获得了一两个首级之后，便扭头折返，逆行军阵，试图报功！故此，从城头上放眼望去，明明一开始大获全胜，绍宋军却忽然在取得一点成果后自己将攻势放缓，甚至有个别部队，因为前军的折返，直接引发了整个部队的掉头，以至于金军核心营盘此时趁机开始集结部队。

城头上，观战的些许行在要员神色各异，大部分人懵懵懂懂，依然还在为眼下数万人近距离金戈铁马般的交战而震动，为外围小寨的陷落而兴奋，只有少部分人敏锐注意到了这一幕，以至于面露忧色。

但此时，张峻偷眼去看，发现赵官家依旧是一动未动，既没有振奋也没有忧虑，心中感叹一声官家好定力，然后便让旁边士卒挥舞旗帜，发布军令。

随着城头上的旗帜挥舞，又一批足足数百人的精锐甲士从城内涌出，却正是张太尉的亲卫部队，但这支部队根本没有参与到攻城之中，反而是拥上前去充当了督战队，一面当场计点军功，一面却将一股股试图就势撤下来的队伍给重新驱赶了回去。

数名试图讨价还价的军痞更是当场被斩首示众。很显然，身为现场两位指挥官之一的张太尉比谁都清楚绍宋军的德行，所以早有准备。而此举一出，攻势再起，城上城下气氛几乎是瞬间为之一肃，张峻也再度扭头去偷看，却发现赵官家还是面色从容，甚至回首微笑："张卿看朕数次是何意？莫非也觉得朕这身衣服鲜艳得过分了吗？"

张峻赶紧俯首请罪："臣冒昧……臣是想问官家可有指示？"

"你与韩卿尽力去做便是，朕但坐此处观二位破敌。"赵官家轻描淡写道，俨然皇家风度。

和周围早已经因督战队出现而进入麻木姿态的文武一样，张太尉见状也是一时心折，便应声起身，然后专心于城外战局。

且说，赵官家如此姿态，真不是什么镇定自若，恰恰相反，这其实更像是某种无能为力的表现。

相较于之前见到金军就魂飞魄散的阵势来说，目前的情势已经大有进益，此时谈及革除军中种种弊端，为时尚早。甚至退一步来说，赵玖面对将士们在城下的搏杀，自认为是没有资格高坐城楼，随意点评的。他所能切实做到的，也只有鼓舞士气了。

"汉人竟敢出城攻俺？！今日竟能见绍宋人主动来攻俺？！"

金军大营正中的夯土将台上，刚刚起床的完颜乌竹连甲胄都未来得及披挂，正在语无伦次，放肆发作，手中鞭子抽得啪啪响，无数旗杆、兵器架、帐帷都遭了殃，而周围幕僚、书吏，甚至侍卫一个比一个躲得远。

与此同时，无数绍宋军甲士早已经踏平周边小寨，正如黑褐色的淮河水一般呈波浪状，向金军核心大寨扑来！

话说，由不得四太子如此心态失衡，因为他今日绝不只是遭遇到了绍宋军强攻那么简单，而是，他在完颜塔兰、三兄完颜讹里朵的政治压力，以及梁山泊大败的军事压力下，近乎最后的谋划被对方看破。韩师仲的判断一点都没错，此时阿里与讹鲁补两个金军万户应该正引军在北面集结，准备从北淝水上游的阚潭镇渡河，转顺昌府突袭光州。

此时绍宋军在这个绝妙时机来袭，完颜乌竹哪里还不懂？对方分明是在告诉他，我们早就猜到你要干吗，而且早有准备！现在，正要绝了你的念想！如此情境下，望着自下蔡城中涌出数量异常的甲士，素来骄傲的完颜乌竹心情能不糟糕吗？这种被人看破一切，且玩弄于股掌之间的感觉，简直是一种羞辱！

"四太子！"

一骑沿着中军营帐中宽阔的大道飞驰而来，见此情形远远便呼："俺们猛安遣俺来问四太子，到底要做何处置？"

"蒲卢浑从了几十年的军，是俺麾下最亲近信重，也是最勇猛善战的猛安，竟然不知道怎么处置？"完颜乌竹勃然大怒，"真被绍宋人的突袭给弄昏头了？区区突袭，也需要俺来下令？其余四个猛安怎么没来问？"

"四太子！"骑士见状更不敢靠近，只是继续远远相对，"俺们猛安的意思是，这一战是要守，还是要攻？是要平，还是要胜？"

完颜乌竹微微一怔，旋即在将台上大笑："俺就知道蒲卢浑是个好样的！你回去告诉他，既然他这么想立功，俺也不拦着，中军骑兵千人也调入东寨给他，若此战能胜，俺回去拼了自己定好的元帅不能当，也要抬举他当个万户！"

骑士受意，立即打马而走，而中军处的诸多谋克闻得这个命令也是松了一口气，然后迅速集合，往营盘东面的蒲卢浑防地而去。

待众人一走，中军营盘一空，完颜乌竹陡然神清气爽，先是在将台上寻个被自己踢翻的马扎摆正端坐，然后复又呼喊周围人上前："来来来，将几案摆上来，俺见着对面城头挂起了龙纛，必然是绍宋新皇帝坐到了那儿吃酒，也与俺摆上酒肉，观儿郎们破敌！"

周围人轰然应诺。须知道，中军大营这里，少得了什么都少不了完颜乌竹的一顿饭，更何况本是清晨，若非绍宋军猝然来袭，怕是正该用饭，于是片刻后，便有一桌酒菜摆上将台。

而完颜乌竹刚要动筷，却又陡然觉得无趣，左顾右盼一番后，便指向周围畏缩一人："时参军，对面绍宋皇帝必然有无数臣子陪同捧场，此时各处军官都在前面应敌，你来陪俺喝几杯！"

且说，初春时节，却因为遭此突袭只穿着一件交领夹衫出来的时文彬正哆哆嗦嗦，但他接触完颜乌竹许久，早已经晓得对方脾气，闻言哪里敢怠慢？马上强颜欢笑，上前在侧面小心坐下，并主动执壶："俺来为四太子斟酒！"

"绍宋人自以为是！"完颜乌竹接过酒来，一饮而尽，继而重重将酒杯砸在案上，不顾前线不到千余步的距离正在死战，居然指天画地起来，"他们以为窥破俺的计策，以为算计得万全，以为抓住一线战机，却注定是要自讨苦吃，这苦了俺快两个月的淮河也要在今日破了！"

"是是是！四太子所言极是！"

时文彬嘴上利索，心中却颇为无奈："你当日领着两万多人快两个月都未曾过淮河半步，下蔡城也未曾进得，只是不停损兵折将，如今临走耍花枪被赵官家窥破，引来绍宋军无数甲士反扑，眼瞅着周围不下一两万绍宋军来打你五六千兵，你的骑兵却俱被堵在寨中难以脱身，为何反而敢说今日破了淮河？"

"时参军不信俺是不是？"完颜乌竹拿住腰板，只是斜眼一瞥，便忍不住冷笑一声。

就在这时，一阵波涛般的喊杀声忽然从四面齐齐涌起，俨然是最核心的中心营盘开始接战，时文彬怔了一怔，方才要起身解释。

"你要敢说一句信，俺先打断你的狗腿！"喊杀声中，完颜乌竹看都不看四面，只是继续盯着眼前人冷笑，又点了点空空如也的酒杯。

时文彬无可奈何，只能硬着头皮就势为对方继续斟酒，并咬牙大声说了句真心话："回禀四太子，我不懂军事，确实疑惑！"

"不是你老时不懂军事。"完颜乌竹再度举杯失笑，轻啜了一口酒水后方才在震天的喊杀声与金戈声中大声笑道，"军事算什么东西？读几本兵书，耍些花枪，都不如战场上、军营中熬几个月。俺问你，你现在四下看看，能一眼分辨出俺们大金跟绍宋的旗帜号令吗？能心里估算出个兵力吗？知道哪里该上弓矢，哪里该上长枪，哪里该上大盾吗？"

时文彬闻言四下相顾，发现自己竟然真的是对战局一目了然，且有一番发自内心的评估。譬如说，他看到正西面对着下蔡城方向的防守最吃力，因为彼处绍宋军甲士最多，喊杀声最大，不过由于聚集的军士过多反而显得杂乱，俨然是绍宋军将领想在那位年轻的赵官家身前施展身手，却又不免争功；又譬如说，北面攻势最缓，却多起火处与劲弩声，远远望去还有人在外围抛撒什么事物、挖掘壕沟，似乎是刻意压制，不求进展，细细一想，应该是绍宋军自知难以吞下整个金军部队，所以预留了一面让金人逃窜的通道，却又想留下金人战马，以防金人反扑。

"老时你是个读书人，懂得多；年纪也大，见识得多；如今又在俺中军帐中处理文字，参与军议，高屋建瓴，再加上去了之前那种酸气，自然是一下子便能通寻常军务。"完颜乌竹四下指点，侃侃而谈。

"都是四太子栽培！"时文彬赶紧俯首。

"都是你自己的本事，啥栽培不栽培的？"完颜乌竹笑得更肆意了，"所以老时，俺只问你，既然你懂军事，为啥还会疑惑俺的话呢？"

时文彬当然无言以对。

"因为你是绍宋人！"完颜乌竹随手将半杯酒水泼到了对方脸上，然后放肆大笑，"这就跟对面的绍宋新皇帝一般，虽然这两个月干得不赖，让俺都多少有几分棋逢对手的感觉，可临到最后，还是按捺不住贪心，犯了这种天大的错。老时，你们绍宋人根本不懂俺们桓榛人的利害！倒酒！"

时文彬怔了怔，赶紧擦去脸上酒水，然后为对方小心斟酒："请四太子指教。"

"你是真想听，还是见俺一个人喝酒，想奉承俺？"

"我是真想听。"时文彬小心捧杯递上，恳切言道，"一来，我是真想知道，为啥子大金总能屡战屡胜？二来，我家人都在沂水，此番又没了退路，巴不得四太子今日反胜，只是着实不懂眼下局势为何能反胜？"

完颜乌竹盯着对方看了一眼，复又仰头一饮而尽，这才开口："老时且坐。"

"喏！"

"其实今日能反胜的道理，你刚刚差点已经替俺说出来了。"完颜乌竹放下酒杯，依旧恣意而笑，"你说大金总能屡战屡胜？"

"不错！"

"其实是反过来的，俺们大金是屡胜屡战，所以才能屡战屡胜！你们绍宋人屡战屡败，所以一冲之下，一旦不能得势，便会惶恐忧惧，继而阵型溃散，以至于为保性命，各自为战；而俺们金人，一冲之下，即便不能得胜，虽然死伤惨重，犹然会听从号令，万众一心，虽十人亦可成队，努力再战！"完颜乌竹昂然言道。

随着时间流逝，清晨的淮河波浪声中，原本越来越近的喊杀声非但没有进一步逼近，反而渐渐衰弱，很显然，绍宋军在第一次声势浩大的围攻之后，很快便受阻于核心营盘四面最外围的那层栅栏。这似乎正验证了完颜乌竹的所言：绍宋军不能持久，不善攻坚苦战。

不过，仅仅是片刻后，随着一阵欢呼声不合时宜地传来，时文彬出于本能，陡然就向东面侧身看去，便是完颜乌竹也不禁蹙眉回身，再度勃然大怒："来个人，去替俺问问蒲卢浑，俺将自己亲军都给他了，他到底在干吗？如何便让绍宋人这么快便拽倒了外层栅栏？！"

"四太子，末将阿黎不奉俺家猛安之命前来回话，却要俺先问四太子三句话！"

随着完颜乌竹派出的使者匆匆折返，一名蒲卢浑麾下谋克兼副将也来到将台之下，只见此人胯下一匹大马，身着铁甲，负着大弓，面戴牛皮罩甲，只露出一双眼睛。此人未下马便遥遥拱手相呼，声音瓮声瓮气："不知四太子愿不愿听？"

"讲来俺听！"完颜乌竹在将台上站起身来，抬起下巴微微示意，但怒气俨然未消。

"第一个，是不是四太子要的胜？"那副将正色问道。

对此，完颜乌竹却只是冷哼一声。

"第二个，既然要胜，那要不要攻出去？"副将继续追问，"既然要攻出去，是马军好还是步军好？眼下情形，咱们被仓促堵在寨中，失了先机，马军又如何能攻出去？"

这下子，完颜乌竹忽然转怒为笑。

"第三个，俺家猛安说，接下来他还想让军士稍微用些干粮，然后坐视绍宋军为俺们填平东面壕沟，推倒内里矮墙与最后一层大栅，不知到时候四太子还要不要继续派人来问？"这阿黎不见到完颜乌竹会意而笑，兀自甩下第三句话，也不等回复便匆匆打马而回了。

完颜乌竹喜上眉梢，复又回过头来，对着时文彬抬起下巴质问："如何？俺们桓榛儿郎可是正如俺刚刚说的那般？"

"俺家韩统制请求城上下令，增兵东面，听他号令！"骑士直接驰入城中，翻身下马，然后举着令旗快步来到城头上，单膝下跪，奋力放声大喊。

"荒唐！"张峻稍一思索便勃然大怒，若非官家就在身畔，怕是什么脏字都骂出来了，"若论兵力厚重，东面不是你家韩统制心腹大将王黑龙领着三千甲士去的吗？本就不弱。且全军甲士尽出，唯一两支后备精锐便是你家韩统制的一千背嵬军、一千摧偏军，此时却在堤后休息。我问你，他自己有兵不用，为何向我这个空手的人要兵去支援他的手下？王黑龙这么废物吗？若是这么废物，为何第一个拔了金军外层大栅？"

"俺家统制说了！"这骑士俨然得到吩咐，在一众略显茫然的文武要员中抬头相对，显得毫不畏惧，"突袭之战，无论胜败，皆在一顿饭的工夫上，若不能速胜，只管拖延下去，看似优势占尽，却只是徒费工夫，坐待三军疲敝，引来金军反攻罢了！而东面既然战机已现，其余各处只要维持便可，当尽力于东面……"

"说了半日，可曾说清楚为何不用他手中预备兵马，反要他处的兵力？"张峻越发大怒，恨不能立即便下令斩了这小卒。

"俺家统制没说这个……"这骑士一番话毕，望着大怒的张太尉和一众面色青白不定的文武高官，也是陡然气丧。

张峻气急败坏，便要驱赶此人下城。当此之时，基本上还是按照当日韩师仲所定计划进行的，绍宋军在赵玖的亲自压阵下尽量集合了各部能战之人，调配了珍贵的甲胄、军械，一共凑出一万两千余甲士，这便是寿州战场上理论上多达四万之数，实际上加上民夫可能多达六万之数的御营兵马真正可战之力了。

能凑出这个数字，赵官家自己都不知道是该可怜，还是该庆幸了。那么这一万三千不到的甲士按照事先配置，大略上是乔仲福、张景、刘宝、呼延通、杨轶忠五将带领四千甲士在金军大营西侧，也就是从下蔡城方向进行正面进攻；田师中部与部分并非是列入精锐的张峻部绕到北面阻敌佯攻，实际上是赶紧挖掘壕沟以防围三缺一时敌军以骑兵方式突围，反过来造成绍宋军大面积伤亡；西面淮河方向由于无法铺展过多兵力，乃是王德部与主动请战的傅庆部几百亲兵合出两千甲士共同为之；东面则是韩师仲部下中军大将王胜率领三千甲士参与围攻。

唯一一支预备队正是韩师仲所掌握的本部两千精锐，一个是他的背嵬军，一个是他的摧偏军，前者居然是骑兵，但不过七八百人，近日方才从淮河南岸赶到；后者一千有余，赫然是绍宋军最擅长的劲弩兵。所以，张峻所言其实颇有道理，城上知道大略军情的文武也多颔首认可，或者说理解张太尉的愤怒。

但就在此时，忽然一人自身后出声，让张伯英一时心惊肉跳："臣御史中丞张骏，请官家下明谕，许韩将军之语，臣刚刚亲眼所见，韩将军旗帜适才已经绕金营一周，他在阵前，必然比城上更知内情！当此之时，用人不疑！"

第二十九章　决战

张伯英仓促回头，本想反驳，却一时头昏脑涨，不知如何开口。无奈之下，这位张太尉便只好去看自己同甘共苦的好搭档赵定。但出乎意料，面对如此情形，便是赵定也颇显犹豫。

另一边，一直端坐不动的赵官家沉默片刻，先是望着城下自己根本看不懂的战局，复又扭头将目光盯在随行座中一人身上，抢在了赵定之前开口："朕不懂兵事，所以此战一直倚仗韩张二卿，现在他们在阵前有争论，其余文臣皆不必多言，唯独王卿，你身为御营都统制，又以为如何？"

"臣以为可以！"被赵官家盯了片刻，以至于心中发毛的御营都统制王源精神一振，赶紧起身开口。

且说，张峻与王源二人往日里也是过从甚密，为此，已被一众官员上书弹劾过。张峻心中一突，登时便没了反驳之意。此时王源失势归失势，但无论如何，王源此时开口，张峻都难驳斥，因为一旦与"王爹爹"言语多了，说不得就要当众露丑……再说了，王源军事上似乎也不是全然无能，只是犯了天大的政治错误才被闲置而已。

"都统制以为该派哪处兵支援？"一念至此，张伯英只能硬着头皮认下此账，下定决心，如果王源敢跟官家说派刘宝或者他张太尉的亲兵过去，就让这位都统制尝尝厉害。

"正面兵马太杂太多。"王源半年来第一次得到官家私下暗示，兴奋至极，打起了十二分的精神，要显出本事，"而偏偏金军大寨正面设防严密，兵马也安排的最多，轻易难攻进去，不如便从正面五将中寻一个发出去给韩师仲，臣以为……"

"让杨轶忠领御前班直去！"不待王源说完，官家便干脆下令，而这个调度也让张太尉多少舒坦了一点。

就这样，韩师仲亲兵匆匆而去，城上摇动旗帜，发出令旗，杨轶忠不敢怠慢，即刻抽身，率领规模已经到了七八百众的御前班直转身向南，自河堤上支援东面。须知，御前班直在赵玖的手中扩充从未停歇，乃是一支赏赐、待遇最为丰厚，装备最好、军械最足，理论上也是最精锐的部队。

金军中军大帐前的将台之上，金军瞭望手自然窥得清楚，赶紧向完颜乌竹回报。

"这是韩师仲窥得蒲卢浑将军心思吗？"时文彬小心询问。

"时参军，你久在绍宋，可知这韩师仲读书吗？"完颜乌竹也有点心慌，但想到跟蒲卢浑的约定，又不好表现出来，思索片刻，问了一句不明所以的话来。

"韩师仲哪里会读书？"时文彬闻言哂笑一声。完颜乌竹当即松了口气："他若不读书，不知道典故，便难晓得蒲卢浑的决意，怕是只以常理揣度，以为突袭之战，宜快不宜迟，又见到东面有了进展，所以寻绍宋皇帝要了一点精锐援兵，乃是想迫切攻进来。"

"但要不要适当增兵东面呢？"时文彬继续小心询问。

"暂时不用。"完颜乌竹稍作思索，复又以手指向正前方，不禁渐渐严肃，"区区几百甲士，不足为患，且看正面，若绍宋军还敢从正面调兵支援，说不得俺还要亲自领着正面两个猛安杀出去，直接倒卷入下蔡呢！"

"四太子才是真正知兵之人……"时文彬赶紧小心奉承。

"韩统制，我奉命而来。"须臾，杨轶忠浑身浴血，顺河堤而至，正见韩师仲旗帜立于堤上正对大金大寨东门之外，韩师仲本人也正在旗下勒马观望局势，便直接拄刀开口，"还请下令。"

"杨大郎来得好，俺且问你，你懂得旗语军令吗？"韩师仲在马上扭过头来，目光如电，严肃相对。

"韩统制莫要开玩笑。"饶是杨轶忠刚刚从战场搏杀中脱身，此时也不禁觉得有些荒唐，"我祖我父几辈子的军务，我也自小在军中长大，若不懂旗帜军令，俺这二十多年岂不是白活了？"

"那便好！"韩师仲微微颔首，"东面壕沟将平，你将你部班直尽数交予王胜压上，本人留在这里掌握军旗号令！"

杨轶忠越发觉得头脑混乱："统制唤我来专门帮你掌握调度？那统制去何处？"

"时候未到，暂时不去何处。"韩师仲摇头不止，"且陪你在此处看着便是。"

杨轶忠思绪彻底混乱，根本不明所以，但军中阶级在此，也只好俯首听命。旋即，数百明晃晃的御前班直便被韩师仲当众拆解，以队将为直属指挥官，当众铺开，在金军目视之下，全都投入东面围攻序列之中。

"蒲卢浑！"

大寨东侧，一片因为拆了军帐而显得极为宽阔的空地之上，和外面的热火朝天不同，此处居然是一片寂静，但见到绍宋军如此明显的增兵场景，还是有一名戴着面甲的老成奚人军官仗着有些身份和资历忍不住向坐在旁边地上的蒲卢浑开了口："绍宋人增兵了，咱们要不要寻四太子叫些援兵？"

同样戴着面甲的蒲卢浑扭过头去，冷冷相询："萧纠里，俺之前不是下了军令，除了阿黎不那个谋克外，全军骑兵牵马列队，坐下噤声不动，只准听俺一人开口吗？"

这话听着便不好，萧纠里一时慌乱，赶紧松开马缰，伏地请罪。然而，这位完颜乌竹麾下首席猛安却又摇头："你居然还松开了战马？却不能看你是奚族贵人，又是三太子小丈人的面上饶你了。"

萧纠里愕然抬头，刚要辩解，旁边早有桓榛谋克阿黎不引数名桓榛甲士上前，就在蒲卢浑与千余大金骑兵身前亲自按住了此人，并抓着此人的葫芦状铁盔向后扯去。此时，蒲卢浑方才亲自起身，却连这奚族贵人的面甲都不揭开，只是取下自己硬弓，又从对方腰前箭筒中抽出一支桓榛长镞箭来，然后顺势张弓对准对方眼眶。蒲卢浑只是随手一松弓弦，箭头便整个没入了身前之人的眼中，后者被射中之后，居然还手脚颤了一颤，才再无动静。

蒲卢浑宛若无事一般重新坐回，还是牵着马静坐不动，周围各族铁甲骑兵各自骇然，半点都不敢动弹了。就这样，不过又是片刻，前方奉命去"拼死抵抗"的两个猛安中的汉儿补充兵见到无数明晃晃的御前班直涌来，气势再度一泄，却是继外围大栅、壕沟之后，终于又丢掉了一层内墙。

韩师仲的中军欢呼雀跃，便在绰号黑龙的王胜指挥下，一拥而上，复又奋力推倒这层泥木构造的矮墙，进一步打开了进军的通道。

而与此同时，又一骑飞驰来到下蔡城下，并登上城头，手捧令旗，俯首而拜：

"张太尉，俺家韩统制请再增兵最少一千！还请务必从正面发兵！"

张伯英闻言怒极反笑，却又不言。

"臣御史中丞张骏……"

"张中丞莫要再胡说了！"张峻愤然回身，厉声相对，"我不知道泼韩五在谋划什么，却知道正面金军大寨防备最为严密，又有两个猛安，兵力极强。此时再撤兵一千，怕是待我军疲惫，完颜乌竹便要亲自引中军和这两千金军奋勇杀出来了。就这几里路，一旦抵挡不住，呈溃败之势，怕是下蔡也要为溃兵所卷，此处也将不保！此处不保，谁人能保？！"

"臣以为张统制所言甚是。"赵定也不再犹豫，"官家安危，不可轻掷！"

"臣也以为如此。"王源严肃起身朝赵玖俯首。

张骏默然失声。

"张卿……朕说的是张太尉，你过来跟前，朕有话与你说。"赵玖思索片刻，终于还是主动开口了，朝张伯英招手示意。

"官家！臣……"张峻赶紧上前，俯首相对，便要继续劝解，却不料赵官家忽然伸手握住了他的双手，也是心中一惊，赶紧双膝跪下。

"张卿察觉到了吗？"赵玖一声叹气，勉力低声相对，然而虽是低声，但在区区城头再无人敢出声的情况下也有多人能听得到，"朕双手若不放在身前膝上，便要颤抖无行的，因为朕今日亲眼见万军相扑，气势逼人，却只是烟尘一片，一点战况都看不懂，糊里糊涂中，是真怕今日战败死在这里！"

张峻喏喏不敢言，实际上，他也不知道能说什么。

"但朕怕归怕，却也明白，局势到了眼下这个地步，胜负都在你和韩卿身上，朕是无用的。"赵官家继续缓缓而言，"你们的争执，朕也不懂。偏偏韩卿又在阵前，朕此时只能指望张卿一个人了，希望张卿还记得当日淝水口言语，无论如何尽量替朕维持一二。张卿，朕真怕死，可也真想打赢这一仗，所以你务必给朕说实话，真的不能应了韩卿吗？"

张峻跪在地上，惶恐失措，又犹豫迟疑，但终于还是咬牙点头："臣大略猜到，韩五这厮是想借调兵窥得寨中虚实，所以不得不从前线调度。臣现在就让刘宝顺着河堤去寻他，再将督战队改敢死队，全部压上！请官家放心，今日但有臣性命在，必然保官家安泰！"

"竟然真来了吗？"

韩师仲勒马立在战场东侧对应的那段河堤上，回头看见张峻心腹大将刘宝引着张太尉那支命根子一般的部队沿着河堤匆匆而来，一时难以置信。

一旁的杨轶忠也从打成一锅粥的金军大寨周边收回目光，然后面露惊异之色。原因很简单，同时作为张峻的旧部和赵官家的心腹侍从官，这位杨大郎心里非常清楚，张峻那种老式西军出身的军痞能在正面战场只剩三千多甲士的情况下咬牙把刘宝这支主力部队送来，必然是赵官家亲自开口做的决断，否则张太尉扯着"保护官家安危"这种至高无上的虎皮作筏，根本无人能驳。这就好像之前御前班直被派遣过来一样，没有赵官家亲自开口，无人敢调度这支部队来做支援。

而杨轶忠的惊异也就在此了——一半自然是惊异张峻居然又被赵官家给安排妥当了，一半却是震动于赵官家今日此战的决心。

刘宝率本部一千多甲士，从河堤绕行，自战场最西段辛苦赶到最东段，他本人更是骑着一匹马，当先驰到韩师仲身前，匆匆相对："俺家太尉遣俺来听命，还说是官家口谕亲自调遣，事到如今，统制有啥安排，尽管说来！"

"俺确有一件大事要刘统领去做。"韩师仲此时方从金军营寨收回目光，却是摇头晃脑，吐字清晰，下达了一个很精确的军令，"此时西面下蔡城墙金军大寨正前方，咱们兵力不足，而官家安危才是头等大事，请刘统领率部驰援，往那边援护一二，以防万一。"

闻得此言，杨轶忠和刘宝齐齐一怔。随即，后者更是忍不住在马上拿下头盔，睁着眼睛死死地盯住身前之人，面露狰狞之色。平心而论，这刘统领是公认的西军悍将，且以性情暴烈闻名，如果不是眼前这人恰好官比他大，资历比他长，武艺也比他强、似乎性格也比他更泼皮，否则今日他便是拼了命也要先把这厮砍了再说。

刘宝努力喘了几口气，到底是忍耐下来，只是在马上抱着头盔追问不及："韩统制莫不是特意消遣俺？你让俺来支援，却是让俺在酣战之时撤下来，顺着河堤跑一个来回再回本处，却平白失了阵地？"

杨轶忠也觉得荒唐，似乎准备进言。

"赶紧走！"韩师仲懒得多言，直接睥睨呵斥，"俺这里马上就要定下胜负，此时官家安危更显重要，不要多问，速速归队！"

刘宝无奈至极，只能将手中头盔恨恨砸到地上，然后转身疾驰而去。

"杨大郎！"韩师仲没有理会刘宝，反而看向了立在地上的杨轶忠。

"末将在！"杨轶忠不敢怠慢，登时收起万般疑惑，俯首听令。

"金人布置俺已经明白了。"韩师仲语调平静，显出几分严肃意味，"俺现在便要动身去准备，杨大郎在此处，务必看好俺的旗帜金鼓，准备传令，待俺从更东面绕过去待位，在更东面举旗朝你示意后，你再观金营动静，若有骑兵出来与王胜交战，便举蓝旗；骑兵全出突到王胜阵后，再举黄旗；等金军骑兵受阻停滞，便举红旗，记住了吗？"

杨轶忠连连颔首，咬牙多问了一句："只要这般便可？"

然而韩师仲理都没理对方，只是居高临下瞥了杨轶忠一眼，便兀自顺着河堤骑马东行，身后亲卫更是尽数抛了旗鼓等物，只带着一面韩字将旗，却也专门倒伏着拖在地上随行罢了。与此同时，河堤内沿的裸露河床之上，那两千被张太尉惦记许久的韩师仲亲军，也就是背嵬军与摧偏军了，也都有样学样，就在杨轶忠的紧张不安中将旗鼓之物随意扔掉，各自只带一面小旗而已，随着韩师仲往东而去。

"那一千多甲士又回去了？！"

之前一直在犹豫是否要从正面出击的完颜乌竹攀着将台边缘的木质望台，亲自眺望南面河堤上的部队，却又不禁愕然自问："这是何意？"

下面的时文彬欲言又止。

"俺知道了。"

当然，完颜乌竹俨然不是什么废物，他自望台上下来，怔了片刻，便已恍然大悟："外面绍宋将存心不良，是想通过这般真真假假的调度，来试探俺的中军在何处！"

"学生也是这般想的。"时文彬赶紧颔首，"且刚刚绍宋军连续从西面战场撤走两部主力，四太子却一直都没有趁机增兵西面，试图突破，怕是绍宋军将领已然猜疑；而此时若这一部兵马回转，还是没有撞到四太子的增兵，怕是便会彻底明白，东面进展如此迅速，必然是寨内存了伏兵，四太子中军也必然支援到那边过去了。所以，四太子，要不要把中军召回来，或者干脆下令让东面蒲卢浑将军改攻为守？"

且说，完颜乌竹毕竟才二十五六，这一次出征也是初次领兵，和之前碾压式的胜利相比，今日自起床后遭遇的局势着实让他一时间心乱如麻。然而，回到座中静坐思索片刻后，此人却又握着马鞭摇头不止，且自言自语不停："来不及了！

两边都来不及了！刚刚俺在上面亲眼看了，东面已经到了最后一层大栅，绍宋军这将领这般调度是算准了的，这时候俺若真调走东面兵马只会害了蒲卢浑！不过不要紧，绍宋军也来不及了，而且他们的来不及更要命，他们顾及绍宋皇帝的安危，把第二拨兵马又送了回去，却来不及再喊去支援东面的……闹了半天，只往东面支援了七八百甲士，依照俺们大金铁骑的战力来看，胜者怕还是蒲卢浑！"

"那……"

"闹了半日，虚惊一场，依旧坐在这里，等蒲卢浑破敌吧！"完颜乌竹一边说一边顺势松了一口气，又抬着马鞭指指点点，"这便是你们绍宋人的无能之处了，俺们大金的国主、王子、贵人，从来临阵都是亲自冒着箭矢冲锋，阵上多一贵人，便是多一分战力；绍宋人倒好，皇帝临阵鼓舞士气，居然牵制得部队不敢调度，以至于白白分兵来看管他！"

一旁的时文彬犹豫了一下，他本想说眼下军情不明，绍宋将既然把时机算计得这么准确，说不得有后手……但不知道是出于畏惧还是某种更复杂的心理，他在看了眼对方手中的马鞭后，居然没有向完颜乌竹说出自己的看法，只是连连颔首奉承。

"不过，决战将来，也不能在此处不做事情。"完颜乌竹恢复底气后，稍作思索，在马扎上抬手一指，"来人，替俺向西面传令，趁着那支兵马没回来，让两个猛安做齐声势，反攻出去，务必替蒲卢浑尽一份力！"

大金军士听命，在将台上挥舞旗帜发出旗语，并击鼓示意。前方金军回头看到旗语，自然比还在河堤上辛苦撤回的刘宝要快，不顾战场狼藉只能步战，也不顾早间至此饥肠辘辘，便在两名猛安的亲自带领下越过外围矮墙，步行反冲出去。

且说，绍宋军此时阵前不到三千之众，且多已疲敝，而金军两千不到陡然杀出，却是让绍宋军猝不及防，几乎肉眼可见，战线便向后渐渐偏移而去。而随着战线后撤，绍宋军那种对金军天然畏惧也是瞬间爆出，不少人狼狈西走，试图做逃兵。更要命的是，就在这个关键时刻，本来应该在后方维持阵线的督战队早已经挤上了前线，根本无法起到督导作用，使得局势瞬间大坏。

另一边，下蔡城城门楼上，赵官家以下，一众文武目睹这一幕，也都目瞪口呆。按照他们刚刚对各种讯息的理解，刘宝离开之所以危险，乃是因为大家担心刘宝一走，完颜乌竹就会派出他的最精锐的中军生力军，然后三个猛安合力从正面反攻。然而，任谁也想不到，在完颜乌竹根本没有派出援军，张峻还派出了自己亲卫的情况下，仅仅是两个鏖战了一早晨的金军猛安顶着饥饿仓促反扑，便足以动摇局势。这个时候，除了感慨一句，绍宋、大金两军之间的战力差距依然是有巨大鸿沟的，似乎无话可说。实际上，感慨这些，此时已然不合时宜了。

"臣……臣！"当此之时，城头之上，不用任何文臣开口苛责，张峻自己就已经满头大汗，赶紧朝赵官家下跪请战，"官家，城中虽再无甲士，寻常着皮甲的军士却不少，臣现在就再领几百人下去，亲自督战，但凡前线军士还能认得臣，便一定能拖到刘宝回援，绝不使官家陷入险地！"

一身大红袍加硬翅幞头的赵玖端坐在椅子上，张口欲言，却口干舌燥，以至于话语虽畅，却声音极小，只能抬起下巴示意对方靠近。

张峻见状赶紧上前两步，低头一听，便看向了王源："王都统，官家说，此时下面的部队多是河南行营来的，让你一起下去，随我督战！"

王源到底是上过战场的人，赶紧起身俯首听令，甚至隐约有了几分振奋之意。

而张王二人刚要一起起身下去，却不料赵玖复又开口，张峻不敢怠慢，再度贴过去俯首倾听，然后一怔，方才扭头正色言道："官家有口谕，留下几名武士整顿秩序，除张峻、王源二将外，城上文武，有敢擅自喧哗者、离座者，自御史中丞与玉堂学士以下，皆可斩！"

原本已经骚动起来的城头一时骇然，瞬间寂静无声。春风微微鼓动旗帜，淮河水拍打北岸不及，下方烟尘滚滚，三千不到的绍宋军甲士且战且退，喊杀声也渐渐逼近，但随着张王二人匆匆下城，带着一群皮甲装备的军士迎了上去，战线一时止在了距离城头不过大半里路的位置。不过，好在刘宝见到此面局势，不敢怠慢，仓促转回，两面夹击之下，虽然不能做到压制，却也控制住了局面，咬住了这股金军。

战事，旋即暂时落下帷幕，似乎再度僵持。背后已经湿透的赵官家茫然去看身前战场更远方位置，只觉得一团乱麻，干脆叹了口气，继续瘫坐在椅子上。

就在这时，战场的最东端，金军大寨东面方向垂直的河堤上，杨轶忠尚未来得及等到更东面韩师仲就位的举旗示意，便猛然听到正北方一阵喧哗欢呼之声，俨然是韩师仲爱将王胜率部拔出了最后一层大栅。

"上马！"

跟外界一片欢呼喧哗形成鲜明对比的东寨营盘内，蒲卢浑忽然轻声下令，然后翻身上马，两个猛安、实际数量不过一千五百的铁甲骑兵虽然听不清声音，但眼见着蒲卢浑上马，立即随之整齐翻身上马。

"举旗！"

坐在马上的蒲卢浑被面甲遮住，再度挥手示意。随即，旁边一名亲卫忽然举起一面简单粗犷的大旗，旗帜黄底黑线，上面赫然绣着一只巨大的乌鹊。而见到此大旗举起，数千骑兵前面原本立着的一面连续不断、制作精美的黄色帷帐，瞬间被早有准备的步卒推倒，帷帐既然倒下，蒲卢浑与王胜部之间便再无遮掩，而蒲卢浑也再三挥手，率先勒马前行，踩着这精美帷帐提速。

到此为止，外面大堤高地上的杨轶忠终于等到了更东面韩师仲的将旗举起，于是松了一口气。然而，就在下一刻，如雷鸣一般的轰隆声传来，杨轶忠愕然抬头，目下可见，一支装扮足以让无数绍宋军胆寒的骑兵自东面大寨突出，不顾一切，瞬间便将自己狠狠凿入了绰号黑龙的王胜部与那些御前班直组成的甲士阵中。

仅仅是一凿，前者坠马而死的骑士便不少，后者却是瞬间难当，死伤无数。

伴随着这注定牵扯到无数血腥记忆的冲锋，杨大郎再不敢犹豫，也不能再保持往日深沉与矜持，而是奋力嘶吼下令："速速举起蓝旗！举旗！"

金军骑兵刚刚冲出来，蓝旗便已经按时举起，但对于早已经得到韩师仲吩咐的最前线指挥官王胜来说，依然觉得太迟。实际上，金军那一凿之下，王胜便已经目眦欲裂，回头见到蓝旗举起，更是忙不迭下令，让手下两名副将岳超、董旻按照计划各自率千人向两翼裂开，自己率剩下的千余人狼狈往东而走。

这是典型的诱敌深入，两面包抄之策。然而，事情总是想得很完美，真正做起来却是极难的。王胜虽然下令并付诸行动，但大寨前线来支援的御前班直也好，韩师仲中军各部也罢，随着金军一凿带来的巨量伤亡已经失控。故此，听到王胜在稍远地方鸣金示意，岳超和董旻二将齐齐后撤，却惊讶发现各自旗帜居然被金军骑兵碾到了同一侧，所谓两翼回转包抄，登时成了笑话。

当然，事到如此，这种设想便也无所谓了。因为随着三面将旗一起后撤，当前又有金军铁甲骑士凿出，王胜部居前的部分一时纷乱之下，根本就是彻底失了约束，无数兵马丢盔弃甲，相互裹挟，分成小股瞬间炸裂，任由金人在后追逐砍杀。显然，正如无数次与金人作战后获得的经验一样，预定好的诈败诱敌之策，几乎都会成为真正溃败之势。

之所以说是几乎，乃是因为王胜本部在最后方，也就是最东面，到底没有太大伤亡，再加上王胜本人素来有威望，所以这一千有余的部队并未彻底失控，他们尚能保持阵型，持兵甲器械跟着王胜一起向东狂奔……不过豕突狼奔之态已经无疑。

回到眼前，蒲卢浑以逸待劳，以骑对步，一千五百铁骑奋勇一冲之下，便让大营东侧三千绍宋军甲士几乎崩溃，但与中军处遥遥观望以至于狂喜大笑的完颜乌竹不同，他本人并未有丝毫怠慢。恰恰相反，待这一凿奏效之后，这名完颜乌竹麾下的首席猛安居中环顾全局，看清周围局势后，便无丝毫犹豫，再度下令全军集合，一起追击前方唯一还能保持些许紧凑阵型的王胜部。

这是一个优秀骑兵将领负责任的表现，也是理所当然的选择。步兵千余人，背对几乎相同数量骑兵狼狈而走，还勉强保持建制，与此同时，骑兵已经突出营寨的封锁进入旷野，本当扫荡营寨周边保持建制的大股敌军。

无论从哪个角度来说，蒲卢浑都没有理由放过这股背对自己逃窜的绍宋军。于是乎，随着蒲卢浑微微抬手示意，那面乌鹊旗便在战场中心奋力摇晃，引得一击得手的桓榛骑兵们呼喊怪叫，纷纷放弃了对前线两翼溃散绍宋军的砍杀，并再度往旗下集合以充足阵型。旋即，便随着那面旗帜第二次提速，继续向东轰隆隆而去。河堤上，杨轶忠不敢有半点怠慢，但也不敢有丝毫违背韩师仲安排的举止，他翻身上马，亲自执旗翘首，死死盯着身前情形，待到金军骑兵再度启动，整个尾巴彻底脱离了营寨范畴后，方才不再犹豫，亲自摇动了第二面黄旗。

黄旗既摇，头盔被颠掉的王胜远远望见，便立即在马上回头，却不由得面露苦笑，金军大队骑兵就咬在后面，他这千余好儿郎基本还都步兵，逃窜之中，恐怕立刻就要受一遭背冲，死伤惨重，哪里还能如计划中那般做出什么得力的战术动作？能逃命便不错了。

当然了，身上文着九条黑龙的王胜毕竟是韩师仲的中军心腹大将，从军十余载，随着韩师仲走南闯北，决断、勇气都还是有的。再加上他早早知晓安排，心里比谁都清楚一线胜机到底在何处。所以，无奈之下，这王黑龙到底是咬牙忍住诸般心思，继续伏在马上缓步引导全军向前，往预定位置而去。而这个过程中，金军骑兵早已追上，惨叫声由远及近，王胜伏在马上，眼泪顺势而下，却连头都不敢回。一直硬撑到预定地点，方才奋力勒马转弯，乃是带着旗帜，引着残部，向北面闪去。

金军骑兵冲势不减，之前围攻东面营寨的最后一支成建制绍宋军步卒亦遭重创，那王字大旗下的王姓大将作为东面围攻主将也彻底失措，偏移战场。随着金军再度冲锋成功，他们已经彻底扫除了今日早间东面的突袭围攻之敌。而经此二冲得手，便是素来冷面冷言的蒲卢浑也浑身颤抖，忍不住在马上放声长啸，只觉两个月来的憋闷几乎一扫而空。

然而，就在下一刻，当金军大队骑兵随着战马的惯性继续往东甩过去，准备从更东侧就势向北包抄王胜之时，忽然间，金军赫然发现，随着王胜的北走，就在战场东侧边缘位置，露出了一个早有准备的弓弩兵阵地。

金军只顾追击，猝不及防之下，等于是把自己的侧面平白向这些弓弩手露出来。没错，这一军正是韩师仲麾下的摧偏军，人数名义上是两千，其实定额一千两百稍虚，几乎全用硬弓大弩，为首主将唤作解元，乃是韩师仲同乡出身，亦是韩师仲麾下资历最老一将。此人在韩师仲麾下，恰如王贵在岳斐麾下一般。故此，此军之精锐敢战、赏赐待遇、装备军械，皆不用多言。

而解元眼见着王胜拼却了无数儿郎性命，方才完成诱敌任务，根本不用犹豫，一面亲自抬起手中克敌弓，一面让身侧近卫挥动自己的那面旗帜，直接下令放箭。

一时间，排成一线、错落有致的摧偏军一起发动，腰弩、双飞弩、神臂弓，还有韩师仲根据神臂弓自己研发的克敌弓，甚至还有一面床子弩，几乎一起平平攒射，千矢齐发于一瞬之间！

说是千矢齐发，似乎不如万箭齐发听起来有气势，但近距离对着毫无防备的骑兵侧翼齐射，杀伤又是何等惊人？更不用说，此时金军尚未来得及消化绍宋军工匠的甲胄技术，虽然人人披甲，可战马是很少带甲胄的，而若披甲骑兵疾驰之中战马中箭扑倒，骑兵又岂能侥幸？故此，随着这一轮其实本就针对战马的千余箭矢射出，暴露在摧偏军阵前的金军骑兵便立即人仰马翻于血泊之上。只能说，战马的出血量与受伤后的折腾，比起金军骑兵本身的挣扎刺激多了。

而当此情形，前方战马嘶鸣，伤员哀号，偏偏后方金军骑兵根本收不住马势，甚至更后方还有人在呼啸冲锋，于是又造成了一定踩踏之势。

就这样，摧偏军隐藏至此，蓄力一击，仅仅是一轮齐射，便在一个照面内造成了至少两三百金军骑兵的减员。慌乱之下，金军由于猝然受袭，死伤惨重，蒲卢浑愤怒之余依然保持了镇定，他第一个勒马而定，并在一眼确定战场形势后亲自夺来那面乌鹊大旗，将旗帜头部闪闪发光的矛头向正东面微微沉下一个幅度，然后便亲自持旗向东，引导骑兵，俨然是要灭掉这股胆大包天的绍宋军。毕竟，在他看来，虽然绍宋军这番安排堪称绝妙，但问题在于那王姓大将诱敌途中诈败变真败，失了步兵援护与包抄，也让这支精锐弓弩军平白送了性命。

与此同时，按照计划，摧偏军本可就势离开，但刚刚目睹了金军骑兵在前方肆意杀戮韩师仲部中军的解元解善长并没有离开的意思。这位韩师仲最信重的心腹在亲自用克敌弓射出一矢后，眼见着金军毫不动摇，反而即刻调整往自己阵地上而来，丝毫没有动摇之意。恰恰相反，当此之时，解元眼角一瞥，看见远处河堤高地上红旗摇动，低下头来，不顾金军逼近，从容踩踏发力，给克敌弓上了第二支弩矢，然后再度平平抬起，并朝身侧执旗近卫努嘴示意。

话说，此时已经有不少金军骑兵按照命令冲到距离摧偏军阵地不过几十步的距离，正准备射箭，而见此情形，有人咬牙奋勇向前，一面射箭一面成功踩踏到了绍宋军阵地之上，有人却几乎惊骇欲死，连弓箭都不用，转身欲逃。

不管如何，随着带着摧偏二字的军旗向正前方挥舞落下，绍宋军第二轮齐射终于还是成功射出，虽然效果远不如第一轮，但还是给原本总数也不过一千五百骑的金军再度带来了堪称巨大的战场减员，并终于让金军骑兵的势头二次止住。

话说，前面自寨中突出来时那一次强冲硬凿，两次被弓弩齐射，金军骑兵又不是神仙，到此时，可战之力已经下降到千数而已，换作是绍宋军骑兵，早就溃了。唯独，金军到底善于苦战，又讲究军法严密，竟然还是在因为战马中箭不得已换了一马的蒲卢浑指挥下继续向前。军官们指挥若定，斩杀妄自后退者，普通骑士踩着同袍与那些坐骑混杂的血水，试图逼上前去，将这支让他们恨之入骨的弓弩精锐彻底践踏成泥。

弓弩阵地上，明知道不可能有第三轮骑射的摧偏军也开始有人动摇，但战场上的摧偏军主将解元依旧面不改色，在众目睽睽之下，兀自弃了弓矢，拔刀跃出阵地，引亲卫向前肉搏，而摧偏军军旗自然旋即跟上，周围军士见状，士气大振之余，也纷纷效仿。非只如此，更北面的位置，王胜的军旗不知为何，居然也在回转。

区区一将，一句话不说，只是拔刀向前，居然让一支弓弩军在骑兵前立住了阵脚。蒲卢浑看得此将，复又想起那日在河中见识，也是怒极反笑，复又亲自提马，执旗如夹枪，准备亲自来取此人。

且不提二将如何振作，莫忘了，其实早在金军挨了第一轮箭雨之时，遥遥望见金军冲势止住的杨轶忠杨大郎便已经迫不及待晃动起了手中红旗。

解元之所以如此镇定与奋勇，是因他心知肚明，红旗既摇动，他的兄长韩师仲就会即刻到来。而韩师仲既然马上到来，那在敌军只有区区千人的情况下，按照他解将军二十年的从军经验，这天下便无不可胜之战。

果然，蒲卢浑刚刚亲自来到前线，尚未与那绍宋将接战，便察觉到地面的震颤，然后面色大变。之前的王胜拼死将金军头部转向北侧，然后摧偏军两次攒射，造成金军巨大死伤，绍宋军将领出众的勇气，再加上战场上只有金军自己才有成建制骑兵的错觉，让这名沙场宿将忽略了早该察觉动静。而此时，终于察觉到不对以后，蒲卢浑惊愕发现，战场正南方，一支应该是一直藏在河堤后的骑兵已然越过河堤来到了平地之上，并且早已经完成提速。与之前对王胜、解元的后知后觉不同，这支只有七八百人的骑兵当先两面旗，一面韩字大旗，一面背嵬军旗，蒲卢浑一望便知根底。

当此之时，蒲卢浑当机立断，他回头一望，看见身后一将，不顾一切，奋力大呼："阿黎不！"

"末将在！"阿黎不如何不知道眼下危急，马上应声。

"领你自己的谋克，还有之前分给你指挥的萧纠里两个谋克，与俺向南面顶上去！"蒲卢浑声嘶力竭。

阿黎不本能向南一望，他情知韩师仲大名，更知道韩师仲八百骑已经提速完成，此时自家猛安让他带三个谋克迎敌，根本就是让他去做肉盾之意。然而，战场之上根本由不得半点犹豫，出于一名出色军人的意志，他只是本能一望罢了，便即刻号令自己所领三个谋克，奋力向南迎敌。

"其余人，不要管什么摧偏军了，与俺向北转过一个弯去，杀了那王胜，再绕圈回身来夹击这个泼韩五！"蒲卢浑见阿黎不领命，心下一松之余，不顾那边马蹄隆隆，绍宋军骑兵说话间就要冲到跟前，奋力夹着自己的乌鹊大旗枪，试图调度剩余部队回身。

然而，这位完颜乌竹麾下首席猛安好不容易收住接二连三收到军令的其余骑兵，约莫五六百人，正准备绕圈折返，忽然闻得身后一阵震耳欲聋，却又熟悉至极的嘈杂声音。骑兵踩踏轰隆声、喊杀声、战马嘶鸣声、金戈交会的刺耳声、重物落地声……不用看都知道，这是韩师仲最后致命一击成功到来，而阿黎不和那三个谋克，说不得已经无救。但是，蒲卢浑还是忍不住回头去看了，而他这一望之下，复又大喜，原来阿黎不那三个谋克虽然确实死伤无数，居然硬生生拿身体顶住了韩师仲八百背嵬军的冲锋。绍宋军韩字大旗和背嵬军旗，根本就被阿黎不拿命隔绝在了区区百余步外。

"咱们桓榛的好汉子！"蒲卢浑热血上涌，连连大呼，继续号令其余骑兵随他从北面回转。

然而，还不等他继续欣喜下去，下一刻，蒲卢浑目前可见，一名骨架极大、体形极壮的绍宋军大将已经跃马冲出阿黎不的人肉阵来。而此人全副铁甲，面戴牛皮面罩，几乎与蒲卢浑一般打扮，照理说蒲卢浑不可能认得此人。但不知为何，那绍宋将远远一望，抬枪一指，蒲卢浑对着对方宛如电光的目光便已醒悟，此人必然是韩师仲！

此人必然就是造成眼下局面的罪魁祸首！此人必然就是当面绍宋军两位主帅之一！此人正是绍宋新皇帝的腰胆！此人正是当下绍宋显出来的第一勇将、名将！

杀了此人，此战必休，自己也可名扬天下万邦！一股热血上头，蒲卢浑不退反进，以胳膊夹住那宛如旗枪一般的旗帜，一声大吼，奋力向南，朝着这名绍宋将正面迎上。

非只如此，见到主将反冲，十余名近卫也都瞬间领悟了主将之意，纷纷跃马跟上。而韩师仲自阿黎不肉阵中跃马而出，又见对方主将应战，引十余骑而来，却一言不发，只领着三五骑冲势不减。

不过眨眼工夫，二将当先迎上，那韩师仲先是咬牙奋力一格，用长枪勉力荡开对方粗长的旗枪，然后顺势撒手，丢掉长枪，右臂微张，以肩膀顶着对方旗枪交马撞上！胳膊上方的甲片擦着旗杆，居然有火花闪出，由于力矩的问题，那金将也被韩师仲顶得无法发力。

待到二马相交，蒲卢浑刚觉得旗枪上头力道一松，便准备回身扫荡，却不料对面那韩师仲右臂不动，直接顺着旗枪揽住了蒲卢浑整个腰身，然后方才一声大吼，并就势一拔，宛如拔葱一般将这名金军大将从战马上硬生生拔了起来。蒲卢浑人在空中，浑身失力，只觉得惊骇欲死，并惊愕天下竟有如此神勇之人，但根本来不及再多想，他便觉得腾云驾雾一般，又被对方整个甩了出来，然后活生生落在身后自家亲卫铁枪马蹄之前，浑身疼痛到眼前发黑，当即再不能起身。

周围金军金将目瞪口呆不提，随着蒲卢浑连着他的大旗一朝消失在战场之上，早已经被疲惫、伤亡、突袭弄得不堪的金军骑兵再难支撑。故此，随着韩师仲理都不理身后地上之人，转回接应自家背嵬骑兵后，战场之上，失去了最后一口硬气的金军骑兵终于趁势溃散，恰如之前绍宋军无数次演示的那般，丢盔弃兵，狼狈弃战北走。

与此同时，金军大营东侧的这个战场之上，本都是韩师仲所部，见到自家主帅的大旗以往一般出现在关键时刻的最前线，而金军骑兵主将大旗却又迎面消失，如何还不晓得韩师仲谋划成功，此战已经大胜？

韩师仲既破贼众，马不停蹄，自领大军向西，一面会合部队，一面竟然是要亲自杀入空虚的金营。于是乎，原本漫天遍野的绍宋军溃兵，复又欢呼雀跃，主动往韩字将旗处聚集，并向西而去。便是远处淮河上攀着船帆观战的民夫、河堤上的杨轶忠等人，见此力挽狂澜之势，也都欢呼雀跃不止。到最后，随着韩师仲耀武扬威，亲自率部进军扫荡不停，周围欢呼声竟如雷霆之势，震慑河山。

"林卿，你觉得这声音是怎么回事？"赵官家怕动摇人心，只能小声向身侧最近一人询问。

被问到的小林学士张口欲言，但今日一整个上午都脑子一片空白的他根本不知道该说什么，只能无声以对。

第三十章　胜了

　　韩师仲大胜于战场最东端，最西端的赵玖隔得太远，宛如雾里看花、除夕听雷一般含糊。然而当此之时，身为金军主帅，完颜乌竹居于战场正中，却是很自然地便得到了消息。对此，完颜乌竹骤喜骤惊之下，始终没想明白，自己两个最核心猛安凑出来的反击部队，一千五百骑，好大好强的一堆精锐骑兵，刚刚还明明白白在那里的，而且之前一出场就击溃了东面的围攻之敌，仅仅是追出去这一会儿工夫，怎么就忽然消失不见了呢？他的两个猛安呢？

　　但不管自己的骑兵是怎么消失在东面旷野上的，完颜乌竹毕竟是久经战阵之人，即刻认清了一个基本现实——自己的大营此时全然空虚，东侧更是一马平川，而韩师仲已经来了。

　　"蒲卢浑误了俺！"完颜乌竹从望台上跳下来，回到座中，呆滞了两息。

　　"请四太子不要耽搁，无论如何，速速着甲为上！"旁边的时文彬微微一怔，又赶紧咬牙相劝。

　　此言既毕，旁边立即有早捧着甲胄的亲卫围上来，准备替还是一身绸缎中衣的完颜乌竹着甲。然而，这位大金四太子并未直接起身配合，反而是本能去抓身前酒杯，似乎是准备饮下最后一口再起身。但一抓之下，不知道是喝了酒的缘故，还是刚刚在望台上看见韩字大旗往此处而来的缘故，反正是重心不稳，一个趔趄，以至于这位沙场宿将差点从马扎上栽倒。不过好在几名亲卫都已经围上，顺势架住自家主帅，然后立即扶着对方着甲。

　　另一边，时文彬稍显犹豫，却还是趁机进言："四太子，此时可需调度南北两面两个猛安分兵向东，稍作抵抗？再把西面两个猛安唤回来？"

"说甚胡话？！"完颜乌竹立在那里不动，耳听着东面动静越来越大，稍微反应过来，然后冷笑相对，"你听听这动静，南北两面分几百兵过来，顶得住吗？正面两个猛安又来得及吗？"

时文彬畏缩一时，面色惨白，还是有些不甘之意，稍顿之后，复又俯首恳切进言："四太子，学生的意思是，若四太子身侧无兵，岂不是更危险？所以依学生看，此时能召多少人便是多少！"

"老时！"完颜乌竹身上衣甲穿了一小半，对着身前之人越发冷笑不及，"别以为俺不懂你的小心思，你家人都在沂水，怕的是俺今日一走，便要暂时全弃了京东西路的地盘，到时候你的家小便要跟你分离，说不得还会被绍宋人当作罪臣逮走，是也不是？而若不是如此，那俺只能怀疑你居心了！"

时文彬登时便有些慌乱，却又无法反驳，只能落泪。

"哭，哭，哭！有甚可哭？！"完颜乌竹不由得烦躁起来，却又因为着甲缘故，不得已转过身去，双手撑开背对对方呵斥起来。

时文彬情知完颜乌竹不能给半分承诺，心下更加凄然，偏偏身在局中，只剩无奈，含泪欲言不言，欲说还休。就在时文彬扭捏之际，此时东面动静逼近，耳听着绍宋军阵阵欢呼如雷之声越来越大，完颜乌竹和时文彬在将台上居高临下，且正对东面，亲眼见着烟尘滚滚逼近营寨跟前，俨然是绍宋军反攻到根本没有半点防守之力的东寨跟前了。于是乎，二人齐齐慌乱。

且说，时文彬书生打扮，本无力在马上着甲，完颜乌竹此时刚刚穿了一半，却是上身全副甲胄，下身甲裙根本没有上手，同样措手不及。

"不要误事了，速速去牵马来！"不过，完颜乌竹面目狰狞之余倒是当机立断，"你们速速去准备马匹，俺自来穿裙！再让南北两面两个猛安收拾兵力，尽量带上战马，随俺从西面正门出去，接应正面两个猛安再做决断，告诉北面人，万万不可从北面走，那里必然有绊马索、壕沟等物，不要平白失了战马！"

几名亲卫也知道厉害，赶紧一哄而散，分别行事。

"老时，你又去做甚？"

完颜乌竹下完军令，提着甲裙回身一望，看见时文彬一面正往腰间绑匕首，一面正往下走，更是来气："回来帮俺绑住腰后甲裙！"

面上尚有泪花的时文彬不敢违背，复又转过身来，俯身为完颜乌竹绑甲裙。然而，这位时参军，此时一面尚想着要与老妻、幼儿一别经年，心如刀绞，一面又因为绍宋军反攻进来,忧惧难安,此时更是担心那些桓榛亲卫不把他放在眼里,待会儿根本不给他备马,左思右想,不禁泪水淋漓,汇集到颌下胡子上后干脆穿成了线,哪里能绑得利索?

完颜乌竹回过头来,看到这一幕更是勃然大怒,愤然一脚踹出不说,居然不顾身后绍宋军已经涌入东面空寨,复又拎起脚下马鞭,劈头盖脸朝对方抽去,乃是借机发作泄火之意。可怜时文彬试图逃走,不料一转身便被马扎绊倒,整个人跌倒酒案之上,以至于无处可逃,活活挨了十几鞭子。

“速速回来帮俺重新整好!”一口邪气发泄出来,完颜乌竹匆匆扯下后面甲裙复又急切召唤。

抱着头的时文彬闻言本能起身向前,却又在完颜乌竹身前微微一怔,后者本能回头去看,也是彻底慌乱,因为那韩字大旗居然进了东寨,而见此情形,金军大营南北两寨,外加一个空虚的大寨,也彻底失序。

这一次,完颜乌竹终于看清了韩师仲军中的那几百骑兵的存在,一时心乱如麻,事到如今,这位大金四太子如何不明白,危机真的已经逼到眼前,此时再不逃恐怕真的要葬命在此了。唯独他堂堂大金太祖直系血脉,完颜阿古达仅存的三个成年儿子之一,平生也是好大志向,如何能在此处平白送了性命?

一念之中,完颜乌竹反而从之前的慌乱和醉意中彻底醒悟过来,再无之前暂避一时如何如何之意,与那什么涿州赵玖计较的意思也强行按下,恰恰相反,他决心已下,今日务必保有用之身,待回河北,以他的身份先在都元帅府中掌握一份兵权,将来再引大兵回身,与绍宋官家还有韩师仲之流论一番英雄。但就在完颜乌竹心思清明,决心逃命之时,他居然觉得身后股上一阵冰凉之意,似乎是溅上了酒水,伸手一摸,却又看见满手血红之色,这才察觉股间微痛,然后愕然回头。

“若非为了老妻幼儿,何至于此?”

脸上鞭痕、泪痕、乱发混杂,浑身狼狈的时文彬双手握住匕首,背靠几案,几乎全身发颤,奋力而对。完颜乌竹目瞪口呆,竟然一时并未回应,这位大金四太子此时已经认清现实,知道自家此战已败,但还是不相信时文彬敢与他刀剑相向。

“金军败了!金军败了!”时文彬见到对方回头,一口憋在心里的话放肆喊出,胆气随之而泄,一面奔跑下台,一面肆意狂呼一些废话,就好像这营中金军不晓得今日已经败了似的。不过，如此疯狂之人也不可能任由他无端生事。

就在时文彬跑到中军大帐尚在暗燃的火盆处，在他试图拖拽周围旗帜、营帐去点火时，一名牵马回来、不明所以的完颜乌竹亲卫，再不能忍受，直接从马上抽出铁骨朵来，走上前去。另一边，完颜乌竹根本没有理会疯掉的时文彬，因为韩师仲的大旗已经来到中军本寨外了，他一面扯掉前面的甲裙，一面匆匆在亲卫的搀扶下翻身上马，但刚一落鞍，原本并无多少疼痛感觉的伤口却如万针刺入一般难忍，只能双脚踩镫，试图俯身抱马首而行。

四太子乃是按原定计划，试图往正西面会合兵马，先行离场。且不提，完颜乌竹当机立断，决心保有用之身心，带着金军帅旗出西面寨门而来，与此同时，战场最西端，坐在下蔡城头一动不动，心中一直难安的赵玖赵官家也终于察觉到了一些异样：首先，他注意到那些"雷声"是越来越近的；其次，他察觉到代表了王夜叉、傅庆的战场南侧烟尘开始向金军寨中移动；最后，他注意到河中帆船桅杆上的民夫和被战场阻隔的河堤上的绍宋军似乎并不是在惶恐，反而像是在庆祝什么。

想到这里，赵玖心中冒出了一个大胆的想法，只是林景默小林学士之前保持沉默的姿态摆在那里，他也不好擅自开口，扰乱气氛，只能依旧保持小心，继续观战而已。下一刻，赵官家如百爪挠心，端坐不动不提，忽然又亲眼见到金军帅旗自营中突出，然后卷起一小股烟尘、带起两大股烟尘往刘宝身后袭来，赵官家瞬间骇然，之前的猜测也随之烟消云散，取而代之的，乃是对城下战局的忧惧。

不过，事已至此，赵官家情知退无可退，只能强行忍住，继续"端坐"观望。不等赵玖思考生死之事，战局却已百转……他本人目视之下，那金军帅旗往刘宝部薄弱处奋力一冲，打通道路后，便直接转向，然后在城头文武、城下官兵们稍显惊愕、继而醒悟的猜度中引着金军残余全军往北面而去。

似乎这位四太子此番亲自出来，只是想接应这两个猛安回营而已！然而，又过了片刻，就在赵官家目瞪口呆之中，那引着大部分残余金军的帅旗一刻不停，直接越过金军大寨的营门，然后还往北去，最后，竟然直直向北，一去不复返。可怜赵官家一头雾水，始终没想明白完颜乌竹出来所为何事。下一瞬间，随着小林学士张口结舌，面红耳赤，以手指向正东面，赵官家扭头去看，只见青天白日之下，金军大营忽然火起，而四面嘈杂喊杀之声不知何时早已经变成了确切的欢呼之声。

赵官家瞬间欣喜若狂。

"臣贺喜陛下！"此时，就在赵官家左侧的御史中丞张骏不顾禁令，直接起身，泪水涟涟，握住赵官家左手，俯首便拜于地上，"两个月辛苦，今日竟得此大胜。金军已退，是我军大胜无疑！"

此言既出，城头上，周围官员、士卒再不犹豫，而是嘈杂一时，他们一面纷纷起身探头观望局势，一面窃窃私语，交流不停。最后，这些人将目光锁定在端坐不动、镇定异常的赵官家身上，城头嘈杂之声也渐渐消失。

城外一片欢腾，城头上却一片寂静。当此之时，赵玖犹豫了一下，将手从张骏手中抽出，然后缓缓起身，思索如何借此机会再树立形象，收拢人心而几乎是一瞬间，他便想到了昔日淝水之战的谢安。然而，当我们的赵官家在龙纛下彻底站起身来，往前一步而已，便当面迎上了城下无数欢呼雀跃的军士。恍惚之中，赵玖忍不住扶着城垛看了看金军那向北不停的烟尘，又瞅了瞅已经一片狼藉的金军大营，再听着似乎掺杂着万岁的满耳欢呼声，却是什么渡稿都忘在脑后了。

片刻后，赵官家终于回过头来，先是对着行在文武深吸了一口气，然后在众人目瞪口呆中将自己的硬翅幞头整个掼在了椅子上，拼尽全力发出一言："此战胜了！"

"官家，咱们胜了！"小林学士反应过来，当即俯首落泪而拜，引得身后诸多行在官员纷纷随之下拜称贺。

天色已晚，下蔡城内却灯火通明，人声鼎沸。且说，宰相吕浩文傍晚便亲自渡河来劳军，但因为担忧金军尚有大股骑军在北，动向不明，所以当日并未大肆宴饮，以犒赏军士。不过到了晚间，几位行在文员却不免禀性难移，再度相聚一堂，借着赵定赵大牧的府邸就势小酌一杯，以作压惊。

"韩良臣今日设伏斩将，居功第一，智勇威武堪比古之名将，勋劳之重，足以加节度使了吧？"众人刚刚饮下第一杯贺胜之酒，御史中丞张骏张德远便迫不及待开口了。

"张太尉也须不差，"昔日张骏生死之交，眼下的寿州知州，恐怕马上还要往上爬的赵定赵元镇即刻应声不及，"他身上本有观察使职衔，此番临危不乱，指挥若定，再加上之前孤军戍卫下蔡之功，也足以加节度使。"

"好了二位。"吕浩文可能是这半年来第一次展颜微笑，"事到如今，京东两路官吏清空，连岳斐、张荣之流都成镇抚使，有建节之实无建节之名了，韩张两位有拥立之功的御营大将今日之后又如何呢？此事本是顺理成章，无须多论。"

张赵二人齐齐起身谢罪，又自罚一杯，方才坐下。

二人既坐，吕相公主动说了下去："依我看，当务之急，乃是战后行在去向，总不能真如汪枢相所言，留在寿州不走了吧？今日临过河前，吏部林茂南又问我此事，我也是一时为难。"

出乎意料，吕浩文以下，张、赵、林三个地位最高的文官居然无一人呼应，反而齐齐噤口。今日歪打正着在赵官家身前讨了个好彩头的小林学士对吕浩文越发不屑起来，虽说大家愿意捧着你当这个八公山行在的首领，以此来防备李相公，打压汪枢相，可在这种大事上面，都是各有主见的。其中，赵定赵大牧身为寿州知州，巴不得官家就留在寿州呢，那样他这个当日权差遣寿州的小官，岂不是一跃而成为开封府尹一般的人物？

至于小林学士自己，他之前就想得清楚，自己根基浅薄，唯独兄弟颇多，还都在淮南一带做过官的，人脉俱在此处，若能留在淮南，有自家兄弟子侄在内许多人的帮助，岂不是能在官家身前彻底立足？所以，他小林学士也是暗暗赞同留在寿州的。至于张骏，无外乎是要以官家心意为主，而官家表态和授意他之前，这厮是一句话都不愿意露底的。

就在小林学士胡思乱想之际，这边眼瞅着气氛不佳，张骏张宪台早已经在私底下踩了身旁胡吃海塞的小兄弟、中书舍人胡尹一脚。

"可惜，没有捉到那大金四太子完颜乌竹！"胡明仲被踩了之后，即刻放下手中肉食，开口乱说，"否则必然可以拿来换回二圣……"

"我……金军虽败，犹有战力，更兼北面尚有两部大军可做接应，没法冒险追击也是无奈之事。"张骏半日才回过神来，无奈至极，赶紧圆场，"便是金军大寨也都要拆了不理会，尸首、伤员也要明日运过河去安置，何谈捉完颜乌竹？"

"说起来，尚不知此战伤亡与斩获如何。"赵定也慌忙问及他事。

"据在下所知，此战轻伤者反而不多，倒是重伤残废者与战死者占了多数，加起来得有两千之众。至于斩获，大约也是类似，不过颇多桓榛、奚、岐辙之属。"胡明仲微微一想，即刻回复，"而汉儿军颇多降服，也有一千之数，这是白日间官家亲自询问点验的。"

"以一换一，端是大胜！"吕浩文欣慰而叹。

"莫忘了还有之前贸然渡河被剪除的两个猛安，这一战其实前后打掉金军四

276

个完整猛安！"张骏也捻须而叹，"而且不比北面梁山泊那次图谋设计，借地利以多围少，今日此战堪称虎口拔牙，韩良臣委实名将！"

"岳斐张荣也非无能之人。"胡尹复又正色相对。

"不错！"小林学士终于接了一句嘴。

"都是官家有识人之明。"吕浩文继续打了个哈哈，忽然想起一事，"且说……官家今日一整日都在忙什么？明仲如何又有空闲来此？"

宰相问及官家去向，身为禁中近臣的胡明仲自然不敢怠慢，当即起身正色相告："回禀吕相公，今日上午战罢，杨轶忠回转，官家便亲自上马巡视战场，检视伤亡、斩获之事；午后日落前复又亲自坐镇金军大营，一面监督拆营，一面当众收拾了营中缴获的战马、盔甲、金银绸缎，然后当众分与各部。"

"怎么分的？"

"官家自取其三，余下者再十分，韩师仲部得其五，张峻部得其三，王德、傅庆得其一，杨轶忠、呼延通、乔仲福、张景四将再得其一。"

"分得倒也合情，只是乔仲福、张景居然与杨轶忠、呼延通共取，而非与王夜叉、傅庆同列，看来官家还是把当日直属那三千军士的话当真了？"吕浩文一时蹙眉。

"应该是此意。"

"但还是有些不妥。"吕浩文缓缓颔首，复又捻须摇头，"官家不该先取其三的，这倒不是说张、韩、王等将会为此事对官家生分，而是在这些外将眼中，这先取的三岂不是从根本上还要便宜了杨轶忠、呼延通、乔仲福、张景诸将？今日功劳，御前几位将到底是远不如张、韩二位的。"言至此处，吕相公微微一顿，方才继续言道，"若一直如往日那般和光同尘倒也罢了，既然细细计较，你三我四，这三分便显得尴尬了。依我看，武臣那边的分派，官家有个大略即可，没必要牵扯过深、过细。"

"吕相公误会了。"胡明仲待吕浩文说完，立即严肃以对，"须知，营中缴获也是分类别的，官家今日在营中先取的三分，皆是布帛、铜钱之属，乃是给重伤残废与战死者用作抚恤、安置的，根本未曾过河，便先按照之前点算的伤亡分布悉心分给了诸将，让他们先做保管，军中上下无人不服。而韩良臣率先入大营，先把营中存的两千多匹战马尽数取了，官家先时只做不知，后来再分时又提及此事，乃是将战马折算了两分，如此一来，接下来的分拨，张韩两位皆无话可说。"

"原来如此。"吕相公略显尴尬，连连颔首，"事情如此曲折，官家又自有决断，倒是我这老朽又多想了。不瞒诸位，今日见诸君辅佐官家有此大胜，国家或许有喘息之机，老朽几乎想要请辞。"

闻得此言，众人赶紧起身安慰，这个说吕相公在行在总揽朝事，此战也是居功至伟，兵事上的作为隐隐超过了李相公，那个说国家尚在风雨飘摇之中，一次大胜不过提振人心时期，距离安稳还远，吕相公当此国难之时，不可轻易弃了国家和官家；便是素来有城府的小林学士最后都恳切称赞，尽说吕相公在八公山这三四个月的辛苦。

很显然，这几位行在要员还是老样子，既希望吕相公继续糊涂下去，又希望他继续官运亨通，为大家遮风挡雨，最好能一直做到公相，再陪着官家兴复两河，重铸江山。不过，其中胡尹胡明仲还是个愣头青，等众人好不容易劝住吕相公，酒席中气氛和缓之后，这厮继续正色汇报："好教吕相公知道，官家傍晚分定了赏赐，复又探视了伤员，然后却是让我等自回，他与杨轶忠一起带着酒水去寻人饮酒去了，所以我才至此！"

此言一出，座中登时安静下来。

"明仲，你之前为何没说？"停了半晌，赵定赵知州一时没有忍耐得住。

"之前并无相公过问。"胡尹摊手而对。

"可是寻张韩二位？"御史中丞张骏紧随其后。

"并不是……"

"这倒无妨了。"吕浩文一声叹气，"总不能官家次次与大将私下相对时，你我行在文臣都在别处喝酒吧？既然不是去寻张韩，那是去与御前诸将对饮了吗？"

"也不是……下官是说，官家找的不只是张韩二位，除了张韩二位外，还有解元、刘宝、王胜以下，一直到军中寻常士卒，皆是今日显眼功臣，足足百余人，一起往淮河上对饮去了！"胡尹赶紧补充完毕。"其中一个诨号叫作李老三的队将，还是我亲自去寻来的，那厮一开始还闹别扭，说今日并无大功，反而死了两个兄弟，并不想来酒席丢脸，最后他主将刘宝亲自过去传了口谕才唤过去的。"

听完这话，众人反而无语，都觉得身前酒水没了滋味。

"明仲为何不一次说完？"张骏也分外无奈。

"明明是元镇兄打断我的。"胡明仲依旧从容。

众人越发无奈。最后，倒是吕浩文问清了缘由后微微一笑，颇显宰相气度：

"既然官家战前有言，此时必然一诺千金才对，你我何必在意？再说了，战后荣宠，本该归于将士，你我之辈，当用心朝堂才对，彼处才是我等施展才能之处。你们说，战后行在到底该往何处去呀？"

张骏、林景默、赵定三位面面相觑，先是齐齐看向吕相公，复又齐齐看向一脸无辜的胡明仲，也是各自无奈，心思百转。

第三十一章　流光

　　煎熬了数月后的大胜，让几乎所有人都难得放浪形骸。而这一战对赵玖的意义，似乎更有别样意味。故此，作战当日，正如之前在城头上忍耐了一上午，最后却当众失态一般，战后的赵官家也颇为类似，赵官家晚上召见白日作战功臣之后却又难得因酒失态，一醉方休。再睁眼时，已经是第二日中午了。

　　"我……朕……"赵玖翻身坐起，有些警惕地看向舍内的几个人——两个小内侍，一个大内侍蓝珪，一个杨轶忠——张口欲言，又一时语无伦次，"你们可有话与朕说？"

　　"回禀官家。"杨轶忠赶紧俯首汇报，"韩统制上午刚刚来报过，说是尾随金人的哨骑发现金军残部昨夜便已经到了蒙城，之前消失的两部也正如韩统制预料的那般，正准备从北淝水上游阚团镇渡河，闻讯也匆匆折返蒙城了。接下来的动向还要等哨骑再报，但无论如何，光州、寿州之围都解了。"

　　赵官家颔首不停，却又略显茫然，直到半晌之后，拿起一旁蓝珪亲自送来的热巾，随意擦了把脸，方才继续询问："还有吗？"

　　"有……"杨轶忠赶紧再答，"前……武举人，狄道马括自河北而来，原本被金军阻隔在淝水一带，昨晚金军转向涡水会合完颜乌竹后，他便连夜渡河赶来，此人携带有宗留守、杨老太尉二人印信手书，说有要事面圣，因为官家没起身，所以此时乃是吕相公正在召见。"

　　赵玖对马括这个名字明显有了一点反应，因为好像在哪里听过，似乎是个名人，但一时想不起来，却又继续茫然摇头："还有吗？"

　　"有。"杨轶忠再度俯首，引得一旁蓝珪微微蹙眉，俨然是对内侍省与入内内侍省权责被一名武臣侵夺到这份上感到极度不满，唯独有康履前车之鉴，外加行在又漂泊在外他一时孤立无援，所以不好发作罢了，"吕相公和张太尉皆有言，乃是以淮河北面不靖，为以防万一，请官家起身后即刻渡河往八公山行营休息，也好联合汪枢相，汇集东西二府，共论大事！"

赵官家在榻上微微颔首，将热巾交还给蓝珪，似乎是找到了一点状态，却又继续追问："还有吗？"

杨轶忠怔了一怔，思索片刻，方才又低头小心汇报："伤员、战死军士，昨日到现在已经尽数先运过河去了；而天气转热，按官家吩咐，八公山大墓正在加紧挖掘建筑，乃是与协忠大夫张永珍之墓连在一起；还有官家昨日检视伤员、分发缴获时叮嘱的记有诸军实际人数、军械、战马等汇集的名册，因为各部将官心存抵触，所以着实进展艰难，便是再与臣等多日，怕是也只有个大略……"

"我问的不是这些。"赵玖忽然打断对方。

"官家……"杨轶忠闻言不禁犹豫了一下，然后越发小心，"官家自然还有许多事，如行在去留、各处叛乱用兵、东南荆襄蜀中转运、官吏升迁安置，以及某些额外军情判断，可这些须东西二府相公在官家身前讨论而过，不是臣这个微末之人可以说的。"

赵玖本想问对方自己昨日可曾酒后失言，可转念一想，事到如今，自己在这八公山上创下如此大功，便是李罢在此，也不能对他造成实质性的威胁。一念至此，赵官家复又敛容以对："正甫所言极是，虽是难得大胜，可情势依然紧急，半日浪荡便足够了，既然有如此多的事务，咱们不要耽搁了正事，不妨早些过河，找两位相公商议。"

杨轶忠、赵玖这边吩咐妥当，便去用饭。杨轶忠也谨遵圣意，召集呼延通等人在院中等候。待赵玖收拾停当，带着一帮御前班直呼啦啦往八公山而去。

而韩师仲、张峻，乃至于吕浩文等人也情知今日之事万分紧要，俱皆各怀心事。唯独吕相公在此，众人又不好先渡，只能在内渡那里等了许久，待人齐了，又谦让一番，这才匆匆得渡。而等到吕浩文以下一众文臣前遮后拥，回转淮南，刚刚来到八公山下的水寨码头，又觉得气氛不对。等上到山腰处，眼瞅着沿途大小军官军卒，个个全副甲胄，队形严正，自山腰一路排到山顶小寨都不停，更是不明所以。偏偏又因为官家在等，光天化日，都不好停下来问半句。而且万事来不及多想，须知，上了山，过了山顶小寨，走不过许久，御帐便已经在前了。

吕浩文等人走进去，眼见着官家一身红袍，戴着一顶翅膀有些歪的幞头端坐在那里无表情，枢相汪博彦、御营都统制王源、新来的吏部天官林杞，还有应该是今日才从身后不远的寿春匆匆赶来的张所张龙图等人俱严肃相候，乃至于无数昨日刚刚战场搏杀过的御前班直扶刀环绕木棚周边。

　　"臣……"

　　"不必多礼了。"赵官家干脆挥手，"事情太多，都坐下来，说话的时候再起身，咱们直接议事！"

　　"是，"吕浩文以下，俱皆一凛，俨然是被周围气氛感染。

　　"将官封赏都定下了吗？"众人甫一坐下，赵官家便片刻不停，直接发问。

　　不过，所幸论的第一件事情并不出格，大家早有准备。

　　故此，刚刚坐下的吕浩文和汪博彦对视一眼，倒是一起起身，甚至还谦让了一下，最后是汪博彦以枢相之名当仁不让："回禀官家，自上而下，先以韩张二位始，臣以为二将或英武果断，或沉稳得力，俱有大功，当各加一镇节度使，以示荣宠！"

　　"臣附议。"吕浩文旋即表示赞同，周围也无一人反对。

　　赵玖微微颔首。

　　而韩师仲、张峻以后，其余将官如王德、刘宝、王胜、解元以下的转迁阶级，汪博彦身为枢相，也是烂熟于心，基本上是说一个过一个，偶有争论，也不过浮于表面之事，所以不过片刻便已一一说定。与此同时，素来不掺和这种争论的小林学士坐在一旁木棚下，又有几位中书舍人协助，早已经运笔如飞，按照官家要求速速一一成旨。但官阶之后，论及差遣，众人便不由得紧张了起来。

　　"至于张韩二位的差遣，臣之前便有进言，还请官家明鉴。"汪博彦俯首相对。

　　"汪相公的意思朕明白。"坐在那里的赵玖闻言随意点头，竟是极为干脆地掀开了底子，"之前要打仗，所以朕一直不许多论这些事情，以免影响军心，但现在仗已打完，有些事情反而不能耽搁了。诸卿，韩师仲、张峻，乃至于其余诸将的安排、军队的整编，朕知道诸卿其实都有种种腹案，唯独想要论此事，却须先议定另外一件根本大事，那就是如果接下来完颜乌竹真的北走了，咱们行在到底要往何处安置？是去扬州，去东京，还是继续去南阳？又或是如最近汪枢相所言那般，干脆就在寿州本地不走了？无论如何，今日东西二府都须速速在朕眼前论定此事！"

　　汪博彦和吕浩文对视一眼，也都不敢再犹豫，前者本在应答之中，便顺势俯首："臣还是之前议论，行在不妨留寿州，居身后寿春！而若以寿州为陪都，则军事顺理成章，经济源源不断，人力亦可倚仗中原，将来便有大战也能把住淮河相对，此地远胜扬州之偏、南阳之平、东京之空乏。"

听到这话，跟寿州有着直接利害关系的赵定、林景默二人便想赞同，但不知为何，二人反而一起忍住不言，此言既出，应声者寥寥，所谓重臣、近臣，有资格在御前发言的，更是只有王源一人而已。

"臣还是建议行扬州，扬州稳妥。"事到如今，吕浩文情知不能避免，也强打精神上前半步，就在赵官家平静的目光下坚持了自己从宁庆开始的一贯论调，"移驾扬州，一则东南财赋无须多转运这五百里；二则但有万一，随时可渡长江，倚仗天险据守；三则，臣请直言不讳，今日战后已无人疑官家抗金之心，且扬州终究未过长江，分属淮南，称不上偏安，官家心存兴复，还是该寻个妥当之处。"

出乎意料，这个之前几乎被赵官家在路上公开否定的去处，此时反而有颇多应和者，俨然是时势不同，事情也发生了变化。

"寿州、扬州都有了，其他人呢？"等几个人说完，赵玖不置可否，"今日御帐前，人人皆可畅所欲言。"

"臣中书舍人胡尹，以为可归东京以正人心！"果然，胡明仲这厮早就按捺不住了。

赵玖无奈，只能在沉默中主动看向另外一位关键人物："林卿，你自东南来，李相公可有相关言语叮嘱？"

林卿乃是吏部侍郎林杞，此人正是李罢在行在的代言人，闻言也是坦诚："回禀官家，臣来时未期如此大胜，故彼时李相公只有只言片语，乃是希冀官家无论往何处，都务必不要犹豫，即刻定下便可，他也好动身，与官家会合。"

赵玖依旧不置可否，又继续扬声追问："其他人可还有言语？"

此言一出，御史中丞张骏、玉堂学士林景默、寿州知州赵定，这三位年龄不一，却公认是新近起势的八公山行在中坚人物，几乎是齐齐心中一惊，然后立即意识到了什么！

话说，其余两位且不提，只以心思敏捷的小林学士来讲，在这个仅次于抗金与否的关键问题上，他早就深思熟虑过，甚至还和自家几位兄长一起讨论过。所以根本不用现场发挥，他早早就下了决心准备在今日大力赞同寿州方案的，因为这样他能得到切身的好处和利益。林家在淮南一带的势力盘根错节，家中众人均在江南任职，如若留在淮南，定能为家族增加助力。只是昨夜席间，吕相公的那番话也让小林学士有些动摇，退一步来说，赞同吕相公的扬州方案不失为两全之策，既可团结政治派系，又能维系家族的人脉。一念至此，小林学士再无疑虑——官家真正定下的去向，此时也不问自知了。小林学士便赶紧出列，张骏、赵定都已经在等着他了。

"罪臣狄道马括冒死一言！"就在此时，身后木棚角落里，忽然有人奋力出声，引得众人纷纷回首，"官家若居两淮，看似万全，然置关西如何？关西尚有二十万西军，为河洛所隔，难道要尽数弃之不顾了吗？而不收关西兵马，展关西形胜之地，何谈中原万安？中原不靖，何谈收复两河？罪臣万死，请斩吕浩文、汪博彦等奸邪以谢天下！"

御帐之前，一时寂静无声，因为自从赵玖一再简化行在，尤其是来到八公山以后，这种格外激烈的论调便很难听到了，此战胜后，这种话就更显得突兀了。

吕浩文、汪博彦尴尬一时，张骏等人也白白思量，便是赵官家也有些恍惚之意，隔了许久，却是吕汪二人实在无奈，只能主动免冠请罪。

"都请加冠。"不出意料，赵官家丝毫没有追究两位相公的意思，"朕说了畅所欲言，而且宰相议政，无事不管，只要没说出议和、降金之类言语，哪里能为这些追责？"

"臣惶恐……"不等吕、汪二人先说惶恐，那边马括马子充倒也醒悟过来，复又即刻俯身请罪，"臣一时心急，口出荒悖之论。"

"无妨。"赵玖的态度再度让木棚里的一些人醒悟，"朕记得你是从岳斐参与了梁山泊一战的，应该早有官身了吧？如何称罪臣？"

"回禀官家，臣身怀重任，梁山泊一战后，岳统制须谨守济州城，臣便等不得天使，直接轻骑南下了。"马括依旧远远作答，"而臣之前因罪下狱河北真定，是金人破了城池才趁势出来的。"

"原来如此。"赵玖面色如常，复又招手让此人上前询问，"如此说来，你是从河北来的？"

"是……"马括匆匆上前，再度拜倒。

"所为何事？"赵玖一面问一面看向吕浩文。

吕浩文见状无奈解释："好教官家知道，臣刚刚在下蔡未及问起缘由，蓝押班便唤臣来此了，所以这马子充方才随臣至此处……"

"臣有一封书信务必要交给官家本人。"而听着吕相公难得没好气的愤懑语调，情知自己一时气涌，不知道会不会坏了大事的马括又悔又恨，赶紧从怀中取出一封皱巴巴的信来，俯首捧上，并由杨轶忠上前转呈。

赵玖接过书信，就在座中打开来看，只看了一眼，便被开头皇兄尊前四个字给弄得有些发蒙，半日方才抬头打量起眼前之人："这是何意？"

"此官家十八弟，庆阳、昭化军两镇节度使，迁检校太傅，信王手书。"马括拱手作答，引得御帐之前一片哗然。

"他在何处？"赵玖茫然追问。

"在北太行五马山！"马括解释迅速，"臣自真定牢中逃出，正好闻得官家当时在河北号召义军，便起兵五马山与金人周旋，后来二圣北狩，信王于途中逃脱，臣彼时在真定被金军隔断，闻不得圣音，又听到这番传言，便去寻来信王，接上山去……"

"荒唐！"就在这时，之前被马括打断进程的御史中丞张骏忽然厉声呵斥，"一封书信，便称皇子，焉有此理？臣弹劾马括妄举妄为、偏听偏信、擅涉天家之事。"

而张骏之后，自吕浩文以下，包括汪博彦、张所、林杞，一直到胡尹等人，几乎所有重臣都不再犹豫，而是一起出列，弹劾马括妄为。

"臣也是专门来请官家辨别之意……"可怜马子充何等伶俐之人，虽说早有预见，但遇到如此激烈情形，也是慌乱不及，只能喏喏而对。

"不要误事！"赵玖如何不懂得众人心理，但他本人此时早已想通，丝毫不畏，倒是觉得众人反应好笑，"马括，朕且问你。"

"是。"

"信王上山前你在五马山有多少人马？上山后呢？"

"之前三万，之后十万不止。"马括小心作答，复又赶紧解释，"不过都是其余山寨聚集而来。宣和之后，大金主下旨，以河北为国土，让大金猛安谋克迁移河北，滥划河北士民为仆为奴为户，河北沸反盈天，以成鼎沸之势，到处皆是逃人。而两河士民一旦逃脱抵抗，十之八九要上太行山，此时南太行以昔日张龙图安置的王彦王太尉为首，号称八字军；北面便是以臣……以……以五马山为首，号称五马军……俱有十万之众。"

"朕已经看清楚了，"赵官家认真听完这话，便随意收起书信，平静地说道，"这就是十八弟的笔迹无误，你们都不要疑虑了。"

张骏等人见到官家自己都不在乎，自然也松了一口气，所谓激愤之态，来得快，去得也快，反而感慨起了"信王"的运气。

然而，他们哪里知道，这赵官家认得什么笔迹？赵玖分明是只认得十万太行山游击队。主动来投靠的十万游击队，别说这信王是真是假不好说了，就算是马括找了一条狗演的，他都认了。

"朕借着此事说几句话。"赵玖心情舒畅，且将书信交给一旁的杨轶忠，便继续在座中从容言道，"吕相公，汪相公，且不论马括刚才言语如何冲动，朕只问你们，两河士民之汹汹，你们感觉到了吗？关西呢？"

吕浩文和汪博彦语塞。

"这个不好答，"赵玖也在座中笑了，"因为若说感觉到了，便如何好再坚持扬州、寿州？若说没感觉到，岂不是坐实了两位相公没心没肺，身为国家执政，心中却已经忘了两河、关西数千万士民？"

"臣惭愧。"汪博彦第一个转向。

"不用惭愧。"赵玖笑意更浓，"因为道理刚刚马括已经说得清楚了，寿州、扬州这里确实是万般好，然而万般好都抵不过一个南阳能连接关西，统揽全局。"

御帐前再度鸦雀无声。而赵官家将有些歪的幞头取下，抱在怀中，一边整理，一边继续言道："朕也是早在那日水战后便想清楚了，想要兴复两河，剩下的二十万也好，十万也罢，西军残部是不能松手的，只是东京实在是危险，没必要如此冒进，所以行在便只能去南阳了，诸卿以为如何？"

"臣赞同！"枢相汪博彦迫不及待。

"臣附议！"御史中丞张骏也立即出声。

旋即，赵定、王源等人也即刻跟上，林杞、张所二人只是微微对视一眼，便也俯首称命，甚至胡尹和小林学士也都匆匆表示了赞同，唯独一个吕浩文，依旧犹疑不定。

"臣非是忘关西。"转眼间成孤家寡人的吕浩文最终也无奈俯首，"而是说东南财赋不可弃，望陛下……"

"无妨，"赵官家随意言道，"东南这么重要，继续让李相公领着皇嗣，拥着太后坐镇扬州便是，朕自与诸公往南阳，以定关西、中原人心！"

吕浩文怔了一怔，旋即俯首。然而，周围自汪博彦以下，不知道多少人如拨云见日一般，居然比吕浩文反应还快："官家此议甚妥！"倒是张所张龙图与林杞林天官各自相对，但在人群之中，居然不敢轻易置喙。

"既然定下去南阳。"赵玖继续抱着帽子从容言道,"有些安排你们也听一听,若二位相公无话,便当是东西二府赞成了,朕有心想让韩师仲随行在西行,也是借他扫荡荆襄、京西之意。"

"官家好决议!"御营都统制王源迫不及待。

"如此,便让张峻与韩师仲换一下,张峻为淮东制置使,韩师仲为淮西制置使,俱为都统制,淮河上游水浅,船队就交给张峻了。"赵官家继续侃侃而言,也不知道是心里想了多久的,"其中,张峻在淮东,辖海州、涟水军、淮阳军、宿州、泗州,把守京东东路通道,并伺机向北,尽量收复京东东路。"

"官家此举甚妥!"汪博彦连连颔首不及。

"韩师仲在淮西,辖寿州、亳州、顺昌府、蔡州,先扫荡淮西、京西盗匪,再论其他派遣。"

这时候,汪博彦、王源等人已经察觉自己有些失态了,无人再随意开口。

"还有张龙图,按之前大约议论,加京东两路制置使,驻宁庆,寿春这里的物资、民夫朕全都给你,待完颜乌竹北走,你便主动引兵过去,接替杨惟忠,岳斐是你旧部,本事你自清楚,他也最服膺于你,张荣也是个人才,都望你好生使用。至于宗副帅在你西面,也要好生联络。"

"臣遵旨。"

"赵定的寿州知州本为权差遣,但此番下蔡守城计有大功,又资历极深,做事极妥,当破格转用,改淮南两路转运使,为张龙图与张峻之后,尤其是张峻,要好生劝他悉心用兵。"

"臣感激涕零!"赵大牧真是觉得什么都值了。

"五马山那里,你此行意思我也懂得,封信王为元帅府副帅,加马括为北道都总管,总揽太行北面战事,不要求野战、大战、浪战,但能存实力以待将来有所呼应,便是极佳的。"

"臣万死不辞!"马括宛若梦中。

"就这些了。"赵玖一口气说完,方才释然,"若有哪里遗漏,咱们再议便是。至于其余行在兵马,且准备妥当,等完颜乌竹一走,咱们便即刻动身,往南阳去吧!"

众人齐齐俯首。

"哦,"赵官家重新戴上幞头,恍然想到什么,"让许景衡、张悫两位相公回来吧,这些日子辛苦他们了。"

第三十二章　人心

且说这一日，赵官家釜底抽薪、借力打力，用一个远在扬州的李罡李相公轻松破解了眼下势大的"寿州派"，定下了南阳为陪都之事，然后又顺势在一炷香的工夫里定下了许多大事，也是让所有人猝不及防之余暗暗感慨。

不过，更加让人猝不及防的是完颜乌竹。与想象中不同，金军并无任何报复反扑之举，按照哨骑回报，赵玖在八公山开会的时候，这位会合了所有部队的大金四太子便匆匆渡过了涡河，引全军继续向北而走了。

而完颜乌竹既走，刚刚上任的定江节度使、御营右军都统制领淮东五郡制置使张峻，便与龙图阁直学士领京东两路制置使张所一起合兵北上，一面是收复失地，一面是小心监视完颜乌竹撤兵。随行的还有辛氏兄弟中的老三辛道宗部，以及部分盘桓在寿州的京东两路官吏及其眷属，所以八公山附近，登时便空了一大半。

又过了几日，眼见着金军一路北走不停，又自徐州转泰山脚下的兖州，全军不足两万骑，小心整肃，越过了泰山东面的通道。对此，无论是身后远远坠着的张所、张峻，还是刚刚接到旨意，驻扎在济州的岳斐，自知兵力战力有限，全都不敢轻易招惹这么一支庞大而又严正的骑兵，小心防范，监视对方越过这处交通隘口，回到黄河畔的沦陷区济南府去了。

消息传来，赵官家也没有再耽搁，而是即刻发布旨意，带着这几日他着力整肃编制的御营，准备动身逆淮河而上，往南阳而去。其中，武成军节度使、御营左军都统制、领淮西四郡制置使韩师仲领御营左军约八千人，行淮北；又以刚刚上任御营中军副都统制王德，临时节制刚刚升为统制的乔仲福、傅庆、张景，外加辛兴宗诸将，约一万两千众，行淮南；然后，御前班直与兵力最少的呼延通部则护卫官家与行在文武，还有部分官员家眷、少数轻伤员，直接乘船从淮河中出发，动身向西。这中间还有韩师仲专门分去下游取自己家私之兵、将士家属等等。

当此时机，正如有人暗地里评价的那般，官家大权在握，两淮军民士气大振，将士经此一役也皆服膺中枢，往日动辄风吹草动便要引发行在危机的咄咄怪相，早已经一去不复返了。

二月十四日，行营正式动身，赵官家乘坐其中一艘专门保留下来的风帆大船，水陆南北三路齐发，浩浩荡荡向西而去。

等到三月中旬这一日，行在来到唐州最北面的方城山下的方城外，由于此处位于邓州、汝州、蔡州、颍昌府、唐州五州交界处，位置紧要，所以行在在方城山下稍作安顿后，便在此暂驻，然后即刻呼唤四面臣属汇集。

得到召唤，北面布置妥当的韩师仲带着刘彦、杨轶忠、胡尹等人匆匆折返，南阳方面的几位重臣也都来到此处迎接，各方面讯息交汇，行在方才从中提炼出了一个匪夷所思，却又让人彻底醒悟的军情——原来，就在数日前，也就是三月初的时候，李彦仙几乎是以一己之力，带着范致虚在陕州扔下的残余部队，克复了陕州。

陕州夹在西京洛阳和京兆长安之间，战略位置突出，若完颜尹恕克彼时在中阳山下得知了这件事情，那他的回转便是理所当然的了。不过，李彦仙如此大功，赵官家却并没有直接给他一个正经说法，而是又等了两日，由枢相宇文绪忠当众奏上，赵玖方才给了封赏。

"加李彦仙为陕州镇抚使！"春末阳光斜照之下，一身大红袍的赵官家几乎是连眉头都没皱，便脱口而出，"枢密院与御营即刻商议相关官阶与恩赏，要速速送达！"

身着紫袍的宇文绪忠立在御前纹丝不动，另一位紫袍大员，也就是另一位枢相汪博彦了，与全副披挂的御营都统制王源即刻闪出，又稍微一驻，眼看着无人反对这个镇抚使的任命，方才严肃领命，然后三人一起归于各自队列之中。

且说，这一次在方城山下举行的会议不是寻常政事堂会议，而是一次汇集了整个行在文武、御营将领、京西地方残留文武的大朝会。其实，这种事情本该是等官家到了距此只有一百里的南阳再进行的，而且应该是在刘汲为官家辛苦营造的行宫中举行的，大家洗尽尘埃，精神焕发。但不知为何，由于官家本人的提议，这次众人期待了已久的大朝会，最终还是稀里糊涂地就在这方城山下的野地里举行了，两侧也不过就是围了一个帷幕而已，官家甚至拒绝了登上方城山那著名的金顶，借着城上寺庙、道观来举行这场会议，也婉拒了入城的提议。

不过，随行御营中军甲士累积过万，耀武扬威，按照各部分划，几乎排满半个方城山下的野地，从举行会议的这座山边小丘处一眼望去，端有几分气势。

其实对此事，行在上下也是有议论的，一些闲人自然只会说官家又任性和心急了。可除此之外，真正的有识之士都以为，官家是要借野地和兵甲来提醒行在诸臣，虽然南阳就在眼前，可国家尚处于危难之际，应当有危机意识。不过，也有极少一部分人认为，官家素来看重军事，可能只是觉得应当尊重前线将领，没必要拖延时间，所以才直接在这个四通八达的地方举行了朝会，并无其余考量。

回到眼前，李彦仙的大功议定之后，自有吕浩文、许景衡两位东府相公依次出列，轮流将各种事情奏上。

"京西各处，汝州、蔡州、颍昌府、河南府，还有关中陕州、京兆诸郡皆有缺额，臣等奉命拟定了各处任命，还请官家过目。"吕浩文自然也是一身紫袍加硬翅幞头，却是从袖中摸出一封文书，然后第四次正色转出队列。

"朕信得过诸位相公。"

旁边内侍省大押班蓝珪赶紧跑下去接过文书，赵玖打开一看，复又合上，然后交还给蓝珪，让蓝珪仔细收起来。"但有一言，如此类任命须考虑诸位留守、制置使、镇抚使的意见，他们在前面临敌，总有权行任命的理由，不可随意顶替那些权用之人。而若确实有任命上的抵触，也要将顶掉的诸人安排好去处，做好安抚。须知，当此之时，万事皆以抗金为念，后方不得轻易与前方临阵之人相争。"

"臣晓得其中利害。"吕浩文也是静静等官家说完，方才严肃应下，再缓步撤回队列之中。

吕浩文此番既退，却不是另一位相公许景衡再度跟上了，而是身着绯袍的试御史中丞张骏出列，并昂然相奏："官家，御史台有论，之前金人南下京西，诸州陷落，颇有臣僚败绩、失土、弃民之事，而官家一个多月前在寿州八公山曾下明旨，以官家与行在不退，不许臣僚再退，而今请问该如何处置？还请官家明谕示下！"

此言一出，就在四位宰相身后，跟台谏几个人齐平的几位绯袍官员，甚至包括一位紫袍官员，登时色变，继而紧张难耐，倒是其中"失土被俘"的唐州知州阁孝忠面色黝黑，让人看不清他是否"色变"。

不过，赵官家的面色也未曾改变，脱口而出，俨然是私下有所议定："朕的旨意有两个限制，一个是地理，以朕未退，而臣僚不可退，那么朕在何处，身前可容忍，身后不可忍，所以为此赦免了京东逃人，而杀了丁进，换到眼下，朕自淮河西行至此，自然是京西北路可赦，京西南路不可赦；另一个，却是时间，朕自八公山发此文书，旨意到后自然要遵行此旨，但旨意未到便已先败，也不好苛责。"

听到这里，那几位色变之臣，几乎是齐齐松了一口气。不过，眼瞅着殿中侍御史胡尹面不改色，立在张骏空位下方不动，稍微听到过某些传闻的一些人却又心下惊疑。

"但是，"赵玖微微一顿，继续板着脸说，"抛开旨意，昔日李相公在时，常有言论，要严惩过分失节、无能之人，以正士风。昨日，殿中侍御史胡尹亦曾进言，如有居大臣位以荒唐事决万众生死者，绝不可赦，朕颇以为然！资政殿大学士、邓州知州范致虚何在？"

一名位置仅次于四位相公的紫袍大员闻言面色惨白，哆嗦出列，俯身欲言，却又一时语塞，殊无大臣风范。

"范学士。"赵玖见状微微蹙眉，"朕听人说你十五年前便进位尚书右丞，列位宰执之实，然后入处华要、出典大郡不停，堪称天下数得着的重臣，怎么如此不堪，连个话都对不上？"

"臣……臣须是文臣，请官家以祖宗家法计量，不要以刘广仕之流相论，愿求张邦昌那般结果，便足感官家恩德。"年逾五旬的范致虚惶恐之下居然失去文臣体统，直接免冠下跪，引得周围肃立的诸多文武大臣一时哗然。

赵玖沉默了一下，这件事他和几位相公、几位近臣争论得很厉害，但除了一个胡尹外，并无人支持他"宁国"。而赵官家多少也明白，陪都在前，人心思安，偏偏前线还在挣扎，这时候真杀了范致虚，反而会激起文臣们的集体不满，可能会导致严重后果。须知道，刘广仕位置再高，也只是一个武臣，杀了他只是无此成例，不合体制，可眼下这件事却是有明文约束的。而以眼下的局势，这个时候，赵玖也正需要文臣们替他出力。

就在赵官家沉默乱想的时候，下面不光是范致虚，几位相公、站出来的御史中丞张德远，还有其余臣僚早已经心乱如麻，他们如何不晓得，赵官家还是杀意不平呢？

"也罢！"赵玖忽然叹气，"追夺出身以来文字，贬遵义军安置……"

下方诸人齐齐松了一口气。既然能保命，那自然就顾不得赵官家临时改成如此严重的处置了。然而，等范致虚仓皇谢恩，然后自有班直上前当众拔除他衣冠并将他拖拽出去之后，几乎所有人又都糊涂起来，遵义军是个什么地方？

"诸卿还有什么奏上吗？"赵玖目送范致虚被拖出帷帐，方才继续询问。

唯一立在正中的大臣，也就是御史中丞张骏闻言本要后撤，但又陡然想起一事，似乎是之前两日争论范致虚太过激烈，然后大家又在匆忙之中忘记了。

然而，张德远刚要就势进奏，甫一抬头便迎上了赵官家那张面无表情的脸，然后心中微动，闭口不言，并直接转回。然而，张德远刚一回到队列，他身侧的胡尹和对面的唐州知州阎孝忠便一起出列，与此同时，居于他斜对面的京西转运使刘汲也是蠢蠢欲动，只是因为某种微妙心态没有立刻走出来而已。

对此，这位御史中丞复又不淡定起来——他哪里还不明白自己犯了天大的错误，须知眼下文武云集，早不是昔日只要看着精力过剩的赵定，留意着城府极深的小林学士便可应对一切的八公山了，这是方城山！且不提张骏按捺了不过一个月的城府就此骚动起来，胡尹和阎孝忠一起出列，二人目光交会，各自停留了片刻，都没有掩饰对对方的欣赏之意，然后也都没有相让之意。

而就在此时，身着紫袍的京西转运使刘汲彻底忍耐不住，直接越过二人，拱手相对御座："官家！臣冒昧一问，范致虚既去，邓州的差遣谁可为？且官家既然决心以南阳为陪都，是否该升邓州为南阳府，仿开封府旧例？"

赵玖微微一笑，然后居然从御座中站起身来，上前来到刘汲身侧，并握住刘汲的手。可怜刘汲刘直夫四五十岁的人了，却第一次见到这位官家，又不晓得对方脾气习性，登时便面色通红起来。

吕浩文等人眼见如此，知道这刘汲要么被大用，要么就要吃大亏了。然而，话虽如此，他们居然也还是有些泛酸，因为他们这些人辛苦追随行在东奔西走，前后大半年，没功劳也有苦劳，却似乎从来没被赵官家拉过手的。非只如此，这些聪明人哪个不是博古通今，眼见着刘汲只是被官家一握手，先是面色通红，继而眼泪都下来了，却又恍然大悟——原来，此时官家握手刘汲，并非是简单粗暴的施恩，而是一种极高明的施恩！要知道，握手言欢这个典故，乃是发生在当日光武帝与他的开国功臣李通身上的，地点正好是这南阳附近。

一念至此，虽然明白官家是在表演和收纳人心，可其余重臣还是不淡定了起来，下面两个差遣都没的其余行在文臣们更是几乎妒忌得眼睛发红……也就是韩师仲这种人拴着一条玉带，动辄看不起读书人，此时昂首挺胸，四处去看风景，所以不懂是怎么回事罢了。

说不得，这位韩太尉还觉得人家刘汲哭哭啼啼不像个样子呢。

"南阳保全，全是刘卿的功劳，"赵玖握着对方手缓缓而言，"朕之前便也想过南阳府之事，乃是干脆将邓州、唐州合二为一，恢复汉时南阳规模与旧制，而朕当时便以为，这南阳府尹的差遣，非刘卿不足以为之。"

旁边的枢相汪博彦闻得此言，一个没忍住，居然不顾场合，一声叹气。须知道，想当年在河北，这位官家还是大元帅，他汪博彦亲自负着弓箭引兵马去做护卫，在当时普遍认为应该迁都长安的情况下，官家也是拉着他的手说："他日见上，必以公为京兆尹……"也就是凭着这句话，汪博彦瞬间断定，这刘直夫前途远大，将来入中枢代替自己这些人为相公也说不定，但偏偏地位极其尊崇的南阳府尹，一定跟他无缘了。

"但朕后来想了一下，刘卿转运营造之力着实出众，有一个要害之处，远比南阳重要，朕却是一定要倚仗刘卿的，也只能倚仗刘卿。"赵玖握着刘汲的手继续恳切言道，"朕希望刘卿以京西南路安抚使的身份兼知襄州，驻留襄阳，替朕总揽蜀中、东南、荆襄自大江、汉水的物资转运。须知道，刘卿是萧何一般的人物，正要你来为朕总揽身后，哪里能用你来做一个区区知府呢？"

刘汲泪流满面，即刻连声应下。

"南阳府的事情，就让唐州知州阎卿权差遣一下吧！"赵玖眼见着刘汲答应，这才随口吩咐了一句，却是让之前出列，准备相询此事的阎孝忠也弄了个黑里透红的大红脸。

"官家，"就在这时，阎孝忠身侧的殿中侍御史胡尹忍不住提醒了一下，"襄阳守臣范琼至今未至，而且他收留罪臣宗印，其心可诛！"

数步之外，近来一直心神不安的小林学士也是陡然想到了什么——如此一来，这南阳旧臣岂不是一朝清空了？

"官家！"

赵官家刚要开口，刘汲便即刻表态："范琼不足惧，臣自受皇命往襄阳上任，区区一武夫，绝不敢轻易为祸！"

"不至于……"赵玖赶紧压制这位老先生，然后立即看向了正在看热闹的韩师仲。

看了半日热闹的韩师仲赶紧出列，拱手行礼："官家，等臣将本部兵马调到襄阳城下，之后限期十日，必然生擒范琼！"

"朕正要说这个。"卡了一下后，赵玖继续握着刘汲的手——其实是刘汲攥得太紧，他赵官家不好撒开——正色对韩师仲言道，"韩卿，既然陕州兴复，那么朕要你即刻督师北上西京，一则谨慎监督完颜尹恕克、完颜巴力速二人退兵，二则要迅速击破降金人的军贼杨进，协助大翟小翟克复西京，重新立足；三则，尽量打通陕州通道，援助陕州一二，西平翟氏本属蔡州，为你任下，又与大小二翟兄弟有亲，今日过后，你也带去！等西京稳定下来，你再回淮西休整练兵。"

"臣遵命。"韩师仲对此差遣明显觉得出乎意料，但还是即刻拱手称命，受命之后，不免又正色相询，"不过既然往西京，臣便不得不问官家两事。"

"说来。"

"主管侍卫步军司公事阎勃阎太尉尚在汜水，臣至彼处，以何人军令为先？"韩师仲严肃奏对。

"自然是以韩卿为先！"赵玖想都不想便脱口而出，但稍一思索，还是郑重提醒了一下，"但良臣也须尊重阎太尉坚守汜水经年之功！"

这有点不合制度，但周围无一人反对，甚至有点安静得过了头。从朝廷军事机构设置上讲，阎勃身为三衙长官，本与枢密院相互制衡。而赵玖以元帅府的军事力量组建御营，在事实上取代了三衙的功能，因而行在文武只能全力支持韩师仲。

另一方面，阎勃坚守汜水，乃是依附于东京留守宗颖，而限制地方留守权力，乃是行在文臣的本能。

此时，韩师仲即刻承命，然后便要继续奏对。但这个时候，周围忽然又有人控制不住自己了："官家，臣试御史中丞张骏冒昧一问，三衙制度毕竟经行百年，阎太尉又有功无过，而韩制置虽军略妥当，却行事操切，殊无德行，臣恐怕韩制置此行，阎太尉会多有不服，届时未免无端生祸。"

只听后面半句，赵官家几乎以为说话的是胡尹，因为这话太像胡尹的风格了。唯独话说回来，既然是张骏说出这话，那便是另有深意了。对此，赵玖沉默了一下，依旧沉声询问："张卿想如何？"

"臣冒昧，自请往汝州暂行监管西京兵事。"张骏俯首以对，"本朝成例，文

294

臣督师，臣若至汝州，必能使闾太尉安稳之余使西京兴复。"

"不用，朕自会与宗留守说及此事。"赵玖经此提醒，反而醒悟，"闾太尉在汜水一直倚仗于宗留守，有他调解，必然无事。"

张骏讪讪而退。

而赵官家也终于趁机撒开了手，并转回座中。与此同时，刘汲、阎孝忠、胡尹也都纷纷回到队列之中。

"其实有一件大事，本想最后说的，但既然已经涉及三衙、御营之论，再加上今日确实没几个紧要事了，那朕也就直言不讳好了。"赵玖环视左右，扬声言道。行在诸臣也是心中各自有所明悟，然后纷纷肃立，唯一一个还立在正中间的韩师仲见势不妙，也赶紧退下。

"国家制度本不应该轻易更改。"赵官家缓缓而言，"如今非比以往，绍宋与大金之间不死不休之势已成定局，此言朕昔日在八公山已经论定。既如此，便须更改制度，以应时势。"

下方诸臣虽然严肃以对，却多面不改色，因为这个话题是所有人都想过的。实际上，早在宁庆的时候就有人提过，八公山后，扬州知州吕夷昊甚至曾上书行在，提出了一个涉及官制、军务、财务的一揽子方案。而后，其余各方面重臣，也都提出过自己的方案，之前两日，虽然仓促，但有资格御前议事的诸位大臣同样讨论过这个问题，并提出了一些大略方案。总体而言，方案是为了方便军事统筹而进行的简化与合并。

"其一，中书省、尚书省、门下省、秘书省，四省合一，从今日后，不再有什么尚书右丞、左丞，东府宰相就是正经丞相、副丞相，他们总揽政务，统领六部、九寺、五监、六院，有资格御前公议军政大事，于行在，便是吕相公为正，许相公为副！"

赵官家一段话说完，吕浩文与许景衡正色出列，躬身下拜。

"当然。"赵官家赶紧又补充了一句，"李相公依然平章军国重事，统领东西二府，总领百官，还是额外高于所有臣僚的。"

这句废话自然没人在意，因为没人会觉得李罢真回来了，吕浩文这种人能分庭抗礼。

"其二，西府往后也废同知枢密事等差遣，一律只称枢密使、枢密副使，此间枢密使自然是东京留守宗相公，汪相公、宇文相公，还有远在淮南养病的张相公为枢密副使，枢密使、枢密副使，也就是西府诸相公，依旧参与御前议事如旧。"

赵官家稍微一顿，却又继续说了下去："其三，从今日起，废三衙，权责尽归御营，杨惟忠、闾勋二位改御营副都统制，而御营又属西府枢密院，并将兵部下的职方司、吏部下的三班院、审官西院，一并移至于枢密院下，并以职方司掌机密文字、参赞军事，而御营正副都统制、职方司参军与诸前线留守、制置使、经略使、安抚使、镇抚使，以及军中建节者，皆可随枢密使御前议论军事。"

众人微微一凛。

"其四，内侍省与入内内侍省权责重叠，又有之前六贼多出身阉宦的教训，再加上国家危难之时，也不宜扩充内侍，就此合为内侍省。内侍省中间也简洁些，一个总领的大押班，以蓝珪充任，继续负责禁中机宜文字，一个副的大押班，以扬州太后那边的邵成章充任，其余皆降为押班，依旧领各处差遣如故。

"其五，御前班直单独列出，设一御前统制，以杨轶忠为任，一副统制，以刘彦为任，随御营诸军直属于朕。"

这两个就更无话可说了，唯独冯益回归没有丝毫动摇蓝珪的身份，倒算是有趣。

"这是几件议论好的大事，而至于御史台、学士院，本就简洁，自然不变，依旧与东西二府一般一起直属于朕。"赵玖言至此处，语调放缓，若有所思，"其实，后面还有各军州知军、知州、通判，边郡的知寨、城主，还有各路转运使、经略使、安抚使、制置使、镇抚使，依旧有权责不明，过于注重资历，使得名称不一，职能有重叠累赘的嫌疑，朕也有意更改。唯独时间仓促，再加上行在刚刚要定下来，所以也不好动摇地方，只能放在以后慢慢来论，暂时就是这样。"

众人不再犹豫，即刻纷纷出列，然后在四位相公的带领下，严肃俯首，大礼而对，而内侍省大押班蓝珪也即刻呼喊平礼。

"诸卿稍缓，朕还有一点心里话要给大家说。"蓝珪话音刚落，御座中的赵官家眼见着众人起身，却没有让人各归队列，而是再度出言，让人颇为意外。

"当先一个，朕一定要在方城山朝议，而非等到进了就在眼前的南阳再论，其实只有一个目的，那便是快刀斩乱麻，望诸卿就此切掉旌和以来行在中的种种是非、恩怨、政争、奖惩。"赵玖缓缓叹道，尽量提高了音调，"咱们务必轻装上阵，在南阳重新开始，也正是为此，才一定要在此处处置范致虚，并使东西二府宰相正位。"

"官家用心良苦，倒是臣等思虑不周。"之前觉得赵官家行事操切的吕浩文稍微一愣，赶紧第一个认错。

汪博彦、王源更是彻底放松了下来。

"且待朕说完。"赵玖抬手制止了对方，"接下来一个，关于绍宋、大金之间，战和之事朕已经在八公山说过了，不许议和。但以此为基础，还有两句话一定要额外认真说给诸位听，好教诸卿知道，金人一个万户就将京西弄成这样，现如今金人足足二十多个万户摆在那里，所以金人兵马雄壮，是切实之事。与此同时，绍宋连战连败，先丢河北、河东，再有旌和之耻，之前刚刚京东、京西、关中又一起再溃，我军虚弱无力，无法野战，也是事实。

"非只如此，大金立国不过十七载，连破丽绍宋万里大国，一时称雄天下，气焰嚣张，宛若无敌；而我绍宋去年才被人破了首都，丢了百年积蓄，连天子都被人掳走了一双，朕辗转各地，见多少富庶军州一经战乱便残破不堪，无数百姓流离失散，各处死伤枕藉，又有不知道多少野心之辈，趁势而起，动摇地方，亡国之危非是虚言。"

帷帐之中，瞬间鸦雀无声，只有南风卷动帷帐，传来簌簌之声，与赵官家的言语相合。

"然而，宗留守拒敌于滑州，岳斐、张荣破敌于梁山泊，韩师仲、张峻却敌淮上，李彦仙又刚刚克复陕州，到底是让天下人看清了，金人也是人，与绍宋人一般形状，是人就可胜，是人也就可败。与此同时，我们的人口、财帛、文华、制度远胜于对方，更是毋庸置疑！

"所以千言万语，只两句话而已。"赵玖严肃扬声而言，"一则时局再艰难，绍宋也总是有办法的！万万不可言弃！二则，虽绍宋、大金之间已经交战三载，可自朕以下，诸卿须做好准备，还要有十年、八年，乃至于死后方成功之志！这是国战，不可希冀于侥幸！"

四位相公一声不吭，带头俯首再拜。

赵官家说完这两句话，似乎累到了，干脆起身拂手："今日到此为止，其余杂事，咱们明日动身去南阳路上再分派就是！"言罢，赵官家不顾尚未起身的诸臣，直接扶着腰带，带着蓝珪、杨轶忠等人，便要走出帷帐。

不过，临经过韩师仲身侧时，这官家复又停步，俨然是想起了一事："良臣，你之前似乎有事未奏完？"

"是……"韩师仲赶紧直起身来，小心作答。

"朕也正好有件事情要与你说。"赵玖正色言道，"你到了西京后，不免要见到绍宋祖宗陵寝，陵寝这个事情，自然是要尽力保的。但正如当日李相公论及二圣时所言，要想取回二圣，必要军事上胜过大金才可。那么一样的道理，要想长久保住陵寝，必然要西京之地彻底安稳才可。所以到地方后你要告诉闾太尉与大翟小翟几位将军，不可因陵寝之事而强为军事，以至于损兵折将，那是本末倒置。若实在是交战中有所损伤，那自然是朕与二圣做了赵氏不肖子的缘故，与他们无关。"

韩师仲周边，诸臣一时起了骚动，旋即又安静下来，韩师仲也怔了一怔，即刻颔首。

第三十三章　南阳

虽然有人口口声声说什么轻装上阵进入南阳，但事实上，春末落花时节，当赵官家引众进入南阳城的时候，依然有着无数遗憾。不过这些遗憾终究只是遗憾，南阳城就在眼前，也没必要再多想了。

这一日，赵官家在城外划驻好营地驻地，分派完御营中军军士，领着行在文武进入南阳城后，整个行在众人还是陷入了一种近乎冲击的幸福感、满足感与安全感中。不少人半路上便掩面而泣，宰执们没有等到进入行宫便干脆联名奏上，要求官家一定按照张悫的例子给京西转运使刘汲加一个都省副宰相的位子，否则他们自己都会惭愧得坐立不安。对此，赵玖自然是从善如流，大嘴一张，顺便将刘汲的转运使也改成了京西南路经略安抚使。

这下子，刘汲是副宰相加经略安抚使，算是隐约有了李罢、宗颖一般的使相姿态，当然，以南阳为陪都的方略一定下，川蜀一带的正常物资上缴就全都被截留在了南阳这里，而川蜀在整个动乱中几乎是毫发无损的，所以财力物力自不必多言。于是刘汲利用川蜀的物力、本地的人力，汇集了大批工匠，在南阳扩大了城墙规模，修筑了行宫，然后设立了金银、钱、布帛、粮食、特产的专属仓房以储备物资，而此刻的仓房内，最起码粮食布帛堆积如山。

非只如此，随着官家迟迟未至，他甚至还在行宫两侧加筑了大学、要害部门的府署，甚至在城南一带依河建造了供官员和班直家属居住的居民区。须知道，若是从去年初算起，行在中的主要官员们已经流浪一整年都多了，而且其中一半时间是处于物资紧缺的窘境中的。当然了，等这日在南阳安顿下来以后，反过来一想，不少官员又不禁感慨起来……如果不是赵官家打了淮上那一仗，如果不是陕州李彦仙刚刚创造了一个军事奇迹，那这座让人安心的城池在完颜尹恕克身前又是个什么下场呢？无外乎是跟东京一般下场吧！

"官家不在宫中？"

隔了一日，在经历了对官员补发俸禄，以及昨晚以召见本地乡老为名的那场盛大晚宴之后，三月廿二日，很多陪都重臣们不免有了几分懈怠之意，然而等他们这日按时赶到行宫之后，又被官家给吓醒了。

"好教诸位相公知道。"留在此处的内侍省大押班蓝珪一脸无奈，"官家一早便在值夜的小林学士与杨统领的护卫下起身去城外兵营了，还临时召了御营都统制王源与权知南阳府事的阎少尹，说是要亲自去给御营中军各处补发军饷。"

"杨轶忠该斩！"

冷清的大殿之上，殿外小林中偶尔传来的珠颈斑鸠的咕咕声中，许景衡第一个发作，却又不好骂官家，也不好骂那几个要员，便只能来骂人人都能骂的杨轶忠了。"身为护卫，官家擅自出城，焉能不报宰相？"

第一次来这种场合的刘汲微微蹙眉，也不知道该说什么好。

"诸位相公。"蓝珪犹疑，还是出声做出了说明，"官家走前曾在御案上使小林学士留下几个条陈，要诸位早做决断，待他回来，还要听诸位御前议政，在下不敢擅动，还请吕相自取。"

一众宰辅无奈，只能压下邪火去看那些条陈，然而，吕浩文当先拿起案上第一张字条，翻过来一看，便觉得头大如斗，原来，这第一张字条上便是"土断"二字！其余宰辅上前，也都倒抽了一口冷气，却也各自无话可说。

要知道，土断一词，主要是指在当时北人南渡背景下的南朝统治区内进行户口重组。而眼下，京西刚遭战乱，流民诸多，非只如此，放在整个旌和以来的大局来看，以淮河秦岭为界，北人南逃的也极多，且短期内，绍宋确实没有收复失地的能力。那么此时，将南逃北人进行就地安置、编入户口的"土断"，就显得极为紧要和迫切了。

只不过，话虽如此，这件事情却实在是太过繁杂，几乎牵扯到方方面面，千头万绪之下，如何"早做决断"呢？吕浩文带着一种复杂的心情将手中这千斤重般的"土断"字条交给身后许景衡，复又拿起了第二张纸条，然后又是一阵头大，原来上面写的是"范琼"二字。

范琼，范琼，这两个字行在实在是太熟悉了，从赵官家登基开始，行在便一直在讨论此人，从宁庆议到亳州，从亳州议论到顺昌府，又从顺昌府议论到八公山，最后来到南阳，却是再不能拖延了！不过，好在跟以往总是争论要不要处置此人不同，这一次，大家倒是早有统一认识，那就是一定要杀了他，取襄阳为后手，否则不说东南、荆襄如何有效沟通，只说万一金人南侵，南阳危急之时，官家连个退路都无，那该如何是好？

而赵官家此时留下此人名字，也肯定不是要宰辅们再商议如何处置此人，结合之前赵官家在方城山下所言，很显然是要大家商议一点辅助性的对策，协助赵官家南下襄阳，铲平此獠。唯独军国大事，由不得诸位宰执们不严肃以对。

吕浩文将这个字条交给了身后的枢密副使汪博彦，然后继续去翻第三张字条，复又看到"孙默"二字，却是早已经麻木，直接将这张字条交给身后的刘汲。

且说，孙默是之前死在金人刀下的京西南路颍昌府守臣，他的事情跟行在无关，却是京西本地官场的一个重要悬案、疑案、公案。金人南侵前，颍昌府通判缺额，当时刘汲便发文书，以一个正在丁忧的唤作裴祖德的人权通判颍昌府事。等到金人南下，作为知府的孙默便赶紧收拢兵马，让裴祖德主持着退到颍昌府最南面的郾城，以作防守，与此同时，他本人却去阳翟接自己家小。对此，裴祖德一面守着郾城，一面弹劾孙默贪生逃遁。随即，完颜尹恕克南下，直接在阳翟杀了孙默，却意外地没碰郾城。宗颖闻讯，自然是临时保举了裴祖德，让他假直秘阁，知颍昌府。

到此为止，似乎是非曲直很明显了，孙默身居高位，却在危急关头顾念家人，裴祖德以通判身份主持大局，明显更高一层，而且裴祖德身上同时有刘汲、宗颖的保举。孙默最后到底是选择了殉国而死，而裴祖德却活了下来，大家便也不好再说什么罢了。

然而，事情并没有到此为止，就在完颜尹恕克退出郾城之后，孙默的家人居然带着孙默之前未发出的文书去寻刘汲告状，而按照这封文书所论，裴祖德根本是听别人说金人不会来了，然后拿这个假消息特意去欺骗孙默，哄着对方去的阳翟。那若以此而论，裴祖德便是个两面三刀，甚至是刻意想借刀杀人除掉上司的无耻小人了！

这件事情，同时牵扯到刘汲和宗颖，偏偏一个死了的知府清誉在此，议论很大，裴祖德的官位也一直卡在那里，此番行在议论京西缺额时，更是绕不过这件事。那么解铃还须系铃人，刘汲无可奈何，只能接过这张字条。

且不提刘汲如何头大，吕浩文早已经揭开了第四张字条，打开一看，正是"关西"二字，登时也不敢怠慢，便将这张字条递给了宇文绪忠。

来到南阳，便是为了关西强兵，而关西与行在隔断了许久，除了长安陷落，整个京兆府要员全部殉国外，那边现在是个什么情况？还有多少兵马？有没有变成军阀割据的状态？有没有被金人全取？

这些事情，总得有人去摸清楚，然后做出相应对策与安排。还是那句话，军国大事，必须得有人担负起来。故此，宇文绪忠也没有吭声，便直接接过了这张沉甸甸的字条。

这时候，吕相公终于揭开第五张，也是最后一张字条，细细一看，乃是"军婚"二字，而联想起昔日八公山上赵官家对那些军士的许诺，吕相公哪里还不明白，这是要结合土断梳理流民后，鼓励再嫁，给御营中军的士卒们寻浑家的意思，便赶紧将这张字条攥在了手里，准备以首相之资亲自来做这件疑难大事。至于其余四位相公，各自一怔，却也都懒得计较什么。

"每件事情都刻不容缓。"

五人立在空落落的大殿上，一起沉默了片刻，最终还是吕浩文身为陪都首相，义不容辞。"但此时各部、院、寺、监皆缺额严重，所以我以为，做这些事情同时，须得同时填充人事。"

"官家早在蔡州就下旨让各处推介贤能之才了，只是因为道路缘故，尚未抵达，或者干脆尚未接到旨意，便是京西本地的推举，也是完颜尹恕克退后方才开始的。而行在那些随员，也都大略用来填充京西了。"宇文绪忠随口提醒了一句，"此时填充中枢，又能拿什么人来填充？"

吕相公登时无言以对。

就这样，五位相公在蓝珪的注视下，一起又冷了一炷香的场，最后踌躇片刻，左思右想，还是决定各自回去，召集自己的幕僚、朋友、学生，还有相熟官吏，大略拟个条陈，等官家不知道什么时候回来了，先做个大概汇报再说其他。

"开始吧！"

同一时间，南阳城外，豫山脚下，白水之畔，树绿花香，人声鼎沸，换了牛皮带的赵官家带着几名心腹要员端坐在军营将台之上，正饶有兴致地指着身前二人言道："既然你们二人言语相同，那朕也不做恶人，你们就在这里摔跤比武，朕与王太尉等人都在这里，一起给你们做见证，胜的人来补这个准备将，唯独必须要认赌服输，事后不许再做追究！"

两名乔仲福麾下的年轻军官齐齐拱手唱喏，便扭头冷冷相对，然后直接在如雷声般的起哄声中各自回台下解甲去了。片刻之后，双方便各自只着一条裈裤上来，周围喧闹之声也越发震耳，随着两人一起弯下腰来，相互逼近到只有一个身位的时候，原本喧嚷的军营瞬间安静了下来。但是，随着其中一人猛地向前蹬腿一扑，一股声浪复又卷动了整个军营。

对于领了条子的宰执们而言，三月下旬这几日也不知道是该高兴还是该不高兴，因为赵官家这一出城就是足足三日有余。

回到行宫，赵官家一面换了衣服，一面匆匆下旨，让诸位相公、御史中丞，连带着枢密院下属的御营都统、职方司参军，以及中书舍人、玉堂学士、殿中侍御史等近臣，外加一个特指的权知南阳府的阎孝忠一起往殿上相聚，准备讨论军国事宜。这基本上就是陪都这里的所有核心要员了。

原本就随行来到宫中的诸人自然不提，其余几位相公、要员匆匆赶到，也自然在路上知道了宫殿外的事情，唯独这么多军国大事在身前，众人虽然在殿中相顾讪讪，却也一时都不好多提。

"吕相公是陪都首相，先汇个总吧！"赵玖一身常服，面色如常，匆匆步入殿中，等他坐到冰凉的御座上后，耳听着殿外嘀咕声不停，却也无甚在意，而是直接出言论事。

"回禀官家。"吕浩文上前，深呼吸了好几次才稳住心态，然后开口，"土断之事，许相公总揽，已有大略条陈。但此事涉及极多，而中枢各部、寺、院却偏偏缺员极多，地方官员经去年冬到今年春这一战，也多有缺额，所以此事只能通晓一些安稳军州，让他们先粗略为之，具体想要拿出妥当条陈，分晓天下处理妥当，怕是要等人事齐备之后再说。"

"此事朕心里明白。"赵玖依旧面不改色，却又微微一顿，"来的路上，朕便想明白了，咱们一意抗金，首要之事便是能作战，而想要作战，除了前线那边选拔将领、操练兵马以外，便是后方如何聚集粮草、钱帛了。想要妥当聚集粮草、钱帛，却也要分两类事来做，一个开源，一个维稳。土断这件事情，既是开源，又是维稳，乃是一个长久之计，咱们能做多少是多少，并非是要你们三月成功，五月妥当的。"

"官家圣明。"不知道是开源、维稳这两个词正好说到了点子上，还是官家不急不缓的态度让人放心，反正吕浩文今日态度极好，连"圣明"这种词都说出口了。

"不过关于此事，朕还要专门提两点。

"一个是设了镇抚使、制置使，总之，就是屯了兵的地方，一定要拿捏妥当，一方面默许他们为了养兵、抚兵，做些勾栏流民的事情，一方面却又得坚持大节，不可让他们做出什么过分之举。远的咱们现在管不了，但若韩师仲、张峻二人犯了浑，却不必顾忌，直接往朕这里弹劾，朕自会与他们说话。须知，他二人或许混账，但终究不会起野心的。"

此时殿中，去掉一左一右宛如木头的杨轶忠与刘彦，再刨除几个内侍，有资格开口议政的，除了一个御营都统制王源，俱是文臣，而诸人闻得此言，也是心思各异，有人觉得赵官家思虑妥当，知道防备这些武将，有人却觉得赵官家还是对韩张二人过于信任了。但一时间，除了吕浩文俯首说了一句"得旨"外，其余却并无声响，俨然在等第二点。

"第二个，乃是吏员的问题。"赵玖看着满殿文臣犹豫了一下，方才咬牙说出，"官吏隔绝，势如水火，乃是地方通病，官压不住吏，便要为吏所欺，朕不懂地方庶务，但应该是这回事吧？"

"是！"

"正是。"

阎孝忠、刘汲等地方出身的官员即刻零散应声。

"刚才说地方官员缺员。"赵玖一声叹气，"而行政上的庶务却多是吏员操办，当此非常之时，那能不能从政略上给他们一些好处？"

"官家是何意？"

"朕以为，国难之时，能不能借此土断的机会，破格许一些功劳显著的吏员通达到知县、通判呢？"赵玖试探性地询问道。

殿中一时安静得可怕，而这种安静跟之前的安静不是一回事，实际上，赵官家一出口，便察觉自己有些心急，然后微微后悔了。绍宋正经文官，也就是所谓京官群体，还是以科举出身与恩荫出身为主，夹杂着少部分诸如太学生之类的说法。而其中恩荫官的比例极高，也能做到顶尖位置，但值得一提的是，读书人是读书人，士大夫是士大夫，恩荫出身也可以是读书人，太学生更不必多提，所以群体界限是极为明显的，便是恩荫出身，也必须要有足够的学问才能被士大夫接纳。

而回到眼前，士大夫被恩荫官中的不学无术者挤压倒也罢了，甚至当此国难之时还出现了吕浩文这种恩荫出身的宰相，但这还不够吗？吏员又是什么？也能大规模出任正经知县和通判？

"只是暂行，一时救急罢了，也止于土断这件基本国策之上。"停了片刻，赵玖忽然失笑，"况且，这不是你们喊着缺员吗？难道还会一直用下去？等安定下来，金人威胁稍轻，咱们终究还是要开科取士的。要不，止于知县？"

众人这才稍微释然，如此就当是官家特旨恩荫了一批人便是。

吕浩文也在回头看了几位相公的神色后，再度俯首喊了一句："臣得旨。"

此事之后，吕浩文又欲奏上范琼之事，却被赵官家按下，转而从关中说起，吕相公也赶紧将宇文绪忠的对陈放上，却是"充实武关、小心向前""自汉中遣使打探"等寻常方略之外，又在札子中列出了一份极为宝贵的西军将领名单。据说，这是宇文相公数日辛苦，多方打探问讯，参照可能存活的西军诸将资历、功劳、兵马，依次排出的。至于接下来的"孙默"一案，刘汲提出了追赠孙默，同时将裴德祖平调到淮东的和稀泥方略。对此，赵官家却并未在意，因为在明确人证物证出现之前，这件案子没有真相，赵官家要的就是刘汲这个半"当事人"亲自来和稀泥，以免影响到刘汲和宗颖这两个真正大员，以及相关的京西补员工作。

赵玖放松面孔，从容再言："都说说范琼吧！"

吕浩文此时浑身释然，闻言也不说话，直接看向了汪博彦，而汪博彦会意，也赶紧出列恢复了奏对，却是严肃紧凑了不少："官家，好教官家知道，臣这几日研判范琼一事，与其余几位相公担负疑难不同，范琼就在襄阳，所以多有探知、应对，如今皆在此处。"

说着，这位枢密副使却是将一个札子从怀中取出，然后无视起身后赶紧过来取的蓝珪，反而直接塞给了一侧的吕浩文，再由吕浩文递给蓝珪。

"确实详尽，汪相公辛苦了。"赵玖打开札子，只是一眼看下去便不由得缓缓言道，"原来范琼没有占据整个襄州，只是集中盘踞在襄州、邓城、牛首一带……兵力三万，这么多吗？！"

"好教官家知道。"汪博彦赶紧严肃解释，"范琼自行在出发，不过三四千兵。但到了此处与军贼李孝忠兄弟对垒时，却又从京西南路、荆湖北路招揽了不少兵马。彼时他是军，而李孝忠是贼，各处军州自然配合妥当，所以等到李孝忠被他驱除后，他手上大约是一万出头的兵力，而这一万兵，便是他的根基和倚仗了。"

赵玖缓缓颔首。实际上，当时韩师仲、张峻、刘广仕，其实都是一万左右的核心兵力。

"等官家杀了刘广仕、丁进之后，此人怀惧，便开始稍作整备，又在本地招揽了一些兵，但也并未过分，加一块也不过是一万五千众……"汪博彦继续严肃讲道，"但官家莫忘了，完颜尹恕克当日因为陕州之事走得匆忙，只将他从太原带来的那个万户带了回去，以至于之前邓州这边许多降了金人的京西本地败兵无处可走，偏偏官家的御营大军又压了过来，便只好都仿效那个赵宗印，往襄阳去了。"

赵玖微微颔首，却也从容："如此说来，正好一举击破，倒省得咱们浪费时间了。不过，汪相公这札子上面说，对范琼犹可以朝堂大义应对，又是何意？难道事到如今还要招降？"

"这怎么会呢？"汪博彦难得失笑。"此獠之前坐视完颜尹恕克横行京西，又屡调不至，官家方城那最后一次召唤也都不来，可见此人端端是留不得了。但是官家，范琼情知官家不能容他，铁了心要做逆臣贼子，可他下面的那些兵马将佐未必想随他。这些人，到底是官家名义上的臣子、朝廷名义的军士，以前官家不来，范琼反意不显，这些人尚能安稳，如今官家都引大军到了南阳，他们岂能不忧惧前途？"

赵玖再度颔首，其实，不要说范琼的下属了，就是明知道不能被中枢容忍的范琼本人也都畏畏缩缩，不敢下定决心真的造反，这一点从之前一年，无数巴蜀赋税财货从长江转汉水，经襄阳至南阳，而此人却居然不敢截断运输便可窥得一二。

"所以，臣有两策。"汪博彦拱手再对，复又严肃起来，"一则，请官家明发旨意，一面定范琼为逆贼之首，公开悬赏通缉，一面尽数赦免范琼以下无辜，许自带兵马器械来御营汇报；二则，请借南阳、襄阳地利之通，遣人南下，在襄州本地传播谣言，只说那范琼麾下几名主将皆欲杀之以奉南阳……"

赵玖忽然发笑："这是驱虎吞狼的计策，必然有用，汪相公之前还笑，为何说到此处反而不笑了？"

"回禀官家。"汪博彦越发严肃起来，"此为用兵之策，臣身为枢密副使，不得不为，但如此用心险恶之策，道德之士，却不该为之得意的。"

赵玖笑而再问："那朕早有言语，欲亲自督师向南，算不算以九五之尊操持腥膻之事呢？"

汪博彦一时讪讪，却只能强自解释："官家以正讨逆，正合大道。"

赵玖情知是怎么一回事，无外乎是面对范琼这种人，没有任何人有心理压力，真要是对上金人，上次不过区区五百人，这群人都是万万难以赞同的。

不过，赵官家也懒得多言，只是按下这个与刘子羽方略暗合的札子，便直接肃然下令："此事才是诸般事务中最拖不得的，便大略依此策，即刻下旨施行，唯独一事，受范琼节制，割据观望者可赦，降金之辈与那宗印和尚却绝不可赦！除此之外，南阳这里须做好后勤准备，襄阳身后的荆湖北路马伸那里也要尽早联络，一旦襄阳动摇，朕便要亲自督师，速速发兵平定此獠！"

吕浩文以下，直到阎孝忠，所有相关人士一个激灵，便要一起出列应声。

然而，越发明显的嘀咕声中，小林学士却抢先一步，拱手进言："官家，臣请先行襄州，亲自替官家行此驱虎吞狼之策！"

赵玖看了一下百折不挠的小林学士，心中暗暗赞赏，微微颔首："就依林卿所言。"言罢，赵官家不等所有人拱手行礼，便直接起身，转入后宫。

第三十四章 雨水

四月初三，赵官家御驾亲征，全军一万余直接冒雨出发，四月初七，王德、傅庆便赶到了不足百里外的邓州城下，在轻易扫荡了周边城镇后，却攻城失利。

四月初九，在断断续续的雨水中，赵官家率主力来到邓州城下，但当日依然攀城失利。此时，城中遥见官家龙纛至此，便遣使出城，请降于官家，条件自然是请赦免城中诸将，对此，赵官家没有为难使者，却理所当然地拒绝了对方。

翌日，城中叛军冒雨出甲士劫寨，却为绍宋军诸将轻易在城下击溃。

四月十一，天气暂时放晴，傅庆建议趁着白河暴涨，引水淹城，为官家所拒，营中却开始打造器械，甚至有起炮的迹象。

当晚，城中第二次派出使者。

"臣等一时误入歧途，后悔莫及。"来人被搜检妥当，押解入帐，依旧是对着端坐于座中的那个年轻人叩首以对，"金人弃臣等如敝屣，臣等也自知无力与官家天兵抗衡，事到如今，只求活命而已……"

"只求活命？"

一阵蛙鸣声中，正在看着一些从南阳送来的札子的赵玖抬起头，正色相对："也就是说，只要朕许诺你们一条命，不管是充为苦役，还是贬斥到岭南，你们都愿意受了？"

"正是此意！"来人不顾地上泥泞，继续叩首。

"是因为范琼也没有支援你们的缘故吗？"赵玖放下札子，微微一叹，"何止是金人弃你们如敝屣？连敝屣也弃你们如敝屣。"

"臣等后悔莫及，且当日降于金人，委实多有盲从裹挟。"言至此处，此人微

308

微一顿，方才继续叩首恳求，"官家，好教官家知道，降金首恶乃是前蔡州巡检李尚，若官家能恩恕我等活命则个，此人臣等亦可捆缚到城前明正典刑。"

且说，连日下雨，道路泥泞，城中残余的上万降金叛军固然被所有人抛弃，根本看不到生路，然而绍宋军上下，连着数千民夫，也都已疲惫不堪，数日前争先的各部将领，更是心气全无。故此，此时闻得此人如此恳切，帐中将领，自王源以下，皆有意动，便是刘子羽也忍不住去看赵官家姿态。

"不许。"赵玖束手于案后，板着脸看着身前之人。

"官家！"此人悲愤抬头，"当日情形，谁都以为国家要亡了……"

"亡了吗？"赵玖冷冷相对。

"便是不说当日，只说眼下，为何范琼那里都只诛首恶，臣等这里却连谈都不许谈？"

"范琼也没降金！"

"降金与否有这么重要吗？"此人愤然起身，被两名甲士死死按住，"若论作为与缘由，我等比范琼无辜多了，须知当日是赵氏无能，先弃国家！"

"大胆！"王源一声呵斥，周围诸将一起拔刀。

"让他说。"赵玖不以为意。

"如何不敢说？"此人站起身来，抬头相对，只见须发皆为泥污所染，却目眦欲裂，"天下须是你赵氏的，而我等京西子民先为你赵氏所弃，金人兵临城下，你这个官家又不知在何处，父母子女却正在身边，不去降金谁来保自家亲眷周全？"

"你说得极有道理，朕有错，二圣亦有错，此战若真酿成伤亡无数，战后朕自可下罪己诏，亦可代父兄下罪己诏，而且，朕也知道你们中有人确实委屈，确实无辜。"赵玖平静答道，俨然早就认真思索过这个问题，"但朕就是不能与降金叛贼谈条件！还是那话，你们若来降，便开城束手，然后任朕处置，唯此而已。"

"官家。"此人忽然又平静下来，"你须知道，城中尚有数千户百姓……"

"看你样子，似乎是个读过书的。"赵玖并无畏惧，"那便该晓得，胁迫人质者，攻杀不论，你们真要如此作为，只会让朕事后处置你们的时候更加严重罢了！"

此人怔怔相对，片刻后方才再问："官家确实不愿给我们留活路？"

"朕只要你们无条件降服，任朕处置。"赵玖干脆相对，"便是此言，你若无事，便回去转达吧！"

使者长叹一声，不再留恋，直接转身离去，却也显得干脆。

翌日，出乎意料，邓州城忽然四门大开，叛军尽弃兵甲，出城降服。

"之前两次出城的使者是谁，在何处？"仓促出帐的赵玖望着身前泥淖中跪倒的一片军官，不免想起一人。

"好教官家知道，那人是蔡州巡检李尚，也是完颜尹恕克任命的大将，引我们投奔范琼的首领。"有人勉力抬头相对，"他昨日回来后，自知不能免罪，便在城中汇集各部将领，先将他们围杀了，然后召集我们让我们降服，最后自己也自尽了。今日出城的，最高不过队将。"

赵玖束手而立，默然相对……他有心想说一句"早知如此，何必当初"，却不知从何开口。

邓州既破，雨水又断断续续起来了。没办法，这个时节的江汉一带，本就是这个天气。而想要在这种天气下强行渡过汉江，然后孤军面对襄阳城，就显得有些吃力了。不过好在赵官家此次出来虽然多次脸黑，让王德以下一众御营中军将领全程提心吊胆的，但终究是没有瞎指挥，要求各部强行出战。当然了，即便如此，随着朝廷官军主力迅速夺取邓州城，然后高大的龙纛出现在汉江北岸，汉江南岸的襄阳城也是陷入一种高度紧张下的惶恐状态……因为说一千，道一万，那毕竟是官家。

"林学士，这官家准备等到什么时候？"一江之隔的襄阳城内，某处宅邸后院中，阴沉的天气下，范琼麾下的右军统制王俊踱步不停，渐渐难安，"官家莫非还在疑咱们不成？便是疑俺，也不会疑林学士吧？"

"疑你我什么？"

小林学士坐在院中一把太师椅上，望着头顶阴沉云层，似乎也有些烦躁，但闻得此言，却是不屑一顾。"官家昔日能在淮上孤身渡河去下蔡见张太尉，能在汝阳出城去见翟统制，如今只是遣一军渡江来攻而已，何须疑虑？你我再加上范琼捆在一起，可也值得他疑虑？"

"那……"

"必然是官家另有安排。"小林学士深呼吸数下，然后再度打开了手边那本他几乎背下来的书本，"且那番安排并不在这汉江当面。"

"俺也是这么想的。"

不等小林学士翻开书，王俊便赶紧来到对方身前，面带惶急之色："林学士，你想过没有，自从官家龙纛来到江畔后，范琼那贼厮又渐渐失措，只是每日杀人喝酒，城中上下早已经人心浮动，有路子的聪明人恐怕不止你我吧？"

"未曾闻其他大臣来到襄州。"小林学士微微蹙眉，"但襄州这里距离南阳太近，有人见机行事也属寻常。不过，那又如何？"

"不是如何，俺这不是怕有人捷足先登吗？"王俊难掩忧色，一双豁牙顺势展露出来。

"捷足先登又如何？"小林学士继续蹙额追问，"你莫非以为我不能履约保你性命？"

"这个自然信得过林学士。"王俊抿着龅牙唇勉力言道，"但正所谓江湖有言，人不为己天诛地灭，俺既然握着城中三一之数的兵马，又如何愿意真的只保性命？俺也想在官家身前立个功劳！"

林景默越发觉得此人险恶，也越发不想理会此人，干脆冷冷一眼，便直接摊开书本。王俊见状，也是彻底懊丧。然而，就在小林学士刚刚拿起书本的时候，随着头顶一声轻雷，他复又一声叹气。

小林学士决心要担起责任来了："若让你去做，你准备如何去做？"

王俊原准备跺脚离去的，此时闻言却是不由得大喜，转身过来说了一番计较。

小林学士听完之后，也是一时不解，却并不做遮掩，反而只学着官家腔调说了几句话："我须不懂军事，也无意干涉，但有两事你须应我，才能去做！"

"愿听学士吩咐！"王俊惊喜之下干脆就在院中不顾地湿，直接叩首以对。

"这第一条，只许成功，不许失败，计划必须妥当，才能去做。"小林学士肃容相对，"否则反而贻误大局！"

"这是自然。"

"第二条，我知道你是想在官家身前立功，但若如此，我便在此重重提醒你，官家素来讲究军纪，此时他就在江北，一旦事成自然会引御营大军突然临城，你须严格约束军纪，控制城防，事成之后不可使城中生乱，否则有罪无功！"

"俺懂得其中利害！便是做贼时也须不能偷官府，襄阳这城池离南阳这般近，俺如何敢让儿郎们肆意作为？若林学士不信俺，俺这就立个誓言……"王俊几乎便要发誓赌咒，但眼见着小林学士说完话便兀自拎起书本离去，也是无奈。

不过不管如何了，既然得了应许，早就按捺不住的王俊即刻行动起来，再无迟滞。而当日晚间，万事俱备的他更是主动来到许多人根本避之不及的襄阳城州府署衙，然后求见自己的恩主范琼。

身为城中掌握军权的大将，又是自己一手提拔起来的心腹，范琼便是再糊涂，也没理由不见。故此，片刻后，这位穿着绸布衣服的王统制便赤手空拳来到了后堂。然而出乎意料，王俊来到后堂，既没看到一个不成样子的醉汉，也没有看到满地狼藉之态，而不知道是不是错觉，王统制甚至觉得这位"范太尉"身上的味道都小了许多……这让他颇为惊惶，以至于一入门便赶紧叩首于地。

当然了，在堂中跪地叩首之后，起身落座，迎上范琼那近乎赤红的双目后，王俊还是微微安心了不少。

"豁子不去安心守城，为何来我这里？"盔甲明亮的范琼一张口，声音只是稍显嘶哑。

"回禀太尉，俺正是为城防的事情来的。"且说，王俊也是见惯大场面的，此时更是单刀直入，"太尉，不瞒你说，城中快不稳了，再这么下去，老韩那边不知道咋回事，我领着的西城肯定撑不住！"

范琼沉默片刻，然后缓缓相对："难得你还知道来告诉我。"

"俺一身荣华富贵都是太尉给的，别人不来俺也得来。"王俊裹着身上的绸缎袍子正色言道，"俺听人说，渡口那里太尉派的牙兵居然也有些不稳。太尉，俺不是来做小人的，照理说牙兵绝对可靠，但他们在渡口有三个短处，一是不能入城，心自然野；二是没有大将领着，几个牙将各自为阵，一个坏了，整个江防就都坏了；三是在那边整日都能看到官家龙纛，几日看下来，基本上便没了战心。要俺说，只怕过两日水势下去，官家一渡河他们便能直接降了。"

"你说的这个道理，我也是信的。但汉江就不管了吗？"范琼还是摇头，"让赵官家白白渡过江来，怕是更不稳当。"

"我受太尉大恩，愿意出去给太尉守着汉江，拼了命也要替太尉拦住赵官家！"王俊趁机下跪，俨然图穷匕见。

范琼微微一怔，在案下摸住了刀把。

"眼下这个情形，太尉若信不过俺，俺也无话可说，但俺绝对是一片真心。"王俊趴在地上，却抬着头继续侃侃而对，毫无迟滞，"大不了俺把自己家小都送到州府这里来，只要能保住太尉，啥都值了！"

范琼微微一笑，却是抬手相对："不是信不过你豁子，而是事到如今，我也不知道此番作为有没有用……你且回去，让我想想。"

王俊不再多言，直接在硬邦邦的堂上石板上叩了三个头，便出去了。

有小林学士和王俊在襄阳城中做内应，赵玖在城下以大军压上，不过数日，襄阳城便告破。翌日，赵官家分派乔仲福驻守襄阳，张景驻守通往汉中的要道光化军后，便匆匆传书刘汲，让后者即刻来此赴任，随即就下令全军班师。当然了，为了保证稳定，大批没来得及消化整编的降卒也被一并带走，准备在南阳豫山大营进行统计和汇编，刘子羽也留下监督乔、张二部的扩编，并要带回部队名册，便是王俊也被带回"述职"与赏赐，等刘汲这边安定好了再放回。

日上三竿，今日起床稍晚的赵官家不顾几位相公、要员可能随时到来议事，一如既往地束紧袖口，然后来到行宫后方左侧的那个小树林中，开始了他日常的射箭练习。

"说吧！"

赵官家俨然没有忘记一些事情，一箭射出之后，便忽然开口，引得刘彦和随侍的几名丽东籍班直莫名其妙起来。

"谨遵官家谕命。"杨轶忠情知官家是故意要刘彦听到，却也不做遮掩，直接汇报，"军情一事脉络清晰无误，但到底是有所泄露还是恰好撞上臣却无可辨别。事情是这样的……"

赵官家一边听一边射，一筒箭射完，方才暂时停弓摇头："朕大概听明白了，此事关键就看这胡闳休的本事，对否？"

"是。"杨轶忠干脆应声。

而赵玖一面再度搭弓瞄靶，一面不由得失笑："总之，汪若海与胡闳休泄露了军情，而若姓胡的有本事，那便是咱们的汪太常一个人是糊涂蛋，是这个意思吧？"

官家一箭强行歪靶，杨轶忠也只能硬着头皮点头。见此形状，赵玖不由得摇头再笑。

且说，刘汲往襄阳赴任，此时殿中复又变成两东两西四位相公、一个御史中丞的大略格局。不过，今时不同往日，随着越来越多的文臣汇集起来，中枢各处缺员渐渐补上，赵官家的近臣们，也早非昔日八公山上一个小林学士、几个舍人那么简单了。现如今，光是赵玖唤得出名字的便有两个殿中侍御史，一堆中书舍人，甚至翰林学士都多了三四个，还有什么其他的枢密院和都省下属的个什么文字，就是所谓机要秘书班子了，也都是能直接上殿，立在角落，随侍官家与几位相公的。譬如说胡闳休的妻兄汪若海，便是以承事郎的官阶在枢密院领着差遣做事，和刘子羽一样，理论上属于汪博彦和宇文绪忠所领。

"朕走之前交予诸位相公的几件事可都妥了？"赵官家来到殿前，与诸人见礼完毕，却是面色如常，好像刚刚根本没听过那些汇报一般。

而闻得官家质询，吕浩文当仁不让，却又一时尴尬："臣禀过官家，几件事情都颇多疑难……"

赵官家愣了下，却也不急，而是微笑以对："无妨，一件件说来，从最小的那件事说来，李彦仙还在闹脾气？"

"回禀官家。"负责此事的正是吕浩文本人，却是越发尴尬，"李彦仙再次拒绝了旨意，不愿出任镇抚使。"

赵玖含笑摇头："到底是为什么？"

"官家。"吕浩文俯首以对，"臣专门让人问得清楚，李彦仙的意思是，他忠心耿耿，出身清白，请官家按正经次序赏赐升迁便可，如镇抚使这种专门与杂牌军将展示恩宠，让他与什么岳斐、张荣同列的官职，他宁死不受！"

官家幽幽叹了口气。

"如此，这事也算是吕相公你办妥了。"赵官家思考了许久，想清楚里面的逻辑后，便开口下旨，"他想要正经官职就给他正经官职便是，让李彦仙做陕州知州！"

"官家明断。"来到南阳后，吕浩文表现得越来越和气了。

"军器监的事情呢？"一事大略解决，赵玖继续正色询问。

"回禀官家。"汪博彦上前拱手致意，似乎也颇显惭愧，但不管如何，很显然这件事情的条子吕浩文递给他了，"臣与枢密院上下多方讨论，也曾亲自去探查地方，询问人手，却都觉得有些疑难：一则，乃是选址困难；二则，乃是工匠难寻。"

"细细说，慢慢讲。"

"是，好教官家晓得，欲设军器监，先须立炉出铁，而照理说南阳周边有白河，周边也不缺石炭，正好立炉。"汪博彦正色奏道，"但南阳周边无险可守，之前完颜尹恕克轻易自西京洛阳突至此处，若将军器监放在城外，一旦战事再起，又有金人乘着骑兵之利来到此处，军器监未免要被轻易毁弃；可若放到城内，南阳城因为行宫、太学、衙署的新建，已经很拥挤了。"

赵玖若有所思。

"至于工匠的事情,倒是简单一些。"汪博彦继续言道,"无外乎是东京城的工匠多被金人掳走,而南阳此处汇集的工匠又多是巴蜀、荆襄汇集而来,他们为了修筑宫殿已经多日未曾归乡,不欲长久留在南阳。"

赵玖听到这里,只觉得古怪,因为按照汪博彦的描述,这些问题其实都不是什么问题,毕竟,国家到了这份上,军器监的兵器、甲胄是最要命的东西,一定要不惜一切代价的。而在这个指导思路下,不说什么拥挤、工匠思乡这些荒唐言语,哪怕是最极端的情况,也就是真只用了几个月就被金人毁了,难道就不做了吗?这时候,多一套甲胄都是好的呀!

赵官家稍作思索,也懒得与汪博彦周旋,而是单刀直入了:"那汪卿觉得军器监该放到什么地方?"

汪博彦拱手正色相对:"官家,臣以为不如放到襄阳,在襄阳安家,想来工匠们也能心安。"

放在襄阳也确实是一件好事,赵玖闭上眼睛都能想到几处优点,那里物资运输方便,人员往来方便,而且也确实安全。不过,这件事情的背后,却是以汪博彦为代表的一大批官员对可能爆发的战争结果信心不足的缘故。

当然了,赵官家也不太信任战争结果,因为人总得面对现实的。

"那便襄阳吧。"赵玖想了一想,犹豫了片刻,还是表示了赞同。

汪博彦旋即领命。

"关西呢?"又一个话题按下,这次不用吕浩文指点,赵玖便直接看向了宇文绪忠。

"因陕州克复,而韩太尉临西京对峙完颜谷神、耶律於顿之故,再加上武关、洋州通行,臣已经大略得知关西情形。"宇文绪忠赶紧相对,"关西方面,敌酋完颜娄石破长安后继续西走,扫荡渭水,却在巩州力尽,所以撤军河东……"

"不是力尽,"赵玖闻言一声叹气,"还是李彦仙,若非李彦仙此时克复陕州,完颜娄石何至于一口气撤到河东?若以旧时军功而论,李彦仙一己之力几乎不弱于宗留守十万之众,也不弱于淮上韩张与济州岳张四将合力,怪不得人家会闹脾气,任命他做陕州知州的时候,额外转一级军功。"

"是。"宇文绪忠拱手以对,却又继续介绍了下去。

而赵官家也听了个差不多,原来,完颜娄石扫荡了关中平原撤走后,当地一片狼藉，到处都是如之前京西一般处境，义军、盗匪根本分不清楚，几乎割据了整个关中平原。而好消息是，由于撤退得快，大部分西军残余兵力都在关西诸路的山区部分得以保全。而且其中还有鄜延路经略使兼知烟广府王庶、环庆路经略使席贡、温州观察使王燮这种高级别官员与将领存活。至于统制级别的大将，目前确定存活而且还有兵马的，就有曲锻、辛企宗、刘锡、赵哲、刘希亮在内的七八部，不过却都散乱在各处，只是有活动的讯息罢了。

"恕臣直言。"宇文绪忠正色对道，"关中平原依然失控，行在鞭长莫及，除非等各部收复凤翔、长安，否则无从聚拢。但等到长安一旦被收复，便应该即刻派大员前往陕西安抚。"

赵玖情知此事确实无奈，便也只能勉励了一番宇文绪忠，然后越过此事。

接下来是许景衡负责的元祐党人问题，这件事情牵扯的人事太多，"不尽如人意"的地方不用说也知道，无非是官家的政治姿态问题和官僚们的普遍政治认知起了冲突。就在许相公准备力谏赵官家一番的时候，赵官家却忽然越过这件事情，只是与许景衡交流了一番土断之事，然后又与所有人讨论一番数日后召见那些人才上殿殿试之事，恍惚间日头就已经西斜不止了，赵官家不再犹豫，直接借口时间问题让诸相公散去，然后呼喊小林学士跟上，转入后宫去了。

翰林学士值守宫中待制，本是常例，所以此举虽然让新来的几位学士稍微妒忌了一下外，也都无话可说，尤其是这位城府极深的林学士刚刚立下大功。

然而，就在诸位相公引众恭送官家离去，相互拜辞寒暄邀请，折腾了好一阵子，正准备各自归家之时，忽然间，小林学士居然在杨轶忠和刘彦的陪同下去而复返。

"四位相公留步。"小林学士远远便喊住了其中几位。

吕浩文几个人听得此言，本已经心中一紧，一回头更是头皮发麻。原来，这小林学士手中居然攥着几张墨迹未干的字条。而与此同时，周围人自张骏以下，看清楚情形后各自一怔，反而一起加快脚步，纷纷出殿去了。

而小林学士微微一笑，却是先行开口："官家有言在先，这些都是小事，不是让相公们做的，相公们商议后尽管交予其他人速速处置便可。"

这便只是要四人赋予这四张字条合法性的意思了，吕浩文心中一动，自然是动作泰然起来。

而第一张字条揭开，上面赫然写着"火药坊"三字。不等心中疑惑的吕相公主动询问，林景默便解释了一番："官家有言，要在南阳专设一火药坊，独立于军器监，不必多讨论了，就在南阳左近设立，要速速去办。"

吕浩文微微颔首："汪相公以为该交给谁？"

汪博彦稍一思索，只是瞥到跟着小林学士回转的一人，便干脆应声："事关军机，让御前班直去做如何，杨统制？"

杨轶忠面色如常，便上前拱手相对，吕浩文自问糊涂，即刻将这张字条递给了好整以暇的杨轶忠，然后去揭第二张。

第二张字条打开，正是"胡闳休"三字。吕丞相哪里知道谁是胡闳休，不过林景默也即刻适时出言："官家有言，这是最近建言军策的一人，大约是在两位辛统制军中，请寻得此人，最好几日后一起上殿，一同殿试。"

吕浩文恍然大悟，更觉得此事不值一提，甚至他都想直接交给刘彦了。但这事毕竟牵扯军中，不好不让宇文绪忠转手的，而宇文绪忠却也干脆，他只是随意接来，便转手递给了刘彦，并无丝毫迟滞。

此事也就此揭过。

而可能是前两件事过于简单，让吕相公信心大增，第三张字条他倒是直接取来，放在自己手心中打开，却是"城防"二字。

"官家说了，南阳扩建仓促，城防不稳，怕是不足以应对战事。"林景默严肃以对，"官家要改建城防。"

吕浩文叹了口气，他如何还不明白？这几张字条根本就是官家给那几个心腹近臣的功劳，只是怕在之前朝会上公开提出被人抢了过去，这才专门让宰执们留在此处背锅。不过，明白归明白，吕相公却也半点犹豫都无，直接脱口而出："让阎孝忠去做吧，我出去自寻他来做。"

小林学士并不以为意，也不置可否，只是微微颔首，便直接退回去了。

自此，便一日无事。然而，当日深夜，赵官家却被人从温柔乡中唤醒，并得知了一个天大的消息——就在数日前，李彦仙在克复陕州之后乘胜追击，越过黄河，据中条山，发兵北击，连续攻克安邑、解县、闻喜，解州也几乎全境为他所复！而解州既复，太行山道路也通了。

赵玖目瞪口呆，继而狂喜。

第三十五章　来不及了

四月下旬，南阳城人心浮动。

原因很简单，韩师仲西京战败的消息在南阳城根本瞒不住。

不过这一日，天气陡然转热，没有半分拖延，韩师仲那边的细致军情也即刻报来，中枢这里从官家以下，所有人了解情况后，倒是不由得松下一口气来。原来，此战起因还是在于李彦仙，李彦仙越过黄河，以中条山为根据地收复解州，打通了与八字军王彦部的联络，极大地震动了将河北视为心腹之地的金人。于是乎，不得已之下，尚在西京洛阳一带的桓榛最高指挥官完颜谷神，这个桓榛文字的发明者、所谓"二圣北狩"的实际策划者，同时也是与完颜娄石一文一武作为完颜瞻汉派系左右手的存在，当机立断，下令全军撤回河北，放弃西京洛阳。

面对如此局面，可能是韩师仲又妒忌李彦仙战功了，也可能是大小翟还有闾勍这些人在西京这地方跟金人已经杀红眼，相互之间已经存了血仇……总之，韩师仲得到军中上下一致同意之后，在完颜谷神和耶律於顿二人即将撤兵之前，联合大小翟还有闾勍，三路齐出，发动了一场针对完颜谷神部的多方面联合突袭。

然而，三路部队齐出的同时，却不料完颜谷神也在同一时间集合兵力，以作渡河防备。结果就是闾勍部中途遭遇降了金人的叛军杨进，双方道中仓促相逢，苦战难下；而韩师仲本部也遭遇到了岐辙兵马；最后只有大小翟领着牛高这些义军抵达预定战场，直面了桓榛人，自然是遭遇到了一场惨败，若非韩师仲到底是击退了耶律於顿，支援了过去，怕是大小翟外加牛高就都要交待在黄河畔了。

但是，战后的局面并没有想象中的那么糟糕，因为完颜谷神大胜之后依旧选择了与岐辙兵马一起回身渡河，相当于放弃了河南与洛阳。总之，事情多少是虚惊一场。

韩师仲兵败西京的"危机"去除后，却只有赵官家一人去了心中一块大石头，继而连午睡都睡得安稳起来，南阳城内依旧人心浮动。

五月盛夏，万物生长。整个五月，南阳之外，除了张悫张相公的病逝，似乎也多是好事频传。

当先一个，五月中旬，韩师仲联合大翟小翟、阎勋，在邙山一带堵住了杨进，将后者枭首示众，然后又专门往已经成了白地的洛阳城走了一遭，最后才打着成功收复西京的旗号，回身淮西休整。就在此事后不久，扬州李罡李相公那里便也有数封文书送到，却是说江浙福建一带的几处叛军都已经招抚的招抚、扑灭的扑灭，并顺势提出了一系列的东南—南阳—两淮—京东的财政分配方案，还要求扩充御营后军，以夯实两淮守备。总之，自从官家进入南阳以来，整体局势到目前为止都是向好的。

而等到六月份，随着泾源路统制官曲锻，先以逃兵之论杀同级别的统制官刘希亮，再和下属吴介一起，趁着长安有一股义军和叛军交战，分别突袭，兼并两路兵马之余收复长安，关中动乱也渐渐平息。

此时，更是有一个通过殿试成功授官到枢密院的太学生，唤作万俟燮的，迫不及待地提出了南阳中兴这个口号。据说，这万俟燮因为殿试表现出色，被赵官家当着几位相公的面在名字上画了好几个圈，才得以破格与军略第一的胡闳休一起出任正八品的枢密院编修官，并以枢密院属官的身份参赞军务。

内患平息，赵玖也有了心思带着新任枢密院参赞军务的万俟燮和胡闳休巡视火药试验。"辛什么宗？"可能之前耳朵被震得有点聋，赵官家回身听汇报时不免有些发怔。

"辛企宗。"一脸正气、年轻有为的万俟燮朝着一身红袍的官家拱手相对，顺便提高了音量，"好教官家知道，此人在辛氏兄弟中排行第二，仅次于大辛防御……"

"是二辛哪。"赵玖当即恍然，继而拢手冷笑，"他从洋州来南阳了，还带着五六千西军？这是从关西绕了上千里路逃回来了？"

"是。"万俟燮赶紧再对，"枢密院宇文相公总揽关西事宜，特意遣臣来问官家，该如何处置？"

赵玖沉默了片刻，却发现自己根本没法惩处此人，因为，若按照时间推算，此人从关西撤退的时候，应该还没接到他赵官家不许后退的命令；而若按照方位来算，一个荒诞的事实是，此人从关中经过汉中再来到南阳，逃了上千里，却还是全程都在他赵官家"身前"而非身后。

所以，无论如何，此人都算不上逃兵的，也没什么法度治他。

"编入御营中军吧。"赵官家思索再三，只能如此处置了，"然后下旨给兴元府，锁住散关，不许关中将领擅自往川蜀为祸，更不许无军令擅自往行在过来。"

"喏……"万俟卨拱手相对，却依旧未走。

"还有什么？"赵玖继续笑问道。

万俟卨犹豫了一下，然后主动后退半步，将机会让给了自己的同班胡闳休。

而胡闳休也赶紧拱手汇报："回官家的话，还有河东制置使王燮，此人也在完颜娄石攻略关中时经大散关逃入汉中。实际上，据臣所知，二辛统制便是因为在汉中为此人欺凌，立足不能，方才至此。至于王燮，他虽然未曾来到南阳，却发奏疏到枢密院，说是请官家巡幸川蜀，立陪都于成都府，或者兴元府。"

"罢了他的河东制置使，"赵玖气急败坏之余，到底是知道什么叫鞭长莫及，所以只能恨恨相对，"然后出知凤翔府，速速回去整理关中！"

"喏！"胡闳休赶紧答应，便要离去。

而就在此时，万俟卨忽然再度俯首，向官家汇报了一件事："官家，还有一事，统制辛永宗，也就是小辛统制，刚刚上书枢密院，建言清剿洞庭湖，他说洞庭湖有一人唤作钟相，此人势力广大，却又妖言惑众，诚然图谋不轨。"

"说的好像朕不知道钟相底细一般。"赵玖脱口而对，却又似笑非笑看向了万俟卨与有些惊慌的胡闳休，"不过万俟卿以为小辛统制此番举止是何意？真的是以为朕和枢密院的相公们都不知道钟相是谁吗？"

"官家。"年轻的万俟卨小心相对，"臣以为这是小辛统制早与二辛统制有私下联络，事先知道了二辛统制要到，又因为跟随官家日久，猜到了官家的脾气，怕二辛统制会因此获罪，所以求枢密院的熟人出的主意，乃是希望御营中军再动起来，他二哥也好趁势戴罪立功。"

赵玖恍然再笑，却丝毫不理会什么枢密院熟人，而是继续相询："那万俟卿以为现在该去讨伐钟相吗？"

万俟卨听到此处，心下忐忑，还是大胆赌了一把："臣以为钟相此人确实是于一年前起过异心，但绍宋受命于天，而官家先于淮上大破完颜乌竹，又安定天下于南阳，可谓力挽狂澜于不倒，中兴之姿已现，那些许错判了形势的宵小，实际上已经丧胆，官家若能下诏安抚，彼辈必然心悦诚服，不敢为乱。"

赵玖点了点头，复又微笑看向了面色煞白的胡闳休："胡卿以为如何？"

"臣受辛统制累年恩德，所以才替他出谋划策，而讨伐钟相正是臣之前本想建言之事。"胡闳休狼狈不堪，只能拱手俯身相对，"官家，臣绝非有意欺瞒官家，更非内外勾结，泄露军情。"

赵玖不置可否，只是继续笑问："如此说来，胡卿是以为此时正该征伐钟相了？"

"是。"胡闳休抬起头来严肃以对，"官家，钟相盘踞洞庭湖，根基深厚，颇得民心，却又妖言惑众，自称大圣，还使人传播他当为楚王的揭帖，反意昭然，而洞庭湖为荆湖两路腹心所在，一旦为祸，后果不堪设想……"

赵玖连连点头，却又抢在刚要说话的兵部尚书陈规开口前看向了万俟卨："万俟卿，就拿你之前对朕说的话去对汪相公说吧，那便是朕的意思。"

一旁陈规和身前胡闳休齐齐一怔，听到这话的万俟卨却是强行按下惊喜之意，俯首称是。就这样，枢密院二人既去，赵官家复又与陈规查看了火药包的残痕，依旧按例指定了一处效果最好的爆燃点，赏赐了负责此处的硝匠，记下配方比例与混合方法，便又一起同车转回南阳城中，去看城防的加固。

然而，今日不知道为何，总有不速之客。赵官家方才与陈尚书，以及负责督工的阎少尹一起转了半面城墙不到，便又有人前来谒见，正是官家第一心腹近臣、御史中丞张骏张德远。

"官家，臣闻得成都路转运判官赵开上书言事，言茶马榷法五弊端，尽更茶马之法？"相对于那两个人，宫殿之外，张骏说起话来未免轻松随意了许多。

"有这回事。"赵玖连连点头，"而且朕和几位相公都觉得他说得挺有道理。"

"还有关西将领逃入川蜀，为祸地方？"张骏听到此言，却并没有深入探讨，反而忽然又问及另外一事。

"朕刚刚才下的旨意，不许关西将领擅自入川了。"赵玖一边沿着城墙前行，一边若有所思。

"官家，旄和以来，北方尽失，中原全乱，便是东南、荆襄、岭南也有乱党无数，只有巴蜀独安，转运粮秣财货特产不断，如此更该珍视。"张骏跟在赵玖身后侃侃而谈，阎孝忠和陈规都只能再落后数步，"而便是不论巴蜀之全，只说如今官家立足南阳，那关中、两淮便是朝廷的两臂，东南、巴蜀便是朝廷的两股。而由此说来，若不能妥善握住巴蜀，则关西也不得安稳……"

"德远是在南阳憋闷许久，想去蜀中？"对方尚在侃侃而谈，赵玖却忽然驻足，直接回头相对。

"是。"张骏也本能驻足，却是怔了一下后即刻重重颔首，然后严肃拱手相对，"官家，臣受官家大恩，实在是想为官家分忧。"

赵玖一时叹气："朕信你是一片赤诚，也知道这些日子让你憋屈了不少，但德远，你也该知道朕最担心什么。"

"非得旨意，臣绝不干涉关西战事。"张骏严肃以对，"只是为官家安抚巴蜀，聊尽为臣之道。"

赵玖沉默了一下，明显有些犹豫。

"官家。"张骏似乎是算准了赵官家心思，及时恳切再言，"眼下局面，巴蜀总得去人，若论知兵，宗留守知兵，但东京更重；陈兵部知兵，南阳戍卫也离不开他；至于臣，固然不知兵，但换成别人便知兵吗？而若不以军事为断，臣本是蜀人，自当此任。"

赵玖缓缓颔首。

其实，如果不干涉军事，那张骏何止是蜀人这一个明显长处？作为他赵官家的第一心腹，还有御史中丞的资历，通过后勤调度强化中枢对关西诸将的控制，张骏本是出色人选。除此之外，若以立场来说，抗金二字对于关西、巴蜀那边来讲，依然是有些模糊的，而无论如何，张骏在这件事情的坚定立场都是超出绝大多数人的，让他去巴蜀，最起码能将官家的严肃立场传达出去。

实际上，这也是张骏今日听说蜀中几处严肃消息后，便即刻来面圣的最大信心来源，说到底，蜀中缺一个人，而如果要往蜀中派一个重臣，谁又比他张骏更合适呢？而细细思来，这件事情最大的一个问题，其实在于蜀中一体，一旦放一个人进去，权柄未免过大。

然而，赵官家驻足望着南阳城内的熙熙攘攘，思前想后，却似乎并没有想到这一点，最后反而干脆扭头相对："你要做蜀中四路转运使？"

"五路！"张骏咬牙相对，"不让臣兼关西熙河路的话，茶马互市便难行……"

赵官家想了一下地图，也是无话可说，便微微颔首，然后蹙眉再问："不管如何，以眼下局势，总要有个知兵的做辅助，赵开理财，谁来替你参赞军务？"

"臣冒昧，请赦折彦质。"

"折家将？"赵玖又是稍显恍惚，"人在何处？"

"他是折可适之子，人在昌化军。"张骏正色以对，眼见着官家一时不解，复又即刻解释了一下，"琼州南面，亦是最南端，天涯海角。他是当年旌和中负责防御黄河，结果兵马闻得金人大举渡河，直接溃散，为此获罪贬谪。"

"也罢。"赵玖也只是随口一问，却是随即转到了一个严肃话题上，"你走后，御史中丞谁来做？"

张德远犹豫了一下，直接开口荐人："臣以为，若论资历、名望，新任工部尚书吕夷昊最佳，但胡明仲似乎更妥帖。"

赵玖闻言缓缓颔首："那就去吧！尽快准备，速速动身，明日政事堂通过后便出发，好生替朕看好蜀中，便是一份功勋。"

张骏拱手而拜，待抬起头来，却又眼圈微红："官家对臣信重，臣没齿难忘，唯望官家保重。"

赵玖百无聊赖，只能挥手："你若觉得感恩，且替朕办件事情。"

张骏赶紧肃容相候。

"待会儿去趟都省，替朕找下汪相公，偷偷告诉他，那个万俟卨最适合去招安钟相。"赵玖随口言道。

张骏闻言微微一怔，又严肃相对："官家，臣虽不知兵，却也晓得钟相此人是荆湖心腹大患，不可轻纵！"

就在这时，陈规也赶紧上前拱手相对："官家，臣亦是此意，刚刚那胡闳休虽然小节有亏，但所言不无道理。"

"官家。"阁孝忠也立即上前昂首来劝，"陈兵部是真正知兵之人，又是荆湖过来的，知晓钟相底细，官家务必信之。"

三位重臣一起出言，只有杨轶忠在旁保持了沉默。

而赵玖见到如此，却是仰天一叹："你们以为朕是真不知道钟相是心腹大患，还是真不知道万俟卨此人只是在迎奉朕？"

张骏、阁孝忠本能看向了知兵的陈规，而陈规也是满腹方略的样子。

"来不及了，也没必要。"眼看着身前并无旁人，赵玖却是微微叹气，不等陈规出言便干脆说了实话，"眼下，天下各处暂时安定，只有两处一明一暗的反贼最为明显，一个是尚未正式举旗的洞庭湖钟相，一个赣南广北五岭一带的苗乱。后者不必说，占据山地，素来就有造反的传统，一旦清剿必定要集合东南兵马，然后迁延日久；而前者也有洞庭大湖做倚仗，非修战船、动大兵不能剿除。但是，朕问你们，集中兵马剿到一半，金人复至又如何？"

陈规当即一滞。

"还有，之前乱象为何如此之多，还不是金人大举入侵，前方一败涂地，所以溃兵横行，军贼四起？"赵玖继续正色缓缓言道，"而今日为何又看起来暂时安定？这其中固然是朕在淮上拦住了金人，将一些野心之辈堵在了京东两路的缘故，也是前线几次小胜，让乱兵又对中枢起了畏惧之心，但归根到底，其实还是金人全退的缘故。"

陈规等人俱皆严肃颔首。

"所以，若金人再来，不要说钟相和南方五岭了，便是东南也要乱象再起！甚至关西溃兵若再入巴蜀，连巴蜀也要起乱子……"赵官家苦笑摊手，"这才是朕不敢去剿灭钟相的缘故；也是朕上来便同意德远入蜀的缘故；更是朕明知道眼下将臣工们逼迫得如此之紧，南阳万事仓促，各种安排都非是长远之计，却还是一如既往佯作不知的真正缘故。因为朕认定了，过不了多久，金人便会卷土重来。"

六月，完颜吴启迈以大金皇帝的身份正式下令讨伐绍宋，而且是直指赵玖本人。

接到圣旨，大金一众首领即刻动员全军，等一入秋，便自北向南，全军进发，先扫荡河北义军，再兵分多路，一起渡河灭绍宋。当然了，完颜乌竹身为都元帅，尤其强调了西路军主力要负责攻取陕西五路，只能派出部分兵马自西京洛阳和滑州方向出战。但此时，完颜乌竹已经心满意足，因为莫说西路军还愿意派出部分军队协助，便是西路军整个不来，这一次他也有十万之众！

"臣以为不可轻易放纵此人！"

"许相公，我也以为不可轻易放纵，但现在不放纵他又能如何呢？难道要把他缉拿归案？拿什么缉拿？真逼反了又如何？"

初秋时节，傍晚时分，依旧有蝉鸣不断，但天气已经渐渐转凉，南阳城内的行宫中，两位宰执正在争得不可开交，而端坐在御案后方的赵官家却有些心不在焉。

"宇文相公。"许景衡严肃以对，"我绝没有说将他缉拿归案，而是说当恩威并重，此时若不能适当展示中枢权威，逼他退让，将来中枢拿什么整理西军？难道让官家一次次往军营中收服这些人吗？"

"其实未尝不可。"赵官家出于本能插了句嘴。

"一次两次可以，但焉能次次如此？"许景衡闻言大怒，"而且真如韩师仲这般表面泼皮实际忠勇之人又有几个？张伯英、韩师仲可信，但若下一次遇到个真贼厮又该如何？官家此言殊为不妥！"

赵玖回过神来，复又缓缓点头，因为这话太对头了。

许景衡压过全场之后，却又一时无话可说，因为他只能压过别人，却也无法解决眼下行在的困境。行在此番驻扎南阳，本是想连接处于西北的西军势力。可西军的两个将领，一个曲锻一个王燮却是难以收拢。单说那曲锻，虽能文能武，还是标准西军将门出身，却忤逆中枢调遣，诛杀刘希亮，斩首义军首领。消息一出，群情汹汹，行在这里只得派人前往关中质询。就在这时，杨轶忠不顾礼仪越级递上札子——金人反扑，战端复开了。

和渴望稳定，甚至对稳定有一种病态追求的官僚们不同，赵玖对金人这一次到来是早有预料的。金人没理由不来，实际上绍宋、大金开战四年，前三年都是天气一热便撤退，天气一转凉便南下。甚至连每次出兵的兵力配置和作战思路都一样，所谓东西两路军，一边十来个万户十来万人，其中金人五六万，其余各族四五万，而且特别喜欢斩首战术，盯着对方核心城市和首要指挥官不放。

其实，有些道理，这些官僚们不是不懂，有些话，他们不是没听某人说过，但是事到临头依然觉得难以接受。数日内，南阳陪都中，慌乱、敷衍、悲观等情绪开始蔓延，敷衍乃至于逃散等现象相继出现，好像之前几个月因为南阳欣欣向荣而欢欣鼓舞的不是他们一般。对此，赵官家自然感到失望，却没有失望透顶。

实际上，赵官家早就想好了，三道防线，五六个军区，宗颖、岳斐、李彦仙、韩师仲、张峻，这是目前最好的阵容吧？层层阻滞，真就撕不下金军几块肉来？而等到金人来到自己直接控制的南阳跟前，必然已成强弩之末，守城就是了！便是南阳守不住，回到身后襄阳，来个绍宋的脊梁永不陷落，难道不行吗？说白了，有多大力气使多大力气，做就是了！

"钟相要粮食？"

新官上任，公认文官资历第一的枢相吕夷昊抬起头来，冷冷相对："你们户部居然觉得该给？"

除了官家在御案后摆弄着一枚建炎通宝，显得不够尊重其他人以外，其余所有人，从立在他身侧的蓝珪、杨轶忠，到几位宰执、六部高官、几位核心台谏等要员，还有诸如小林学士这种翰林学士、中书舍人构成的近臣，乃至于堂下比较远的刘子羽、万俟卨、胡闳休等中下层官吏，全都严肃以对。因为吕夷昊呵斥的对象乃是户部尚书林杞，而林杞乃是李罴李相公在南阳地位最高的代言人，而此时讨论的也是一个极为严肃的话题。

在无数人的注视下，户部尚书林杞咬紧牙关，礼貌之余，却也沉声以对："禀枢相，户部以为该给。"

"为什么？"吕浩文，也就是另一位吕相公见到情势不妙，主动插话来打圆场。

"凭什么？！"然而，吕夷昊根本不需要吕浩文来插嘴。

"因为中枢这里不缺粮食。"林杞苦口婆心，诚恳以对，"两位吕相公，既然钟相此时还打着朝堂义军旗号，那便是可以拉拢的。此时给他粮食，并不是说指望着能凭着一点粮食就把这个篡逆之辈引以为援，但若能安抚住他一时，不让他趁机起乱，便算是救时了。"言至此处，这位户部尚书复又转向其他同僚，"即使钟相将来反复，即使今日一些粮食将来看起来算是资敌，但只要能让他此时不反，将来金人退去，咱们自有一万个法子和他慢慢说道，敢问这又何乐而不为呢？"

吕夷昊冷笑一声，态度明显，而吕浩文则沉默了一下，欲言又止，后者俨然是被林杞说动了心，却又畏惧吕夷昊这个不沾边的本家，不敢轻易答应。至于殿上其他人，也都各自犹疑，很显然有不少人被林杞给说服了。甚至，就连赵官家都一边玩弄着那枚建炎通宝，一边若有所思起来。贫苦百姓的救助者兼利用者、妖言惑众的野心家与功利的追求者，这一体多面都是钟相的事实。

"官家。"

就在这时，李罴的另一位心腹，也就是林杞在殿上最大的政治盟友、殿中侍御史李光，眼见着吕夷昊一时语塞，而周围大部分人也都被说动，自然要趁热打铁，于是其人咬了咬牙，干脆越过几位相公，直接向上方正在胡思乱想的赵官家拱手直言："这件事是有成例的，就好像宗留守与李相公一般，之前宗留守没有回到东京，东京周边都是军贼，但是宗留守让军贼重新变成了绍宋官兵；而东南之前也屡次发生军乱，可李相公在那里，既往不咎，优抚得当，不也让可能变成叛匪的乱兵重新成为正经军队了吗？所以说，山河之固，在德不在险，便是钟相这种逆贼，说不得也是能优抚的。"

"可是李相公优抚乱军，不也优抚出范琼这种贼子了吗？"忽然间，一直闷声不吭的小林学士肃容开口，居然直接打断了李光的言语。

小林学士甫一开口，几位当事人也好，殿上其余人也好，全都纷纷怔住，竟不知该如何接话。

且说，所有人都知道小林学士在官家身前的重要性，但一来小林学士自重身份，而且素来城府极重，很少会在御前公开表态；二来却是因为姓名的缘故，小林学士往往会刻意避开户部尚书林杞。故此，此人此时忽然开口，却是让所有人都有些误会，会不会是官家示意？

"钟相不可信！"就在这时，吕夷昊也理清了思路，即刻趁势反击，"旌和之前，天下皆以为金人不足动摇大局，故此，彼时钟相也派出了自己的儿子去勤王；可旌和之变后，眼看着绍宋有倒悬之危，此人复又迫不及待让自己儿子整编洞庭湖的渔民，组建乱军，还让人传播什么'楚王'的妖言；等到陪都定在了南阳，官家雷厉风行，诛丁进、驱完颜尹恕克、扫淮西、灭范琼，中枢也重新通过一系列举动恢复了一点元气，此人便又即刻接受了中枢的招抚；而现在金人南侵的讯息刚刚传开，他又立即来要粮食。这算什么？这是在要粮食吗？我分明只看到一个野心投机之辈在试探朝堂！你今日给了他粮食，莫说会稳住他，只怕他反而会以为中枢虚弱，然后专等金人来后趁机举兵吧？！"

"吕枢相。"林杞回过神来，也是赶紧再对，"人心这种事情，是我们能说清楚的吗？"

"你敢作保吗？！"吕夷昊冷冷相对，"你若敢作保，我便许你纵敌！"

林杞越发语塞。

"好了。"

堂上剑拔弩张之时，刚刚在手中抛出一枚通宝的赵官家忽然开口："不就是赌一次吗？成也无关大局，败也无关大局，说得好像一个钟相能把天捅破一般。他不反，是好事；可他便是反了，难道还能水军上岸，击破马伸抢了襄阳不成？！"

众人各自噤声。

而赵官家看了眼那枚被自己接住的建炎通宝，复又忽然失笑："朕意已决，宁与内贼，不与外寇，给他便是！万俟卿，你再走一趟吧！"

众人如何不晓得赵官家是用什么法子做的决断，也是觉得荒唐，但偏偏都说不出更好的方案来，只能眼睁睁看着万俟卨急速上前，领了旨意。

"明日起，朕就不在殿中听你们议事了，你们也不必都留于此处。"赵玖收起通宝，起身继续言道，却是让满殿臣僚越发愕然与惶恐起来，"战事既开，朕当往豫山大营常住，枢密院那边，从两位相公以下，各处都随朕去军中，速速准备一下，朕今晚便要在军中看到全军的兵力配置，其余的事情都不要再管了；至于都省两位丞相，吕相公留守南阳主持大局，一言可决；许相公也不要耽搁，立即去襄阳，若南阳有变，大事许相公可与襄阳刘相公一起做决断，反正不要整日争吵了，当然，各部寺官吏，也都一分为二，谁去谁留自己商量，不要耽搁。"

说着，这赵官家居然兀自揣着袖子往后宫而去，只留下满堂无声。

"官家！"就在这鸦雀无声之中，御史中丞胡尹忽然出列，扬声相对，"御史台不与他同，愿一分为二，一半随侍官家，一半往各处监军！襄阳便不用去了。"

殿上不知道多少人，闻得此言面色铁青，赵官家却回头一笑，然后一言不发，继续揣着袖子走了。

第三十六章　出兵

话说，御史中丞胡明仲主动请缨，让台谏不去襄阳，显了忠心之余不免让其他人下不来台。眼前，六月底大金皇帝下旨，七月上旬这道公开旨意就经河北义军的手传到了南阳，而赵官家也在七月中旬将行在重新转回战时模式。

"粮秣倒不用忧虑，虽说之前刘相公在南阳的囤积已经发往京西各城，但金人此时尚未渡河，那便应该影响不到各地秋收转运，荆湖自身的粮秣应该供给得上。"当日晚间，豫山大营军舍之内，以汇报军情为名专门跟来的户部尚书林杞继续了他的汇报，却不再提之前的钟相一事，"所以军用是足够的，怕只怕战乱一起，前线短时间内便崩塌起来，到时候无数溃兵、百姓纷纷南下。"

"这就不用考虑了。"斜身坐在军舍正中的赵玖摇头制止对方继续说下去，这位官家身侧立着大押班蓝珪与御前班直统制杨轶忠，至于刘彦，此时正在刚刚入驻军营的两千班直中巡视监督，倒是一直未曾入内，"真到了那种份上，中枢也无力为之，只能据南阳、襄阳二城自保，多言无益。"

"是。"可能是转入军营的缘故，所以虽然只是在狭小的军舍之内，林杞说话明显小心了许多，"那户部便可直接向官家和枢密院回条子了，便是粮草足堪使用了。"

"也是，除非两百多日援军不至，否则本朝倒是极少听过矢尽粮绝一词，到底算个好消息。"

赵官家笼手而叹，然后越过了兵部尚书陈规，复又朝另一人再问："兵马数量如何？"

"回禀官家，"军舍拥挤，假装听不懂官家阴阳怪气的御营都统制王源直接上前一步，"以御营兵马名册而计，淮东的御营右军、淮西的御营左军、南阳的御营中军、东南的御营后军，累计约有十二万之众，而东京宗留守处、宁庆张制置处、陕州李经略处，以及西军各处，还有西京大小翟、河北义军，就不够明了了，只能大略推算河南、陕西合计不下三十万，河北义军无数。"

"这便是中枢不下四十万大军了。"御史中丞胡尹稍显诧异。

"河北义军除非能渡河回援，否则无论多少都并无意义。"一旁枢密副使吕夷昊直接板着脸白了一下年轻的胡明仲，"至于陕州李彦仙和关中的西军各部，无论多少也只是起牵制金人西路军的作用，且看他们到底能牵扯多少、牵扯多久便可。至于张所处，其部多是京东盗匪、溃兵初降，这些人首鼠两端，并无多少战力，说不得金人一来，便会直接溃逃。"

"张所那里，岳斐总是信得过的。"赵玖忽然插嘴，"岳斐那里现在应该有一万多人。"

"那张所处也最多只有两万可用之兵。"吕夷昊当即再言，却又在稍微一顿之后，继续说了下去，"而且，李伯纪处的御营后军其实也指望不得。"

不只是林杞、李光，其余挤在军舍中的大臣们也纷纷抬起头来盯住这位才上任没几日，或者干脆说来南阳都没几日的新任枢相，然后又看向灯火下面色如常的赵官家。然而赵官家并未有任何惊疑或者震动之意。

"是因为要卫戍太后，"汪博彦硬着头皮询问道，"还是说后军战力不足，怕是禁不得长途跋涉到前线支援？"

"都不是。"吕夷昊干脆言道，"而是因为李伯纪领军无方，战事一开，钟相不知道反不反，而东南却必生祸患。"

帐中气氛不由得一滞。吕夷昊兀自转身朝刚要开口的官家拱了下手，然后继续讲了下去："好教官家知道，臣自东南而来，对彼处情形与李相公举止看得极清，素知此人政略、人事、后勤都算是井井有条。但多少年了，虽有东京、太原的教训，有范琼的先例，可他于军事还是粗疏不堪。之前东南生乱，建州、安亭、潭州、明州都有军乱，看起来被他轻易平定，其实却只是他握有兵马之余一味求东南速速安稳，所以将不知道多少乱军、贼兵一并赦免，还继续加以优待，收入御营后军之中，而这些都是重重的隐患。所以，臣敢断言，金人一来，东南必然军乱再起，便是御营后军内部都要生乱的，如何能支援前线？"

众人各自闷声，但眼见着赵官家若有所思之余居然微微颔首，本来跟大营这

330

里已经无关的户部尚书林杞无奈，只能再度出声抗辩："吕枢相此言荒谬！李相公举止与宗留守如出一辙，宗留守在东京不也是优容为主，而且之前用招抚的乱军、溃兵保住滑州了吗？"

"所以说李罢这人粗疏。"吕夷昊看都不看对方一眼，只是冷冷相对，"宗赜宽宏是宽宏，但人家也知道要挑些鸡出来杀了以儆效尤，而李罢只是一味宽纵武人，如何能与之相提并论？更不要说，宗赜素来知将，他所任用的都是忠心效死之辈，李罢又如何？"

"好教吕相公知道，李相公也素来知人。"

一番朝堂争论后，赵玖心下了然，王源所言与他所想相差无几：如果金人不在大战略上生变的话，大概便是西面听天由命，能挨多久是多久，而东面和正面则是二十万对十万，可能会有出入，但不至于太大，因为一来南阳这里赵官家盯得紧，没多少缺额；二来韩师仲和张峻那里，想吃空额其实也未必来得及，这就是金人来得快的一个好处了。而其中，金人这十万兵马的兵力配置碍于他们的猛安谋克制度，就更加清晰了，无外乎是五六万桓榛、岐辙、奚、渤海骑兵，四五万北地汉儿兵（骑步不论）。甚至具体将领在王源搞出来那本官方译名册之后都能猜得差不离，前后打了三四年，那些万户的名字所有人都耳熟能详，只是容易搞混而已。然而，越是知道敌我力量的对比，所有人就越是沉闷。而且，这种沉闷随着接下来职方司的刘子羽开始论述他们的大约战略，更是越发明显。

实际上，等刘子羽说完，赵官家又随口问了几个问题之后，大约听明白的御史中丞胡尹忍不住直接相询："若照着枢密院这般安排，岂不是二十万大军坐以待毙？金人十万之众南下，宛如泥沙俱起，能当者当，不能当者自溃，任其自生自灭？"

"前期只能如此。"刘子羽沉声相对，"金人十万之众压上，只有倚仗城池节节抵抗，层层分他兵马，去他力气，等金人力尽之后，等明年天热，再出兵马沉着相对。"

"是再出兵马沉着护送金人离境吧？"胡尹勃然大怒，"旋和之中，朝廷大军便是如此溃散的。"

"到底是二十万兵，不能一面节节抵抗，一面集合大军寻机歼灭一二吗？"吕夷昊也对职方司的大略设计分外不满。

"中丞不知道兵事，也不该议论兵事，请不要浪言。"刘彦修昂起头，先对胡尹如此言道，复又转身朝吕夷昊拱手示意，"至于枢相本身为枢密院副使，正该此问，但下官与职方司此时也只有如此方略奉上，恕下官直言不讳，敌一日不疲敝，我等一日便不该寻机求战，否则必败！就是这般言语！"

胡尹闷声。而吕夷昊却面色铁青，当场便要发作。

"子羽所言极是。"就在这时赵玖忽然言道，"刚刚说到西京洛阳残破，是个大漏洞，要不要让大小翟必要时撤往汝州？"

"枢密院本有此意。"刘子羽再度朝官家拱手，"但大小翟前几日恰好有公文送到枢密院，说是河东近来兴起一股红巾军，人数颇多，且与他们有联络，愿受他们节制。而职方司以为，陕州方向李经略那里还是过于单薄，却是有意让他们渡河接收这股兵马，从而襄助李经略些许。不过，此事还要官家决断。"

"那便让大小翟去河东整备红巾军做李彦仙侧翼便是。"赵玖干脆以对，"让间勍带着那个汝州出身的牛高，退回汝州便可。"

刘子羽即刻俯首，吕夷昊与汪博彦、王源都有话想说，却只能拱手。

"催一催宗留守，让他即刻定下往颍昌府北面那几座城驻守的人员，此时等不得了。"赵玖又想了想，却是终于无话可说，"除此之外，眼下除了枯等金人来袭，可还有什么必要的大事吗？"

又是刘子羽拱手相对。

"说来。"

"官家。"刘子羽严肃对道，"其实职方司一直担心一件事情，那便是金人举大势而来，若兵威之外再加以诱降，又该如何？须知，我军自东向西，自南向北，二十万大军分驻各处要害，固然是节节抵抗之意，可如此也是将各城安危尽数抛与诸将，要不要各城、各军都派出监军，以防昔日济南府故事？"

"不用！"赵玖抢在若有意动的胡尹之前干脆答道，"这一战，本就是大浪淘沙，咱们力有不足，不要做这些只能弄巧成拙的事情，监军就不怕死吗？且安坐南阳，待敌情分晓，用不了多久了。"

众人各自一怔，然后纷纷拱手称是。

赵官家早早让枢密院移动到豫山大营，又让都省的两位相公将都省一分为二于南阳、襄阳，还亲自坐镇军中，俨然一副如临大敌却又颇有决断力的模样。

他第一日进驻大营后，便在军舍中口口声声当众说出了什么"用不了太久了"之类的言语。然而，整个七月都未见到金人踪影，八月将近，河南各处都已经完成调兵遣将和城池布防了，连处境最危险的李彦仙部都收到南阳输送的军械与火药两回了，还是没有金人主力渡河……而到了八月初，终于又有消息传来，确定了大金皇帝的圣旨确实有效之余，却是又让赵官家和整个南阳中枢一起丢人现眼了。

原来，金军不是没有立即采取行动，他们七月上旬便采取了果断行动，但也就是从那时候开始，他们便遭遇了整个河北义军的强烈反扑。且说，跟南阳欣欣向荣的局势相比，由于金人将河北视为心腹之地，所以从去年开始，便大规模迁移了金人猛安、谋克到各地，而金人贵族来到河北地方，自然是要抢占良田、牲畜和人口。再加上去年的战事余波，河北基本上处于经济崩溃、人民流离失所的境地，本就是反抗不断。至于这一次二十万金人南下，却正要新安置到河北的各处猛安、谋克第一次对河北进行大规模的、正式的、自发的征收掠夺行为，而大金落后的制度和野蛮的作风，又注定了这种征收的残暴性与毁灭性。

七月中旬，关外和幽燕的金军集合完毕，莫说河北各处的猛安、谋克到位了，连河北的军州府城都丢了三个！一直到七月下旬，金军才在距离燕京根本没多远的河北真定府一带，艰难击败了由什么天下兵马副元帅、信王赵臻带领的数量多达二十万的五马山义军。真定西面的太行山北麓中便复又传来了马括和信王的消息，然后无数残兵败将闻讯纷纷跟着钻入了太行山中，声势瞬间复振，搞得之前那一场大战与其说是作战，倒不如说是战略转移的必要掩护更合适一些。对此，刚刚大胜的金军上下则为之气沮。实际上，金军统帅们也再度发生了争执，有人建议分兵锁住北太行，继续南下处置八字军；有人则建议扔下一切，不用管山区的绍宋义军了，扫荡平原后即刻出兵；当然，还有人建议招降……对此，金军实际主帅三太子完颜讹里朵倒是陷入两难之中，等到一场不期而至的秋雨抵达，局势更是彻底拖延下来。

八月上旬，黄河南岸的秋收渐渐完成，而金人依然没有讯息，甚至北太行的八字军主力都没有大股接战的情报递回。整个黄河南岸严阵以待的绍宋军就要变成笑话。而这个时候，已经得到南阳方面明确发布的"自专之权"的各个战区主帅也纷纷有了别的心思。

八月初八，淮东制置使张浚试探性地向沂州发起了攻击，并初战告捷，或者说是沂州本地盘踞的贼寇选择了主动投降，但不管如何，堪称要害的沂水通道却是成功落入张伯英手中，其人即刻飞马报捷。

八月十二，位于宁庆商丘的京东两路制置使张所下令麾下镇抚使岳斐、张荣，还有京东本地绍宋军出身、去年乱后占据兖州一带的孔彦舟三将合力向北推进，试图抢在金人到来之前击败刘豫，占据济南府。

八月十六中秋节刚过，岳斐便奉命引万军出征。

然而，八月十八，尚未走出北面张荣所辖管的东平府境内，济州镇抚使岳斐便迎面撞上了张荣部无数溃军，自然是惊疑交加。然而惊疑归惊疑，岳鹏羽依然指挥若定，其人即刻下令，一面让部队抢占身侧位于济水南岸的平阴城，一面又抓紧派出部队收拢败兵、打探军情。

当然了，毕竟是一起打过仗的，又是标准的邻居，两家关系本就还算不错，所以根本不用岳斐刻意收拢，张荣部的溃军便自动往挂着岳字大旗的平阴城聚拢过来。而其中，自然也不乏昔日有过交往的张荣部高阶将领，或者说是梁山泊首领。

"镇抚！"

须臾，往东北方向迎面去收拢溃军的中军副统领张显便引一人来到立在城门外的岳斐身前。"李逵统制到了。"

眯着眼睛望向北面大路的岳斐闻言不由得精神一振。要知道，岳斐治军极严，出任镇抚使有了一州加一军的立足之地后，兵马迅速扩充到了一万四五千，换成别人，手下早就十几个统制了，但岳斐麾下，除去他自己，却还是只有两个统制官：一个王贵，平素守济州城；一个傅选，平素驻扎广济军的定陶城，都是朝廷正式任命的。再往下，却又都止于统领一级，而且任命还极为严格，连汤怀、张显这种心腹都做不到一个正统领。那么相对而言，"别人"，也就是梁山泊张荣那里了，还是江湖作风，却不免滥赏滥加，许多首领，连管船只的、养猪的都有个统制衔，要不是后来张所专门派人警告，他说不得能整出来一百零八个统制。

而岳斐此时微微一振，不是因为别的，而是说这个出身沂州，先在乱后做了军贼随从他人割据密州，又被那日堂上对刀的李成击败，最后流浪降服于张荣的李逵李统制，恰恰算是个张荣麾下少见的稳重精细之人，也是个正经领兵的，有他在此，多少能知道一些详情。

"岳镇抚！"这名唤作李逵的精细将领灰头土脸来到岳斐身前，狼狈拜倒，不等岳斐下马便将两个最紧要的军情奏上，"金人来了，孔彦舟那厮临阵反了……"

饶是岳斐早有猜度，此时闻得这两句话，也是一时微微色变，然后勒马相询："确定是金人吗？为何之前一点动静都无？"

“必然是金人。”李逵直起身来，一张白皙的脸上俱是擦出的血痕与灰尘，却又赶紧将自己见闻说出，“虽是打扮成济南府兵马的模样，但骑术和箭矢做不得伪。昨日下午，刘豫的长子刘麟亲自在阵前做遮掩，后面四五千兵忽然上了马，打起了去年来京东的那个万户阿里的旗帜，一冲起来便知道是桓榛人了！可恨孔彦舟那贼厮，必然是事先得了刘豫言语，先故意落到后面，见到俺们这边大阵一垮，就即刻倒戈与他们一起夹击了。至于怎么来的，眼下还说不清楚，但十之八九应该是装成河北流民过来的。”

“应该就是装作河北流民过来的。”身后将领中即刻有人表达了赞同。

“不错，月初不就说金人来不及过河，所以支援了刘豫父子四五千匹战马吗？张相公也多少是为此才下定决心打一下济南的。而如今金人又做了装扮，可见正是人马分过，战马先来，然后士卒伪作流民至此。”还有人想到了之前的军情。

“只是不晓得孔彦舟为何要坏咱们相州人的名声？原以为他改了性子！今日看来，他还是当年相州老家时的无赖模样！”素来跳脱的张显更是破口大骂。

岳斐微微眯了下眼睛，俨然若有所思，却并未多言。

且说，孔彦舟虽然是京东本地军士出身，但和那个曾与岳斐对刀的李成一样都是河北人，是犯了法流落到南方从军的。而且，正如张显愤愤不平中透露的那般，孔彦舟的老家不是别处，正是相州，所以岳斐军中多有认识他的，再加上他的驻地兖州偏北一些，所以很多相州流民也都投奔了他。更有甚者，由于这层老乡关系，加上岳斐名头大、起势早，而孔彦舟治军也有几分手段，双方辖区又近，所以后者一度有过“小岳斐”的称号，据说，便是张所重用此人也有几分相关缘由。

“岳镇抚，现在怎么办？”眼见着岳斐不说话，李逵便是再精细也不免焦急相对。

“先暂驻平阴。”回过神来的岳斐终于开口，“尽量收拢兵马，汇集兵力，并好生防备，以防金人趁胜来攻，关键是要速速找到张镇抚。”

岳斐既然开口，周围人便如同得了主心骨一般松了口气，然后各自行动起来。而接下来，一日内诸事居然全都顺利，溃兵纷纷聚拢起来不说，敌军也并未追来，非止如此，到了傍晚时分，便是张荣也有了确切讯息，乃是被金人射中大腿，不敢轻易走小路，只能让人推着沿着济水边的暗沟走走停停。

岳斐不敢怠慢，便让汤怀守城，自己亲自带着张显还有李逵引踏白军连夜前

335

去相迎，但见到张荣后，此人却不愿入城了。

"打得这般窝囊仗，俺哪有脸去什么平阴城主持局面？"张荣坐在一辆板车之上，枕着一堆干草，一条腿被绑在一块木板上，额头上又裹着一条发汗的白巾，再无往日昂然之态，见到岳斐和李逵后更是将头扭了过去。

"一时胜败而已，何况是金人偷袭，又有孔彦舟临阵倒戈，张兄不必耿耿于怀。"岳斐无奈上前握住对方臂膀相劝，"而如今情势不明，我猜想金人断不会只从济南来的，沿河各处大军说不得说到便到，届时大局还要兄长处置。而孔彦舟既叛，济南府、兖州又连成一片，东平府首当其冲，张兄现在不去主持局面，此处局势又当如何？"

张荣连连摇头："你说话越来越文绉绉了……其实，东平府的事情不用担心，俺生在梁山泊，长在梁山泊，金人也好，刘豫、孔彦舟这种贼厮也罢，俺便是拼了命也不许他们糟蹋周边。但说到什么大局，俺今日却无能为力了。"

岳斐还要再劝。

"鹏羽兄弟不要说了。"张荣抢在对方之前开口道，"你是个有志气、有能耐的人，不然也不会在济州学着作什么词读什么书了，这俺都知道。可说到底，俺却只是一水贼，没法跟你比的。可恨当日走了运道打赢了一仗，又受了赵官家的任命，自己也膨胀起来，真把自己当成什么名将了……这一战到底是让俺看清了自己能耐，多少兄弟盯着俺的大旗来投靠，一朝死伤无数！如何有脸再去主持局面？"

岳斐心下已经明白了对方的意思，却不好开口，而李逵是个精细的人，适时上前拱手作态。

果然，张荣眼见着李逵出面，却是趁势将自己想法说了出来："李逵兄弟，若还当俺是个首领，便听俺的命令，随岳镇抚去平阴主持局面，告诉那些兄弟，梁山泊和东平本地的整理起来后，便护送着东平府北面的百姓往梁山泊跟前找俺汇集，俺靠着梁山泊，再难也能保他们。至于其余这些日子来投靠的好汉，都由你暂且收着，收完之后也不要来寻俺，只听岳镇抚安排就是。"

李逵本就是为这两句话来的，所以干脆一拱手便应了下来。

见到对方如此姿态，张荣情知自己确实失了这些外来人的人心，也就更加觉得没趣，唯独岳斐这里，这位梁山泊大首领实在是觉得对不住，终是道声保重相辞。

虽然张荣一战而兴，一战而沮，但得了张荣言语，有了处置名分之后，岳斐、张显、李逵三人便又引踏白军匆匆折返，而其中岳斐一路板着脸无言，倒是让随行人多少有些忐忑。

而待入得平阴城内，其他人自去休息，张显窥得机会，在衙署后马厩中系马时，忍不住借着单独相处的机会对岳斐开口相询："兄长今日从听得军情后，就一直心情不顺，可是在愤恨孔彦舟那贼厮丢了咱们相州人的脸，还是觉得张荣这一仗败得太惨，东平的局势不好收拾？"

"孔彦舟自然活该千刀万剐。"私下对着自家兄弟，岳斐当然没什么好遮掩的，"但这种人绝不会少，说不上愤恨；东平局势自然也是值得忧虑的，但金人既然南下，怕整个中原都要大坏，国家生死存亡大局摆在那里，如何又会对东平一地有所计较？

"不过我今日确实有一个忧心难解之处，还有一个愤恨难平之处。"岳斐说完那闲话，眼看到自家兄弟不信，却也不做解释，只是在马厩立住，然后摸着身前战马头颅微微叹气，将自己一整日心情不佳的缘故交代了出来，"忧心的是，金人一旦南侵，必然是二十万大军全面出击，然后至少一路主力指着南阳去的，而今日济南有一路潜渡的并不可怕，怕就怕其他各处也有，然后前线各处一起崩坏，致使大局艰难。届时，咱们济州区区一万多人，还靠在前面，又要守城，又要作战，怕是根本难以周全。以前，总觉得自己兵少，使的力气不足，心想着若是能管一个军州，领着上万人就好了，而现在官家真破格让我做了一任镇抚使，领着一州一军，还有万余兵马，凡事还可自专，却还是独木难支，甚至可能连地方都不能保全，不免心中郁郁。"

张显当即颔首不止，大局之中，独木难支，这个道理他们之前体会得太多了，自家兄长之前一年升官速度宛如梦中，最后却还要如此，自然心绪不平。

"还有一件愤恨的事情，他们都说济南府的金人是伪作河北流民潜行南下，我也觉得是如此。"岳斐继续感叹道，"那且不提其他各处，只说济南府这四五千金人，他们伪作流民时衣服从何处来的？总不能是买的吧？"

张显一时怔住，而岳斐却趁势转到一旁，兀自给战马添了夜草，然后便也去休息了，平阴城内难得安稳下来。

半夜无言，城内众人又被探马的马蹄声惊醒，说是在平阴城正北面远远观察到有火光闪现，俨然是有大股军队连夜行军，不知道是不是敌军准备乘夜来攻。敌人就在附近，岳斐当然不至于没做这方面预案，他即刻起身，一面号令部队全

337

线整备起来，随时预备出击，一面不许城头擅自点起火把，以示不备。

然而，哨骑接连不断，很快就告知了一个让岳斐彻底色变的详尽军情——确系大股骑兵在连夜进军，几乎可以确定就是那股由万户阿里带领的金军，但金军骑兵却是在济水对岸顺着济水极速南下，根本没有攻击平阴的意思。

这本该是个好消息，但早已经汇集的众将却各自紧张起来，因为，对方很有可能是冲着梁山泊身后的广济军、济州而去，是要仗着骑兵之利包抄岳家军后路。但是，这种可能依然不足以让端坐堂上、披挂严整的岳斐色变，真正让岳斐感到忧虑的是，根据他对金人作战风格的了解，金人此番南下更大的一种可能是，那个万户阿里作为潜行偷渡的先锋，身上负有更大的战略性任务，所以，对方根本就没将岳斐这一万人放在眼里，此行乃是着急接应其他各路金军，甚至是要会合其他各路偷渡兵马，直接攻打宁庆的张所或者东京的宗颖也说不定。

想到这一层，岳鹏羽丝毫不敢怠慢，翌日一早，便动员全军，一面以张显为先锋引踏白军极速南下，探清情况、传递讯息，一面以让自己本部兵马分头往周边村寨中而去，乃是要他们各自护送平阴百姓和受伤的东平府官兵南下，往梁山泊北岸集合，他自己亲自领着汤怀和李逵带着不足两千中军在平阴继续收拢败兵，兼做断后。

事到如今，只能指望着刘麟、孔彦舟这二人来得慢些了。然而，上午时分，各部刚刚散开去周边收拢护送百姓，便有军情来报，说是孔彦舟麾下大将徐庆已经引兵三千出现在城北二十里外了。

"徐庆来得好快！"连素来沉默寡言的汤怀都着急了，"必然是昨夜探马都被金人大队吸引，他趁机偃旗息鼓，偷偷连夜行军过来的……"

"岳镇抚，败兵不足战，要不要让刚刚散去的各部回来一些？"李逵也有些慌乱，"须知道，这徐庆根本不必胜过我们，只要钉住我们，待后方孔彦舟、刘麟皆至，咱们便走不脱了。"

"既如此，他为何要偃旗息鼓，连夜偷偷过来？"城头之上，岳斐微微眯着眼睛，眼白泛起，好像根本瞧不起徐庆一般，"不管如何，此人都是我相州日日相识，你二人不如随我一起出城向北，主动迎一迎此人吧！"

汤怀自然无甚言语。而李逵无奈，只能硬着头皮应下。

第三十七章　接连不断

徐庆连夜潜行而来，引发了一次不算危机的危机。之所以说不算危机，乃是因为只要岳斐放弃收拢平阴周边百姓，集合兵力反身迎战，既有城又有兵，莫说区区徐庆，就算是孔彦舟和刘麟全军而来怕也要头破血流。但是，岳斐想的是身后济州，乃至于宁庆、东京的情况，根本无心理会孔彦舟与刘豫，且在他眼里，徐庆这点军事威胁跟平阴百姓的安危相比真的不值一提。

中午时分，双方相会于城北十里处的济水北岸，岳斐干脆只引一千五百兵于旷野列阵，而徐庆则是三千兵马，不过后者连夜而来，不免军容不整。

双方相会，刚一立定，汤怀便勒马来到岳斐身后，低声建议："我知你心意，但眼下看来徐庆部疲惫难安，何妨速速发兵，趁敌不稳一击而胜，待擒了徐庆这厮再做了断？"

岳斐回头看了眼自家兄弟，只是微微摇头，然后努嘴向前。

汤怀不以为意，反而提枪打马上前，于阵前遥遥相呼："徐二郎！我家镇抚请你上前搭话！"

须臾，一阵骚动之中，徐庆果然单骑出列，见到如此情形，汤怀也放下心来，便勒马归阵掌控军队，而岳斐也同样单骑向前。

"岳镇抚。"

徐庆年约三十，可能是连夜而来，所以双目充斥血丝，尽现疲惫之态，见到来人，只能勉力遥遥拱手，却又不免声音沙哑。

"徐兄弟。"岳斐行到对方身前，交马相对，开口相应，然后微微眯眼，却并不回礼，反而握住了手中铁枪。

徐庆见状只能一声叹气，然后继续拱手相对："岳镇抚，当日我领着几千兄弟自河北过来，岳镇抚写信给我，让我去济州，我却以为岳镇抚麾下人才济济，所谓宁为鸡口毋为牛后，所以便受了孔彦舟的约去了兖州，但万万没想到会有今日，岳镇抚，孔彦舟那厮信了刘豫的鬼话，说是金人要让刘豫做皇帝，让刘麟做太子，而刘豫父子则许了他一个兵马大元帅，还许我个副元帅，但兄弟从河北来，实在是不愿从金人，如今势穷来投，还望收纳！"

言罢，此人再度于马上拱手，堪称恳切。然而，岳斐闻言却只是微微翻着白眼去看对方，既不搭话也不点头。徐庆刚要再言，岳鹏羽猛地一枪朝着对方脖颈方向刺出，惊得这徐庆即刻翻滚下马，以作躲避，待到起身，复又冷汗迭出……原来，岳斐一枪刺出，却是将一支箭矢格挡开来，而这一箭居然来自徐庆身后。

非只如此，一箭既来，徐庆又落马，远处徐庆部瞬间鼓噪起来，然后又有几十骑蜂拥而来，见此形状，徐庆想要上马，却发现自己战马已经受惊跑开，不由得心下冰凉，他情知自己今日作为是挡了什么人的道，而眼下若不能妥善处置，休说夺回兵权，便是性命都未必得保。

"是那个戴红头巾的吗？"就在此时，岳斐依旧不动，只是于马上抬枪一指，却是指向了身前须臾便至的几十骑兵马。

徐庆听到岳斐提问，心下醒悟，来不及多言，只能连忙在地上应声："正是此人！"

而说时迟那时快，徐庆言语刚说到"是"字，那岳鹏羽便面目一肃，然后横枪取弓，也不管几十骑就要冲到跟前，不慌不忙直接搭箭往前一射。

徐庆尚未看清形势，身后便有汤怀引着数十骑极速赶来，更有人主动让马与他，待到他再度上马，却愕然发现那名暗算自己的戴红头巾副将已然落马，而那几十个冲来的骑兵各自惊惶失措，不敢轻动。岳斐回头微微一努嘴，徐庆如何敢再浪费良机，直接打马上前，绕过这尚在茫然的几十骑，对着身后亲信将领奋力呼喊，并直驰入军。须臾，两军会合，擒拿下那副将心腹，一场可能会引发不测后果的动乱便消弭于无形之中。

经此一事，徐庆对岳斐已经是诚惶诚恐外加感恩戴德，他的反正也变得顺理成章起来。至于孔彦舟，不是没有派出追索部队，实际上这也是那副将动了邪心的胆气所在，但追兵远远闻得徐庆已经会合岳斐进入平阴城后，慑于岳斐与徐庆的威名，倒没敢再来。然而，轻松处置了徐庆来降一事后，岳鹏羽举兵护送东平府北面士民有序撤军向南，经过两日到达郓州城，见到了从水泊整军出来接应的张荣，却是得到了一个意料之中的坏消息——他下属的广济军首府定陶失陷了。

没办法，定陶便是当日杨老太尉召集各路豪杰开英雄大会的地方，也是岳斐和张荣结识的地方，然而那座城却在济水与梁山泊的西面、北面，正是在金人骑兵南下的路径之上，而守将傅选因为此次出兵的缘故，只领着一千来人留驻。

实际上，当日金军沿着济水北侧、东侧迅速往西南而行，岳斐在平阴虽然第一时间察觉，却因为隔着一个偌大的梁山泊，连快马抢在敌军前传递消息都来不及，所以全军上下对定陶的陷落早有预料。

另一边，由于事关人家根据地的安危，张荣也没有多留对方，只是接手对方护送的百姓，又将城中军械送上以表谢意，至于李逵等人的分属也毫不含糊，直接重申了一遍名分，将这些对他失了信心的外地将领一并交予岳斐，便主动催促对方领着新纳几将即刻南下，好收拾局面。然而，岳斐留下东平府百姓，整军极速南下，只在半日后便得知了一个噩耗——那便是金人攻破定陶后，即刻渡河，但渡河之后根本没有攻击守备空虚的济州，而是继续直直南下去了。

往后数日间，岳斐枯坐隔绝之地，眼见着孔彦舟引一万之众绕过济州，按照金军进军路线从济南顺济水进发入驻宁庆大城，协同金人主力一起控制宁庆要冲，对西面局势完全茫然的岳鹏羽自是心急如焚，却不敢轻举妄动，甚至连此时必然空虚的身后兖州都不敢去碰，只是让人取回徐庆等河北流民在兖州那并不多的家眷而已。

将近九月，岳斐方才得到一个不好不坏的消息——在信使未赶回的情况下，一支近五千众的兵马却顺着菏水逆流而上，自东南往此处而来。对此，岳镇抚自然让人提前去打探，但打探得来的消息却让人无法放下心来。因为来将虽然自称是张峻部派出的援军，却非是御营右军中列有姓名的军官，或者干脆直言好了，此人正是之前割据沂州的军贼、土豪之一，刚刚降服张太尉不过一个月的沂州本地土豪扈成。

孔彦舟之事在先，扈成的老家沂州也是绍宋控制的边缘地带，此人若是生乱，简直不要太合理，也不知道张太尉为何要派此人来援？

但毕竟是正经援军，又不能不做理会。于是乎，闻得扈成引兵将至，为了妥善起见，岳鹏羽还是亲自引自家中军、踏白军，还有因为身后兖州空虚，刚刚整理了家底子来援的王贵、傅选一起，合计五千兵马，进入单州境内，在菏水与恒沟的交界处相候。

八月最后一日，两军终于隔河相见。话说，到此时，岳斐的信使已经折返，带来了扈成确系张峻所遣的讯息，这时候岳斐早已放下了三分心来。等到对方军队抵达，岳斐稍作观察，眼见对方没有作战意图后，又放下三分心来。于是，岳斐干脆不着甲胄、不带武器，也不骑马，只引着张显佩一柄刀主动上了自家事先在恒沟上搭建好的浮桥，约扈成相见。而扈成也没有让岳斐失望，此人同样做派，也只是一身便装，只带着一个心腹将领佩刀护卫，上了浮桥来会面。

到此为止，双方敌意基本上已经消除了十之八九，等到见面之后，相互寒暄几句，便各自放下心中块垒，握手言欢，俨然是误会尽消，没了防备之意。

而此时，岳斐方才得知以对方身份为何在此。

"岳镇抚有所不知。"年约四旬的扈成虽是割据地方的军贼，倒像读过书，虽然面上苦笑，说话却文绉绉的，倒是跟岳斐稍合，"我家张太尉本在淮阳军下邳坐镇，宁庆失陷，下邳自然也是震动，而我家太尉又受官家大恩，如何敢怠慢？便即刻发刘宝与田师中将军引两万主力趋宿州、亳州，乃是试图向西面靠拢韩太尉，以图从南面替官家撑住侧翼。但宁庆失陷，张资政消息全无，张太尉情知自己身为周边最近的两位方面之一，又不能不管，却只好让本来在沂州的在下来此应对了。"

岳斐心知肚明，这明显是张峻猜到张所十之八九没了好下场，宁庆救无可救，也对自己、孔彦舟、张荣三镇不抱希望，所以甫一闻讯便派了一个新降的杂牌统制来虚应故事。

然而，思索片刻，岳鹏羽居然严肃地点了点头："张太尉其实做得不错。"

"谁能说有错呢？"扈成越发苦笑不止，"只是岳镇抚与下官又如何呢？下官是新降之身，平白陷入三面被围的绝地，而岳镇抚却也不要再想有张太尉的援军了，刚刚岳镇抚说张镇抚大败，只能保梁山泊，显然最多替咱们撑住济南，那宁庆一万多金人骑兵、一万孔彦舟部步卒，怕只有咱们合力对付了。"

"对付不了，也不必对付。"见对方虽然有些优柔，但也实诚，再加上军情紧急，岳斐便也干脆握着对方一只手坦诚以告，"我看金人姿态是要死守住宁庆，为西面战事撑住侧翼与后路，现实是一万多桓榛骑兵，一万孔彦舟降卒，还有一座坚城，咱们加一起两万人，战力参差不齐，根本打不动。"

"如此，岂不是正好安坐？"扈成闻言反而心动。

"我的意思便是请扈统制替我安坐。"岳斐干脆直言，"而我本人受张资政、宗留守大恩，也受官家大恩，却绝不能在此枯坐静候。"

扈成心中一动，瞬间明白了对方意思，继而微微感动："岳镇抚是要将济州托付给下官，自己引兵往西面吗？镇抚忠义着实让人敬佩，但兄弟初次见面，实在是当不起如此信重。"

岳斐微微叹气："情势如此，反倒是我给扈统制添乱了。今日直说了，我这几日枯坐绝境，早就想好了，我本有一万三千众，最近又有李逵引五千众、徐庆引三千众会合，合计约两万一千众。扈统制既然来了，我再让我麾下统制王贵引六七千众留下，再淘汰些老弱，凑个七八千协助扈统制一并守城，这样你们便有一万二三兵马，而我自引剩下的一万二三精锐兵马经濮州往西面东京方向去寻宗留守，你看如何？"

扈成想了一下，显然还是觉得难以承受，便要再做推辞。

岳斐见状，赶紧再言："若军情有变，济州守不住，扈统制也不必挂怀，只求尽量保住我麾下士卒家眷往徐州、沂州撤去，我便感激不尽。"

扈成之前闻得对方要主动寻战，本就心中震动，此时又见对方如此诚恳，甫一见面便要托付全部，更有一番义气。故此，此人思索片刻，干脆咬牙应下，一手与对方握着，一手回身指着自己身后跟来那人言道："镇抚如此不避危难，下官又如何能再推辞？这是下官兄弟李璋，绰号扑天雕，下官本是读书人，并不懂军事，只是因为家门在家乡颇有名望才被推了做首领，行军打仗和冲阵的事情，全靠这兄弟，就让他领着下官部中仅有的两百骑随镇抚走一趟好了。"

岳斐早就看到对方身后将领雄壮，闻得如此言语，如何不喜？便即刻弃了扈成手，上前错身去握这扑天雕的手。

数日之后，九月初三，得到一支不多援军的济州镇抚使岳斐留王贵与扈成等人看守济州，自己匆匆引精选出的一万两千众，计有傅选、由张显改名后的张宪、汤怀、李逵、李璋、徐庆等将，大小使臣无数，匆匆从梁山泊北面渡过济水，试图穿过濮州，去援护东京。

岳家军刚一到濮州，便遇到一位纵横黄河的本地豪杰李宝引水兵三千上岸，试图攻下被金人占领的濮州，双方会合，轻易夺取空虚的濮州，岳斐此时才知道那另一路万户讹鲁补正是从西面濮阳渡河，经此处南下的。更是从李宝处得知，金人都元帅完颜瞻汉此刻正在濮阳身后的大名府引兵坐镇，并有大军无数在彼处接连不断会合起来，而李宝正是无法在上游立足，方才来此。

濮阳天下名城，城池坚固，且由于这年头特殊的黄河地理情状，与大名府连成一片，金人占据这两处，便能牢牢把控黄河要道了，而这种情况下，挨着黄河的濮州得失其实已经没了意义。于是，岳斐便力邀李宝随自己一起弃了濮州，趁势向西面支援敌情不明的滑州、东京而去，而李宝身为黄河上讨生活的京东本地豪杰，本是恨极了金人，又见岳斐兵马不俗，便也慨然相从。

且说，岳斐引军一意向西而来，对濮阳西面的战局并不知晓多少，真真是拿命去蹚。而远在南阳的赵官家，在初期的混乱之后，此时终于从各处汇总的情报那里得知了一个大概情形。

"如此说来，金人是分五路，一起渡河突袭？"

豫山大营之中，赵玖望着粗糙的地图看了许久，然后试探性地在地图上摸索着朝刘子羽询问道。

"正是如此。"刘子羽沉默了一下，坦诚相告，"其实大略皆在枢密院预料中，京东张资政处最弱，而东京宗留守处最强，唯独张资政受突袭，仓促之下殉国而去，算是一大失；而李经略那里能逼退对方，却是意外之喜。而现在的关键乃是敌方会不会渡河？何时何处渡河？必须要严肃探查清楚！"

"不错，此事最为要紧！而此事之外，两位枢相务必速速议一下李彦仙那里连着大小翟还有李彦仙部下三绍军功，当此之时，必须格外优加重赏；然后再发个条子给城内的吕相公，让他议一下张资政的身后追赠等事宜，留在南阳的家人也要着力优待。其实……"赵玖严肃应声，但说到最后，不免也跟着卡了一下，方才继续感叹道，"其实，朕早该叮嘱张资政不要在意什么行宫的，朕是真忘了此事。"

"喏！"刘子羽严肃相应，复又正色相对，"官家，还请不要纠结宁庆之事，张资政为人臣而守臣节，这是他自愿为之，本该勉励，而非为之神伤。"

"臣也以为如此。"吕夷昊上前一步，难得与刘子羽政见相同，"张资政大臣典范，其行止如此，正是要告诉天下人，绍宋亦有殉国的制置使！"

闻得此言，李若朴、刘子羽各自郑重行礼。

"朕知道。"赵玖低头看着地图，一面猜着金人主力位置，一面倒是连连摆手，"朕还不至于如此不知轻重，而刚刚顿住，只是因为与张资政未曾见过许多面，竟一时回想不起他容貌，心中难免黯然罢了。"

吕夷昊以下，军舍内的众人几乎是齐齐顿住，恰如赵官家刚才那般表现，因为他们也多记不起来了。

话说，赵官家和南阳中枢的疑虑与等待并没有持续太久，因为金人那边也不可能浪费太多时间，坐视战机流失，前期的突袭成也好败也好，都是要继续进军的。所以进入九月晚秋时节，可能也是金人后续部队渐渐成功集合起来，金人主力的端倪也一一显现。

九月深秋，随着金军主力渡河投入战斗，建炎二年的绍宋、大金战争迅速进入到一个新的阶段，也就是对绍宋而言最艰难的那个阶段，即所谓大规模丢城失地、损兵折将的那个阶段。

整个九月份，赵玖枯坐南阳，而前线的讯息则如雪片般涌来：郑州六县十一城全境沦陷，其中三次屠城；开封府十六县三十七城失陷六县十五城，两次屠城；汜水关失守；河南府十六县二十一城失陷十三县十七城，一次屠城，两次焚城；烟广府混川以南尽数失陷；滑州韦城失陷，被焚烧一空……

以上种种，加上张峻麾下大将刘宝战败于亳州鹿邑，引发屠城，仅仅是南阳朝廷确切获知，便累计失陷五十余城，战败十七场，遭遇屠城七次，焚城三次。其中战死制置使、资政殿学士一人，军州守臣六人，统制官五人，其余统领、知县及以下官吏军将不可计数。至于顺天府以东，京东两路基本重新沦陷，便是有一二残存，在宁庆屯有金人重兵之后也不可能再对中原核心区域的战事产生影响，就更不必多提了。而若以此计量，京东、京西四路，实际上已经沦陷了七成州县！

不过，金人此番前来，进行了大规模的劝降招降活动，从掌握军权的东京留守司、西军军将，以及各地义军盗匪首领，再到各城池地方，金人几乎每战必先派人劝降。而且，更让南阳方面感到震动的是，从获知的情报来看，金军基本上做到了言而有信，但凡投降的军头必然保有部队，许诺的官职必然给予，至于主动开城的城池，只要缴纳定额军粮后，也必然得到保全。

与之相对的，则是一旦某城某地做出了明确无误的大规模助战行径，金人必然会在战后进行系统的、大规模的屠城与焚城。在这种冰火交加的情况下，前线部分城池理所当然地开始对绍宋军产生抗拒心理，城池拒不接纳绍宋军，乃至于直接的出卖与对抗都开始出现。这使得原本就极为艰难的东京留守司的兵马，开始在东京外围受制，不得不往活动范围越来越狭小的东京城周边汇集。

不过，好消息也是有的，那就是韩师仲的御营左军不顾一切地上提，果然成

345

功吸引到了完颜乌竹的注意力，自从韩师仲部与原本顺昌府各城守军会合，韩师仲本人更是亲自引军两万余入驻郾城以后，完颜乌竹和完颜塔兰对东京周边的攻势果然出现了迟滞和犹疑。但好景不长，这种迟滞只是出现了不到十日而已。

进入初冬，大概是身后大名府方向都元帅完颜瞻汉的提醒与压制，也可能是完颜乌竹早就想趁机休整，总之，引兵四万的他在汇集了从西京方向赶来的完颜巴力速一万兵马后，重新将注意力放到了东京城上，并在十月初的时候一举击败统制官曹成、王善，攻破中牟。到此为止，金军主力大军距离东京城不过五十里。换言之，东京城又一次兵临城下了。

与此同时，李彦仙与宇文绪忠也几乎是同一时间传来了一个新的坏消息——完颜娄石攻破烟广后，分兵两万让其子完颜火钹驻守，自引三万金军北上，在攻下绥德军后，忽然放下眼前的晋宁军，转而穿越西勒右厢神勇军司，将府州、麟州、丰州围得水泄不通。

而府州折氏猝不及防之下，各城堡沦陷极快，最后一个确切的消息是，忠于绍宋几百年的府州折氏应该是降了，因为府州折氏的家主折可求很快就再度露面，却是替完颜娄石劝降已经事实上成为西北孤岛的晋宁军首府。

不过，折可求的此番作为却遭遇到了极为激烈的反应，晋宁军守臣徐徽言登城后当众喝骂折可求负国，并引弓相对，逼得折可求狼狈而走。

入冬之后，对于绍宋军而言，局势已经全盘大坏。这个时候，赵官家也好，所有其他制订计划的枢密院上下也罢，都不可能再做美梦了，职方司的计划已经失效。无奈何下，赵玖也不得不亲书旨意，要求韩师仲不计后果，主动北上救援东京。

此时此刻，走一步算一步才是事实。韩师仲的忠勇毋庸置疑，其人接到旨意后，明知战力不足，却还即刻引本部全军从郾城出发，再度北上。

十月十一日，韩师仲本人进驻颍昌府首府长社，距离中牟不过一百五十里。

十月十三日，韩师仲留下数千兵马在长社做后援，也将夫人梁氏留在此处安顿，却是继续引军两万前移到颍昌府东北端的长葛，此时距离中牟不过一百里。

十月十四日，韩师仲引两万部队，向东渡过洧水，进入开封府地界，并于当晚急行军至朱家曲镇。

而深夜之中，安顿好一切，刚刚躺下，尚在思念自家夫人并在犹疑几名哨骑不归的韩太尉却忽然间为马蹄声所惊动，然后赶紧光着上身仓促披甲。

"太尉！"

韩师仲一面披甲一面仓促走出卧室，迎面便在院中撞上了一脸惊惶的几名背嵬军部属，为首者正是已经做到背嵬军统领的成闵。"这是金人来袭？"

"你说呢？"

感觉着地面上如地震一般的动静，韩师仲面色铁青，事到如今，他如何还不知道完颜乌竹从来没"忽视"过自己，之前犹疑的那十来天必然是在为这一战做准备，攻下中牟更是针对自己的诱敌之策。"金人这是算计俺老韩算计到家了！什么四太子，根本就是记着淮上的仇呢！"

成闵越发急促："太尉，这马蹄声得多少兵……"

"当成三四万总是不差的！"说话间，攉偏军统制官、御营左军副都统解元也一面披甲不及，一面仓促来到这栋充当中军大营的宅院之内，"五哥……速速做决断！"

"这还有什么可决断的？！此时是能守还是能战？！"韩师仲戴上头盔，却并不着急将铜制的面罩戴上，而是面目狰狞直接拎着铜面向外走去，"传俺军令，全军各部以统领为准，赶紧趁黑突围，能走一个是一个！往东走，往南走，唯独千万不要往西回长葛，最好是从南面走，南面宋楼、许田都有大桥，从那里可以绕回长社！"

解元和刚刚来到院外的黑龙王胜等将一起怔了一怔，却是各自哈了一口白汽，便头也不回地即刻转身离去了。

且说，黑夜之中，马蹄隆隆，金军骑兵主力于夜间尽数扑来，韩师仲猝不及防，只能狼狈突围。真真是听天由命，而于绍宋军大局而言，这场上来便注定要大败的一战，真真算是雪上加霜。且不提韩师仲黑夜中如何奋勇突围，在战场甫一接战就沦为乱战的情况下，朱家曲镇北面数里外的一处缓坡之上，几支火把之下，遥见朱家曲镇中反应迅速，战事混乱，虚坐在一匹高头大马上的始作俑者完颜乌竹却也不由得微微蹙眉。只要韩师仲手下的这支御营左军被成建制地歼灭，此次南征大胜必然是胜券在握。实际上，这是完颜乌竹在自家兄长完颜讹里朵北归燕京后，顶着完颜瞻汉压力强行改变既定战略，苦心设计这场埋伏与突袭的根本原因。

冬日时分，东方亮得极晚，而似乎是越担心什么就来什么，完颜乌竹非但没有等到韩师仲被擒杀的好消息，反而等到了一个可以称之为反面证言的讯息。

"昨夜与一支数量颇成规模且极精锐的绍宋军铜面骑兵交战，被绍宋军反复冲锋，反复救援小股被困兵马，最后从南面脱离了？"

这日晚间，金人尚未抵达城下，而长社城内，刚刚逃回城内的韩师仲浑身赤裸，正趴在榻上，浑身血肉模糊几无一寸完好皮肤。

而回到眼前，趴在榻上的韩师仲微微抬起头来，有气无力地瞥了眼箩筐，初时不语，却忽然狞笑："这分量，足够打一刀了……拿过去，让城中铁匠给俺铸成一柄短刀，将来俺泼韩五必用此刀活剐了完颜乌竹，以报昨日上万儿郎之仇，否则誓不为人！"

说到最后，韩师仲背上绽血成流，声音也是震动屋瓦，而周围聚拢起来的将领、士卒，包括城中守臣、官吏，原本各自沮丧哀愁惊惶，此时闻得此言，却反而精神一振。

第三十八章　悖论

"城内外军情如何？"又隔了一日，攻破长葛城后的完颜乌竹引数万金军主力继续南下，于下午时分兵临长社城下，未及下令将长社城彻底围起，便立即找来先发的完颜巴力速，于城外溇水畔仔细相询。

完颜乌竹越听脸色越难看，二人的战略方案竟大相径庭。这完颜乌竹实是放不下新仇旧恨，誓要在这长社城下起炮砸城。完颜巴力速只能无奈相询："东京真不管了？""如今宗赜早已卧床不起，那东京留守司如同空城一座，即便攻下，又有何用？去告诉完颜塔兰，俺只要他十日内速速带援兵来此。"完颜乌竹的战略看起来是被仇恨冲昏了头脑，实际上也确实有相关因素，但定下来以后无人能驳斥，这是因为他的作战思路确实跟大金历来用兵传统是不谋而合的。

桓榛人的朴素兵法一般认为源自狩猎活动，这使得他们对战利品的渴望与战损付出有着绝对的计算与考量。实际上，大金建立以后，虽然战争本身被赋予了大量的政治意义，可实际上还是有相当一部分出于对战利品的索求欲望，甚至一直到现在，劫掠需求也是金军军事行动的主因之一。事实也证明，他们的选择都是正确的，在拥有大量骑兵和足够专业军事技术的前提下，随时折返撤军可以做到基本的保全，而超前的军事冒险一旦成功，收获又是前所未有的丰厚，譬如说，数不清的黄金白银和整个河北大平原。实际上，完颜乌竹让完颜塔兰"十日内"带援兵过来，真正操作起来，便有且只有一种可能，那就是让对方不顾一切，扔下对滑州的围攻与对开封府的侵略，从黄河水道速速来此。

果然，十月底，很讲政治信誉的完颜塔兰就主动转移了战场，他在留下一个万户继续围攻东京城东面屏障陈留，并强烈要求大名府再派出一个万户南下来接替他围困滑州的情况下，主动引军四万沿黄河来到了郑州，并沿途南下接管完颜乌竹所攻下的城池。

到此为止，数量多达十二万的金军所发动的中原战略，已经迅速从钳形攻势转为明显偏向西侧的单边攻势。此时此刻，东京以东，合计不过金军四个万户，而且其中宁庆的两个万户根本就是只有各自精锐骑兵，没有带上相对应的补充兵，相应协防力量乃是刚刚投降的孔彦舟部，算是投入了三万原定金军。

相对应而言，位于黄河北面的大名府的后备部队也直接削减到了一万。而这么算下来，黄河以南，东京以西，也就是传统京西地区，金军主力部队的数量却已经多达八万之众！而且金军此番进军的两位都元帅府统帅，也就是完颜塔兰与完颜乌竹也都同时出现在了京西。这个兵马数量，足以让眼下任何一支绍宋军丧失军事主动性，尤其是眼下东京留守司部队开始出现大面积失序，而韩师仲部主力战败主帅被围。

十一月初，完颜塔兰亲自率部队南下与完颜乌竹汇集于五河之间，金军再度向所有坚守的城池发出纳降通告，而新的通告刚刚一来，东京留守司麾下的统制官、临颍守将、绰号一窝蜂的张遇便迫不及待杀掉了城中坚持抗金的官吏、军士，然后开城投降。此举，不仅让赵官家苦心经营的第二道防线瞬间开了个口子，也让已经开始与城外进行艰苦炮战的长社城沦为孤城，淮西制置使、御营左军都统制韩师仲孤悬于北面，与淮西、南阳失去联系。

随着完颜乌竹引大军抵达南阳城下，不仅是赵官家和完颜乌竹二人逃无可逃，各自决心在南阳继续自己与对方的恩怨，双方也在事实上将绍宋、大金第四次大规模攻防的最终结果作为赌注，摆在了南阳城上。

十一月十一日，金军抵达南阳城下的第二日，双方便迅速爆发了战斗，但过程和结果乏善可陈。

十一月下旬，寒气逼人，南阳城已经被围困半月有余了。战事进展到眼下，开战前便准备了许久的南阳城此时早已经彻底变成了一个大军营，所有城区也都被划为一个个军坊，坊与坊之间有墙，皆为军管，非军官出入全靠腰牌。而各坊非但各有分划职司，为城防尽力，更是统一调配物资，统一分派房舍，甚至人员统一集中用餐，真真如军营无二。

战至此时，守城最艰难的一个阶段，也是最关键的一个阶段——炮战阶段终于到来。

"准备好了吗？"依旧是北面城头，透过前方早已经被战事抹平的地面，赵官家眯眼望着对面将台，然后忽然回头询问。

"都已经按照城头观察，调整好了方向和力道。"冬日时分，陈规却满头大汗，"官家去行宫躲避吧，城头臣自为之……"

"无妨。"赵玖摇头失笑，"不是你说的吗？你的城墙防炮最是厉害，朕待会儿下到城下躲避就可。"

"现在就请陛下下去吧！"陈规勉力再劝，"敌军连夜布置阵地，两百炮车分四营相对，试炮又已完毕，随时都能齐射……"

"不用等他们！"赵玖继续笑道，却是指着北面那将台而笑，"朕就在城上，等你先发这第一轮炮石，然后再下去！"

陈规明白对方意思，所以也不再劝，而是干脆即刻回头传令。须臾间，城头上各处旗帜摇荡，却是与城内早已经妥当的各处各种炮车发出信号，让他们按照早已经预备好的弹道准备齐射，先发制人！

"俺就不信了！"金军将台之上，完颜乌竹终于又露出了一番笑意，"今日这局面，他还能忍住？"

"不错！"赤盏晖在旁捻须附和道，"我也想看看，这南阳城内的炮车到底是藏的什么古怪？居然一直忍到今日。"

就在完颜乌竹等人翘首以盼之时，城上赵官家等来陈规言语，下达最后军令。

传令官没有言语，只是摇动了一杆之前守城半月都未动过的旗帜，城头各处旗帜无数，见到此处摇动后，一时间也纷纷摇动起来。而城下绍宋军各处炮车基地里的民夫见到旗帜，却没有如城外那般一炮动用十几人甚至几十人辛苦拉拽，反而只是分出一名健壮民夫，拎着一个大木槌往各自负责的炮车奋力一锤。

只是一锤，炮车机栝打开，装满配重石块的大筐便直直落下，然后便将尾部装有不同"弹药"的投射模块高高扬起。接下来，数百发弹丸一起飞出南阳城，有大有小，有打磨的石块，也居然有泥做的弹丸，端是壮观。李光与万俟卨见到此状，干脆停驴观看。然而，二人只觉得壮观，却不知道，弹丸一起飞出城去后，前者，也就是石制弹丸，多数直奔对应的金军炮车阵地，而泥质弹丸，大约不过几十发，都是从靠近城墙的高台地上射出，却是高高越过城墙，以一种匪夷所思的射程，直接甩向了正北面的金军将台。

而彼处，冬日和煦的阳光之下，金军宿将、万户赤盏晖话音刚刚落地，正引

351

来无数猛安、谋克的附和之声。

数年以后，当完颜乌竹在黄河畔仰望天空的时候，总是忍不住想起那个阳光明媚的冬日上午。话说，这个世界，有些事情的意义，往往要等到尘埃落定，甚至尘埃落定好多年后才会展现出来；而有些有意义的事情，究竟有多大意义，可能注定到天荒地老都没有一个确切说法的。

但是，回到那一天，和煦的冬日阳光下，当人头大小、数以十计的泥丸砸到金军大营将台上的时候，所造成的直接结果绝对是可以计量清楚的。南阳城上，早已经按照陈规的要求，去除了多余的高楼、望台，城墙顶面也略显狭窄，但女墙却专门加厚，好让城上士卒背靠女墙躲避弹丸，并持续观察敌方炮位，一直到金军炮车阵地彻底崩溃，失去攻击能力之前，城上损失堪称微乎其微。

而到下午时分，确定金军炮车阵地无用之后，赵官家重新登城，却又再度枯燥无味起来，因为南阳攻城战开始以来，城外的金军大营第一次陷入全线沉默之中。没有挑衅，没有往来封锁疾驰的骑兵，没有严厉呵斥民夫、汉儿军的督战甲士，也没有热火朝天的工程，甚至没有哀号与呼喊，之前满满腾腾的炮车阵地上一个人也没有，只有一堆烂木头，至于正前方将台上更是一片空荡荡，连旗子都拔干净了。毫无疑问，这是绍宋军的大胜！

于是剔除了赵官家之后，南阳城依旧满城欢呼雀跃，而金营依旧鸦雀无声。

"多少？"

距前线极远的北面中军大帐中，完颜乌竹茫然抬头。

"除万户赤盏晖将军外，还有七位猛安、四位谋克当场战死。"一名汉人参军小心翼翼言道，"除此之外，还有六位猛安、两位谋克重伤难战……"

这就是那几十个泥丸的作用了，赵官家忍了半个月，就是为了这一射。

"自太祖起兵以来，未曾闻如此惨烈事。"隔了许久，手臂被泥丸迸溅到的完颜巴力速方才扶着胳膊愤然出言，却不知道是对谁发愤了。

绍宋军一战显威，城内城外自然是悲喜两重天。

随着腊月的到来，因为南阳城忽然展现出的强大炮战实力，已经持续了二十日的南阳围城战直接跳过原本预想中炮石横飞的阶段，进入相持困城阶段。之所以说是困城而非围城，乃是因为经过那次炮战之后，金军非但停止了攻城动作，而且做出了一定收缩，城南的空旷与城东的空虚，让绍宋军不自觉地尝试了一些动作，最后愕然发现，自己跟外界的联系居然重新打通了。

"可以趁机清理内壕、整修羊马城吗？"

腊月上旬这一日，城中上下难得焕然一新，疲惫了许久的众人都难得换上官服来到行宫大殿相会，而等到主导城防的兵部尚书陈规大略汇报完城防事宜之后，坐在上方的赵官家忽然提出了一个问题。

"臣以为可以一试。"陈规稍微一怔，便即刻应声，"正好以此来试探引诱金军，看看他们到底是不是真的有了畏惧之态，若真是坐视我们将内壕与羊马墙整修完毕，便坐实了金军是要放弃攻城。"

"阎卿。"赵玖微微点头，却不以为意，只是扭头看向了阎孝忠，随口交代，"此事须你调拨民夫，协助陈尚书。"

权知南阳府的阎孝忠当即应声。

而此番言语之后，不知为何，殿上居然稍微安静了片刻，隔了一会儿，才有人适时出言："臣御史中丞胡尹请言。"

"说。"明显有些走神的赵官家盯着胡尹，随口应声。

"臣以为，若羊马墙、内壕整修完毕，金人果然不敢骚扰，则说明我军炮车确实犀利，金人也确实丧胆，既如此，何妨让枢密院早做些计划……"胡尹脱口而出。

闻得此言，周围殿上文武颇有人一时松了口气，显然是觉得御史中丞胡明仲说出了大家想要说的话。

"什么计划？"赵玖依然面色不变。

"可不可以仿效淮上下蔡一战，破敌大营，使金军无立足之地，仓皇北走？"胡中丞认真相对。

"不可以。"隔了一会儿，在满殿沉寂之中，赵官家也认真相对。

"与其说破敌大营，还是之前的计划稳固一些。"作为殿上如今少见的老成人，还到底是算首相，吕浩文实在是没法子了，只能硬着头皮出言，"若金军真坐视羊马墙修葺完毕，则南阳至少短期无忧，官家何妨寻机南走，往襄阳而去？"

这是既定计划，而且南阳恢复与城外通信之后，最先得到的便是襄阳方向的通信，彼处许景衡、汪博彦、刘汲三人一起送书信到南阳城内，便是要求官家寻机往襄阳去。换言之，哪怕只有吕浩文一人开口，这个去向，也是上来便是有四位相公级别的重臣支持的，不可轻视。

而且，去襄阳真的是有一定理由的，一来是原定计划摆在那里，何必节外生枝；二来却是襄阳与南阳不同，南阳虽然城池比较大，但本身在刘汲、陈规改造前称不上是坚城，而襄阳却隔汉水而立，自据天险且自古以来就是坚城。对此，赵玖没有吭声，这是当然的，一个好官家应该充分听取意见再做决断才对。

然而出乎意料，虽然有四位相公一力支持，又是既定计划，但吕浩文说完以后，却无一人吭声附和，连之前私下表达过忧心赵官家不去襄阳的殿中侍御史李光、翰林学士李若朴等人都置若罔闻。这让吕相公有点慌乱了。

"宰相所言未免有些过时了。"冷场之下，能如此轻松反对吕相公的自然是另一位吕相公了，吕夷昊笼手相对，眼睛都不眨一下，"此一时彼一时也，不说别的，东京、淮西情形尚且不明，若前线尚在僵持，官家在南阳，总能少安前线人心吧？"

吕浩文闻言一怔，却又尴尬一笑："是我太急了，且等局势清楚再说吧。"

出乎意料，吕夷昊也没有穷追猛打，反而是微微颔首："正是此意，且等局势清楚再论此事吧！"

两位相公达成一致，官家也没说什么，殿中复又沉寂下来，便又说了些城防、物资、功劳上的言语，就先行散去了。不过，这种拖延注定持续不了多久，仅仅是数日后，随着金军有意无意地进一步放宽了南阳城外往城内的通信后，赵官家终于获知了他等待已久的前线军情，各方各面的，东南西北都有。

五河之间那几座城虽然遭遇的是分散围攻，却还是有一处陷落。还有一个最重要的韩师仲困在长社，根本连通信都难。除此之外，武关辛兴宗也及时送来了积攒在他手里关于关西的战况，这就更是坏消息一大堆了。已成绝地的晋宁军也被攻下了。而与此同时，曲锻虽然表面对宇文绪忠的使者表达了顺从之意，却在出兵后依旧拒不听上级王燮的军令，双方一直往宇文绪忠那里送文书打官司，一个说对方拒不听令，另一个说对方无能误国，丝毫不管完颜娄石用兵稳健而不失迅速，如今已经占据了陕北三州一府一军，而且已经腾出手来，再无后顾之忧。

当然了，也不是没有好消息，陕州李彦仙就绕道武关遣人来报，大概意思是若金军西路军主力下一步不往陕州来，他可以放弃河北新收复的地界，尽量引一部分河北义军和陕州兵马去支援他处。最重要的东京城，相对于其他各处军情明晰，这个要命的主战场有些说不清道不明的意味。

首先，东京并没有因为金军主力的战略偏移而转危为安。因为，东京城那边真正的麻烦和问题并不在这些城池得失之上，而是关于宗颖油尽灯枯的流言。实际上，根据情报，此时东京南部地区，集中了大量的东京留守司溃兵、败兵，约有三四万，五六个统制，却久久没有动静，也是进一步助长了这种怀疑。

"不用怀疑了。"

为了避开城内诸多人等，这日晚间，眼见着天气阴沉，隐隐有下雪的征兆，赵官家专门挑在城头上召见了寥寥几位重臣。"宗留守必然是有恙在身，因为朕晓得岳斐的能耐，此时在东京维持局面的，必然就是岳鹏羽本人。"

被官家叫到城头上的几个人，包括两位相公、一位御史中丞、一位兵部尚书、一位翰林学士、一位南阳府少尹，外加杨轶忠、刘彦二将，不过区区数人，此时闻言，几乎同时面色大变。

"怎么办？"

不等下面人作答，赵官家便少见地主动追问起来，看他模样，显然是真的着急了，"能传旨意出去，让岳斐统揽东京战事吗？"

"不可！"

吕夷昊、吕浩文、胡尹、林景默、阎孝忠几个人几乎是异口同声，脱口而出。

"为何？"赵官家一时惶急蹙眉。

"官家不要忘了东南的事情。"吕夷昊当仁不让，即刻严肃相对，"且不说我们此时尚不能知晓宗留守是否真的有恙，便是宗颐着实难再领兵，东京尚有其他高位大臣，如何能以岳斐为帅臣？此时若破格以这么一个本就提拔过度，且只有二十六七之人猝然统帅东京留守司，又是战乱中从南阳来的不知真假的旨意，怕是东京那面那三四万败兵要直接反叛的！"

"不错！"胡尹也正色进言，"官家，岳斐当日出任镇抚使尚是臣所荐，但臣也因此知他底细，所以今日要冒昧问一句，岳斐何人？何等履历？凭什么统帅东京留守司？谁能信他服他？"

赵官家沉默以对……因为他知道，这些人说的是对的，眼下除了他赵玖，没人信服岳斐，李彦仙当日举动尚在眼前，何况是东京留守司一堆杂牌兵？

所以，吕夷昊绝非危言耸听，真要是旨意到了，怕是岳斐尚未取得兵权，东京留守司残余兵马便要反了一半。但是问题在于，赵官家也同样心知肚明，在四面八方都陷入困局、僵持之中，只有岳斐和东京留守司那尚有余裕的兵马数量，才能破局！可这不就成悖论了吗？想要破局，须用岳斐，可一旦破格使用岳斐，八成要直接让大局崩溃。

沉默之中，雪花忽然飘落，赵官家陡然惊醒，勉力再问："那怎么办？"

"官家确实想用岳斐？"

出乎意料，停了片刻之后这一次说话的居然是吕浩文，而非是威风日渐显现的吕夷昊。

"不用他，此时还能用谁？"雪花之下，赵玖负手扭头看了眼北面渐渐牢固的金军主力大寨，然后一声叹气。

"这件事情不是这么简单的。"大概是等了许久都未等来吕夷昊的言语，吕浩文不得不有些迟疑地继续开口，"官家，不知道官家考虑其他各处情形时想过南阳这边一件事情没有？"

"何事？"

"此事乃是陈尚书之前提及，臣颇以为然。"吕浩文扭头看了眼陈规，这个动作引来另一位吕相公冷眼旁观，而吕浩文来不及在意这些，在渐渐紧密的雪花下指着北面阴影与灯光回头正色言道，"金军畏惧我军炮车，所以不敢近城，也没有攻城动作，但金军真就无力了吗？他们围三缺一自然可以理解，但骑兵这么多，真就不能阻拦信使往来吗？为何直接放任各处信使出入？"

"朕当然知道他们的意思。"赵玖负手看了眼城外金军大营，坦诚以对，"攻心之计嘛，既然南阳城防出色，便干脆用此计逼迫我们调度起来，而我们一旦调度起来，必然会露出破绽，对他们而言便是战机了。但这是阳谋，总不能说韩师仲岌岌可危，东京留守司死水一潭，关西局势堪忧，都是假的吧？"

吕浩文张了下嘴，但还是最终点头："官家心里明白就好。但臣还有一问，既然官家明知道城外金军是在攻心，是故意将北面前线困局情报送来，却为何还要去强行调度？所谓用岳斐又到底是想要做什么？只是接替宗留守，总揽东京事宜吗？以眼下看，宗留守应该只是病重，而岳斐在东京也没有受制之态……"

"吕相公。"赵玖一声叹气，"陈规只告诉你敌军有诈，可曾告诉你坐守枯城是等死之道？今日南阳局面，还不是有新式炮车这种反击利器？"

吕浩文和陈规都没有反驳什么。

而赵官家也干脆挑明："朕想救韩师仲，韩良臣不能死！他是朕的腰胆！朕根本不敢想韩师仲一旦死在长社，将来谁能撑大局？岳斐固然是个良才，但你们也说了，他才二十七，而且刀剑无眼，若韩师仲都能盛年阵殁，天知道将来他又怎么回事？"

城墙上，众人相顾无言，却没人觉得意外，按照官家之前对韩师仲的看顾，这个理由绝对可信。

"官家想救韩太尉当然可以理解，韩师仲国之大将不可不救，但哪来的兵马呢？"就在这时，吕夷昊忽然笼手开口，抢在了吕浩文之前发问，"按照这几日枢密院收集的军情，完颜塔兰虽然处处分兵，但他本人却应该是坐镇长社城下，亲自围攻长社，而且周边兵马，从北面中牟的耶律马五，到南面完颜塔兰的女婿蒲察鹘拔鲁，他手上合计也有四万兵马，且多骑兵，那么三五日解围不成，只会被金人大军聚歼于城下，须有大军！"

"不错。"吕浩文也连连严肃点头。

"东京城内有两三万，开封府南边有三四万，让李彦仙放弃河北，只固守陕州，说不得还可以再聚集一些，再加上刘宝、田师中的残部……都集合起来，十万不大可能，七八万总能有吧？"赵玖正色作答。

"东京不管了吗？"兵部尚书陈规当即惶急相对。

"存地失人，则人地两失，存人失地，则人地两存。"回答陈规的乃是枢相吕夷昊，"东京城当然重要，却不及韩良臣，救下韩良臣，便是东京有失，也迟早能打回去！可如眼下这般耗下去，五河诸城迟早一一沦陷，到时候东京又拿什么保？"

陈规一时哑然。

"朕细细想过此事的。"赵玖赶紧制止了二人争斗，"东京距离长社不过两百里，而距东京最近的金军乃是中牟耶律马五部，一万人，相距五十里。攻城与解围不是一回事，若能集合兵马救出韩师仲，再折返东京休整，耶律马五来不及攻下东京。"

众人再度陷入思索。

片刻之后胡尹认真出声："官家说得有理，韩师仲本朝名将，不能不救！"

紧接着，小林学士也不再沉默："韩师仲确实要救！"

"臣也以为当救！"一直没吭声的阎孝忠终于也不顾与陈规的交情，毫不犹豫拱手相对，"否则天下人何以见官家之诚？"

城头上，一位相公、一个内制、一个南阳府尹、一个御史中丞一起表达了对天子的赞同，这件事情就不可转圜了。实际上，吕浩文也不再坚持，而是拱手而言，回到了问题的关键："若如此，再加上宗留守病情不可公开，就只能寻一位大臣为宗留守之副，然后督岳斐南下，整合东京留守司了。"

"也只能如此了。"赵玖沉默片刻说道，"但只怕东京左近能为帅臣的不能放手给岳斐。"

"官家勿忧。"吕浩文微微一叹，"臣想了想，还是有个好人选的，如今东京副留守权邦彦被困滑州，闾勍太尉被困襄城，那就只有两个人选了，而官家又要一个看顾岳斐的人，就还得再去掉一个跟岳斐有仇的王彦，如此便只有最后一人了，而偏偏这个人选正合适。"

赵玖心中微动，却来不及多想，反而脱口而出："朕知道你说的是谁，最后一人自然是前大名府留守、现开封府尹杜充了，可他不是从大名府逃回来的吗？可用吗？敢战吗？"

"官家，现在的情形是，眼下有这个资历的人就那几个，而此人正当其务。"吕浩文倒是娓娓道来，"最关键的是，此人与岳斐是同乡。"

赵玖一时恍然，东京留守司军将本身多是河北流民出身，那么杜充的籍贯对东京那边而言也是一重保障。

这种场合杨轶忠本没有插嘴的余地，杨统制还是不顾自己肩膀上已经积了一层薄薄雪花，非常迅速地躬身给出了答案："回禀官家，吕相公所言不差，二人本是同乡，且交情颇好，岳斐是武人中少有读书进取之人，而杜大尹年中曾在东京有言，说相州豪杰颇多，但多是粗鲁之辈，能与他以同乡之谊交往的，就只有岳鹏羽了。这番话虽然可能是嘲讽同为相州人的东京留守司统制官张用多一些，但多少还是能看出来杜充与岳斐相处不赖。"

言至此处，杨轶忠稍微一顿，方才低声相对："非只如此，杜大尹长子杜嵩、三子杜崐，俱在襄阳；而女婿韩汝与次子杜岩，此时俱在城中。"

赵玖一时释然，却又微微摇头。

赵官家带着一丝释然与几分疲惫，当场下了决断："那便遣使往东京，不用书信旨意，以防被金军截断，让使者入东京去见宗颖，面陈此事！"

"官家！"吕夷昊赶紧插嘴，稍作补充，"可以发一道加封岳斐官职的无关旨意，再让杜充次子杜岩去做使者，旨意是给东京留守司做真伪之辨的，这样一来，不管宗留守是否清醒，东京留守司上下便都能晓得官家心意；而杜充见到亲子，感激之余自然也能明白官家心意，届时，他便是有畏难之意，其子也能将官家心意转达清楚，断不敢不南下收兵去救韩良臣的，也不好不重用岳斐的。"

闻得此言，赵玖几乎是彻底放松下来："如此，便可有所期待了！速速去办吧，让杜岩连夜出城！一刻不要耽搁！"

众人一起拱手，也都不再多言。

战争在持续，即便是进入了相持困城阶段，集中了双方前线统帅的南阳这边也不可能就这么安静下来的。

腊月上旬，东京方向情形尚不分明，南阳方面尚未回应，驻守襄阳的御营中军统制官却北上逼近南阳城。然而金军坐视不管，任由局势再度微妙起来。且说，南阳这里的文官们总是随着局势涨涨跌跌，时而喜时而忧的：一开始金军放弃攻城，虽然有识之士说得很清楚，这里面必然有金军的阴谋，譬如前线局势堪忧，所以金军才故意打开通路，让南阳城内知晓，以图让绍宋军自乱阵脚，属于"攻心之策"，但这依旧让大部分人感到释然和放松，仿佛这一战已经赢了一般。然后，果然北面消息传来，说是关西大败，五河地区韩师仲垂危，东京殊无作为等等，于是城内又乱了起来，襄阳派隐隐有复起之态，而且赞同赵官家找机会走的还多是老成大臣。

现在，张景带着四五千兵来到白河东岸安营扎寨，金军没有去攻，居然又有人以为金军已经丧胆，建议赵官家派王德、傅庆出城劫寨。"这必然是金军刻意宽纵，诱我军出城接应，以求聚歼于城下。"出班说话的乃是刘子羽，这些日子，就连民夫都能因为战事稍歇而稍微松懈两日，士卒也能轮换下城，他却是前期忙城防，后期帮忙筹划其他各处的方案，倒是稍显疲惫，不过此时出声，依旧迅速。

"也不能尽丧胆气吧？"御史中丞胡尹微微皱眉相对，他一直就觉得应该以攻代守的，早在宁庆他就认为赵官家应该御驾亲征、渡河北伐的，只是事关军事，所有人包括赵官家一般都不会搭理他罢了。

故此，刘子羽见是胡尹出声，也不知道是近来疲惫的缘故，还是根本觉得跟此人说话没用，所以一时间居然没有与之当堂抗辩的意思。不过，好在他也在枢密院许久了，算是有些威信和人脉，马上就有下属出列相对。

"臣冒昧。"胡闳休听到如此荒唐之言，又见对自己最照顾的刘参军闭嘴不言，便立即出列，对着赵官家直接开口，仿佛没有听到胡尹之言一般，"金军或许存了更大念头也说不定！"

"什么意思？"正在胡思乱想的赵官家回过神来，稍显好奇。

"臣以为，金军是见这支兵马从襄阳来，猜到了张统制是来接应官家的，便

359

故意装作放松，只待官家出城，便求一劳永逸。"胡闳休语不惊人死不休。

堂上一时轰然，而赵玖微微一怔，然后难得咧嘴一笑，却并未应声。

"局势大好，官家不坐镇南阳，去什么襄阳？"胡尹闻言继续蹙眉不止，"金军安能如此糊涂？"

"金军真是糊涂了吗？"胡闳休忍不住对上了跟自己政治地位天差地别的御史中丞，"胡宪台！金军又不是专门图此，他们只不过是仗着自己手中有骑兵，野战无敌，所以才放任张统制往来，一旦下了决心，随时都可以吃下这四五千兵，哪里算糊涂呢？"

"照你这般说，张统制这四五千兵，此时无论如何都已经是死人了？"胡尹越发觉得荒唐，"对上金人我们就只能困城死守，任其凌虐了？当此之时，张统制来勤王护驾竟也是错的？"

"张统制此番来援，委实不妥，确有羊入虎口之态。"胡闳休根本没有察觉到对方的情绪，反而是自顾自说了下去。

"荒谬！"胡尹勃然大怒，"照你这般言语，金军就不要打了？我辈便只是任由金人往来肆虐，毫无作为？你知不知道什么叫尊王攘夷？蛮夷之辈一时得势而已，但凡绍宋能上下一心，敢战能战，天下兴复又有什么难的？这个道理别人不清楚，你这个太学生出身的参军居然也不清楚吗？"

胡闳休一时语塞……他倒不是没话说，而是被胡尹给吓到了。

"胡中丞。"刘子羽见到下属被制，终于难以忍受，也是咬牙应声，"你是想学李相公吗？"

"何意？"胡尹陡然一怔。

"先学李相公旆和中驱除李彦仙李安抚，逼迫李安抚改名逃窜，以罪身抗金！"刘子羽凛然应声，"然后再学李相公建炎初驱除岳斐岳镇抚，逼迫后者白身投军于黄河畔！"

胡尹面色涨红，却一时难以应对。

"岳斐之窜，安能算在李相公头上？"殿中侍御史李光赶紧出列解释，却又中途卡壳，"岳斐之窜，乃是彼时黄虔汕为政，所以擅自驱除……"

"两位，大义是大义，做事是做事，大战之下，要先说做事，再说大义，而且，两位怎么知道我们不懂大义呢？我与胡参军旆和中与金人白刃相对时，两位却又在何处谈此大义？怎么谈了两年还在谈大义？！"刘子羽冷笑道。

胡尹被骂了一通,本能去看赵官家,他现在才意识到一个问题,那就是此番争吵本不该发生的,因为赵官家和两位吕相公最起码的控场能力还是有的,但这三位却一直没吭声,反而都在那里若有所思。

"这样好了。"赵玖终于不再乱想,即刻发声,"暂且还是安坐南阳,派一支小股兵马,过河去见张景,以作试探,并让他小心防备。"

最近兼了枢密院都承旨的刘子羽不敢怠慢,即刻应声。

"官家。"刘子羽拱手相对,却没有说什么废话,而是开宗明义,"刚刚枢密院有军情送达,乃是东京新任副留守杜充送来……"

赵玖精神猛地一振:"怎么说?谈到宗留守病情了吗?是不是已经出兵?"

刘子羽连连摇头:"官家,这些奏报都是可能被金军截获的,怎么可能说这些?便是此番汇报,也只是一些匪夷所思之论,以作遮掩罢了。"

赵玖一时恍然,正色相询:"到底是怎么一回事?"

"杜副留守有言,他接到旨意后,便立即发出信使,召集了河北太行山八字军两万众,准备让其渡河来援,届时兵力更盛,方可南下收拢那些溃兵……"刘子羽言至此处,一声叹气,"官家,恕臣直言,杜副留守这是怕了,故意以此来拖延而已。"

"何意?"赵玖面色不变,只是语气稍显疑惑。

"八字军在河北一年,虽有名声,却哪里打过胜仗,又有几分可用?"刘子羽也是满脸疲态,"而且如今虽然黄河结冰,方便往来,可完颜瞻汉在大名府,耶律马五在中牟,八字军南下只能从阳武、酸枣一带狭窄缝隙过来,这群义军殊无战力,有这个胆量吗?就不怕暴露在野外,被金军急袭而破?至于杜副留守本是大名府留守转东京府尹,河北义军的情况他比谁都清楚,却非说要等八字军,不过是自欺欺人,以此拖延出兵罢了。拖延到长社城破,韩太尉败亡,他便了无责任了。"

赵玖沉默不语,却只能微微颔首:"朕知道了,卿且去吧,唯独一事,李相公乃是公相,胡尹乃是御史中丞,他们虽然有些不通军务,但指出来就可以,千万不要再刻意攻讦。大敌当前,须防自乱军心。"

刘子羽沉默片刻,便也口称"得旨",便拱手行礼告辞。

而此处与东京相隔百里,此事暂且按下不提,只说翌日,绍宋军派出小股部队出城向东南接应张景,金军果然坐视不理。

一时间，城中彻底振奋，不止一人请求出战，便是军中将领也有意动——王德便请旨，攻击城东张遇营寨。而这个方案，也得到了枢密院几位参军的认可，当然了，几位参军的理由和其余人不同，他们认定了金军是在刻意放纵，所以着重于试探二字。胜了，当然更好！但败了，也能让城内这些人清醒一下！

而赵官家犹豫了许久，最终在这个方案上点了头。

且说，西军大将王德，绰号王夜叉，早年间便以生擒岐軏汉儿守臣姚太师而闻名两国，又因着姚太师一句"杀人如麻的夜叉"而得了这个诨名。腊月十八，王德引二十骑士，外加两百长斧背嵬军，率先出城向东，尚未行到张遇营前，便引来张遇警觉，后者不敢怠慢，一面让各营谨守，一面赶紧往北面完颜乌竹处送信，最后却又与副将黎大隐一起命本部甲士两千出营防备，他们不认得王德，王德也未打旗号，只是觉得对方兵马披甲严整，不似俗流而已。

但看了好一阵子，却发现这两百兵只是在营前逡巡而已，既无援兵，也不举旗亮明身份，更没进攻的姿态与准备，甚至在一段时间后，在那名为首的身材雄壮将军带领下，这两百二十一人干脆直接坐在了阵前地上，如此情形，当然引人生疑。

"这是啥意思？"相隔三百步的距离，张遇看了半天看不懂，便扭头去看黎大隐。

然而黎大隐一个木匠，如何知道这是啥意思？他看了半晌，也只是摇头不语。

"你们知道这是啥意思？"张遇回头去问自己身后跟来的亲卫甲士。

一众甲士你看看我，我看看你，无一人开口。

雪地并没有彻底解冻，而且这几日寒风呼啸，地面上冰雪与土渣冻得硬邦邦的，张遇胯下马匹颇显不耐，马蹄不停敲打地面，传来硬邦邦的声音。

"你！"张遇指向一人，"俺记得你是个读书人？"

"是，都监。"这次被问到的恰好是周镔，此刻正扛着一面旗帜在寒风中瑟瑟发抖，被点到后猛地打了个激灵，便赶紧点头。

"说！"张遇干脆言道，"你觉得这股子官军是要干啥？"

"是要诱敌！"周镔几乎是脱口而出，这不是他为了糊弄对方而说的，他一开始便是这般想的。

实际上，张遇闻得此言，也是一怔，却是即刻以马鞭指向此人，严肃以对："说清楚！"

"都监请看！"这周镔咬牙言道，"官军队列整齐，一眼看去清清楚楚，就只有两百多人。两百人如何敢打上万人的大寨？分明要引诱咱们过去，等过去后，他们必然战败后撤，而咱们兵乱，一旦交战根本约束不住，必然会跟过去，而若是跟过去的人多，城上便不会吝惜石弹，发那些厉害石炮来打咱们；若是去的人少，恐怕羊马墙后早就有伏兵等着，一拥而上，将咱们在城前吃下了。"

"有道理！"黎大隐第一个附和，在马上指手画脚，比画了起来，"咱们大营距离南阳城足足八百步，官军的炮车厉害，从城内发出还能打出城三百步不止，咱们的寨墙上的好弩大约起效的距离是两百步，算算两军中间的白地不过是三百步宽，真要是打过去，一时贪功或者贪这支兵身上的好甲，怕是真要被引诱过去的。"

张遇认真望了望坐在那里的两百多绍宋军甲士，也是心下彻底警惕起来，便连连颔首："兄弟说得对！传俺的军令，大金援军到来之前，谁都不许擅自出战，否则俺一定砍了他做过年的肉馅！"

跟出来的两千甲士巴不得如此呢，自然无话。

就这样，双方又相持了一阵，过了许久，眼见着日上三竿，派往完颜乌竹那里的信使方才折返。

"咋说？"张遇期待莫名，"见到四太子本人了吗？"

"都监，四太子亲口说了。"信使就在马上相对，"他说不管咋样，让都监自己看着办就行！"

张遇蒙在那里，想了半晌既有些无奈又有些放松下来，一面颔首答应，一面却又让那信使再度回去，好告诉四太子"他得令了"。

信使一走，张遇思索片刻，便扭头相对自己副将黎大隐："大隐，天气寒冷，官军又是想诱敌，桓榛人又不愿打，那咱们兄弟就不要都留在这里辛苦吹风了，离日落还有四个时辰的样子，你以寨墙上的弓弩做凭，领着一千甲士在这里守两个时辰，俺带人回去歇息，等后半晌来替你！"

黎大隐自然无话。

于是乎，上午时分，冬日晴冷而风啸，在做出这支绍宋军是来诱敌的判断之后，出营对峙的张遇主动分兵后撤。

三百步外，王德见到这一幕，终于有所动作，起身活动起了手脚，而远处张遇被提醒，回头看到这一幕，本能一惊，然后就喊停部队，重新驻足观看。但看了一阵子，却发现绍宋军只是起身活动一阵手脚，复又坐了回去。

张遇只觉得莫名其妙，想了想，更加坚定了对方是在引诱自己的念头，便不再理会，而是继续催动已经有些混乱的部队转回大营，而这一次，那股绍宋军也的确没有再有什么新举动。直到张遇本人进入辕门，身后部队也已经有一半脱离原定阵型的那一刻。

王德等的就是这一刻！只见这位夜叉一言不发，忽然起身上马，身侧二十骑士也纷纷上马，两百长斧背嵬军也各自起身拎起长斧。

当面的黎大隐心下一惊，便欲回头呼喊张遇，但转念一想，对方大概是见到己方识破计谋，所以干脆放弃诱敌回营才对。不说别的，谁有胆量以两百冲两千？两千甲士后还有寨墙和弓弩手？一念至此，这位工匠天才复又勒马相对，强作镇定。

然而，说时迟那时快，就在黎大隐心中转了个弯，没有出声之时，那边王德既然上马，便不管不顾，只引二十骑直扑向前。

与此同时，二十骑中一名侍从亲卫直接打开了藏了许久的一面挂旗，冬日朔风飞扬，旗帜迎风飘展，正是"御营中军副都统王"八个大字。

黎大隐蒙在原地，见到对方扑到身前约百八十步的距离方才醒悟。

于是乎，其人一瞬间只觉得浑身寒毛参起，什么都顾不得了，直接打马折身向后，准备遁入阵中再做计较。然而，此时张遇两千甲士一分为二，一半脱离原阵，前头已经随张遇进入辕门，后头还在阵内，本已经混乱不堪，而待眼下，眼见着绍宋军在那闻名天下的王夜叉带领下扑来，两员主将一个已经走掉，一个居然试图掉头逃窜，那么全军上下，本该入营的自然本能加速推搡，不该走的，也本能想随同袍入营躲避。两千甲士，背大营列阵，却在二十骑当面顺势一冲后，瞬间成凌乱之态。

这还不算，随着对面寨墙上几个零散弓弩射出不中，王德跃马于叛军阵中，拎起手中长斧便连续砍杀数人，就在张遇急匆匆回身，黎大隐也在阵中连续呼喊号令抵抗之时，王德却是拎着血淋淋的斧头奋力大呼："王师大队已至！尔等叛军，今日必死！"其声宛如冬雷，震动叛军，而言语既落，不过片刻，身后两百重甲长斧兵便在步行冲锋后，涌入对面叛军阵中。非只如此，随着王德正式进军，远处南阳城下羊马墙后也是鼓声、喊杀声顿起，不下数千甲士，推倒早已经虚掩的羊马墙段，在外壕架上飞梯，便蜂拥而出，直奔东面叛军营寨。

两千阵型已坏的甲士，见此形状，听此声音，多有慌乱。

张遇还算镇定，一面在辕门处斩杀逃兵，逼迫这群早已经乱成一团的甲士奋力向前顶住，一面又叮嘱寨墙上的弓弩手，准备对即将到来的绍宋军大队发起攻击，还不忘派出信使从大营旁门往金军大寨求援。不过，与此同时，那本该在前方指挥若定的黎大隐却早已经惊慌失措，因为王夜叉显然是盯住了他。

寨前地方狭窄，还有一时慌乱的叛军大队，双方宛如老鹰捉小鸡一般，但好景不长，那些叛军甲士眼见着王夜叉根本就是冲着黎大隐去的，而且挡在中军的甲士往往会被跟在王德身后的长斧兵给剁成肉泥，于是，个个醒悟过来，主动远离自家将军。于是乎，黎大隐越逃越是艰难，不等绍宋军大队到来，这个天才木匠便被王德逼入身前，他先是奋力一挡，武器便瞬间脱手，然后便彻底丧失勇气，几乎是以一种无动于衷的姿态迎上了对方第二次抡来的大斧。

王夜叉此时孤军冲阵，看似骁勇无敌，其实自知危险，如何能放过这个战机？所以这一斧几乎是尽全力而劈。

这一斧下去，整个战场仿佛陷入停滞，黎大隐此时如何还能抵挡王夜叉的攻势？只见王德手起斧落，只剩一声哀鸣，一人一马便歪倒一旁，再无气息。

与此同时，王德胯下战马也明显不支，居然也一起下跪哀鸣。王夜叉奋力去拔战斧，居然一时拖拽不动，干脆弃了战斧，拔出腰刀来，重新上了一名身后亲卫的战马。周围叛军甲士看到那一幕，哪还有人敢与他相对，如炸了窝一般，蜂拥往辕门处逃窜。王德见状大笑，便横刀策马砍杀，一路往辕门处逼迫而去……见此形状，叛军甲士逃窜越发慌乱，踩踏之中，倒灌辕门之势已然形成。

而后绍宋军大队约三千众在辛永宗的带领下几乎是以探囊取物之势，轻松拿下寨墙，向内涌入。这还不算，大营东南面，早有准备的张景部也适时引自己所部越过冰河夹击东面大营。到此为止，叛军乱作一团，几乎是稀里糊涂便成溃败之势，不少人望风而降，甚至有人主动倒戈，不等绍宋军抵达对应营盘，便主动呼喊"王师大队已至"，遥起呼应。

张遇彻底丧胆，回到中军大帐，干脆带着数百亲信，卷着部分细软往正东面而去了，却是根本不敢往北面大营去见完颜乌竹。殊不知，完颜乌竹根本不会怪罪他，这位四太子在北面中军大寨内的某个高耸望楼内，一面遥观东面大寨，一面与完颜巴力速相对饮茶呢！

"这也败得太快了。"完颜巴力速端起微凉的茶杯一饮而尽，复又拈起茶叶在口中咀嚼起来，"本以为能守住的，便是守不住也该鏖战一阵，张遇着实无能！"

"不是张遇无能。"完颜乌竹摇头不止，"一来，之前攻城消耗的还是张遇兵马居多，他军中战力、士气都跟当日投降时差了太多；二来，王夜叉倒是名不虚传……不许擅自助战的军令已经传下去了吧？"

"自然。"完颜巴力速正色答道，复又放下茶杯微微一叹，"现在怕只怕绍宋军士气速起，到时候反而难制。"

"此番议论你不是已经应下俺了吗？"完颜乌竹微微蹙眉，"甭管他们士气如何，真要接战，咱们三万骑兵，他们拿甚抵挡？"

"确实应下，俺也确实觉得可行。"完颜巴力速赶紧改容，"只是怕弄巧成拙……别让绍宋皇帝真的被护卫去了襄阳，到时候南阳、襄阳一分，咱们就真作难了。还不如四面围住，安静等完颜塔兰元帅扫清北面，再来援护呢！"

"你当日可不是这般说的。"完颜乌竹冷笑言道，"其实，绍宋皇帝只要出城，哪里能走？天寒地冻，白河结冰，咱们又早早将一万骑兵放在西营南端，只要有异动，直接向南面来个大迂回，全包住便是。要不，让你替韩昌，专管这事？"

完颜巴力速登时心动。与此同时，两名信使，一骑飞驰入金军北面大寨，一骑飞驰来到了南阳城下，都第一时间见到了双方最高统帅。

"何事？"刚刚与四太子关系稍缓的完颜巴力速好奇相询。

"没事。"完颜乌竹随意作答，"耶律马五来报，八字军王彦引两万兵渡河去了东京，那边不好攻了，不过不碍大局。"

"官家？"城头上，一片寒风与喜气之中，吕夷昊捻须上前询问，"出了何事？"

"无他。"赵玖收起手中字条微微笑对，"王彦引两万八字军渡河。算算时间，这时候应该已经到东京了。"

吕夷昊捻须颔首不语，其余人则越发惊喜。杜充是哲宗时期的进士，今年六十岁了，三个儿子一个女婿都已经出仕，是此间公认的资历大臣，充满了悲观心态的杜充本想借八字军拖延出兵，却不料王彦收到文书，居然如此迅速来到，也是彻底无法，只能出兵。

腊月十九，等岳斐布置好以汤怀、张宪、徐庆三将各自引兵，合计一万兵马谨守东京城后，杜充到底是无可奈何，先是会合王彦两万八字军，便直接引四万余兵马南下。而岳斐、郦琼、王彦各部约束得当，行军极速，一路不停，不过两日，部队便抵达开封城西南重镇尉氏。

腊月二十三，出兵第四日，南阳方面刚收到杜充的札子不久，两军便已经在尉氏成功会师。一时汇集了实打实的八万之众！

腊月二十五，东京留守司的剩余兵马与岳斐、王彦的部队尽数渡过洧水，汇集于鄢陵，部队背靠冰封的洧水，连营二十里不止。

鄢陵与许昌，相隔四十里，但两城之间没有任何河流阻碍，再加上双方营盘自然延展，实际距离远远小于四十里这个数字，往往哨骑清早放出，顺着两城旧日大道往对方营前一行，中午便可回营，可谓是最后的安全距离了。

一时间，整个河南战场为之震动，几乎所有人都将目光投放到此。金军自然是早就调兵遣将，尽可能汇集兵马了。但亲眼见到绍宋军营盘规模后，完颜塔兰还是更改了策略，主动给完颜乌竹发了求援信，要求对方适当支援一个万户，显然是如临大敌。而另一边，绍宋军上下随着庞大军队的集结与进逼，也是一时耸动，士气渐起。

但是，所有人都没想到，杜充杜副留守却早已经打定主意，他是死活都不会动了，因为他不想徒劳送命。当然了，相对应的，他还是给南阳方面送了一道札子，说是部队名义上很多，但士气低落，披甲者极少，本就战力不足，而且还要分兵挡住身后的宁庆之敌，以防被夹攻，着实艰难。

此时幸得田师中、刘宝二人领兵隔绝宁庆敌军。而东京留守司统制官李宝及汝州统领牛高也领着一万四千余众兵马前来支援，二人本想着救下韩师仲以解间勍之困，便干脆趁着金军调兵遣将的机会，一起冒险穿过了敌军封锁，来到鄢陵。

参战之余，这二将更是将沿途所见金军布置、兵力大约奉上。

岳斐、王彦、马皋、郦琼四将听完汇报，都觉得李宝、牛高可信，军情清楚，可以一战，最起码可以向前进逼，或者攻取部分薄弱地方，形成部分解围之态。于是，四将难得一起上奏杜充，请求酌机出战。

这次请求自然被杜充否决，非只如此，这次会面后，杜充只觉得天下人都在跟自己作对，便连做样子都不做了，干脆躲入鄢陵城内，以过年为名，整日饮酒喝茶，不再见城内外军将。唯一一次露面，却是在大年初一这天，他亲自出面接待了完颜塔兰的使者，接受了对方的礼物，并赠送了回礼。

过完年后，一连三日，这位杜副留守居然丝毫不改，依旧闭门不出，只是严令所有人不得出战。这下子，全军上下方才慌乱起来。而此时，全军上下也都陆然醒悟过来，他们谁都知道杜副留守有些畏战，但谁也没想到此人居然畏战到这种程度。

建炎三年，正月初五，岳斐联合王彦、马皋、郦琼，在杜岩的帮助下，一起闯入杜充所居的鄢陵府城，一起下跪泣涕，请求出战，却并无效果。

正月初七，早就忍耐不住的南阳方面，也有快马将旨意送达，专门询问杜充缘由。而杜副留守也旋即写札子回复，说是他麾下岳斐、王彦、马皋这三将互有仇隙，以至于三家兵马不合，三将相互推诿，三支军队也相互攻讦械斗不断，几乎视友军为敌军，他被逼无奈，只能藏身鄢陵城内，以防火并。同时他还强调，当此之时，不是不能强行出战，可一旦轻掷，则天下最后一批可用王师便要重演太原故事，彻底葬送，还请官家慎重。

建炎三年正月初九，消息被快马传到南阳，上下全线震动。因为，除了一个人以外，南阳上下几乎所有人都无条件选择了相信杜充。实际上，就算是对杜充有所怀疑的赵官家，此时也有些慌乱，因为即便他愿意相信岳斐，甚至是坚信岳斐会以大局为重，绝不会在此时闹事，任谁也无法保证王彦和马皋会相忍为国呀！

第三十九章　问答

随着杜充的札子送到，中枢这里先是震动，然后一场殿上讨论之后，不是没人想到这可能是杜充在畏战，甚至也有包括赵官家在内的极个别的人不是没想过一种可能——这杜充畏战到极致，以至于公开对南阳方面撒谎！

一时间，不要说南阳人心惶惶了，据杨轶忠回报，当日下午，殿上议论之后便立即传出了流言，说是之前韩师仲之败和今日杜充之困，全都是当政者冒进所致，若是一开始就只固守各城，虽有必须之损耗，却不会使大局陷入险境。这和之前半月间，那场近乎梦幻的炮战大胜后赵官家与吕夷昊的声威卓著形成了鲜明对比。

“确切无误吗？”

消息传来的当日傍晚，正处于焦头烂额之中的赵玖，忽然又接到一个火上浇油的消息。

“确切无误。”杨轶忠就在廊下俯首相对，“官家可以上城去看。”

赵玖一言不发，即刻起身，随杨轶忠出宫往直线距离只有三里不到的北城而去，沿途官员随行者无数，自不必多言。等到了城头，借着夕阳，所有人一望便知是怎么一回事了，夕阳下，成千上万的桓榛骑兵正在公开集结，然后以一种震慑人心的场面奔驰出营。连续不断，往东北方向而去。

“金人这是撤军了？”随同而来的胡尹一头雾水。

“不是。”枢密院都承旨刘子羽闷闷呼了一口气，咬牙言道：“这是去支援完颜塔兰，最起码是故意做出支援完颜塔兰的样子。”

“何意？”胡尹警惕相对。

"无他。"刘子羽看了一眼胡尹，正色答道，"完颜塔兰便是求援也不可能是今日才到，今日到的讯息只能是郾陵那里杜副留守谨守不出，所以，说不得乃是诱敌之策。"

"增援如何反而诱敌？"胡尹依旧不解。

"是诱南阳这里的兵马，或者说是引诱官家，"刘子羽气急败坏，"不是诱郾陵！若城内真以为金军走了一个万户，兵力稀少，然后试图在此地反扑，或者趁机送官家去襄阳，则必然会被这支万骑大军回身扑倒。"

实际上，随着杜充的札子送来，就有很多文臣意识到大局堪忧后，重新建议赵玖南下襄阳，以图万全，跟不少还坚持驻守南阳的人发生了激烈的辩论与对抗。

而回到眼前，即便是刘子羽和杨轶忠也只是说，这支突然选择离开金军大营的部队有可能是诱敌，却也没有否认对方可能真的会去支援完颜塔兰。那么可以想见，南阳派和襄阳派必然还会因为这次事件的两种主要可能性，继续爆发冲突。

与此同时，赵官家和吕枢相的权威已经在下降了。赵玖越发不耐，该说的说完便不再多言。睡到二更时分，忽然间，有人主动拍门，将官家惊醒。而赵玖恍恍惚惚起床，唤蓝珪、冯益进入，听二人说是杨轶忠、陈规、吕浩文求见，不免疑惑。

不过，这种胡思乱想很快就被终结了，陈规、杨轶忠、吕浩文都不是真正的求见者。真正求见赵官家的，乃是一个离开南阳十余日复又折返的年轻官员——杜充次子杜岩。他骑快马连夜赶来，自然要惊动陈规了。

"官家！"

在要求只能有侍卫相伴之后，殿后走廊上，满身狼藉、神色恍惚的杜岩俯身下拜，就在身后杨轶忠的目视之下，对着赵官家说出了一句石破天惊的话来："臣、臣父与、与金人右副元帅完颜塔兰交通……相约不战！"

此言既出，原本小心防备的杨轶忠先目瞪口呆起来，杜岩却也如泄了气一般趴在冰冷的地面上再无言语。但出乎意料，赵官家表情居然没有什么变化，非要细细来说的话，却也有几分释然之意，实际上赵玖此时忽然有了一种莫名的、和开战前那一阵子相似的微妙心态，并且想起了开战前他自己的那个想法——大浪扑天，泥沙俱下。

天气依然寒冷，而空气凝固了半刻钟后，赵玖方才面无表情地开口询问："如此说来，岳斐跟王彦、马皋并无攻讦对立之事了？"

“没有。”杜岩就在地上回答，“王彦和岳斐虽然私下连交谈都无，但三人在军务上并没有误事，臣在发现臣、臣父这件事之前，牛高、李宝抵达之后，还与三将以及鄢陵守将郦琼一起筹划，共劝我父出兵……”

杨轶忠将注意力近乎奇怪地集中到了赵官家身上，因为赵玖此时居然还是没有表情变化，比起杜充通敌，这件事情似乎更让他莫名心慌。

赵玖点了点头，复又再问：“你从哪条路来的？可曾遇见金军？走了多久？”

“臣不敢从北路走，乃是从蔡州绕道，走西平，过中阳山，从青台过堵水石桥回南阳的。这是昔日耶律马五急袭汝阳的路，沿途未见金军。至于，花费时日……”杜岩明显想了一下，“乃是见到臣父上奏官家，说三将相互攻讦，三军不稳之后决意动身的，具体时间，臣未曾计量！”

“也就是两日半了。”赵玖一声叹气，“你不要回住处了，我让杨统制马上给你寻个僻静住处，等到此事了结，朕便安排你去巴蜀做个知县。”

不知道是不是意识到了什么，杜岩忽然带了哭腔：“谢过官家恩典……臣父……臣父……”

“下去吧！”赵玖难得一叹。

杜岩心如刀绞，却是叩首随杨轶忠而去。

片刻之后，眼见着杨轶忠与杜岩离去，赵官家停滞了片刻，方才转回殿中，但等他入座，面对着吕浩文、陈规的紧张相待，足足等了一刻钟不止都没有言语。

就在陈规渐渐难忍之时，杨轶忠折返，想了许久的赵官家终于再度缓缓开口：“召枢密院副使吕夷昊、召枢密院都承旨刘子羽、枢密院编修胡闳休、召殿中侍御史李光、翰林学士李若朴、中书舍人范宗尹；召御史中丞胡尹、翰林学士林景默、御前班直副统制刘彦、枢密院副承旨万俟禼、召权知南阳府阎孝忠、南阳四壁防御使王德、统制官傅庆、统制官辛永宗……小心些，让他们不要惊动太多人。”

虽然召集名单的排列顺序非常奇怪，但基本上是一个能彻底决定军国大事的关键人物组成的班底。赵玖来到后宫与前殿之间的那片地方，在无木之林正中的木桩之上笼手坐下。蓝珪、冯益、刘彦三人顺势追来。

“朕不去前殿了，就在此处召见。”赵玖抬头相对，“传朕旨意，朕在此处召见臣工之时，殿中不得喧哗议论。”

蓝珪俯首称是，顺势询问：“敢问官家，先召见哪几位？”

“先召见刘彦！”赵玖应声而答，“蓝大官你与冯益先一起出去候着。”

蓝冯二人面面相觑，一起低头，转身离开，只留下有些措手不及的刘彦。

"平甫。"耳听着殿中随着蓝珏传旨一时安静下来，赵玖招手相对，"你过来，朕只问你三件事。"

"是。"刘彦赶紧向前。

"赤心队骑兵可用吗？"赵玖盯着对方平静问道。

"愿为官家赴死！"刘彦对答坦荡。

"那再问你，以你个人判断，今日金军分万骑北走，是为了引诱南阳这里多一些还是为了支援完颜塔兰多一些？"

"诱敌之策多一些。"

"是完颜乌竹这里金军战力强一些，还是完颜塔兰那里战力强一些？"

"若确实没有分兵支援，自然是南阳城外之敌强一些。"刘彦张口便对，却又立即更正，"不对……便是支援了过去，也说不得完颜乌竹这里强一些，因为完颜塔兰那里兵马太过分散，而完颜乌竹这里有大寨不说，兵马本是精心挑选出来的。"

赵玖点了点头："你且去，唤杨轶忠过来，记住，待会无论朕出去说什么，你都不要言语。"

刘彦茫然不解，但还是遵照旨意而行。

须臾，刚刚辛苦唤人回来的杨轶忠进入，尚未来得及行礼，赵玖便当头询问："正甫，无论如何，你能保证城中没有间谍，也不会有人出逃吗？"

"臣能保证！"杨轶忠严肃相对。

"那好，朕再问你，今日金人遣万骑北走，你觉得是诱敌多一些还是真去支援多一些？完颜乌竹这里，和完颜塔兰那里，谁的战力更强一些？"

"诱敌多一些，完颜乌竹更强！"杨轶忠白日便已经给出了一个答案，此时自然干脆。

"出去吧，唤胡闳休进来。"

杨轶忠半是紧张，半是犹豫，却还是拱手离去。

就这样，赵玖选择了一种匪夷所思的召见方式，以求从这些一旦聚在一起就容易出乱子的精英那里获得一些准确的判断。

刘彦、杨轶忠、胡闳休、刘子羽四名有军事参谋才能的人依次进出，给出了金军今日遣万骑当面北走乃是设伏引诱南阳兵马或者说引诱他赵官家的判断；陈规、阎孝忠、杨轶忠、王德、傅庆、辛永宗给出了南阳短期内绝对可守，甚至牢不可破的判断与保证；万俟蔑、林景默给出了杜充在东京留守司那里威望不高不低，不足以混淆视听的判断；胡寅坚持了应该主动一些的战略要求；而李光、李若朴、范宗尹也都坚持了应该撤回襄阳的立场。到此时，殿中只有两位宰相没有动身，而果然，接下来便是枢相吕夷昊被单独召入。

赵玖见到吕夷昊，不等对方走过廊下来到"林"中，便立即开口，却只说了一句话："吕卿，朕方才已经起了决意，用你那日在此处的进言来应对眼下之局，还请你务必为朕维持！"

吕夷昊微微点头，便头也不回转身离开了此处，片刻之后，吕浩文便随之而来。

"吕卿，"赵玖依然用了这个称呼，却是语气缓和了许多，"朕自明道宫至此，多劳你为朕缝补弥合。"

吕浩文听了这话，不喜反惊，一时浑身寒毛都立了起来，俨然是意识到了什么。但不及他开口，赵官家便已经继续言道："你若信得过朕，就请你不要多问，尽量助朕做一件大事情。"

吕浩文慌乱了许久，又思索了好一阵子，却在对面那个挺直身子坐在木桩上的年轻官家的无言注视下，选择了一声叹气："全凭官家吩咐，反正吕枢相必然与官家商议好了，臣只求官家务必保重！"

赵玖微微一怔，旋即恢复了从容，复又点了点头，交代了一番，便与吕浩文一起动身，回到殿中。

殿内无人言语，鸦雀无声。

而就在众文武心思各异之时，赵官家开口揭开了谜底："适才又有鄢陵信使抵达，说是岳斐、王彦公开火并，然后王彦战败私自撤往东京，再加上今日桓榛万骑北上援助完颜塔兰，可见五河大局已定……朕意已决，往襄阳一行，以分敌势！"

殿中上下一起微微骚动，胡寅、刘子羽、胡闳休这三人几乎本能想要出列严词劝谏，但和其他所有人一样，他们私下被召见时都得到了赵官家或严肃或诚恳的嘱托，那便是无论如何都不要在今日说什么言语。

胡寅本该是对这个决定反应最激烈的人，但是之前赵官家召见他时专门恳请他学一日张骏，此时念及张骏，念及昔日赵官家种种作为，胡明仲艰难到咬住了自己舌尖的地步。

满殿无声，而后首相吕浩文、枢相吕夷昊主动出列，表达了赞同。而两位相公既然赞同，此事便是所谓东西二府议政于君前，成了理所当然的合法大政。旋即，赵官家与吕浩文对答如流，吕夷昊连番束手点头，通过了一系列具体措施：其中，陈规、阎孝忠、傅庆、辛永宗率先离开，确保不惊动所有人的情况下，保证城防；杨轶忠、刘彦被下令去整备一支精锐兵马，准备护送赵官家出城；王德即刻出城往城东大寨去见张景，然后一起在营中准备妥当，尽量夜间便启程，以求避开金军视线；而翰林学士林景默、御史中丞胡尹、枢密院副承旨万俟燮、大押班蓝珪，四人被要求随行襄阳，两位相公和其余人被要求留守。

事情在没有任何争论的情况下，近乎神速地展开，得益于杨轶忠率领众多御前班直亲自执行安排，全程几乎没有产生多余事端。

大约四更之前，赵官家终于带着御前班直主力从城东一处暗门走出了南阳城，并进入了东面大寨，于黑夜中见到了王德和张景。

且说，张景此行本是受了许景衡、汪博彦、刘汲等人命令来此接应赵官家南下襄阳的，甚至再往前计量，这根本就是枢密院的原定计划，再加上他没有接触到城内的争端，所以倒没有什么多余的话，甚至他这里的准备都很妥当。

但是赵官家却有话要说："今天这件事情，最辛苦的就是王卿和张卿了。"

王德和张景赶紧一起下跪，口称不敢。

"浮桥准备好了吗？"赵玖继续相对。

"正南面白河上趁着之前浮冰时，早早搭建好了三座大浮桥，绝不会因冰雪融化而出错。"张景严肃相对。

"东面呢？你从东南方向进军过来，又从彼处移营，应该也有相应准备吧？"黑夜中，赵玖盯着张景认真相询，口中白汽弥漫夜空。

"却也有一座浮桥，但桥较小，只是见冰层要化，为了方便旧营残存木料的输送，这才做了一座简陋浮桥。"张景赶紧作答。

"那就足够了。"

"但是官家，恕臣直言，从东面走未免要浪费时间，而且若金军有伏兵，必然是今日傍晚那支，也必然正在东面偏北处相候……或许官家是要分一支疑兵？"张景本想反驳，却中途醒悟。

"不错。"赵玖幽幽一叹，直接上前伸手将尚在等待的王德与张景一起扶起，"两位将军，朕刚刚说了，今日最辛苦的就是两位了，因为朕要你们先合力领大军极速南下，待你们全军渡过白河后，金军留在白河外侧的万骑必然全力来袭，届时请你们极速退回此处，而若此处不能立足，便直接入城。"

王德与张景一时不解，而背着包裹的万俟燮却心中大乱，以至于忍不住整理了一下背上包裹……这和杨轶忠、胡尹、林景默、蓝珪、刘彦五人的沉默形成了鲜明对比。

当然，这五人的沉默截然不同，杨轶忠似乎一开始就知道官家会做什么，自己又要去做什么，只是沉默执行，除此之外，他还有一丝监督和审视二将与身侧几个人的意思；刘彦倒挺简单，早在旌和前与郭药师分道扬镳时他就决心已下，再无反复之理，旌和之后，更是决心已下，便是赴死，也绝无犹疑；林景默则是今天得到的讯息比较少，本能地开始例行胡思乱想，分析事态；蓝珪身为一个宦官，注定只能追随赵官家，所以想无可想；而胡尹，其实还在为赵官家突然决定南下一事感到难以理解和气愤。

"官家是要诱敌？"隔了片刻，张景茫然相对。

"官家不去襄阳了？"王德也一时失措。

"去襄阳，但也要诱敌。"赵玖从容答道，"不过，诱敌的正是你们，朕要用你们这一万多人替朕做疑兵，引出金军在河对岸的伏兵，掩护八百赤心队护送朕从东面渡河，再行南下。总之，今日辛苦二位，还有杨统制了，他也率御前班直随你们一起去做疑兵。"

营中火光下，杨轶忠依旧沉默，只是盯着王德与张景不语，一时让人看不出喜怒，而被赵官家捏住手的王德与张景对视一眼，来不及多想，只能齐齐咬牙俯首："喏！"

身后，之前一度以为官家要改主意的胡尹再度失望，但万俟燮已经与其他人一起沉默下来，随着一个大胆的猜想从脑海中冒出来，他心跳得更快了。

四更时分，冬末春初，日头不起，天色依旧黑暗，但绍宋军已然开始行动起来。绍宋军开始有序渡河，而杨轶忠率一多半御前班直出现在队列中，这几乎让除了王德、张景以外的大部分绍宋军主力都坚信赵官家和他们在一起。甚至，连部分夜间稀里糊涂随着赵官家出城的御前班直自己都坚信官家就在军中，只是行军混乱外加天色不明一时没碰上而已。这就是所谓想要骗过敌人先骗过自己了。

果然，就在绍宋军在城南方向安然渡过一半以后，在直线距离约二十里的南阳城正东，豫山之后、旧日豫山大营之前的黑影中，静候在此的赵官家与数百赤心队骑兵一起听到了一阵起初声音不是很大但震动力度很广的隆隆之声，宛如刻意压抑的闷雷一般。赵官家和一众人所料，金军昨日撤往北面的万骑，根本不是去支援完颜塔兰的，而是用来包抄的。甚至本就枕戈待旦，不然不至于来得如此之快。万骑奔腾，但为了避免打草惊蛇，明显选择了从稍远的地方完成包抄，而随着马蹄声组成的闷雷由远及近，寒风呼啸中，竟然又隐隐传来马鸣之声，可见骑兵之势大。

且说，明知道双方相隔了一条河外加不知道多少里地，也明知道冬日早晨的太阳起得极晚，眼下残余的夜色足以遮掩住大部分人的身形，但所有人都还本能地选择屏声息气，偃旗息鼓，静静等着金军大股部队涌过正东方。这其中，别人如何紧张又在想着什么并不好说，但换上盔甲、背上弓箭的赵玖背对着一块山石束手而立，却与那次炮战时立在城下的姿态一般无二，只不过心情截然不同罢了。

小半个时辰后，闷雷声还在继续，但已经从东北方向移到了东南方向，而此时天色也将明未明。可以想见，天明之后，金军必然如预定那般与已经彻底渡河的绍宋军发生激战。就在这时，赵官家忽然起身，上前牵上战马，转身向白河浮桥方向而去，丝毫不顾此时金军大队尚未远离。周围人骤然陷入慌乱之中，有人本能牵马跟随，有人却忙不迭去拦，还有人试图进谏，却偏偏不敢放声相对。

"过河后，"赵玖没有在意这些骚动，而是看着刘彦正色叮嘱，"金军前军必然已经接战，届时让赤心队全军不必过于遮掩，直接一路向东疾驰远离战场，遇到小股金军便主动呵斥，让他们让开道路。"身后几个人闻言，瞬间醒悟，却也没有再劝，反而佩服赵官家仓促之中还有一些心细之处——须知道，刘彦和赤心队都是丽东出身，口音根本与金军中的骑兵无二，而这恐怕也是为何让地位更高、身份更可靠的杨轶忠去诱敌，反而是刘彦引赤心队相随的缘故了。

就这样，八百骑兵小心翼翼渡过白河，然后翻身上马，将赵官家与几名大臣护在中心，便放马向东。

事实证明，赵玖不等金军彻底过去，天色未明便渡河的决策，是没有任何问题的，因为金军所有心思都在南面，虽然沿途撞上了零散几支骑兵部队，却都只是一意赶路，丝毫没有注意到微微晨光下装束有些不同的赤心队骑兵。一天之中，全军除稍稍饮马歇息之外，便是片刻不停，丝毫不吝惜马力，不顾一切赶往鄢陵。而此时，南阳那边也已经分出胜负，野地里面对着大队金军骑兵，绍宋军基本上毫无还手之力。哪怕王德、杨轶忠、张景三将早得叮嘱，一旦诱敌成功，便可即刻折返回城，所以他们在天明时分察觉到金军大队来袭后立即折返向北；哪怕三将有意识地缓慢渡河，将繁重的辎重故意留在了白河内侧，所以行动轻便；哪怕他们早早地在白河外侧东面布置了针对骑兵的防线，但面对完颜巴力速亲自率领着一万铁骑所施行的大侧击，绍宋军还是显得那么不堪一击。仅仅是接战小半个时辰，绍宋军全军上下便已经进入溃败模式，三将无奈，只能带着自己能控制的部队，尽量引导部分部队向北折返。

但绍宋军的厄运还没有到头，天亮之后，除了白河外侧早有准备的完颜巴力速极速来袭外，完颜乌竹在得知消息后，也没有放弃在白河内侧的阻拦与围堵，上午时分，韩昌引同样数量巨大的骑兵，蜂拥来袭，迅速参战，显然是要与完颜巴力速一起隔河夹击，彻底击破这支他们等候了许久的部队。这个时候，对于绍宋军而言，作战已经没有了意义，全军基本上是能走一个是一个。

而南阳城城头上，无数因为官家忽然南下襄阳而陷入混乱与争执的官员，望着如此惨象，基本上也都丧失了争论的欲望，转而担心赵官家的安危，赵官家一旦身亡，那可就万事俱休。

所幸，两位吕相公此时仍然保持镇定，在一宽一严的处置下，城内尚有秩序，炮车阵地及时启动，城内部队也即刻出城沿羊马墙布置，有效遏制了城外金军骑兵的行动之余，也让大量绍宋军败兵得以逃生。不过，这个大量只是相对于那惨烈景象而言，晚间点查败兵才发现，王德部、杨轶忠部、张景部，合计万人，只入城四千，城东大寨也重新被金军夺回。三个将军倒都活着回来，但除了王德无恙外，其余二人均负伤。但这个时候，都能活着回来便是万幸。

当然了，城内上下得知官家"以万军为饵绕道襄阳"的消息后，虽然心中愕然，继而越发觉得某人凉薄外，好歹意识到绍宋还没亡，城还可以守，城内秩序便也渐渐平复，唯独士气想要恢复到之前那种盛态，却是不可能的。

第一日下午，赵玖撵走了一半军士，改为一人双骑。第二日清晨，绕过西平，走上大路之后，他再度抛下部分士卒，并精选了马匹，却是不免比夏侯渊和杜岩都快了一点点。当然，也没有快多少。

正月十二上午，髀肉重生的赵官家带着一双磨破了皮肉的大腿，领着几个意识模糊的随行人员，还有掉队到不足两百的骑士，来到鄢陵城下绍宋军军营前的时候，算起来也的确已经有两日半了。临到此处，前方情况不明，赵玖并没有着急去营中，反而下令全军在大营南面的空地上下马休息，拿最后一点干粮和路上直接装入囊中的溪水以作补充。这个举动让部分随行骑兵不解，明明身前就是绍宋军自己的大营，却为何不入营内享用热水与热饭？

非只如此，这个奇怪的举动也引起了周边零散部队和大营内部分军官的注意。很快，一支四五百人的骑步混合兵马便主动从大营最南端的营盘内涌出来探察。

这百余骑兵呈包围防备姿态摆开阵势，一将当先上前观察。而赤心队士卒却人困马乏，根本无力喝骂。

片刻之后，为首那名白面将领大约察觉到了这赤心队骑兵疲态，便稍微放下心来，横枪勒马上前喝问：“你们是哪家的兵马？从何处而来？”

“我们是御前班直，从南阳城而来。”

赵玖咽下一口水，在刘彦等人的回望之下勉力扬声相对。连续两日夜奔驰，即便努力在遮掩疲态，赵玖却很难遮掩自己嗓音稍微有些沙哑的事实。“我是御前中书舍人范宗尹，身侧乃是内侍省押班冯大官，奉旨意来鄢陵宣旨。”

这将闻言先是注意到赵玖身侧的蓝珪，又看到这支部队一人多马的待遇以及战马身上背负的精良铠甲、兵刃，再一看那几个虽然疲态尽露，却难掩上位气息的文士，便立即信了六成。

只是此人素来精细，却不免再问：“既然是朝廷天使，为何不直接宣示印信入营，且休养一番再入鄢陵城，反而在这里吃干粮？”

对此，赵玖半真半假、回答干脆：“连日夜赶路，浑身风尘，便想休整一番，换上官袍，再行入内，以免堕了天家威风。”

这将听到这里，心中已经信了八成，便下马向前，拱手行礼，先对赵玖称舍人，又对蓝珪称大官，刚要再说下去，赵玖打断对方反问：“你又是何人，官居何职？是谁麾下？”

此白面将领不敢怠慢，即刻俯首作答：“京东李逵，现为岳镇抚麾下统领官。”

赵玖微微一怔：“我倒是记得你名字……你应该是沂水出身，在密州做过军贼的人？现在在岳斐麾下？”

“正是。”此人听到这里，再无怀疑，即刻俯首相对，“好教舍人与大官知道，密州为李成所夺，我失了根本，又不愿投金人，便先往张镇抚……”

“不说这些了。”听到是岳斐部属，又因为姓名缘故是他曾留意过的人，赵玖不再犹豫，立即起身打断对方，“我入你营中休息，你即刻去找岳斐，旨意正有一份是与他的！”

李逵闻言，巴不得如此，须知道，若是真的南阳天使，又知他姓名，那人他营中，凭白卖了好。便是有万一不妥，两百骑兵进了他的营内却再不能翻出浪花来，于是他立即答应，连文书印信都不用查探了，直接护送赵玖一行人入了最南端营盘。片刻之后，李逵将自己中军大帐让出，稍作安排与叮嘱，便去唤人，而赵玖等人也即刻在营内着甲的着甲，洗面的洗面，换衣服的换衣服。

等了一阵子，刘彦等人着甲完毕，胡尹、林景默等人也洗漱妥当，赵官家更是穿上了蓝珪一路辛苦专门带来的红袍金带，戴上了硬翅幞头，然后端坐案后并大开帐门，只是没让万俟裔将那金吾纛旍给挂到帐外而已……只能说，难得一路颠簸，那硬翅幞头没被弄断，不然便只好光着脑袋来见即将出现的来人了。

中午时分，随着一阵马蹄声在辕门外停住，一将引数十亲卫骑兵快步入内，行到中军帐前时，先对着扶剑立在帐门侧不语的刘彦猛地一怔。待到入内，此将只看了案后之人一眼，便毫不犹豫俯首下拜，口呼官家，惊得随行李逵等人也匆忙下拜。而隔了许久，案后有些措手不及的赵玖方才醒悟："岳卿在宁庆时见过朕？"

"回禀官家，正是如此。"下面为首的将军头也不抬，即刻作答。

而闻得这番对话，李逵等人惊骇难平，本能想要抬头去见识一番，却反而将头埋得更深了。

"起身，抬起头来。"但此时，赵玖深呼吸了一口气，直接出言。

岳斐闻言也不多言，即刻引帐下下拜诸人起身，复又面向案后之人抬头叉手而立。出乎意料，当对方站起身后，赵玖反而平静了下来，但依然沉默了片刻。

"鹏羽认得朕最好。"端坐在案后的赵玖从容对道，"朕只来问你几件事，杜充这几日如何？可曾找过杜岩？"

"四日前杜副留守曾遣人出城来各营中寻杜机宜，前后两日，两日无所得后便不再找人，反而彻底闭门不出，谁也不见。"

"你能进去吗？"

"……能！"

"你手中直接掌握多少兵马？"

"两万！"

"全军多少兵马？"

"八万有余！"

"粮草能撑多久？"

"一旬……"

"朕想赢这一仗，可能吗？"赵玖继续端坐不动，语气如常。

岳斐怔了一下，又眯起眼睛停了片刻，方才凛然应声："能！"

"引兵随朕入城！"赵玖没有丝毫犹豫，干脆起身。

且说，杜充来到鄢陵城后，便将原本留在这里的韩师仲部黑龙王胜撵了出去，现在负责鄢陵城防的乃是他和岳斐、张用、孔彦舟等人共同的老乡郦琼。郦琼很快意识到，如果他继续坐视不管，其余人可能没问题，他这个鄢陵守将肯定要在事后被当作岳斐同党来追责。这下子，年轻的郦琼是真的慌了。

"旨意？"

城西某处充当中军所在的大宅内，刚刚陷入混乱，不知该如何应对的郦琼面对前来汇报的小校目瞪口呆，继而大怒："何来旨意？总不能是留守相公的旨意吧？别人不知道恩师的身体，我不知道吗？此战后说不得我便要戴孝了，如何能有恩师旨意传出来？"

言至此处，郦琼当即便要将来报信的呵斥出去，却又一时犹疑，乃是想把来报信的李逵诱入身前拿下，以作将来辩解，而转念一想，复又觉得岳斐此举可能是在给自己台阶，自己是被岳斐假传旨意给骗过了，将来也是个说法。

一念至此，明明刚刚呵斥完，此人鬼使神差一般，又下令让使者进入，也是让来报信小校摸不着头脑。

"以下犯上，罪在不赦，岳镇抚还有何言语？"见到李逵当先入内，郦琼率先作色，而事先得到言语的室内十余名将佐甲士也齐齐振甲拔刀。

然而，李逵进入门内，并不搭理对方，对那些拔刀的甲士更是置若罔闻。非只如此，他居然直接侧身立在门内一名擎刀甲士身侧，扶刀肃立，宛如侍卫一般不动，弄得屋内所有人又齐齐去看郦琼。而不待郦琼出言，又有一名虽难掩疲色，却一身诗书贵气之人，穿着大红官袍昂然入内。

见到第二人进来，郦琼色厉内荏之态便彻底显露，当了多年学生，见惯了官场贵人的他几乎要本能起身迎接。但根本来不及如此，迎面之人便开口相对，将郦琼彻底惊在座中："本官乃是政和年间进士出身，姓林名景默，现为翰林学士，掌内制。官家有口谕，东京留守司统制官郦琼，即刻协助济州镇抚使岳斐整顿城防，安抚百姓，然后便随本官速速往城内衙署面圣！"

郦琼再度目瞪口呆，只觉今日事荒唐透顶！但见着身前之人，半点反驳言语都说不出来，因为他的见识和经历告诉自己，此人是真的翰林学士，而且就是那个早有传言的官家心腹小林学士，所以此人所言也必然做不得假。非只如此，岳斐突然的荒唐举动也得到了一个合理的解释。郦琼仅仅是迟疑了一瞬间，便在来人的逼视之下直接从座中起身，然后恭敬俯身行礼，口称"得旨"。

且说，小林学士兵不血刃控制住了郦琼之后，飞马来报之时，赵官家与岳斐已经来到了城内署衙之前，正准备下马入内。听闻报讯，赵玖回头相对："李逵毕竟只是一统领，鹏羽要不要先去接手城防？"

岳斐微微一怔，便醒悟过来，官家不是担忧城防，而是怕待会儿对上杜充时他因同乡之情多有不便，但事到如今，他怎么会顾忌这些，便立即摇头："好教官家知道，郦琼出身州学，是个讲规矩的，林学士既然拿捏住了他，便不会再生乱。"

"那就去召集全军所有统制官以上将领来城中相见，能做到吗？"赵玖再度询问。

"能！且非臣不可！"岳斐陡然严肃起来。

"那就去吧，军情紧急，咱们都不要耽误时间！"言至于此，赵官家不再多言，直接带人迈入身前的衙署。

岳斐也没有再纠结什么，只是让张宪引踏白军围住县衙，兼留下保护赵官家，便也即刻回身上马，单骑出城而去。

诚如岳斐所言，杜充已经数十日闭门不出，尽失军心人心，各部军官早已经议论纷纷，流言四起，偏偏各部又互不统属，此时以杜充的名义仓促召集各将入城反而会生疑生乱。在这种情况下，能同时取得王彦部与东京留守司其余兵马认可的，怕是只有他岳鹏羽一人了。尤其是王彦，他率八字军扔下根据地孤军南下，地熟人不熟，难免被孤立，相较而言，岳斐虽与他有私隙，但毕竟知根知底，大事上反而会更信任对方。

且不说此事，岳斐既走，赵玖在张宪的引导与甲士的环绕下，昂首步入鄢陵城的县衙，顺利得出乎意料。这不仅仅是因为岳斐派遣了张宪和踏白军相从，也不是郦琼的军令这么快传达到位，而是因为，衙署内不只杜充一人。县衙内可有不少文官是识得赵官家的，又哪敢阻拦。

实际上，县衙内的官吏刚刚见到门外街道骑兵甲士密布，也以为是兵谏，却是刚刚寻到衙署内的几位首领，聚集于正堂之上，但根本来不及说两句话呢，赵玖便已经绕过影壁，穿过前院，来到正堂之外。

这时候，堂上为首之人乃是进士出身、此次随行掌握军法的东京留守司推官郭仲荀，其人只是看了来人一眼，便如遭雷击一般，于惶惶之中大礼下拜于地，口呼万岁，引得县衙内的吏员、士卒措手不及，只能随之下拜。

其实，郭仲荀进士出身，官职又不低，那君臣骤然相见，按照这年头文官的地位，本无须行此大礼的。之所以如此，乃是他身为留守司推官，又是此番出征的文官二号人物，本身大略清楚杜充所为的影响，也知道数日前杜岩失踪的事情必然有后续，所以见到赵官家之后，本能猜到了最恶劣的情形，于是带着心虚请罪之态下拜。

"杜充呢？"

赵玖根本不认识对方，也不可能在意对方的小心思，便负手立在这个县衙大堂之前，开门见山地问。

"或许尚未起床，或许已经起床，正在后院饮酒。"伏在地上的郭仲荀不敢隐瞒，却又紧张万分，"臣等平素不敢去后院，也不知详情。要不，臣这就去将副留守请来面圣？"

"不用请，也不用跪，都起来吧，此处为统军行辕，必然有鼓，寻一面最大最响的来，你亲自在堂前敲响请杜充来堂上见朕。"赵玖如此吩咐，复又朝身后万俟卨示意："万俟卿，请军士帮忙，将朕的金吾纛旗在堂前挂起来。"

得到吩咐，堂内堂外一阵慌乱，赵玖兀自上堂，拿袖子擦了下几乎积了一层尘的正堂正座，然后便坐下相候，胡尹、蓝珏、刘彦也都重新立定。其中，身着紫袍的胡尹站到了赵官家左侧下手，蓝珏站在赵官家身后侧下，而刘彦则依旧扶着佩刀挂着短斧站在门前。自从王德验证了锤子、斧头等破甲武器对上金人的效用后，御前班直几乎人人挂锤悬斧。

片刻之后，随着郭仲荀亲自执槌奋力一击，鼓声陡然一起，堂上登时肃然，而原本安静的县衙后院，瞬间鸡飞狗跳起来。刚刚起床不久的杜充勃然大怒，连官袍都不穿，只是着寻常便服，然后便赤脚穿着木屐，踢踏不断，从后院寻来。不过，刚一转过墙角，这位哲宗朝就已经是进士的绍宋重臣便注意到了前院上空那高高飘起的旗帜。相较此物，沿途满满腾腾的甲士，反而无足轻重了。

出乎意料，怔在彼处片刻之后，情知是怎么一回事的杜充并没有逃，也没有避，反而回头唤人将自己的紫袍取来，就在墙角这里，于催促的鼓声中面无表情地换上，然后踩着木屐、光着脑袋，向堂上而来。

绕过廊柱，在沿途所有人的注视之下，杜充昂然登堂，从容行礼问安，口称陛下。

赵玖见到那击鼓红袍官员兀自停下，然后一紫袍老者昂然上堂对自己行礼，情知是杜充当面，平静相对："事已至此，杜卿还有何言语？"

"有！"杜充就在堂下拱手而言。

"说来！"

"官家，绍宋局势至此，非臣所为！"

"那是谁所为？"

"先是君王无道！"满堂瞩目之中，杜充凛然相对，"二圣自取其乱，或私心推诿，或投机取巧，殊无一妥当之人，便是官家，今日看似赳赳，直奔此处，有汉高祖夺韩信之风，但昔日先弃父兄于开封，急迫登基于宁庆；又弃两河千万士民，意图苟安于河南，难道是假的吗？"

堂上堂下，一时色变，胡尹本能想出列，但不知道为何硬生生忍住了。

而见赵玖以下并无言语，杜充穿着紫袍踩着木屐，继续在堂中愤恨不平起来："再看朝堂诸公，主和也罢，主战也好，主守也行，主攻也成，但谁人能逃出一个刚愎自用、党同伐异之论？为一个陪都之事，迁延一载，反复不定，主和者先放任官家尽弃河北，致使大局崩坏，结果转身主战者又推着官家定下那般苛刻的主战方略，引来今日之祸！这些人，难道是可以倚仗的大臣吗？！"

赵玖依然不语。

杜充见状，气势越盛："还有建炎以来的各镇军将，韩张李曲王刘，除了一个不上不下的岳斐算是有些古名将之风，其余那些人，或泼皮无度，或贪财无伦，或沽名钓誉，或自恃无礼，或有勇无谋，或无能卑劣，又有哪个可以依之为臂膀？至于再往下，那些所谓东京留守司诸将，所谓抗金义军，连是贼是军都说不好，又到底有什么可用的？官家可知道，这些人昔日做贼时，对付百姓比金人更残虐？他们动辄几十万兵，是从何而来？官家知道吗？宗留守写给官家那些札子里的百万大军背后，又有多少妻离子散？官家知道吗？！国家沦落到现在，正是上上下下，无一处可用之人！官家知道吗？！"

"朕知道。"赵玖终于开口，"杜卿说的这些，朕都知道。"

杜充陡然一怔。

"杜卿说了这么多，朕也懒得一一讨论，只是想问一问杜卿两件事而已，可否？"赵玖继续面无表情相对。

杜充冷笑一声，拂袖侧立。

"你说的这些，朕都不否认，但眼下这个局面，除了你说的这些，就没有别的缘故了吗？"赵玖微微一叹，"归到根子上，难道不是因为金人侵略所致？金人无罪？"

杜充张口欲言，却只能继续哂笑一声。

"其次，上上下下，从君王到义军，都无用，都有错，那卿家身为一方重臣，而且还是沦陷之地出身的河北人，又到底为大局做了什么有用之事呢？"赵玖终于摇头蹙眉，"阵前与金军主帅私下媾和？便是青莲出淤泥而不染了？"

杜充继续摇头："官家好言辞，但臣想说的都已经说了，此时无话可说。"

赵玖也继续摇头："朕知道杜卿的心思，无外乎是见局势如此，觉得不大可能胜，便彻底失了信念。依着私心，朕本该当众与你再论一论、驳一驳，最好再说一说朕这些日子的感想，说一说为君王如何，为大臣如何的，但眼下时局如此，却实在是顾不得与你多做理会了，杜卿，对不住了！"

言至此处，赵玖抬手指向阶下随行的赤心队甲士而言："来人，且将此人捆缚起来，就押在堂中，再拆除影壁，敞开大门，等岳镇抚引诸将至此。"

此时郦琼也已经与李逵做了大致交接，然后引亲卫至县衙外，隔着影壁听到内中交谈，此时强压各种心思，先与张宪部一起赶紧清理前院，然后方才在小林学士的带领下，无视掉依旧穿着紫袍，却被捆缚起来按在堂中的"恩相"，小心上前觐见天子。

对此，赵玖自然放缓姿态，询问郦琼姓名、年龄等讯息，复又好言安慰，便让对方与张宪一起侍立静候。一时间，堂中上下再无人言语，只是静候诸将云集。

果然，岳鹏羽不负重托，下午时分，其人终于引数十名将佐赶来，除了东京留守司那些统制官外，还有本在鄢陵的韩师仲部大将黑龙王胜，岳斐部剩余两名统制官傅选、李宝，王彦部中也有孟德、焦文通等七八员统制官，便是牛高这个属于闾勋序列的汝州义军首领，此时也被一并请来。

话说，无论是王彦还是东京留守司那些人，闻得赵官家至此，多有不信，因为岳斐此人素来严肃郑重，当下却也不得不信，可依旧心思百转，各有疑虑，一直见到那金吾纛旓都还各怀心思，在门前街上蹉跎犹疑，不愿入内，生怕进去就出不来。不过，等到这些人犹犹豫豫来到大堂前，越过拆除了影壁的前院看到被捆缚在堂下的杜充之后，却反而想无可想了。

"都齐了吗？"待到众人起身，赵玖方才轻声对岳飞问道。

"回禀官家。"岳飞赶紧再度越阶而出，拱手而对，"三军各部，臣与王制置之下，共有二十三名统制官，外加一位独立领军的汝州义军统领官牛高，一位日常领军的马夫人王氏，合计二十五人，已俱在此处。"

赵玖微微颔首，便端坐环顾堂上这数十人，眼见着许多人迎上目光后多有垂头之意，赵玖失笑开口："诸位，刚刚杜副留守有言，说你们或是贼寇，或是山匪，并无用处，朕也知道，你们在东京留守司、在河北，殊无军饷用度，今日沿途来看，你们军中上下披甲之士好像也颇显不足，可见军械物资也比不上其他御前诸军，但国家沦落到如此境地，却偏偏要你们来拼命，不知道你们是怎么想的？可有怨言？"

"官家言重！"

王彦官位其实比岳飞还高一点，自然是当仁不让，立即激动出列相对："臣等忠心，未尝有变！山河破碎，亦是臣等无能。"

"与你何干？"赵玖忽然起身打断对方，然后扶着自己腰中金带缓步走入堂中，"天下之重，岂能负于一人之身？无外乎是上下一体，尽力而为罢了！朕也是念此，决意从南阳至此。不过，朕此行实无大军相随，也无军饷辎重奉上，如果说真要带了什么过来，不过是朕本人罢了！所以，朕想问一问诸位，今日朕自以天下兵马元帅之身，统领此间所有兵马，可有人不服？"

王彦、岳飞二人带头，还有早已经震动失神的马皋夫妇等人，几乎是一起下拜，口称不敢。

"臣终于明白官家的难处了！"

就在这时，已经转到案前的赵官家刚要说话，堂下一人却又忽然开口，众人循声望去，赫然是穿着紫袍、踩着木屐，被捆缚在地上的杜充。

赵玖并未出声，杜充继续言道："其实官家反而是天下最无奈的那个……金人兵马近乎无敌，当此大潮，官家以下，宰相大臣可以辞官，可以降金，军将可以做贼，也可以降金，唯独官家，并无去处，除了拼命又该如何呢？"

堂中鸦雀无声，赵玖笑了笑，越过为首的王、岳二将，继续踱步向前，从两旁数十名统制官之间的空地一直走到门前张宪、郦琼身侧，刘彦身前位置，方才停步开口："之前岳卿说此战能胜？"

"是！"岳斐在大堂另一头凛然出声。

"胜机在何时，又在何处？"赵玖头也不回，继续扬声相询。

"正在此时，正在此处！"岳鹏羽严肃应声，"我军连日不出，金军初时严肃，此时却已经懈怠，且兵马分散于五河之间，而连日转暖，河流融化，骑兵往来支援渐渐不便，官家忽然至此，金军却全然不晓，或者仓促未及知晓，正可趁此时机，集中兵马，以多击少之余攻其不备。"

"好了！"低头从刘彦腰间取下一物的赵官家忽然出声打断对方，"大略意思朕已经懂了，具体怎么打，你若胸有成竹，待会儿自可下令，朕于此处替你发声便可，不必说得那么详细，好像说不透彻便有人不愿出兵一般……"

"喏！"

在王彦等将的瞩目之下，岳斐俯首应声。

"但鹏羽下令之前，朕还有一句话要说。"赵玖负手转过身来，在身后数名统制官的惊惶中转到杜充身后，"你们知道朕是如何来到此处的吗？"

不待周围人回应，赵官家便语气平静，自问自答起来："朕以自己的御前班直，还有参与过淮上之战，也就是御营中军最精锐的王德部、张景部，合计一万甲士为诱饵，引诱金军主力向南，然后引孤军趁夜色渡白河向东至此……朕来得仓促，并不知为朕至此，那一万甲士到底死了多少人，但想来以南阳城下完颜乌竹的数万铁骑而论，彼处说不得已经血流成河了！"堂中无人敢出声，所有人的呼吸也都粗重了起来。

而赵玖在此处顿了一下后，却也终于咬牙说出了自己这两日一直想说的一句话："诸位，朕不管你们怎么打，更不管你们怎么想，朕亲身至此，只要一件事便可，那就是要亲眼看到一次金人也血流成河！"

最后一个字咽下，赵玖忽然抬起藏在身后短斧，奋力朝着身前之人劈下。一斧既下，血染紫袍，杜充来不及哼一声，便带着斧头扑倒在地，满堂文武耸动一时。赵玖从来没想过跟这个人辩论什么是非，他刚刚留着对方，只是想借此人首级来震慑那些军贼出身、明显不稳的东京留守司诸统制官罢了。

现在看来，效果还不错。

文学港

绍宋

中

榴弹怕水 著

春风文艺出版社
·沈阳·

目 录
Contents

第四十章　进军

绍宋军正月十二夜间，或者说正月十三凌晨的活动，可能是因为月色明亮，金军几乎是立即便有所察觉。

这是没办法的事情，双方距离太近了，急袭的话，只要一个时辰，所以即便是之前半个月间双方殊无战事，而且很有"和平氛围"，金军也实在是没法忽视近在咫尺的大规模军队异动。不过，金军主帅完颜塔兰比这些人早一些知晓了缘由，因为就在这日夜间，便有人叛逃到了金军大营，并在金军哨骑摸清情况归来之前，就将鄢陵城内发生的"剧变"告知了完颜塔兰。

"如此说来……如今鄢陵掌权的已经不是你家留守了？"这日清晨，残破不堪的长社城北，潩水之间，完颜塔兰蹙眉听来人说了几句话后，饶是心情不好，也不由得认真起来，"南阳来天使夺了他的权？"

"还隐隐有软禁起来的意思！"一名形容狼狈的绍宋将立在帐下，满脸忧色，小心束手，"末将特意前来告知元帅此事……"

"细细说来。"完颜塔兰闻言越发蹙眉，"来人是谁？如何能轻易夺了你家留守军权？"

"是御史中丞胡尹！"

"那是个什么官？"

"仅次于宰相。"

完颜塔兰闻言立即看向身侧几名陪坐的京西降人，这几个人赶紧点头，甚至还有人想主动起身解释一番，只不过完颜塔兰根本没那个学习劲头，他大手一挥，让这人坐下后便继续询问起来："原来如此，倒也不怪他，只是那个什么胡是啥时候到鄢陵的？"

"昨日刚到。"此人有问必答，甚至有些急切。

完颜塔兰微微颔首，这便和他昨日清晨才获知的南阳那边情形对上了。

不过，说到这里，完颜塔兰依旧没有问军情，而是忽然问起其他："你说你唤作李逵？是东京留守司下面一个统领？"

"是！"下面那人，也就是李逵了，赶紧应声。

"哪里人士？"

"沂水人。"

"京东的？"

"元帅好见识……"

"好见识个屁，我去年自往京东打了一遭，难道还不晓得吗？"完颜塔兰没好气应道，"你既然是京东人士，为何在东京留守司下面做事，且按照你言语，应该是颇得你家留守信重，所以才畏惧胡尹拿捏你，这才逃来……如何混上去的？"

"好教元帅知道。"李逵在下面略显尴尬言道，"末将本身是沂水人，就是去年元帅与四太子那一回后，趁机和几个兄弟占据了密州……结果后来被隔壁青州李成给火并掉了，无奈何下，俺只好引残兵顺泰山乱走，先在东平府张荣那里安身，结果张荣自有一帮水泊兄弟，容不下俺，俺便只好继续去济州寻岳斐，结果岳斐又是个军纪严的，俺又忍耐不住，只好再走，便去了东京。后来到了东京，又因为出身京东，也被人排挤，偏偏流落多处，还没脸回去，直到这次我家留守起势，俺才因为四不靠得了他信重。这一次，其实也不光是担忧那御史中丞拿捏俺，更是担忧那岳斐拿捏俺。俺须从岳斐手下逃过一次。"

李逵喋喋不休、絮絮叨叨，周围文士、将领听得烦躁，但完颜塔兰却听得津津有味，并时不时地打断对方，唤来几个相关人士对证几句，方才让对方继续说个不停。这就是完颜塔兰的优点了，他虽然为人粗鲁，但到底是个年长之人，算是粗中有细，此时渐渐听对方言语，路数、时间、因果，几乎全都能跟自己所知所闻的事情大略对得上，才稍微放下心来。

"好了好了，"听了一大通，心中渐渐放松下来以后，完颜塔兰失笑相对，"说说军情吧！"

"好教元帅知道。"李逵忍不住笼手低头上前半步，又在完颜塔兰身侧几名甲士的逼视下中途硬生生停住，"那胡尹过来传了旨意，接了军权后，就下令让全军统制官与单独领军的统领官一起入城，然后便要催促出战，以解长社之围。"

"这么说，绍宋军不日要来打俺了？"完颜塔兰微微蹙眉，似乎颇为担忧。

李逵连连摇头："那胡尹催得紧是不错，但初来乍到，又是个年轻的，军中将佐如何敢因他三言两语来此处与元帅两万多桓榛主力交战？故此，昨日议论许久，军中上下又与他争辩许久，却是打了个对折，决心即刻发兵，分成两路，一路顺洧水北上，先打长葛，引诱元帅兵马去救，却只是个幌子；另一路则向南渡过潩水，打个时间差，去攻临颍，攻下临颍后，再渡度颍水，则鄢城、襄城便可寻一处解围，以作交代。这一路才是主力，领兵的便是那岳斐，他麾下有实打实的两万大军！"

完颜塔兰一边思索，一边缓缓颔首。

完颜塔兰一面派人引兵随侍在长社城下；一面又让其余几处削减兵力，集中支援部队到此，还不忘让完颜乌竹支援一二，只不过完颜乌竹没理他罢了。眼下，此处兵马，不论降服的零散汉军和临时抓来的民夫，也足足有两万五千众，合计二十五个猛安的金军主力。而按照金军的战力，如此兵力，野地之间对上七八万绍宋军，断不会出错的。除此之外，长社城这年头还有个特殊的情况，乃是说潩水自北面而来，却在长社北面一分为二，左清右浊，绕过城池，复又在南面合二为一，形成一个大型的河间洲。

故此，完颜塔兰思索了许久，并未察觉破绽后，终于重重颔首，继续正色再问："出这个主意的人是哪个？"

"正是济州镇抚使岳斐！"等了半日，心中忐忑的李逵赶紧再答。

"果然是他，也就难怪了，毕竟是梁山泊一战的人物，小觑不得！"完颜塔兰一声叹气，却又连连摇头，看向身前侍卫，"去俺后帐中，将榻旁最里面那个箱子打开，取十斤珠子来与这李统领做赏！"

侍卫一言不发，很快便在帐中许多人的唏嘘惊叹中取来一大袋珍珠，当面交给李逵。

"辛苦李统领了。"完颜塔兰侧卧在主位之上，眯眼相对，"一点点俗物，是你该得的，拿回去吧！"

李逵不敢怠慢，即刻抱着珍珠下拜谢恩，起身后便折返欲走，但走不过两步，却复又苦笑回头，再度下拜于地："元帅！珠子俺不要了，但求元帅给个出路，既然来了，如今俺哪还敢回鄢陵？这珠子虽好，俺也得有命享用才行吧？"

完颜塔兰闻言终于指着对方大笑："如此言语，才是个对路的报信人物，你可知道，你刚刚若是敢直接走出帐去，俺便敢直接让人将你一刀砍了。珠子留着吧，且在民夫营中领个差事，等此番事了，便让你回京东享受一番富贵！"

李逯冷汗迭出，自然忙不迭谢恩，然后匆匆退下。而李逯既走，完颜塔兰并未让帐下文武来议论此事，反而是从容让人准备起了早饭。

早餐用完，完颜塔兰复又召集剩余军中上下，静坐中军帐中。无数金军哨骑如走马灯一般往来不断，不停送上鄢陵那边的绍宋军讯息。优良战马不惜马力疾驰之下，短时间内，速度能达到一个时辰几十里，故此，绍宋军那边的动静对于金军中军大帐而言，基本上只是落后半个时辰而已。

上午时分，一骑疾驰，直到帐前，翻身下马，直接带来一个关键军情，乃是说早晨之后，绍宋军忽然有一部启程顺洧水向北，看旗号似乎是东京留守司统制马皋部。这是双方安然无事几十日后，绍宋军的突然行动，马皋又是东京留守司有名的统制官，帐中不少不知情之人自然为之震动，但完颜塔兰心知肚明，却并不在意，甚至传出军令，让早已经在清潩水东岸列队完整的自家女婿少安毋躁，再等一等。

接下来，消息传递不断，乃是马皋之后，东京留守司刘文舜部、马友部、徐彦部，一共最少四个统制一起向北开进，非只如此，洧水对岸，也有类似规模的部队旗帜鲜明，向北行进。完颜塔兰此时再不犹豫，且不说洧水对岸的绍宋军有多少，只是这四个统制足以对得起"幌子"二字了，即刻传令，一面让哨骑仗着数量优势猎杀绍宋军哨骑，确保绍宋军视野不足，一面却也干脆让自家女婿速速引万骑出发往长葛城下设伏。

又过了一个时辰，哨骑再度来报，说是之前对面鄢陵城下忽然又有了动静，乃是一部打着岳字大旗的部队开始出动，正斜斜着往西南方而来。完颜塔兰越发确定无误，自然依旧不以为意。

中午过后，哨骑回报，绍宋军岳斐部抵达潩水下游，稍作停顿，应该是休整，然后渡河，此时，不用说也知道，考虑到时间差的问题和战马的速度，一路金军应该快抵达更远一些的长葛了。万事俱在掌握之中，关键是完颜塔兰此番出征没有遇到值得大惊小怪之事，所以这位右副元帅不免有些百无聊赖，只等岳斐渡河，便准备解散军议。但下一刻，一骑飞驰到军帐门前，一兵士满头大汗，直入中军大帐："元帅！岳斐忽然改向，引两万之众直扑此间而来！"

满帐鸦雀无声，完颜塔兰第一时间居然没有反应过来，他低头饮了一口茶，再抬头时看见大臬以下，无数人都在盯着自己看，复又怔了一怔，方才恍然醒悟："哦，岳斐冲俺来了？"语气中满是不以为意。

完颜塔兰这并不是装模作样稳定军心，而是发自内心的反应。

而岳斐真正的所谓"妙策"，就是左右分兵这么简单，我分兵去打你薄弱的两翼了，你分不分兵应对？你是骑兵，跑得快，知道得早，那要不要提前去城下埋伏？而只要完颜塔兰决定分兵，那不管是去北面的长葛，还是南面的临颍，就是中了调虎离山之计，就是给了绍宋军集中兵力往长社城下以多击少的机会。

几乎是岳斐转向后的半刻钟之内，随着沿途预留的浓烟依次燃起，赵玖毫不犹豫，打起他的金吾纛旓，第一次御驾亲征。王彦部两万八字军先发为先锋，东京留守司剩余七个统制紧随其后为中军，王胜、牛高部最后跟上，作为后卫。而赵官家本人亲自披甲负弓，骑马随行，乃是以郦琼部为护卫，几乎是空置了鄢陵，以一种破釜沉舟的姿态，将一切砸向了长社城下。

因为马皋和岳斐的行动吸引了大量哨骑，再加上出击的兵马数量惊人，所以这个消息传递到长社城下可能会迟滞。实际上，得知岳斐引军转向后的完颜塔兰近乎暴怒。

不是因为军情，而是因为他之前要求部下看住李逵，但李逵居然在一个上午就凭空消失了！那个看起来粗鲁的绍宋军统领，拿那袋子珍珠贿赂了民夫营的几个首领，迅速获得了自由，然后修整了胡须，扔掉了甲胄，换上了民夫的衣服，潜入管理混乱的民夫营之中。

而当完颜塔兰得知岳斐带着区区两万人往此处来攻，不以为意，准备让大臬主动引六七个猛安渡过清濄水迎击时，想着顺便拿李逵来祭旗。然而，大臬和全军都披挂整齐了，下面却一时寻不到人，只好将几个接受了贿赂的民夫营首领带来。

片刻后，中军大帐内外一片狼藉，大臬正准备出击，哨骑却上前小心来报，说是鄢陵方向忽然出动，也往此处而来，虽然一时查探不清具体数量，但旗帜严整、兵马众多，恐怕是鄢陵主力尽出。

鄢陵大军合计八万有余，便是去北面做幌子的马皋那一路和往南面去的岳斐一路数量相当，剩下的兵马最少也有四万之众，换言之，往此处而来的绍宋军已经事实上达到了六万有余。如果再算上身后下社城内那只一直没有吭声的"老虎"，这个下午，此处金军的十五个猛安很可能会遭遇到七万大军，也就是将近五倍于己的绍宋军的猛攻。这个时候完颜塔兰才严肃起来，一面下令信使速速往长葛去追自家女婿，一面下令让大臭放弃出击，只在河圈内防御。

就在完颜塔兰获知绍宋军主力出鄢陵后，岳斐便已经引军行至距离长社城大约十里的清漯水下游地区，距离金军前线只有大约五六里的距离了，然后他却不慌不忙，居然下令让部队最后休整，又等了一刻钟，又让其中部分最精锐部队开始穿戴赵官家下令集中起来的不多的札甲，才下令做最后的进军。

而又过了两刻钟，也就是四分之一个时辰之后，岳斐部便正式与金军在清漯水东岸的金军阵地开始接战。就在很久没有披甲上阵的完颜塔兰为自己加油鼓劲的同时，赵玖赵官家本人已经行至距离这位金军右副元帅不过二十里的开封府与颍昌府界沟。

在此地，赵玖按照原定计划，让全军稍作休整，而为防突袭，大部分军士也在再度启程前穿上了皮甲和稍薄的铁甲，除了刘彦那两百骑外，最优秀的札甲却是一件都无。而就在这时，前军王彦忽然打马而来，直趋龙纛之下寻到了正在喝水的赵官家，然后直接在马上提出了一个超出原计划的提案："官家，此处距前线不过二十里，臣的前军在最前部已经能看到前方烟火了，再加上之前岳斐部最后休整时派来的信使，已经可以确定前方正在接战无误。所以，臣特请官家下旨，让我部八字军停止休息，即刻奔跑向前！并以军中骑兵集中先发，向前支援！"

"骑兵先发自然可以，但全军跑步向前，到阵前还有力气作战吗？"匆匆起身的赵玖一时为之愕然。

"不用即刻作战！"王彦依旧没有下马，而是严肃以对，"此时岳斐必然在与金军争夺河上浮桥，能接战的地方不多，而且两万大军想要尽数渡河也极困难，我军便是跑断了腿，也可以在河畔从容休息，再行渡河。官家，恕臣直言，此战要胜，关键就在于能否一口气以绝对兵力压垮金军，并无二论。要想如此，攻势延绵不断就是关键！"

"臣附议！"随军官职最大的文官胡尹忽然拱手相对，"岳镇抚不在，此间军事本该王制置决断！"

赵玖听到此处，不再犹豫："既如此，刘彦引骑兵先去，而前军事，王卿自为之，不必来报！"

王彦大喜过望，即刻在马上谢恩而去，刘彦即刻下令本部兵马着札甲，片刻之后，便疾驰而往。眼见着刘彦出发，赵玖不再耽搁，下令全军再度启程，追随前军。仅仅是两刻钟后，绍宋军援军便陆续抵达，最先到达的先头骑兵不过数百，但领头的重甲骑兵的旗帜让金军明显产生骚动——赤心队，这本是很多金军的熟人。非只如此，后续绍宋军虽然阵型稍乱，却绵延不断，迅速涌来，而且这些军士的特征也让所有金军很快意识到了对手的身份——八字军！

此时，观战的完颜塔兰却迷糊了起来，原因再简单不过，之前两刻钟，八个猛安虽然场面上没有落任何下风，或者说确实一直压着绍宋军来打，但始终无法迅速击破、击溃渡过河来的一万绍宋军。那一万绍宋军渡河之后，并没有冒险进军，而是在那面岳字大旗的指挥下，抢在金军骑兵来攻前就在清漫水西岸，背靠着一条条浮桥，结成了多个长枪硬弩的硬阵，宛如山陵一般坚固。这超出了他长久以来对绍宋军的认识，他甚至开始后悔没有拆掉浮桥了。

"元帅！"一名渤海谋克飞驰而来，遥遥便喊，"绍宋军大队上来了，俺家万户求元帅给些支援！"

在将台夯土高地上观看战局，对整个战场了如指掌的完颜塔兰本能想答应，但刚要开口，身侧却忽然一阵骚动，还有亲信侍从主动拽了他一下。完颜塔兰顺着亲信的手指望去，额头上便开始出汗，因为已经垮塌又被堵上的长社城城墙上，韩师仲的大旗不知道什么时候不声不响地出现了，那面旗帜就好像一只潜藏起来的老虎一样在盯着他的后背。

犹豫过后，完颜塔兰咬牙回复那渤海谋克："告诉大臭，俺再给他两个猛安，但告诉他，不再顾及伤亡了，让他亲自领头，与俺凿进绍宋军大阵里去！"

金军骑兵开始大规模流动起来，马甲、盔甲、枪尖、弓箭锋矢，在春日午后的阳光下闪耀着一种让人心寒的光芒。

金军马蹄隆隆而起，早已经直冲河畔，而岳斐部饶是纪律严明，也不禁骇然失色，只能在军官的呼喊下尽量将阵型缩紧，领着踏白军的张宪更是拼命带领自己那区区几百骑兵拉开与岳斐那面大旗的距离。这不是逃跑，而是为了寻求冲锋空间，在金军凿阵后第一时间反冲回去，保护自己的兄长兼长官。

绍宋军已经拼尽了全力，冲锋过程中，弓弩手拼了命一般与对面的桓榛弓手互射，双方箭如雨下，哀号声被喊杀声与箭矢飞空的声音遮蔽，长枪手更是如扎篱笆一般死死立定，眼睁睁看着耀目的金军甲骑就这么直直地朝自己砸过来。

但是，这种冲锋真不是靠勇气就能抵御的。一瞬间，在双方前沿部队于一种同归于尽的姿态中相互消融之后，无数金军骑兵仗着惯性，硬生生地将自己和战马砸入了绍宋军阵中，然后在一种嘈杂到消声的状态下，将他们身前的绍宋军团阵彻底撕碎。

从远处望去，那景象宛如一股铁流冲破堤坝一般壮观。

随着这一凿，整个战场似乎陷入了短暂的失声，一瞬间所有人都得出了结论，金军这一凿还是胜了，而当面的绍宋军还是溃了。金军死伤无数，绍宋军整个战阵彻底破碎。随着绍宋军这个军阵的彻底破碎，声音也瞬间回到了战场，下一刻，所有人都看着这三个金军猛安在大臬的带领下，肆无忌惮地攻破绍宋军阵型。这个团阵后面的浮桥上开始出现前后拥挤踩踏的情形，而西岸无数还穿着甲胄的溃散绍宋军逃入初春的河水中，踩破薄薄的冰凌，陷入其中。这一场交锋是如此清晰，如此震撼人心，以至于河对岸的王彦再也无法忍受，即刻下令稍歇的本部八字军从上游抢渡。

而居高临下，看得最清楚的韩师仲与完颜塔兰则在微微的茫然之后，反应截然不同：韩师仲站起身来，失声大笑；完颜塔兰面色发青，与此同时，攥紧了手中马鞭的手指关节却微微发白。

"俺要剥了大臬的皮！"足足两息之后，完颜塔兰方才将马鞭掼到地上，显然是气急败坏。

周围人面面相顾，无人敢言。

这位万户的确是亲自引军凿入了绍宋军阵中。只不过，他没有去凿那面飘着岳字大旗、足足有三四千人的最大坚阵，而是去凿了旁边那个立着徐字旗、只有一千多人的军阵而已。

没错，金军万户大臬在整个战场最焦灼的时候，抓住了金军最好的一次战机，费尽心力组织了一次最强突击，却是带领着完颜塔兰给他的援兵，还有他自己的本部猛安，狠狠地凿入了岳斐麾下统领官徐庆的军阵中。徐庆本人第一时间殉国，数百绍宋军当场战死，数百绍宋军溃散，接近四分之一个战场局势崩溃。

随着战事开始胶着，绍宋军渐渐进入振奋状态。最明显的两个现象，一个是绍宋军渡河支援速度与参战欲望大大提高；而与此同时，被金军骑兵击溃的绍宋军往往放弃逃窜，在一些军官的呼喊下尝试重新组织汇集。

"必然是绍宋军主帅胡尹亲至！"一名汉人降官稍作解释，"以往绍宋帅臣，多无胆量，不意胡明仲有此勇气，不过元帅不必担忧，绍宋军主帅并无指挥之能，且是初来乍到，这种士气一鼓之后便会泄掉。"

完颜塔兰信服了这个说法。

但一刻钟后，不知道算是几鼓了，绍宋军这股士气依旧未泄，非只如此，随着一面黄色的，带着三根尾巴的奇怪大旗自远而近来到河畔，然后几乎是片刻不停地上了浮桥，直接带着一支精锐部队涌入岳斐那个最坚固的大阵中以后，整个战场局势大变。

无数绍宋军几乎是不顾阵型，从各处浮桥蜂拥渡河，而河东溃兵的集合速度更是惊人，往来不断的金军骑兵再也按不住绍宋军的渡河攻势，短时间内便丧失了沿河方向的压制姿态。但更可怕的是，就在那面带着尾巴的大旗在河西立定之后，一直安静得过分的长社城内，忽然陷入沸腾之中，并在完颜塔兰近乎惊恐的表情中，打开了所有的城门。

"将浮桥拆掉！"此时赵玖也已经来到了岳斐阵中，下马之后，面色潮红明显紧张不已的绍宋官家，足足深呼吸了好几口气方才恢复平静。他第一时间扭头对跟来的郦琼下了一道奇怪旨意："将咱们身后这条浮桥拆掉，然后传旨所有人，过河之后，将浮桥都拆掉！告诉他们，今日朕将自己还有他们，还有这一万多金军锁到一起，只有一家可以活着出去！"

郦琼怔了片刻，一旁岳斐在沉默之中转身而去。两个相州人第一时间就意识到，赵官家此番渡河拆桥，并不是勇气可嘉，而是一个绝妙的操作，因为这么一来，对方的那一万生力军就反过来被隔绝到了河东。这么一来，甚至赵官家本人都安全了许多。

"那是啥？"长社城东北方向的金军大营将台，完颜塔兰扭头看向身后的绍宋人降官，一脸的荒唐感，"金什么纛？"

"金吾纛旖……"之前那位猜想胡尹亲征的中年降人语气明显有些慌乱，"稍有常识之人都知道，此纛在处，必然是御驾所在！"

"就是绍宋那年轻官家在彼处的意思呗？"完颜塔兰苦笑起来，"其实俺光看战局也看出来了，若非是绍宋官家亲至，绍宋军何至于如此奋勇？大臬已经向俺求援两次了，要俺将最后两个猛安一起交出去。俺正在犹豫！"

"不可以！"洪涯抬起头来，咬牙相对，"元帅！若浮桥尽毁，蒲查万户怕也一时难以渡河来救，还望元帅早做决断！"

"官家！"

就在完颜塔兰被打蒙的时候，同一时间，韩师仲入得岳斐阵中，直趋龙纛之下，一直看到赵玖本人，方才长呼一口气，然后脱下带着铜面的头盔，泣涕于地："臣在城上，真不敢信是官家亲至。臣万死，劳动官家至此险境！"

"这算什么险境？"赵官家赶紧上前扶起韩师仲，又看了眼就在几十步外纵马呼喊指挥的岳斐，说出了一句心底的大实话，"良臣是朕的腰胆，这几万大军是朕的根本，你们都在此处，那此处才是天下最安稳的地方。不说其他，这仗打到现在，良臣以为如何？"

"这仗自官家引龙纛过河之后，便已经胜了！"韩师仲抹了一把脸，也不再废话，而是赶紧起身抱盔昂然相对，"不过是诸将缺个统一指挥，差最后总攻之势而已！"

"正好交给良臣！"赵玖即刻交代。

"这事臣也做不来，城下东京留守司与那边八字军虽说必然认得臣，却不属臣辖制，而且乱战如此，已非一将一帅能为。"韩师仲指着头顶龙纛言道，"只有请官家移龙纛向西北面完颜塔兰将台而去，臣与这位岳镇抚一起并旗趋之，方能万事可定！"

"就依良臣所言！"赵玖立马回应。看了眼勒马过来，驻马聆听却不言语的岳斐，赵官家心下醒悟，这是岳斐还不够了解自己，再加上对战局已经很满意，所以还不敢劝自己如此为之，又或者说，此时只有韩师仲敢劝赵官家使出这一招来。

见到龙纛与韩岳两面旗帜一起移动，战场上原本因为仓促渡河而陷入乱战的近七万绍宋军，开始自发顺着这个方向发动全面的突击，五倍于敌军的优势彻底展现无遗，绍宋军带动着滚滚烟尘，如潮水一般集中涌动，喊杀声震撼天际。

长社城下的主力会战持续了一个多时辰以后，这场战役胜负便已彻底见分晓。

到此为止，韩师仲突围成功，长社城解围，金军留守此处的主力部队也全线溃散，大略看来，似乎毫无疑问，乃是绍宋军大胜，金军大败。照理说，当此之时，赵官家应该好好坐下来与这些名将交流一下感情，探讨一下此战的意义，论功行赏、封官许愿。但席间，赵玖思忖半日，认真言道："朕要在东京过上元节！"

闻得此言，倒是胡尹，忽然泪流满面。赵玖说要去东京过上元节并不是在试探道祖有没有观察他，而是在陈述一件事实，因为此时此刻，从长社到东京的道路是通的，他可以直接过去。岳斐这些人如何从东京来到此处，他从原路走过去便是，只要轻装上阵，是可以轻易在上元节那天赶到东京的。

当然了，能平安抵达东京的前提是韩师仲领着六七万人不能被耶律马五和完颜塔兰一窝端了，又或者岳斐领着两万多人不能在两三日内被完颜乌竹直接捅破防线。至于说想要在那里安稳下来，成功将金军逼过黄河，结束这一次金军的大攻略，这两点却又似乎只是个基本前提。但不管如何，看到胡尹忽然失控，泪流满面之后，赵玖却是更加坚定了这个想法，因为他有必须去的理由。这个政治高点便是天子还于旧都。赵玖也必须要做出姿态，以安抚黄河一线的百姓。

翌日早晨，赵玖召集全军统制官以上汇集，公布了自己的决定，和他想象中的一样，这些统制官震动却无言语，只因经昨日一战，赵官家在这些人身前已经有了足够的底气和威信，倒是所有人都只是闷声听令罢了。

实际上，军情紧急，赵官家也没有耽搁，除了南阳带出来的人外，他又点名东京留守司统制官王善，外加一个受伤的李逵，二部合一，也有四五千众，在早饭之后几乎与韩师仲的追击部队同时开拔。

当日上午，赵玖便抵达鄢陵。等汇集了此处留守的内侍省大押班蓝珪与一众东京留守司官吏后，稍作休整，御驾便又出城过洧水，向东北而去，到晚间便抵达尉氏。

当夜，韩师仲遣使来报，原来，完颜塔兰前夜北走，直接撤到了郑州境内的新郑，闻得绍宋军举大军来追，马不停蹄又往北走，此时已经不知道到了郑州境内什么地方。随着韩师仲的前锋部队追击到新郑，一件可以确定的事情是，鄢陵一长社之战后，本就该第一个做出反应的耶律马五闻讯后果然不敢怠慢，弃了中牟向西去接应自家元帅。

平心而论，这不算是一个好消息，因为这两支兵马到底是合流了，给韩师仲的作战任务增加了相当的难度；但与此同时，毫无疑问，失去了中牟的威胁后，赵官家倒是可以安心上路了。于是乎，赵玖连夜发李逵领兵一千去占据中牟，却在翌日一早，又继续与王善部一起轻装向西北而去。

下午时分，赵官家便已经过了赤仓镇，来到东京城南的小城青城。

这一日，正是正月十五。东京城当前人口损失极多，偌大的城池如今却只有一二十万人口，闻讯后能赶来的东京父老，不过千余人罢了。

再加上天色将黑，赵官家没有耽搁，他拒绝了东京留守司来迎官员往大内而去的建议，在进入朱雀门转入内城后，直接往宗颖所居的汴水侧枢相府而去。

临到府门前，宗颖之子宗颖于门前跪迎，很显然宗颖也早知道赵官家来此的讯息，然后早有准备。见到如此，赵官家反而无话可说，只是稍微安慰宗颖几句，便随对方踏入府中。而只行到正堂之前，便看到一精瘦老者，须发灰白，着粗布衣，披着一件灰不溜秋的毛氅，由侍从搀扶，正立于门内，死死盯着门前。

赵玖不敢犹豫，即刻上前，准备亲自扶过对方。然而，临到跟前，尚未碰到对方臂膀，尚未全黑的暮色之下，月光之中，这老者便忽然冷笑相对，其人气息不稳，语调也缓慢，俨然身体虚弱，唯独言语格外清楚，却浑不似病入膏肓之人："官家这是见臣要死了，抢着来收东京留守司兵权，以防大位不稳呢，还是在南阳失了人心，想要借东京城糊弄一下天下人呢？"

堂前明显哗然一时。

而躲无可躲的赵玖微微一怔，上前从侍从手中扶过对方，然后正色低头相应："两者都有，让宗相公见笑了。"

这次，轮到宗泽微微一怔，继而无言了。

就这样，二人交臂而立，一个立在门内，一个立在门外，等了许久，门内之人方才叹了口气："元宵佳节，官家重归故里，臣为守臣，便是再乏物资，也得请官家入内一饮。"

闻得此言，身后南阳、东京群臣明显释然，而赵玖却为之紧张，继而越发认真起来。然而，想了半日，他也只能扶着对方，正色说了一句："辛苦宗相公了！"

君臣二人稍作应答，算是"寒暄"完毕，便一起缓步进入堂内。

这个时候，赵玖到底是察觉到了对方身体的虚弱。因为当他搀扶着这位年轻时曾经游学天下十载，以身体健壮、言行粗粝而出名的人物时，几乎感觉不到手上的重量了。不过，愈是如此，赵玖反而越发小心起来……因为这个时候的"宗爷爷"，对于他这个官家而言反而是"无敌"的。实际上，在场众臣都有些小心翼翼，甚至有些诚惶诚恐。

"都如此小心干吗？"宗泽自在赵官家的搀扶下坐到预备好的左手第一位中，又唤来儿子到身边伺候，眼见着赵官家随后落座，其余人却不敢动，也是不由得笑，"莫非是嫌我这里招待不周吗？今日只是私宴，大家不要因为官家在此便有了约束。"

胡尹等人只能硬着头皮坐下，既然宗相公开了口，又不敢按照公宴规矩以官职排位，反而按照往年官场私宴风俗，以齿序出身相论排座。

宴席很粗糙，酒也不好，菜也不多，当然了，众人提心吊胆之下，也都没有享受的心思。

"听说官家鄢陵打胜了？"

果然，众人勉力用了一些菜，尚未斟酒，刚刚还开口说是私宴的宗颖便复又追问不及。

"好教留守相公知道，鄢陵确实大胜。"旁边郭仲荀闻言，精神一振，赶紧出言，"十几个猛安，俱被歼灭。"

"我在问官家。"宗颖勉力扭头去看了一眼自己的推官，他便低头不敢言了。

"确实如此。"赵玖倒也干脆，"不过此战是被逼入绝境，不得已死中求活，而既然是拼命之举，起因便不值得称道，且结果也尚未见分晓。"

"暂不说为何而起，只论结果还是有些说法的。"舍内烛火之下，宗颖复又眯眼仔细看了眼赵官家，然后缓缓摇头，"绍宋、大金交战五载，胜少败多，每一胜都足以称道，何况是如此大胜？依照老臣来看，长社既复，五河之地便重归王师之手，金军被隔断南北，这局势已然是活了。"

"朕不敢苟同。"赵玖也摇头不止，"金军东西两路二十余万户，举国怕是有三十万众，区区十几个猛安，不足以动摇大局，且此战最终结果还是要看韩师仲、岳斐这几日情况再说的。"

"那怎么才算有结果呢？"宗颖低头略微思索，敛容再问。

"其实依朕来看，不管胜败，将金人尽快逼过黄河才是唯一要务。"赵玖依旧干脆，"只求尽量不要耽误河南春耕。"

"这倒也是。"宗颖依着儿子手臂，若有所思，"官家是天子，本该从高处着眼……但毕竟是王师大胜，做不得假，且韩师仲、岳斐都是将才，想来大局也不会耽搁。还是饮胜一杯，为王师贺。"

堂中众人各自松下半口气来，然后赶紧凑趣举杯，便是宗颖本人也勉强在儿子举起的杯中轻啜了半口。不过，随着众人落杯，下一刻，这位宗相公继续开口，所有人再度紧张起来："官家，杜充堂堂大臣，不知为何被官家亲手杀于堂上？"

"其子杜岩亲自出首相告，杜充与完颜塔兰相约不战，有违昔日八公山明诰……"赵玖回复简洁利索，但言至此处，反而兀自一声喟叹，"其实，即便是以此而论，犹然可杀可不杀，只是若不杀他，一则不能妥当取得兵权，震慑东京留守司诸统制官，以求即刻出兵；二则，朕心不能平！"

"官家今日着实坦荡。"宗颖笑对。

"对上宗相公，朕不敢不坦荡。"赵玖从容拱手相对。

"既如此，臣依然好奇一事……官家因何心内不能平？"宗颖似笑非笑。

"因此番逃出南阳往鄢陵收兵，沿途损兵颇重。"赵玖耐心作答。

"臣不信。"宗颖忽然摇头。

"为何？"

"昔日在河北，官家连自己父兄、母妹都未尝顾及，如何能体恤顾及寻常士卒？"宗颖语气依旧平淡，言语间却隐隐又有了几分凛然意味。

堂内其他人，若是有心脏病的，怕是早已当场犯了，走得比宗相公还快一步。

赵玖沉默了一下，却也跟着这位"人之将死，万事无忌"的宗相公来了个石破天惊："一家人哭，何如一路人哭？兵祸连接，天下纷乱至此，死难者数以百千万。身为天子，当着外人的面，当然要说一下孝悌，但其实哪有工夫顾及区区一家人？朕本该想着军械粮草钱帛，顾及士卒守臣城池，以求天下早日太平才对，其余不足为论。"

此言既出，第一个有反应的，却是御史中丞胡尹，其人当即从案后站起，面红耳赤、意欲作言，却一时不知道该说什么，只能怔立彼处。

宗颖与赵官家一起回头看了眼此人，也都不以为意，而是继续相对攀谈。

"官家今日言语，其实颇有道理，但恕臣不信。"宗颖缓缓摇头。

堂中气氛再度凝固，其余陪坐之人均未敢发一言。

"臣觉得，官家今日言语，半真半假吧。"一片沉寂之中，宗汝霖终于再度轻声而叹，"实在是不知有几分是在安慰老臣这个将死之人。"

"俱是诚心诚意。"赵玖似乎早就想好了面对宗颖的态度与言语，因为他没有丝毫迟疑，"朕在亳州明道宫时便定了抗金到底、收复河山的决心。只是朕自己也知道，天下人中，唯独宗相公再难信朕，朕无从解释。"

不少人心中微动。

宗颖似乎也依旧未为所动，停顿了片刻后，反倒是进一步挑开了："官家，老臣之前一年多，独守东京，算得上是力挽狂澜于既倒吧？"

"这是自然。"

"而今日身死任中，也称得上一句鞠躬尽瘁吧？"

"这是必然。"

"那将来史书上不可能有臣今日的坏话吧？"

"不错。"

"官家怕是也知道臣今日有恃无恐。"

"大约懂得。"赵玖忽然失笑，"除非朕将来收复河山，自证清白，否则今日相公说什么，将来天下人便会信什么。"

"所以官家今日才如此客气。"

"朕若没有诚心，躲在鄢陵几日，待相公自去，再来此处，岂不更好？"赵玖直言。

宗颎微微沉默，但还是缓缓摇头："其实是臣强撑着在等官家，官家一日不至，老臣一日不愿死。"

"朕知道，所以今日至此。"赵玖也严肃起来。

"此言怎么听起来像是催促老臣去死一般？"宗颎复又嗤笑。

"相公此时还会忌讳这个吗？"赵玖也跟着苦笑。

"官家可知道，臣年轻时名声不好……"

"略有耳闻。"

"那老臣就不忌讳什么了……"宗颎继续缓缓相对。

"朕本是为此而来。"赵玖严肃以对，"相公但有所请，朕必当许诺。"

"三件事而已。"宗颎微微叹道。

众人屏声息气。

"老臣这个儿子，并没有什么才能，但毕竟是老臣的儿子，私心总是有的，之所以一直没有让他补官，乃是因为东京留守司上下全是臣一力收拢，若让他早早补了官，有了名分，怕是会让小人起了别样心思，还请官家在老臣身后妥善处置。"宗汝霖指着自己身侧的儿子言道，宗颖闻言没有忍住，当场落泪。

赵玖倒是明显一怔，这不光是没等到预想中的发难的问题，更是因为他从宗颎言语中听到了一些别的意味。

"官家莫要不信。"宗颎见状干脆勉力抬手指向对面席间一人，"王善，你出来，给官家说说你以往喝多了最喜欢说的'贫富、贵贱重定'之论……"

王善闻言赶紧出席对赵玖、宗颎二人叩首，而不知道是惶恐还是见到宗颎今日姿态心中哀伤，他再抬起头时却是泪流不止，一言不发。

"王卿的言语朕早就听过，而且颇以为然。"赵玖心下醒悟，在座中端坐，并正色以对，"值此乱世，确系贫富、贵贱重定之时，只是王卿，重定贵贱贫富，有两条路，一个是悖逆忠义，自甘堕落，自生乱象，索取无度，徒劳生祸；一个则是顺大势而为，如宗相公这般定江山于一心，乃是定乱安民，自取功名之道。宗相公今日专门点出你，不是给你上眼药，而是让朕日后照看你，是为你好，你要晓得。"

直接从城外一路走进来，衣甲未卸的王善在堂中连连朝二人分别叩首。

宗颖见状，有些不耐烦起来，只是随手一挥，便继续朝上方官家言道："官家聪明，醒悟便好……那这第二件事，便是指这东京留守司了，还望官家看在他们有功于社稷的份上，妥善安置。"

"这是必然。"赵玖即刻应声。

其实，一开始赵玖就醒悟了过来，宗颖根本不是在记挂自己儿子的官位，这位宗相公所指的第一件事情，是要借自己儿子的事情提醒赵玖，东京留守司内都是一群军贼盗匪出身的人，而赵氏之前又失了两河人心，官家这个身份对这些人的凝聚力不如其余官军那么强，所以必须要保持一定高压和威严，甚至是要做一定清洗的，不然他们是真能生祸的。

只是这种话即便是以宗颖的身份也没法说出口，只能指着自己儿子和就在身前的王善，借题发挥暗示罢了。而第二件事情，便是反过来提醒赵官家，威压归威压，但归根到底，这是抗金的重要力量，可以约束、调整、收拢、清洗，但唯独不能废弃。

回到眼前，如此干脆便将此事交代利索，宗颖反而失笑："今日说是倚老卖老、咄咄逼人，却又似与官家心有灵犀一般。"

赵玖也终于勉力再笑，旋即肃然，他隐约预感到了什么。

"但还得做恶人哪！"宗汝霖收起笑意，忽又一声叹气，"官家应许臣最后一件事，臣日便可了了心愿。老臣冒昧，请官家当众起个收复两河的毒誓吧！"

堂内彻底鸦雀无声，连万俟卨都觉得宗颖过分了。

"怎么个誓法？"出乎意料，赵玖虽也一怔，却依旧应对利索。

"官家是天子，只能指天而誓了。"

"既是天子，指天而誓，天意是否偏袒？何况天意渺茫，朕是万民之主，何妨指民而誓？"不等其余人插嘴，赵玖反而配合妥当。

"也好。"这次轮到宗相公有些发愣了。

赵玖闻言，即刻端坐不动，举手指天："朕此生兴复两河，殄灭大金，尽犁其庭，尽扫其穴，合天下河山为一统。

"朕往日无行，能以一言得相公原谅，已然惭愧。"赵玖恳切相对。

"且饮！"宗赜勉力笑对，"无论如何，将来的事情，或可期待。"

赵玖赶紧举杯。

一时间，堂中也觥筹交错起来。

翌日，住进了宏大而萧索的东京皇城的赵官家得知了两个消息。

清晨，宗颖戴孝入宫，告知赵官家，其父绍宋枢密使、东京留守、兵马副元帅宗赜于夜间安然病逝于榻上，无声无息，时年七十岁。东京城内，自赵官家以下，无人不闻之涕泪。

晚间，就在东京城陷入一片哀意之时，韩师仲忽然遣使者飞马来报，说是完颜塔兰一路狂奔，弃了郑州，渡黄河北走了。唯独一个耶律马五孤军失措，这日先撞上韩师仲部前锋郦琼等部，双方交战，初时金军胜势，待到韩师仲本人率绍宋军大部赶到后，局势即刻逆转。最终，耶律马五在郑州城下大败一场，然后只能靠骑兵之利，强行脱离战场，却一路立足不稳，连渡河都不敢，最后只能往西面西京洛阳处逃去。这个消息，倒有些出乎意料。

第四十一章　前后失据

完颜塔兰渡河北走，让原本处于哀意的赵玖迅速振奋起来，整体局势彻底翻转。

二月下旬，随着兵马将帅渐渐汇集，南阳襄阳的诸位相公、大臣也都赶到郑州一带，赵官家便毫不迟疑，即刻从东京出发，扬龙纛往河阴而来。

一路上，从东面赶来的兵马沿途汇集的越来越多，随行军将也越来越多，其余西面、南面的众人也都快马加鞭，为首官僚大臣军将，更是先行到达河阴候驾。

二月廿三，赵玖来到河阴。一时间，此处一众文武汇集，枢密院、御史台、东京留守司各处也已到来。中午时分，御前班直副统制刘彦便引骑兵先至，然后远处龙纛出现。随即，大押班蓝珪又亲自先行至此，传出口谕，大意是今日路边相见，文武百官一概免礼，待明日宴席再行大礼，而年长者、六部主官以上文臣、统制官以上武将俱可安坐静候，而等众人按资排辈坐了下来，不过片刻，那稍显陈旧的龙纛便在王彦、张峻二人亲兵护送下来到了跟前。

龙纛立定，张峻、王彦二将亲自披甲执锐引各部军官左右先出，接着，束着牛皮带、穿着一套明黄色御阅服的赵官家便打马而出，身后则是之前随侍的那几位臣子，还有东京留守司的副留守权邦彦、判官推官等一干人。

见此情形，虽不用大礼，但文武百官依旧本能起身，一面想着该怎么面对这位官家，一面却准备在吕相公的带领下，与官家问安。

孰料，吕浩文引百官刚刚布阵，未及言语，坐在马上的赵官家便忽然肃容扬声以对："且不用行礼，朕有几件要事要先与相公们速速议下大略。"

周围人措手不及，慌乱不已，便是跟着赵官家来的张峻等人也面面相觑。

"张资政的事情之前在南阳便已经有了议论和追封，便不再多提了，但宗相公之前独守京城，一力维持，功劳甚大，如今死国，又可称鞠躬尽瘁，死而后已，朕以为当谥号忠武，追封王爵，以示哀荣。"赵玖面色严肃，缓缓相对，"四位相公以为如何？"

吕浩文四人面面相觑后，吕浩文当先拱手相对："官家所言甚是，宗相公之功、之德、之迹，足配忠武，也当追封王爵。"

赵玖微微颔首，望着身前乌压压的人头，继续言道："此事劳烦诸位相公了，还有一事，此战牵扯甚广，无论文武守臣、军将，俱当早早计算功劳，分发赏赐，提拔任用，还望都省与枢密院速速计量清楚，尽量在此地做个了断，莫失莫忘。"

吕浩文赶紧俯首表态："官家尽管放心，臣等在此，已经在加急计量了。"

赵玖微笑以对，继续言道："说起计量功劳，统制官及以下转任加封倒也罢了，统制官以上，各路帅臣、大府守臣，朕却当有一番大略言语在前，以免将来有争功之语。"

吕浩文微微一怔，脱口而出："官家请言。"

"其实也简单。"赵玖继续微笑朗声相对，"朕以为，此战之中，非韩师仲扼长社、陈规守南阳，局势便已不可挽回，何况韩师仲出长社后另有统筹之功。此二人，当居功一等，陈规当以兵部尚书兼开封府尹，韩师仲当以少保再加一镇节度使。尔等计算功劳，不可使此二人赏赐落于此等！"

就在吕浩文将要应声之时，赵官家却直接继续说了下去："陈、韩之下，若非李彦仙进取河东，隔断东西战场，彼时人心便已沮丧；非马括力战金军于河北，彼时便已措手不及；非张峻临宁庆，扼亳州，东线便已全坏；非岳斐、王彦二将奋起，助朕诛杜充、起鄢陵、攻完颜塔兰，此战绝不可逆转。此五人，无节度使者，当加节度使，有节度使者，当加少保，以示恩宠。"

四位相公依旧没有言语，因为这个事情听起来，更像是强行给几个武将定调子。

"最后一事，朕思索再三，既然还于旧都，宗留守也已经逝去，那东京留守司便不必专设，而东京留守司诸军与陕州、西京等各处兵马，当统一整备，归于御营。"

赵玖将目光从韩师仲身后、岳斐身前的那名武将身上收回，稍微放下心来，继续扬声宣告："东京留守司大约统编为御营前军，以岳斐为都统制，西京、陕州部队大约统归于御营中军，以李彦仙为都统制。你们谁人可有什么言语？"

大部分人保持了沉默，但吕浩文吕相公在察觉到自己被人拽了一下衣角后，还是即刻出列相对，言语从容："好教官家知道，东西二府，都觉得此事甚为妥当，没什么言语！"

没人在官家和宰相之间插嘴，所以片刻之后，确定无人反驳后，赵玖微笑如旧，颔首不及："既如此，咱们入城吧，辛苦诸位相公了！"

第四十二章　国破山河在

"国破山河在，城春草木深。"

建炎三年的深春时节，随着金军退去，绍宋、大金两国第四次大规模交战正式告一段落，但战争带来的千疮百孔与各种遗留问题对双方而言都是个大麻烦。其中，且不说金军如何在河北镇压义军，上层又如何板荡起来，只说绍宋这边，也是各种纷扰不停。

当先而论，如何恢复河南地区的生产与秩序，如何处置关中文武的一团乱麻，又如何应对京东地区的诸多军阀势力，如何平定东南叛乱……似乎每件事都是当务之急，也都是事关根本的大事。这其中，几乎每件事都掺杂着重要的人事问题、经济问题、军事问题，所以处置起来不免棘手。

实际上，凭借着之前勉强可以称为胜利的战事结果，再加上二月间，赵官家在河阴之地稍微整编了一下部队，倒是让刚刚回到东京旧都安定下来的绍宋中枢多少有了可以入手的地方：也就是以军事为纲领，借此将事情铺展开来。

眼下，韩师仲部的御营左军此战损伤最重，所以朝廷让他先回淮西休整，同时负责河南、京西腹地的治安，待其部恢复过来，再做他论；张峻的御营右军，自回徐州，以钳制事实上普遍降大金、形成割据之态的京东之地；李彦仙虽领了御营中军都统制的名号，但他的防区过于紧要，也是早早回归。很显然，这个中军都统制的身份未必名副其实。不过，即便如此，西京洛阳这次也正式划归为他所防御之地，大小翟、牛高等西京、汝州一带的义军改编之后，一并由他所领，而一直在西京驻防的前三衙步帅间勋此番正式卸任三衙，进位御营副都统，离开了西京一带；八字军肯定是很难回河北了，再加上王彦明确表示不愿居昔日下属岳斐之下，所以被任命为御营中军副都统制，与王德并列，屯驻郑州以及开封西侧；而另一位御营副都统制王德则加了开封四壁防御使，正式屯驻东京周边；至于原济州镇抚使与东京留守司合并而成的庞大御营前军，本该是岳斐这个都统制统一使用，实际上却被一分为二，一部分人随新任御营副都统间勋往济州、宁庆而去，与张峻合力钳制京东诸贼；另一部分随岳斐本人南下，往东南平叛去了。

东南富庶之地，是绍宋养兵的根本所在，绝不能允许叛乱继续蔓延，所以，先集中精力往东南下手也是理所当然之事。

这个春夏之交，绍宋、大金两国都在面对各自的内忧外患。政治上纷争不断，军事上又是一团乱麻。大金东路军的无功而返，更是惹得内部怨气丛生。而到了初夏时节，双方又是齐齐出了外患上的大事。绍宋这里，曾经的绍宋臣子刘豫突然称帝。金人那里，是蒙兀人正式反了。

绍宋这边，赵玖权衡过后，不准备因刘贼之事改变原有谋略。此时若动手平叛，且不提能否速胜，单因出兵一事便会乱了整个大局，如若金人卷土重来，那就毫无胜算了。一则出乎意料前线军情到来，岳斐平叛成功了。枢密院都不敢信！而岳斐的军报也写得极度诚恳和老实：渡江当日，与敌战于江宁府城以东临江石步镇，胜之；次日大战于蒋山，再胜之；休整一日，夜攻江宁，克之；翌日，本部统制官张宪复追敌至于城西南牛头山，擒得匪首王亦，计降叛军一万有余。难得神清气爽的赵官家，一边下旨表彰岳斐，一边又下旨让吕夷昊速速收拾东南局面，将之前战乱阻断的两浙、福建物资交与岳斐部押解至东京。与此同时，出镇巴蜀的张骏也传递来了一件好消息，赵开的财政改革极大地增加了财政收入。非只如此，巴蜀一带通过鼓励茶叶商人进行茶马贸易，仅仅是第一年，就直接从横断山脉与西北藏区换取了马匹一万有余。这种情况下，单是战马的输送与分配问题便是举足轻重。

胡尹清楚此番西行是官家对他的爱护，更是正经的国家大事，所以得到旨意的第二日清早，等城门一开，便带着此行副手万俟燮，外加三五个都省书吏、十来个常随，以及御营中军调配的二十员兵丁，一起出发向西去了。

一路西行，前半段景色倒是寻常见闻。直到越过汜水关，进入西京地界之后，胡明仲等人就变得彻底失声了——西京洛阳也遭遇了兵灾，同样萧索，但和汜水关以东那种萧索中保留了人口活动的气息，是能看到一丝恢复痕迹不同，这里的萧索有一种让人感觉恐怖的灰蒙气息，完全看不到希望。胡尹等人沿途所见，田地抛荒数年，多已经辨别不清田埂，城池空荡，除少数屯军外，几无民生气息，而屯军所饲猪羊直接出入县学、庙宇。等来到洛阳城内，却又见昔日宫阙名所彻底灰败，连猪羊都无，只是野兽出入街道，完全不似人间。

四月下旬，御史中丞胡尹便越过了潼关，进入了关西，来到长安见到了另一位枢相宇文绪忠。但情况又一次发生了变化，宇文绪忠这边的态度已经很明朗了："胡中丞不必去各处探察了，曲锻跋扈日久，已不可用！不如且回东京复命！"

"宇文相公何意？"胡明仲目瞪口呆。

须知，宇文绪忠一向主张优容前线将领，而胡尹等人此番一路向西，眼见国家残破景象，也以为应当注重实际军事成果。故此，现在见了面，宇文相公忽然彻底改变姿态，不免让胡尹等人疑惑不解。

"此战之后，曲锻趁机兼并关西各部兵马，甚至有软禁王庶王经略之嫌。"长安官署堂上，宇文绪忠捻须而叹，"甚至直欲杀之以谢天下！"

"这是谋逆！"万俟燮愕然，"岂有统制官杀经略使之事？"

"说谋逆未免言之过早。"

宇文绪忠叹了口气："无论如何，曲锻已不堪大用，你们不如且回东京，请官家和中枢诸公早下决断，定下关西新策。"

二人齐齐看向此行正使——御史中丞胡尹，只等此人点头，便要折返东京。

胡明仲稍作犹豫后，却提起刘豫称帝一事，堂中众人稍微一怔，胡明仲继续言道："如今之世，连正经及第的读书人都能做出如此大逆不道之事，又怎能以昔日情形看待一介武官？"一番交谈后，万俟燮听出了胡明仲的意思，他欲亲自往军中一行，不愿无功而返，万俟燮开始也是不大愿意冒险的。但不知为何，当胡尹在那里跟宇文绪忠表明心迹之时，他却顺水推舟，没有做任何阻拦。这不仅仅是他位卑言轻，在相公和中丞之间说不上话，更是发自内心的一种顺水推舟，觉得这么走一遭，恐怕也不是坏事。而究其原因，第二日出行之前，万俟燮便已经想明白了——他还是想立功劳，想做大官！

须知道，当初他刚刚授官的时候，便敢往洞庭湖那种地方冒险闯荡一番的，也正是为此才入官家法眼，成了那一拨授官人群中最为得用的二人之一，有了日后际遇。而眼下，他虽早已经根基深厚，可年纪偏大、跟到官家身前的时间过短、资历极低，却也是事实。之前春日间东京城论功行赏，原本他是可以直接出任外州的，只是因为知道枢密院权责更重，更贴近御前，所以硬是忍下，如今显然是想着就在任中攒几件大功劳，然后试图在京中直接转任都省大员了。

翌日，众人再度启程，胡尹自恃身上有完备公文印玺，便婉拒了宇文绪忠派西军旧员随行的好意，只让对方提供了两个向导。不过，胡明仲一行人很快就发现，向导其实都没必要，因为军需物资还是接连不断从长安送往北面前线，一行人只需跟着大略人流便能一路北上抵达延鄜路的鄜州，也就是眼下关西兵马云集，与烟广府金军仗着山脉对峙的地方。

话说，关西景色不同他处，地穷而民皆尚武，沿途看来，妇女、少年都多配弓箭不提，遇到成年男子，更多是成群结队，颇有军伍风气。但胡尹、万俟燮等人只是暗暗感慨，却因为着急赶路而不好多做流连。

四月二十七，一行人便抵达鄜州境内，然后便准备经三川镇渡过华池水，去往鄜州腹地。但也就是这时，出了一档子意外之事。

三川镇乃是陕北商贸重镇，水陆交汇所在，西面环庆路抄近路赶来的兵员、东南面顺着洛水运达的军械、西南面大路从川蜀运抵的钱粮，基本上汇集于此，堪称前线的后勤大本营。所以，此处兵马混杂，且早已经军管。胡尹等人试图渡河，却发现浮桥有人把守，不许闲杂人等通过。非只如此，浮桥前小营里面有一个准备将、两个都头，也不知道什么是御史中丞，到底有多大官，再加上曲锻治军还是比较严厉的，之前有明文军令，非军务之人不得擅自渡河，所以不敢放行。

不过，那准备将到底是懂得枢密院是个厉害去处，也不好怠慢，便指了上游，建议他们从上游二十里的直罗城渡河，因为直罗城中有一位从烟广败退下来休整的薛统制，正在彼处驻扎，应该认识公文，也好方便护送。

胡尹与万俟燮面面相觑，倒也无话可说，反而在心里感慨曲锻虽然跋扈，倒是个军法严格之人，便即刻依言而行，而这准备将也专门派员去通知了那位统领。

果然，那人毕竟是个统制官，御史中丞是什么官如何不晓？实际上，此人即刻大开城门，并亲率数百军士出城相迎。而当双方会面之后，异变陡生。

"你是何人，为何敢穿紫袍？"这薛统制见得来人，于道旁率数百军士恭敬相迎，遥见紫袍人过来，便干脆下跪行礼，但听到免礼声音抬头之后，看到胡尹容貌，却猛然起身，当场伸手指斥。

"我便是御史中丞胡尹，自然穿紫袍。"胡明仲莫名其妙，但还是恳切相对，"薛统制何意？"

"看你容貌，不过三十未到，天下哪有这个样子的御史中丞？"这薛统制冷笑不止，"俺就说，堂堂御史中丞如何只带着二三十随员便到了此处？莫不是个假中丞？"

胡尹闻得此言，本能就有些羞愧之态，却是一时尴尬起来，然后方才红着脸想要解释。然而，这统制官早已不耐，见到对方如此形状，更是认定了此人是假装的，双目一横，就在道旁河畔厉声下令："将这个敢来糊弄老子，哄老子给他下跪行礼的假中丞拖下马来，先打二十鞭子！"

话音刚落，便有甲士上前，直接将胡明仲等人拖拽下马，并以刀兵制住万俟燮等随行之人，然后不管三七二十一，就在道旁扒了胡尹紫袍，硬生生抽了二十马鞭。

马鞭劈头盖脸抽下，胡尹脸上血痕顿现，而旁边脖子上被架了刀的万俟燮见此形状，不由得倒吸一口冷气，立即放弃了当场强行辩解之意，因为一旦惹怒对方，或者当场确定了自家身份，反而会招来杀身之祸，当然也绝不能承认自己一行人是假的。

胡明仲挨了二十鞭子，却也全程一声不吭，只是咬牙硬撑。他脑中此时也只有一句话不停回响而已——此诚乱世也！胡尹与万俟燮忍住这些皮肉之苦，沉下心来思索讨论，在一顿饭以后便迅速得出了一番结论：这件事情，要么是曲锻提前打探好了他们的行程，故意用这种方式来行杀威棒，而若如此，只要耗下去与之斗智斗勇便可，大家其实并无真正的生命危险；要么是那个薛统制确实是个无法无天的军头兵痞，要是这样的话，确有危险，但只要稍作忍耐，应该也很快会有人来救，并且可以借题发挥，就此入手。至于如此判断的原因嘛，倒也格外简单，他们虽然被困在牢中，满地脏污，虱子老鼠乱跑，但出乎意料的是，送来的牢饭中，给胡尹的那一份，居然格外干净爽口。

大约在牢中吃了不过四五顿饭，忽然间，无数甲士簇拥着三人拥入大牢。而其中一人明显是个文臣，直接来到牢门之前，未及开门便长揖到底，口称下官，却是这直罗城内的黄知县。而剩余两名戎装将军皆面色发白，干脆直接向前两步，进入牢中朝胡尹下跪请罪。万俟燮眼尖，认得此人乃是那薛统制身侧人物。这么一来，他们之前被谁给护住便已清楚无误了。

胡明仲拒绝了那知县的扶持，然后自己主动站起身来，又只与万俟燮对视一眼，便昂然负手，直接发问："哪位是曲将军麾下？"

"武义郎、泾原路兵马都监、知怀德军吴介，见过中丞！"

那名立在牢外，身材魁梧、面色蜡黄的将军，闻言上前一步，停在牢门外拱手相对，报上官职姓名。

"是曲锻要造反，遣你来杀我吗？"胡明仲依旧负手昂然以对，"吴将军，我乃朝廷大臣，可杀不可辱，请替我指向东南，让我面东京而死。"

吴介与其余二人齐齐怔在原地。

"我等也是这般意思。"

眼见着无人出声，一旁万俟爕便也同样昂然相对："我万俟某人虽潦倒半生，但既一朝蒙官家看重，得为枢密院重任，如今又身为天使，岂能有失节之理？要杀速杀，自中丞以下，我等无一人会为虎作伥的！"

吴介听到这里，还是不敢吭声，看向那知县。而那知县此时也是冷汗迭出，却别无他法，只得支吾了半天硬着头皮开口："中丞莫怪……那薛贼原是王爕麾下的泼皮，此番败退之后，才随王经略至此。前日他不分青红皂白行此悖逆之事，下官只能请韩统领和吴都监稳住薛贼，护住中丞。"

胡尹闻言面不改色，却出口惊人："现下谁人不知曲锻要反，无人可制，我们此番前来，本就是想割环庆路与鄜州给他，好救回王庶王经略……"吴介心中此时已然明了，而后，纵马驱兵与曲锻会合，共商此间事宜。

第四十三章　潇洒送日月

胡尹、万俟燮、黄知县、韩统领四人挤在一个狭小牢房之内，曲锻一身完备甲胄进入大牢，并大马金刀地在这间牢房前面盘腿坐下之时，里面四人正迎着牢房微光在那里相互帮忙捉虱子呢。当然了，看到此人进入，吴介又与另一名高阶将官扶刀立到了此人左右两侧身后，情知是何人到了之后的四人便即刻停手，继而正色起来。韩统领与黄知县格外知趣，早早躲到角落里，而胡尹与万俟燮却在曲锻对面正襟危坐，并相互以目光交流。

"我有何罪，要受此折辱？"孰料，双方坐定，居然是曲锻率先开口，且尚未通名便冷冷相诘对面栅栏之后的二人。

原本准备了一肚子话的胡尹措手不及，倒是万俟燮微微捻须冷笑，丝毫不乱："我等在牢中，浑身脏污，只能捉虱子度日，阁下在牢外，大金盔银甲锦袍，只是去了兵器而已，如何反是你受折辱？"

曲锻微微一怔，旋即改口："那好，下官泾原路都统、知烟广府曲锻，敢问中丞，我有何罪，要被污蔑造反？"

万俟燮扭头去看胡尹。而胡尹这时候也反应过来，却是在牢中端坐，面无表情相诘："我想问一问曲都统，身为都统制官和烟广知府，却扣押自己正经上司经略使王庶，然后还想杀掉他，宇文相公不同意后就强行留下了经略使的印信，驱赶了经略使本人出境，这是实情吗？"

"是实情！"曲锻昂然作答，事到如今，这些事情根本瞒不住人。

"为何如此？"胡尹严肃追问。"你不知道如此作为，形同谋逆吗？"

"王庶无能，非我不能收拾局面，这与造反何干？"曲锻昂然相对，"其人丧师辱国至此，我欲杀之以谢天下，却反而因为长安的宇文相公不同意便轻易放过了他，只是将他逐出鄜州，这不正好证明我对国家忠心耿耿吗？"

"也罢。"曲锻扭头相对牢内的胡尹，"我曲大自诩将才，自问忠诚，不愿辩，你说我是造反便造反好了，想寻借口杀我便杀了好了，我都无一言，只是有一句话要告诉你，谁是误国之辈，谁又是废物无能之辈，然后又是谁拼尽全力稳住了关西半壁，关西五路百姓士民自然知道，这关西五路河山也自然看得明白，你这种人堵不了悠悠之口！而昭昭史册，将来也自会与我一番交代！"

这个时候，眼见着万俟燮遮面不语，胡尹气息依旧难平，吴介终于上前一步，第一次朝着胡尹单膝下跪："中丞，曲大的罪过清楚无误，只因他跋扈惯了，想要除掉王庶独揽兵权，却绝非是谋逆之人，否则早该有所串联、提防，如何今日轻易至此来见中丞？只请中丞不要因为他言语冒犯，便直接处置了他。"

不知为何，一直掩面的万俟燮几乎想笑："吴都监，我只问你，便是这位曲大将军如你所言，并无造反的心思，然后我们今日强要杀了他，那杀之固然冤，但依着他这种为人，难道不能再加一句咎由自取吗？"

地上的吴介无法反驳。倒是曲锻，见到不是那年轻中丞说话，不由得冷笑："尔等文臣，皆是如此视我等前方武将为草芥吗？我若不反，堂堂大将，尔等虽可冤杀，却不可轻易折辱……"

"刚愎自用、跋扈无度、轻视同僚、羞辱上司，动辄违背节制，狂妄自大，哪件罪名算冤了你？又谈何折辱？"万俟燮冷笑相对。

"你们这些文臣怎配议论战功？"曲锻大怒。

"南阳一战、延陵—长社一战是谁将金人逐出中原？"万俟燮凛然指斥。

"这些是你二人打下的？况且中原得胜，也有关西上下牵制敌军的功劳，如何我关西诸将皆无赏赐？还不是你们在官家面前做了幸进小人？"曲锻又开始胡言乱语。

"既如此，你也随我们去官家身边，做个幸进小人如何？"胡尹忽然出言。

"也罢。"万俟燮摇头叹气，"带回东京再说吧，只是关西这边又该如何？中丞觉得吴介可用吗？"

"吴介自然可用。"胡尹随口作答，然后忽然驻足，"万俟参军，还劳烦你带此人回东京赴命，我就不去了。"

万俟燮也愕然驻步，目瞪口呆："中丞何意，何谓'不去了'？"

"不瞒万俟兄，此番出行，见山河破碎，却只恨没有官家那番文采，得以畅叙胸怀。"胡尹认真说道，"而心境一起，便起了自请外任之念，只觉做一任知州也好，留在关西当个机宜文字也罢，但凡能为国家做点实事，却是胜过在东京朝堂之上枯站的！"

　　万俟㝢欲言又止。

　　"个中缘由，还有今日之事，我自然会写札子送上，唯独一番言语，请万俟参军务必替我面呈官家，就说，胡尹知道，如今朝中抗金大局已经不可动摇，自己在朝中非但无用，还因迂腐屡屡阻碍朝廷大政；而一旦外任，胡尹也知道自己不懂军事，所以绝不会擅作主张，军务之上，只会听宿将言语行事，还请官家给我一次机会。"说着，胡明仲一身脏污中衣，就在这院中朝身上同样狼藉的万俟㝢重重一揖，"无论如何，胡尹报国之心，与金人决绝之意，未曾有半分动摇。"

　　不知为何，迎着对方，万俟㝢心中居然难得生起一种慌乱之态来，而上一次如此慌乱，还是那次负龙纛，随赵官家夜出南阳之时。算算时间，却只是在三四个月前而已。战争年代，事情的变化速度往往会快得出人意料。

　　万俟㝢等人不过是往关西一行，来回三四十天而已，待回程时沿途所睹就已经大变了模样，比如来时死气沉沉的洛阳那里，再经过时明显能察觉到洛阳城旧址得到了些许整修，虽然还是一片萧索，但最起码有了一点点生气。

　　万俟㝢与曲锻进了都省与枢密院共占着的昔日尚书省地界，却未见到枢密副使汪博彦与两位都省相公，只有枢密院都承旨刘子羽在此理军务，自那日河阴事后，双方便已经日渐生分，只有客套公事而已。不过此事到底事关重大，虽然中枢早得了宇文绪忠从关中发来的快马急报，但正主到来，必然是要面圣亲自汇报的，而刘子羽也不敢怠慢，当即便将消息传入宫中。

　　很快，宣德门那边便传来口谕，说是正好几位相公、太尉都在御前论事，让万俟参军直接与曲都统入大内，顺便参详军务便可。

　　众人自然无话，唯独曲锻，倒着实有种，虽是第一次来到宫中，第一次来面圣，但从宣德楼前一路走到宣德楼后，一直昂首挺胸，姿态凛然。

　　进入大内，在大庆殿转西，专门一个大院子，内有钟楼鼓楼护着一个文德殿，便是日常所言上朝办事的地方，也是第一批被收拾干净的地方，而进入文德殿范畴，便只有二人能入内了，而且还要搜身去兵、去甲。

　　搜身完毕，万俟㝢被宣召先行入内，曲锻留在鼓楼台阶之下相候。忽然间，一阵振甲之声打破了文德殿前的虫鸣，也打断了曲锻的思绪。曲大心中警醒，复又旋即哀叹，死则死矣，刀口上舔血二十年，他还真怕死吗？只是可惜铁象未曾在关西送出去，跟着自己一路过来，却不知会不会被那个万俟元忠给贪了。

"曲大！"

数十名甲士自殿中拥出，来到曲锻身前台阶上，而为首一人骨架极大，却穿着锦袍，拴着玉带，远远便居高临下喊出了曲锻诨号。"还认得俺吗？"

曲锻怔了许久，他初看那玉带，第一反应还以为这就是官家亲自出来看他呢，但对方一开口，一听到那熟悉的口音，曲大方才猛然醒悟，这必然是昔日西军故人泼韩五，当今武人第一，少保兼两镇节度使韩师仲韩太尉了。

"韩太尉。"面对着如此人物，曲锻忸怩了一下，难得正经拱手行了个礼。

"你还知道要给俺泼韩五行礼呀？"韩师仲立在台阶上，冷笑不止，"听人说，咱们西军几十万口子，死的死走的走，逃的逃没的没，竟然让你这厮成了关西第一大将，岂不是个笑话？

"俺今日也不说死了的刘广仕，还有在扬州养老的杨老太尉了，也不提正在殿中奉承官家的张峻小人。"韩师仲继续冷笑，"今日这几个随俺出来的班直都是西军选出来的资历人物，当着大家的面，俺问你，只说你曲大与俺韩师仲这两个人，谁年纪大一岁？"

曲锻抿嘴不语。

"问你话呢！"韩师仲扶着腰带冷笑道，"大小都不知道了吗？"

"是太尉。"在台阶上几十号人的逼视下，曲锻终于无奈拱手，"太尉比我大一岁。"

"谁从军更早？"

"是太尉。"

"谁资历更深？"

曲锻终于不说话了。

"谁功劳更大？"而韩师仲也不再计较，只是追问不停。

"俺是不是西军正经出身？还是说你们泾原路是西军，俺们延鄜路就不是了？"

"那俺现在是太尉，你不是，你凭啥不服？"

"没有不服太尉的意思……"曲锻莫名沮丧，隔空议论是一回事，当面遇到却又是一回事了，从军人角度，他是真想不到任何一处韩师仲比他差的地方。

"那就好。"韩师仲忽然一努嘴，"小杨，这是杨轶忠，你老上司杨老总管的亲孙子。小杨下去，扒了他的这身锦袍！"

杨轶忠听了半日，就等这句话呢，直接与数名班直一起蜂拥而上，就在这文德殿前的鼓楼之下按住了曲大，然后胡乱扯掉了对方衣服，露出洁白却又满是肌肉与疤痕的后背来。

而此时，又有一人将一支马鞭双手奉给了韩师仲。

"我不服，我乃朝廷大将，士可杀不可辱！"曲锻看到此处，哪里还不明白，韩师仲这是要给他来杀威鞭，却是越发挣扎起来，"泼韩五你虽事事比我强，却也不能如此无端辱我！"

"俺是奉官家的旨意，专门来打你这二十杀威鞭的！"韩师仲不慌不忙，一手扶着腰带，一手拎着鞭子绕到对方身后，然后扬声以对，"官家让俺告诉你，御史中丞是国家大臣，胡明仲是他的使者，在你防区挨了鞭子，不管你知情不知情，又有没有参与，今日都该你亲身还回来！只因殿中诸太尉中，只有俺韩五一人自资历到功劳都能包你圆了，所以才专门给俺这个长脸的机会！"

话音刚落，韩师仲直接手腕一抖，抽到了曲锻背上。

鞭子上身，痛彻入骨，曲锻一时咬牙，话语也咽了下去。

"哪来这么多金军？金军便是铁打的，不用休整的吗？上次十二万大军南下，除去长社那边丢下的十五个猛安，其余零散损伤也不下一两万人，不需要补充兵员、战马的吗？何况金人多少年都不耐暑热，为何今日突然变了？此事朕与岳、闾两卿看法一致，十之八九是刘豫借来了金人服饰，以此来壮己方军威，并做恫吓之用……"

曲锻进得殿内，便望见御座上有一年轻红袍之人正在侃侃而谈，他知此人便是绍宋官家，便强撑着背上疼痛想要行礼，孰料，那御座上的年轻人居高临下远远望见，只是随手一抬便不做理会，唯独口中言语却未曾停下，却似乎正在说伪齐事端。

"可若如此，臣有一事不明。"

先一步进殿的韩师仲再无刚刚殿外嚣张模样，只是宛如没事人一般拱手相对："伪齐现有多少兵马？又有几分战力？谁给他们的胆子主动来攻？"

赵官家扭头看向了阶下一人，却正是这段时间在宁庆坐镇，主导前线与伪齐对峙的闾勍。

"二十万总是有的吧？"闾勍刚要开口，一旁张峻忽然失笑而对，"七八个大州摆在那里，一州难道养不起两万兵？再凑点民夫，弄个二十万兵马，号称百万也是寻常。"

"一州如何能养得起两万兵？"韩师仲当即蹙眉。

"这种事情韩太尉自然不懂，不然也不会在淮西差点闹出民变了。"张峻丝毫不怵，顺势挖苦了对方一句。

这二人，早年间是王源替朝廷搞平衡，故意挑拨两人对立，而他二人顺势配合一下而已。但日子久了，积怨过多，再加上军中养出来的陋习，真真假假也就说不清了。反正现在韩良臣是觉得，张伯英这厮打仗不行，就会贪钱，也配跟他泼韩五并称？

而张峻是怎么想的，那就说不清了。

"一州当然养不了两万兵，但得看有没有军饷，要不要操练，给不给士卒吃饱，用上热水。"枢相汪博彦根本懒得理会这二人，只是在旁束手而对，"我记得御营前军统制王善当年从河东来到东京时，便有二十万兵。"

"这倒是实话。"闾勍也跟着开口道，"莫说二十万，京东人口摆在那里，四十万都有。不过，臣在前线观察，伪齐部中还是有些部队颇有战力，如济南刘豫本部，兖州伪元帅孔彦舟部。除此之外，还有一个青州伪大都督李成部，据说其人领兵治军在孔彦舟之上。"

"听过此二人。"赵玖颔首应声，"孔彦舟号称小岳斐，李成武艺与鹏羽不相上下，能到这份上，自然都是人物。这样的核心战力，他们有多少？"

"刘豫约有万余人，其子刘麟亲自掌握；孔彦舟少些，只有七八千；李成地盘大，可能又多些，但绝不会超过一万五这个大限。"岳斐拱手相对。

赵玖终于微微蹙眉。

下方张峻见状，小心向前："好教官家知道，臣昔日在徐州，降服沂州之后，李成曾遣人与臣问候，此人或许可以招降也说不定……"

"张卿会错意了。"御座中的赵官家终于失笑，"朕虽惜才，却不是什么人都要的。这李成既然成了金人朝廷中的大都督，朕如何还能要他？倒是东平府的梁山泊张荣，虽然河阴也没来，此番也扭扭捏捏一直不来见朕，说什么梁山泊里自逍遥，但毕竟大是大非拿得稳，朕反而是不计较的……"

下方几个军头赶紧肃然，还有几个熟人终于回头正眼看了下在殿门内角落中站着的曲锻。

"其实，这便是刘逆为何敢主动调兵遣将、试图作衅的缘故了。"汪博彦适时出声，"你们想想，这贼厮既然称了帝，于他而言，心里必然清楚，自此与皇绍宋再难两立，所以必然要不惜一切尽全力与咱们为敌，之前一登基便发檄文、祭祀陈东也好，随后又尊孔、开科举也成，还有今日不惜主动动员兵马，绍宋、大金两国加一块都没他一个济南府动静大，还不是没得选？"

众人纷纷颔首，都觉得汪相公这话水平高。

"所以，此事不必多论。"御座上的赵官家点头之余也坦然吩咐道，"他若真敢动手，前线张、岳、闾三卿便不必汇报，直接打回去便可，但要快、要狠、要稳，而且不要贪。总之，记住一句话，金人须才是正经敌人，切莫一时陷入京东如陷泥潭之中，平白给了金人机会！"

张峻、岳斐、闾勃三人正式出列，然后正色拱手应声，看来这个议题便是要过去了。

"该说什么了？"赵玖面无表情，复又朝吕浩文、许景衡二人方位询问。

"战马、定额、军费！"许景衡惜字如金。

"不错，战马、定额和军费。"赵玖点了点头，好像他真把这些事给忘了一般，"只说战马，刚刚良臣出殿前其实已经说得差不多了，让关西留一些，送到这边算一万整数。其中，后军做预备队，就不分了；然后中军有李彦仙、王德、王彦三处，就多分一些，拿四千匹；前军、左军、右军三家平分剩下的六千，如何？"

众人面面相觑，却也无话可说，眼下已经是比较公平的方案了，也都做了妥协。就这样，眼见着众人安静接受了方案，便继续讨论了下去。可哪知说到各军定额和军费，才是争执最大之处。赵玖与韩师仲、张峻等人细细商议后，才发觉若要养二十万御营精兵、三万骑兵，竟要江南、巴蜀、荆襄之地的财赋掏空才行。

赵玖面色不变，只是微微颔首，语气如常："如此说来，你们吃空饷喝兵血居然要喝掉一半吗？"

"官家也莫要苛责两位太尉。"吕浩文终于适时出声，"眼下局势，韩张二位到底是能战的，而且这些钱又不是两位太尉自己贪了去，下面统制官、统领官，一直到队将都头，谁人不分润一些……国家军政败坏，是百余年积攒的弊病，相对而言，却未必需要苛责两位太尉！"

"朕当然清楚，不然何至于与他们开诚布公？"赵玖依然不以为意，"又不是在逼他们如何如何，只是跟他们说清楚国家的难处罢了。"

张韩二人刚要再开口，吕浩文旁边的许景衡再度严肃开口："官家，此事其实只有两条路可走，一则东南加税、荆襄加赋；二则少养一些兵，唯此而已。"

赵玖沉默了下来，下方诸相公、太尉也都沉默不语……其实，这也是老生常谈了，甚至此番吕夷昊抵达扬州后，便直接发来一份在东南两淮针对性加军饷的方略，因为他老早就知道，想要养兵，只能加税，否则以旌和后遭到严重破坏的税赋收入，是注定养不起那么多兵的。

而隔了许久，赵官家方才失笑出言："金军东西两路是标准版的二十个万户，若不养二十万兵，如何御敌？"

下方许多人本能松了一口气，因为他们知道，这句话才是今日最要紧的一句话。

"可若如此，也只有应许东南加税、荆襄加赋，才能勉力支撑……"赵玖果然说到这话，却又在御座中继续不停，"而朕今日唤诸位太尉过来，不光是要给你们定各军兵额，分西北战马，更不是要说什么伪齐，朕还真没把这些事放在眼里，朕想做的恰恰是要当着你们的面算清楚这笔账！"

说到这里，一身大红袍的赵官家直接从御座中霍然起身，然后凛然相对："望诸位太尉牢记，有些事情朕不得已可以忍，但不是说这些事情就是对的，朕将来还会忍！此其一也！而你们所吃所用，俱为东南、荆襄、巴蜀、两淮士民膏血，他日人家造反了，可以攻，可以伐，却须记清楚，人家都是被你我逼出来的！此其二也！"

说完这话，不待这几位太尉下跪请罪，赵玖直接转身走下御陛，转身从侧方门中走出去了。

俄而，随官家出去的杨轶忠去而复返："官家口谕，今日早上多射了两只兔子，万俟参军、岳太尉留饭，其余诸相公、太尉直接散了。"

几位相公、太尉退下后，自去吕浩文府上吃酒，席间众人提起岳斐却是啧啧称奇。

韩师仲以手指胸道："不瞒相公，官家今日之举，着实让我有些……惶恐。"

"惶恐实是寻常事。"吕浩文不以为意，"良臣若是真有心，领兵打仗自不必说，军纪上也该下些功夫。那岳鹏羽得官家青睐并非因为清苦，而是他部军纪斐然。你可知道，岳鹏羽率部押送东南财赋进京，纪律十分严整，账目清晰，浮财无一损少，上下皆知此人有古名将风姿。"

闾勍此时插了句嘴："其实鹏羽用兵识人也着实出众，只是尚未知名于世而已，当日他曾在我麾下作战月余，印象深刻。"

花树之下，韩师仲一声叹气，却又低头再对："吕相公、闾太尉，承蒙提醒，我回去后自然会尽量管管下面，给官家省心。"

夏日熏风阵阵，巨大的延福宫内，因为缺少人手而满是野草的一处小湖畔的石亭内，赵官家难掩怒气。

"你说朕的太尉、节度使，是你家昔日佃客？"石亭内，所有人都束手而立，而唯一坐着的赵玖却瞪着亭前立着的一人，冷笑不止。

亭前那人，乃是名相韩琦的孙子，正是如今梅花韩氏返京后的当家人韩恕，今日刚刚入京便被召唤入大内，结果却劈头闻此言语，此刻几乎抖如筛糠，而后不知如何应对。

"官家……"岳斐见状无奈，只能拱手求情，"臣出身贫贱，父子两代确为韩氏佃客，且臣昔日在乡中，若非韩氏提拔，也未必能做得弓手养家，韩氏与我家也确有恩义，此事并无半分虚假。"

"朕知道并无半分虚假。"赵玖依旧冷笑不止，却还是盯着那韩恕而言，"就你们韩氏是贵种，是绍宋第一名门，是门生故吏满天下？你韩恕这是想做袁绍还是想做袁术？"

韩恕闻言，承受不住，赶紧下跪，叩首不及。

韩恕被匆匆召来，挨了一顿呵斥后又被匆匆驱赶出去，赵官家却宛如平常般兀自开宴。众人重新坐定，除赵官家这个主之外不过岳斐、万俟卨二人算是客，外加林景默、杨轶忠、刘彦、蓝珪四人作陪，一共七八人随意在亭中坐下。

众人坐定，岳斐稍显尴尬，小林学士和刘彦是素来的闷葫芦，蓝珪一副战战兢兢的姿态，而素来善于奉迎的杨轶忠因为掌握了皇城司并享有了与统制官们传递密札的权力后，不免对上这些帅臣有些敏感，所以气氛居然一时难以活跃。不过，幸好有万俟卨，其人中年入仕，朝堂、江湖都是厮混过的，渐渐带动了席间情绪。

"曲锻有一匹宝马？"

赵玖微微一怔："日行四百里？！"

"不错。"万俟卨从容笑对，"好教官家知道，此马在关西上下闻名，臣也亲眼见了一路，着实是一匹神骏，那个头足足有寻常驽马两个大，全身披甲时宛如怪物，怪不得叫铁象，而且非只耐力不同寻常，冲刺也是极快，听人说这种神骏乃是万中无一，全靠运气才能得的。那曲大在牢中被吴氏兄弟按住，以为自己将死之时，都还没忘记要将此马托付给吴璘，不过好在官家仁念，看在他维持有功的份上许他活命，到底是让他骑到东京城来了。"

赵玖若有所思，万俟卨也当即笑而不语，席上居然一时无声。

"鹏羽可有好马？"停了片刻，赵玖忽然开口，却是直接寻上了岳斐。

岳鹏羽赶紧起身拱手相对："回禀陛下，臣有两匹好马，虽然比不上铁象那般神奇，却已经堪称良骥，足够使用了。"

"两匹？"赵玖不由得眉毛一挑，"有什么不同寻常之处吗？"

"回禀官家，"岳斐犹豫了一下，明显稍作思索，方才正色作答，"这两匹马一匹是臣当日在河北所得，另一匹是依照着前一匹的性子在此番江宁平叛中所寻得，二者性情相似，都是看起来平平无奇，但食量惊人，一日便要数斗豆料，一斛泉水，然而如果豆料不经过清洗，泉水不是干净的活水，它们却宁死都是不吃的。"

在座之人，哪个也不是傻子，闻言多有笑意，便是赵官家也笑了："如此说来，所谓廉者不受嗟来之食，志士不饮盗泉之水，好马也不吃污秽之物了？"

"非是臣大言凿凿，虚言诓骗，实在是臣的那两匹马确实如此。"岳斐当即再言。

"朕倒是信的，鹏羽继续说来。"赵玖缓缓点头，复又示意岳斐坐下来讲，显然并不以为意，而其余人也多有颔首之态。

毕竟嘛，好马挑食，有肯定是有的，但是岳斐专门挑出来这个来描述自己的两匹好马，无疑因为刚刚殿上之事，来以马自喻，继而自鸣清白。

"是。其实，这倒也罢了。"岳斐继续言道，"关键是这两匹马的本事也不是能一下子就显出来的，臣当日奉宗忠武之名，持其中一马引五百踏白军奔汜水关为援，便极有感触，一开始行军的时候，臣披甲执锐，驾驭此马，行三四十里，并不比左右其余踏白军骑兵的战马要快，宛如寻常战马；但到中午，急行军近百余里后，军中其余战马皆喘息不停，不得已要停下暂驻休息，臣胯下此马反而精神百倍，甚至嘶啸长鸣，越跑越快；等到下午，再度行军，又行百里，夜间才到汜水关，全军战马此时早已经疲惫难耐，而臣胯下此马居然不出汗、不喘粗气。臣以为，这就是一等一的良骥了，因为它受大而不苟取，力裕而不求逞，是所谓致远之才！"

"确实是好马！"赵玖静静听完，方才抚掌而笑，看向了几个近臣，"其实，朕也有一匹马，是平甫送给朕的那匹丽东马，现在也还养在这宫中，你们应该都还记得吧？"

刘彦、杨轶忠、蓝珪，乃至于小林学士，纷纷点头。

其中，刘彦尴尬相对："臣给官家的那匹马是不如岳太尉这两匹马的，更不如铁象。"

赵玖并未置可否，而是直接笑言道："朕的这匹马，个头大，但每日吃的却没有鹏羽那两匹马多，也不是太挑食，放在宫中吃野草也是行的，驾驭起来加速极快，行三四十里，速度远远超过其他马匹，但是到了百余里后，便跟寻常战马没什么区别了，也是汗水迭出，气息难平，鹏羽以为这是好马，还是劣马？"

岳斐微微一怔，继而有些慌张。岳斐终究不是个惯于说谎的人，却是硬着头皮作答："臣以为应该不算良骥。"

"按道理来说确实不算良骥。"赵玖坦诚以对，"相对于鹏羽那两匹致远之马而言，更是差得离谱，但朕私心以为它依然算是好马，因为天下间难寻的何止是铁象那种神骏？致远之才就常见了吗？这种开头跑得比寻常马快一些的丽东大马，已经算是好马了！"

众人各自心动，赵官家也继续说个不停："再说了，中原缺马，从宁庆到淮上再到南阳，朕身边的马也确实不多，彼时它已经是平甫他们能给朕寻到的最好的马了，朕也就是骑着此马处置了范琼，夜遁了南阳，一直到那日长社城下骑着它渡河直趋鹏羽阵中……鹏羽！"

"臣在。"

"这些日子，随着东京城日渐热闹，不少人对朕多有议论，有说朕过于清苦让下面不好做的，有说朕处置事情杂乱无章的，还有人说朕赏罚不公的……但其实，如几位宰执、近臣早就明白朕的心意，他们知道朕所行、所举、所言，俱是以抗金为本，其实也确实如此。"赵官家坐在亭中，缓缓言道，"因为朕以为天下动乱，民不聊生，内外是非，却还是以两河千万士民百姓为金人蹂躏为最，所以眼下归根到底还是要以绍宋、大金交战为首要之事。"

"官家为难了。"岳斐尚未开口，万俟卨便忍不住插了句嘴。

赵玖失笑相对，继续缓缓言道："故此，朕处置朝政人事，还是要看是否对抗金有利，是否对抗金有功。而以眼下大局再论，终究还是大金强绍宋弱，金攻绍宋守。所以，铁象也好，致远良才也罢，朕的那匹劣马也好，乃至于市井骡子、毛驴，只要它能用来抗金，那便是朕私心以为的良骥！否则，即便是金象、银象，也活该炖了吃肉！"

岳斐听到这里，终于严肃起身，再度拱手相对："官家天子胸怀，远胜臣之所想！"

林景默等人也不敢怠慢，各自严肃起身，纷纷相随行礼。

"都坐下，席间无聊，咱们君臣之间胡扯几句，表表心迹而已。"赵官家难得显出得意神色来。

此时太阳已经偏西，夕阳渐渐显露。

冯益忽然到来，在亭前禀报了一件意外之事。

"高夷使者？"

赵玖愕然回首："这倒是有意思……怎么过来的，莫不是假的吧？"

"使者常服而来，直奔都省，确实可疑，但都省内有年长官员居然认得来使，正是往日来过东京的高夷使者，所以必然不会是假。"冯益有条不紊，正色而答，"而时间已到傍晚，诸位相公、尚书都不在，只有枢密院都承旨刘参军留守，一面去通知几位相公，一面往宫中送信，臣正好从宣德楼回来，给撞上了，刘参军请官家指示一二，该如何应对？"

"这有什么可应对的？"赵玖从容吩咐，"只告诉刘子羽，让他与高夷使者试探一二，问问能不能帮我们对抗金人，若能帮忙，仅是一兵一卒，朕也能再来一次海上之盟！若不能，直接打发出去，朕就不见了！"

夕阳已现，席间寂静无声，冯益怔了片刻，却只能点头应声而去。

第四十四章　仁者宜战栗

　　高夷作为眼下绍宋、大金之外对局势看得最清楚的第三国，一直以来都有自己对局势的判断，他们此番遣使来到东京，不管内部是如何争论的，但从外在表现上来看，却明显是受到了年初金军无功而返的冲击，觉得将来的局势，恐怕是绍宋、大金南北对峙的局面。于是乎，便有了高夷国再度两边一起下注的情形。

　　至于赵官家为什么要食言而肥，原因很简单。此句建议放到上一句之前，改为：赵官家终是决定亲自接见高夷使臣。至于赵官家为什么要食言而肥，原因很简单。

　　首相吕浩文亲自过来告诉赵官家，高夷那边虽然不能用来抗金，但是两国贸易往来还是很友好的。适当接见一下，想来对商税的增长是有很大好处的。

　　就在这位官家寻来东京城内有知晓高夷内情的商人，了解情况时，却惊愕发现，高夷好像真有主动伐大金的可能性！

　　"好教官家知道，高夷之前也不太平。"

　　正与赵官家汇报乃是一名身材颀长、容貌端庄、身着白衣的中年人，是个唤作王伦的旧日落第书生，后来的东海富商，因为行事儒雅，所以得了个绰号唤作白衣秀士，此刻正坐在石亭内紧张朝官家讲述。原来现下这高夷国中有开京、西京两拨贵族内斗，高夷国主趁机自起心腹，任用了郑知常等一干人等主政，一力主张伐大金。而如今日使者大金富轼为首的一批人，却是专务事大，从不吝于改换门庭。

　　"这样好了。"赵玖稍作思索，随口相对，"如今国家用人之际，能不能请你暂入鸿胪寺，做个大金富轼的馆伴使？此番如若做得好，便赐个出身，正经来做此事。"

王伦本是昔日科举不第，才做了海商，此番得了这等荣宠，如何不愿？只有俯首谢恩而已。

五月将去，六月将至，赵官家也正式接见了高夷使节大金富轼，会面却显得波澜不惊，双方宾主尽欢，只是强调了一下传统友谊的悠久与民间商贸活动的必要性。

伪齐这一仗持续了一个夏天。这一战打得仓促，结束得也迅速，却多少让中枢宰执们有些始料不及。尤其是这些日子，与东平那边战事短促、激烈而又形势陡变形成鲜明对比的是，随着吕相公劝得赵官家开了恩科，又许了富户赎河北流民以置州学生、太学生的特例，京中一时多有文华之士与富贵人家渐渐聚集，中枢重臣们不免有些分心。所以，让宰执们聚集于御前，直接处置这些事情，就显得很有必要了。

而不管如何了，这一日上午，张荣懵懵懂懂，先是有人送来官袍，又有人专门自宫中出来交代礼仪。虽说昨日赵官家亲自过来安慰，心里有了底，但还是不免闹了个慌乱之态。尤其是入得宫内，见到宫殿虽然萧索，人烟稀少，却还是昔日宫城规模，形制俱存，更是心中惊愕，存了几分小心谨慎。不过，入得殿内，行了大礼，抬起头来，亲眼看到御座上的人正是昨日之人，情知昨日不是遇到了骗子，张大头领到底放下心来。

果然，这赵官家也是义气如旧，殿上也是屡次维护，并没有多余事端出来。最后，随着赵官家一力推动，殿上议论清楚，亲自来京展示诚意的张荣正式加为节度使，依旧驻守东平府，兼御营水军都统制，几乎维持了梁山泊部众的原本大小之余还让这支队伍继续独立成军。这使得梁山泊部众正式纳入御营体系之余，张荣也正式成为建节之人了，从今往后，此人便是天下数得着的人物，更是朝廷数得着的人物。

八月初十，秋高气爽，之前风波骤起的关西事早已经被一股无形之力给渐渐冲淡，便是没有冲淡，今日也注定会被规模庞大的殿试所遮蔽。

这日一大早，数以百计的太学生拥入高大壮观的宣德门，然后在宫墙内右行过威严至极的大庆殿，转左长庆门，绕崇文院，经左银台门，再转行向西以后，这群未来的国之栋梁还是忍不住心神恍惚。

赵官家早已经立在集英殿旁的皇仪殿皇仪门上许久了。甚至，这些基本上头次来皇宫的太学生们根本不知道，其实以往真正取进士的时候，一般就是直接西华门进出而已，根本无须从壮观的宣德楼、大庆殿前走一遭才过来，只是因为今日赵官家特意嘱咐，这才专门为之。换言之，这些太学生根本就是为了满足赵官家登皇仪门观看这一幕，才绕了那么一大圈子的。

对此，宰执们也好，主持今日大典的礼部尚书朱胜非也罢，全都无话可说。

毕竟嘛，一来，眼下宫城萧索，大庆殿、崇文院根本就没启用，从那里走并无误事；二来，赵官家给的理由也说得过去，所谓东京繁华不再，当借正楼正殿以显此番取士之正；三来，宰执们也在这皇仪门上看得热闹。

皇仪门楼上的雕栏遮蔽，赵官家引数十大员居高临下，只见下方路上数百太学生步履急促，却无半点言语之声，端是让人有些感慨。

赵官家拟择定六百进士，回身询问张荣是否需要进士入水军听令。如此有悖于文重武轻政治传统的安排之所以能够顺利通过，自然有一段秘辛——具体来说，乃是跟近来东京城内的一位风云人物有直接关系。而此人便是胡尹亲父、道学名家胡安国了。当日正是借着胡安国的议题通过了进士入军一事。

此时周围武臣闻言各自惊异，张荣想了半天也没敢答应，那边随着诸多太学生涌入集英殿中，赵官家也不好多说，却是扶着金带，穿着大红袍，戴着硬翅幞头，引着数十名文武重臣，自皇仪殿侧门转入集英殿中去了。

上得殿来，赵官家端坐御座，左右文武列于阶下，下面六百名太学生便在稍显拥挤的几案之侧行大礼相对，然后又在官家与大押班蓝珪的依次相对声中起身，并归于几案之后。很快便有礼部尚书朱胜非引内侍上前，请官家当众御笔出题。题目赵官家早就想好了，甚至是与吕浩文、汪博彦、许景衡三个宰执通了气，确定了没有反对意见的。但不知为何，眼见着官家在御案上提笔写了一半，便忽然停住。

"吕相公，朕记得，这次是有地方优秀吏员、年轻知书军功者一并参试的，对否？"安静的集英殿中，六百位正襟危坐的准进士耳中，忽然传来了一声清晰无误的官家的声音。

"回禀陛下，正是如此。"

吕浩文当即应声。

"那这样好了。"赵玖忽然失笑，却是连手中毛笔都未放下，直接指向了一个意料之外的人，宛如闲话一般脱口而出，"鹏羽，你既有军功，又年纪极轻，且素来知书，不也合规矩吗？朕让蓝大官加个案子，你也来考一考吧！"

"臣以为可行。"

吕浩文仅仅是犹疑了一瞬间，便直接应声了，不仅是这样，周围其他大臣也无人出声反对。岳斐在茫然中出列奏对。

赵官家复又指向帅臣队列从容而言："既然吕相公都许了，那朕也不小气，非只鹏羽，良臣以下，诸位谁觉得文章功夫过关的，都可上来，少严、子才，还有曲锻，你三人也都号称文武双全，可要上来试一试？"

李彦仙、王彦二人并未出列，被点到名的曲锻却是一点都不愿放弃这个机会，其人即刻出列，直接抢在岳斐身侧激动应声："臣愿求官家赐下一案，公平相较，也愿殿试后将自家文章贴到东华门外，若公论文章极劣，臣愿领罪！"

这一番抢白，直接让原本显露推辞之态的岳斐直接改变了心意。于是乎，岳鹏羽也在旁拱手行礼，却并不言语。而这，便是"俺也一样"的意思了。岳斐和曲锻各自加了个几案，赵玖抬手将考题依次写下。题目写就，赵玖便扔下集英殿中的六百进士与诸多礼官，带着几位文武到了皇仪殿。

虽说赵官家下令要众人在这皇仪殿中自便，可那几位不常在京中的帅臣们还是抓住机会与官家攀谈。而一众文臣们却在殿外议论成一片，细说起来，也无非是看着至高无上的进士荣誉被轻易抛出，略显感喟而已。

且不说黄仪殿那边议论纷纷，单说集英殿这里，六百篇糊了名字的文章，宰执、尚书、翰林学士们一起审阅，定下大略排名，然后呈给赵官家。不仅是这样，随着皇仪殿内开始正式糊名审卷，这一次赵玖开门见山，定下排名之后，打开姓名，无论岳斐、曲锻排名几许，都不许做任何更改。其中，岳斐被选在了第三等靠前位置，也就是六百人中一百多名的样子，算是取了一个靠前的进士出身；而曲锻却是入了第二等后半截，得了一个进士及第。前五个人，第五名胡铨，其余四人，一个唤作李易，一个唤作王大宝，一个唤作赵伯药，最后一个唤作虞允文。

只隔一日，八月十二，这一次仓促举行的建炎三年大恩科便正式放榜。东西华门处，虽然繁华不再，却也一时摩肩接踵。

八月十三，间隔多年的恩科放榜刚刚结束，北边金军的消息就被八百里加急的战马送入东京城内。而当日下午，都省、枢密院各自签发署令，经开封府下达全城。都省劝诫平民妇孺，若有南方可依者，不妨离京，然青壮军属非得开封府批文，不得随意离去，不得携带军用物资与粮秣离去；枢密院宣告全城产业，即日起纳为军管，若有军需，拆屋、征用之属，一律不得违逆，并将全城青壮登记在册，以备调用！

旨意、署令既发，全城悚然，原本尚在膨胀的东京人口陡然一滞，甚至出现了回流，恍惚之间，之前半年繁华之态，竟如镜花水月一般。

又过一日，各路帅臣在延福宫拜辞官家之后，便各引亲兵，全副甲胄出东京城，分归各路防区。战备之态，已无遮掩。

中秋之后，绍宋便自北向南开始施行军管。东京城无数的石炭燃料从中原各处运来，绝大部分被沉入皇城大金水门内新开挖的人工湖中，少部分被直接送入城外各处烟火不停的砖窑中。而砖窑以石炭和东京周边临时砍伐的树林木材为燃料，日夜不停地产出坚实的砖块。

这种砖块当然不能跟东京城城墙的材料相提并论，却足以用来在城外垒砌出简单实用的羊马墙，并在城内建起无数砖墙以形成南阳式的隔断军坊，然后再垒砌箭楼、暗堡。

三层城墙尽数加固、加厚，各处带有城楼的城门完全变成了军事堡垒，最少都有一个都常驻，十来处水门更是防御重点，全都加装了双层铁网水闸，并有梁山泊派来的兵马协助管理处置。不过，最引人瞩目的还是穿城而过的三条河流。为了援兵进出方便，也是为了外城破后继续围绕河流妥善防御，穿城而过的蔡河、汴河、广济河被全面疏通、拓宽、加深。

到了八月下旬，就连病愈后的赵官家都曾与引军回到城内的汴京四壁防御使王德一起上河担土，下水刨泥。昔日因为有五丈宽而被俗称为五丈河的广济河早已经有七八丈宽，而这个宽度基本上是可着河上各处桥梁宽度来的，也就是到了两头水门才重新收为五丈。

而按照陈规的设置，挖出的泥土又在河流内侧就地筑起高坝，垒起砖墙，设置炮位，届时又是几层可以防守的出色防线。更不用说大相国寺那里，从一开始便生产不停的炮车、土丸、石弹、火药包了。

进入九月，烽烟始终没有点起，金人始终没有到来。马括马子充去年逃入太行山后，渐渐开始向南活动以躲避金军燕京周边的核心统治地区，却是填补了王彦八字军的空白，并与河南重新取得了联系，按照马括最新的情报，金军连动员都没有动员，最起码河北各处安置的猛安、谋克全都没有动员。

进入十月，冬季正式到来，马括最新的回报还是清清楚楚，金军没有动作。

农闲期间，居民都生活在坊区，出入不便，商贸活动也基本停滞，一来二去，人心自然发慌。

到了十一月，金军依然没有动静。流言传出，下面百姓多说，金人经过去年鄢陵—长社那一仗已经不敢南下；而官吏们和不少新加入太学的州学生们却议论纷纷，都说是金人皇太弟去世，原太祖完颜阿古达诸子与今狼主完颜吴启迈诸子争位不休。

早在八月中秋后，中枢就从高夷商人那里意外得知了这个情报，而后，中枢即刻发鸿胪寺少卿王伦速速从东面绕道往高夷一行，探清情报。如今一走三个月，王伦成功折返，不辱使命，证实了完颜斜也之死，并证实金人似乎有内斗争储的事实。

无论如何，所有人的意思都是，金军今年应该不会来了。很多人开始建议小范围开城，恢复一定的商贸流通，他们的理由很充分，之前大面积严肃军管期间，很多城防士卒、交割官吏，颇有中饱私囊、懈怠民生的实例，老百姓不好过。

一开始，赵官家和宰执们没有同意，但随着越来越多的人上书，而且因为封城导致的懈怠、贪腐的事情越来越多，而且已经有人开始建议解除壮丁巡逻，彻底放开军坊隔离了，中枢迫于压力，暂时同意了小范围开城，允许可靠商队入城的方案。

第四十五章　征询

建炎三年十一月下旬，金军久无动作，东京闲乏。此时的黄河南岸地区经过数月严肃军管，早已人心失衡，为解眼下窘况，赵玖只得巡视黄河沿线军防。

赵官家先出汴梁向北，先到阳武，再走酸枣，后来转向滑州……沿途随机进入坞堡、烽火台，与御营士卒当面交谈，询问需求。而随行御营都统制王源、副都统曲锻，也与殿中侍御史万俟卨一起，带着一群枢密院、都省低级官僚，沿途检查军饷、物资事宜。赵官家来到天台山，直入郦琼军营，旋即派出使者过河往对岸要求大金军交还叛逃统领。新科进士虞允文自告奋勇。赵官家传旨召集滑州地区东部守将御营前军统制官李宝、南部守将御营前军统制官傅选，以及滑州州治白马城守将御营中军统制官傅庆，同至天台山，讨论军事。

而到了第三日，也就是腊月初一，天色刚亮，心浮气躁的赵官家便早早起床往靶场射箭，第二筒箭射出三支以后，杨沂忠来报，虞允文自河对岸归来。

使者辛苦，赵玖毫不犹豫直接在靶场召见。

"金人怎么说？"刚刚停了运动，正在用热巾擦脸的赵官家主动相询。

"金人不以为然，都没让臣入大名府，直接在濮阳便将臣打发了，臣惭愧，有辱使命。"嘴上说着惭愧，拱手立在靶场的虞允文却面色红润，颇显兴奋。

"意料之中。"赵官家当然也不在意。

就当赵官家放下热巾，准备继续好言称赞一番时，这位新科进士却是一刻都忍不住，顺势接口："官家，金人大意，臣窥见机密军情！"

赵玖肃然而立："说来。"

"臣在濮阳，未见金军船只，心中疑惑，存了心思，所以归来之时，以晕船为名，恳请那随行遣送臣的大金谋克尽量让臣从上游渡口渡河。臣随他至濮阳以西二十里的黄河北道故道口小吴埽方才登船，却是在小吴埽后见到无数内河船只！"虞允文激动一时。

埽，乃是秸秆编起来裹着石头、木材的一种东西，左右有长绳，专门用来治河。而小吴埽后能聚集船只，很显然是黄河泛滥，冲入故道，小吴埽那里天然形成了一个有故堤做遮蔽的港口的缘故。

"确系机密军情，你是说金军此番终究还会大规模南下来攻？"稍作思索，赵官家面色不变，继续询问。

虞允文怔了一怔，却是略显茫然，连连摇头："臣非是此意，官家，之前金军掌控黄河两岸，黄河船只尽数为大金所揽，本就该存有如此多渡船的。"

"那你何意？"赵玖听到这里，也是疑惑，他还是放不下金人来攻这个问题。

"官家，臣的意思是，何不先下手为强，一把火烧了小吴埽？"虞允文回过神来，继续了他那副跃跃欲试之态。

赵官家也随着这句话回过神来，继而怦然心动，说得对呀，与其在这里猜金人来不来、何时来，为什么不先一把火烧了对方船，主动掌握黄河中游的控制权呢？正所谓，寇不来，我可往！

一念至此，赵玖忽然回头看向杨轶忠："朕记得李宝本是黄河水上豪杰出身？"

"正是。"

"唤他来。"

杨轶忠一言不发，即刻离去，仅仅半刻钟后，他便带着有些茫然的李宝到来。而赵官家也让虞允文将事情重新叙述了一遍。

"如何？"赵玖面露期待。

"俺也不瞒官家，俺觉得此事极难！"李宝犹豫了一下，还是拱手相对。

"为何？"赵玖一时不解，"金人应该不善水战，而且朕在东京存了许多火药包，不乏引火之物。"

李宝还是摇头："官家，俺河里海中都去过，要俺说，水上之战固然要比汉子的水性、经验，但归根到底还是得比船，大船胜小船，船多胜船少。火药包是好东西，但没有船又如何能去偷袭小吴埽？而且小吴埽那地方臣也知道，依着臣此时来想，若要攻下来，必然要大船，因为只有大船才能在上面安装官家在南阳整饬的那种小抛石机发射火药包，才能隔着埽堤射入港内，还要有小船决死冲入港中交战，防止敌船散开躲避。"

赵玖一时冷静了下来，才想起来，刚刚虞允文还说，现时黄河渡船大多为金人控制。而既然金人控制了大多数渡船，那反过来说，绍宋军便没有多少船了。

"而且，有船也不行，还得有好水手，照这个高个子进士的说法，小吴埽那里大小渡船都不下成百数千的，臣这里却只有一两千个水上好手，没船没人，拿什么去小吴埽偷袭？"

赵玖越发冷静了下来。而正当这位官家准备放弃之时，忽然间他瞥见那"高个子进士"似乎又在跃跃欲试。

"你想说话？"赵官家面色不变，心中却复又微微期待起来。

"官家，臣知道哪里有船，也知道哪里有水兵……"虞允文迫不及待，"官家现有两万御营水军，梁山泊中也有无数船只可用！"

赵玖面上不显，心中失望，李宝干脆失笑。

"你这进士好不晓事。"李宝抱臂冷笑而对，"俺李三是濮州人，梁山泊的实力俺比你清楚，可便是梁山好汉过来，也最多是有水手，却还是没船。"

"梁山泊有船。"虞允文恳切打断对方，"大船小船都有，张首领与我说过，加一块好几百艘。"

"俺知道，但过不来，总不能拖着几百个大小船从地上过黄河这边吧？"李宝越发没好气起来，"莫非你想现挖一条几十里长的河，从黄河挖通济水，再通往梁山泊？你若那般做，怕是又要易一次河道了。"

"无须挖几里，只要两里便能让梁山泊通到黄河！"虞允文并不知道什么叫易河道，但很显然他有自己的想法，"且真挖起来此时也不缺人力，更不会为金人发觉！"

李宝还是在笑，却根本懒得理会这名只会嘴上谈兵的高个子年轻进士了。但与此同时，赵官家却忽然怔住，因为他几乎是一瞬间便醒悟了虞允文的意思。要知道，当日花石纲便有一部分是从梁山泊过来的！走的是广济河，也就是五丈河！

而直达黄河的汴河也从东京城内穿城而过……最近的地方可不就是两里地吗？

一念至此，赵官家面色不变，胸口却怦怦跳了起来。

"李统制的话你刚刚也听过了，作战须大船，梁山泊的大楼船，也能从那里过去吗？"赵玖面色不变，小心而问。

李宝和杨轶忠皆一时不解，却不碍着他们从赵官家话中会意，所以此言一出，一直没表情的杨轶忠微微动容不提，李宝也是彻底严肃起来。

"新拓宽的河道，绝对足够，但水门需要拆掉。"在赵官家的鼓励目光之下，虞允文勉力再言。

熟悉东京城构造的杨轶忠在听到水门二字后立即验证了自己的猜想，却又有些不安："官家，拆水门自然拆得快，可重建起来未必容易，若事不成，金人反而渡河，怕是要留下城防缺口。"

"拆得快便好。"赵玖面色坦然，"打仗怎么能可惜什么瓶瓶罐罐？只是朕尚有一虑，梁山泊战船若从东京穿过，朕只要锁住水门，数百战船便不为梁山泊所有了，朕凭什么让张太尉信朕？"

这个时候，李宝方才醒悟，一时激动搓手："官家，若是梁山泊大军真能出其不意来黄河上，此事便已经成了八成！臣愿给张大头领做先锋！"

而杨轶忠、虞允文却各自欲言。

"朕知道你们想说什么，李统制也少安毋躁。"赵玖抬手制止三人，然后扶着腰间弓箭探身向前，继续言道，"便是张太尉信得过朕，可梁山泊也不是张太尉一人的家底，他又如何让下面的人信得过朝廷？将倚之为根本的船只尽数派出来送往东京城？"

"臣愿意往梁山泊一行。"杨轶忠拱手相对，"臣与梁山泊头领萧恩有过一番交往，此人是个讲义气的，可以一用。"

虞允文哆嗦了一下嘴唇，也猛地凛然正色言道："为国家计，臣愿意再度出使，随杨统制往梁山泊一行！"

"为国家计。"赵玖说话间拔出一支箭来，然后盯着虞允文，当场折断，并将断箭掷在地上，"不管此事能不能成，朕都要先赐婚于你，让你与张氏结亲。不许推辞！"

虞允文咬牙长揖相对，低下头来，却是正对着那支断箭，然后几乎热血沸腾："官家自回东京准备，臣万死不辞！"

李宝一时不解："赐婚不是好事吗，进士如何像上刑场一般？"

虞允文尴尬一时，赶紧再度长揖到底："臣谢过官家恩典。"

翌日一早，都省、枢密院发出署令，走公开渠道往梁山泊传递过去，乃是让梁山泊发船队顺广济河来东京，领取御营水师下一年的军饷、军械、粮秣，并要求沿途州郡小心协助后勤，务必帮忙疏浚河道杂物云云。与此同时，总领汴京防务的陈规陈枢密，在时隔数月后终于宣布了他的新城防方案，乃是要打通东京城内的五丈河、金水河、汴河、蔡河，在城内形成一个围绕皇城和宫城的内部护城河系统。

方案既下，枢密院、开封府、都省三路齐发，中午便按照军坊分划，重新动员起满城数万民夫，即刻开工，不过三日，满城数万壮丁就在官家过年时再发六万斤新鲜猪肉的强烈刺激下，已经沿着内城东侧昔日东京繁华地段、横穿牛行街开挖出了一条两里多长的合格沟渠。

又辛苦了两三日，到了腊月初九上午，沟渠匆匆注水成功，五丈河和汴河真的暂时打通了！而这日晚间，赵官家在崇文院那边得知了一个确切消息——三日前张荣便已经率三十艘轮船、一百余艘平底渡船自梁山泊出发了。

事实证明，张荣到底是没有辜负赵玖长久以来的优容与信任，在杨轶忠和虞允文带着密旨与赐婚文书通过萧恩来到张荣身前后，这位梁山泊大头领只听杨轶忠传达了密旨，尚未听到赐婚事宜，便毫不犹豫，直接承诺出战。唯独因为时间仓促，而且又要保密，不好主动跟所有人袒露底细，所以张荣在回到梁山水寨之后，干脆只点了自己最核心的部属与最可靠的头领，带着梁山泊大约四分之三的轮船和只有一半的平底渡船，匆匆出广济河而来。事到如今，赵玖和值守的宰执许景衡都已经无心睡眠。

翌日早晨，冬日天色亮得极晚，待到天色清明，在榻上苦挨了许久的赵玖再不犹豫，即刻返回崇文院，当着汇集而来的四位宰执的面，以圣旨、都堂署令的双重名义下令拆毁东北善利水门、正西水门、内城东南角子门、内城西角子门，并拆毁东京城内外汴河上的所有桥梁。上土桥、下土桥、左右便桥、金梁桥，包括盛大壮丽的御街州桥，这些耳熟能详、伴随着东京城几十年上百年的著名桥梁，尽数拆毁。

此令既发，都堂内的赵官家和四位宰执情知，全城必然震动，之前遮人耳目的言语、布告，虚假的工程，也不能再做遮掩，颇有些一去不回头之意。

赵官家还是坚信，大战在前，势不可挡。

就这样，又过了几日，腊月十二上午，已经封闭城门两日以至于人心惶惶的东京城终于等来了翘首以盼的船队，但前期到来的只有十几艘轮船。其中两艘轮船在河道中卡住，然后费了好大力气，方才将两艘轮船拖拽到前方汉港内，再继续行船。不过，等到了傍晚，后续船只到底是陆续入城，平底渡船、渔船倒无所谓，直接等在城外，而后续十几艘轮船，却是在灯火通明、连续不断的两岸火盆映照下，学着之前的十几艘轮船小心翼翼地通过新开挖的沟渠，进入宽阔的汴河河道。

大相国寺那边，早已经连夜将小型配重投石机与火药包运送到汴河河道旁。只等翌日天明，便装船出发。

张荣是初次在船上用小炮车，早早跟陈规陈枢密一起去相国寺观摩。赵官家立在汴河北岸，望着身前绵延不断的数十艘船只，一时失神。

"这便是轮船吗？"

赵玖借着火盆的光线，负手看了半日，方才出言，他其实是觉得这些才两三丈宽、十来丈长的船只太小了，可以想象，这种船大概只能在船头装一个最小号的配重炮车，便了不得了。"好教官家知道，"回答赵玖的乃是随着后续船队回来的万事通杨轶忠，"这种船因舱底有水轮而得名，以人力踩踏，转向、进退皆自如，且下层一意操船，上层一意作战，远胜寻常内河船只。唯独一件，那便是需要水域开阔，方可好用，所以此番入广济河道，沿途也是小心又小心，不过官家放心，入了汴水，汴水宽阔，就又妥当一些，进了黄河更是如鱼入水，而且往后都是顺流而下，金军必然猝不及防。"

赵玖摇了摇头，很显然心思不在这些他早已经听陈规说过的废话上面："梁山泊如何来的这般多轮船？能自己造吗？"

"俱是当日官军围剿遗落，据说原本有五六十艘，败了之后，遗留四十来艘，这次发出三十艘。"杨轶忠略显尴尬。

"倒算做了件好事。"赵玖轻声叹气。

腊月十三，中午时分，闻得三十多辆小型炮车尽数装船成功，昨夜假装回去睡觉的赵官家重新折返到汴河畔，率京中大臣与辛苦了一夜的张荣，以及此次出战的数名梁山泊水军头领作别。

"此战胜败不足虑，朕就不去前线为张太尉助威了。"赵玖握着张荣手轻松笑道，"且让新科进士虞允文随行，代替朕随太尉行河上，观成败，朕在京中等消息，你们努力作战便可。"

张荣也不叉腰，也不笑，严肃以对："且不说把金人拦在黄河上，本是更好的法子，只说官家对俺们如此义气，俺们也该为官家两肋插刀，拼上去才对。"

河畔诸多公卿宰执大臣，闻得此言，不少人都忍不住相顾失笑。而赵玖却只是连连颔首，放开对方双手，不做他言。张荣本也不欲多言，只是回身跳上第一艘挂着他旗号的大轮船上去，下令轮船踩动水轮，待到船只缓缓启动，速度提上，他却又忽然想到什么，直接在甲板上朝河堤方向作揖："官家，俺见东京百姓甚为不便，等俺们过去以后，就把水门、桥梁都补上吧，沟渠也填上！"

赵玖尚未应声，轮船势不可挡，早已驶开，随后数十艘轮船在前依次启动，百余艘小船在后，便在眼前河道中浩浩荡荡顺流而下，直接出城去了。

船队闪过城墙，进入城外金明池以后，便是旗帜都看不到了。

腊月十七，下午，黄河北流故道口小吴埽，旧堤之后的天然大港早已经沦为一片火海。上午时分，顺流而下的御营水军便与御营前军统制李宝会合，随即在李宝的带领下，片刻不停，直扑小吴埽。不过，待到大队船只顺流而下，于中午抵达小吴埽左近时，黄河北流故道西侧的金将哨站其实早已经对河中如此庞大的水师有所察觉，并快马疾驰前去报信成功。

一开始，小吴埽守将大臬先是不信的，但等他亲自走上充当港口围墙的黄河旧堤，亲眼看见上游影影绰绰出现的庞大船队后，没有丝毫怠慢与拖延，其人几乎是即刻下令，让港内会操船之人入港中操船，然后尽快出港。

能应敌便应敌，能逃走便逃走。平心而论，这是很正确的军事命令。但是很可惜，成百上千的船只摆在旧堤之后的港口，或者说水寨中，拥挤不堪。而金军虽然掌握了整个黄河中游的绝大部分船只，但轻视水军建设，只是当作渡船储备来用，甚至反而因为船只尽握手中对水上之敌毫无防备。故此，一时之间，如此多的船只，如何有序脱出？

何况绍宋军水师顺流而下，并不比路上快马慢上几分，大臬这边瞅见轮廓下得军令，那边绍宋军水师几乎是眨眼便至。

御营前军统制官李宝自率数十艘南岸绍宋军本有的小船为先锋，先行顺流冲入黄河北流故道，抢入水寨出口，旋即，御营水军统制官萧恩又引上百艘小船尾随其后，二人一轻一重，一锐一钝，都是内河水上用惯了兵的，只是迎面一扑，便配合妥当，将各式各类、数以百千计的金军船只给大略堵塞了水寨之内。然后，船队便马不停蹄，一面弓弩压制，一面小舟盘旋冲锋，向港内投掷火药包、火把，进行火攻。与此同时，数十艘轮船在张荣的亲自压阵下，沿着黄河主干道，隔着残破的旧日河堤一字排开，朝着金军港口内盲射带引线的火药包。

轮船在外，小船在里，配重小炮车齐射，人力逼近投掷，两面夹击之下，仅仅是一刻钟的工夫，大火的规模便已经惊天动地，而之前大臬下达的那道绝对正确的军令更是使得火势彻底不可收拾，许多被金军水手控制住的船只在被引燃之后，第一反应是试图脱离绍宋军的投射范围，试图脱离密密麻麻全是木船的泊船地。结果就是，这些带着火的船只宛如尾巴着了火的耗子一般，成为实际上引燃船只最多的功臣。

大火铺天盖地，昔日为了收拢船只而建立的粗糙水寨，此时成为金军水手逃生的最大阻碍。这些人，多是河北渔民，都是被强行征发至此照料船只的，照理说的确无辜，但战争从来如此，好人和坏人，无辜者与有罪者，都无法独善其身。甚至眼见火势不可阻挡，绍宋军突入北流故道的小船已经开始有序撤离了故道，回到了黄河主干道之上。

"张大头领！"

一艘三丈长的小船从残破的旧堤驶出后，并未整队，而是顺势转向轮船这边，船上之人只着便于水上作战的皮甲皮盔，看上去与寻常水手无异，远远向着张荣所在那艘大轮船高声相呼，正是之前做向导兼前锋的御营前军统制官李宝。

"喊俺都统。"因为远离战场，再加上一堤之隔便是一个巨大火场，烤得发汗，张荣干脆连皮甲都未披，只是敞着怀，露着黑黝黝的胸膛，眼见李宝过来，在轮船一侧的巨大水轮旁叉着腰笑对，"泼李三，俺平素久在江湖上听你名声，今日算是见着了。俺先问你，如今俺既然到了黄河，又是御营水军的都统，那以后便要管着黄河上的所有水军，若俺让俺女婿写札子给官家，把你从岳太尉那里要来，你可愿过来？"

"都统名声更大。"这泼李三并未直接应诺，反而在停下的小船上学着对方叉起腰，然后仰头笑对，"可要俺说，今天这仗虽说过瘾，却只显出了俺一个统制官的本事，还不够显出都统的本事。"说到此处，此人直接指向了船头炮车旁一个面色发白、身子都直不起来的年轻高大男子，"俺觉得，这番出奇制胜，两刻钟便成此大功，两分在都统家好女婿想的奇策，两分在火药包点火快得厉害，三分在官家决断，直接挖了沟渠，拆了桥梁，最后三分才是都统今日打仗的本事……"

泼李三声音极大，周围几条大小船只俱能听清。然而，无论是张荣，还是周围船上几位张大头领的心腹头领，却都没有反驳，很显然，他们都认可李宝的言论。甚至很多人心知肚明，李宝这种说法还是放宽说的。

因为这一战，最大的难处其实在于使梁山泊的水军力量成功进入黄河，而一旦梁山泊水军，或者说是绍宋御营水军抵达黄河干道，剩下的战事真的就该是这般酣畅淋漓。说到底，战役最艰难的阶段早就在东京城内熬过去了。

回到跟前，张荣做了许多年大当家，什么泼皮没见过？又或者说他本人就是泼皮的祖宗，早就看出这李宝想整事了，于是当即嗤笑："李三，你若有屁就赶紧放！"

"都统！"李宝立在船头，收起之前泼皮模样，指着一堤之隔的浓烟与烈火正色言道，"这一战毁了金军船队，日后这黄河中段任俺们横行，可其中细事传出去，那些太尉说不得会泛酸，讲俺们只会水上逞能，不能陆上做英雄，俺刚刚进去点火前看清楚，金军水寨庞大，不光是水中船多，岸上应该也有两三千规制的看管兵马。故此，俺想问问都统，敢不敢让梁山泊的好汉跟俺一起，只着皮甲，带着短兵，往岸上再走一遭？"

张荣略作思索，还是叉着腰笑起来："李三，你莫要激将，俺问你，港中间如此大火，你从何处走一遭？"

"那里！"李宝抬手一指，却是指向了更东侧的河堤。

之前因为极速进军身体吃不消的虞允文刚刚恢复了一点精神，却不料仗已经打完了，也是有些晕头转向，但此时扶着炮车勉力抬头，只是一望便晓得了李宝的意思，这泼李三乃是要借船只之利，趁着水寨水中部分火起，绕到敌军后方河堤上登陆，自背后趁乱偷袭的意思。

这是个好计划，前方如此大火，港内金军必然已经乱作一团，很容易便自后偷袭成功，届时虽是水军登陆，短兵相接，想来却也足够了。

张荣闻言微微一怔，也跟着正色起来，却又缓缓摇头："李三，俺问你，此地离濮阳多近？援兵见到火起来不来？若是不能速战速决，金军援兵到了又当如何？"

"那正该早做决断，早早出兵，如此才能速战速决！"李宝依旧在船上拱手，"还是那句话，俺愿做先锋，领着梁山泊的好汉走一遭！"

虞允文匆匆来看自家便宜岳父，而刚一回头，便见到那张大头领在轮船上咧嘴再笑："那便听你李三的，再上岸开战！"

李宝当即大喜。

第四十六章　小问题

李宝的突袭格外成功。

此次张荣带来一百多艘小船、三十艘轮船，加上李宝自己的小股部队，合计水兵、水手不下五千，却一口气给李宝分出了小一半人手，也就是两千人绕后登陆，登陆既成，两千脸上绑着沾湿麻布的水兵自陆地一侧冲入水寨，寨中岸上那部分金军登时失控。那边轮船一字摆开，射程达三四百步的火药包从头上飞过以后，金军守将大臬便已经失措到茫然的地步，随即被几个心腹亲军硬生生拽着从旧堤上撤下来。

待上得岸来，回头一看，港内两面火起，四下冒烟，这位昔日金军万户，如今大名府直属将官，早已失措，虽说硬撑着下了几道军令，让人救火作战，但如此火势如何能挡？非只如此，眼见着大火燎起，整个水寨硬生生烧成火海，大臬便彻底慌张，几欲逃窜了。而等到身后东南方向堤上喊杀声再起，身前有火，身后有兵，这厮干脆放弃作战，扔下水寨扭头从东北口逃走了。平心而论，这真不怪他，因为眼下这副又是水又是火的场景，比之当日长社城下的数万之众平地铺陈向前，还让这名渤海贵种感到畏惧和恐慌。

昔日已经不愿拼命，今日如何还要硬撑？大臬既狼狈而走，还带走了部分身侧精锐，这才使得水寨全线失措，也才使得李宝从容杀入其中，肆意横行。

且不提泼李三如何火场奋短兵，只说这边大臬逃出去，连马匹都未来得及带，只是三五百溃军从水寨东北角夺门而走，一路东行，便往濮阳而来。然而才走了三五里，回过神来，又回头来看水寨，只见彼处浓烟滚滚，带着云水之气直上天际，几乎要将天空遮蔽，什么烽火台也比不得，却又心下畏惧了起来……不过，脱离了战场之后，大臭畏的便不是火势了，而是畏的军法二字。要是就这么走了，怕是完颜瞻汉能一道军令杀了他。

然而，如此火势，加上绍宋军神兵天降，想不通绍宋军如何变出如此规模水军的大臭又实在勇气尽丧，不敢回头。于是乎，青天白日之下，这位昔日提领万军的堂堂大将领着几百溃兵站在濮阳城与小吴埽中间的野地之间，望火发呆，进退两难。不过，这种场景没有延续太久，因为诚如张荣所想那般，如此成功的火攻，在成功的那一瞬间便已经惊动了二十里外的濮阳守军。

濮阳守军当然也是愕然的，他们同样想不到绍宋军居然敢渡河主动来攻。

不过，彼处守将高景山乃是个谨慎中有决断的大将，到底是在惊愕之余做出判断，应该就是绍宋军偷袭，但数量应该不多，所以，他匆匆点起城周边现成的两个猛安，尽量寻来战马，然后便仓促披挂起来，亲自率众来援，看看能不能挽回一二。走到半路上，正好遇到胡子已经燎干净，却又在那里瑟瑟发抖的大臭。

高景山见到昔日渤海贵种如此姿态，一面心惊，一面却又稍起兔死狐悲物伤其类之心，便主动下马，上前递上随身携带的酒水囊袋，并好言安抚问询。

"如此说来，绍宋军是大股船队、大股兵马自上游顺流而下，发起突袭了？"听大臭断断续续说了些情报，高景山望着火势极大的小吴埽和空气中渐渐有些显现的灰絮，一时蹙眉不止，"光是能装炮车的轮船便五六十艘，三五丈的那种寻常小船也得有两三百艘？而且水路放火，陆地不下五千众自后突袭，水上岸上，万余众同时发动，所以才瞬间得手？"

"若非如此，兄弟俺何至于此？"大臭喝了几口酒，一时身体稍暖，却是连连顿足，"俺只两千兵，猝然被南人水师堵在水寨之中，三面遭袭。水上作战，咱们与南人相比，半点指望都没有，原本陆上不是不能拼命作战，但那火太大，自河面上烤过来，挨着黄河故道的那边根本立足不得，天威如此，与其说是被南军撵出来，倒不如说俺们是被火势给撵了出来。"

高景山一时默不作声。高景山在心中就此战况做出盘算：其一，水寨和船只已然无救，这是典型的水火之威，且绍宋军得手，如今再怎么补救，都已经摆脱不了此战大败的结果，自己强行蹚浑水，恐怕反而惹得一身臊；其二，绍宋军兵力不多，且尚有部分兵马残留在水寨陆地部分，在进行短兵肉搏，还是有一定操作空间的；其三，自己作为濮阳守将，便是不想蹚浑水，也多多少少要做出姿态，不然都元帅府那里没法跟都元帅完颜瞻汉交代。

一念至此，这位金军万户，好言相对身前的"渤海贵种"："大将军，我有一言，就怕你不愿意听……"

大臬如何不晓得对方意思，赶紧又灌了几口酒，越发顿足："高将军的意思俺如何不知道？只是今日之败绝不是俺不愿战、不敢战……"

"大将军明白就好。"高景山面色不变，打断对方，"不过你我交情摆在这里，大将军有难，我却不能不拉大将军一把！照大将军言语，水中船只已经无救，但绍宋军说不得还有些许步卒在水寨中。这样好了，我仓促过来支援，大队兵马尚在身后集结，不知何时能到，身侧只有两个猛安，但已经足够了。"

大臬欲言又止。

"大将军，此时须不是你能选的。"高景山正色提醒，"我现在将莫里野的猛安交予你，你自领着他们和你这些败兵往寨中反扑过去，若能有所斩获，说不得可以戴罪立功！"

大臬半是感激，半是犹疑："话虽如此，可眼下火势又如何？冲进去真能立足？"

"大将军这不是明知故问吗？"高景山当即嗤笑，"此时你反扑过去，便轮到那些绍宋军陷入你之前的境地了，河中有火，身后又有咱们大金精锐来袭，立足不得的反而变成他们，就是要借火势夹击此辈！"

大臬这才醒悟，却是第三次顿足。然后此人也不说话，直接举起酒袋，狠狠灌了一气，便双目赤红，翻身上了高景山的战马，连道声谢都没有，就招呼了那个唤作莫里野的猛安以及自己溃兵往水寨蜂拥而去。

见此情状，高景山不以为意，随便寻了一个马匹上马，一边下令散开搜索逃出来的溃兵，一边缓缓驱动剩下这个猛安，往小吴埠那大火场不急不缓地跟了上去。一来一去，天色渐西，而小吴埠处，河中火光稍减之余灰絮却越来越多。

张荣张大头领早早在李宝突入水寨之后便亲自弃船上了河堤，在旧堤与新堤夹角偏东的地方寻了个干净妥当的地方，摆了个小马扎。随即，其人一面捂脸，一面端坐于堤上，敞着怀居高临下遥望已经有些灰蒙之色的水寨内外，也不知是否在观察根本无法看清的战局。而他身侧，赫然只有一个女婿虞允文，一手举着一面张字大旗，一手学着自家岳父那般拿浸了河水的麻布，捂住口鼻，侍立在旁。

灰絮火光之中，大金骑兵千余忽然自东面偏北方向极速驰来。为首猛安，唤作莫里野的，遥见此处有旗帜，且旗帜规制不凡，知道是个绍宋军大官，便打了个呼哨，领着一两百骑转向此面，欲先来拿人。孰料，这厮刚刚转向河堤，尚有数百步距离之时，那旗帜后方便有几十处泥弹夹着火药包一起打来，将密集的金军骑兵打了个措手不及。与此同时，又有数百皮甲军士忽然自河堤后拥出，个个手持劲弩，严阵以待。

为首的猛安莫里野面上被碎裂泥弹溅中，肿了好大一块，一时气急败坏，但眼见如此，却又只能狼狈归队。落在后面压阵的大臭看得眼皮直跳，愤恨向前呵斥："如何这般蠢笨？没说河上有炮车吗？不要管这边，直接下马，给俺突入水寨便可，水寨中尚有绍宋军！"周围和前方大金军骑士，闻得军令，只是回头冷冷来看，而莫里野更是气愤之下放肆嘶吼起来，宛如野兽嚎叫。

大臭情知自己口不择言，赶紧羞惭更正："是俺喝多酒，心里又着急，兄弟们且随俺一起下马入寨步战，战后俺非但不取一点缴获，还会从家中取金银给诸位做谢礼！莫里野兄弟，事后俺必有格外一份重报给你！"

言罢，此人主动下马，亲自持短兵率自家亲卫突入满是飞灰的水寨，而莫里野这才冷笑一声，下马率众随之突击。

远远看见这一幕，河堤上的虞允文一时惊惶，但张荣只是捂着鼻子端坐，非只如此，那数百甲士也偃旗息鼓，重新回到了河堤下捂鼻歇息。

就这样，足足半刻钟，耳听着烟灰火光一片的水寨内喊杀声迭起，俨然李宝部与这些忽然加入的生力援兵交战起来，张荣方才冷静回头下令："把旗子给俺摇起来！"

张荣的帅旗一摇动，河中便登时忙碌起来，先是在旧堤那里，也就是黄河北流故道中的残缺河堤，也是金军水寨天然外墙了，数名潜藏在旧堤之下的绍宋军水师旗手得到河中伙伴提醒，几乎是一起上岸，迎着尚有余威的火势，对着水寨方向摇动手中各种旗帜。

而河中轮船上的士卒也奋力鼓噪呼喊，似乎是在呼唤什么。满面灰尘的虞允文一时不解。但也仅仅是一时。很快，便有前期突入水寨的皮甲短兵水军寻着声音和旗帜，自灰蒙炙热一片的水寨中脱出，从河堤方向脱身，而且直接在接应船只的接应下，回到河上休整。

好奇回头的虞允文清晰看到，这些人一回到河中，第一反应不是包扎伤口，而是在冰冷的河水中清洗、沾湿自己的裹脸麻布。这还不算，几乎是同一时间，原本在河中候命的张荣麾下水军统制官萧恩，不知何时早已经来到了张荣身后，此时却率领千余养精蓄锐已久的皮甲战士，同样是裹了沾湿麻布在脸，自张荣身后从容登陆。然后又在目瞪口呆，只是麻木摇旗的虞允文身侧涌过，再度从水寨东南面攻入水寨。

"停了吧!"

眼见着李宝和萧恩沿着河堤一进一退,利用水道和河堤的控制权完成轮换之余继续保持了突袭之态,张荣自然想起来关心女婿:"去河下洗洗麻布,也替俺爷们洗洗,然后再上来。"

虞允文早已经看得心神摇动,却是带着一股兴奋之态,下去匆匆给自己和张荣洗了麻布,方才再上来掌旗。然后,这位年轻进士递上沾湿麻布之余自然忍不住趁势多问了一句:"太尉,这般借水上之利从容轮换脱出,虽不比却月阵精巧,却算是大巧不工了,可有什么名称?"

"俺虽不晓得啥叫雀跃阵,但这番把式还是有个说法的。"接过湿布的张太尉安坐如常,缓缓言道,"俺们水泊里素来都叫它水轮子。"

就这样,萧恩率部再度自后突入,灰蒙蒙又带着火光的水寨之中登时喊杀声再起,而虞允文却因为一个"水轮子"一时茫然起来。

而就在张、虞翁婿讨论兵法精髓之时,东北面两里之外,越发灰蒙的天色之下,高景山很快便收到了前方军情汇报——哨骑看不到水寨中的绍宋军从河堤撤出,却能看到河中绍宋军从水寨东侧河堤上拥出,塞入寨中。

出乎意料,高景山依旧保持了冷静,并且依旧驻马于略显昏暗的旷野之中,望着漫天飞絮一言不发。

又等了片刻,随着另一股哨骑归来,汇报了黄河主干道上绍宋军船只大约数量,这位大金万户方才开口:"高隆!"

另一名随行渤海族猛安赶紧上前拱手听令。

"局势已经清楚了。"高景山勒马从容而言,缓缓交代得清楚,"绍宋军只有五六千人,第一拨和刚刚进去的应该都是一两千人,算上他们操弄船只的人手,这已经是极限了。照理说,此时应该让你攻过去,将两拨绍宋军彻底葬送在水寨里。但天色已经不早了,冬日天又黑得快,还有火势不减,灰絮也越来越多,河堤还有河道也是人家掌握,所以你过去,能战便战,等到咱们大部队来援当然极好,可若觉得其中辛苦,却也不必恋战,只要打穿第二波援兵,汇集了莫里野,然后带他们出来,算你功劳一件!去吧,我在这里看管败兵、收拢部队,等你回来。"

那高隆明显是高景山心腹,只是微微一拱手,便兀自引兵疾驰向东而去。

一个猛安一千人，一多半是标准的猛安——谋克制度下的骑兵，一小半是汉军补充兵，但此番高景山为了支援迅速，连汉军补充兵都携带了战马。故此，一时军令既下，真如"千骑卷平冈"一般阵势惊人，再度循着前一个猛安的路迹，往水寨而去。

诚如高景山所言，冬日天黑得极快，而此时灰絮越来越多，天色也显得渐渐昏暗，但如此动静却是半点都遮掩不住的。河堤上，张荣和虞允文看得清楚，虞允文到底只是个第一次上战场之人，见势惊惶起来。

"摇旗！"眼见着金军下马自水寨东北面拥入，张荣依旧不慌不忙，等了一阵子方才发令。

虞允文慌乱一时，却还是匆匆摇旗。而这一次，动静依旧，河堤之上，其余旗手齐齐呼应，河中一时鼓噪……虞允文却有些不解，上次摇旗，自有萧恩率部塞金军之后，如今摇旗，又有谁能去？一念至此，这年轻进士到底是忍耐不住，再度回头去看，结果正见到一人着皮甲，持短兵，裹着湿布自身后过来。

临到跟前，虞允文才看得清楚，此人不是别人，正是之前撤退到河上的泼李三李宝！

萧恩且战且退，借着河上轮船炮车掩护从容登上河堤休整，而已经休整了片刻的李宝和之前撤下来的部队又自河中转向这边，然后重新拥上河堤，故技重施，直扑水寨而去。

虞允文这才醒悟，理解为何这个战术叫作"水轮子"了。眼下场景，可不就是如一支水轮子在黄河冲击下翻转不停，然后让自己一方的部队借着水上之利，始终处于优势状态吗？

李宝再度自后方杀入水寨，金军在寨中混沌一片，根本不知道来了多少绍宋军，只觉得背后的冲击力绵延不断，将他们逼往河畔，而河畔炙热之余，却是灰絮极多，喘气都难，确系难以立足。

实际上，根本没有三五次轮转，落日之前，随着萧恩第二次突入，也就是这个水轮子以黄河大堤为轴转了两圈整的工夫而已，被连番拍在水寨中的金军援军便彻底支撑不住。

两个猛安，高隆与莫里野合兵一处，奋力率残兵脱出，而大臬却为人亲眼所见，被绍宋军斩于乱战之中。对此，立在水寨东北面，带着一群残兵看管着数千匹战马的大金万户高景山只能掩着鼻子默然肃立，听着水寨中隐隐传来的喊杀声不置一词。那些如大臭一般，被烟灰与高温困在水寨中的零散金军，数量不知道有多少，只能等事后检查尸体来断定了。

渐渐地，夕阳尽显，宽阔的黄河北流道口霞光一片，河北面小吴埽内虽已无太多明火，却依旧赤红燥热，而漫天灰絮更是给天地带来了一丝别样色彩。当此之时，金军大队终于来援，而坐镇河堤的张荣也从容下令收兵，转回河上。一时间，欢呼之声响彻于河上，便是河对岸匆匆汇集的几股绍宋军也得知本方大胜，隔河远远呼应。

而眼见着各部纷纷转回，坐了许久张荣方才收起马扎，准备最后一个撤走上船。不过，也就在这时，一骑金军无兵无甲，借着最后一丝余光迎着灰絮持白旗疾驰而来，驰到跟前，白布早已经灰迹斑驳，却是勉力驻马于一箭开外之地，然后趁着欢呼鼓噪空隙奋力大呼："大金开德府守臣、万户高景山高将军遣使有问，绍宋军水师主帅是何人物，可否留下姓名？"

张荣敞着怀坐在堤上半日，满面满身俱是黑灰，闻言扔下手中早已干燥不堪的麻布，然后猛地回头。

河上就近的欢呼士卒，借光线看得清楚，基于本能纷纷一滞，继而波及河上近乎所有军士。而一片寂静之中，虞允文也匆匆举旗重新立定。

"回去告诉姓高的，俺是何人不必来问！"张荣本就面黑，沾满了黑灰也不显，便只一手叉腰，一手遥遥相指，拿出当日水泊之中唱渔歌的嗓门奋力相对，"只要你们记住，日后黄河上须不是你们金人说了算，如此便可！"

此言既罢，其人兀自带着女婿下堤登船，然后数百船只在河中陆续启动，水面波光粼粼，归河南而去。而这位当朝太尉、节度使、御营水军都统制周遭，在亲自划着一艘小船的统制官萧恩带领之下，渐渐唱响一首渔歌。

正所谓：

英雄不会读诗书，只在梁山泊里住。

一朝入得黄河上，便要横行天地间。

那使者此时听得这歌，一时骇然，梁山泊张荣之名，缩头滩之战，金人哪个不晓？便匆匆拔旗归阵来报。

歌声悠远，惊响黄河两岸，远处听得渔歌的高景山早已经释然——若是梁山泊张荣当面，想来都元帅府多少会容忍此败吧？

日落之前，绍宋军水师便已轻越大河，重归南岸。片刻之后，日落天黑，双方算是彻底罢战，唯独映照于幽光之下、位于双方之间的黄河流水亘古不停，不舍昼夜。

张荣得胜归来，绍宋廷一时大振。

建炎三年的最后一日下午，兴宁军节度使、御营中军都统制李彦仙在陕州平陆城接到了朝廷送来的年节赏赐，以及借着军中快马送达的最新一期邸报。正在平陆监督陕州河北部分军民南撤的兴宁军节度使李彦仙先认真接了赏赐，又着人好生招待使者，待一切妥当后，不顾身侧还有大将邵云，脚下还有川流不息的军士、辎重，便直接坐在平陆城头上，就着头顶阳光便打开了这一份邸报。

由于当日年节，作为御营军中唯一没有编制限制，并自由支配三万定额钱粮的节帅，李彦仙自是做主，下令发下赏赐与粮食以抚慰城内外诸多后撤军民，平陆周边难得热闹欢腾，动乱中过了一个还算安稳的年节。然而，当夜四更时分，在州府守岁的李彦仙忽然接到斥候急报——金军主力数万，兵分多路，昨日晚间至夜间忽然大举南下急袭。其中，完颜撒八以偏师五千攻破陕州河北部分东侧重镇集津不提，完颜娄石本人的旗帜却是忽然出现在了陕州河南部分最西侧的潼关之地。

完颜娄石攻破潼关不算什么军事奇迹，毕竟他也不是第一次攻破潼关了，而且潼关也早就在数次绍宋、大金交战中被破坏、损毁了好几次，再不是那个以一当十的无敌雄关，纯粹算是个有防御功能的要害据点罢了。

消息传开，建炎四年的正月，河南、关西全线震动。

军报送到东京，赵玖初时颇有心中一块石头落了地的感触，因为真就如他所强调的那般，这金军果然还是来了。但很快，随着陕州军情汇总起来，他又陷入某种不解和疑虑之中。

这种不解和疑虑是双重的。首先，交战这么久，大金野战大军东西分野的情况已经是常识了，但此番开战，他只收到了西路军的军情，却没有收到东路军的军情汇报。而且，太行山持续传来的情报也有点不对路，大部分被大金安置在河北平原中南部地区的猛安谋克，似乎并没有大举动员的迹象，这是赵玖专门要求马括日常传递的要害情报。而这就很奇怪了，因为河北平原上的猛安谋克，本身就是东路军的主力组成部分，也有一小部分属于西路军序列。

如果说，西路军为了达成突袭效果，故意没有全面动员，只是集中精锐骑兵的话，那当然可以理解，也跟眼下情报相符合。但东路军到底是怎么回事，不准备参战了吗？总之，种种疑惑，充斥赵玖脑内，也让枢密院职方司上下难出定论，继而又引发绍宋中枢最高层的疑虑与不决。

唯独军情严肃，一刻不能耽误，朝廷在大年初四晚间，也就是得到消息后第二日，不顾天色已晚，临时在文德殿召开朝议。四位宰执、枢密院职方司诸参军、六部尚书、诸学士舍人等近臣，外加在京御营统制官以上皆在列，却又未曾召唤其他人，乃是求一个决断并做出快速反应。

"金军军情不明，张峻、岳斐、张荣这三处当谨守防区，不能擅动！"朝议开始后，汪博彦代替枢密院先行提出了一个基本的应对前提。

而这个前提，也事实上得到了在场绝大多数人的认可。因为这三处都直面敌占区，而且背后正是绍宋要害腹心所在，张峻背后是淮南、东南；岳斐和张荣背后是东京、宁庆，是去年遭遇过大面积侵攻后刚刚有些起色的河南腹心之地。

"御营中军的沿河兵马、东京城内的兵马也不该擅动。"议论继续，很快便有人提出了新的意见，但很快引来了一些反对意见。

"那可否调度御营后军来援？"

"当发韩师仲往西京洛阳观望局势，以备不测。"

"韩师仲必然要发，其部在淮西养精蓄锐，钱粮物资全是最优供给，本就是让他机动应援，但我以为未必当发西京洛阳，而当先往南阳，待局势清楚，再做进发！"

"往南阳自然是要从武关援护关西，但傍晚时分，关西已然从洛水小路紧急传送，说是未曾……"

"虽说关西已经传送，未遭急袭，但从大局来看，还是关西紧要些，因为一旦关西受袭，东京这边反而鞭长莫及，所以，若韩太尉真是去了西京怕反而是中了金人声东击西、调虎离山之计！"

"可若如此，完颜娄石真全力来攻陕州又如何？以陕州之重，一旦有失，那才是真正的东西隔绝。"

"不能发八字军去援吗？说到底，陕州总是跟中原近一些的，交通方便，若完颜娄石真来攻陕州，御营二十万大军，哪里不能抽调兵力去援护？"

不得不说，此时的朝议让局势更加清晰，同时也使一些处于两难的战略决策暴露出来，对于战时各部的调动也成为摆上桌面的问题。对于这些问题，赵玖心中大致有了定论：首先，军事上的事情发生争执，还是应该以刘子羽、胡闳休等参军，王源、曲锻、王德、王彦等将官们的意见为主；其次，赵玖本人总觉得完颜娄石这次出兵有些奇怪，云里雾里，但这种云里雾里的表现配合着完颜娄石的名声却让人大意不得。所以，一面需要在全局战略上留足余地，一面又该针对完颜娄石这先冒头的一部主力全力以赴。

"朕意已决。"

稍作犹豫之后，赵玖便于御座中凛然出声。而随着烛火摇曳，殿上二三十人也一时严肃静听。

"韩师仲出南阳，走武关，去长安。"赵玖当先而言。

"臣附议。"吕浩文立于殿中阶下，当先作答，其余三位宰执也齐齐拱手行礼，表示附议。

所以一言既出，便无人再争论此事，旁边相候的小林学士等近臣，已经按照昔日淮上八公山旧例，当场开始拟旨了。

官家决断，宰执赞同，内制发诏，诏成，便是一道代表了帝国最高权威、不可置疑的军国政令。

"官家。"赵官家先做了一个战略决策，刚要继续说下去，御营都统制王源忽然出列，当众提醒了一件小事，"武关守将辛兴宗与韩师仲仇怨，人尽皆知，军国重事，须做提防，莫要生无端之变。"

赵玖心下恍然，面上醒悟，当场扭头对正在书写旨意的近臣下令："翰林学士林景默。"

"臣在！"林景默心下一突，但身形不急不缓。

"旨意完备，你便亲自送去，然后朕再与你一面金牌，务必随韩师仲向长安进发，保证沿途不生事端。"

林景默平静俯首称命，然后继续低头书写旨意。

"非只如此。"得到提醒的赵玖复又连连吩咐，"着翰林学士李若朴去陕州李彦仙军中，殿中侍御史万俟卨去济州寻岳斐，中书舍人范宗尹去徐州寻张俊，起居郎虞允文去白马津寻张荣。此去军中，皆有金牌代朕权威，但不许干涉军事，是要你们协调各军矛盾，和缓地方与军中不妥。"

被点到名的，有李若朴、范宗尹在场，当下称命。但户部尚书林杞复又提出，虞允文既是张荣女婿，便该避嫌，且其人资历过浅，当不得此任。关键是，张荣那里眼下局势正常，没必要将女婿送过去以示诚意，这样，非但显得局势过于紧张，也显得不够信任张荣翁婿。本就对这个任命有些迟疑的赵玖即刻醒悟，复又更改人选，又命监察御史李若虚出白马津以作协调。

而此事既罢，赵玖复又决断，御营后军不发，依旧坐镇东南。这事虽有波澜，但还是在宰执们的拥护下一并从容通过。

"至于陕州方面……"

终于来到最后一个关键问题，赵玖反而平静下来。"陕州方面，当发御营中军左右副都统一并西进，以作支援。"

"若御营中军西面支援，则东京当如何？"礼部尚书朱胜非忍不住出言询问。

"先让岳斐分部分兵马过来协防。"赵玖坦然相对，"其实，便真有金人大队兵马来取东京，也不可能从天而降的，要么从北面渡河过来，要么从东面京东绕过来，要么正是从西面陕州过来，但无论从何处来，只要咱们调度妥当，以眼下御营兵马布置来看，总是能来得及调兵应对的。反倒是若因完颜娄石忽然南下，失了方寸，恐怕才正中了金人下怀。"

朱胜非当即不语。

"而且朕想过了。"赵玖越说越冷静，"完颜娄石此番南下，虽目的不明，但无论如何，在他增兵之前，他的兵力就摆在那里，依照李彦仙来报，大略四五万，依照河北太行山的情报，河北诸猛安谋克未动，他西路军还要分守太原、烟广、河中府等重镇，那他一时能动的兵马也就是这四五万。而这般兵力，对上咱们眼下耗时一年的军事布置，他若攻长安，则陕州不可顾；若攻陕州，则长安不可顾；若两面并取，则两面不可得！"

殿中一时气氛稍缓，便是刘子羽、胡闳休、王源等殿中知兵之人也都缓缓颔首，以示赞同。

"而且不光是这样，"赵玖继续讲道，"依着朕看，不管他取哪里，只要不能一击得手，便是能一击得手也无妨，因为咱们兵力摆在那里，只要妥善布置，让东西两面大军从容合力，妥当救援，协力夹击，不敢说胜，但总该能将他逼退的。"

就在这时，忽然有人开口："官家，眼下各军内部自成派系，一旦朝廷有令，如何能指望他们全力出兵抗击完颜娄石？"说话之人，乃是曲锻，但出乎意料，此言既出，上下居然颇多颔首，并无人怪他言语中轻视那几位近臣，并对几位帅臣略带恶意，因为曲大这话说的乃是实情，绍宋军中历来如此不堪。至于眼下帅臣权大，民间有此番称呼，也都是无误的。

赵玖似乎早有所料，干脆在御座上说出想法："所以，朕准备以宰执留守东京，朕本人则亲往西京洛阳坐镇，因为非朕临前，无人能敦促韩师仲、李彦仙、西军、御营中军各部合力为之。"

翌日，正月初五，没有丝毫耽搁，赵官家便打起他那面金吾纛旍，在数以千计、步骑俱全的御前班直簇拥之下，直接西出东京城，往洛阳而去。

只一日半的工夫，初七下午赵官家便入郑州境内。但也就是从这日开始，盘踞在整个河南地区的御营各路大军随着东京城中御驾发出的消息，全线动员开来。数以万计的兵马以每部两千到五千不等的规模，在各自统制官的带领下行动。其他不论，只是御营中军三万五千众，陆续汇集于赵官家周边，分别由王德、王彦辖制，并在随行的王源、曲锻的协调下，依次有序进发。

初十，赵官家进入洛阳所在河南府，十二日便进驻洛阳旧城，此时加上本就在洛阳周边屯驻的大翟、小翟与牛高三部，赵玖身侧已经有战兵四万有余，辅兵或者民夫一万有余。与此同时，已经回到陕州的李彦仙也送上来一个好消息：原来，过年那日，李彦仙得知金军南下，却并未匆忙折返陕州，而是一面继续让平陆守将邵云主持局面，一面亲自带领原本要撤回河南的数千之众，奔赴中条山下，对兵力只有五千的金军偏师，也就是完颜撒八进行了一次夜间反突袭。

完颜撒八根本没想到李彦仙会如此大胆，自是被打了措手不及，再加上他立足未稳，所以仓促迎战之下，其人虽然守住了集津，却也被李彦仙率众烧了一半辎重，抢了七八百匹战马而去。

挫了金军锐气，废了金军偏师半条腿后，李彦仙这才撤回平陆，自此处从容渡河归陕州。而且，据他汇报，他还趁机在中条山山寨里留下一名爱将，唤作赵成，引两千兵，以作必要之时的奇兵。对此，赵玖自然是大笔一挥，下旨勉励称赞，并重新向对方通报了韩师仲自武关绕行支援长安，而他眼下率御营中军全军来援的具体情况。

正月廿二，韩师仲率部御营左军两万五千众抵达长安。

之所以比预计日期稍微晚些，不是韩师仲只顾在武关欺负辛兴宗，也不是雨水作用，而是因为这位绍宋军公认的第一大将出武关后，很快便通过哨骑、地方官吏和宇文绪忠的预警发现了金军的不妥之处：足足两万精锐骑兵，由完颜娄石长子完颜火钺领着，就在位于陕州与京兆府之间的华州一动不动，好像专门在等他一般。

所以，韩师仲立即做出应对。他一面下令分兵，让一部分兵马依次抢占沿途城池以做战略支点，一面让主力部队放缓步伐，小心前行，务必保证军队不暴露在金军铁骑的直接威胁之下。而等部队进发到蓝田这个同时连接武关大路和洛水小路的要害之地，华州的金军依然没有迎面阻击的意思，他才下定决心，留下黑龙王胜以五千众协助宇文绪忠派来的守将防守蓝田，然后自己与主力部队两万余忽然加速，赶赴长安。然后就平平安安地来到了长安城下。

随着韩师仲大军进入长安，金军忽然出动，骑兵的威力在平原之上彰显无疑，各城之间的联系瞬间被切断，村庄被点燃，桥梁据点被占据，小股兵马一旦暴露在外，便是灭顶之灾。

金军两万铁骑堪称横扫渭水两岸，前锋更是如疾风暴雨一般突入到长安城跟前。沿途很多城池慑于金军强悍和完颜娄石父子的威名，畏惧之下直接开城投降，没有投降的，明明是在春日，却如秋后枯叶一般瑟瑟发抖。

完颜火钺本军直接推进到灞桥，并据此要害处立营。

刚刚在城下立寨的韩师仲趁着金军大部没有完全推到城前，在稍微了解了城防结构后，居然仗着城池营寨之利和兵力优势，主动出城迎战。

这一日，他先是让升为统制官的成闵率只有三千的背嵬骑兵出城袭击，所谓背靠城池与诸城门前小营寨的支援与金军骑兵往来不停，随即，又趁着金军注意力被分散的时候，忽然让解元率摧偏军出击。

四千摧偏军从多个城门前的小营寨内一起涌出，还有部分城墙上悬下，乃是求在最短时间内尽数在特定位置叠阵集合，以成规模。待到金军醒悟，前来应对，强弩之阵已然背城成功，金军畏惧伤亡，一时犹豫不决。而此时，统制官王权率数千众自城内涌出，人人负一袋土，直到摧偏军强弩阵前丢下便走。这时金军几名阵前行军猛安再不敢犹豫，立即军议得出结果，然后五千骑兵便开始主动策马扑击，但已经有些晚了。

绍宋军弩手凭简易工事，与金军从容作战，而韩师仲也忽然亲自率部突出，自侧翼来援，双方近万部队，在城前一至三里的狭窄范围内激烈交战，无论如何，金军始终难以驱除城前列阵的这支精锐弓弩部队，并眼睁着这片区域的工事越来越复杂，骑兵越来越无力。最后，因为缺乏大将兜底，几名撑不住的猛安再度汇集，直接撤回，绍宋军则成功在此处立寨。

第二日，金军才恍然察觉到韩师仲此次出击的真正目的——摧偏军新寨后的城墙，正是当日长安城被完颜娄石攻破前，因为遭遇地震导致垮塌而重修的那部分。换言之，韩师仲刚一抵达，便通过主动出击，率先补上了这个最大的城防隐患。

这日下午，刚刚从渭北折返灞桥大营的完颜火钺一刻不停，复又赶来长安。他绕城一圈，只见长安城墙高大，绍宋军士气旺盛，装备精良，也和那几个行军猛安一样，无奈之下，这位金军都统下令前线部队尽数随他折返灞桥大营，然后写信给父亲诉苦。当然，说是诉苦可能有些不准确，因为完颜火钺并不怕苦战。此时长安城内兵精粮足，本就不是攻城的良机，而几万金军骑兵不去野战，反而分兵攻城，这让完颜火钺对父亲的决策产生疑问，他要问清楚自己父亲，到底是什么打算？

正月下旬，就在完颜火钺送出亲笔书信并做好心理准备之后，仅仅是两日，完颜娄石便亲自赶到了灞桥。

正月底，张骏依然没有消息，完颜娄石不再犹豫，下令全军自原路折返，数万精锐骑兵，如臂使指，瞬间合于潼关、华阴之间，然后有序向北。见此形状，李彦仙即刻发兵，小心收复失地，并命郦琼渡河往平陆。而韩师仲更是毫不犹豫，即刻督师数万向前有序推进。眼见如此，吴介也说服胡尹，以都统的身份亲率泾原军五千、秦凤路援军五千，合计万众向东追击。然而，立功心切的泾原路都统吴介率部自华州常乐镇渡过北洛水后，却迎面遭遇到了完颜火钺和其部一万铁骑。

双方一万对一万，却是步兵对骑兵，无备对有备，一场交战下来，西军大败，溃势止都止不住，等到吴介逃回北洛水西岸，点查部队，全军居然损失近半。

当然也有好消息，陕州方向的完颜撒八试图撤回时，遭遇了郦琼的追击与中条山伏兵赵成的阻击，山下一场大败，这个金军万户仅以身免。但不管如何了，这种收尾的胜负根本对大局毫无影响。

这是因为金军西路军数万铁骑在众目睽睽之下，不可作伪的，直接过了蒲津浮桥，进入大金统治核心区域河中府地界。

而这个时候，张骏和他所领的兴元府、熙河路等援兵，方才赶到凤翔。

种种消息汇集到洛阳，又传到东京。其中，东京上下，自然是一片欢腾，因为无论细节如何，无论具体几多胜负，结果都是金军主力无功而返，而这意味着河南地区的固若金汤，意味着绍宋廷在黄河流域日益稳固。那么，东京这座越来越热闹的城市为此感到振奋当然是毫无疑问的。

第四十七章　嘱托

随着战役推进，完颜娄石的按兵不动，让包括赵玖在内的所有人不明所以，可随着各路援军就位，赵玖前行到洛阳，亲眼看到己方的绝对战略优势后又渐渐有了底气和踏实感。不过，这种踏实感在完颜娄石忽然撤军后，便戛然而止。不仅赵玖一个人感到荒谬，这让所有人难以置信，但是，随着完颜娄石撤兵无疑后，随行枢密院官员、各级军官不得不主动为对方找理由。

所有人心中都在暗自猜想，而赵玖却认为这大略是在为大规模军事行动做侦察。如果确实如此，那么一个需要动用五六万骑兵花费一个月来做侦察的军事计划，到底存不存在？如果存在，又有多大规模？什么时候发动？最终，赵玖在犹豫了半个下午之后，终于还是下令，让韩师仲仗着大军逼近，毁弃蒲津的千年浮桥，直接过来追上他，随他和李彦仙一起"凯旋"。

赵玖回到东京这一日是二月十三，而同一日，完颜娄石也抵达了太原城。

这一日，"凯旋"的赵玖暂时忘记了心底的疑惧与惶恐，在杨轶忠与刘彦两个心腹的开道下，身着全套精钢札甲，骑着曲锻临时借出的铁象，在金吾蠹旛之下，与此战功臣韩师仲、李彦仙一起，负弓持刀，绕道城南，引万余御营精锐兵马自御道入城。而沿途百姓数以十万计，夹道欢迎。

这一日，"无功而返"的大金西路军实际主帅完颜娄石，沿途解散了各部，让他们各归所处，进入太原城时，身侧只有百余骑亲卫和两个儿子陪同。完颜娄石只是午间在城内稍微用了一顿便饭，便重新唤来次子完颜谋衍与身侧亲卫，继续甲胄齐全，直接出城向东。

又走了六七日，二月下旬，完颜娄石便抵达了燕京城下。此人没有去拜访刚刚从太原留守升为燕京留守的老战友完颜尹恕克，也没有去拜访自己的老领导，如今已经权倾朝野的完颜瞻汉，更没有去拜访几位太子，他只是在城外某个相识万户的大宅院中歇息了一夜，第二日便亮明身份，直接往燕京城内昔日丽国留存的尚书省而去。完颜娄石打听得很清楚，自从去年皇太弟完颜斜也病逝，继而引发中枢诸多乱象后，此地和会宁府的皇宫便事实上成为中枢贵人们争权夺利的所在。

天热的时候，他们就在会宁府，天冷的时候便来燕京城，不过，大多数时候还是燕京城，因为这里太繁华了。而此时此刻，由于天气还未彻底转热，国主完颜吴启迈、国相完颜瞻汉，以及几位太祖皇帝的骨肉，也就是那几位太子了，皆在此处。尚书省内，几位中枢贵人闻得完颜娄石到来，赶紧大开门户迎接。

众人尚不知完颜娄石此行有何要事，只见他直接上堂，当先礼拜国主完颜吴启迈："臣此次前来，不为别的，只想告诉诸位实情，咱们这些大金老臣，只怕没几年好活了。近些年来，昔日在太祖帐下效力之人，纷纷病死，而臣也身体渐渐难支……"

堂中一时鸦雀无声。

完颜娄石继续开口言道："而眼看着绍宋渐渐起势，我大金却制度不明，纷争不休，只怕再拖下去，形势只会越来越差。"

"所以你的意思是，趁着你我都还在的时候，不惜气力与性命，直接出军，再灭一次绍宋？"完颜吴启迈严肃问道。

"不是这样。"完颜娄石坦诚相对，"臣此番南下，探察得清楚，绍宋御营大军已成气候，仓促之间怕是难以覆灭。"

"那你想怎么办？"完颜瞻汉显得烦躁不堪。

完颜娄石当即正色扬声："如今，绍宋东西成军，东面为御营兵马，多布防于京东、淮东一带；而西面是往日的西军重建，底子极其不堪，又不善野战。故此，以我看来，关西一带大有可为。"

"若关陕在手。"完颜尹恕克忽然插嘴，"那么我们手握关陕、京东，便是全下中原也不是难事。"

众人此时反应不一。就这样，完颜娄石这次的觐见不欢而散。午间宴罢，完颜娄石又与老友完颜尹恕克归于宅中，复又议起当下燕京局势。

"你不在燕京，不知如今情势，国主想让自家儿子接位，而大太子和三太子又各有心思。都元帅调我与希尹入京，本想借此掌握朝政，可希尹又一意改革。"完颜尹恕克颇为无奈。

"只是如今局势，若再拖延，只怕误了猎期。"完颜娄石忧心忡忡。

"为今之计，只能先把谙班勃极烈的位子定下来再说了。"完颜尹恕克失笑以对。

"这件事情拖了这么久，哪能仓促间定下来？"完颜娄石越发蹙眉。

"我早已有了绝妙的法子，不如快刀斩乱麻，联合太祖骨肉，将五太子遗孤——合刺送上谙班勃极烈的位子！"完颜尹恕克凛然出声。

二月下旬，随着完颜娄石匹马入燕京，催化了原本就要分出胜负的三强争霸赛，最终，被绍宋人称为"国相"的都元帅完颜瞻汉，凭借着自己强大的实力和政治操控力，成功导演了一场逼宫大戏。

完颜瞻汉权威日盛，国主完颜吴启迈一系威望大跌，与此同时，几位一直以来桀骜不驯的完颜阿古达亲子干脆浑浑噩噩沦落到了完颜瞻汉附庸的位置。不管是完颜吴启迈一系还是燕京城内的其余贵人，又或者是完颜阿古达嫡系所属的西路军军官们，都很难想象那几位被完颜瞻汉拉着手带过去的"太子"是完颜瞻汉的平等盟友而非附庸。

二月底，完颜娄石再度向已经全面掌握了燕京政治权力的完颜瞻汉提出了作战计划。但是，事情不是这么简单的。

三月下旬，天气越发炎热，随着日头偏西，赵官家看到杨轶忠引一名中年紫袍官员匆匆而至，赵玖放下史书，稍稍敛容。他知道，来人是韩肖胄，难得的紫袍知州。

赵官家稍问过河之后该如何，此人直接伏地，大礼相对："臣自江州动身之前，老母有言与臣，告诫臣世受国恩，当受命即行，不得失礼、失节，虽九死亦要全太后归京，老母说，老母说，勿以她年老为念！"

言至最后，此人居然泪流不止。

赵玖见状也颇为吃惊。

这日夜间三更，闻得门外呼喊，赵玖直接披着衣服出来："可是金人终于动了？"

"不是。"居然是蓝珪而非杨轶忠俯身相对，递上札子，"官家，枢密院急转襄阳留守相公刘汲、荆湖北路制置使马伸、江南西路制置使刘洪道联名急件，洞庭湖钟相反了！"

赵玖一时蒙住，根本不去接札子。足足数次呼吸后，这位绍宋官家方才蹙眉相对："前年不反，去年不反，今年为何反？"

杨轶忠和蓝珪面面相觑，当然毫无言语，这事轮不到他们开口。

"前年官家亲身在南阳，相距区区数百里，钟相不敢反；去年官家大胜，又加封他许多虚名官职安抚，他乐得自在，却是已经不愿意反；而按照几位大臣札子上所言，今年湖北春涝严重，刚刚发了水，眼见着秋收不成，偏偏去年又加了田赋，百姓一时沸腾，他周围心腹之人只觉得这是最后机会，而若钟相还存野心，便只能反，官家不必疑虑。"崇文院内，匆匆点燃的灯火之下，刚刚入宫的枢相汪博彦率先开口，倒似乎并不以为意。

"不错。"另一位相公许景衡也颇显从容不迫，"要臣来说，洞庭湖这个地方，早在旌和中便已经结社自保，不听官府提调，算是迟早要反，而去年加了赋，今年遭了灾，却是必然要反，根本不是钟相一人愿不愿、敢不敢的事情。钟相不来反，自有他人反，而且必然是在洞庭湖起来仗着那个什么社来反！"

灯火之下，赵玖望着侃侃而谈的许景衡，复又将目光转向稍显疲惫和忧虑的吕浩文身上，彻底醒悟。

"官家，要臣来说，此时他反，反而正好，趁此时机，发兵剐去这块病灶！"出身湖北的陈规也言之凿凿，难得慷慨激昂，"韩师仲就在淮西，直接让他南下平叛，并从梁山泊调用几位妥当的水上将领，足可抹平此事。"

"不错，若金人来攻时，他钟相起兵，尚可重视，但今日局面，不过是癣疥之疾罢了！"许景衡今日情绪高涨。

赵玖缓缓颔首，几乎是一字一顿："几位相公今日言语，堪称真知灼见，让朕如遭棒喝，真有名相风采。不错，天下事到了一定份上，根本不是谁愿意做，谁不愿意做的，有些事情，本是必然之事，正该迎头而上！"

见到官家如此配合，许景衡难得满意捻须："如此，不如正式遣韩师仲南下平叛。"

"可以！"赵玖昂然起身，"不过事关军事，且情形紧急，就不必再拘于形势了，咱们兵分两路，一面从都省、枢密院发明旨，要刘汲、马伸、刘洪道三人组织义军，防御州府，尽量围困钟相，一面由朕直接发中旨让御前班直快马带往韩师仲处，让他即刻动身，务必做到'难知如阴，动如雷霆'！"

许景衡一时犹豫，满脸疲态的吕浩文却干脆俯首称是：“臣以为可以。”

不待其余几位相公应声，赵玖点了点头，便干脆转身离开。就这样，当夜，无数旨意、金牌随无数快马奔驰四处，城门一夜不合，倒是惊得全城上下一时震动。

翌日，得知是南方洞庭湖造反，上下方才少安。而这一日，迎奉使韩肖胄也随大金使者高景山一起北返。两日后，韩师仲大军果然刚一收到中旨便转向南阳，有趣的是其余各处御营兵马也有动静，但也就是此时，太行山那边忽然拼了命一般倾尽全力送来情报，河北各地猛安谋克，开始大面积动员集结。

三月底，随着完颜娄石突袭陕北，绍宋、大金战事再度爆发。此次开战，两国都有些破釜沉舟之意。对于大金和绍宋两国而言，这是一场注定要到来的国运之战。

赵玖并没有即刻动身御驾亲征，他先召开了一次全面大朝会，明确提出了不惜一切保住关中的战略目标，继而要求整个朝廷发挥一切行动力来保障军事行动。

此时，绍宋廷能在短期内调动的军队数量和布防情况，乃至于军队汇集到关中的速度早已被完颜娄氏探知清楚。

当然了，赵玖也好，整个绍宋廷也罢，都不可能坐以待毙。所以，随着赵官家大朝会后正式起驾西行，东南御营后军北上的调令也即刻发出，同时，关西、中原、两淮，乃至于巴蜀、东南地区，朝廷也都发出了征召“义军”“民军”的赏格，乃是拿出官阶、爵位，以及太学生名额，鼓励豪强大户出人、出力、出钱。而这些，便是随军同进士梁嘉颖前几日念的那些邸报内容了。

来到眼下，曲锻连夜西行，往归鄜州，这次他将和吴氏兄弟一起受胡尹统一领导，成为陕北方面的三个军事指挥官之一，实权似乎是减弱了不少，毕竟他之前可是实际上控制了两路兵马的指挥权。

曲锻既走，赵玖也没有耽搁，翌日一早便引军经汜水关继续西行，然后在短短三日内重新回到了一处放在以往足以决定天下走向的战略要地——洛阳城。

“洛阳城虽已不在，但洛阳盆地依然是天下要冲，更是绍宋西京所在。”这日下午，身着戎装的赵玖率领数量已达三千余众的部队行至洛阳旧城前，勒马环顾左右许久，倒是由衷生叹：“张荣船只有限，一旦金军多路渡河，很可能头尾不顾，但此处绝不能置之不理。”

“不瞒官家。”一旁束着牛皮带的刘子羽打马向前，主动开口，“枢密院之前便有过忧虑，上次官家停驻洛阳，金人只遣完颜撒八一路偏师到集津，兵只五千，将也是李太尉数次击败的手下败将，初来便败，撤退时更是全军覆没，宛若笑话。"

"你们是觉得完颜娄石刻意派了个废物和几千弱兵，让我们以为洛阳不会受到河东方面的偷袭？"赵玖若有所思，"但实际上，这次金军大举来袭，河东猬集十万之众，说不得便会有一支精锐奇兵自集津南下，偷袭渑池。"

"是有这番考虑，但未必只是集津，长泉、孟津皆有可能。"刘子羽冷静相对，"无论如何，洛阳这里也必须防护得当。"

赵玖点了点头，却未吭声，而是直接看向了不远处已经立了一阵子的两个人，二人正是河南地方豪强出身，因为与金人作战得力而进入御营的大小翟二将了，而二将身后便是洛阳旧城，唯独城墙垮塌，且一直没有修复，可以清晰看到彼处有数百军士在城内肃立相候。

"臣必然恪尽职守，为官家做好北面屏障。"翟兴，也就是大小翟中的大翟，早就在等这个机会，便上前一步，赶紧应声。

小翟翟进也迅速上前一步，恭敬相对："请官家放心，臣等世代生长洛阳，北面何处可渡，何处当防，都烂熟于心，有俺们兄弟在北面，官家尽可安坐洛阳。"

赵玖点了点头，依旧一言不发，却又回头看向了身后有些气喘吁吁的枢相汪博彦，这位的年纪已经非常大了。

"臣必然恪尽职守。"汪博彦在马上拱手相对，然后便要小心下马。

赵玖行动迅速，抢在杨轶忠之前翻身下马，将气息有些不平的汪相公扶下战马。

汪博彦下得马来，略显尴尬，却还是勉力朝赵玖拱手："让官家见笑，臣这些年养尊处优，已成老朽之态，不复当年负弓相随之勇猛。"

赵玖闻言不由得失笑："可惜，还是不能让汪相公当京兆尹，且委屈一下相公做个河南尹。"

汪博彦难得一怔，继而也是失笑。

赵玖方才扶着汪博彦，扭头看向了早已经意识到什么的翟氏兄弟："你二人在此辛苦，过些日子应该还有汝州、南阳来的义军过来顶替牛统制的空缺，不要你们做别的，替朕护住汪相公，并保全洛阳，便是此战一份功劳！"

尽管有些醒悟，但言语至此，翟氏兄弟依然心中惊愕，却偏偏不敢多问，只好俯首称是，并向汪相公行礼。

而下了马的汪博彦并未第一时间理会翟氏兄弟，却只朝赵官家拱手再对："官家，黄河南岸，自长安至汴梁，自古以来都是天下脊柱，洛阳更是腹心所在，所谓居中国而临天下，便是指此处了。臣为国家大臣，又受命在此，必然与洛阳共存亡，官家且安心向西。"

　　赵玖点了点头，再不犹豫，放下洛阳，便继续向西而去。准确地说，乃是向西南而行，他没有走渑池、陕州那条大路，隔河相对，太容易被大金哨骑发现了，而是顺着洛阳城南的洛水，从二崤山之南，一路溯流而上。就这样，汪博彦入驻洛阳行宫，洛阳残城上也升起一面崭新的金吾纛旆，而赵玖却偃旗息鼓，御驾行军前后十几日，经虢州南部、商州北部的洛水小道，一路辛苦抵达了关西重镇蓝田。

　　到了此地，赵玖与提前抵达此处的呼延通部合兵一处，还接收了韩师仲留在此处的数以千计的铜面、旗帜……这个时候，这支数量已达四千余众的御前兵马又戴上韩师仲部标志性的铜面，顺势打起了韩师仲部大将许世安的旗号，方才在呼延通部的遮掩下继续向西，却是在四月十八这一日抵达了长安。

　　而此时，长安城周边早已经大军云集，除宇文绪忠本来组建的京兆防卫兵马外，熙河路、秦凤路，乃至于兴元府的兵马尽数抵达。而之前从武关抵达的韩师仲部御营左军，从崤山北侧大路抵达的御营中军各部，早已经在渭水两岸布阵、屯驻。

　　行至灞桥，呼延通便直接往渭北与王德部汇集而去了，此时只有一个"擅守的许世安部"来到长安，那宇文绪忠身为留守相公，自然不好出迎，甚至连相府都不好出去的。赵玖却在城门内见到了换上绿袍来迎的巴蜀五路转运使张骏张德远。

　　"官家！"

　　张骏见到赵玖，强忍不拜，临到城中，方才迫切打马上前相对："臣上次因春雨失期，惭愧万分，一直就在兴元府处置事务，所以这次来得极快。"

　　"带了多少兵马？"

　　"熙河路一万、秦凤路一万、兴元府一万，臣本还想招纳青塘各部，但彼辈皆观望不至。"

　　"无所谓了，你上次因春雨未至，完颜娄石在潼关一个月都未见你，怕是此番出兵心中少算了你一路，你这三万兵力，最少有两万是多出来的变数了。"

"臣惭愧，巴蜀之前钱粮供给南阳，西军重建才一年，这两万兵未必有官家带来这四五千精锐。"

赵玖继续勒马向前："陕北军情如何？"

"吴玠三度兵败，鄜州已失，胡明仲退居后方宁州调度臣给他供给的粮草，曲端往庆州整顿环庆路兵马，吴璘往原州整顿泾原路兵马，而吴玠本人则率残部退守坊州，继续抵挡完颜娄石。与此相比，完颜火钺试图翻越梁山往同州与河东金军呼应，然后被韩太尉亲自率部击退，倒是意料之中的妥当之事了。"

"坊州。"马上的赵玖一声叹气，思绪乱如麻。

"坊州在鄜州正南。"刘子羽赶紧在后提醒道，"北洛水下游，但坊州要害不在洛水上，而在距离北洛水二十里的沮水畔州城，彼处有河有山，尚可一守，但北洛水通道已不能扼！"

"换言之。"赵玖恍惚相对，"完颜娄石若是不顾一切，一意南下渭北平原之地，实际上无可阻挡了？这才不到一个月吧，他便已经打穿陕北，全取三州了？"

"完颜娄石不大可能弃坊州南下的，不然一旦南下，吴玠便可引军掐断他后路。"刘子羽先是恳切作答，但说完之后他自己都不敢确定，又多加了一句，"便是完颜娄石真弃了坊州州城南下，渭水也可守，咱们兵力调度迅速，防御还算是充足的。"

赵玖摇头不止，脸色却已经难看至极。众人不敢多言，待到留守相公府前，各部兵马自去城中安置，有名有姓的中枢大臣、近臣，以及随行将领，直接随官家入内。而宇文绪忠也早已经率数十名关西大员、西军将领在院内相候。

入得院中，关起门来，众人这才正式见礼，而之前还在张骏、刘子羽身侧难掩忧色的赵官家早已经恢复如常，然后从容与许多第一次见面之人相对。熙河路经略使刘锡之弟，西军名将刘仲武之子，乃是"认识"他赵官家的，甚至是关西六路各部中他赵官家难得的"自己人"。等到双方见礼完毕，赵玖端坐于上，依旧不问军情，先按照路上商议的那般开口分派职务。

临阵封赏完毕，这才于座中缓缓开口："宇文相公，西勒怎么讲？"

"臣早早便往西勒邀兵，但西勒迟迟不应。"宇文绪忠尴尬起身相对，"臣惭愧。"

"本不指望他们的。"赵玖不以为然道，却又本能扶住腰中牛皮带上系着的佩刀，然后看向了堂上左侧诸多西军将领，"朕不知道关西地理，你们都是关西宿将，可有人告诉朕，坊州那边还能救吗？"

数十名西军将官面面相觑，皆不敢言语。半晌，还是刘锡这个座中官位最大、资历最深、家族根基最厚的人不得已起身小心出言："官家，恕臣直言不讳，吴玠一败再败，其部兵马早已失了战心，而最近的曲锻和吴璘又在泾原路与环庆路集合兵众，一时间不能妥善去援，若待长安兵马至坊州，说不得彼处早已经破了，反而要为大金骑兵在野地中迎头而击。不过，如今我军物资充足、兵马强盛，倒不如沿渭水、北洛水、黄河，沿途布阵，而官家安坐长安，以待盛暑。"

赵玖点了点头，似乎早就料到有此番对答。

"臣也不建议去救。"刘子羽也咬牙起身相对，"官家，且不说能不能救，只说此处兴元府与熙河路兵马恰好是完颜娄石不能预料的，也当以奇兵养之，以待大用！"

赵官家摩挲了一下手中佩刀，然后点了点头。

第四十八章　溃走

四月下旬，军议隔日清早，金军北洛水河口大营。

作为西路军最年轻的万户完颜萨利赫，原本已经得令要去下游探路，乃是要为下一步军事行动做准备，却不料一大早便忽然又得到完颜娄石召唤，走到半路上方才知道，前日夸下海口的突合速攻击不顺，夜间又遭突袭放火，虽损失不多，却立足不能，不得已撤兵而归。

败便败了，胜败乃兵家常事，等到众将亲眼见到突合速的模样，却多少有些失态。完颜萨利赫少年时期被完颜阿古达养在身前，平素骄横，甫一入帐便忍不住当众嘲笑："突合速，你前日不还是步战第一吗？如何隔了一日便连路都走不得了？路走不得就也罢了，如何还要剃光了瓢，这是哪家避暑的新法门吗？"

完颜萨利赫一笑，其余诸将多有粗鲁之辈早就憋得辛苦，也跟着哄笑起来。

至于仰卧在帐中的突合速，脚上中了贯穿伤，头发又在昨夜被夜袭绍宋军放的火给燎了个精光，而且硬生生被下属绑在马上带了回来，根本就是一夜未眠："不要，不要耻笑！"

"好了。"

就在这时，完颜娄石适时出言，复又盯住突合速正色来问："如此说来，本来攻击顺利，绍宋军已经开始溃散，但将要破寨时好巧不巧，因你贪进，挨得太前，所以中了一箭？"

"不错。"躺在地上的突合速尴尬至极，"绝非是俺跟俺家儿郎无能，实在只是巧合……"

之前一直淡定的军中主帅完颜娄石闻言却反而蹙眉："若是这般说，绍宋军应当还是以往那般软弱才对，只是仗着城池与山寨坚固才能勉强坚守？"

"正是如此。"突合速赶紧在地上翘着脚应声。

"那为何绍宋军晚间敢离开城池、山寨，去花沟夜袭呢？"完颜娄石继续追问。

突合速登时无言。

其实，非只是突合速哑口无言，便是其余诸将也多蹙眉，而完颜娄石问完之后干脆闭口不言，就在帐中端坐，若有所思。

半晌，还是副都统完颜巴力速插了句嘴，打破了帐中沉寂："或许是绍宋军中有不少本地人，一场夜袭，说明不了什么事情。而且我刚才点验突合速部众，问得清楚，两场小败，不过伤了两三百，少了四五百众而已，等昨夜离散到山中的部众回来，估计也就是四五百伤亡，称不上是什么大的败绩。"

众人望着突合速的脚，也是无语。

"且在营中歇着，看伤势到底如何。"完颜娄石无奈，也只能出言吩咐，"若好得快便随军继续进发，若真有不妥当的地方，便也不要耽搁，直接去洛交城或鄜城歇着。"言至此处，完颜娄石面不改色，环顾左右，"你部兵马，四十七个谋克，给你七个谋克暂时来随身调用，其余四十个一分为二，二十个归中军调度，剩下二十个，谁去取坊州城？"

闻得完颜娄石如此分派，突合速面色难堪，却也无话可说。只是完颜娄石此人威信颇重，多少年的仗打下来，即便是有军议传统的金军这里，也无人敢在他面前乱吵乱闹罢了。

果然，完颜娄石虽然发问，却在环顾四周后直接指向一人："完颜萨利赫，你愿去吗？"

完颜萨利赫当即喜不自胜："都统让我去，我自然愿去！"

"突合速的二十个谋克也与你，加上你自家所领部众，要几日能下？"完颜娄石没有丝毫放松。

完颜萨利赫也严肃起来："都统要几日？"

"当然是越快越好。"完颜娄石长呼了一口气，"三日可能下城？"

"能！"完颜萨利赫当即应声。

这个时候，绝不能犹豫，哪怕是为了二十个谋克也不能犹豫，何况完颜萨利赫本有自信。

"那便去吧。"完颜娄石不做多余言语，直接盯住了另外一将，继续吩咐，

"马五，你率本部南下探探路，沿途沿着北洛水建立营寨，若有可能，直接拿下下游百里外的白水城最好！"

一直未吭声的耶律马五直接俯首一拜，便直接出帐去了，居然比完颜萨利赫走得还快。而完颜萨利赫见状，不再多言，直接告辞去接收兵马。就这样，一战小挫并未动摇金军战意，恰恰相反，因为这座城的位置对于金军而言，真真是如鲠在喉，所以即刻便有一支更强大的军队被完颜娄石派遣了出来。

而完颜萨利赫倒也算是擅长总结教训，得了三日期限的他发军顺沮水向西，仗着手中兵马颇重，将其部六十多个谋克一分为三：以后军在大营、坊州城中间位置的花沟地区安营扎寨，以作中继；以前军临阵前阴凉处休养避暑，准备即刻出击。与此同时，还有一支部队，在距离坊州城不过三四里的地方设置了一个新的营地，而且比花沟营地还要大，乃是要充当攻击基地的。

这个举动是非常正确的，因为陕北地区的黄土塬之间看似三五里的距离，远远都能看到对面的人，实际往来却颇费工夫。这时候提前设置营寨、中继点、攻击基地，对战事的帮助自然是毋庸置疑的。

和昨日一样，战事爆发于下午暑气消散时分。而仅仅是交战片刻之后，完颜萨利赫便意识到突合速昨日败得不冤了，甚至有些佩服起突合速了。

狭窄逼仄的道路上，到处都被挖得坑坑洼洼，金军只能步战不说，关键是行动也极为缓慢，偏偏这些坑洼还不足以大到遮蔽远程箭矢的地步，所以随着绍宋军弩矢迭发，自城上与山上两面夹射，金军从接战那一刻开始，便要承受单方面的伤亡。

不过，按照以往经验，只要金军顶住伤亡，杀到有效交战区域，绍宋军便会溃退，所以完颜萨利赫虽然心惊，却还是督师向前，挑选了三个谋克的重甲武士，短兵负弓，散状向前推进……这个选择跟昨日突合速选择基本无二，也是有一定道理的。其中，重甲是必需的防护，短兵乃是为了尽量轻便，提高推进速度；散装是为了应对远程打击的最佳阵型，也是适合这个地理状态的阵型选择，而这也说明了完颜萨利赫对自家军士战斗力的自得，他显然是觉得，只要有人攻上去，此战便可了结；而负弓自然也不必多言，金军无论马战还是步战，那种重箭都是第一杀伤武器，更是这种情况下尽快进入接战状态的最佳选择。

于是乎，第一拨金军，足足三个谋克，在这位冷面郎君的冷冷注视下，眼睁睁地溃败下来。

完颜萨利赫再度下令，重新组织了第二波攻击。但称不上出乎意料，这一次进攻依然以失败告终。而且，这一次逃回来的金军士卒明确告诉了前来执行军法的谷赤皮，他们这一次已经摸到了绍宋军阵前不足数十步的距离，而且绝对成功杀伤了最前线的绍宋军弩手，但绍宋军弩手虽然慌乱，却居然无一人后退。

很显然，绍宋军昨日、今日数次战斗胜利后，士气和军纪的确得到了强化。故此，虽然夏日傍晚时间极长，天气也渐渐凉快下来，但完颜萨利赫闻得回复，沉默片刻后，依然选择了撤退。

然后，他在当夜三更时分发动了夜袭。但依然失败。

绍宋军早有防备，城头与山路上到处都是火把和火盆，配合着夏日银河星空将山前空地照得宛如白昼一般，这种情况下，突袭早早被发觉。而且，夜间绍宋军远程打击效率固然下降了不止一层，但金军也不是神仙，相较于白日，他们的组织能力在夜晚也明显下降，所以依然无法冲上山坡。

翌日天明，一夜未眠的完颜萨利赫将士气已经低落到不成样子的前线部队后撤，让花沟营中部队上前代替，并准备继续按策略攻击。

于绍宋军而言，前所未有的攻势，也意味着前所未有的伤亡，绍宋军连战连胜，杀伤极多，士气早已经不是一开始那般了，面对着金军全面动作，山上、城上并无动摇之态，都开始不惜气力与金军交战。

一次冲锋之后，金军数百盾牌反而被绍宋军缴获。

中午时分，随着三线受挫，金军终于改变策略，金军大部也撤回到了安全距离以外，就地休整，而部分金军在谷赤皮的监督下，也不再强行立栅，而是干脆选择了沿河堆土，以此来防御来自河对岸坊州城的攻击。

与此同时，完颜萨利赫的求援也终于抵达河口大营，援军立即被批准，而且即刻出发。唯独值得一提的是，处置完援军事宜后，副都统完颜巴力速主动来见完颜娄石，并提出了一个疑问。

"我是故意的。"

就在前线金军彻底受挫之时，金军主帅完颜娄石却从容失笑。"我知道完颜萨利赫少见挫折，性情骄横，容易被激怒，正如我也知道突合速脾气暴躁，喜欢亲自冲杀在前一般，我就是要用突合速的暴躁与完颜萨利赫的骄横。你想想，若一开始让你或者耶律马五过去，怕是你二人见到那个伤亡，便要求稳了。"

完颜巴力速心中恍然，却不免嗤笑一声："可若是数日内真就攻不下坊州城呢？如此多的士卒性命，岂不是要白白抛撒了？"

"若真一时攻不下，那就只能分兵在这里，以作锁城之态，然后不顾后路悬危，直接南下了。"完颜娄石毫不犹豫给出答案，"不过，能攻下还是要攻下的，大局之下，士卒性命，乃至你我性命，皆不足一提，抛撒了，也就抛撒了，何况为有用之事而不成，算不得抛撒。"

完颜巴力速面色大变，却最终无言。

中午过后，骄阳如火，天气越发炎热不堪。

因为之前两日交战不停的缘故，坊州城北沮水对岸的这片狭窄地面上，已经带了一丝腥臭之气，而且有无数嗜血虫蝇盘旋不定。

战场两端三面，双方都在歇息。然而，绍宋军在城中安坐休息，金军却在土垒之后寻着阴凉暂避。不过，跟其余士卒不同，吴介却一直将一顶金军头盔置于阳光之下暴晒。

不知道过了多久，随着吴介伸手触到头盔，然后缩回手来，这位经略使精神大振，时机到了！

亲卫首领见状，即刻传令，赶忙让人取出旗帜高高挂起。完颜萨利赫察觉到城中和军寨中的动静，当即下令，全军集合。然而，军令传下，部队集合起来却迟缓至极。毕竟，弩矢只有在有效距离射到人身上才有用，说是杀伤迅猛，但真正杀的人也就是数以百计罢了，此时的太阳却是对整个金军阵地进行了无差别的照射，此地两三千金军全都有些恍惚之态。

天威如斯，人力难敌。

暑气之下，桥山军寨中，一面紫旗自上而下，直扑向前；与此同时，坊州城吊桥也陡然放下，然后一面红旗当先而出。两面旗帜相会于吊桥之前，竟然是经略使吴介和刚刚升了统制官才一天的王喜一同亲自持盾擎刀在前，而二人身后无数绍宋军甲士分两路蜂拥而出……

绍宋军两面大旗越过一片狼藉的狭窄战场，逼得在此堆土的小股汉儿军狼狈逃窜，却意外地没有大肆喊杀之态，而战场东面，很多金军虽然察觉到了一定混乱，也接到了军令，但碍于视野和暑气，还是不知道是怎么一回事，还是迟缓混沌。

仅仅是片刻之后，随着绍宋军驱赶着零散金军涌过那片狭窄战场，亲自持盾架刀在前的吴介奋力从嘴中吐出一枚铁钱来，便擎刀放声一吼。此处吴介口衔铁钱，当类似于夜间行军衔枚的作用，为保持安静，不出一语，避免引起敌人注意。

继而，跟在他身后的七八十精锐绍宋军几乎是齐齐吐出口中铁钱，随之大吼。

绍宋军阵前，一阵巨吼，刚刚勉强汇集了七八十人的金军小股部队当即一滞，但很快，随着为首一名持一柄旧刀的大金银牌猛安奋力迎着绍宋军阵冲来，这支小股部队还是咬牙奋勇迎上。然而，吴介速度不减，只是将手中缴获来的盾牌奋力朝着这迎战的金军军官砸去，便直接将原本就步伐凌乱的银牌猛安砸翻在地，继而一刀了断。而等到吴大捡起对方佩刀，脚步不停，继续冲杀向前，烈日之下，这支仓促试图堵住路口的金军当即溃散。

与此同时，随着身后涌出那段死亡之路的绍宋军越来越多，吐出的铁钱也越来越多，喊杀之声也是越来越大，竟在桥山与坊州城间形成回声，回荡不休。

早在谷赤皮战死那一刻便已怔怔立住的完颜萨利赫，此时再不犹豫，却是直接翻身上马逃窜。而说不清楚是同时发生还是有先后次序，被伤亡、暑气消磨到极致的金军不等绍宋军杀到跟前，也几乎同时失序崩溃，弃械而走……这般形状，与两日前山寨前线那些绍宋军表现并无二致。

吴介摸盔测温，白刃突击，大胜金军，复又追杀数里，焚寨而归。

一战之后，双方气势颠倒不提，逃亡到花沟第二个营寨、靠着支援的汉儿军弓弩手才止住溃势的，完颜萨利赫却是在浑身燥热之余心下拔凉起来。因为事到如今，他已经很确定自己不可能在预定期限内，也就是明日之前攻下坊州城了。

傍晚时分，完颜萨利赫到底还是硬着头皮给河口大营发出讯息，说明了战况，并请求下一步"指示"，原话是，请求都统完颜娄石将军来给他做"战术指导"。

而等到这日夜幕降临，完颜娄石果然传来指示。

"三日期限未至，并无新令，且遵前令？"完颜萨利赫目瞪口呆，"也就是让我继续攻山拔城的意思了？"

"大概是这个意思吧？"完颜谋衍没有去看完颜萨利赫，反而眼神飘忽，他被周围金军伤员、逃兵的乱象吸引住了注意力，显然有观察军情的任务在身，"父帅只有这番言语。"

完颜萨利赫彻底无言。而完颜谋衍也不多待，见状微微一拱手，复又往营中问询了几个相熟的军官，便直接连夜回河口大营去了。

当夜不提，翌日一早，完颜萨利赫整备兵马，继续掉头向西，准备执行军令，他可不敢真去试探完颜娄石的耐性。

然而，这位冷面郎君再度往坊州城行来，先看到被烧得精光的自家军寨残骸，心中无力之态已经满载，可待过了那个被焚毁的军寨，行至昨日主战场范围内，却居然又存了惶恐之心……金军沿途收拾自己一方的尸首，统一聚拢焚化，可部队行进之中，军士观此情形，心态却也不免随之大变。毕竟，平素都是他们做这种事情震慑别人，今日反过来遭遇此事，却才发现，自己与之前被震慑的那些敌人并无二样，一样会惶恐，一样会仇恨，一样会麻木，一样会不知所措。

这还只是寻常军士念头，对于军官或者完颜萨利赫而言，这种心理上的煎熬却没有到此为止，完颜萨利赫尚未进军到城前，便已经发现自己进退两难。

可理性告诉他，仅仅为了维系大金军队悍不畏死的姿态，也应该做出反应。于是，完颜萨利赫下令："五个谋克，引盾出战！"

一刻钟后，金军拥到山前，并开始攀登山头，而山头上绍宋军寨前虽然人头攒动，却依然没有发矢，这使得这些训练有素的金军在指挥官们的激励下迅速爆发，四五百甲士和压阵的汉儿军弩手不顾一切攀登山头，试图抢入军寨……而这种情况，居然一直持续到一名身披双层铁甲的蒲里衍举弓仰射，一箭射伤了头顶弩机工事后的一名绍宋军后，方才停止。

一直到此时，一队百余人的绍宋军神臂弓手方才持上弦之弩，以一种比前两日更整齐和从容的队列姿态出现在金军斜上方。

正在仰攻的金军也几乎是立即做出了反应，在继续向前攀登一两步后，几乎所有持盾军士都开始忙不迭地举盾，无盾的也趁势躲入盾下。果然，金军刚一完成架盾，头顶绍宋军便理所当然地进行了一次神臂弓齐射，上百支弩矢自上方借着神臂弓本身的力道和重力的加成，直接钉向金军头顶。

哀号之声瞬间盖过了金军指挥官们带着一丝兴奋之态的鼓劲呐喊。

完颜萨利赫在上面看得清楚，远处一览无余的山顶军寨前沿，绍宋军居然采用了一种简单却又实用，但之前一直隐忍没有使用出来的轮番射击战术。

数百弩手分成三队，在指挥官的旗帜指挥下轮番齐射，箭矢密集，将数百金军死死压在山脚下不能动弹。

这不是什么多么精彩和高难度的战术，但其中效用对于成长于军中的完颜萨利赫而言，只是一望之下，便心中通透。就这样，中午之前，数百金军终于完败于绍宋军，金军至此遭遇到了前所未有的杀伤……前两日，包括昨日的溃散，金军也不过死了五六百，更多的只是伤员罢了，而这一日，面对着绍宋军最后底牌的揭开，金军上下一次便丧命五六百之众，却是彻底丧失战意。

事到如今，最起码前线这里，再无一人想着攻下此城、此山、此寨了。痛哭一场的完颜萨利赫抹干净眼泪，下令全军撤回到安全距离，也同样架起弩机、弓箭，却是构筑一个防御阵势，然后便第三度朝河口大营发出信使。

这一次，吴玠没有再试图突击，恰恰相反，他开始让士卒从山上扔掷昨日和刚刚新鲜割取的人头，以激怒金军，但金军无人迎战。而完颜娄石也同样没有再逼迫完颜萨利赫继续用兵，而是与副帅完颜巴力速亲率数千之众于傍晚前来到此处。

完颜娄石问清战况，又在安全距离远远眺望了一下地形与战场情况，却并未苛责完颜萨利赫什么，当然也未做安慰，只是即刻派出了一名降将前去劝降，乃是许诺吴玠为泾原、环庆两路节度使，其弟吴璘为延鄜路节度使。

降将匆匆而去，匆匆而返，不出意料，吴晋卿拒绝了这个提议。

"他说，想要他降，除非是完颜娄石都统与他单挑赢过他。"降将面色发白，俨然是路上这么密集的金军尸首让他产生了剧烈的心理震动。

"也不是不行……"完颜娄石微微一笑，居然想要答应。

但马上，随着完颜巴力速愕然来看，神志恢复清明的完颜娄石旋即摇头。

而经此一番对答，所有人都看出来了，这位大金不败名将，并没有表面上那么从容，他也被吴玠这根本不曾见底的杀伤手段与战争决意给弄得心神震动，而且他也已经意识到，想要在短期内攻下此城，确实是没什么希望了。可身为主帅，完颜娄石同样清楚，这一颗钉子钉在这个敏感位置，对他的战略而言，会有多么大的影响。故此，那一瞬间，完颜娄石是真被逼到想靠单挑来宰了吴玠的。

"你怎么看？"回过神来，不再理会自己的短暂失态，完颜娄石正色来问完颜巴力速。

"除非是下雨，让绍宋军神臂弓弓弦失效，否则便是要拿命去换绍宋军的弩矢储备了。"完颜巴力速坦诚相对。

"这几日都不会下雨的。"完颜娄石连连摇头，却又即刻朝面带泪痕的完颜萨利赫下令，"最后试一试……"

完颜萨利赫几乎绝望，却又再度当场哭泣出声。

"不是让你再去攻山，而是去放火烧山。"完颜娄石随手指向北面山峦，"看看能不能靠火势把他们逼下山来。"

完颜萨利赫如释重负，当即领命而去。

而此人一走，完颜巴力速却又再度严肃相对完颜娄石："烧山怕是无用，那山寨远远都看得清楚，周围树木清理干净，且眼下并无多少风，火势卷不过去，连烟都难呛过去。"

"我知道。"完颜娄石握紧手中战马缰绳，根本不去看完颜巴力速，"但此时还有第二种法子吗？"

完颜巴力速沉默片刻，方才继续开口："那且烧山……但也该早做决断！此城急促攻不下来，是不是耀州、华州都走不得了？"

这次轮到完颜娄石沉默以对。

就这样，二人立马在距离坊州城与那座山足足六七百步的距离，各自无言，然后眼睁睁看着火势从小桥山周边那个山头烧起，然后在夏日高温的助力下迅速起势，继而炙烤了半个天空。

大火既起，势不可挡，向周围山头翻滚不停，俨然已成天灾。但正如完颜巴力速所言，今日风力不大，吴介又早有准备，这些火头虽然凶猛，却始终没有舔上那个防火措施妥当的山寨。非只如此，吴介看到动静后，即刻做出了应对，乃是让士卒在砍伐了树木的隔离带另一头，小心点火，反向形成过火带，以作躲避。而此举也迅速起效，大火轻易带过最近山头，然后直接向北面山林深处烧去。

完颜娄石远远看了一阵子，亲眼看见火头过去，终究是心中一声轻叹，然后再不犹豫，直接掉转马头，向东而走，却又忽然勒马回头："耶律马五急袭白水，已然得手，让完颜萨利赫率五千兵外加此战伤员在河口大营坚守，咱们且向前去！"

完颜巴力速在心中计算了一下兵力，面色一时发黑，却又一声不吭，只是在瞥了一眼那个岿然不动的山寨后直接转身跟上。

吴介很可能保住了坊州城的消息依然给长安这里带来了巨大的鼓舞，尤其是随后各种消息渐次传来。

当晚，便有坊州地方官的汇报、胡尹新的日报一起到达长安。

翌日，也就是五月初一这天，先是早上，长安派出的哨骑在沿途换马的急速奔驰之下带回了吴介在坊州数日坚守、反扑的消息，哨骑声称自己亲眼看到大量真虏首级。除此之外，他们还带回了金军放弃攻城，留河口大营分兵南下的消息。

这个时候，很多人都已经动摇了之前的观念，连刘子羽都保持了沉默。

待到中午，随着吴介干脆专门派人送来了亲笔书写的坊州城战事经历，赵玖本人非但对吴介的战绩再不怀疑，甚至已经敏锐地意识到，这个之前位居曲锻之下的连战连败之将，着实是有大将之才。

第四十九章　无二

张宪、田师中各引岳斐、张峻所部背嵬军自南洛水小道而来，着实震动了整个长安。

五月上旬，暑气日盛，而随着接连传来的军情，长安城中同样人心浮动。

"按照曲锻和吴璘的回报，吴璘在环庆两州寻到了四五千人，曲锻在泾原路寻到了一万人，可哪来这么多兵马？"五月初七这日晚间，赵玖看着手中送来的加急汇报，不由得蹙眉发问，"陕北三路这么穷，人口那么少，败了那么多次，死了那么多人，如何还能搜到兵马？而若是临时招募，又如何能用？"

"臣冒昧猜度，若说四五千，那大概是城寨兵无误了。"

最近活跃许多的西三路都统刘锡赶紧起来抢先认真对答："自西勒起势后，国朝因与西勒相隔大漠，后者又袭扰无度，所以多沿边界建城寨，以做推进、防御之策，而这其中尤其以环庆路、泾原路军寨、军城最多。据臣所知，当日曲锻往延鄜路对敌时，便留张中孚统揽泾原路军寨，张中彦统揽环庆路沿边军寨，应该便是这些兵马了。其实，便是之前逆贼王燮伏诛后，宇文相公也多调度各城主、寨主充实将官，如秦凤路兵马都监慕容洧、兴元府兵马都监张忠、臣麾下兵马都监李彦琪、大将乔泽，还有御营中军统制官乔仲福、张景，俱为这两路边城城主出身。"

"乔泽和乔仲福是什么关系？"赵玖一边听一边随口问了个奇怪问题。

"是同族叔侄。"刘锡赶紧应声。

"你说四五千众大约是城寨兵，那曲锻这一万人是又从哪来的？"赵玖继续追问。

"臣再行冒昧，剩下几千人大约是番兵。"刘锡到底是西军将门出身，对关西军事了如指掌。

"番兵？"赵玖若有所思，"吐蕃人还是郏奚人？"

"若是臣所驻熙河路自然是吐蕃人多一些，但环庆、泾原两路，自然是郏奚人。"说到这里，刘锡看了眼一直没说话的顶头上司张骏，稍微斟酌了一下言语才继续说下去，"其实不瞒官家，西面青塘一带地广人稀，颇难制约，所以素来通商容易、招募困难。倒是环庆路、延鄜路、泾原路三路北边，因为与西勒人久战的缘故，郏希部族居其中，或属西勒，或属绍宋，实难摇摆，所以彼处番兵多慕王化。而曲经略在那边经营二十载，颇有名望，到横山下寻些蕃部来住也属寻常，这是大大的好事，实属官家之前英明决断。"

赵玖点了点头，不是对"英明决断"表示赞同，而是对蕃部这个解释有所认可，因为他刚刚想起来，眼下应该正带领御营后军往北线赶的杨惟忠杨老太尉，身为当今现存西军资历最老的一位，据说就是环庆路边界蕃人出身，改了汉名而已。

"官家。"见到赵玖只是问些细枝末节，那边张骏倒是忍不住了，"官家之前便沿途收拢各部精锐，合而用之，加上御前班直已经聚众六千，而如今两路背嵬军又到此，长安城内这般精锐便已经有了一万两千之众，这都是可以与大金相当的兵马，再加上曲锻搜刮出一万人，还可以用吴璘代替吴玠守坊州，让吴玠南下，这又是四五千，关西这里，十万之众已经远远超出了！"

"所以当出击野战？"赵玖看了一眼张骏，依旧显不出喜怒。

"是！"灯火下，张骏站起身来恳切相对，"臣以为可以出战，且应当出战，而且臣身为巴蜀五路转运使，须提醒官家，聚拢兵马是要时间的，后勤转移也要时间，战机更是稍纵即逝。而曲锻、吴璘此时汇报，固然是联络之后的例行日报，也是请求指示的意思，若官家想要他们南下汇集大军，便该速速决断的。"

"臣赞同张运使分析。"不等赵玖开口，刘子羽果然也昂然起身，"曲锻、吴璘此举正是求问官家该如何用兵之意，而官家也该速速决断，但臣以为，官家正该下旨，让他们从保安军顺北洛水往东行，出雕阴山口，以图挠完颜娄石大军之后！"

二人立场分明，赵玖一时并未表态。

"官家。"就在这时，御营都统制王源也趁势开口，"臣以为此时出兵正在其时，昨日王副都统回报，完颜娄石于端午日率大军渡过白水，却停在蒲城与美原之间的湖畔安营，俨然是畏惧炎热，以求临湖避暑，且与完颜火钹部脱离，此时趁敌不备，速速将其围上，正好能将金军堵塞在湖畔！"

"我以为金军不止是在避暑，倒更像是在引诱我们。"刘子羽毫不迟疑，重复了一遍他昨日的观点。

"引诱又如何？"王源当即应声，"金军哪里算得到我们有那么多兵马？他这三万人只有两万真虏，我们合十万之众，完全可以一战而破。至于再挠完颜娄石之后，已经无用了。因为丹州已经被完颜火钹攻下，被隔在梁山以北的龙门渡与已经失陷的白水城一般，其实已经很难防御，若北洛水通道被截断，完颜娄石也可从容取道偏上游的龙门渡为粮道。再说了，以完颜娄石的才能，挠后路未必能成。"

刘子羽毫不迟疑，当即再度驳斥："挠后路不成，吞前军就成？"

言至此处，刘子羽复又拱手相对赵官家："官家，莫忘了曲锻临行前是何言语，彼时让他北走正是要他挠完颜娄石之后。"

"彼时何曾想过吴介如此得用？"王源也毫不客气，"刘参军，形势一日三变，我们也当随机应变，强守旧策未必就能安稳！咱们眼下是真的有一战之力的！"

刘子羽沉默一时，但很快摇头："金军远来，并不能持久，夏日暑气之后，连上秋雨，他必然退兵。"

"你怎么知道他必然退兵？"王源到底是积年的将军，资历也在这里，却是步步紧逼，"若他休养过了这阵子暑气，不急不慢逼退了同州韩良臣，再汇集河东金军攻破了渭水，然后知道官家在长安，拼了金军十万条性命也要将长安攻下，你怎么知道完颜娄石是在诱敌？你们知道金军不能持久？你说我们在赌，你这般固守，坐视金军从容往来，难道不是在赌？"

刘子羽面色微变，但还是缓缓摇头："金军虚实、完颜娄石心思，你我诚然不晓，都只是猜度罢了，以此来辩，我不能让王都统心服，王都统也不能让我心服。"

"所以，无论如何，足下都是不同意出战了？"王源冷冷质问。

"然也。"刘子羽摇了摇头，之前紧绷的身体似乎突然间放松了下来，复又昂起首来，转身对着今晚来听日报的长安城内实权文武环视一圈，最后转回赵玖方向，方才拱手一礼，并严肃相对，"官家，臣为枢密院都承旨领职方司，受任御前参谋军事，自当尽心尽力，而臣所思，便是谨守不出四字而已，官家总领百官万民，或许有所决断，但无论如何，臣都当将自己意见诚实奉上，如此而已！"

赵玖微微点头，便欲开口。

而这时，因为兄弟俱列坐，所以长久以来一直很少发言的刘锜却是忽然起身："官家，臣有一言，或可解一时疑难。"

"说来。"赵玖抬手相对。

"可让曲经略、吴都监暂往宁州汇集，然后过子午山、经沮水出坊州，与吴经略合兵。这样，若官家何时欲发大军往白河畔野战，他们也可以何时从坊州南部南下支援，若官家欲挠敌之后，也可以让他们合兵一处，往攻金军北洛水河口大营，便是完颜火钹盘踞丹州道路也会危险，届时完颜篓石不得不退。"刘锜缓缓言道，给出了一个似乎可行的军事意见，"而官家，也可趁机发旨意，问问曲经略、吴经略战守之事。"

且说，赵玖与堂中诸人听得清楚，自然知道刘锜此番策略的真正意图……通过延缓给曲锻下令来继续和稀泥。

不管是谣传的那般赵官家一旦决意出战便亲临前线，又或者是以宇文绪忠挂帅，但无论如何，正如之前在鄢陵也只能让岳斐代为指挥一般，前线总是需要一位军帅实际上负责代替指挥的，而这个军帅位置的重要性自然不必多言，很可能一战成功便要加节度使的。那么，在韩师仲无法轻易离开同州的情况下，刘锜长兄刘锡、曲锻、王源，便是实际主帅的三名候选了。今日王源表现突出，几乎要压倒唯一的反对派刘子羽，身为刘锡的弟弟，此时支持派曲锻南下，自然引人遐思。

不过话说回来，即便刘锜有这个私心，可到底算是个好主意，赵玖也即刻从善如流，直接让小林学士拟了来看。

而就在小林学士书写不停，"日报军议"也在继续不停之时，堂外忽然一阵骚动。

对此，众人并不在意，俨然已经习以为常。上下只是一起噤声，除小林学士继续书写不停外，都只待杨轶忠出去亲自交接文书。

片刻之后，杨轶忠匆匆回来，果然带了一封文书，而赵玖打开一看，心中一动，却又当场失笑，并直接开口："你们有谁认得李永奇的？"

座中许多人面面相觑，然后几乎所有西军背景之人，从刘锡、刘锜兄弟，到坐在门内位置的田师中，再到立在赵玖身侧的杨轶忠，几乎是齐齐拱手出声。宇文绪忠也捻须相对："此人出身绥德军，乃是当地郓奚大豪，完颜娄石上次占据烟广后，他全族被隔绝在后方，便直接引部众投了西勒。"

赵玖将手中文书递给宇文绪忠："胡尹加急文书在此，说李永奇带了部众与战马往庆州投奔吴璘。你们说，此人可信吗？"

"臣以为可信。"刘子羽第一个出言。

张骏欲言又止，堂中诸文武也各自凛然，连关西诸将也各自沉默。

便是赵玖，也盯着刘子羽缓缓点头不及："那便如此吧，让李永奇随吴璘一起行动，林卿，且加一份旨意，按照李永奇原本武阶升三级，再加他为统制官，知保安军。"

众人自然无话，小林学士也运笔不停。

从吴介大胜之后，周遭多是好消息，众人渐渐没了一开始那种因为官家托孤而产生的强烈悲壮感，以及因为大金大军压境而产生的惶恐感。

一句话，不管如何，相对于原来的悲观预感，局面总是在好转的，不然也不至于大多数人都渐渐倾向于出兵了，然后只有刘子羽一名重臣还在坚持保守策略。

而就是在这么一种气氛中，所有人都渐渐意识到，官家的态度才是最终的决断，而其中少部分人更是醒悟，这位官家其实早有决断，只是在等一些除了两支背嵬军以外的什么东西罢了。

而在这之前，想让这位官家最终表态似乎很难。

当然了，今日堂中还是有几个人明白赵官家在等什么的，杨轶忠和刚来不久的张宪都知道，官家是在等岳斐渡河的成果，而张宪甚至知道自家兄长原本就准备在这几日渡河。

"今日是怎么了？"就在众人几乎准备结束这场平平无奇的日报军议的时候，使相府邸中再度传来喧哗之声，杨轶忠也再度出去处置接应，宇文相公先行失笑，"莫不是何处又多了几千兵？"

众人不及赔笑，便看到杨轶忠果然匆匆捧来一封被汗渍浸染的文书，便再度凛然静候。

而这一次，众人目视之下，赵玖只是一看，便面色一变，而等到他面色恢复如常试图调整姿势在灯下仔细再看之时，手中信纸却一时没有拿捏稳妥，当场落地。

信纸单薄，在半空中微微摇曳，飘向一侧，而彼处张骏抢先一步，在杨轶忠之前捡起，顺势一看，也是登时色变。

且说，满堂文武，之前便因为官家很难遮掩的一丝姿态而惊惶，此时看到张骏失态，也是更加慌张。

"是朕失态了。"就在此时，赵玖抢在张骏之前一声叹气，"其实早该有预料的，不瞒诸位，这是李彦仙的急报，平陆今日刚刚失守了。"

堂中文武各自叹气，却也释然起来：平陆失守虽在意料之中，可完颜讹里朵一战而破，倒是不容小觑。而此时金军主力也荡平身后道路，经由河东挺进关中也不过是早晚之事。

杨轶忠从闭口无言的张骏手中接过信纸，直接小心奉还给了气息渐平的赵官家，后者在座中接过信纸，随手一攥，并不再看，只是反复摇头，俨然心中不甘罢了："本以为平陆能多支撑几日的，而平陆既失，河东大军随时有可能大举渡河，倒是不得不早做打算了。便是完颜娄石，此时来看，倒有些在等援兵的意味，再拖下去，确实要生变。"

众人心中微动，许多人都想趁机进言，而刘子羽也本欲言语，但鬼使神差一般，其人居然先行看向了张骏，而张德远却只是回到座中发呆，这倒是让刘彦修登时怔住，继而若有所思。

"罢了！"就在这时，赵官家显然是失了耐心，抬手一挥，让众人散去，"今日到此为止，林卿将旨意拿来给朕看！正甫去寻信使，让他好生安顿，不要将前方失利的事情传出去。"

前方失利，官家心情不好，众人无奈，只好告辞，杨轶忠更是早早出去去寻使者。然而，等到诸人散去，小林学士捧着旨意上前，赵玖面色不变，却直接出言惊人："林卿，且撕了旨意，重写几份，乃是让驻扎渭桥的呼延通连夜南下蓝田！再发旨意给李彦仙，告诉他朕知道平陆已失，让他自己处置，但以后要小心回复关西这边的言辞！"

林景默默不作声，即刻当面撕掉纸张，然后坐回位中，去写新旨，而这时，杨轶忠也匆匆去而复返。

"等一刻钟，召宇文相公和张宪回来，若之前出去的人有回来的，直接让他们进来，不要声张！再发一名妥当军官去蓝田寻呼延通，直接在那里接过所有关东文书，再转送过来。"赵玖严词下令，惊得杨轶忠连话都不敢接，直接转身离开。

就这样，赵玖枯坐片刻，果然有人匆匆折返，正是之前无意间看到信函内容的巴蜀五路转运使张骏。

"官家，如之奈何？"重新入得门来，张骏慌乱未减。

"你这副样子只会徒惹人笑。"赵玖严肃相对，"'泰山崩于前而色不变，麋鹿兴于左而目不瞬'，这种事情几乎无人能做到，但既为国家大臣，初时闻讯有些惊惶倒也罢了，可木已成舟，如何现在还要慌乱？被下面那些军将看到，怕是更要失措的。"

张骏登时面红耳赤，却是勉力整理，深呼吸数次后再度在空荡荡的堂上拱手："官家，敢问该如何应对？臣万死不辞！"

"不要你万死不辞，"赵玖摇头相对，"至于该如何应对，朕还要再确定一件事情才能与你交代。"

张骏微微一怔，一时疑惑，刚要再问，却不料身后稍许动静再起，回头一看，赫然是杨轶忠引着好友刘子羽去而复返。

"官家！"刘子羽甫一归来便拱手相对，"臣与德远平素相交，刚才见他失态，略有揣测，还请官家直言相告，到底是哪里军情？"

"且等宇文相公与张宪。"赵玖再度摇头。

刘子羽无奈，只能与张骏相顾，然后强做忍耐。

但就在二人准备各自落座之时，杨轶忠却又引第三个人进来了，而此人着实出乎赵玖的意料。

"陛下！"

利州路经略使刘锜直接当堂单膝下跪，大礼参拜。"臣冒昧，但若局面有一二不妥之处，臣为武将，当为国家、陛下效死！"

言罢，其人不待赵玖开口，便主动起身趋步后退，然后直接转出堂去了。显然，他知道自己没必要也没资格参与最终决断。

见此情形，赵玖难得一叹。

又等了片刻，杨轶忠终于将宇文绪忠与张宪带回。

"张宪。"赵玖干脆至极，"朕只问你一件事，你尽量来答，你觉得此时岳鹏羽可已经渡河了吗？"

闻得此言，除杨轶忠、小林学士，以及张宪本人外，其余人等俱皆变色。

"好教官家知道……"张宪深呼吸了一口气，也是勉强相对，很显然因为问题的突兀而有些措手不及，"臣大约猜度，已经渡河了！"

"怎么说？"赵玖追问不停。

"臣并不晓得具体情形，只是早在出发前，他大约提过，说要五月初渡河。"

"他给朕的札子里说的是五月上旬。"

"那便是说本月上旬内要完全渡过河到相州，并可发动攻击的意思。"张宪闻得此言陡然一振，"因为臣兄长……因为岳帅用兵素来不浪费时间，不做冗余之事，也不做模糊之态。"

"但今日是五月初七……"赵玖不由得扶额相对，"明早才五月初八。"

"非要臣来说，他怕是五月初五端午日渡河可能性大一些。"张宪也显得无奈，"可官家真要认真来问，臣也只是大约猜度。"

"且去！"赵玖抬手相对，"今日事不许说与别人知晓，回去军营路上也低调些。"

张宪即刻会意告辞。

"官家！"刘子羽严肃至极，"到底出了何事？岳斐部渡河又是怎么一回事？"

没有得到确切答复的赵玖扶额不动，一声不吭。

而渐渐平复心情的张骏无奈起身，对着莫名其妙的宇文绪忠和神色严肃的刘子羽说出了一句话来："金军并未攻下平陆，乃是偷渡长泉成功！"

"长泉是哪里？"刘子羽一时没有反应过来。

"洛阳西北，王屋山之南，黄河渡口。"在两京之间厮混了几十年的宇文绪忠面色煞白，脱口而出，"洛阳危矣！"

刘子羽身形晃了一晃，也是面无血色，半日方才失声相对："怪不得十几万大军猬集河东，却连平陆都不能一鼓而下，也没有从龙门大股增兵，怕是早在王屋山下窥伺了。"

"他们看到了龙纛，以为朕在那里。"许久都没反应的赵玖忽然于闭目中出声，"天下人也都以为朕在那里！"

"关键是该做何应对？"宇文绪忠强压内心慌乱，严肃相对。

"两条路而已。"刘子羽也冷静了下来，"一则发大兵救援洛阳；二则佯作不知，往白水寻机决战……官家！"

"你以为该如何？"赵玖干脆应声道。

"其实金军未必就能渡过去许多兵。"刘子羽稍作思索，继而再劝，"因为他们乏船！不如发兵救援！可岳鹏羽……"

"若敌军兵少，翟氏兄弟自能抵挡，若敌军兵多，渑池通道狭窄，金军一旦堵塞，便无法及时从陕州发兵，所以便只能大略指望东京周边兵马从汜水关去救。"赵玖抬头相对，"但问题在于，岳鹏羽此时到底有没有渡过去？还剩多少兵？"

"若渡过去，便是不亏！"张骏咬牙道，"东路军上下多来自河北，知道河北被突袭，怕是惶恐程度不亚于我们……"

"不对。"宇文绪忠摇头不止，"岳斐若渡河过去，东京反而空虚。"

"官家，岳鹏羽渡河到底是怎么一回事？"刘子羽也想到了关键。

"不是他仓促起念，擅自发兵，而是上一次张荣烧了小吴埽，完颜娄石南下前，朕便与他有过一些关于主动渡河的商讨。"赵玖坦诚相告。"这次临行，朕决意死守关西，更与他有言语，彼时所想，他若出河北成功，便可与韩师仲、李彦仙、马括一起三面牵制住河东金军，而朕在关西又能汇集强兵的话，便干脆一战而胜之；便是关西这里不能战，他出河北也足以让金军震动，引河东金军分兵相对。和背嵬军一样，朕未曾与其他人讲过此事。"

刘子羽一时不知道该说什么，但他也不得不承认，这真是一个好计划。因为一旦成功，确实足以为关西这里分摊压力，也最大程度上利用了张荣的水上优势。

"臣冒昧，"就在这时，一直低头写旨意的小林学士忽然起身，"臣以为岳太尉怕是已经渡河了。"

赵玖与其余几人一起愕然相对："你如何得知？"

"官家，臣冒昧猜度。"小林学士拱手相对，"小吴埽之后，金军乏船，而长泉渡又是西京最西，正处御营水军巡视边缘，金军此番能偷渡，恐怕正是因为岳太尉在用张太尉的船只渡河的缘故。"

众人一时沉默，却无人能驳斥。众人渐渐冷静，将目光集中到了赵官家身上。

"如此说来，此事称不上得失，只是战局渐渐激烈，不为人力所制的缘故了？"赵玖想了半日，只能从座中站起身来微微一叹，继而负手走向了堂外。

几位可以称为眼下关西真正决策层的大臣赶紧跟上。

且说，赵玖负手走出堂来，往院中一行，仰头一看，只见夜色之下，银河横贯，繁星点点，而夏日晚间，夜风习习。

而这位官家吹了一阵子风，看了许久的银河，半日方才望天兴叹："这里是长安，是关中，自古以来，得关中者得中原，继而得天下！所以关中不容有失。所以朕到了长安以后，别看暗中调兵遣将，似乎要如何如何，但只是为必要之时做准备而已，内里其实真就存了彦修那般心思，准备与大金耗下去、拖下去，比底力，看谁先撑不下去……"

"官家。"刘子羽闻得此言，不喜反惊。

"但今日之事，却让朕意识到，这是国战，是双方都已经倾力而为的国战，虽然现在双方都还没有全面接战，都还只是小心再小心，可稍有动作，注定要相互牵扯，继而引出一团乱麻的……"赵玖继续望天言道，"诸卿，有些事情是有规律的，恰如果子落地、日月更替一般，咱们是躲不掉的！"

"陛下。"

刘子羽面色越发严峻，而与此同时，宇文绪忠、张骏、林景默、杨轶忠四人却俱皆沉默。

"朕之前不止一次说过，想要打败大金，就要有持久作战的心思。"

刘子羽已经不说话了，他能说的已经全说了，而其余几个人早已经神色严肃，只有赵玖一人喋喋不休："现在的情况是，洛阳作为防线的中段，很可能已经被金军突破了，关东必然震动。但岳鹏羽也很可能已经成功渡河到了河北，对河东大金主力部队形成了战略钳制。而关西这里，我们暂时有了一定的兵力优势。那么若局部战场有利，我们为什么反而要耗下去，被动等待？等什么？等局势变得糟糕以后完颜娄石主动引大军攻城，还是等完颜娄石自己忽然跟诸葛亮一样死了？"

说到这里，赵玖自己都笑了，但笑声即刻停止："王源一心想做个元帅不提，他的话其实是有道理的，彦修的话也是有道理的，大家都是猜度，都不知道对方到底能做到什么份上，所以，正如彦修一再说的那般，野战出击是赌国运，朕以为一点都没错，就是赌，赌国运赌自己的性命！但问题在于，我们赌不起，还是我们不敢赌，不该赌？赌输了怎么样，死？

"别人不知道，但朕这一次，真不怕死，更不怕赌！

"你们都在给朕算账，一个人一个算法，但只有咱们这些人心里配有一笔账吗？咱们这些天，总是说战略，说兵力，却可曾问过关西老百姓，问问那些兵士中的关西子弟，问问那些兵士中的河北流民，问问那些中原之地被整个屠城的冤魂野鬼，他们还愿不愿意再等下去？想不想看我们去赌？你们总想知道朕心里的那笔账到底是怎么算的，而且总觉得朕心里的账目该装着天下人，该多么精妙，多么大义凛然，多么顾及全局……没那么多东西！朕心里这笔账早在东京就已经算清楚了，也说清楚了，那就是对朕区区一人来说，要留下怎么样的一个绍宋给后来人，如此罢了！朕直说了，我今日之心与当日逃亡路上一般无二，宁可死称昭烈，不愿坐享高宗之名！也望你们与当日一般无二。"

听到这里，刘子羽也好，宇文绪忠、张骏、林景默、杨轶忠等人也好，皆欲出言。

而赵玖却早已经片刻不停，继续凛然出声："朕意已决，即日出兵开战！"

言罢，其人直接转身，穿过几名早已经无声的心腹大臣，试图转回后堂。

也就是此时，一阵夏风吹来，早已经被自己说糊涂了的赵官家明显稍微清醒了一下，却又好像忽然想到了什么，一声嗤笑，复又回身对几位大臣加上了一句："不管怎样，这一战我军十余万，金军加上完颜火钦那部也不过四万，优势在我！"

到了五月初十，得到了钱帛赏赐，许诺了军功置田，当然也被军法震慑的熙河路、利州路、秦凤路各处部队终于开拔，在各自将官的带领下越过渭水，向东北方向的完颜娄石部主力驻地开拔。

到此为止，绍宋、大金战事陡然进一个新的阶段。

五月十二，盛暑时节，赵玖也动身离开长安，五月十四来到富平、下邽身后的粟邑镇，这是枢密院职方司预定的渭北后勤大本营，为张骏所驻守。而赵玖并未在此处稍停，他只是将众人一直视为自己所携的那个"撒手铜"，也就是那些如翟琮一般身份、一样方式聚拢起来的三四千士卒留在此处，便继续往东北进发。

五月十五，上午时分，在一场昨夜骤然到来却也迅速离去的夏日暴雨之后，赵玖亲自带领着御前班直、两部背嵬军来到了蒲城、富平、美原、下邽四城之间的位置，大约是荆姚镇西北侧十余里之地。

这里是西三路大军三万众设立的前线大营，由西三路大军中官职最高、资历最老、部属战力最强的熙河路经略使领都统刘锡主持，此地距离完颜娄石所处的白水南岸大营位置只有七八十里。

"官家且看。"

雨后艳阳，天气难得清爽，都统刘锡邀请刚刚抵达的赵官家登上一旁塬地居高望营。"臣没有将大营立在荆姚镇内，而是立在距离荆姚镇十里的这片水泽之后，一则避暑，二则也能以水泽泥泞迟滞大金骑兵。"

赵玖按照指点看去，只见此处已经显现出黄土高原特有的塬地地形。所谓塬地，乃是四面陡中间平的台地的意思，这是因为水土流失，使得沟壑穿过高原，宛如线条在大地上乱画，所以形成了这种类似于不规则棋盘的地形。

类似的还有壕、峁的说法，壕是中间有山梁的地，峁是中间有小山包的地，是一种变形的塬地。

而刘锡所立大营挨着一处有小山包的塬地，也就是峁了，正在赵玖脚下，却并没有占据这处高地，反而选择了在偏下方的位置立寨，正是因为那片开阔地前方有一大片泛绿的水泽。黄土、水泽、塬地、平原，在此地交汇，偏偏平原不是很平，塬地周边沟壑不是很陡，水泽不是很深，黄土也不是全然没有植被遮盖。按照本地人的说法，这种复杂地形会一直延续到前方白水城，也就是完颜娄石所在之处。实际上，按照情报，完颜娄石也是主动渡过了白水河，挨着一片水泽立的寨。

回到眼前，待到刘锡口干舌燥，说了许久，这位官家方才开口："你之前传信要在此立寨，便是看中了这片水泽？"

"回禀官家，正是如此。"刘锡赶紧再解释，"虽然高地、塬地沟壑皆有说法，但还是水泽迟滞骑兵，效果最佳。"

赵玖当然不懂这些，便点了点头，复又再问："兵马会不会铺陈得太开了？"

"不会，周围四座城相距不远，而金军距离此地八十里，一旦出动，足够四城合兵。"

"若他们趁机据城呢？"

"正要他们据城，一旦据城，便失骑兵之利，再难挣脱，宛如入彀。"

赵玖微微蹙眉："金军果然会如咱们所想那般行动？"

"当然不会。"刘锡即刻再对，"官家，这只是我军眼下最优举止，乃是要在此处连营，与周边四城皆为一体，做出堵塞金军进入渭北姿态，而金军若有其他应对，咱们自当再行其他应对。"

赵玖再度看了看周围地形，稍微点了点头，他大概明白了刘锡的意思，说是出征北上迎击完颜娄石，却不可能是直接约定一个日期，然后一起拉开阵势打仗的，而是要抢占优势地形，排兵布阵，然后宛如下棋一般，相互试探，最后再根据情势变化，发动或者引诱对方发动决战。

这是一个持续性的动态过程。

而现在的情况，只是绍宋军按照自己所想那般，下了第一步棋，金军之后应对，或者不应对，都会改变局势，而这要看完颜娄石怎么想，怎么做了。

第五十章 方略

次日晌午，吴介刚从帐中走出，便闻得鼓声隆隆，乃是聚将之意，吴介情知这是在等自己，更是仓皇，便连忙奔入军帐，却又见到昨日那年轻官家正端坐中军正位，身后立着御前班直正副统制官杨轶忠、刘彦，左手边乃是翰林学士、都省舍人、起居郎等近臣，右手边则是昨晚见过的御营都统王源与那两支关东而来的背嵬军首领束手而立。

除此之外，官家所坐几案侧面，还有一张空位，让吴介心中复又激动起来。不过，那赵官家见到吴介进来，只是微微一笑，便努嘴示意，让后者往王源身侧稍驻，并未着急让他入座。吴介赶紧调整心情，肃立于帐中。

片刻之后，随着鼓声不停，无数军将纷纷涌入，吴介斜眼去看，发现除了刘锡、刘锜、慕容洧、李彦琪、乔泽、张忠这些熟悉面孔外，还有许多自己根本不认识的人，一直到身材雄壮的王德，以及乔仲福、张景这三个昔日刘广仕麾下西军大将一起进入，却居然只站在另一名大将身后时，他才醒悟，官家这是为了自己，专门将周围御营兵马大将都聚集了起来。只能说，幸亏此地距离金军大营还有足足八十里，不然哨骑探知后，完颜娄石指定不顾一切打过来。

"劳烦诸卿在前营久等。今日之会不论其他，只有一事，朕虽亲至前线，但毕竟不通军事，正所谓术业有专攻，临阵亦当有大将统揽全局。尤其是眼下，关西这边，韩良臣、李彦仙皆有天大重任，轻易不得脱身，而仓促所合诸军中，凡关西六路，御营各军数部，更须有人替朕统揽全局。"

言至此处，已经有不少人将略显惊疑的目光对准吴介。昨日到现在，到处都在谣传曲大骑着铁象驰入营中，将为此战总揽，结果今日入营没看到曲大，却见到吴大，而且此人穿着一件如此张扬的棉袍戎服，立在距离官家如此近的位置上，如何不让人惊疑？

果然，赵玖半点关子都懒得卖，他端坐不动，连眼睛都不眨一下，便直接出言相呼："吴卿听旨！"

"臣在！"吴介即刻出列下拜。

而此时，翰林学士林景默又忽然出列，就在官家与吴介之间立定，然后当众撑开一张明黄色绢帛，惊得满帐武将纷纷出列，到吴介身后下拜，他们可不是文臣，下跪这种事情太常见了。

对此，林景默只是稍微一顿，便开始当众宣旨："都省：圣人顺天地之动，师必有名；王者驭中外之权，兵应者胜。乃眷中坚之略，协平外侮之虞，肆图厥功，诞告尔众。右武大夫、忠州刺史、泾原路经略使、保定县开国子、食邑五百户吴介忠义本于天资，智勇谓之人杰……"

听到这里，所有人都已经明白无误，正是吴大这厮上位了。

且官家如此兴师动众，以至于专门搬出明旨，显然是要警告所有人，他对吴介的看重是不可动摇的，不许任何人挑衅吴大这厮的权威。

然而，林景默宣读不停，很快就念出了一段让帐中所有人目瞪口呆的话来："故，特授关西六路都统制、御营副都统制，加太尉，领镇西军节度使，督韩师仲、李彦仙外关西一并军民，主者施行！"

听到镇西军节度使一词后，吴介便只觉得脑中浑浑噩噩了，一夜之间想了许多东西，到了此时却是半点话都说不出来。而他身后，营中诸将，也都各自惊愕。其中，御营中军诸将还好，毕竟是多年间随着中枢作战戍卫，对赵官家的权威已经膺服，但关西诸将中多有耸动，尤其是刘锡，其人几度抬头，几度欲起身大呼不公，却几度对上那张明黄色的绢帛后低下头来。

"臣……臣万死不辞！"

圣旨念完足足数次呼吸，吴介方才零乱起身接旨。

"且稍驻，还有一事。"赵玖见到众人起身，并不着急与吴介相对，复又在座中伸手指向两人，"张宪、田师中。"

"臣在。"

"臣在。"

张、田二人各自心下一突。

"你二人至此，鹏羽与伯英必然早有交代，还望你们谨守臣节，不要给你们岳父、义兄丢脸，吴晋卿轻驰而来，未有亲军，你二人便充为中军，直接听吴太尉调遣，朕要你二人事吴太尉如事岳鹏羽与张伯英，此为军令，懂了吗？"赵玖盯着二人正色相询。

"臣谨遵圣意！"

"臣遵旨！"

张宪与田师中各自一个激灵，即刻应声。

赵玖点了点头，复又站起身来，直接下去将捧着圣旨的吴介虚扶住，几乎是拽着对方来到自己之前所坐位置，然后强按了下去，这才在一旁侧位中坐下。杨轶忠与刘彦面无表情，离开原本位置，转到侧面赵官家身后，而张宪与田师中见状，哪里还敢怠慢，各自扶刀肃立到了吴介身后。

到此为止，吴介与帐中诸将早已恍惚，但片刻之后，随着呼吸均匀下来，吴晋卿却又即刻肃然起来，有勇有谋的吴大哪里还不知道，此番除非击破完颜娄石，否则要报这番恩德，便只有战后保着官家入了汉中，再行自刎以谢身侧官家恩义这一条路了。

"诸位。"

一念至此，心下决然的吴介再也不去看身侧赵官家，反而直接对着帐中同样神情肃然的无数军将凛然出声："闲言少说，我在坊州时便日夜思索战局，想着该如何与完颜娄石相对，但思来想去，却有一事始终不解！吴某不才，敢问诸位，完颜娄石远道而来，为何停驻白河以南数日不动？便是官家自长安出兵，至于此处，他也只是毫无动静，以至于坐视我等安营扎寨，各路大军从容汇集？"

帐中几十个高阶军官，无一出声。这倒不是他们要给吴介难堪，赵官家就在旁边，难堪也不是现在可以给的，他们只是还有些发蒙罢了。而赵玖稍等一会儿，眼见着无人应声，自身侧往下扫视了过去。头一个位置上的御营副都统王彦心下一慌，便要出列。

然而，就在这时，他斜对面下邽守将郦琼却抢先一步出列，抢先拱手作答："回禀太尉，末将御营中军统制官郦琼以为，完颜娄石是在等河东变数！"

"河东变数？"

"或是等河东援兵自龙门汇集，或是等河东金军大举强渡蒲津，或是等河东金军突袭陕州得手。"郦琼正色言道，"又或是等河东金军突袭洛阳等奇袭之策成功也说不定。"

赵玖端坐不动，面色不变，只是任由这些人讨论军情。

"不错。"吴介重重颔首，"而若这些事情被他等到了，咱们又该如何？"

郦琼登时不语，便是王彦与另一个准备出列的王德也都只是相互打着眼色，各自肃立。

"等到了，也就等到了。"吴介忽然嗤笑，"大金与我军以大河相隔，而自东海至此，绵延万里，沿途又有氾水关、潼关、崤渑古道等数处天然关节，将战场分割，左右难以支援，前后各自相持，哪里出了岔子，哪里大胜，一时难以影响咱们这边，但咱们这边，一旦分出胜负，足以了断此战。故此，唯一所虑者，唯有金军援兵汇集罢了！"

众人各自无言，这是共识，吴介此言何意？

而吴晋卿不慌不忙，复又继续询问："郦统制说得极好，但可还有人有其他见解，完颜娄石为何在彼处不动？"

"或许是为了避暑吧？"熙河路经略使刘锡面色如常，出列拱手相对，"金人毕竟是北人居多，畏惧暑气，太尉之前在坊州不正是倚仗暑气大胜了一番吗？"

"刘经略所言甚有道理。"吴介当即颔首，"还有吗？"

"或许也是惧怕了王师的缘故。"秦凤路经略使赵哲拱手而出，"此番官家下令迎战，全军行进有度，御营诸军先占据四城，然后三路兵马至此立营，前后并无丝毫破绽，末将冒昧，金军便是意有所图，也未必敢来。"

"说得好！"吴介昂然以对，"诸位说得都很好。我在坊州便知道，金军之强，毋庸置疑，但其强盛自有缘由，首在士卒坚韧耐战；次在骑兵往来奔驰；三在重甲坚固难伤；四在重箭锋锐。而如今暑热难耐，金人战马瘦弱，士卒困乏，再加上此地地形复杂，士卒坚韧与骑兵之利已经大大削弱。且自官家登基以来，上下一心，屡次与金人决死，我军早知金人终究也只是人，可伤、可死、可溃、可胜，所以士气渐盛。至于兵器攻杀之利，桓榛有重箭，我西军也素来善用神臂弓。甲胄差距倒是躲不掉，旌和之前，我军甲胄虽多，却多制作不良，旌和之后，甲胄流失许多，官家在襄阳立炉、大相国寺起坊，颇有成效，却多用于御营兵马，但事到如今，敌我两军甲胄都已经成定数，谁想要在一两月内补一补，怕是也来不及了。"

吴介坐在主位侃侃而谈，下面立着的众将，乃至于几位中枢文臣几乎无人不面面相觑，然后骚动之态也越发明显。无他，随着这位新上任的吴太尉不停地阐述着自己的战争理念以及对眼下关西战局的看法，几乎所有人都渐渐意识到这位吴太尉的战略意图，没意识到的也从其余同僚脸色那里有了猜度。

"金军虽强，但非不可战胜！"吴玠终于厉声作色，"反倒是在此处坐等金军援兵汇集，届时必然无救。而眼下，我军主力已经汇集，吴璘、李永奇也已至宁州，故此，当趁敌我军力最悬殊之时，发大军北上，直逼白水！并以曲锻、吴璘、李永奇三将汇集坊州，并急袭北洛河口大营，以其首尾不能相顾之态，逼迫金军速速出战！"

众人面色煞白。

赵玖情知有些事情终究要自己出面，微微一叹，先问吴玠："吴卿，你昨日想跟朕说的事情与今日这番言语，可有不同？有没有因为朕今日拜你为帅，存了操切之意？"

"官家，"吴玠试图拱手而拜，却被对方抬手阻止，"若说臣没有感念官家今日恩遇而起操切之心，谁也不会信，但趁暑气正盛、兵力差距最大的机会主动出击之念，还有南北首尾并袭之策，却是臣早在坊州便有的念想，并非临时更改。"

"朕知道了。"赵玖强行压住心中感叹之意，起身相顾帐中诸将，面色不变，"诸卿，朕问你们，你们有谁比吴太尉更清楚北洛水，以及白水至此处周边的水文地理吗？"

众将相顾无言，这其中许多人都是西军宿将，北洛水沿线，尤其是两军阵地附近的水文地理恐怕谁都知道，但谁敢说比吴玠更清楚，那便是吹牛皮了。

且说，两军阵地位于渭北平原和北面丘陵地区交接处，而在这块区域北面对抗金军至今的不是别人，正是曲锻和吴氏兄弟。然而，便是曲锻也离开此地一年才回来，吴璘也比不过自家兄长，因为正是吴玠去年在这附近的洛水对岸打了一场大败仗，今年又在上游北洛水周边连续失了丹州、鄜州！然后刚刚又在北洛水沮水河口赢了一场。

"那朕再问你们，自旄和以来，你们谁和完颜娄石交战次数最多？谁又在与完颜娄石交战中斩获最多？谁又与完颜娄石有最近的交战经验？"赵玖继续相询不停，"便是与完颜娄石交战的败绩之中，你们中又是谁保全的部队最多？"

所有人都沉默无声，因为所有人都知道，这个人就是吴玠。而且所有人也都醒悟，为什么赵官家要一力抬举吴玠坐这个帅位。

赵玖眼见诸将各自无声，干脆起身离开几案，来到诸将之前，束手环顾左右，言语平淡："不瞒诸位，朕听到吴太尉欲弃了这沼泽、这城池、这大寨，直逼白水，心中也是忐忑的，甚至有几分畏惧，但朕也想问问诸位，此战若要朕不信吴太尉，又该信谁？你们若有谁在之前几问中自诩能越过吴太尉，并有他策，今日尽管站出来，朕说不得心中喜不自胜，可有人吗？"

王源、王彦、王德、刘锡四人被赵玖扫视，各自无声，刘锡还干脆低下了头。

"若无人，"赵玖环顾一周，却又难得失笑，"便当遵军令而为！而若有人今日不语，将来却临战不力，又或是以日后战局指摘今日吴太尉决断，却也无妨。"

众人愕然。

"因为此战若失利，朕怕是就不能与诸位追究军事得失了！"赵玖继续笑对帐中诸多军将，然后回头相顾，"吴卿，你既早有全局考量，便无须顾忌。因为朕也早有考量，早无顾忌。"

不知何时立起身来的吴介嘴唇微微跳动，却是重重颔首。

第五十一章　山水

当日事毕，赵玖将中军大帐让给吴介，自己退至后营歇息，翌日一早，按照吴介军令，御营军官各自回去领兵，荆姚这里的西三路大军却正式开始整军北上，试图进逼白水。

第一日倒没什么可说的，吴介签署军令，大军即刻出发向北，不过却称不上拔营，因为这处位于荆姚镇的大营将会被四十里外的张骏继续使用，张骏会同时将后勤中枢前移到此处。而部队也只行进了二十里而已，就在蒲城西侧十里的平行位置再度扎营，然后等待周围城中的御营中军兵马汇集起来。

而又等待了两日，等到全军集合，再度北上之后，情况就彻底不同了，因为从这一日开始，绍宋军将会失去左右两翼城池的掩护，将主力部队暴露在旷野之中，也暴露在大金骑兵的打击范围内。而且，随着原本周围城池内的御营中军各部集合到一处，部队也显得杂乱而庞大起来，换句话说，便是臃肿。

对此，吴介亲自指挥，从凌晨天亮开始，花了大半日的时间将部队进行统一安排，放弃了一字长蛇之阵，乃是让御营军王德诸部分列在前，八字军随后当中，西三路兵马分出熙河路、利州路在左右，秦凤路兵马带着民夫辎重居中，最后两支背嵬军与赵官家的御前班直在后压阵。非只如此，这位新上任的吴太尉还下令，要求各部行军时务必将长枪兵列阵在前，弓弩手押后，各部辎重车辆分列左右以备，并且还要求各部骑兵集中到右侧，协助骑兵稍少的利州路。这是防备骑兵突袭的典型行军阵型。

长久以来，八字军部队内部只有焦文通、孟德二位统制官，去年赵玖亲自干涉，才迫使王彦又提拔了一个刘泽为统制官，一个范一泓为统领官，但即便如此，此番出征，王彦也找理由让世出名门的范一泓领着千把人留在了汜水关。

王彦部一万九千众，俱是御营中军待遇，披甲率近五成，只有他的中军和焦文通、孟德、刘泽三名统制官，分为四部而已。而相对应来说，最前列的王德部所领，实际上由赵玖直接控制的御营中军另一大部，经历了数次整编，就显得精悍多了。王德以下，张景、乔仲福、傅庆、辛永宗、辛企宗、郦琼，除驻守蓝田要冲的呼延通未至外，合计七部，王德部四千，张景部三千，辛永宗部两千，其余每部两千五百人，刨去少许减员，也是大约一万九千战兵，披甲率却在七成偏上。换言之，号称四万之众的御营中军，其实大约只有三万八千众。

但这些部队，尤其是王德等部，胜在早在南阳时期便得到了东南、巴蜀、荆襄的财政供给，有充足军饷和优先的装备获取权，他们就在赵官家眼皮子底下驻扎、训练、补给、整编，相当程度上由赵官家直接控制，所以这些部队，着实有看头。至于陕西西三路兵马，也就是熙河路、秦凤路、利州路这三支部队，当然也算是正军，而且出乎意料，经过点验，小林学士和杨轶忠发现他们居然超员了，三路兵马，抛开其余各部支援的骑兵，居然有三万四五千众。

这三路兵马，都是西军传统编制，经略使以下，兵马都监，本路第几正将、第几副将，各有所处，显得复杂而又自成生态。而赵官家能直接接触的，无外乎是从刘锡以下，刘锜、赵哲，慕容洧、李彦琪、张忠、乔泽、孙渥诸将罢了。

以上这些部队，加上赵玖自带的两千御前班直，交予吴介的两路六千背嵬军，便是此番逼迫白水的绍宋军主力所在了，合计超过八万实兵。

八万之众，不算守蓝田的呼延通，不算守长安和渭北的京兆本地兵马，加上此时跟随张骏后勤的所谓"撒手锏"，也就是赵玖通过调度各部精锐所获取的一支三四千众的混编全甲部队、北三路中曲锻、吴璘自泾原路、环庆路所搜括的部队、神兵天降的李永奇部、坊州守军……确确实实，此战绍宋军方面，怎么算都超过十万兵力。

又过一日，大军再行出发，十余万众的部队列成阵势，如波浪一般向前翻滚不停，浩浩荡荡，几乎一望无际，人居其中，也自起振奋姿态。

而赵玖一直到这日下午，来到预定的扎营位置，抢在全军立寨之前登上一旁山坡而望，这才第一次窥到这支大军的全貌。

就在这时，远处东北面一阵烟尘大作，登时引得尧山上的众将彻底肃容起来，因为不用等到跟前看清楚，所有人也都能猜到，那绝对是一队不下数千的大金骑兵，正顺着尧山自东北面过来。

山上山下绍宋军远远窥见，自然震动，而掌握各部骑兵，负责大军右翼防护的刘锜却是即刻跃马冲下山坡，亲自归队去应对来袭金军。其余许多军官也都纷纷辞行下山，各自整备部属，以作应对，一时间只有赵玖与吴介、刘锡，外加几位御前近臣依旧在这个山坡上远眺。

未过多久，夕阳下，山上众人窥得清楚，那几千骑疾驰而来，塬地地形并不能阻碍太多，很快就逼近尚未整饬利索的大寨，引得许多绍宋军民夫、辅兵惊惶起来。但是，等到这些骑兵驰到那片白花花的水泽之前，却又彻底无奈，几次尝试后，大部队都难以利索通行，少数摸着水泽中道路过来的幸运儿被大股绍宋军迎上。无奈之下，这支部队只能绕行向东，似乎是要尝试从大金粟山方向绕过这片夏日水泽。

但是，这支部队尚未向东许久，可能是看到利州军已经在刘锜的指挥下在全军右翼，也就是大军东侧从容布阵，所谓长枪在前，弓弩在后，左右骑兵分列，分明严阵以待，却是干脆利索地放弃了绕路，直接向东北方向折返回去，依旧烟尘滚滚。

金人来去匆匆，山上山下自然各自欢呼，立寨之事也继续从容运作。

但全军统帅吴介忍不住皱起眉来——金军放弃得太快了，也来得太晚了，这不是想作战的样子，倒像是当着谁的面做试探与展示一般。

"地形、军队编制，这些都看清楚、记清楚了吗？"

十余里外，金粟山上，坐了大半日的完颜娄石忽然扭头，而他身后，赫然是上百名金军军官，猛安、谋克数不胜数，却俱皆肃立。

夏日草木茂盛，山下相隔数里根本看不到此处人影。

而这其中，为首一将，正是副帅完颜巴力速，其人闻言，当即上前颔首。

"如何？"完颜娄石正色相询。

"有些麻烦。"完颜巴力速坦诚相对，"首先是地形，一个是水泽乱七八糟铺在战场中央，骑兵天然受阻，一个是绍宋军主动依山立阵，居高临下。不过，这些倒也罢了，关键是绍宋军数量庞大，数倍于我军，居然能排出那种阵势妥当进军，可见绍宋军无论是将领还是部队都非往日可比。当然，其中也有劣兵，譬如被裹在中间的那部。"

完颜娄石不由得失笑："郾陵一战后，谁若是还以为绍宋人软弱可欺，便是可笑之辈；而坊州一战后，谁若是还以为绍宋军无良将无敢战之军，也是可笑之辈；而若觉得绍宋军一年内便脱胎换骨，个个都成强军，那还是可笑之辈。中间那部旗号我已经记住，你只说该如何应对？"

"绍宋军数量太多，且时间紧急，还是赶紧呼唤完颜火钹都统来援吧！"完颜巴力速说，"完颜火钹将军一万兵至，咱们四万兵加起来，还是可堪一战的。"

一直渴望决战，甚至主动越过白水来到尧山一带，明显有诱敌之态的完颜娄石沉默了一下，站起身来摇头不止："且再等一等，今日就先回营吧。"

五月下旬，仲夏时节，吴介领军进发尧山。绍宋军与金军一个依山、一个傍水，相距三十里立起营寨。

吴介判断得一点都没错，在战场侧后方丹州境内活动的完颜火钹的确是第一时间就收到了自己父亲完颜娄石的军令，并即刻率本部万众向西，然后抢在吴璘与李永奇抵达坊州之前便与完颜萨利赫完成了会合。

吴介之前击其尾而迫其首，使首尾不能相顾的战略，上来就被完颜娄石窥破，并从容化解。对此，赵玖并未有太多失望，吴介也没有，因为随着战场被挤压得越来越小，决战点基本锚定，那么围绕着尧山—五龙山这个核心战场能发挥的空间就不多了。主战场外，正北是坊州和金军北洛水河口大营，西南是绍宋军荆姚镇后勤大营，东北是龙门渡，东南则是韩师仲所部主力重兵把守的蒲津渡。就这几个点，就这么大地方，就些花样，他吴介能想得到，人家完颜娄石没理由想不到。反过来说，金军能做的，绍宋军也没理由想不到。

就这样，三日后，约定日期来到，金军动都没动，而绍宋军也同样没有傻乎乎地出营列阵。

且说，仲夏盛暑，一连数日，白日骄阳如火，晚间清风拂岗，绍宋、大金两军在怪异而又紧张的状态下继续对峙了几日，眼瞅着月底在望，这一日，暑气稍消，之前被要求"不必事事来报"的吴介却忽然于晚间直接来到山麓大营，然后求见"副帅"。

"官家。"

星河之下，军营早已经渐安，便是蝉鸣也都在军营周边复起，故此，随小林学士一路来到"副帅"大帐旁靶场空地的吴介，倒是在漫天银河之下直接换回了称呼。"这一两日便要开战了！"

坐在靶场小凳子上吹风的赵玖点了点头，居然没有太大反应，而周边随侍的王源、杨轶忠、刘彦却早已经色变，倒是去迎吴介的小林学士维持了风度。

"可有什么说法吗？"事关重大，在此沦落为闲差的王源严肃相询。

"王都统。"吴介对上王源倒也客气，因为他情知自己这话其实是说给赵官家听的，实际上他马上对准了似乎有些漫不经心的赵官家，"官家，臣与完颜娄石交战数载，自问没人比臣更懂完颜娄石，所以臣一开始就以为，完颜娄石许久不战，不是不敢战，不是不愿战，而是此战他们确实有些天时地利上的不妥，所以想寻个妥善战机而已。"

"所以金军战机到了吗？"星空与火把之下，赵玖终于稍微正色一些。

"不是，是金军战机快没了。"吴介认真作答。

而赵玖也是终于有了几分兴趣："怎么说？"

"于金军而言，所谓天时地利之扰中，能变动的，一在暑气；二在水泽。"吴介赶紧解释，"这几日，虽然白日骄阳似火，但好在一直风清气朗，所以只能说炎热，却不是暑气，于金军而言，最惧怕的其实是那种闷热之气。"

"所以，好天气要没了，快要闷热起来了？"赵玖几乎是即刻会意，战斗本就该是这般务实的，哪里有那么复杂，"而水泽虽然还没有彻底干涸，却也不能等下去了？"

"不光是要闷热，怕是还要再下雨。"吴介终于失笑，"臣知道完颜娄石常常往大金粟山上狩猎时，便猜到完颜娄石心意，这些日子也一直在观察水泽、留意天气，今日营中几个有暗伤的老卒一起寻到我，说他们虽然还没到浑身酸痛的地步，但已经隐隐觉得伤口有些发胀了，再过两三日，必有雨水！"

赵玖缓缓点头："金军也多百战之人，也晓得用这种法子预估雨水，所以，完颜娄石若真有战意，便不可能再等！就是明日或后日了？"

"官家明慧！"

"不要说这些话了，要朕做什么？"赵玖正色相对，一双眸子在黑夜中闪闪发亮。

"并不用官家做什么，曲大和臣弟那里，臣已经急切发文让他们好生观察完颜火钹动向，不计一切择机攻击河口大营了。"吴介沉默了片刻，方才迎上赵玖双目相对，"而臣此番过来，本想劝官家连夜往荆姚避战去的，留下一面龙纛便可……"

"朕不会走的。"赵玖平静一叹，"朕的军队在这里，朕的河山也在这里，你尽量去做便可……而且，朕走了，那些人必然会出乱子，越是临战，朕越要为你坐镇一二。"

吴介一声不吭，拱手趋步而退。

而吴大既走许久，赵玖思索了一阵子，方才在小凳上招呼一人："平甫！"

刘彦赶紧上前："官家。"

"朕要你去做一事。"在杨轶忠等人的面面相觑之中，赵玖轻轻一叹，"现在就去，去荆姚将咱们在彼处最后三千五百兵马，想法子给我调来。直接调军中也可，装作民夫等在北面路上择机参战也行，你看着办。"

刘彦沉默片刻，拱手应声而去。

而就在同一晚，月黑风高之时，直线距离相隔百余里之地，同州最北端，梁山之后的龙门渡，一队金军信使正如往常一般不顾深夜从此处渡河过去，大河两端的金军想要取得联系，自然从此处走。然而，有意思的是，这队金军过河之后，并未顺大河向南疾驰去河中府见此番名义上的总帅、三太子完颜讹里朵，反而向北转过龙门山，并于深夜之中进入一座规模颇大的大营之中。

"渡河？"匆匆起身的完颜乌竹望着身前的完颜谋衍，不等对方开口，便本能面色一肃，"现在渡河，明日作战？若明日作战，如何不早来？来得及吗？"

"是现在乘夜渡河，后日交战。"完颜谋衍赶紧俯首更正，"我父帅请四太子即刻抛下大营与辎重，随韩将军一起渡河，然后明日日落之前务必渡过北洛水，到北洛水西岸安顿，彼处自有家兄完颜火钹供给物资。而后日一早，则要不顾一切，急袭南下，务必在午后随我一起从尧山西侧绕行到绍宋军大寨南端，成南北夹击之势！"

完颜乌竹听到这里，终于长呼了一口气："俺为你父亲一句话，几乎在东路军中离心离德，方才强留下这两万之众，然后还要连续两日每日奔袭百里，以强弩之末之势与绍宋军决战，希望你父不要负俺！"

"家父生平未曾一负！"完颜谋衍昂起头来，不顾身前之人是太祖骨肉、堂堂大金四太子，当场面目狰狞起来。

光着膀子的完颜乌竹见状，不怒反喜："正是此意！"

第五十二章　奔援

完颜乌竹与韩昌扔下辎重夜渡龙门，待到过河已经是天明时分。

十万御营军与数万西军再起。自东海至陇上，战线绵延万里，双方隔着黄河你来我往，互有进退。金军已经很久没有发动这么正式的战争了。而三太子完颜讹里朵那边，等到河中府开展之后，纵观眼下局势，但接下来的事情却让他难以理解。

洛阳城破，龙纛之下只是一个空城与一个留守相公，这没什么，关键是这种成功的奇袭并未让战局产生巨大的涟漪，汜水关久久不下，崤渑古道被死死堵住。洛阳城的失陷就只是洛阳城的失陷一样，以往一点破而全线破的情形消失不见。

然后，就是岳斐率足足四万绍宋军出现在河北的情报了。这个时候，完颜讹里朵并不知道南岸绍宋军的镇定是不是强装的，但他很确定东路军上下是真慌了。每一个猛安、每一个谋克、每一个蒲里衍都在忧心忡忡，即便大名府尚有完颜塔兰、高景山等人带领的数万部队也放心不下。

无奈，完颜讹里朵只能同意这些军官的集体请愿，发兵四万北归，乃是要出壶关逼退绍宋军，这个举动，几乎相当于放弃了从陕州或者同州强渡的方案。

岳鹏羽此番北渡，实际上的战略目标在一开始便已经达成。不过，也就是从应声的那一刻开始，这位三太子在内心深处认可了自己四弟完颜乌竹许许多多的看法，也认可了其引两万军相候龙门渡以作支援的方案，因为完颜讹里朵彻底意识到，无论如何，绍宋、大金之间将面临一种全新局势。即便是此番得胜，取了关中，也是如此，除非那个被自己四弟视为绍宋军如此姿态根本的绍宋官家和绍宋军主力一起在此战中被剪除。

"三太子……"

见到主帅失神，来报军官稍显犹豫。"四太子既然渡河，咱们这里要不要稍微做些事情？"

完颜讹里朵恍然回过神来，却是即刻颔首，他也觉得，将事情和责任尽数推给老四一个人有些过分。

"可以集中兵马，强攻平陆，让绍宋军将注意力放到这边来！"这军官小心相对，"咱们以现在兵力接战其实并不妥当，若是强渡蒲津，怕是要弄巧成拙的，反倒是平陆，孤悬之城，连日不下，之前为了偷渡洛阳稍作迟疑倒也罢了，此时却不必忌讳。"

完颜讹里朵即刻颔首。原来，平陆居然尚未被金军攻陷。

一日既过，五月廿八日平静到来，这一日清早，原本就已经围城妥当的河东大金军大举强攻平陆，李彦仙亲自指挥，让部队从陕州城渡河支援，一时战况激烈，而作为最近的两个战区，也是实际战事相关度最高的两个战区，李彦仙没有忘记即刻向韩师仲发出战况通报，让后者做好准备。

而中午时分，韩师仲得到通报，却心下犹疑，因为蒲津渡风平浪静。而且，就在昨日，他刚刚收到了官家关于这两日可能决战，让他小心蒲津方向与龙门方向的亲笔文书。但现在，蒲津渡异常平静，反而是已经无关紧要的平陆城遭遇到了围攻。

仅仅是一瞬间，驻马在黄河畔的韩师仲便嗅到了一丝让他紧张、惶恐，却又兴奋的味道，然后他即刻发出信使，让本就在梁山地区戍守的部队，翻越梁山地区，以千人为规模，分成数股，进行前进式侦察。战场就这么大，韩师仲没有理由想不起龙门渡。当然，照理说，韩师仲此时嗅到这些东西已经无足轻重了，因为按照完颜娄石的安排，这一日便是决战时刻。

一切都来不及了。但是，这一日截止到韩师仲派出使者快马向北，整个尧山—五龙山—白水地区，平静得一如既往。

一直到中午，完颜娄石都没有派出任何兵马，整个金军大营也是如前几日一般无二。如果非要说有什么不同的话，那便是天气稍显沉闷了一些，但依然没有下雨。

到了下午，完颜娄石依旧没有出兵，而韩师仲布置在梁山南侧的部队，诸如董旻部三千众已经开始匆匆向北侦察。而也就是这个时候，绍宋军主帅吴介却陷人极大的自我怀疑之中，普通人都已经察觉到了天气的沉闷，但是金军并未出击，这让他产生了一丝动摇与犹豫，继而怀疑起了自己的判断。虽然后方山麓上的赵官家并未有丝毫言语，但吴大依旧产生了一种明显的羞耻感。

他一败再败，官却越做越大，好不容易赢了一次，也为此得到前所未有的机会，结果却又一失再失，什么方略、什么应对、明的暗的，全都没有效果。

而到了傍晚时分，眼看着金军依旧毫无动静，吴介思索许久，却终究如昨日一般，在小林学士的协助下，召集各部将官，再度签署了正式军令，要求全军翌日凌晨提前做饭，各营检查兵器物资，俨然是保持备战姿态，也是坚持了自己的判断。

不过，军令既署，太阳尚未落山，吴介便将自己关入中军大帐，抱头不出，十万之众、关西六路之地、官家安危，虽说受官家知遇之恩不该迟疑，但谁又能明白这份压力呢？

"明日开战。"日落之后，完颜娄石召集全军高级军官，平静地宣布了开战消息。

本该今日出兵的金军实是低估了东路军在这塬地上行军的难度，未能赶到，但完颜娄石坚持战机已现，毋得迟疑。

"你确定？"时至深夜，因为白日疑心，主动率本部背嵬军来到同州中部寺前镇的韩师仲被自己下属惊醒，然后得到了一个意料中的消息。

"千真万确！"报信的下属喘气连连，却赶紧重复，"俺们三千人北上，尚未分开便探察到了军情，金军大股部众昨日从梁山北面经过，一整日不停，当地山民看得清楚，说是比我们的人多得多，董统制让属下不惜马力，速速来报此事。"

比三千人的部队多得多，便是数万大军了，而昨日看到的，那现在说不得早已经抵达北洛水甚至白水了。对此，心中瞬间有了判断的韩师仲沉默不语，他的部队，他的得力下属此时分布在数座城市和数个沿河阵地上。而且，他也不需要想什么多余的言语，此刻只有援，或者不援两个选择罢了。

一旦去援，沿河阵地与蒲津渡的兵马不能动，也来不及动，而若部分城市兵马，如西北方防备完颜娄石侵入同州的澄城等地，因为处于完颜娄石大营的哨骑探察范围内，一旦调度，很可能立即被金军察觉，继而弄巧成拙。所以，此时他韩师仲能调度的，且能确保明日能赶到尧山战场的，其实只有一支背嵬军和常乐许世安部，合计七八千人罢了。

七八千人，奔袭到战场，很可能赶不上决战，即便赶上了能有几分战力残存也是个未知数。但仅仅是沉默了数次呼吸后，韩师仲便已经下了决断.

凌晨，足足失期一日，注定要对战局起到了巨大不可知影响的完颜乌竹部，在顶着巨大非战斗减员压力的情况下，依旧与韩昌一起，开始沿北洛水动身南下。这一次因为有河道的缘故，金军的速度比前两日快多了。

而几乎是同一时间，同州的韩师仲在稍做准备后，也正式率部向西，同时他的信使早早前往本就在北洛水河畔的常乐镇，通知了在那里驻扎的许世安。

与此同时，金军大营率先升起了显眼至极的炊烟。随即，河东行军司都统、此次出征关西的实际统帅完颜娄石下达了这一日的第一条军令——全军三万众，除两个合扎猛安外，每人各领一个口袋，装满泥土，方能领餐。

就这样，天亮之后，饱餐一顿的金军牵着战马、护着大车，用尽了各种方式携带了属于自己的一口袋泥土，然后倾巢而出。

哨骑仓皇汇报，绍宋军大营得到消息，全线震动，如临大敌。但随后，哨骑再度来报，金军大部虽多骑兵，但行动缓慢，且看行动方向，并非直往绍宋军大营而来，反而是往绍宋军大营正东、金军大营正南的金粟山而去。此时，已经算是白天了，而绍宋军统帅吴介犹豫片刻，只派出小股部队两千人，急速进发，往金粟山做出象征性抢占姿态。

不管如何，到此为止，绍宋、大金两军都已正式出兵，便是赵玖都已经开始在杨轶忠的协助下披甲负弓。

这一日，是五月廿九日，天气稍显沉闷，但未见雨云，利祭祀，忌动土。且说，绍宋军的先头部队——秦凤路乔泽所领两千部众一出兵，便领命前去抢占金粟山。但刚刚出营不久，便遇上金军万户耶律马五部前锋完颜慎思领千骑来迎。绍宋军对上金军全员重甲重箭自然难敌，不过几个回合，便落入下风，且战且退，金军那边便立即追杀不停。随着金军骑兵的持续性有效杀伤，乔泽部很快便支撑不住，迅速陷入逃散状态，部队也丧失抵抗能力，大规模死伤减员开始出现。所幸，所有人的逃离目标都是一致的，而且此地地形复杂，即便绍宋军在逃离时有些慌不择路，可这里冒出一条沟，那里多出来一片水泽蒸发后的泥泞沼泽，也给重甲金军骑兵带来了巨大麻烦，让乔泽部始终处于一种溃而不散的状态。而完颜慎思望着这两支行动迅速、阵列整齐的部队，却是毫不迟疑，选择了撤兵，他的千把骑兵在这种规模和士气的绍宋军主力面前没有任何占便宜的可能性。

"这仗打的有啥意思？"

将乔泽部接回来以后，御营中军统制官辛永宗看着乔泽部的损失，忍不住当着乔泽的面朝自己身侧，也就是一起出兵救援的郦琼抱怨起来："两千孤军，姓吴的不是让乔将军白白送死吗？而且咱们营寨这么高，许多士卒都亲眼看见败绩，岂不是白白丢了士气？"

乔泽当然知道这是小辛看在自己族叔乔仲福的面子上卖好，而且作为领命之人，他是知道一些内情的，但此时他刚刚逃出虎口，不免狼狈不堪，却根本懒得言语，只是扭头去看自己部属情形。

"不是这样的。"

就在这时，一直驻马塬坡上，环顾周边的郦琼面色严峻，摇头以对："吴太尉此举是在找，或者是在猜度合适的决战战场。如无意外，今日便当在这块东坡塬地上交战了！地形、大小、高矮、视野、距离，都合适！"

辛永宗愕然再去看脚下这片塬地，也是陡然惊醒！他便是再无天资，可郦琼的话都说到这份上了，身为一个领兵之人又如何不懂呢？何况一旁当事人乔泽也没有反驳。

且说，金军明显是要取金粟山以获得视野优势，以及对绍宋军大营发起总攻的二次基地，但金粟山距离绍宋军大营十四五里，这么远的距离，争是肯定争不过金军骑兵的，所以正如所有人想的那般，争夺金粟山一开始就是个假的命题，而面对三万金军主力，两千孤军出击也不可能有实质性的结果。

但是，吴介让乔泽出击的目的也不在此。两千军队溃下来这个过程，已经很自然地将东坡这片区域的优势给彻底突出：首先，东坡距离绍宋军大营五六里，距离金粟山十来里，这是以步兵为主的绍宋军从大营支援和出击的有效距离，也能确保不为金军轻易先行控住；其次，东坡既然是个塬上坡，而且主要坡度在东侧，那就注定了步兵登上这个战场比对面骑兵要轻松许多；其三，东坡的高度没有超过绍宋军大营所在的山麓，视野清晰，方便指挥；最后，东坡面积极大、极长，宽数百步，长十余里，方便主力部队在此展开，与此同时，那些水泽蒸发而变成的沼泽也多半止于此地。

"元帅要弃寨迎击？"绍宋军大营中军营盘所在，盯着东坡看了许久的刘锡回过头来，对着吴介面露惊愕。

"不是我要，而是金军一旦占据金粟山，便可窥我等虚实，然后再占据东坡，便可以对大营分而破之。"吴介蹙眉严肃相对,"而且莫忘了,咱们之前争论立寨之事,我说占据高地,更多是为了视野和指挥,并未驳斥刘都统水泽迟滞骑兵最佳之论。现在水泽面积减半,却依旧能迟滞金军骑兵,何况部分水泽没了水也依旧泥泞,说不得能有奇效,难道要放弃这些水泽、沼泽,任由金军从容登上东坡,然后围攻营寨?且夏日气躁,若金军逼近营寨,施行火攻又当如何?"

刘锡怔了半晌,方才愤愤振甲:"若早听我言,在东坡塬下立寨又如何?"

吴介懒得理会这种没有任何意义的抱怨之语,反正对方已经认同迎战之策。

倒是利州路经略使刘锜此时上前稍劝了自家兄长一句:"都统,元帅所言极有道理,而且便是咱们之前在塬下临泽立寨,又怎么可能扔下兵力优势,困守营寨呢?营寨这么大,根本没法有效支援,若是困守,十之八九要被各个击破,到底还得主动迎战。"

刘锡彻底无言,而坐在吴介侧旁的赵玖一声不吭,此时倒是瞥了这对兄弟一眼。

绍宋军初战失利,金军初战得胜。

绍宋军撤回以后,谨守大营,金军得胜之后却也没有趁机发动进攻的意思,三万大军在完颜娄石那面五色捧日帅旗的带领下,朝着金粟山从容进发,甲胄、布袋堆垒在行军辎重大车之上,战马放空,既没有半点迟疑,也没有半点躁动。

完颜娄石带着数万大军抵达金粟山,便下令全军准备披甲作战。待军令传达完毕,又命完颜折合为先锋,引五十谋克携布袋直奔绍宋军北面侧营。

见到完颜折合出兵,完颜娄石亲点耶律马五抢占绍宋军大营东侧塬地高坡,又命副帅完颜巴力速领汉儿军一万为后继,直扑绍宋军方向而去。

午后时分,绍宋军发现完颜折合部的动向,但未及调兵相援,最北侧一处小寨便为一队金军轻松袭破,溃兵散入其他营寨,引发混乱。

"刘锜!"

吴介遥观情势,再不犹豫,直接点将出兵。"以利州军出寨,全部扑向北面,迎战此部,本战左翼便交予你了!"

为大军左翼,乃是之前列阵进发时便承担的任务,刘锜毫不犹豫,即刻领命出发。

刘锜既去,吴介片刻不停,再度下令:"御营中军王德部全军进发,抢占东坡!王彦部与秦凤路各部为后援!"

各部统帅纷纷领命而去，并将军令层层传达，片刻之后，大营敞开，一时数万大军自营中拥出，一分为二，刘锜部自去应对左翼完颜折合的突击，而御营中军各部倾巢而出，分前后两层，奔占东坡。

双方主帅不谋而合，待绍宋军拥上东坡，耶律马五部却已经仗骑兵之利，先登塬坡，绍宋军最前方傅庆部三千众猝不及防，刚一上塬，便落入金军骑兵五千众三面包围之中。一时间，重箭环射不停，外加骑兵持长矛侧翼斜冲，将傅庆部层层削弱，片刻不及，这支绍宋军核心主力部队便败下阵来。

但很快，王德、张景、乔仲福、辛企宗三部齐至，战线扯开，宛如一张大网扑来。眼看着要被反向包围，且绍宋军塬下部队源源不断，数量惊人，几乎呈铺天盖地之势，耶律马五慌忙下令撤退，但部队与之前傅庆部残兵裹挟在一起，根本无法从命。

一惊一乍之间，金军副帅完颜巴力速率一万汉儿军抵达东坡，金军后续部众接应上来，耶律马五部也得以趁势抽身退却。

就这样，金军一万汉儿军，六七千骑兵，步兵指挥为完颜巴力速；骑兵指挥为耶律马五。而绍宋军中傅庆部上来直接溃散，其余三万五千众，层层叠叠，分为十部，其中王德六部在前，王彦四部在后，两军不下五万之众，各据东西一侧，直接就在东坡塬上展开大战。

而五万大军一起呼战，喊杀声震荡于尧山、五龙山之间，尘土飞扬于塬上坡地，甲胄之光被彻底遮蔽，阵型也一时不显，只能遥遥通过旗帜与大股部队的前后摆动来观察战局。

"僵持，但王师占了上风！"王源看了片刻，忍不住向全副甲胄的赵官家做出了汇报，"王师兵多，在推着金军向东侧走！"

赵玖没有吭声，而是跟一侧的吴介一起在将台上向中军大营左前方某处看去。就在王源观察塬上战局的同时，彼处的战局也发生了剧烈变化——刘锜率利州路部众反扑向完颜折合后，即刻将左翼突破了绍宋军营寨的这个大金猛安给逐出营寨区域，而且主动追击得手。

借着中军大营位于山麓的高度优势，以及将台宽阔视野，赵玖不用人讲解也看到了一幅让人感到前所未有震动的场景：数千金军，在用某种布袋之类的东西成功通行水泽之后，却在没有了水，然后依旧泥泞的沼泽地区陷入困境，而刘锜率利州军追逐至此，毫不迟疑，全军弃马入泽，就在这片沼泽中包围了这数千行动不便的大金骑兵。

"都统！"

一骑疾驰而来，直接在山麓上隔着百十步距离便遥遥奋力高呼完颜娄石。"绍宋军果断出营抢塬，兵力极多，且都是御营中军精锐，副都统请求支援！他说若不得支援，怕是占不住那片塬地！"

完颜娄石端坐不动，便要开口。

"都统！"

又一骑自西北侧奋力驰来，也是遥遥便呼，却比前一骑更急更躁，甚至言语中隐隐带着嘶吼与哭腔。"我家万户一时不慎陷入泥淖之中，五十个谋克，被绍宋人中的利州军给围住了三十个！绍宋军弃马入泥，与我们肉搏对射，若无援兵，怕是要死伤无数！"

完颜娄石怔了怔，战事发生在靠近绍宋军大营那一侧，金粟山虽然是高地，能勉强观察东坡塬的战事，也能勉强看到绍宋军大营分布情形，但有些地方是根本看不到的。

他也没想到，上来就有这么多主力陷入危机。

不过，稍一思索，完颜娄石却又恢复镇定，然后即刻开口下令："裴满突捻、完颜斜布出！"

二将闻言，即刻闪出俯首听令。

完颜娄石不慌不忙，认真相对："你们二人带上完颜巴力速留下的四十个谋克，分左右两路，从塬地两侧奔袭上去，护住完颜巴力速与耶律马五，以大军维持住塬坡阵地。"

二将即刻受命前去。

接着，完颜娄石又点出另外一人："剖叔！"

完颜娄石本部猛安完颜剖叔即刻出列："都统！"

"你亲自去一趟，去告诉完颜折合。"完颜娄石看着自家心腹，从容言道，"告诉他，我不计较他大意陷入泥淖之罪责，但事已至此，还请他务必在彼处坚守，若是还引来绍宋军支援，把兵马与时间都砸到他身上，便是全军覆没，依我看也是值当的！"

完颜剖叔是完颜娄石心腹，自然晓得四太子援兵之事，所以瞬间醒悟完颜娄石意思，但此人明显还是有些不安："都统，若折合将军不满又如何？"

"那就正式下军令!"完颜娄石依旧面色从容,"告诉他,河东行军司都统完颜娄石有令,着行军万户、持金牌者完颜折合与他那三十个谋克,务必死在绍宋军营寨旁的泥淖之中!"

完颜剖叔会意,便要起身上马去亲自传令,但未等他转身,山麓缓坡上,那名完颜折合部信使却已经面无血色,转身打马往西北而去。

此人刚刚奔下山麓,又在完颜娄石毫无感情的目光之中勒马回身,并奋力遥遥大呼:"都统!俺知道你定有谋划!而如此军令,也无须剖叔猛安亲自去传,俺自会与俺家万户说清楚!且让剖叔猛安在此养精蓄锐,以备筹划!"

言罢,其人再不回头,直接打马向西北面而去。

一骑绝尘,掀起一阵黄土烟尘,却又迅速平息。继而,裴满突捻、完颜斜布出各领二十个谋克分左右突出,直奔东坡塬南北两端,卷起烟尘,如两条黄龙一般滚滚不停。

整个过程,完颜娄石尽皆无言,唯独其人双目炯炯,从前到后,未曾对身前种种有半分避让之态。

第五十三章　乱战

阳光微微偏西，绍宋军中军大营处，尚留在此处的诸将与中军吏员侍从，皆早已振奋莫名。东坡塬上的正面战场自不必多提，虽说一开始所有人比画来比画去，都觉得兵力优势下似乎可以与大金一战，但所有人也都没底，直到御营中军此时当面顶上，节节向前。

"副帅，元帅！"越看越眼热，秦凤路经略使赵哲终于忍不住拱手请战，"让末将引本部兵马助一助刘经略，若能吃掉这几千金军，此战便可稳操胜券了！"

赵玖看向了吴介。

而吴介刚要开口，一旁熙河路经略使兼西三路都统刘锡已经先摇头不止："不必如此，大战方起，区区侧翼，占尽了优势固然极好，却不值得投入更多兵马，且让愚弟自为之，至于赵经略去处，我以为塬上方是定胜负之处，经略不妨稍待，以作大用。"

此言既出，赵哲与中军各处军将佐吏各自无言，却又一起去看吴介。

然而，吴介闻言板着那张黄脸，重重颔首："刘都统所言极是！如此堂堂大战，胜负只在当面主力对决，至于侧翼泥淖之中，便是派出援军，又要几时才能杀干净这么多重甲骑士？反倒是徒劳将兵马虚耗在那里，我吴大今日若是往侧翼发出去半个援兵，都是我无能！"

赵哲等将目瞪口呆，却又无言以对。

而另一边，赵玖稍微一想，则是忍不住当即颔首。赵玖怔怔看了此人一眼，刚要说话，却忽然闻得正前方一阵打雷动静，便赶紧去看。而众人窥得清楚，只见东坡塬上，左右两侧各有一卷烟尘滚滚，宛如两条黄龙张牙舞爪，自侧翼缓坡急速飞入，贴着绍宋与大金战线，直插绍宋军左右侧翼，显然是金军自后方发援兵而来。

一时间，虽因为黄土飞扬，看不清两翼具体战况，但两条黄龙所带马蹄之声配合着当面金军陡然爆发的喊杀声，着实惊人。而且，很快众人肉眼可及，便见到绍宋、大金交战的那条战线，自两翼至中间被两条交会错开的黄龙给硬生生蹚平了！

毋庸多言，金军骑兵突袭插入，穿插准确，绍宋军一时不慎，复被金军得手，直接丢掉了塬上胜势。

日头继续西斜，因为完颜娄石始终未发兵，吴介也死死按住后续兵马，但幸赖御营中军各部敢战，塬上却忽然又稳住了战线。五六里外的山麓大营中，从视野良好的夯土将台上见此情形，吴介双手都在颤抖，以至于不得不扶着佩刀才能忍耐，因为既然绍宋军稳住，那金军便还是得继续出招，他吴大所需要做的，仅仅是等待并后发制人罢了。

"那是什么？"战局稍缓，赵玖不由得好奇抬起头来，因为他现在才发现，不知从何时开始，一只大鸟在自己头顶前方盘旋，"是桓榛人的海东青？"

"是！"杨轶忠望着头顶大鸟，稍一打量便直接点头，"不知道是哪个桓榛将领的。"

赵玖点了点头，并不以为意，其余将领虽然也闻言瞥了一下，却同样没有什么表示。但是，就在所有人准备将注意力放回前方，并开始讨论要不要适当让秦凤路兵马压上去的时候，杨轶忠忽然面色大变，继而赵玖、吴介等人也都面色大变，因为众目睽睽之下，那只海东青在满是人的主战场区域盘旋了几周后，居然是掉转头来向正西面，也就是朝尧山背后飞了过去！

"刘锡！速速引你部熙河路部众出营往右翼列阵！"吴介面色大变之余，即刻下令。

刘锡也非蠢材，俯首称命，然后匆匆离去点将。

此人刚刚出了辕门，一骑便顺着坡度不陡的山麓与之交会，飞驰到中军大营前，然后匆匆出示了一面金牌，便倒地难起。

守在辕门前的佐吏不敢怠慢，捧着金牌和一个锦囊过来，杨轶忠上前接下，未看金牌，先打开锦囊来看，只看了一眼便匆匆归来。

"我就说完颜娄石不会这么硬生生以少打多。"吴介瞥了眼杨轶忠手中的锦囊，面色阴沉，对赵玖与其余几位将军言道，"如我所料不差，应该是完颜火铋引他那一万骑，自尧山身后过来，准备从侧面夹击大营，或者干脆上塬定胜负，刚刚那只海东青，只能说明金军已到咱们背后的尧山之后，距此不过是一来一回七八里罢了，等刘锡出阵，便要迎头撞上。不过，曲大在北面，完颜火铋若南下，他必然察觉，没理由不随之过来，只是恨他骑兵偏少，怕是只能来援个五六千骑，步兵要到傍晚才有说法！"

王源、张宪、田师中等人纷纷颔首不及，便是小林学士此时也微微颔首，表示赞同。然而，随着杨轶忠低声在赵玖耳前一语，绍宋官家稍显沉默了一下，这才勉力更正了情报："不是山后军情，而是韩良臣遣人来报，若据他所言，来的怕不只是完颜火铋，因为前日龙门渡有金军大股自梁山后方龙门渡潜渡，少则一万，多则数万。"

吴介以下，所有人面色大变。

"但好处是，韩良臣今晨出发，约七千援军，或许能在傍晚前赶到，他让我们好生提防。"赵玖深呼吸了数次，平静言道。

众将多少有些释然，而杨轶忠微微张口，却又旋即闭上。

就这样，两刻钟后，刘锡率熙河路全军列阵完毕，而正当此时，尧山西南尽头处也闪过了数面旗帜，继而数不清的大金骑兵自彼处奔来。

遥见此景，赵玖、吴介俱敛容相对。

十余里外的金粟山上，完颜娄石遥遥窥见此景，也是一声不吭，直接站起身来，翻身上马，待到山下军阵之前，此人只是一个手势，彼处剩余的七千骑兵便尽数蜂拥跟上，尾随向前。七千之众，不急不缓，向西面从容进发。与此同时，尧山山脚处，大金骑兵依旧涌现不停，刘锡已经通过旗帜看清楚来将是四太子完颜乌竹与韩昌了。而东坡塬上，激战未歇，但前后动静如此之大，绍宋两军一起稍有顿挫，稍露疲态。至于战场北侧泥淖之中，刘锜虽然占尽优势，可到此为止，大金被围住的三十个谋克不过死伤五分之一罢了，然后依旧坚持不退。

"将朕的龙纛打出来吧！"停了一下，赵玖忽然朝吴介吩咐道，"若是完颜乌竹知道朕在此处，说不得会一时着急，失了方寸。"

"官家稍坐。"

吴介拦住了赵玖，自己却已经喘着粗气站起身来，且双手颤抖。"且再看一看局势，再看一看……"

侧身坐在旁边的赵玖点头应许，却不敢也站起来去眺望局势，因为真站起来，他的手也得抖。

　　且说，不是吴介和赵玖以及绍宋军上上下下这么多人之前没往龙门渡那里想，他们不可能忽略战场周边任何一个方向。但问题在于，龙门渡太远了，足足两百多里的距离，哪怕是每日急袭百里，也得第三日方能抵达，何况那边的地形如此复杂呢？

　　故此，想来想去，所有人却都觉得在那个距离之下，金军可以有支援，但必然是明面上的那种，老老实实花个五六天时间，带着足够的辎重，从龙门渡到丹州、到坊州，再顺河南下，来到金军大营汇集，最后摆开车马参战。可是，现在完颜乌竹真就来了，而且是前日出现在梁山北面，今日出现在此地，这种速度，使得韩师仲的及时提醒显得聊胜于无。而且据说还是少则一万，多则数万。

　　赵玖被陡然冒出的完颜乌竹惊得心绪难定，在亮旗的建议被暂缓之后，复又在座中主动出言笑谈："完颜乌竹前日尚在梁山以北，今日便绕尧山至此，所谓强弩之末不能穿鲁缟，依朕看，完颜乌竹兵马虽众，可只要全军稳妥应对，未必不能当之！"

　　众人闻得此言，当然赶紧顺着赵官家的话连声附和，这个说午后已经过半，而完颜乌竹方至，可见今天他们也是赶了一整日路，必然困乏；那个说地形复杂，金军急速而来，必然掉队许多，数万大军眼下不知道还剩几许；还有人说营中尚有秦凤路大军与中军两部背嵬军未动，便是完颜乌竹突然来了，也不会一击定胜负；便是吴介也暗暗后悔失态，居然让官家出面做了他本该做的事情。然而，众人说来说去，从赵玖到吴介再到所有人，眼睛一刻也未离开西南面尧山山后涌出的金军骑兵大队。

　　毕竟，众人心知肚明，若是完颜乌竹真弄来两万跟塬上完颜巴力速、耶律马五所领的那一万骑兵一般战力的骑兵过来，此战绍宋军怕是等不到谁来援，就要直接兵败如山倒了。而完颜乌竹这一拨援军的成色，就要看刘锡能否试探出来了。

　　回到眼前，山麓上绍宋军中军因为知道来援部队可能数量极多而一时惊惶，大营右翼偏南侧立阵完毕的刘锡同样慌张。

　　"如之奈何？"立阵完毕，身畔军官汇集，刘锡回头望了望山麓上的中军所在，扭头环视而问，"关中虽大，可官家就在身后……"

　　一言既罢，周围军官俱皆无言。

　　刘锡气急败坏："平素恩养你们，临到事前居然无人能为我分忧吗？"

军官们面面相觑，其中一人大着胆子相对，却问了一个始料未及的问题："都统，官家果然如传闻那般，此番真就代宇文相公来了？"

既然有人开了头，其余军官也都纷纷追问不停："军中一直有传言，果然真的吗？"

"官家不是在长安？"

"都统莫不是怕我们不肯使力气，所以哄骗我们，官家如何至此？"

刘锡急得眼泪都要下来了："事到如今，还能哄你们？不说别的，若无官家，我怎么能让吴大那厮轻易坐稳了元帅？"

周围军官面面相觑，又看向了本路兵马都监李彦琪，俨然还是不信，因为有些事情，莫说本有遮掩，便是早有先例且明晃晃地展示出来，恐怕也还是有人不信。熙河路兵马又不是御营中军。

而李彦琪回头瞅了眼还在零碎涌出金军部队的山脚，直接咬牙相对："都统，官家就在中军，他们不知道，咱们如何不知道？现在这个时候，想要他们信服，只有一件事，那便是咱们两个人先不怕死做出个样子来，而且事到如今，就像你说的那般，官家就在身后营中，咱们又能如何，死也只能死在这里！"

"你想做甚？"刘锡明显听出了一点味道。

"趁完颜火钹立足未稳，咱们反冲上去吧！"李彦琪勒马而对，他还以为来人是完颜火钹呢，"神臂弓就剩百余，当面这么多大金骑兵，不足以支撑阵地，而我看那些大金骑兵明显也有些疲惫，居然有人在列阵时直接落马，所幸咱们熙河路骑兵本来就多……"

李彦琪言语未尽，但刘锡却已经愕然："以骑对骑？"

"不错！"

"那可是大金骑兵！"刘锡一时难以接受，"家底子都要打没了！"

李彦琪摇头不止："都统现在还要顾及家底子？此战你要是再不豁出去，怕是要抄家灭族的！"

刘锡登时失语。

"都统，我不是说要硬冲。"李彦琪情知对方是骨子里的将门军头做派，一时不能硬劝，却是再度咬牙相对，"而是说咱们骑步分开，我领骑兵去冲一冲，都统则领步兵在此将阵中空开设伏，等我败了，我便尽量将金军带入其中，咱们借着地利再拿步兵夹一下，无论如何，眼下局势，还能有退路不成？"

刘锡张口结舌，许久才在许多下属的目视之下勉强点了下头。

得到应许，李彦琪即刻从马上取矛，环顾下令："各州军城寨，熙河路全军骑兵俱随我来！"

周围中层军官到此为止方才彻底相信官家就在身后，也是轰然一声，各自回去发兵。而刘锡望着李彦琪等骑将一起出兵汇集，又朝剩余军官吩咐了一句左右列阵设伏，便陡然无力起来。

金军尚在山脚跟着完颜乌竹的日月旗，还有一面韩字大旗聚集列阵，遥见对面军阵裂开，绍宋军骑兵主动来攻，辛苦来到战场本该收割一切的完颜乌竹反而色变。

完颜乌竹正懊悔方才在此处聚拢部队反倒失了先机，另一边的韩昌闻言也只能速下决断，一面让四太子在身后收罗部队，一面亲领本部数千骑兵当面迎上。

而绍宋军那边，赵玖、吴介尚不知此处发生了什么，只对金军收罗部队之举颇为惊异，便是李彦琪心中也只想着诱敌深入，并未胜算。

然而，不管绍宋军高层如何心虚，也不管金军指挥官如何决断利索，而绍宋军指挥官又如何失态无能，等两军骑兵各自数千，奋力咬牙相冲之后，骑兵在山脚缓坡下乱战一团，却居然一时不分胜负。

大金虽有数万骑兵，但长途跋涉，已然疲敝，此时虽全力压上，逼得熙河路骑兵不得不退，但绍宋方面步兵加入战斗，局势又开始相持。

毫无疑问，金军已然是强弩之末了！

中军各处居高临下看得清楚，王源在一旁也是即刻出声："副帅，元帅，右翼那边支援不停，若是此时不出兵支援，或发中军决胜，恐怕会失了先机呀！"

赵玖和吴介二人只是依旧凝神，观望战局。

当面东坡塬上还在血战，北面那片泥淖中同样在血战。绍宋军右翼、金军左翼，南面山脚下的完颜乌竹、韩昌也不得不和对面熙河路刘锡、李彦琪等人血战。

三日的奔袭，早已让这支骑兵的精力消耗殆尽，自然也极大地损耗了战斗力。不仅如此，之前两日急行军中就已经掉队了六七千，而今日在尧山背后，再度出现了部队脱节——另一员大将赤盏合袭，直接领着五六千之众在身后没了音讯。

直到今日，赤盏合袭才带着大队人马跟上，完颜乌竹一时大喜，勒马向前准备接应韩昌，也是让骑兵分拨歇息的意思。

韩昌也是毫不犹豫，便带着三千骑兵准备回身向南接应赤盏合袭。

"韩将军，后面应该是赤盏将军来了，俺瞅着他带来了三四千众！"眼看着前方冲杀的韩昌被唤来，已经满脸灰尘的完颜乌竹一时大喜，即刻勒马与韩昌在乱阵中相呼："你带你部撤回去迎一迎，俺独自压一阵子！"

"四太子有何说法？"韩昌抹了一把脸，黄土尘后却是遮不住的汗水。

"你回去歇着，让赤盏合袭来攻，然后俺回去，你再来。咱们是骑兵，不要这么乱战，能冲还是要冲一冲的，也能分拨歇一歇人和马！"完颜乌竹当场吩咐。

韩昌听得有理，也是毫不犹豫，让身后骑士重新举高旗帜，便率三千余众直接撤出战线，往南面去接应赤盏合袭。但是，随着韩昌继续举旗向南，对面那股烟尘也继续沿着山脚不慌不忙迎上，双方眼看着几乎要撞上的时候，这位韩大将军却觉得哪里不对劲。待翻过又一处小坡，双方距离五六百步的时候，韩昌主动立足，他终于意识到哪里有些不对了——这支部队行进的轨迹距离山脚有些远，不似从尧山通道中转过来的，像是从更南面一路过来的。

非只如此，阵型也保持得太紧密了些，士气充沛，而且骑兵数量也太少了些。故此，韩大将军当即下令，自己本部稍停，乃是指望着两部中间许多掉队的大金骑士为他做眼。

不过很快，韩大将军的疑惑便解开了，因为对面在距离自己尚有四五百步时，主动先行奔出一支四五十的全甲骑兵，呼唤两军之间的掉队军去往前方韩字大旗下集合云云。见此情形，韩昌方才彻底松懈。

但没过片刻，这支沿途以丽东口音发号施令的骑兵进发到距离他只有两三百步的时候，却忽然加速，乃是朝着对面小山梁的韩字大旗直接发起了冲锋，与此同时，稍微落后的那股"烟尘"，也陡然加速，直接向前扑来。

韩昌惊怒交加，当即下令全军迎上，但说时迟那时快，就在韩昌部尚未来得及涌上前时，对面几十骑卷起的烟尘之中，早有人遥遥大喝："韩昌！"

韩昌闻得声音，陡然醒悟是何人，但未及反应，烟尘之中，数十支箭便一起射来，直奔旗下他本人而来，战马中箭嘶鸣一声，高高抬起前蹄，其中一箭直接射中正脸！众目睽睽之下，一军之主带着一支插入面门的箭矢跌落马下。

韩昌部全军惶恐，连之前奉命冲下山梁的部队也一时不顾敌军在前，直接勒马，根本不去追早已经转回的那股丽东骑兵。但下一刻，谁也没想到，地上的韩昌居然翻身起来，抢了坐骑！众人即刻大振。主将宛如鬼神，部属各自惶恐，随即奋力向前，朝着山梁下已经发动冲锋的这支绍宋军进行了反冲锋。

双方交战，韩昌之举固然惊骇振奋全军，但其部经过一开始的血气之后，又急速落入下风，因为这支部队的装备、素质远超想象，到处都是神臂弓，到处都是长柄大斧，而且几乎人人披甲。毫无疑问，这支随昔日怨军旧人刘彦而来的部队正是赵官家之前藏起来的"撒手锏"——乃是那支通过汇集各部精锐而化零为整凑成的部队。当然，更重要的是，这支跟着韩昌而来的金军此时已经疲敝到了极点，而对面却闻风而动，状态正好。故此，两军交战片刻，金军气势一泄，反而落入下风，只是靠着骑兵之利和对身后韩昌的畏惧，一时支撑罢了。

但这个时候，又有部队到了，赤盏合袭终于到来！山谷中植被茂密，黄土难扬，却是比之前一股股烟尘干扰下看得清楚多了。而韩昌立在小山梁上，一只独眼看到赤盏合袭的旗帜出现，然后数千之众直奔此处来支援，稍显释然。但很快，随着赤盏合袭纵马来见韩昌，又报告了一件让韩昌愤怒的军情。

"什么叫你不是自己来的？"韩昌捂着眼睛，冷冷相询。

赤盏合袭明明是个桓榛万户，可看着对方这个样子，却也难免心中生惧，只能勉强相对："韩将军，我在后面之所以断了节，乃是因为中午有绍宋军四五千众在尧山边上从身后咬住了我，纠缠了一下午！看旗帜和兵马模样，应该是李永奇的番兵，曲锻也亲自来了！"

韩昌看了一眼已经从金军身后冒头的鄌奚骑兵，忍着剧痛，长长呼出一口气，奋力呵斥："那你为何不分出一些兵马，在通道中拦住他们，反而将他们全军放过来？"

"我哪里知道此处会乱成这样，本以为来到此处，可以有四太子和你做援兵一起吃掉他们的！"赤盏合袭也是觉得委屈，"却不料一出来，反而是我做了援兵。"

韩昌头疼欲裂，勉力捂住眼窝上的黄土，下了一个命令："你不要援我，速速去迎战曲锻和李永奇，再让人告诉身后四太子，今日咱们被完颜娄石坑苦了，且各安天命吧！"

太阳继续向西，南面赵玖安排的伏手起了奇效，他让刘彦将荆姚藏着的那支撒手锏一般的部队带来，却不料正好从后方夹住了完颜乌竹的部队。不仅是这样，此时他尚不知的是，曲锻和李永奇合坊州骑兵来援，已经隐约将完颜乌竹的部队给三面堵住。若是就这么下去，这一万多一点的金将奔袭部队，怕是要被全面包围在这尧山之下。

当然，此时赵玖尚不知晓曲锻的到来，他和所有人一样，都对局势感觉到糊里糊涂起来，唯一能确定的是，战线显示，右翼局势混乱，金军从彼处突破的概率已经大大降低了。

"发起总攻吧！"王源已经数不清是第几次对吴介这般建议了。

实际上，此时随王源进言的诸将已经非常多了，便是之前试探性出击溃败回来的乔泽和傅庆都在请战了。毕竟，日头已经偏西了许多，东坡塬上战线的前后摆动不下四次了，而眼下战机确实已现，便是完颜娄石的部队也行军到塬下东面不远处了，眼瞅着便要登塬发动最后突击。这个时候，派出剩余部队朝东坡塬上砸过去，正当其时。

"再等一等！"吴介咬着嘴唇，再一次竭尽全力拖延着，"日落前一个时辰，若完颜娄石还不主动进攻，咱们便往塬上砸！"

众将再度看向了赵官家，但赵玖抢在诸将看向他前便闭上了眼睛，他能理解吴介此时的压力，等下去是应对完颜娄石的最理性方式，可金军耐苦战，谁也不知道塬上什么时候会突然撑不住。而且若是等完颜娄石突起来再支援，东坡塬上会不会直接崩溃，万事皆休？

"四太子两万大军也被你拿性命做牵扯，他若没了，你便是打胜了，完颜火钺与完颜谋衍也要被人千刀万剐。"东坡塬上，完颜巴力速大旗之下，旗帜主人完颜巴力速正与完颜娄石并肩而立，冷冷出言嘲讽。

而二人身后的东坡之下，七千骑兵隔着两三里路，阵势整齐而凛然。

完颜娄石闻言从乱成一锅粥的战场南侧、尧山山脚下收回目光，失笑道："这可冤枉我了，我让四太子至此，是真心想让他建立奇功的，但也真是我对地形、天气估计不足，没想到路那么难走，两万之众只到了一万出头，而且疲敝到这种地步……"

"那你还笑得出来？"完颜巴力速嗤笑一声，"还不赶紧让你部众和那两个合扎猛安一起上来，从此处突过去，早早了结此战！刚刚哨骑来报，说是咱们东南面烟尘滚滚，想来是韩师仲要到了吧？韩师仲和四太子，哪个你等得起？"

完颜娄石含笑点了点头，却又摇了摇头。

"什么意思？"完颜巴力速忽然敛容，冷冷相对。

"塬上太拥挤了，"完颜娄石从容笑对，打马转身下坡，"不从此处突了。"

"那从何处突？"完颜巴力速扭头盯着对方后背，继续冷着脸追问。

"绕过坡去，在此塬侧面列阵，然后从此塬与南面战场的空隙中，贴着四太子他们突向绍宋军中军大营，谁来挡便碾过谁！"完颜娄石回头笑对，"你提醒得不错，四太子要是没了，我可担当不起。"

完颜巴力速表情越发阴冷："所以，连塬上战场如此惨烈，双方六万众辛苦搏杀，交待了无数性命，也只是为你最后突击做牵扯的吗？"

"若塬上能胜，自然就是当面大胜，何必让我来突这最后一遭呢？"完颜娄石依旧笑容不减，"完颜巴力速，我给了你一万骑，一万步，你不中用，怪得了谁？这话说到你兄长那里，也是你无能。"

完颜巴力速嘴唇发青，当即无言。

"对了，若我死了，你是副都统，大局你自为之。"完颜娄石顺着缓坡下塬最后一遭，却是又随口加了一句。

"此事不用你教！"完颜巴力速怒极而斥。

但不管这正副两个都统是何想法，一刻钟后，完颜娄石和最后七千骑兵动了起来。绍宋军紧张万分，哨骑不断回报，直到又过了两刻钟，彻底无须回报——因为完颜娄石和七千骑兵已经从东坡塬的南面绕了过来，就在绍宋军中军视野范围之内从容列阵。

此时，曲锻与李永奇已经与刘彦合兵，将赤盏合袭与韩昌压制到了与完颜乌竹背靠背的地步，韩师仲部三千骑与四千步俱已出现在完颜巴力速回望东南的视野之内。吴介当然也不敢怠慢，他等的就是此时，秦凤路兵马被直接派出大营去迎敌列阵了，中军两路背嵬军也终于起身备战。

"官家！"

吴介深吸了一口气，直接翻身跪倒在地，然后就在地上拱手相对："事到如今，臣且随两支背嵬军临阵，请官家立起龙纛，为我等之后！"

赵玖点了点头，一声不吭起身坐到了之前吴介的座位上，一面稍显破旧的龙纛被杨轶忠亲自监督升起，高高挂在了绍宋军中军大营处。下一刻，吴介毫不犹豫，直接转身与张宪、田师中一起率两路背嵬军向下方前营进发。而与此同时，居于阵中的完颜娄石望了望天，看了看左右两翼的两支合扎猛安，又看了看距离自己并不远、独领两千众的心腹爱将完颜剖叔，然后不顾身后东南面的烟尘，只是最后瞥了眼那面刚刚升起的龙纛，便在绍宋军全军陡然响起的震天呼喊声中随意抬起手来，再重重挥下而已。

这七千可能是眼下大金最强大的骑兵，在养精蓄锐了大半日后，终于启动。

此时，未曾下雨，距离天黑还有很久。

第五十四章　落睢

　　龙纛立起来一刻钟后，御营中军王彦所领焦文通部全军崩溃，统制官焦文通生死不明。这支军队是绍宋军从东坡塬上轮换下来的，随着塬上激战持续得越来越久，双方都很疲惫，再加上战线已经稳定，所以早在完颜娄石列阵之前，战场南侧大规模乱战的时候，塬上的战事胜负便心照不宣了。

　　王彦早已经放弃了督战，尝试让前方部队轮番撤下塬地休整。而焦文通部是在龙纛立起之前便撤下来的，本来因为塬上完颜巴力速忽然再度加强了攻势，准备再上塬接替死伤最重的郦琼部的。但等到金军在塬地南侧列阵，继而龙纛从中军升起，绍宋军全军大振，焦文通在与王彦交流后，选择留在原地，并让全军转向对准了完颜娄石，其本意是趁完颜娄石与兵力厚重的秦凤路兵马交战时从侧翼压上去，以成奇功。

　　但完颜娄石不可能给他这个机会。故此，焦文通部立即遭遇了大金最强骑兵。

　　两支合扎猛安，只有一支参与了对焦文通部的袭击，蒲查胡盏带领着满员的、花了许久方才在之前金粟山下披挂整齐的一千骑，人马俱披甲，一千具铁浮屠，贴着塬底，硬生生将这股数千的绍宋军从塬地上"铲"了下来！绍宋军除了极少数神臂弓与长斧重步外，根本没有任何武器可以对这支部队造成丝毫损伤。但是，且不提和其他部队一样，焦文通提前将部中很少的神臂弓与长斧重步大部分交给了官家，即便是剩余了些许，此时也没有起到任何效果，对金军造成任何杀伤。因为就在蒲查胡盏发动进攻的同时，完颜娄石爱将完颜剖叔率领着大股骑兵对绍宋军当面发动了一场桓榇骑兵突袭。

　　先是密集的环射，数以千计的桓榇骑兵在左右两支铁浮屠的遮护下，围绕着完颜娄石进行了旋转式的推进，密集的桓榛重箭上来就对绍宋军造成了巨大的杀伤，焦文通部当时便有崩溃之态。但很显然，完颜娄石这一番催动极为迅速和猛烈，他本人和他的大旗推进如风，连带着以他为轴心的桓榛骑兵很快便直接甩到了绍宋军阵中，而桓榛骑兵也丝毫不慌，下弓换矛，又以刮鱼鳞的方式一层层分队从绍宋军中扫过。

关西之地，雨水多日未至，陡然生出一股金戈铁马构成的铁骑台风。而焦文通部便是这场骑兵台风下的第一个牺牲品，全军七零八落，四散而逃，主将生死不知，绍宋军刚刚还因为龙纛暴涨的气势登时湮灭。当面秦凤路大军一时惊骇，塬上部队更是陷入惊恐，便是尚在出营的吴介和远处中军大营上的赵玖也各自骇然。

第一个做出反应的当然是距离完颜娄石最近的王彦，他全程目睹了一切，并最直观地感受到了这场台风的威力。故此，当金军碾过塬下之时，这位八字军统帅脑中几乎一片空白，而空白之后，因为距离问题，王颜才又被局势逼迫着，迅速而又僵硬地做出决断。

"传令！"一念至此，王彦反而再无恐惧，直接扭头下令，"让王德总揽塬上战事，不得后退一步。咱们本部转向列阵，阻止溃兵上塬。移动旗帜，随我到最前方去！"

三条命令，迅速传达下去，众目睽睽之下，王彦主动移动大旗至东坡塬最西端，当面以对塬下金军与溃兵无数。这是一个极为振奋军心的举动，也是一个非常及时的举动。对此，完颜娄石只是淡淡瞥了一眼王彦的旗帜，便挥动手臂，指向自己西北方向的龙纛。随着王彦及时转向立旗，这位大金主帅即刻放弃了率军攻上塬地结束战斗的想法。

之所以如此，不光是战术上的考量，更是从地形、时间、援军出发的综合考量，关键是这一战，是他完颜娄石的最后一战，他要全胜！

随着金军大队朝着龙纛而来，挡在赵官家身前的秦凤路经略赵哲即刻回过神来，在阵中奔驰左右，呼喊不停，乃是下令麾下军士按军阵排列，侧翼和前方士卒多扎长枪，而神臂弓、弩手、弓箭手按射程排列。号令已毕，一众人马组成庞大军阵，以抵御迎面而来的六千余桓榛骑兵。

面对如此阵势，大金骑兵却再无之前对上焦文通部时的摧枯拉朽之势。而秦凤路的部队虽然是公认的最弱，但是数量摆在这里，军阵的厚度摆在这里，让金军不得不采取适当的应对策略，这一次他们没有直接横扫入阵，中间完颜娄石旗帜适时停下，而他直属的部队面对着密集的枪阵只是在前方维持着桓榛人一贯的环形骑射而已。可以想象，在将秦凤路前方枪阵射溃之前，完颜娄石中军是不可能放肆推进的。

与此同时，绍宋军阵中终于开始有效反击，按照射程排列的远程投射开始产生有效杀伤。

不过，就在完颜娄石在前方进行远程打击的同时，左右两翼两个合扎猛安，近两千个铁浮屠已经同时朝着秦凤路两侧包抄，两军东南、西北方向相对，蒲查胡盏的合扎猛安从东北面绕开，而夹谷吾里补的合扎猛安则一头朝着熙河路与秦凤路的交界处狠狠扎了进去。可以想见，这两千铁浮屠很快便会从缺乏骑兵护佑侧翼的秦凤路腹部切入，将这支兵马整个搅碎。

"时机到了！"

战场最南端山脚下，韩昌盯着早已经被绍宋军推进占据的地段，而此时，一名立马在此处的绍宋军大将望见彼处两个合扎猛安的出击，不急反喜，只扭头对着身侧一名四五十岁的中年军官极速出言："李将军，完颜娄石此阵，关键是两翼两个合扎猛安与完颜娄石中军相辅相成，现在两翼合扎猛安突出，其中军便露破绽。咱们从完颜娄石侧后方直冲他的帅旗，便是不能取他首级，只要搅乱他的后阵，此战也是咱们的头功！"

"曲经略所言不错！"李永奇同样看得清楚，即刻颔首，"怪不得曲将军之前不让俺去救塬下，也不让俺对那完颜乌竹死缠烂打，俺这就趁着两支合扎猛安刚扎出去收不回来的时候掏他后路！"

言罢，李永奇复又朝身后一名二十来岁却身材雄壮的小将努嘴示意："大郎！咱们父子一分为二，左右合力！让官家知晓一下咱们的忠心与勇武！"

那小将挥舞长枪，兴奋称是，正是李永奇长子李世辅。李永奇与其子李世辅一起纵马而下，他们父子身后刚刚收拢起来不久，三千余郫奚番骑，也是一分为二，随着李氏父子朝着完颜娄石侧后方疾驰而去。这三千番骑，并无马甲，士卒着甲者也不多，启动极速，奔驰出来以后更是速度惊人，烟尘如云，即刻便吸引了所有战场有心人的目光。

完颜娄石扭头见到这一幕，微微一叹，没有多余表示，看他样子，似乎对这支兵马来袭早有预料，却有些不耐烦，根本不愿意为对方调整阵势。

片刻之后，郓奚番骑轻驰而来，速度惊人，眼看着便要与金军发生骑射交战之时，一直未动，甚至没有去看那个方向，只是竖耳倾听的完颜娄石忽然勒马，直接朝着侧后方来袭轻骑的方向提速进发。

主帅既动，旁边旗手见状也是毫不迟疑，整个金军骑兵大阵也毫不迟疑地放弃了当面的秦凤路步卒，朝着来袭兵马反冲过去，整个骑兵圆阵，无须任何调整，便直接转向扑出，台风旋即在战场上再度卷起。

来袭的郓奚骑兵收势不住，猝不及防，分成两股的三千骑兵的头部，直接与金军骑兵整个撞到了一起。累了一整日的郓奚轻骑根本不可能是疾风骤雨一般金军重骑的对手，一瞬间便被台风搅得粉碎，无数只是临时为李永奇雇佣的番骑直接朝着东南面与南面炸开逃窜。而已经被搅入金军阵中的部队无路可逃。

主将李永奇浑身血迹斑斑，被生擒到完颜娄石身前，二人相顾，一时只有喘息，并无言语。

"完颜娄石……"喘息片刻，李永奇定下神来，抬头张口欲骂。

却不料，一直面无表情的完颜娄石忽然面目狰狞，直接从腰后取下一柄短锤，当面一锤砸下，李永奇头破血流，再无声息。继焦文通部之后，李永奇部也被一击而溃，主将当场战死。而此时，赵玖这个天子最该做的，便是如一个木偶一般坐在这面龙纛之下，给所有人继续提供作战的理由与勇气。

但是，轻易击溃了两路绍宋军的完颜娄石中军又朝着秦凤路部队过来了，而此时秦凤路的部队已经很危险了。赵玖在山上居高临下，看得比谁都清楚，就在之前李永奇被一击而溃的同时，桓榛人的两路铁浮屠，也已经同时成功得手：一边从熙河路、秦凤路之间插入；一边干脆对秦凤路孱弱的腹部进行了掏心挖肺般的成功突袭。

吴介在战马上望着这一幕，一时狂喜，因为他几乎是一瞬间便意识到，完颜娄石这是以为营前只剩下秦凤路和熙河路两路大军，没把自己这支部队当回事，所以想一举解决整场战斗。然而，自己身后这两支藏在两路大军身后的背嵬军才是真正的强军和兜底的主力！

这是机会！

"完颜娄石想一举解决战斗！"曲锻远眺彼处，狞笑一声，"想救出完颜乌竹，还想一举击溃秦凤路、熙河路两路兵马！好大的胃口！"

"经略且看！"曲锻身侧一将，名为张中彦的将官冷静指向了塬地的东南方，彼处烟尘滚滚，最少有两部数千大军涌来，一部稍快却在后方，一部稍慢却在前方，"这个方向当是韩太尉部众无疑，完颜娄石应该也是被逼无奈，刚刚李永奇虽败得极快，却浪费了完颜娄石太多时间与精力，他害怕韩太尉的部队涌来，与营前大军一起将他前后夹住，也怕韩太尉部属直接上塬了结塬上决战。"

曲锻破口大骂，他早早从洛阳便动身去了陕北搜罗兵马，同样不知道两支背嵬军的存在。"此时塬上战局堪忧，万一一时分不出胜负，这边完颜娄石却击破秦凤路、熙河路的废物，驱败兵攻入大寨，就什么都没用了！官家在上头！"

"那……"

"你去！"曲锻以手一指，毫不犹豫下了军令，"去提点一下泼韩五，官家在此，完颜娄石在此！千万不可上塬！等他过来，直接寻我的旗帜支援便可！"

张中彦一声不吭，低头便去。

而张中彦既去，其兄张中孚复又上前询问："经略，咱们怎么办？番兵说亲眼看见李永奇死了，但李世辅尚在，咱们要不要先帮他收拢溃兵？"

"李永奇也是个废物！"曲锻怒极而对，却又忽然敛容，"但李永奇也没白死，完颜娄石部属战力委实强横，可却拖延不得……"

张中孚盯着自家老上司，一时不解："然后呢？"

"将我的大旗立起来，把剩下兵马聚拢起来，能聚起来多少是多少，随我掬完颜娄石之后！"曲锻平静作答。

张中孚一时愕然："经略，咱们此番南下支援事发仓促，只能聚拢骑兵，除了李永奇的四千番骑，剩下的不过是两路凑得千余骑而已。刚刚足足三千多番骑无用，现在咱们还有不到千骑，难道有用？"

"我不是去救刘锡、赵哲那群废物！"曲锻瞥了眼已经被尧山遮蔽了大半的太阳，幽幽叹气，取下马上所挂弓箭，"但官家于我有不杀之恩，我不能不去，你须记住此事，便是我死了，也要说给人听，因为我实在是不愿担上拼死营救那两路废物的名号。"

张中孚依旧愕然，而曲大却是微微一招手，便领着自己此番南下带着的些许残余部队朝着完颜娄石身后而去。张中孚沉默了一下，到底是拎着大枪跟了上去。曲字大旗一动，却因战场混乱，大部分部属都未来得及汇集，只是数百骑便直接往完颜娄石侧后而去。毕竟是旌和之后关西实际上的第一将，此时出动，便是完颜娄石也愕然回头，继而大怒，强压怒气，催动本部大军跟随夹谷吾里补的合扎猛安，扩大已经撕开的两军空隙。

数百骑，都未必能近到他完颜娄石身前，宛如自杀，此时还不如用心在前。不过，完颜娄石最先达成的战果不是彻底撕开两路大军，而是先行营救出了几乎已到绝路的完颜乌竹。当然了，说救出是不大准确的，完颜娄石只是打通了金军与原本被包围的完颜乌竹战团之间的通道而已，而这位四太子根本不愿意离开本部。

"四太子这是何苦？"因为被打通通道，陡然松懈下来的最南侧金军阵中，韩昌眼睛上已经绑了布带，"此时包围已解，你为四太子，不妨去完颜娄石身侧，必要时为他后备，替他统揽部队，何必在此疲兵之中虚耗？"

"俺将部属带到此处，落到如此下场，如何能再弃他们而去？"完颜乌竹虽然没有瞎掉，却双目通红，显然是熬夜与疲惫所致。

韩昌还要再劝，却不料完颜乌竹忽然反问："你说那支兵马是如何凑出来的？"

韩昌便是瞎了一只眼，又如何不知道完颜乌竹所指，也是当即在马上晒笑："能如何凑出来？这支兵马部众这般精锐，装备又这般好，却只擅长小股乱战，不能组织大阵迎击完颜娄石，首领刘彦又是绍宋官家的御前班直副都统，定然是那绍宋官家将各部精锐聚拢到了一起。这是不知兵之人的乱举，只是阴错阳差，正好撞上我们疲惫不堪，也不能组织大阵，这才让咱们吃了大亏！"

完颜乌竹摇头不止："短短数年时间，绍宋官家便能让这些军头将自家精锐贡献出来，为他所用了。"

"必然是御营中军调度的。"韩昌望着完颜娄石大旗，冷静而言。

完颜乌竹点了点头，不再多言，而是跟韩昌一样死死盯住了完颜娄石的大旗。他们看得清楚，就在刚刚，完颜娄石再度得手——这名大金主帅亲自压阵，将熙河路奋力组织起来的一部骑兵彻底冲垮，挤开了一个巨大的空隙。

可以想见，接下来，一旦完颜娄石趁势压入，熙河路和秦凤路两路大军将会被彻底分割！那样的话，熙河路的军队会被挤压在山脚下，或许还能做困兽斗，已经被掏腹的秦凤路却极有可能朝着东北方向和大营那边溃散……这个时候，虽然塬上兵马还在奋战，虽然就在完颜乌竹身后，那支刘彦带领的"撒手锏"还在奋力绕过完颜乌竹部，试图直接攻击完颜娄石身侧，虽然战场的最北端刘锜占尽上风，却不能阻止绍宋军中路溃散，中门大开了！

实际上，莫说完颜乌竹和韩昌，便是曲锻都已经着急到亲自冲杀在前，试图尽量压上了，但他的部众太少，根本无法有效推入金军主阵之中。但很快，下一刻，随着完颜娄石推着前面的夹谷吾里补彻底分割开两路大军，让这几个大金主将和曲锻都没有想到的事情发生了——吴介督帅旗向前，一支不知道从哪里冒出来的，数以千计的重甲长斧大军朝着出现在身前的金军铁浮屠发动了反冲锋！

夹谷吾里补的这支合扎猛安已经尽全力而为了，战到此时，抛开疲惫不说，却是因为突到最前方，而失去了左右盘桓的机动余裕。他们本以为前方是失序的溃兵、败兵、弱兵，却不料迎来了天敌，而且这股天敌居然成功抢入阵中，迫使铁浮屠们直接与之近身战斗。

休整了一整日的三千长斧重甲兵迎面而来，上砍骑兵，下砍马腿，而已经不足一千、伤痕累累的合扎猛安猝不及防之下，全面落入下风！非只如此，与此同时，战场的东北方向，就在秦凤路大军彻底崩溃之前，一支数量不下三千的重甲骑兵，属于绍宋军的重甲骑兵，忽然自秦凤路外侧突出，制止了秦凤路军阵彻底崩溃之余，也将另一支合扎猛安整个兜了下来。两部一前一侧，同时发力，宛如一支铁钳夹住战场。

纷乱之中，完颜乌竹彻底愕然，许久不能言语，倒是韩昌忽然嗤笑："是我错了，四太子，我替你说，今日若败，咱们败得不冤，这等兵马，必然是韩师仲、岳斐、张峻级别的帅臣亲军，四五万编制才能养三千的那种，却被心甘情愿送到了这绍宋官家手中。你说，若是国主的合扎猛安与大太子的合扎猛安今日一并送来，六千合扎猛安，咱们是不是早在塬上就胜了？"

完颜乌竹一声不吭，只是将目光从那些很快便不再雪亮的长斧之上移开，然后死死盯着那面宛如已经与山麓合为一体的龙纛。八公山上、下蔡城上、南阳城中……他一次又一次，都没有撼动过这面龙纛，今日也要如此？但事情不该是这样的呀，完颜乌竹不止一次在内心告诉自己，本该是自己撵着这面龙纛不停地跑才对，为什么反而一次都没有撼动呢？

与此同时，完颜娄石也在看那面龙纛，但他并没有看太久，便沉默着看向阵前忽然出现的两支奇兵，很快又将目光对准了正前方秦凤路部队之后的吴字大旗。

他知道，自己还有一个机会。

"韩师仲到哪儿了？"完颜娄石头也不回，直接朝身侧军官佐吏发问。

"已到塬后！"

"曲锻呢？"

"死伤累累，寸步难行，但有一支装备精良的兵马，打着刘字旗的，正在与他极速靠近。"

"让夹谷吾里补不许动，再撑一会儿。"

"喏！"

"让蒲查胡盏看我旗帜，我旗帜一动，他就立即从秦凤路腹中脱出，朝外围的那支绍宋军骑兵发动反冲锋！"

"喏！"

"让四太子和韩昌再动起来，不顾一切替我挡住熙河路的兵马！"

"喏！"

"剖叔！"完颜娄石忽然看向了自己的心腹爱将。

"末将在。"满身满脸都是血污与黄泥混杂的完颜剖叔拱手相对。

"中军还剩多少兵马可以冲锋？"

"四千！"

"将部队一分为二，给你两千，去我后面，知道怎么做吗？"完颜娄石面色不变，平静询问。

"替都统挡住曲锻和那股打着刘字旗的兵马……"

"不是！"完颜娄石从容相对，"那个随便他们跟上来，无所谓了，你不要分心。"

"是挡住韩师仲！"完颜剖叔当即更正。

"不错！"完颜娄石坦然而对，"事到如今，双方都已经力尽，箭矢射尽，刀刃卷起，韩师仲的部队便是奔袭而来，却也是生力之军。你要做的便是尽量在我身后替我拖住他麾下成建制的精锐骑兵。"

"明白！"

"你不明白！"完颜娄石微微压低头颅，然后翻起眼珠，沉声交代，"你在后为我尽量挡一挡，我领两千骑再去最后突一突，成则成，不成你便不要理会我的生死，直接率部转向北面，与蒲查胡盏合兵一起突出去，绕过那个塬坡，接应完颜巴力速撤军！……明白了吗？"

"明白！"

言至此处，完颜娄石不再多言，片刻之后，完颜乌竹、韩昌、夹谷吾里补等人便接到军令，各自发力，待此时，完颜剖叔毫不犹豫，转身领着两千骑兵向身后移动。

空隙拉开，曲锻与刘彦虽不知缘由，却各自大喜，急忙朝着完颜娄石帅旗推进，但也就是此时，完颜娄石帅旗又一次动了。箭矢几乎消耗殆尽，建议改为两千骑兵各自持矛，随着完颜娄石转身抽出，并在秦凤路兵马身前结成了数个锋矢之阵，然后便跟随着自家主将完颜娄石的大旗奋力向前方已经零散到不成样子的秦凤路兵马冲锋而去。

这就是完颜娄石自黄龙府一战打熬出来的生穿硬凿！正是借着这股冲劲，完颜娄石才成为大金第一个猛安，后来更是一路做到西路军实际统帅。

秦凤路万余众，在得到乔泽与傅庆两部的援军后，数量可能达到更多，但此时已经无法计算了。而这么一支庞大的军队，之前被蒲查胡盏的那个合扎猛安大约一分为二，形成了前后两部。而当完颜娄石奋力率部冲锋之后，士气早已经摇摇欲坠的前军当即大溃。与此同时，一直在秦凤路大阵腹部，维系大阵分割状态的蒲查胡盏做出一个让人意想不到的举动——他忽然扔下秦凤路兵马，直扑向外，与张宪部的背嵬军当面而战。

不仅是和夹谷吾里补还有完颜乌竹一起奋力推开了两侧绍宋军，更重要的是，被抽空的秦凤路军阵腹部登时空出一个致命的巨大空隙。完颜娄石亲自带领两千中军，奋力突进，秦凤路军阵前方先溃，继而后军猝不及防，也被一击而中，全军几乎当场崩溃。刚刚还是两路背嵬军齐出，局势翻转，眨眼间却随着完颜娄石奋力一突，改天换地。

秦凤路经略使赵哲目瞪口呆，失措立于后军军中，竟不知如何应对。临时代替兵马都监慕容洧的乔泽奋力上前，试图挽救局势，却被势如猛虎的完颜娄石发现，亲自驰马赶到对方身前，一枪刺穿，落尸于马下。乔泽刚刚聚拢的一点兵马也当场为大金骑兵碾碎。继而，完颜娄石转身直扑赵哲大旗，赵哲四肢发凉，惊惶之下，脑中一片空白，转身而走。

秦凤路全军崩溃！便是一旁的熙河路兵马也有全线失控之态！

身后刚刚动身追赶的曲锻、刘彦都想不到这种变化，只能奋力追赶而已，而秦凤路溃军之后的吴介也是大惊失色，秦凤路和熙河路之前撑了那么久，根本就是仗着兵力厚重而已，而现在这两支兵力厚重的部队一旦失控，为金军前驱所覆，自己如何能挡？身后只剩民夫和辅兵的营寨如何能挡？身侧只有一千多御前班直的赵官家如何能挡？

完颜娄石继续亲自突杀在前，两千金军骑兵片刻不停，奋力驱赶秦凤路溃军。南面完颜乌竹的呼吸都在变得急促。韩昌也看得目瞪口呆，几乎失神，所谓名将，便当如此。完颜巴力速隔着绍宋军不知情形，但听到远处山呼海啸一般的声浪，默然立马，眺望尧山不动。而尧山山麓中，赵玖看了眼逼近的韩师仲部，看了眼堰下散落的那些郸奚番骑，又看了眼山下忽然崩溃的局势，最终无言。他知道，自己必须得做些什么了。

吴介同样沉默相对，做了两件事情：其一，派出信使让身后官家弃龙纛从军寨后方逃入山中，以避锋芒；其二，主动领自己的帅旗向前。身为节度使，身为主帅，他不可能像赵哲那般失控逃跑。恰恰相反，吴介带帅旗向前，迎面撞上赵哲，毫不犹豫，上前一枪将此人刺死在马上！赵哲一死，立即稳定部分局势，田师中也即刻从旗帜的移动上会意，带领身侧能控制的长斧重步兵向吴介汇集。

山上的赵玖微微舒缓了一下情绪。但下一刻，完颜娄石便率部从已经溃散的秦凤路部众中突到吴介身前。

吴介失笑一声，跃马而出，挺枪而对："完颜娄石，你欠爷爷一场单挑，还记得吗？"

完颜娄石一声不吭，直接驰马到吴介身前，双方两面主帅，在拼尽了所有的兵马和操作后，鬼使神差一般只能用这种方式来继续这场关系着两国国运的战争。但是，双方都是黄脸，都是主帅，却不代表两个人的马上功夫也是一般。实际上，二人甫一交手，吴介便心中暗惊，而交战数回合后，这有勇有谋的吴大便已经双臂发麻。

二十回合后，吴大便已经知晓，再打下去，自己必死无疑——这个桓榛大将，或者说老将竟如此强横！而此时，曲锻、刘彦的合兵尚未突破完颜娄石身后骑兵，田师中的长斧兵也未能速速穿过乱兵赶到身前。反而是完颜娄石部众已经大规模涌上，将要将吴介和他的旗帜一并包围。所以，吴介心知肚明，若是众目睽睽之下死在这里，定会让全局直接崩溃，再无幸理，倒是逃了，还有一丝可能性去护卫官家，或者组织部队反扑。于是乎，众目睽睽之下，吴介几乎是咬着嘴唇打马而走。

已经乱作一团的绍宋军营前战场上几乎是轰然一声，原本勉强止住溃势的秦凤路兵马彻底溃散，而随即熙河路兵马也完全失控。局势似乎彻底无救。但是，仅仅是下一刻，吴介却反身回来，整个战场也都忽然全线失控，虽然营前山下的战场还是一团糟，但周围尚有建制的绍宋军却几乎各部齐齐往大营方向而来，山下的几路金军也各自失色。

因为就在吴玠败退的一瞬间，那面龙纛直接从山麓上向下压了下来。

战事已经逼近到了大营跟前不远的地方，上面看下面看得清楚，下面看上面也清楚，不只是龙纛向下压来，一支格外精锐的步兵甲士部队几乎是抢在龙纛之前奋力向下压来。当这面龙纛接着吴玠的败退往下压的时候，战场上大部分尚有理性的人就已经意识到，这场尧山下的战斗，金军不可能全胜了，绍宋军也不可能再输。韩昌就是这种理性的人。而他身侧的完颜乌竹却已经彻底丧失了理性，这位大金四太子头晕目眩，死死盯住那面龙纛不停，一种难以言喻的羞耻感与挫败感，混杂着惊惶与疑惧，让他的脑子混沌一片。

一时间，这位四太子只有一个念头——山动了！

随着龙纛向下出营，对这边战局两眼一抹黑的刘锜弃掉泥淖中的猎物，不顾一切带着能带的兵马艰难出沼而来。塬上王彦部看到这一幕，直接向下，但眼见着韩师仲部三千戴着铜面的骑兵先行越过塬下，又选择回身直冲完颜巴力速。熙河路的兵马背靠山脚，在刘锡的狼狈组织下重新试图抵抗。整个战场外围的绍宋军溃军都往此处汇集，李世辅领着身边残余的千余郫奚轻骑而来。

而很快，察觉到什么的秦凤路、熙河路溃军也注意到从山上往下冲来的龙纛，这两支军队虽然整体上依然无组织，面对着龙纛，却放弃了转身冲击营寨的念头。这些数以万计的部队当场陷入一种前后两面不敢去，左右两面被堵塞的混乱状态。

不管如何，金军最大的撒手锏，也就是驱赶败兵冲击营寨，当场失效了。不过，清醒意识到自己战略失效的完颜娄石一声不吭看着那面越来越近的龙纛，忽然轻笑，他知道，眼下自己只有两个选择，一个是直接转身向北，会合完颜剖叔与蒲查胡盏，再绕那片塬坡接应完颜巴力速一起撤离，然后在即将到来的秋雨绵绵中病死榻上。另外一条，再度迎上去，然后无论如何，都被四面八方压来的绍宋军歼灭在这面龙纛下。

这是一条死路！但是，死路不是败路，此战在军事上他可以输，可对大金和他完颜娄石而言却未必不能胜！耳听着身后已经有弓弦声作响了，情知道是因为战场陷入混乱，曲锻与刘彦得以进一步逼近的完颜娄石忽然转身，直接提枪向最近的一团绍宋军发起冲击。他的部属在愣了片刻后，迅速追随上了自家都统。

绍宋、大金双方都发了疯一般在这营门前不远处的战场上奋力，完颜娄石如离弦之箭一般所向披靡，其人持大枪秉骑兵横行乱军之中，遇到绍宋军试图汇集便引身后部众直接突击。肆意横行之间，其人宛若回到了黄龙府一战，酣畅淋漓，死而无憾。

吴介当然知道他在做什么，也在试图阻拦，但是陷入混乱的战场不仅让完颜娄石丧失了驱赶败兵的能力，也让绍宋军丧失了汇集起来阻拦对方的能力。

下一刻，完颜娄石遥见龙纛之下便是一众文武环绕的绍宋官家当面，登时放弃与乱军缠斗，率军直扑龙纛而来。

一时间，各路绍宋军部将也纷纷醒悟，匆匆汇集至龙纛之下，形成一个几乎密不透风的防御圈。

但很快，金军骑兵开始借着马势将自己整个身体、整个战马躯体硬生生砸入还有些茫然与恍惚的御前班直阵中。

防御圈瞬间被扯开空隙。杨轶忠不顾一切冲了过去，但只是两三回合，这名御前班直统制官便被刺中肩膀，跌落马下。

而此时，完颜娄石并没有继续突击，他身后数百部属也忽然散去大半朝四面涌去。然后，这名桓榛名将从身后取下一张桓榛大弓，架上了一支重箭，对着百十步外的赵玖弯弓搭箭。

赵玖同样弯弓搭箭。屏息凝神，算好距离，如平日射猎一般微微抬高箭矢，然后迅速瞄准对方，对弓箭极为熟悉的赵官家知道，自己这种弓拉开更快，更容易瞄准。

完颜娄石对着赵玖的弓箭咧嘴一笑，从容调整，而箭术公认高超的赵官家随着对方一笑心下一慌，先行一箭射出。箭矢猝然飞出，偏了许多，而完颜娄石手中弓箭并无丝毫影响。一时间，这位官家如坠冰窟。但也就是在此时，一支箭从一张赵玖无比熟悉的弓上射出，从后方正中完颜娄石臂膀。完颜娄石马上一个摇晃，手中重箭偏出。

群情振奋。可下一瞬间，完颜娄石又当众折断了自己这个左臂上的箭矢，只是瞥了眼自己侧后方的曲大，便扔下弓箭，重换大枪，然后奋力向前。其部仅剩的数十亲卫故技重施，豁出性命与坐骑来为主将砸开通路。非只如此，刚刚一幕，已经让许多班直看呆，居然让完颜娄石借此时机突入更深层班直阵中，距离赵玖不过几十步。

赵官家试图再度弯弓，却双手已颤。须知道，眼下战场是乱作一团，金军骑兵、绍宋军步卒，都只是分股作战，咫尺之间，人可敌国！

"不要慌，哪个是完颜娄石？指给俺！"

曲锻再度弯弓，几度想要射击，可完颜娄石换枪驰骋，他根本无法瞄准，惊惶难制。但就在此时，一骑自后方奔来，铜面铁盔，手持硬弓，只听声音，曲大便知是谁，匆匆弃弓指向完颜娄石。

来人正是扔下在后方激战的部属，直接跃马来援的官家腰胆韩师仲，而韩良臣远远便注意到这边不妥，双手操弓而来，此时见到曲锻指点，只两腿一夹，胯下战马便一声嘶鸣骤然停步，并抬腿立起半个马身。而韩师仲只在停下的马上转过腰身来，便奋力开弓一箭，一箭千钧，可当万军，正中完颜娄石胯下马首！

完颜娄石胯下战马未及嘶鸣便轰然倒下，连带着完颜娄石整个掀翻！

两侧班直，身后桓榛骑兵，还有周围混战的其他各部绍宋军纷纷朝着此处涌来。赵玖看得清楚，班直与周围完颜娄石亲军乱战之时，完颜娄石本已经勉力站起，却不料一名年轻小将从曲锻身后驰马而来，一箭正中完颜娄石腋下，使得完颜娄石再度跌坐。

见此形状，本欲去扶完颜娄石的旗手扔下旗，转身与来将作战阻拦，而当此之时，又一名持长斧的绍宋军都头直接趁隙趋步来到已经不能轻易起身的完颜娄石身前，直接抬斧一劈，完颜娄石往腰间去握什么，只是握了个空，然后大斧直接落下，砍中完颜娄石臂膀。完颜娄石当场先落一臂。周围一阵狂呼，说不清是欢呼还是惊喝。

而那绍宋军都头既已占得先机，便趁势继续一斧，取了完颜娄石性命。那人扔下大斧，对着赵玖大喊："官家！俺今日……"

未及说完，震耳欲聋的战场之中，一名金军骑兵不知何时早已经靠近，却正是刚刚弃掉旗帜的那名旗手，他不顾身后尚有追兵，直接从马上跳下，爬来，然后捡起地上长斧，直接从那名只顾对赵玖说什么的绍宋军都头脖颈后方奋力横劈下去！完颜娄石的旗手又被班直迅速击杀，完颜娄石的首级又被那名追来的年轻小将抢到，然后以长枪高高挑起。然而，营前的大金中军骑兵没有溃散，反而瞬间大噪，数以千计的桓榛骑兵不计生死奋力搏杀，甚至还再度试图攻击龙纛，夺回首级。但这一切不过是强弩之末，随着战场上两支金军败逃，营前的乱军也陷入溃散之中。

"官家！"小林学士出声提醒，"现下要紧的不是去追这些溃散的敌军，官家莫忘了，东面完颜乌竹麾下，可是有足足一万余骑的援军！"

赵玖陡然反应过来，立即目视王源。王源醒悟，即刻代为传令！

一个时辰之后，傍晚时分，太阳西沉，雨水依然未降，金军早已经大部逃散，完颜乌竹与韩昌及其部属四散东走，但绍宋军骑兵早早遵循军令，不断往东阻断五龙山、北洛水、梁山之缝隙，使之不能北走。而韩师仲追杀赤盏合袭，确定完颜乌竹部金军全溃以后，将本部背嵬军交给成闵去追击堵截，选择直接转身来见赵官家，其余各部主帅、军官骑兵也都纷纷仿效，众将一时汇集于遍地尸骸伤员的营门前龙纛下。

而此时，赵玖依然勒马伫立于龙纛之下，久久不动，面无表情。吴介、曲锻、刘锡、刘锜、王德、王彦，各自聚拢，这些人之下，更有无数军将近臣，无一人敢上前相对。

"官家！"韩师仲到底是有些胆量的，更兼武将之首，故在片刻之后，小心上前询问，"大金败走，臣等已派各部骑兵尽量去截断完颜乌竹部队北走之路，战场也在打扫，不知道可还有什么军令？"

赵玖回过神来，望着周边遍地尸骸，听着身后营中哀号不断，又盯着身前诸将沉默了许久，在落日余晖中忽然开口："有！"

韩师仲以下，诸将轰然应诺，各自纷纷出列拱手。

"替朕射下来！"赵玖面色不变，也不去望上，只是以手指天。

众人顺势望去，只见天上云彩渐渐厚重不提，其中一只不知是不是失了主人的海东青正在战场上空盘旋不定。下一瞬间，韩师仲、吴介以下，无数军将，乃至于一旁随侍军士一时耸动，然后所有人几乎一起弯弓，各自朝那只海东青射出箭来。箭矢密集，其中数支箭矢明显来自高明射手，把那只海东青扎得如刺猬一般，直接将它从空中扯落，其余箭矢也在须臾之后，如雨如雷，钉落地面。

就在这些箭矢落地的同时，最后一丝余晖散去，头顶厚云闷雷滚滚，然后豆大的雨滴终于落地。赵玖全程都未看那只海东青，此时更是直接勒马转入营中。

第五十五章　不忘

夏雨滂沱。

且说，夏樱国是雨水繁盛之时，之前连续多日不雨，似乎也都只是为这一遭大雨蓄势罢了。而雨水如此淋漓，却基本上算是为之前交战双方强行落下了一道代表天意的休战公文。话说，尧山大战后的第三日，也就是六月初，随着雨水停息，战局迅速往全线平息方向发展。不知道是确定完颜乌竹逃到了河东还是确定南线残兵被围歼，失去了主帅的金军再不迟疑，直接在完颜火钅与完颜巴力速的带领下大踏步北走，然后依次放弃了鄜城、北洛水河口大营，继而眼瞅着整个丹州、鄜州也要扔下。

对此，绍宋军事统帅吴介不敢怠慢，即刻派遣部队多路出击，小心翼翼收复失地之余也对尚有相当战力的金军主力进行监视与防范，他本人也移动到了坊州进行下一步指挥。很快，随着部队分批北上，再加上大部分伤员向后方渭水平原转移，辎重被分散，尧山大营这里便不再是一个重兵集结之地了。但是，赵官家的龙纛一直在此处飘扬，此地依然是天下瞩目之所在，更是关西真正的心脏。

一连数日，绍宋天子赵玖、关西使相宇文绪忠、巴蜀五路转运使张骏、原陕北三路实际上的负责人胡尹，还有翰林学士林景默、枢密院都承旨刘子羽领着一众西行近臣，全在此处停驻。其中赵官家是不管其他事的，数日之内，他只是在祭祀亡者，誊抄战死名录，对战死者进行大规模恩荫、分封，关中诸多军国重事还是原关西三大员外加随行近臣一并合力处置。

完颜乌竹据说是乘木蛟渡黄河抵达河中府后，不顾一切地做了两件事情：一件是他本人丝毫不停，即刻从小路往壶关进发，去追赶自己之前分出的两万金军，此事暂且不提；另一件是临行时连夜催促自己兄长三太子完颜讹里朵迅速下令撤回洛阳部众，这使得李彦仙的计划不免落空，而随着阿里与讹鲁补二将的撤离，洛阳战况彻底揭开，有些事情终于祖露在外——枢相汪博彦被证实在洛阳城破后于废都旧殿之中。到此为止，绍宋、大金两军只有河北战场尚有可论之处，其余俱皆往战前战线归拢起来。

六月中旬，早已经有所准备的都省副相许景衡日夜兼程，走黄河南岸大道，来到了关中，来到了尧山。宇文绪忠等关西大员出营十余里迎接，双方交谈不止，待到营中，已然是中午时分。而入得营来，不待休整，这位都省相公便来求见绍宋官家。

双方见礼完毕，并未提及他事，而是先说了几句闲话，然后赵玖问了下东京情况而已。

"好教官家晓得。"军营后方临山的凉棚之下，许景衡捧着加了盐的温茶坐在赵官家身侧，闻言也是放下茶水，颇显感慨，"东京此番乃是有惊无险……"

"怎么说？"

坐在凉棚下的赵玖早早放下了身前几案上的文书，专程侧身而对，对许景衡与他身后的东京留守诸文武保持了足够的尊重。

"先是大名府完颜塔兰拥兵数万，一时异动，似有从下游渡河与伪齐联兵之意，而彼时御营后军未至，御营前军战线极长，京中一时惶恐。"

"咱们布置好了防线，以完颜塔兰那人的性情如何敢来硬拼？"赵玖嗤笑相对，"便是伪齐那边眼下几个当家的人也不敢轻动的，而刘豫一个人，即便存了为儿子复仇的心思也不敢同时违逆上下出兵的。"

"岳鹏羽也是这般说的。"许景衡笑道，"而且也是那时提出来要渡河北上，反将一军的。"

"此事彼时在东京城内可有阻碍？"

"自然是有的。"许景衡正色相对，"但被吕相公压了下去。吕相公说，事情要分轻重，官家在关西才是真正的根本。岳鹏羽此番作为，但能有丝毫牵扯河东金军效果，便可为之。"

"吕相公不负朕，都省也不负朕。"赵玖一声叹气，"还有汪相公，也没有负朕……"

许景衡稍微沉默了一下。

“怎么？”赵玖立即察觉到了一些东西。

“有几件近来的事情要与官家说……”许景衡越发肃穆，“御营后军都统杨老太尉为极速进军来援东京，至东京后便一病难为，金军从洛阳撤走，也就是臣出发之前那日夜间，他便离世了。”

赵玖也沉默了一下。

“还有洛阳守将之一，大小翟中的大翟翟兴，在金军撤离之时，自将部属交与其弟，然后率少部出汜水关追击，最后死于黄河畔。”

“他这是觉得有愧，在偿命，没必要的。”

“是。”

“翟氏兵马皆是族中子弟兵，稍作特例，让其子翟琮袭其职，还有吗？”

“还有，刚刚说到岳鹏羽渡河北进之事，当时是那么说，但现在看来，洛阳失陷，还有汪相公殉国一事、杨老太尉病死一事，与御营前军北进未必没有关系，便是牵扯二字，似乎也稍显不足……”许景衡继续严肃以对，“毕竟，河东金军此役不还是有足足两万从龙门来了吗？听说差点对决战胜负有了动摇。便是东京城的安稳，也多亏是御营后军及时赶到，分兵封堵了嵩山与汜水关的缘故。所以，臣来此之前，京中振奋于陛下大胜之余，舆论隐约有以汪相公、杨太尉之事问罪岳鹏羽，乃至于吕相公之意！”

赵玖点了点头，并不觉得惊讶，但很快就摇了摇头，正式表了态：“此战中，关西之胜、陕州同州之守、洛阳之失、东京淮东之稳、河北之进，本为一体。咱们最后能把金人撵回去，靠的是上下齐心，同进同退，同得同失。非要说有个总责之人，那也是朕，实际上，岳鹏羽北进，朕动身前便已知道，并做了允诺。怎么能胜都是朕的，失就是某些相公与帅臣的呢？何况，此战首尾，险之又险，便是子羽之前一力主守，朕此番战后，也觉得他当时极有道理，可谓尽职尽责。”

“都省也是这个意思。”许景衡瞥了眼面色如常的刘子羽，同样不惊讶于赵官家的回应，“临阵相决，哪里能拿事后的一些得失来算计当时的决断呢？何况岳鹏羽此举确系牵扯到了河东大军，也让大名府的完颜塔兰几乎无所作为，所谓有大功而无过。”

赵玖点了点头，却若有所思：“可还有言语？”

“有。”许景衡果然继续言语下去，却是起身正色拱手相对，“官家，此战虽胜，可事到如今，中原却已疲敝，荆襄叛乱也席卷十余军州，还有已经足足四五年没有处置的五岭蕃乱。这种情形下，河南作为屡遭兵祸之地，总不可能学关西巴蜀那般再向百姓预支来年赋税吧？故此，都省遣臣至此，一则恭贺官家大胜；二则迎官家回銮；三则想请官家正式下旨，着岳鹏羽即刻退兵，转回河南。除此之外，臣在路上还听说了一件事情，正要与官家分说。"

赵玖在座中看着严阵以待的许景衡，还有随着许景衡起身而起身的宇文绪忠等人，稍微犹豫了一下，然后微微叹气："四件事，朕都不能应许！"

许景衡怔了一下，但旋即正色相对："请官家直言不讳，臣也好做回复。"

"其一，此战虽斩杀完颜娄石、擒杀韩昌、歼敌逾万，且逼退大金，保住关中，但我军死伤累累，殉国者、战死者，自汪相公以下，累计逾万。所谓大胜亦是惨胜，朕受吊不受贺！"赵玖在几案前肃然相对，言语郑重之余干脆打开了许景衡来后盖上的薄纱布，露出了满满腾腾数摞名册之类的物什。

许景衡微微一怔，继而后退数步，恭敬行礼："臣惭愧！"

"其二，"赵玖重新盖上纱布，继续正色相对，"朕战前对关西子弟与御营兵马做了许诺，乃是要以军功授田，朕一言既出如白染皂，绝不能没了首尾，这件事情什么时候处置好，朕什么时候再回东京！"

许景衡认真思索了一下，回头与宇文绪忠对视了一眼，便也重重颔首："既是如此，臣等也无话可说。"

"其三，岳鹏羽身为一方帅臣，独领数万之众前突河北，彼处情势如何，咱们一无所知，是该进还是该退，他也自有决断之力。朕以为，将河南的难处给他说清楚，让他自己决断，就不必以朕的名义或者都省、枢密院的名义专门下旨了。"

许景衡犹豫了一下，方才微微颔首："若如此，怕是他早就收到东京城的意思了，不过臣想以私人名义再写封书信，着快马递解过去。"

"可以。"赵玖点头应许。

"还有第四件事情。"许景衡继续言道，"官家都未问是哪件事情，便要否掉吗？"

"不是朕以白纸封韩师仲郡王，使李世辅袭其父爵位的事情吗？"赵玖终于展颜一笑，"还是朕猜错了，宇文相公一路上并未与许相公说及此事？"

"确系此二事，具体来说乃是李世辅袭爵一事。"许景衡严肃相对，"官家，臣等非是迂腐之人，当日斥沟之约，臣等又不是不知道，韩师仲淮上之功、鄢陵之功，还有此番救驾之功，功高卓绝，忠勇堪比古之名将，封个郡王便也罢了，总比童贯要强。但李世辅一事，恕臣不能应！"

"因为制度？"赵玖也重新严肃起来。

"不错。"许景衡沉声相对，"有皇绍宋一朝，并无袭爵惯例，此例一开必然生出许多无端事来，官家真要赏赐李氏父子，何妨追赠其父南阳郡开国公，再按照正常军功、军职，以食邑与李世辅一个正经的开国公？"

"当日宇文相公便将这些与朕当面说了。"

"但官家依旧还是如此做了？"许景衡可不是宇文绪忠，当面便打断了赵官家。

"不错。"赵玖倒也坦诚。

"为何？"这位都省许相公追问不止。

"朕不好说。"赵玖再度失笑，却又反过来笑问道，"不过，看许相公之意，莫非都省要否了此事吗？"

此言一出，凉棚中的气氛登时又凉了几分。诸位相公非是不愿与官家分辩，而是他们来到战场上，先帮着赵官家整饬战后庶务，帮着这位官家点验尸首，帮着这位官家处置军中赏罚，亲眼从战后雨中情境里晓得了那日一战多么激烈，多么摧天裂地。而经历了那种战场的冲击，便是资历地位高如宇文绪忠，强势如胡尹，也都一时慑于某种情绪，不敢对这位官家强行驳斥。一战之后，何止是西军上下争相射雕，便是整个关西大地，似乎也都不敢违逆这位官家丝毫了。

"官家！"

许景衡忽然失笑。"官家可知道，尧山大胜之后，消息传到东京，全城几乎欣喜若狂，都说官家以四十万胜大金二十万，金军全覆，此役堪比光武昆阳大战，官家也是光武再生……"

赵玖也跟着笑了起来。

"等臣走到汜水关，又有人说，官家与完颜娄石对箭，完颜娄石先弯弓搭箭，官家后发，却当面一箭射中完颜娄石肩膀，迫使他弃了弓弩，正所谓'官家一箭定尧山，将士长歌复汉关'。"

赵玖笑得几乎难以自持。

"后来，臣进了潼关，沿途士民皆传，说官家真龙天子，借的是尧山山神之力，待完颜娄石进发至山下，然后官家倾尧山之力而下，金军数万之众一时伤亡惨重……"

赵玖忽然不笑了。

"臣知道，这些事情都是以讹传讹。"许景衡也不笑了，"但臣以为，官家此番大胜，虽惨胜，却使皇绍宋再无垂危之态，并不比光武立业来得差。临阵与完颜娄石对箭，虽不中，其勇气亦足以让天下人再不惧金人铁马，此正所谓天子之弓矢。而临危之时，以天子至尊之身下山力挽狂澜，也足可比泰山，行泰山压顶之势了！此战之后，敢问官家，朝廷之内，绍宋疆域之中，凡官家要做的事情，谁又能真正阻拦呢？区区一个袭爵封赏，还只是开国公，都省便是不许，便无效了吗？"

赵玖干笑了一声。

而接下来，许景衡正色拱手相对："但臣只要在都省一日，就是一日不许！因为这不合制度！而且后患无穷！此例一开，绍宋百余年并无差错的爵位制度一朝废弃。"

赵玖再度干笑："许相公且等等。"

许景衡拱手示意，肃立在旁。

赵玖揭开几案上的纱布，肃然打开最新一本名录，然后亲自动笔，仔仔细细将御营后军都统制杨惟忠、御营中军统制官翟兴二人的姓名补上，并未着急合起，俨然是要等墨迹干透。就在许景衡以为赵玖要说话的时候，这位官家取来两张白纸，将刚才所书的两个名字重新写了一遍，带着墨迹未干的两张白纸直接起身，并朝身侧杨轶忠示意。

杨轶忠先行开路，赵官家紧随其后，身后宇文绪忠等人情知是何去处，肃然随从，许景衡被宇文绪忠推了一下，随官家一行人突兀动身。未待许久，下午时分，他们便来到距离军营后门不远的一处山腰平台上的工地。之前数万民夫在此，又不缺材料，木质建筑早就成型，此时只是正在给建筑上漆，并有木工雕刻不停罢了。

到了此地，唯一带有疑惑的许景衡也很快释然——这是一栋神庙，跟淮上八公山那栋水神庙相差无几。而很快，赵官家的言语也验证了这一点。

"此人唤作侯丹，淮上张永珍的同乡、同袍、旧识，那日便是他斩了完颜娄石，随后战死，所以朕封他做了尧山山神。"步入殿中，赵玖指着正中尚未完成的神像缓缓言道。

"此功可当此享。"许相公当即额首。

148

就在这时，一名脸上带伤的年轻军中佐吏上前，拱手行礼问安，岭南口音，而赵玖并未在意，只是将带来的两张白纸递上："交予工匠，朕与许相公要单独聊一聊。"

那脸上有伤的广南佐吏即刻俯首离去，宇文绪忠等人面面相觑，只能后退，一时诸人殿内走得干干净净，只剩赵玖与许景衡君臣二人。但此时，说要聊聊的赵玖并未直接开口，而是兀自转入神像之后。原来，神像之后，另有深邃空间，里面开了天井，光线充沛，故此蹑步跟上许相公看得清楚，而也正是因为看得清楚，这位都省相公甫一转过来，便当即怔在原地，且失语失态。无他，入目所在，密密麻麻，何止成千上万，俱是木牌，上书军职、姓名而已。

"许相公，朕不能忘了这些人。"赵玖手指眼前的牌位，"不管你信不信，朕抗击金人，并非为了自己一家一姓，而是为了这天下万民。"

"臣信。"

"此战之后，在朕心中日夜萦绕的，是安抚百姓、整饬朝政，是精练兵马、北上伐金。"

许相公几度张口欲言，又无奈叹气。

"朕此时让李世辅袭爵，无非是想在边疆实封，以对西域、大理、交趾，待来日兴复绍宋江山而已。"

赵官家与许相公在神庙之中相互对视，长谈许久，后缓步归营。

夜间，许景衡写完给岳斐的书信，刚一入得赵官家帐中，便见众人拿着几张白纸在那里议论。待走上前来，方才知晓是关于战后军队处置之事。其中，充实御营后军一事十分繁杂，只得先定下以吴介为都统，重新整合各路西军。唯独对李世辅的任命，众人意见不一。许景衡见此，便以李世辅此番功高为由，提为御营骑军副都统，定下此事。

秋叶未落，战火已不复燃。

建炎四年的夏末秋初时节，绍宋、大金两国的战事彻底告一段落，而随着岳斐的御营前军护送着大量的河北流亡百姓一起渡河南归，双方战线也彻底回到了战前位置。不仅是这样，随着两军转回各自的安全区内，绍宋大金双方不约而同开始了边境上的有序减压。大量野战部队从最前方有序撤离，辅兵、民夫被解散，双方都默契地只保留了部分要害地点的驻军以作监视和必要防范而已。

之所以如此默契，一则，乃是刚刚过去的那一战，双方都不免伤筋动骨，再加上双方都有很多内部问题和麻烦要处置，所以都不想再相互消耗精力；二则，乃是经此一战，几乎所有有识之士都意识到了，双方的战略天平正式发生扭转，一段时间内，两国根本不可能对对方造成致命性的打击……大金没有能力灭亡绍宋或者夺取大片成地域的绍宋领土，绍宋、大金两国隔黄河战略对峙，到此为止，正式形成。

七月暑气之盛依然难减。万俟燮行经洛阳，虽然疲惫至极，而且行程急促，还是一定要往废都旧殿遗址来为汪相公奉上香烛，大礼参拜的。离开了洛阳废都之后，万俟燮一路继续西行，走崤渑古道、过陕州、入潼关，沿渭水西行不停，却始终郁郁。

而这日晚间来到临渭城外的驿馆，闻得有人来访，乃是曲锻借郭成弹劾他之事前来求见。万俟燮捻须冷笑：“眼下这个关节，得亏你曲大还是落到了军中，真要是转成了文职还敢寻我聒噪，我刚刚先当众喊一声有贼再说……”

二人嘴上互相刺了两句，这才在院中坐下，而曲锻也才正色起来：“若是这般说来，万俟御史此番不忌讳武将，却反而忌讳文臣了？这是何道理？”

“能有什么道理？”七月流火，白日暑热，晚间反而渐渐有了些凉气，万俟燮拢手而坐，倒也没做遮掩，“经此一战，官家对你们这些军头哪个不是手拿把攥？官家要在此处整饬西军，刘锡一言而斥，剩下三个大的军头，一个你曲大，一个吴大，还有一个刘二，难道真敢掰扯不成？”

“本朝制度，天子本就能随意拿捏武将。”曲锻摇头叹道，“不过是此番这位官家是个马上能射箭的，所以格外显眼罢了。但若是这般说，你不忌讳武将，又何必忌讳文官呢？先整军，数万西军转入御营，兵马配置好，几万雄兵镇着，再去把关中闲田赏赐下去，谁敢闹事？谁能闹事？”

万俟燮嗤笑一声，并不言语。

曲锻怔了一下，旋即醒悟，却是也跟着嗤笑了起来：“我懂了，汪相公殉国，吕相公刚刚又升了公相，都省和枢密院都空出了正经大位，下面的诸位使相、大员跟乌眼鸡似的，你这人死了要做佞臣的心，绝不想被人当成哪位相公的人。”

万俟燮摇头不止：“曲大呀曲大，你这般能文能武，确是个人才，可惜偏偏长了一张嘴。”

“长了一张嘴又如何，这御营骑军都统制照样是我的。”曲锻昂然相对，“旨意前几日便下来了！”

"是吗？"万俟燮微微一怔，继而摇头，"那你还来此做甚？真就是寻我斗嘴来了？"

"倒真有件事情。"曲锻此时方才正色起来，"我摊上了一件官司，万俟御史知道郭成吗？"

"郭成老将军我自然知道，神宗朝伐西勒时便已是名将。"万俟燮若有所思，"多年间一直在环庆、泾原，也就是陕北一带转任……而陕北也是你与吴氏兄弟起家之地，你们之间有官司，不说我也能想得到，无外乎是人家兵权被你抢了，或是子孙被你排挤了吧？"

"那时候若不能将兵马从这些废物手里收拢过来，如何能做事？"曲锻蹙眉以对，干脆承认了这件事。

"那你就这般与官家说便是，"万俟燮不以为然，"官家既然有了任命，心里还是看重你的。"

"关键是郭成要死了。"曲锻越发蹙眉不止，"这是个四朝老将，素来有战功的，此番杨老太尉去后，他更是西军第一资历之人，但这些年一直身体不好，只在环庆路坞堡里打熬待死，本来我一直与他儿子郭浩相争，争了许多年，前两年趁乱得了势，也多是看他这个老将军的面上没下死手，结果不承想今日忽然亲身冒出来，任命我做御营骑军都统的旨意下来后没两日，郭成人尚在泾原路边境坞堡里养伤等死，札子却已经送到御前，乃是公开弹劾我前两年在陕北时的十项大罪。"

"才十项大罪？"

"其实我当年何止是十项大罪，但那又如何？"曲锻不以为然道，"真要论罪，那首闲诗，还有王庶之事足以杀我，哪里轮到郭成郭浩？"

"这倒也是，那你惧怕什么？"

"这不是官家正要将西军整个改成御营后军吗？而既要整军，照理说便该给西军将门些许安抚才对，届时若是官家想着给快死的老将军一个面子，缓了我的御营骑军都统又如何？"曲锻终于说到关键，"而且我也不瞒你，郭成郭浩父子与吴氏兄弟乃是同乡，我还怕吴大吴二那两个贼厮也与此事有牵扯。正在烦躁间，恰好听到你来了，所以便亲自驰铁象过来迎你，也是想寻你做个此事的参详。"

万俟燮终于再笑："你这是关心则乱……"

而后万俟燮继续西行，入了长安，见到官家，赵玖笑问："听说曲锻去找你了？"

"是。"

万俟卨倒是坦然。"臣与曲都统昔日在陕北有一番说法,他的部属先把臣关了,臣后来又押解他去东京,倒是难得成了一番交情。"

"这倒真是铁打的交情了。"赵玖越发失笑不及,"他寻你只是叙旧?"

"并非如此,他去了以后,先是问臣如何应对郭成的弹劾……臣说让他大度些,保举郭浩个前途便可。"言至此处,万俟卨明显犹豫了一下,在瞥了一下一侧侍立的胡尹、小林学士二人后继续说道,"后来他才说了实话,乃是担心吴氏兄弟与刘承旨、胡经略、张转运等人上下左右勾连成一体,以后会欺压他,故此,臣又多安慰了他两句,让他安心奉公做事。"

赵玖笑着点了点头,并未发表任何多余见解:"朕知道了,京兆度田的事情还要万俟卿辛苦,不过你且放心,朕自在此处为你撑腰,等此事办妥,咱们再一起回东京。"

万俟卨不敢多言,随即拱手告辞。

而万俟卨走后,赵玖直接看向一侧的胡尹:"明仲,曲大说你们结党,你可有话说?"

胡明仲从容出列相对:"曲大平素无状,以己度人,故庸人自扰!"

赵玖点了点头,然后继续从容相询:"那就不说这个了,朕再问你,此间事罢,你可想过回东京做个宰相吗?"

胡尹明显怔了一下,旋即正色摇头:"宰相者,宰执天下也,臣的气量、才能,皆不足为天下任,臣冒昧,依然自请留在关西,为一任地方。"

赵玖点了点头,继续随意相询:"那你觉得张德远可以做宰相吗?"

胡尹终于沉默不语。

赵玖看了对方一会儿,心下醒悟,三度点了点头。

第五十六章　往来

"高夷使节来的是谁？"

这一次没有什么阅兵，也没有什么仪式，最后一支御营部队停在城西岳台，而赵玖只是带着御营班直入城，进得城后，不及入后宫安歇，这位官家便汇集百官于文德殿，询问之前城内相关事宜。

吕浩文本已年长，性格素来沉静，此番进位公相之后比以往更沉稳了许多，闻言只是肃立，并无言语。很快，眼见着公相吕浩文、新至枢密使张骏、同知枢密院事陈规依次无言，礼部尚书朱胜非随即上前一步，拱手相对："回禀陛下，来使唤作郑知常，乃是高夷国内的翰林学士知制诰，文采极佳，不知陛下可要召见？何时召见？"

"不是大金富轼？"御座中的赵玖微微蹙眉，"此人在高夷属于开京两班还是西京两班？对大金主战主和？"

朱胜非一时无言，沉默了片刻方才拱手言道："好让官家知道，此人素来由鸿胪寺少卿王伦馆伴，所谓开京两班、西京两班臣委实不知，但之前官家大胜，他匆匆浮海而来，却作诗词称颂官家神武，而且诗词确实不错，想来应该是对大金主战之人。"

这个答案明显有误，作为礼部尚书，了解到这个程度已经算是合格了，所以赵玖并未穷追，反而是点了点头，然后直接在御座上越次开口："王伦何在？"

早有准备的鸿胪寺少卿王伦即刻出列，然后俯首奏对："回禀陛下，此人属西京两班，妙清和尚一党，素来主战，是妙清和尚在高夷朝廷中正经的盟友，是大金富轼眼下在高夷最大的政敌之一。"

言至此处，王伦稍稍一顿，复又小心加了一句："此人与大金富轼不只是政敌，更是高夷文坛对手，公仇私怨皆深。"

"还是有些不对。"赵玖越发蹙眉，"上次你说，大金富轼一意事大，绍宋强而从绍宋，大金强而从大金，稍有反复便及时观望、调整，反倒是西京妙清和尚一党脑子不清楚，意图以伐大金来扩充西京两班势力，所以才对大金主战。那这个郑知常，既然是妙清和尚一党，为何也来'事大'呢？"

"好让官家知道。"王伦赶紧解释，"郑知常正经文臣，与妙清和尚结为一党是因为他们都以高夷西京为根基，与开京两班对立，不可能不一党，但说到具体见解还是不同的。"

说到这里，莫说赵玖懂了，便是经历了大几十年新旧党争的殿上绍宋臣也都恍然。

"朕懂了。"赵玖果然恍然而笑，"这是个因为政争被裹着主战的人，他主战只是因为大金富轼不主战。但如此说来，此人既事大又主战，岂不是比大金富轼更利于咱们？"

王伦犹豫了一下，还是小心翼翼相对道："官家，此人与大金富轼在高夷，素来有些说法……"

赵玖越发失笑："有什么便说什么，什么说法？"

"都说大金富轼因为崇敬大苏学士起了这个名字，但他做官做事却极类舒王，而郑知常与之党争不休，却不像司马温公，更像是大苏学士多一些。"

赵玖三度失笑："你是想说此人政治上借不着力，若在他身上打转，未必有用了？"

"关键是此时咱们也难对高夷国内真正施力。"眼见着周围不少大臣纷纷侧目，王伦赶紧跳过了这个话题。

"得如何才能真正施力？"赵玖追问不止。

"若齐鲁之地能复，海上通畅，便多少能做些事情了。"王伦坦诚相告。

而赵玖点了点头，却是做了决断："不管如何，还是要做些事情的，也该在高夷身上花些工夫，这毕竟是眼下咱们能联络到的大金背后唯一一国，且是千里大国。而关于此人，朕有些看法与王少卿不同。朕以为，此人既然与大金富轼是那般关系，那在此人身上用力也与在大金富轼身上用力无二，换言之，彼辈便是将来糊里糊涂没了，用的力气也能在大金富轼身上赚回来。"

"礼部尚书朱胜非、鸿胪寺卿翟汝文、鸿胪寺少卿王伦。"赵玖正色吩咐道，"你们好生招待一下这位高夷的大苏学士，你们堂堂大国尚书、正卿一起去陪他作诗饮酒，让他宾至如归，然后明明白白告诉他，朕厌恶大金富轼，却喜欢他郑知常的诗，还要再准备额外赏赐，最后准备正式宴会，朕要亲自召见他、赏赐他。"

众人听得言语，神色各异。有人连连点头，有人若有所思，有人神色并无丝毫变化，还有人连连皱眉。

"好了。"赵玖说完高夷使臣一事，丝毫不停，却又问到了另外一件大事，"完颜瞻汉到了大名府又是怎么一回事？"

殿中诸多人物面面相觑，却纷纷摇头，无一人能答。

等了半晌，还是陈规职责在身，无奈出来说了几句话："官家，臣等委实不知彼处虚实，只能大略揣测。"

"揣测也无妨啊。"赵玖失笑相对。

"臣等议论。"陈规闻言稍稍正色相对，"完颜瞻汉在尧山大战失利以后忽然来到大名府，其实不是为了应对东京，而是为了控制住大名府的兵马以应对燕京，应对北面大金主完颜吴启迈与大太子完颜斡本。"

赵玖点了点头，这其实也是关西文武议论的结果。

"既如此，投石问路，或者打草惊蛇吧！"群臣稍作讨论，皆是类似看法，而赵玖稍作思索，也即刻做出决断，"让张荣走黄河故道，直接将檄文送去大名府，问罪于完颜瞻汉。让他将之前扣押的使者速速交还，再限期来降。否则朕就将大名府变成第二个尧山！"

不少人一时犹疑。

"只是打草惊蛇……"赵玖赶紧解释，"挑逗一下他罢了，最大指望在于给大金内部局势添一把火，并非真要出兵。"

陈规等人这才释然。

赵玖毕竟是长途跋涉，刚刚归来，所以在问了两个不能再拖的问题后，又问了一下三舍法制度化的进程，叮嘱了群臣了几句，便终于宣布解散此次"迎驾"。

但众人各自散开，全程都未参与讨论事务的公相吕浩文却又被大押班蓝珪单独请到了后宫。

众人散去，赵玖等在后宫小亭内，待见了吕浩文，也是直接起身相迎，就在亭外直接发问："吕相公，为何朕总觉得今日殿上气氛不对？"

"回禀官家，老臣以为事出多因。"

秋高气爽，吕浩文的目光从亭子周边的黄花上移过，又微微抬起头来，却正见头顶一行大雁南走，而这位当朝公相仰头认真思索了一下，却意外地没有敷衍。

"一则官家尧山大胜，射雕而回，海内震动，文武畏服，而此事虽已经过去数月，官家在关西早已适应，可对东京文武而言，却是战后第一次与官家相逢，不免有些紧张。"

赵玖微微颔首。

"二则，官家大举改换宰执，革新政局之意已经无疑，上下不知官家心意，不免心存观望之意。"吕浩文不急不缓，笼手相对。

赵玖若有所思，笑意收了不少。

"三则，"吕浩文微微一叹，"官家今日不该在朝堂上这般当众以'利害'剖析高夷使节还有完颜瞻汉一事，有失体统。"

赵玖终于皱眉："朕固然知道这些事情有些太计较利害，但事关敌我，以兵家之谋相对，行诡道难道不对吗？"

"臣没有说官家这两件事处置得不对。"吕浩文依旧从容，"但既然事关敌我，为何不能召宰执、枢密院上下、御营将军们单独来讨论呢？官家，金人酷烈野蛮，海内无人不知无人不晓，当此非常之世，臣等也没有要官家一定做个垂拱圣人，但便是马上皇帝，重比泰山，外圣内王也还是要的。而今日须是文武俱全，且列位于文德大殿！"

赵玖沉默，吕浩文也束手而立，沉默不语，一旁蓝珪已经开始数自己心跳了，但数到一百来下，赵官家终于还是开口了："吕相公所言极是，是朕太急了！"

吕浩文面色从容，倒是蓝珪明显先松了一口气。

"官家可还有事？"吕浩文点头之后，继续相询。

赵玖犹豫了一下，倒也坦诚："朕本来还想跟吕相公说些旧事，但正如吕相公提醒的那般，朕有些太急了，咱们过两日再说。"

吕浩文终于失笑，后退两步，拱手一礼："官家辛苦扶定江山，一去半载，正该早些休息。"

赵玖不再多言，直接将对方送出后宫，又让蓝珪跟上，方才回转。

九月天高气爽，赵玖亲自出城二十里送高夷使者郑知常东归，且沿途设宴，并使文武大员相随，每行一里，赵官家便亲自捧杯相敬，且让一名有诗文名声的随行大臣出面赋诗作词相送。

郑知常此番所享尊荣，足以压过大金富轼一头了。

转过头来，都省副相刘汲甫一到任，便力荐陈规担任枢密副使。而朝中几位显宦又极力向将自己心腹推上军中缺额的位子。这样一来，赵玖立即做出决断，以胡世将为兵部尚书，而吕祉则补了吏部侍郎的缺额。

"谁回来了？"正在枢相陈规陪同下巡视大相国寺的赵玖诧异抬头，"郑什么？"

"回禀官家，是郑亿年，前宰执郑居中之子，郑居中是宰相王珪之婿，也是宁德太后的族兄弟……"杨轶忠赶紧细细解释刚刚说到的那人来历，"旌和中，许多仕宦子弟被一并掳走，郑亿年既是世族子弟，又是皇后亲眷，正是其中之一。"

郑亿年南归，赵官家认为此人很可能是大金间谍，结果万俟御史据理力争，从之前赵官家自己发布的定罪、赦罪旨意到北面的人心，分析得头头是道，指出郑亿年此次南下有功无过，官家不该怀疑人家。结果，被万俟御史惹恼的赵官家当即来了句"间谍事便是不清，亦可称莫须有"，而万俟御史则免冠昂然作答："莫须有何以服天下？莫须有又何以治天下？"

听到此处，官家才恍然醒悟，上前亲自握住万俟御史的手，口称惭愧，并称赞万俟御史此番抗辩堪称忠臣楷模。

十月底，御营前军都统制岳斐自江陵渡江后，连续收复被钟相军夺取的公安、藕池、石首，并于华容击破钟相麾下元帅杨幺部主力，兵临洞庭湖，杨幺也放弃了在陆上阻拦官军的企图，退入湖中。

而此时，岳斐一面做水战准备，一面正式上奏朝廷，提出了"招安"之策。岳鹏羽在自己的这篇长文奏疏中详细解释了他的观点，他认为，"杨幺之徒本是村民，先被钟相父子以妖言诳惑，又逢北面用兵，朝廷一时索求过度"，方才引发乱事。可能是因为"索求无度"这个词严重刺激到了刘汲，作为荆襄主要负责人的刘相公也毫不犹豫地选择支持赵定。

枢密使张骏却也立场鲜明地选择了支持岳斐。果不其然，张骏硬着头皮跟都省再度争执起来，非要按照岳斐奏折里的意思来办，赵定、刘汲只能请求君前议政，让赵官家来做决断。

赵官家只是在札子上亲笔回了一句话——"用岳斐，正在于此。"赵定、刘汲登时沉默，张骏以一对二，居然大胜！

第五十七章　约期

冬日历来是农业生产的某种禁区，乡野之间不免显得凋零萧索。一场大雪不期而至，复又匆匆放晴，且不论黄河北岸的秦会、洪涯等人决心要为自己与家人的前途进行不屈不挠的命运抗争，几乎是与此同时，黄河南岸的绍宋境内，城市与村社间反而渐渐热闹起来。

因许多士人远道而来专门参与，今年的太学议政格外热烈，连续开了两天。不过值得一提的是，赵定是都省正相，名位自然更高一些，而且熟悉庶务与基层运作，善于团结官员，再加上南北对峙局面下，人心更趋向稳定，此人本该仗着大势轻松压制住张骏才对，实际上却非如此。毕竟，张德远与官家走得更近，更善于揣测上意，经常能出奇制胜，而且很多人也意识到了这一层，纷纷聚拢到他身边，形成了一定的势力。所以，二人始终算是分庭抗礼，谁也不比谁弱上几分，此番一时激烈起来，也算是龙争虎斗了。

紧接着，元日到来，例行休假，太学里激烈的议政也匆匆而止。

枢密使张骏不得已出京南下督师这件事情，被朝野一致视为都省正相赵定一方的巨大胜利，赵定本人却对此讳莫如深。但是，不管赵定是什么态度，被迫出京督师的张骏却是带着一种沮丧、愤恨的激烈情绪南下的，这位素来性格激烈的年轻枢密使内心将这件事情视为奇耻大辱。不过，他好歹知道自己是带着严肃的政治任务南下的，知道前面是军国大事，而且情知想要扳回一局就得让自己的督师起到立竿见影之效，就得让岳斐一举成功。所以，一路南行，走到南阳时张德远多少将东京那边的事情暂且按下，转而关心起了南面战事。

然而，也就是从南阳开始，越往南走，越了解南面战事的种种，张骏却越发心中忐忑起来，因为岳斐的表现实在是有些让人难以接受。而这种惊惶与动摇，在张骏抵达襄阳，见到刘汲入京后的新任京西转运使席益，以及主动北上来迎的湖北经略使马伸后，更是达到了一个顶点。

"张枢相以为我是在与这位岳都统置气吗？"

双方在襄阳官署内见面，只是寒暄两句便说到战事，而张骏刚为岳斐辩解一二，湖北经略使马伸便怒目以对，直接起身呵斥："还是以为我在与他争功，特意污蔑他？张相公，你既是相公，便须有相公的公道，莫要因为在中枢保了他，便要在地方上不顾道理，一力维护他！"

张骏无奈，却只能也起身相对，好言相劝、好礼相待。

没办法，马伸资历极深，又有极为特殊的政治资本。当日斡和中金人得手，在所有宗室被扣押，绍宋事实上投降的情况下，作为东京残余官员中的代表，马伸写了一封极为硬气的文书，要求金人放还赵氏宗亲，依旧延续绍宋国祚，虽然没有成功，却使得张邦昌陷入孤立之中。且不说这算不算拥立之功，但相对于逃到太学中的赵玓、张骏、胡尹等人，无论如何都是极有资本的。

而这其中更值得一提的是，当时秦会作为马伸的上司，在接到这封文书后，并未直接给金人送去，反而是改写了一封措辞委婉的新文书，最后还因为这封文书被索入金营，还被完颜瞻汉看重，一去不回。其实平心而论，以当时的情况，并不好说马伸的文书更有效些还是秦会的文书更合适些，但二人的性格差异却是在两封主旨相同、意境不同的文书上彰显无疑。

"我知道岳斐有些拖延过度了，也知道湖北、江西、京西各处地方上的困难。"张骏好不容易将对方劝到坐下，却又不得不继续小心辩解，"但看他言语心迹，终究是为了少造杀孽，招抚为上，而官家素来说，宗室皆北，他便视百姓为亲眷，国家为宗族，天子仁念也是要考虑的。"

马伸冷笑一声："我自然知道他不光是仗着你张枢相的维护，还有天子宠信。"

张骏一时不知该如何再劝，而席益也趁机一声轻咳。马伸会意，情知道自己这已经算是隐约地指斥乘舆、暗讽天子宠信武人了，便干脆不再言语——他此次北上来接张骏，根本就是为了施压，乃是要通过张骏催促岳斐速速进军，而既然态度传达到了，便也懒得多言。

"枢相。"见到有些冷场，京西转运使席益此时便起身从张骏身后相对，"湖北、江西，乃至于京西，三路军州长官纷纷弹劾岳斐，绝不可能都是心存歹意。

实际上，岳斐及其部御营前军军纪斐然，岳斐本人也素有忠勇之名，一开始的时候，三路上下见是他来平叛，其实心里多是欢喜的；等他前期进展迅速，上下更是称赞有加，枢相如若不信，完全可以查查当时三路诸军州递上去的札子；便是他后来要改为招抚，中枢也应下后，上下虽渐有怨言，却也不至于到眼下程度；只是有些事情，实在是让人难于启齿。"

"你直说吧。"张骏丧气之余，只能催促。

"只是下官一人猜度。"席益也是一声轻叹，"岳都统在江陵府作为，似有'玩敌'之嫌。"

"何为玩敌？"张德远蹙额不解，"你若说纵敌、养敌，倒也罢了，何为玩敌？"

"玩字精辟！"不待席益解释，坐在那里的马伸先笑一声，"他若是战败反而无话可说，正是因为一个玩字，才惹得三路上下一起生怨。"

席益再度叹了口气，然后方才不慌不忙给张骏说了一件岳斐招抚中极具代表性的事情。

话说，岳斐迅速扫荡了洞庭湖以北的贼军后，就势改上奏为招抚。其间，他的主力部队基本上就在洞庭湖北面屯驻。具体来说，除了岳州首府巴陵过于重要，所以放了三千兵外，大部分部队其实都在岳州华容与澧州安乡这两个地方屯驻。而就在华容南面大约三十里外，挨着洞庭湖的地方，有一处钟相设置的水寨，唤作古楼寨，寨中有一将，唤作杨广，乃是伪楚元帅杨幺族人。由于冬日水浅，古楼寨整体暴露在陆地上，完全可以说是无险可守，算是孤悬在御营前军嘴边上的一口肉。

故此，岳斐的招抚工作就从此处开始，而效果完全可以说是立竿见影，杨广左看右看，发现确实陷入了死地，便当即选择了投降。对应的，岳斐既没有解除杨广部属的武装，也没有占据古楼寨，而是以节度使的身份，直接赐予了军职，并拿出宝贵的后勤粮草、军械予以赏赐，加以补充，然后依旧让此人领旧部屯驻古楼寨。

如此举措，只能说岳斐是真的宽宏大量，周围军州长官虽然心中不满，却也无话可说，总得千金买骨吧？然而，仅仅是两日之后，就在岳斐沿着洞庭湖西岸继续往西、往南招抚这些水寨的时候，作为第一个投诚之人，杨广在接受了官军的钱粮、官职后，不知道是不是与身后洞庭湖南岸的钟相、杨幺取得了联系，还是早有预谋，又或者从来就没心服过，反正他是趁着岳斐去湖西的空当，忽然间选择重新立旗，公开背叛。

而杨广一朝反复，也使得洞庭湖西面正与岳斐进行接触的诸多大小水寨、大小头领心生犹疑，登时放弃了与官军的接触。

到此为止，依旧没什么问题，这种事情太常见了，没人能拿这个指责岳斐。但是，接下来岳都统的行动就让人看不懂了。

且说，岳斐闻讯后，即刻动身，真真是势如雷霆，一日夜便亲自率大军兵临古楼寨，雷霆之威下，杨广根本措手不及，只能直接祈降，而岳斐居然再度答应了对方。而且还是没有派兵进入古楼寨，也没有与杨广当面言语，就直接认可了对方的投降，继而转回华容。这还不算，回到华容后，他再度给杨广下达了军职文书，官职更高，而且随着文书一并抵达古楼寨的还有新的一批粮草、钱帛。

听到这里，张骏稍显无力，却是苦笑："想来是那杨广后来又叛了？若是如此，岳都统此举确实有些荒唐，堂堂国家名将，被一个小贼玩弄于股掌之上。"

"四次。"席益忽然伸出了四根手指。

"什么？"张德远张相公明显没反应过来。

"凡两月内，杨广前后四次被招抚、三次叛离。"席益面色不变，言语从容，"岳都统也前后四次给他授予了军职，还一次比一次高，粮草钱帛也一次比一次多，而且还是每一次都不去占据古楼寨。不瞒枢相，三路军州上下，尤其是安顿逃亡士民的州学中，近来一直都在设赌，只赌杨广何时第四次叛离！"

张骏目瞪口呆。

"若仅仅如此，倒也罢了！"许久没吭声的马伸忽然在座中插嘴，"他堂堂一方帅臣，行军打仗自有考量，不管是为了个人面子，还是想学话本里七擒孟获展示诚意，总归是他的决断。自旋和以来，什么样的武人我们没见过？唯独我以湖北经略使臣的身份在侧，却只见他数万大军为了一个小寨、一个杨广，在那里蹉跎数月。而这般临湖水寨，钟相逆贼一共设了四十个！非只这般，又如湖西诸寨，与他攀谈一个月有余，却因杨广反复不停，前后无一寨达成降服，反而索取财帛不断。据湖西诸寨私下流传，那些寨主若非之前在湖北被他岳斐打过，几乎要将这位堂堂都统、国家帅臣当作傻子来看！"

张德远早已经气虚难应。

"不止如此，这些日子，钟相、杨幺等逆贼虽然尽失湖北陆地，却趁机在湖南陆地上大举扩张。"不等张骏应声，席益继续在旁从容补充，"钟相本号大圣爷爷，复称楚王，其子称太子，杨幺称元帅，号为均贫富、去官吏，每到一处，便杀官、杀吏、杀书生、杀和尚、杀道士，然后将这些人家的田产分下去，并豁免一地田赋钱粮，端是妖言惑众……"

"他们本是为昔日加赋一事反的。"张骏早已经气虚，"有此举措也是正常，而且也不可能真的无赋税，不然哪来的兵马钱粮？"

"必然如此。"席益依旧不慌不忙，"但底下的百姓又怎么会知道呢？他们只晓得湖南边是无赋无税，还有田分，湖北边却要为供应数万大军砸锅卖铁，出夫做工。之前冬日时候，有些事情睁一只眼闭一只眼也就算了，可刚刚过去的春耕时节，有些事情便显出来了，也就由不得地方官吏们跳脚。"

张骏沉默难应，他虽然没有基层地方官的经验，但再愚蠢也知道，春耕和农业生产是一个地方官政绩的最大指标，那么三路基层官员之前在年节后爆发弹劾岳斐的浪潮也就完全可以理解了——这是要中枢认下来，眼下春耕被大举破坏的局面是岳斐肆意妄为导致的，不是他们不负责任。但是，说来说去，也的确还是岳斐的问题，手握数万大军，就在那里"玩敌"，中枢的国家方略被耽误，地方的春耕生产被耽误，而夹在中间的高级地方长官则要为战局承担压力，偏偏又无法越过中枢去干涉官家的爱将。那么无论是从官场逻辑来说，还是从基本的政治军事责任来说，岳斐招致弹劾与围攻都并不为过。

"枢相。"席益继续言道，却是又给张骏淋了一头水，"现在还有另一件要紧的事情，春耕已过，早不可追了，而按照经验，马上二月一到，春汛也说来就来，届时洞庭湖水涨，再行进剿，便是事倍功半，而钟杨逆贼也将信心大涨，届时便是想去招抚，怕是也难。"

张骏彻底无言，只能颔首认输："我已经尽知岳斐种种不端，即刻便南下华容，务必要岳鹏羽说出一个平叛期限。"

马伸、席益对视一眼，各自叹气……这正是他们此行的最终目的了，不然还能如何？就这样，张骏以枢相之尊，匆匆抵达襄阳，只是在城内与两位地方大员交谈一番，便彻底意识到了局面的艰难，然后连留宿都不留宿，就直接再度出城南下。马伸身为湖北经略使，也随之南下，而这些日子一直在襄阳梳理后勤的京西转运使席益，却没必要继续再跟上了。

而也正是这个席益，在将其余二人送出襄阳城，眼见着二人翻身上马，准备

162

在御前班直的护送下极速南下时，却又不免一时感慨："枢相，下官还有最后一言……"

尽管只是一面之缘，张骏却对席益产生了足够好的印象，自然在马上颔首不停："席漕司尽管说来。"

"时局尚在，金人在河北尚举强军虎视眈眈，二圣尚在北狩，伪齐尚卧于榻侧。"席益在马下一声叹气，"所以天子优待帅臣、武将，并事实上将文武隔离，自操帅臣将官于内。但许多文臣根本没意识到这一点，只以为尧山战后，天下趋于平稳，正该回复昔日局面，所以常常以旌和之前的心态来看待武将，有意无意想促使朝廷收诸帅臣权柄。殊不知，官家在禁中，自有雄武风略，绝不许此等事发生的，而枢相身为枢密使，正居于君臣、文武之间，难免要正面这种事情，还请务必持重、持公、持净，如此才能上报天子，下安百官。"

此言一出，马上二人，马伸率先面色大变，而张骏稍微思索之后，干脆即刻下马，牵着马缰，对着席益拱手一礼。而随即，马伸也在马上微微拱手一礼。但也仅此而已了，军情紧急，二人礼尽，自是匆匆勒马南下，行至江陵府，马伸自去入城处置庶务，而张骏却还是得继续带着御前班直骑兵南下不停。

不过，刚入岳州境内，张骏便有些慌乱起来，因为春日惊雷不停，春雨忽然落下，所谓春汛似乎已经到来。实际上，等到张德远与御前班直骑兵抵达华容大营的时候，早已经狼狈不堪，从未见过长江流域雨水威势的这些人彻底见识到所谓"春雨贵如油"。华丽的紫袍与甲胄满是泥污，战马摔倒跌伤，人人都宛若落汤泥鸡。而这其中，班直狼狈也就狼狈了，并不指望他们能来作战，可枢相张骏却是因为这场春雨心中哇凉。他不知道这种情形下，岳斐还能给他一个什么样的承诺？而自己又该如何面对天子，面对中枢政敌，面对荆襄地方官吏？

华容大营内，匆匆而至的张骏尚未来得及整理衣冠，就将当下京中局势和马伸、席益二人的言语说与岳斐诸人。

"他们所言，可有不实之处？"

"没有。"岳斐等人俯首相对。

"你可有什么言语辩解？"张骏带着一丝期待继续再问。

"没有。"岳斐想了一下，继续俯首以对。

"我有。"浑身都是泥水的张德远忽然当众作色，"我不知道你存了什么心思，又有何种打算？但天下事不光只是军事，天下人也不光只有你的部属与前面的贼寇，尚有文武之分、君臣之属、同僚之列，你身为帅臣，不光是要打仗，还要讲一个上报天子，还要照顾到同僚、上司。事情来到这一步，便是你心存大略，洞察敌情，也已经捅出了天大的篓子！我一人拿家族百余口保你成功算个什么？官家分制文武、以待大用的策略被你坏了，十个洞庭湖都回不来！你以为，此时还是尧山战前的乱世吗？！"

便是张骏也情绪难捺。此人一时发怒，雨水淅沥之中，御营前军诸军官，从王贵以下，俱皆色变。唯独岳斐，只是低头不语。

"我现在只问你一事，你要多少日能平钟相、杨幺？！"张骏气息渐平，却是图穷匕见，"你今日要与我一个具体的限期！"

"十日。"岳斐沉默片刻，终于眯起眼睛，言语凿凿，"末将此前并非玩笑，本就是要借春汛平定荆襄。十日后，必会给朝廷和两湖百姓一个交代。"

中军大寨外面雨水淅沥声越发急促，春雷混杂其中，隆隆不停。

张骏盯住身前之人，半晌方才再度冷笑："岳鹏羽，事到如今，我懒得问你其中究竟，十日之内，我一言不发，只随你中军行动，你到何处，我到何处！四州七县外加四十水寨，且看你如何破敌！"

岳斐说到做到，而且军营中似乎真的早有准备，这日下午对着张骏许诺，第二日一早便直接冒雨出兵。

大军一分为二，其中，李逵率一军两千众直取古楼寨。与此同时，雨水淅沥不停之中，御营前军都统制岳斐亲自率华容大营主力部队一万余人以及数名军将，急行军冒雨向西进发。全军几乎只有随军进士与后勤人员留下不动。

雨势太大，道路泥泞不堪。全军在江南之地泥泞道路上跋涉前行，以逆时针的方向沿洞庭湖朝西挺进，并于当日成功抵达六十余里外的澧州安乡，然后却没有入城，而是径直渡过澧水，来到了对岸的一处大营。此处，正是绍宋军在洞庭湖北侧建立的另一座核心大营，副都统马皋与几名统制官率领的另外一万余众早早在此等候。两军合流，此处部队已达两万五千之众，岳斐部御营前军主力冒雨完成集结，而因为雨势，敌军丝毫未察。

夜间时分，李逵将那个与隋炀帝重名的叛将首级送到。第二日一早，不顾昨日雨中急行军六十里已经造成了一定的部队减员，岳斐再度下令，精选全军可战之兵两万出发，不顾雨势分别向西、向南挺进。一万余御营前军宛若神兵天降，忽然冒雨半包围了只有三千叛军的崇孝大寨，寨内几乎是立即混乱起来，但岳鹏羽只让全军妥善立足，自己亲自领少数中军步卒在水寨侧面湖畔一个小坡上安顿，并不下令攻击。果然，很快就有使者战战兢兢出来求见岳斐。

"是韩小乙呀，若是你来便能省些事情了。"眼见着来人扑通一声直接朝着自己跪倒在泥水之中，刚刚拿下斗笠的岳斐盯着细细雨丝睥睨相对。

"之前月余，一直是此人为湖西诸寨奔走于安乡、华容，以作联络。"早早有岳斐中军亲校毕进随同枢相在旁，此时见到此人，更是直接低声汇报，"而此人乃是此寨首领黄佐心腹。至于黄佐，乃是叛军中澧州一带的首领，极有势力与威望，乃是叛军中仅次于钟相、杨幺的那几个大首领之一，之前在北面被我家节帅击败，澧州沿湖土地尽失，便和其余澧州叛军一起退到鼎州立寨，而鼎州便是钟相老家了。"

张骏学着岳斐拿下斗笠，却是面无表情，对毕进的讲解置若罔闻。

"小乙。"数十步外，就在地上那韩小乙刚要说话之时，岳斐直接抬手打断对方，然后兀自凛然相告，"现在我来讲，你一字不差入寨与黄佐说清楚便可，不必插嘴。"

韩小乙当即在泥水中叩首不停。

稍缓之后，岳鹏羽便学着邸报上拿数字列举的法门，坦然说出几句话来："其一，我此番发大军至此，是要与钟相、杨幺定胜负生死的，不会再做拖延，也不会再给他首鼠两端的余地；其二，告诉黄佐，我此番用在招降上的军职，只有一个统制官的名额，他若降，便是他的；其三，不管他降不降，寨中无辜澧州妇孺都可归澧州家乡安顿，我拿自己性命官职作保，绝无战后追责之举；其四，我的为人、我部属的战力、我的诚意，之前数月他若想知道早该知道，故此，我现在以两刻钟为期，等他来降，若来，便是我御营前军军官；若不来，我便只好发大军破此寨，并将他寻来，拖到此处，明正典刑；最后，此处还有一颗首级，你拿走，速去！"

韩小乙一声不吭，在泥水中重重一叩首，然后便起身，低头从一侧王贵手中接过一个木桶，飞也似的往寨中跑去。

张骏哪里不知这黄佐应该是叛军中一个不小山头的大首领，也就是被官军收复的湖北地区的原首领，如今却失了根基，一时蜷缩在湖西，连武陵城都进不去，可见颇有些寄人篱下的滋味。而这等人才正是最适合招抚的对象，也应该是岳斐这数月间真正用心所在。如此良苦用心，再加上今日春雨突降，就在这些人彻底

165

放松之时，官军突然冒雨发大军将他们团团围住，岳斐又如此恩威并显，想那黄佐只要不是个愣头青，便该速速出降才对。

就在张骏心下了然之时，随着那韩小乙将杨广的首级与岳斐的言语一并送入寨中，仅仅是一炷香时间之后，一名身着皮甲、裸着半个胳膊、拎着一杆大矛的昂藏大汉便率几十名类似打扮的渔家汉子低头出寨，在那韩小乙的带领下往岳斐这边行来，想来应该便是黄佐了。而这黄佐率十几名寨中军官、亲卫行至距离岳斐几十步外，便主动停下，当众扔了手中大矛，复又解开身上甲胄，很显然，这是要倒戈卸甲，以礼来降了。

但也就是此时，一直眯眼看着黄佐一行人的岳斐忽然隔着数十步昂然出声："不要解甲！"

黄佐微微一怔，即刻收手，便欲直接空手过来。

"带上你的兵刃！"岳斐再度眯眼出声。

黄佐一怔，选择遵命，从泥地里捡起自己长矛向前而来，并待行到距离岳斐七八步时，主动倒持了长矛，便欲下跪乞降。

"也不必下跪。"岳斐出声打断了对方，"黄统制，你既来降，便是我御营前军统制官，如何要卸甲、弃兵、下跪？上下有别，对我唱个喏便是。"

黄佐终于释然，便挂着长矛朝岳斐做拱手状，然后低头相对："太尉，俺感念太尉恩威和几个月耐心，所以来降，之前种种，还望太尉饶恕则个。"

"之前种种，我已忘了。"岳斐在上方眯着眼睛相对，"且国家大事在前，你我也不该说这些，王副都统！"

王贵即刻出列，与黄佐并立拱手。

"我给你五千兵，即刻向南渡过沅江，奔袭辰阳！"岳斐面色不变，厉声下令，"务必与我取下此城！"

"喏。"王贵应声便走，数名军将也随之而去。

"黄统制。"岳斐继续在小坡上居高临下，发号施令。

"在！"正忍不住偷眼去看王贵的黄佐登时一凛。

"此处往东与东南，沿湖尚有两寨，乃是韩湾子寨与浮水寨，各自兵马不过四五百，我现在与你军令，让你即刻提本部东进，不论是招抚还是强攻，今夜之前，务必拿下！否则，军令处置！"岳斐真就下令如常。

且说，那两个寨子，一个是澧州败军所设，一个是钟相派来到洞庭湖隘口监视防范澧州人的，黄佐如何不知？而前一刻还是叛军，这一刻便要做官军去征讨，他又如何能适应呢？不过，就在黄佐抬起头来，张口欲作推辞之语时，却正看着岳斐立在前方居高临下瞅着自己，双目一大一小，在雨中睥睨不停，此人心下一惊，话到嘴边，竟鬼使神差一般翻转过来，只剩下区区一个字：“喏！”

“可要军资补助？”岳斐追问不停。

“不要。”

“可要兵马协助？”

“也不要！”

“那便速速去做。”

黄佐再度挂着大矛一礼，然后便转身归寨。此时，王贵已经开始带领部队南下，崇孝大寨周边出现明显的包围缺口，很快，黄佐便领着大约两千众部属，一分为二，水陆齐发，直接从刚刚还是敌人的官军阵中穿过，顺水道一路向东进发。

面对如此情形，无论是御营前军部众还是黄佐本部，全都感觉古怪，却偏偏无话可说。眼瞅着这支部队尽数出寨，寨中只余老弱家眷，岳斐一声不吭，在崇孝寨外立帐安营，静待消息。

当日晚间，黄佐招降韩湾子寨，击破浮水寨，提浮水寨守将头颅归来，而在这之前，马皋、王善、张用也各自告捷，清化、敖山，乃至于武陵城在御营前军的突袭之下全都轻松告破。

这一日，御营前军破五寨、取一县，进展顺利。一夜无言，翌日，天气放晴，岳斐再度唤来黄佐与韩湾子寨首领郭太，让二人继续顺洞庭湖南下，扫荡、攻略、招降沿湖水寨，然后自己亲自督军五千随从其后。同时，还下令让马皋等将即刻南下沅江、澧水，从陆路朝着湖南地区、湘水一带大踏步进军，攻城略地。

而这一日内，黄佐等人再度招降两寨，攻破两寨，其中，另一名大寨寨主杨钦在猝不及防之下选择了投降，与此同时，王贵击破了辰阳。

第四日，越过沅江的岳斐没有往辰阳城中而去，片刻不停，下令全军与黄佐、杨钦、郭太等人混编，同时攻击沅江、澧水之间的八个水寨，再度以王贵为前，进发澧水畔的益阳县城，自己则继续督军在后，进发不止。

御营前军大踏步向沅江县境内挺进，沿途好消息几乎是接连不断，首先是黄佐等降人为前，御营前军居后的混编攻击之下，鼎州沿湖诸叛军水寨各自支撑不住，其中三寨降服，五寨被破，鼎州境内只剩沅江钟相孤军、孤城、孤寨独存，岳斐的军事进度已达到预期。但这还不算，随着岳斐本部进入沅江县境内，下午时分，王贵那边忽然传来一个更加令人振奋的消息：这位御营前军副都统在进攻益阳中途，忽然发现杨幺率湘水流域叛军主力正在从下游渡溃水，俨然是要来援鼎州、沅江的。而王贵佯作不知，明明已经控制了一面城门，却继续装作攻城不止，待到杨幺渡河之后仓促率七八千军来援益阳时，却被他掉头迎上，双方在野地里爆发激战，杨幺只撑了半个时辰，便兵败如山倒，被王贵驱赶着往沅江而来。

刚刚还在说需要钟相、杨幺一起拿下才能算是了结此次叛乱，而杨幺现在就自投罗网了，上下自然一时振奋。倒是张骏闻得前方战事超出预想，非但不喜，反而越发脸色不佳起来，心中另有想法。而很快，随着岳斐不做任何应急举动，只是派出传令官，让各处部队妥当汇集、合围，不得擅进后，这位全程没有主动出声的枢相终于忍耐不住了。

草长莺飞，洞庭湖波澜微荡，一处不知道多少亩宽的芦苇荡之侧，张德远忽然勒马驻足，然后当场喊住了对方："岳都统！"

"末将在。"岳斐似乎早有预料，干脆勒马，回身拱手。

"你知道我要问什么吗？"张骏的脸色已然铁青。

"能够猜到。"

"说来听听。"张骏气息渐渐不稳。

"枢相心中疑虑之处极多，但就眼下来说，小处大概是想问，为何不去抢占沅江县城，反而刻意放纵，任由杨幺在沅江境内自由行动？大处，也是枢相一直在忍耐的地方在于，叛军如此不堪一击，明明可以摧枯拉朽，御营前军却为何一直按兵不动？为何不一开始就平了此乱，反而以招抚为主？而在末将看来，这两……"

"你也知道吗？！"

不待对方说完，张骏便彻底大怒："我现在早就看出来了，十日也好，五日也罢，便是一个月又如何呢？关键是叛军如此不堪一击，哪里有招抚的必要？摧枯拉朽之下，到时候求个赦免文书便是，为何要专门上奏改为招抚？你若彼时直接进取湖西湖南，年前此乱便已经没了。官家待你恩重如山，数年间将你一个罪军之身拔为节度使，你就是这么作为的吗？"

周围中军士卒各自惊惶，而岳斐沉默了一下，却是继续拱手相对，坦然相告："枢相，末将从未有玩敌之举，之前停顿在湖北的理由也是有的，实在是官军打不过叛军！而且恕末将冒昧，不光是御营前军，换成御营其他各部，怕是也打不过湖上叛军的。"

张骏怔了一下，不知道是没听清楚，又或者是怒到了某种极致，捏住马缰，怔怔出言："你说什么，你再说一遍。"

"我们打不过叛军。"岳斐勒马而立，纹丝不动，声音洪亮，干脆说了两遍，"枢相，末将刚刚说，我们打不过叛军！"

张骏怒极，挥马鞭而斥："武陵城一战而下，辰阳城一战而下，益阳城一战而下，湖西十七寨，三日荡平，杨幺主力八千众，被你麾下五千攻城攻到一半的部队迎头击破，再加上之前你自襄阳南下，在湖北各处连战连胜，你现在却跟我说，官军打不过叛军，所以你才改军攻为招抚的，你当我是瞎子吗？！"

"枢相不要发怒。"岳斐冷静相对，丝毫不惧，"请枢相仔细想想，这些战事里面，所有临湖水寨，真是官军打下来的吗？"

张骏张口欲斥，却忽然打了个激灵，然后拽着马首在原地盘旋一圈，立定之后，便已经没了刚才的雷霆之怒。

岳斐见到对方醒悟，也是一声叹气，继而言语诚恳："枢相，你随军看得清楚，此战顺利，是因为陆战全都是官军打的，而临湖水寨全都是洞庭湖本地叛军自己攻下来的。水战、陆战，截然不同，陆战官军无论是拔城攻寨，还是野地决胜，恕末将说句大话，简直就是手到擒来之事；但临湖水寨，也恕末将无能，末将自去年至湖畔起，没有必胜的把握，便是能一时破寨，也无法全歼其中水贼，而若不能歼而灭之，让他从湖中任意往来，再设水寨不停，那不就是打不过吗？故此，末将有一说一。只是朝中、地方上不知兵的人太多，只看到末将之前攻取湖北失地如此轻松，便也想当然以为临湖作战也会那般轻松。殊不知，想要击破这沿湖水寨，只有以水寨击水寨，以湖民击湖民，别无他法！"

张骏一声不吭，但心中转了几圈，对这话信了十成。

"如此说来，你故意不去取沅江城，乃是寄希望于杨幺能一头撞进去，而一旦他去了城内，反而便于你部围住吃下此人了？"想了一下，张骏干咳一声，复又试探性询问了起来。

"是。"岳斐诚恳作答，"若他能入城，最好连钟相也不走，那便是天助官军了。"

"之前数日战事虽多，但其中关键一次却是那日能否逼降黄佐，然后让他引本部澧州叛军去攻鼎州叛军了？而无论是之前冒雨行军突袭，还是数月徘徊，又或者是将澧州叛军尽数驱赶到湖西一带，其实都是你有意为之，好在他身上下功夫？"张骏继续"醒悟"，或者说作醒悟状。

"是！"岳斐拱手作答，"其实那日黄佐引兵去攻其他水寨后，末将便知道，此战已经是成了，接下来无外乎是早一日、晚一日的事情，唯一所虑的是杨幺此人会不会逃入湖中野岛，待日后死灰复燃。"

张骏连连点头，继而一声叹气，张口再言，继续遮掩尴尬神色："所以，鹏羽才一再拖延，从冬日拖到春日，然后又拖到眼下，乃是要故意示敌以弱，同时防止惊扰黄佐？"

岳斐点了点头，继而摇了摇头："示敌以弱是必需的，防止惊扰黄佐也是必然，但末将之所以一直引而不发到今日，更多的是为了不耽误春耕。

"不瞒枢相。"

天气晴朗，湖畔草长莺飞，碧波沁人，岳斐瞥了一眼这满目春景后方才继续解释道："黄佐那边，末将在今年年初便已经有了把握，只从军事而言，本可在年初即刻用兵，了结此战。但江南春日来得极快，也就是那时，从湖南各地开始，这洞庭湖周边便开始陆续春耕了，官府辖地内在春耕，叛军占领的地方也在春耕。"

张骏立在马上，视线自湖上转向身后，此时这位枢相方才第一次注意到湖边稼穑丰茂，水田叠叠，一望无际，虽然因为经行大军无人出来打理，但春雨之后，天然一片盛景。御营前军部众也明显在小心行军，所有人都沿湖畔、田埂行军，并无人敢踩踏青苗。

"其实，末将如何不晓得周围官府长吏们的难处？叛乱延续半载，人口逃逸、抛荒严重，数万大军在此盘踞，更是让当地供给艰难，地方长官长吏们有怨气是正常的。唯独末将以为，湖北官府辖地的百姓是百姓，湖南湖西叛军辖地的百姓迟早还是绍宋百姓，北面官府辖地的春耕不可耽误，南面叛军境内的春耕也不该耽误。"

岳斐今日言语不停，竟胜过数日来与张骏的言语，可见他心中对那些弹劾、指责还是有些郁郁的。

"末将若彼时用兵，大概中枢与地方上的官吏，外加湖北百姓都会高兴，但湖南湖西百姓又该如何？他们真敢在两军交战时出来插秧？届时末将扔下此处，拿了军功走人，谁又来管他们将来沦为雇工，乃至于继续去做湖匪呢？所以末将才稍作拖延，决心等到春耕插秧之后，再抢在春汛水涨之前，以作结果，却不料枢相已然南下，此事，还望枢相海涵。"

张骏在马上面红耳赤，几度想下来握住此人双手，称赞对方"国之栋梁""有此帅臣实乃天子之福、国家之幸"，但其人想到之前马伸、席益二人的言之凿凿，想到自己数次凛然指斥身前之人，内心自然羞愧难当。

部队进发不停，这日晚间，前军来报，有人从沅江城内逃出，说是杨幺已经进入沅江县城，而且要求钟相父子随他一起乘船入湖暂避一二，却遭拒绝。

岳斐出兵第五日，杨幺与钟相被团团包围在了沅江县城。城外兵马，一半是朝廷官军，一半是刚刚降服的叛军，钟相和杨幺到此还未想通为什么会忽然间落到眼下这种场景。上午时分，岳斐婉拒了诸降军请战、请为说客的种种建议，只以连日作战辛苦为由，让这些人安心观战。而等到下午时分，这位节帅尽发本部官军，以极为简陋的撞木、云梯、绳索，还有区区几个油布包裹的火药包为装备，发起了全面的攻城战。

城内叛军皆是"楚王"钟相的亲信，其中八成都未上过战场，而本就不怎么高大的城墙更是在钟相于城内营造宫室时被挖走了许多建筑材料。故此，御营前军万余众一拥而上，负土填沟，弓弩压制，攀墙先登，沅江县城几乎是一鼓而破，周围围观的降服叛军只能咋舌于官军之强大。

强弱之分，一目了然。

第五十八章　共情

沅江县城已破，岳斐与张骏依然没有松弛，他们刚刚讨论过这个问题，所以比谁都清楚，这种南方小县城想攻破太容易了，不值一提，关键是不能让两个匪首逃了。一旦逃了，钻入洞庭湖里，这事就没完了。但很快，一个让岳斐与张骏，还有所有官军将领，乃至于降服将领都感到振奋的消息便传来了。

"钟相有意率子女、伪楚官吏自缚出降？"城外某处充当指挥台的坡地上，此时已经展露身份，坐到主位上的张骏一时大振，"速速告之，只要他妥当来降，再替朝廷招抚湖南一带水寨、城池，还有湖中岛民，我便以当朝枢密使的身份保他后嗣不绝！"

信使不敢怠慢，匆匆再去。群情鼓舞，钟相投降对在场所有人而言都是天大的好消息。最后，毕进作为岳斐亲近校尉前去拿人，一番吵嚷之后，便带着钟相和被打断双腿的杨幺折返。那钟相一朝兵败，豪气全无，只得投降；而杨幺则在喝骂声中被斩首。

两名贼首，一降一死，四十寨叛军，也已经拔除近半，剩下的无外乎是接下来传檄而定，或者摧城拔寨而已，大局上却是掀不起风浪的。但经此一事，张骏也没了装儒将的兴致，只是将事情指给王贵，让他带着降人速速去做处置，自己坐在原处不动。

岳斐本欲去监督设立军营，却被张骏当面喊住，众人情知这一文一武要说话，也是纷纷识趣撤走，便是毕进这种亲校，也都会意溜达到了坡下。事到如今，岳斐也不得不对枢相张骏说明一切。毕竟，赵官家此番派人督战，不仅仅是出于对朝堂政治规矩的尊重，更显露出官家本人对久不出兵举动存疑了。

"鹏羽，些许蟊贼不知所云的言语，不必挂在心上。"犹豫了许久，张骏终于还是开口相劝。

岳斐闻言，许久方才重重叹气："末将如何不知道杨幺只是见识浅短，但殄灭金人何其路遥任重，若天下人人人皆见识浅短，却又不免让人有几分感叹。"

张骏连连点头，也有些感慨，却又勉力振奋："话虽如此，可咱们的事业，乃是千秋万代的功业，何必在乎这些？"

"非只这般。"岳斐依然立在那里摇头，"不瞒枢相，若杨幺是个作恶无忌的逆贼，我连看都不看他一眼的，只是他这人终究还是有三分底气的。"

张骏张口欲言，却只是苦笑。

"鹏羽。"心中百转，一时春日里竟有感时悲秋之态，但张骏还是速速开口了，"不管如何，你春后避过春耕之举，我这里有三句话与你……"

"相公请言。"岳斐也勉力一振。

"一则，我为当朝枢密使、此番督战天使，确系认为你此番处置绝无差错，所谓有功无过。"

"谢过相公。"

"二则，我知道你的难处，这件事我绝不会多言，只是说你需要调教黄佐，一直挨到今日，被我逼着出兵，犹然险之又险。这件事你要配合，不要推辞，因为此事一旦议论开来，即便只是讨论，也会生出轩然大波，甚至再起文武之争，便是官家与中枢维护了你，也免不了上下纷争不清。"

"本有此意。"岳斐一声轻叹。

"三则，不管如何，一定要信任官家，我知道你与官家相处并不长久，心中或许有些忐忑，但官家委实信重你不下于烟广郡王。此番回去，我身负其责，一定是要私下与官家汇报清楚的，不过请鹏羽放心，但有我在，必然会将你的苦心与官家分说清楚。而且说到底，官家着实比你想得更神武英明。"

岳斐还能说什么，只能重重颔首。

二月间，洞庭湖草长莺飞，继而春雨不断，张骏最终还是将扫尾事宜托付给了岳斐，然后匆匆北返，以图与官家稍作分说，而行至江陵府，自然也免不了要停下来与湖北经略使马伸稍作交流与解释。马伸听完张骏言语，只说叛乱平定便好，却并未对岳斐按兵不动的解释稍作评价。

二月下旬，春日万物勃发。当先一事，正是因为洞庭湖盗匪尽数清剿后对南岭动乱的讨论。朝廷上下，对最后一个平叛行动，都是当成一等一的大事来看的。而都省相公，也就是实际上的首相赵定了，也针对南岭的特点，提出了自己的方案，乃是让已经很疲惫的御营前军撤回休整，改换韩师仲与张峻一起南下，一个出福建，一个出湖南，再让广南两路的本地义勇军出两广，三路夹击，一起平叛。

但是这个方案立即遭到了枢密使张骏的反对，张骏认为军队的往来调度会白白浪费时间，而岳斐既然已经到了南方，就应该趁着天气没有热到过分的程度迅速南下，抢在夏天到来之前解决战斗。对此，赵玖又一次表达了对张骏的支持，却同意了赵定的部分意见，最后下令，乃是让岳斐自己酌情决定带多少部队南下、多少部队回来休整，并予他权限，让他有调度江南西路、福建路、广南东路、广南西路各处官府义勇兵，征召当地苗寨苗兵的权责。

同时，发各处两广南岭出身的将领士卒、文武官员，一起南下，以作引导，务必解决这最后一场大规模叛乱。官家既然定下，事情很快便被执行下去。此时，外朝的平叛大事刚刚尘埃落定，御前班直统制官杨轶忠便被撤销了密札的接收转运之权，转由刘彦接手此事。一直被认为是官家心腹的杨轶忠，忽然遭到这般处置，还是引发了东京城内很多人的猜疑与设想，几乎就在事情发生之后的第二日，数以十计的奏折经枢密院被送到了赵官家的案上，全都是弹劾杨轶忠的。

"朕不过是撤销了你转运札子的权柄，他们便以为朕要杀你了。"鱼塘畔的凉亭里，一边享受清新空气一边看札子的赵玖忽然嗤笑。

立在一旁的杨轶忠欲言又止，刘彦也有些异色。

"不过说实话，要不是马伸上奏，朕也没有想到这一条。"赵玖放下札子，随手又拿起另外一个，然后摇头不止，"正甫你居然同时握有禁中军权、情报处置权，还掌握着朕与天下帅臣武将的通信权，一旦造反，完全可以囚禁了朕，再矫诏于各路大军，这权柄不比枢密使的权柄小。"

"臣万万不敢！"杨轶忠实在是撑不住，直接在周围蓝珪、刘彦，还有几名翰林学士、起居郎的瞩目下当场下跪。

"不是敢不敢的问题，是为了你好。"赵玖继续叹道，"朕也是无知，在制度上出这么大的疏漏，马伸不说，朕真没往这里想。"

杨轶忠正色拱手："这是官家恩典，臣绝无怨气。"

犹豫了一下，一旁侍立的刘彦直接下跪："官家，臣以为，密札转运之权，不妨直接归于内侍省。"

"不必！"赵玖当即摇头，"朕从正甫那里收过来，只是因为他身上权责太多，系于一身当然不妥，现在分出来就好，何必再挪？"

"臣身上也有御前兵权。"刘彦小心相对。

"是一回事吗？"赵玖终于蹙眉，"兵马、情报、枢机，这些才是非常之时的要害权责，你二人同掌御前兵马，正甫握皇城司，你领密札转运事宜，足够妥当了。"

"但以武将处置这等枢机事宜，终究欠妥。"翰林学士李若朴出列拱手，"官家，早在唐时便有议论，说是宰执之权柄，一自总管天下，二自枢机之权。本朝东府总管天下，以枢密院掌握枢机，制度已经很完备了。"

"若完备，何至于梁师成为内相？"赵玖头也不抬，直接反驳，"难道不是他侵染了枢机之权？"

李若朴一时怔住，旋即再对："官家，天子居天下之中，身侧难免要有人伺候，而内侍只要谨守道德，那即便是能接触一些事情，也不算干政的。"

"内侍怎么可能不干政？"赵玖失笑相对，"你自己都说了，枢机之权便是相权，而内侍居于天子身侧，不免要染指枢机之权，而既然染指枢机，便事实上是侵染相权，这便是自古以来内侍干政的基本道理。譬如说蓝大官身上，便是他现在名声极好，你们难道敢说他身上没有部分枢机之权吗？"

蓝珪毫不犹豫，第三个跪倒在地。

"可见在你们眼里，内侍侵染枢机权柄是可以接受的，但武臣侵染枢机之权，却是万万不可的。"赵玖依旧看都不看蓝珪，只是继续翻着札子摇头，"这算什么道理？"

李若朴犹豫了一下，继续相对："官家说得对，既有枢密院，枢机之权便该尽属枢密院。"

"但那样不就是在剥夺君主之权了吗？"赵玖继续笑对，"朕是不是要学光武帝再搞个内尚书台，然后继续内外争权呢？"

李若朴彻底无声。

"时也势也。"继续翻札子不停的赵玖终于喟然，"君权相权、中枢地方、文臣武将，总是争不完的，但总得分清楚时势。前几年，咱们是丧家犬、小朝廷，朝廷就在军队里，什么都顾不得；从南阳开始，稍有立足之地，乃是先军政治，什么事都要以军队为主；尧山之后，局势稳妥，但仗还得继续打，所以朕便要着文武分制，而既然文武分制，那这些武将的密札，就只走御前班直的体系好了，你们也好，内侍省也好，就都不要计较了，都起来吧！"

跪着的三人一起起身，便是李若朴也拱手应声："臣明白了，此事是战时制度，应该等到殄灭金人之后再做讨论。"

赵官家闻言终于停下，且抬起头来以一种奇怪的眼神盯着李若朴，让这位今日执勤的翰林学士一时有些慌乱。

"官家，不知臣有何疏漏？"李若朴终于没有撑住。

赵官家无奈叹气："李卿没有疏漏，朕只是有些不懂罢了，你们为何总想回到旧时，走旧路呢？"

李若朴面色恍惚，一时不知该如何应对。

而这位官家质问之后，也有些无力，只是打开一个新札子，摇头吩咐："以后莫要说这种话了，便是金人殄灭，回归常时，也是新的常时，不是旧的常时。"

这位官家手中捏着那份札子反复看了半日，复又按在案上思索许久，方才再度平静出言："李学士，去唤四位宰执、御史中丞、户部兵部尚书，往文德殿议政！"

见到官家语调平静，不知为何从南阳便入列翰林学士的李若朴反而一时心虚，只好匆匆领命而去。又等了片刻，坐在原地许久没有动静的赵玖，方才在周围近臣们的环绕下起身往文德殿而去。到了彼处，四相、中丞、二尚书早已经随李若朴汇集。

赵玖终于将谜底揭开了："兵部有员弹劾御营后军以折估钱贪腐无数，你们知道这事吗？"

四位宰执，所谓都省正副赵定、刘汲，枢密院正副张骏、陈规，还有御史中丞李光，外加户部尚书林杞，一起看向兵部尚书胡世将，而胡世将面色不变，直接上前拱手以对："陛下，臣知道此事，此员上奏之前曾与臣议论过陕西军事开支。"

张骏打量了一眼赵官家的神色，蹙额出列："官家，臣以为兵部有些本末倒置了，折估钱、屯田、空饷、役使士卒，这四样乃是军中常见弊病，怕是从古到今都少不了的，而眼下，全军各处谁又能免？唯独如今战事未定，文武分制，有些事情是必须要忍让的，也是军中上下的默契。胡尚书初涉兵部事宜，怕是有些弄不清本末。"

周围人多有蹙眉，但都没有言语，便是李光也只是叹气。赵定想了一下，乃是以东府首相之尊上前一步也有几分犹疑之态："官家，兵部也是在履行职责，何况，御营后军之前在官家身前整编，基本上绝了空饷，再加上西军习气使然，还是本乡本土屯驻，那折估钱这方面习气稍重一些，引来兵部不满，也是寻常。"

赵玖面色不变："朕不是来斥责胡尚书的，折估钱这些东西，朕当然也知道，你们说的道理，更是朕之前一直强调，朕只是忽然觉得，有些人有些毛病也该改改了，而且有些事也该做了。"

下方大臣，尤其是跟随赵官家稍久一些的大臣，见到赵官家这副表情，反而各自凛然，张骏更是心下吃惊，稍显慌乱。

"召吴介入京！张峻也来！"

听到后一个名字，便是赵定也有些慌乱起来。

二月底，朝廷朝吴介、张峻二人发出旨意，而双方接到旨意，自然匆匆出发，往京城而来。其中，张峻自徐州来，路程几乎比吴介少了一多半，在三月初就早早抵达，然后便得到旨意，说是要等到吴介抵达一并传召，于是只是在京中所购大宅中闲住，并四处打探消息。而后，张太尉忽然间大开府门，设起了流水宴席。先是招待左邻右舍街坊，无论贵贱，只以乡里辈分年龄来论，年长者居上，后生晚辈往下，便是张峻自己也只在中年人桌子上坐着，他侄子张子盖、张子仪也都坐在下面。

而这一轮招待，每桌上的菜盏不过二十，都是春日时鲜蔬菜，外加鸡鱼肉蛋，量都是足的，配的酒水也是乡里年节自酿的浊酒，因在腊月中出窖，唤作腊酒的那种。于是第一日，街坊上下全都对张太尉交口称赞。而第二日，不同了一些，张伯英继续设宴，这次请的是东京城内外诸军中的中下级军官，菜盏数达到了三十这种正式宴会的级别，荤菜也多了些，还请了正式的大厨，每桌做了两道硬菜，乃烤羊排与炖肘子。酒水换成了寻常酒楼中足供商卖的好酒。此外，还有专门的说书人在宴会前于院前说书助兴，讲《西游降魔杂记》的故事。

第三日，宴席继续，这一次宴请对象以相识的官员、士人为主。而这一次，宴席菜盏数量已经达到四十，每桌菜肴都是请来专业熟手烹制，而且既然是文臣士人，张太尉还专门请了歌伎，出了词牌，让这些人作诗词，还将作的诗词汇集起来，请人雕版印刷。酒水也更精致了些。

第四日，东京城内众人侧目，宴会也一如既往地举行。这一次，来的都是东京本地的达官贵人、正经出身的官员，也有部分知名士人，菜盏达到五十这个奢侈之数，酒水已经是可以喊出名号的那种，主厨尽是周围酒楼正店请来的正经名厨，菜肴也有一半是知名厨师的拿手名菜。宴前有说书，有说唱，有杂剧；宴中有演奏，有舞蹈；宴后有杂技，有投壶，有诗词。到此为止，这已经是可以记录下来的正经大宴席了。

第五日，宴会依旧不停。而这一日，来的主要是张太尉西军故人、本部升迁调度出来的旧部，还有少数被他举荐、任命的文官士人。换言之，这次来的都算是张太尉的真正"私人亲旧"了。

第六日，在整个东京城百姓的瞩目与期待下，宴会继续了下去，这次上门的是御前班直统制官杨轶忠、刘彦；内侍省押班蓝珪、冯益；公相吕浩文诸子、都省相公赵定长子赵汾；城内城外数名统制官一并抵达。这时候，连桌子都不上了，只是分案而食，菜盏数量也已经没意义了，劝两轮酒，换一轮菜，酒水全用蓝桥风月，数十位舞女当庭而舞。

第七日，在万众期待之下，平章军国重事吕浩文、都省正相赵定、副相刘汲、枢密使张骏、枢密副使陈规、御营都统制王源、中军左副都统王德、吴潘二国丈，一并抵达。这个时候，全东京城百姓以一种极为复杂的心情观赏到了一场许久未在东京城上演的顶级宴会。

宴会分为四坐，所谓初坐、再坐、正坐、歇坐。初坐、再坐乃是果品，每次都有两轮菜盏，合计四轮，分别是干果、蔬果、蜜果、咸酸果，每种八品。然后是正坐，也就是正经酒宴，又分十五轮酒盏，每一轮是一道名厨主菜，而每道主菜都有对应的仪式与开胃小菜、漱口茶水。而十五轮酒盏之后，便是歇坐，这个时候菜品反而清楚了起来，正是之前宴会的四十盏菜品。酒水不用说，酒全用蓝桥风月，而水，此时所有人才注意到，全程用水居然都是压水井所取之水，并无半点泉水、旧井水。

第八日，因为之前客人全都到来的缘故，张峻此时自信满满，亲自去写第八份请帖，但请帖尚未写完，便接到了一份请帖，乃赵官家遣冯二官来送请帖，请他与今日方才抵达东京的吴介一起去宫中赴宴。张峻一时措手不及，但也无可奈何，只能即刻惴惴而去。按照请帖，这位御营右军都统先在北面通天门前和御营后军都统吴介会合，然后便随冯益一起往含芳园方向而去。

两位帅臣强压忐忑之意，随冯益来到含芳园，转入偌大的蹴鞠场。等到一场蹴鞠比赛快要结束，冯益推门进来，奉上一张纸，赵官家方才失笑出言："这些子人，嘴上说自己南逃北返，家产没了大半，却还是整出来这么多钱，伯英，你与晋卿看看。"

张伯英赶紧接来，与吴介一起去看，果然也是感慨。原来，按照这纸上所言，有意买这含芳园蹴鞠场包厢的各家权贵，在此蒙头扑买，近百处包厢，挨个扑买，成交价格不断攀升，少则几十贯，多则数千贯，最后居然收得总价近五万贯。

张峻还好，吴介第一次入京，他捏着这张纸，环顾左右，只觉得这怪模怪样的半开放式包厢，根本就不值个五百钱，如何就能卖出去五百贯？也是一时咋舌。但与此同时，张伯英却转身笑了起来："官家早说，我自然也要扑买一个离官家近些的包厢才对。"

"给你留了。"赵玖随口而对，却又一时感慨，"只是朕也没想到能收这么多钱罢了，这个蹴鞠场，朕只是来看过两趟，主要还是陈相公设计、阎大尹照看着修的，因为是朕的私产，所以是朕以私人身份朝吴国丈借了钱翻修，总共花了一万多贯而已，这尚未开赛就白赚了四万。"

张峻静静听完，当即再笑："依臣看，若是这蹴鞠赛这么搞下去，官家怕是要发大财的，不光是包厢，只在这含芳园周边盖些店铺、酒楼租出去，每年租大金便又是一大袋子。"

黄脸的吴介当即醒悟，然后连连颔首。

"朕比你想的更贪一些，朕还准备把开封府赛区的蹴鞠博彩给办起来，每场比赛都许下一注。"

张峻微微一怔，忍不住侧身追问："此事臣刚刚已经想到，但官家，相公们和御史们会许官家这般做吗？"

"这种事情免不了的，朕不做，也会有人私下做，到时候还是会乌烟瘴气，不如找个好名号亲自来坐庄，就比如说是给北伐设的封桩博彩，坐庄的钱都充为北伐军费。"赵玖言之凿凿，但很快又自己摇起头来，"不过朕也知道，御史台终究不会许朕掺和这种事的，所以，朕准备把这开封赛区的封桩博彩，还有各处蹴鞠场的产权，连着京东西路赛区的那边，一并送给你张伯英。"

张峻愕然失色，而吴介更是茫然不解。

"没什么别的意思。"一身便服的赵玖眼睨着下方比赛结束，继续说道，"京西的留给韩师仲；关中若搞这个，便给你吴晋卿还有曲锻好了；岳斐、李彦仙这两个，应该是不会要的。"

张峻、吴介本欲言语，但比赛结束，赵官家起身，他们也只好暂时按下各自心思，随赵官家一家离开含芳园，折返东京城，并于下午时分来到宫中，乃是从北面拱宸门入，转临华门入后苑，最后来到迎阳门内挨着鱼塘、桑林的一处凉亭内。

吴介依然忐忑，他实在是第一次来东京，什么都不懂，也什么都来不及打听，倒是张峻，早知道此地是官家私下最喜欢待的地方，也是官家最喜欢与重臣私下交谈的场所，甚至还亲身在这里喝过酒的，却是稍微安稳了几分。又稍待片刻，三壶酒水奉上，自然是蓝桥风月，然后又有几碟时鲜蔬菜与家常炒菜摆上，有荤有素。随即，赵官家便自斟自饮，且直接动起了筷子，正式开始了他今日的宴请。张、吴二人不敢怠慢，纷纷仿效，却又一丁点都不敢放松，也是辛苦。

不过，酒过三巡，稍作寒暄之后，赵官家终于还是说起了正事："你二人可知道朕唤你们来做甚？"

吴介当即放下筷子，几乎要跳起来离开座位下跪，却被赵玖抬手制止，然后只能重新坐下，小心相对："据说是兵部弹劾臣部御营后军折估钱太过。"

赵玖点头，复又看向了张峻："伯英呢？你来得如此早，知道的总比晋卿多吧？"

话虽如此，之前一直算是有准备的张峻反而一时语塞。

倒是赵玖，见状不由得轻笑："是不好说，还是知道得太多？"

张峻尴尬一时。

"可是有人跟你说官家要杯酒释兵权？又或是赵官家要将吴介、张峻骗入京中软禁，然后清洗御营后军、右军？"赵玖一边夹菜，一边失笑。

吴介一时恍惚，而张峻终于张口，不免尴尬："让官家见笑了，那时候官家不愿意见臣，臣实在是无法，只好寻人四处打听，这才听得许多乱七八糟的言语。"

"无妨。"赵玖一口春日野菜细嚼慢咽下了肚，方才不以为意说道，"这算什么？朕还听过更过分的，说是赵官家旨意已下，天下凡贪污十贯钱以上者，无论文武，剥皮充草，示众天下，你莫说你没听过。"

听到这里，吴介、张峻反而放松失笑。

倒是赵玖忽然冷笑："这都是城中达官显贵闲着无事做的缘故，所以便想着法地造谣传谣，乃是指望着用这种方式吸引朕的注意力，然后讨官做、讨钱花，却不知道，朕早就打定了主意，宁可亡国，也不会给这些人一丁点俸禄、赏赐的，非只如此，朕现在就要遣人过去，抄了这几户造谣最重的人家，以充军资。"

两位帅臣登时目瞪口呆，因为听得此言，一直侍立在旁的杨轶忠微微拱手，直接率甲士往迎阳门方向去了。

"伯英。"就在此时，赵玖忽然又看向张峻，"你是不是真信了这些谣言？"

事到如今，回过神来的张峻如何还敢遮掩，也是即刻起身，尴尬俯首："让官家见笑了。"

"若朕今日受了你的请帖，你准备用多少道菜来招待朕？"赵玖饶有兴致，追问不停。

张峻越发尴尬："臣原本是想找蔡太师府中旧仆，弄个昔日蔡太师府上一百八十道菜的规制，但一直没凑齐，若官家真去，也不过是一百二三十盏菜的模样．"

"你如何凑得齐？"赵玖扔下筷子，连连摇头，"蔡太师丰亨豫大的时候，家里厨房有专门做包子的一组人，有人擀面，有人捏褶，甚至有人专门切葱……那种奢侈，一则太过无度；二则也是丰亨豫大之时、烈火烹油之势下的一时虚幻盛景，可遇而不可求的。"

"是。"张峻终于叹气，"臣其实也是寻个噱头，主要还是想请官家到臣府上一叙，而臣自有其他交代。"

赵玖无奈叹道："你此番莫不是想把多年积下的金银悉数送与朕，为自己求个富贵长久吧？"

一旁的吴介目瞪口呆，而张峻冷汗迭出之余立时在亭中避席下跪："官家圣明。"

"你还是不知道朕求的是什么……"赵玖一声叹气，"还以为朕让那些人去赴你的宴，是默许了你此番处置呢，对不对？"

张伯英赶紧解释："臣见官家如此清苦，早有不安，恐怕是因此会错了意。"

"你不是一直会错了意的。"赵玖摇头不止，"当日在淮上，你却未曾会错了意，伯英啊，还有晋卿。"

"臣在。"吴介也赶紧起身，到张峻身侧下跪。

赵玖笼手望着身前几盏菜肴叹道："西军本有藩镇之态，朕当日在关西可以整编、裁撤，一旦离开便故态复萌，这种事情朕是知道的，也极为忧虑；至于伯英那里，素来贪财，多少年的老毛病，屯田的时候趁机占地，换个驻扎的地方便役使士卒给自己建大宅子，吃空饷、折估钱往满里算、收受贿赂，朕心里也清楚，也一直积蓄不满……这没什么好遮掩的。但是朕不满、忧虑，不是因为朕在这里吃苦，你们却如何如何，所以心不能平，而是，你们终究是帅臣，你们的部属终究是御营主力，若是这般糟蹋下去，到时候北伐，一边殊无战力，一边意图保全，又该怎么说？"

张峻与吴介各自愕然，旋即面面相对，很显然，吴介是真不了解这位官家，而张峻是真的安逸久了，会错了意。

"真要杯酒释兵权，是不是先得让韩师仲先来？"言至此处，赵玖望着石桌上的这十来盏菜肴，语气渐渐发冷，"朕唤你们来，其实只有一句话，若将来北伐你们能建功，那御营后军的沆瀣一气，还有你张伯英的那些事，朕便是最终有所处置，却也只会既往不咎，因为毕竟都是从非常之时走过来的。但若北伐在你们两家身上出了差错，那就别指望交了钱、辞了官便能全身而退，因为朕会让你们吃不了兜着走！"

张峻、吴介二人一起释然之余复又一起惶恐，便准备一起表态。孰料，赵官家根本不给他们说话的余地。

"起来吃饭。"赵玖冷冷相对，"吃完了饭，朕再跟你们细细说如何锤炼这两军！"

赵玖说到做到，三人用过一餐，去鱼塘岸上桑林中说起两军相关事宜。

"臣愿意写一个亲笔画押的文书给官家，此番回去后，御营右军中绝无役使士卒的事端，也绝不再有侵占屯田的事情，士卒务必十日一练，足额发下军饷。至于军资与军械，还有员额之事，还请官家饶恕则个，臣只能保证臣这里不再给官家惹麻烦，下面的军将却是不好真的一一管束的。"稍作交谈后，御营右军都统张峻便指天画地，几乎要在鱼塘边上立下誓言，"也实在是不知道该如何管束。"

"文书就算了，张卿的话朕还是信得过的。"

赵玖远远摆手，制止了远处十几名正在桑林内忙碌的内侍前来见礼，这些人正在将部分没有成活的桑树拔除，然后继续移植新的桑树。"天下人都说你是个坐在钱眼里的人，但昔日在淮上朕便知道，你更是个懂得真正利害得失之人，也是个关键时敢豁出去的人，你的话，朕愿意信！至于下面的事情，乃是本朝延续百余年的军中积弊，朕也懂得你难处，这些事情，朕只要你能做到韩良臣的地步，便已经谢天谢地了。"

张峻如释重负，在桑林里拱手："官家，韩师仲治军没什么出奇的，臣必然能成。"

赵玖摇头失笑："朕也知道韩良臣治军没什么出奇的，但他本人实在是出奇，伯英，你扪心自问，他的那些战斗你打得来吗？一来一回，一个是三镇节度使加郡王，一个两镇节度使，就已经彻底拉开了。"

张伯英欲言又止。

"不过你也不要着急。"赵玖停在一棵桑树下，回身相对，"当日韩师仲部属作乱，朕去他营中见他，话便说得清楚了，今日也给你们说清楚，你们这些人跟着朕，首先便是兴绍宋灭大金，成则成，不成则不成，真有一日成大功，天下之大，十个郡王总是养得起的，而如你这种懂利害的人物，那无论是想要生而聚敛，还是死后儿女长远，朕总是能处置得下的。关键是，咱们君臣经历了那么多，谁想要什么，何妨如今日这般当面坦荡来说？你与朕想的，朕自然能与你想的。"

张峻得了此言，在桑树下俯首再拜，连连表起忠心。

赵玖素来不耐这个，只是听了两句便不耐烦起来，将对方唤起来，然后看向今日着实长了见识的吴玠："晋卿，你那里却与伯英这边不是一回事。"

"臣省得。"有勇有谋数吴大，吴晋卿虽然是初来京城便被卷入局中，足足蒙了半日，但半日下来，该懂得的却已经尽数懂了，便赶紧上前拱手，"御营后军那里，乃是西军弊病所致，官家之前亲身在关西坐镇，圣威之下，裁军、整编、授田，上下俱皆服帖，可官家一走，只从折估钱支出远高其余各军上便能看出来，他们有故态复萌之意，而臣无能，居然不能止。"

赵玖负手立在桑树之下，先是点了点头，旋即陷入一阵诡异的沉默之中。春日风大，沉默中一阵风不知道从何处吹来，虫鸣一时止住，桑树摇曳不停，脚下青草也与鱼塘水波一起荡漾起来。

吴玠不禁有些惶恐。

赵玖沉默片刻，却是语出惊人："朕以为，御营后军那里，根本就是藩镇习气难改，直欲以地域出身结成利益集团。"

"臣受陛下大恩，绝无此心！"吴玠恍惚了一下，只能勉强拱手，但略显颤抖的声音还是明白地显示出，他此时已经有些慌乱和失态了。

张峻此时只是束手不语，冷眼看着旁边这个西军故人。

"不是说你，而是说西军本来就是个藩镇姿态。"赵玖当然不会让对方会错意，"而且，朕大约是知道的，因为本朝守内虚外之策，西军素来显得温顺，并不与五代残唐藩镇那般桀骜相同。但实际上，在内里制度上，依着朕看来，西军依然还是实打实的藩镇之态，不然何至于有种种藩镇手段？"

"官家若是这般说，其实也有道理。"虽然确定不是针对自己，但吴玠说起这个话题依然小心翼翼，因为谁都能看出来，吴氏明显有成为关西一大将门的潜质，"但又该如何处置呢？"

桑树下，赵玖也是仰首蹙眉："其实，朕想过很久，军队天然成体系，想要凭着军纪刑罚便彻底革除弊病，并无可能。但也有些关键，一则，不使军人做工务农行商，也就是除了国家赏赐与饷银外不沾其余银钱，便是首要之事。”

张峻、吴介各自对视一眼，都没有插嘴。

“朕知道你们的意思，眼下还不行，因为国家财政还是有些不足，你们的工坊、军屯更不好轻易收走；而且将来还要北伐，指不定还要继续屯田、垦殖，也不合适。”赵玖当然知道二人的心思，便坦诚言道，“所以，这个事情要放到天下平定以后，跟你们也没多大关系，朕此时只是一说。”

张、吴二人这才拱手称是。

“有一必有二。”赵玖转身往桑林深处而去，继续负手言道，“二则嘛，朕觉得，军队军官升迁不能从根本上为朝廷掌握也是一大事，若能仿效太学三舍制度，整饬军校，也是无妨的。”

“官家此策真是绝妙！”吴介是个公认喜欢读书的，这次听得通畅，迫不及待，直接称赞，“若这般做，军官人人读书好学，自然是比寻常军官要强一些，且官家之前以进士入军，其实已经算是铺垫了。”

赵玖闻言不喜反忧，乃是直接喟然：“话是如此，只是没钱，也没时间，若不北伐，依着现在的财政情况，估计三五年才能有足够银钱将这些事情一一落实下去，而北伐如何能等三五年还不动手？而一旦北伐，不说军官不好抽调，便是银钱也又要如流水一般撒过去，到时候拿什么来办军校？”

二人登时闭嘴，而后，赵玖交代二人回去以临时举措做北伐准备。

吴、张二人会意，便立即告辞，君臣之间桑林中的对谈就此结束。

“捕获几个人？”傍晚，已经撤席的亭中，赵玖凭栏而坐，见到杨轶忠回来，直接回头发问。

“六家五百余口，按官家吩咐，不捕妇孺、仆从，实际上拿了三四十人。”

“抄了多少钱？”

“金银钱帛可计，十余万贯，其余器皿文物，不好说。按照官家吩咐，寻常家具物什不动，浮财与人一起全都送到开封府去了。而国债六万贯，也按官家吩咐，臣抄出来以后专门带来了。”说着，杨轶忠直接将六张包裹着硬木壳的一万贯国债文书小心奉上。

“那就好。”赵玖接过用硬木壳包着的国债文书，放到石桌后面的凳子上，方才正色相对：“辛苦正甫了，今日无事了，且去歇息吧。”

“是。”杨轶忠低头应声，便去做事情。

第五十九章 舆论

三月，赵玖在景福宫内与两位贵妃、公相吕浩文、诸内侍，还有随从文武近臣们一起看杂剧。一名御前班直匆匆迎面而来，带着一个密札盒子，杨轶忠本能上前，临到跟前看到对方是赤心队出身，方才醒悟，赶紧避开，然后直接越过对方出门而去，刘彦也是此时方才醒悟，赶紧上前接过，只是打开一看封皮，便肃然起来，然后转到亭上直接交给赵官家。

赵玖见是河北太行山中讯息，同样严肃，而打开大略看了一下后，又不禁失笑，并抬头相对吕浩文："吕相公。马括来札子，说了大金一件事，乃是大金主完颜吴启迈忽然中风，完颜瞻汉秉国！"

吕浩文以下，周围近侍文武，一并面色大变。

"官家，可要唤回杨统制？"翰林学士李若朴上前一步，面色严肃。

"不必。"赵玖继续看着札子后半段汇报，微微摇头。

"那可要唤宰执来议事？"李若朴继续追问。

"不必专门议事，将此事发给都省、枢密院便可。"赵玖扔下札子，抬起头来，不慌不忙，"顺便让他们将追夺恩荫一事，从速、从严、从广，给处置了！不然北面金人闹起事来，这清算积弊一事，不免要稍作暂停，再追上杨轶忠，让他以指斥乘舆的名义，多抓个三四家虫豸之辈。"

"官家。"李若朴看了一眼一言不发的吕浩文，恳切再对，"事有轻重缓急……"

"这算什么急事？"赵玖不以为然，"剥夺滥恩滥荫一事，能省下多少钱粮？若京城中这等虫豸之辈不除，如何北伐灭大金呢？孰轻孰重，难道不是一目了然吗？"

李若朴愕然当场，却不知道该如何反驳。

三月间，东京城内舆论骚动不休。事情起因再简单不过——朝廷清算积弊、剥夺滥恩滥荫。风波之中，这一日傍晚，出去打探消息回来的郑亿年甫一回到家中，便直接往自己兄长郑修年卧室而去，然后屏退仆妇，就在卧室内当面质询兄长："兄长，你与我说实话，那含芳园的歪词跟你有没有关系？为何我问来问去，他们都说那日恰好在含芳园的相关人士，竟然有你在其中？"

这几日特意告病在家的郑修年面色惨白，半晌无语。而郑亿年却是愤愤一拳砸到床头几案之上："早知如此，我还不如真就去济南呢，还能多活半年！说不得还能晚个一两年再被流放……"

郑修年微微一怔，却是欲言又止。郑亿年看着自己兄长神色，也是一怔。

"逃了吧……"郑修年用略显颤抖的声音小心道，"老二，咱们兄弟逃了吧！以咱们的家门出身，去了济南，必然被刘豫奉为上宾，在那里当个大官，揽些财货，等张峻、岳斐回头去打的时候，咱们就从后面出海逃走，去高夷，去樱国……等到天下平定再改名换姓回来，或者干脆再不回来，这岂不是一条生路？"

郑亿年眼神闪烁，足足沉默了十几息方才慌乱摇头："这是一条生路，但兄长你想过没有，若只咱们兄弟，逃便逃了，可大嫂、侄儿侄女怎么办？带着他们一起逃，怎么能逃出去？而若咱们走了，不带他们，到时候咱们享了半生人间富贵，他们却被株连下狱，你我于心何忍？"

郑修年彻底绝望，他如何舍得妻儿。

但也就是此时，其弟郑亿年却在灯火下微微掩住鼻口，小心相对："但若是兄长一人逃窜，我留下，却是个两全其美的生路……"

郑修年茫然抬头，看向了自己胞弟，俨然不解。

"兄长……"郑亿年上前半步，小心在床前低声解释，"你那日去了蹴鞠场，这事遮掩不住，否则我一定代你承担这个罪名，然后让你去开封府检举，以求脱罪……"

郑修年怔了一怔，却是死死盯住了自家胞弟。

"兄长，你且去济南，大嫂我自替你来养。"郑亿年终于咬牙而对，"事到如今，这是保全咱们全家的唯一出路！"

郑修年张口欲辩，却始终不能言语，只能枯坐榻上。

"兄长，你走了吧，一个健壮男子，想逃出去还是八九能成的。"而郑亿年见到自己兄长不愿言语，却是干脆将方案彻底托出，以作应对，"你走后，我拖上半日，再去开封府检举，既有大义灭亲的检举之功，便可说动咱们的亲旧求情，让祸不及妻儿了，届时，兄长自在济南揽钱、逃高夷，再偷偷转回，而我自在东京城里撑着家门，替兄长照看大嫂，这才是正经活路！要兄弟我来说，你若狠得下心，就不要惊动大嫂他们，趁着马上天黑，立即化装偷偷走掉，我送你去马行街夜市候着，天一亮就随夜市众人出城向东去，直奔济南！"

郑修年听了半晌，忽然就在床上抱着小被子大哭起来。之所以大哭，不是因为走投无路，而是因为他想了又想，自己弟弟这个方案还真就是眼下最优的出路……但越是如此，他越是不舍妻儿和自幼生长的东京城，而越是不舍，反而越是清楚得赶紧走。

事到如今，只能说悔不当初。那日但凡少喝些酒，少听高尧康、高尧辅兄弟的撺掇与鼓动，都不会惹出这般祸事来。

就这样，郑修年哭了半日，到底是如木头一般，被郑亿年半强迫式地换上家仆衣服，然后被郑亿年拽着，装成主仆从后门出去，准备往马行街夜市而去。然而，兄弟二人刚一出后门，走了不过五六十步，便在后门巷口被一伙子打着灯笼的壮汉给堵住了，然后被带到了对面巷内的一个锅贴豆腐摊子前。

灯火之下，面对着正在就着豆腐喝茶的杨轶忠与万俟燮，郑氏兄弟二人面色煞白，而之前一度还有侥幸心的郑修年，更是直接瘫倒在地。

翌日一早，东京城中爆出天大消息——故宰相王珪外孙、宰相郑居中长子郑修年畏罪潜逃，其弟郑亿年大义灭亲，主动出首，并在开封府当场供出了一个对官家、朝廷心怀不满，并多次聚会"指斥乘舆""污蔑宰执"的反动组织。前太尉高俅长子、次子，其兄郑修年，其表兄王唤，诸多宰执太尉子弟，俱在其中。

朝廷毫不犹豫，即刻将这些人一网打尽，除出首的郑亿年、高尧卿外，一并追毁出身文字，并悬赏捉拿郑修年……这次事件，也算是给三月上旬的东京舆论风波，正式画上了一个句号。剥夺滥恩滥荫的工作，更是再无阻碍。

唯一让人感到有些遗憾的是，数日后，郑修年被确定潜逃成功，进入济南，然后被大喜过望的刘豫委任为侍中领户部尚书。

随着淮东方向的军官来到京中，就在武学重开当日，大金使臣乌林答赞谟来到了东京城。

且说，这位姓乌林答的大金使臣，堪称大金最专业的重量级使臣。故此，其人甫一到来，瞬间引起朝野瞩目，上至亲贵大臣，下至贩夫走卒，一时议论不休。而乌林答赞谟也"不负众望"，上来便在都省、枢密院的召见中开宗明义——大金有意在维持现状的情形下与绍宋议和，就此平息长达六年有余的干戈。饶是所有人都有所预料，大金主动言和还是震动了朝野。

三月十八，赵官家正式在文德殿召见大金使臣乌林答赞谟，公相吕浩文以下，四位相公、六位尚书、九卿、御史台中丞以下诸御史、诸学士舍人、诸判直院监、都省、枢密院、御营诸直属要害官吏，御营中军左右都统、临东京城诸统制官，皆列于殿中相候。

乌林答赞谟心下了然，眼下如此迅速且正式的召见，那基本上就只有当面一会，然后赶人这一条路了。不过，乌林答赞谟本身作为大金重臣，如何不晓得大金高层的真正心态，又如何不知道自己此行的任务是什么？所以，此人只是感慨，却并不觉得为难。

双方见面，依着君臣之礼问候，而双方见礼完毕，接下来的交谈直接至极。

"完颜瞻汉是什么条件？"赵玖面无表情，开门见山。

"国论勃极烈领都元帅奉国主命暂统国政、军事，外臣动身之前确有言语交代，说是两国交战日久，死伤累累，而上天有好生之德……"

"你直接说条件便可。"赵玖面色不变，直接打断了对方。

"并无条件。"乌林答赞谟立在殿中昂首相对，"国论勃极烈领都元帅的意思是，尧山一战，虽确有胜负，但说到根子上，不过是绍宋守住了关中而已，而大金强、绍宋弱的局势依然没有动摇，这种时候，大金愿意无条件谈和，便已经是一番恩德了。"

五名宰执各自面色严峻，而周围文武，一时耸动，许多人都按捺不住，准备出列驳斥。

"说得好。"就在这时，御座上的年轻官家主动颔首，"此时大金强绍宋弱，朕颇以为然，你来当面说这句话，也好让一些还沉浸在尧山战中的年轻臣僚清醒一下。只是乌林答，你所言强弱二字，朕是深以为然的，但这种事情是以强弱来分辨的吗？眼下大金再强，难道有四年前强吗？朕这边再弱，难道有四年前弱吗？"赵玖继续冷静相对，殊无表情，"四年前朕都不愿议和，如今为何反而要与你们议和？"

乌林答赞谟一时蹙眉："那陛下以为何时可和呢？两个万里大国，总不能就这么一直打下去吧？"

"想要和也简单，燕山为界，大金对绍宋称臣，交还汴梁掠夺一应人口、金银，杀完颜瞻汉、完颜乌竹、完颜塔兰、希尹、完颜火钺、完颜尹恕克、完颜巴力速七人以示诚意，如此，自然可和。"赵玖不紧不慢言道，"大家说到底都是兄弟民族嘛，一衣带水，朕还是愿意接受你们的。"

殿中安静了足足四五息的时间，莫说乌林答赞谟，便是绍宋廷这边都有些恍惚，唯独几名跟随这位官家日久的重臣，瞥了眼这位官家的神色，心下惊惶，面上严肃之色越重。

乌林答赞谟强压怒气相对："大金敬重陛下砥砺四载的功业，所以才来言和。"

赵玖依旧面色不变。"这是朕的本意。"

"那只能说，陛下在白日做梦了！"乌林答赞谟当即抗辩。

"正是白日做梦。"赵玖依然不急不气，不怒不喜，"只不过，想当日你初来此殿，若是将彼时完颜瞻汉意图南下攻略汴京的心思给说出来，怕是彼时满殿绍宋文武，也都觉得完颜瞻汉在白日做梦，但完颜瞻汉这梦不是成真了吗？那你凭什么说朕白日所做之梦不能成真呢？"

"陛下。"乌林答赞谟叹了口气，严肃相对，"此番议和，大金确系有诚意的，便是一时不能成，又何必将言语逼到这份上呢？"

"乌林答卿此言可见诚恳之态。"赵玖若有所思，"朕也懂你的意思，旌和后四五载纠缠不休，尧山战后，大金虽然军事依然占优，但也日渐衰损，大金上头那些人意识到这么战下去毫无益处，所以确系有议和之态。而眼下掌权的完颜瞻汉心里清楚，但因为西路军战败和完颜吴启迈中风一事，却是不能轻易示弱，只能订个无条件停战一般的合约，以避免今年秋后要不要出兵一事的问题。而时势易转，或是完颜瞻汉稳定了局势，或是完颜乌竹兄弟还有完颜吴启迈、完颜塔兰谁又夺回了权，届时说不得就能有实际好处的和约了，是这意思吗？"

乌林答赞谟是完颜瞻汉家臣出身，肃立束手不语。

"乌林答卿。"赵玖终于也喟然起来，"朕再问你，你当日奉完颜瞻汉之命来此处做海上之盟，与王黼议论如何分割丽国边界时，是不是也这般诚恳？"

乌林答赞谟终于动容，却偏偏无言以对。而周围文武，也多有失色。

"朕以为，彼时你与王黼都是极为诚恳的，但完颜瞻汉窥破了绍宋表面上鲜花着锦、烈火烹油，内里却虚弱不堪后，不还是果断南下了吗？"赵玖一声轻叹，便收起多余表情，继续平静叙述，"所以，你今日再诚恳，又有什么用处呢？"

"陛下若是这般说，外臣也无话可说了。"乌林答赞谟也觉得无趣，"外臣将大金的条件带过来，官家替绍宋开了新条件，如此悬殊，怕是不用外臣回去汇报，当然，外臣也不敢拿那个条件回去汇报，依着外臣言语，不如直接断言，此番议和算是不成了吧？！"

"大约如此吧。"赵玖点头认可。

"那外臣便请告辞。"乌林答赞谟拱手行礼，却忍不住多言了一句，"但有一言，临行前不吐不快。"

"无妨。"

"当日绍宋、大金之间，是绍宋毁约在前！"

"朕知道。"赵玖点头应声，"当日确系绍宋毁约在前，偏偏毁约的还是更懦弱无能的那边，所以，太上道君皇帝算是自取其辱。"

满朝文武根本来不及反应，便目瞪口呆起来。

而接下来，赵玖不慌不忙，依旧不给任何人开口的机会："但朕今日主战，却跟彼时郭药师、张觉这些人无关，也与太上道君皇帝无关，朕心心念念，只是旋和以来各地血流成河、怨仇难解罢了。"

乌林答赞谟无言。饶是乌林答赞谟早对今日相见结果有所预料，但上来一炷香时间不到便出去，也是未曾想到的，只能俯首一礼，直接趋步退出文德大殿。

第六十章　秘阁

建炎五年的春末，大金燕京城风云突变。而事情传到中原的时候，却已经是夏初了，彼时赵官家正在东京城西的岳台检阅部队。是在检阅刚刚成军的御营骑军部队。

"大金的事情暂时不必理会……"亲自下令让八千骑军转入预备好的大营后，赵玖思索了一下，还是在岳台上摇头以对随行文武百官，"朕只问你们，战马的事情怎么办？"

周围群僚三五相对，若有所思。显然，这些人并不觉得大金的事情应该"暂时不必理会"，战马，乃至于组建御营骑军的目的是什么？还不是北伐？北伐又是为什么？还不是要对付大金？而大金遭此大变，如何不能在外交上操纵一二？莫忘了，赵官家之前在文德殿上搞的那出绝缨之戏中，很多人的态度便已经彰显无疑，如今金人内乱，真的有了诚恳议和的可能性，这些人为之心思浮动也属寻常，只不过，赵官家的态度不提，只说今日那张臭脸摆了半日，他们也不好此时多嘴。

故此，隔了许久，方才有人拱手出列相对，并说了一句废话："官家，欲得战马，长远而言还得恢复马政。"

"绍宋马政？"赵玖微微蹙眉，"以前有专门的战马官署？"

"自然是有的。"下方官员继续认真相对，"皇绍宋开国之时，设群牧司，官营马场数万顷，最多时蓄马十七万匹，若以半数可当军用计，也有七八万匹可用。"

"不必多言了。"赵玖听了一半便有些不耐，"朕都不用去想便知道，又是文官主马政，却不通畜牧知识，然后还有宫廷侵占无度，下层官吏贪污腐败。没几年马政便荒废掉了，这群牧司也在几次改制中没了，是不是？"

那人旋即闭嘴，倒是曲鍛，本欲说一句"官家圣明"，但到底是忍住了没敢说。

赵官家叹了口气，继续相询："后来呢？群牧司现在没有了，后来战马一事又是怎么应对的？"

"好让官家知道，后来曾经做过《保马法》，也就是将朝廷战马寄养于百姓家中，养马者可以成马抵赋税。"又有人出列，如数家珍。

"后来此法还废了，又改回原来的官营牧场，却是以边地市马为主，再集中豢养而已，不能再自己育种。"

"换言之，无论怎么说，这马政也逃不出三类，官方自养自育、借民力代养，还有边地市贸了？"赵玖一声叹气。

"正是。"

"长远来说，恢复群牧司以官方养育是可以考虑的，但不能再让不通畜牧知识的文官参与，都省和枢密院合力拿个条陈来。"赵玖无奈吩咐。

"喏。"几位相公明显都有些心不在焉。

倒是曲鍛，此时冷不丁拱手相对："官家设群牧司，十之八九能成。"

"何意？"赵玖不解相对。

曲鍛恳切作答："臣在关西，素来清楚，往年关西的御苑之中之所以养不出马，一个大缘故，便是都养羊了，关西羊肉肥嫩，专门用来供给宫中、京中，据说彼时宫中每年就要耗上几万只羊，而以官家如今的节俭，想来关西是能多许多马的！"

赵玖愣了半晌，方才摇头继续言道："设群牧司是从长远计较，而民力代养又是最不可取的，也不必多言。唯独眼下，想解燃眉之急，还是得走边地贸易，可有没有使节在东京？"

"回禀官家，并无。"鸿胪寺卿翟汝文赶紧出列。

"那有没有知道西勒内情的？"赵玖越发蹙眉。

此言既出，赵定以下文臣，曲鍛以下武臣，一下子站出来好几十个人。

赵玖见状，心下醒悟，随手指了翟汝文："鸿胪寺卿来说，这是卿的本分。"

"官家。"翟汝文微微一礼，然后抬头正色相对，"不知道官家想问西勒哪些事？"

赵玖问道："且不说守成之主李乾顺，只说西勒，朕有一事不明，西勒核心说到底不就是一个河套吗？甚至立国根基也就是灵州、兴州那一片，那片地方再阜美，也没有关西五分之一强吧？为什么李元昊立了国？然后又延续国祚近百年呢？"

翟汝文欲言又止，众人面面相觑。

"曲锻。"赵玖干脆点名，"你来说。"

"好让官家知道，彼处有几百里沙漠做天然屏障。"曲锻硬着头皮作答，"欲取兴灵之地，无外乎三条路，一出熙河，顺黄河而下；二出泾原，走葫芦河再接黄河；三出白马川接灵州川。三路之中，最近的乃是白马川、灵州川这条路，却也有数百里瀚海沙漠要走。"

赵玖越发觉得荒唐："几百里的沙漠，中间还有白马川、灵州川做道路？"

"是。"

"那发五万精锐军，备好后勤，出其不意，顺此路直取灵州，不行吗？"赵玖认真相对，"你莫要给朕装糊涂，就西勒那个国力，便是李元昊时，能有五万精锐？"

"官家……"赵定忍不住出列插嘴。

"曲锻来说！"赵玖抬手制止了赵定。

"官家。"曲锻小心相对，"照理说应该行，但兵事这个东西，是没有一定的……"

"不走沙漠瀚海，走葫芦河，以黄河为粮道稳扎稳打不行吗？"赵玖怒气难掩。

几个相公，外加诸多大臣，无奈之下赶紧纷纷去看赵官家，却只见官家在座中仰头不语。

而隔了半日，赵官家才在座中愤愤出言："燕云、西勒、南越、大理，实为我绍宋肘腋之患！"

众文武一时皆不敢言。

四月初八，浴佛节。《目连救母》和《白蛇传》还在东京城如火如荼上演，新上市的水果、各店酿造的新酒刚刚上市，就在此时，大金使乌林答赞谟便再度来到东京城。与之随行的，还有被完颜瞻汉扣留在大名府近大半年的梅花韩氏当家人、前使节韩肖胄。非只如此，百余被掠宗女、贵女、民女也被一并带回。

而乌林答赞谟进入东京之后，一个消息很快便随着这些被掠宗女、民女的安置与送还传播开来：大金想要议和，而且愿意先行无条件交还二圣与诸皇子以下所有被掠皇亲贵族、皇妃宗女，以示诚意。便是二圣与诸皇子，议和成事之后，也可即日放归。对此尚不知情的礼部与之匆匆接触以后，乌林答赞谟不但上来主动说了这个消息，还进一步表示，大金皇帝愿意与绍宋签订密约，废黜称帝的刘豫，以此达成两国和约。

消息转入都省，此时说废除刘豫帝位，那就意味着京东数郡是完全可以谈的。于是乎，朝廷内外、民间上下，几乎是一起动摇。故此，消息传到宫中，尚未来得及去接见韩肖胄与那些帝姬的赵官家不出意外，立即陷入无能狂怒之中！

赵玖担心，一旦议和达成，就再难北伐。

四月下旬，渐入盛夏。此时若是不下雨，晚间月不明而星河灿，白日暑气蒸腾；但若下雨，却是不分昼夜，熏风自雨中来。

雨后初晴，宫中大部分道路都还洁净，但进入后宫原御苑区域，眼下的鱼塘、桑林区后，却不免显得有些泥泞，而几位宰执心中此时都有些忐忑与挣扎。此时朝野内外对于议和一事纷争不断，暂无定论。如何维持局面、统一内外就成为宰执们需要竭力考量之事。

几位宰执揣着各自的心思一时候在石亭旁，赵玖见此，也停下手中之事，吩咐几个人安坐后便微微一叹："现下大金使者重至，关于议和一事，必得给天下人一个交代了。"

众人闻得此言，干脆一起起身，就在亭中严阵以待。

赵玖再度叹气，却是亮明自己的立场："朕是宁死都不愿议和的！而现下上下人心，朕又如何不知？只是想着据黄河而守，回到当初丰亨豫大之时，哪怕有支持北伐的百姓，怕也是在河北河东一带，沦陷敌手之人。"

此言一出，几位宰执全都蹙额不言。

"官家。"李光稍作思索，正色建议，"何妨约个三年五载的和约，再行北伐？"

"此言荒谬。"之前的交心此时算是起到了效果，不用赵玖回复，赵鼎便直接应声而对，"一旦议和，人心士气便会泄掉，而此时尚要和，何况三年五载后人心越求妥当？到时候，怕是满朝皆要和！"

李光一时无言以对，只得朝赵玖拱手："官家，现下并无战马和足量钱帛支持北伐，如何能仓促成事？不妨暂和三年。"

"国仇家恨、春秋大义，半点不能让。"陈规也低声插了句嘴，算是表态。

眼见众人对这个问题争论不休，赵玖只得竭力缓和亭中气氛。

"不说这些了，朕问你们，若朕真决心去八公山，你们六人随朕去吗？"赵玖面色不变，忽然追问。

几个人本以为官家在说气话，便要敷衍，但未及开口，各自心中警醒，继而严肃起来。

"吕公相。"赵玖催促了半句。

"臣……"首当其冲的吕浩文愕然半晌，只能苦笑，"官家那日在臣家中言语说透彻，臣蹉跎半生，些许成就、名望皆是随官家这四五载得来的，若官家真要去落草，臣也只能随之做个山寨主簿了。"

"臣自然愿意随官家去！"张骏抢在赵定前表态。

赵定无奈看了眼张骏，复又诚恳相对赵官家："官家，臣受官家大恩，四载间自一开封府士曹至都省首相，千般万般，只有官家弃臣的道理，臣如何会弃了官家？"

三相既然言罢，两个副相刘汲、陈规也赶紧出声，都愿随之。

赵玖眼见如此情形，也点点头，继续说了下去："诸位的意思朕已经知道了。现在，也该轮到朕将自己的决断说给诸位听了，那便是绍宋可以议和，而朕不议和！"

几个人闻言面色微变，但来不及多想，赵官家便自顾自地说了下去："你们去和金人谈，此番议和必有两个条件，一则，不论男女，送回所有被掳之人；二则，以伪齐五郡交还为限，正式言和。"赵玖挥手相对，根本不愿解释，抽身而去。

杨轶忠、刘彦、蓝珪紧随其后，留在亭中的六人只能俯首。

官家的最终表态，让很多人认为，这位官家还是为了大局人心，做出了一个妥当的选择。

就这般，数日转眼过去，四月已尽，五月到来，这一日，崇文院中堂秘阁之上，公相吕浩文、都省相公赵定、枢密使张骏，三人再度组织召开了一次例行会议，五相六尚书六侍郎一中丞九卿五监俱在。之所以说是例行，乃是官家自从那日以后再无言语，也不出面，更没有再召官吏往鱼塘边相会，所有送往后宫的札子，都经由内侍省与内制那里转回。实际上所有人都知道，官家根本就没看。用蓝珪的原话来说，便是官家有言，二圣归来之前，朝政处置一律以宰执合议为限。

"还是那句话，官家不露面，此事须我等尽力而为，以成首尾。"秘阁三层楼上，吕、赵、张三个有决断权的人例行端坐不语，都省副相刘汲起身来做主持，"先说要紧的，鸿胪寺那边进展如何？"

鸿胪寺卿翟汝文在座中相对："乌林答赞谟的意思是，送回被掳诸人本无大碍，只是先送回再议和尚需请示国主；至于京东五郡之事，他只是一味推辞，尚无定论，依下官来看，应该也是在等燕京正式言语。"

随着翟汝文大略介绍了与金使接触进程，秘阁中不由得沉默了一阵。沉默有两个缘故，一个是没想到金人这么干脆，二圣的无条件归还居然这么利索便答应下来；另一个却是有些话题对他们这些人臣而言未免过于敏感。

"如此说来，迎回二圣之事应该无碍了？"赵定无奈开口，却又看向了礼部尚书朱胜非，"若二圣南归，该以何等礼节相对？又该如何安置？礼部可有言语。"

"礼部并无言语。"朱胜非黑着脸摊手以对，"此事并无成例，还请诸位相公给个说法。"

"两位俱被尊为太上皇，还有郑、韦两位太后，这便是四个尊位……"赵定无奈继续了这个话茬，刚一开口便又觉得朱胜非是真的没可能有说法，因为谁都没可能有说法。

"延福宫如何？"无奈之下，想了半日的赵定咬牙相询四面，"延福宫大半都在闲置，先打扫出来，到时候就以延福宫做个迎驾的预案，等二圣回来了，官家终究得出面，而官家若有别的处置方案，到时候再问便是。"

其余几位宰相面面相觑，也只能硬着头皮一起颔首，然后一起看向朱胜非。

而朱胜非闻言也叹了口气，也只能束手而对："相公们说什么就是什么。"

"诸位可有别的疑难之事？"刘汲吩咐完毕，复又相对他人。

"眼下之事除了议和，哪里还有别的疑难？"吏部尚书刘大中出言感慨，拱手相对上方几个人，"诸位相公，胡铨你们真的不管管吗？他在邸报上说我们是'奸邪小人'，说我们为了'私固相位、大部尚书、侍郎位'，将有'尧舜之资'的陛下'导于石晋'，就差说我们这些人尽数当斩了，这到底算什么？"

刘大中说完，几位宰执也好，同在秘阁中的其余十几位大臣也罢，齐齐喟然。说实话，官僚之中，赞同议和的固然很多，沉默配合的也挺多，但是不可忽略的是，强烈反对议和的人同样存在，而且也不少。

之前赵官家一力主战，下方尽数主张议和，主战的一时抵挡不住，而一旦官家扔下此事，朝廷真就开始议和，这些主战派成为反对派，也显得群情汹涌。而这几天，诸相公因为承上启下，不得不遮掩自己原本立场，一力维持大局不提，宰执之下，三个最大的主战派代表已经显露了出来，秘阁之中的刑部尚书王庶便是最大的一个主战力量；而中下层官员那里，也有很多，尤其是年轻的胡铨在邸报上最为活跃，昨日就喊出了议和者斩的口号；至于民间，也出现了一个意想不到的主战之人，乃是胡尹之父，胡安国。

这位大儒的理由说起来跟赵官家还有点像——一旦议和，建炎中兴的那口气就断了，再难续上了，以后再想战，未必就能起来。面对着这种情况，身为朝廷重臣，却还是得跟之前一般——所谓尽量维持大局，不要让任何人掀了桌子。

"不能处置胡铨。"想了许久，赵定硬着头皮对道，"此时一旦处置了胡铨，便坐实了我们是徇私之人。须知道，此时议和，只是为了迎回二圣，收取京东，稍作休养，并非是要真弃了两河，从此苟安！"

刘大中摇头不止。

言至此处，似乎想起了什么一般的赵定复又看向翟汝文："翟客卿，兄弟之国一事提都不要提，论都不要论，若此时坐实了这个兄弟之国，将来如何再战？"

翟汝文俯首以对，也忍不住叹了口气。

而也就是此时，一直没说话的枢相张骏也叹了口气："你们一个个的都叹气，哪里有我在枢密院为难？我都不知道若是岳鹏羽自前线上书质问，我该如何应对。"

刘大中拂袖以对："岳斐自可上密札询问官家！何必我们操心？！"

"军国大事，怎么能如此自以为是？"吏部尚书刘大中言语刚落，其下属、吏部侍郎吕祉便冷笑相对，"这才安生了几年？就视军事为无物了？岳鹏羽部御营前军多是河北流民，东京城周边郦琼及其目下所领八字军也是河北流民，一个不好闹出兵变，谁来担责？！官家将此事托付给秘阁中诸位，诸位就是这般天天叹气、日日抱怨的吗？"

"此事不可不虑。"赵定还是抢在刘大中发脾气之前正色言道，"而且要速速做出应对，胡尚书，你有何言语？"

兵部尚书胡世将在吕祉复杂的目光中沉声出列，正色相对："诸相公、同僚，下官以为可以派一大员驻郦琼部中，以作安抚，直言朝廷没有弃两河之意，至于岳斐处，倒不如取个便宜，暂时隔绝消息，不告诉他议和之事，若官家想与他说，自然会与他说的。"

"就这么办！"赵定严肃拿了主意，"谁去郦琼军中？"

胡世将拱手以对："下官责无旁贷。"

赵定点点头，便要应许，但也就是此时，忽然间，秘阁窗外一阵喧哗吵闹，竟似有人忽然聚集呼喊，和其他人一样，这位当朝都省首相也是心下一惊。户部尚书林杞、只是装睡的大宗正赵士赵皇叔二人，本能探头去看，却不料隔着两层楼，一只靴子迎面砸来，登时将赵皇叔鼻子砸出血来。这下子，秘阁三楼的诸中枢重臣自然个个失色。

而此时，喧闹声越发大了起来，很多言语隔着两层楼根本遮掩不住，楼上诸人尚不及去救助那两位便知道下面发生了什么。

很快，当值班直也匆匆上楼来，明确无误地告知了下方发生的事情——一群都省、枢密院、六部、九寺、五监出身的中低层官吏似乎早有约定，忽然趁着秘阁会议的时候涌了出来，人数数以十计，乃是要求面见秘阁上的诸位重臣，然后当面询问一些事情。众人听着便觉得不好，一时不免有些慌乱，但事情还没完，很快又有当值班直慌乱来报，说是宣德楼那里有百余名太学生乘驴车自御道汇集，要公开上书。

这下子，秘阁之上，众人轰然一片。

"是官家吗？"听得楼下喧嚷声越来越大，御史中丞李光扶着依旧捂面的户部尚书林杞，忍不住懊丧出言，"以退为进？官家何必行此权术？"

此言一出，秘阁之上复又鸦雀无声。

"不是官家！"

"此非官家作态！"

"不会是官家。"

片刻之后，吕浩文、赵定、张骏，齐齐出声否定。但三者的区别是，吕浩文说完之后便不再言语，且神色复有哀转之意；而张骏则是摇头不止，一时若有所思；倒是赵定继续咬牙下了命令，让班直下去，在下方选个代表上楼来讲，又让一直敷衍秘阁会议的国子监祭酒陈公辅赶紧出宣德楼，去接太学生所上之书。

一番言语与吩咐下来，秘阁之上，到底是恢复了许多秩序井然。下面一番混乱过后，中低层官吏代表上得楼来，秘阁之上诸位中枢重臣，更是早已经严阵以待。

"陈康伯，如何是你？"

赵定坐在座中，看着上来的官吏代表居然是都省中自己的左右手之一的左郎中，一时有些发蒙。"你平日在都省静重明敏，一语不妄发，如何也掺和此事？"

"好让相公知道，平日一语不妄发，正是要此时言之凿凿，取信于人。"同样三十来岁，与张骏同龄，稍晚几年入仕的陈康伯拱手以对，没有丝毫慌乱之态，"赵相公，下官代替都省、枢密院、六部九寺五监，凡官身者七十三人，有'虑'要说与诸位上官，也有'疑'要问诸位上官，可否能言？"

赵定一声叹气，在几名面色愠怒的大员开口之前颔首相对："说来。"

"下官等七十三人，外加一百二十五名太学生，全都反对议和。"陈康伯开宗明义，继而细细说来，"其一，在于虑石晋故事。"

"不会的。"不等赵定言语，礼部尚书朱胜非便站出来作答，"国朝不会与金人有丝毫礼仪上的说法，兄弟之国都不会许，陈郎中，不是只有你们知道'故事'，我们也知道。"

陈康伯朝朱胜非微微颔首，然后扭过头来，继续相对："其二，在于虑朝廷弃两河士民；其三，在于虑朝廷忘旌和之耻。这是三虑。"

"不会的。"赵定叹了口气，赶紧正色作答，"你莫忘了，我自是河东人，朝廷此番议和，只是想借此迎回二圣、取回京东，并稍作休养，无一直议和下去的意思，待休养三年五载，军资充沛，必然北伐。"

"那此二虑一去，却又有两个新虑了。"陈康伯认真听完，不慌不忙，继续拱手言道，"相公，旌和之事，二圣北狩，亘古未有，而所谓大国之耻，非刀兵不可洗，故此，便是迎回二圣，也该以刀兵迎回为妥，若以议和迎回，不怕被人耻笑吗？"

赵定为之一滞，倒是一旁的张骏接过话来："陈郎中多虑了，其实二圣此番能回，乃是官家尧山之胜的结果，已经算是以刀兵迎回了，大金主动议和便是明证，何人敢笑？"

陈康伯点了点头，却又继续说了下去："既如此，为何不继续以刀兵相应？须知下官等人最后一虑，正在骤然议和，使民心士气尽丧，今日贪图京东、二圣之利，一朝议和，如何与两河义军、义民交代？而数载之后，人心苟安，军心也丧，北伐不能成又如何？谁来负责？若……"

"我来负责！"听到此处，几位相公正在疑难之时，越来越听不下去的御史中丞李光忽然在座中厉声相对，"尔等尽管告诉天下人，若三年五载后不能起兵北伐，我便撞死在宣德楼前，以复国家血气！"

"可若李中丞死了，依然不能续国家血气，依然不能北伐，或者北伐败了，又该如何？"陈康伯丝毫不在意对方是拥有监察大权的御史中丞。

"难道要我此时撞死，以证清白？！"李光想起那日御前被嘲讽的事情，怒极攻心，"乱了这么久，国家不要休养吗？两河百姓的人心是人心，京东百姓的性命便不是性命了？！只有你们这些年轻人是忠君爱国，我们就是昏悖之徒、固私之贼？！"

李光此语登时引来许多重臣为之感慨，其中主和之人颇多，他们多为李光不忿，便是几位主战的相公、重臣，其实也相信李光的私德，继而感慨不及。

"下官未曾说此言。"陈康伯不急不缓，继续拱手相对，"下官此行是来为许多人代言，而李中丞也没必要将如此关碍担于一人之身。"

"不错。"张骏也干咳了一声，催促陈康伯，"陈郎中，你所言楼下诸人之虑，不管如何，我们都已经知道了，还有什么'疑'，且继续讲来。"

"是。"陈康伯对着与自己同龄的枢相微微躬身，然后从容言道："所谓疑，其实只有两处，一则，如此议和，不知御营军中河北流民居多的几处该如何安抚？一旦不能处置妥当，起了兵变，又该怎么办？"

"此事我们已经议论过了，正要以兵部胡尚书去见郦副都统。"陈规终于插了句嘴，"枢密院也准备稍作调度防备。"

陈康伯点了点头，然后终于有了一丝犹豫，但还是认真开了口："最后一处'疑'，敢问诸位相公、尚书、侍郎、卿丞，官家安否？"

满阁鸦雀无声。

隔了许久，赵定方才一声轻叹："你们到底把我们想成了什么？"

"下官等也知道荒诞，但此次太学生与诸同僚联合，还是想直接见到御容，最起码要看到官家亲笔批复的奏疏才可。"陈康伯昂然相对。

"见到了又如何？只会让官家再度为难。"赵定恳切言道，"陈郎中，你们是真以为我们这些人能隔绝内外？还是真以为之前官家对上的主和之人比你们少？便是这秘阁之中，宰执尚书之列，也不乏主战之人的，只是大家都能为了大局着眼，各安其职、履行职责罢了！"

"赵相公说的这些我们其实都是懂得。"陈康伯依旧不卑不亢，只是扬声而对，"可我们今日之举只是要让官家知道，这天底下多少还是有一些年轻无知、不晓大局，只以一番鲁莽血气便愿随官家与大金战到底之人的，而非所有文官臣僚都那般思虑周到、稳妥求全，以至于只是想着丰亨豫大的旧日规制。"

秘阁之中，吕浩文以下各自无声，表情各异。有人叹，有人笑，有人怒，有人哀，不过更多的人则只是严肃瞩目。许久之后，赵定也终于敛容，继而缓缓点头："我知道了，我这就去请蓝大官过来。郎中……稍待！"

"官家说请陈郎中将秘阁楼下诸位要说的言语写一个札子来，他会与太学那边送来的札子一起批复。"秘阁三楼之上，内侍省大押班蓝珪俯首相对秘阁中诸人，"然后就是请诸位少安毋躁，与太学的诸位一起早些回去做事读书吧，不要给宰执们添麻烦，更不要扰乱秩序，大江南北、中枢地方，多少军国重事都得认真去做才行。"

"臣知道了。"陈康伯微微颔首，正色再问，"请问蓝大官，官家只此一言吗？"

"是。"蓝珪当即颔首。

陈康伯见状，只是点了点头，便不再言语。

倒是赵定，实在是撑不住，主动插嘴："蓝大官，敢问官家此时在何处？做何事？"

"不敢瞒赵相公，适才这里闹出动静的时候，官家正在鱼塘边上的石亭内作图。"蓝珪没有丝毫迟疑，即刻作答。

而其他人暂且不提，只说这日晚间，都省相公赵定回到家中，左思右想，坐立不安，一时再难维持宰相风度。不过很快，他便收到了一个让他觉得有些意料之外，却又在情理之中的邀请，然后即刻趁着暮色便装出行应约去了。无他，枢密使张骏难得邀请自己老友赵定过府一叙。

"今日的事情元镇兄怎么看？"二人毕竟是那般交情，私下见面，却也没有多余客套，张骏直接在自家院中葡萄藤下摆上凉茶，驱赶了仆从，然后开门见山，"官家到底是何意？"

"我也在想此事。"赵定当着张骏的面，再无白日宰相风度，气喘不停，明显有惶然之态，"今日这事断不是官家所为，十之八九是那些人自己串联，最多有王庶、陈公辅、胡安国之流稍作推波助澜……"

"其实这里面也有愚弟的三分放纵。"张骏忽然插嘴，"我虽没有参与，却也算睁一只眼闭一只眼了。"

"都说了，今日事情的要害不在今日事情本身上，你便是在后面有些鼓动也不关当下言语。"赵定连连摇头，"今日的要害是，京中官僚士人中主战者毕竟是少数，可到今日竟成火烧连营之势，军中，尤其是东京周边准备，多半是两河人，断没有这边闹起来，而军中如此安分的道理。胡世将今日所提，其实已经晚了。除非……"

"除非官家早有调度与言语，否则我也想不到别处去。"张骏接口言道，"还有今日官家只遣一蓝珪过来便轻易按下了这番暴动，更有那日石亭中的言语，可见官家心意已决，而且注定要有所为，元镇兄，不瞒你说，我已经手足失措了！"

"谁不失措？"赵定连连摇头，端起凉茶，一大口下去。

"元镇兄，我主战，你主守；我年轻，你年长；我掌枢机，你掌天下庶务；我望北伐而成葛公名声，你望辅佐中兴得王导事业。可到今日，吴越同舟才对。"张骏长呼了一口气，然后正色起来，"现在是在我私宅，周围一个仆从都没留，你先说还是我先说？"

"我先说。"赵定重重放下茶碗，咬牙而对，"容我大逆不道，官家绝不能弑父杀兄！"

"不错！绝不能让官家弑父杀兄！这是基本！也是愚弟心中一大虑！"张骏重重颔首，随之惶恐起来。

"尽人事而听天命。"赵定也有些颓丧，"万不得已，咱们担了恶名，也不能让官家担此名声，自古以来没有弑父的明君。"

"万不得已只能如此，但这种事情，咱们担了，天下人就会信吗？"张骏随之颓丧起来，"还不如真就让金人在北面处置了呢……"

"荒唐！"赵定当即呵斥，"且不说那般做能否瞒得住天下人和昭昭史册，只说官家如何不晓得利害。便是恨极了二圣，也未必会这般做。咱们真这般做，反而弄巧成拙，届时官家为此失了人心，天下不稳，再想要北伐，便是遥遥无期，咱们也是千古罪人。"

张骏摇头不止："那咱们总该有些准备，不然一旦事急，悔之晚矣。"

"让太上道君皇帝一回来去明道宫！让渊圣去洞霄宫！"赵定咬牙言道。

"两位太后怎么说？"

"送去扬州！"

"宗室呢？俱是官家亲兄弟、亲子侄……"

"不能护父兄，亲王、国公之位全部剥夺，一并发往洞霄宫！"

"洞霄宫在江南，与扬州一江之隔，三位太后、渊圣、诸宗室都在东南……"

"那就让郑太后去明道宫，韦太后留在东京……"

就这样，二人你一言我一语，咬牙定下了许多大逆不道之策，但说来说去，却又只是些停留在口头上的预备言语罢了。

"抛开弑父那种极端之论，我倒是觉得，官家有意使议和不能成多些。"赵定花了许久方才平复下来自己那些暴论带来的急促心跳。

"刘豫？"张骏脱口而出，俨然早就想到这里。

"这是最明显一处。"赵定认真应声。

"确实。"张骏感慨道，"官家强调先将二圣无条件送还，再以京东五郡为主要条件议和，本身就明显有拖延时间之态，然后又坐视议和一事闹大，应该是想让刘豫自己警醒，主动来攻。若是这般，议和自然不成，官家既能继续持北伐姿态，又能与主和众人一个交代。要不，咱们也配合官家拖延一下？"

"话虽如此，可此计太过浅薄，你想，咱们都是上来便有所猜度，便是李中丞也当场提醒官家，不要循小道。"赵定稍作提醒，"我以为这般行径，不似官家作为。"

"但官家也没有应下李中丞言语。"张骏依旧坚持己见，"可见官家最起码是存了顺势而为之心的。"

"这倒也是。"赵定也蹙额颔首，忽然想起一事，"但看乌林答赞谟的意思，大金那边似乎也并不以为意。"

"或许是自大惯了？"张骏也皱起眉头。

"不管他，眼下来看，官家意图，最极端乃是要等二圣南归，便弑父杀兄；最随意，乃是要引诱刘豫主动来攻。可我以为，官家既不至于如此为私愤而弃大局，也不至于如此寄希望于这种旁门左道。"赵定幽幽叹道，"还是中间多一些。"

"中间又是什么？"张骏摇头不止，"明明有一言而决的气力，还是许了议和，然后又暗中知会军队，还问我们五人愿不愿随他上八公山。官家到底想做什么？"

"你也有摸不透官家心意的时候吗？"赵定忽然忍不住哂笑。

而张骏此时也笑："元镇兄想多了，愚弟若说一句，我自明道宫时起，就从未真正揣摩透过官家心意，你信也不信？"

都省相公赵定沉默片刻，反而重重颔首："我信，因为愚兄也从未想明白官家的心意。便是官家亲口与愚兄我说了，我也总有几分难以置信，而且还总觉得官家有几分言不能尽的模样。"

话说，黄河畔不似淮南，没有梅雨季节，那种夏初雨水说过就过，此时正是星汉灿烂，二人说到官家心意，各自沉默，在葡萄架下借着层层葡萄叶的缝隙，望着头顶星光，各自失神。

第六十一章　白马

　　天亮之前，御营前军张宪部抢占了虔州兴国县城附近一处临近平江的无名红土岭，并就地布防。

　　这两个多月间，岳斐部的御营前军，依次出虔州、翻五岭、入广南东路，复又转入广南西路，进入桂州，联合吴敏自南向北再穿五岭，然后抵达了荆湖南路的永州，又从永州出桂阳监，回到了吉州。

　　天亮之时，四百多路好汉惊愕发现，平原北面的那块高地已经被官军给占了，绍宋官军的旗帜，包括他们在之前两个月间熟悉得不能再熟悉的张字大旗早已经飘扬在了红土岭上。

　　面对突如其来的军事压力，慌乱开始蔓延，有人试图逃跑，但四百多路叛军云集之下便是想逃跑又哪来的妥当撤退路线？有人试图发动突袭，但四百多路叛军猬集之下，又如何调兵遣将？乱军一阵吵嚷之中，到底是有不怕死的，立即带了自家三四百人向红土岭发动突袭。

　　张宪部在岭上居高临下，早已将众乱军动作看到眼中，随即一声令下，众弓箭手几轮齐射，击溃这次进攻。岭下众贼首尚在目瞪口呆之中，就有数不清的官军从四面涌来，旗帜清晰、甲胄亮眼，宛如滔天巨浪般扑打而来。

　　五月盛暑，有大浪自西面山间来，倾泻于兴国盆地，乱了八年的十万虔贼，四百路好汉，一日之间，彻底消失于平江西岸。

　　自从议和之事再起风波，赵官家难得公开露了一次面，却反而加剧了东京城内气氛的凝重感与紧张感，甚至将之延续到了地方上。眼见着东京城中流言四起，张骏、赵定二人更是按捺不住，直接抛开秘阁，请求谒见官家。哪知赵玖刚一露面，便直接出言："朕这里有件事情说给你们。"说着，便伸手示意。

杨轶忠立马递上一份文书。

"大金万户讹鲁补率三千轻骑过河，直入济南府宫城，兵不血刃擒下了原本准备异动的刘豫，伪齐文武俱被纳入大金朝内。"赵玖将文书递过，"济南灵鹫寺暗桩传来的情报，本该下午送到枢密院的，你们现在拿去好了。"

二人心下一惊，觉得是在情理之中。直到二人转出延福宫武学，回到宫城，将往崇文院准备开今日秘阁会议时，方才在路上渐渐醒悟。

"官家这是要善待诸太后、太妃、公主、功臣，以塞天下人口，然后针对二圣！"捏着济南情报的张骏性急，脱口而出，"咱们好不容易见了官家一会儿，又被敷衍出来了！"

赵定恍惚，又觉得浑身无力。

下午秘阁相会，鸿胪寺卿翟汝文主动相告：金使有言，当日燕京得讯后便着手去迎二圣，故此，大约半月之后，六月下旬，二圣便得南归，若是慢些，断不会晚过入秋，若是快些，怕是十日便能到。秘阁上下一时慌乱，赶紧讨论迎驾事宜。

三日后，赵官家接受了亲自往河畔迎驾的秘阁联名呈请。

七日后，二圣与诸亲王仪驾尚未有讯息，韩师仲、吴介却先率三千骑自关中至于岳台大营，与御营骑军、中军相会。

当日，秘阁再度联名上奏，以和谈期间，不宜劳师动众为由，请官家务必少带兵马相随。

赵官家从善如流，正式下旨，在京文武百官尽数随他去迎，烟广郡王韩师仲以下诸帅臣，限各领两百骑以作护卫，统制官限领五十骑相随，合计不得过两千骑。

又过三日，二圣仪驾至于大名府，秘阁三度联名上奏，赵玖正式引众北上出迎。

又过三日，六月廿五，双方各自抵达白马津南北两岸，遣使者往来过河通信不断。

廿六日上午，御营水军都统张荣引一艘刚下水、足以乘坐八百人的三十轮大轮船向北，在乌林答赞谟的引导下，正式从大金大名府行军司都统高景山军中接过了二圣与诸亲王。

码头那边，二圣一行人下了船，几十个人抱成一团，一时痛哭流涕，失态至极。别人倒也罢了，只是二圣自知身份敏感，所以早早留了心往龙纛那里看，此时遥遥见到一紫袍大员趋步而来，也是赶紧肃容。片刻之后，随着朱胜非引二圣、诸亲王、郡王、国公、郡君到来，赵官家却并未如众人预想的那般端坐不动，使二圣难堪，反而主动起身，并遥遥朝两位红袍之人拱手："见过太上道君皇帝，见过太上渊圣皇帝。"

三帝相见，和和气气，群臣一时释然，连李光都叹了口气。就这样，又等了片刻，赵玖终于将这些人一一见完，而众人情知，今日关键终于要来了，便是乌林答赞谟也饶有兴致地打起了精神。

果然，赵玖犹豫了一下，却是正色回到了二圣跟前，点了点头，方才恳切出言："我本是代父兄守国而已，如今父兄既然回来，正该去位让贤。"话音既落，周围文武，连带着身前二圣，大夏天的，居然几乎齐齐打了个激灵，二圣自是惶恐，而其余文武也都惊惶。

然而，就在所有人犹豫，要不要硬着头皮陪官家玩一场双份的三辞三让之时，接下来，这位官家做了一件让所有人惊骇欲死的事情，只见他当众回身从杨轶忠腰间拔出刀来，不顾太上道君皇帝吓得跌倒，却兀自当众划开了自己的大红袍子，又折断头上硬翅幞头，一起弃之于地，然后只着袍下寻常布制戎衣，便要回身往龙纛后方军中上马离开。

事发突然，便是韩师仲等人也明显看呆了，居然任由这位官家走入军中，夺了马匹，然后翻身上马，却又勒马而对："东京城的皇宫与皇位我已经还给二圣了，具体谁去做是他们自己的事情，但正所谓汉贼不可两立，大国不可偏安！今日欲战者，可弃官从我，随我往宁庆，去取京东！今日欲和者，可守官拥立二圣，护驾回开封府，然后自去与大金称兄弟之盟。二者之间，断无两可之理。"言罢，他居然便要打马向东。

周围军官慌乱了一下，居然一起勒马，便是护卫龙纛的御前班直，也本能要来拔旗。

"韩师仲，"在这场议和事端中一直保持隐身的吕浩文挺身越过目瞪口呆的赵、张二人，赶紧大呼，"速速拦住官家！此番官家若真走脱了，你便是千古罪人！"

身上挂着玉带的韩师仲恍惚了一下，方才醒悟，即刻翻身下马，就在骑兵中抱住了官家胯下一条马腿，吴介、王德二人赶紧随之下马，也各自也抱住了一条马腿，便是曲锻，被韩师仲瞪了一眼后，也只能下马仿效。至于郦琼、刘锜、李世辅、杨轶忠、刘彦等人，外加诸如乔仲福、张景等十几名统制官，只好一起率众下马跪对，将赵官家和他的坐骑团团围住。

"吕相公不守信！"赵玖在马上冷笑一声，乃是他今日第一次公然作态，"当日在鱼塘旁你可不是这般说的。"

"陛下！"公相吕浩文不顾年长，下拜而对，"区区二圣，何至于让国家分裂？"

"陛下！"都省首相赵定也赶紧下拜，当众以手指天，"臣等早有计议，此番回来的人，凡宗室子弟一并削爵为民，太上道君皇帝自往明道宫安置，太上渊圣皇帝自往洞霄宫安置！区区二圣，绝无分裂国家之能！还请官家随大队返回东京！"

"官家！"枢相张骏也俯首相对，"官家若要战，直言便可，何至于此？"

其余文臣醒悟过来，看着不是事，也纷纷下拜……一时间文拜武跪，密密麻麻一片，而赵玖却只是在马上冷笑。

赵玖仰天而叹："朕这些日子一直在想，想天下，想国家，想朝廷，想南北，想这个绍宋到底是怎么一回事。想来想去，过去的事情是没法改的，而这绍宋再脏再烂，那也是自家的不是？所以，朕能做的便只能是认下之前的那个绍宋，然后着力于眼下和将来的事情，这就是朕的责任哪！朕不光要继承这个国家，保住它，延续它，还要引导它往前走，走一条脱胎换骨的路！

"继而导之谓之绍，朕当绍宋！

"以前西勒拿不下来，以前金人打不过，那为什么就不能弃了那些旧东西，从头开始，造个新的绍宋呢？

"造一个跟汉唐一般，能灭得了西勒，打得赢金人，不修艮岳，不拿女人抵债，不赔金银，天子可以守国门、死社稷的绍宋不行吗？"

"可有些人不知道为什么，明明知道朕要做什么，却总是不愿意跟朕往前走，总是想往后走，去投奔那个丰亨豫大！现如今，丰亨豫大的圣君朕给你们请来了，让你们保着他去东京继续丰亨豫大，你们却又嫌弃朕胡闹？！到底是谁在胡闹？！"

言至最后，赵玖也已经气血翻滚，却又在马上收敛气息，回头相对："今日朕明说了，朕今日不是为了什么二圣，他们真不值得朕作态，也不好说是为了百姓，因为朕便是想让百姓来表态，两河的也过不来，朕今日是为了你们，是为了你们这些想要治理国家少不了的士大夫官僚，今日朕便要你们来做个分明。朕与二圣、新与旧、战与和、两河百姓与窒息苟安、丰亨豫大与鱼塘桑林、旧绍宋与新绍宋，根本就是汉贼不两立之态！你们只能选一个！所有人也都只能选一个！"

"官家这是违约！"话音未落，一人忽然出声，却正是金使乌林答赞谟，"说好了交还二圣便可以京东五郡换和的！"

"京东五郡你们交不出来了！"赵玖不耐挥手。

"怎么可能？济南我们已经拿下，官家这是强词夺理，背信弃义！"乌林答赞谟奋力相对，声音在寂静到只有风声的码头上显得格外刺耳。

"我们绍宋君臣自在说与大金战和之事，关你甚事？！"赵玖刚要作答，一人忽然自他身侧马后立起，以手指向大金使，却正是御营骑军都统曲锻，"这么多兵马都是木头吗？将他捆起来，塞他一嘴马粪！"

赵玖回头相对，曲锻赶紧又俯身去抱马腿。但此时，不用御前班直和那些随帅臣、武将一起到来的精锐骑兵了，只是张荣身侧御营水军便早已经一拥而上，将乌林答赞谟和几个副使一起拖拽下去，却也一时不好去官家那边寻马粪，只用河边水草捏作一团，勉强塞将进去。

场面安静下来，赵玖回过神来，从马身上取下马鞭，先点了点一声不吭的朱胜非，又最终指向了吕浩文："今日谁都别想免，礼部想称病躲开这一遭，都被朕给拽出来了，除了岳斐、张峻有事，李彦仙要顶在陕州，其余大略文武百官皆在，吕相，自你开始，一个个来，从朕还是从丰亨豫大？！"

吕浩文想起之前鱼塘边的质问，也是无奈，只能俯首相对："自然是从陛下。"

接下来，赵定、张骏、刘汲、陈规自然也是按照鱼塘约定，一一作答。而后，赵玖先让开面色复杂的李光，回头看了下身前刚刚松开马腿不久，正在拭玉带上灰尘的韩师仲。

韩师仲见状，赶紧扶着玉带，昂首挺胸："官家这是什么话？臣早在斤沟镇上便将性命以此玉带卖与官家了。"

当晚，就在依然处于滑州境内的胙城，赵玖就遭遇了刑白马以成绍兴引发的第一遭麻烦。

"陛下。"

金使乌林达赞谟随吕公相上前，开口便道："北面与官家交过手的大金将军们都说，陛下行止竟不似赵氏血亲，但外臣今日方才知道，陛下果然是赵氏嫡传。敢问陛下，你今日举止，堂皇背约，如何让人信服？"

布制戎装的赵玖在祚城县衙大堂座中正色言道："按照约定，二圣既还，还要以交付京东五郡为实际成约条件，但朕便是在这里等着你，京东五郡你们也拿不出来了。"

"外臣大约能想到是怎么一回事。"乌林答赞谟拂袖冷笑，"原本我们也防备了济南方向，现在想来陛下是将济南与刘豫这个破绽故意露出来，然后着张峻出沂州去打了青州李成，所谓明修栈道暗度陈仓。可是陛下，外臣只问两件事，一则，此时青州真的拿下了吗，陛下可有确切军报？为何当面便要弃约言战？二则，退一万步言，便是此时张峻已经拿下了青州，五郡我们交不出去，可之前官家一面使群僚与我议和，一面又使武臣偷袭青州，便是正大光明之举吗？"

此言一出，几位在场的宰执、重臣都面露难色，而武臣们显然不以为意。

赵玖稍微沉默了一下，方才点头相对："朕不光是出了张峻，还用了岳斐，此时此刻，李成所据三郡里面，必然是有折损的。"

乌林答赞谟和文武群臣稍有色变。

赵官家继续认真言道："至于正大光明这种事情，乌林答卿，你应该也能看出来，朕已经是尽力而为了。"

"尽力而为何以服天下人？！"乌林答赞谟回过神来，继续拂袖作色。

"屠城劫掠、刨坟曝尸、迁民至野、圈地为奴，这样也可以服天下人吗？"赵玖在几名武臣将要出列之前冷静相对，"说到底，乌林答卿，绍宋、大金之间这般血海深仇，哪里就要条文来服天下了？便是大金，不也是因为掌权的完颜讹里朵与完颜乌竹都是经历了尧山的人，自知那战之后桓榛军势止于大河，方才要议和的吗？"

乌林答赞谟沉默了一瞬间，越过绍宋官家前面那半句话，直接对道："金军势止于黄河，难道绍宋军势还能越过黄河不成？现在的局面分明是两国皆无越河大战的底气，本可趁机让两国名正言顺生息数年，说不得便能长治久安，可官家却要为往日那口怨气徒劳负天下人。外臣在东京数月，也知道一些邸报上的说法，却不知绍宋南方赋税何时能减下去？"

"这就不是乌林答卿该操心的事了。"赵玖终于不耐起来，"你们把完颜瞻汉拖在尚书台门前砸死，却不知道一直讨好完颜瞻汉的西勒要怎么想？他的旧部又如何思量？而完颜瞻汉倒了，完颜吴启迈一脉又没个说法，反而被撵到塞外，也未必就会安生。"

乌林答赞谟张了张嘴，只好喟然："无论如何，两国经此一事，除非有军政上天大的变局，否则想要再取信双方，难如登天，而这般局面到底是赵官家的作为！"

"那就如此吧！"赵玖干脆对道，"朕迟早要犁庭扫穴、直捣黄龙的，莫非乌林答卿亲身经历旌和之后，还以为自己能在绍宋、大金之间来个七度为使，扬名海内吗？"

话说到这份上，乌林答赞谟虽是越发摇头，不再言语了。

"翟卿。"赵玖扭头看向一直就在乌林答赞谟身侧的鸿胪寺卿翟汝文，"好生安排乌林答卿北返。"

翟汝文会意，即刻应声，复又将乌林答赞谟小心请出。

众人眼见此人离去，反应各异。

"不想此人也是个有意思的。"眼见着乌林答赞谟一声不吭离开，曲锻倒是忍不住出言感慨，"白日平白辱了他一回，他竟然提都不提，也不知道是强做样子还是真有骨气。"

一旁都省首相赵定闻言，稍作蹙额："事已至此，说这些做甚！"

曲锻讪笑不语。

"官家，"赵定稍作思索，还是拱手以对，"今日这么多事，本不该在此时询问，但有些事情本与今日事相关，不问也不行。"

"朕知道你要问什么。"赵玖正色相对，"尽管说吧。"

"敢问官家，岳、张是何时出动的？多少兵力？"见到对方坦诚，赵定倒也稍作放松，毕竟，官家白日余威还是在的，"果然是出徐州、走沂州、入青州，去与李成作战？"

"具体时间朕不知道。"赵玖作答，"为了保密，朕只是大约告诉他们月末二圣便要返回，让他们二人自行决定，不必汇报；至于兵力，朕也只能说，为不使济南方向大金察觉，两家加起来，大约万众最多能出动五，具体多少兵力，朕也是不知的；倒是攻击路线，的确是出沂州攻青州李成。"

赵定皱了皱眉，回头看了眼枢密使张骏，继续拱手相询："那敢问官家，御营

211

前军此番调度是如何瞒过枢密院的呢？"

"并未隐瞒枢密院。"赵玖瞥了一眼欲言又止的枢相张骏，"朕原本是想让御营右军张峻独立发起突袭，再以御营骑军、御营中军支援的，但岳斐回来得太快，五月中旬就过了江，这才临时改了主意，算上他。而朕所为，不过是让枢密院小心提防京东局势，将徐州方向军资调配多些，然后又安排御营前军走徐州路线而已。"

"赵相公。"张骏无奈辩驳起来，"岳斐北归，走徐州也不能说是偏了，徐州方向增添军资以提防刘豫，秘阁中你也点头的，关键是，自岳鹏羽渡江北归以来，谁在意他回来走哪条路了？彼时便是有人在意他，也都只是在意他那个札子！要我说，此时就不要问这些了，赶紧按官家之前预备，出动御营中军与御营骑军往济南做牵制，然后御营水军也要往下游横绝大河，以作封锁。"

"不可。"御营中军副都统郦琼忽然正色插入两位实权相公之间，方才请罪，"下官冒昧。"

"无妨。"赵定倒是宰相气度如常，"且说来。"

"好让相公们知道。"郦琼认真言道，"按照太行山那边的军情传递，河北方向，以黄河故道东西来分，东面大金大名府、西面隆德府一带都各有主力大军，为防金人围魏救赵，御营水军绝不可以去下游，而且青州是突袭，隔着济南，只能做牵扯，并不能影响胜负。官家。"言至此处，郦琼复又拱手向赵玖言道，"臣愿领本部与八字军往东平府过去佯攻京东，如此足以牵扯济南，便是御营骑军也务必要留下，以作后手支应，反倒是徐州方向，务必不能短了后勤。"

赵玖环顾了一下堂中其余几名武将，见无人驳斥，便颔首应许："便如此安排，明日一早你便动身。"

郦琼拱手退下。

"如此便好。"赵定长叹一口气，情知不好追究，却又摇头相对。

枢相张骏也赶紧奏对："官家，还有一件事，须尽快做处置……"

赵玖心中清楚，却又忍不住微微蹙眉："其实朕何尝不知，今日事后，只会事多不会事少，怕是不止一件事要来处置。"

"但事有缓急。"张骏恳切相对。

"也对。"赵玖微微叹气，"得赶紧填补好官员，然后才好回东京讨论南方经济、百姓负担等事宜。"

张骏怔了一怔，非只是张骏，便是赵定，还有一直耷拉着眼皮的吕浩文，沉默着的刘汲、陈规、李光，甚至还有刚刚退回去的曲锻也都各自一怔。

"朕忘了什么事情吗？曲大！你自能文能武，应该也是晓事的，你来说！"

"官家。"曲锻这一次在堂中所有文武的齐齐冷眼之下，勉力昂首，"官家想着南方负担是对的，但臣也曾在关西处置过民生，却晓得老百姓便是再艰难也不敢造反，也无法出声，而但凡民乱，一则是实在活不下去，连吃的都无；二则是有人鼓动、聚拢。如今南方刚刚平定，反肯定是不会反的，之前加的税赋也不会反抗的。真正要忧虑的，反而是今日去官的那七八十位。"

赵玖想了一下，即刻醒悟，旋即陷入疑惑。

似乎是看出了赵官家的疑惑，一直没吭声的吕浩文缓缓出列，俯首相对："官家，自新旧党争以来，元老以大城为据，研究学术、撰写经史，轻壮往来为索，去讲学、游学，还是很容易串联起来的。"

李光在旁一声叹气，赵玖则猛地一惊。

枢相张骏也俯首相对："官家，臣冒昧，今日官家委实有些急躁不妥之处，而中原、关西倒也罢了，唯独要防此番去职官员往东南各地后，与东南各处道学合流。"

赵玖茫然点头。

这位官家在堂中几位顶尖大员复杂的目光中沉思了许久，却最终摇头："吕相公原学有言，实践是第一份道理，今日举止、国家大略，甚至原学的道理，若是对的，咱们终究会一一证明给他们看的，让他们心服口服。"

下方诸人，齐齐叹气，不知道是可惜还是释然，继而是难得的沉默。

"如此这般细细说来，也就是填补空缺官员，等待青州消息，然后再去讨论南方经济恢复、减轻百姓负担之事了。"首相赵定正式做了总结，但言到此处，再度正色，"官家，臣冒昧，还有最后一问。"

"相公说来。"

"官家仁心，念及南方百姓，想要万全，可若臣等实在无力，短时间内无法两全。"赵定俯首而对，"届时南方经济恢复、减轻百姓负担与渡河北伐依然相抵触，也就是财政上依然伸展不开，又该如何？"

几名帅臣将官各自蹙额，只觉得这赵相公到底是有些不对路，还能如何？官家白日这般豪迈，都被你忘了吗？

然而，堂上赵玖不假思索道出答案："朕这些日子想了许多，朕的目的是不能议和，却非是不能稍缓，若真到了你说的这般境况，那就拖下去！譬如京东膏腴之地，又在京城之侧，非但不得不取，取之还可稍微自肥，乃是一定要速速取回的，但陕北却可稍缓。"

言至此处，堂中文武明显能感觉到赵官家的语调下沉："届时咱们就在陕北与大金耗下去，让关西各部轮番上去与完颜火钵相对，只做轮战，不用大兵，且看是我们耗费多还是大金耗费多，而他若主动弃了，咱们就去陕州那边维持轮战，朕不信他们还能一直弃下去，反正，就这么一直等到有余力渡河北伐为止。"

言罢，赵玖看向堂中一人，其余人也随着官家看向此人，正是烟广郡王韩师仲。

韩师仲讪笑一声，终于是扶腰出列，然后昂然拱手，说出了今晚第一句话："自淮上起，陕北子弟便如臣一般信得过官家了，都以为，能使我等归乡者，非官家莫属！"

"河北子弟也是如此。"郦琼赶紧再度俯首出列。

"河东士民也是这般。"回头去看韩师仲的赵定也回过身来，同样一礼。

赵玖一时释然。

第六十二章　顺逆

"张太尉不在青州？"

七月初一，押后的岳斐部至临朐，迎上驻守此处的御营右军中熟人、统制官扈成，还有一个稍显意外的田师中，方听了几句，便不由得蹙眉，"往东还是往西去了？"

"往东。"田师中俯首即刻作答。

对军情已经有所了解的岳斐不由得蹙额，便是岳斐身后诸将也多有不屑之态。

见到岳斐面露不悦。岳斐身后御营前军诸将多有不屑之态，田师中并未直接辩解，反而是扭头看了一眼身侧扈成。

"岳节度。"沂州土豪出身的扈成见到田师中递眼色，赶紧为自己顶头上司辩解了一二，"我家太尉去东面是有缘故的，他说官家之前曾与他说过，收复了京东后，要整饬一支海军，一来控制渤海，可刺大金之后；二来可压制高夷，逼迫高夷转向；三来，国家用兵乏钱乏粮，而东海海贸素来是一个大收益。而他在淮东与伪齐对峙，素来知道伪齐在登州是有一个水军的，为伪都督李齐所控，他此行正欲亲自率部急袭，将伪齐的海船尽数拿下。"

岳斐闻言面色不变，只是随意点了点头："若是如此，自然极好。"

扈成瞥了眼田师中后，赶紧继续言道："非只是海船，还有西面济南府方向，我家太尉的意思是，现在李成引数万大军，连着刘豫原本部属，外加数量不明的金军都在济南，若强行去打，未必有用；若能速速扫荡其余四郡，那别处不敢说，只说李成失了根基，其部数万大军必然一哄而散，届时再向济南过去，与官家那边安排迎上夹击，才是最妥当的。所以，他想请岳太尉北上益都休整，等他率部扫荡东面回来，再合兵一处，向西进发。"

听得此言，岳斐身后王贵、张宪等将越发嗤笑不及，听得出张峻不光是要求财，还要揽功，若是照着这番安排，大的功劳竟然是一丝一毫都不愿意让给御营前军的。但是，嗤笑之余，诸将也都觉得，张峻到底是老军伍，这番安排虽然是他的御营右军占尽了便宜，但从大局而言，倒也有几分道理。

孰料，就在众人以为木已成舟，御营前军只能按照张太尉安排去益都时，岳斐这次虽然面色还是不变，却是公然摇了摇头："扈统制，你是我托付老母妻子的生死之交，我也不瞒你，张太尉为公也罢，为私也好，求财也行，揽功也罢，自然有官家战后与他理论，而我率御营前军南方平叛归来，此番功劳也足，部队也确实有些疲乏，所以并不在意这些安排，唯一忧虑的是，他有些轻敌了。"

扈成微微一怔，明显不解。

田师中旋即肃然，上前一步，拱手而对："岳太尉，此番有赖官家庇佑，李成阴错阳差率数万之众被困济南，京东已是一片坦途，只以军事来说，我家太尉安排极为妥当，应该不算轻敌吧？"

岳鹏羽闻言不去看对方，只是转过身来，就在临朐城城门之前指着周边丘陵地貌与平原地貌交汇情形，方才摇头相对："看似坦途而已，其实正如此番地形，真走起来就知道，还是崎岖的。不说别人，只说李成，此人实力强劲，据降人说，此番带着三四万之众西去，若念着自己突然回师又如何？金人真会阻拦吗？而且，咱们既然出兵，大金也会醒悟，说不得不仅不做阻拦，反而会正式和解，然后催促他过来吧？"

田师中还是不以为然："所以，我家太尉才请岳太尉往青州北面益都、临淄去，正是要请岳太尉率本部为屏障。"

"我对李成此人还是有些了解的，我若是李成，有心要救自家老巢，明知数万官军至此，却不会顺济水大路回身来扑临淄、益都。"岳斐依旧眯着眼睛盯着西侧山丘、平原交汇一线，抬手而对，"我会自此处来，来打临朐！临朐若没，沂州通道被断，不但能夺回青州，反而会转败为胜，将数万御营官军锁死在这京东半岛之上。到时候，你且看大名府的金军主力来不来奋力一搏？！"

田师中一时怔住，然后欲言又止。

"若这般说，真让李成做成了，岂不是变成关门打狗了？"田师中身侧，醒悟过来的扈成脱口而出。

"却正是个瓮中捉鳖的局势。"岳斐身后的张宪也是蹙眉。

田师中看了下曾与自己并肩作战数次的张宪，岳斐也扭头看了一眼生死之交扈成，二人沉默良久。

"咳！"就在这时，王贵干咳一声，越过张宪正色相对，"节度，若是这般说来，咱们干脆就在此处守着，以逸待劳？"

"不可。"岳斐回头相对，"若在此处守着，李成仗着骑兵多去取临淄、益都怎么办？说到底，青州一线，南北拉得太长了！"

"那该如何？"田师中也赶紧追问。

"反其道而行之，自此处向西迎上去，在淄川堵他！如此方可万全，也才能不负官家托付！"言至此处，岳斐睥睨而对田师中，坦然说出了自己的打算，"我部兵少，不知张太尉行前可对田将军有吩咐，能否随我一同去？"

田师中沉默了一下，本欲拒绝，直接移师益都。若是自己这几千重步兵随着岳斐大部行动，按照西军老规矩，是要做先锋送死的。但不知为何，瞥了一眼对面张宪之后，想起尧山经历，他却是鬼使神差一般重重颔首："愿随太尉向西！"

岳斐只是一点头，并不多言，便径直下令全军转向，全程并未进入临朐半步，田师中也以扈成为临朐留后，自率本部精锐三千随行。大军两万三千众，外加扈成提供的两千民夫，顺着丘陵与平原交汇线形成的道路堂皇向西。当夜无事，探马至淄水都没发现半点敌情。

过了一日，中午时分，大军正渡淄水，先行越过淄水的哨骑忽然回报，有大股敌军甲胄齐备、部队严整，刚刚从二十里外的淄川城侧丘陵地中闪出，显然是刚刚渡过笼水，然后越淄川城而不入，想要直取益都或临朐。看旗号，正是李成！

毫无疑问，岳斐的判断没错。

随后，双方哨骑往来不断，直接在丘陵、平原之上往来反复，展开激烈的哨骑战之余，将双方情报传递给各自都有些措手不及的主帅，不仅是李成没想到自己反向偷袭临朐的决策被人看破，连岳斐都没想到李成会来那么快。非只如此，很快，随着情报汇集，另一个让岳斐与御营诸将感到有压力的是，李成的部队数量似乎比想象中来得多了些。

按照青州降人的说法，李成在这几个公认的天下大郡内穷兵黩武，正兵、辅兵加一起足足养了四五万兵，此番也带去了三万五千之众，已经比御营前军带来的两万众多了不少，所以岳斐才会请求田师中出兵相助。但是，根据哨骑来报，李成此时部众密密麻麻，骑步俱全，不下四万众。而且其中还有数千大金骑兵打扮之人。

"岳太尉，趁还来得及，要不要退到淄水之后，临河而守？"田师中面色不佳。

一瞬间，岳斐动摇了，毕竟，他与李成广济军一会，对此人印象深刻，知道这个人是有本事和能耐的，最起码不比张荣差，只是可惜，野心太盛，所以一个从官军变成了贼，一个从贼变成了官军。

"不可以。"

但也仅仅是动摇了片刻，岳斐便在马上下定决心，乃至于拔出刀来，挥舞下令："一则箭在弦上，不得不发；二则狭路相逢，争便是一口气！我说句实话，迎面而上未必能胜，但此时若退则必败无疑！传我军令，全军渡河后整肃列阵，铺开大军向西不停！"

"向东！"

犹豫片刻，失了双刀许久的李成双目早已通红，却终于自腰上缓缓拔出一柄寻常佩刀来，然后向东重重挥下："全军列阵，向东压上去！此时绝不能退！"

中午时分，两军相距二十里。大半个时辰后，随着两军按照行军序列向前方有序列阵完毕，却又只是相距十五六里了。

距离的拉近，意味着两件事情，那就是双方情报获取频率的提高，以及情报获取难度的提升……这二者之间并不矛盾，因为双方哨骑之间的交战频率与血腥程度也在直线上升。任何东西都是有代价的，换言之，双方事实上已经开始前哨战了。

回到眼前，对岳斐来说，新的情报自然是让他喜忧参半：忧的是，在这么一场有进无退的战斗中，李成同样意识到了问题所在，没有半分动摇，而这则意味着今天必然会发生一场短时间内大量流血、负伤与死亡的战斗，哪怕是胜者也要付出巨大的代价；喜的是，随着哨骑往来不断，岳斐方才得知，李成部虽然在数量上几乎两倍于御营前军所部，部队齐整程度也暗示了相当的训练量与军纪，但无论如何，部队的精锐程度与装备水平还是远远比不上御营前军。哨骑清楚说明，伪齐军阵后方铁甲数量急剧减少，取而代之的是披着皮甲的部队，最后还有相当数量的无甲部队，宛如民夫。

甲胄不足，部队战力不一，便是一个根本上的破绽。当然了，与此同时，李成那边也是喜忧参半之态：喜的自然是发现对方兵力较少，骑兵尤其少，自己有万余骑，而对方只有区区三四千骑；而忧虑的当然是对方士气如虹、队形严整，而且披甲率高到吓人。如果哨骑所言不虚的话，那身前这支御营兵马，其披甲率几乎可以说仅次于当日吾山战场上他遇到的那支御前班直了。但是，这支部队足足有两万左右。

"主公！"

一将自前方跃马而来，就在马上相对："哨骑说前方绍宋御营兵马打的是岳字大旗，莫不是耍诈？按着邸报上的说法，岳斐不该来得这般快吧？俺看兵马也只两万，说不得是张峻部将装的。"

"必然是岳斐。"李成面色严肃，勒马在原地回转，"其他人摆不出这般架势，也无这般多、这般齐整的铁甲军士，也就是岳斐，跟我一般愿意将钱粮全都砸到军伍里。"

那将一听当面乃是岳斐部下，自然心生忧惧，不由得再问："主公，既然岳斐亲自来了，我们还要再战吗？"

李成大怒："耿坚！岳斐来此又如何，正好应了兵书上说的疲敝之师，咱们却是不可当的归师！传我军令，全军无令不得后退！不得私自脱离本部！"

耿坚不敢再多说，直接折身往前军而去，而李成怒极之后，复又有些紧张，看向身侧二将，一个唤作徐文，一个唤作郭仲威，此二人都绰号"大刀"。

李成呵斥走耿坚，复又在自己身侧两把"大刀"身上一打转，再度犹豫了起来。原因很简单，他想派人去前面督战，却不知道该用谁好。李成勒马缓缓前行，在跟随自己许久却是淮南籍贯的郭大刀，以及京东本地出身却来得比较晚的徐大刀身上各自看了一眼，复又想了半日，情知不能拖延，却终究是咬牙点了其中一人："徐大刀！"

"末将在！"徐文手提一把套了锦缎套子的长柄大刀，跃马而来。

"你领两百长刀甲士，济南府给的骑兵再分你一千，往左翼与中军缝隙里去，知道如何做吗？"李成面目狰狞。

"知道！"徐文昂然作答，"打起来以后，卡住一条线，退后者斩！必要时，率部冲上去，一举成功！而若左翼前方有失，便以接手左翼继续临战为先！"

"去！"

"喏！"

位于军阵后方中央位置的中军骑兵队列，登时散去一半。毕竟是决定生死的一战，李成如此吩咐下去，还是有些不安，这一战他担忧部队中的一些将领不免要动摇，怕是待会儿一旦血战会有人支撑不住。

故此，左思右想，随着部队进发，他再度下令，调整便于调度的所有骑兵，让骑兵一分为二，列阵左右，便是那一个大金军猛安，也被他派出去，放在右翼。换言之，在距离敌军已经不足十里的情况下，他终于是选择了最终的阵型——却正是两翼骑兵，中间步兵，前方甲士精锐，后方弱兵的经典保守阵列。

"主公。"郭大刀见状似乎有些想法，在自家主将下令后主动勒马上前，"虽说此等安排称得上是妥当，可总得计较地形才可以，这是咱们的地方，主公难道不知道地形？中间行军大路勉强还好，两侧却是有些山丘形状，骑兵便是冲起来，战力怕也有限。"

李成只能挥手："老郭不懂，我自有分晓！"

郭大刀本也是尽心提一句而已，见状自然无话。

片刻之后，随着李成部骑兵大股调动，岳斐闻得哨探，心中微动，面上却依旧不做多余反应。一直等到李成部在行军途中完成骑兵左右翼布阵，他才忽然下令，召集田师中、张宪、王贵、汤怀等主要将领。而此时，双方前军相距已经只有七八里了。

"战机已现，我已晓得破敌之法。"岳斐勒马在军阵之中，身前立着七八个下马的大将，岳字帅旗在身后竖立，身后兵马遇到这面大旗后如水流遇到礁石，自然两分，继续前进不停，"李成仗着骑兵多，将骑兵置于两侧山地，步兵置于中间大路，我们反其道行之，将步兵一分为二，左右在山地上迎上骑兵，各部骑兵合一，随背嵬军一起放在正中，正面冲他腹心！"

诸将面面相觑，情知这是最后决断，无法耽搁，纷纷颔首，事实上，为了方便行军，也是为了保护宝贵的骑兵，眼下的行军路线本是这般安排的。故此，所有人也都意识到，岳斐必然还有其他言语。

果然，岳斐此言既罢，立即眯着眼睛盯住其中一人："田将军！有件事情只能要你去做，我事先讲好，此番军令既下，你必然会觉得我在拿你这个客军当沟壑，但便是如此，也要你咬牙去做，因为你部确系步卒中最精锐一部！你若不做，我便要军法处置！"

田师中沉默，却似乎早有所料一般，然后拱手相对："都是老军伍，岳太尉尽管下令便是。"

岳斐微微颔首："我要你去左翼最前面，直接与有桓榛骑兵那边的贼军南侧骑兵大队在山地对冲！"

田师中长呼一口气，坦然应下："正如太尉所言，我部乃是军中步卒第一，又与大金骑兵正面打过，而以太尉应敌方略，此番布置我也无话可说。这般说好了，山地之上，我部能战，绝不推辞！"

"好！"岳斐微微点头，复又摇头，"我还没说完，我还要田将军部即刻提速，先行突出与南侧山地上的敌军骑兵大队互冲！其余各部，自南向北，依次放慢行军速度，斜阵与敌军相接！"

田师中愕然抬头，盯着岳斐不语。

岳斐也只在马上居高临下，迎上对方："有什么要说的，速速说来，不能耽搁！"

"太尉是让我部去送死？"田师中呼吸粗重。

"不错！此战最前一线必然损失惨重，而你部若单独突出，先行独战，怕是伤亡更重！"岳斐凛然作答，"但当兵吃粮，难道还怕死吗？！"

田师中嘴角抽动一二，不知在想什么，片刻后，直接翻身上马，复又勒马转身，放声厉喝："太尉，若是如此这般去做，还不能全胜，我便是豁出性命，也要到官家身前哭诉，将你们御营前军此番南下大半年的功劳给抹平了！"

言罢，田师中不待岳斐言语，便直接打马回转。

两刻钟后，田师中便率领御营右军所部背嵬军，主动突出，以对冲的方式，率先与当面骑兵在大道南侧山地上交战。双方甫一交战，便在狭窄而崎岖的战场进入残酷的肉搏战阶段。甲胄、战马，瞬间抛撒到齐鲁腹心之地的丘陵之上。双方最精锐的部队，一上来便互相消耗起来。但是，得益于田师中部是忽然突发起的反冲锋，李成想用骑兵兜住步卒的想法破灭了。数以万计的李成部步卒，在南侧双方已经事实上大规模交战的情况下，根本无法控制与指挥，顺着军阵惯性继续沿着平坦大道向前而去，并有相当一部分部队被南侧战事吸引。

而此时，岳斐部中军所有骑兵，也就是背嵬军为主的区区四千众而已，也都在张宪所领背嵬军处集合，距离前线李成部步兵尚有一里之遥，缓缓进发。张字大旗下，第一次见到这种交战场面的杨再兴身披双层铁甲，骑着一匹岳斐亲自送给他的大马，手提一柄大铁枪，向前兜了几十步，观察左前方南侧战场上的情况后，忍不住喘起粗气，继而浑身颤抖起来。而他身后，披挂整齐、战斗经验丰富的张宪与郭进勒马缓缓向前。

"冲吧！"杨再兴眼看着田师中部侧翼渐渐被李成部的步卒围住，忍不住回头建议。

张宪一声不吭，只是去看郭进。

腰间系着一个大马勺的郭进，勒马向北侧身后去看，摇了摇头："王副都统还没摇旗。"

张宪额首之余也是故作镇定："田师中那三千兵是能打的，当日尧山拦住过合扎猛安，挡住过完颜娄石的，这点场面不算什么。正好将贼军中军吸过去，冲散他们的阵型，方便咱们进攻。"

杨再兴哪里知道什么是合扎猛安，什么又是完颜娄石，只是急躁不堪，偏偏有些无奈，便再度勒马向前兜了一圈。等他浑身热血难抑，准备再回来催促张宪时，忽然闻得后方一阵鼓响，然后眼见着无数旗帜一起摇晃，猝不及防之下，张宪身先士卒，带着郭进与一队亲卫骑兵跃马从身侧扑出。

杨再兴气急败坏，回身喊起本部，便也转身带头冲锋。随即，整个背嵬军与仓促集合起来的所有骑兵，不过四千众，便奋力朝着正面四万大军的中军军阵而去。

半刻钟不到，御营前军背嵬军便奋力插到御营右军背嵬军侧面敌军的背后，李成部去攻击那三千长斧重步兵的数千步卒瞬间炸散，而北面骑兵见状，立即在将领的指挥下试图转身兜住这部从中间冒出来的骑兵。却不料，崎岖的山地之上，无数步卒放声呐喊，很快就在一面王字大旗的带领下以反冲锋的姿态迎面而来。南中北三部有序错开，抓住战机，堵住南侧骑兵，吸引分散中间步卒，接上北侧骑兵，根本不给对方任何在战场转圜调整的余地。只能说，这一日，两军在行军大半日后狭路相逢，调整阵型之后，便当面奋力撞上！

六万大军，一方四万，一方两万有余，宛如两个装满了沸腾血水的陶罐一般，在齐鲁之地上撞了个当面。一时间，血流满地，碎屑四散，蒸汽翻腾，胜负难明。唯独喊杀声浩荡，带起回音翻转不停，自丘陵后上升。

岳斐从张峻的布置中判断出李成的主攻方向，却没想到李成带来了几乎整个伪齐的现存军事力量。时局的发展，逼迫李成不得不倾尽全力。双方都没有必胜把握。李成两翼骑兵夹住步兵大队，整齐划一，向前扑去；岳斐因地制宜，反设骑步，并以最精锐的重步兵为突出，列斜阵应敌。这已经是双方能在短短十几里的距离内做到的极致了。

"节度！"

交战不过半刻钟，前方激战正酣之时，一骑浑身浴血，忽然自远处驰来，因背上令旗折断，只能在帅旗前下马呈上腰牌，然后由岳斐亲校毕进代为转呈军情。"前方有确切军报，御营右军背嵬军第五将张子安上来便为流矢所伤，刚刚不治身死！"

岳斐勒马立在道旁丘陵地带一个小丘上，望着远处烟尘，面色不变，甚至头都没转，便直接冷冷呵斥："如此激战，统领官以下身死不要来报！"

毕进身为岳斐亲校，自然知道这位主帅脾气，在岳斐身侧俯首振甲，至于张子安是张峻亲侄这种话，他一开始就没准备转呈汇报。

然而，战场之上，岳斐可以无视张峻侄子战死的事情，却不能无视前突的田师中部战况，甚至那支部队的战况正是决定胜负的关键所在。

"看出来了吗？"李成同样竖旗立马于大道旁一个小坡上，然后向东观察战况，并忽然开口，"此战胜负，就是在看南侧绍宋军突出来的那支长斧重步兵先溃，还是咱们的中军先乱。"

一旁郭大刀欲言又止，他很想问问自家主公，这是跟自己说话呢，还是在自言自语。但这话到了嘴边到底变成："主公所言甚是。"

而稍微一顿，郭大刀复又认真言道："中间步兵对上的应该是大小眼麾下的背嵬军，也就是张宪领着的那支骑军；南面那支拦住桓榛人骑兵的长斧兵，应当是张宽领着的那支背嵬军才对。"

"不错。"李成连连颔首，"都是名师大将。"

"那咱们是该去支援南侧，帮大金打垮田师中呢，还是往中间支援，稳住中军呢？"郭大刀继续追问。

李成看着眼前拥挤狭窄的战场，不由得陷入沉默之中。此时一旦将现有的精锐力量投出去，便再难调遣，身为主将，李成的决定无疑决定着战争的走向。

"主公！主公？"

郭大刀眼见着李成沉默不语，忍不住出言提醒。

"稍等。"回过神来，李成忍不住深呼吸了数次，然后才应声而对，"稍等，这几百长刀骑兵和三千重步是咱们最后的底牌，这一次一定要后发制人，不能再让岳斐临机相对，须知道，大小眼那里便是将背嵬军上来便砸出去，也必然有最后一支兵马才对！"

郭大刀连连颔首，俨然心服口服。

"节度。"

眼看着又一拨伤员被抬下来，一直勒马立在岳斐身侧的汤怀忽然开口。

"何事？"岳斐依然只是盯着前线旗帜往来出神。

"以王副都统那里也开始交战为算，到此为止，全线交战不过一刻钟多一些，抬下来的重伤员便不下三百，恐怕前线战死者也是这个数字。"汤怀沉声相对，"节度，自从与大金交战以来，双方甲胄便一个比一个坚固，短促间死这么多人，实属罕见。"

"这等地形与交战路数，这个伤亡有甚罕见？"

"其实是心里总觉得有些不值。"汤怀顿了一下，坦诚言道，"不说田师中的御营右军背嵬军，便是咱们这两万兵也是在徐州休整时精挑细选出来的，而之前南征大半年，根本就没有几个伤亡，往后也是准备渡河北伐与金人作对的，却不想此时居然要跟伪齐的贼寇在野地里平白相耗！我知道这是野地决战，知道免不了死人，但死得未免太快了些！"

这一次，岳斐许久没有出声，不知道是不想说话，还是跟对面的李成一样感受到了某种战场特有的"沉默"。

"出兵！压上去！"

和李成不同，沉默片刻之后岳斐便直接下令，"往中间压上去！"

汤怀一声不吭，只是回头去看身后毕进，而毕进刚要传递军令，却发现身后旗手已然拔旗，周围军士也尽数启动，其人愕然之余再转过头来，发现自家主帅岳斐下令之后便亲自压阵上前，停留在帅旗周边的最后四千中军自然随之一起启动，往正前方而去。

岳字帅旗一动，整个战场都为之震动。中央大道上，原本就被张宪大股杀伤的李成部步卒大阵有动摇趋势，而独自突前的田师中部更是陡然一松，得以获得喘息之机，身后的步卒接应跟上。

见到岳斐这么早出兵，对面的李成明显是怔了一怔。但很快，李成旋即醒悟必须要寸步不让！

"出兵！"李成拔出刀来，回顾身后，"随我一起压上去！"

郭大刀率先呼应，直接去掉自己长柄大刀上的锦套，一声呼喝，率长刀骑兵先行开道，李成自领帅旗向前，随后三千重步在数十名将佐的呼唤下也紧随李成往前方迎上。就好像之前两支大军不管不顾迎面相撞一般，开战仅仅两刻钟，双方主帅便各自拔旗，迎面往前线迎头并进。

战况立刻进入白热化状态。一瞬间，几乎所有人都在蜂拥向前，平日的军饷、恩养、荣誉、义气，与此时身后帅旗的逼迫、带领、监督，夹杂着恐惧、愤怒，全都汇聚到一起，没人能说得清自己是为了什么而向前，却只能向前，然后等到其中一方率先丢掉这口向前的气而已。

岳斐先至前线，其部数千生力军与张宪部骑兵会师之余，借着田师中部前突扯出来的错位空间，对迎面涌上的李成部步卒造成了巨大打击。几乎肉眼可见，虽然双方都在上涌，但随着岳斐的帅旗抵达前线，以步卒为基盘，骑兵在前分成多队突刺往来，将战线一步步往西逼了过去。

一时间，此消彼长。

而此时，李成部还在辛苦进军的路上。"必须反扑！"李成一面指挥部分重步兵结阵稳住阵型，一面指着郭仲威厉声大喝，"郭大刀！剩余长刀骑兵尽数与你，去冲一冲，最好是冲过去砍了岳斐的帅旗！"

郭仲威得令一声不吭，带着身后两百余骑兵持刀向前。一时间，御营前军几乎无法阻拦，甚至背嵬军首领——扑天雕李璋也被斩于马下。以郭大刀为核心的长刀骑兵轻松驱散当面背嵬军，在越过骑兵混战区后，直接被岳斐与汤怀窥见。

汤怀本欲打马上前，岳斐却抬手制止："等他来！咱们继续压甲士随骑兵向前便可。"

片刻之后，不知道是不是绍宋军的刻意放纵，这支长刀骑兵进入绍宋军步兵阵列后，沿途兵马，只是层层阻拦消耗而已。不过，待到郭大刀冲到距离帅旗不远处，眼看着岳斐与数十骑就在帅旗前视野范围内，一回头又看到身后兵马只剩十余骑，却也醒悟过来。就是绍宋军在刻意放纵，诱他在兵马少的情况下上前。否则，何以帅旗之下如此严密布置，反而有大将立身在前呢？

这是一个陷阱。郭大刀既然直取岳斐，岳斐身侧亲卫又不是傻子，自然是蜂拥迎上，数十人几乎便要将这最后十余名长刀骑士尽数兜住，然而郭仲威战场经验何其丰富，趁着对方合围之前，忽然加速，直扑向前。而早就扭头眯眼去看来人的岳斐也毫不畏惧，转身打马迎上。

二将两马一交，郭大刀便心中发慌，因为刚刚他借着马势奋力一刀劈下，居然被对方用钢枪轻松荡开，可见双方马上功夫根本就不是一筹。而待其一招落入下风，想起自家主帅叮嘱，作势欲转向往帅旗方向而去之时，却不料身后岳斐转向极快，很快就兜马跟来，复又一枪往他后心刺出，郭仲威狼狈之下，只能回身侧手去格，然而这般出手不免动作变形，施力不妥，然后其人只是虎口一麻，便被对方钢枪直接压掉了手中长刀。

郭大刀没了大刀，心中越发惶恐，再度勒马，准备转向逃窜。孰料，就是这一勒马，马速稍缓，居然被岳斐仗着马好欺到跟前，然后只见这位堂堂御营前军都统撒手扔了长枪，反手自战马另一侧取下一把锋利朴刀，双手持刀，只是在马上朝着对方脖颈后方奋力一斩，郭大刀就势倒下。

岳斐半身浴血，一声不吭停住战马，然后亲自下地捡起自己的长枪，复又从容上马，待回到帅旗前方，便继续指挥催动阵势不停。

李成相距较远看到郭仲威陷入绍宋军阵后一去不复返，然后前方似乎绍宋军一时士气再振，自然也能猜到是郭大刀失了利。然而，李成也非无能之辈，一将既死，其人毫不犹豫派出信使，下令将在北部与中部结合处督军的徐大刀与其部两百长刀骑士，外加一千济南骑兵一并唤来，继续维持中线压制。

徐大刀早就看到因为岳斐先至，己方军阵臃肿等情形导致的中军困境，所以接到命令后没有半点犹豫，赶紧策马来救，试图利用成建制骑兵分割御营前军在大道上的骑兵部队与步兵部队。这是一个非常正确的决断，实际上，岳斐根本不敢将这么一支骑兵放进中军战场。

"两千兵与你，无论如何都要堵上去！"岳斐扭头相对汤怀，言简意赅。

汤怀会意，径直引兵而去，半个身子都是血的岳斐稍作思索后，下令再度移旗，不是之前那种亦步亦趋地向前，而是如第一次启动那般，直接拔起旗帜大阔步向前压迫。

且说，此时战事已经进行大半个时辰，双方前线死伤累累，甚至摇摇欲坠，这个时候再往前去，伤亡率毫无疑问将会大幅度上升，岳斐犹豫了一下后，还是主动上前。而更让对面的李成感到恐慌的是，岳斐再度上前，整个绍宋军阵依然没有动摇的迹象，须知道，双方的伤亡数字自然是李成部多一些，但是二比一的兵力比例之下，双方伤亡几乎是差不多的。然而，如此局势下，李成部早已迟滞、混乱、不成阵型，御营前军依旧维持着士气与进取姿态。

已经来到前线极限位置的岳斐再度移动自己的帅旗向前施压。但这一次岳斐没有直接向正西而去，而是促动仅存的两千步卒往左前方而去，也就是往战场南侧田师中部的右前侧给予最直接的支援与前压。

"坏了！"

李成看着那面岳字大旗往西南方而去，瞬间便察觉到了自己战前布置中一个失误。

"向前！向前！我要和他当面决一死战！"

醒悟过来以后，李成再也不敢犹豫，即刻提帅旗向前。然而，帅旗一拔，几乎是同一时间，绍宋军忽然呼啸喊杀，几乎是奋全军之力向西总攻，而与此同时，让李成彻底无奈的是，他刚刚想到的巨大破绽也当场发作，战场南侧最前线，讹鲁补支援过来的猛安，在遭遇到了田师中部长斧重甲兵的顽强阻击，承受了大量伤亡后，终于在岳斐亲自带兵发起的夹击下选择了撤退。

一时间，伪齐全军军阵有被冲击动摇的趋势。

当此时机，李成那刚刚拔起的大旗非但不能往前，反而被前方稍有动摇的军队向后方退了数十步。再度立足不稳，再度向后，三度不能立足，三度向后。终于兵败如山倒。

李成大军既然动摇，便一发不可收拾，下午过半之后演变成彻底的失败与崩溃。正如之前的所有人忘记一切往前奋勇冲击一般，此时此刻，一朝胜负决出，对面御营前军固然是惊喜难耐，继续猛扑不停，李成所部兵马也是只求活命而已。实际上，溃散甫一开始，李成部的溃军便遭遇了一个巨大的麻烦，那就是中间的兵力太多，而装备又太重。所以很快，战场正中区域便形成了一个巨大的"疙瘩"，阻塞与踩踏成为最大的伤亡原因，并在极短时间内造成了不逊于交战造成的死伤！

岳斐身在前线，对战局窥得清楚，本能便想让部队绕过中间，从两面伸展包抄，以求包围逼降敌军。但很可惜，不说自己部属杀红了眼，只说如此拥挤的战场，也难有效传达军令，何况骑兵被捆缚在正中？无奈之下，岳斐只能立定帅旗，坐视战局，准备等战局正中的这个"大疙瘩"解开后，再行寻找可以指挥的部队，做出后续决断。

此时，李成部也陷入骑兵混战之中，激烈的战斗再次爆发。

片刻之后，不等绍宋军当面兵力涌上来，李成又一次尝试便告失败，便是那支千把人的骑兵也开始溃散投降，只剩下百八十长刀骑兵继续负隅顽抗，并被张宪麾下的骑兵团团包围。

"俺家主公让俺徐大刀告诉大小眼一句话！"

就在张宪围拢成型，即将发动攻击之时，一名手持长柄大刀、浑身浴血的将领跃马而出，一手提刀一手远远指着战场偏南位置的岳斐帅旗相呼："若大小眼愿意过来亲自当面，他就愿意当面投降！"

消息没有传到岳斐那里，拥有战场上绝对临机处断权的张宪便着郭进上前相对："徐大刀，俺家张将军也说了，不用节度亲自过来，国家自有法度，如李成这般上了名号、自据州县的绍宋奸，只能无条件投降，不许有半点条件。不过俺家张将军心善，最看不得你们这些当兵的平白送死，所以给你们半炷香时间决断，你们若降便降，不降便只能去死了！"

那将，也就是手中大刀重五十斤的徐大刀徐文了，也不吭声，闻言直接归入李字帅旗下的长刀军阵之中，再无动静。

张宪让人从后方截住一队又一队弩手。李成部的最后一支长刀骑兵有些动摇。

"不等了！"眼见着周围弓弩手数量渐渐饱和，张宪再不犹豫，便对跟过来加入指挥的李逵示意，"拼！"

跟李成有些过节，却跟徐大刀有些交情的李逵明显是犹豫了一下，但还是即刻遵照战场军令，号令摇旗，乃是让所有弓弩手集体密集攒射这面帅旗下的所有敌军。军令既下，汇集而来的近千弓弩手一起放箭，被包围的百余长刀骑兵则试图发动最后的反扑，却如所有人想的那般，一轮射罢，尚未上弦，李成部便连人带马摔倒在跟前，瞬间死伤累累。唯独一将，失了战马，犹然身披重甲，戴着面罩，手中挥动一柄重五十斤的大刀，状若疯虎，奋力反扑，是密州徐大刀。

张宪只让人赶紧上弦，速速了结此人，却不料一骑忽然飞驰过来，自侧后方直扑徐大刀，正是原本打马欲走的杨再兴见猎心喜，转身回来。张宪无奈，心中已经想好，若是杨再兴跌了份子，此番便无半点战功可论。

了结此人以后，那杨再兴直接打马而去，继续率众追击其他溃兵。倒是一旁看愣了的李逵是个精细人，尚记得徐文徐大刀是自家故人，赶紧亲自带队扑出，亲自去做最后处置。然而，此时的徐大刀被掼在地上，腹部血流不止，胸口还有些起伏，俨然还有气息。

李逵感叹一声，上前摘掉对方面罩、头盔。

"李兄弟！"徐文口鼻闷血，双目也已经涣散，见到李逵后居然说出清醒的话来，"当日密州都说你最精细，能懂大势，今日再见，果然俺们其余人活该都去死了，唯独你这般风光，可见是真精细，俺们都是假豪气。"

　　李逵见到对方明显是回光返照，本有万般言语，此时也彻底无话可说，只能扶着刀感叹："听人说，老杜他们死了以后，你将老杜他们的家眷都接到莱州自家家里，俺也不能丢脸，一定给你们照看好！"

　　徐文点点头，只是用余光扫视身后正在逼近自家帅旗的绍宋军士卒，摇了摇头，最终胸口那股气一泄，登时没了动静。片刻之后，李逵便对徐文的反应恍然大悟。据帅旗下的溃兵来报，伪齐大都督李成早已往西北方向逃了。

　　张宪听到消息，不等岳斐指示，直接传令，一面亲自率骑兵往西北面追索，一面又让李逵率部分步卒随后，乃是要去抢占笼水、淄水之间的淄川城。消息传到岳斐那里，端坐于马上的岳鹏羽却并未多言，只是正色相对田师中："田将军，战机难得，请你发令，去调身后扈成部与益都等地零散守军，让他们不必犹豫，速速向西逼近，配合我军压入济南府，一起取了章丘。"

　　浑身都是脏污，而且着实疲惫的田师中茫然地抬起头，用略显复杂的目光打量了一下半个身子黑红一片，却精神抖擞、神色从容的岳斐，继而沉默，转身唤来一名亲卫，在战场之上取出纸笔，然后在身侧一个尚未僵硬的敌军尸首旁，蘸着一个血洼写下几封军令。

　　而等到亲卫转身打马而去，田师中似乎才缓过劲来，然后方才在地上相对："岳太尉，我有两句话要讲，也有些事情要问。"

　　"田将军请讲。"岳斐依然从容。

　　"太尉这仗打得好！"田师中缓缓感叹道，"前方有笼水挡着，这么多兵便是抓不齐，只要咱们渡河逼过去，也就都是砧板上的肉了，所以这一仗下来，莫说官家要咱们取下一两个州军，整个伪齐基本上也要手拿把攥的。你的兵马是真厉害，你岳太尉也是真厉害！我难得服气他人，今日算是又服了一人！"

　　"田将军才是此战首功。"岳斐恳切相对，"不愧是天下名师。"

　　田师中摇头相对："这便是我要说的第二句话了。"

　　"岳太尉，我这支兵马是我家太尉的命根子。"田师中盯着岳斐，继续感叹言道，"他便是再吝啬，也从未短过这支兵马的军饷、器械，军官也全都是太原、淮上跟大金正面打过的老底子，但如此一支兵马，便是尧山的时候去拦那支合扎猛安与完颜娄石的本部精锐，也没有今日损失这般多，故此，我便是再服气你，此战之后，也要重重弹劾你的。"

岳斐点了点头，完全不以为意："换成我，我也弹劾。"

田师中点了点头，复又在地上认真相对："但我还有一问，我部三千人，是一整个御营右军的精华，敢战至此，也不是什么意料之外的事情，可你今日这两万人，虽说不及我部这般生死无忌，但我放眼去看，两军作战，一开始，双方气势不相上下，然后伤亡两三成，两军也无动摇，据我所知，这算是强军了，可待到双方死伤都有四五成，李成部便开始动摇，御营前军却丝毫不动，而后两军主帅一起向前，双方激战到极限，伤亡近一成，李成部便摇摇欲坠，破绽也就露出来了，可御营前军还是没有泄气，也没有阵型散乱，依旧宛若一体，这是如何做到的？"

岳斐认真思索后，立即作答："军饷发足，器械保证不掺假，甲胄覆盖到七成以上，只能做到猝然伤亡四五分而不动摇，但要伤亡一成，上下依然一体，却需要平素里训练得当。不过，田将军既然主动相询，我也不好藏私，今日之战，便是伤亡再多些，一成半的样子，也是稳妥的，因为我自认平素执法公正，将士卒当成战士来看，从无将他们视为仆役、驱赶做工的事情。

"其实，"岳斐想了一想，继续答道，"此番也就是远道归来，确系疲惫，否则再加上我军连战连胜，平素少有败绩，稍微让军中进士临阵前晓以大义，说不得还能再敢战一些。但这些人心上的东西，须军饷物资充足做底子的，否则空谈无用。"

田师中越发不语。

就这样，时间渐渐流逝，战场开始拖曳变形，一面是部分部队留在原地收拢降兵、救援伤卒、打扫战场；一面是骑兵与许多后方参战率不高的部队一路追击到笼水畔和淄川城下，成功大面积逼降伪齐部队。

但是，面对着不战而降的淄川城，张宪依然没有发现自己的重要目标李成。岳斐可以从大局考量，不在意李成区区一人，到了王贵那份上，似乎也不必在意这份功劳，但张宪及其以下所有军官、士卒，无论如何都无法忽略这么一大块战功与荣耀。于是乎，趁着夏末日落的时间晚的良好条件，张宪在让后续赶来的李逵控制住淄川城，妥善收拢降兵以后，再度下令，将所有骑兵分队撒出，务必要寻到李成！

但说实话，所有人都觉得希望渺茫。一来地形复杂，二来植被茂密，三来天色已晚。

李成在徐大刀的掩护下，早早大金蝉脱壳，混在一路骑兵之中，向西北方向疾驰，专门选择山林地区穿越了战场北侧的丘陵地带，然后又远远避开淄川城，直接往笼水下游而去，等待大局底定，张宪派出骑兵四面搜索之时，他已经来到笼水畔，正在稍作休息，准备马上脱去甲胄，渡河往济南。

"主公喝些水吧！"

只能说，李成确系能收人心，至此境地依然有十余人相随。直到此时，这位清醒过来的大都督心中清楚，此战损失惨重，京东三郡的根基也彻底不可再得。而以岳斐的用兵，定会直接渡河往西，进逼章丘。

第六十三章　好男儿

　　初秋时节，御营前军都统制岳斐，携副都统制王贵、御营右军副都统制田师中，于淄水、笼水之间大破伪齐主力。是役，累计降敌两万有余，缴获战马八千有余。便是伪齐大都督李成也被岳斐部统制官张宪麾下正将郭进所斩。两日后，御营前军主力复又极速进军章丘，使得京东战局彻底翻天覆地。故此，这一战后，伪齐的兵马近乎覆灭。

　　讹鲁补果断撤走，围而不打一事就此作罢，岳斐只能一面遣骑兵轻取历城，一面亲率主力渡济水扫荡黄济通道，占据城池、扼守渡口，然后，便再度上奏朝廷，正式宣告了伪齐的覆灭。而此时，曲锻依旧在骑马赶来的路上。

　　消息传来，整个东京城为之震动，朝野上下一时释然。毕竟，如此极速的战事进展，极大地缓解了赵官家此时面对的政治、舆论压力，尤其是京东归属本身就跟议和有直接关联。而赵玖在与岳斐数次沟通，确定大名府部队很难越过数条黄河故道的阻拦，京东确系在军事上安稳以后，也发出旨意，要求岳斐将部队转交给副都统王贵暂领，然后与田师中一起往京师陛见受赏。同时，这位官家专门点名了张宪、郭进、杨再兴，以及岳斐十二三岁的长子岳云，要求同时来见。

　　岳斐接到命令，不敢怠慢，即刻移交军务给王贵，然后匆匆动身，并于七月中旬抵达东京。而此时，张峻刚刚发来一封奏疏，说自己进剿登州李齐效果显著，至于曲锻，骑着铁象，改为巡视京东东路，弹压地方了。而韩师仲、吴介二人，不知为何，先后匆匆西归。

　　翌日一早，众人自宣德楼东侧门入大内、转崇文院，来到了传说中的都堂。到了此处，一行人先是在大名鼎鼎的秘阁下转了一圈，又往东侧拜谒了都省相公赵定、刘汲，以及诸位尚书、侍郎，诸位大员知道是今年功劳最大的岳斐过来，也都纷纷来见，扰攘了一番后，方才往西侧枢密院所在去提交文书，又免不了与张骏还有一众更加熟悉的枢密院官吏亲近了一番。

闲谈未及多久，随着条陈送达后宫，很快便有旨意，着岳斐一行人往后宫觐见，一行人赶紧辞别张骏，再度动身，行至路上又遇到来接的杨轶忠，很快便走临华门，进入鱼塘后苑。

"哪个是杨再兴？哪个是郭进？"赵官家端坐无名石亭之中，眉目舒展，神清气爽。

闻得官家有问，岳斐不敢怠慢，张宪也紧张起来死死盯住两员勇将，生怕二人闹出什么疏漏与笑话。

"本是为京东战局刻意放纵一些的，如今战事这般顺利，确系可以收敛一些了。"赵玖坦诚言道，"不过京东平复，本就冲淡了之前的流言，倒也不必过于担心，邸报这个东西还是有些用处的，而且，朕还有别的准备。"

这事本不该武臣多嘴的，只是被迫开口，而官家既然应声，岳斐便俯首称是，不再多提。但也就是此时，御营右军副都统田师中眼见着是要说正事了，毫不犹豫，瞅准时机起身行礼："官家，臣有话说。"

"说来。"赵玖终于将手里的杏子咬了一口，不得不说，这大红杏偏甜少酸，汁水饱满，着实可口，但这种杏子很适合泡酒，却不好做杏干果脯，恐怕得趁着秋季正经到来之前速速收了贩卖出去才行，不然就只好取杏仁了。

"臣弹劾御营前军都统岳斐行事私心作祟，以友军为壑，淄川——笼水一战，只因臣部为外军，便将臣部突向最前，以至于臣部苦战最久、伤亡最重。"田师中言辞沉稳，和他札子中一样，并未有多余激烈言语。

"朕看过你的札子了，你部确系伤亡最重，那一战的位置也处在最前。"赵玖微微点头，扔下杏核，看向岳斐，"岳卿怎么说？人家在御前当面弹劾你，你要做出交代的。"

岳斐沉默过后，也只能再度拱手："田副都统所领御营右军所部，确系此战伤亡最重、功劳第一，但臣那日举止，一则，以节度使之身临战，有正经权责调度御营右军等部；二则，臣以田将军部步战战力最强，当为全军之先，所以发为斜阵第一，却不是从私心出发。"

赵玖点了点头，复又看向田师中："听到了吗？"

"是。"

"有何话说？"

"无话可说。"田师中恭谨相对。

"那就好，军中门户之见还是要少一些的，譬如此战，两位节度使各有分工，本就是御营右军向东，御营前军往西，你部恰好留在中间，被调度也是寻常事。"

"是。"田师中听到各有分工四字，便知道自己那功劳去抵自家岳父战略误判的目的已经达到，当即释然下来。

"那就坐吧。"赵玖重新露出笑意来。

岳、田二人齐齐坐下，但下一刻，这位官家接下来的带笑言语，又让这二人凛然。

"不过，朕也想了一下，以后的事情绝不能这么办了，毕竟朕设御营兵马，本就是要全军一体，如臂使指的，切不该再有他部、我部之论。"言至此处，赵玖稍微带笑叹道，"唯独各部皆有渊源，朕又不是没领过兵，如何不晓得？如御营后军，都是西军旧底子；如御营前军，多是东京留守司旧部；如御营右军乃是以太原出来的种师道旧部为底子，然后张伯英从淮东经营出来的；又如御营左军，根本就是以韩师仲从河北带回来的心腹为底子，又从淮西自己招纳的；至于张荣那边与李彦仙处，就更是白手起家，越过朝廷自己在地方上攒的班底了，一边是梁山泊水匪的底子；一边是陕洛一带的义军……这些部队，内中根基缠绕，多只认自家帅臣，便是朕也不好轻易分拨、拆离，否则都是要闹出兵变的。"

话到此处，刚刚坐下的岳、田二人齐齐起身避席肃立。赵玖这次没有再让他们坐下，反而是就在座中看着站起来的二人继续缓缓言道："不过话还得说回来，如刚刚鹏羽所言，朕那些玩笑话被些没脑子的混账听到会起了异心，这又反过来多想了，因为别的事情朕不敢保证，唯独各军大将，朕自问还是有些眼光的，如韩师仲，如你岳斐，如李彦仙，如张伯英，如曲锻，如张荣，如吴介，虽然性情截然不同，但一则忠心都是有的；二则朕要你们去卖命打仗，却也是都能打的，都算一时名将。所以说，仅是有你们这些人，朕便要让古往今来许多帝王羡慕了。"

岳斐和代表了张峻的田师中对视一眼，到底是由岳斐拱手："臣等惭愧。"

"不用惭愧。"赵玖扭头看着一侧波光粼粼的鱼塘叹道，"朕是从心底感激你们这些人的，岳卿、田卿！"

"臣在。"岳斐心下一肃，当即上前半步。

"臣在。"政治上极为敏感的田师中心下一突，预料到了一些事情，上前半步，在亭中岳斐身侧肃立。

"虽说都是一时名将，但你们可知道，这些帅臣之中，哪些人比之他人更高上一层？"赵玖再度拈起一个红杏，然后正色相询，"恰如曹刘煮酒论英雄，曹刘二人却比二袁、刘表、刘焉、孙权这些汉末群雄又高三分一般。"

田师中早就一声不吭了，岳斐也没有接话的意思，杨轶忠一如既往地不吭声，唯独张宪与肃立在亭前的杨再兴、郭进明显了兴趣。

赵玖等了半晌，眼见着岳斐和田师中都不愿开口，心中明白，微微一笑，继而收容，干脆自己在那里捏着红杏，看着鱼塘，认真言语起来："朕以为，天下帅臣之中，韩师仲先有拥立之功，再有数次救驾之举，淮上破完颜乌竹，长社守完颜塔兰，尧山射完颜篓石，多为天下先，且资历也是西军魁首，朕以为他是当今帅臣第一之人，天下无双之辈，常常倚之为腰胆，你们以为如何？"

"烟广郡王当仁不让。"岳斐赶紧拱手以对。

田师中心中确定了自己的猜测，赶紧拱手称是。

赵玖点点头，复又认真言道："韩师仲以外，有一个人，破家为国，屡次受朝廷轻视，又屡次救大局于危难。其人起于陕州，从无到有，横跨大河内外，并联崤关东西，寸步不让，使形势最危难之时，绍宋东西没有两分，大金东西没有合流，这都是他的功劳。此人在陕州，天塌不能移，地陷不能动，可谓劳苦功高，是也不是？"赵玖继续认真问道。

岳斐叹了口气，就在亭中应声："臣常常想，李节度的功劳，根本不是斩获多少、复地多少可以计量的，官家赐他'中流砥柱'一旗，着实恰当。"

田师中依旧拱手，渐渐紧张起来。

赵玖点了点头，复又对道："还有一人，河朔出身，南征北战，颠沛流离，凡七八载，两百余战，或败或胜，但抗金北伐之念未尝有半分顿挫。且此人治军严明，纪律天下第一；为人纯直，私德为帅臣之冠，岳卿，事到如今，你的功劳、苦劳已不必再提，更重要的是你的德行、能力，也无人再能质疑，朕以为，卿也足以跃于诸帅之上，与韩李并列，如何？"

"臣惭愧！焉能与韩李二位并列？"岳斐难得流露一分激动情绪。

"田卿？"赵玖并没有着急与岳斐交流，而是直接看向了田师中。

"臣也以为如此。"刚刚还当面弹劾岳斐的田师中此时俨然已经有了准备，毫不犹豫，脱口而出。

赵玖点点头，稍微严肃起来："朕有些话要与你说。"

"是。"

"京东既然平定，御营右军便当弃了徐州等屯地北移至青州左近为佳，这点你也好，张卿也罢，必然早有预料，枢密院必然已经有了一些通告。"

"臣确系有所耳闻，也早有预料。"

"而御营右军一旦北移，对上河北金军，便会与御营左军、御营水军联合作战多一些，此事不可避免，朕以为你们也该早就有所料。"

"臣与张都统等御营右军内中确实早有所猜度。"

"还有登州海船的事情，朕早就跟张伯英说了，海船、河船截然不同，朕要在登莱一带组建一个单独的御营海军，编制不大，未必会专设都统，但也要单独行动，序列上与水军、右军、前军并列。"

"是，都统早早明确跟臣讲了。"

"那就好。"赵玖稍微一顿，越发严肃起来，"朕已经跟张卿写私信了，你回去再当面告诉他一遍，他当然还是御营右军的帅臣，是一方节度，但以后御营前军与右军一起作战，让他就不要再与岳卿争夺什么先后了，一律以岳卿为主！"

言至此处，赵玖稍微一顿，方才继续言道："朕念他资历深厚，不愿专门发公文失了他面子，却要在信中、在此处与他说个明白，你一定要转达清楚无误，这是朕的意思，若是他觉得不服，须亲自过来与朕言语，清楚了吗？"

"清楚了！"田师中早猜到有这么一番言语，所以反倒有几分释然之态。

赵玖复又看向岳斐："鹏羽，朕是知道你的心意与志向的，加几镇节度使什么的，于你而言并无多少意义，让枢密院看着来吧。而朕之所以今日一定要唤你过来当面对谈，是要与你有另一番言语。"

"是！"饶是岳斐性情深沉，此时严肃到极致之余却也不免有了几分激动之色。

"李彦仙居中不可动摇，而李彦仙辖区以西，自然是韩师仲统揽大局，而李彦仙以东，从今日起，中枢若无明确旨意、文书，临机决断之事，便是你来统揽。"赵玖缓缓言道，"朕会与张荣、张峻、王德、郦琼各有明确交代，让他们遇到战事以你为主，御营海军的首任统制，朕也选了你的旧部李宝，自今日起，朕的东侧，就托付给你岳鹏羽了！"

"臣万死不辞！"岳斐俯首相对。

赵官家复又招手。岳斐赶紧去看，却见当先上来一人。

"这是张子盖，张伯英最成器的侄子，在禁中也有一年了，今日发你军中为将。"赵玖很快便揭开了谜底，俨然还是要给岳斐在资历最深的张峻身前加码。

对此，岳斐瞬间醒悟，而张子盖也在一旁田师中的复杂眼神中朝新任长官拱手大礼相对，然后便当场站到对方身后，与看了半日戏的杨再兴、郭进并列而立。

几个人谢恩已毕，气氛渐渐平和下来。

"往后几年，咱们该怎么做才能确保数年内推进北伐呢？"赵官家挥手相对，"今日到场的，全都可以畅所欲言！"

下方一阵寂静。

"官家！"还是都省首相赵定稍作沉吟后出列，"北伐是一定的，但欲动大兵尚需大政得治，而若论大政基本，一则可循根，二则可究害。循根者，乃是从治政本身出发，看人事、财政、法度、圣学、工程、军事准备上，都还能有什么作为；而究害，则是以身前的问题出发，看如何能解决问题。"

"还请相公细细言之。"赵玖脱口而出。

"人事，其实官家正在推行的名实相合，便是一个极好的举措，堪称一扫五代以来种种官职混散之风，也相应提高了效率。"赵定昂然相对自若，与其说是讨论问题，倒不如说是在替赵官家和几位宰执一起述职，"法度，朝廷现在正在订立新的《绍宋刑统》，重在释下，使民心宽慰……"

"且住。"赵玖若有所思，"朕之前几日与卿提的那件事情怎么说？"

"回禀官家。"赵定泰然相对，"臣等诸宰执先于御前议论妥当，再付秘阁公议，又交刑部制定细则，已经有成文，待交官家预览。但无论如何，如官家所提，一并废除贱口奴婢，改为雇佣杂婢等已无异议。"

赵玖缓缓点头。

"至于圣学，就不用说了，官家捏合理学、新学，推崇原学，新陈交替自是一方气象。"赵定见到赵玖点头，便继续介绍下去，"除此之外，官家设立大相国寺炮坊、重整军器监、设轮船坊，俱是应时之举。而军事上，自不必多言，众目睽睽，人尽皆知。"

"这么说，朕与诸位相公还是做了许多事的？"赵玖含笑以对。

此言一出，下面许多够得着说话的勋贵早已经按捺不住，准备上来拍马，而御史中丞李光则本能蹙眉，却又肃立不语，不置可否。

赵玖不慌不忙，正色以对："刚刚赵相公所言乃是循根之论，尚未闻究害之言……"

"官家。"都省副相刘汲也忽然上前半步，苦笑以对，"究害之言其实简单异常。"

"说来就是。"

"好让官家知道。"不知何时站出来的枢密副使陈规捻须感叹，"若是究害，以本朝前百年而论，早有定言，无外乎是三冗而已，即冗军、冗官、冗费。但此一时彼一时，国家道统虽存，官家中兴却宛如建新，三冗之事，基本废弃。国家虽无三冗，却有别的坏处，一则失去两河国土，二则河南、淮北、京东关西之地也遭战祸，所以，本朝还是有军力不足、财政不足上的困难，不说积贫积弱，却也是且贫且弱。"

李光无奈，终于出列，却是冷冷相对："只是财政吗？人心不要收拢的吗？"

"人心确实要收拢。"赵定终于再度接口。

"陛下！"户部尚书林杞出列，认真进言，"臣之前便于财政上稍有思索，如今财赋已经到了极致，再想增加无异于使民鼎沸；盐铁茶酒矾锡专营之利，虽然还有提升可能，却不可能主动提价，再毁城市人心，而应该缓缓待其自肥；除此之外，京东收复，若能诚心经营，一两年内多个百万缗的收入也属寻常；且京东素来海贸发达，高夷、樱国交通顺畅，或许又能多百万缗进项，而除此之外，再想要取财，无外乎便是交子与国债了。"

众人闻得此言并无惊异，本朝经济发达，商贸活动频繁，朝廷直接掌管区域的商业潜力确实已被大大开掘。

"臣以为户部尚书所言浮于表面，内里未必得当。"就在这时，国子监祭酒陈康伯越众而出，当众驳斥，"臣虽不擅财货之事，却知道一些根本道理，说到底，天下财货就在那里，田赋发于陇亩，税务起于市井，都是有迹可循的。而如今朝廷的困境在于，淮河以北受战祸殃及，又要养兵图北，不得已南方加赋税，以至于失了一定人心，所以田地上万万不能再打主意，市井中也不该再打主意，而高夷、樱国、大理、吐蕃，乃至于大食就那么大，每年商贸所得也不可能骤然超出预计。那下官敢问林尚书，现在想要用国债、交子来取财，总得有个取处吧？你准备用这方面取谁的钱？"

被无数火盆映照得如白日一般的中军大堂内，所有人一时间都陷入某种微妙状态中，有人紧张，有人跃跃欲试，有人心下惶恐，有人若有所思。宰执们的开场，就算是有演《白蛇传》的嫌疑，但他们高屋建瓴说出的话，却是没有任何问题的，国家就是有这个财政上的问题。而迫于职责所在接上这个话题的户部尚书林杞，他的分析也是没有任何问题的。便是陈康伯，这个主战派中的年轻领袖人物，刚刚升了正职，又年轻气盛，话说得直接而操切了些，但也同样无可辩驳，道理就摆在那里。所以，赵官家和宰执们一唱一和，到底是想用国债、交子来捞谁的钱？

"天下间专有一些人，不事生产，坐享其成，国难之时，不愿拔一毛，国难之后，却又蝇营狗苟，求财、求官、求地、求利。"就在此时，吏部尚书陈公辅忽然走出行列，却没有去看身后官家与宰执，反而是扭头相对身后，并昂然出声，"现在国家这么艰难，财政充一分便要用一分在军上，以至于连至尊都要在后宫养鱼植桑，那留着他们在那里肥肠满肚做甚？！只是做法事、充公阁吗？！"

"南无阿弥陀佛。"

随着朝廷中枢大员们这般一层层图穷匕见，一瞬间，在心里念了一句佛的法河住持甚至觉得有点委屈……下午不还好好的吗？我说你是菩萨，你说我是罗汉，到了晚上就这般？难道真要杀鸡取卵，田地尽收，浮财尽没？若是这般，也就难怪明道宫的人没来了，他们家早就被官家在四年前搜刮干净了，连道祖金身都刮了。

实际上，莫说这些和尚道士商人，闻得这般杀气腾腾之论，便是衍圣公等人，也有些莫名惴惴起来，总不能连曲阜的祭田都要没收了吧？自己没犯什么错呀。一念至此，很多人本能去看正中间的赵官家，却不料这位官家只是盯着桌案上的一本笔记发呆，也不知道在想什么。

偌大的中军大堂内气氛微妙而紧张，由于人多，外加许多火盆的缘故，此时很多人额头都已经沁出汗水，如法河师父这等稍显富态之辈，更是满面油光。而在这个当口，赵官家只是低头看笔记不停，却是越发引得气氛激烈起来。

之前天子和宰执们讨论这件事情的逻辑是这样的：国家第一要务，讨论来讨论去就是充裕财政；而充裕财政就要开辟新财路；开辟新财路就只能从有产者这里取利；而要从有产者这里取利，就不该强取豪夺，更不能自己执法犯法，那是真的毁弃根本，而是应该用合法合理的手段夺取有产者最大、最快捷，却也最无耻的经济收入手段，以利出一孔的基本理念，纳为国政，让国家来赚这个钱；这个生意，或者说聚敛手段，只能是高债，那么想要快速、大量拓宽财政，就应该是让国家来取代这些有产者占据高债市场。而当时说到这个地步，赵玖和几位宰执立即就意识到了，自古以来就是那些套路，王安石想的比他们早好几十年。

于是，讨论立即又演变成了对青苗法的讨论。但是，还是那句话，青苗法作为王安石变法的核心，却不是那么简单的。一部分人，也就是赵官家一开始的时候，还有张骏，跟眼前的陈康伯一样，坚持认为，青苗法的失败是触及有产者的核心利益，引来了有产者和旧党的联盟，所以是纯粹政治上的失败。但眼下未必不能施行。

而与此同时，几乎每个老成的务实官员都对此持坚决反对态度。吕浩文、赵定、刘汲、李光，甚至包括如今职责在军事方面多些却又有着丰富地方执政经验的陈规，都坚决而明确地表达了态度，那就是青苗法的失败，跟法规本身有直接关系。

第六十四章　明月

八月十五，满月圆如铜钱，边缘洁白似冰屑，正中或深或浅，恰又类灯影透亮，引人遐思。岳台周边依然烟雾缭绕，城内的百姓多已经回去，可很多城外庄子里的百姓依然往来不停，何况此处灯火通明，月圆路通，且尚有僧道轮番作法。

而与此同时，岳台大营中军大堂内却是热浪沸腾，另有洞天。被"贫富相济"四字激得扔了剧本的赵官家早早离开了中军大堂，去外面望天赏月了，倒是宰执和秘阁大员们继续留在这里，好跟外阁这些勋贵、僧道、豪商"讨论"一个所谓一揽子计划。

"陛下。"

众宰执自堂中出来，往前面军营空地来见赵官家，眼见着官家在杨轶忠的护卫下望月失神，却还是吕浩文出的头，这位家族世代笃信佛教的公相不知道是不是因为此事牵扯到了佛门的缘故，对这件事情还是比较上心的。"大略方案已经有了。"

负手望月的赵玖回过头来，一声不吭。

吕浩文赶紧上前，大略汇报："军中退伍士卒、义烈家属可享低息青苗贷额度，而对于中原各大寺庙，则取消其住持更替、'荒地'购入、免交身丁钱等一应特权，还须接受朝廷查账。此事以一年为期，若事情妥当，便推之向南。"

听着听着，赵玖忽然叹了口气："这些人指不定此时正在嘀咕，说朕嘴里都是平民，却只是仗着有兵马来劫掠他们罢了，此时应下，只是人为刀俎我为鱼肉，心里面却必然一万个不服，说不得什么时候就会与朕生乱。"

"倒也未必。"吕浩文摇头相对，"天大地大，皇家最大，凡百余年，天下道观几乎成皇家家庙，建炎初年，朝廷便公开要各处道观出浮财供给官府，敢问沙门又算什么呢？若是真有和尚不服，或者仗着南方佛门势大，以南欺北，来寻中原寺庙说话，臣自问稍通佛门故事，自为官家接上便是。”

“佛门只是个提留。”赵玖也摇头不止，“关键是高债，自古以来，租息二字便是平民不得维生的两大要害，而今日事的根本也在于借官府之外的人在中原重启青苗法，一面减息，一面取财，又不是真冲着什么佛门来的。谁要是来辩就辩，不服就不服，只要不煽动造反，朕就懒得理会，吕相公也最好不要理会。”

“官家不理会自不必理会，但臣这里有许多熟悉的和尚，如今都在南方坐着，真要来找臣，臣着实不好去推……”吕浩文一时苦笑，却又欲言又止，“不过，这不是臣要说的要害之事。”

“吕相公何意？”赵玖见状微微蹙额，“还是不同意朕以武学学子充青苗贷监督审计一事？这件事朕早说了，并无转圜可能。”

“官家。”吕浩文在月下正色以对，“此事臣想过了，官家说的确实有理，中原经历战祸，又安置了许多河北流民与汰退、伤退下来的御营士卒，还要保证放贷的对这些人不能哄骗，那最好是让跟军队有关系的人去做。但有一事，臣不得不言。”

“相公请讲。”

“那就是抓总之人须从正经文官中取用，官家可以直接管束干涉，却要正正经经挂在户部之下，尤其是不可让杨轶忠、刘彦二人来触碰此事，这是因为武学本在延福宫，武学学子在学时本有杨刘二人下属的嫌疑，再让他们管束，无疑是再给御前班直添了财路，只怕会有唐时神策军之祸。”吕浩文正色以对，引来他身后几位宰执的面面相顾，而杨轶忠更是狼狈，只能低头装作没有听到，“换句话说，可以仿照邸报成例，却不该仿照皇城司与密折成例。”

“起居郎虞允文如何？”赵玖叹了一叹，也正色相对，“在户部下挂军事统计司，让他做这个首任军事统计司郎中。”

“具体用谁自然是官家与都省的事情，臣不好多言。”吕浩文恳切以对。

赵玖缓缓颔首。

而吕公相稍作沉吟，复又再度开口：“还有一件小事，臣以为官家嘴上不在意佛门，但其实还是防范过度了，甚至弄巧成拙，放在以往，沙门连跟天子接触都难，但官家先大相国寺后少林寺，多次亲身参拜，又将太上道君皇帝送到少林寺安置，还钦点了法河为少林寺住持，今日重启青苗法，也从少林寺入手，反而不由自主将佛门给提高了起来。"

赵玖想了一想,一时难以置信:"吕相公的意思是,朕扇和尚们的耳光,反而是在抬举他们?"

吕浩文连连颔首,却又缓缓摇头。

赵玖一时无语。

"确是这个意思。"吕浩文苦笑以对,"臣也不是在学和尚打机锋,只是觉得官家愿意这般讲理,不管是跟和尚讲还是跟宰执们讲,总是全天下的好事……与之相比,官家让禅宗的和尚来给密宗的菩萨背书,还将大乘佛教看不起的罗汉当成恩典发给法河住持,倒真是无所谓的事情了。"

这下子,赵玖也不由得失笑:"所以,天底下最坏最不讲理的,其实还是皇帝了?"

出乎意料,在身后其余四位相公的惊疑之中,吕浩文居然微微颔首:"臣就是这个意思,还望官家以后能继而续之,自勉以役其德。"

"朕知道了。"赵玖点了点头,然后在几位宰执的沉默之中缓缓反问,"吕相公还有什么言语吗?"

"有的。"吕浩文在月下束手以对,"吕夷昊吕经略行事激烈,不可为相,却是做实务的好刀,趁他尚在东南,且身体康健,若中原这里新青苗法做得利索,便可许他提前在东南推行。"

"朕知道了。"赵玖不知道是想起了什么,一时负手轻笑。

"还有市易法,虽与青苗法同类弊端,皆在官吏图利盘剥,但新青苗法可行,却不可言新市易法可行,官家要慎重。"

"明白了,还有吗?"

"还有,臣欲请辞平章军国重事与秘阁首席。"吕浩文继续缓缓而对,而周围几个人也并没有露出太过惊异的目光。

"为何?"赵玖明显也没有太多意外之色。

"臣年近七旬,身体日衰,精力日弱,神志日昏,又经历丰亨豫大旧事,亲睹蔡京以七旬之身持公相之位与诸贼争权夺利,心下生戒,不欲操权柄而为天下侧目,此其一也。"

听到这里,赵定本能想说什么,却终究没开口。

"臣先受公相之任,后加秘阁之任,如今又添公阁之任,再加上研习原学,事务繁杂，只会事事损耗，不能精研，臣想去秘阁、公相，只任一年公阁首席，然后精心原学，此其二也。"吕浩文继续认真说道，"还有臣长子吕本中，今年足足四旬有八，其余诸子也都早早成年，却因为臣的缘故，迟迟不能出仕，臣身为人父，亦有舐犊之意，不想阻他们仕途，此其三也。"

赵玖终于也缓缓点头。

"想当日明道宫受任为相，同列之辈，如李伯纪去职已数载，又如黄虔汕落得那般结果，还如宗汪二位为国捐躯，如张相公病死途中，如许相公急流勇退，便是后来才登上相位的宇文相公与吕经略如今也只是在地方为政，实际上去了宰执权柄。臣其实退意早生，只是官家宜佑门托孤事在，不得已稍缓。"吕浩文越说越利索，"而如今议和之事已罢，二圣已安置，朝中绥靖官吏已去，伪齐已灭，国家实际安定，今日大祭，更是要标明绍宋、大金攻守易转之势，时也势也，臣着实不该再留，此其四也！"

"当日许相公去前，专门有言，以吕夷昊不可用，又以吕卿守公相为安。"这话说得有些沉重了，赵玖赶紧笑对，"谁想卿今日离去居然以他退位由，却不知将来朕又该如何应对他的诘问？"

而众人听到赵玖改了称呼，心下俱皆了然。

"那是许相公怕官家不顾民生，直接被吕经略撺掇着仓促北伐，但现在看来，官家持重知政，根本不是他想的那般。"吕浩文不以为意道，"况且，他一走了之，整日在温州垂钓，将臣晾在这里，哪里值得去应对？"

赵玖闻言便要颔首，几位宰执也准备来给吕相公戴高帽子。

"官家愿意讲道理，臣也该坦诚……还有其五。"然而，吕浩文犹豫了一下，却是终究将话说得通透，"臣受官家大恩，遂有此番君臣际遇，但昔日混沌之时，到底也是受过太上渊圣皇帝恩义的，之前为公事，在绍兴遣渊圣皇帝往洞霄宫居住，自然于公心无愧，但究私心，到底是有些不安……臣情知官家心意，却还是愿官家能稍微善待渊圣。"

赵玖终于忍不住嗤笑一声："若如此，吕卿不妨好好养生，就在东京城内多多研习原学，你身体越好，能耐越大，朕越要听你的话，勿谓言之不预也。"

吕浩文一声叹气。

中秋大祭期后，吕浩文吕相公请辞公相与秘阁首席的事情顺势公布，但并未在朝野引起太多的震动。原因有三：一则，朝廷实际重启青苗法，外加国家大祭，以及邸报上的反守为攻的堂皇大言，此事多少被遮蔽了许多；二则，公相这个职务，也就是所谓平章军国重事，本身脱离都省，不干涉庶务。换言之，吕浩文之前担任这个职务，本身就有班子过渡与安抚老臣的政治姿态在里面；三则，吕浩文年事已高，无意弄权。

且说，八月十五连祭三日之后，再隔两日便是八月廿一大朝，这日清晨起便开始秋雨淋漓，寒气渐起。这一日，赵官家自然没有再去武学靶场练箭，大朝会却也是波澜不惊，有宰执们背书，有秘阁大员们的提前认可，国债—交子—新青苗法的一揽子财政方案正式通过。不过，朝会之后，赵官家回无名石亭中稍坐，进行了例行的"桑渔活动"。

"这西勒使者是怎么理解的？"

淅沥的雨声之中，换上了厚实衣服的赵玖忽然打断了杨轶忠的汇报，并蹙额以对："他把什么都当成了大战先兆？吕相公请辞是朕想摆脱老臣开战？封王是朕想厚爵以封其口？重开青苗贷、发交子、卖国债是不顾民生，准备一搏？刚刚过去的中秋大祭以及邸报上的祭文与点评也是在临战鼓动人心了？"

"是！"杨轶忠干脆以对。

"那朕今日没去射箭是不是也在养精蓄锐，准备与完颜乌竹隔着黄河对射？……皇城司是怎么弄到这个高守义给李乾顺的奏疏的？"赵玖复又问起了另外一事，"居然这般精确？"

"回禀官家，此人奏疏只是自己誊写，还专门有个为他润色文采的代笔文书，却是个旃和之乱中逃到西勒避祸的关西儒生，被我们轻易收买了过来。"杨轶忠对答清楚。

"这等机密汇报，为何不自己写？"赵玖追问不及。

"好让官家知道，李乾顺喜欢附庸风雅，除部分武将外，臣子上疏多是要讲文采的。高守义虽然是个衙内出身，文学上基本无能，却不敢没有文采的。"

"朕明白了。"赵玖连连颔首，继而感慨起来，"如此说来，也不怪这个高守义露了破绽，蓝大官，把这事抄录个条子，给几位宰执还有吕公相家里各自递一份，告诉他们，连西勒人都这么讲究，绍宋也不能落后的，宰执家的子弟便是无能，却不能不懂原学的。"

旁边随侍的蓝珪怔了一怔，许久方才绕过弯来，然后赶紧应声去做，打起伞来去一侧公房内寻当值内制去写条子了。

"还有呢？"蓝珪走后，赵玖继续追问。

"还有就是，高守义在信中一再言及绍宋御营兵马之强盛，烟广郡王与岳都统等帅臣能征善战，官家战意不减，然后又以西勒之前在阴山被完颜娄石覆灭了三万精锐为由，说如今西勒实在是无力掺和两大国之事，而两大国又仇恨难消，劝夏主李乾顺妥善处置边界事宜，勿要引来两国大军窥视。"

赵玖心中微动，继而正色相询："朕怎么觉得这高守义是在吓唬李乾顺呢？"

杨轶忠微微一怔。

而赵玖却越想越觉得有意思："你想想，这高守义也是年纪不小了，再怎么衙内做派与儒臣出身，可身为西勒大臣又怎么可能没有军事常识？朕要真出兵，兵马粮草调度须是瞒不过人的，他怎么可能不知道朕没有即刻开战的念头？"

"这倒也是。"杨轶忠也微微颔首认可。

"所以，若朕所料不差，这厮本质上是反其道而行之，将绍宋、大金都夸大到一定份上，不让李乾顺重新恢复野战军。"赵玖坐在亭中，笼手嗤笑不及，"之前不是说，眼下西勒两大派，汉派尚文，蕃派从武吗？高守义这身份，怎么看怎么是汉派中坚吧？"

杨轶忠沉默不语。

"西勒使节此番重来，当然是因为完颜瞻汉身死，一时疑虑北方。"赵玖继续分析道，"但本质上，还是尧山之战咱们证明了自己能与大金军相匹敌，而西勒也不可能因为大金内部生乱就与大金人真的反目，只怕李乾顺以后又会跟以往应付岐辙与绍宋一般，首鼠两端、左右逢源。"

杨轶忠还是不说话，因为他心里知道，这种言语，本质上是赵官家在自言自语多一些。

"这样好了，朕帮一下这个西勒使者。"赵玖想了一下，正色以对，"若是真能吓到李乾顺，不说别的，能重新开了横山兜岭，补一补番骑也是好的。"

"敢问官家，要怎么吓？"杨轶忠这才出言。

"朕要写个条子给李乾顺。"赵玖想了想，一面望向雨中，一面认真以对，"去催一催蓝大官，让咱们的三照学士来此处写字。"

杨轶忠自然不敢怠慢，即刻去公房内寻蓝珪与当值的翰林学士，片刻后，他便带着蓝珪与范宗尹匆匆折返，范宗尹在吕浩文正式退休后进位内制，成为翰林学士，乃三照学士，今日是第一次以学士身份当值。

第一次当学士，又是第一日执勤，所以虽然天寒雨漓，范宗尹还是志得意满，一心要写些正经文书的，只是未承想第一件工作居然是给宰执们写私人条子，自然又有些气馁。此时，闻得是官家要写信给西勒国主，这位新上任的玉堂学士且惊且喜，直接到亭内上前拱手，诚恳以对："官家是要借私信夸耀兵威吗？却不知要何等格式？多少字数？如何称呼夏主？臣即刻当面写来。"

"不，不是信，只是个条子，不用称呼，随便写两句就行。"赵玖端坐在亭中，揣着手正色以对，"条子里只说两件事，其一，当日尧山战前，宇文相公遣使者去见他，他装聋作哑，朕很不开心。"

范宗尹心下无奈，但到底是忍了下去，只是颔首应声。

"其二，朕听说他仰慕汉学，还写过歌赋，就去专门看了他那篇《灵芝歌赋》，文采近无，让他接到条子后即刻将石刻毁掉，否则朕就要在邸报上公开嘲讽他的文学水平了，让天下人都知道他李乾顺是个沐猴而冠之辈。……听懂了没有？"揣着手的赵玖抬头催促。

"是。"范宗尹无奈，只能再度颔首，"臣这就写。"

"就这般写，写完了朕来画押即可。"赵玖言道。

范宗尹欲言又止，到底是拱手听谕。

就在绍宋、大金在雕阴山对峙期间，已经大大提高警惕的丹州地区却并没有发生预想中的接战，反倒是鄜州西北面的保安军、庆州一带遭遇了金军突袭。

金军偏师明显是逆北洛水而上，沿途攻城掠寨。猝不及防之下，庆州北部、保安军核心地区被金军连夺数寨，就连保安军主城栲栳寨都被隔绝消息，驻扎彼处的御营后军统制官郭浩和他的三千野战精锐一时失去音讯。

消息传到鄜州南侧的坊州，在彼处坐镇的御营后军都统吴介一时震动，却又恍惚难名，一时不敢擅自派兵去救郭浩，只是连番向身后长安的宇文绪忠、韩师仲、胡尹三名大员发出请示。一再得到赵官家授权的关西大本营长安方面给出的反应直接迅速，宇文绪忠以宰执身份发出署令，要求吴介即刻亲自派兵经鄜州转向庆州方向以求解救郭浩；与此同时，关西五路转运使胡尹亲自北上坊州，接管坊州之余在彼处总督后勤；而烟广郡王韩师仲则即刻动员部分兵马亲临同州，以作呼应。

待到吴介亲自率一万御营后军精锐进入庆州，并重新开始向北与大金争夺坞堡以后，完颜火钹用兵的困顿与乏力更是彰显无疑，完全可以说，到此为止，此人擅自出兵一事彻底坐实。

九月中旬，完颜火钹擅自出兵的消息传到燕京尚书台，当场便有实权大人物愤而作色，甚至直接将奏疏掷到了地上。然而，此人非是别人，而是三太子完颜讹里朵，也就是眼下的晋王领都省首相了。而后大金魏王领枢密使完颜乌竹领了处置河西完颜火钹的职责，便快马出燕云，五六日便至真定府，而此时连绵半月的秋雨终于停歇。

当此之时，完颜乌竹只是拿出两封书信吩咐自己的两名心腹，命二人将信分别交予完颜巴力速和耶律马五。两名奚人侍卫自然无话可说，只是依言而行。

十月底，依然还是秋日，闲居临汾的岐鞑降将耶律於顿正准备北上太原迎接四太子完颜乌竹，然而尚未动身，便接到昔日下属耶律马五的命令，让他渡河去烟广慰军。

耶律於顿只以为自己又被排挤，却只能强做忍耐，依军令而行。然而，过得河来，那随行而来宛如监视的岐鞑猛安却忽然就在渡口止步，然后直接告诉耶律於顿一个惊人讯息——四太子此行居然要杀他耶律於顿以立威，而万户耶律马五提前得知消息，念及旧恩，专门将他遣送至此。

"大将军，那西勒国主到底是岐鞑女婿，且趁着完颜火钹将军不知情，趁机去投西勒人吧。莫要让我们为难。"那岐鞑猛安恳切相对，只留下这么一句话便直接转身带着所有船只渡河归于河东。

可怜耶律於顿一度也是风云人物，曾手握辽与大金两国军权，此时却只有两三百亲信随行，但左思右想之后，也只能带着两三百部众继续打着劳军旗号往西，直接冲着西北横山边界而去。然后，等到了十月最后一日，也是约定之日了，耶律於顿心知关键时候要到，一大早就与几名知情心腹又是封官又是许愿，好不容易在内部稳住局势，便直接带着些许补给，一大早出行向西北"会猎"，西勒将领果然也如约来见。

双方于下午相会，就在横山脚下打马射兔，然而，不过是一箭之后，知道不能耽搁的耶律於顿便顾不得许多，直接勒马喊住了对方："嵬名将军且住，在下有一言相询。"

"耶律将军请讲。"嵬名云哥当然要给大国将军面子，何况对方到底还是岐鞑贵种，便也勒马转回，收弓赔笑相对。

"大金不能容我，能否入大白高国暂避？"耶律於顿抚弓按马，状若坦然。

嵬名云哥怔了一怔，但很快就反应了过来，以对方的尴尬身份，这很可能是实话，实际上，关于此人类似的传闻已经不止一次了，不过，虽然明确知晓了对方的意思，嵬名云哥却依旧一言不发，只是微笑去看周边风景，也不知道是在想什么。

且说，横山之下，秋日荒草遍地，与其说是萋萋，倒不如说有些壮肥之态。想来应该是昔日绍宋、西勒两国在此争夺百年，不知多少尸骨四处抛撒，填沃了此处土地的缘故。也就是这两年大金来此，虽然和西勒之间一直没有盟友之名，却有盟友之实，这才有了塞垣秋草，状若平安之象。

耶律於顿无奈，只能勒马向前几步，与对方交马而立，然后贴近对方俯首恳切再言："嵬名将军，实在是桓榛人逼迫太甚，昔日大金太祖以我为元帅之任，结果等完颜瞻汉掌权，心胸狭窄，便渐渐夺我兵权，而如今他们完颜氏自家刀兵相争，杀了完颜瞻汉还不足，这完颜乌竹却又要拿我性命立威，我连家眷都未及取，便匆匆至此。还望大白高国念及昔日耶律氏与嵬名氏数代联姻，容我暂避一二。"

嵬名云哥终于有了反应，但他张开口后想要说话，却又再度闭上，然后依然顾左右而笑。

耶律於顿望着午后渐渐偏斜的太阳，心中着慌，只能进一步压低声音，直接恳求起来："嵬名将军，务必帮一帮忙……须知，尊驾若不应，外将性命之忧，就在眼前，而若应许，我也不让大白高国为难，直接借道往漠北避难便可。"

"你能带多少骑过来？"嵬名云哥终于正色开口。

耶律於顿犹豫了一下，然后以手指向前方。

嵬名云哥本能扭头去看，却只见到那些正在围杀兔子的耶律於顿亲卫，半晌方才醒悟，然后言语中却还是显得难以置信："只此两三百骑？"

耶律於顿尴尬不能答。嵬名云哥嗤笑一声，当场勒马掉头，并将手指塞入嘴中吹了个呼哨，刚刚还在与岐辙骑兵一起追兔子的西勒骑兵闻声各自呼哨不停，然后直接转向自家将主身侧。而嵬名云哥吹了两声呼哨，也只兀自打马不停，眼瞅着居然就要从横山山口折返回去北面了。

见此形状，耶律於顿如坠冰窟，什么都不能顾，只能赶紧勒马追上："嵬名将军，今日若不救我，便是杀我！且须小心大石林牙为此愤恨大白高国！"

嵬名云哥闻言驻马相顾，一时哂笑摇头："耶律将军，你以国姓之身降大金，如今被人疑虑不是寻常事吗？换成我，必定以死报国！"

耶律於顿一时语塞。

嵬名云哥继续冷笑："区区两百五十骑，又怎够塞阴山北面那些部落牙缝的？况且你此番拿耶律大石说话，想来是打算去可敦城吧？"

耶律於顿羞愤交加，却只能俯首："是！"

"我问你，你知道去年尧山之战时，我家国主为何按兵不动吗？"

"知道。"耶律於顿低声相对，"大石林牙在可敦城杀青牛白马誓师，合十八部西向，大金虽为此稍觉平安，但因大石行军路线俱在大白高国身后，所以贵主与大白高国是不敢轻动的。"

"大石林牙可谓百折不挠，如今已在漠北立下王业根基，又有数万雄兵之众。"嵬名云哥继而叹气，"但可敦城这边实为孤城一座，自阴山向北，沿途沙漠三千里，你们两百五十人，反而是必死之路了。我又怎会因你与大金交恶？"

耶律於顿恍恍惚惚，回顾身后，周围岐辖骑兵也多失神。

"嵬名将军！"

从震惊中恢复过来，眼看着西勒人维持着防备姿态护送着那嵬名云哥向北而去，耶律於顿顾不得羞耻，也顾不得感慨，直接再度恳求："真不能给一条生路吗？"

这一次，嵬名云哥连头都不回，俨然是决心已下。

"不劳烦大白高国收留，只求装作没看到我们，让我们今晚自横山穿过去，借地投可敦城去如何？"耶律於顿无奈，勉强再言。

嵬名云哥终于不耐回头："这与接纳你们何异？"

"只求从横山北面过去，借横山遮蔽渡大河又怎样？"耶律於顿直接下马，就在地上下拜叩首，"求嵬名将军与一条生路。"

嵬名云哥见状，终于喟然："若是这般都不应许你们，着实有些不给耶律二字面子。这样好了，你们从洪州这里过横山，不许入城，也不许往西面大白高国腹地进去，只是沿着横山这边顺边界往东北去，最后从你们大金境内渡河穿阴山去吧。你们今晚过去，三日后我再向烟广府完颜火钺都统通报此事，这是最后条件了，来与不来，你们自便。"说着，嵬名云哥再不多言，直接丢下地上的耶律於顿打马北走，却又将自己所带几百部众亲卫留下，封锁了山口。

秋日晴空万里，横山南麓着实舒爽，但两三百岐辖人从耶律於顿口中得知要北走可敦城寻耶律大石后，心中却十分煎熬。这些第一次听到实话的底层岐辖人更是充满对脱离大金的震惊与惶恐。

耶律於顿此时面对夕阳心中也是无限悲凉，此时的可敦城被蒙兀人占领，必然乱作一团，更何况还有千里沙漠，自己这一行人怕是前途堪忧。耶律於顿此时所想只有一事，那就是没有西勒人的向导和补给，他该如何穿越那片大漠？甚至只在横山以北，不许进城，他又该如何控制部众不离散？出了横山，又该如何在追兵必然张网以待的情状下成功渡河向北？平心而论，耶律於顿自己都觉得，别说可敦城了，怕是黄河没过就要被人弄死在路上。但是，不去可敦城，不去找耶律大石，又能去哪里呢？便是去找云内节度使、同族的耶律奴哥，不也得去北面吗？

恍恍惚惚之间，日落已至，西勒人遵照约定，直接离开了山口，而耶律於顿也强行收起心思，下来汇集部众。然而，就在这个时候，一个晴天霹雳般的消息复又砸在了他的头上。

"将军……"负责清点人数的心腹侍卫上前汇报，嘴唇直接哆嗦了起来，"少了十个人整！太师奴那一整什的人全都不见了。"

耶律於顿恍恍惚惚，本能便往横山山口里逃，后续心腹匆匆跟上，然而，过了横山山口，心腹再度清点人数，却发现居然又少了十来个人，恐怕根本就没跟过来。到此为止，岐辙人士气越发低落，可以想见，如果耶律於顿再不鼓起士气，这支队伍马上就要分崩离析了。

"将军！"迎着横山山口的北风，有人主动出言质询，"此去可敦城山高路远，中间有千里沙漠，况且，太师奴十之八九是向桓榛人告密去了，我们又如何能成功脱身？"

这话问到了要害，耶律於顿回过神来，辩无可辩，也只能避而不谈："撒八，你到底是何意？坦荡一些不行吗？"

"俺的意思是，既然到了这种地步，不如一拍两散，容俺们自去寻西勒人投奔，反正西勒人顾忌的是将军你，却不是俺们这些底下人，俺们自是骑兵好手，西勒人如何不许俺做个铁鹞子，吃口军饭？"撒八一边说一边环顾身后。

而看到撒八示意，他的十几个同伙一起鼓噪不说，慢慢地，居然有七八十人渐次呼应，然后站到了撒八身后，与耶律於顿身后部众直接对峙。

光线渐渐暗淡，双方都担心天黑之后局势难明，所以气氛渐渐不安，居然开始有人拔刀，继而辱骂，两侧直接白刃相对，气氛紧张不安。耶律於顿立在两队人中间，想了一想，忽然长叹一声，却是抬手制止了自己心腹，然后双手空空，上前直接对那扶刀的撒八言道："既如此，你们走吧！从平戎寨中带出来的补给也拿走一半，但请念在我们多年相处，直接向北去洪州州城，不要窥我们路线，也不要说破我们行程。"

撒八等叛离士卒本只想活命罢了，闻言反而有些惊愕，但事情到了这一步，既然耶律於顿许诺，不用火并，又如何会留？于是几名叛离头领商量了一阵，到底只取了少数补给，复又远远朝耶律於顿恭敬一拜，便聚众百八十人，向正北走了。非只如此，接下来，耶律於顿枯坐山口不动，干脆不点篝火，只是任由其余部属仿效撒八等人逃散，一直到半夜两三更时分，方才有心腹来告，说是只剩二三十骑了，而且已经许久没人逃散了，乃是要请将军定夺，是否可以点篝火，暂且安眠，否则只是山北寒风逼人，怕是都要冻出病来。

耶律於顿仿佛此时才活过来，终于在夜幕中迎风应声："事到如今，谈何定夺？蒲答，不要点篝火，让大家聚拢起来，外面围马，里面围人，就说我有事要与诸位手足兄弟商量。"

心腹听到耶律於顿说得严重，不敢怠慢，赶紧将剩下人聚拢起来，而人马围起来以后，耶律於顿方才再度出声："一直到此时，还有如此多兄弟不离不弃，耶律於顿感激涕零，便是原本该一死了之的，此时也要拼了命为诸位兄弟求个安身之所才能去死，而且，咱们确实没到山穷水尽之地。"

这话有些突兀，饶是剩余之人对耶律於顿个个忠心无二，周围一圈也有些骚动之态。

"诸位兄弟，我从过了黄河一直是惊惧交加，一直到刚刚局势无解才放开了心思，想明白了一些事情。你们说，耶律马五老早就因为兵权之事对我厌恶至极，且又对桓榛人忠心耿耿，如何会好心送我过河，劝我来投西勒？"

周围轰然一片，耶律於顿则继续在北风中坦荡以对："想来此时能指示耶律马五的，只有完颜乌竹了，而四太子此举，或许是要拿我向西勒投石问路。只是这四太子此时自燕京而来，必然不知大石大王在西勒西面立足的具体讯息。"

"咱们知道又如何？"蒲答依然不解，却不耽误他主动为自家将主递话。

"咱们知道了这个讯息，便有向绍宋人交涉的资本了，因为若是这般的话，从绍宋人河湟那里也能通往大石大王所在了。"耶律於顿缓缓而对，声音之中再无之前半日的惶恐之态，"不管完颜乌竹是不是要拿我试探西勒，咱们都一口咬定他就是此意，而且根本上是准备引西勒加入烟广战局，届时以绍宋人与西勒之百年

252

血仇，他们不信也得信；然后咱们再以完颜乌竹不知大石大王立业之事为要害，告诉绍宋人，咱们可以替绍宋人做使者往西面出河湟去哈密力见大石大王，约岐辚大军东来，夹击西勒，乃至大金！绍宋人必然允诺！"

周围渐渐安静下来，但明显有几个人呼吸粗重，显然是少数聪明人意识到此举从逻辑上与理论上的确有一定可行性。毕竟嘛，就眼下这个山穷水尽的局面，哪怕只是一线希望，在此时都是值得去赌的。不过，还是有一个问题。

"将军，前方绍宋、大金交战厉害，又有太师奴去告了密，咱们如何能轻易越过前线寻到绍宋人？又如何能保证寻到妥帖知机的绍宋人？还有西勒人，咱们在横山这边，若是平戎寨的桓榛人赶到，直接寻西勒人要人，届时西勒人顶不住，复要背约拿我们又如何？"

"这就要赌命了。"耶律於顿语气铿锵，"我记得保安军栲栳寨那里乃是西军将种郭浩所在，我赌他没被完颜火钤拿下！也赌他是个知道我身份、晓得国家大局的。然后咱们人少，现在弃了辎重，趁着西勒人和桓榛人都以为我们只在横山北面打转，赶紧牵马顺原路返回，从横山南面向西、向南去栲栳寨！"

众人这才醒悟，为何耶律於顿一直坐在寒风料峭的山口不动，又为何一直不愿举火，还放任所有人散去，原来是要隐藏行踪，以小股部队折返回去。

可能是天意不绝此人，一行人摸黑回转，算是被他们成功反穿了山口。而反穿山口之后，一行人依然不敢怠慢，还是不敢点火，只是上马顺山势微微轻驰，也不知道过了多久，天色尚未明晰之时，终于闻得前方水声大作，众人情知是到了混州川，这才下马稍歇，用了些干粮与河水，不过一会儿，天色稍明，复又迫不及待，寻得浅水渡过此川。一直到此时，所有人才歇下半口气来，因为天色已明，又有一条河阻碍追兵，接下来，只要奋力疾驰往栲栳寨便可。

十月初二，中午时分，耶律於顿率二十三骑直趋包围并不紧密的栲栳寨下，赤手临门，于神臂弓弩矢之下自报姓名，且自称郭浩先父郭成故人，而郭浩登城面询后，闻得是昔日丽国东路都统、大金元帅右都监耶律於顿，又听对方在城下言及西勒、北丽，说到完颜乌竹、耶律大石，果然识得对方。当即力排众议，纳耶律於顿入城。

而此时，完颜乌竹还在太原等消息。

第六十五章　攻守

秋末初冬，一则秋后马肥粮足，二则凛冬未至，所以素来是用兵之时。然而，自完颜阿古达正式起兵反丽算起，凡十八载。

原习惯于秋后出兵南下的大金那连续十八年的扩张战争终于就此打住。尽管陕北还有战事，尽管之前爆发了淄水之战，但是相较于之前十八年大金的气吞万里如虎狼，其他国家的百里似乱麻，还是有些小巫见大巫了。而在很多人看来，这一年秋后由完颜火钹发动的大金秋后攻势，更是如小儿游戏一般可笑。

口号如山响，结果正面战线寸步未前，好不容易从侧翼靠突袭夺了保安军那边几个寨子，却始终没有攻下最重要的栲栳寨，如今随着绍宋御营后军都统吴介亲自领兵去援助，那些外围寨子被一个个重新拔回来，保安军也要陷入僵局。实际上，就在耶律於顿逃入栲栳寨的这个时间点，刚刚结束了殿试的赵官家虽然对陕北战局保持了一定关注，却依然在东京城内安坐，并将大部分注意力放在了即将推行的一揽子财政改革上；而关西的使相宇文绪忠依然坐镇长安未动；韩师仲也只是在同州象征性地坐镇；胡尹在坊州；便是完颜火钹与吴璘也只是在雕阴山口对峙；而河东金军也未曾有半点调度配合。

大金四太子也才刚刚抵达太原，并在十几日后才知晓了耶律於顿消失不见的消息。坦诚地说，知道具体消息以后这位四太子也并未有太多反应。完颜乌竹稍微犹豫了一下，决定分主次、按步骤依次去做，乃是一面安抚太原诸将，一面亲自发函给完颜火钹，要求对方停止注定无用的战事，将烟广交给完颜萨利赫，将前线军队交给蒲查胡盏，然后亲自来太原见他一面。这还不算，完颜乌竹同时发函给北面新任的大金西京留守，自己六弟完颜讹鲁观，让他从北面去寻西勒人说话，做些暗示。倒也算是尽力而为了。

耶律於顿是十月初二进入的栲栳寨，然后按照自己准备好的说辞向郭浩全盘托出，十月初五，这个消息才送到隔壁庆州边界大顺城的吴介处，因为需要绕路躲开中间的金军控制区域。等到十月初七，消息才被坊州的胡尹得知。

而十月十三这一日，长安的宇文绪忠与太原的完颜乌竹才一起获知了这个消息。接下来，自然是完颜乌竹按部就班去跟完颜火铵对抗，而不敢做主的宇文绪忠将消息按照最高级别向东京传递。

十月十八，消息传递到了东京枢密院，而这日下午赵玖方才得知讯息。

"召四位相公和李中丞一起来议事。"赵玖思索片刻，情知拖延不得，即刻在石亭内下令，"刑部王尚书、兵部胡尚书也唤来……稍等，御营骑军都统曲锻，御营中军副都统王德，统制官张景、乔仲福，还有御营都统制官王源、枢密院里胡闳休那些参军官，也都一并唤来。"

"官家。"随侍的刘彦正色提醒，"诸相公与枢密院参军就在前面崇文院内，御史台、各部主官也就在宣德楼外，将官却多在城外岳台大营。"

"那就去文德殿谈，稍晚一会儿再谈，等等武官。"赵玖一边说一边直接从亭内起身，走出两步，又回头相顾，"去寻杨轶忠，你与杨轶忠也要列席备询，把胡铨、虞允文也叫来，武学中西军出身的培训军官也唤来，再将武学中的拼图沙盘给运到文德殿上。"

且说，刘彦根本不知道发生了什么事情，但一开始听到要召诸位相公与许多将官议事就知道事情不简单，等听到居然要去文德殿就更是紧张，最后连自己和杨轶忠也要列席备询，再无多余想法，直接就在亭外呼唤班直，匆匆传命。至于赵玖，恐怕他自己都没意识到，内心深处越来越看重此事了。而且，其人走了几步，又转回亭内，陷入思索。

傍晚时分，文德殿诸臣相会，众文武甫一到场，只看列席众人，便已经明了此事应该是事关军略大政。而相公、重臣们更是早早知晓事情原委，蓝大官简单介绍情况后，首相赵定直接发出疑问："耶律於顿固然是昔日丽大金重臣，但如今不过是一微末逃人，其言可信否？且耶律大石区区北丽余孽，虽然有些讯息与说法，如何可用？"

赵定此言直击要害，此事关键在于金人将陕北赠与西勒的可能性，以及与耶律大石共同夹击西勒的方案可行性。"臣也以为大金未必会如此作为。"首相言语刚落，都省副相刘汲也拱手相对："此举太过匪夷所思，此非战国之世，哪里有举数郡之地嫁祸东水之策？"

"可若真如此又如何呢？"西府副相陈规闻言立即蹙眉出列，难得当场驳斥，"这种事情本就是在两可之间，但军事战略，难道是可以赌的吗？"

"臣有一言。"枢相张骏稍作思索后也即刻表态，"便是不论陕北诸郡，连接西勒，也是正理！自古以来，两汉并北虏，都是以西域为钥，断北虏之臂，成夹击之势，便是神宗时河湟开边，以遏西勒，也是此理。"

四位相公上来两两对立，看法截然不同，这让气氛有些凝重，但堂上聪明人差不多都明白，这只是双方的思考方向不同、立场不同导致的态度不一，而非是所谓党争。赵官家此时只是肃然不语，也不知道是在思索什么。

"官家。"

事情的疑难上来就彰显无疑，御史中丞李光蹙额思索起来，犹豫之后，兵部尚书胡世将躲无可躲，无奈上前："今年秋收没有大灾，便是京东打得快，打得巧，也都没有耽误秋收，但若在陕北那种地方用大兵，转运之难可不是中原、关中能比的！说不得还得是从巴蜀调度，然而巴蜀今年尚在以半赋偿尧山之战的征调，难道要还完债再向巴蜀士民征借吗？"

此言无须辩伪，而且正中张骏与赵玖要害。

张骏一时蹙眉犹疑不说，赵玖终于开口："那依胡尚书所言，又该如何应对？若金人真就以陕北之地引西勒人入局又该如何？"

"修葺沿线坞堡，就地屯粮，坐观形势，再论其他。"胡世将恳切相对，"臣为兵部主官，义不容辞，愿往关西一行，亲自主持此事。"

赵玖微微蹙额，尚未来得及答话，不料一人即刻出列，正是昔日的陕北主官、今日的刑部尚书王庶。

"官家，臣有一事要说与官家及殿中文武，有一问要问与诸位相公与胡尚书。"王庶拱手而对，"请官家允诺。"

"叫卿来便是要卿等畅所欲言。"御座中的赵玖当即抬手示意。

"是。"刑部尚书王庶俯首一礼，然后转身环顾一圈，正色开口，"诸位相公、同僚，下官有一言相告，昔日下官主陕北大局时，曾亲耳闻得讯息，西勒国主李乾顺的确曾向完颜瞻汉纳贿，求周边绍宋和丽国故土与他，而完颜瞻汉也的确有将阴山左近丽国故土赠与西勒之论。换言之，此事绝不是空穴来风！耶律於顿便是丧家之犬，却不代表他的言语不被重视。"

赵定、刘汲二人各自肃然，殿中许多人也都严肃起来。且说，此事明显属于军国大事，且更重军略，而王庶身为刑部主官，且有修订、发布《刑统》之事要做，照理说不该唤他来此参与这个会议的，但官家还是唤他至此，其他人也没有提出异议，无外乎是看在此人曾一度主陕北军政大局，希望他提供相关情报、信息与看法。

"便是如此，我等亦可深沟高垒，备粮砺兵，以不变应万变。"严肃的气氛之下，胡世将恳切回应，坚持了自己的立场。

"只深沟高垒，备粮砺兵怎么行？为何不将保安军与定边军一并送出去，做个添头？"刚刚从京东回来的御营骑军曲锻终于忍不住了。

听到曲锻开口，本要驳斥胡世将的王庶一时胸口发闷，居然说不出话来，倒是胡世将不能理解，然后认真相询：曲都统何意？

"这不是桓榛人要给西勒人送礼吗？"曲锻站在傍晚时分大殿的阴影中冷笑以对，"咱们顺便将保安军和定边军也送出去，做个添头，也不好弱了声势，显得没了大国体统。"

胡世将终于会意对方是在恶意嘲讽，也是强压怒气相对："曲都统，这是在说国家大事！"

"我也在说国家大事。"曲锻昂然应声，"保安军、定边军，还有庆州北三寨，其实与烟广的勾连更方便些，既然要深沟高垒，要省钱粮，如何不能送出去了事？司马相公不也送过吗？其实要我说，胡尚书还是不懂关西地理，要想省粮食、省力气，怀德军、镇戎军、西安州、会州都该送出去。若是还想更省事，兰州以西，整个河湟也可送出去！若是还觉得费粮食，整个关西也送出去，只守潼关、大散关等关隘，岂不是更妥当？"

胡世将怔了一怔，继而怒气上涌，便要回身弹劾此人，李光也终于要按捺不住。

就在这时，首相赵定与枢相张骏齐齐抢先一步，先后呵斥："曲锻，这是文德殿大堂，你若再有荒悖之论，即刻出去！"

"曲锻！让你来是好好议事的，不是这般说荒悖言语的！"

"好让两位相公知道！"被两个大相公当面呵斥，曲锻丝毫不惧，继续在堂中大声相对，"于我等关西人而言，放西勒入烟广，也是天下一等一的荒悖之论！"

殿中一时寂静，许多人心中一惊，曲锻在那里继续咆哮殿堂："相公、尚书们可曾问一问我们这些关西人是怎么想的？今日不说什么可连耶律大石破西勒，也不说西勒阻我骑军拉拢番骑，只说烟广一府，之前金人势大，完颜火钹兵重，我等无奈，倒也罢了，我们关西人居然怕西勒人吗？依我说，胡尚书自是常州人，兵粮不足，让常州加赋便是，加赋不够预借便是，寻常州借个百年赋税，还怕没钱粮？凭什么就要坐视烟广如货物一般被人传递？常州人是人，烟广人便不是人吗？！"

一阵咆哮，胡世将气得面色通红，强行忍住，便是几位相公、一位御史中丞也都无言。因为，就在曲锻咆哮之时，殿中许多西军出身将领，自王德以下，张景、乔仲福领着许多人向曲锻身后汇集，便是素来没了心气的御营都统王源此时也拉长着脸往曲锻那里挪了两步。

"号完了吗？"

就在这时，赵官家终于冷冷出声："说话不能好好说？非得这般阴阳怪气？"

"臣惭愧。"曲锻头皮一麻，赶紧从阴影中走出来，恭敬行礼，"但臣实在是气愤难忍。"

"号完了就且等着，刚刚没问你不是不问你，而是没轮到你。"赵玖没有理会对方，只是复又看向了王庶，"王尚书不是还要问一问什么吗？"

"臣已经无须问了。"王庶只是看了眼身侧曲锻，"臣刚刚正是想问胡尚书，他的言语固然有些道理，却可想过我们关西士民是如何看西勒人的？烟广是关西重镇、大镇，是陕北数郡核心，在大金手中那是之前大金势大，是完颜火钹兵重，确实一时半会儿没法取，可若是金人要走，将地方与西勒，而朝廷却要坐视，只怕关西人心会不稳。"

"你与曲锻此时对烟广一事倒是终于一致了。"赵玖终于哂笑，复又去看胡世将，"胡尚书，你也莫要生气，咱们居庙堂以功利论事，是对的。但心里总得明白，咱们从中枢一个大略下去，便是关涉千万士民的身家性命，总得有取舍，今日这事，无外乎是权衡利弊罢了，若真是不行、不足，便是曲都统再嚷嚷也只是无益。"

胡世将刚要应声，曲锻复又抢先开口："官家，若金人真要弃烟广，引西勒人过去，臣愿为先锋，收复烟广。烟广地理在我，人心在我，西军士卒也断没有在此战中不奋死的道理。"

赵玖只是胡乱颔首。

而接下来，被唤来的文武官员大略依次出言，但说来说去，各持己见。而且，因为宰执们的定调与曲锻、王庶、胡世将三个大员的冲突，事情的核心论点集中到了两个问题上。一个是耶律於顿带来的消息真假之论，也就是大金会不会真把烟广送给西勒，双方是议论不停的；另一个，则是假设大金把烟广给了西勒人，西勒人加入战局，文武之间、中枢与关西人出身的军官之间，却又立场分明。中枢和文臣不想再与一个大国开战，而且很可能是大兵团决战，那样消耗太大，得不偿失；而武臣，尤其是有关西背景的武臣，却个个态度明确，一旦西勒人过来，绝不能忍！

"朕意已决。"面无表情的赵官家忽然在御座中开口，"烟广之事，事关关西民心，便有万一之可能，也要先做防备。况且西勒国主李乾顺为虎作伥，为耶律女婿却杀妻灭子，为绍宋藩属却隔绝郫奚番骑为朕所用，便是朕给他书信他都置若罔闻。"

片刻之后，一名原本就在灯下的年轻文官上前半步，在一处灯火下俯首相对："臣枢密院承旨领参谋军事胡闳休义不容辞，愿受节西行！"

赵玖微微一怔，一时没有反应过来。倒是一旁曲锻忍不住笑了起来："胡参军，你这人话都说不利索，如何能做使节？"

胡闳休抬头恳切相对："曲都统，下官以为，若耶律大石确在哈密力，且有雄兵，那此事能不能成在于耶律大石对兴复旧国有几分执念，在于夹击西勒可能对他有几分好处，这些东西不是言语能改变的，下官届时诚心以对，坦诚以言，他来，自当来，不来，自不会来，绝不会有辱使命！"

曲锻冷哼一声，貌似嗤之以鼻。

赵玖终于失笑："朕明白了，就以胡参军加兵部侍郎衔，西行青海，替朕见一见这个耶律大石！然后坦诚以对，替朕问问他，知不知道朕已经迎回二圣，而耶律延禧早在三年前便被桓榛人驱马踏成肉泥？问问他，愿不愿意与朕会猎灵夏，取河西之地以为西进后援、东归前基？然后再问问他，还记不记得他故乡临潢府外的芦苇花是何模样？"

"臣谨受命！"胡闳休俯首相对。

十月中旬，兵部侍郎胡闳休匆匆启程向西。有惊而无险，这一年距离过年还有五六天的时候，胡闳休与耶律於顿抵达了哈密力，随即便得到了确切消息，原来耶律大石正在前方高昌。

且说，以高昌为实际首都的西州回鹘诸部在商议了许久之后，早早表达了对耶律大石的恭顺，但耶律大石可不是只要一封书信那么简单，还是引大军南下了，而随着耶律大石的部队南下至北亭后，以回鹘王毕勒哥为首的西州回鹘政权，在做了最后的思想斗争后，却正式向耶律大石称臣纳贡。故此，耶律大石兵不血刃，便彻底降服西州回鹘，正要率军往高昌与毕勒哥会师，同时接受他的礼物与人质。

这是一件天大的好消息，但也是一个坏消息。因为耶律大石一开始就告诉西州回鹘诸部，他是要去往更西面的黑汗国"借兵"的，所以在西州回鹘这里只是借道而已，马上就要往西走的。换言之，要是胡闳休他们赶得晚了，说不得耶律大石便直接继续西行了。

胡闳休与耶律於顿等人此时已经力尽，随行百骑已经减员到七八十人，还都疲惫不堪。但此时什么都顾不得了。二人当即在哈密力临街易马，乃是三匹疲惫之马换一匹好马，得马三十，复又选出八名随从，一人三马，打着耶律大石部下的名义，即刻再度西行去高昌。

过年之后，绍宋官家的龙纛突然西向入关，当即便震动了整个天下。

二月底，春耕大略结束，战事突然爆发。之前休整了大半月，却没有离开前线的御营后军最先动起来。在吴介的指挥下，御营后军在保安军与庆州北部地区，也就是烟广西北侧，大金、西勒、绍宋三家最敏感的横山前线交接处，投放了最少两万战兵。一旦展开，兵分两路，一路顺着洛水向东南方向，即烟广府完颜火钬那里推进；一路向西北方向，即之前旌和中被西勒夺取的定边军地区进发。

绍宋七年抗金，五年砥砺，终于在建炎六年的春日踏出了反攻的一步。然后时过境迁，没有人会记得那些曾经活生生的面孔，也没有人会记得那些曾经闪耀了时代的刀光剑影，只是一部分人、一部分事情，如同这次反击一样被记录下来。

吴介动手后，其余绍宋军也都动作不断。韩师仲部进抵同州，确保了对烟广另一侧的压力。而岳斐、曲锻、王德三部则抽调大量精锐对之前被西勒夺走的怀德军，以及西安州北段城寨展开了猛烈的进攻。在这几路绍宋军的进攻之下，葫芦河流域周边防线迅速崩塌。此时的西勒国主李乾顺寝食难安。

不仅如此，三月上旬，更是传来消息，绍宋官家的龙纛再次北移，直接进入了坊州最北端的坊州州城。很显然，绍宋官家是要直接都督韩师仲、吴介二部以对烟广——横山这个东线战场进行把控。

绍宋天子就在坊州，这一句话带来的震动和压力，直接让横山一带风声鹤唳起来，很多横山内外的郋奚小部落都有动摇之态，更有陕北沦陷区士民屡屡暴动、倒戈之事。而无论是岳斐还是吴介，对大金攻势明显顺利起来。这种情况下，李乾顺不敢从横山防线那里抽调兵马，更不敢将自己在灵州摆着的兵马调出去迎战，因为一旦有了闪失，出现野战大败的情况，哪怕只是万余部队，都很可能导致连锁效应，满盘皆输。

交战不过数日，这位经验丰富西勒国主便彻底意识到了一个现实，那就是今日之绍宋军，绝不是昔日的绍宋军，今日的绍宋，也绝不是昔日那个绍宋了。不能再指望着西勒自己单独与绍宋人形成战略平衡。煎熬之中，李乾顺唯一的指望便是桓榛人了，求援的信函开始一封接一封，以最快的速度从兴庆府发出，自横山后方送达大金占领区。

大宁城，是黄河东面金军腹地通往烟广的最主要通道。这是因为经流此处的昕水与对岸延河的黄河入河口只有区区十几里距离，而且延河口又在下游，使得自东向西的后勤转运非常妥当。因而，此地便成为四太子完颜乌竹的行辕所在。

等到三月上旬，战事全面爆发以后，第一份求援信抵达此处后，这位实际上执掌整个西路军与西线战区的大金魏王粗略看完书信，便在大宁城的行辕大堂内做出了判断：“要救西勒。合大军往河中府！在蒲津、龙门津铺设浮桥，压同州；越中条山攻平陆，以压陕州，逼迫绍宋军自陕北抽调兵力彼处对峙。”

此所谓围魏救赵，或者说是假装去围魏，压魏救赵之策。只能讲，千百年来，蒲津、潼关那边一直为关中之钥，果然是有道理的。

建炎六年春发起的这场西北战役第一阶段，绍宋占尽先机。几乎所有旌和后被西勒夺走的城寨土地都被有条不紊夺回。

“咱们没有那个本事攻过去，最起码不可能在横山——烟广这个战场真的搞一场大决战。”坊州城北的桥山黄帝陵前，望着山陵负手而立的赵玖侧耳听完两名帅臣的军情汇总与建议后，给出了答案，“因为此时一旦真的攻进去，最少是十万人级别的会战，对方只要坚守住两个月不出战，便足以拖垮咱们的后勤，也自然就不战而败了。所以，无令不许随意扩大战事规模。”

专门从东面与北面回来汇报战况的韩师仲与吴介对视一眼，只是一起拱手称是。

“但也不能不打，此战唯一的要害，其实是要确保横山后面的西勒野战主力不能回撤。"赵玖转过身，就在黄帝陵前的台阶上开口。

"也不能让西勒惊惶到举国动员的地步。"胡尹上前半步，抢在一旁韩师仲应声之前叉手而对，"放在平日，自然巴不得西勒人举国动员，这样的话，连着几次拖也能拖死西勒了。但现在，按照胡侍郎送来的讯息来计算，岐辖人三月初派的人回西勒通知耶律大石出兵，那不知道什么时候三万岐辖大军就会过来了，那边才是关键。"

"不错。"赵玖背对黄帝陵颔首以对，"西勒才是关键。"

"臣明白了。"韩师仲即刻应声，"只要虚张声势……"

"不错，正是虚张声势。"赵玖再度颔首。

"只是官家。"黄脸的吴介忽然蹙额插话，"西勒果真可靠吗？"

"朕又没指望一战灭了西勒。"赵玖也皱起眉头相对，"只要河西走廊打通便算是成功了。一旦打通河西，一则断西勒之臂；二则引西勒入局压住西勒；三则连接西域，使国家不再缺马。而耶律大石屡败屡起，凡十数年愈挫愈勇，此等人物以有心算无心，引三万大军与鹏羽三万之众左右合击，怎么可能连空虚的河西六郡都不能取？"

"臣不是这个意思。"吴介肃然叉手以对。

房山之上，赵玖与胡尹、韩师仲一怔，便是在旁侍立的杨轶忠，刚刚从京城过来汇报讯息的吕本中等近侍文武也都微微一愣，很显然，所有人瞬间便明白过来吴介的暗示。

"官家。"吴介见到赵官家醒悟过来，随即上前半步，严肃提醒，"丽人不是易与之辈，臣没有疑惑耶律大石的才能，也没有担心岐辖人的战力，更没有忧虑区区河西六郡的问题，因为金人也好，西勒人也罢，便是有诸葛武侯的才智，怕是都在一开始就没有将西域的岐辖人算计进来，此次设谋如咱们握了天机，只要在陕北耀武扬威虚张声势，便可坐收其利。但是，怕只怕耶律大石与西勒会顺利得过了头！"

"若过了头又会如何？"三月暖风之中，赵玖彻底正色起来。

"臣的意思是，李乾顺被丽国骑兵顺着河西通道给一路捅到兴庆府怎么办？"吴介越发肃然，"而且，丽国与西勒世代联姻，大金阴山大胜之前，李乾顺更是全然倚仗岐辖人，皇后是耶律公主，太子是耶律外孙。故此，西勒国中，不只是郓奚人中对岐辖人多有好感，甚至有跟着耶律公主过来的陪臣至今居高位。"

"到时候，耶律大石占据了兴庆府，会不会尾大不掉？"赵玖顺着对方的意思说了下去，"会不会仿效当日燕京故事狠咬我们一口？"

"臣以为不会。"就在吴介即将开口之前，胡尹再度抢先而对，"于西勒与耶律大石而言，桓榛人才是灭国大仇、当面大敌，只要桓榛人那二十个万户尚在，那耶律大石但凡还有半分理智，就不会擅自挑起争斗……"

"挑起了又如何？"出乎意料，赵玖这次选择了支持吴介，"于绍宋与朕而言，桓榛人也是灭国大仇、当面大敌，只要河对岸桓榛人那二十个万户尚在，但凡朕还有半分理智，就不会因为区区一点地盘、摩擦而与西勒全面开战，因为岐鞡人不是郓奚人，郓奚人在绍宋大金之间只会选择跟着大金与咱们作对，而岐鞡人会选择跟着咱们与桓榛人作对。"

胡尹微微一怔。

"开战一定不会有，但摩擦、试探这种事情只怕是免不了的。"赵玖难得喟然，"关键是不能露怯、不能服软，这点朕以为稍微提醒下鹏羽便可，他会妥当处置的，关键在兴灵之地，不可不防。"

"官家之前许的是河西六郡四司，没有许兴灵之地……"吕本中匆匆插嘴。

"这事跟许许没没关系，是要战场上见分晓的，经历过海上之盟，哪里还能信口头之约？"赵玖不耐摇头，复又越过最近很老实的韩师仲，直接朝吴介开口，"吴卿怎么说？"

"臣还是之前密札中的意思。"吴介精神大振，赶紧将之前准备好的方案奉上，他的意思是，算着耶律大石出兵，抢在耶律大石穿越河西走廊之前便直接煽动嵬名合达的叛乱，这样，会让郓奚人首尾不能兼顾，甚至可能会给绍宋直接夺取横山防线的机会。

但赵玖之前并未应许。

而这一次，这位官家犹豫之后，缓缓摇头："朕还是那个意思，不能提前暴露耶律大石的存在。吴卿也说了，李乾顺近五十年天子，在国中威望卓著，他既然能杀妻灭子之后放心任用嵬名合达，可见还是有几分豪气的，万一弄巧成拙，便是满盘皆输。"

"可兴灵之地又该如何？"吴介似乎有些不安，"若耶律大石去了兴灵之地，嵬名合达又在夏州呼应，横山一带的重兵与州军一并降了耶律大石，又该如何？"

"让岳鹏羽自己临机决断好了。"赵玖想了一想，给出了一个让吴介微微发愣的决断，"把这边的讨论和情报送过去让他自己决定如何出兵，何时出兵，往何处出兵。相隔数百里，没必要说太多，朕信得过他。"

吴介张口欲言，到底是沉默了下来，而韩师仲也是欲言又止。

"吴卿，"赵玖说完之后，忽然负手反问，"你是不是听到什么风声了？"

此言一出，韩师仲、吕本中等人纷纷一怔，杨轶忠依旧是面无表情，而胡尹却微微眯起了眼睛。

至于吴介，终于有些慌乱起来。

"吴卿与其他几位帅臣不同。"赵玖微微叹气，"与朕只是寻常君臣相会，况且你部御营后军和韩师仲部御营左军中多人贪赃枉法，想来你也是知道的，因此想求些军功也未尝不可。"

"臣治军无方。"吴介开始有些面色发白。

"朕若是你，必以军事为第一要务，绝不会将这些事放在心上。"

"是！"吴介俯首相对。

"去吧！"一身素色棉袍的赵玖居高临下，拍了拍对方肩膀，"别有太多想法，万事以军略为先，以前线为先，若是军事上的事情，但有想法，无论许与不许，都依然放肆说来，朕一定会妥善考虑。"

"是。"吴晋卿俯首再拜，匆匆下山去了。

"官家。"韩师仲不说话，自有人说话，眼看着吴介匆匆离去，胡尹便直接正色以对，"关西两大御营倒称不上堕落，只是旧习难改，而较之以往，其实这两年还是在往好了去的，没必要妄自菲薄。"

这一次，韩师仲连连颔首，表示赞同了。

赵玖同样点了点头，但很快就再度摇了摇头："与政务一样，任重而道远！"

这一次，胡尹、韩师仲、杨轶忠、吕本中，各自默然。片刻之后，就在赵玖犹豫要不要留在半山腰赏花的时候，忽然间，御前班直的二号人物刘彦出现在山路之上，并奉上一封急报。

"唤吴介回来。"赵玖只是看了一眼，便如此吩咐，急报也被转到韩师仲等人手中。

"怎么说？"又过了片刻，吴介匆匆折返，攀回半山腰，面上居然没有几滴汗水，赵玖见状也不客气，直接发问。

"桓榛人也在虚张声势！"吴介大约一看，立即给出了一个与韩师仲一样的判断，"归根到底，桓榛人还是不敢渡河，便只好盯着关中要害的河中府一带做文章，其实是不敢渡河的，最多越过中条山打一打平陆。"

而这一次，赵玖也直接点头："朕与韩卿都是这般看的，那晋卿觉得咱们该如何应对？"

"好让官家知道，咱们自然也要虚张声势起来才对。"吴介手持密件，脱口而对，"何妨请烟广郡王率部折返同州？不过似乎还是有些不足，因为咱们不知道桓榛人到底会集合多少兵马，要不要让臣弟吴璘率部分御营后军也去同州，听烟广郡王分派？"

"可若如此，"胡尹忽然插嘴，"横山后被吸引住的郸奚人会不会就此松懈，反过来分兵回去护卫兴庆府？"

"不错。"几乎一整天都在官家和胡尹身前保持安静的韩师仲终于发言，"依臣看，非但不能减横山——烟广前线兵力，反而要在彼处稍微施加压力才对，以虚张声势对虚张声势是对的，却该从全局考虑，该虚张声势的地方都要虚张起来，而不是只看区区一个蒲津两侧。"

"这事简单。"赵玖只是想了片刻，便忽然在春日暖风中失笑，"吴卿不动，韩卿在丹州兵马不动，甚至可以适当攻一攻烟广，至于蒲津那里，朕亲自与岳卿一起去同州与完颜乌竹隔河对峙就是，须知道，天底下可没人比朕更懂虚张声势这四个字了！"

周边几个人各自怔住，吕本中第一个反应过来："妙！"

第六十六章 名使

阳春三月，大金西路军主力纷纷顺着汾水南下，向着河中府一带集结，与此同时，东路军盘踞的重镇大名府周边，也开始有大股部队分别尝试向东、向西而去。

随着金军再度往河中府猬集，包括魏王完颜乌竹、都统完颜巴力速等人旗帜纷纷出现在蒲津对岸，绍宋军当然也不敢有所怠慢。但这一次，韩师仲本人帅旗竟没有从北面丹州过来，因为抵达同州蒲津渡的旗帜比韩师仲的天下无双还要高一个档次——那面让所有大金将领，尤其是让完颜乌竹与西路军将领们印象深刻的金吾纛旞，虽然远远看不清样子，但因为形状特殊，还是隔着一条河让他们再次认了出来。

隔日一早，完颜乌竹率诸将遥望局势，只见对岸原本韩师仲爱将黑龙王胜所处军营，一夜之间到处是烟尘与旗帜，到处都是密密麻麻的士卒民夫。他们往来不断，在分不清地方官还是随军进士的文官们的指挥下，大面积修筑营寨、战壕。而且分不清是否是团结社弓箭手之流的士卒与甲士也同样往来不断，随军官不断出入，往周边进发行军。

正当几位大金将领指着眼前局势暗自揣度之时，忽然间对岸便是一阵耸动，而且动静越来越大，继而整个河对岸庞大绵延的军营、工地都震动起来。与此同时，大河东岸的鹳雀楼上，面色原本就有些发白的完颜乌竹也好，一直保持冷静的完颜巴力速也罢，还有完颜萨利赫以及折合、马五、突合速、吾里补、胡盏等大金大将，一时俱皆沉默。无他，众人目视所及，金吾纛旞主动从对岸军营将台上拔起，朝着河畔而来。

龙纛所到之处，山呼海啸，及至河畔，金军能够隔河清晰闻得山呼万岁之声。

"这倒省得咱们试探了！"一声嗤笑，首先打破沉默的乃是西路军都统完颜巴力速。

此言既出，周围大金军将，多有哄笑之态，唯独魏王完颜乌竹与寥寥几个人肃立，死死盯着对面场景不动声色。而当此之时，二太子斡离不病死，完颜娄石战死，完颜瞻汉被锤杀，国主完颜吴启迈瘫在榻上。这群人试图找到一个能绝对压得过对面绍宋天子、给自家以信心的定海神针时，却惊愕地发现，此时他们能倚仗的两位军事统帅，一位魏王完颜乌竹，一个都统完颜巴力速，似乎都没有足够的说服力了。甚至魏王殿下，从淮上到对岸，一直是龙纛旗下败将。

"不管如何，这绍宋官家总是有几分果断的，咱们刚到，兵力未齐全，船只未聚拢，他就也到了。"完颜巴力速反过来叹了口气，"魏王，绍宋官家先至，韩师仲却不来，说不得反而有趁机攻略烟广的意味，咱们不能犹豫了。"

"俺知道。"完颜乌竹当即回头，却是点了一人，"完颜突合速，你率本部万户为先锋，先压住平陆。"

完颜突合速即刻肃然叉手听令，复又一瘸一拐匆匆而去。

"温敦思忠。"完颜乌竹再点一人，乃是自家从燕京带来的枢密院都承旨了，"你着人去写一份文书，俺待会儿来画押，着阿大阿二去送到隆德府，乃是要以完颜奔睹为行军都统，暂领彼处三个万户，速速往此处来援的意思！"

"喏！"

一名年约四旬、之前一直没有开口的桓榛文官昂然应声，看其站立序列，居然与完颜萨利赫并列，几乎只是稍微在完颜巴力速之后而已，却远在其余万户之前。

"且慢。"完颜乌竹下令之后，忽然又改了主意，"此事你吩咐人去做便可，且从俺平日用的高夷参里收拾两根最好的来，过河去替俺看一看那绍宋皇帝，问候一番。"

温敦思忠当即应声，其余诸将也都无言。倒是完颜巴力速，不禁有些皱眉。

阳春三月的上午，风和日丽，蒲津两岸地形开阔，一览无余，陪同魏王殿下看了半日龙纛的西路军都统完颜巴力速心中尚存一丝不满。因为就在魏王完颜乌竹刚刚决定遣使去对岸之后不久，对岸便又一次抢到了魏王之前——一叶扁舟直接从对面启程，而舟上一人衣着华丽，被人搀扶在船头，明显是个高级文官。

绍宋官家先行遣来了使者。蒲津天然良渡，片刻之后，来人便在桓榛骑士的护送下上岸换马，往此处而来，乃是高夷大臣郑知常。

"对岸是赵官家当面？"完颜乌竹问了一下，知道是个高夷人，虽然出乎意料，却并没有追责之态。

"是。"

作为高夷国中最大的"抗金派""主战派"，郑知常此时亲眼见到远超想象的密集骑军大队，早没了刚刚在西岸赵官家面前指点江山的气魄。

"赵官家遣你过来所为何事？"

"官家以两军交战，外臣身份妥当，所以过来问候魏王殿下，看看是不是魏王当面？"

"还有呢？"

"还有便是……"郑知常稍微一顿，方才在诸位金将身前勉力对道，"官家有言，说是听说魏王骑木蛟渡河，伤了身子，正好行在有吐蕃人进贡的雪莲，据说是大补的，所以让外臣捎来两件最好的，给魏王补补身子，省得再次在河中受了凉，礼物被大国铁骑给收走了。"

鹳雀楼上，完颜乌竹张口欲言，反而一时失声。

完颜乌竹居然没有生气，反而喟然应声："多谢赵官家好意，就说俺此番再要渡河，必然是堂而皇之率二十万大军渡河的，断不会沾湿了身子。"

郑知常赶紧点头。

而言语至此，完颜乌竹便失了兴致。倒还是完颜巴力速，眼看着对方战战兢兢，怕是之前在船上被人扶着也不是不谙水性的缘故，而是纯粹心存畏惧，便冷脸上前，忽然趁势逼问："我问你，绍宋官家从何处来？"

"坊州！"郑知常吓了一跳。

"你自家陪他从坊州过来的？"

"正是。"

"他此番带了多少兵马？"完颜巴力速黑着脸追问。

"十万大军委实是有的。"郑知常恳切相对，"大王在这边楼上看得这般清楚，哪里需要问外臣一个书生？"

完颜巴力速一时蹙眉，继续再问："十万人中有多少披甲？"

"外臣一直随驾绍宋天子，入目所及，皆是甲士。"郑知常内心忐忑。

一直昂然的温敦思忠忽然若有所思，向前一步，含笑相对："郑学士，对岸士气如何？"

"当然是群情振奋。"郑知常看到是个没披甲的，当即松了口气，"不瞒大国贵人，刚刚赵官家亲自来河畔，诸将中甚至有请战的。"

温敦思忠微微一笑，忽然色变："你在这绍宋官家身侧，可曾知道他有调度其余别处兵马至此？"

此言既出，完颜巴力速与完颜乌竹齐齐醒悟，一起负手看了过来。郑知常面色惨白，一时犹豫。随后，温敦思忠命人刀剑相向，郑知常惊惧之下透露了绍宋官家召岳斐、曲锻等将前来的战略安排。

片刻之后，目送着带着两根高夷参的温敦思忠与高夷人一起乘船折返，完颜巴力速终于说出了自己的判断："咱们合军至此，到底是起了作用，虽然横山那边绍宋人一时半会儿还是不愿松手，但平夏城那里撤了军，已经足以让西勒人喘一口气了，等隆德府三个万户至此，怕是韩师仲与吴介也要稍作退让，烟广完颜火钹那里也就解围了，就这般拖下去，万事便可消解。"

完颜乌竹颔首不及："但要做足姿态，不能让对岸心存侥幸，让隆德府那边加快速度，不必计较掉队减员，来得越快越好，让完颜突合速也加快速度，不指望他即刻破了平陆城，但一定要尽快与邵云交战，然后即刻快马传讯，让完颜火钹与西勒人知道此处讯息。"

身后自有他人一一答应。

一场不大不小的春雨之后，阳春三月特有的晴朗好天气主导了黄河中段流域。

德顺军境内，好水川南，中安堡内，被几名在座武将以目光催促之后，御营骑军副都统刘锜终于对着首座上的那名大小眼将军开口以对："末将以为，可以动了！"

"怎么说？"岳斐端坐首位，面色不变，身形不动，直接反问。

"从时间来看，耶律大石应该最少出兵大半月了。"

刘锜认真以对，井井有条："河西通道共六郡，沙州、瓜州、甘州、肃州、凉州，还有卓罗和南军司，长两千里，按照情报，耶律大石三万部众多是骑兵，便是后勤也有大批骆驼，若进展妥当，此时足以行进九百里到千余里了，至少打下肃州，以临甘州。而甘州是西勒在河西设置的军司所在，也是驻扎了西勒在河西主要兵马的所在。末将冒昧猜度，此时耶律大石应该正在甘州，或者已经得胜，或者还在作战，但甘州那些兵马猝然遇袭，怎么可能是三万岐辙大军的对手？十之八九应该是耶律大石快要得手的多些。而一旦甘州得手，再过胭脂山，便是凉州了。岳节度，咱们三万兵马，只有一半是骑兵，速度根本比不上岐辙人，此时再不动，怕是不能取卓罗城，以全兰州，不能全兰州，如何能确保岐辙人向北而非向东？须知道，岐辙人狼子野心，也不是什么好相与的。"

岳斐终于微微颔首，依然不发一言。

"不光是要防着岐辙人，也是要助岐辙人一臂之力的意思。"西军宿将、御营中军统制官张景也适时出言，"按照节度与曲都统、刘副都统、王副都统五日前所令，我等首要之事是要打通河西，与岐辙人连接，无论如何，助耶律大石得胜河西才能考量其他事宜，此时出战，去攻卓罗城，也是阻拦西勒援兵向西而去的意思。"

听其言语，岳、曲、王、刘四人，直到五日前方才向统制一级的军官传达了作战意图。

而听完张景言语，岳斐闻言扭头看向立在窗边的一人，终于出言："曲都统如何看？"

负手望着窗外的曲锻回头，却是嗤笑一声："岳节度让我看甚？"

"自然是刘、张两位将军言语，是否中肯。"岳斐诚恳相对，"我虽为此战主帅，却非是关西人，此间地理人情风俗，都比不上诸位，正要听曲都统判断。"

"没什么好判断的。"曲锻依然负手冷笑，"刘二与老张所言，有道理是有道理，但关西兵痞求功心切，私心满满，刘二一心想把自家老大捞回来，老张家里人口多，想攒功劳提携后辈，让自家多出两个统制官，这些事情，又如何能瞒过节度？说到底，此时局势就是这般，节度想出兵自出兵，用不着我来给节度敲边鼓；若是心中有计量，不想出兵，直接说来，我自替节度骂几句便是。"

刘锜与张景对视一眼，习惯性地沉默下来。

岳斐同样沉默了一下，方才再问："咱们此时从此处动身，全军往卓罗城而去，要多久？"

"以骑军为先锋，绕秦州大路，七日可至兰州……"曲锻脱口而出。

"我说全军。"岳斐提醒对方。

"若是骑步分开，骑军绕秦州大路，步卒跨屈吴山走会州，自然是以慢一些的步卒为准，大约十日，可会攻卓罗城。"曲锻认真作答。

"骑步不可分割。"岳斐再度提醒对方，"若骑步一致，要多久？"

"自然也是十日。"曲锻终于讪讪，"跨屈吴山走会州嘛。"

"若是自会州直接向北呢？"岳斐再问。

"取西寿保泰军司？"曲大严肃起来，城堡内的其余将领也都肃然起来。

"不错。"

"七八日便可。"曲锻认真以对，"但岳节度，我须与你说句实在话，西寿保泰军司位置特殊，此处固然是兴庆府西南门户，但地理复杂，北面、西面皆是黄河不说，军司四角全都环山，西北零波山、西南柔狼山、东北唯精山、东南杀牛岭，你不是关西人，不晓得此处厉害，西勒人在此放上三千之众，便足以挡住我们三万精兵，这也是西勒人在此地设置军司的缘故。"

"但若能趁此良机取之。"岳斐眯起眼睛对道，"便可握兴庆府一处门户，待耶律大石至河西，我等出此处与岐鞑人夹河向北，则兴庆府便无余念。"

"道理是这样。"曲锻坦诚颔首，"可若一时拿不下呢？岳节度，我不是说不能去取，不瞒节度，我这几日也有此念，但怕只怕不能速取此处，反而徒劳为岐鞑人做嫁衣裳。若我是耶律大石，来到此处河西地界，见节度正辛苦用兵于黄河对岸，自家干脆趁机顺河西直扑兴庆府又如何？此战不能让岐鞑人占尽便宜。所以，还是去取卓罗城，占一片河西之地最好。"

岳斐缓缓摇头："曲都统，我问你，若是咱们十日后到了卓罗城下，结果城头是岐鞑人的旗帜，又该如何？"

曲锻终于怔住。

"耶律大石这般厉害吗？"曲锻怔了许久，方才反问，"十日后便打到了兰州？不到三十日，打穿了两千里？"

"不知道。"岳斐坦诚以对，"但正如曲都统之前所言，此时怎么说怎么有道理，快的、慢的，好的、坏的，都要放在心里，官家将此处局势托付给咱们，许咱们临机决断，总要心里有数。"

说着，岳斐起来："不瞒诸位，我已下定决心，即刻出兵。但此战，我有三论，诸位在此当谨记不忘：一则，骑步不可分割，全军须为一体，且令行禁止，不惧牺牲，这样才能在对着郫奚人乃至于岐鞑人时，不露出军事上的破绽，以防为人所趁，失却大局，也才能把握军机，一击而中；二则，且行会州，并发哨骑不断，若耶律大石进军受挫，自当向卓罗城，乃至于凉州方向夹击，以确保打通河西通道，不负官家本意；三则，若耶律大石进军极速，也要有不惧艰难，与之抢夺先机之勇气。曲都统，可还有言语？”

曲锻与其他诸将沉默许久，最终还是曲锻重重颔首：“就依岳节度所言！”

岳斐这次只是点头，不再出言。

当日中午，好水川北的得胜寨处，御营骑军副都统李世辅率三千番骑先行，几乎全面撒开，以为向导、斥候；下午时分，曲锻与刘锜率剩余御营骑军居北而发，岳斐亲自打起御赐帅旗，督中军在骑兵掩护下进发西北，此处兵马，约战卒一万八千，民夫六千；与此同时，御营中军副都统王德也率六千步卒启程，自偏南的静边寨出发，故意偏离中军近四十里，以为后手援护。然而，大军西行，连过三日，尚未出屈吴山通道，忽然一日，李世辅部番骑便擒获一人，是自称绍宋兵部侍郎胡闳休下属，有要害军情传递。

军中不敢怠慢，当日晚间，将此人送到了李世辅身前，李世辅见得此人，惊骇之余同样不敢怠慢，当晚亲自护送此人来到最近的曲锻帐前。曲锻见得此人，复又连夜引数名亲卫，亲自带此人来中军驻地见主帅岳斐。便是岳斐见到此人，也同样郑重，乃是直接在帐中拱手行礼，口称侍郎：“胡侍郎！胡侍郎为何在此？”

“我猜到朝廷王师必然往此处来，所以专门翻山至此。”满面尘土，且剃了头发，甚至在头上涂了带着腥味羊油的胡闳休见到岳斐，再不迟疑，赶紧出言相告，“岳节度，不要去卓罗城了，也不要去北面西寿保泰军司。”

“怎么讲？”岳斐肃然追问。

“耶律大石委实不俗，就在我东归同时，他便遣大将耶律燕山极速归可敦城，乃是以可敦城为抵押，许了许多财宝，联络了漠南蒙兀诸部先自阴山而来以为疑兵，李乾顺先不以蒙兀人为虑，结果耶律大石大军一发，自沙州一路向东，如入无人之境，耶律燕山又在北面亮出旗帜，李乾顺终于失了方寸。”

“胡侍郎的意思是怕耶律大石进军神速，咱们此时去卓罗城，已经来不及了吗？”曲锻匆匆相询。

“非只如此。”胡闳休赶紧将最要害军情说出，“自岐鞑人传出消息后，我便藏身峡口，彼处乃是西勒人发兵河西必经之路，然后亲眼看见，西勒军约两万众过峡口匆匆向西，我一路在后尾随，却发现五日之前，这支兵马一分为二，数千人往西寿保泰军司过来，剩余万余众，匆匆向西去援凉州了。"

一旁曲锻气急拍案："李乾顺如此举止，竟是将我们彻底堵住了！若是西寿保泰军司又加了几千守军，如何能取？"

"若是这般。"岳斐闻言却微微眯眼，"胡侍郎却为何说李乾顺失了方寸？如此举止，岂不是应对妥当？"

"因为我之前随岐辙人去兴庆府时，曾劝岐辙人以西域宝货贿赂城内巫婆，然后得到过一个消息，之前西勒人正好留有两万野战大军，放在灵州。"胡闳休恳切相对，"峡口过军，我遥遥窥了一下午，大约两万，不可能这般巧合的。"

曲锻与岳斐齐齐色变，他们这几个月整日研究西勒军情，早对西勒地理了如指掌，闻得此言，立即领会。

"灵州兵马既发，那不管是从北面阴山调度，又或者从横山召回，又或者本地临时征召，都露出了一个天大的破绽！"胡闳休奋力劝道，"岳节度、曲都统，趁着西勒人未发现我们，即刻掉转向东吧！转回屈吴山，回平夏城，然后一路北上，趁着灵州空虚，顺葫芦河直接去取兴庆府！我来做向导！"

曲锻张口欲言，却觉得胸口扑通乱跳，不能决断。

岳斐思索片刻，下令聚将。

当日夜间，中军仓促汇集，争论了不过两刻钟，岳、曲二人便下定决心。随即，绍宋军自屈吴山全军折返，翌日也过西安州而不入，而且直趋葫芦河，三月最后一日，大军重新汇集葫芦河畔，转向北面。

待到四月初二，御营骑军副都统李世辅亲率三百番骑，抢占兜岭赏移口，正式进入西勒境内。

"何事？"赵官家再度接到军情，不过这一次，终于是刘彦将他唤醒了。

"吴都统自横山快马传递，说是西勒夏州都统嵬名合达主动联络他，自请为内应。"刘彦半跪在榻前，俯首将密札送上。

"嵬名合达自请？"赵玖蹙额翻身，接过密札未及阅读便反问，"耶律大石这般快吗？兴庆府想阻拦河西的战事讯息还不容易？莫不是吴介这厮自作主张，又来唬朕？"

"不是河西，是阴山。"刘彦肃然相告，"按照吴节度转述嵬名合达的说法，蒙兀人早就骚扰起了西勒北面，原本以为是趁火打劫，但十余日之前，忽然打起了耶律大石的旗号，还宣扬耶律大石与咱们结盟，自河西进军的情状，他在夏州，知道得自然迅速。"

赵玖当场怔住，一时惊愕于耶律大石的手段，片刻之后，他就心下乱跳起来。从绍宋到大金，从西勒到西勒，从西勒内部到绍宋军内部再到大金内部，甚至西勒两路兵马，所获取的信息截然不同。所谓全局纷乱，便是眼下，而乱中取利，也正当其时。

"立即回信与吴晋卿，你亲自快马带去！"看完密札，思索了大约一炷香的时间，尚坐在榻上的赵玖终于下定决心，"告诉他，朕还是不知兵，所以今日只能再次仿效尧山故事，与他专断之权，东线这里，依然是他来下令，依然是朕听他的，还请他依然放手去做！"

优秀的指挥官与军事参谋是可以嗅到局势变化的。胡闳休在进一步完成侦察任务，并确保岐辙人已经回身启动后没有折返，就隐约觉得西勒以目下兵力配置一定会在战事全线爆发后露出破绽，然后他又明智地选择了黄河峡口这个要害地点，以作观测，并最终寻到了西勒人可能会一闪而过的致命破绽。岳斐后撤到好水川后，奉命寻机出战，虽然遵循理性判断，选择了向兰州方向的卓罗城而去，以图与岐辙人左右夹击打通河西走廊，依然保持对兴庆府方向的关注，所以选择走屈吴山至会州再做决断的预备手，这才能与胡闳休成功相会。

而就在整个西勒遭遇三面来攻，彻底进入全面战争状态的同时，最东线，蒲津对岸，完颜乌竹与完颜巴力速二人也隐约嗅到了一丝不对劲。但这股不对劲的由来却一直不得而知。

完颜乌竹与完颜巴力速始终没有往西勒的另一侧去想，甚至没有将这种疑虑稍微表现出来。直到四月初五这一日，坐镇北面西京，与西勒有直接交流渠道的西京留守完颜讹鲁观用军事渠道向自家兄长告知了那个来自阴山，引发西勒人心动荡的讯息。

"是真的！"

完颜乌竹第一时间便做出了判断："绝对是真的！耶律燕山和那些蒙兀人不是在虚张声势，耶律大石绝对从更西面过来了！绍宋军也一定留了大股部队在西面与他左右夹击！虚张声势的是这里！是对面！"

早就成为大金前线指挥台的鹳雀楼上，周围大金将领面面相觑，而这其中，另一名主将完颜巴力速稍微沉默了一下，复又借着上午时分明媚的阳光往河对面的军营看了一眼，重重颔首。

"那眼下又该如何？"万户完颜萨利赫醒悟过来，即刻追问。

在场数十名万户、猛安，以及少量谋克，一起看向魏王与太原留守，魏王固然拥有最高权力，但太原留守也是前线指挥官，在军事问题上具有相当的权威。

果然，脸色煞白的魏王完颜乌竹闻言看向身侧的西路军统帅："俺心中已乱，完颜巴力速你来说，此时该怎么办？"

"那要看魏王殿下到底想干什么了。"面色铁青的完颜巴力速稍作思索，坦诚相对，"是想保全大局？还是想拯救大局？又或者是寸步不让，让绍宋人谋划落空？"

"现在还能让绍宋人谋划落空？！"完颜乌竹精神一振。

"如何不可？"完颜巴力速从腰中拔刀，白刃指向河对岸，"若绍宋人留了大军在西线与岐辙人联手，又要抓住横山、烟广，又要顶住中条山，那敢问魏王殿下，此时对岸到底有几多战兵？之前那高夷人所言什么岳斐部就在蒲津身后为后援的说法到底有几分可信？"

完颜乌竹呼吸沉重起来。

完颜巴力速置若罔闻，只是一面提刀指向对岸，一面慷慨激昂说个不停："蒲津水缓，河心洲虽被淹没，但大略可见，如今夏日涨水期未至，拼些人力，强架多列浮桥，足可通行大军，再仿效当年韩信故事，遣一支偏师从龙门渡走，侧击敌后，魏王现在下令，只留一个万户守住河中府，然后让其余全军尽发，不计死伤，强攻对岸阵地！只要抢在李彦仙、韩师仲援护之前击溃当面这所谓绍宋官家直属精锐大军，保证绍宋军必然弃了西勒，全力回防！"

完颜乌竹呼吸越发沉重，依然不言。

完颜巴力速终于回身，将手中白刃插到完颜乌竹身前桌面地图之上，面目狰狞："发兵吧，魏王！西路军此间足有五六万众，只要魏王一句话，便为完颜氏蹚过黄河！一雪前耻！"

完颜乌竹死死盯住完颜巴力速，完颜巴力速也丝毫不惧，同样冷冷盯着对方。二人隔着一张桌子、一张地图、一把刀，对视了不知道多久，渐渐呼吸平缓了下来，而此时，周围西路军军官，也都渐渐明白了完颜巴力速的意思。

完颜乌竹冷冷开口："若不渡河决战，又怎么说？"

"那自然是坐视西勒人失去河西，然后要么趁机逼完颜火钹回来，就此弃了黄河那边的事情，要么从北面出兵，给西勒人在横山那边做个支撑。"完颜巴力速坦然应声。

"咱们固然失了利，却也不能让绍宋人与丽人得大利，调兵向北，一个万户出绥德军、两个出晋宁军，还有一个走麟州，务必帮西勒稳住横山局势，只要横山不失，兴灵不失，西勒便能撑住，这般调度，也是必要时接应完颜火钹的手段。"完颜乌竹终于下令，"然后此处交给完颜巴力速都统统一指挥，俺亲自走一趟烟广，不管局势怎么走，都要完颜火钹先把军权交出来！得明明白白告诉他，军队是国家的，不是他用来报私仇的！谁可有不同意见？"

停了片刻，万户完颜折合还提醒了一句："魏王、都统，你们这般安排当然妥当，但俺有一句话提醒你们，岐鞑人在北地百年，绍宋人在南地百年，威信极高，两家一起打郫奚人，还有蒙兀人掺和，西勒境内各族杂胡心里肯定长草，这边调度得快，否则一旦哪里出现意外，便什么都来不及了。"

完颜巴力速连连摇头："再快也得数万大军老老实实挪过去。"

周围军将欲言又止，完颜乌竹脸色也有些不好。倒是完颜巴力速，拔出桌上刀子，插回腰间之前，复又认真相对完颜乌竹："魏王，我刚才固然是劝谏，但也是实话，想要定全局不失，最有效的手段莫过于此时拔全军向对岸而去，你若真有此意，我固然心里不同意，却是一定会令行禁止，亲自先登的！"

完颜乌竹闻言抬起头来，再度看向对岸。

"都是俺无知，被绍宋人给骗了。"等了片刻，完颜乌竹扬声以告，"若是早有决心亲自过河去见完颜火钹，又或是早用秦相公的计策，直接将河对岸的那几块地给了西勒人，哪里有今日的困境？便是突合速遇袭，援军被袭扰，也是俺擅加催促的结果。"

当下，众将再无言语。

完颜巴力速放回佩刀，下去调拨部队，而完颜乌竹复又叫了一桌饭食来，就在鹳雀楼上对着对面那面龙纛吃了下去，然后亲自北上，准备去见完颜火钹。

大金北走，蒲津对岸，绍宋军大营非但没有放松，反而越发紧张，谁也不知道大金军是不是在欲擒故纵，谁也不知道他们会不会晚上杀个回马枪。然而，当日晚间，金军到底是没有过来，第二日也没有回来，龙门渡预设的烽烟当然没有燃起。可与此同时，顺着黄河往上游而去，直线距离整整一千里外，实际黄河河道路程三千里外，西勒腹心之地的一处要害所在——峡口，烽火成功点燃。

且说，西勒驻军极少，绍宋军以张宪部上游绕行，突袭成功，继而全军强渡成功，但终究是人力所限，没能阻止西勒人点燃烽火。故此，下午时分，烽火一起，狼烟冲天，一时间西勒黄河沿岸处处示警。

岳斐见此情状，扶刀开口："此地距兴庆府还有多远？"

"一百八十里。"胡闳休脱口而对。

"急行军……三日？"岳斐思索片刻，再度相询。

胡闳休当即摇头："最少六日。"

一旁刘锜犹豫了一下，也主动插嘴解释："岳节度，郸奚人是部族多于户口，各部全民皆兵，便是核心的勇士此时不在兴灵，以李乾顺五十年国主威权，一个信使，便能召一个附近部落男丁来援。彼辈骑一匹马，执一张弓，拎一杆矛，负一袋粮水，足以成军。而这种番骑来冲咱们军阵，必然是送死，但若是咱们无视他们，放纵进军，让他们袭扰行军、掠夺后勤，便是咱们去送死。"

岳斐当即颔首："两位的意思是，只能稳妥行军，每日行三十里？"

"是。"刘锜应声以对。

"会有多少番骑来援？"

"不好说。"刘锜继续认真相对，"得看咱们走多快，若真能每日三四十里，五六日为算，抵达兴庆府城下时，怕是两万人也是要有的。"

而胡闳休犹豫了一下，也稍作提醒："节度，番骑汇集得越多，咱们进军就越慢，而且不只是对方来多少部落番骑，咱们的兵力也要考量。"

"不用考量。"岳斐摇头以对，"王副都统在身后差了四十里，一天的路程，就将峡口交给他，咱们不要耽误，今日好生休息，明日一早，全军速速进发，抢时间、抢路程。"

刘锜、胡闳休想了一想，然后各自重重颔首，便是刚刚安顿了本部骑军过来的曲锻在听了之前几句对话以后，也只是挥了挥马鞭，一时无话可说。

一夜无言，翌日一早，天色刚刚亮起，众人起来用饭，却发现昨日歇息地方，挨着黄河居然有一处佛家塔林，许多信佛的士卒纷纷跑过去祭拜。军官并没有阻止，唯独岳、曲二人冷冷相对，皆无表示。

"节度，西勒人来了！"

上午时分，全军整理完毕，辎重以木筏牵引，行于河中，大军则按照主帅亲自布置沿河列阵，正要出发，提前撒出去的李世辅却忽然回转，直达中军，然后翻身下马，朝岳斐汇报了一个军情。

"多少人？"

全副甲胄的岳斐在帅旗下正色相询，双目充血。

"四五百，必然是周围番部见到烽烟自顾自来了。"李世辅严肃以对，"这些番部都是兴灵本地番部，是嵬名氏嫡系，末将试着招揽，结果两个信使都被杀了，只好将他们驱散。而照此架势，怕是明日就能聚拢两三千人，届时末将的部众便无法轻易为大军驱散这些轻装番骑了。"

"无妨。"岳斐立即在马上应声，"李副都统这里做好斥候便是大功一件。"

李世辅当即颔首，但和周围关西军将一样，都难掩严肃神情。

就这样，大军终于启程，顺黄河北上。然而，走不过十来里路，未到中午，随着大军在黄河弯道上转过弯来，地形一时开阔，岳斐也理所当然注意到全军队列西北面一件显眼的事物，扭头看向身侧的胡闳休："胡侍郎，那座山连绵不断，好生雄壮，若群马奔腾，是个什么山？"

虽然明知道前方是决定此行生死的一段路程，且自家性格素来板直，裹着头巾的胡闳休却还是忍不住起了调笑之意："岳节度都说了，此山群峰若群马奔腾，那自然是骏马山。"

"就唤作骏马山？"

"然也！"胡闳休继续笑道，"不过，骏马在本地番语中，读作贺兰，故此，此山也可唤作贺兰山！"

岳斐恍然大悟。

第六十七章　倚河

从越过峡口那一刻开始，稍微有些常识的绍宋军御营军官就都知道，接下来的一百八十里是决定一切的一段行军路程。

"节度。"

下午时分，大军在雄壮的贺兰山对面，沿着黄河顺流而下，复又行十余里之后，远远便看到一处番骑汇集之地，此处番骑，俨然已经有了千余众，而胡闳休当即勒马于河畔，却对这些番骑置若罔闻，反而指着番骑身后的河流岔口稍作提醒："前方便是唐渠口。"

岳斐驻马相对，微微颔首，周围曲锻以下诸将，也多立马从小坡上放眼望去，只见身前大河汪洋一片，一路向北，气势雄浑壮观，再加上晴日阳光之下，百十里外的贺兰山若群马奔腾，而山河之间则是一片坦途，数条河渠笔直延伸，点点村镇城寨隐约可见，当此盛景，只剩一句大好河山。

"此地自古以来便堪称半个天府之国，汉时便有沟渠灌溉，但所有沟渠都比不上唐渠。"胡闳休的话打断了很多人的感慨，"此渠乃兴灵诸渠中最大、最宽的一条，渠长六百里，支汊数百条，兴灵诸城皆可通达，沿此渠而下，再过五十里便是顺州州城，兴庆府也在此渠下游，咱们在峡口一带夺取的木排，本就是从此渠中运出来的。"

周围诸将闻言纷纷颔首，因为胡侍郎的意思已经很明显了，乃是建议岳斐从此处脱离黄河，从渠口这里转向唐渠，沿唐渠进军。唐渠渠道被西勒人日常保养妥当，边沿整齐，走向笔直，内里水深而无淤积，故此载着补给的木排进入渠道后，行军也会轻松。更不要说，按照胡闳休的情报，此渠前方五十里就有一个完整的州城，完全可以打下来当作前进基地，而且更前方的兴庆府也挨着此渠。甚至，只看那些番骑聚集在渠口便也能猜得到，即便是番骑也认为绍宋军会就此进入唐渠，沿河渠向他们的首都进军。

然而，正是因为如此，当主帅岳斐勒马片刻却不下令后，所有人都意识到，可能主帅另有想法。

"兴庆府在唐渠与黄河中间？"片刻之后，岳斐方才从前方山河中收回心神，然后正色追问，"唐渠之东，黄河之西？"

"不错。"胡闳休即刻介绍清楚，"兴庆府规制不小，西面挨着唐渠，直接引唐渠从水门入城，兼做货物交通，而东面城墙距离黄河足足二三十里，便是在城外的宫殿，距离黄河也有十几里。"

"此渠一直都是这般宽吗？"岳斐微微点头，继续再问。

"自然不是，"胡闳休赶紧摇头，"均匀下来估计是有三四十步宽的，但也有狭窄处，我记得顺州那里，便有一处十来步宽的地域，不过便是如此，也绝对不会耽误木排行军，因为这些木排本就是从唐渠中出来的。"

岳斐依然颔首，也依然不置可否，只是问了第三个问题："西勒人在黄河内有水军吗？我近来查阅西勒战事记载，好像有提到西勒水军？"

胡闳休当即摇头："我没看到，应该是误解。"

"确系误解，西勒人哪来的那么多军队？"刘锜忽然插嘴，然后提起马鞭指向前方宽阔河面，"节度请看，从此处以后，黄河越来越宽，比之京东还要宽阔，但如此宽阔水面使得河水平缓，方便乘渡。唯独河面宽阔，所以渡河时所需木排、羊皮筏极多，所以西勒人在渡口安排部队保管木排、羊皮筏，领有武器，兼做警卫，便成了理所当然之事，也被以讹传讹说成水军。"

"不错。"曲锻忽然插嘴，"我年轻时见过一次西勒水军，那些西勒人在河上，既无像样船只，也无其他妥当水上器具，一身羊皮烂袄，拎着一些骑弓，其实就是跟在军队后面做输送的民夫，军中上下都不屑理会。"

岳斐得到了想要的答案，然后便重重颔首，片刻后方才扭头相对曲锻，而面上依然不喜不怒："曲都统，眼前番骑，能速速驱散吗？"

"节度莫要开玩笑。"曲锻也面色不变，"这种番骑，便是一万我部也能驱得，只是他们装备少、马术好，速度极快，不好追赶罢了，他们一哄而散，还是要再聚集起来的。"

"我知道。"岳斐当即便再言，"劳烦曲都统先清理一下，不要耽搁待会儿越过渠口。"

曲锻颔首，却是立马不动，当场反问了一句："节度这般细致询问，显然是要弃唐渠而走黄河了？"

"是。"岳斐对上曲锻还是留有几分尊重的，但也只是几分而已。

"可走黄河又是什么意思，莫非是觉得咱们应对不了越来越多的番骑，准备扭头从下游渡河，去打河那头空虚的灵州？"曲大闻言终于皱起眉头，严肃相对，"若是要打灵州，之前在峡口让全军一起渡过来又算什么？如此反复，军心如何安抚？节度，我有一言与你，大家到了这里，一来是泼天的功劳在前，想成大事；二来却也心怀忐忑，生怕哪里出了差错。这时候改道，弃兴庆府而取灵州，固然也算是一场功劳，可恕在下直言，只会让军心涣散。"

曲锻既然出言，周围军官再无顾忌，纷纷上前劝解。这个说，若是去了灵州，只怕让岐鞑人占了便宜，岐鞑人又是全骑兵又是骆驼的，说不得直接从贺兰山背后进军了呢！那个说，横山方向的嵬名察哥得到信息，肯定要回援的，若真去了灵州，怕是横山方向的西勒援军回来，反过来被困在彼处。

众人连连劝说，岳斐勒马不语。片刻之后，待周围人渐渐安静，岳斐方才从容出言："你们都觉得该走唐渠？"

众将知道到了关键处，纷纷颔首不及。

"而若走黄河，你们都觉得我是要再走几十里从下游渡河去河对岸的灵州？"

众将继续颔首，但精明者已经有所领悟。曲锻微微眯眼，刘锜与胡闳休对视一眼。

"既然至此，必然要一往无前，一意独取兴庆府而已。"岳鹏羽终于厉声正色，"如何能去取灵州？听我军令，骑兵驱赶番骑，在渠上架设浮桥，全军渡过渠口，在彼处安营立寨！莫要再问，也不许生疑！"

众将轰然一片，曲、刘等将也不敢再迟疑。然而，这些人固然对岳斐的表态感到振奋，但内心依然有疑虑，因为岳斐没有说他到底是要走唐渠还是黄河，看他的样子明显是默认了让辎重与部队走黄河。

午后阳光下唐渠水波粼粼，张中孚亲率数千骑军直扑渠口，又有刘锜率千骑从西侧试图绕行包抄，结果被那些番骑发觉，匆匆顺着唐渠逃散成功。而渠口另一侧又有百余新至番骑隔河对射，逼得绍宋军大队中分出一股神臂弓手，方才将这股番骑吓跑。当此之时，胡侍郎忍不住又看了一眼那数百步宽的黄河，一时心下有所醒悟。就这样，进入西勒兴灵腹地，第一日，西勒人不过匆匆聚集千余番骑，未能给绍宋军造成实质伤害。

绍宋军成功在天黑之前全军越过渠口，进入唐渠与黄河之间，然后宿营。如果说葫芦河那边是外壳，峡口是骨骼，那到了此处，就真真是西勒人的内瓤了。整个兴灵之地，到此为止，也宛如腹部被扎进了刀子的野兽一般，痉挛挣扎起来。

这日夜间，绍宋军背靠大河，前倚唐渠，小心布置营盘，早早休息。夜色之下，无数火把往来不断，号叫声与黄河水流声掺杂在一起，时不时有冷箭射来，无不预示着西勒人在急速动员，急速会合。

"这是陛下旨意？"

这日夜间，灯火通明的西勒顺州州府内，知州嵬名章利诧异抬头，俨然不敢置信。

"你说呢？"来传旨的乃是梁王领太师，前枢密使嵬名安惠，以此人身份乘夜而来，足以说明事情严重性了，"速速去办！"

嵬名章利一声叹气，似乎还是不忍，明显想要说点什么，但也就是此时，又是一阵急促的马蹄声打破了夜幕，门外呼喊不停，二人听得清楚，猜测再度有金牌御卫护送大人物至此。嵬名安惠与嵬名章利各自严肃起身相迎，片刻后，灯火之下，随着一名金甲武士抱着一个七八岁孩童进入，嵬名安惠与嵬名章利一怔，然后当场下跪，对着来人重重叩首。

"陛下有旨。"金甲武士将那名双目透着惊惶之色的孩童放在地上，孰料孩童站立不稳，不得已赶紧一手牵住，另一只手方才从腰间掏出一面金牌来，并当场掷到地上，然后口中不停，"告诉两位卿家，自大白高国立国至此，未有如此危局，这般时候谁都不能指望，只能指望咱们自己！让梁王不要耽搁，能搜罗多少部众便是多少部众，速速去袭扰绍宋军，能拖延一时便是一时！再告诉章利，朕没有援军给他，安惠的兵马也不能分散，反而要将太子托付与他。"

言至此处，那满面尘土，连头盔都来不及摘的金甲武士咽了一口口水，方才勉力继续传旨："也告诉章利，能拖一点时间便是一点，若绍宋军真的沿着唐渠来了，顺州又守不住，便替朕杀了太子，以偿顺州士民！反正不能让他落到绍宋人手里！"

梁王嵬名安惠重重叩首，看都不看那懵懂孩童一眼，夺门而出，躲无可躲的嵬名章利重重叩首，抬起头来，更是泪流满面，上前将八岁的太子李仁孝揽入怀中，这才口称得旨。

那金甲武士晃了一晃，低声相对："不只是太子来此，越王也连夜送去河对岸灵州了。"言罢，此人便要折返。

嵬名章利抱着自家太子含泪颔首之余，忽然伸手拽住对方："有一事，本地人着实难做，要尊驾去帮忙。"

武士不解回头。

"唐渠最窄处就在顺州州城旁，"嵬名章利艰难相对，"不过十来步宽……哪怕是以防万一，也请尊驾带人去将彼处堵住！此处堵住后，下游水缓，你回去路上，趁机着人多堵几处，这样，若是绍宋军真从此处来，足以拖延一二了。"

这下子，金甲武士一怔，却又重重颔首，然后匆匆而去。

清晨，绍宋军眼见着周围番骑消失，越发严肃，这很可能是西勒人连夜派遣了有权威的大将到了附近，将这些番骑组织了起来。实际上，李世辅撒开番骑前行，很快便带回了准确答案，西勒梁王、李乾顺前期执政嵬名安惠的旗号已经出现在了前方唐渠沿线。

彼处，无数番骑正在聚拢。另一边，岳斐做了一件让很多人想不通的事情，须知道，这个时候乃是抢路程、抢时间的黄金时间，结果这位岳都统，却开始大肆布置行军阵型。所有部队，按照兵种进行小股分列。如骑军分为李世辅所领番骑与刘锜、张宪等人所领甲骑，而无论番骑还是甲骑，却又全都分成了十二队，番骑每队不足三百，而甲骑每队五百；与此同时，步卒分为枪兵、弓弩兵、刀盾兵大略三种，每种十二队，共三十六队，每队三百至五百不足。

这些部队，刀盾兵与枪兵在最外侧组成方阵，弓弩手稍微错位在内侧排列行军，与此同时番骑在步卒之外侦察游走，甲骑在弓弩手身后立阵，全军错落有致。最后，曲锻率两千骑步居中，为中军，兼总预备队。至此，此番出击而来的三万战卒，除了王德部六千众在后，以及当时在平夏城、西安州留下做守军兼疑兵的少数部队外，位于此处的两万一千骑步，尽数被拆散立阵。

而各部将官，刘锜以下，包括统制官、副统制官，也被点出十二人，按照自家的兵马分割，依次分列下去，各自都督一队枪兵、一队刀盾兵、一队弓弩手、一队甲骑……而且番骑在不做斥候改为迎敌的时候，也分队分属这些临时都督官。至于随军的六千民夫，极少数上木排掌舵，多数在大阵的掩护下沿河进发，或推独轮车，或协助木排拉纤。

折腾到上午，大军方才维持着这个古怪阵型，放弃了唐渠，然后缓缓倚着大河前进了。不过，到了此时，曲锻等人隐约意识到了什么，也便不再争论。

大军前行，下午时分，已经有些燥热的天气下，侧前方忽然烟尘滚滚，不用李世辅的番骑小队将消息送到跟前，岳斐等人便早就知道，这必然是那梁王匆匆凑了一些兵马，赶紧过来袭扰了。

"不要管他们，继续维持队形，向前不停。"岳斐当即下令，"按照之前布置，等他来攻！"

"试试吧！"折腾了一夜的嵬名安惠头戴金冠，神色疲惫，此时白日之下，方才显露出其人满脸皱纹，"记住了，各部族准备妥当，用弓箭，射完就走，不要恋战！"

"各部甲骑，非令不得出击！"眼见番骑踩踏着青苗调整队列，中军处的传令兵也适时出发，代替主帅传达了最主要的一个军令，"按照自家序列，听行军都督指挥，各都督按照原计划处置！"

绍宋军令刚刚传下，那边西勒番骑就纷纷出动上前袭扰。而绍宋军一面组织反射，一面继续行军，虽进发受阻，却从容不迫，尽显御营大军军纪。此时，绍宋御营大军距离兴庆府直线距离，不过只有一百来里了。

四月初八，绍宋军沿河行军足足六十余里，方才从容停驻，此时，他们距离兴庆府直线距离不过四十里，即便是按照顺河而下再掉头这个转弯的路程，那也不过是五十多里。无论如何，再怎么计算，绍宋军都可以在明晚歇息一夜后，于后日，也就是四月初十这一天正式发动对兴庆府的攻击。这比原定的时间足足提前了两日，而两日，在眼下这个局势下，很可能便是决定一个国家生死的时间差。

与此同时，绍宋军主力步骑皆存，辎重皆在，堪称毫无损失。为此，嵬名安惠不惜将心腹城市之一的静州放空做诱饵，以图阻拦绍宋军的步伐，而绍宋军一路向北，以求确保后日能发动对兴庆府的攻击。

而不管怎么说，在这场迟滞行动中，西勒人又一次失败了。昨夜西勒人改成了噪声袭扰，部族诸人骑马往来怪叫不停，但绍宋军应对妥当，外层披甲执勤，内层堵着耳朵安眠，轮番替换，而且还在凌晨时分主动发起了一次突袭，斩获颇丰。

开始行军后，万事顺利，但岳斐、曲锻、刘锜等主将已经做好了准备，不用李世辅麾下斥候在血腥的搏杀中带回明确讯息，只说一览无余的平原之上，便是这些将领在路途中偶然经过的小坡地上也能注意到西勒人已经开始大面积聚集番骑、民夫。

"只要今天能走四十里，此战便可称胜。"曲锻手搭凉棚，看了一看后，回头对岳斐进言，"但若能稍作杀伤，接下来进取兴庆府也就妥当了不少。节度，今日郾奚人若还以轻骑袭扰，应适当许骑兵反扑远一些！"

初夏熏风之下，岳斐面色不变，只是微微颔首，惜字如金："可以。"言罢，这位御营前军都统便要从小坡上下来，率众将继续与大军一起前行。

也就是此时，准备动身的兵部侍郎胡闳休忽然色变，继而勒马出声："节度！"

"何事？"岳斐回头相询。

"是白牛纛！"胡闳休以手指向远处正在整肃的西勒军队，"西勒国主来了！"

周围军将闻言俱皆震动，一时纷纷喧哗起来。

唯独岳斐，微微一怔，掉头向北："不要管他，今日要害，依然在行军向前。"

身后亲卫一起向北而去。中午时分，袭击终于开始，依然是数股的无甲番骑先至，但明显是试探，而且有了之前经验，这些骑兵浅尝辄止，而岳斐依然让全军维持前两日状态，依然只是让最外层士卒披甲，然后轮流替换，全军继续稳稳向前。但是，随着两轮试探以后，到了下午时分，太阳微微西斜，数不清的西勒骑兵与步卒蜂拥而至。数量多到几乎瞬间将地里的青苗踩踏一平。绍宋军各部行军都督官重新喝令调整。

"节度……"胡闳休都有些惊惶了，"要不要先让全军披甲？"

"不急。"岳斐瞥了一眼，堂皇下令，"等他们先来，关键是不能停下，大军一旦停下便是让他们得逞了。"

众将当然知道这个道理，无几个人再应声，紧张之态已经非常明显。而与此同时，白牛纛下，头戴金冠的梁王嵬名安惠也回头看向自己身侧戴着稍高金冠的国主："四十多个族帐，大约两万轻骑，两三千兴庆甲骑、一千多步跋子、四五万……四五万撞令郎，国主还有什么吩咐吗？"

"有。"李乾顺低声相对："这些甲骑多是兴庆府中各家贵族的私兵，所以才有钱置好马，他们家族宅邸就在兴庆府城内，便是下马守城也一定卖力，而且便是战败也会自家往兴庆府走。可那一千多步跋子，多是贺兰山下部族里的有甲武士，一旦失利，必然会一哄而散。"

"臣懂了！"嵬名安惠没有丝毫遮掩之意，"此战自然是全员拼命，但也要分先后，若撞令郎能稍微得手，便可让步跋子尾随撞令郎，先一步投入战斗！"

李乾顺微微颔首，下一刻，随着嵬名安惠跃马而出，重重挥手，各处旗帜摇晃不止，鼓声隆隆，先有甲骑出列在后，以作督战，随即，与之前两日不同的是，这一次是数量惊人的撞令郎率先涌出。

"全军着甲！"

看着密密麻麻的撞令郎，大旗下行进不止的岳斐终于下令，同时不忘继续强调："民夫放缓，甲骑放缓，全军再慢，也要继续前行！"

一侧曲锻、胡闳休全都无声，便是全军上下，虽然被郸奚撞令郎的声势所惊，却也没有哪个高级军官提出异议。而面对这种军队的攻势，首先便是要稳住阵型，而不是被他们调度。而一旦稳住不动，坚持下去，这支军队便会因为死伤而突然间自行溃散。不过，不知道是不是西勒国主在后的缘故，又或者是军士数量太多，这一拨撞令郎似乎格外耐战。

错落有致的绍宋军阵列虽然在各处形成了凹阵，并依仗着军纪、甲胄、器械、阵型稳住阵脚，但还是让这些郸奚人进一步撞到了弓弩阵跟前。所幸，即便是外围弩手也都着甲，这使得弓弩阵并未有太多死伤，但这使得绍宋军的杀伤效率大大降低，而且严重阻碍了后方绍宋军部队着甲的速度，进而影响到军阵的前行。

当此形状，少量步跋子在这些撞令郎的掩护下，准备往绍宋军阵内闯了。

"让刀盾手着甲后脱离枪阵出击。"岳斐蹙眉，"但不许出阵追击！只许替弓弩手清理周边撞令郎，防止西勒人入阵！大纛随我本人，行得再慢，也要步步向前。"

军令传下，刀盾手即刻出击，随着越来越多的披甲刀盾手出击，撞令郎的攻势终将崩溃，绍宋军行军速度将会迅速恢复。片刻之后，大纛继续向北不停。

稍作整息之后，随着白牛大纛向前压阵，西勒人汹涌澎湃，卷土重来。这一次，撞令郎们没有再次用生命去跟刀刃枪尖相撞，而是在身后番骑的驱赶下列阵张弓，倾泻箭矢，他们得到的命令是射光身上箭矢便可以后退。

一方箭矢密集如雨，一方弩机势如雷霆，双方相隔一段距离，进行了一场全方位的非接触作战，这让绍宋军上下且喜且忧。撞令郎受令，奋不顾身往前冲，而绍宋军行军阵列最外围处，很多执盾者的盾牌早已经密密麻麻钉满了箭矢，却前进不停。

看了片刻，想了片刻，压到阵前的嵬名安惠也沉默了片刻，而片刻之后，不知为何，原本还想再等一等的他不再犹豫，直接对着一名金甲武士下令："撞令郎们今日已经尽力了，但兴庆府就在前方，绝不能放松，你回去跟国主说，等撞令郎们射完这一轮以后，分出一半轻骑冲上去继续射，轻骑射完了，再让撞令郎们捡起地上箭矢，重新上去射，然后剩下一半轻骑接着射，务必拉开距离，轮番压制。有甲的全跟我来！"

西勒诸将彻底轰然，那名金甲武士即刻受命打马离队，朝李乾顺所在位置而去。

随着嵬名安惠这次再动，绍宋军上下即刻察觉到了对方的意图。

"是队尾！"最先注意到这一幕的刘锜打马而来，向岳斐紧急汇报，"节度，西勒国主的白牛纛朝着后面去了，末将以为西勒人是要集中战力强攻我们的队尾！"

"看到了。"岳斐终于也严肃起来，却依旧不留情面，"刘副都统即刻归队，不要轻易动摇自己所领军阵！"

"喏！"刘锜犹豫了一下，还是应声而去。

"立即着人去告诉队尾的张景，让他务必稳住，尽量不要停下，一定要跟上全军大队。"刘锜既走，岳斐先扭头相对身后传令兵，复又看向曲锻，"曲都统，本镇就不去队尾了，中军甲骑与你，你来指挥，若能取下白牛纛，西勒番兵必然溃散，今日此战便算成了，而若能取下西勒国主首级，更是不逊于攻下兴庆府的功劳，就交予你了。"

曲锻一时措手不及，旋即振奋起来，即刻应声。不过，等曲大迫不及待下令中军甲骑立定，然后掉转马头，再要驰到甲骑队尾时，眼见着岳斐与胡闳休等人率大纛转入临河的民夫队列中，继续行进，忍不住扭头呼喝起来："节度，你还是要继续带大纛进发吗？"

"只要本镇大纛进发不停，西勒人士气便会沮泄不停。"岳斐头也不回，直接在马上抬手示意，"比之外围将士与曲都统，到底轻松了许多，今日偷个懒，且观曲都统成功！"

曲锻嗤笑一声，掉转马头，二度转回，在嘈杂的战场上大声相对："岳节度，我还想要阵中其他甲骑的指挥权！"

岳斐再度于马上抬手，依旧头也不回："许！"

随着此言，岳斐身侧几十名兼有传令兵职责的精锐亲卫也纷纷跃马出列，往曲锻那边而去，而岳斐身侧一时间只有区区胡闳休一人，外加身后一面大纛而已。当然，大纛依然向前。

西勒人行动迅速，曲锻刚刚获得骑兵指挥权，尚未让掉转马头的骑兵做出行动，一声号角忽然从御营大军侧后方响起，声音雄浑，极具穿透力。下一刻，被号角声吸引的两军士卒便亲眼看到，那个扎眼的白牛纛气势汹汹，果然是亲自往队尾处冲了过去，一直到距离绍宋军阵列百余步的距离方才止住，俨然是国主亲自执弓到了前线作战。

这下子，周围西勒番骑、撞令郎，一时间也如发疯一样，忽然爆发出震慑人心的喊杀声，而且这股疯劲立即席卷了整个战场，番骑、撞令郎，各自蜂拥上前，不计生死与绍宋军对射，还有毫无甲胄的番骑冒着双方箭雨纵马号叫着冲入当面绍宋军阵中。

"陛下。"几乎震撼了贺兰山与黄河的喊杀声中，相距前线三四百步远的一处田埂上，唯一留下的金甲武士忍不住提醒了自家国主一句："梁王动身前让臣给国主留言，要让撞令郎和轻骑轮换，而且轻骑也要分成两拨，以后阵督前阵，用车轮战法，持续施压。"

年近五旬的李乾顺面色潮红，闻言微微一怔，却又缓缓摇头："无妨，梁王当时这般说，估计也没想到，朕的白牛纛一动，居然有这般威力，只有周边这般势大，才能让梁王在队尾更易得手，不要轮换了。"

金甲武士犹疑片刻，俯首称是。

外面的西勒人如排山倒海，几乎压过了黄河的波浪声，而绍宋军御营大军尾部，御营中军老派统制张景及其部属也遭遇了前所未有的打击。这里的确是整个队列的最薄弱处。和想象中背河列阵的长条阵，其弱点一定是列阵的正中心不一样，蒄名安惠敏锐地意识到，眼前的绍宋军队列是不可能按住两头打中间的。恰恰相反，由于对方军阵一直在移动，这个一直移动的队列最薄弱处，就是长条队列的尾部了。

因为在这个地方，绍宋军一个应急作战组阵需要同时维持两面的防护，而且，尽管不知道这个队列最前方的组阵是以御营前军最精锐的张宪部为主要组成部分，但蒄名安惠依然能看出来，队尾的张景部较之队首，稍逊一筹。除此之外，身为一名老将，蒄名安惠早早注意到初夏时节，熏风自南向北，这原本使绍宋军的进军顺风顺水，但反过来，若是从后方对绍宋军队列的尾部进行追击的话，那绍宋军就要变成逆风倒撤了。

"老张是这般说的？"曲锻端坐在铁象之上，闻言蹙眉不停，"后面死伤这般厉害？"

"好让都统知道，俺家统制说了，死伤不厉害，但他就是不能忍。"张景部的传令兵拽着坐骑打了个圈，然后焦急以对，"俺家统制还说了，一刻钟内若节度不去支援，他……"

"节度不在。"曲锻居高临下打断对方提醒道，"节度将中军指挥权，还有全军骑兵调度权都交给了我。"

"那便是都统好了！"带着关西口音的传令兵催促不停，"曲都统，俺家统制说了，若是一刻钟内都统不去救援，他只有一事托付于你。"

"何事？"

"请都统为他报仇！"言罢，传令兵理都不理曲锻，直接打马而回。

曲锻怔了一怔，方才彻底领悟张景此话深意，忍不住嗤笑一声，然后回头相顾左右："老张急了。"

然而，周围甲骑，包括岳斐的亲卫，闻言无声地看向曲大，曲大讪笑。

阳光从贺兰山下映照下来，复又在黄河荡漾，端是盛景，但战事在持续，外面弓弩齐发，西勒人狠心不退，每时每刻都有鲜血在数百步外的厮杀线上浸润土地与青苗。与此同时，岳斐与胡闳休领着那面大纛继续缓步向前，忽然间，他们身后自家的号角声便响了起来。

"节度早料到如此，所以故意移交了骑军的指挥权？"胡闳休回头看了一眼，然后忍不住亮出了心中的疑惑。

"是。"岳斐没有辩解，"但也不是那般齐备的，西勒人去张景那里，我早有所预料，两千中军甲骑原本也是预备好要在阵内伏击，但临到跟前才醒悟过来，战场之上，再好的想法都只是想法，人心还是要顺应的，否则得不偿失，再加上主帅没有亲自上阵的道理，这便干脆让曲都统去做了，他也正好想求些功劳。"

胡闳休当即颔首："曲都统一开始应该与节度想法一致，下官刚刚见他让两千甲骑转向，却又下马不动，俨然是也存了在阵中埋伏，等后军自然退到跟前，再行突袭之意。"

岳斐颔首认可。

"但终究还是抢先动了。"胡闳休一时感慨，"其实节度与曲都统的计策才是最好的，若张统制能忍一二就好了。"

"张景凭什么要为大局而弃自家子弟兵？"出乎意料，岳斐这一次选择了摇头以对，"又不是京东那一回，狭路相逢勇者胜，双方都没得选，所以请田师中将军牺牲一回，这一次本是大局在我，哪里有为了万全而独独让一部为全局这般受损的？故此，刚刚西勒人一往后去，我便醒悟过来，张景这般资历的御营中军统制，骨子里是有傲气的，我若强为之，人家说不得会为了一口气而拼命，到时候徒劳坏了全军士气与人心。"

"话虽如此，节度如何预料到曲都统会去援护呢？"胡闳休思索片刻，继续追问。

"因为官家常常教训他行军打仗不擅长团结友军、部属，他嘴上依旧对此类事不屑一顾，但其实是上了心的，与些许个人军功相比，他更怕被官家厌弃。"

"为一方帅臣也难。"胡闳休闻言稍微一怔，避开关于官家的话题，"亲疏计较，功过得失，上下左右，都要有所计较，还要保证大局不失。"

"这算什么难处？"岳斐闻言嗤笑。

胡闳休一时也笑，但笑完之后，复又感慨："西勒人此时正好不用计较。"

"所以说呀。"岳斐扭头看了眼西面贺兰山方向，彼处西勒人依然疯狂，"西勒人以为他们这般做，似乎还有生路，但咱们比他们更清楚，他们一早便没了机会，因为咱们经历的绝境比他们多多了，一开始便知道他们用错了力气，无甲无械，仓促聚集，便是再疯再狠，又如何能赢？"

"天下事，多有类似。"胡闳休也扭头相顾，一时感慨。

岳斐颔首不及。

话说，就在岳、胡二人越说越投机之际，两三里外，初夏熏风吹来的方向，曲锻犹疑之后选择了果断来援，两千中军甲骑终于发动了突袭，大大缓解了张景部的困境。而与此同时，绍宋军各个应急组阵处也按照之前曲大的传令，以此次突袭为讯号，放开手脚，各处甲骑、轻骑一起出击，乃是从步兵阵列预料的空隙中蜂拥而出，全面反扑。

而对着绍宋军骑兵的突出，已经杀红眼的西勒人选择正面迎上。战事，忽然间就进入决战阶段。

河畔，胡闳休与岳斐依旧缓缓行进。

"绍宋军甲骑没有中计。"嵬名安惠身侧，一名金甲武士有些焦急，指向曲锻的旗帜，"应该是曲大，曲大这厮亲自领这股军势，怕是要回去了。"

顺着对方所指，嵬名安惠看了一眼曲锻大旗的去向，忽然面色煞白。

而不及他出言，旁边便有部落首领黑着脸给出了判断："不是要回去，他是要回身从外围去冲咱们的轻骑。"

此言一出，几名知兵的金甲武士与几名部落首领齐齐失色。

犹豫过后，头发花白的嵬名安惠忽然扭头下了一道命令："随本王冲回去！"

周围武士无论金甲还是铁甲，纷纷震动。

很快，梁王给出了充足的理由："前方只看到大纛撤出来，不见冲回去，怕是士气要因此受损，何况国主自在前方，咱们不能放任曲大往那边去！与之相反，若能一冲得手，击溃张景，或者拿下曲大，此战便可全身而退了，绍宋军也不敢再继续行军。"

唯独牵扯国主安危，所以白牛纛旁，金甲武士们率先响应，其余许多部族首领、贵族子弟头领，见到梁王与金甲武士下了定论，也都无言。

片刻之后，号角声再起，白牛纛即刻折返。而这一次，这面显眼的大纛毫不犹豫地一头插进绍宋军阵内，当此之时，银川平原上，西勒最后一股像样的战力彻底无忌，直接与装备精良的绍宋军展开了近身战。

敌军来势汹汹，张景再也不顾忌什么军令，下令本部停止向北进军，转而就地立阵，与白牛纛当面相对。而看到此处陡变，曲锻第二次改变战术，他直接勒马，拽着铁象掉转头来，亲自往那面白牛纛处发起冲锋，从侧翼顶上，俨然是要将那面白牛纛彻底包住。

双方三处，混战一片。一开始，曲锻便稍占上风。随着激烈的战斗持续一刻钟多一些，终于发生了主动撤离的现象，最先撤离的不是西勒部落轻骑，而是曲锻当面的兴庆府甲骑，这些临时被征召过来的兴庆府贵族子弟，在发现自己根本顶不住绍宋军甲骑以后，率先丧失了纪律。

这些贵族子弟组成的骑兵成队溃散，放任梁王嵬名安惠与国主的白牛纛，以及那些部族子弟出身的步跋子，被曲锻率领的绍宋军甲骑绕侧包围。外围步跋子陷入绍宋军的屠杀之中，覆灭几乎就在眼前，而嵬名安惠在金甲武士们的护卫下，端坐在白牛纛下，一言不发。金甲武士们也意识到了梁王的意思，这个被李乾顺提防了半辈子的尚父，决心要坚持到最后一刻，来为国主，乃至于那些刚刚背叛了他们的兴庆府贵族子弟拖延时间。

此战不能，尚可守城，守城不能，尚可逃亡，大白高国立国百年，总有人尽力而为。嵬名安惠此举是成功的，曲锻所领中军甲骑与张景部下各队士卒都注意到了这一边，然后全都放弃了追击，他们一心一意要将白牛纛下这些金甲武士拼死护卫着的金冠郫奚贵人拿下。然后他们成功了。那面染了血依旧漂亮的白牛纛被王景部属拼死抢到，那顶金冠被曲锻部属抢到，周边西勒部落轻骑也开始随着这面大纛的落下而渐渐溃散，但那颗须发花白的首级却被曲锻愤怒地扔进了黄河。

白牛纛陷落带来的崩溃在继续，继而席卷了整个河畔战场，重新接手了指挥权的岳斐没有丝毫犹豫，直接下令全军鸣锣收队。骑兵们接到讯号，从血腥而无谓的追杀中清醒过来，包括曲锻与张景在内，所有出击的部队各自回到队列中，然后全军整队，继续行军。

绍宋军击退了西勒人，这一日他们一直行军到日落，来到距离兴庆府二十来里正南方河畔方才停止。此时，虽然已经天色近晚，但他们依然可以看到位于兴庆府城池与黄河之间的西勒王宫。

第二日，也就是四月初十这一日清早，绍宋军开始全军调整阵型，恢复了全军正常建制，并做了一个简单的步兵居中、骑兵居两翼的标准进军阵列。

河中木排被当众解开，放任流散，辎重被尽量打开分发下去，所有人都得到了最大程度上的军械物资补充，而六千民夫也持弓佩刀，看护着盛放口粮、军械的独轮车，列于大阵之后。晨光从身后黄河上方照射过来，远处的兴庆府城并非毫无动静，城东的王宫与城北的佛寺被西勒人主动焚烧了一部分，以确保城防的安全。

"节度。"大概是昨日不免显得有些晦气，曲锻又有些按捺不住了，直接催促起了岳斐，"进军吧！"

周围军将，包括兵部侍郎胡闳休都齐齐看向了岳斐，说实话，他们也按捺不住了。

倚着大河立马了好一阵子的岳斐眯起眼睛，视线顺着前方西勒皇宫升起的青烟向上看去，却正见状若奔马的贺兰山对着自己，终于不再犹豫，将手中长枪高高抬起，复又重重砸下："全军进发，一直向西，今日誓要踏破贺兰山，了却国朝百年事！"

第六十八章　成事

四月初十，天气依然晴朗，而且有持续转热的趋势，唯独顺着黄河吹来的熏风阵阵，多少压抑住了那股燥热。

尚是早晨，绍宋军便兵不血刃抵达了兴庆府城东的西勒皇宫。随即，主帅岳斐公开下令，全军整肃，不许私自脱队掳掠，此战后，着民夫统一收拢战利品，统制官以上不取分毫，全军统一分配，军官取倍，民夫取半，绝不偏私。就在欢呼声中，这位帅臣再度下令，乃是以曲锻率两千甲骑为督战，总揽军纪，兼领总预备队；又以李世辅率本部番骑，绕城侦察；再以张景率部都督民夫，自东向西拆毁西勒皇宫，选取建材，打造云梯、撞木等粗浅攻城器械；以刘锜都督各部向前，先扑灭尚在燃烧的皇宫火焰，再去城前各处堆砌杂物，甚至攻城阵地。最后，岳斐又唤来张宪，将此次携带的火药包交给自己这个最信任的部属，以作必要时预备。

绍宋军布置妥当，堪称有条不紊。当绍宋军扑灭王宫火灾后，立即有熟人从城上悬下，正是之前出使长安的西勒宰执薛元礼。

双方在皇宫议事大堂前的空地上见面，端坐在一把椅子上的岳斐纹丝不动，身侧因为头发缘故有些躲闪的胡闳休选择了转身背对，而一上来，薛元礼重重作揖到底，礼节极重。见此形状，岳斐与胡闳休对视一眼，精神一时振作。不过，薛元礼抬起头来，却义正词严，另有解释："岳节度挟外兵至此，非但没有肆意惊扰宫室，反而协助救火，节度本人更是临明堂而不入，不做羞辱我国之态，薛某为国家宰执，理当拜谢。"

岳斐心中感慨，面色不变，便坦诚以对："若是如此，薛枢相不必谢我，后方民夫已在拆取大木，以作云梯，此宫中金银财帛也已经许给了三万虎贲以作此战赏赐，违制冠冕、袍服、器具也将请天子旨意，再做处置。我不入堂，只是军纪如此，要以身作则而已。"

薛元礼稍微一顿，便反过来拱手再问："说到此事，绍宋是大国，大白高国是小国，小国犯了错，大国应该先遣使问责，给小国改正的机会，为什么要不宣而入，直接来到小国都城之下，拆除宫殿，还要攻打首都呢？"

岳斐终于蹙额："薛相公是糊涂了，当日在泾河口亲口质问天子，然后掩面而去的不是相公本人吗？若是西勒不晓得两国交战，除非是足下刻意遮掩，便是如此也不对，两军在横山、平夏城交战数月，若非嵬名察哥领主力去了横山，我焉能长驱直入？怎么到了此时才说什么战不战宣不宣的？"

薛元礼闻言片刻不停，继续拱手："前事不提，敢问事到如今，岳节度可否暂且退兵呢？大白高国愿割横山七州与绍宋。"

事到如今，即便不说赵官家，只说任何一个绍宋帅臣来到此处，焉能退兵？

"若不足，愿再出三万郖奚铁骑为天子前驱，往攻河外叛将折氏；若还不足，还愿将太子送往东京……"

薛元礼一条接一条说个不停，而其人身前对面，饶是岳斐素来性格沉稳，此时也忍不住与身侧胡闳休屡屡对视不停，然后心中感慨对方荒唐，但是他并没有说出口，因为这种荒唐事，六年前同样发生过。彼时彼刻，恰如此时此刻。

事实上，岳斐一直耐着性子等对方说完，方才出言："薛相公，事到如今，只有一事可停战。"

薛元礼登时肃然。

"请贵国国主与王太子、越王三人一并来我军中，本将自会妥善将他们送往长安听天子处置。"岳斐平静相告，"若如此，我愿放兴庆府，往静州去驻扎。"

"岳节度说笑了。"薛元礼沉默片刻，终于失笑，"正是为了不使国主、首都有失，方才有在下之前种种条件，莫非岳节度以为，我们大白高国的君臣竟然如贵国一般，毫无韧性与气节吗？兴庆府粮草充足，丁壮十万，足可守数月，且待晋王嵬名察哥率勤王大军归来，内外夹击，届时将岳节度留在城中做客。"

话至于此，岳斐甚至连耶律大石都懒得提起，便直接在座中抬手送客。两侧自有甲士下去，将薛元礼推了回去，却也没有扣留与斩杀，乃是任其走到城下，复又坐上箩筐，回到兴庆府城内去了。

得益于西勒皇宫所使用的上好木料，不到中午，粗糙的云梯与撞木便已经妥当，与此同时，城池外围，已经发生了大量的非接触战斗，各部绍宋军设置攻城阵地之余，早已经开始了全线试探，俨然是所有人都已经迫不及待了。当然，此时此刻，谁也不可能猜到，此战头功将会是谁捞到。不过，诸将之中，此时看起来距离破城首功最远的似乎早有定论，正是御营骑军副都统李世辅。

话说，这名绥德出身的郫奚族将领，麾下多是横山一带出身的番骑，他们跟昨日那一战的对手相比，只是汉化更多，装备更好，多了一年多的军事训练而已，本身并不适合攻城。李世辅年纪轻轻就是御营副都统，而且是特例袭了开国公，再加上他们父子在尧山一战的表现，也不可能有人公开怀疑他们的忠诚。

照理说，此人应该是天下有数的前途大好之辈。然而，那只是照理说。谁都知道，朝廷上下、御营内外，大多还是在意他郫奚族身份的，甚至此战前，还有人建议不要让李世辅随行，以防他反复，以至于酿成大祸。便是李世辅自己心里也明白这一点，有心淡化自己郫奚身份，可偏偏官家看重他的正是他郫奚贵种的身份，能够控制招揽番骑的能耐。所以，众人反而无奈。

中午时分，李世辅安排好本部番骑后，便率本部两三百众，在城池更外围兜兜转转起来。李世辅行到城南，却遥遥看到彼处有百十男女与自家番骑相对交谈，便直接出言："你们几个有随我父亲来过兴庆府见过李乾顺的，稍微辨认一下，只要不是李乾顺父子，就不要多事了，如今大局将定，翻不出天的。"

几名亲卫闻言赶紧上前，辨认询问。这些人既有商贩，也有巫师，还有一些底层官吏，乘夜出逃的。随着东面鼓声隆隆，战事已经要开始，李世辅不耐之色更加明显，便干脆抬手示意，要将剩下人全部放走，

大约挥了下手，李世辅便直接转身上马，不过，就在其人上马之时，忽然福至心灵，复又扭头相顾一人："水门不是早早堵上了吗？你这几个人为何一家几口衣服上皆是水渍？是怎么出来的？"

那明显是商贾打扮的中年人微微一怔，回头看了看自家妻儿，没敢隐瞒："好让绍宋大王知道，唐渠分支极多，穿城水门不止一处，水才断了两日，城北两个大水门全露出来了，自然早早堵住了，可别处水门因为门下平素处置得比较深，尚有水存在里面，也无人去清理，更无人去堵，俺昨夜全家动身时，已经封城，幸好俺父子通晓水性，便寻到一处水门从里面接替带着妻女，这才潜出来了。"

李世辅心中乱跳，赶紧连番再问："那水门是何情状？水有多深？门有多宽？

在何方位？如何能潜过去？"

那人同样惊惶，但终究不敢不说。

片刻之后，李世辅携此人跃马来到东城最南端，望着眼前一幕目瞪口呆。这水门不大不小，足以通行两个木排，既有运输功能，也有输送渠水灌溉东面土地的作用，乃是正经的水门，就在前线东城，位于张宪部所领阵地偏南处。按照此人叙述，此铁网闸门虽然已经完全降下，但下方有石头卡住，最底下有半丈高的富裕，足以潜行。

而放在往日，唐渠水多，此处水深，寻常人潜行恐怕也难，只有水性特别好的人才能通过。绍宋军也确实因为此处有水，没在此处布置攻城事宜，只是因为李世辅率部至此，才有一队人从城上赶过来窥探。

"你去回报岳节度刚刚所得情报。"李世辅怔了片刻，忽然回头，再不犹豫，"分出十个知水性的，穿皮甲，随此人去潜水，其余人先乱箭射上去，以作压制掩护。"

那郸奚商贩家人和全部财货都被人制住，只能应声。

一刻钟后，城下数百骑压制住了城头守军，十名敢死士随此人从容潜水入城。随后，接连不断，十人一组纷纷从此处潜入。三十人进入后，便惊动了城内其他各处守军，潜入变成强袭，但此时水门已经被先行进入的绍宋军吊起，数条木料也被铺在了水门之下充当桥梁，李世辅部争先恐后，纷纷下马自水门处突入。此时，岳斐的回应尚未到来，但张宪部已经察觉到此处异样。

见此形状，李世辅本人也不再犹豫，即刻下马，弃了长兵、弓箭，只是背负双刀，便自水门上的木板跳入城内，乃是要亲自搏杀，以取大功。

入得城内，李世辅与手下张琦一起，手持双刀，配合妥当，须臾便击退前来堵截的西勒守军。此时，城上城下早已惊动，张宪尽发本部士兵跟上，西勒守军终于抵挡不住，全盘皆溃。不过，随着绍宋军入城，清肃城内，却发觉此城本就摇摇欲坠。原因有二：一则，进城之后，方才发觉城内守军仅有数千；二则，李世辅突袭入城内，居然在旧宫内外陷入肉搏巷战，一直到其余诸军急速包围此处，都没有擒获李乾顺父子。

到此为止，全军各部，尽遣精锐，在狭小的西勒旧宫内外反复犁查，而且范围越来越大。当此形状，不知为何，李世辅干脆放弃了找李乾顺父子这个泼天大功，直接去城门前迎岳斐的四字大纛了。

片刻之后，曲锻先入，开始整肃军纪，逮捕各部违纪军士，并将这些人送到街上，随即岳斐大旗自后而入，片刻不停，沿途问罪。回过神来，曲锻与岳斐、胡闳休都已到了旧宫跟前，诸将也清醒过来，纷纷聚拢于宫前血泊之上。

"什么叫找不到？"听完汇报，骑在铁象之上、立在西勒旧宫前的路口处的曲锻不免气急败坏，"破城如此之快，他往何处去？便是只老鼠，你们这般多人马，也能活活踩死了。"

然而，诸将面面相觑，却都无言，只是去看岳斐。岳斐微微皱眉，复又回头，看向一群降人，这是他和曲锻沿途整肃军纪，顺势聚拢过来的。其中有人会意，思索片刻，先是喟然一叹，便主动出列，拱手行礼："岳节度，外臣冒昧，以外臣私下猜度，我家国主与太子，应该是前日接到越王后，一起出去，便再没回来，最起码外臣这两日是没看到国主亲身的。"

此言一出，曲锻等人虽然临大胜，却不免有些气急败坏，而岳斐也好，胡闳休也罢，还有之前第一个杀到旧宫内的李世辅却莫名齐齐一怔，本能便觉得哪里不对。

"若是这般，城防如此薄弱倒也说得通了，可城内是谁总统？"同样骑马立于纛下的岳斐认真相询。

"自然是枢相薛元礼。"那人俯首再拜，"所谓旨意，皆是此人从旧宫中带出来的，而且前日国主出去，也是此人受了国主当众委托。"

岳斐终于明白奇怪之处在哪里了，若是薛元礼总统兴庆府，为何战前亲自为使？但很快，岳斐便彻底醒悟过来。而胡闳休虽然稍慢，也恍然大悟起来。无他，这只是一出空城计罢了。李乾顺父子不在此城，以此城中的残兵败将，一戳就破，与此城相比，倒是李乾顺去向须他尽量遮掩一二。所以，彼时他出城装模作样，只是想让城外作为绍宋军统帅的岳斐误以为李乾顺正在城内而已。

"西勒立国百年，总是有些说法的。"一念至此，岳斐终于微微眯起眼睛，然后在大纛下勒马架枪，环顾左右，"薛元礼何在？"

这下子，来抢旧宫的诸将再度面面相觑，却愕然发现，非但李乾顺父子不在，便是薛元礼都无人抢到。

隔了半晌，却是李世辅忽然想到什么，直接走到早已经狼藉不堪、血污满地的旧宫门前，在门侧一堆尸首与建筑废料内寻了一会儿，然后将一个蒙了不知道多少灰土、血渍的首级翻出来回身奉上："节度，不知可是此人？"

岳斐未及辨认，前方曲锻瞥了一眼便直接颔首："正是这厮，当日泾河口的时候他坐我对面，眉眼我记得清楚，你这厮果然好运气。"

岳斐心中感慨，面上却丝毫不显。"不过一亡国忠臣罢了，求仁得仁，咱们还得去寻找李氏父子下落，穷追猛打才对，没必要计较这些，倒是李副都统，此番你既先破城，又杀贼首，如此功劳，当居此战第一，可喜可贺！"

众人焦点中的李世辅犹豫了一下，忽然扔下首级，长揖拱手："节度，末将愿以破城之功、杀贼之功换个恩典。"

岳斐微微皱眉，没有直接应声。

而李世辅则继续拱手诚恳以对："请节度约束各部军纪，善待兴灵百姓，自然，若有不服王化者，末将愿亲自去讨伐。"

周围人面色稍缓，而岳斐却依旧皱眉。

且说，此战的根由在于大举建设骑兵，大举杀掠本是无谓之举，况岳斐本就不是放纵军纪之人。李世辅此言恐是因着族裔尴尬之故。一念至此，岳鹏羽便不再计较："我知道了，就这般说吧，胡侍郎。"

李世辅赶紧起身，胡闳休也转身拱手而立。

"兴庆府的诸般事务便托付于你了。"岳斐坦然吩咐，"安顿百姓、恢复城防、整修废墟……万般皆由胡侍郎做主。"

胡闳休自然应声。

"曲都统。"岳斐继续唤人不停，"静州、怀州距离兴庆府最近，且皆在河畔，此处动静他们必然即刻知晓，与你两千骑、四千步，以破灭兴庆府之势，兼去寻李氏父子下落，直接在此二处布置河防。"

曲锻也不下马，直接在铁象身上拱手而应："刘副都统，与你一千骑，两千步，去顺州。"

刘锜也直接应声。

"张统制。"岳斐复又看向张景。

张景应声而出。

"你带一千骑一千步，沿唐渠向北，去定州。北面未曾深入，小心些。"

张景当然无话。

"李副都统！"

李世辅赶紧再度俯首。

"我军此番出来，不算身后王副都统，两万一千战卒，约骑步各半，到此为止，大约损耗七百，堪称大胜。"言至此处，便是岳斐自己也稍微顿了一下，方才继续言道，"现在，其余各部已经分出去一万一千众，其中骑四千，步七千，还剩六千余骑，三千余步兵，步兵我留下协助胡侍郎，剩余骑兵，三千番骑，三千甲骑，尽数与你！"

李世辅一时震动抬头。

"不要你攻城，而是要你去贺兰山下，告诉他们，西勒已亡，绍宋已伸，让他们来城中面见绍宋帅臣，从此为绍宋天子效力。"岳斐不急不缓对着身前年轻的郓奚将领，从容下令，"你若有心替官家抚平郓奚，正该在此用力，明白了吗？"

李世辅重重点头。

"留心耶律大石自贺兰山对面过来。"

叮嘱完最后一句话，岳斐终于下马，来到身前那颗人头当面，对着这位西勒汉臣宰执微微拱了拱手，便回身上马，引着那面帅旗朝城中官署方向而去。

胡闳休转身带着那些降官而去。

岳斐派出诸将继续前往南兴平原，既是要寻找到李乾顺父子，也是要迅速建立防御体系，以应对可能的军事反扑。从烽火在峡口燃起的那一日算起，到破城第二日为止，已经过去了五日。往后两日，兴庆府周边四州被迅速扫荡了三州，峡口王德也与主力部队打通道路，即便是顺州不知为何一时抵抗坚决，但到此为止，黄河西岸的兴庆府防御体系也基本重建了。又过了一日，李乾顺终于有了消息，是李世辅在夺取摊粮城后获得的。

摊粮城空虚和混乱到令人匪夷所思的地步，以至于李世辅及其率领的先头两千轻骑轻易便控制了此城。非只如此，李世辅本人也当即从本地部落处获知了一个重要消息——就在兴庆府城破第二日，有人持西勒国主金牌至此，要求此地守军带上所有牲畜、足够粮秣，随来人一起向东北面而去，并同时要求守军离开时放火烧城。但是，这座城的意义何等重要？守军虽然见到金牌，却如何敢因为一面金牌便轻易去烧？何况守军中也有本地部落出身的人，直接去寻部落头人说了此事，最后的结果就是，大部分守军带着粮食牲畜离开，而火到底是没烧起来。至于城堡，则落到了本地两个小部落的手中。

就在两个本地小部落陷入惊喜、惶恐、茫然之中，不知道该如何处置大白高国的战略储备粮的时候，隔了一日半，李世辅便亲自带数千骑兵至此了。

夺取了大量的粮食储备，当然是个天大的好消息，可同时，算算时间，算算距离，那个持西勒国主金牌的信使的出现，也与李乾顺行程对上了。这位西勒国主，明显是担心去横山路途遥远，又有黄河又有沙漠，还没补给，又或者是担心直接去横山太过明显，会被绍宋军在河边或者对岸截住，所以选择了顺河向北，暂避兵锋。

当然了，向北之后，此人又会去哪里？可能是去后套，那里是战略要地，也是西勒四块核心统治区之一，但也有可能只是想取得补给后直接从省嵬城渡河，走骆驼港绕道去横山。但无论如何，一天半的时间差，尤其是定州、摊粮城以北，现在是敌占区，地理情况不明，绍宋军不好轻兵冒进。

而就在岳鹏羽和其部众下定决心，控住银川平原这个西勒政治、经济、文化、地理上的腹心，坐待西勒自裂的时候，另一边，横山前线，终于有了再也遮掩不住的动静。保安军栲栳寨城头上，郭浩奋力劝谏吴介，主张按照萧合达计策，即刻发主力最少万人，进击龙州，与萧合达夹击，打破横山防线。

夕阳落下，吴介到底还是传下了进击烟广的军令，深夜郭浩来报："按照萧合达小儿子的说法，嵬名察哥于宥州聚兵，准备回援，不得已对各州大将说了实话，说是绍宋军，有一股王师，不下三万，三四日前便突破了峡口，兴庆府危急。盐州兵马是他得到西勒国主旨意后仓促发的最近援军，铁鹞子也早早发往了灵州，现在聚集各部，正要聚大兵西向勤王。至于萧合达，嵬名察哥也有言语，说是非常之时，请他稍作体谅，然后便当众夺了他的军权以嵬名云哥代替，又将他幽禁在宥州州府。"

"若如此，他如何让自己小儿子跑出来的？"出乎意料，听完对方进一步描述后，吴介反而冷静下来。

"按照他小儿子说法，嵬名察哥软禁他后，连宥州兵马都尚未聚集妥当，昨日便匆匆率些许部众动身西行了，而萧合达趁机向嵬名察哥留下的监军嵬名仁礼求情，让次子、幼子归夏州告部属家人平安，嵬名仁礼是个儒生，便满口答应，中途幼子偷偷离队，驰了五六个时辰，换了三五匹马，绕行自家控制的妥当番部，这才到了平戎寨。"郭浩赶紧应对，"末将也不敢犹豫，问清楚以后，便直接过来了。"

吴介闻言并未有多余回应，而是捡起地上衣服披在身上，就在堂前窄院中踱步不止。

“传我军令。”吴介望着头顶的半大月亮看了半日，忽然开口，“追加军令给吴璘，让他全军进发，速速进取烟广，扔下雕阴山大营，全军去猛攻甘泉！”

吴拱拱手称是，便要回身去写军令，而郭浩一时大急，还要再劝。

“都不要急，说完再去。”吴介长呼了一口气，继续严肃传令，“写信给烟广郡王，说明此事，请他务必出全力，攻临真、延长，让完颜火钬首尾不得相顾。”

吴拱再度拱手，表示明白。

“我再亲自写封奏疏，请官家北上，带着御营左军最少一万精锐来……来郿州！”

随着吴介这次遥遥拱手，郭浩终于醒悟。

“最后趁西勒主力西走，嵬名云哥去夏州收拢兵马，咱们即刻出兵，猛攻横山，看他回不回头！”

“出多少兵？”郭浩没有忍住。

“有多少出多少！”吴介猛地回头，“你出龙州，我亲自出洪州，各发万人，环州让杨政出兵，他全都发出去打盐州！然后同时发令横山各处蕃部，不许首鼠两端，此番不来，绍宋往后再也不纳！你出兵的时候带上萧合达两个儿子，将耶律於顿、耶律大石的事情跟他们说清楚，再把耶律大石的兵力说成五万！告诉他们耶律大石已经到了贺兰山下，天子也已经许了他们岐鞑人河西与后套！让他们回夏州造反，去打宥州救他们爹！他们父子经营夏州几十年，收纳多少岐鞑人，此番不动，便活该去死！”

郭浩振奋不已，拱手大拜而走。郭浩既走，吴拱也去传令做事，而吴介抬头望天许久，方才回到舍内，亲笔去写奏疏，写完之后，斟酌再三，方才封匣送走。

此刻，相隔数百里外的兴庆府官舍内，岳斐刚刚被唤醒：“是西勒人到河对岸灵州了吗？”

“不是。”岳斐亲校毕进毕恭毕敬，“是贺兰山外番部来报，岐鞑人数以万计，战马、骆驼数不胜数，行军阵列已散，绵延数十里，昨日下午至晚间连续不断，从贺兰山外经过，片刻不停，不顾士卒掉队、牲畜倒毙，一路向北，直到半夜方才休整。李副都统请节度示下。”

“没有示下与他，只有示下与你。”岳斐眯着眼睛思索片刻，从容下令，“将此事记录清楚，即刻发往行在！再发令与王德，让他往西寿保泰军司、静塞军司尝试招降，并查探河西之战的首尾，如此便可。”

四月十四当天，绍宋军突然大规模出动，先拔除横山各山口的西勒据点，然后兵分两路越过横山。十五日，御营后军主力开始与仓促迎敌的西勒部队全面接战。龙州、洪州、盐州各处地方都爆发了战斗，同一天内，双方接战人数过千的战场达到了七处。此时的横山前线，敌我双方的所有人，除了绍宋军统帅吴玠猜到了那种可能外，没人知道或者敢去想此时的兴庆府已经陷落，去想此时的西勒心脏已经被一刀刺穿了，去猜此时的郫奚人已经快要穷途末路了。

四月十六，已经走到盐州后方铁门关的嵬名察哥在一日之内，收到密集军报数十封，一时陷入极端惶恐之中。因为这一天，他不仅收到了身后的告急文书，也终于见到了从沙漠与黄河对岸逃散来的官吏，见到了灵州方面最新的求援文书，知道了兴庆府丢失的现实，甚至知道了国主与太子下落不明的讯息。一时间，西勒晋王嵬名察哥进退两难。当日，绍宋军进展依然艰难。

四月十八，绍宋军挫兵于西勒腹地，盐州方向遭遇了大规模反击，逼得环州知州杨政不得不仓促后撤，原本吴玠亲自督战、进展最快的洪州一带，因为守将嵬名云哥的回程，也变得阻碍重重。

但四月十九这一天，绍宋军忽然得到许多横山番部的大力支援，原本许多跟随西勒的部落也有撤回山中的意思，绍宋军当面阻力减轻。

二十日，更多番部选择了随从绍宋军，这些人刚一回到山中，便擦干兵器上的血迹，带着存粮、战马、装备，转到绍宋军大营。这日晚间，龙州陷落，萧合达安排的内应打开了城门，郭浩与萧合达合军于城内，继而片刻不停，往西南面的洪州而来。刚刚才回来两天的嵬名云哥狼狈不堪，只能弃城而走。

到此为止，横山七州，最中间的洪州、龙州、夏州整个失陷，宛如被剖心挖腹一般断成两截，西勒人经营了一百余年的横山防线，随着兴庆府的丢失，以一种越来越快的速度陷入崩溃状态。先是人心动荡，然后是兵力转移，继而是宿敌入侵，借着内部隐患暴露，最后终于转化为真正的城池沦陷，防线崩溃。这一切，不过发生在五日内。

吴玠既然会合郭浩、萧合达诸军，再加上无数倒戈的番部，合计不下四万之众，自然要大举进军宥州、盐州。但这个时候，他又闻得一个让人慌乱的消息——官家携本部御前班直，外加御营左军解元、岳超二部，合计七千人，逆北洛水北上，前日过鄜州不停，继续北上，从雕阴山大营西转，已经快到保安军了。与此同时，圣驾身后还有呼延通部，以及李彦仙支援的翟琮、董先部，合计七千人，正往此处而来。

"萧都统大功，天子有召，要当面赏赐。"稍作思索后，翌日清早，吴介在洪州州城内大会诸将，然后当众对着萧合达假传了一道圣旨，"龙纛就在保安军，一个白日便能驰到，宥州已经慌乱不堪，让你几个儿子领兵随本镇一起去就好，都统且去领赏。"

刚刚结束软禁生涯才三天多一点的萧合达有心婉拒，却不知道该如何拒绝。

"你便是嵬名合达？"

四月廿二，下午时分，熏风阵阵，赵玖在保安军大金汤城外的路口见到了萧合达，但不知道是有心还是无意，上来就用了一个比较尴尬的称呼。

"外臣拜见绍宋皇帝陛下。"

此时与几名侍从、几个郱希部落头人一起上前的萧合达，再无之前在横山的种种桀骜姿态，老老实实拜倒在马下，方才低头稍作解释："好让陛下知道，外臣既然反正，便也恢复本姓，如今重新唤回萧合达，嵬名之姓乃是昔日在夏州被贼人李乾顺蒙蔽，一时受之。"

"萧将军忍辱负重，辛苦了，起来吧。"赵玖驻马而立，"不过，正所谓'周公恐惧流言日，王莽谦恭未篡时'，怪不得萧将军往日被蒙蔽，也怪不得萧将军今日愤而反正。"

萧合达独自站起身来。赵玖居高临下看了看此人，复又当众失笑起来："萧将军，朕见你是个义烈之臣，此番又有大功，还是个亡国无主之臣，心里极是爱惜，有心引你为御前班直统制官，如何？"

此言一出，周围气氛微妙起来。萧合达大汗淋漓。

"外臣惭愧。"萧合达汗出了许多，终究还是硬着头皮相对，"外臣自是岐鞑人，而大石大王又与陛下结盟，外臣自然要归丽才对……"

"话虽如此，"赵玖作若有所思状，继续在马上逼问不止，"但卿想过没有，朕许给大石林牙的乃是河西六郡，外加黑水、黑山、白马、右厢四军司，而横山七州之地，于情于理都是绍宋领土。故此，你要归丽，朕当然无话可说，但你所居二十年的夏州却要归这位胡漕司所领；你所领那万余夏州本土将士，也当属御营后军吴都统所遣，你居然要扔下二十年根基，轻身归丽吗？"萧合达闻言不免汗流浃背，连面色也惶恐起来，终是陷入进退两难的踌躇之中。

"萧卿？"赵玖终于有些不耐，继而催促了一句。

而随着这句话，不知道是不是错觉，这位官家身后数名全副武装的将军不约而同地往前挪动了半步，引得一堆甲骑也跟着上前了半步。

　　"外臣自当归丽。"无奈之下，被逼到墙角的萧合达咬牙奋力相对，果然还是带着侥幸心理尽量想求一个最佳方案，而倚仗无外乎是耶律大石与身前此人的盟约，"但夏州数万岐辖部族，以及军中岐辖军士，还请陛下大度赐下，许臣带往河西。"

　　"那是朕的子民，为何要随你迁移？"赵玖当即翻脸，显然心中早有计算，"萧卿是不是有些居功自傲了？"

　　萧合达心下一沉。

　　"陛下！"就在这时，一名文臣忽然勒马出言，神情严肃，正是中枢舍人郑知常，"臣以为，萧合达此人拥兵自重，待价而沽，视部属、同族为私物，挟之以犯上，此风断不可长，当斩之以正视听！"

　　接下来，让萧合达措手不及的是，随着这位官家微微一颔首，数名雄壮甲士一起下马扑来，几十名甲骑直接绕行包围，将他拿下，甚至早就准备好了堵嘴的嚼子和捆缚的绳索。

　　"大、大皇帝陛下！"就在萧合达被堵住嘴，然后被拖曳往外围而去之时，忽然间，一直跪在地上的一名布衣郸奚人猛地抬起头来，用畏缩到近乎磕巴的汉话向赵官家开口，"你、你不该杀萧统军！"

　　"朕为什么不能杀萧合达？"赵玖忽然失笑，"朕要杀一个违逆朕，还想带走朕子民的军头，有何不可？只因为你是他的侍从，他是你什么上司恩主？"

　　"陛、陛下！"那人满脸通红，汗水不停，先在地上磕了好几个头，方才勉力言道，"臣、臣虽然是萧统军的侍从，却也是宥州飞龙院的主事，是陛下的臣子，臣是以陛下臣子的身份进言，臣想说，陛下杀此人不合法度！不合情理！"

　　赵玖越发失笑不止，周围文武，十之八九也做赔笑。

　　而笑声之中，阿华言语渐渐流利起来："陛下，如此局势，横山七州所有定当归于陛下之手。但是，七州离散百年，骤然回归，不免人心动荡，而想要收拾人心，陛下此时既要讲法度，也要讲道义，而且还要讲宽仁才对。萧合达已经选了去做外臣，却贪心不足，这当然是他的过错，但他毕竟在夏州二十载，人心依附，这个时候杀他，恐怕会让一些愚钝之人误会，起了不该有的心思，还请陛下明断。"

　　赵玖含笑颔首不及，复又去看一直没笑的胡尹。实际上，赵玖也计划留着萧合达，并送往耶律大石处，时时提醒大石林牙不要三心二意。待一应事务处置完毕，赵玖这才率众一同转入金汤城中去了。就这样，廿三日，宥州守军在嵬名云哥与嵬名仁礼的带领下弃城西走。

翌日，吴玠大举进逼盐州，与此同时，岳斐新的情报从环州转来，告知官家耶律大石很可能北上后套，且李乾顺父子也可能在后套的消息。闻得情报，赵玖毫不犹豫，直接将赵合达送了出去，让后者在御前班直的护卫下，带着一封他赵官家亲笔画押的书信，走盐州去兴庆府，然后北上后套。

这一日是四月廿四。此时，嵬名察哥的主力部队已经与先发部队成功会师于灵州；完颜火钹闻得绍宋官家龙纛从绍宋军战线后方出现，也是忽然发起了对绍宋军的攻击；而这一日，岐轨人前锋则已经成功抵达后套，并与之前部属在阴山方面的偏师，也就是耶律燕山带领的蒙兀诸部会师成功。

同样是这一日，桓榛人前锋完颜折合抵达了黄河几字形右上拐点的东胜州，进入了河套的最边缘范围。相较于区区赵合达与赵阿华的一件战场小插曲，这一战，距离结束还差这么几场必然的歼灭战、击退战、追击战、遭遇战……因为，几十万人的战场，十几个州郡的得失摆在那里，总有人要负责流血、死亡与失败的。

赵玖进入金汤城后，就在不停地收军报、收奏疏、收札子。随着岳斐与胡闳休的会合，以及随后的一击致命，这场原本只是想虚张声势、声东击西，以图控制河西走廊的战役发展到眼下，已经超出了所有人的预想。而绝大部分战争参与者，也都在时间差、信息差、距离差中陷入迷失、混乱、怀疑与抉择中。

此时此刻，绍宋军虽稳坐兴庆之地，却并未掌握大金军的动向。故此，吴玠趁西勒兴庆府丢失、李乾顺失踪引发横山全线动摇之际，联合赵合达，攻入横山腹地以后，却止步于盐州，即刻向在保安军的赵官家快马上书，请求回师向东，夺取横山东端的银州、石州，以从后方包围绥德军与烟广。

奏疏在赵合达离开第二日的上午送到。然而，赵官家接过奏疏后仔细看了一遍，随即陷入某种疑虑之中。

"吴晋卿这是什么意思？"想了一会儿后，赵玖居然将奏疏递给胡尹，向胡尹咨询战事，"他本有专断之权，想如何打直接打便是，之前抓住时机攻入横山的便是他，如何此时向朕请示这种事情，然后却在盐州白白浪费时间？"

"以臣推断，"胡尹认真作答，"吴玠若是西向出军，无论是西勒军力还是我军内部合作，都是急需考量之事。"

"不错。"

"而如奏疏中所写，回身进取烟广，却是理所当然，一则银州、石州、右厢军司等地早已经如惊弓之鸟，夺之如探囊取物；二则，能借这三地顺势包围烟广、绥德军，顶住晋宁军，将完颜火钹合围；三则，也能防住可能的大金援兵。"

"但他非但没有迅速动身，反而给朕来了这么一个堂而皇之的奏疏，白白耽误时间，是不是说明他觉得桓榛人不会过来？然后韩师仲提议对烟广发起攻击的行为并不值得？"

"臣以为如此。"胡尹认真以对，"吴晋卿虽然因为战线位置获得官家授权，但对韩师仲还是畏惧的，不敢明面驳斥韩良臣，臣冒昧猜度，下午吴介便有札子送到。"

中午时分，吴介的札子果然便已抵达，刘彦将札子奉上，赵玖早有心理准备大约看了一看，便彻底醒悟。原来，吴介对全局皆有考量。

首先，吴介认为，烟广的完颜火钹应该不会有完颜乌竹的主力来援了，最起码现在没有大动静，便不会过来了；其次，他希望对烟广的完颜火钹围而不打，完颜火钹所部此时已是孤立无援，完全可以凭战场局势逼退他们。退一步来说，完颜火钹此次贸然出击，早已将部队气力消耗殆尽，面对大局，也再无可为；其三，吴介希望下一阶段的主攻对象，无论是他本人所领的御营后军加横山番部这个战团的主攻对象，还是全局的主攻对象，都是灵州方面的嵬名察哥；其四，即便是对于嵬名察哥，吴晋卿也有自己的考虑，乃是压而迫其战。迅速控制盐州各处要害，彻底孤立嵬名察哥，但吴介的御营后军主力却不过瀚海，以此逼迫嵬名察哥离开灵州对黄河对岸的岳斐、曲锻部发起主动出击，最好引诱嵬名察哥渡河，然后他遣一支轻师，自后取灵州，让嵬名察哥失去根据地，不战而溃。

然而，这般计划与行事，意味着他同时得罪了韩师仲、岳斐、曲锻、王德这些人。在密札中，吴介明确提出了这些忧虑，希望赵官家继续认可他的军事计划，并继续给他权责，替他撑腰。最后，吴晋卿还适当地对没有踪迹的桓榛主力做出了推断，他认为，李乾顺也好，嵬名察哥也罢，这两个西勒人的政军首脑，在得知岳斐出现在峡口那一刻开始，就没有理由不去抓住桓榛人这棵救命稻草。桓榛人很可能比横山各部的鄚奚人都要更早知道了兴庆府陷落，却肯定不知道耶律大石去了后套，故此，这个时候的桓榛人主力，说不得也已经去了具有极大战略意义的后套。

绍宋军此时，应该改疾为缓，且坐山观虎斗。而这个整体策略，也呼应了吴介针对烟广完颜火钹与灵州寇名察哥的两个方略。

吴介分析妥当，将郸奚、岐鞑、桓榛三方说得清清楚楚，绍宋军当面要应对的两个麻烦也分析得妥妥当当，这让赵官家顿时豁然开朗。与此同时，今天这一明一暗两个上奏，也将吴介素来展现出来的优点、缺点遗再度显露无遗，此人对战场的梳理、布置、总结，都是一流的，但毫无疑问，处事圆滑，有时候瞻前顾后，不被逼到墙角就不愿意担责任也是很清楚的。

这一次，赵玖没有跟胡尹商量，更没有将密札给胡尹看，因为密札是他跟高级军官们公开的秘密。

赵玖思索片刻，便向韩师仲、岳斐等人明发旨意，乃是按着吴介密札所写，对烟广与灵州战局做了分派。

随着赵官家的旨意下发各处，战争迅速进入新的阶段。往后几日，前线三个集团军，岳斐在兴庆府招兵买马，放粮收买人心；吴介在迅速控制盐州后也招兵买马，顺便放盐收买人心，盐州的盐池是西北最大的产盐区之一；韩师仲与吴璘在得到董先等部援军与赵官家的旨意后，也开始谨慎防守反击。

四月最后几日，赵官家在保安军金汤城中每日都要召见无数横山郸希部族头人，以及横山各州降服官吏。随着西勒崩溃、吴介的军事压力、赵官家亲临横山一线，石州、银州、右厢军司等残存西勒横山部众最终选择联合，一起向赵官家递送了降服文书。

到此为止，叛离中原王朝一百余年的横山诸州就率先全部降服，成为此战目前为止最稳妥的一个巨大收获。得益于此，赵玖终于验证了一个吴介的判断——桓榛人确实是向后套而去了，这边只有一个完颜萨利赫率部进入绥德，却又谨守绥德与晋宁交会处的撤退通道，并无主动出击之意，显然是出兵前收到了完颜乌竹的严厉要求。

非只如此，随着西勒兴庆府的陷落，以及李乾顺父子失踪的消息进一步发酵，一个意料之外情理之中的"奏疏"忽然摆在了赵玖的案头——已经跟绍宋军控制区接壤的府州折可求请罪求归，并希望南下包围桓榛人，以求将功折罪。

对此，赵玖选择了沉默。

且说，这一日，乃是建炎六年四月廿八。赵官家行经横山，见左右旗帜密布，从山路蜿蜒行进，却是心生感慨，无数昔日为祸边界的郫奚番部如今紧密护卫，一时驻马不语。

"官家可是有了诗兴？"吕本中好奇询问。

"并非如此。"赵玖自山顶红旗处收回目光，摇头失笑，"朕只是在想，耶律大石与完颜乌竹在后套会面了没有？李乾顺又在何处？至于国家兴亡、山河壮丽、心情恢廓，且忍一忍，待大局底定，再感慨无妨。"

吕本中与随行的郑知常齐齐按下心中早就准备好的诗词，连连恭维。

然而，赵玖复又失笑相对："不过，朕已经想好了另外一事，此番若平西勒，兴灵之地免不了新设一路，必然是要以南兴为名的！"吕本中等人闻言自然纷纷称赞。赵官家闻得恭维，却只是微微一笑，便直接打马向前，带着那面龙纛出山北向，去往宥州了。

第六十九章　大局

赵官家越过横山，尚未抵达宥州的时候，一场战役忽然就要在兴庆府与灵州之间的黄河西岸地区正式爆发了。

作战双方，一方是绍宋军御营前军、中军、骑军构成的绍宋军三万御营主力，辅佐以部分新降服的郸奚番骑；另一方则是西勒铁鹞子、泼喜军、中央侍卫军、捉生军构成的西勒主力大军，合计四万余。

"绍宋军犯了大错！"清早时分，嵬名察哥立马于黄河畔的渡口旁，朝着周围军将肆无忌惮地放声言道，根本不在意周围登船士卒的频频回顾，"而且是三个大错，一不该在野地里与咱们郸奚人作战，咱们的铁鹞子无坚不摧；二不该放弃河防，任由咱们大军渡河，可见绍宋军主帅是个废物；三不该到现在还攻不下顺州，让章利在河对岸给咱们留下一个根据地。"

而言至此处，不待众将士呼应，嵬名察哥便直接拔出刀来，在空中奋力一挥："此战，誓要斩杀岳斐、曲锻，夺回兴庆府，然后向后套迎回陛下与太子，重立大白高国。"

周围军将闻言，各自拔出腰刀，将白刃举起，哄然称是。而嵬名察哥说完这话，也是一咬牙，直接收起白刃，翻身下马，然后与自己的黑牛大纛分开，各自登上羊皮筏子，朝对岸而去。

主帅亲自先登，周围军士一时士气大振，渡口处一时井然有序。然而，等到嵬名察哥登上羊皮筏子，脸上振奋的神情却是肉眼可见地暗淡下来——原因再简单不过，这位西勒主帅心知这只是一时振奋军心之言。

一道可以单人越过的细小水渠的培土后方，等候已久的绍宋军散兵再不犹豫，随着为首的绍宋军官的吹哨与摇旗，他们即刻翻身上马，然后便跃马进入前方的麦田与河滩之中，继而对着刚刚登陆的西勒部队进行袭扰、射杀、分割、驱赶。嵬名察哥也并没有慌乱，他翻身上了一匹浑身湿漉漉的战马，主动催动大纛向前，并同时传令四面，要求周围军士向自己靠拢汇集。与此同时，其他几处河滩上也有各级西勒军官、头人开始这般施为。

效果是显著的，绍宋军派出来的散兵是典型的轻骑兵，一支矛一张弓，只能去猎杀那些零散的渡河者，却难以动摇猬集成团的西勒部队。但这些散兵依然有效地影响了西勒部队的渡河进度。而且很快，让嵬名察哥稍感诧异的是，这些散兵似乎引发了超出他们杀伤能力的骚动，那些士卒在与来袭散兵相互叫喊几声以后，跟着特定的散兵一头扎进麦田，然后再不回来。

"怎么回事？！"

嵬名察哥在自己的黑牛纛下奋力大吼。由不得他如此，尽管从结果来说这种现象跟绍宋军骑马散兵造成的死伤、迟滞相比不值一提。但问题在于，绍宋军散骑突袭完全是预料之中的，而眼下这种现象却是超出嵬名察哥理解的。作为一名主帅和马上要打大仗的战场指挥官，他绝不能允许这种事情出现。

随着嵬名察哥的严厉质问，数名军官、亲卫分成小股四下出动，一面救援、收拢部队，一面试图拦截和问询。很快，便有侍从匆匆折返，给嵬名察哥带回一个意料之外情理之中的答案："大王！来袭的兵马里大半都是本地的郓奚人，那些人亲口说，按照此番绍宋军的规矩，无论是带一个首级回去，还是领一个活人回去，都有一个一年五十缗钱的正兵待遇！便只是冲到岸边再折回去，也有三斗粮食的赏格！"

嵬名察哥目瞪口呆，身体在湿漉漉的战马上晃了一晃，方才止住身形。

片刻后，他匆匆回头，只是催促部队速速渡河，速速向前，在开阔的麦田中集结部队。渐渐地，随着一批又一批的绍宋军散骑接连不断在滩头四处袭扰、猎杀，甚至不惜付出袭扰战不该付出的死伤也要持续拖延西勒军队集结的步伐时，嵬名察哥敏锐地意识到，绍宋军派出这些部队，绝不仅仅是为了袭扰，一定是有更大战术目的的。他却没有应对之法。

不过谜底很快就揭开了，就在西勒部队渡河两万多的时候，忽然，随着远处旗帜摇摆翻滚，继而数十处号角一起奏响，数量逼近万众的轻装骑马散兵忽然扔下滩头的郓奚人，向南北两侧分开撤走。但也有少部分明显是刚刚加入的郓奚番骑撤走不及，沦为西勒人的猎物。

嵬名察哥没有计较这些得失，也没有理会撤走的这两拨轻骑，连续不断下令，赶紧让部队整理战马、骆驼，迅速往将领身侧集结。这个时候，集结部队才是唯一该做的事情。

可没过多久，身后侍从喊住嵬名察哥："大王，灵州城头上仿佛是在晃红旗？！"

嵬名察哥即刻回头，果然看到身后距离黄河并不远的灵州城头上，那个临时加高的望楼之上，有一面红旗正摇晃不止，这让嵬名察哥和那名侍从一样感到疑惑，因为红旗意味着有大军来袭，可是这边河岸上，明明是绍宋的大股散骑刚刚散开。不过与此同时，嵬名察哥注意到，那些拖在河对岸的部队，渡河速度在迅速减缓。

一念至此，嵬名察哥转过头来，定定立在黑牛纛下的马背上，望着正西面沉默不语，静静等待。片刻后，一切得到了解答——前方绿色麦浪之上，黑色的贺兰山山躯之下，红色线条从若隐若现变成一条清晰的存在，而且越来越宽，越来越富有动态，直到变成一股明显的红色波浪。

滩头阵地上，西勒人的动静越来越小，动作越来越谨慎，气氛越来越紧张，行动却越发急促与慌乱。

绍宋军几乎人人骑马，迅速涌到距离西勒军阵不到一里之处，可抵达预定战斗位置以后，绍宋军没有立即发动突击，从容立定阵脚，并遣使者过来。

"我家曲都统有礼物赠予西勒晋王殿下，一为兴庆府守臣薛元礼首级，一为顺州守臣嵬名章利首级。曲都统有言，顺州之所以迟迟不下，只是等晋王过河，晋王过河了，没用的章利自然就该死了。"来使停在西勒军阵一箭之地外，待身后两名侍从将两物掷于阵前地上，只放声留下一两句话，便直接打马而回。

西勒军阵一时骚动，而且骚动越来越大。侍从忍耐不住，再度喊住了嵬名察哥："大王，回头看灵州城。"

之前不为所动的嵬名察哥回过头来，然后依然冷静——哪怕他亲眼看到，留在河对岸的诸多部落，不知何时已经主动停止进军。而尚未渡河的嵬名云哥旗帜下，似乎还有些不正常的动静。

"你刚才想说什么？"嵬名察哥看了半晌，回过神来，忽然对着身侧那名侍从失笑言道。

"大王……就是想说灵州那边……"

"之前。"嵬名察哥提醒对方，"之前在汇报那些郸希部族在替绍宋人招降我们的时候，你话明显没说完。"

"我……俺，俺想说，去查探此事的一位头人，反而跟着那些散兵走了。"侍从有些诺诺。

嵬名察哥点头："你是想说我嵬名察哥在自欺欺人。"

侍从茫然相对。

而嵬名察哥却继续感叹："我是自欺欺人，谁不是自欺欺人呢？但关键在于，从我知道消息开始，应该没做错什么吧？"

侍从赶紧颔首："大王英明果断，如何会错？"

"还是有一个错处的。"嵬名察哥感慨道，"若是当日不听这些混蛋的言语，强行把部队留在横山，或许还能有所为。"

那侍从也好，黑牛纛下的其他侍从与军官也好，全都沉默不语。

"但也不对。"嵬名察哥继续对着这名早已经失措的侍从感慨，"那样也只是空耗几日，同样没好下场……而且此番过来，终究能告诉天下人，告诉后来那些写书的，我嵬名察哥对陛下到底是忠心无二的。"

这下子，侍从再尴尬、再失措，也只能忙不迭地颔首称是了。

嵬名察哥没有再为难对方，深呼吸了一口气，从身后已经骚动的黄河对岸看起，先是骚动越来越大的河岸渡口处，然后是身后的黄河，再然后目光从自家阵地上扫过，复又往阵前看去，最后越过在做最后准备的绍宋军阵，飘过贺兰山，看向清澈无云的天空。

黄河是黄色的，咆哮声雄壮到让所有人自惭形秽；西勒人尚白，大白高国就是这般得名的，所以整个西勒军阵，连着左翼那堆穿着耀眼甲胄的铁鹞子一起，都是白色的，只是无甲者如雪，有甲者似冰而已；麦苗是绿色的，稚嫩到让人不忍触碰；绍宋军尚红，红色的军服连成一线，如火浪一般正跃跃欲试；贺兰山没有雪峰，远远望去，黑黝黝一片，好似数匹朝着天空奔腾的黑色战马在阳光下炫耀着自己的皮毛；天空是前所未有的湛蓝色，干干净净，足以包容一切的湛蓝。

"传令嵬名移讹，让他率铁鹞子自南面绕行绍宋军侧翼，从上风口对绍宋军猛冲！绍宋军现在不缺马，告诉他不要贪图深入，转到侧翼便冲起来！"

"喏！"

"传令嵬名济，让他速速整饬好泼喜军的骆驼炮，没有骆驼炮，咱们的步卒撑不住！"

"喏！"

"传命嵬名遇，即刻督后军，随我一起背河向前！"嵬名察哥又一次拔出闪亮的腰刀，"此战，我来做先锋！"

言罢，背河而守的西勒大军，既不等泼喜军的骆驼炮整备完毕，也不等铁鹞子绕后成功，随着主帅嵬名察哥的黑牛纛忽然向西，继而全军旗鼓俱起，然后大军各处齐发一声喊，便蜂拥向前，鼓起最后余勇，主动向绍宋军攻去。

这一幕让对面四字大纛下的岳鹏羽愣了一下，但仅仅是片刻后，他便冷冷去了枪套，向前方随意一挥。而随着他这么一挥，连着降服番人达到四万众的绍宋军，骑步俱全，甲胄分明，便如一股闪光的火浪一般，朝着前方两万出头的西勒军压了过去。

冰火相持了大约半个时辰，半个时辰后，冰雪消融，化为赤水转入黄河，迅速消失不见。没有任何意外，这一战，绍宋军趁敌半渡而击，将渡河过来的两万多西勒核心主力全歼于黄河之畔。

经此一战，两万余西勒士卒几乎全军覆没，岳斐下令全军休整之后再进取灵州。孰料，这日下午，战场尚未打扫妥当，对岸便有人渡河至此，乃是代表了几个大的番部，愿做内应献上灵州。闻得河对岸情势，岳斐虽然对此类事不怎么在意，但既然情势如此，也没理由拒绝日后可能合作更紧密的曲锻，尤其是曲锻提出可以让此番战功最少的王德部来主导此事，于是当即应许，只是让对方小心行事，万万不要贪功中了埋伏。曲锻投桃报李，主动保证等晚间再行渡河突袭云云。

四月底这一日下午，连刚刚爆发了一场大战都不知道的绍宋官家风尘仆仆行进了两日后，终于抵达了宥州城。吕本中带着些许内臣，再加上随行的解元、岳超皆是宿将，董先、翟琮又早早在东面隔绝了危险，所以宥州之行并无突发事件。

依旧是鄩奚头人们蜂拥而至，赵官家出面安定人心。

"官家，今日到的多是银州、石州、左厢军司的部族首领。"待到城外大略会见完毕，君臣入城之后，晚宴开始前，吕本中正色来报，"但来的都只是部族中的次子、年长不管事的老族长，正当年掌权的人似乎都没有来。"

"为何如此？"刚刚换下甲胄，换上大红袍的赵玖稍微蹙眉。

"臣以为还是因为东面三处挨着绥德、晋宁，金人尚有万众在彼处。"吕本中赶紧将自己想到的答案奉上，"彼辈无胆，也无眼力，所以虽然上了降表，也让董、翟二位统制入了他们的城，却还是不敢倾族来做决断。"

赵玖从有些慌乱的刘彦手中接过硬翅幞头，自己低头戴上，顺势询问："这么说来，今日看似热闹，但其实并无要害人物了？"

"这倒也不是，"吕本中即刻提及一个人名，"仁多保忠来了，就是今日城外十里处第一个带头向官家下拜，然后奉上骆驼的那个白胡子老头儿。"

戴上硬翅幞头以后，赵玖不好轻易动作，却还是诧异："此人有什么特殊吗？朕还以为只是因为他年长，所以在最前头呢，倒是那匹白骆驼不错，温顺又雄壮。"

"官家。"吕本中当即失笑，"官家不知道此人也属正常，穷乡僻壤，便是七州中最顶尖的豪杰在天下面前又算什么呢？何况此人便是有些本事，也是往日的事情了。"

赵玖开始往身上系金带，吕本中继续解释。原来，仁多部本是横山大部，但其部闻名于天下，脱颖而出，却只仰赖两个人。其中一个是神宗朝时的西勒横山监军，唤作仁多嵬丁，此人性情狡猾，与绍宋交战极多，且多是他谋划绍宋、主动进攻绍宋多一些，但正所谓善泳者溺死，善攻者战死，此人最后在一次进攻环庆路时被绍宋军卡住归路，落得个死无葬身之所。但即便如此，此人几十年经营，让仁多部脱颖而出，成为横山番部的代表性部族。

听到此处，系上金带的赵玖微微笑对："朕明白了，神宗朝对西勒主战，此人又是西勒最重要的横山战线上的监军，所以此人在绍宋那里必然多有提及，更不要说，本朝文华才气，倒有一半都在神宗朝，名人多，那时的事情也不免多被提及，连着他也有了名。"

"正是这个道理。"吕本中也放松对道。

"至于另外一个人，就是仁多保忠了。"赵玖穿戴完毕，立在远处，微微正色，"朕猜猜，虽不晓得他是仁多嵬丁什么人，但依着年纪看，此人应该是能在史册上记个名字的本地名将？"

"正是如此。"吕本中见到官家准备妥当，加快语速，"不过此人知名，还有两件与兵事无关的大事，一是帮助小梁后诛杀梁乙逋；二是有传言，此人大约是因为兵权被嵬名察哥所取，曾于小三十年前谋划降服绍宋，事发后，李乾顺未曾杀他，只是罢免而已，臣也未想到他居然现在还活着。当然，这种人物，归根到底不值一提，只是今日宴席上数他最有资历排场，所以臣专门来提醒官家。"

听着像是个渴求政治权力的阴谋家多于将领，赵玖心下胡思乱想，面上点了点头，然后一声不吭，瞥了眼刘彦。刘彦会意，率数十甲士先出，吕本中随之离去，赵官家在十几名御前班直的护卫下，停了一阵子，方才缓步走了出去。

外面是一处在绍宋人看来非常简陋的大堂，堂中除了少许护卫外并无一人，出了大堂，堂外院中空地上豁然开朗，诸多甲士立身于院墙内外的根脚处，而空旷的院中则整齐地摆了近百张桌案，各有薄酒青蔬。

是日，正是一年中白日最长的时候，虽说是晚宴，也的确是到了傍晚，但光线充足，赵玖自堂中转出，一目了然。

宴席随即开始。不过，因着战局未定，赵官家与诸人也只是嘘寒问暖，做些政治承诺而已，而关于具体的战后安排却是只字未提。

"陛下。"

酒过三巡，坐在右侧最前排、须发皆白的仁多保忠慢腾腾端着酒杯站起身来，似乎是要敬酒，也依旧无人在意。

"仁多将军请说。"赵玖也并不以为意。

"臣生于蛮荒之地，久慕王化，今日得见天颜，不胜荣幸，所以私心有两件礼物想奉与官家，还请官家笑纳。"仁多保忠先是勉力放下酒杯，再重新起身，微微俯首相对，动作缓慢迟钝。

赵玖从容相对："仁多将军不是已经送了那只白骆驼吗？朕非常喜欢，如何还有礼物？"

"好让官家知道，那骆驼是本地州县官吏所寻，臣不过是因为年纪大，头发胡子与骆驼毛色相称，牵起骆驼来好看，所以才让臣去献，此物并不能显出臣的忠心，也不能算是臣的礼物。"仁多保忠缓缓以对，"臣此时所说的两个礼物，才是臣等私下花了大力气为官家此行辛苦施为的。"

赵玖当即应声："既如此，且奉上来吧！"

仁多保忠闻言微微展眉，便回头去看院门方向。刘彦亲自下去，片刻之后两名甲士随之入内，刘彦快步折回，在官家耳畔稍作耳语。仁多保忠强打精神，紧盯绍宋官家的反应，而在他灼灼的目光之下，赵官家闻言却并无诧异不适之色，甚至连头上的硬翅都没有晃动半分。这下子，仁多保忠自己也是暗骂自己可笑，继而恢复如常。

礼物奉到御前，甲士打开捧出，却是一个首级。而此物一出，吕本中与郑知常几个文臣各自面色发白，其余人包括赵官家在内，都没有多余神色，只是好奇罢了。

仁多保忠没有卖关子，缓步出列，在首级旁下跪相对："官家，此乃小鞠德录的首级，之前银、石、左厢三处商议归正，但自觉无寸功以存身，便来询问老夫。老夫建议他们取了此人性命，务必在今日官家到来之前，将此人首级奉上，聊表心意，三处头人、兵马未至，都是替官家作战去了。"

赵玖难得晃动自己幞头上的硬翅，瞥了一眼面色发白的吕本中，吕本中闻得此言，脸色反而更白了。

"小鞠德录是谁？"赵玖情知此时不是计较吕本中无能之时，面色不变，追问不及。

"回禀官家。"仁多保忠继续认真作答，"此人乃是郫奚人，却是丽国的郫奚人，位列丽国西南招讨使，前几年，大金南下，天下大乱，正如李永奇、李世辅将军父子从绥德入夏一般，此人也领十余万岐辖、奚、渤海、蒙兀、郫奚杂胡百姓自丽国入夏。其人原本不屑降于夏国，便先去攻折氏丰州、麟州，准备以此立业，结果大败而走，只剩下三五万岐辖杂胡部民，只能通过夏州统军蒐名合达的路子，向李乾顺降服，从而得到横山这边的支援，这才在夏州、银州身后一带立足，还攻下麟州的建宁寨为本据，李乾顺用他，乃是要为西勒东北屏障隔绝金人的意思。"

且说，一旁的吕本中从听到此人领十余万丽国故民逃到西勒后，便心下恍然，他哪里还不知道，这个礼物正是赵官家真正需要的大礼！西勒大势其实在岳曲胡三人奇袭兴庆府得手后便已底定，而吴介趁势压入横山后，更是使大局再无反复之理，接下来，此战还是很有说头的，尤其是如何安排耶律大石、牵制耶律大石、控制耶律大石这个盟友。而丽国遗民，便是占地广、人口极少的西勒软肋，之前赵合达那里七八万，此时小鞠德录这里三五万，加起来已经足够让耶律大石伏低做小了。而很显然，这仁多保忠从赵合达被驱逐的事情上嗅到了一二风向，硬生生地从被迫投降的境地，为横山东端诸部落寻出一个切实的功劳。但想到这里，吕本中越发不安。

另一边，赵官家只是微微颔首，顺势板着脸开了个玩笑而已："若第一件礼物是人头，第二件莫不是张地图？"

仁多保忠怔了一怔认真再对："回禀官家，第二件礼物是一座城池。"

316

赵玖脱口而出："是灵州吗？朕记得吴介有军报，说你侄子仁多时泰是盐州守将，此番第一个被嵬名察哥遣到灵州去了，所以吴介才让与你侄子相熟的杨政去追击。"

"官家一言道破。"仁多保忠越发恭谨，"臣与时泰有约，嵬名察哥入得灵州，前后绝道，是为兵法中的死路，连拖都不敢拖，只能仓促渡河一战，臣让他联络其余大部，再与吴都统、岳都统交通，务必替官家取下灵州城，兼断了嵬名察哥念想。"

"嵬名察哥不会疑你侄子吗？"吕本中终于按捺不住，出言质询，"须知道，当年老将军你便是因为筹谋归于绍宋，这才被罢免的。"

"好让这位上官知道。"仁多保忠回头相对，"下官虽然是公认的逆臣，但下官的弟弟、时泰的亲父却死在绍宋刀下，所以嵬名察哥不会疑他。"

吕本中一时愕然。

赵玖不慌不忙："那朕问你，你与你侄子联络是嵬名察哥西行之前，还是之后？"

仁多保忠犹豫片刻，拜倒在地："是之后，去打小鞠部也是嵬名合达被驱除后下的决心。"

赵玖端坐不动，微微点头："那朕再问你，你知道此番作为，放在天下人眼里算什么吗？"

"算是反复小人，因为臣这些作为，到底是有见风使舵、投机取巧之嫌。"仁多保忠须发俱贴在地上，言语中却没有丝毫迟疑，"想来若陛下此时杀了臣，天下人也只会说臣是咎由自取。"

"结合你当日在西勒朝争中的举止，几乎算是鹰视狼顾了。"赵玖依然面色不变，"真杀你也就杀了，对于郸奚人，朕有一些模糊打算，具体还要等此战了结，跟宰相和使臣们做商议才行。"

"是。"仁多保忠回道。

"不说别处，横山七州过于逼仄，朕准备大约合为两州，或两州一军，具体要看以后情势。"

"是。"

"对于郸奚人，朕只能说些定下来的确切想法，以免失信于你们。其一，朕不会内迁，但要改姓易俗，尘埃落定后，郸奚各部都要有个汉姓。西勒叛乱百年，根由是郫奚不能归附，以后朕不希望看到郫奚人以族群自居，使番汉隔离。"

"是。"

"本地人善战，且半牧半农，大多骑术了得，所以郫奚兵朕肯定要用。"

"喏。"

"不过朕也知道，横山这里叛乱了一百五十多年，今日一朝归正，将来又是西军过来约束你们，你们多少也于心不安。"赵玖喟然以对，"万一再闹腾起来，反反复复惹人烦倒也罢了，怕只怕以边角之地，使国家伐金大计失了措……仁卿，你在横山闲坐，若真有心便该知道，朕的心意其实很好揣摩，那就是千言万语一句话，为了伐金一统，朕什么都能忍。为此事，朕忍了权臣，忍了儒生，忍了官僚，忍了军中陋俗，忍了南北离心，忍了和尚道士，忍了权贵巨贾，而且怕还要去忍耶律大石……那自然也可以稍微忍一忍你们！"

仁多保忠连连叩首："横山各部，绝不会给官家伐金大业拖后腿！也愿官家稍微怜惜此地生民艰辛！"

"都得怜惜。"赵玖不以为然道，"关中也苦，中原也苦，你们最起码没经历大规模兵祸，至于赋税，巴蜀、江南、荆襄一处比一处苦，朕都记着呢！朕只能保证一视同仁！"

"如此足矣！"仁多保忠稍作抬头。

"但仁卿你们也该记住，话反过来说，如果万一谁真整出幺蛾子来，使伐金大业上稍有拖延，朕也绝不会忍……尤其是这些年，局势稍好，朕脾气到底是一日日涨了起来，不似往日那般好说话了。"赵玖最终缓缓下了定论，"往后几日，你就随朕身侧，做个合门祗候，专理郫奚番部的事宜……你知道祗候是什么官职吧？"

"臣知道。"须发皆白的仁多保忠惊喜之余，却又与一旁的枯坐看着这一幕的吕本中一般凛然起来。

至于周围本地官僚、番部头人，包括随行御营军官、内臣，大概是层次相差太多的缘故，此时多已经听呆了。

赵玖受了两个礼物，也懒得在此继续敷衍，只是又饮了一杯酒，眼看着天色渐暗，便转回隔壁寺庙中安顿去了。

而数百里外，随着日落到来，灵州城内外，却是忽然出了乱子。嵬名云哥也选择等到了天黑，然后对城内发动突袭，以求救出嵬名仁忠、王枢、曹国丈这些人。然而，突袭并不顺利，各部部族多有出工不出力的举动，而占据城池的那家，也就是仁多时泰部了，也在初期的失措后迅速反应过来，与嵬名云哥手下乘夜交战。

黑夜之中，人心动荡、立场不一，还有不少人暗怀鬼胎，突袭很快演化成了巷战，巷战又变成混战与劫掠……没用多久，这座西勒第二大城市便火光冲天。而这份火光也宛如信号一般提醒了各处绍宋军。

河对岸，岳斐亲眼在河畔窥到对岸乱象，情知不会是作假，便即刻催促曲锻、王德率部渡河夺城，乃是要扫荡残留西勒部队之余控制局势的意思。另一边，灵州城东北面，挨着长城的一处小据点内，环州知州杨政遥见火起，也再不犹豫，乃是下令全军扔下辎重，急袭灵州。就这样，不过是二更时分，王德部御营中军步卒便从毫无抵抗的城西大举涌入，曲锻随后率骑兵扫荡主要街道，抓捕劫掠、杀戮与强暴的郓奚乱兵，并驱赶降服番兵担水救火。

混乱之中，得知绍宋军入城后，守在官署西勒宰执王枢、曹国丈以下数十名汉臣各自殉死，同在官署的濮王嵬名仁忠留在最后，确定所有人都殉死后，直接亲手点燃了白日兵变时下令部属堆积在官署门外的木柴杂物，将官署付之一炬之余也将自己葬送。

火势一起，嵬名云哥说不上是悲哀还是释然，但终究没有理由再在城中坐以待毙了，便带着仅存的千把人逃出城去，然后又不敢顺大河北上，只能转向大漠。

黑夜之中，可能是兵马太少的缘故，嵬名云哥一行与杨政并未交会，居然脱生。然而，好不容易停在沙漠之中稍作歇息，正回望火势渐暗的灵州城呢，一回头却愕然闻讯——队伍中地位最高的那个大人物，自己救了两次的舒王嵬名仁礼已经拿一把匕首自戕在骆驼上了。看样子，恐怕是刚出城不久便选择了自我了断。

嵬名云哥一声不吭，跌坐在嵬名仁礼尸首旁，一点眼泪都没有流，只是觉得茫然与惶恐。

天色将明，灵州城余烟袅袅，迎接这座城市的乃是一场行刑——御营骑军都统曲锻端坐铁象身上，立于已经成了一片废墟的州城官署之前，左边王德立马在侧，冷笑不止，右边环州知州杨政根本没敢骑马，只是叉手站立在老上司马前，状若肃然，不知道的还以为是牵马的侍卫呢。

而前方街道上，左右百十名郓奚头人、军官，或是被火燎，或是负伤，或是沾了满身露水，狼狈不堪，却只能各自瑟瑟立于街道两侧，低头不语。而街道远方，数以千计的郸奚番兵被捆缚严整，三十人一轮，被绍宋军甲士不停押到这些头人中间的街道上，然后当众斩首示众。这些都是昨夜趁乱劫掠、杀戮、纵火与强暴的罪犯，杀之有名。

就这样，一直杀到上午，随着上千乱兵的人头落地，远在宥州的赵官家终于切实收到了他的第二份礼物。

"吕舍人。"

就在灵州城人头滚滚之际，仁多……已经正式改名为任鲍忠的新任合门祗候便迫不及待来见行在中唯一算是他上司的人了。正在喝小米粥的吕本中愕然抬头，不知道是不是错觉，他总觉得任鲍忠居然年轻了许多，连头皮都紧致了不少……明明此人比自己父亲还老许多好不好？

"仁……舍人。"吕本中到底是名门世家，涵养还是有的，所以虽然对此警惕，却还是当即起身拱手相对，并用上了祗候的敬称，"可有见教？"

"有。"任鲍忠拱手相对，"其实下官还想给官家再奉上一礼……此礼若上，则西勒人心安定要更上三分，但此事须吕舍人做主才可。"

"哦？"吕本中登时来了兴趣，"有此厚礼，为何不昨日一并奉上？"

"下官也是今日才知道。"任鲍忠精神满满，"原来官家居然此番西行半年，居然连个妃嫔都未带！而一问之下才知道，官家居然只有两位贵妃，而子嗣却足够了，恰好无碍……您说……此事于公于私，是不是都是好事？"

吕本中瞬间醒悟了对方意思，出于某种本能，他即刻便想张口驳斥，却不知为何，话到嘴边，反而无言以对。甚至恰恰相反，想了许多关碍之后，这位吕舍人居然怦然心动。

任鲍忠什么意思，吕本中当然一清二楚，不就是给官家塞个郸奚皇妃吗？而他思索许久，越想越觉得真可以为之。原因有三，其一，官家的妃嫔确实比较少，很多人在很多地方都曾劝过这位官家纳妃，从南阳到汴梁，根本没停过，只是后来两位贵妃并立后，才稍微安静了一阵子。而眼下，两位贵妃先是一起怀孕，再是官家离开京城……又不是当年被桓棻人撵得到处跑的时候，未免有点节制得过分了。此时奉上一位皇妃，官家本人应该还是能接受的。

其二，正如任鲍忠暗示的那般，此事于公有利。官家昨夜固然是朝着番汉一体，准备将郸奚人消融汉化之意，但这毕竟是长期目标，要好几代人的，相较而言，若是官家能纳一个郸奚皇妃，则最少可以保证眼下郸奚诸部的人心少安。

其三，也是最重要的一点是。虽说两位贵妃俱有子嗣，纳郸奚皇妃去了一个最大的阻碍，但即便如此，这种高回报高风险的事情也不是人人都能承担的……说白了，得脸够大，屁股够稳才行。而他吕本中就是这么一个人。哪怕他只是个中书舍人，也有足够的政治资本来操作这事，或者说，天下能操作这类事的本就没几个人，但他吕浩文的长子毫无疑问是其中之一。尤其是眼下，天子身侧根本就没几个人，正好方便他施为。

当然了，想了半天，可吕本中到底清楚，人家赵官家不是个好相与的，正如这位官家昨晚所言的那般，局势渐渐变好，赵官家脾气也渐渐增长……他吕本中的资本不过是主动谈及此事的资本，却是不可能将人直接送来，生米做熟饭的。不是不行，而是不敢。

"你的意思，是要朕纳一位郸奚妃嫔？"下午时分，蝉鸣之中，一身便服在树下避暑下棋的赵玖闻言没有任何多余反应，既没有生气，也没有什么欣喜之态，甚至连头都没抬。

吕本中心下忐忑，但事到头上，却不敢再犹豫，便当即拈子正色相对："臣以为若如此，可使郸奚人心少安，于公于私都是好事。"

赵玖点了点头，依旧不动声色："有些道理。"

吕本中一时大喜。

但旋即，赵官家复又言道："可天下有道理的事情多了去了……凭什么事事都去做？"

"请官家示下。"吕本中肃然起身，

"有什么可示下的？"赵玖终于抬起头来瞥了对方一眼，完全不以为意，"凡事有利必有弊，有用必有费，而且还要讲时机、看局势……下棋。"

吕本中赶紧坐下，匆匆按本能填了一子。

而赵玖也在蝉鸣之中继续低头相对："纳个郸奚妃嫔不是不行，但哪有什么都好？譬如说人选，若是李乾顺有女儿，或者选个近支嵬名族内的女子，身份上倒是合适，可不怕她恨极了朕，夜里刺杀？而若李乾顺没有女儿，选个他族的子女，选哪家？仁多氏还是罔氏？选横山的还是兴灵的？不怕这家人借着威势又在这两处地方闹腾起来，再酿一次祸？"

吕本中若有所思，心下也有些狐疑起来。

"其次，朕都忍了一年了，这半年更是一直在军营中，连个内侍都不带，所以才能让将士们归心，眼瞅着大局将成了，就忍不了这一两个月？"赵玖一边下棋一边继续相对，"再说了，你也须有些大局观……要知道，打仗的事情，朕不行，但了结战事、分划局面的事情离开了朕却是根本不可能的，现在西勒的战事将要了结，接下来主要是如何逼退桓榛人、压服岐轵人的事情，反而正要朕亲自去处置，你早不来晚不来，此时过来，朕反而没有闲心。"

吕本中赶紧俯首称是，却又凭着下棋本能匆匆填了一子。

赵玖微微蹙眉，继续感慨："而且你说的郓莫皇妃能安人心一事，其实也只是个说法，一个被当成贡物的女子如何能有这般作用？想要安人心，倒不如用心到时局上，若能想法子把郓莫人居所全给包住，不让他们与桓榛人接触，再拿捏住耶律大石，让岐轵人也不敢轻易牵扯拉拢郓莫人，这里才是真的安稳……你说是不是？故此，依着朕看，且等西北事了，若届时大局能布置妥当，便不必在意什么郓莫人，若是事情不成，局势堪忧，等回头纳一个也无妨。"

赵官家高屋建瓴一般的言语说个不停，手上也费了好大劲才在棋盘上重重落下一子。而另一边吕本中赶紧颔首，心中却早已经慌乱，乃是又凭本能匆匆陪了一子。赵玖越发蹙眉，复又抬起头来望了望天，只见此时虽然树影稍移，阳光却不再刺眼……明明已经是中夏，却搞得跟春天一样，也是心中不爽，便低下头来继续下棋。

而另一边，吕本中被官家当面否了此事，也觉得自己之前有些想当然；而且还被训斥不知大局，更是惶恐；再结合昨日对任鲍忠的失算，今日被任鲍忠蒙骗，恐怕也被这位精明至极的官家给窥破，然后前途愈发黯淡……故此心中也是郁郁起来，下起棋来更是心不在焉，只是凭借多年经验，随手落子罢了。

然而，这吕本中却是又犯了浑。须知道，他平日里都需要好大力气才能与赵官家难分难解的，今日凭经验与本能速下，却是将人家赵官家在棋盘上瞬间逼得艰难备至起来……实际上，开头那几子后，这位官家便已经不支，结束对话后又是几子之后，这位官家在棋盘上便走上了绝路。不过，好在忽然间一阵风来，沉闷之气下陡然舒爽，然后眼瞅着西面似乎有雨云滚来，赵官家终于勉强找了个理由，匆匆站起身，大概是说下雨了该收衣服什么的，便动手将棋盘掀了，棋子匆匆收起，准备回寺庙正堂里去坐。

一直到此时，吕本中方才醒悟。

二人转入佛堂前，终究雨日无聊，便重新在佛祖面前摆开棋盘，再开棋局，这一次吕本中拿捏起十二分的本事，多少是将赵官家给伺候得舒服起来。且棋到中盘，佛堂内黑白争夺于方寸之地，佛堂外风雨大作于恢廓之天，颇有方寸世界的滋味，到底是让赵官家心情渐渐好转起来。而不知为何，一局战罢，天色随雨势越发暗淡，点灯再战后不过中盘，吕本中却又察觉到赵官家心不在焉起来。

随着官家一个荒唐至极的落子，小东莱先生只能硬着头皮开口询问："官家可是忧心灵州战事？"

"穷途末路之徒，虽有数万之众，但一朝树倒猢狲散，便是有几个主心骨，也撑不起大局，有何忧虑？"赵官家摇头不止，"李乾顺不该跑到后套的。"

"那官家是忧心翟、董两位统制官在东面或许兵力不足，以至于被完颜火钹突袭吗？"

"完颜火钹是能干出这种事来的。"赵玖哂笑以对，"不管此人是真的父子情深，还是装作父子情深以至于骑虎难下，做出这种事情都是可能的，但他孤掌难鸣，如今烟广周围我军环绕堵截，他想要动兵必须要绥德那支做他后应的兵马协助他才行，而事情巧就巧在完颜乌竹派出了完颜萨利赫来做完颜火钹后应，却又不足为虑了。"

吕本中微微一怔。

赵玖见势稍作解释："完颜萨利赫此人，一个是没本事，当日吴玠在坊州将他打哭，绰号啼哭郎君的就是他，此人绝没胆量在折氏已经主动南下，而横山东端郱奚兵降服咱们的情况下与韩师仲、吴璘挑起战斗；另一个是此人作为完颜阿古达帐下养大之人，算是完颜阿古达嫡系，如今也是完颜乌竹三兄弟的妥当心腹，他不敢违抗完颜乌竹军令；最后一个，则是完颜乌竹三兄弟夺权前，也就是完颜瞻汉握权时，他曾与完颜火钹一起分裂西路军，有此前科，多少还是要忌讳的。"

"若是这般，东面也无忧了。"吕本中连连颔首。

"其实这恐怕也是完颜乌竹的本意，完颜乌竹就是不想让完颜火钹与我们作战。"赵玖继续盯着棋盘笑道。

"还是官家尧山一战使局势一朝反复的结果，完颜乌竹从此惧了官家与御营大军。"吕本中捻须思索片刻，"那一战，越往后看越觉得是逆天定势之战，不然，哪来的完颜乌竹求和、弃地、避战至此？"

"不是。"赵玖摇头不止，终于肃然，"尧山一战最多是阻止了金军的势头，使他们不敢在河这边做出攻势，却不能说完颜乌竹从此怕了我们，依朕看，正是因为完颜乌竹心知肚明，也知道朕与宰执们也都心知肚明，知道金军主力战力犹在绍宋之上，所以才从掌权以后，一则议和；二则弃地；三则避战。"

吕本中彻底茫然起来。

"因为只有趁着兵力占优，实力尚在，议和、弃地、避战求来的安稳才有效用，而若是真到了咱们进军河北，又一战大胜之后，双方军力对比逆转，他完颜乌竹怕是要比完颜瞻汉更强硬三分也说不定。"赵玖没有卖关子，"毕竟低头这种事情，强大一方来做才有效，势穷力小者一旦低头，只是徒劳露怯，自取灭亡罢了。李乾顺不该遣使来向朕求和的，而朕也着实奇怪，为何以往西勒一旦气力不支，只要求和，朝廷便要应允呢？"

吕本中微微愣住，想了许久，又花了好大心思在棋盘上，认真落子之后，才认真请教："若是如此，敢问官家，如今东西两面局势妥当，官家到底在意什么呢？"

"在意三件事。"赵玖嗤笑以对，"当先自然是左右局势虽安，却不知何时能做个了结。"

吕本中瞬间醒悟。

"其次，陕北、横山、兴灵遭遇兵祸，一方是汉人自不必提，另外两处郉奚人居多，到底该如何安抚？朕固然说要一视同仁，可若是与兴灵、横山和烟广那边一般战后减税待遇，不免会引来关西士民怨气。"赵官家继续感叹。

而吕本中也是一声叹气："要么郉奚人能立下功劳，要么只好让郉奚人此番吃一点亏了……天下哪有绝对的公平？"

"正是如此。"赵玖依旧喟然，"就好像朕此战敲打韩师仲，而且专门不许韩师仲接触西军战事一般，朕当日知道他觉得委屈，但偏偏不敢放手，否则以他的脾气和与西勒几十年的公私恩怨，怕不是真要一到兴灵、一入横山便要屠城，到时候反而激起无端反抗来。与之相比，岳斐自不必提，吴介也算谨慎小心，便是曲锻虽然行事诸多不妥，但军纪上还是妥当的。"

吕本中微微一怔，他是真没往这边想，只是以为官家当时纯粹要敲打韩师仲呢。

赵玖并未深谈，随口一提后，便摇头再笑："还有一事，朕上午听任鲍忠说到西勒地理，汇总情报，格外诧异于一件事情，按照任鲍忠所言，只要朕锁住兴灵平原最北端的克夷门，耶律大石便不可能穿行兴灵了，便是大石此番穿越兴灵，也到底是在摊粮城北的什么大陷谷转到贺兰山这边，从兴灵之地的北大门克夷门穿过的。既然河西与后套无法从贺兰山背后相连，他为何要在知道兴灵为绍宋所取后，还是不顾一切匆匆去北面后套呢？须知道，他西行到西域立下根基之后，连可敦城都要弃掉，此番更是为了取后套将其许给克烈部的忽儿札胡思，这其中必然有说法。"

吕本中情知这正是自己这个随驾内臣之首该表现的时候，但他左思右想，却始终想不通，反倒是见赵官家娓娓道来，似乎心中已经有了猜度。

"其实还有一事。"眼看着又要输掉，赵玖干脆掷了手中棋子，望着门外雨幕正色言道，"若是耶律大石与完颜乌竹在后套相争，一方明显有优势，一方支撑不住，朕又该怎么办？难道坐视他们其中一家成事？"

吕本中面上不变，心中早已经一团乱麻，并不知道该如何应对官家咨询。

当日深夜，夏雨稍歇，吴介忽遣加急军报至宥州，明告官家灵州战事结果。而又隔一日，西面翟琮也遣使来报，明确告知了前一日完颜火钺试图突袭横山直取宥州为董先所阻之事，并以不确定的语言，告知了完颜火钺可能在突袭失败后选择直接撤往绥德军的讯息。对此，赵官家犹豫再三，思索了半日后正式下旨，以胡尹主民，韩师仲主军，杨轶忠为监军，统领烟广周边部队，以及横山东部新降邯希部族，自行决定东线进取进度，包括南面同州防御处置。

然后，这位官家便启动了进入关西以来的第五次移驾，带着解元、岳超二部，刘彦所领御前班直与吕仁等极少数内臣，以及郑知常，外加临时召集的两三千邯奚人，凑够了一万部队，向兴灵之地而去。

五月初五端午节，赵官家经盐州北面的长城故道，贴着瀚海北端至灵州，并汇集了在此的吴介、郭浩、杨政所领御营后军为主的蕃汉三万众。

五月初六，赵官家一面渡过黄河，一面号令各处直接往兴庆府汇集，不必接应他，而此时，随着赵玖渡河，银川平原上已经汇集了岳斐、曲锻、王德、吴介诸将与他们麾下御营前军、后军、骑军、中军在内的五六万兵马，若是再算上各处新降服的西勒军队，此时赵官家身侧已逼近了十万之众。

五月初八，进入兴庆府，赵玖来不及表彰岳斐、曲锻、王德三将踏破贺兰山阙的功绩，也来不及接受什么白牛纛、黑牛纛的，先行询问了西勒摊粮城中储备，得知还有二十多万斛粮食、八十万束草料后，大喜之余，先发岳超部为兴庆府守军，再发翟琮部为灵州守军，共同辅佐胡闳休统揽兴灵。随即，他正式下旨，以岳斐为三军统帅，统揽剩余诸将，并临时征召万余辅兵，得兵十万众。其中，以五万多御营军为战卒，而新降西勒士卒除有功与曾有许诺者，则尽数改为运粮、输送物资等保障后勤为主的随军辅兵。然后全军北上，往摊粮城汇集。行前，赵官家下旨，大军行进循路而行，不得踩踏北面青苗。御驾也再度随军启程。

五月十四，御驾随大军行至摊粮城，在亲自点验城内粮食、草料以后，赵官家再度下旨，让之前便尾随耶律大石部控制了克夷门的岳斐部将打开关门，然后以南兴路暂代经略使胡闳休为后勤辅助，全军出关向北。此时所有人再无疑虑，情知官家是要率这十万之众越过那个大峡谷，穿克夷门，往后套而去。

五月十八，大军前锋行至顺化渡，前方消息便密集起来。据说耶律大石与完颜乌竹俱皆措手不及，而双方在后套这种风吹草低见牛羊的好地方骤然相逢，外加生死仇怨，无可躲闪且不愿再躲，于是各据城堡，以野外骑兵作战为主要作战方式，已经交战大半月了。

目前，耶律大石渐渐不支。不管是战力不足，还是缺粮，耶律大石终于只能退居后套要塞兀剌海城内，控制阴山通道与黄河河道，以稍避桓榛人锋芒。不过，这期间二人也没闲着，耶律大石与完颜乌竹棋逢对手，各自使出离间计，耶律大石试图拉拢对面见到自己军势而震动的耶律於顿旧部，也就是耶律马五那个万户，而完颜乌竹却也与此番助战的蒙兀两大部克烈部、乞颜部沟通不停，又是许诺乞颜部的合不勒汗为蒙兀国王，又是给克烈部送礼，同时还不忘让后方臣服于大金的蒙兀诸小部落来援。

今日抵达此处后，原本就以援军身份联络岐辖人与蒙兀人的绍宋大军片刻不停，即刻动身去往三家营地与友军会合，赵官家便随大军转向兀剌海城南侧，彼处是岳斐昨日路上选定的大营，绍宋军已经在与两家蒙兀人的信中说好了，准备在两家蒙兀营地之间立寨，好与他们连营，携手抗敌。不知为何，走到一半时，赵官家的龙纛和左右陪侍的黑牛纛、白牛纛便停了下来。原本决定反客为主，在克烈部营地会见三家盟友的计划也随之改变——现在，官家要在这个野地里，在自己大军的环绕之下，接见三家盟友首领。

忽儿札胡思直接应下，合不勒汗在稍作思索后应下，然后便要单马而来。不过，距离最近的耶律大石却没有第一时间出城，他只是派了耶律於顿与赵合达前来拜见绍宋官家。二人被绍宋军拦在了距离龙纛百余步开外的地方。于是，曲锻直接领着千余绍宋甲骑，直趋兀剌海城下，环城直呼大石林牙之名。终于，直至太阳已经暗淡，耶律大石方才来到了龙纛之前。

话说这一日，赵官家来到后套，先后见到西勒之主耶律大石、东部蒙兀汗王合不勒汗、中部蒙兀最大部落克烈部首领忽儿札胡思，甚至还见到了一个意想不到的人——西州回鹘王毕勒哥。

面对桓榛人强大的战斗力，在场的各国家、部族首领自觉地组建统一战线，决定在此地重挫大金西路军。赵玖与耶律大石下定了决心，故此，第二日，在绍宋军主帅岳斐的布置下，汉人、岐辙人、郫奚人、蒙兀人、回鹘人、奚人等，纷纷听从调遣，联军向东。其中，绍宋皇帝带来的补给供给了全军，说不清的郫奚民夫转化为合格的辅兵，御营重步兵集团给所有战友带来了巨大安全感。相对来说，从此战中迫切扩军的甲骑部队虽然成了规模，却还没有得到足够的证明。

故此，这支庞大的部队被岳斐一分为二，步兵成为此次进军的中军，骑兵成为全军总预备队。与此同时，岐辙人那来源复杂的突骑也倾巢而出，除了兀剌海城的必要留守外，其余全军猬集于绍宋军大阵北侧，他们将在交战后负责侧翼致命的大侧击。至于数以万计的蒙兀人轻骑，则撒向了东南方，他们的任务是寻找、袭扰、黏滞与追击。就连回鹘人的骆驼都被统一编入后勤纵队。

往后数日，联军大举东进，而桓榛人果然如耶律大石判断的那般，在意识到无法在阴山与黄河之间的狭长通道内与联军对抗的情况下一口气撤到了西京。对此，耶律大石、岳斐、吴介等人判断一致，那就是桓榛人是故意如此，乃是要引诱联军继续追击的，而联军一旦中计，越过云内州，失去阴山保护，很可能迎来桓榛人的穿插包围。

赵玖下令大军进抵达云内州、东胜州位置，而大军主力根本不准越过流经云内、东胜等地的金河半步。不过，即便如此，随着大军出阴山不断，而桓榛主力又撤到了大同府，整个河外、河东都被震动。尤其是桓榛力量已经无法抵达的河外地区，早就派大军暗地里与绍宋军呼应配合的折氏公开反复，丰州、府州、麟州三州直接挂上了绍宋的旗号；河清军、金素军、宁边州三个原本属于大丽旧地的州郡，也有岐辙遗留一起起兵呼应，却被着急立功的折氏兵马直接攻入；至于云内州、东胜州守将，所谓直面大军的云内节度使耶律奴哥更是不等大军抵达，直接开门倒戈。此时，赵玖方才收到军报，早在五月下旬，完颜火钦和完颜萨利赫就已渡过黄河，进抵河东，而韩师仲也收复烟广、绥德、晋宁，并提大军北上呼应。

时间来到六月初二，得益于赵玖与耶律大石的强力压制，联军停在东胜州治下的金河与黄河交汇口的金河泊，终究没有越过阴山安全区半步。到此为止，所有人都知道，因为耶律於顿出奔引发的西北乱战，在耗时小半年后，随着眼下这场成功的大进军，是时候画上一个句号了。实际上，相互都有些撑不住的桓榛人与联军双方，很快便默契地解散了小股部队，以减缓后勤压力。

六月初六，这是赵官家钦定的绍宋丽蒙兀兀会盟日期，地点就在阴山与黄河之间的金河泊畔。按照约定，三方四处将会在此处祭祀天地，在二十万大军的见证下，订立一个正式的、全方位的，包括军事、经济、外交在内的抗金盟约。

这日上午，定在正午祭祀典礼正式开始之前，耶律大石、合不勒、忽儿札胡思、毕勒哥几个人便一起抵达了金河泊畔的绍宋军大营。

"大石林牙想要黄河以北所有州郡？"天气和煦，金河泊畔，匆匆摆上的宴席之中，端坐主位的赵玖微笑相询，"此外还想要河清、金肃、宁边三州？"

"陛下此言有趣。"坐在左手第一位的耶律大石捧杯以对，"黄河以北，不过是后套与大丽故地天德军、云内州、东胜州三州而已，怎么从陛下口中说来却似是在说什么了不得的地盘一般？而河清、金肃、宁边三处，也是丽国故地。故此，我刚刚的言语，无外乎是想求河套而已。还是说陛下与我们岐鞑人明明有盟约在先，却准备吞了丽国故地不成？"

言罢，一身清爽布衣，单刀而来的耶律大石捧杯一饮，继而大笑。

曲锻当先冷笑："大石林牙，若按照你的言语，绍宋将河西六州、西北四军司，连着河套，还有丽国故地六州，尽数与你，绍宋敢给，你敢要吗？"

耶律大石再度一笑，却又忽然严肃起来，对着曲锻昂然相对："有何不敢？"

曲锻难得为之一滞。

"大石林牙。"吕本中也蹙眉相对，"若是这般说法，绍宋出兵十万，又供给这么多粮草替你取河套与丽国故地六州，你总得有些回报吧？"

"绍宋此番履约妥当，助力极多，我当然感激在心，而且愿意偿还这番恩情。"耶律大石当即恳切相对，"但此时我大丽委实困顿，这样好了，不如请吕舍人计算清楚，不管多少，我都直接认下，然后我们大丽便是砸锅卖铁，日后也一定慢慢偿还，绝不做赖账之人！"

吕本中面色发白，尴尬一时。

这个时候，一直在看身侧湖上的赵官家转过身来，端起酒杯："大石林牙，金湖耀眼，美景甚佳，且饮一杯。"

耶律大石微笑以对，举杯遥遥一拱手，一饮而尽，赵玖也举杯饮下。其余人等，也都一起举杯陪饮。

待众人放下酒杯，赵玖摇头喟然："可惜了如此盛景，若今日盟约妥当，大石林牙西返高昌，相隔四千里，来回万里，却不知道下次再见又是何时了。朕与大石林牙一见如故，便称知己，一想到就此别过，此生或许不复再见，朕真有些舍不得。"

耶律大石闻言怔住，等了一会儿，方才一声嗤笑，却不知道是自嘲还是何意了。

"陛下错爱，大石不胜惶恐……但大石与陛下皆一族兴亡所系，却不该这般悲春伤秋于盛夏的……不知陛下此番可有什么安排？大石愿意先听一听。"

第七十章　往归

"大石林牙。"赵玖思索片刻，决定再稍微验证一下心中的猜想，"朕如何分派难道不是看大石林牙的心思吗？是东是西，自可先给朕个言语。朕既为天子，虽说不可能让各家都满意，但也会尽力而为的，不会让自家盟友为难。"

耶律大石闻言在座中一笑，旋即肃然："陛下，东也好西也罢，皆是岐辖勇士拼上性命换来的，哪里是大石可以言弃的？"

赵玖闻言沉默过后，复又打量了一下席间："大石林牙，天底下没有你一家占尽便宜的说法！现在的情况是，东西相隔数千里，你不可能全取东西，你若取东，朕自会取西以自酬；你若存西，朕自当取东以自守。"

耶律大石再度笑对："若是这般，陛下何必装模作样，直接分派便是。"

赵玖与对方对视片刻，然后点头应声："朕给了大石林牙机会来选，是大石林牙自己贪图太多，弃了选项，那朕便只好替你稍作分派了。河套与你，因为河套是岐辖主力在兀刺海城辛苦作战换来的；河东三州，河外三州皆属绍宋，因为这六州是绍宋的威势换来的，大石林牙觉得如何？"

宴席中气氛一时有些紧张。

耶律大石停了片刻，果然摇头："陛下未免太苛刻了！"

"且看在两国百年盟约的份上，天德军、云内州与岐辖。"赵玖旋即改口，"但要拿你们此番占据的卓罗城来换，这是最后条件，你若不受，便没有了，还请好自为之。"

耶律大石深呼吸了一口气，面色艰难："陛下！如此分配，大石难与麾下岐辖勇士交代！"

"横山以北有十五万岐鞑、希部族，还有此番河外三州的岐鞑部落，朕尽数发与你们，河外三州与东胜州便当是这些人的交换了。"赵玖面无表情，昂然作答，"大石林牙部中谁还不服，让他来见朕便是！"言至此处，眼看对方还要言语，赵玖复又打断对方，做了最后通牒，"事到如今，你要再聒噪，便不是这种言语了，大石林牙为一族兴衰所系，不该因个人恩怨与大国交恶。"

耶律大石喘息一阵，忽然起身离席。见此形状，高昌回鹘王毕勒哥本能欲起身相随，但眼见着耶律大石孤身而走，周围绍宋军甲士林立，这位回鹘王却只是在座中挪动了一下，便老老实实留在原处。

"大石林牙，莫忘了中午来会盟！"赵玖遥遥提醒了一句，便转身捧杯，与众人对饮。

按照之前几日私下的沟通，除了通商、分战利品这些意料之中的共同话题外，两个蒙兀首领各自只有一个独立诉求。克烈部的大首领忽儿札胡思希望绍宋能够做主，确保岐鞑人移交原定许诺的可敦城。赵玖对此甘之如饴，不仅仅是因为这个要求能够进一步削弱岐鞑人势力，确保绍宋在联盟中的主导作用，更重要的是，克烈部的首领不姓孛儿只斤。至于孛儿只斤合不勒，这位东部蒙兀公推的汗王，在见识了绍宋的威势，了解了赵玖的身份后，也只提出了一个条件，希望赵官家能正式册封他为国王。

赵玖对此一度疑虑，因为他不知道这种册封会不会加速蒙兀的统一，但是很快，他就想到了一个对策，然后选择早早私下许诺。而这，也是今日两个蒙兀首领一直保持配合，没有多嘴的缘故。

临近中午时分，耶律大石到底是回转了过来，而且这一次，他还换上了一套正式衣服，镶金带玉，气势满满，萧斡里刺、耶律於顿、耶律燕山、赵合达，以及新降的耶律奴哥等岐鞑将领也都随行。很显然，虽然从他们不大好看的脸色上可以猜出，这些将领对耶律大石带回的条件不是很满意，但他们终究是碍于大局，决定前来会盟了。

"如何？"

经历了之前的事情，曲锻等人如何不晓得，有些话他们说了根本无用，所以这一次重新落座，打破沉默的正是赵官家自己："大石林牙可与几位将军说妥了吗？"

耶律大石闻言一声不吭，只是回头相顾身侧诸将，而几名岐鞑将领见状，脸色更加难看，一时无人应声，气氛再度紧张起来。赵玖面色不变，随着耶律大石扭头，将目光从萧斡里剌诸将身上一一扫过，原本愤然的几个人被这位官家一一看下来，一一低头，一时竟无人敢与之对视。

就这样，一直看到最后的耶律奴哥身上，这位官家方才满意颔首："若是你们都应下了，朕还有一言，河套这边，不光是要悉心防守，以后还要在兀剌海城开个长久市场，三家互通有无，所以须用个有见识知大局的将领才妥当，朕以为不妨以耶律於顿将军统揽河套、天德、云内，这位奴哥将军初来乍到，又在云内经营多年，朕反而信不过，还请大石林牙将他带走！"

耶律大石以下，诸多岐辙将领闻言抬头，看向耶律於顿与耶律奴哥，二人各自张口欲言，但皆无所言。

赵玖见状再度满意颔首："如此说来，咱们便再无分歧了，时间差不多了，一起去祭祀吧！"

说着，这位绍宋官家直接起身离开，片刻后从帐中出来时已经换上一件大红袍子和硬翅幞头，便直接往祭坛方向而去。而绍宋皇帝既然起身，此处诸多绍宋将臣也都纷纷起身随从。旋即，早就不耐烦的两位蒙兀首领也都起身，见此形状，耶律大石停了片刻，终于也带领诸岐辙将领站了起来。高昌王毕勒哥长呼一口气，也赶紧起身相随。

仪式非常简单，众人立定，便有中书舍人吕本中给郑知常送上一摞祭文。

郑知常怔了半晌，方才醒悟手中全是祭文，然后却是硬着头皮，顶着烈日开始宣读："自炎黄之后……尧舜禹相传，大禹以治水功天下，受位，其子夏启开家天下，三代以下，中国遂有夏……又有商继……武王伐纣，周乃有天下……至穆王之孙懿王时，王室遂衰，戎狄交侵，暴虐中国……后有齐桓公出，尊王攘夷，九盟诸侯，中国方安……"

御前班直甲士在统制官刘彦的示意下一拥而上，将早已经晒热了的血酒一一奉上，赵玖以下，耶律大石、李儿只斤合不勒、忽儿札胡思、毕勒哥不提，岳斐、吴介、曲锻、王德、刘锜、李世辅等绍宋大将，萧斡里剌、耶律於顿、耶律燕山、赵合达等上台面的岐辙将军，外加刚刚下来的郑知常，以及吕本中、任鲍忠等人，还有两个蒙兀大首领部下的几个同族头人，人人一杯热血酒。而赵官家也毫不犹豫，转过身来，对着众人端起来一饮而尽。

绍宋文武，还有那些知机的岐辙大将，只以为这位赵官家又在占便宜，却也懒得计较，便直接对着这位官家一饮而尽，宛若在朝这位官家立誓一般。

"合不勒汗！"

赵玖挥手示意。"正要借此场面，封你为蒙兀国王！"

众人纷纷一怔，但旋即醒悟，便是耶律大石也没有多言。唯独忽儿札胡思面色微变，但终究不敢多言。于是乎，众人纷纷让开，而很快便有刘彦上前，捧上一个匣子，赵官家当众打开，从里面取出了一个精巧金冠来。

合不勒大喜之下，脱帽上前。御前班直统制官刘彦复又从身后班直手中接过一个匣子，然后捧将过来。

赵玖打开匣子，居然又捧出一个差不多大，但形制不同的金冠来，然后从容朗声笑对："朕想了一想，断没有只给合不勒汗封国王而不给忽儿札胡思汗一个国王来做的道理。朕的意思是，此番两位都有大功，所以，合不勒汗便为东蒙兀王，忽儿札胡思汗则为西蒙兀王，都受朕的册封，如何呀？"

不待两位蒙兀王反应，耶律大石便当场笑出声来："正该如此！这是天大的喜事！"

忽儿札胡思怔了一怔，旋即大喜，便上前谢恩，单膝下跪，而合不勒汗微微一怔，复又想了一想，到底只是顶着金冠，随众笑对："正该有俺安达的一个王来做，从此蒙兀东部归俺，西部就由忽儿札胡思安达来领。"

说话间，赵玖才不管孛儿只斤合不勒的心思呢，直接便在任鲍忠复杂的目光中将原属于西勒晋王嵬名察哥的金冠戴到了忽儿札胡思的头上。

盟约既成，东西蒙兀王先后加冕，现场气氛更加热烈。而就在这时，原本笑得正开心的耶律大石忽然怔住，因为刘彦居然在欢声笑语之中捧来了第三个匣子，而且匣子打开，里面赫然是一顶比之前两个金冠还要华贵几分的高顶金冠。

"大石林牙。"

众人陡然住声之下，一身红袍的赵玖立在祭坛前，继续捧着金冠昂然相对："朕听萧将军说，你念及旧主，在西域居然只称了岐辖汗王，连丽国皇帝都未做，未免可笑，大丈夫生于世，区区一个皇帝，有什么可犹疑的？来来来，且上前来，朕这个绍宋天子为你加冕，且看谁敢不认你是岐辖皇帝？"

耶律大石原本就在赵玖身侧，此时闻言背对诸人，只是死死盯住立在身前不远处的绍宋官家，却好像重新认识了对方一回似的。而耶律大石身后，其余人也有些恍惚之态，皇帝也可以由另一个皇帝来加冕的吗？若是这个岐辖皇帝可以被绍宋皇帝加冕，那还算是皇帝吗？

"大石林牙，且上前加冕！"恍惚之中，曲锻第一个反应过来，直接拔出刀来，在空中乱舞，然后在原地大声鼓励起来，"这是我家天子好意！"

"说得不错！"

吴介随即反应过来，同样拔刀，转身对着不远处面色苍白的萧斡里剌以对："这是我家天子之意，二十万大军在此见证，合该大石林牙做岐辖皇帝！"

岳斐也醒悟过来，虽然没有吭声，却眯起眼睛扶刀盯住了岐辖诸将，而三位帅臣既然示意，其余绍宋军将领见状，再不犹豫，乃是纷纷带领下属拔刀露刃。便是两位新上任的蒙兀国王，此时也有些醒悟过来，也干脆带着几个下属鼓噪不停。

"大石林牙。"鼓噪声中，赵玖微笑低声相对面色严肃的耶律大石，"今日若非朕助你，岐辖说不得便要分裂东西了，你承朕如此情分，居然这点小事都不愿意助朕吗？便是不承朕这般恩情，也该记得自己身系一族之兴衰吧？"

耶律大石闻言微微苦笑。他必须要低头，否则前方这个绍宋官家可以让他承受不住某些后果。嘈杂声中，耶律大石只是沉默片刻，便揭开半罩帷帽，低头向前。周围陡然寂静一片。赵玖将手中皇冠戴到对方头上，然后立即上前握住对方双手，并将此人扶到身侧并立。

这一切不过是一瞬间而已，而瞬间之后周围便欢呼雀跃起来，因为曲锻做的混账事，周围士卒纷纷挥舞白刃欢呼不停。继而，远处军营内外，不知情的士卒们也纷纷欢呼起来。接着，更远处岐辖人、蒙兀人的军营，也随着传来盟约大成，赵官家为三人加冕的消息欢呼起来。

盟约既成，接下来几日在谨慎地对峙中解散军队。

绍宋军先做出了大规模的动作，部队开始在各个统制官带领下以两千至三千人的规模渐次分散，有的渡河往河外而去，有的往前突进到东胜州州治，往后走的也不是直接退兵，而是在身后建立撤兵通道。

拖到六月下旬，桓榛人开始成建制南下就食安顿，而联军大部也正式沿着河套——兴灵大路进行大规模撤退。整个西北，战后是一团乱麻，所谓慢不得也快不得，急不得也拖不得。而就在这种情形下，赵官家既没有去理会折可求的恳见，也没有在意李乾顺的生死，只是与耶律大石以及两位蒙兀王并马而归，一起率大军沿着河套旧路撤回，准备从兴灵之地往归关中。

抵达河套兀剌海城，两位蒙兀国王率先告辞，赵玖免不了要执手相送，而曲锻、耶律於顿也率部分兵马顺势留下。

六月底，夏末初秋时节，赵玖与耶律大石联袂转向南行。待到七月初，大军转入克夷门后，郫奚降卒已经顺势分划妥当，赵官家允诺了一万临时御营编制，有功者与其中精锐被岳斐、王德、李世辅吸纳入御营体系，其余各自依年龄、地区、部落被逐渐放回，更有少部分年长习文的郫奚人被授予通判、权知县等职务。非只如此，刚一过克夷门，赵玖再度正式传旨，罢免胡闳休的兵部侍郎职衔，改为正式的南兴路经略使一职，并当场兑现了之前文德殿上的政治承诺，加封这名太学生出身的文官为定远侯。

临近七月中旬，绍宋丽联军进抵兴庆府。

且说，之前听到赵官家进入克夷门后，关中便将积累许多的文书、奏折、札子一并送来，此时抵达兴庆府，密密麻麻的奏疏蜂拥而至。耶律大石知趣，进城一坐，自请宿于城外不说，更是直接请辞西归。赵玖当然知道本该如此，也早早有所准备，乃是让王德留下护卫自己，岳斐率其他所有兵马"护送"岐辙人从兰州离境，也有顺势接手兰州全境以及出兵尚未安定的西寿保泰军司之意。

就在前一日夜间，却有人胆敢将第二日要劳筋动骨的赵官家从睡梦中叫醒。

"官家！"连夜而来的杨轶忠不顾风尘仆仆，俯身拜倒在西勒旧宫之内。

"直接说吧！"赵玖从榻上坐起身来，只是听到声音，便在刚刚点燃的烛火下催促不及。

"臣无能！"杨轶忠就在榻前俯首相对，"惭愧万分，委实没有寻到，甚至连一点讯息都无，几个报名字的，细查之下，都是作伪之辈，只寻到张永珍宗族的一些远房残余，他们也都说不清楚……倒是侯丹，有个正经堂兄，一家尚在，臣擅作主张，已经从他堂兄子女中寻了一个过继给他了，赏赐、恩荫也都按照官家吩咐给直接与了。"

"那就好……其实六七年了，烟广又被完颜娄石蹚过两趟，找不到也属寻常。倒是侯丹堂兄，算是个走运的。"赵玖怔了一怔，方才一声干笑。

"是。"杨轶忠赶紧应声。

"那些伪做张永珍妻儿去找你的妇孺，没有为难他们吧？"赵玖忽然想起一事。

"没有，只是训斥了一遍，便撵回去了。几个明显是宗族、丈夫做主来蒙骗的，臣擅作主张，处置了男人。"

"那就好，你也辛苦，去歇息吧！"赵玖催促不及，也没有细问，也不敢细问，"此事可以让烟广与陇西地方官以后慢慢细细寻找。"

"是……"

"可还有事？"赵玖微微醒悟。

"就在臣动身前，烟广郡王自晋宁军回来，在城中大宴数日，侵夺了烟广府的缴获与库存，以作亲旧故人赏赐。"

"知道了。"赵玖闻言点了点头，面色不变，"可还有吗？"

"烟广户口十存二三，实际人口估计也少了两三成的样子。"

"还有吗？"

"杨政……"

"此事且观吴介给朕交代。"

"折可求……"

"这事等回京再说。"

"是。"

"还有吗？"赵玖追问了一句。

"事情总是有的。"杨轶忠俯首相对，"但剩下的大都可以归于胡漕司职司，却不足以惊扰官家安眠。"

"那就下去早早休息吧。"赵玖在烛火下正色以对，"辛苦正甫了。"

杨轶忠俯首告退，而赵玖吹灭烛火，躺回榻上，虽没有辗转反侧，却睁了半夜眼睛，盯着黑洞洞的屋顶，发了半夜的呆。

翌日。吕本中、任鲍忠、郑知常，乃至于胡闳休、岳斐、王德等人自然是早早准备，武将们自在城外布置妥当不提，几位近臣文官来见官家，迎头撞上杨轶忠与刘彦一起出现，各自心惊。尤其是任鲍忠，随侍许久，早知道刘彦此人掌握御前枢机，是个真正实权的人物，却为人认真平实，更是早早听说还有一个杨统制比刘彦更得用，心思精巧数倍，此番忽然得见，自然越发小心。而杨轶忠虽然状若威严，却言语和气，使人如沐春风，但越是如此，任鲍忠越是小心翼翼。

时当七月上旬将末，秋高气爽，赵玖用过早饭，也不着甲，只是一身收袖布衣，系着一条金带，便直接领杨轶忠等内臣出了西勒旧宫。随即，众人一起上马，先迎上宫外不远处等候的胡闳休，再于城门内接上王德，前遮后拥，出兴庆府西门而来。待过了城西恢复通畅的唐渠，到得联军大营之前，又早有岳斐率大部绍宋军官士卒，耶律大石率全部岐辖军官士卒准备妥当。

大军气势恢宏，尤其是此时贺兰山下秋收在即，群山在右，若奔马驰天；大河远远在左，隔着金黄麦海遥遥可见闪光，大军依旧按照岳斐为帅时那般严明军纪，只西行到贺兰山下，才顺山势转南，龙纛为首，各种旗帜沿途顺山势逶迤，迎秋风招展，端是壮观。

送别耶律大石以后，赵玖折返兴庆府，稍微处理了一些公文后便率御前班直轻身渡河前往灵州，两日后，顺着灵州川南下经韦州穿越瀚海，抵达环州。顺着泾河一路南下，依次行经环州、庆州、宁州、邠州、耀州等地，其中少则停留一两日，多则三四日，或是视察秋收，或是检查府库，或是深入乡镇，再加上赶路时间，一直到八月初方才进入京兆。

待到京兆，西北乱局战果多已经传扬天下。然而，赵玖抵达长安以后才发现，吐蕃诸部早已经大面积派遣使者等候于此，西域各处的朝觐使者也多汇集。按照宇文绪忠的汇报，这一次吐蕃各部中金川以北的青海诸部几乎已经全到了，在失去西勒的遮护，西域也变成绍宋盟友的一部分后，这些部落彻底丧失了生存根基，只能就此臣服。

赵玖暂缓了合并关西六路的方案，但此间已经有了宇文绪忠这名使相，按照建炎以来不成文的规矩，天子与宰执可以行使最高权力了，尤其是敏感的人事问题，在此处决断，远胜过回到东京再做。

秦凤路经略使王彦以后勤调度的功劳得到嘉奖与额外赏赐，同时召回御营，为御营都统制，领枢密院都承旨，兼领枢密院参军事。胡尹的五路转运使改为工部尚书，却要在陕西路改制成功后再行调任。工部尚书梁扬祖被任命为都省副相，并着都省与礼部议论其人功勋，准备加美爵。这便是给予其宰执身份再荣休的意思了，考虑到梁扬祖本身的政治姿态和一贯的立场，恐怕也是他所求的。至于王源，赵玖念及他的苦劳，加了枢密院副使之位。除此之外，陕西、巴蜀九路转运判官赵开因功转秦凤路经略使。

而胡尹与赵开的转任，也意味着昔日关西战时专用的九路转运体系与五路转运体系就此作废。与此同时，利州路经略使刘子羽则转兵部尚书，成都路经略使林景默转户部尚书，江西路经略使刘洪道转兵部侍郎兼判都水监，湖北经略使马伸转刑部尚书。兵部尚书胡世将转陕西路经略使，户部尚书林杞出为利州路经略使，刑部尚书王庶出为成都路经略使，吏部侍郎吕祉出为江西路经略使。至于其余缺额安置，暂且按下不提。

中秋节一过，赵玖与先行到达的王彦一起，带着御前班直，直接东行，途中经过陕州时稍微停顿，乃是与李彦仙当面讨论一下将来可能的河东战略，又让王彦渡河尽可能接应马括再度南下，方才再度动身，过洛阳，祭祀汪博彦，最后在八月底，回到了阔别已久的东京城。

回到东京，当此大胜与西勒灭国之威，群臣出城三十里郊迎，赵官家趁势登岳台，率群臣祭祀无名牌位，才转回城中。

回宫之后，往后几日，诸事繁杂，人事往来不断。九月初，折可求的到来实属意料之外。此番折可求表现出众，先是反正的时机很妙，几乎使绍宋兵不血刃夺取了河外诸州，而且在驱赶完颜火钹、控制河外岐鞑部落、威逼横山等等一系列军事行动中，都发挥了重要作用。再加上李乾顺首级和李乾顺两个儿子，折可求的军功毋庸置疑。

当日折可求入京，翌日便由都省、枢密院联名上奏，请求御断。因着折可求在建炎战事中的公开投降，诸位臣僚此番上奏说不得便是对赵官家心意的试探。试探的结果让人稍微放下心来，赵官家许诺，翌日上午后宫石亭召见。

接到命令以后，第二日一早，折可求以下，以及数名随行折氏子弟，白衣去冠，在折彦质的陪同下，抱着李乾顺首级匣子，与嵬名云哥还有李氏兄弟一起自东华门入大内转后宫，请至御前。

"这就是李乾顺的脑袋？"

鱼塘边的无名石亭之内，石桌上满是文书的赵玖见到来人，放下手中卷宗，随即便有杨轶忠将李乾顺的首级匣子奉上。

"是！"

为首的折可求一进来便拜倒在地不敢抬头，此时刚要回答，却被身为俘虏的嵬名云哥给抢先了："好让绍宋天子知道，国主首级是外臣亲手砍下的，绝无虚假，陛下尽管打开查验。"

赵玖抬头看了看嵬名云哥，复又看了看嵬名云哥身侧两个神色惶恐的小孩子，刚刚有了两个儿子的他不免蹙眉："查验就不用了，任鲍忠去正经寻个地方葬了，不要过于轻慢，但也不要让人知道是西勒皇帝的首冢便可。"

一旁随侍的近臣任鲍忠赶紧上前，口称官家仁念，然后捧起首级匣子，转身离去。嵬名云哥赶紧叩首谢恩，泪流难止。

匣子一去，赵玖这才深呼吸了几下，喟然相询："嵬名云哥，你们彼时逃到什么地方去了？"

"逃到了地斤泽。"嵬名云哥含泪俯首相对，"昔日祖宗起家之地。"

听到这里，赵玖不免好奇："既然已经逃到那种地方，俨然是决心复国的，为何不坚持下去，反而要内讧呢？"

嵬名云哥闻言大恸："陛下，外臣不是内讧，而是奉命为之！不能坚持下去的缘故，不是因为外臣，也不是因为国主，更不是因为护送国主至地斤泽的嵬名良辅将军。国家衰亡，可国主秉国四五十年，权威尚在，而其余人等，九死一生，待到祖宗兴复之处，哪个不是忠心耿耿、不计生死的忠臣？"

赵玖越发不解："那李乾顺为何又失了志气？"

"天命不佑我大白高国。"嵬名云哥恸哭不及，"时事流转，如今那绿洲之地已为荒漠，连饮水都困难，手下士卒纷纷离散，国主被逼无奈，只得让外臣动手……并将太子、越王托付于我。外臣无奈，也只得一路往东南行，结果撞上折氏的兵马。"

众人听到李乾顺最后的下场这般惨烈，个个色变。

"也罢！"赵玖叹气道，"既然如此，朕便赐你一个宅院，你收两个孩子为义子，从此好生在东京过活便是。"

年轻的嵬名云哥闻言含泪叩首："外臣请以献首之功，求个有用出身，故太子、越王在此，外臣绝不会反复，请陛下垂怜！"

赵玖思索片刻，回头与几名近臣交流一二，方才微微颔首："你这般情势，朕若不用，反而让人说朕小气，这样好了，你既是郸奚本地将领，该会养骆驼才对吧？"

"外臣自然懂得！"嵬名云哥赶紧应声，"外臣愿仿效金日䃅，为陛下牵驼！"

"不用你牵骆驼，朕正要重建群牧司，在东京城外有一处骆驼养殖点，你挂在御营下面做个掌管骆驼的后勤差遣，看看能不能帮着枢密院整饬出一支泼喜军来，然后还可以以郸奚皇族的身份与任鲍忠一起入公阁，给南兴那边做个交代，如何？"赵玖和气相询。

"臣感激不尽！"嵬名云哥咬牙换了称呼。

"那就下去吧。"赵玖随意挥手，"吕舍人去带他们安顿。"

嵬名云哥赶紧喊上李仁孝，又按着不懂事的李仁友叩首谢恩，匆匆随吕本中去了。

　　吕本中既去，赵玖扭头看向身前那个白衣俯拜之人："你就是折可求？"

　　"罪臣便是折可求。"那人拜倒在地，根本不敢抬头。

　　"抬起头来。"赵玖在周围许多近臣的瞩目之下，出言示意，语气明显不善，"你自称罪臣，何罪之有？"

　　"罪臣不能守节……竟屈膝北虏。"折可求赶紧低头作答。

　　赵玖闻言长呼一口气："朕知道你投降的过程，平心而论，就事论事，罪不可赦但情有可原。"

　　"罪臣能得此……"

　　"但你的事情，不止是一次屈膝投降，你还有其他三个天大罪过。"赵玖不待对方言语，直接出声打断，"一个是国家危难之际，依然视河外三州为私产，以三州之地为宗族延续筹码，而不像绥德李永奇、李世辅父子敢于弃地辗转报国；另一个，是在晋宁军坐视徐徽言殉国，朕自有一万个道理来赦你，却挡不过一个死了的徐徽言……你说朕若不处置你，将来再去岳台，怎么对得住徐徽言和晋宁军将士？"

　　听到这里，上下俱已明白官家心意，便是折可求也低头不语。

　　"除此之外。"赵玖瞥了一眼对方，继续言道，"你第三个罪过，乃是居然敢来见朕！而且带着李乾顺首级来见朕！这是何意？你是觉得区区一个亡国之君的首级能偿你罪责，还是想让天下人都来说，赵官家对郸奚皇室这般大度，却苛待百年守边之族？"

　　折可求彻底大悟，匆匆抬起头来，刚要说话，正见这位官家在石亭中拂袖而对："给你一把剑，速速出去吧，从宣德楼走，走新郑门，去替朕往岳台拜谒徐徽言、李永奇等人的灵位！"

　　折可求万般言语都噎在胸中，只能在地上叩首数次，然后茫茫然起身，转身而去，身后几名同样白衣免冠的折氏子弟欲从，却被御前班直拦住，转向他处，只有折彦质在杨轶忠的示意下低头跟上。

　　待出了临华门，一直随行的杨轶忠方才给了他一把佩剑，让他捧剑而走。上午时分，折可求自临华门转向南面，捧剑行至宣佑门前时，情知官家心意是要折辱自己一场，让自己在岳台死给天下人看，好给天下做出交代。而自己死后，河外三州恐怕将归朝廷直接统治，但自家子弟与折氏家族多少是保住了。一念至此，早有心理准备的此人复又轻松起来。待折可求行到崇文院正门前时，院中都省、枢密院诸多臣僚早已闻讯，都纷纷涌出观看，便是都省、枢密院四位相公，几位正在此处办事的尚书、侍郎、九卿、判监，听说是折可求有了结果，也都出门来看。

到此为止，折可求彻底羞赧，面红耳赤之下，几乎无地自容，脚步越发匆匆。然而，其人行至宣德楼前，却又陡然一滞，继而拖慢脚步……且说杨轶忠早在他抵达之前便下了命令，将宣德楼中门大开，此时前方御街之上，熙熙攘攘，正有无数东京士民好奇张望，不知道此门为何而开，又有何等人物要从此门中出来。

原本以为自己可以为了家族咬牙走到岳台，在祭台前一死以换家门安泰的折可求，临门而惊，一时进退两难，继而彻底惶恐。其人一边缓步向前，一边回顾身后，只见无数当朝官吏蜂拥在后，或是愕然观望，或是肃立不语，或是冷眼旁观，或是束手感叹，当然，也少不了指指点点议论纷纷，便是自己族侄、已经年逾五旬的折彦质居然也难堪到掩面相对。

羞愤之下，折可求再不犹豫，只是回头带着祈求的目光看了故人之子杨轶忠与自己族侄折彦质一眼，然后直接在宣德楼门洞内拔出赵官家赐下的那把剑。接着，白衣免冠的折可求奋力朝着自己脖颈处一划，便血如浆出，继而如释重负，扑倒在地。

"官家有口谕，收尸之后，不许立碑，不许送归，直接在城外寻处地方，填埋于沟壑，与旌和中死无葬身之地的那些人一个结果便可。"杨轶忠肃立了许久，许久之后，方才扭头与折彦质交代起官家吩咐，"此事之后，折氏账销，但无论如何，折氏子弟由生由死，都不可能再归府州了！"

折彦质身心俱疲，只想早早了断此事，匆匆点头相对。

片刻之后，杨轶忠将此事回报给赵官家。时值仲秋，一风既起，秋叶纷纷而落，杨轶忠小心转回侧方肃立，赵玖准备继续清点人事任命，召见相关官员。然而，忽然间，头顶一声雁鸣，引得赵官家抬起头来，赫然见到侧前方的秋日高空之中，有南飞之雁数十只，正排成人字形自北向南飞去，消失在他视野不及之处。

第七十一章　初雪

建炎六年，秋去冬来，东京城初雪已至。大部分雪花在落到地上的瞬间就化为雪水，一时潮气、寒气并起，直扑人身。初雪当日，东京城中也归于寂静，只剩下临街的货栈、店铺开门迎客。

这一日傍晚，初雪不停，户部尚书林景默从公房归宅，正想着要不要让家人去点一份中午用过的糖醋鱼呢，却不料甫一入内，便闻得掌家侄子来报，说是林氏世交、江宁梅氏的子侄辈梅栎午餐之后就来了，已经坐了一个下午。林尚书微微一怔，即刻醒悟，便一面让这个侄子去点糖醋鱼，一面赶紧让那姓梅的后辈过来。

原来，林尚书这个世交之后，乃是建炎三年的进士出身。而那批进士作为赵官家登基后第一次大规模开科取士的结果，在眼下朝廷的政治版图中格外显眼。不说别的，这才区区三年，就已经有三个人直接在朝堂上成为一号人物了。

这其一，乃是掌握了日益强大的邸报，位卑权重，甚至与胡尹、胡闳休齐名，号称三胡的胡铨，此人行动，足以影响朝局朝政。其二，也是同样位卑权重的探花郎虞允文，此人掌握了权力丝毫不弱的军事统计司外，更要命的是背景深厚，他父亲是当朝枢相张骏亲信，本人当然也算是张骏嫡系，而他岳父则是位列帅臣之一的张荣。至于最后一人，乃是那一期的状元赵伯药了，他本身是远支宗室，还有岳父汪相公的遗泽，如今也早已经结束了郑州通判履历，回到中枢，而依着眼下朝廷对各种职务的简化，此人就要拜为舍人或学士了，前途光明。

而二甲的梅懋修，作为林学士的世交之后，也是其中佼佼者，当日出为无为军判签，后来因为人手和专长的问题，在吕夷昊统揽两浙事务期间，被昔日还是小林学士的林尚书举荐，转为一任提举市舶司，如今满三年外任，被赵官家亲自点名，在这次大的人事调动后选调回了京城。

双方厅中见面，这梅提举固然年轻有为，气质不落书香门第，但林尚书经历多年内制，外加一任经略使，到底气度更佳。二人闲谈几句，浑然不落俗套，只是说家乡风貌、地方逸事、天气时节、文学诗歌。

"南方舆论颇与中原不同，可有说国家政局的？"端坐主位，捧着一杯热茶的林尚书随口问道。

梅提举思索过后失笑："好让世叔知道，李相公在彼处，总是管不了自己嘴的，何况道学一脉如今多往南方名山大川立身，而白马绍兴之事后，各处返乡官员也数南方最多，便是吕相公也管不住那么多人，如何不说国家，不论政局？"

"都说什么？"

"借寺观、豪商、亲贵发贷，收这些人的押大金扩充交子务后，南方各处即刻便说，这其实是青苗贷重现人间，只是官家知道差役不靠谱，选了民间原本的高债者合力发青苗贷而已，还是夺民之利，还是有失控为祸的嫌疑。"梅提举赶紧应声介绍。

"贤侄以为呢？"林尚书忽然打断了对方，然后品茶坐待，"贤侄如何看待他们议论？"

梅懋修犹豫了一下："小侄与他们看法其实相近，还是青苗贷，只是官家又有些新意，知道纯用官府走不通，便官督民办。而既然是督，那这种事情，监管稍弱，或者官民勾结，就注定会有昔日失控之害。不过，小侄以为，即便如此，总还是要做的，不能因噎废食。"

林尚书点了点头，不置可否，重臣气度愈盛："此事之外呢？南方还有什么大的议题？"

"此事之外当然是国朝殄灭西勒后引发的大辩论。"梅懋修当即应声，"而此事，南方的议论过程又因为前方战事进程分成前后三段。"

林尚书闻言而笑，俨然是瞬间会意。

而梅栎情知自己这位世叔内秀，已经醒悟，却还是不得不赔笑讲下去："一开始朝廷忽然在西北动兵，自然是整个江南都忧心忡忡，各处书院都捶胸顿足，只担心官家将尧山胜势赔了出去；接着，朝廷忽然横扫西北，非但全取西勒，还会盟金河泊，使得上下失声，不少人跟着邸报转了风向，直言官家与朝廷运筹帷幄，大巧不工，而御营兵马也精锐到足可与桓榛甲骑相提并论；但后来，西勒三路整编，西勒境内不过三百万人口，有六七万常备兵马，外加后来的商河之事、杨政之案……他们却又说西勒还不及伪齐实力，当此金人后撤蓄力之际，朝廷乘虚而入，一朝成功，并不能说明本朝军事已经强大到可以与大金相提并论的地步，但这般说法其实本身也无力，因为他们自家书院里的揭帖都说，若是西勒如此弱小，何来之前百年久攻不下？"

"这些人哪！"林景默听完后摇头而笑，"不是不聪明，不是不忠心，也不是没有操守与德行，只是多不懂军事，还以为打仗是他们想的那般荒唐。可这也不怪他们，不经历战事如何能懂战事？如今的胡尚书谁还敢说他是不知兵？关键在于，这些人心中怯意早起，一开始不愿意随官家迎难而上。"

"世叔所言甚是。"梅栎当即应声，认真相对，"不过这些讨论，又催生了一些事务，据说李相公带头，希望在南方办个民间邸报，打着交流道学的旗号，只不过被吕相公给压下去了，不过李相公锲而不舍，据说要上书朝廷，请开全国报禁。"

林景默犹豫了一下，继而再笑，转移了话题："你知道渊圣从安亭洞霄宫给官家上平夏贺表的事吗？"

"自然知道，渊圣毕竟年轻，在洞霄宫熬了两年，到底是熬不住了。"梅栎勉力而笑，"便是南阳与扬州的诸位皇亲国戚，不也各自骚动，请归东京吗？"

林景默失笑："被官家原样送还了，南阳的也是，扬州的官家倒是说了几句好话，给了元祐太后不少面子。"

梅栎终于沉默。

"贤侄。"林景默见状，继续正色道，"你知道此番入京，朝廷是要用你哪一处吗？"

"应该是通商吧？"梅栎回过神来，赶紧回复，"朝廷既然开兰州、河套两大市，自然是想以中枢户部勾连起西域、草原等各地，居其中而交其利，交其利而勒其行，进而围困桓榛虏贼。"

"说得对，也说得好。"林景默微微颔首，"却没必要在这里细细说了，我为户部尚书，你的这些言语迟早要化作公文送到我在户部的案头上，你留到面圣时说就行了，记住了，有什么说什么，知道什么就说什么，不要曲意猜度，刻意奉迎。"

听到这里，梅提举心下一动，即刻起身，就在堂中躬身行礼。

而与此同时，林尚书见状却只是端起已经凉下来的茶，微微咽了一口，便忽然挥袖："咱们两家是世交，你伯父与我长兄更是至交兼姻亲，但我如今做了户部尚书，列位秘阁，你则是回京叙任的新人，授官之前，却不好留你在家，以生嫌疑，你在前厅等候，等你世弟回来了，取一份糖醋鱼，就早些回官驿待诏吧。"

梅栎闻言一时措手不及，竟然有些慌乱。说到底，此番交流虽然有些明显提点，但最关键的问题，也就是眼下京城中号称三大案的事情，对方却只隐晦说了一件事情，另外两件牵扯御营将领的大事，自己这位世叔根本没有任何言语。然而，心中疑惑，梅栎却不敢多言，尤其是对方也并非毫无提点，只好强压不安，恭敬告辞。

翌日，雪停了一整日，结果隔了一天又下了起来，潮湿与寒气继续为祸不停，而又隔了一日，也就是十月最后一日的时候，梅提举忽然接到传召，官家终于要召见他了。梅栎不敢怠慢，去入东华门转都省候旨。这个时候，梅提举方才知晓，官家太忙了，居然是同时传召了五人，其中包括了同科状元赵伯药，同科进士二甲第一的晁公武，此外，还有一名坐立不安的御营海军统领官崔统领，一名从陕北过来的边郡黄通判。

"郑州通判赵伯药、密州签书判官晁公武、两浙经略司提举温州市舶司梅栎、御营海军统领官崔邦弼、庆州通判黄升……"

召见仪式格外简单，翰林学士范宗尹上前与送行都省官员验对名单后，引五人至石亭之前，然后内侍省大押班蓝珪再上前来，对着名单一一呼喊召唤，得到呼应后，众人即刻折身汇报。"官家，今日五人已至！"

"下雪了，入亭中坐下吧！"

众人闻得此言，赶紧谢恩，紧张入亭，就在许多舍人、学士、祇候、甲士、军官的瞩目下小心坐到赵官家对面。

"不必如此拘礼，也不必起身，朕有问，你们答便是。伯药自郑州动身前，应该就已经入冬，可知道沿途百姓有没有冻馁之态？"

"官家说笑了！"赵伯药心下一惊，赶紧抬头正色作答，"郑州说是他州，其实与近畿无二，若是这地方的沿途百姓都有冻馁之态，天下又如何？"

"也是。"赵玖点了点头，然后微微一叹，"前日下雪之后，朕还曾驰马往滑州看过。黄河一线多是军屯改换的村庄，御寒之事做得都还好，反而是周边州城大市，多少有些城市贫民乏柴受冻。"

赵伯药闻言，顺势恭维："感恩官家有此心。"

但赵官家旋即肃然："伯药，事情是这样的，西勒亡国后，史料也被缴获，朕有心加你为翰林学士，留你修《西勒史》，但此事之余，却还要任事的，朕分拨你一些石炭和粮食，你代朕去近畿周边巡视，适当以工代赈，尽量少冻死一些人。"

"此乃仁政，臣不敢不从命！"赵伯药旋即应声，却又有些犹豫之色。

"怎么？"赵玖当然会意。

"官家。"赵伯药小心相对，"无论是修史，还是去巡视赈济，都是一等一的差事，臣既受命，自然无话，唯独此番直接转任内制，官家未免太过抬爱，旋和前新科进士履任地方回来转阁职，可从没有这么快的。"

"那你想如何？"

"臣冒昧，愿为官家赈济近畿后，依旧出任地方。"

赵玖想了一想，当即颔首："也好！你有此心是极为妥当的！看此番赈济结果就是，若做得不错，直接出任一州正印便是。"

赵伯药大喜。

一言既罢，赵玖直接看向了第二人："晁卿。"

"臣在。"

"下面有不少人说你文字功夫学问了得，朕有心让你加舍人衔去做伯药副手，你说要修史还是去地方？"

"臣……"晁公武何曾想到要自己来选，也是一时紧张，却又不敢犹豫，"臣真心想修史。"

"可以！"赵玖点了点头，却不知道是如何作想了。

"臣谢过……"晁公武赶紧便要谢恩。

不过就在这时，赵官家忽然打断了对方："你在密州，知不知道此番张宗颜擅自出兵的事情？"

此言一出，石亭内外气氛陡然一滞。且说，如今东京城内议论得最多的三件事情，正是冬日三大案——一个是潘国丈表侄私下提前销售国债份额案；一个是御营后军吴介爱将杨政杀妾案；而最后一个，也是争议最大的，正是御营右军张俊麾下统制官张宗颜，在十月间擅自渡黄河出兵，结果被桓榛万户王伯龙在棣州商河当面击败，大败而归之案。三个案子的主犯，已经全部下狱，而且每个案子都有要求严惩不贷的意见。而这些事情，也正是此番来叙任的地方官最畏惧的话题。

"陛下。"晁公武紧张不安，赶紧作答，"张宗颜调度兵马、取用物资的事情，臣当然知晓，密州早早为他提供了民夫与军械库存，而且不止臣知晓，整个京东就没几个人不知道，但臣与刘知州彼时只以为他是……他是……"

"他是什么？"赵玖蹙额催促。

"他是代御营右军与御营海军争夺物资，谁人能想到他会主动渡河去打棣州呢？"晁公武低头相对，"不过此时细细回想，臣等当时也是糊涂了，以御营前军、左军、后军、骑军在西线那般战功，张宗颜按捺不住才属寻常，对他这般作为早该有所防备才对，这是臣的失职。"

赵玖不置可否，直接看向崔邦弼："崔统领，你们以为呢？"

"臣等御营海军处，更是以为如此。"崔邦弼立即应声而答，"李统制得知莱州的军需库存被掏空后，几乎要与御营右军火并，此事陛下应该是知道的。"

赵玖闻言复又摇了摇头："其实此事倒也怪不到你们头上，张宗颜心态好猜，可便是猜到了，谁又能想到他会这般大胆呢？平白葬送那么多御营士卒，尧山后积攒的士气白白泄了许多。"

几名述职的年轻人不提，周围的近臣们也多沉默。赵官家的意思，明显是要严厉处置了。

"你呢，黄通判，你是胡尚书与吴都统的旧识，还与杨政做了几年邻居，你可知道陕北那边对杨政是什么态度？"

"自然是……"黄姓通判闻言本能起身欲言，待见到官家平静脸色后，却心下一惊，即刻改口再对，"自然是想求情的居多，都说官家为一女子杀功臣，未免太过，胡尚书也太严厉了。"

赵玖点了点头，依然不置可否，其实这三个案子他一开始便下了决心，杨政的事情更是早早有了决断，只是看姓黄的是否老实而已。

而此人不管是反应过来还是真老实，他都没必要深究。

一念至此，赵官家复又看向了最后一人："梅提举，听说你翻译了一本夷人杂书？这是怎么回事？两年内便能学通一门言语吗？"

轮到自己，哪怕心中预演了千万遍，梅栎依然紧张至极，何况他哪里想到官家会从此事问起，但还是牢记自家世叔的提醒，实话实说："好让官家知道，臣少年时家父在泉州任职，彼时宅院便与大食商栈挨着，学了些大食人言语，后来自己提举市舶司，重新接触到他们，文字虽然能认识，但已经听不通顺了，所以就拿此事做练习，好恢复往日记忆……"

赵玖连连颔首，复又再问："那卿一路北上，南方、北方，可觉得民生上有什么差异吗？……为何不说话？"

"回禀官家，南北差异是有的……南方百姓多在意赋税之重，北方百姓多在意物资匮乏。"

"这就对了。"赵玖终于感慨起来，"北方经历战乱，有过军屯、授田，主要麻烦在于人口减少的情况下恢复生产，这不是东京汇集了全国精华能改变的；南方就反过来，挤得人太多，赋税那般重，主要矛盾在于如何生存。不过最主要的一点是，南北百姓其实还是民生多艰，但有些人，只计较军功，只觉得灭了个三百万人口的西勒就如何如何，还有人，一安生下来就犯老毛病，总是索取无度……殊不知，老百姓之所以没立即再起来造反，于南方而言乃是才镇压下去没几日，心中怀惧，于北方而言，乃是一度十室九空，忍耐度高了一些而已。"

梅栎也好，赵伯药也罢，这五人都不敢说话。

周围近臣更加确定，赵官家这是要决心严厉处置三大案了。

而停了一停，赵官家复又再问："南方可还有抛荒的吗？"

"有的，但与前两年比，已经很少了。"梅栎越发老实。

"市舶司那边，吕相公来奏疏，说设置香药榷场，专营专卖，你觉得还能有进益吗？"赵官家追问不及。

"应该可以，香药多是富贵人家所求，稍微涨些价，应该还是能进益的。"

"大约多少？"

"臣冒昧猜度，若各处皆设，一年能多二三十万缗，然后会逐年增加，最后大约在五十万缗的上限停住。"

"不少了，市舶司之前收入，也不过一百二三十万缗。"

"是……但朝廷平灭西勒，沟通西域，再加上草原茶马，对国家整体商贸有所助益，说不得往后几年，市舶司进益便是不论香药，也会涨一些。"

"国家眼下要务依然是财政。"赵官家点了点头，显然对此人的老实印象深刻，且满意至极，"户部林尚书举荐了你，说你是个难得通晓财务商贸根本的，朕今日见你也老实，先挂个舍人职务，回去写个如何勾连东西南北商务，使国家稍有进益的条陈过来！"

"臣谨遵旨。"

"崔卿，你先加个副统制衔，然后回去告诉李宝，就说朕知道他的意思了，但眼下海军要扩充需要钱，朕又不能平白变出来，让他少安毋躁。"

"喏！"

"黄卿……"

赵官家点了点头，继续交代下去。

且说，初雪之后，天气越发寒冷，待到十一月初一这天，文德殿内朝臣大规模陛见，赵官家却是懒得遮掩，直接当堂提及了此事："大理寺！"

大理寺卿卢益闻言即刻出列，然后举木笏板低头："臣在。"

"最近京中议论纷纷，说什么冬日三大案，这三案应该都在大理寺主审，你是大理寺本官，事到如今，可有说法？"赵玖端坐在上，严肃以对。

"回禀官家。"卢益小心相对，"三案首尾俱已妥当，杨政杀妾，依律当斩；王博欺上瞒下，骗取钱财，依律当流，且归还诈骗财货，并处罚大金；唯独张宗颜一案，并非诉讼，而是牵扯军事，大理寺已经移文枢密院、御营总监，请西府与御营明告擅自出兵，到底有无上司准许、授权，方能寻律条论罪。"

赵官家只是微微蹙眉，却没有应声。

而就在这个空当中，刚刚从南方过来，才上任十天的刑部尚书马伸忽然出列，举木笏板正色以对："陛下，臣为刑部，于此三案，也有言语陈上！"

马伸随着赵官家微微颔首，即刻点出了关键："回禀官家，据臣所知，三案之中，其实各有一些要害，大理寺未免有些疏忽，居然没有提及，如预售国债案中，案犯王博曾招供，他本是为自己表叔，也就是潘贵妃亲叔潘永思做帮闲，并非自家私自为之。换言之，此案本身简单，却主犯不明！是潘永思犯案还是王博犯案，不可轻忽！"

堂中一时有些躁动，大理寺卿卢益更是深深低头，谁都知道，潘贵妃亲叔叔的含义与一个不同姓的夹层表弟之间，有多大差距。

"潘永思。"赵玖闻言微微一怔，在御座中呼喊了马伸提到的人名。

"臣在。"一人从一侧近臣行列中闪出，恭敬相对。

"你听到了？"

"回禀官家。"潘永思昂然相对，"臣听到了，但大理寺日前早已移文着臣自辩此事，臣也早已有自辩文书交与大理寺卿，具言臣教导不严，以至于孽侄王博肆意攀咬无辜。"

赵玖沉默不语，马伸也微微一怔。

"陛下，臣虽处嫌疑，但仍要弹劾刑部尚书马伸因私废公。"也就是这一怔的工夫，潘永思居然反身一击，"马尚书固然为刑部主官，但才入京十日，连刑部上下官吏都未认全，如何便寻得在大理寺主审的三案要害？若是嫌犯为脱罪责，今日攀咬一个，明日攀咬一个，皆算是要害，岂不是到处都是要害？何况大理寺又没有因为臣有品级便有所枉法，乃是正经移文翰林学士院经值日学士之手，着臣自辩，哪里就要马尚书于文德大殿当面诘问？还不是因为马尚书道学名家，素来不喜臣精研原学，还屡屡资助太学中原学子弟？故以门户之见横生枝节？"

马伸怔怔听完，此时方才怒目："若是以此来论，道学出身的人便做不得朝廷重臣了？否则与谁瞠目皆是门户之见，皆是因私废公？"

"马尚书也知道自己是朝廷重臣，不是在做御史了？"潘永思丝毫不惧，"刑部尚书之任，何其之重？一言而使人破家灭门，无过此任！而马尚书入京十日，无凭无据，便在文德殿上迫不及待毁人清誉，内中含沙射影，更要绝人性命，是私是公，人心自有评断！"

这话其实有几分道理，但马伸是何等人物，如何会怕一个外戚："此言何其荒唐？老夫又不是在勾绝你性命，只是提醒官家，小心此事内中关节，本意乃是对大理寺卿行事粗疏而来的，至于足下区区一个外戚，需要老夫诚心对付吗？便是陛下，又何曾在意过你们？"

"外戚的清誉便不是清誉了吗？外戚的性命就不是性命了吗？！"潘永思依然不惧，甚至声音更大了起来。

马伸终于冷笑："怕只怕有些人连接成网，沆瀣一气，使官家不能闻正论！老夫何尝不知道接手刑部十日，太过急促，可若是过了此番文德殿大朝，说不得这三案便要稀里糊涂过去了，到时候才是有负重托！"

"官家。"马伸继续昂然以对，"臣还有两个案子的要害要说给官家听。"

"说来。"赵玖不喜不怒。

"回禀官家。"马伸深呼吸了一口气，重打精神，"另外两案要害，如杨政案中，也有一处律法上的嫌疑，乃是说关西文武上下，对他杀妾之举知之者甚多，尤其是御营后军内中，早有流传，却多有知情不报之事！"

赵玖面色不变，微微颔首："还有呢？"

"还有张宗颜案，"马伸越发严肃，"诚如大理寺所言，此事牵扯军中，寻常刑律难做凭据，得先让御营右军处给个交代，可恕臣冒昧请问官家，一师之发，真能瞒过一军都统？若御营右军都统张峻回文说不知，算不算张峻无能？若张峻回文说误许张宗颜临机决断之权，此番无辜死在商河的千把将士、民夫，是不是就算是白死了？"

赵玖沉默以对。

"官家。"马伸拱手而言，"臣知道今日让官家为难了，但臣也非是潘永思口中妄言之人，否则真要是以台谏之风论事，今日韩师仲、张峻、吴介早被臣一一弹劾了。臣既为刑部尚书，今日便只以刑部之身，请官家在一些律法论断上给个确切答复！"

"什么言语？"

"御营功高，人尽皆知，如帅臣之辈，皆自诩有中兴辅弼之功，平乱安邦之举，以至于屡屡有跃然于律法之上、制度之上的举止。"马伸正色举笏板以对，"敢问官家，要不要给他们这个权限，是不是刑不上统制，责不举于帅臣？"

赵玖依然沉默，也不知道在想什么，而马伸只是拱手俯身，静待回复。非只如此，殿中其他宰执重臣，也无一言语。

大堂内，这种对峙持续了片刻，赵官家便开口："朕知道马尚书想听什么，也知道今日殿上诸位为何这般安静，而朕对此事也早有思量，况且，朕又是个不愿遮掩的，也不喜欢遮掩，你们要言语，朕给你们言语便是。那就是在朕这里，帅臣与宰执同列，统制官与秘阁重臣同列，文武并重。若国家从未因某罪杀宰执，便也不会因某罪杀帅臣；而若秘阁重臣也杀妾，朕也一定砍了了事。"

堂中一时哗然，很久才安静下来……这个答案，其实在很多人预料之中，但依然让在场诸多官员有些心酸。

然而，待场下安静下来，马伸未及多言，赵官家继续说了下去："非只如此，朕觉得，为人为官皆要有底线，若是宰执、帅臣也杀妾，朕恐怕也是不能忍的。"

"臣明白了。"眼见着堂中气氛越发凝固，隐约有些后悔的马伸沉默了一下后，依旧还是倔着性子拱手发问，"还有一言，御营上下，自成体系，相互包庇，臣敢问官家，国家律法，到底能不能约束军务？"

"当然能约束。"赵玖喟然以对，"但军人本身特殊，却不能拿刑统来约束军务，否则战场杀人岂不是也要杀头？须有完整军律，刑部可以跟枢密院就此事制定妥当军律，以后枢密院与御营总务专审。"

"请官家明言，大约什么事归刑统，什么事归军律？"

"如杨政杀妾一事即归刑统，而张宗颜军事擅动，无论上下是否知情，皆属军律。刑部可满意了吗？"

堂下一众宰执闻言，纷纷出列，躬身请罪，堂中气氛也随之稍缓。但就在这时，赵官家忽然又喊了一个人名："潘永思！"

"臣在！"

"你刚才与刑部之争辩，单论道理，其实是在你这一边的，哪怕日后真查出来这案子是你做的，朕也会这般说的。"赵玖微笑以对，"不能因为你是外戚便肆意折辱。"

"官家能如此公允，臣感激涕零。"潘永思忍不住得意看了眼马伸。

而马伸虽然气急，却终究无奈，以至于御史中丞李光一时有些恼火，准备出列进谏。

"潘永思，此案因由朕已然知晓，你若是当场招供，尚能得个从轻处置。"

潘永思摇头肃然："此事当真与臣无关。"

"大理寺！卢卿！"赵玖厉声喝问，"上月十五，你家中可有假借外送吃食之名收受贿赂？"

卢益闻言直接以头抢地："臣有罪，臣本以为官家会为贵妃体面放过此事，才贸然收了潘舍人一盒珍珠。"

赵玖彻底大怒："朕的社稷根基全在于此，国债一事事关朕的信誉，岂能轻轻放过？"刚要出列称赞官家气度的马伸登时气急不语，直舍人梅栎与晁公武更是再度怔住。

而御座中的赵官家直接起身，拂袖而去，只留下最后一句话："案子移交给刑部，明日起，朕要去巡视河防，视察御营部队，防患于未然，尔等好自为之。"

第七十二章　奏对

十一月的大朝会，赵官家拂袖而去，便动身离京巡查河防。出岳台后一路顺汴河向西北而去，先抵达了河上重镇河阴，此地既是汴口所在，又是御营水军的造船厂所在。

转回眼前，临到河阴，御营水军都统张荣早早来迎，赵官家与之携手入了造船场。待进了场，官家视察了一番在建轮船，方才出了干船坞去了军营。

下午时分，这位官家又亲自去看了早在上月发下的御营水军相关冬日布料，转了好大一圈，细细查看了一个多时辰，这才趁着下午冬日暖阳转向河上，然后亲自登上了大堤，复又查看起了堤防、工事、河情。

"张都统，本官查阅兵部文档，说是有谍报隐约提到些话语，似乎桓榛人在大名府也有了干船坞，而且也要造轮船？"问话的是兵部侍郎兼都水监刘洪道。

"是有这事。"

张荣披着一件上月才入手的御赐棉袍，闻言束手立在那里，张口便哈出一道白气："桓榛人吃一堑长一智，将船坞摆到大名府后边去了，着实不好处置。不过，要俺……要我直着讲，桓榛人用心去造轮船反而是件好事。"

"哦？"刘洪道越发认真起来。

"道理是这样的。"张荣皱着眉头解释，"刘侍郎想着，北面便是有轮船出来，哪里就能凑出来咱们这般利索的水战好手？一样的弓手，在陆上射得准，在船上却不是这回事。还有大小轮船的操弄，大轮船动辄几十号、上百号踩轮子的力夫，怎么左右调度，怎么行进一致，大船小船，船退船进，都是说法，新成的水军，断不是俺们的对手！"

"若是桓榛人船多呢？本官是青州人，自幼听人说，海上水匪交战，水手再熟，也比不过船多些、船大些。"刘洪道依然认真。

"刘侍郎放宽心。"张荣闻也依旧回答利索，"你说的那个道理是极对的，但那是海上，这里却是黄河，海上无边无沿，风浪也大，在那种地方人要是没了船做凭借，哪里能存身？可不是船多胜船少，船大胜船小吗？但黄河呢，刘侍郎你亲眼看看，就这么宽，那边的旧道河口还不及这么宽，这般局面，便是桓榛人囤了一窝子轮船出来，俺也有把握靠着御营水军替官家在河上给他吃下来。"

刘洪道望着金光闪闪的河面，早早醒悟，连带着周围人一起颔首不及。

倒是赵玖，是望了望午后阳光下波光粼粼的河面，颔首之余继续正色问询不停："此事不论，除此之外呢？张都统可还有什么疑难之处？朕此番出来，就是想抛开表皮，从各方面了解清楚军中事端，有些事情，此时看起来不会影响战事，但一年两载、三年五载呢？张卿心里只要有想法，无论是什么，都尽管说来。"

"不瞒官家，臣其实真有一些念头，比如说，哪怕是习惯了，俺还是觉得沿河老百姓冬日捣冰辛苦得厉害。"张荣认真听完，便赶紧笼着手恳切相对，可大概是觉得姿势有些尴尬，说了两句话，又放了下来，"几百里上千里，都要捣，而且一般是日日捣，结果捣了许多日后，指不定哪天一冷，一夜冻上，桓榛人想来骚扰还是能来的。"

"这也是没办法的事情。"

不待赵玖说话，刘洪道立即接口相对，这次可不是他爱表现了，因为冬季捣冰的事情一直是都水监以治河的名义发动的冬季常规徭役。"依本官看，捣冰与不捣冰，根本不是一回事……不捣冰，冰层日日加厚，桓榛人便可提前妥当筹备，而妥当筹备了以后便可直接发大军来袭，而若是捣冰，便是忽然冰厚，桓榛人也只能是趁机袭扰。何况，若是日日捣冰还能一夜冰冻，只能说那几日是难得酷寒，而酷寒之下，桓榛人便是袭扰，力度也不足。"

"这个道理俺自然懂。"张荣摇头不止，"只是觉得河沿百姓平白多了一份徭役也是为难。"

"百姓确系辛苦，但眼下南北东西，何处不辛苦呢？"刘洪道听到这里，不以为然，甚至言语激动起来，"沿河要捣冰，南方也要加赋税，巴蜀则是干脆预支了赋税，几乎相当于掏了家底，伤到内里的。而且若说徭役，之前平叛，南方也有许多徭役，从去年才少了一些，便是不说南方，只说北方，也是关西的徭役最重，因为是这几年大战的主战场都在关西。张都统难道不知道吗，之前官家在河东就动员了十万徭役。"

这话来得措手不及，正当很多人都以为张荣要恼羞成怒之时，这位水匪出身的节度使却丝毫不怒，反而在仔细听完后认真点头："刘侍郎说得有理，俺只看着眼前的事情，却没想到别处更艰难。"

赵玖沉默了一下，复又再问："捣冰这事，朕记得一开始回到东京后便有了，是之前一直都在喊苦，还是日渐地喊苦多了些？是整个大河下游都喊苦，还是各地不一致？"

张荣被问得有些蒙住，低头想了半日方才认真作答："官家这一问，还真是……就是这几年喊苦的人日渐多了些，然后多少东京周边沿河喊苦的声大些，洛阳往上、绍兴往下，就都少了些。"

"这是局势少安，一些人渐渐不耐吃苦的缘故。"吕本中终于插了句嘴。

而赵玖心中微叹，面上却无多余反应，只是轻轻颔首："有点这个意思，但也有东京经济恢复物价上涨，使周边钱粮变得不值钱的缘故，尤其是冬日，沿河老百姓每日捣冰，耽误了多少农闲时去城内帮佣做事的机会，自然会生怨。不过，捣冰肯定还是要捣的，这是没办法的事情，何况一旦北伐成了，此事便也消了。当然，说起此事，朕倒是起了个别的念头。"说着，赵玖瞥了眼刘彦，后者会意，御前班直们也主动扶刀排列，将原本随行的一些本地官员、水军低阶军官往后"推"了一"推"。

而留在赵官家近前的刘洪道以下诸臣即刻肃立，张荣怔了一下，看了左右人反应，也赶紧叉手而立。

"朕的意思是，可提前做些准备，若是忽然封冻，就反其道而行之，过河捅桓榛人一刀，以攻为守。"赵玖正色吩咐，"不求胜果，不求缴获，只求惊扰对方，然后全师而回。"

听得此言，刘洪道以下，许多人不免一怔，但旋即醒悟，便是张荣都晓得，赵官家此举恐怕不是为了军事缴获，而是因为张宗颜刚刚渡河败了一场，要以此提振士气。一念至此，张刘以下，众人纷纷赞同。

果不其然，赵官家领着几个人又在河堤讨论了一番，最后让刘洪道这个兵部侍郎兼都水监掌握了行动的统筹权力，乃是由他居中联络御营各处部队、协调选择战场，甚至有权力进行特定的军事物资储备。事情就这般议定，但让张荣有些措手不及的是，往后几日，明明已经巡河妥当的赵官家只是在河阴枯坐，一直熬到东京那里杨政判了斩立决，外加贵妃亲叔叔和大理寺丞一起被流放的文书送到。

十一月十一，原本往下游绍兴例行巡视的张荣张都统于这日晚间突然折返，主动求见官家。官家立即选择召见。

"官家，俺不是想瞒着官家，实在是挨不过义气，但想来想去，若是不给官家说，其实也算是负了义气，而且还有个不忠。"张荣一进来便说了些匪夷所思之语。

而赵玖此时坐起身来，却还是没有言语，示意刚刚进门的张大头领坐过来，全程并无惊愕之态，仿佛早就猜到对方回来。

"官家果然是如尤学究说的那般，早就知道了。"张荣将门口让开，待吕本中出去，本能往前数步，却中途醒悟，停在了炕前五六步的距离，然后叉手一叹，"俺也知羞，就不去坐了，站着挺好。"

"朕知道，却也不知道。"赵玖也没有为难对方，且大概是知道对方性情，言语不免坦诚得过了头，"朕跟你说实话吧，朕在河阴主要还是在等人，并不是专门冲着你来的。"

张荣微微一愣。

"但朕第一日到这里，就也知道了你张大头领有事瞒着朕，否则以你的豪气，何至于见着朕的时候束手束脚，上了河堤，连叉个腰都不敢叉的？必然是觉得自己有了些过失！"

赵玖继续笑对，却一边说，一边转身从营房炕头拖过一个竹筐来，就在灯火下从中翻出一个尚未拆封的信封，当面拆开。"所以，这些日子，朕确实让人细细检查了一番御营水军，相关汇报也收了许多，水军几个据点周边的地方官、你下面几个统制官都有相关文书。除此之外，朕还让你女婿领人去军中各处私下查探，问询军官、士卒、随军进士，乃至于周边军属、退役军士，各方各面都有。但这些讯息，朕并没有一条条看，而是让你女婿先一个人看完了，又让他给朕汇总了一番，专等你何时来见朕，咱们对照着讲。如何？是张卿先说，还是朕先说？"

张荣早已经听得目瞪口呆，但最后见到赵官家拿出自家女婿的信封来，彻底羞报起来，干脆叉手低头相对："难怪俺女婿不搭俺话，俺还凭白骂了他一番，说他不中用。官家，俺最大一个错处，是让御营水军中起了食菜魔教！偏偏碍于兄弟义气，没狠下心来清理出去。这是俺最大的错处，也是俺这些日子见官家时候

356

心里怎么都挨不过去的坎。俺知道朝廷是禁绝食菜魔教的。"张荣看到赵官家当场变了脸色，也是越发惭愧，"但俺发觉时，就已经有上百人，就有些为难，再加上他们只是吃素，出船做事也没耽误，俺也实在是没法忍下心来动手！"

"还是撵出去吧！"赵玖捏着书信喟然道。

"不用都斩了吗？"张荣微微一怔。

"洞庭湖降卒也没斩，东南现在还有成村成镇的人信这个，怎么可能都斩了？"赵玖苦笑以对，"撵出去，不许做兵就是！打散了，撵远点！况且这魔教只是标不是本，但无论如何，都不能留在军中，尤其是御营军中！朕绝对不能忍！"

这话张荣半懂不懂，但知道官家不会杀人，多少是卸了心中一块石头，一直叉在腰前的手也松下来："俺对这事心里有谱，官家既然这般仁义，俺回头就清理干净，打散了，安置到沿河各村寨里去，绝不让他们再勾连起来，也不让他们再进军伍里。"

赵玖点了点头，复又摇头："虽然食菜魔教这事本质上怨不着谁，可话说回来，御营各处，独独你这里这般露出来，也不是没有缘由的。张卿，你对下面讲义气，这当然是好事，不说别的，只说军饷、物资能尽量到下面人手里去，你就能压过御营大半帅臣了。但讲义气，军中自成一体，对下面人太护着了，也是个毛病。朕现在只看了第一条食菜魔教的事情，却也能猜到下面肯定会有随军进士在水军中受排挤。是不是有随军进士不上船的说法？"

说着，不待张荣再度叉手认错，赵玖自往下去看，不禁烦躁起来，然后直接将虞允文的报告总结文书拍在案上："张卿，这上面说，不光是随军进士受排挤，你的义气也有了更大的毛病，乃是对军官与老兄弟多些，对其他人少些，以至于你不贪军饷军资，可下面军官贪污军饷军资，你也多不做大的处置，义气难道是这般用的吗？"

张荣尴尬应对："俺也知道，既然做了御营，就该守王法，但他们说，其他御营各处也都是这般，就是鹏羽兄弟那里好些……俺……臣……不管咋样，臣确实错了，又让官家为难了！"

"你不是让朕为难！"赵玖摇头不止，"是朕让你为难了，想当初你本就是梁山泊的好汉，自家处置自家事，而当日国家危难，你举全军抗金，然后又带着整个梁山泊为朕守黄河，这些举止，是真正的大义，朕铭记在心。而御营水军自成体系，上下也都知道，你能做到眼下这个地步，朕还能有什么可说的？"

"这话是怎么说的？"张荣慌忙上前半步，赶紧摆手，"这些年，便是不算外面船坞里的轮船，俺们也每年吃官家百万贯的钱粮，吃粮当差是一个说法，便是论江湖义气，投了官家也该讲官家的规矩才对。有些事情，着实是俺对不住官家！"

"就是从这个道理来讲，你也没有对不住朕，你对不住的是你没见过的那些老百姓。"赵玖也在榻上摆手相对，"张卿，你们吃的粮、用的饷，是你没见过的那些穷苦老百姓的税赋，朕不过是个大当家，收过来做个转手罢了！就好像当年你在梁山泊，有渔民还有东平府周边的老百姓给你们粮食鱼获，你也只是做个中间人，转手给手下负责冲锋打仗的兄弟罢了。当日在梁山泊，不是梁山泊的百姓养着你们，难道是你张荣一个人使仙法变出东西来，养着那么多人吗？"

张荣彻底怔住。

赵玖起身拎起那封虞允文的汇总报告文书，塞到了尚在发愣的张荣怀中："朕不看了，你拿回去找你那个尤学究，让他给你讲，不行就把你女婿揪过去。"

张荣朝赵官家作了一揖，然后便低头向外走去。

不过，临到营门处，张荣问了一句："官家！你一个官家，也知道老百姓的难处吗？"

赵玖微微一愣，继而鼻子一酸，但到底忍住，只是哂笑一声："被桓榛人撵得到处跑的时候，多少看见过。"

张荣点了点头，刚要走，还是没忍住，便又回头再问："官家，俺之前眼界小，只看着梁山泊的老百姓，没想过南方和关西的，更没想过钱粮是谁出的这个道理。那日受了刘侍郎的训，今天受了官家的训，都是服气的。但服气之后还是想多问一问，那啥时候，整个天底下老百姓的难处能少点呢？"

赵玖怔了一怔，没有回复。

"灭了桓榛吗？"张荣忍不住追问了一句。

"灭了桓榛，肯定会好不少。"赵玖点头相对。

"也是。"张荣也点了点头，放松一些，终于转身出去。

而张荣出去不提，赵玖光脚立在地上，愣了许久，方才随着外面甲士转入重新上炕，仰头卧倒。

翌日，赵官家一直睡到中午方才起身，待闻得张荣从河阴开始大规模驱逐军官士卒，追夺财物，心情多少舒缓，不过，让他心情彻底好转的则是另外一个消息。这日下午，一队例行巡河的御营水军早早提前靠岸，带来了赵官家等了许久之人。从陕州过河的御营都统王彦将北道总管马括接了回来。

赵玖让王彦去接马括是有缘故的，因为马括和他部属现在活动的地方，基本上是王彦旧部八字军渡河前控制的地方，算是熟门熟路。除此之外，也有表达重视和传达特定信息的含义。关键在于，赵官家在刚刚取得关西方向的些许优势后，便迫不及待将马括招来，其收复两河的决心足以让所有人沉默。

"臣听说官家刚从西北回来，路过陕州时便迫不及待派王太尉过河去寻臣说话，心中感念不及，而臣也确有事关两河局势的千言万语要与官家汇报。但汇报之前，臣有一言不吐不快。"

河堤上，面对着亲自来迎的赵官家，在王彦、刘洪道、范宗尹、吕本中、任鲍忠、刘彦等一众文武近臣的目视之下，马括大礼参拜之后，不等赵官家上前扶起握手，便俯首以对，堪称迫不及待，甚至有些失礼。

"马卿且说来。"赵玖就势虚抬胳膊，催促对方言语。

"官家，切不可因之前尧山一胜、北虏河外一退便小觑了桓榛人，此时若渡河北伐，只怕十之八九要大败而归。"马括抬起头来，恳切相对，"当养精蓄锐，以待天时。"

午后河堤上，赵官家乍闻此言，当即哑然失笑。

马括见状越发惶急，赶紧再言："臣绝无虚言恫吓之意！官家，北伐事关重大，一旦北伐渡河却不能在河北长久据有大镇，民心士气都要沮丧。况且，河北残破，人心动荡，若绍宋渡河却不能好生安抚百姓，也会有些关碍。"

赵玖彻底肃然："朕当然会审慎而为，此次唤卿至此，正是要听一听河北虚实，再做决断。"

马括这时方才情绪稍平。

不过，与此同时，周围文武面面相觑，便是一路陪马括南下的王彦也有些尴尬。

"太行义军现在到底有多少人？"

"臣粗略估计，总有十数万青壮躲入山中的。但那是总数，臣无法操控调度，至于臣在……臣辅佐信王在北太行举旗，拢共摆在眼前的，只有三四万了，其中可战青壮大约两万。"

"已经不错了。"赵玖当即颔首称赞，"南太行地域有限，当日八字军三万南下，朕估摸着马卿那边也差不多是这个数字，何况这两年桓榛在太原、隆德府、河中府都有常规主力屯驻，山上根据地被分割、压制，受限也是必然的，两万不错了。"

"官家明见千里，正如官家所言，一开始是有五六万众，三万可用青壮的，但这两年被桓榛人挤压得厉害，方才变少。但不瞒官家，便是两万青壮，真到了用命的时候，臣这里也未必能调度妥当。"马括倒是实诚。

"怎么说？"赵玖一时诧异，旋即醒悟，"可是因为你们是从北太行过来的，南太行本地人不服？"

这次轮到马括微微一怔了，但他很快恢复过来："诚如官家所言，主要的两家人，一家是南太行西北面，河东路太原出身；一家子是南太行东南面，也就是此间正对面的河北西路卫州出身，都是团结社的底子，素来有些不服臣的，臣届时未必能调度起来。"

"细致一些。"

"好让官家知道，前一家首领唤作张横，其部号称一万，但都是上山的家眷，按照臣心中估算，他根本上只有两千老底子。不过此人兵马虽少，却在太原周边极有根基，太行山中想要与太原百姓交易，打听太原军情，都是靠他。甚至，去年桓榛人压迫南太行最重的时候，此人曾率本部两千人从汾州穿过汾水，去往谷积山就食，中途桓榛人丝毫没有发觉，此等人物，臣是不敢轻易兼并的。"

赵玖闻言会意，连连颔首。

不只是他，周围几个稍微知兵的近臣，也都严肃起来。

"你走的时候，朕给他写个堂皇旨意过去，许他个统制官的前途，他若不懂统制官的贵重，什么别的前途也可以胡乱许出去。"赵玖稍微一想，即刻做出承诺。

"官家明断，张横本是太原大豪出身，肯定愿意为国家效力，但问题在于相隔甚远，一道空旨，未必能取信于他。"马括稍作疑难。

"那就让他去谷积山，到黄河上游与烟广府接触，从彼处接手些军械，顺便也算是朕验验他的货，看他是不是装样！"

"如此极妙！"

"另一家呢？"

"另一家就是兵强马壮所致了。"马括回过神来，也是无奈，"此人唤作梁兴，人称梁小哥，今年才二十七八，本身是当年岳节度在河北走散的旧部，后来尧山战中，岳节度渡河过来，还曾见过他一面，听说他在山中据了山寨，领了好几百人，岳节度非但没有带走他，反而让他好生在太行山中做事，以待官军北伐，并给了统领职衔，还留了许多兵器甲胄。"

"这不是好事吗？"赵玖闻言讪笑。

"这本该是好事。"马括果然气急，"但此人年轻气盛，一面仗着岳节度给他留的兵器甲胄选练兵马，扩充实力；一面又不服臣的调度，只说臣是个虚样子，他自是御营前军正经大将，如何能听臣的言语？好几次当面顶撞，好几次擅自攻打山下县城，好几次私下串联山寨，甚至还派遣头领到臣所属山寨中搞火并，臣为大局都无法制他。便是拿到了陕州李节度的军令，他也置若罔闻，只说自家只认岳节度，不认什么李节度。"

赵玖愣了半日，方才继续干笑一声："朕试试，让岳鹏羽与你一个交代。这梁兴有多少兵？"

"足足四千精壮，军械也是南太行最好的。"马括神色越发无奈，"最少三百副铁甲、千余套皮甲，而且还有百余架弩机，关键是，他本是卫州怀州交界处生养的本地人，又得了岳节度召见，还有这般实力，南太行这一边的相州、磁州、卫州、怀州的义士便都听他的。"

"朕给你个节度如何？"想了半日，赵官家也觉得尴尬，便努力再对，"你稍等几日，拿了节度仪仗再回。"

"臣谢过官家厚爱，但今时不比往日，南太行三面都有重兵，臣只能走小路穿山越岭，节度仪仗太扎眼，而若是只带印信旨意，那些山寨头领又都不信。"马括艰难以对。

"为何不信？"吕本中没忍住好奇心，忍不住插嘴相询。

"当然是因为信王了。"赵玖抢在马括面色难堪之前嗤笑相对，"二圣折返后，桓榛人必然往山中放流言，说信王是假的，真的早回去了，殊不知，朕这个兄弟还是有些气节的。"

吕本中恍然——必然是天长日久，南太行又多少能听到河南的消息，所以假信王的事情渐渐暴露，马括在这方面的信誉也渐渐破产。

"不管带不带，都要上报！"赵玖想了想，认真以对，"马卿走后，朕就让邸报上刊登你来见朕的详情，从梁兴到张横，再到授节的事情，一并登出，有总比没有好。"

"多谢官家。"马括如释重负。

"现在通往太行山中最稳妥的道路，应该还是解州那条路吧？"

"是。"

"朕再让李彦仙专门与你送些军械过去，兵强马壮才是最妥当的。"

"恕臣直言，"马括也赶紧再度严肃起来，"官家最好不要送什么好军械，弩机、大斧、铁甲更是一件都不要送，用过的皮甲、寻常刀剑最佳。"

"怕被桓榛人中途截去？"

"是。"

"辛苦了。"赵玖感慨不及，"敌后着实艰难。"

马括没有自谦，只是在座中一声叹气。

片刻之后，赵玖重新打起精神，在座中扫视此番随行近臣。一时间，三四人会意，却是须发皆白的任鲍忠反应最快。只见此人走出一步，当即拱手以向马括："马总管，下官合门舍人任鲍忠，随御驾参赞军事，有一事要问总管，总管刚一上岸便与官家说此时不宜北伐，那敢问总管，何时可北伐？总管心中当有计划才对。"

"不错。"吕本中正色道，"马总管在北着实辛苦，却未必知道，官家在南也极为艰难，总有人想弃两河以图苟安，隔三岔五就逼着官家摒除不少人，这些人聚集在南方，依靠道学书院呼应成事，隐隐有结党之态，不可不防。若是这边久久不能北伐，怕是南方人心难聚。"

马括微微皱眉。而此时，兵部侍郎兼都水监刘洪道不知为何，忽然上前一步，正色道："其实，南方常常议论兵事也是有他们难处的，这些年为了收复中原、平定关西，也为了养二十万御营军，南方赋税一直极重，百姓多有怨言。"

"可两河百姓如在水火之中啊！"马括听到这里，一时大惊，匆匆起身抗辩，"桓榛人之残暴，难道还要多说吗？昔日八字军刚去，我们自北太行溃散过来，不过半年便恢复了往日三万规制，可见两河百姓受尽荼毒。猛安谋克安置在两河，强占土地，强发汉人为奴，这些都已经说过千百遍了，再说怕是中枢诸位都要觉得厌烦。刘侍郎，江南百姓再辛苦，比之两河百姓又如何？怎么能拿这些话来搪塞北伐呢？"

刘洪道微微一愣后，也有些气愤："马总管！我哪里说过一个不许北伐的字句？反而是你，为何一上岸便劝官家不要北伐呢？"

马括闻言当即失态，一瞬间眼圈都红了："正是日日心忧如焚，期盼王师北上，才患得患失，刘侍郎，难道要下官一力奉承着你与许多大员的脸面，却不替两河士民来说话，才算是得体合理吗？"

刘洪道彻底尴尬失声。

"马卿不必理会他们。"赵玖再度开口，"万事自有朕来拿捏，他们本意是想问你北面虚实，比如桓榛人有多少兵。"

马括强行稳住情绪，回身拱手以对："回禀官家，桓榛人眼下兵马总数，臣委实不清楚，但大约能算出来。"

"怎么算？"

马括正色以对："东西两路军，各十个万户，一百个猛安，但彼时每个猛安都没补充，大约便是每个猛安五六个谋克，五六百骑，换言之，彼时东西路军，各六万。这是桓榛人的立国根本。"

赵玖缓缓点头。

"还有常胜军。"马括继续妥当讲解，"估计他实际应该有四万余众。"

言至此处，马括稍微一顿，得出结论："换言之，常胜军算作三万众，尽数被桓榛人所得。只是这支兵马早被桓榛人彻底吞并，乃是一支成建制的独立军伍都无了。"

赵玖听到这里，颔首之余忍不住瞥了一眼一侧肃立的刘彦，而刘彦神色黯然。

"常胜军外，还有义胜军五万。"马括继续认真讲解。

这一次，赵玖没有半点反应。

"常胜军、义胜军外，还有太原降卒、河北降卒，这些加一起，臣断言，桓榛人二十个万户，以猛安谋克来算，固然只有十二万，但其实加上这些辅佐作战的汉儿降兵，决然是二十万满员之后，依然超出的。除此之外，彼时塞外的丽国降兵，总不可能是平白没了的。完颜吴启迈放完颜瞻汉与斡离不领东西两路大军南下时，也不可能不存一些国家根本在塞外。所以，臣冒昧以对，桓榛人全盛之时，小三十万众，定然是有的。"马括说到这里，稍微一顿，抬头去看了看赵官家。

"但是马卿，你的意思朕固然懂，"赵玖肃然以对，"可养三十万兵与养二十万兵，根本不是一回事吧？何况渡河，难道要一口气全渡吗？不留接应后卫？而且三十万大军北伐，不说战后安抚，甚至不说赏赐，只是三十万众半年间的耗费钱粮又要准备多少？"

周围文武，听到这里，各自悚然。

"官家！渡河北伐，非三十万兵不可！"马括咬牙相对，"不过，官家未必要全养三十万御营，太行山中算我们两万也是可行的。除此之外……"

马括越说越激动，说到最后居然一时无法开口。

"还可以邀岐鞑人与蒙兀人助阵，只要他们能牵制一二，便可算数？"赵玖似乎是看穿了对方心思，试探性相询。

"是。"马括言语中似乎有些气力不足，当日海上之盟带给他的刺激尚在。

"官家。"任鲍忠鼓起勇气，适时起身，"臣冒昧，若是这般说，郸奚兵也是耐苦战的，官家不必一直征募了养着，完全可以等到要用时，临时从南兴路征募数万之众，凡出一丁者免一户十年税赋便可！而这些郸奚兵一旦过了黄河，没了退路，又要为族中考量，也必然会奋死决战。"

赵玖怔了一怔，稍微点头，俨然心动。

"但官家，"马括复又言语，"便是如此，也还得确保兵马是实数。"

而后，就在帐中寂静无声之际，第一个回过神来的赵玖却又再问："之前卿言，养精蓄锐，以待天时，养精蓄锐，便是说存三十万兵，蓄三十万兵后勤所需，那天时呢？是何时？"

马括俯首恳切以对："官家，桓榛人本身部落野民，得天幸而二十年灭一国，吞两河，可谓扩张到了极致，而完颜乌竹再怎么改，总脱不了自上而下废除桓榛旧时野制，推行汉家王法。故此，官家若真能养精蓄锐，那所谓天时，从完颜乌竹触碰万户时便已经开始了，不必专门去等！"

赵玖缓缓颔首。

到此为止，二人言语妥当。但孰料，就在赵官家刚要说些什么的时候，马括忽然后撤数步，就在这其实有些乱糟糟的水军大堂正色下跪，继而大礼参拜。倒是让赵玖等人一时措手不及。

"卿有何请？朕自当应允。"赵玖当即起身。

"臣并无所请，原本只忧心中枢局势，今一朝得见，官家对大局了若指掌，臣当早归河北，以守人心。"说完，马括躬身再拜，趋步而出。

赵玖怔了一怔，最终只是挥手示意，让王彦跟上，去送一送这位绍宋北道总管。

马括来去匆匆，视国事为唯一，着实让赵玖感到一丝震动。马括虽然走了，却留下一个明确无误的信息。这个可能是对桓榛人最了解，也是对北伐最有发言权的人提出了一个明确的概念——那就是一旦攻守易势，想要在两河击败桓榛，非三十万兵不可。

这个严肃的提醒，或者说警告，赵玖是认可的。不过，赵官家认可的是大略道理，认可的是攻守易势后，眼下勉强能维持黄河对峙的绍宋军战力不足，兵力必须得到明显提升，否则便很有可能功亏一篑。而这个战力的明显提升，最直观的表现形式，就是从二十万至三十万。

且说，马括走后，得到了自己此行想要答案的赵玖也离开了河阴，却没有折返京城，而是继续沿河巡视，原武、阳武、酸枣、胙城、绍兴。在巡视完郦琼部后，赵官家也并没有按照东京城内的建议折返京城，而是在越来越冷的寒冬中直接越过绍兴，继续向东而去，进入开德府河南地段。从这里开始，就实际上踏足岳斐部御营前军的防区了。

岳斐刚刚回来没有多久，此时远在齐州，赵玖没有特意通知，其实也是抱着一丝审慎的态度而来，他也想亲眼看看，岳斐部那公认出众的军纪到底有多好。一路巡视下来，岳斐部的军备甲胄虽不甚出彩，但军中各项账目文书清清楚楚。随行人员中，吕本中与范宗尹不提，王彦、刘洪道、任鲍忠却显得极度愕然，而且随着御驾的向东进发，查验的御营前军驻屯点越多，这种愕然也就表现越来越强烈。一支数量多达四五万众的军队，能全线保持这种平平无奇，本身就是一个奇迹。

临到腊月上旬，眼看着天气越发寒冷，赵玖复又将刘洪道遣回东京，以作布置，自己却继续东行，终于进入齐州，来到了鼎鼎有名的济南府。岳斐与万俟卨出城五十里相迎，君臣相见，一如既往没有多余言语可及。便是王彦，做了一任经略使，又经过此番一行，多少有些震动，却只是板着脸，没有在御前与私下生事。

四五日后，赵官家继续东行视察，岳斐率张宪部背嵬军陪同护送赵官家东行，乃是顺济水而下，抵达了淄州。淄州这里尚属于岳斐部驻扎，再往东的青州却是张峻部御营右军的驻地了。

傍晚，官家一行却是终于抵达青州首府益都。此地，也就是张峻及其部御营右军总部驻扎之处了。而一直到此时，赵玖方才下令打起仪仗，乃是将之前收起来的龙纛与黑白二牛纛一起放出。

仪仗一出，驻扎在青州城外的田师中部便在惊惶之余一面下令所有士卒，无令不许擅自出营，一面汇集几名统领，匆匆来追大纛。待田师中近到跟前，见到是御前班直与赵官家无误，心中彻底惊惶，在道旁叩首问安。

　　"伯英在何处？"

　　到了这个时候，赵玖依旧一脸轻松："田卿带路便是，不要惊扰百姓。"

　　田师中越发不知所措，但此时根本不敢有任何多余言语，只是奉旨行事，引路往张俊府邸而去。赵玖堂皇入内，径直往堂上一坐，张伯英为首，连着田师中、张子盖等武臣一起，纷纷下跪，在堂中重新行礼问候。

　　这一次，赵官家在堂中笑对："如何呀，伯英？朕此番可吓到你了吗？有没有当日下蔡城中那一回吃惊？"

　　张俊在地上抬起头来，一时苦笑："官家彼时乘夜而来，还直入臣的卧房，到底是不一样的。"

　　"是吧？"赵玖似笑非笑。

　　"但臣依然吓到了。"张俊旋即重新低下脑袋，"官家，可是张宗颜的事情上面，臣惹官家生气了？"

　　"没生气。"赵玖想了想，认真以对。

　　堂中安静得连根针落地都能听清。

　　"摆宴吧！"赵玖又想了一想，忽然传谕，"上次朕没吃上你家的宴席，而今天大腊月的，辛苦赶了百余里的路，着实饥饿，正要尝尝齐鲁之地年菜的新鲜。不要叫别人了，本地地方官都不用叫，就咱们四五个，堂上摆宴，好好聊聊。"

　　"臣谨遵旨！"张俊如释重负。

　　眼下还是冬日腊月间，连个绿菜都少见。不过，到底是张俊府上，姜豉之类的酱肉、窖藏的绿菜、新鲜的海货、本地的牛羊猪鸡鸭鹅肉，总还是有的，倒也算是丰富。

　　正堂之上，一桌五人，张俊小心布置妥当，又亲自敬了几回酒，试探性地开启话题："官家居然没带随员吗？"

　　赵玖匆匆咽下一个肉丸子，抬手示意："带了几个，但此间朕与张卿相会，把他们带来也都无用，就把他们都放在后面了。"

　　张俊苦笑："官家体贴臣下，臣感激不尽。"

　　"张宗颜的事情，你跟朕说实话，之前到底知道吗？"赵玖忽然扭头发问。

"官家，臣给您说句实话。"张浚一边说，一边起身给赵官家小心斟了半杯酒。

"私宅私宴私饮，就不必刻意称臣了。"赵玖接过酒杯，随口而对，"怎么舒坦怎么说。"

"是。"张浚坐回位中，一声轻叹，连连感慨，"臣……其实那小子这次过河是我示意的，说出去，估计天底下人也都信，而且按照邸报上的说法，我一个节度使，本就有相机出战呼应的权责。认下来，这事多半就是我丢些面子，下面却保住了张宗颜。官家不知道，自从子盖被官家放到御营前军后，我这里基本上就是小田和他主事了，何况他也只是想立功，这才轻了敌，算是战场上失了计，本心到底是好的。可话说回来，我又怕认下来，到底骗了官家，心里交代不过去，还有认下来，人家还以为御营右军打仗都是这般无能呢，平白污了御营这些年辛苦经营的招牌。"

"所以，此事到底是张宗颜私自为之？"赵玖多少算听明白了。

"是。"

"你当时没怀疑？"

"臣当时在忙一件私事……"张浚无奈解释，"乃是联合了京东东路的海商，还有南边淮上的老关系，准备用京东的海船、水手，将淮上的商货卖到樱国去。那时候，为了这事正好跟李宝那小子争夺海船，就信了张宗颜小子的邪，以为他那些调度，还有争抢军械物资是帮着臣做事呢。谁能想到，他居然趁机将京东两路上下一起瞒住。"

赵玖终于怔了一怔，若有所思。

"官家。"田师中也低头插了句嘴，做了个补充，"张宗颜这次渡河，用的多是枢密院与地方上给御营海军指派的后勤补给，没有动用青州这边的大仓，所以臣等才被他骗过。"

赵玖转头失笑："伯英，你这次去樱国做的多大生意，竟让你连眼皮底下的事情都无暇顾及？"

张浚尴尬起身作答："官家，臣此番贸易，原是预备了三十艘海船，其中有两万匹丝绸、三千担茶叶、五百箱瓷器，准备去换些白银、漆器之类。"

"旁的且不论，单看这两万匹丝绸，便抵得上往年两淮一年的海贸数额。"

张浚肃然："臣知道官家在为财政忧心，官家但有所求，臣愿倾家报效。"

"伯英。"赵玖在座中缓缓摇头。

"臣在。"

"朕先说张宗颜的处置吧……多少算个有勇气的将才，朕不会杀他的，你上个文书给枢密院，揽一半责，朕再发旨意，让他降职为都头，军前效用。死伤者也要好生抚恤，半分钱都不能漏出去。"

"臣替他谢过。"张峻赶紧答应。

"今日之前，咱们俩其实细细谈过三次，对不对？"赵玖忽然打断对方。

"对。"张伯英再度随着官家话语转变过来，应声而答，"颍口亭外一次，下蔡城夜间一次，还有官家唤臣往鱼塘旁的桑林中一次，那次还有吴介。"

赵玖微微点头："其实之前三次，朕都有一种许你稍微在钱财上放纵，但不许耽误战事的暗示，对不对？"

和座中其他三人一样，张峻重新紧张起来，但还是立即应声："是。"

"朕今日提早过来，不光是张宗颜的事情，这件事情朕不觉得你敢瞒着朕。"赵玖感慨，"主要是朕在河阴见了马括，再度明了了北伐的艰难，且朕一路走来，从张荣的御营水军，到郦琼的御营中军右部，再到岳斐的御营前军，最后到你这里，怎么看，都是御营右军战力最差、军容最差、纪律最差。"

话到此处，张峻早已经站起，田师中也随之起身。

"都坐下。"赵玖喟然道，"朕其实知道，你如今的作为已经算是没有负朕了，从打听到的消息来看，御营右军这里，统领一层已经能领到隔壁御营前军八成饷了，而统领八成饷，统制官想来应该也差不多九成，你又要供养城外这支背嵬军，截留一成，放出去九成，已经算是很堂皇了。"

张峻重新坐下，心情随着这位官家的言语跌宕起伏，此时却又松了一口气。

"但是伯英。"赵玖捏着筷子继续给对方算账，"你这里放出去九成固然对得起朕了，但下面又如何呢？统制得九成，统领得八成，都头得多少？最后落到士卒那里又是多少？而且，这个九成、八成，真的是全饷的九成、八成？乃是御营前军的八成！而御营前军也是要养背嵬军、踏白军的，只不过人家把账目在军司那里就公开摆出来了，以至于人人都抢着做背嵬军！除此之外，你军中在役使士卒这件事情上是问题最大的，最底下士卒军饷是邻居的六七成，平素不去训练，反而要去给上司盖房子、做工、运货，被人骂没出息……你也是老军伍，你自己说，你的兵上了阵，能跟御营前军的兵比？"

张峻一时羞赧到满脸通红，只能低头听训。

赵官家一气发泄，到底是到了尽头："伯英，朕知道你没有负了咱们的约定，反而是朕这次有些出尔反尔了，但那又能怎么办呢？若眼下御营右军不做整顿，等到哪一日北伐了，若是御营前军败了，朕只会心服口服，知道是力不能及，可若是御营右军败了，朕届时只会懊丧欲死！"

"官家，臣还是那句话。"耳听着赵官家停了下来，张浚方才在座中抬头相对，"若官家有所求，臣愿举家报效……"

"不用你报效。"赵玖皱着眉头相对，"都说了，朕吩咐你的事情，你都尽力而为了，反而是朕出尔反尔，有负于你。"

"那臣着力整顿……"

"你整顿得来吗？"赵玖再度反问，"生意不要管了？没有你，两淮的货能跟京东的船搭到一起？"

"臣愿意让、让贤。"张浚回头看了眼自家女婿，然后终于艰难地说出了这句话，与此同时，田师中、刘彦、张子盖也起身肃立，"就以张宗颜这事为理由，官家撤了臣吧，然后，然后另择大员，如何？"

"朕确有此意。"

赵玖一面应声，一面摇头。"但朕不能这么做，因为朕是个皇帝，朕对臣子，尤其是你们这些为朕豁出过命的武臣要讲信用。"

空荡荡的张府正堂上，站着的其余四个人几乎一起怔住。

"如果没有卿在下蔡，朕早就被完颜乌竹赶下海了！卿的功勋，天下皆知！往后多少次，鄢陵那一回、尧山那一次，卿也都尽力而为，未曾半点耽误大局！至于张卿与朕私人之间，咱们刚刚说过好几回了，你并没有负朕，反而是朕出尔反尔。"赵玖越说越无奈，只是无奈中又有一种咬牙咬定的坚定感，"张卿，御营大军如今已经二十万朝上了，天下帅臣已经八九不离十了，你自己说，朕今日轻易动了你，将来如何取信于其他八九个节度，取信于几十个统制，取信于好不容易才有了点荣誉感和七八成军饷的御营二十万大军，让他们相信朕，朕将来会妥当对待功臣，并将文武看得一般重？以文制武那是制度设计，文武平等，就得从朕这里以身作则！"

堂中一片寂静。其间，张浚几度心潮澎湃，有心鼓起勇气跟这位官家表明心迹，却屡屡气馁。

"但官家是为大局方才出尔反尔！"就在这时，御营右军副都统田师中忽然在自家岳父身后开口，"官家前两次与臣岳父交心时，是何等绝境？谁曾想过只过了三年，就能在尧山打赢？官家被大局逼迫，艰难到这种份上，我们做臣子的，若是仗着功勋，仗着官家是个讲道理讲信用的，便不知进退，才是真正的取祸之道！"

张峻先怔了一怔，然后回头看了看自己女婿与一言不发的侄子，再度怔了一怔，这才匆匆回头，直接跪下，帮赵官家斟了一杯酒："官家！万事官家说了算！臣知道，官家今日这般诚恳对臣，还免了张宗颜一死，一定是有说法的，怎么说，官家讲出来，臣听着便是，绝无二念。"

赵玖看了看田师中，又看了看张峻，点了点头，端起身前酒杯一饮而尽，方才双手十指交叉于身前，并说出一番道理来："朕有两个说法，首先一个是明留暗去，意思便是，朕明面上不做张卿你半分处置，你依然是御营右军都统，但实际上，你要将御营右军的军权交给你女婿田副都统，再让田副都统直接听命于岳鹏羽，让岳鹏羽来掌握御营右军，而这番处置，只有岳鹏羽与今日堂上五人知晓。这样，咱们君臣就都有了体面，你也能搭着架子继续做你的生意。"

"臣说了，官家有言语，臣听着便是，但有一事，御营前军已经四五万了，臣的两万五千编制也给他，他直接掌握的就有七八万了。官家信得过此人，臣无话可说，但也一定要有制度上的防备，须为田副都统留个后手。"

赵玖见到对方应许，后面的话自然只是颔首不停糊弄过去。

而等到对方说完，赵官家才继续说道："除此之外，朕还有个说法，那就是不能让你吃了亏，都说了，张卿的功勋、资历都在这里，朕非但明面上不能负你，私底下还得补偿你！"

张伯英陡然精神一振。

与张峻做了个交易的赵官家，并没有停止自己巡视部队的步伐，两日后，等到后续人员和仪仗抵达，他和张峻继续东行，去了滨州，视察退回来的张宗颜部，并在腊月中旬抵达登莱之地，视察了御营海军。

在此处，赵官家一面好生抚慰李宝，当场许了他一个同都统的位置，一面要求李宝主动派出两艘海船，陪同张峻组织的船队出海。与此同时，岳斐与田师中在青州、淄州之间会见之事，就显得稍微有些安静。这期间，私下里朝廷催促赵官家回銮的奏疏、各地御营大军因为各种风声问候表忠心的札子，包括岳斐对他执掌御营右军的一点看法却也都没停过。

其中值得一提的是，岳斐对执掌御营右军倒非是说避嫌，反而在密札中隐晦表示，自己作为河北人，掌握原东京留守司老底子改编的御营前军，甚至包括八字军，都能妥当，但控制御营右军，恐怕以西军为老底子的御营右军各处会有不服。这便是跟张峻那晚为田师中求说法一样，是来要保证的。

抛开此番思索，赵玖既然来到登州，见了李宝，又目送船队出海，已经腊月十五，此地距离东京足足一千两百里，着实不能再耽搁。于是，赵官家复又率少数骑兵，带着张峻、王彦、刘彦、虞允文等能够长途奔驰的近臣先行转回济水，然后顺河轻驰西归，一路往东京而去。

文学港

绍宋

下

榴弹怕水

著

春风文艺出版社

·沈阳·

目 录
Contents

第七十三章　手段

年节期间，一场大雪应时而降，堪称瑞雪兆丰年。但可能是官家初回的缘故，朝中政治气氛尚有些紧绷，大家都有些小心翼翼的，东京城内也安静得有些可怕。

三月中旬，阳春时节，天气越来越暖。这一日刚过早间，赵官家例行在武学这里射完箭以后，微微出汗，并没有着急往石亭那边走，而是转向武学附近挨着城墙的杏冈稍歇。甫一登上杏冈，刚在冈上的茅亭中坐下，刘彦便率一队御前班直将数十个密札盒子堆到了赵官家身侧，还有人在亭内布置起了笔墨。

赵玖见状一时摇头苦笑："本就是想躲一躲这些札子的，却不想在这里也躲不掉。"

刘彦闻言当然尴尬，却又只能小心问询："臣惶恐，要不要将密札放回石亭？"

"不必了。"赵玖摇头以对，一面去拿笔，一面朝刘彦伸手示意，"本就是朕定下的规矩，还是遵守为好。"

见到官家示意，其余人等包括杨轶忠、范宗尹在内的许多人一起后撤数步，唯独刘彦立即亲手拆封起密札盒子，将其中密札交予赵官家来看。赵官家也就当场在那些密札上回复、批示起来。

这一次，赵官家明显有些不耐，回复完毕，自有刘彦收起密札即刻离去，乃是准备按照规矩速速发回，赵玖目送对方下了杏冈，再度摇头苦笑："你们可曾数过，关于扩军的札子到底有多少？"

众人自然知道官家是在抱怨，闻言多是苦笑。不过，就在这时，合门祗候任鲍忠没有任何犹豫，直接上前半步，在茅亭前拱手："好让官家知道，文臣武将、中枢地方，旬日间关于扩军的奏疏就没断过，密札臣自然不知道，但经枢密院、内侍省转来的正经奏疏，其中言及扩军事宜的，自本月初一大朝后算起，到昨晚为止，一共二百二十七封。"

杏冈之上，众人一时愕然无声。

赵官家对任鲍忠展颜相对："仁卿有心了，那这二百二十七封奏疏都是什么来头？可能细细分类？"

"回禀官家，奏疏里说什么的都有。"任鲍忠依然是脱口而对，"常常一封奏疏里牵扯到许多方面，臣汉文又不及诸多学士、舍人，只能大略读懂意思，连其中一些人言语中的弯弯都绕不清楚，实在是难以具体分类，给官家分忧。所以，请官家恕罪则个，臣实在是只能从大略上进行总结，不好作准。"

"说来。"早就料到有这么一个转折的赵玖回过头来，认真相对，却是越发欣赏此人。

果然任鲍忠也毫不犹豫地抓住机会，将自己的总结一一道来。不出意外，跟赵玖这几日总结的差不多。

话说，自从朝廷在三月初正式推行了张骏的一揽子北伐准备方案后，随着消息传达到地方，当然也有相关事务开始立即着手进行的缘故，中枢即刻收到了各种各样的反馈。按照任鲍忠的总结，眼下各方面的意见是这样的：如御营武将是想为本部争取扩军员额。前线各处地方官则多在奏疏中讲述本地养兵之苦。

"臣冒昧。"说到最后，任鲍忠在周围几位近臣的复杂目光中认真拱手言道，"这些其实都是小节，官家难道还要因为哪个州郡反对，便不让他们那里驻军？又或者哪个统制官更会吹牛，便给他们加一千兵？而臣大略总结，扩军这件事上面，摆在官家面前的其实是这么几件事：是扩陆上还是扩水上？是扩骑兵还是步兵？是将重兵压在关西还是京东？用人时核心大将是用之前淘汰出去的老将还是重新从下面提拔？补充中下层军官时是用老卒还是用新人？"

赵玖听得连连颔首："仁卿有心了。这些具体怎么讲？"

任鲍忠喜出望外，赶紧再向前半步，拱手相对："官家，其一，扩在陆上，则便于北伐渡河后的决战；扩在水上，则方便接应进退。"

赵玖稍作思索便得出了答案，北伐本是孤注一掷，决战才是决定一切的事情，如果非要做个二选一的选择，当然是要扩陆军。

"其二，骑者在于攻，步者在于守。"任鲍忠见到赵官家不言语，赶紧继续做解释。

在骑！赵玖于心中立即回答，但还是一声不吭。

"其三，重兵在关西则在于取河东，在京东则在于取河北。"任鲍忠继续匆匆出言。

关西！赵官家只在心中作答。

"其四，便是用老将还是从下边提拔？"任鲍忠此时小心翼翼。

"自然是从下面提拔。"赵玖终于对着任鲍忠微笑以对，然后开了口，"就从御营中选些有战功的提拔，而提拔后的基层空缺，要从武学与御前班直中优先补上。"

任鲍忠得了一个答案，一时放松下来，周围随侍的班直与武学学子大喜，只是不敢露出来而已。

唯独范宗尹、吕本中等人，实在是插不上嘴，一时有些尴尬。不过，好在赵官家说完这话就直接起身出了茅亭，从杏冈上走了下去，俨然是要回后宫石亭办公，一众近臣与班直顾不得许多，便蜂拥相随。然而，队伍来到临华门，率先走过大门的赵官家忽然止步，然后回头下令："杨轶忠跟朕过来，其余人等六十息再进。"

天子有口谕，原本心思各异的众人虽然措手不及，却也只能停在门外，望着今日一言未发的杨轶忠随赵官家往前走出几十步，然后在最近的一处鱼塘前的空地上停下。

"陆还是水？"赵玖负手相询。

杨轶忠回头看了看门外神色复杂的众人，心下无奈，只能俯首以对："臣非大将之才。"

"朕当然会再问韩岳李张诸将，现在是问你。"

"臣私以为是陆。"

"骑还是步？"

"骑！"

"关西还是京东？"

"关西！"

赵玖既得了与自己心中无二的答案，却不点头也不摇头，直接负手往石亭那里处置公务去了。

第二日，朝廷终于正式下达扩军方案，大体而言，无外乎总共扩充了四万五千御营编制。其中以关西方向最多，达到两万五千份额，基本实现了原定的扩陆、扩骑、扩西的方略。随着公开的旨意下达、都省枢密院的公文传递、官家亲笔回复的密札送回，甚至包括邸报的直接刊载，这偌大朝廷的步子总算迈出去了。

相对而言，东京的中枢朝廷，面对着前公相李罡的公开奏疏，却没有给李罡任何公开的旨意与公文回复，也没有做任何升迁、转任、贬斥。如果不是内侍省收发一个张枢相的自辩奏疏，翰林学士院存下了一个张枢相请辞被拒绝的记录，这件事就好像根本没有发生过。

暮春三月，雨后初晴，乡野之间此时还弥漫着泥土的清香，山林之间正摇曳着满山残红新翠，便是城市之间，也有些烟雨洗净尘埃之态。

雨水之后，东京城很快恢复了喧嚷与躁动，而这种喧嚷与躁动，更是随着四月份的到来变得更加明显——满城士民都在讨论扩军讯息的时候，赵官家再度收到了一明一暗两个坏消息：暗的暂且不提，明的坏消息，乃是户部尚书林景默终于给赵官家递交了一个大略的财政条陈，按建炎十年北伐来算，朝廷将最少有三千万贯军资和数百万石粮草的缺口。

七月流火。黄河以南可能还不会感觉到温度的变化，燕京这里却已经明显感觉到了夏日的逝去。这日一大早，换了一身便于骑马装束的秦会从家中出来，门前空地上，早有几十个仆从、家丁，外加十余名汉人武士相候，此时见到自家主人出来复又一分为二。前者在主人点头之后，直接带着好几辆形制不同的车辆往城北方向而去，普遍穿着皮甲的后者却纷纷随着秦相公上马，然后便前呼后拥，往尚书台方向去了。

而沿途路上，不断有类似带着骑马武士随从的队伍出现，见到是身为当朝宰执、魏王亲信，且素来待人和气的秦会，莫说是寻常官吏、汉员，便是一些桓榛出身的将领、大员也多有礼貌，乃是纷纷让开道路，稍作避让，甚至尾随而行。

这期间，秦会先是撞上了礼部尚书乌林答赞谟、万户乌林答泰欲兄弟，接着遇到了翰林学士韩昉一大家子，最后又撞上了在半路上等着的都省总承旨洪涯、礼部侍郎郑修年二人。一行人聚集起来，多的如乌林答氏这般带着近百个铁甲骑士，少的如郑修年这种人，也有七八个皮甲随从，却几乎就把整条街给堵上了。

"乌林答尚书。"

稍微又行了几步，骑马居中的秦会看了看周边，主动笑对："咱们人太多了，何妨将队伍拉长，都靠右边走，以防堵了谁的路？"

听到此言，乌林答赞谟尚未应声，一旁万户乌林答泰欲却是率先不以为然："秦相公万般好，就是太小心了些，咱们这些人走着，几位大王来了，自然要一起下马避让的，可若不是几位大王，到底怕了谁？"

这话从乌林答泰欲嘴里说出来还是很有说服力的。要知道，乌林答氏作为完颜氏的附庸，虽然一开始就因为是完颜瞻汉负责兼并的，算是完颜瞻汉一系，但他们毕竟是有自家部落的，所以很早就算是完颜政权的支柱力量之一，完颜瞻汉的倒台并没有严重影响他们一族的地位。恰恰相反，已经杀了完颜瞻汉一家男丁，掳走了国主父子，为了维持稳定，三个完颜阿古达亲子反而着意拉拢起了相当具有代表性的乌林答氏。比如说，作为乌林答氏实际领头人的乌林答赞谟，老婆是完颜瞻汉孙子的乳母，所以尚书台之变后不免有些惊惶，却正是秦会献策，让昔日三太子、今日晋王完颜讹里朵的长子与乌林答赞谟的女儿定下了亲事。

从此之后，乌林答氏反而一跃成为完颜阿古达嫡系力量的核心支柱。而既然成了自己人，乌林答氏近来居然又进一步。原来，事情还得从尚书台之变说起，在完颜瞻汉授首，按照承诺将完颜巴力速提拔为西路军实际指挥官与太原留守后，为了防止完颜尹恕克兄弟的力量过大，也是为了报复完颜尹恕克当时在尚书台的迟疑，完颜尹恕克的燕京留守一职也"理所当然"地在燕京变成唯一首都后直接漂没。所以燕京地区，只是用大金另外四个合扎猛安为底子，外加原本的完颜尹恕克旧部凑了一个禁卫军的底子而已，并未再另行驻军。

不过，就在两个月前，出身乌林答氏、驻扎在真定府一带的东路军万户乌林答泰欲得到旨意，带着本领万户直接调到了燕京城南，建立了一个大营，其本人隐隐有代替完颜尹恕克，成为燕京新驻军总管的态势。

这么一家显赫之人，理论上当然谁都不惧。不过，不惧归不惧，乌林答氏的首领乌林答赞谟毕竟是干外交工作出身的，为人处世比自家兄弟强太多，只是稍一思索便打断了还在抱怨的兄弟，然后亲自回头下令，让自家甲士让开道路。

而有意思的是，也就是刚刚让开道路不久，居然真就有数十桓榛甲骑自身后飞驰而过，然后看都不看这群燕京权贵一眼，就直接半道超马了。

众人一开始完全蒙住，但很快就反应过来，看旗帜，刚刚过去的不是别人，正是乌林答赞谟的死对头温敦思忠。以此人性情、资历，以及四太子心腹身份，看到乌林答氏的旗帜在前面，不做出这种行动，反而显得不合理了。

但是，与乌林答泰欲怒气勃发、郑修年战战兢兢不同，其余几个人，也就是秦会、洪涯、韩昉、乌林答赞谟四人回过神来后，却又面面相觑起来。无他，温敦思忠不应该在燕京的——他已经外放河中府足足一年了。这种人此时回燕京，怕是朝中要有事的。但是，大庭广众之下，更兼众人立场并不尽同，也不好交流，只能压下种种惊疑，强作笑颜，然后按时抵达了尚书台。

而到了此处，只见尚书台内外早已经人山人海，仪仗、甲士、旗帜密密麻麻，燕京权贵们更是随处可见。当然了，秦会一行人根本不必在外面等，乃是一起弃了护卫，进入尚书台，却是直接进入尚书台主殿，拜谒了国主与三位执政大王中的两位。

随即，晋王领都省首相完颜讹里朵、魏王领枢相完颜乌竹便一起请同样一身戎装的国主出殿。叔侄三人来到殿外，直接就在殿外空地上上马，然后都省副相完颜希尹、枢密院副使秦会以及完颜尹恕克、完颜塔兰、完颜乌野、完颜蒲家奴、乌林答赞谟、乌林答泰欲、韩昉、洪涯等桓榛权贵、中枢高级官员，乃至于郑修年这一类中级文武官员，也各自上马簇拥起三人，其中国主稍微在前，两位大王落后半个马身，就一起出了尚书台。

来到外面，更有候在此处的各族头人、燕京权贵、各级军官拔刀亮刃，欢呼雀跃。到最后，在御前合扎猛安的带领下，呼声却是渐渐整齐起来，先是一起高呼，愿国主能活一百二十岁，再呼愿晋王殿下与魏王殿下受到庇佑，前者永远不会得病，后者则永远不会受伤。

折腾了一阵子，两个合扎猛安开道，各家各族各带武士相从，纷纷沿着燕京城内的主干道，一路北走，出了燕京城。然后，城外等着的后勤队伍也适时跟上。而此时乌林答泰欲也早早脱出队伍，绕行城西，带着早就准备好的五个猛安一起追上御驾，随行北上。原来，昔日少年国主正是初秋生日，而这个生日一过，便已经虚岁十五了，而既然到了十五岁，那作为以武立国的大金皇帝，总要展示一些武勇的。

而今日，众人这般折腾，正是要随这位大金皇帝第一次出行首都，进行秋狩。为了确保这次秋狩的顺利，对这个国主有一半抚育之恩的丽王、太师领公相完颜斡本，早早便率领剩下两个合扎猛安先行出关进行准备了。

所谓晋王领都省首相完颜讹里朵也在出城十里后便直接折返。最后，便由魏王完颜乌竹辅佐着国主，率领庞大的秋狩队伍，一路向北而行——他们此次秋狩的第一站，并非是东北面的大金旧都会宁府，或者辽阳府，而是丽国旧都，俗称上京的临潢府，也就是耶律大石的家乡了。

其实，此举倒算是某种题中应有之义，昔日丽国皇帝为了国家稳定不停去慰问桓榛头人，今日桓榛皇帝为了国家稳定当然也要去慰问一下岐辖头人。礼尚往来嘛。尤其是眼下，考虑到临潢府西面的蒙兀人日益活跃与壮大，更是考虑到南面赵官家的强势外交包围联盟政策，此时往此处去，应该会极大震慑东蒙兀王合不勒以及临潢府岐辖诸部，还有那些夹在合不勒麾下东蒙兀联盟与临潢府之间的墙头草才对。

秋高气爽，桓榛甲骑威名尚在，军纪尚存，再加上这是国主十五岁之龄第一次戎装临军，政治意义极大，所以北行途中，倒没几个人敢闹出事端来。于是不过数日，御驾便平安抵达塞外要地兴华一带，并驻扎到了滦河畔。

当日晚间，魏王完颜乌竹主持了一次御前军议，乃是决定放弃走东北面大定府，直接顺着滦河上游的空旷地带，向临潢府进发。理由有三：一来，避免这么庞大的队伍进入繁华地带扰民，尤其是侵扰秋收；二来，滦河上游的空旷地带适宜行军，也适宜围猎；三来，靠着西边走，更容易震慑蒙兀人，快速抵达临潢府则更容易震慑岐辖人。

魏王殿下说得头头是道，谁敢反对？自然是齐齐通过。须知道，完颜乌竹自从去年自西京狼狈撤回后，端是有不少塞外老派权贵打着部落民主的旗号，趁机攻讦这位魏王殿下的拥护者。但是，谁也没想到，非但是向来属于完颜三兄弟嫡系的东路军诸将，西路军诸将居然也都纷纷支持完颜乌竹。

完颜巴力速以下，西路军诸将一起随东路军诸将上书表态，大意是这一次真不怪魏王，就连回到河东的完颜火钹都上书表达了对完颜乌竹的认可，这点也不是不能理解，因为完颜乌竹本就是出去解决完颜火钹分裂问题的，而他全程都保持了对完颜火钹的优容，几乎相当于数次赦免了完颜火钹的分裂行径。对此，完颜火钹虽然不知道什么叫七擒七纵，但多少是有些服气和感恩的。

而既然东西两路野战军上上下下全都表达了支持态度，塞外那些人便是阴阳怪气，也无能为力。更何况，他们打着部落民主的旗号，还惹恼了年轻的国主以及趁着新国主登基上位的燕云本土势力，以及秦会这些降人。故此，一番折腾之后，与那些人想的恰恰相反，因为军队与燕云地区本土势力还有降人的支持，外加三兄弟中的晋王完颜讹里朵越来越崇信佛教，而且身体也如完颜篓石那一辈人一样渐渐不好，魏王完颜乌竹的实际权位不降反升。

转回当晚，军议毫无意外地通过，中枢诸臣自然各自回营歇息。而到了此时，诸如洪涯、郑修年这些人，因为不适应随军长途跋涉，却是早已经筋疲力尽，直接卧倒。枢密院副使秦会却是个例外，他年轻时便绰号秦长脚，后来更是有被北掳的经历，算是早早适应这种马上颠簸。所以他回去以后，非但没有休息，反而唤起自己的几个家丁卫士，打着灯笼火把，不顾秋风渐起，在营地里稍作巡视，遇到谁缺什么东西，总是要想法子帮忙周济一二；遇到谁路上受了委屈，总是不免稍作安慰……一圈下来，与桓榛人也好，与燕云汉儿也好，与渤海人、奚人、岐辖人也罢，竟然都能说到一起。

不过，巡视完毕，回到自家营帐，这位秦相公却惊愕发现，居然有人早早来到自己帐内等着自己呢，而且应该已经等了许久。没错，来人不是别人，正是当今天下数得着的权势之人——大金魏王、枢相完颜乌竹。

"秦相公，那些南边来的邸报都看了吗？"

正在看邸报的完颜乌竹毫不客气地坐在秦会的榻上，听到动静后抬起头来，灯火下那张微须白脸正对秦会。

"下官自然看过了。"

面对着越来越有气势的完颜乌竹，秦会小心拱手，然后既从容却又显得有些谨慎地坐到了自己床榻对面的一个马扎上。

"那秦相公是怎么想的？"完颜乌竹放下邸报，认真询问。

"下官以为，南边这位官家固然是位英武之主，却有些过于着急了，这一次，许多事其实有些诡道姿态，不似明君所为。"秦会一脸诚恳。

"什么是诡道？"完颜乌竹继续认真追问。

"所谓诡道，乃是以诡诈之术走捷径的意思。"秦会依然诚恳。

"这是诡道？"完颜乌竹以手指向床头邸报，依旧追问不及。

"当然是。"秦会一口咬定，"为了三千万贯，无所不用其极，如何不是诡道？"

完颜乌竹微微皱眉，并不言语。

而大概是看出了完颜乌竹所想，这位秦相公复又主动解释了起来："不过，邸报上这些事情只是对赵官家而言才算是诡道，因为他毕竟是大国皇帝，统领亿万子民的，换成其他人去做却算不得诡道。便是咱们这里，也只有国主成年后去做，才算是诡道。"

完颜乌竹微微展眉，且缓缓点头，却还是有些疑惑："大国皇帝为政，便一定要如行正兵一般正大光明吗？"

"不错。"秦会没有半点犹豫，"因为大国皇帝最重要的便是他这个皇帝的身份，有了这个身份，然后天下人都认可这个身份才是最重要的。譬如赵官家，昔日旌和中仓皇无措，几如丧家之犬，可一旦用事，李罡、吕浩文、韩师仲、张峻纷纷随从，去黄虔汕如去一蝇，杀刘广仕如杀一鸡……所为何也？还不是因为他是绍宋官家，堂堂天子！大家都认可他这个身份！"

完颜乌竹连连点头："俺懂了。绍宋太大，士民百姓太多，本身力量太杂，想要调动其中力量做事，什么法子从长远看都比不上他的官家身份有用，所以维持威信，才是最合理最妥当的法子。而他这些举止，又是卖自家私产，又是抢夺海商生意，还有高夷那边金富轼亲自过来说的逼凌使节、强迫买卖等事，虽然能速速筹到一些钱，却反而伤了威信，长久来看，还是得不偿失，是这个意思吗？"

"魏王明鉴。"秦会赶紧颔首。

"但是，若他短期内做成了这三千万贯，然后直接发动北伐，最后北伐又成了呢？"完颜乌竹忽然蹙眉道，"他如今的皇帝威信，多是战场上弄来的吧？消耗了一些，换些银钱，再来打仗，若是再赢了，岂不是就不用想什么长远威信了？"

"魏王所言极是。"秦会似乎早就料到有此一问，却是捻须反问，"可他若是败了呢？不就得连本带利还回去吗？"

"所以，还是得战场上见分晓？"完颜乌竹越发蹙眉不止，"可俺怎么觉得秦相公说了一通却什么都没说一般？"

"魏王说笑了。"秦会闻言赶紧摇头苦笑，"下官都上了南面的悬赏榜单，与大金共荣辱，何必再与魏王打机锋？与之相比，下官倒有一问要来问魏王殿下，殿下素来知兵，敢问殿下觉得绍宋军是早一点、战力弱一点的时候过河来好，还是晚一点、战力更强一点的时候过来好？难道大王不想让对面早些来吗？"

这个看似简单的答案，完颜乌竹居然一声不吭，继而长时间沉默了下来。

而许久之后，这位大金执政魏王方才在榻上缓缓出言："不瞒会之，之前俺一意改革军制，想使桓榛大兵再复昔日之强，但这些日子，试着做此事，才发觉要先做许多其他事情下来才可，牵扯太多……而南边又这么一逼，委实有了一二犹豫……你说，若是俺奋力去改，改不成，闹得人心惶惶，结果南边渡河了，岂不是弄巧成拙？而俺若不去改，眼瞅着南边越来越强，自家却越来越混账起来，岂不是坐以待毙？"

"四太子，这便是大国拼死相争的局面，稍有分毫差错，便会万劫不复，请你丢掉往日大金横行天下予求予取的心思。"秦会适时换了称呼，"南边也有类似难处的！你与那沧州赵玖，此番其实是公平相对！"

完颜乌竹微微一怔。

而秦会也压低声音，彻底严肃起来："而且，现在哪里要去想三年后的事情？眼下的局面是，南面那位官家一如既往，诡道也好，正道也罢，顶着万难把事情做了下去！而四太子又要如何？难道便在这里干等着吗？"

完颜乌竹终于长呼了一口气，却是抚榻喟然以对："怎么会干等着呢？俺心里虽然犹豫，却都看着呢，也没敢停下分毫，南边要扩军，俺便设置了签军以作后备，还尝试征召塞外生桓榛，再立一支新军；南边要联盟，俺便也遣使东蒙兀、召唤高夷使臣以作反制；南边要派兵镇压什么江南道学，俺便筹备了这次秋狩来压制后方；南边搞了那么多花样敛财，俺也准备咬牙收拾起两河那些越来越混账的猛安、谋克……会之，西京回来以后，俺是一刻都不敢犹豫，一刻都不敢安逸的！"

秦会连连点头："魏王的辛苦，我们上下都看在眼里。"

而完颜乌竹见状，终于不再多待，而是直接起身相对："秦相公辛苦，早些安歇吧，是俺禁止带使女随侍的，还请秦相公不要见怪！"

秦会一边起身一边又当即苦笑起来："便是魏王准许带使女，下官又哪里会带？"

已经起身的完颜乌竹微微一愣，倒是想起了什么，便不再多言，而是直接负手往外而去，秦会也紧随其后，准备相送。不过，即将出帐门的时候，完颜乌竹却忽然回首相顾，淡然以对："秦相公这次秋狩，怕是挺费力气的，如今你家业也挺大的，俺送你二十个甲士，你养在帐下便是。"

秦会微微一怔，旋即明白了什么，然后即刻低头应声。

七月秋风渐起，当夜平安无事，庞大的秋狩队伍从兴化启程，继续顺滦河北上，却在滦河上游与落马河上游之间的旷野稍作停顿，这里是天然的围猎场，而且猎物正处于一年中最肥硕的阶段。故此，一场声势浩大的围猎理所当然地就地展开，使得这场秋狩活动变得名副其实之余，也让所有人的情绪都随之上了一个台阶。

当日，十五岁的大金皇帝完颜合刺打马而出，率先引弓射天，揭开了这场大围猎的序幕。而在国主的带领下，诸文武大臣、部落权贵，也都纷纷踊跃，那些本就是渔猎、骑射出身的少数民族官吏根本不必多说，就连枢密院副使秦相公居然也一箭中的，在御前射杀了一只黄鼠狼，引来国主完颜合刺当众夸赞。

不过，围猎活动真正的高潮出现在第三天的傍晚时分。这日傍晚，众人点验猎物，惊愕发现才十五岁的国主完颜合刺三日内居然射杀了一百二十七只兔子！这可是了不得的事情，不仅仅是说国主年纪轻轻就比南方那个绍宋官家在射兔子上面更胜一筹，也不是说国主此举如何彰显了大金皇族伟大的渔猎传统，关键在于，年轻的国主轻而易举地用这些猎物狠狠回击了传言，他根本不是传言中那个所谓"汉家儿"！

不仅仅是国主那十几个亲叔叔们纷纷获封王爵，许多昔日建鼎有功之臣，也成为所谓大王。完颜尹恕克成了蜀王，完颜塔兰成了鲁王，完颜蒲家奴为吴王，完颜希尹为陈王……死人也没少，死掉的前继承人完颜斜也被追封为燕王，发动了旋和之变的斡离不被追封绍宋王，完颜娄石被追封为越王……甚至就连被撵走的前国主几个儿子也没少，完颜吴启迈长子完颜蒲鲁虎都被封为代王，其他几个儿子也都有王爵，然后这位国主还当众发出王爵的仪仗、赏赐，让人立即送达。一时间，群情鼓舞，上下齐齐展颜，当然要再度举杯高呼国主一百二十岁无数次了！

就这样，三日围猎结束，众人继续北上，很快便来到了一处一望无际的松林地，这就是著名的平地松林了。这里是桓榛权贵们射杀老虎、向国主展示武勇的游戏之地——进入平地松林东侧，一路北上，平静无事，前两日最大的一个新闻就是有人入林射杀了一只老虎，然后进献给了天纵英才的少年国主。

不过，到了第三日一大早，有些该来的戏码还是到来了——岐辙族执政三兄弟中老大丽王的使者自东北面来，说是岐辙人与奚人闻得国主将至，一时震动，以至于相互联络，似乎稍有不稳之态，丽王只有两个合扎猛安，为了以防万一，请国主与魏王先发援兵与他，让他在临潢府稳住局势，所谓打扫干净再让国主莅临。

魏王完颜乌竹不假思索，直接应许，随即，乌林答泰欲便率五个随行猛安先行北上。对此，周围人也都没有什么异议，毕竟嘛，自从去年金河泊会盟后，耶律大石的触角抵达边境，很多岐辙人与奚人便蠢蠢欲动，不然国主第一次秋狩的第一站为什么选择临潢府？从某种意义上而言，发生政治事件，甚至流血事件本就是所有人的共识。唯独大金的军事力量在黄河这一边，依然是无可匹敌，所以不用担心会出现岔子罢了。故此，整个队伍依然平静，也只有少数岐辙、奚族出身的官吏稍有些紧张罢了，却也被表现越发出色的国主亲自唤来进行安慰，然后免不了感激涕零。

当日傍晚，庞大的队伍例行宿在了平地松林的外沿七八里处的地方，具体来说是一条浅小潢水支流的另一侧，只是在河上有几座简易小浮桥，方便从松林中取松塔点火而已。这样宿营是有说法的，依水立营是为了取水方便，而稍微远离一点松林并在河对岸驻扎，是因为秋日松林须严防火灾，万一起火，小河可以有效阻碍火势蔓延。这对渔猎出身的桓榛人而言可谓是常识。

而别人且不提，只说枢密院副使秦会这日晚间在国主帐中用过晚饭，回到自己宿营之处，只是亲自慰问了一番魏王刚刚赏下来没几日的那二十个甲士，然后便早早入营帐闭目养神去了。自从得了这二十个甲士后，这位秦相公就一直如此，再也没有大晚上乱跑的毛病了。

和往日一般，太阳落山，黑暗降临，营地里却喧哗声不断，若是出门转悠，虽然称不上灯火通明，却也算是星星点点了。不过，今日似乎与往日不同，等到又过了半个时辰，帐外便隐隐有风声传来，这个风声不是寻常风声，乃是秋风卷动了数里外的千里大林海，林海翻滚成浪，遂有呼啸之态，偶尔夹杂着猛兽嚎叫，端是夺人心魄。

盘腿坐在榻上，连衣服都没脱的秦会睁开眼睛，悉心去听这风啸，不知为何，却居然听得入了神，想到了无数奇奇怪怪的事情。又过了好一阵子，风声渐小，营地里似乎也没了其他动静，秦会才叹了口气，准备直接就这般和衣而睡。但也就是此时，忽然间，一丝不易察觉的呼喊声自东面传来……好似野兽嚎叫，又好似风声卷过什么空隙，也有些像是人声。

闻得声音，只是一瞬而已，秦会便翻身坐起。然而，那声音只是一闪，便消失不见，接下来还是微微风动，安静如初。秦会叹了口气，继而苦笑起来，只觉得自己小心过了头，或许那日魏王赐下二十个甲士只是嫌弃自己故意在朝中装屄，不给他做事，以此来警告和监视自己，并不是自己想的那般……一念至此，这位秦相公直接翻身倒下，继而闭目入睡。

然后，他就被忽然爆发的喊杀声惊得掉下了简易木榻。喊杀声自正东面而来，和衣而睡的秦会既然翻落地上，却是匆匆拎起原本就放在帐门旁的一双靴子直接赤脚跑出帐来，然后只是一回头便看到东面火光冲天，还有人高声呼喊不断……有人在喊为都元帅报仇，有人在喊清君侧杀完颜乌竹，还有人在喊大岐鞑万岁，甚至有人在喊赵官家座下什么统制官领着什么山全伙在此……

喊得很是热闹，乱起的营地更热闹，但秦会只侧耳听了几声，将靴子套上后便直接转身迎上那二十个同样仓促起来的甲士："诸位！魏王使你们过来，就是为了今日事，速速带我过河去西面！"

这群甲士有个首领，闻言先是一怔，继而直接蹙眉："不用去见国主与魏王？"

秦会终于气急："足下若知道国主与魏王到底在哪里，带我去也行！"

甲士首领看了看挨着灯火通明的国主大帐，心中越发不明所以，但事先魏王有嘱咐，却也不再耽搁，而是直接推开这个汉人大官的侍从仆人，护着这个汉人大官直接往西而去。

秦会没有理会自家仆从，反而主动指点浮桥位置，催促甲士速速赶过去。

待来到浮桥前，果然有严肃整备的甲士等候，将秦会一行人接过去，复又让甲士与随从留在东岸抗敌，然后才引着秦会孤身一人向小河西侧某个不起眼的小坡而去。

小坡上没点太多火，但秦会天生眼尖，远远便看到了披着披风的大金国主和全副甲胄的魏王，二人正立在坡上，观看对面营地中的乱象，只是看不到二人表情。秦会收拾心情，便要过去问安，却不料临到坡下，直接被甲士带到了一地，俨然是不许他轻易上前打扰。这倒无妨，可让秦会感到无奈的是，在暗淡的光线下，居然有熟人早早等在了这里——是洪涯！还有躲在洪涯身后的自家亲戚郑修年！

不过，事到如今，也不好多说的，三人就在山坡下借着火光微微拱手行礼，然后便缩在阴影里，只是盯着坡上不过几十步外的那对伯侄，然后竖起耳朵而已。而等了一会儿，到底是有一个声音从坡上传来，打破了沉默。不是别人，正是年轻的国主完颜合剌，但听起来语气有些不佳："四伯父，作乱的到底是哪家？还是说连这些作乱的都是你和几位伯父安排的？"

国主毕竟十五岁了，小坡下，秦会与洪涯对视一眼，各自想说的话都在不言之中。

"今夜真正带兵来作乱的其实只有一人，那便是你堂叔父完颜蒲鲁虎。"完颜乌竹声音同样冷清，"这人始终是个祸害，他活着你便难安，我们三个也难安，所以俺才与你两个伯父将计就计，故意引他过来。"

这个回答没有让下面的两个汉臣稍有丁点反应，但少年国主登时无言，因为这个答案明显让他清醒了不少……这是因为完颜蒲鲁虎不是别人，正是中风逊位的前国主完颜吴启迈长子，此人作乱一旦成功，别人不好说，但他这个国主却一定首当其冲，无论如何都会是最倒霉的那个！而且，这个答案也解开了另一个谜团，那就是到底谁有这个胆子，用小规模部队在国境内的野地里去袭击有两个合扎猛安保护的国主仪仗？

须知道，这可是天下最精锐的军队！是昔日大金全盛时从二三十万大军中精挑细选出来的！但是，如果是完颜蒲鲁虎的话就显得理所当然了，因为当初设立合扎猛安的时候，只有完颜阿古达、完颜吴启迈、完颜瞻汉三人获得了建立合扎猛安的资格，其中完颜瞻汉的两个合扎猛安在尧山战前给了完颜娄石使用，一直留在河东不提，燕京城内剩下四个合扎猛安中却是有两个是完颜吴启迈亲手建立的。说白了，完颜蒲鲁虎很可能有内应！

沉默了许久之后，少年国主，也就是完颜合刺了，终究是没有忍住，复又压低声音询问："四伯父，皇叔祖知道此事吗？"

"老国主是真的中风难以起身。"完颜乌竹给了一个肯定的答案，"如今只能躺着，不然你以为当日俺们兄弟为何敢轻易放他离开？"

"那内应是谁？"完颜合刺再度追问。

"没有内应。"完颜乌竹从容作答，"完颜蒲鲁虎找到了完颜塔兰，想让完颜塔兰打着老国主的名义去两个合扎猛安中找人，但完颜塔兰直接寻到了俺，是俺和你其他两个伯父匆匆商议后定下的今日计策。换句话讲，俺们三兄弟如何敢让你真的陷入险地？"

少年国主如释重负。

而此时，听得这番秘辛，小坡下方的阴影内，秦会却又与洪涯忍不住对视一眼，二人目光在黑夜中借着火把匆匆一交，便再度各自明白了对方的意思——国主终究太年轻了，究竟是完颜蒲鲁虎先找的完颜塔兰，还是完颜乌竹先找的完颜塔兰，怕是只有完颜乌竹和完颜塔兰两人能说清楚了。

秋风轻动，小河对岸，依然火光冲天，纷乱不停，小坡后方聚集的人也越来越多，完颜塔兰、韩昉、乌林答赞谟、完颜希尹、完颜尹恕克，俱都在此处。而这些人虽然来得晚，却都是精明之人，此时看着小河对岸的光景，却只觉得可悲——不仅是对岸作乱的人可悲，那些被蒙在鼓里的人也可悲，自己这些稍有醒悟的人其实也挺可悲的。但很快，更可悲的事情也发生了。

"国主！魏王！"

在少数人仗着身份乱喊乱叫以至于被拖走后，小坡下其实一直挺安静的，可这次还是有人忍不住出言去喊了背对松林面对小河的那两位贵人。而且这一次，连旁边的甲士都没有阻止。

完颜乌竹与完颜合剌伯侄二人终于回过头来，然后齐齐失神……原来，入目所在，不知道从何时开始，侧后方的松林里便燃起了火焰。不用问都知道，这肯定是眼下这个乱子导致的，有人带着火种跑到松林里去了。

且说，秋日里千里大松林一旦着火，哪里是人力能阻止的？火势几乎是立即便随秋风蔓延开来，几个呼吸之间火线长度便能翻一番，仅仅是半刻钟工夫，便隐隐有成为火海，向更深处卷去的趋势……与这番动静相比，河对岸营地内的乱象简直就是小儿科。见此情境，始作俑者如完颜乌竹，尊贵者如少年国主，老谋深算者如秦会，战场横行如洪涯，身经百战如完颜尹恕克，学问精深如韩昉、希尹，全都只能目瞪口呆，看着这大火自由自在在松林里翻天滚地。

一个说话的人都没有。非只如此，大松林的火浪滔天卷起，声势压过周边一切，反过来影响到了河对岸的乱象，原本应该迅速了结的乱局直接拖到天亮方才停止——乌林答泰欲奉命率五个猛安在北面二十里处稍候，应该是顺着火光过来支援才对，但深夜间突如其来的松林大火直接让他迷失了方向，天亮时才找了过来。

当然了，终究只是一场意外。而且，天明之后不久，局势彻底安稳，终究让人稍微对身后尚在冒烟的那场野火放下心来，继而将注意力转移到乱局上。到此时，虽然因为大火意外没有抓到作乱者本人，但抓到的其他乱党却也不少，基本上已经算是证据确凿了，造反的就是完颜蒲鲁虎，而且这厮还勾结了部分岐轵人和奚人！

劫后余生的燕京权贵们立在小坡前面面相觑，对这个答案倒是无话可说。

"国主刚刚封了他做王！简直是寡廉鲜耻！"

"堂堂桓榱，竟然跟岐轵勾结在一起！"

"听昨日言语，不是还有汉儿吗？"

"说不得也与绍宋勾结了！"

"当诛！"

"他们几个兄弟一并诛除！"

"国主，留他一条命吧！毕竟老国主还在！"

纷纷攘攘中，因为昨夜的纷扰和中途意外，此时已经有了许多疲态的少年国主本能在烟火气中看向了身侧的披甲之人："四伯父，该如何处置完颜蒲鲁虎和他的几个兄弟？"

完颜乌竹欲言又止，却又回头看向了身后几个人。和后来抵达的人只能立在坡前不同，乱事平定之前就抵达此处的几十人早已经立到了坡上，站到国主与魏王身后。

少年国主完颜合剌会意，立即也扭头相对这些早早来寻自己的人，然后对着比较近的几个人恳切相询："韩师傅、希尹相公、乌林答尚书、秦相公，你们以为呢？"

立在坡上，秦会等人自然对坡下动静一清二楚，此时闻言也自然各有言语。乌林答赞谟、韩昉都建议国主行霹雳手段，了结此事，完颜希尹皱了下眉头，只是推说让国主决断。而等到这三位说完以后，秦会微微拱手，便也要行附和之事。但他眼角扫到下方，只见许多各族达官贵人立在坡下，身前是小坡，身后是小河，而左右居然远远都有甲骑在烟尘与雾气中列阵肃立，左面是乌林答泰欲，右边看旗帜似乎正是温敦思忠那个肆无忌惮之辈。

这一瞥之下，不知为何，话到嘴边，秦相公却又忽然改了主意："陛下，秋日天干物燥，千里松林一旦燃起，则非人力可阻，臣以为应该少做杀孽……"

完颜合剌微微一怔，继而蹙眉，倒是他旁边完颜乌竹闻言深呼了一口气，宛若叹气一般，却又迅速恢复如初。

不过，最终的结果也还是不出所料，没有任何一个皇帝会对一个对自己皇位有切实威胁，而且做出切实反叛举动的人手软，魏王三兄弟也不希望在关外有一股势力继续维持半独立状态，搞得魏王想抽生桓榛编练新军都抽不到。所以，在魏王的主导下，处置意见很快达成，完颜蒲鲁虎自然是要悬赏捉拿，生死不限，而完颜蒲鲁虎兄弟也一并遭到通缉，由乌林答泰欲马上引兵去捉拿。当然了，老国主是万万不能惊动的。

到此为止，上上下下都长舒了一口气，都只想让此事早点揭过去。然而，就在此时，魏王殿下，也就是四太子完颜乌竹了，忽然扶刀向前，就在渐渐阴沉的天气中对着坡下诸多权贵出言以对："昨天夜里起乱的时候，主动去国主大帐救驾的，出列往北走五十步，主动去最东面接敌的，出列往南走五十步。"

　　此言一出，少年国主恍然大悟，暗叫自己糊涂，居然忘了赏赐。但不知为何，这位国主身后，无论是乌林答尚书还是韩师父，又或者是都省副相完颜希尹相公，却全都面色煞白起来。只有秦会深深将脑袋埋了下去。

第七十四章　秋雨

话说，小河畔这些大金权贵，里面肯定有聪明的有不聪明的，可即便是聪明的，眼见着两头被诸多甲骑堵住又如何敢吭声；而且，便是聪明，也未必知道是该留在原地不动还是该走出去。于是乎，一时间，除了极少数又聪明又读书的人坦然留在原地外，其余人等不管做何想法，带着什么目的，却是都选了个坑。

乌压压向北的，慌张张向南的，坦荡荡留在原地的，反正都是跑不出去的。

"你们这些自称救驾的，是真的想去救驾，还是想要趁乱谋逆？！"

待三拨人立定，小坡上的魏王完颜乌竹果然拔出刀来，当场对着其中一拨人变了脸。

一时间，莫说坡下那些不聪明的，便是聪明的，甚至坡上处在安全位置的那些人，包括几名对局势早有预料的真正俊秀人物，也都凛然起来。说白了，你再聪明，再有想法，再懂什么权谋，再能洞悉这些政治套路，再高瞻远瞩，可在眼下这个局面里也翻不出天去，魏王既然下定想让谁死的决心，那就真的是无路可寻！实际上，便是年轻的国主完颜合剌也在一开始微微一怔后迅速严肃起来，然后一声不吭……他虽然不能洞悉眼下的局势，却俨然记得那日被四伯父叫入尚书台，以及自己出去以后发生的事情。

堂堂都元帅，大金擎天柱、紫金梁一样的人物，前一刻还高高在上，用决断者的身份来品评自己，下一刻就被人锤杀在尚书台正殿的门槛上，变得像一口破布袋。自己没有任何军队势力，断不能轻易违逆三位伯父，再说了，三位伯父也没有任何理由要对付自己。这位少年国主保持沉默，冷冷观察着眼下的局势。

"你们往前线的这些人，谁能证明你们不是想要接应完颜蒲鲁虎？"魏王抬刀指向坡下，"还有你们，出了乱子，却什么都不做，到底存的什么心？"

坡下众人一时躁动起来。完颜合剌毕竟年幼，见到这个场面，尤其是其中有自己前些日子看中的年轻贵族子弟，刚刚拿定的心思也旋即混乱起来。然后，居然一时忍不住想要说点什么。也就在此时，不料身后忽然有人伸手将他拽住……完颜合剌回过头来，见到是自己师父韩昉，即刻乖巧地低下头来。

这一幕被秦会、洪涯看得一清二楚，而且不仅仅是韩昉，有些慌张的秦会侧目去看，却发现连乌林答赞谟与完颜希尹这两个真正的桓榇顶尖文臣也都肃然而立，没有半点出声阻止之意。

片刻后，终于有人出声，却只是魏王本人回应了小坡下的那群人。

"俺如何就要杀光人了？"

完颜乌竹一面冷笑一面将刀子收回，然后好整以暇地道："只是咱们全都心知肚明，这些人里面明显是有完颜蒲鲁虎一党的，国主与俺在燕京就知道，断不能让你们糊弄过去。所以现在要将你们全部拿下，速速辨别出来，剩下的人，自然有国主出来赦免你们，还做你们的大官，享你们的福报！"

这就是要按图索骥，定点清除了，听到这话，上上下下齐齐放松，原本有鼓噪之势的坡下更是当场丧气，许多人有些气急败坏之态，在那里骂骂咧咧，直言魏王做事不讲部落传统道德，明明有大军在手，居然还搞偷袭。到此时，秦会还以为是完颜乌竹居然听了自己劝，要高高抬起轻轻放下呢，但马上，他就见识到了什么叫作塞外部落联盟国家化时期的高高抬起轻轻放下。

随着魏王完颜乌竹收起刀来，温敦思忠与乌林答泰欲左右一起出面，拿出早有准备的名册，直接派遣甲骑抓人。唯一的区别在于，温敦思忠那边抓到一个，便直接拽到小河旁斩首，而乌林答泰欲那里稍缓，凑够十人才一起斩杀。

从早上开始，不过用了半个时辰而已，便将这数百权贵杀了足足三分之一的模样，然后也不圈禁，也不约束，便直接扔下这些人转回对面营地，继续搜捕这些人的子弟、侍卫、亲信等等。

只能说，好在秦会一开始是有点心理准备的，所以心情起起伏伏后，终于还是在小坡上回过神来，并留心观察，和他一开始想的一样，魏王杀的这些人，大约三成是老国主一系，三成是比较游离有些逆反姿态的岐辙、奚、汉、渤海大族，剩下的却多是对中枢汉化改制推三阻四的桓榇军功贵人。这种级别的清洗，本就是秦会能想象到的极致，却哪里敢相信杀完人后，整个队伍，从国主往下，直接在河东立下小营，然后国主赐宴，魏王和刚刚还立在坡下的那群死里逃生的贵人直接举杯相对？宛若事情根本没有发生一般随意！

可能是昨夜大火燎过，烟尘太多的缘故，上午时分，天上云层渐渐凝结，遂有阴雨之态，到了下午，更是下起雨来。而这个时候，从酒宴中离去的秦会也罢，洪涯也好，还有郑修年，三人面色发黑，却只是坐在一个新立小帐内，然后面面相觑。这不光是他们的仆从全都在乱中失散的缘故，更重要的是，此时三人聚在一起，是有安全感的。

"我就知道你们在这里。"

忽然间，一人掀开湿漉漉的帐帘，直接走了进来，差点把郑修年吓到地上去，待看到是都省副相完颜希尹才勉强拿住劲。

"希尹相公。"洪涯作为完颜希尹的直系下属，实际上的副手，赶紧起身行礼。

秦会与郑修年也紧随其后。

"不必多礼。"完颜希尹立在门帘处，背上滴着水，面色复杂，却根本不进来，"说两句话就走。你们是不是觉得桓榛人太野蛮，太粗暴？明明可以下狱，可以只诛首恶，却还是杀了个人头滚滚，而且这还是魏王高高抬起、轻轻放下的结果？而且上上下下居然都觉得这是能接受的正常事情？"

秦会三人沉默以对，因为完颜希尹这几问几乎问到他们心坎里去了。

"你们不懂，凡事是要讲传统的，就好像你们绍宋人做事也要说个祖宗家法与往来成例一般。"完颜希尹见状感慨不及，"秦相公，此地为岐辖人的祖宗之地，你博学多识，可知耶律阿保机皇后在此做过的事吗？"

秦会勉力而笑："是断手陪葬一事？"

完颜希尹长叹："只望你们三人能珍惜魏王开拓的局面，用心做事！"

这一年秋天，是建炎七年的秋天。李罢请求告老还乡，被赵玖拒绝。宗磾长子宗颖从外任县令调回了中枢，出任工部员外郎。首相赵定的长子赵汾依然没有参加会试。武学出身又做过赵官家侍卫的王中孚离开了东京，回到了关西，成为御营左军一名准备将，前途远大的他还因为自己跟御营骑军的统制官张中孚重名，专门改了个王世雄的名字。

这一年秋天，虚岁十五的岳云在经历了两年武学学习后，被发遣到了他父亲军中张宪部，以一名寻常骑卒的身份进行军事训练。十月小阳春，天气晴好，射靶归来，赵官家徒步回到石亭，坐下以后，得知夜间并无加急密札送上，便直接朝杨轶忠等人努嘴示意。此时，石亭内外，只有诸多近臣，每日例行的情报简报。

任鲍忠拱手上前："回禀官家，旁的事暂且无关紧要，只是西南功州土司反叛，已为播州杨氏所擒。"

赵玖听完汇报后，一脸坦然："仁卿，为何要将土司造反这事纳进来？"

"好让官家知道，臣是担心原本跟高明清谈好的大理铜矿买卖会受到此事影响。"任鲍忠赶紧解释。

而此时，吕本中忍不住插话："仁舍人想多了，大理与中国交通主要是走岷江，跟功州那边隔着罗氏、杨氏两家，不碍事。"

赵玖旋即点头。

原本任鲍忠已经准备撤下，但赵玖想了一想，再度出言："杨氏、罗氏这两家土司据说一直很忠心，又是几百年的割据大族，从不交税，那能不能向他们借点钱呢？"

"官家。"

任鲍忠精神一振，即刻停住脚步，拱手以对："臣以为此举不妥，杨氏、罗氏虽说都是汉臣，但毕竟是军政独立的土司。这种人，之所以温顺忠心，只是朝廷没有威胁到他罢了。而一旦向他有所索求，固然有可能直接忠心应诺，但也有可能为此轻视朝廷，起了逆反之心。"

赵玖想了想，看向杨轶忠："正甫多与你这个本家联络联络。"

杨轶忠拱手称是，复又退后数步，从自己身后一名班直那里取来一个匣子，当众打开，从中取出一份邸报，然后小心呈送给了赵官家。

而赵官家只是一看，便当场失笑："桓榛人已经做到这一步了吗？"

"回禀官家，正是如此。"杨轶忠认真汇报，"这第一份邸报分十六版，一共印刷了三千多份，大金上上下下官面人物都能得到。"

"大金还是能做到因地制宜的。"赵官家看着身前邸报，感慨摇头，"人家不缺钱，也不缺好工匠。"

赵玖花了很长时间才慢慢看完这个大金出品的邸报，看完后随意向刘彦问了一个问题："完颜蒲鲁虎是大金太上国主完颜吴启迈的长子？"

"是。"刘彦当即应声。

"那这些人全都是完颜吴启迈一党？"

赵玖将身前那份邸报抽出一张来，然后一手指着其中一大段文字，一手将这张邸报递给对方。

刘彦双手接过，大略一看，便连连摇头："官家，桓榛姓名大多雷同，很多时候他们自己都分不清，完颜阿古达建国后也只是给皇室起了汉名，下面的人依然糊里糊涂，这份名单臣委实无法辨别。不过，这里面的许多人都是奚族、岐轶族、燕云汉人，臣倒是一目了然，而这些人断不会是所谓完颜吴启迈一党，倒应该是借着完颜吴启迈长子作乱这一回，完颜乌竹三兄弟在大肆铲除异己！"

"这就对了。"

赵玖先是连连颔首，继而感慨起来："之前高夷那边传来消息，说是完颜吴启迈长子谋逆，朕还没多想，但今日从这邸报上看，这事没这么简单。"

赵官家感慨道："不过，完颜乌竹到底是没敢动那些万户，反而是要拉拢那些万户大将，好去处置更麻烦的猛安、谋克的意思。"

这个时候，终于有人适时出声，正是合门舍人任鲍忠："官家，看来马节度那里说得极对，桓榛人全盘汉化，但完颜乌竹却不敢动万户这个级别的领兵大将。"

赵玖点了点头，但很快就立即又摇了摇头："马括固然说到了点子上，但易地作想，朕在完颜乌竹三兄弟那个位置上怕是也要这般行事的。因为万户到底只是那几十个人，拿捏拉拢都算容易，将来事成后处置也算容易，而军权、治权合一的猛安、谋克制度落到了两河富庶之地，水土不服，却才是让桓榛战力下滑与失控的主要缘由，得分清轻重利害。就好像朕，不也是被局势逼着，只能拉着帅臣、统制官们，借他们的手调理军务吗？"

石亭中气氛严肃，但很快任鲍忠就找到了新的着力点："如此说来，这桓榛人莫非是一直在学着官家来做事？"

此言一出，石亭内外皆有恍惚之态，便是赵玖也有些发怔。

因为细细想来，好像还真有这么一点意思。

不过，仅仅是一怔后，赵玖便拂袖冷笑："各人自扫门前雪，朕也是瞎操心，咱们做好自己的事情就好！正甫，你且继续！"

杨轶忠不敢怠慢，随即一一汇报了下去。

尽管建炎七年发生了很多事情，年初绍宋开始着手拟定扩充御营编制，与大金在边境也是交锋不断。更因着三万五千贯的北伐差额，赵官家甚至因为填补财政问题累出了病。但对于黄河以南的绝大部分绍宋百姓而言，甚至对于相当一部分基层官吏而言，也包括那几十万御营将士，这一年毫无疑问是非常轻松与舒适的一年，因为这一年没有任何大规模战争。

建炎八年，上元节前，对赵官家有巨大拥立之功的元祐太后终于抵达了东京，随行的，还有无数昔日旄和中南下扬州逃难的权贵富豪。昔日丰亨豫大时代的最后一批人，也是最保守最懦弱的一批人，相隔七八年，终于回到了繁华如昔的东京。

建炎八年的春天，天下平平稳稳，大局在望，似乎只等着再过两三年，朝廷积攒够了财货军需，便可大举北伐，成不世之功。

三月下旬，陕州战事再度爆发，包括御营中军王德部在内的数万大军再度包围河中府。

四月上旬，包括勾龙如渊在内的第一批受拔擢之臣抵达京城，几乎同时，因完颜巴力速以耶律马五为先锋大举先过稷山，绍宋军再度撤还。

而到了四月下旬，随着王德引兵归来，赵官家亲自率百官出岳台，检阅诸军。赵官家引百官出岳台本是惯例，每年春末时分，绍宋皇帝都会出西门，趁着春末水涨先到金明池校阅水军，然后到琼林苑与金明池之间的宴殿阅兵。

六月初一的大朝会上，朝廷大约讨论了三件大事，第一件是扩军的安排；第二件是不顾暑热同时在河中府与黄河下游，以及渤海发动第二轮轮战的预案；第三件是设立六科以监督六部的讨论；最后，朝廷还释放出官家南巡的风声。

第七十五章　江东

七月下旬，天气渐渐转凉，气候适宜，御驾过亳州明道官而不入，继续顺大运河南下，依次穿过亳州、宿州、泗州，并从泗州青阳镇离开大运河，转向泗水，于八月初八从磨盘口渡过淮河。

且说，早在渡淮河之前，淮南东路经略使孙近便早早派人来到淮北，乃是请旨自扬州前来迎驾，却被赵官家下旨，以秋收正盛，不宜滋扰为名，不许前往接驾，只说中秋节前，他就会抵达扬州。这期间，万众瞩目之下，那三千多骑步的队列居然真就是沿途不进任何城市，不去滋扰任何地方，每日顺着运河旁的官道稳步南下，每晚在预定好的地方按时扎营，以每日四五十里的速度井然有序向前。

八月十四，一支五六百骑的军队率先驰入扬州，接管了街道、行宫。接着八月十五当日，上午时分，秋老虎尚未消去，那支三千人的军队按时出现在扬州城北。扬州城北门前，一群士人、商贾、僧道猝不及防，前一刻才看到那面龙纛迎风而来，下一刻龙纛就在骑兵的护卫下压到跟前并停在城北官道上。为首的孙近不敢怠慢，与扬州知州魏矼一起上前，连着昨日抵达的御前统制刘彦一起迎了上去。至于其余扬州上下官吏士民僧俗，包括渡江来迎的吕夷昊使节，此时都无资格上前，反而屏息凝神，准备看着大红袍子的官家出来，就行礼叩拜。

然而，随着孙近上前，非但没有所谓大红袍之人，反而只有一名金盔金甲的骑士直接从刚刚停下的队列中跃马而出，遥遥出声笑对："是孙卿与魏卿吗？孙卿南阳一别，已经五六年了吧？魏卿倒是一年前才从都省转出来。"

孙近、魏矼二人闻得此声，再不犹豫，匆匆向前，朝金甲之人行礼。而这马上金甲之人见状翻身下马，一手一个扶起二人再笑："中秋佳节，君臣相逢，何必大礼相对？况且，朕沿途已有旨意，不必刻意迎奉参拜，今日随意便好。"

孙近是个老实人，当即起身，魏矼也是赵定心腹，脾气直爽，立即站起身来，二人在赵官家身前微微拱手行礼，口称陛下。赵官家待二人行礼之后，越发大笑，便要牵着二人一起入城。不过，孙近被拽着转过身来，看着有些混乱的城门左近，犹豫了一下，还是老老实实转身相告："官家，扬州士民久待于此，皆欲睹天颜，官家着盔甲而至，他们怕是看不清楚。"

赵玖恍然而笑，当即取下头盔，交予身旁立着的刘彦，然后再问："如此可行吗？"

孙近本欲再言，但犹豫了一下，终究还是颔首。然而，赵玖再想了一想，回身从刘彦手中取回头盔，重新戴上，然后翻身上马，抚马笑对两个本地大臣："古人云'腰缠十万贯，骑鹤下扬州'，可谓道尽淮左风流，而今日朕既来此名都，也不该失了士气……便领军三千，走马负甲入扬州吧！孙卿，你来领路！"

孙近到底是个老实人，犹豫了一下，再三颔首，却是由着这位官家披甲执锐，进入了这座淮左名都。

中午时分，赵官家打马而入扬州城内元祐太后旧居的行宫，随即便传出旨意，诏令扬州僧道一起来见。这下子，刚刚回过神来的扬州士民再度议论纷纷，都想这官家莫非"不问苍生问鬼神"？但很快，扬州官吏、士民、宿老皆被传入，所有人也随即恍然大悟——赵官家居然要在此遥祭岳台碑林，告慰靖康以来的死难军士、百姓，再与本地士民亲切交流。淮左之地，委实不见刀兵战祸许多年了。

一直到九月初，还是不见赵官家南渡区区一江之隔的东南，东南官民越发躁动。

待过了江，官家依然没有去安亭见吕夷昊吕相公，而是将军队大部屯驻于大金陵城外，然后只率领数百骑轻身过江宁府向西，去了太平州。仪仗抵达太平州时，前来迎接的不只是李罡一人，还有本应随驾的御前班直统制杨轶忠、翰林学士范宗尹、吕本中，合门祗候任鲍忠，起居舍人虞允文，中书舍人梅栎，秘书郎宗颖。众人全都便装持金牌而来，然后直接参拜，同时各自奉上了一本厚厚的册子。

"官家是在疑老臣吗？"李罡见到这些陡然出现的自己治下的御前近臣，一时惊怒交加，"所以让人暗查？"

"朕若是疑李公，何须让人来查？"相隔数年，面对气势不减的李罡，赵玖将手中的文书合上，从容相对。

李罡一时怔住，旋即默然，继而黯然起来。

"朕渡江先到太平州，一则是与李公多年未见，心中思念，总该来看一看。"赵玖想了一下，终于还是选择了坦诚以对，"二则，乃是要借李公的地方先避开风头，事先盘一盘南方的根底，方好施为。"

"官家要如何施为？对谁施为？"李罡戒心不减，"恕臣直言，自吕夷昊设月椿钱、经制钱后，江南民力已竭。"

"这个民是指谁？"赵玖好不容易按下些许情绪，"是亲手耕织的平民百姓，还是那些动辄抛出数千贯的豪商地主？又或是每年收租子都能收到七八百石的寺观？"

李罡沉默了片刻，方才带着一股倔气反问："官家为何以为臣是在给那些人说话？臣何时何地曾为这些人张过目？"

停了半晌，居然是赵官家选择了退让，其人微微叹气，言语稍缓："李卿，朕此番南下是要做事情的，不是来与卿斗气的，李卿便是有怨气，也该有大臣风度，让朕入城再说。"

李罡躬身一礼，让开道路，然后摇头以对："臣为官家守土，焉能阻天子入州城？"

赵玖当即翻身上马入城，直奔州府，暂做休整，而随行的几位近臣则留在州府侧院中，相顾闲谈，等待征召问询。忽然间，一人快步自隔壁院中走出，来到侧院便挥着手中文书直接放声质问："范宗尹！这便是你的调查吗？！"

三照学士大惊失色，其余近臣也陡然一惊，却见到换成便装的赵官家走到范学士跟前，指着手中文书怒气不减，引得身后刘彦与几名年轻班直仓促跟上："朕给你一个月的时间，让你去查一个县城，你的文书中却多是大约、传言、素问一类言辞，一个一年商税不过三千贯的城，却连城中最有钱的到底是哪家都不知道。你这一个月到底是如何查问的？"

范宗尹慌乱不及，赶紧躬身以对："好让官家知道，臣是到宁国县后找人问询的……"

"当然是找人问询，你都找谁了，为何会问成这样？"

"自然是当地的读书人。"

赵玖气急败坏，反而失笑，打开手中文书，翻到一处，捏出一张纸来，然后再问："那暂不说家产你问不出来，朕问你，为何这个文书后面还有个夹片，说宣城某某目无法纪，骚扰士民，朕让你去宣城了吗？"

"臣惭愧，这是宣城士人闻得臣在宁国，跑去言语的。"范宗尹松了一口气之余赶紧解释。

"所以，朕让你去私访，你忍不住把堂堂内制的身份露出来了？"赵玖失笑不及。

范宗尹彻底失声。

赵玖扭头环视，脸上笑意怒气一时俱无，面无表情，冷冷相询："还有谁暴露了身份？"

其余几个人面面相觑，然后刚刚大出风头的吕本中小心向前一步，躬身行礼。

赵玖居然一点都不觉得意外："将吕学士的固城镇报告拿过来。"

刘彦不敢怠慢，匆匆转回去，又匆匆出来，将吕本中的报告奉上。

赵玖打开，咬牙切齿起来："吕本中！"

"臣在。"吕本中心惊胆战，其余几位也都打了个寒战。

"朕问你，固城湖畔的固城镇辖下到底有几座桥、几个渡口？"赵玖当然没注意那边的小动作，只是认真追问身前的吕本中。

"四个渡口，四座桥。"吕本中脱口而出，"臣亲自数过的。"

"那你为什么不写清楚，四个渡口四座桥？"赵玖只觉得一口气憋在心里，几乎要将他憋死，"而写成什么'小桥斜渡七八处'？"

吕本中根本不敢说话。

言罢，这位官家便要折身回去继续去看，但行到侧院门前，却又蹙眉回顾："吕本中，你既然暴露了身份，又整日'夜披秋风而出'，那前面这些最大的地主是谁，有多少田，缴纳多少税赋，乃至于几家店铺，作何经营，却又如何这般精确的？你又是问的谁？"

"臣问的是和尚。"吕本中赶紧解释，"固城湖畔有个鸣泉寺，臣也只是对寺中和尚透露了身份，并着他们去帮臣调查询问。"

江南方寸之地，赵官家见状仰头长叹一声，还是折身回去了，只留下满院不安。

一连三日，赵玖留在州府院中，对相关近臣进行召唤、问询、讨论。而三日之后，赵玖终于将那些表面上的东西给抹去，将问题归根结底式地纳入了东南赋税这个核心问题周边。

建炎九年春，上元节，赵官家在凤凰山上进一步申明了自己依然是在相忍为国，一心坚持北伐的大略。春耕期间，驻扎凤凰山的赵官家再度正式下旨，点出了两件大事，其一，乃是给东京诸宰执、秘阁大员，以及各地御营都统、统制官的明旨，最终订下扩军计划。旨意清楚无误，从即日起开始扩军，而到今年秋后，御营前、后、左、右、中、骑、水军，须到达满额三十万众的规模。

旨意虽然没有透露最终员额，但根本瞒不住有心人——从后勤与各地征兵规模来看，绝大部分新增员额依然分给了韩师仲的御营左军，吴介的御营后军，名义上属于御营中军、李彦仙实际负责的陕州——河东方面军，以及曲锻的御营骑军。

赵官家的第二道旨意，正是在东南正式、大面积推广赋税改革。而这第二道旨意，根本就是与东南使相兼两浙路经略使吕夷昊的文书一起，发往东南周边各州郡的，乃是一并要求江南西路、两淮路、福建路在春耕后进行类似改制。值此北伐大略将成之际，务必要完成赋税最重的东南地区财赋改革，以使底层百姓稍得喘息之机，方可再图大计。如今，两浙路、江南东路皆已推行改革，且有大略可观，可见此事确系可行，故推行至其余四路，以安人心，以定社稷。

随即，春耕既过，旨意既发，东京方面再度遣问安使至凤凰山，请官家回銮，并上报去年官家南巡后朝廷所历大小事务以及诸宰执于秘阁统判结果，请官家审查统览。然而，赵官家再度公开下旨，一面表彰几位相公以及所有秘阁重臣留守东京劳苦功高，行事妥当；一面却公开回复，自己将继续在凤凰山，等待周边诸路新政落实，以防东南生乱。倒也颇有几分"此间乐，不思蜀"之态。

东京上下无法，只能保持两地通信顺畅之余，努力施压、协助地方，三令五申地要求地方上配合赵官家的财赋改革，并派出监察御史巡视地方，兼遣人往比较近的两淮协助组建公阁。就这样，赵官家依旧留在东南坐镇。晚春时节往后，渐渐入夏，随着周边各路开始推行新政，却是情况迭出。

然而，两淮地区素来是朝廷屯兵所在，当日又支援过淮上作战，而且此地向来属于中枢统治的核心区域。这种情况下，两淮哪里敢真的闹对抗？但是，正所谓物极必反。两淮固然没有什么明显的反抗行径，却反而有些做得过火，尤其是淮西，多有当地官吏滋扰，乃至于借机盘剥地方大户的情形。而这种情形，随着两淮组建起了公阁后，却又迅速引起反弹，地方形势户们以公阁为组织形式，联络监察御史，乃至于直接上告东京，将矛头对准了地方官府。

双方一时间闹得不可开交，烂账一堆。只能说，当日刘大中一语中的，两淮这里已经开始有了形势户借公阁与官府相争的局面。长久下去，怕是要形成结构性的问题。

与之相比，江南西路那边就干脆多了。彭蠡泽那里，直接有身兼巫道、豪强、水匪的人物联络造反，诈称钟相、杨么，自封齐天大圣，迅速席卷多个州县，还打出了"顺江而下，打破凤凰山，活捉赵官家"的口号。与此同时，好不容易又安定下来，但素来有造反传统的虔州南部地区也跟着闹了起来，旌和之后，虔贼三度现世。而一个彭蠡泽巫道水匪，一个虔州苗寨土匪，一南一北，立即就在江西形成了规模。

当然了，朝廷这一次是真的早有准备，无为军那边的王贵立即顺流而上，经江州进入彭蠡泽，与此同时，郭仲荀的御营预备兵也毫不犹豫，立即从虔州北部出发，展开了第二次对虔贼的围剿工作。这还不算，早在春末，刘锜的军队便开始以让军士休假往归黄河的名义渐渐分散向北，却又在池州一带候命不渡，此时更是直接集合起来向西。结果就是，前者耗费一十七天，后者花了二十三日，两场叛乱直接在仲夏到来之前便已经结束。

然后，刘锜部真的就北走归黄河了，便是王贵部也直接在战后北返候命，至于凤凰山那里，则向平定了虔州的郭仲荀部打开了大门。郭仲荀部万人，进行了精选和汰换，一半弱兵继续留在虔州本地，另外一半却是趁势转向安亭，往御驾前汇集。当然了，随着彻底的军事清扫工作结束，江西的土断、检地自然也随之彻底强硬展开。

至于福建路，与江西和两淮又都不同。首先，福建路是与两淮一起围观了两浙、东南改革的，同样心里有谱。而且福建的士大夫在这年头成就普遍极高，几乎每个州府都有成名的士人，可以号召乡里，甚至早早进行筹划预备。同时别忘了，福建路被人口税剥削得是最严重的，赵官家的新政对他们而言是最具解放性的。但偏偏福建又因为山地纵横，造就了这个地方的乡土宗族势力近乎独树于时代的强大。种种情况，最终使得福建路的新政改革产生了一个所有人都意想不到的导向——问题不在于形势户如何对抗国家，也不在于什么官府公阁产生矛盾激化矛盾，而且也没有几个真造反的，问题在于地方和地方之间因为检地、土断问题而产生了巨大的地域矛盾。

且说，检地和土断是为了什么？当然是为了公平分配税额。然而，当检地和土断的结果依照着地域与原来的总额度进行比较，产生了必不可少的差额时，那些或多或少的差额，再配合着永不加赋导致的总额不变，就导致了相当一部分人认为自己遭遇了不公平对待。变少了的，自然是觉得自己之前几百年都多交了；变多了的，自然也会觉得自己受了委屈。

　　结果就是，州府和州府之间，城市和乡村之间，城市和城市之间，乡村和乡村之间，往往会因为几百贯、几十贯，乃至于几贯、几文的税额分配产生激烈争执。而这种争执，在州府一层和城市之间还能得到调解分配，或者说是还能用文书来说话，还能听上级的独断。但是，随着上层、中层渐渐抹平，差额下放到了基层，尤其抵达村社一级的时候，局势却因为大规模械斗的出现忽然失控。

　　这当然是极度严重的问题，其破坏力根本就不亚于之前隔壁江西造反，但偏偏面对这种情况，上下一时都不知道该怎么应对……首先大家只是内部争斗，又不是真扯旗造反对抗绍宋，甚至连县城都没碰，总不能说直接把郭仲荀跟杨轶忠的部队调过去镇压吧？可若说只算恶性案件，让地方官府下去审理便可，怕是也不行。因为，这种基层械斗，一则混乱二则包庇，哪来的案情和人犯？而且就县衙那几个官差在村社几百上千持械青壮面前有什么执行力？于是乎，眼睁睁地，上上下下便看到福建路因为这个事情陷入一种怪异的整体混乱之中。

　　一时间，便是之前还因为两淮的服从、江西的快刀斩乱麻而自得的赵官家，也在凤凰山上傻了眼，只能匆匆按照李罃的建议，一面派出许景衡、刘大中、范宗尹、梅栎等人为首的"代天子调查团"去福建各处和稀泥，一面匆匆要求各处的福建籍官吏，离得近的直接回福建维稳，离得远的，也要赶紧写信回去疏导。

　　随着各方各面一系列的报告转回，无不说明这一番让人手足无措的福建基层动乱，非但严重耽误了生产，而且产生了剧烈的社会动荡，导致了一系列地方矛盾。

　　这次动乱，根本就是从根子上对赵官家的全线战略产生了动摇。可怜我们的赵官家，出道以来，自诩镇压军阀，扫荡叛乱，收复中原，箭射完颜娄石，逼凌耶律大石，收西勒、开公阁、通西域、立原学，从樱国嘴里掏金子，向高夷儒臣那里赚银子，跟大理要铜矿，往南越搞大米，和岳斐、韩师仲并肩奋战，与李罃、吕浩文谈笑风生……转过身来，也能在凤凰山上数乌鸦，坐乌龙船扫荡西湖，拖剑赋诗横压东南，武林大会拳打形势户、睥睨道学家，却万万没想到，猝不及防之下，直接一头栽在福建的乡土斗殴之上。

简直是滑天下之大稽。但这还没完，夏日将去，就在福建动乱渐渐安稳，赵官家犹豫要不要北返东京之际，又一条坏消息，或者说一个肉眼可见的现象出现了。

赵官家在凤凰山看得清清楚楚，整个东南在夏末时节，开始大面积下雨，一直下个不停。其实，四月初夏，东南雨水过多，那个时候，就有本地官员上报吕夷昊，今年的蚕丝产量恐怕要稍微受损。这让赵玖难得有些慌乱，也让吕夷昊有些慌乱，地方官员也有些慌乱。因为大家都知道秋后御营三十万众，都知道福建路的夏税出了大岔子，这要是万一东南的秋收遭了灾，那怎么办？

慌乱之中，有人沉不住气，主动上奏赵官家，建议赵官家祭祀天地，祈求晴日。赵玖当场撕了奏疏。

一日后，一名东京来的问安使例行抵达，是兵部左侍郎领都水监刘洪道。但刘洪道负责黄河问题，这个时候除非是有分内要紧的事情，否则没必要来做这个问安使的。果不其然，此人既上凤凰山，面谒赵官家，交代种种东京事宜和地方军务之前，便先提及了一件麻烦事情。

"黄河水道？"赵玖蹙眉以对。

"是。"刘洪道严肃应声，"具体是陕州一带水道，河中本有中流砥柱。"

"以往不是没有出问题吗？"赵玖负手看着旧殿外的雨水淅沥，略显不耐，打断对方。

"臣并没有说出问题，而是如今筹备北伐，大量军需开始往关西运输，彼处河道不免有些捉襟见肘。"刘洪道依然认真相对。

"这倒也是。"赵玖连连颔首。

"其实是有办法的。"刘洪道赶紧继续解释，"臣来之前，工部胡尚书曾与臣讨论，其实可以重修唐时河中栈道，陕州一带正好大河南北皆在我们手中，完全可行。"

"但修栈道要多长时间？"赵玖蹙眉。

"若用火药，可以速成。"刘洪道恳切相对，"臣等之前在东京试过，钻眼用药，完全能够炸石开道，但大量用火药，须官家决断，所以臣等专门至此。官家，若能迅速开凿栈道，不光军需能及时抵达关西，打起仗来，也能将东南物资加速运抵河东战场，事关后勤通畅，臣以为值得。"

赵玖定定立在门内，望着旧殿之外沉默不语。赵玖心里清楚，又到了要做决断的时候了。这一次的决断事关重大，以至于自以为早就准备充足的他，临到事前，依然有些犹豫和畏缩。

　　"陛下，"刘洪道眼见着赵官家长久沉默，只以为对方是不知道详情，无法判断，所以赶紧详尽解释，"黄河河道在潼关和风陵渡一带转弯后，水势陡然一急，但并非是绝对难行，而是相对他处难行……"

　　"朕懂你的意思，也懂那边河情。"赵玖没有回头，"朕从那里经过数次，如何不懂？平日里，那边通行军队、运输物资都是够了的，但毕竟是个急道，你们生怕北伐一开那里成了限制后勤的要害也属常理，再加上唐时有过在中流砥柱的河间石山上修栈道、做引导的旧例，绍宋也有过对西勒作战时在彼处专设差遣以作清理的成例，所以才有了这个建议。"

　　"是。"刘洪道即刻点头。

　　"你与胡尹的意思是要修了？"赵玖终于回头反问，"你是总揽黄河水道的都水监，他是抓总的工部尚书，这事本就是你俩的分内之事。"

　　"是。"刘洪道越发恳切，"但要大用火药，否则必然赶不及秋后北伐，火药开山燃爆之威正合此用。"

　　"这件事情不是那么简单的。"赵玖听到这话，不知为何，怔了一怔后，方才摇头以对。

　　刘洪道心下一紧，本能欲言，不过，透过这位官家身影瞥到外面的雨水后，却又沉默了下来。

　　"既然来了，暂且去歇一歇，朕看一看你带来的这些文书汇报，再一并回复。"赵玖言道。

　　刘洪道心中已有所思，又得旨意，自然小心告退，然后随殿前侍立的宗颖一起转入后殿安歇。

　　这日下午，外面雨水淋漓，刘洪道随宗颖到胜果寺稍作安顿，换了身干净衣服出去，寻得门前侍卫，问得刚刚自虔州过来没多久的御营后备军郭仲荀的所在，便让对方带路，乃是打了一把伞，前往凤凰山下的军营拜会。

　　二人相见，稍作寒暄，便在凤凰山下的军营中对坐下来，然后摆上茶水，从之前的江西叛乱说起，渐渐将话题聊开。到最后，不仅是聊的话题越来越宽广，而且因为双方在江西的人脉对照了起来，再加上双方都有官场上那层心照不宣之意，居然又有了几分知交恨晚之态。就这样，二人聊得入巷，渐渐忘却时间，忽然间，不远处山间隐隐有几处钟鼓之声传来，却不甚密集，也没有兵戈之气……二人如何不晓得，这是寺庙里的规矩，按照天色，说不得是结束了下午活动，让僧众去香积厨用餐的提醒。

到了这个时候，刘洪道本也应该主动告辞才对。但不知为何，瞥了眼外面依然淅沥的雨水之后，这位兵部左侍郎却安坐如山，并朝军营主人郭仲荀问了个有些敏感的问题："郭总管，本官今日面圣，见官家面色多有不悦，可是此间有不妥之事？是福建事又起了波澜，还是安亭本地起了事端？"

郭仲荀微微一怔，旋即笑对："好让刘侍郎知道，下官也只是刚刚到了安亭一旬时间，便是有些内情，又怎么可能知晓？"

这就是推辞了。不过，刘洪道也只是微微一笑，便继续追问："不拘真假大小，但有传闻说法，郭总管尽管说来便是。"

稍作犹豫之后，郭仲荀到底是不敢得罪对方，苦笑一声后勉力作答："若是如此，稍有错漏之处，还请刘侍郎不要笑话。"

"这是自然。"刘洪道微微颔首，其实催促之态明显，"还请细细说来。"

而郭仲荀眼看着对方如此作态，情知不掏底子的话今日怕是不能打发过去，所以也当即撂开了担子，全盘托出："下官刚来安亭第一日，便撞上官家发了一场大脾气，乃是说福建处置了许多乡野斗殴之事，多有枷首示众之刑，结果官家震怒，连夜发明旨过去，不仅是福建，便是全国各处都不许行此类刑罚……刘侍郎自东京过来，怕是正好错过此事讯息。"

"竟有此事？可这是为何呢？"

"官家原话是，乡土中但有豪杰，便都受不得此辱。"

"原来如此，这是官家爱民如子，可还有吗？"

"还有便是，下官来到安亭以后，在本地听了一些不好传言，乃是针对官家公阁作为的……所谓'三百贯，成阁员；两千石，且通判'，似乎民间对官家这般用阁位、官位聚钱粮还是有些说法的。"

"无妨，些许愚民，不知朝廷大计所在，还有吗？"

"还有便是，今年夏初雨水颇重，据说是影响了东南的丝绢产量，以至于两浙地方百姓虽得了摊丁入亩和永不加赋的惠政，却无多少立竿见影的好处，形势户们就更比往年难堪了，起了更多怨言不提，据说连夏税因为几个州府报了灾的缘故，都比去年少了半成。"

"这是天灾，不过，本官素来也晓得，两浙路的夏税非比寻常，稍有风吹草动便会有万般话出来的。"

"正是此意。"郭仲荀顿了一下，便恳切言道，"两浙路因为雨水，福建路因为下面的乱子，夏税都出了岔子，在下官看来，这便是天大的难处。"

"谁说不是呢？"刘洪道笼着手依旧是那般微微一叹，"福建路的夏税足足少了三成，两浙路的夏税虽只少了一成，其中利害却比福建路那三成还要多。因为南方夏税本就是冲着丝绢来的，而本官现在都还记得，旌和前天下二十二路，两浙路上缴的丝绢占了全天下四五分之一，真真是一路抵得上寻常五路。故此，两浙路夏税的半成，倒也抵得上福建路的三成了。"

郭仲荀也是摇头苦笑："两浙路的丝绢何止是夏税的五分之一，便是海商那里也要受波及的，今年东南商税同样要损失不少。"

"但还是不对。"刘洪道也随之摇头，看向黑漆漆的窗外，彼处依然有淅沥之声，"便是两浙路和福建路的夏税、商税让人肉疼，可放在全国大局中又算什么呢？少了些丝绢、浮财而已，且不说能靠国债什么的补过来，便是补不过来又如何呢？何至于让官家对北伐之事都有了犹疑之态？须知道，北伐的事情可不只是这三年的建财准备那么简单。"

郭仲荀看了眼窗外，沉默过后，方才继续言道："若不是夏税，那下官以为，就是秋税了。毕竟，夏税多还是丝绢，秋税却是粮食了。而若要北伐，少了几十万匹绢，哪里放一点国债也补上来了，怕只怕粮食不足，乃至于东南直接遭灾，反而还要救助。"

刘洪道终于重重颔首，然后认真相对："所以，这边也都以为官家若起犹疑之心，必然还是因为这雨水不停，担忧两浙秋收了？"

郭仲荀重重颔首，心中微动之余终于反问一句："敢问刘侍郎，北方今年如何？"

刘洪道终于苦笑："其实今年北方雨水也有些多了，但没有到成灾的程度。"

"若是这般，官家从总体上有所疑虑，也属寻常。"郭仲荀见话题进展到这里，彻底忍耐不住，"刘侍郎此番过来，本就是东京那边察觉到了官家几分疑虑，所以来问？"

"这倒不至于，主要还是来论公事的，但工部胡尚书和几位相熟御营都统，确实有些忧虑，私下着我来看一看的嘱托也有。毕竟，东南这边能想到的，东京如何想不到？"刘洪道也说了实话，因为他瞧出来了，对方俨然也是支持北伐的，"但没想到，官家疑虑之态这么明显了。"

郭仲荀微微一叹，也最终表态："眼下局面，早已经是箭在弦上不得不发，而照理来说，官家也本非这般瞻前顾后之人，但秋收之事非比寻常，我等身份有碍，官家一日不挑明，我等又不好直接进言。不过，刘侍郎资历不比寻常，如今差遣也极为重要，若要坦荡进言，当然是极好的。便是要我等稍附骥尾，也属当然之事。"

刘洪道微微颔首。

待这边两人叙旧已毕，刘洪道便冒雨回到胜果寺，却在道旁与合门祗候、官家得用近臣任鲍忠打了个照面。而等他关上门，回到窗前案旁，对上自己早就准备好的文章却又犹豫了起来，因为遇见任鲍忠给他提供了一个新的思路，那便是经过一系列的持续性的清洗后，朝中上下基本上都是如自己这般主战，或者渴求北伐之人。上到宰执、帅臣、尚书，下到自己、任鲍忠、郭仲荀这种人，再到底下的胡铨、虞允文等年轻新晋之辈，如果不主战，不想着北伐，或者说不主动转变立场，宣称北伐，那早就被淘汰了。

就这样，刘洪道枯坐窗前，听着夜雨淅沥，外加偶尔乌啼，思前想后，非但没有动笔润色一个字，反而越想越多。不知道什么时候，这位兵部左侍郎就被山间轰鸣之声惊醒。忽然间凤凰山上便轰隆隆如雷贯耳，数不清的乌鸦惊起，不顾雨水，直接满山乌啼不停。刘洪道失神片刻，立即推开房门，大声呼喝询问："出了何事？"

然而胜果寺内一片混乱，莫说和尚了，便是房间周边匆匆起身的御前班直士卒与自家随从也根本无法作答。刘洪道无奈，赶紧披上衣服，寻上左右随从，叫上两名班直，往胜果寺大雄宝殿而来。于是乎，其人当机立断，便在大雄宝殿下令，乃是要和尚们与班直们集合起来，速速往山那边的行宫去救驾。而就在这位侍郎试图指挥和尚们之际，一抬眼，却看到昨晚上见过的合门祗候任鲍忠不顾一切，汇集了寺中驻扎的一队班直便要往行宫而去。

黑夜山路难行，而且还有雨水湿滑泥泞，但等到队伍行到山顶，眼见着行宫那里不顾雨夜，满是灯火，而且多有奔走询问呼喊之态，却哪里还不知道，正是行宫出了事情。

"御驾……御驾何在？"狼狈来到行宫，见到坍塌的房舍堆料，满身是泥的刘洪道尝试了数次，方才喊出了声，居然还是颤抖的。

"是刘卿和仁卿吗？不必惊慌，朕在此处无恙。"雨夜之中，一个熟悉的声音从寝宫后面的一处空地里传出，让刘洪道与任鲍忠二人释然。

到了左右灯火通明之地，待看到赵官家立在一个大伞之下，非但没有半点损伤，连衣服都没湿，原本已经站直的刘洪道与任鲍忠二人跌坐于地，掩面大哭。这下子，轮到赵玖愕然一时了。

"二位卿家且起。"

赵玖赶紧从伞下出来，快步到泥泞中，然后在两个赤心队班直的协助下，一手一个将二人扶起，并恳切安慰："二位卿家何至于此？还是之前漏雨的偏厢，前殿也牵扯了一点，寝宫不过是被带到了一点瓦片，若非是杨轶忠他们逼迫，朕都想继续在寝殿中等着呢。"

任鲍忠坐在后殿空地的石头台阶上哀凄相对："臣这般年纪方逢明主，万般忠心俱系在官家身上，一时失态，还请官家见谅。"

"臣实在是不敢想官家若有万一，则国家如何？"随后出言的刘洪道明显诚恳了许多，却也是在伞下惊惶未定，以至于口不择言，"则北伐如何？臣此生怕是难解心中郁郁之态了！"

不过无论如何，雨夜之中，嘈乱之侧，赵玖言道："二位卿家的忠心，朕素来是知道，如今只是无恙，且放宽心来。"

"陛下。"雨水中，就在赵玖一时望着身前的吴越旧宫出神之时，赤心队平清盛那稍显怪异的口音由远及近，"吕学士到了，随学士跟来的和尚被拦在了外面，臣等找出来那七八个伤员，也都交给了和尚们。"

赵玖还未准备离开，因为在安亭城内的吕夷昊还没来得及过来，他无论如何都要等这位相公过来，通报了讯息才能离开。

又等了一阵子，眼见着一条火龙从安亭城内迎着雨水往此处赶来，然后一直等在前殿的杨轶忠匆匆折返相告："官家，吕相公到了！"

其人中气十足，遥遥在雨中迎着嘈杂声相呼："东南使相吕夷昊在此，官家何在？臣问安，请官家自回！"此声一出，原本嘈杂的现场当即安静下来，只有隐约鸟啼与雨声尚存。

赵玖也不敢怠慢，即刻隔空相对："朕在此处无恙，行宫已成危墙，吕相公不必过来，且归安亭城安抚人心，朕也自往胜果寺安歇。"

"臣得旨。"这边话音刚落，对面吕夷昊中气十足的声音再度响起，"还有几问，请官家务必直言，此番可有伤亡？"

"黑灯瞎火，不好说，但救出数人，皆是轻伤，更多伤员反而是雨夜路滑，各位卿家自各处匆匆至此所致。"赵玖对答干脆。

随即，对面又是一句："朝廷文书、奏疏、密札可有遗漏？官家所携御宝、私押可有丢失？"

"寝宫、大殿皆无大碍，文书、奏疏、密札皆无遗漏，印玺皆在。"赵玖也扬声不停。

"既如此，请御前班直统制官刘彦护送官家移跸胜果寺，统制官杨轶忠留守行宫，臣自归安亭府城安歇！"

此言既罢，对面立即便有些许骚动，想来便是吕夷昊直接折返了。而这一边，赵官家得了此言，即刻动身往胜果寺而去。刘洪道等人慌乱跟上。

第七十六章　安排

　　天气晴朗。凤凰山上异常忙碌，御前班直和御营后备兵在清理倒塌的宫殿，无数地方官员的使者与公阁成员匆匆来面圣问安。吕本中、任鲍忠等近臣也在整理文书，就连胜果寺的和尚们也在趁机排干水渠，清理山间内涝。此时此刻，整个东南都很忙碌，从凤凰山上便能看到，到处都有人在排水清淤，以尽量减少损失。

　　就在东南公阁定下会议日期，开始在雷峰塔下处理相关程序之际，这日上午，往福建安抚地方的前都省副相许景衡许相公正式从福建归来。

　　"如此说来，福建今年的秋收还是受到影响了？"对大雄宝殿并不陌生的赵官家直接在佛祖像下随意询问。

　　"好让官家知道，不是秋收，是秋税。"许景衡即刻在殿内做了更正，"械斗多在宗族村社之间发生，但这些人械斗之时，很少有毁坏生产、阻碍农事的行为。臣说影响秋税，乃是说眼下大规模械斗已经渐渐平息，但地方村寨持械对峙，小股仇杀行径却要延续很久，再加上此次斗殴本就是分配税额而起，而臣为安抚地方，已经自作主张在闽地抹去了所有涉及争端的税额。所以说，这种情况下闽地的秋税必然受影响，但不会对实际秋收有太大影响。"

　　闻得此言，赵玖长出了一口气，继而便是长久的沉默。见此情状，立在殿中的许景衡也忍不住心中叹气。

　　"如此说来，福建那边其实要比两浙好些，便是有影响，也不至于到灾祸的地步了？"赵玖再度质询。

　　"恕臣直言。"许景衡拱手正色以对，"官家此言有失，福建那里是死了不少人的，而且这件事影响深远，无论如何都不能说比遇到雨水减产的两浙要好！赋税新政的事情，两浙路外还是显得过于操切了。"

"许相公说得不错。"赵玖顿了一下，正色相对，"朕满心只想着两地短期内对北伐的影响，却没有从两地内里，从长远考虑，这不是人君该有的心思。"

片刻后，许景衡无奈拱手："官家决心已下了吗？"

"这不是朕下不下决心的事情，而是说，如果没有理由停下，就只能硬着头皮迎头去做罢了。而如今局面，便是东南虽有波折，便是中原也有些多雨，但终究没有酿成大灾，而既然没有什么需要切实停下来的事端，咱们君臣就不能自己骗自己，以作逃避。"赵玖干脆相对，"许相公，三十万御营兵马秋后便可齐员，虽说其中有不少新兵，但也有郓奚人可以招募，太行义军可以动员，还有蒙兀、岐辙友军可以召唤，所以预定的军队战力还是足够的；至于粮食、军资、军械，虽然比去年少了一些，但与三年前的计量比反而是充足的。这种局面下，咱们若是不动弹，便是失信于天下人，你说是也不是？"

许景衡被逼到墙角，思索再三，再度拱手："确系如此。"

"正要相公这句话。"赵玖听到这里，再度与吕夷昊对视一眼，然后二人一起将目光对准了有些紧张的吕本中。

吕本中立即向前一步，将藏在袖中的一张白麻纸双手托出。许景衡只看了眼那白麻纸，便觉得脑中嗡的一声作响，下拜于地。一番旨意念下来，却只有一个意思——复许景衡为都省副相，加宁海军节度使，领两浙路经略使，驻安亭，使司江东、江西、福建、两浙、广东、广西六路。

旨意既下，官家又发口谕，乃是将此白麻贴到雷峰塔下，并诏令东南数路公阁一起去观看。任用宰执，总要公示一下。绝大多数两浙、江东、福建，乃至于江西的公阁成员，对此持谨慎欢迎态度的，因为许景衡在东南的人望很足。

片刻后，刚刚回去的内侍省押班邵成章再度带着全副仪仗回到了雷峰塔下，并贴上了又一道白麻纸。白麻纸上同样是四六对仗，文采飞扬，可其中本意只是一读便让在场的所有人哄然。无他，吕夷昊得到了他的新差遣——枢密院副使，加归德军节度使，都督河北东路、河北西路、河东路、燕山路军国事。

就在雷峰塔下万马齐喑的时候，随着押班邵成章第三次折返，又一条旨意抵达，而且这一次就是针对在场数百名东南公阁成员的旨意。旨意很简单，乃是要现场的两淮、两浙、两江、福建公阁成员，务必在今日，根据成员的才德，在公阁内选出才德俱佳者百人，其中十人为上上等，二十人为上中等，七十人为上等，到时候赵官家会按照等级，分别授予这些人河北、河东、燕山诸地方知州事、知军事、通判、知县、提举刑事、提举茶盐事等差遣。选出来之前，任何人不许擅自离开会场。

旨意既下，邵成章度折回，只留下数百东南精英在千余名虔州士卒的围观下于雷峰塔下狼狈失态。纷乱之中，不过半个时辰，下午时分，此时唯一随驾的玉堂学士，也是当朝实际上超过了梅花韩成为第一名门的东莱吕氏嫡长之人，吕本中吕学士大驾光临。他是来引导选举的。而随着吕学士的到来，事情陡然起了变化。无他，要知道，东南六路公阁中，总有一些热血之辈，还有一些吏户出身，对政治前途红了眼的形势之辈。

一下午后，吕学士到底是拿了一个百人名单满意地回山去了。又等了一阵子，大约是雷峰夕照的时候，内侍省押班邵成章第四次回来了，官家有口谕，按照名单点录，这一百人可以写信给家人，却是不必回家了，直接随御驾明日折返东京。

辛苦了一整日的吕本中吕学士当日晚间自在胜果寺里卧房收拾行李时，收到了赵官家的传召。

"臣……不必随御驾北返？"吕学士难以置信。

"是朕本意。"赵玖似乎看穿了对方想法，直接笑对，"朕要你留在此处替朕做事情。"

吕本中想了一想，勉力压下诸多杂念，认真相询："敢问官家，可是要臣在这里奔走呼告，好在北伐期间维系东南士气？"

"正是如此。"赵玖继续含笑以对。

"是。"吕本中赶紧俯首。

翌日天亮，刚刚在东南确定了北伐决心的赵官家面对着东南士民展示出了极为踊跃的姿态——他带上一百个东南出身的候补河北官吏，扔下郭仲荀和他的军队在后，只带千余御前班直，轻装上阵，当日便离开了驻扎了快一年的凤凰山，往北面去。因为随行规模大大减小，沿途地方足以供应后勤，这次折返是极速。

七月十五，赵玖抵达淮甸。

七月廿五，赵官家便再度扔下部分部属与军队，先行疾驰抵达宁庆。到此时，不等东京来使迎接，驻扎在北面的岳斐便率先公开上表问安，同时询问两浙旱涝、福建动乱。赵官家当即公开回复，东南已安，并询问京东军备是否妥当。

使者一来一回之后，据说因为秋收缘故，赵官家从八月初一才自宁庆出发，却是与后来跟上的吕夷昊一起缓缓向东京进发，日行不过二十里。而这个时候，东京宰执大臣、各地帅臣早已经知道了之前岳斐与圣驾的互动，纷纷快马上表，一面问安，一面俱言仓储已足，道路已修，兵甲已盈，士气正盛云云。最后，有郦琼正式提出"请分兵出太行左右，收复两河故土"。

对此，赵官家一面继续缓缓归京，一面公开下旨批驳不停，乃是明告诸大臣、军帅，军国重事不得脱离实际，擅自夸大。同时，沿途明发枢密院、御营、户部、兵部、工部数据，指出眼下局面，只有道路、仓储修葺妥当，其余如御营三十万兵额刚刚满员，颇有新卒训练不足；如甲胄、军械也都距离满额稍有不足，牲畜也不够膘肥体壮；如各方盟友，只有岐辖与西蒙兀公开承诺自阴山发兵，樱国愿遣一支武士随驾表示立场，如东蒙兀未有决意，高夷人首鼠两端，拒不作答；又如海军船只不谐，不足以独立发动战斗；再如粮食仓储，并不足一年军用，需要等到秋收之后，查明数据，才能心安。

随即，这位官家又公开派出使者，表彰备战出色的工部尚书胡尹、户部尚书林景默、御营都统王彦、御营前军都统岳斐、御营中军都统李彦仙，并申斥枢密院副使陈规督备军械不足，御营后军都统吴介账目混乱，御营右军都统张峻无所事事不能勤加训练部队，御营水军都统张荣之前夏日河上作战，空耗军资。

这一路两百六十余里，赵官家足足走了十四日，连身后郭仲荀的部队都在其间追上，进入东京南部的青城屯驻了，范宗尹、虞允文、梅栎等人也渐渐赶上，而沿途这些奏疏、批复、表彰、申斥，则被尽数刊登到了邸报上，天下四海，莫说绍宋人，便是桓榛人和高夷人都能看得清清楚楚。

建炎九年八月十四，赵官家又一次回到了东京城，居然在离开一年之后过城而不入，乃是直接进入城西的岳台大营，并于第二日的八月中秋主持了中秋大祭。

中秋大祭后，便该是开科取士。这一次，赵官家在殿试上出了一个针对北伐后如何安抚河北四路，也就是河北东路、河北西路、河东路、燕山路的策问，甚至还点了破例参加这次殿试的张九成为状元。

八月最后一日，在东京城只待了半个月，赵官家与河北大都督吕夷昊、御营都统王彦率早已经会合而来的诸多近臣一起出城，开始如往年冬日那般沿黄河巡视。与此同时，在大名府、隆德府两处行军司的指挥下，数以万计的桓榛大军开始调度应对。黄河两岸，一时间风声鹤唳，草木皆兵。

"事情摊开来说，其实简单至极。"秦会看了一眼完颜希尹，见对方似乎不屑于做这种讲解工作，这才继续说了下去，"那便是文书是文书，实际是实际，不管是绍宋还是大金，既有都省、枢密院、御史台、六部、九卿、五监，还有学士、舍人、秘书郎，乃至于诸行军司、统制司、皇城司之类，几千年的制度皆是如此，天下林林总总之事总是能找到人管的。譬如早在绍宋早朝，有三司使总揽财略，一年之禁军账目，能细致到一文钱，也写成了奏疏，上了记录，但仁宗朝的军费果真这般精细清楚？"

剩下十人，也彻底醒悟。

完颜塔兰当即哂笑："绍宋官家半月之间便将国家一应大事收拢妥当，原只是文书而已，若是如此，便说得通了。"

"便是如此也不可轻视。"完颜希尹终于插嘴，却是严肃提醒在座之人，"我且问诸位，有文书好，还是没文书好？是细致到一文钱好，还是粗疏到一百贯也可四舍五入的好？有制度，有官吏，有文书，才能在出了事情时按图索骥，才能在想做事的时候不管三七二十一直接调度起来。而若是没有文书，那绍宋官家便是想在邸报上吓唬咱们都不知道该如何吓唬！"

完颜希尹这般严肃，完颜塔兰当即讪讪，其余众人闻得完颜希尹好像在教训小孩子一般论及所有人，也都有些不满，却无人表露。

"不错。"秦会随即缓缓接口，"况且，那绍宋官家在邸报上的言语，虽说是存着吓唬咱们、勉励自家的目的，但未必就是真吓唬人欺瞒人的假话。下官只是想说，这种事情咱们无论如何都不可能查证，而绍宋皇帝也不可能如他在邸报上说的那般对国政军事了如指掌，大家谁也不要将上面的具体内容当真罢了。"

众人闻言，多是点头感慨，便是洪涯，在饶有兴致地打量了一番秦会后，也立即颔首不停，状若思索。说白了，这燕京尚书台里的人，基本上没有傻的，便是空头如完颜蒲家奴，那也是太祖时期领过兵的，而且还一度做过完颜瞻汉的副手，只是后来被完颜希尹所取代而已。而且，秦会和完颜希尹分析得也很直接，道理也很简单，没什么难理解的。要知道，这年头是很难存在那种理想化、死士一般职业间谍的，不是说没有相应的爱国人士，也不是说不能派出相应的人去做相应的活动，而是说交通条件和信息传递条件使得这种行动效率极低，根本没太大意义。

实际上，自古以来，所谓间谍这个概念，更多的是兼任，比如说小股武装侦察、袭扰部队，他们去侦察去破袭，当然是典型的"用间"。再比如说国家间的使者，去试探对方的政治态度，沿途侦察地理，观察军事布置，也是间谍行为。还比如说有投机实力的高阶文官与军队首领，乃至于是有资格当墙头草的部族甚至首鼠两端的第三方国家，在特定时期选择传递一些信息，乃至于临场反水……这都是标准的间谍行为。至于极少数身在曹营心在汉的那种，也多只能去做法正、张松，去当耿纪、金祎，而即便是法正、张松也需要刘豫州入蜀才能发挥作用的，是需要对应的军事、政治氛围的，而现在绍宋和大金两国隔着一条黄河对峙，双方的政治大本营隔着千里，基本上已经将那种纯粹的间谍行为给压制到了极低层次。

郑亿年临走前肯定是接了所谓标准间谍任务的，但一回去就是赵官家的忠臣了，包括跟着他的高庆裔啥都没干也就老老实实回去了。他兄弟郑修年从南方过来之前，更是在皇城司那里挂了号的，现在也算是大金朝高官；另一个挂号的洪涯更是坐在这个尚书台里，但他们真算间谍？不过是存了个种子，等待时势催发而已。

而回到眼下的绍宋大金对峙大局上，前线低烈度的军事侦察肯定没停过，小股渗透也肯定有，但只要北伐没有骤然开启，那绝大多数沿河军事情报就一直没什么作用，因为很快就会过期。所谓大事瞒不住，小事没价值。至于说非想搞点对方腹心的高阶政治消息，则绍宋那边连太行义军都难指望，不如指望高夷人来得爽快，而大金这边更砢碜，他们还不如看对面的邸报。

但现在邸报也信不得了，因为对面的绍宋官家就是瞅准了邸报已经形成信誉和舆论威力，所以开始利用这个糊弄人了。甚至，这个糊弄未必全是针对桓榛人的，说不得还有针对绍宋人自己的。南方老百姓一看，这么细致的军事布置，几十万大军的排列，几千万贯的军事储备……包括这个披甲率不到十成，到底算自曝家丑还是吹牛都不好说。当然，话至于此，尚书台内的众人依然没有解决那个最直接的问题。

"那就越过此事。"完颜斡本眼看着秦会糊弄过去了一个问题，心中多少有些不爽利，果然继续追问，"秦相公，你只说绍宋此番会不会渡河北伐吧！"

秦会再度沉默了片刻，然后干脆地回答了一个字："会。"

尚书台大殿内，秋蝉声不停，完颜斡本以下齐齐失声，唯独完颜乌竹一人面色不变。

"怎么说？"半晌之后，一旁韩昉实在是忍耐不住，"秦相公不是说那邸报上讯息真假不定吗？"

"真假不定的是内容，但无论真假，都说明这位赵官家对内对外，都摆出了姿态来。他为何要弄那些事情？还不是要恫吓你我？还不是要给自家打气？"

"既然是恫吓……"

"韩公没有明白本官的意思，这件事无关他是恫吓还是示弱，也无关邸报内容是真是假，关键是，这个赵官家从建炎元年淮上开始，就没有在行事上有过半分犹疑！"秦会忽然扬声以对，惊住了殿内诸位大金权贵，"淮上扼八公山，拒四太子，是为了存身！南阳遁出，鄢陵夺军，击破鲁王，是为了立足！尧山决战，亲迎越王，是为了争运！覆灭西勒，臣妾丽蒙兀，是为了夺势……一步步，一层层，不管他心中如何想，咱们也不知道他如何想，只说此人事到临头，可曾有过半分犹豫？！可曾过有半分不敢赌？！可曾有过故弄玄虚，却不做事的？！"

满殿寂静，便是殿外秋蝉也似乎被吓到，只有秦会一人厉声不断："细细一算，距离上一次西勒大战已经三载了，距离此人登基也足足八载有余，若是计量绍宋、大金两国开战，那更是足足十年了。诸位，便是邸报上的内容再不能信，三载时间，他是不是也扩了军、存了粮？是不是终究去南方安抚了东南一整年？是不是积八年之功，蓄十年之耻，然后只待北伐了？若是只待北伐，那便该问他为何不来伐，而非问为何要来伐？！下官敢问诸位一句，他兵马已蓄，后方已定，到底为何不来伐？"

言至此处，秦会面色严肃，环视众人，却是在座中下了结论："下官在此间只有夫妻二人，便就此押上我们夫妻性命做个定论，这绍宋官家便是在虚言恫吓，那也是为了渡河北伐而虚言恫吓！"

"若是来伐，又是什么时候呢？"半晌之后，四太子、魏王完颜乌竹越过了这个问题，打破了沉默。

"或许明日便来，或许明年春后……"秦会依然毫不含糊，"不过若无时事动摇，应该是明年春后多些。"

"这又怎么讲？"完颜乌竹面色不变。

"邸报虽然不足信，但有些东西却不得不信，如南方御营三十万众定额满员的旨意是今年上半年才定下的，所以想要事成，最少得秋后初冬；又如冬日间将今年秋粮转运入仓，上下才会心安。"秦会对答如流，"这两件事情，绍宋不可能瞒过去，也没必要瞒。"

"确实如此，但为何不是满员、入仓后的冬日便发兵，而是春后？"坐在最上首的丽王完颜斡本皱了皱眉。

"最主要是黄河。"不待秦会开口，旁边完颜乌竹便直接做了解释，"黄河有两处故道、四条分岔深入河北，大名府更是被两条故道夹住，绍宋军若要倾力北伐，不可能放弃水上优势的，而黄河一般有两次枯水期，使大船不能进入黄河旧道，一次是盛夏，上游常有雨水少的情况，不过到底枯不枯，还要看运气；而另一次自然是隆冬，不光是水少，还有结冰的缘故。除此之外，南方比北方春耕早，他们春后便来，也可以打个时间差。"

完颜乌竹既然说话，众人皆忍不住稍微打量了一下这位魏王，那意思很显然，对于这件事情，这位四太子其实早有成熟的思索与看法，而且跟秦会不约而同。而若是如此，那就更让在场之人信服了。

实际上，没有南方用兵经验的完颜斡本听完后便登时醒悟，继而稍作总结："如此说来，绍宋北伐势在必行，但除非是有什么大的事端出来，否则十之八九还是会明年春耕后再来？眼下这一轮邸报，更多的是虚言恫吓，好让我们疲于应对？"

"但也不得不防。"完颜塔兰再度表了态，却是说了句废话，"若哪里真出了大疏漏，以南方这个赵官家的为人，必然毫不犹豫，直接渡河。"

完颜斡本点了点头："可也不能被调度得过了分，什么事都要拿捏个度，老三去真定府，足以对太原、西京、大名府、隆德府做个统筹，关键是咱们在燕京这里，要做好全部准备才行，该搜罗粮草便搜罗粮草，集合兵马、汇集头人、清点军械也都不能少。"

"要提前准备好名录，准备随时动员签军，半当军士补充，半做民夫使用。"完颜希尹叹了口气，也提出了建议。

"还有蒙兀人与高夷人。"乌林答赞谟终于开口，"西蒙兀人咱们是够不着了，岐辖人恨我们入骨，也不用多想。至于高夷人，那边主政的国主还有枢相大金富轼到底是有几分水准的，我以为非到胜负已分，他们绝不会擅自决断的，最大的变数还是东蒙兀的合不勒汗。"

"那就再派使者过去。"完颜斡本想了一想，捏着下巴出言决断，"拿出诚意来，大金银财帛都可以许他，莫说东蒙兀王，整个蒙兀的汗王之位也可以许他！甚至边境上的一些部落、寨子，也可以给他！关键时候要分得清轻重才行！"

此言一出，完颜乌竹、完颜希尹、秦会、韩昉、洪涯、完颜塔兰、完颜尹恕克、乌野，外加乌林答兄弟，包括蒲家奴，在场之人几乎齐齐颔首。

　　"我以为，这一战的关键还是新军。"眼见着气氛渐渐妥当，自己兄长的意见也得到支持，乌林答泰欲也适时出言，他是燕京新军的右副都统，"新军这里，燕京本地汉儿还是很踊跃的，可关外兵员却迟迟不到，又该如何？"

　　"刚才丽王便说了，要专门大会关外诸部落头人。"完颜希尹插嘴呵斥，"连合不勒那里都要下血本了，何况自家人？"

　　"关于此事，遣人出关会不会更好一点？"乌林答赞谟抢在自家兄弟想要再说什么之前问道，"这样能快一些。"

　　"可派谁去呢？"完颜希尹依然蹙眉，"关外诸头人那里非同小可，须真正执政大王方可，眼下晋王（完颜讹里朵）去了真定府坐镇，应对南方；万一绍宋人急袭，魏王（完颜乌竹）也要立即南下与晋王分掌左右的；丽王殿下更是要坐镇燕京……"

　　"让国主走一趟又如何？"秦会忽然打断了完颜希尹，"国主年已十七，去年还巡视过一番关外，处置了完颜蒲鲁虎的叛乱，若国主亲临，关外部族必然欢欣鼓舞！"

　　完颜希尹怔了一下，当即看向了完颜幹本，那意思俨然是赞同秦会的，而完颜幹本明显有些犹豫……因为这么做毫无疑问是有政治风险的。但也就是此时，之前一直没说话的完颜尹恕克心中微动，忍不住开口了："既是为了新军，三位大王又片刻不能离开关内，我这个新军都统何妨护送国主走一遭？"

　　完颜蒲家奴闻言，也即刻接口："我也愿护送国主出关，关外部落那里，我蒲家奴多少还有些面子。"

　　众人面面相觑，当然晓得这二人是不甘寂寞，想要烧国主的灶，甚至有借这一次新军集合、任用再起的心思。但与此同时，大家也不得不承认，这个时候让国主出去关外团结丽东各部落是最好的选择，这二人陪国主一起出关，要各部落及时出兵来燕京，也算是这二人为大局发挥余热了。

　　果然，过了片刻，在与四弟完颜乌竹对视会意之后，大太子终于还是咬牙点头："既如此，你二人须好生看顾国主，倒是韩学士，燕京这里需要你来襄助，却不能侍从国主出关了。"

　　完颜尹恕克与蒲家奴一时心中窃喜，当即俯首做听命状，而韩昉犹豫了一下，也随着前二人一起在座中躬身……他知道完颜斡本的意思，一旦绍宋北伐，便是倾国之战，大金不仅是需要丽东的力量，也同样需要燕云汉人的力量，而他们韩氏本就是燕云汉人在大金高层最具号召力的代表，这个时候当然不能轻易离开燕京。

眼见着两位太子这般坦诚，会议这般务实，之前被自己兄长挡住的乌林答泰欲终于还是没忍住："新军这里，不光是兵员不足，关键多是新兵，未曾见过战阵的……"

"这仓促之间如何能让他们见战阵？"完颜斡本在应下许多事情后，终于显得不耐起来，"便是绍宋人御营新补充的兵丁，不也没见过战阵吗？大家都是要打起来才能见血。"

"下臣的意思是，可不可以从东西两路再调度一些老卒过来，互换一下？"乌林答泰欲赶紧解释，"比如再从太原与隆德调两个万户的老军过来，顺便分两个新军万户出去？"

完颜塔兰本能想赞同，却最终选择了沉默，只是去看两位太子，以及其他在场人士。没错，和完颜尹恕克刚刚一模一样，众人其实都知道乌林答泰欲是想趁机扩充自己所领部队的实力，但也不得不承认，从大局考虑，这么做对可能到来的全面战争而言还是好处更多的。故此，殿内很多人一时意动，然后不免将目光再度渐渐汇集到沉默下来的完颜斡本身上，而在开国时期素来留在完颜阿古达身前，很少独立领兵的完颜斡本却又旋即看向了自己的四弟完颜乌竹，继而引得其他人也一起看向了完颜乌竹。

没办法的，哪怕是西勒那档子事完颜乌竹显得有些丢脸，可事到如今，论亲疏、论战事经验，在完颜讹里朵不在的时候，不听这位的，还能听谁的？听完颜塔兰的？他们倒是想听完颜完颜阿古达、完颜吴启迈、完颜瞻汉、完颜斡离不、完颜娄石的……这些人呢？

而完颜乌竹被众人盯住，也是叹了口气，半晌方才点头。且说，这位四太子倒不是犹豫这件事情可行与否，因为在他看来，只要是对战争胜负有正面影响的，不管是谁顺便安插什么私心都可以接受，关键是对大局有助力。他之所以叹气，更多的是感慨乌林答泰欲的言语挑明了一个无奈的事实，那就是跟南方还得倚仗那些帅臣、统制一样，这边大金虽说改制，却同样没法子绕过那些万户大将和那些世袭猛安，以至于这种级别的军队调度也必须要从万户这个层级展开。实际上，之所以又编练了一个燕京新军，本身就是因为东西两路军的改制翻不过那些大将。当然了，事到如今，说这个没啥意义了，赵官家都已经过黄河了，哪里还顾得了这么多？

殿外秋蝉声不断，殿内会议也继续进行，只能说，此时此刻大金高层虽然凋零日显，但能做主的人依然还是开国时期的那批残余，而这些人对战争是没有任何幼稚与混沌想法的。一旦确定了南方那个绍宋官家随时，甚至最晚也会在半年内发动全面战争，他们还是立即相互做出了政治妥协，并毫不迟疑地通过了一系列从内政到外交，从军需到兵员的应对措施。并且在会后立即执行。

相对于燕京这里的众志成城而言，黄河南侧，被人如临大敌的绍宋官家这些日子其实没有想象中过得那么舒坦，更没有看出来几分邸报上那种鞭笞天下的霸气。实际上，从这位赵官家回到东京后，便麻烦不断。

问题还是出在军事准备和吕夷昊身上。其中，军事准备不必多提，南方到底是有些损失的，军队完成列装什么的总是个麻烦事。而吕相公这边在东京城半个月，便也直接弄得朝堂上鸡飞蛋打，乱成一团，根本没法和北方那种团结一心、一致对抗赵官家的决意相提并论。一方面是这位相公的脾气，实在是让上上下下不好受，不光是张骏忽然发现所有事情都不能做主了，便是都省那边也不好受。另一方面，不好受的上上下下当然不甘心哪，尤其是赵官家一年没回来了，一回来带着一个吕夷昊外加一百个备用官员，谁敢放松？况且，吕夷昊又不是没把柄，不说别的，归德军节度使那事，官家给你你就要哇？于是，弹章交错，也是纷纷不停，只是没上邸报罢了。

而赵官家九月一日当天便带着吕夷昊出去巡视河防，与其说是大禹过家门而不入，倒不如说有些抱头逃窜之态。毕竟嘛，跟秦会秦相公判断得一模一样，赵玖这里御营想做最后整备也需要时间，秋粮入库再运输到黄河沿线的仓储里也要时间，所以王彦那里的军事预案早已经安排得清清楚楚，就是除非发生巨大的意外事件，否则还是春后冰化水涨再正式发动北伐。而眼下的动作和宣传，也的确是在恫吓对方，以作疲敌之策。

总而言之，秋后时分，双方都在大面积地进行军事调度与准备，小股交战虽然到处都有，但因为黄河依然还没有进入枯水期，外加御营水军的存在使绍宋军一直掌握着战略主动权，却是始终没有出现什么忽然失控的大事情。

九月十三，距离赵官家再度出京已经足足十三日，距离大金尚书台会议也已经过去了十来日，清晨时分，河北恩州境内，黄河故道，一行桓榛精锐骑兵匆匆自一处浅滩穿过，马蹄溅起水花无数，弄得这些精锐桓榛骑士满身是水。然而，登上东岸后，无人在意身上的水渍，却只是片刻不停，护送着一名年约四旬、面色蜡黄的中年桓榛贵人向数里外的清河城驰去。待到清河城下，早已经天亮，一众骑兵疾驰开道，鞭打开门兵丁，然后直接涌入城中，复又直达县衙，惊得知县仓皇出迎，然后亲自带着衙役到了县中武大郎炊饼那里取了这家人所有刚刚出笼的炊饼过来，供奉桓榛贵人饮食。

武大郎家的炊饼那可是驰名河北的，质量自然不必多言，但这一行人见到有这么多热腾腾的炊饼，反而不再多待，而是将炊饼分割打包，装上净水，就此匆匆离去。

这个时候，县中人才知道，刚刚来的是大金的晋王，所谓俗称三太子的大元帅完颜讹里朵，只因为赵官家龙纛到了聊城对面的阳谷，这位大元帅不敢怠慢，即刻亲自从真定府驰来，乃是要去大名府坐镇，好与赵官家对峙的。

且不说这个消息让县中人心惶惶，上下议论不停，连武大郎家里都不敢再要炊饼钱，只说完颜讹里朵一夜赶路，早餐都是在马上用的炊饼，以至于全程疾驰不停，明显是想在今日内赶到大名府。结果这般糟践身体，到底是有了报应——四个大炊饼加凉水下肚，完颜讹里朵便觉得腹内有些绞痛起来。这个时候，这位三太子并未在意，马上用餐，全程这般颠簸不停，还是凉水，这种事情也属寻常，他又不是没经历过，何况一夜疲惫？再说了，军情紧急，哪里是能为这点事歇息的？

然而，又打马走了数里，腹中绞痛依然不停，而且渐渐集中到了右腹偏下位置，这个时候，完颜讹里朵已经渐渐不能忍，便下令稍缓。可打马稍缓，行了一阵子，许多同样进食仓促以致腹痛的骑兵都已经缓解，这位三太子却还是觉得腹部沉重，用手按压，更是明显能感觉到疼痛不止。完颜讹里朵终于不敢走了，当即与侍从言明，而侍从们自然知道这是发了急病，然后惊慌不止……要知道，从完颜阿古达以后，桓榛贵人很多是壮年而亡，确实是底子不行，例子太多了，何况这年头的急病本身就很吓人。

于是，众桓榛骑兵根本不敢让完颜讹里朵再待在马上，而是直接在两马之间做了个吊床，将自家三太子护送到最近的一个镇子，乃是唤作宁化镇的，寻到镇中宅院最大的一家，直接冲进去，将人轰走，然后就地安置下来。与此同时，又分出三队骑兵，一队在镇子上就地寻医生；一队往身后清河县里寻药铺医堂；另一队直接往大名府去赶，乃是去和大名府行军司都统高景山取得联系的意思。

但是，宁化镇上，这些桓榛骑兵将整条街翻过来，杀了七八个人，都没寻到一个医生，挨个问下去，都说原本有个内科圣手的，后来逃到对面岳家军那里当军医了。桓榛骑兵便是能杀人，此时也无奈。而与此同时，这位三太子却越发症状明显了，先是微微发汗、微微发热，然后是腹部沉重，尿频散乱，亲卫首领亲手去摁压，左右腹部软硬明显不同。

这个时候，三太子本人和亲卫中有见识的基本上都有猜度了，很可能就是因为早上炊饼吃得太急，发了肠痛！也是无奈和紧张起来。果然，下午时分，清河县里开药铺的西门大官人连着自家的三个坐堂医生一起被抓来，诊断结果都是肠痛，而且很可能是急性的坏痛，也就是颠簸得厉害，东西进入蚓突（阑尾）所致的那种。

明白了是怎么一回事，医生也都到了，三太子本人和几个侍卫都稍微放松了一下，然后便沉下气来用汤剂，也就是大黄牡丹汤。这是稍有医学常识的人都知道的，亲卫中也有晓得的，跟来的清河本地官吏也是这般说，三太子当然也无话可说。于是，亲卫亲眼看着抓药，亲自动手熬制大黄牡丹汤，又扶着三太子喝下去了一剂，果然好了一阵子，据说疼痛都减轻了。

等到晚间，大名府终于也来人了，见到三太子虽然发着烧，但疼痛渐消，当面说了些话，也都清醒，便放下几分心来。此时，三太子又进了一剂汤药，疼痛似乎又少了些，终于也振作起来，还下令赏赐了那专门又来号脉的西门大官人一些金子。于是乎，这日夜间，西门大官人思来想去，总觉得自己是个素来良善的，平素见到蚂蚁都绕着走，还是三代单传，却不该留在这里等死，便也不与几个坐堂医生商议，却是将金子负上，趁着夜色，也趁着那些侍从因为三太子"好转"而放松的机会，偷偷翻墙出去……然后又想到清河那里因为南方一些无稽传闻与本地豪强邻居武大郎家弄得有些尴尬，说不定回去要被对方出卖遭殃，便连家也不回，只是背着金子跑到永济渠上寻到一艘船，然后一路往东北逃去，从此浪迹天涯则个。

翌日一早，三太子疼痛更加好转，然后又用汤剂时，却发现那西门大官人逃走，也是诧异，赶紧唤那三个坐堂医生过来联合诊脉，这个时候，三个医生面面相觑，哪里不晓得缘由？便纷纷直言，说三太子脉象急切，腹部加硬，怕是肠痛化脓了。建议用刀针。

桓榛上下目瞪口呆，但西门大官人逃走是事实，又不能不信，于是便唤这三人用刀，三人却又都说自己不会。桓榛人如何信他们？几次来问，都说不会，便直接一起砍了头。结果便是，下午时分，三太子肠痛坚硬渐渐如铁，疼痛渐渐难忍，仓促之间，又不得医治，只能连服大黄牡丹汤，结果喝下后丝毫不能缓和，反而连如厕都痛苦不堪。

去问那些此时汇集过来的，越来越多的地方官吏、周边军将，有经验的都说，是该下针石了。于是再去找大夫，却不料消息早已经传开，左右大夫都已经倾家逃窜……最后无奈，只能将一名军中的岐轵大夫寻来，让他下针。岐轵大夫也是无辜，明明只会跳大神和用草药，此时偏偏要他用针，不然就是个死，那还能如何？索性性子野，便喊了一声青牛白马，然后直接一针下去，插入三太子右腹部硬处。结果，当场便有恶臭脓血隔着血肉流出，三太子气色稍缓。

众人以为三太子得救，却不料，当日夜间，晋王殿下先是发烧滚烫，然后下半夜居然又打起了寒战……上下看着不好，却除了烧大黄牡丹汤外，彻底无能为力。

而又到了天明，也就是三太子发痛第三日，高景山亲自带着大名府的良医抵达时，却发现三太子已经因为发烧导致面部潮红，神志不在，甚至都说胡话了，而腹部脓水还是断断续续涌出，连带着周边的伤口黑红一片，肿得跟个肉炊饼一般。好不容易清醒片刻，却只是喊冷，伸手一摸，偏偏额头滚烫。高景山私下分开询问带来的数名大名府良医，沉默半晌，到底是老牌万户，如今渤海一族的当家人、大名府行军司都统，所谓见惯了风浪的，却是保持冷静，一边想着马上要到来的疾风骤雨，一边直接去给燕京写请罪奏疏去了。

傍晚时分，奏疏刚写完，三太子便再度发作起来，牙齿打战，浑身滚烫，臭气熏天，反反复复折腾了一整晚，却是终于没有等到九月十五的圆月落下，就直接一命呜呼于清河县了，享年四十岁整。

第七十七章　旨意

"谁死了？你再说一遍，谁死了？"

黄河南岸、聊城对面的御营前军吾山大营内，面对着连夜潜逃过来的大金聊城知县之子，赵玖目瞪口呆，如遭雷击，然后却又忽然醒悟道："你当我是曹孟德吗？！你来做阚泽？！数典忘祖的东西，桓榛人给了你父子什么好处？！"

建炎九年九月十八，距离赵官家再出东京城不过十八日，这日傍晚，东平府阳谷县吾山大营内，赵官家高坐首位，吕夷昊与王彦二人分文武左右而坐，下方无数文臣武将、近侍甲士罗列，人人严肃以待，满堂沉默无声。所有人都在等岳斐的消息。

而岳斐也没有让这些人多等，大约日落时分，这位御营前军都统入堂，拱手汇报。

"如此说来，是真的了？"听到一半，吕夷昊忍不住起身上前询问。

"不能说是真的，"岳斐眯着眼睛，还是保持了严谨姿态，"只是说大金三太子、晋王完颜讹里朵的死讯已经传遍了对岸，自大名府至聊城，乡野、市集，人尽皆知，且都说是在马上发了急痛，折腾了两三日死在了清河。"

"你是说完颜讹里朵尚有可能是诈死？"吕夷昊追问不及，言语中颇有嘲讽之意。

"荒谬。"王彦也随即起身出言呵斥岳斐，"万里大国的执政大王之一，前线大帅，焉能诈死？有何必要？根本就是得不偿失。"

"不错。"岳斐丝毫不恼，反而坦然应声，"下官也以为虽然一时不好直言真伪，但此人确无诈死必要。何况，于大局而言，眼下情势，即便是诈死也与真死无二了。"

王彦一时怔住，原本要转身对赵官家说些什么的吕夷昊也猛地回头相顾岳斐，继而若有所思。

"陛下，"吕夷昊见到这般，毫不迟疑，拱手以对，"太祖昔日取天下，精兵不过十万，前二十年，虽有桓榛骤起，立万户二十，横行无忌，以致成旌和之祸，可建炎后，官家励精图治，亦养御营大军三十万矣，仗三十万兵，何事不能为？况且，御营诸将，韩师仲、李彦仙、岳斐、王彦、张峻、张荣、吴介、曲锻、王德、郦琼、李宝，自上月起，皆连番上书求战。如今又逢北方名王遭天诛，所谓兵精粮足，人有战心，而当此天赐良机，不取反得悔祸。愿官家睿断早定，决策北向，莫做迟疑。"

这便是宰执出面，公开提出正式北伐了，但赵玖依然一声不吭，复又看向王彦。

王彦心中明悟，立即起身到吕夷昊身后，拱手作答："官家，御营、枢密院、武学早有预案，此时进军自然也有备案。何况，究其根本，黄河枯水未至，冰期未临，其实并无军事大害。便是有，也比不上这个天赐良机。官家，按照规制，那大金三太子、四太子分明是例行左右分掌河东、河北的，如今完颜讹里朵死在清河，咱们说不得知道消息跟燕京一般快，而趁此良机进军，虽只是一人之死，却足以让桓榛东西战略失衡！不要犹豫了！"

"所以，朕还是按照原计划去陕洛，都督关西诸路出河东，并以御营前军、右军出大名府？"

"是。"王彦斩钉截铁。

赵玖口干舌燥，复又看向岳斐，很显然，他还是需要一个军事上的定心丸，或者说一个军事上的判断依据。

岳斐眯着大小眼，主动站到吕夷昊侧后，拱手出言："官家勿忧，臣有一策，可以验出那大金三太子是真死还是假死，或者说是验出河北是否为之震动失措。"

"怎么说？"赵玖精神一振。

"遣两名统制官率五千兵过河，依着那聊城知县的意思去轻袭聊城，单看眼下局面，不管那三太子真死假死，都必能速速得手。"岳斐不慌不忙，"而得聊城之后，咱们且缓发兵推进，只引大军在河南不动，看大名府反应，若是大名府反应迅速，即刻遣大金精锐迅速合围聊城，官家便不要犹豫，即刻许臣发御营前军、右军、水军全军进发河北。若大名府措手不及，支援缓慢混乱，则此事或许还有说法，官家稍缓进发或许也可。"

赵玖一时怔住。原本许多随行近臣、本地御营前军军官中不乏聪慧敏锐之辈，稍作思索，即刻醒悟。

"就这么办！"赵玖不等群臣讨论开来，咬牙下旨，"鹏羽自做军事准备，王彦再去整备全盘筹谋，吕相公、范学士等人速速准备好旨意，只待北面结果！"

当日晚间，吾山大营几乎全体出动，除去部分留守之外，一分为二，一部五千人，由御营前军统制官马羽、王刚二人分领，直截了当乘夜渡河，往正对面的聊城而去。而剩下的之前集合在吾山的御营前军、中军兵马，外加随驾御前班直，足足两万之众，连夜打起火把，沿黄河大堤逆流而上。与此同时，数不清的信使、哨骑直接在河上、岸上往来不断。

九月中旬，月亮虽不圆，却也足以光辉照人，何况这般动静根本不能隐瞒。故此，对面金军哨骑、卫所，亲眼见到一条巨大火龙沿河进发，河中船只接应不断，甚至清楚看到绍宋官家的龙纛与御营前军都统岳斐的四字大纛前后相连，也在其中，早已经如临大敌，同样哨骑、烽火不断。这不是疑兵之策，而是堂堂正正的进发，赵玖与岳斐，还有吕夷昊、王彦，俱在军中。大军前后不断，于翌日早间抵达东平府与濮州交界处的御营水军军港子路埽。此时，得到旨意和军令的御营前军部队，以及部分御营水军汇集于此，形成一个明显的军事集结点，而更多的御营前军、水军部队还在接到军令往各处预定地点汇集的路上。

这日上午，河上先传来讯息，马羽、王刚夺得聊城。

初战告捷，上下颇为振奋。不过，闻得前线讯息，真正的决策高层却无人有任何喜色……还是那句话，这种大规模战事，一城一地之得失，一战一斗之胜负，基本上是没有太大意义的。至于说到最关心的问题，也就是大金三太子的突然死去，当然会给绍宋军带来一个巨大的战机，但这个战机只会体现在大金传统东西两路大军的战略不协调上，而不可能体现在什么大名府下属一个军镇的得失上。

甚至正如岳斐想表达的那样，三太子完颜讹里朵如果是九月十五那日便死在了距离大名府不远的清河，那此时的大金大名府行军司反而会因为他的死提前进入全面战备状态，反而会在面对绍宋军的偷袭时显得反应迅速果断，尤其是大名府行军司的高景山并非是什么庸才，而且大名府周边集结的数万金军中并不乏知兵宿将与精锐部队。而如果是诈死，那肯定是要寻求诱敌深入，聚歼大量有生力量的，就会显得反应迟钝。所以，绍宋军高层还在等待，等待一个前线失利被困的消息。

这种等待是煎熬的，其间赵玖和其余高层一度犹豫，要不要继续向上游进发，会合张荣，继续给对面的大名府以压力。但是很快，这日傍晚前，面对紧急调度来援的金军，统制官王刚不遵军令，放弃了城下渡口阵地，主动在旷野迎击，结果遭遇远超想象数量的大金精锐骑兵迭进突击，当场溃败。随即，王刚狼狈率部逃回聊城，部分溃兵措手不及下登上渡口负责接应的水军船只。水军侦察部队随后侦查清楚，最少近万的大金骑兵包围了聊城，大金宿将、老牌万户阿里的旗帜赫然在其中。

这一战，固然有王刚不听指挥，为了功绩而损兵折将的意外，但这也不耽搁最终基本上验证了岳斐的预判。

夕阳煌煌，映照大河。一身棉布戎装，但未披甲的赵玖立在子路埻的大堤之上，仰头扶剑，对着黄河北岸长呼了一口气。他知道，不能再犹豫了，军事上的事情，本来就是六成胜算，便可全军压下，以图决战，何况，眼下完颜讹里朵不管是真死还是假死，他的死亡效应都已经体现出来了，军事、舆情都已经按照他已经死亡这条路线发展了，没必要再深究什么真假了。换言之，该决断了。

"传旨。"片刻后，已经缓过气来的赵官家忽然回头，面色坦然而严肃，直接对着身后河堤下的文武官员、近臣甲士下令，"诏御营前军都统岳斐、御营右军都统张峻、御营水军张荣、御营海军副都统李宝，合四军九万整为河北方面军，加御营前军都统岳斐为太保、河北元帅，节制洛阳以东战线，统一进发河北。"

赵官家一言既出，如释重负，不等在场众人反应过来，继续下旨。

"诏御营中军左副都统王德、右副都统郦琼，御营骑军都统曲锻，旨意既到，即刻发本部全军八万依次向西，曲锻先发，王德次之，郦琼随后，进发陕洛。告诉他们，兵贵神速，朕马上随军赶上。诏御营左军都统韩师仲、御营中军都统李彦仙、御营后军都统吴介，合三路军十三万为河东方面军，以烟广郡王韩师仲为太师，领河东元帅，统一进发河东。诏御营中军都统李彦仙出中条山，旨意既到，即刻合围河中府，并联络太行义军，与马括联兵。诏御营左军都统韩师仲，即刻发全军四万渡河，进发河东，务必先取河中。诏御营后军都统吴介，暂屯陕北，分兵叩吕梁、压河外，联络岐辖、蒙兀诸部，蓄力以待河东战机。诏陕西路经略使胡世将、南兴路经略使胡闳休、秦凤路经略使赵开供给关西军资，征召民夫，务必保障前方军事通畅，再诏三人依前案发郸奚辅兵五万，再发青海番部，汇集前线，统一听制于吴介。诏公相吕浩文、都省首相赵定、副相刘汲、枢密使张骏、枢密副使陈规依旧制合秘阁、公阁总揽朝政。诏枢密使张骏统揽东京以南的后方全国军资调度、转运。枢密副使陈规领东京四壁防御大使，专心京畿防御。诏工部尚书胡尹、兵部侍郎领都水监刘洪道依正副统揽前线军资调度、分配、转运、各地民夫征召。"

言罢，赵玖平静询问群臣："可还有遗漏？"

"万俟燮……"王彦立即提醒，"按照备案，京东西路为东路主要后勤转运，须让万俟宪台统揽京东两路后勤转运。"

"诏京东西路经略使万俟燮，统筹京东两路后勤转运，保障东路行军后勤。可还有吗？"

"臣……"吕夷昊向前一步。

"吕相公随朕进发洛阳，王都统也是，御前班直也尽发随驾。"赵玖平静打断对方，"可还有吗？"

依着游戏所设，此次北伐，本就该动员周边所有邦国之力，共同伐金，才有胜算。果然，刘彦此时难得开口进言："官家，高夷、东蒙兀，当速速专门遣使。"

"东蒙兀最重，让南兴经略使胡闳休、陕西路经略使胡世将先行酌情统筹，高夷那里，发旨意严斥，告诉金富轼，以今日建炎九年九月二十算起，晚一日出兵，高夷便要偿军资万贯！"赵玖肃然相对，"可还有吗？"

上下面面相觑，俱皆无言。

"诸位既无话，朕还有话。"夕阳下，赵玖缓缓以对。

"鹏羽，朕将西行洛阳，洛阳以东，整个河北便交予你了。"待对方在自己身前立定，赵玖依旧单手扶着对方臂膀，平静出言，面色不变。

"臣受官家如此恩信，必将赴汤蹈火，万死不辞。"岳斐俯首而对。

"不是这句话。"赵玖依然言语平静，"而是另外一句话，朕将西行，卿将渡河，虽有万言，不如一默，唯独届时分隔千百里，虽有军事预案安排，战局变化却不是人力可以预测的，所谓将在外君命有所不受，所以，但有决断，无须事事禀报，卿可自为之。"

"臣明白！"岳斐一时振奋。

而河堤下的文武也有些凛然之态了。

"卿不明白。"赵玖停了一停，方才继续按着对方臂膀缓缓言道，"朕的意思是，既渡河，虽大军进退卿犹可自决，虽有诏，犹可不闻，卿既发军，便当替朕与绍宋，全胜而归。"言罢，赵官家不等对方言语，直接放下手来，走下河堤。河堤下众臣，以吕夷昊、王彦为首，范宗尹、杨轶忠、刘彦、任鲍忠、虞允文等无数臣僚措手不及，匆匆跟上，随这位官家直接上马，然后不顾天色将晚，轰然围着龙纛向西而去。

且说，赵官家九月二十日傍晚正式下达全军出击的旨意，随即与岳斐执手相别，只率御前班直按照原定方略一路向西。其身侧河北大都督吕夷昊吕相公年逾六旬犹然精神矍铄，一身紫袍在身，不耽误鞍马弓箭，从容相随。御营总都统、王彦王节度本人更是披坚执锐，一身经历了尧山喋血、不乏刀斧痕迹的山文甲穿在身上，凛然相从。而吕王以下，文武分列，文者紫绯青白，秩序井然，武者甲胄齐备，耀武扬威。如杨轶忠之威武，刘彦之沉着，范宗尹之泰然，任鲍忠之赳赳，虞允文之精干，梅栎之谨慎，便是那班直中的蒙兀王子、樱国武士、郓奚贵种、番部质子也皆为一时之选。

九月廿二日，赵官家方至绍兴，刚刚与迎上的郦琼本人相见，说了几句同样壮怀激烈的话，当日晚间便立即接到一封莫名其妙的奏疏，乃是枢相张骏张德远亲奏，自请为河北督军。

赵玖怔了足足一炷香的时间才反应过来是怎么回事——张骏觉得委屈了！对北伐不满了！当然了，这倒不是说人家张枢相变质了、背叛了，而是说事情来得太突然了，他赵官家这边因为完颜讹里朵之死提前发动一切，结果完全打乱了人家张枢相的个人计划。

众所周知，张德远素来存着诸葛武侯之志的。而诸葛武侯嘛，不亲自参与北伐，不上个出师表，不整个羽扇纶巾空城计，怎么能算是诸葛武侯呢？张德远的真实目的，从赵官家往下，朝中多少人都是一清二楚的，他就是想随着赵官家一起渡河北伐——要么跟赵玖一起主攻西线总揽大局，要么是与赵官家分东西并行，自己去东面都督岳斐的。

但是，赵玖能让他去？！留在后面，保持朝堂稳定，顺便总揽南方军需转运才是赵玖给他安排的任务。一时间，赵官家有点生气了。要知道，张骏这不是第一次显露这种趋势，也不是第一次为了个人私心而进行政治尝试，之前他赵官家带着吕夷昊回到东京后不过半月便被迅速逐出，就有张骏不顾大局掀起政争的缘由在里面。

当时那种情况，吕夷昊自己控制不了自己脾气是一回事，可张骏不能容许他人担任这个河北大都督则是另外一回事，双方都有责任。而且，莫要小看了这位张枢相，论根基，他的所谓木党早已经形成规模，哪里是不能容人且久在东南的吕夷昊能比的？所以，别看吕相公之前在东京耀武扬威大杀四方的，实际上他面对着张枢相时是落在下风的，又或者正因为内里落于下风才会在表面上强横到过了头，而那位张相公也正是因为在内里处于不败之地才会在表面上不争，以求达到郑伯克段于鄢的效果。甚至，政治实力更强横的赵定赵相公，怕是也看穿了吕相公入朝后真正的对手其实是张相公，而得到了河北大都督这个身份的吕相公也是张相公眼中钉，这才在之前的过程中保持了某种高姿态。

但是，完颜讹里朵死了。接着就是战争忽然爆发，赵官家也直接下达了全面动员进军的旨意。这个时候，一直渴望能成武侯之名的张枢相愕然发现，因为战争的猝然爆发，让他彻底失去了运作空间，反而是之前被自己赶出去的吕夷昊直接顺风搭船，坐实了河北大都督的位置。他当然不甘心，当然觉得委屈，当然想再试一试。

君臣八载呀！张德远一直是赵玖最心腹、最信任的朝堂文官大员之一，甚至未必就是之一，所以这厮的这些心思，他赵官家当然一清二楚，甚至也有点理解他的委屈。可清楚归清楚，理解归理解，事到临头，这厮做出这样的反应，还是让赵玖非常失望。因为私心之重，溢于言表。

而这封奏疏，和之前王刚的骄纵轻敌一起，也给赵玖心中增添了一丝阴影。当然了，无论如何，赵官家都还是咬牙忍住了，八年都忍了，而且忍了那么多事，不差这一件。他反应过来，叫了一杯茶，就着茶在绍兴给张德远写了一封私信。大约就是在私信中告诉张相公，总督后勤才是诸葛武侯的作用，如今的局面根本不是诸葛武侯北伐，而是刘昭烈汉中决战，诸葛武侯当然要留在成都准备后勤了，随行的肯定是法正啊！诸葛武侯亲自北伐，只能是刘禅在位！

半是安抚，半是警告的，也不喊吕夷昊和范宗尹过来的，直接用了沧州赵玖的画押，便寻来刘彦和平清盛，当面交代，让平清盛走密札途径，但实际上不惊动任何人，直接把这封信连夜送到东京张相公手里。

书信送出，未及收到回复，半夜就收到了张骏的请罪札子，乃是自请收回那封奏疏，并向赵官家请罪，这让赵玖心中多少好受一点。

就这样，翌日一早，赵官家在绍兴的绍兴津又见到了张荣，但因为张荣要赶去子路埽会合岳斐，所以双方并无太多交流，只是握手言别。

再度上路，赵玖已经没了之前昂扬姿态，这日下午时分，这位官家复又情绪高涨起来，因为他已经看到了沿河民夫的动员。黄河以南，无数民夫被征召起来，其中，赵玖亲眼看到的临河民夫多是之前统一安置的军屯、民屯，这些人多是之前中原大乱与河北流离中失去家园的人，以及在五六年间从军中退役的老卒。他们会领到简易的武器，会按照屯所恢复一定的军事组织性，然后会承担起向河北运输军粮的徭役，并在必要时担任辅兵，甚至成为保卫黄河防线的必要军事力量。不过，他们是没有军饷的，只有必要的伙食，也只有过河担任辅兵的人才会有很少的钱帛补助。

这也是没办法的事情，就好像南方也要加税、加赋一样，都是没有办法的事情。不过即便如此，这种有钱的出钱，有力的出力，举国齐心协力向北的场景，还是让赵玖感受到了一丝振奋和一丝额外的信心，因为他深切明白这股力量的强大。而且，赵玖心里早就有了一丝战后补偿的打算，只是此时言之过早罢了。总而言之，赵官家就是这个样子，情绪很快就又高涨了起来，而官家高兴嘛，大家自然都跟着高兴。

但也就是这日晚间，抵达胙城的赵官家却又接到了一个让他气急败坏的消息——岳台大营那里，弄出了一个天大的军事疏漏。原来，旨意从九月二十傍晚自子路埽发出，赤心队的骑士沿着黄河沿线早就布置好的兵站，沿途换马换人不停，只花了一昼夜便将旨意传递到三百余里外的东京城，接到旨意后，岳台大营的御营骑军便在曲锻的带领下匆匆集结，率先西进，九月廿二便直接全军启动，堪称神速。可是，御营骑军副都统李世辅却将岜名云哥所领的泼喜军落下了。

绍宋这边接二连三的状况，说到底，实是这种规模极大的战事经验不足，使得后勤难以为继。

有了一点心理准备后，赵玖立即调整心态，然后唤来郦琼，让对方继续妥善行军，决定先率随行人员和御前班直加速向前，往归东京。

九月廿四一早，御前班直再度脱离大队，匆匆加速，护送赵官家往东京赶去。但是，这一路上，坏消息迎面扑来。桩桩件件都让赵玖心急火燎，怒气中烧，以至于赶路都飞快起来，随行文武中不少人渐渐吃力。到最后，还是看到吕夷昊身体撑不住了，这位官家方才放弃了当夜归京的打算，然后于当日晚间进驻了东京城北面的陈桥镇。

不过，也就是他们刚刚进入陈桥镇不久，这位官家和随行文武、御前班直便目瞪口呆。因为随着夜幕降临和与东京城距离的拉近，他们清楚地看到了西南方向的火光！赵玖准备即刻扔下有些疲敝的吕夷昊等老臣，自己率部分御前班直的骑兵轻驰回京，弄清楚是怎么一回事。但是，有人迅速拦住了他。

"梅卿何意？"

扶着战马的赵玖冷冷相对，对于一个舍人，他还不至于那么客气，尤其是他的东京城在燃烧。

"官家。"密集的火把下，梅栎俯首相对，明显也有些紧张和畏惧，"臣以为官家此时不宜轻身而去。"

"为何？"

"官家。"梅栎强压心中不安，勉力解释，"此时这般景象，绝不可能是金军过来，也不可能是御营大军开拔前哗变作乱，因为御营骑军曲都统部已经尽发，御营中军王都统部也是今日尽发，此时应该已经全军离开了岳台大营，这些官家早已经通过白日的信使尽知。"

"那就说些朕不知道的！"赵玖气急败坏，一手握住身侧马缰，一手持马鞭严厉呵斥。

"官家，臣想说的是，不管是桓榛间谍趁机纵火，又或者是什么别的事端，乃至于是城中意外失火，这件事情都不可能更糟了。"

赵玖心中微微一怔，火把下，赶了一天路的其他近臣也多有反应，便是缓过气来的吕夷昊也忍不住看了眼这位。梅舍人抬眼看了下赵官家，见到对方冷静下来，而且显然会意，这才稍微放下心来，继续言道："官家，臣以为，现在即便有乱子，也是留守相公们能够处置的，官家此时过去，是能让救火速度更快，还是能如何？"

"可是朕不去，不也是空站着吗？"赵玖嗤笑以对，手依然没有松开马缰。

梅舍人见状赶紧将本意道明："但官家此番连夜赶回，却足以让上下都以为官家慌乱起来了。臣冒昧，大金三太子完颜讹里朵之死事发突然，诚然是大大的利好，但我绍宋骤然启动，却也是猝不及防，何况这般军国重事，自古未有，乱象频出，本属自然。"

"自然？"

"是，臣以为这般乱象，本属自然，官家不该为此焦躁，以至于本末倒置，也不该越级去处置这些事情。"梅栎努力相对，"这个时候，官家是不可能顾及方方面面的，唯一能做的，或者说该做的，便是镇定示外，以安众心，因为大臣们只会比官家更乱，只有官家本人行事坦荡自若，文武才能随之安心，并着手处置事端，若是官家急躁不堪，只会让下面的人跟着失措。臣冒昧，官家何妨坦荡留在陈桥，派出皇城司、军统司去做查探，明日一早再从容归京，问明事因？"

夜风清冷，远处火光、近处火把之下，赵玖一时沉默不语，而梅栎也无话可说，只能俯首待命。

"臣附议。"忽然间，吕夷昊拱手向前。

赵玖看了一眼吕夷昊，思索片刻，方才颔首："善。"

言罢，这位官家复又瞥向了杨轶忠、虞允文二人。二者会意，即刻拱手趋步而去，布置人手。见此形状，赵官家叹了口气，便欲转身去陈桥官驿休息，而此时吕夷昊复又在后扬声进言："臣请进中书舍人梅栎为翰林直学士，以示赏罚分明。"

"善。"赵玖头也不回，到底是进官驿休息去了。

一夜无言，翌日一早，赵官家率众抵达东京，在路上便知道，昨夜并非城内失火，而是岳台周边发生了火灾。

十月初一，秋叶纷落，初冬已至，黄河水量不减，这一日，赵官家越过郑州，抵达汜水关，并在这里汇集了郦琼部（原八字军）最后一个分散驻扎的统制官范一泓。到此为止，前后十日整，御营中军已经尽数发动。同一日，率先集合完毕的岳斐部御营前军主力也正式在御营水军的护送下于子路埠大举渡河。

河对岸，阿里虽然野战得胜，但聊城本是金军着力修筑的重要临河军阵，此番被绍宋军突然夺取，且并无损伤，而阿里也并不能在十日内攻下这座尚有三四千兵力固守的大城，早已经气馁。偏偏大金大名府行军司的都统高景山又没有那个权力和气魄，做出当场决战的决断，或者说，岳斐就是瞅准了桓榛人在失去了完颜讹里朵后，不可能在十日内便重新有真正大魄力主帅至此，这才从容聚集，发动渡河。总而言之，面对着绍宋军主力几乎铺天盖地一般的渡河之态，阿里直接选择了北撤，让出了聊城。

同一日，汜水关那边的赵官家已经知晓李彦仙在得到旨意后迅速发兵，也知道王德与曲锻已经抵达洛阳，却并未有什么军令追加，反而给并不知道情况的韩师仲写了一封私人书信，并着人快马送走。

书信既发，赵官家披夜而出，望天兴叹，似乎也想作诗，但思来想去，一句诗都未曾得，却反而莫名想起自己少年时听到的那句有点哲理的话来。

战火为何而燃？秋叶为何而落？

面对着这个几乎算是荒唐与愚蠢的问题，赵官家居然有些想得痴了，继而引得不少八字军军中高级军官，远远相对感慨——赵官家夙夜兴叹，真真是心怀天下。

十月初，初冬已至，但天气尚暖，黄河水量依然丰沛，几条旧道依然能通大船。在经历了秋末十来天的动员之后，因为赵官家是从京东的子路堌正式下达的旨意，所以绍宋军也自东向西进入战斗状态。

十月一开始，绍宋、大金两国便已经开启了自风陵渡至渤海，长达一千七百里的战线。这还不算，可以想象，随着韩师仲与吴介依次发动，战线继续绵延到河外，那么这场战争的战线极端长度，很可能会达到真正意义上的三千里之广。

初冬的太阳温暖而不耀眼，初冬的雨水淅沥而不阴晦。东海之滨，早已经按捺不住的李宝接到军令，即刻与副将崔邦弼一起率军出港，带领着数量并不能对大金海军形成压制的海船北上，却越过了需要他压制的马谷河口，甚至越过了河口北面的沧州大山，直奔沧州小山而去。彼处根本就是昔日伪齐水师都督、如今的大金海军副都统李齐所率大金海军所在。

京东东路的青州这里，田师中在接到旨意和军令以后，冷静异常，但他没有匆忙发兵，反而是按照惯例，主动向自己岳父张峻进行了细致的汇报，在张峻点头后方才下达了全军渡河，先集中兵力抢攻厌次，再分兵攻取招安、商河、无棣、乐陵的进军命令。非只如此，在将前锋任务托付给张峻的几个子侄、心腹之后，田师中依然选择了留在青州，与张峻一起用了一场宴，一场只有两个人的宴席。

再往西，济南一带正在下雨，而这一段黄河战线却平静到近乎沉寂的地步，此处屯驻的御营前军重兵集团作为最早被动员的对象，早早往上游集结，而雨水中，无数被征召的京东百姓不顾泥泞将此地的仓储向上游输送不停。

东平府东阿城，接到旨意后的京东西路经略使万俟㠠早早来到这个物资转运要地。而今日，面对着忽然出现的一场初冬小雨，在视察完仓储情形后，万俟经略一个人登上了东阿城的北城门楼，然后一言不发负手向北望去，任由雨水打湿自己的紫袍。

天晴的时候，从这里完全可以看到济水对岸的吾山，甚至在丰水期，都能隐约看到吾山后方其实并不远的黄河河道，但此时冬雨纷纷，天气阴沉，却并无一人知晓万俟卨到底看到了什么。

东平府西侧便是子路埽了，在赵官家亲自出现在河对岸，而三太子完颜讹里朵又忽然身亡后，大受震动的聊城知县做出了献城的决定，而且成功将绍宋军在第一时间迎入这个军事重镇。但出乎意料，岳斐并没有选择继续以聊城为突破口扩大战果，一面下令让田师中速发下游棣州，一面让本部主力选择从更上游的子路埽进发。集中了多达四万的御营前军、水军联合部队自此处大举渡河，铺天盖地之势实打实地告诉了天下人，绍宋军北伐了！

渡河既成，绍宋军以绝对优势兵力，以泰山压顶的姿态迅速夺取了河对岸的观城。然后理都不理身后聊城的那一万多可能还没撤干净的大金军主力精锐，直接继续向西，迅速扫荡朝城、六塔集等地，并于第二日夺取了商胡埽，使得御营水军毫无阻碍地开入黄河东流道。

这是河北地区黄河三道五岔中自南向北数的第二条河道，而且是主干道之一，是有一定战略意义的。不过，正如阿里面对着岳斐的主力毫不犹豫地放弃了聊城，直接北走一般，商户埽内的战船、器械，也早早被守军一并带走，眼瞅着应该是早早送到大名府前的马陵道口了。很显然，大金大名府行军司都统高景山力所能及地做出了最合理战略决策，也就是在真正能做主打大仗的人到来前，保持有生力量，进行战略收缩。同时，随着绍宋军渡河，金军放弃了最后一丝幻想，大名府周边，到处都有金军拉壮丁，搜刮任何可能有用的粮草、铁器、木材。

此时，燕京尚书台会议的签军相关旨意甚至没有送到大名府。同样是因为绍宋军夺取了商胡埽，大量的民夫乘船来到了河北地区，领着河阴甲字第一屯民夫的周镔便是其中一员。作为河阴民屯所在，这个充斥着流民与退伍军人的甲字第一屯一直是附属于御营水军序列的，他们好几年前就知道，一旦打仗就要承担起给御营水军输送物资的徭役。但这一次，路程显然超出了他们的想象，数日内，他们跟着御营水军的大轮船顺流而下，稀里糊涂就成了第一批渡河的民夫。

黄河之上，当船上的人渐渐意识到他们在往哪里去的时候，一些从河北逃难过来的屯民忍不住在船上欢呼雀跃，甚至于失态流泪，而一些中原流散屯民却显得不解，甚至有些人对来到河北这个陌生地域而感到畏缩恐惧。作为屯长，而且有着县吏身份的周镔挂着扁担站起身来，原想呵斥几句那些欢呼雀跃的河北小子，再安慰一下那些中原屯民。但当他从舟中站起身来，四下张望，看到视野内数不清的轮船、旗帜、甲士、民夫，以及遥遥可见的河北城镇市集轮廓，再一回首，注意到了脚下万年不变的大河正在阳光下熠熠生辉时，却显得有些恍惚起来。很快，他又想到了自己的河北浑家，想到了自己尚在襁褓中的儿子，想到了自己岳父每逢佳节几杯浊酒后不停提及的籍贯，似乎是馆陶，但馆陶在哪儿呢？

对于东京来说，这场预料之中的战争实在是来得太仓促了，军队匆匆进发，官家匆匆西行，岳斐主力都已经过河了，张荣都夺取黄河东流水道了，东京城内还是在为数不清的麻烦而发愁。南方今年的秋税还在运输的路上，这边他们就要立即再发起中原四路的徭役。京东东路一府七州三十八县、京东西路四府五州一军四十三县、京西南路一府七州一军三十一县、京西北路四府五路一军六十三县，再加上开封府本身的十六个县，累计三十八郡二百零一县。这么庞大的动员本身就是前所未有的事情。户部需要清点户口，征发壮丁，核查物资；兵部需要计量军资，统筹军械，从甲片到弓弩，从后方家属的军饷到预备军官的选拔调度，全都要小心翼翼，稍有差错，工部便会直接打回。

一时间，整个东京，唯独邸报之上，诸事安好，且气势雄浑，今日是河上大捷成功渡河，明日是御营前军直逼大名府。

这日晚间，编修胡铨苦思冥想，一直枯坐到深夜，方才在自己身前的纸上写官家亲临河上，河中府三面被围，已成囊中之物的一篇文章。

河中府是北伐真正具有战略意义的第一站。长久以来，绍宋廷不停地完善和细化北伐预案，但无论怎么完善，怎么调整，都脱不开岳斐和吕祉的那个不谋而合的灭金策略——先取河东，河东在手，太行形胜之地，居高临下，则河北迟早在手。非只如此，河东内部的地形，也就是所谓表里河山，也能确保北伐的战果不被轻抛。

整个河东地区，东面太行山，西面吕梁山，外包大河，内里自西南到东北穿着四个盆地，就好像两个长条馍馍包着四个穿成一串的肉丸子一般——而这四个肉丸子，分别是河中府所在的后世运城盆地、晋州曲沃一带的临汾盆地、太原所在的太原盆地、大同府所在大同盆地。这四个盆地，都是靠西的、成串的，得到一个便能守住一个，得到四个后，剩余偏东的上党盆地也没有独立存活的理由，所以绝不会让战果轻抛。这和到了枯水期基本上一马平川，任由桓榛骑兵呼啸扫荡的河北地区根本不是一回事。所以，无论如何，也要主攻河东，而赵玖也必须前往河东坐镇。

事实上，一直到眼下，三十万御营大军中的近二十万，外加数万军事气息非常强烈，可辅兵、可民夫的郸希部落，外加太行义军，可能的蒙兀、岐辖援军，也全都是围绕着河东布置的。完全可以说，绍宋铆足了力量的北伐动作，更像是赌这么一个针对河东的左勾拳能否将桓榛人打蒙。故此，随着北伐开始，在三太子完颜讹里朵的死讯和岳斐北进的重大消息传来之后，有识之士将目光对准了河中府。

河中府必须要打下，而且要速速打下。

第七十八章　谈兵

下午天气有些燥热的时候，赵官家跟吕相公、王总都统一起率众离开了洛阳旧宫，往归城外军营。一行人沿着涧水缓缓进发，走到一半的时候，考虑到吕相公的年纪，停在一个道旁草棚稍作歇息。这个草棚虽空无一人，桌椅家伙什反倒都在，主人显然离去匆匆。而赵官家、吕相公、王节度既入内，早有御前班直拿什么东西匆匆抹过，并摆好了顺序，让众人妥当坐下，还直接寻到侧后方的灶台，取了柴火，烧起了一点热水。

众人既坐，自然要聊起战事，尤其是吕相公到底是从南方过来的，对北方诸多军事布置都不太明晰，而这些天又连续赶路，也未曾坐下来好好说一说眼下局势。

"按照军报，韩师仲应该已经渡河了。"吕夷昊抚膝而叹，"其部御营左军皆为精锐，与李彦仙联兵后，应该最少有六七万众，不晓得能不能一战而下河中府？"

吕相公既然说话，周围人最少有一半面面相觑起来。

"吕相公想多了。"眼见着周围无人敢应声，赵玖随即失笑以对，"河中府有河东城这样的大城，只要守备严密，上下一心，便是城中将士数量、战力委实不如韩李，也能守上一两个月的，直到起炮砸城。"

吕夷昊微微颔首。

就在这时，王彦王总都统一时没有忍耐得住，忽然插话道："官家，相公，关于韩郡王，其实关西颇有议论……"

赵玖没有吭声，倒是吕夷昊本能捻须挑眉："什么议论？"

王彦犹豫了一下，咬牙相对："非是下官擅自议论同僚，而是说关西那边早有弹劾不断，便是下官昔日在关西也屡有耳闻，都说尧山战后，韩郡王得封郡王，眼瞅着便是渐渐懈怠下来，平夏一战，官家用岳斐、曲锻、吴介，独他没有太大功劳，似乎又觉得自己功高难封，官家是刻意不愿再用他，就更加不堪起来，既居功自满，敷衍军事，又惧怕时势，优游林下，甚至思退求全，舞文弄墨起来……"

吕夷昊听得不好，扭头相对赵玖。

"都只是装的。"赵玖面无表情，干脆应声，"他私下多有密札奏事，视北伐为平生所愿，言辞恳切。"

"陛下。"吕夷昊陡然一肃，"天下事，无不可与宰执言者。"

赵玖干笑了一声，回顾周边。杨、刘二人会意，随手一指，所有站着的人直接后撤。

"韩师仲确系有这般表现。"赵玖见到只剩心腹，方才坦诚，"他这人惯常的毛病，不只是尧山之后，尧山之前回到关西便有懈怠，只是尧山、平夏后一次比一次更明显罢了。"

"那为何不撤了此人？"吕夷昊眉头一皱，"而将一方军事托付于他。"

"因为懈怠的是韩师仲，不是御营左军。"赵玖勉力而笑，"韩良臣这厮千般毛病，总有两处可取，一则忠勇甲于天下，军事上的事情再危难他也不会推辞敷衍；二则，治军极严，哪怕是自己本身懈怠，毛病多多，也不耽误他驭下极严，麾下御营左军军纪严明，将士皆敢战、能战，所以，但凡临战促其勇便足够了。所谓朕之腰胆，其人与其部乃是名副其实的。"

吕夷昊闻言一叹，似乎想起什么来了，但终究还是有些不放心："帅臣这般懈怠，果然能不影响其部战力吗？"

"今日既然说到这里。"赵玖见状，稍微一顿，却是继续言道，"朕不妨给吕相公再透个底，八月时，朕与吕相公出宁庆往归东京，沿途曾与诸帅臣应答，随后赞数人、贬数人，相公还记得吗？"

"臣记得，官家赞岳、王、李，斥责吴与二张。"吕夷昊脱口而对，然后若有所思，"未提韩、曲？"

"不错，相公可知为何？"赵玖随即反问。

"不是随意而来的吗？"吕夷昊忽然失笑，"有贬有褒，自然要有不贬不褒。"

"话虽如此，也的确是不知道该怎么褒贬。"赵玖终于说了实话，"韩师仲这里是军强而将靡，曲锻那里是自他以下全军军官皆为难得的俊秀人物，曲锻自己文武双全，刘锜算是将门中唯一经受战事考验的儒将种子，还有李世辅家世忠勇，便是张中孚、张中彦兄弟也是难得有谋政之才的勇将，关键是个个都晓得用心在军事上，但御营骑军，委实是全军的短板。"

吕夷昊怔了一怔，旋即醒悟过来："不错，御营骑军仓促成军，且其中多赖番骑，便是将官优秀，又如何能三年成军，继而与桓榛铁骑相提并论？可偏偏既然要与桓榛人决死，又总少不了要蓄一支数量足够、装备极好的骑兵。"

"同样的道理。"赵玖仰天看了看头顶草棚，微微眯了下眼睛，"御营左军这里，韩师仲本人再懈怠，其部也是一开始从鄢陵死战里熬出来的老底子，战斗经验丰富，军资补给充分，他本人也是几十年老军伍，知道军事上的轻重，不敢在军队里胡闹，再加上朕可以直接越过他提点王胜与解元，使军队训练、升迁、流转不出乱子，这才能让御营左军依然是国家倚仗，真要是在军中胡闹，朕如何能忍他？"

"话虽如此，还是指望着军强将明才好。"王彦又插话道。

"难哪。"赵玖收回目光，摇头以对，"眼下的大将领兵制度，乃是时局使然，这些人不造反，不相互攻讦，愿意听命抗金作战就是难得的好事了，哪里还能奢求太多？岳斐与御营前军算是军强将明，所以朕把真正的方面之任交给了他。"

周边几个人若有所思，岳斐是名副其实的方面之任，那便是说韩师仲不是了，实际上，考虑到赵官家亲自过来，这一路倒像是眼下的官家领着吕相公、王总都统亲自督军了。

"吴晋卿与御营后军如何？"吕夷昊忽然再问，"若说韩良臣是虚帅，吴晋卿算是实帅吗？"

"吴介是少有的能与岳斐一般有堂正之才的人，比之韩师仲更甚之，御营后军也算不赖，但他本人也好，御营后军也好，都脱不了西军旧毛病。"赵玖坦诚以对，"只能算半个实帅，和韩师仲一样，得朕看着、敲着，否则什么花样都能出来。"

"张荣呢？"

"张荣与御营水军当然不差，张荣也是朕难得放开信任的一方，但水军终究只是专才，控制住黄河，进取大名府或许还有用，可真到了决战的时候，便是想用恐怕也用不到他。"

"那张峻、李彦仙、马括、王德、郦琼就不必说了。"吕相公微微叹气，"张峻似韩师仲，但其人其部皆更不堪一些，李彦仙似曲锻，不过其人略胜曲锻，其部多草莽，也只能临阵看效果了。马括也是太行专用，王德、郦琼是官家直属。"

言至此处，就在王彦准备说些什么的时候，吕夷昊略一思索，得出一个颇为有趣的结论："如此说来，这种大将局势外加本朝制度倒有些专门契合马上天子的意思，所谓'将能而君不御者胜'。官家将岳斐托以方面之任，不再过问，然后亲临前线总督着这些有毛病的各部将帅，取长补短，做大局调配，再适时放权，不干涉具体指挥，却能使诸将合力达到最大，是也不是？"

周围近臣虽然留下的不多，但也有范宗尹、任鲍忠这样的，立即接过话奉承起来。然后，又因为不再涉及帅臣，大多数人也能插嘴，一时便是杨轶忠、刘彦、虞允文、梅栎这些人也趁势言语了起来。话题也从河中府的得失转移到了太原、隆德府的援军，以及金军的应对。而且，随着屏退令解除后，多地人围拢起来后，复又延展到势必会对战局产生真正决定性影响的东蒙兀是否参战，高夷是否会参战，二者参战到底会站到哪一边，以及太原府首府阳曲城、大名府首府元城会花多久拿下云云。

这些都是很严肃却又很有趣的话题。譬如说，虽然眼下北伐已经正式开始，但实际上连个檄文都没有。实际上，很多随行的近臣、班直军官都认为，桓榛人在河东方面的主体力量很可能一直到现在都没有察觉到绍宋军的全面北伐。

众人交谈许多，难得畅所欲言，也让吕夷昊吕相公对北方局势、地理多了几分了解。而说了足足大半个时辰，众人兴致不减，忽然间，马蹄阵阵，又有铃铛声遥遥传来，刘彦努嘴示意，数名赤心队中早已经站不住脚的蒙兀王子赶紧拥出去，片刻之后果然将一名信使带来，然后经刘彦之手，小心翼翼给赵官家送上一封加急军情文书。

打开来看，只是一扫，赵玖便将手中文书转交给身侧的吕夷昊，面色不改，沉声出言："李彦仙回话了，他没有去河中府。"

吕夷昊兀自去看文书，没有多言，御营总都统王彦当即表达了不满："朝廷筹划多年，这些计略也是他们这些帅臣自己点过头的，如何到了一开战便要各行其是？"

"说是军情有变。"赵玖四下打量了一下众人，随口相应，似乎对此事并不在意，"他说本就有关门打狗，先扫荡解州，进绛州之意。届时铁岭关在手，一面可以封住轵关陉，堵住东南隆德府那边的援军；一面可以就地组织防线，抵挡北面太原援军，然后自可回头慢慢料理河中。却不料旨意抵达后，他刚一发兵，便接到马括的求援与示警，说是太原那边金军主力已经动员，太原周边三个万户猝然来发，却不知道还有没有后续，于是干脆起全军往解州方向去了，希望能够速速打通解州，与马括联军，拦住太原金军。"

闻得赵官家这番言语，不仅王彦，其余随从近臣也几度变脸，说是军情有变，有意关门打狗，便多缓和下来，待听到太原金军主力来得这般快，又纷纷惊惶起来。

"为何这般作态呀？这不就是刚刚说起的官家居中督促，却要帅臣有相机决断的本意吗？"吕夷昊看完文书，也没有给王彦等人瞅一眼的意思，直接交给了掌管军机的刘彦，并振振有词，"自河外至东海，两国战线绵延三千里，但这三千里哪里就是一条线？各自身前身后皆有纵深，城池市集、关隘险要、河流山脉，各不相同。而且，这中间如数百里吕梁山根本不能支撑大军后勤，又如太行王屋隔绝了金军东西两路后，现在也势必要隔绝咱们。将能而君不御者胜，隔着一条大河，如这种时候这般紧急军情，本就该靠前线帅臣临机决断，绝不能轻易追究的。"

"吕相公说得是。"赵玖面无表情地点头。

"反过来说，李彦仙去抢铁岭关也是对的，你们想想便知，金军为何要在隆德府这地方屯驻大军，还不是看到这个地方是东西两路间最方便支援的。"吕夷昊继续叹道，"去河中府有轵关陉，去大名府更是直接走隆德府境内的壶关，一马平川，便是前线稍有不谐，退也能从容西北走太原，东北归真定，天时、地利、人和，国战之中，胜负决断，皆需考虑。"

"事情还是有些不对。"绝对比吕夷昊更晓得彼处地理的王彦听到这里，眉头更加紧蹙，"太原那里大举支援河中倒不是不能想，无外乎是刚刚说起的，太原那里直接知道了三太子死讯，猜到了咱们可能要正式大举北伐，再加上河中府本就是首当其冲之地，所以完颜巴力速不顾一切，速发援军南下。可太原府既然晓得三太子死讯，隆德府没理由不晓得吧？太原府发了援军，隆德府没理由不发吧？"

王彦此言既出，周围人若有所思。赵玖也没有直接解释，而是瞥了一眼任鲍忠。

任鲍忠得到示意，笑言以对："王节度，依着下官浅见，正如太原府恐怕是知

070

道了三太子死讯，才不顾一切匆匆发大军南下，隆德府那里怕也正是因为知道了三太子死讯，才不敢发兵的。"

王彦愕然一时。

"王节度想一想，路线归路线，讯息归讯息，太原和隆德虽都有金军主力，也都知道了金国三太子的死讯，但他们根本上是一回事吗？太原留守、行军司都统完颜巴力速，乃是金军宿将，外加完颜尹恕克亲弟，西路军实际总管，以至于桓榛人大举封王，都不敢给他一个，就是生怕他来个名副其实，这种人听到三太子死讯，当然有决断，当然敢速速南下发兵。"

王彦若有所悟。

任鲍忠继续说道："可隆德府那里呢，且不说隆德府的四个万户本属东路军，只是隆德府如今的行军司都统完颜奔睹，今年不过三十五六，北面素来比照岳节度的，可实际上此人上位多少是因为他是近支宗室，又自幼养在金太祖完颜阿古达帐中，号称金牌郎君，是昔日金国三个执政大王认可的心腹，类似的还有大同的金国西京留守完颜讹鲁观。这等人，闻得三太子之死，没有燕京指令，没有一个大王谕令下来，如何会擅自决断，发大军往河中府呢？他便是后来听到了咱们绍宋发全军北伐的消息，准备救援，也怕是要先紧着战事声势最大、内里根基相连、同属东路军的大名府。"

王彦连连颔首。

赵玖神情不变，继续言语："朕之前还有侥幸之心，只觉得高景山未必就敢直接将完颜讹里朵的死讯极速传给太原，而是只送燕京，但现在看来，高景山还是尽职尽责的。而完颜巴力速更是临阵不乱，敢下决断。"

"但还是晚了官家一遭。"任鲍忠紧接其说道，"到底是让李节度堵上去了。"

"未必来得及，也未必堵得住。"赵玖面无表情答道，"完颜巴力速麾下太原行军司几乎是金军四大行军司中战力最强的一处，他能调度的也绝不只是区区三个万户，三个万户只是太原周边仓促召集来的第一批战力。李彦仙虽然出色，但他麾下的部队良莠不一，在那种隘口之处，未必能挡得住金军的轮番冲击，何况，韩师仲未渡河，他也不敢将平陆的部队尽数发过去。"

"非只如此。"王彦也即刻起身提醒，"官家，韩师仲平素自大，李彦仙平素自傲，这二人怕是会争功误事，互不提醒。"

"不仅如此。"吕夷昊也即刻出言，"金军这般反应快捷，委实出乎意料，官家，臣以为咱们从此时起必须要料敌从宽，而若料敌从宽，算算时间，完颜讹里朵已经死了足足十八日，假设燕京那里也能够当机立断，接到讯息即刻开会决定人选，然后立即轻驰南下真定府，再发金牌信使南下隆德，此时隆德府的人说不得也快要动起来了。"

赵玖心中起伏不定，依旧维持面上平静。而与此同时，在吕夷昊和王彦的带领下，周边诸多近臣已经色变，严肃起身，在草棚内准备俯首听令了。

"既如此，就不要等河中府的结果了，也不用管太原、隆德府是什么打算，反正这个时候是狭路相逢勇者胜，千万不能露怯，让八字军先过河，去支援铁岭关一带！"赵玖捏着马鞭坐在草棚里长凳上踌躇下令，语速缓慢，甚至多有停顿，但言辞无丝毫回圜之意，"再将这里情形速速告诉韩师仲，让他自己决断……再通知各部，过河后，依照韩师仲、李彦仙、马括、郦琼四人序列依次指挥。军情有变，咱们不必计较一个河中府孤城了，先争临汾。"

王彦当即应声。吕夷昊原本想建议赵官家欲从速当先发骑军的，但想到之前说起御营骑军的事情，到底没吭声。

旨意既下，自然有随从学士、舍人等近臣匆匆书写旨意，交予御前班直中的赤心队，而后片刻不停，几个人一队，各持腰牌，飞马而去。等信使全都走了，众人心思沉重，上下皆无谈兴，便由吕相公出面，请赵官家不要再于路上耽搁，早早回北邙山大营为上。赵玖从善如流，率众出棚子上路，往归邙山去了。

就在此时，韩师仲早已经结束了战斗。河东城下，背嵬军与撅偏军在滩头立阵，只需大半个时辰，便牢牢咬住金军骑兵，将数千金军士卒彻底击溃，一千五百汉儿军几乎全部投降。随后，韩师仲便命王胜领着两万兵力将河东城牢牢锁住，自己则合兵去取铁岭关。

短短一日内，铁岭关便三度易手。李彦仙轻敌了。在老对手完颜娄石死后，枯坐八年以后，全军北伐，作为唯一握有黄河对岸大据点的方面帅臣，与韩师仲战前的姿态不同，他分外渴望自己能够伸展拳脚，能成为主攻方向的先锋。他也的确率先抢得铁岭关，但偏偏上下太疲敝了，一旦抢到关口，便有了一种令人恍然的安全感。他来到铁岭关后也并没有什么过失——夺取了铁岭关后，立即夹关设营，而且不许关北溃军入关，只让他们背关立营，然后来不及去处置白天的混战，便派出哨骑穿越了刚刚平息的战场，侦察金军动向。但完颜巴力速在白日混战的部队刚一撤下来，便敦促完颜折合趁天黑出兵了。所以，李彦仙只是没有做出预判而已。

"节度，"纷乱之中，一人随李彦仙亲卫匆匆登关，拱手相对，正是董先副将张玘，"我家统制让我来报，说是金军在我们那里占不了便宜，似乎准备撤出去，换别的营盘来冲。"

"看到了。"李彦仙深呼吸了一口气，语气冷淡。

张玘在旁顺势往下一看，便晓得李节度为何如此了，关南这里，绍宋军七个营盘，溃了一个，一个正在交战，剩下五个此时居然只有三个全亮了起来，还有两个半亮不亮的，而且有些混乱。很显然，这两个营盘在面对突袭时，用这种方式给金军提了醒，他们是弱军，可以来冲他们。

张玘本想劝一劝李彦仙，却无法开口，今日一战，绍宋军轻敌贪功、骄纵之态显露无遗。忽然间，张玘觉得身前似乎更亮了一些，他朝关下营盘去看，却发现只是一瞬而已，关下营盘的情况并没有发生本质性的改变。一时间，张玘只觉得自己是夜间被光闪了眼睛而已，但下一刻，他就注意到，原本面沉如水的李彦仙李节度没有再看下方营盘的乱象，而是看向了东南方向。

东南方向是山，是中条山，是王屋山，是太行山，全是山。初冬时节，黑夜之中应该是一片漆黑。但是张玘在山中看到了星星之火。虽然很小，但绝不是近处火把的火星，而是真有微微火星在东南方向一片漆黑的山间闪现。张玘比画了一下，按照他的判断，那里应该是太行王屋山的入口处，是钻天岭，是西冷山口，是轵关陉从山脉中钻出来的通道所在。

若是隆德府的金军援军，今夜自军便要大溃！但是，难道要撤吗？这时候撤，只会引发全营崩塌，说不得关北金军主力也会趁势夺关涌入，那到时候不用隆德府的金军，绍宋军便会大溃。而且，如果是金军，为何来突袭的太原方向金军只有那么一点？为什么不尽发精骑，与隆德府金军一起将自军尽数堵在这里？如果是隆德府的金军，那本就在山里的马总管没理由察觉吧？他连太原金军的动向都能察觉。会是金军突袭部队分出的疑兵吗？而无论是哪个可能性，都要劝李节度稳下来，死守铁岭关与关北营盘。

一念至此，张玘再度看向李彦仙，却发现披着披风的李节度依然面沉如水。

远处山间的星星忽然跳动了一下，变成了数颗星星，再然后是几十颗星星，上百颗星星，是密密麻麻的星星，继而一条繁复而漫长的火线出现在远方山中，而且还在不停地延长、蜿蜒与连接。最后，在短短的一刻钟内，一整条火龙出现在山间，并逐渐形成一片火海。远远望去，整座山似乎都如野火铸就。其势汹汹，既已铺山，必能燎原。

张玘如释重负，他从火线一开始展现出那种奇怪的蜿蜒之状时便醒悟过来，这不是金军，金军是从轵关陉直接钻出来的，只会是一个越来越大的火星，然后变成火苗。眼下这个样子，只能是马括的义军在下山。他们原本也是匆匆聚集起来，向着此处而来，然后连日山间行军，应该是被迫要在微寒的初冬于山中再过一夜，明日一早再下山的。但很显然，当他们发现了这边的耀眼火光，意识到发生了什么以后，选择了打起火把，连夜下山。

初冬时节，草木萧瑟，寒气逼人，数量惊人的太行义军却在夜间上演了一出如火如荼的急行军。初战告捷的完颜折合和麾下几名猛安一起怔怔看着身后忽然冒出的火光，这满山的火光只有一个意思——他们要是敢继续留在这里，很可能会被尽数包围。所以，应该赶快吹动号角，下令军队原路撤回。完颜折合怔了很久方才在下属的催促下回过神来，并下达了军令。

号角声接连响起，不仅惊醒了很多桓楱骑兵，也惊醒了关陉西南方向大约二十里外的一群人。

"好生无趣！"骑着马的韩师仲也从那面人造火山上回过神来，扭头笑对身侧的牛高，"你家节度和俺都以为自己才是这场杂剧的主唱，结果主戏被这马总管给当众唱了，而且唱得是这般壮观！该赏！"

事涉三位节度，被抓来带路的牛高一声不吭，装聋作哑。倒是解元在旁实在忍不住了："五哥！金军必然要撤了，但绝对疲惫不堪，速速点起火把，追上去吧！绝对有斩获！"

韩师仲仰头哈哈大笑，却陡然色变，在夜色中回头对着身后数千精骑下令，然后全军放开禁制，一起点火，又一条火龙凭空出现，与那面火山交相辉映的同时，以让金军措手不及的速度直扑过来。

号角既发，完颜折合毫不迟疑，打马便走。

天明时分，韩师仲进入铁岭关，李彦仙率众相迎。当着众人的面，李彦仙表情从容，韩师仲言笑晏晏，双方都未失态。李彦仙等人也无话可说，且不说昨晚还是韩师仲的骑兵斩获最多，其实也不多，黑灯瞎火，韩师仲部的兵马不熟悉地形，金军都是骑兵也难追，再加上金军自己掉队的也多，真正抵达关下陷入危险区的人其实没多少，也就是七八百的斩获，实际来犯敌军的三一之数，还没抓到完颜折合。但这个七八百也好，鹳雀楼前那一战一两千也好，韩师仲部基本上获得了开战以来所有针对金军主力猛安谋克的斩获。

相较于韩郡王，中午才辛苦抵达的另一个救援功臣马括马子充态度更加妥帖，他甚至到了类似于小心翼翼的地步。大约未到傍晚的时候，马括一个翻身便不敢再睡，寻了点冷水刚刚擦了脸，正想出门，结果早有人在门前恭候，说是韩元帅已经醒了，正与李节度在关上眺望局势，专门有吩咐，只等马总管起身，邀去登关。说是登关，但铁岭关真不是什么雄关，就是一个扼口，只因五代时河东一带格外重要，才渐渐知名，也不是什么大名声、好名声。不过话说回来，经此一战，此关恐怕多少会有些名头了。

此时关内聚集了绍宋十节度中的三个，马括得了讯息，刚刚进到关内小院，尚未登关，便先看到两面大纛立在关楼上。待真登上了这个三等小关楼，刚一转身，马括便又吓了一大跳。原来，区区一个小关的台楼面上，居然聚集了密密麻麻几十号人。

"马总管到了。"一人回头相顾，率先弃了座位起身来迎。

马括遥遥见到此人座位居中，风骨伟岸，更兼虽只是一身轻便软和的棉布衣服，却突兀套了个奢华玉带，便晓得此人就是昔日在河北有过一面之缘的韩师仲，即刻拱手问候，丝毫不敢怠慢："郡王！元帅！十年未见，郡王还是这般洒脱！"

韩师仲看到马括这般知趣，更兼说起昔日缘分，自是哈哈大笑。双方稍作寒暄，马括又见李彦仙面色平静，负手立在一旁，却也不敢怠慢："李节度，咱们中午仓促，未能叙乡中故旧。"

原来，这二人居然是邻郡同乡。而李彦仙听到对方搬出来这层关系，也不好再拿乔作势，也赶紧上来握手问候。大约又是一通寒暄之后，三人坐下，韩师仲居中，李彦仙居左，马括居右。

三人坐定，指着关下正在搭建的营寨说了些闲话，李彦仙又谢过了昨夜二人的支援，场面便冷了下来。至于马括，早就察觉到气氛不对了，又知道其余人根本没插嘴余地，赶紧插科打诨。可待说起韩师仲此战之功时，关上的气氛却有些不对了。

"说到底，俺韩师仲也只是个肉体凡胎，倒是你李节度，守陕州八年，分割东西，让金人不能合力，这份功劳才是顶了天了。"

李彦仙闻言微微蹙眉。

韩师仲话锋一转，终于肃然起来："只是李节度，昨日和今日的糊涂账，只怕官家那边已经一清二楚。"

"韩郡王到底想说什么？"李彦仙终于不耐。

"简单。"韩师仲也懒得再做多余言语，"就是想告诉你李节度，这一战是国战，河东是主攻，官家是主帅，俺不是，俺韩师仲和御营左军其实是先锋！你争什么先锋？"

就在此时，关上一片寂静，而打破这个沉默的，却是一阵隆隆的马蹄声，是完颜巴力速来了。

第七十九章　快人快马

从十月初六傍晚，到十月初八下午，短短的两日夜内，大金与绍宋在铁岭关以北、浍水以南的狭窄地区内展开了连续密集的交战。其中，双方投入兵力都在千人以上的正面战斗便有十四次。除了初六日傍晚示威似的小股骑兵对冲，从第二日起，两军主帅几乎是不约而同地选择了类似的战略，针对性出兵。

选人标准，两边依然心有灵犀，完颜巴力速是按照行军万户序列，顺序出战；关上是三位节度端坐不动，第一天出战砍了一个大金蒲里衍回来的王世雄捧着一个签筒，需要人出战了，韩大元帅随手一抽，看都不看便交予副都统解元，抽到谁谁就无条件率部出战。除此之外，双方也都没有忘记扎紧各家的篱笆，铁岭关前后，军队的营盘越来越牢固，而完颜巴力速也将军队大营整个撤到了浍水北岸，并让受了一点伤的完颜折合率领那日回来的部队在身后曲沃城坐镇。

战斗就是这么奇怪。说是激战，绝对称得上是激战，战斗频率摆在那里，又不可能上阵后假打，死伤数量也摆在那里，怎么可能不激烈？却也有些心照不宣。就好像是经过了开战后的突袭阶段，双方都有些难以忍受那些混乱与不可操控，都有意趁机调整，稳住战线，以便于形成对峙。

十月初八傍晚时分，郦琼部统制官范一泓率领由八字军改编来的部属先行抵达铁岭关。当日夜间，太行义军中战斗力最突出的梁兴部信使自轵关陉中奔出，并带来了梁兴部在轵关陉另一侧阻击隆德府大军失利的讯息。

绍宋军早早在轵关陉出口的西冷山口立营，对太行山极度熟悉的八字军部援军从范一泓开始，到翌日抵达的孟德部，全都是一过来便直接入驻建好的营寨。金军可以冲破太行义军，却不大可能在山口冲破曾为太行义军，眼下却是实打实御营主力的八字军部众。实际上，十月初九爆发的大战完全验证了这一点。

这一日，金军主力最少一个万户自轵关陉中涌出，冲击西冷山口的绍宋军营垒。与此同时，完颜巴力速点起浍水大军，走了完颜折合那日夜袭的绛县通道，尝试打通绛县，与隆德府金军援军连成一片。这就是非常严肃的军情态势了，韩师仲不敢怠慢，他本人虽然依旧稳坐关上，但派出马括进驻绛县，并要求李彦仙即刻率本部出关猛攻浍水方向，试图从关北咬住完颜巴力速的尾巴，逼迫对方回援。

战局有惊无险，金军隔着横贯几十里的绛山，根本无法组织起攻坚部队再直达城下，莫说绛县县城了，就连绍宋军那越来越庞大，且相互支援守望的营垒都很难攻破。而绍宋军也不是没有准备，就这点地方，几十个用兵用老了的宿将回过神来，便早早做出了预防——这几日关北交战不停，他们同时也在关南动员本地民夫和来援义军紧急挖掘了几条简单沟壑，辅以简易栅栏，形成了几条类似于甬道的军事连接线以连接铁岭关—绛县县城—西冷山口，同时也有借此保障后勤、阻碍金军骑兵的作用。

这种情况下，双方经过一整日的激战，只能各自罢兵。然而，隆德府的援军没有退却，反而就势立垒，完颜巴力速的军队也没有缩回浍水北面，而是派遣万户完颜突合速在浍水上游南岸，也就是绛县通道附近设立营垒，双方遥遥呼应，俨然是一副南北夹住绍宋军，维持军事压力，然后在此相持等待援军抵达，以作决战的姿态。

"俺自然晓得局势有些不妥。"

十月初十一大早，韩师仲一起床便察觉天气有些变冷，匆匆喝了碗羊肉汤，下了个热炊饼后，直接登关，却又见关上两面大纛微微摇晃，不少绍宋军甲士也有畏缩之态，越发蹙眉，刚一坐下，一旁早早在此等候的李彦仙便直言相告，说是局势有些不妥。但很显然，韩郡王也知道不妥，却明显不以为然，甚至看都不看对方，直接在座中望北而答："可有些事情，不是人力能为的，只能严阵以待罢了。"

李彦仙怔了一怔，旋即意识到对方会错了意思，然后面色不变去望头上摇晃的大纛："韩郡王以为我是在说天色转冷，于对峙不利吗？"

"李节度莫要装样子。"韩师仲认真相对，"别人不知道，你不晓得吗？后面军报那么清楚，陕州河道湍急，又有中流砥柱阻碍着，后勤吃力，这时候忽然降温，却不能速速结冰，于对峙难道有利吗？"

李彦仙没有理会对方的阴阳怪气，只是继续认真相对："郡王，这番对峙有古怪。"

"俺当然知道有古怪。"韩师仲依然不去看对方，"隆德府先发来一个万户，但还能发三个万户，而太原府先发三个万户，估计还能再发两个万户，到时候就是九万金军主力，其中过半是骑兵。可咱们突得太前，河中一带尚有河东城、安邑城两座大城未下，太行义军蜂拥而来，怕要出大事的。"

虽然韩师仲没有理解李彦仙的意思，但毫无疑问，李彦仙知道韩师仲的意思。现在铁岭关周边，或者说铁岭关以东，也就是闻喜、绛县、曲沃这三个在一起相当于河中盆地、临汾盆地、上党盆地交界处的要害区域内，方圆六七十里的地方，绍宋军和金军的密度惊人。金军眼下是北面三个万户，东南一个万户。绍宋军眼下是李彦仙一开始的三万五千众，韩师仲的一万两千众，再加上郦琼部支援上来的四个统制官一万两千人，也有近六万主力了，还有不下三四万的各路太行义军。而待金军所有主力整备妥当，以援军形式抵达，将会是北面五个万户，东南四个万户，多达九万主力聚集在绛县南北。那到时候，稍有动作，便可能引起连锁反应，形成决战态势。

与此同时，绍宋军这里却出了一些差错。马括和他的部队来得太快，也太多了。绍宋军这次北伐根本是仓促的、提前的北伐，这意味着绍宋廷即便是储藏了过冬的军需，也需要临时改变计划，临时调拨整备冬季物资。而跟着马括下山的部队太多了，突兀出现在第一线，再加上他们平素为了山野行动方便，什么基本装备都没有，造成了极大的后勤压力。更有甚者，早在开战前，兵部侍郎领都水监刘洪道就指出来，陕州这个地方，是黄河水道运输的最薄弱处，但赵官家又置之不理。故此，几厢作用之下，绍宋军的后勤一时出现了问题，便是郦琼部之前的渡河都明显受影响。现在，天气又有些冷了。

只有韩师仲从大局出发，担忧照着眼下的对峙局面发展下去，很可能会出现金军主力率先汇集，而绍宋军短时间内陷入后勤困境与兵力困境，从而被完颜巴力速抓住战机，速速决战的情况。

"韩郡王的意思是，万一金军先合大兵，而我方不能毕至，完颜巴力速会汇数万铁骑，仿效项王破釜沉舟一战，强突甬道，将诸军分割包围，一战而定？"李彦仙想了一想，替韩师仲把这话说了出来。

"实在是不得不防。"韩师仲想了一想，干脆承认。

"我以为必不至于此。"李彦仙认真相对。

"你是说俺杞人忧天，"在长安读了几年书，自然出口不凡的韩良臣依然不去看李彦仙，"还是想说完颜巴力速没有项王之勇？你须知道，项王那是以一当十，而完颜巴力速这里，怕是可能会以多击少。"

"我不是说完颜巴力速不能以多击少，但韩郡王确是在杞人忧天，而且依着在下看来，郡王不仅眼界狭小，而且一叶障目不见泰山。"眼见着对方傲慢依旧，李彦仙终于也有些火气了。

时间尚早，此刻关上并无几个人到来。但微微晃动的大纛之下，这二位似乎也无须那些将领过来烘托气氛了。停了许久，这位河东元帅终于是扭头来看了身侧的御营中军都统一眼："足下是泰山？"

"我不是泰山，我是说完颜巴力速必不会在此决战！哪怕此时他身后已经有了金国能做主的人与他联系起来。"李彦仙努力不去理会对方的嘲讽，言语中颇有几分斩钉截铁之势，"而且韩郡王必然有了一个与我当日一般的军事上的漏洞！"

韩师仲怔怔看着对方，确定对方的认真程度后方才在座中相对："为何说完颜巴力速不会在此决战？"

"原因再简单不过。"李彦仙叹了口气，"韩郡王，铁岭关这里，咱们固然因为马总管忽然抵达，外加陕州河道阻碍，有些后勤上的麻烦，可完颜巴力速的后勤供给不也从太原发吗？那可是五百里路，便都是宽阔大道又哪里会比我们轻松？"

韩师仲沉默了一下，但还是摇头："他们的后勤，咱们如何知晓？战事仓促，谁也不知道谁，说不得人家一直在临汾有大仓呢！"话虽如此，韩师仲却已经微微动摇，因为他知道，即便是北面金军那里可能后勤无忧，可东南又如何？哪怕是金军在轵关陉的那头孟州便有大仓，即便如此，也有轵关陉一百八十里狭道，如今隆德府方向的金军被堵在轵关陉内，如何布置四万人的后勤？当然了，也不是没有法子，只要金军决定出击，隆德府的金军再临时从孟州全伙过来便是。但这么做，无疑是要孤注一掷了，否则便是送死。

然而，就在韩师仲以为对方要说轵关陉与隆德府时，出乎意料，李彦仙颔首道："郡王说得是，大家本就是仓促开启大战，桓桓人的后勤状况，我们怎么知道？料敌以宽嘛。"

韩师仲一时心中诧异。但随即，李彦仙下一句话便让韩师仲沉默了下来："所以，金军又凭什么觉得他们在此相持会占到便宜？咱们都是这两日才察觉到陕州河道制约了后勤的，他们又如何知道我们的后勤有了困难？"

风声朔朔，韩师仲半晌不语，李彦仙从容相待。

就在双方相持之际，几名将领一边谈笑一边走上来，韩良臣却是彻底忍耐不住，直接回头相顾王世雄："堵住楼梯，让他们在下面候着。"

王世雄不敢怠慢，匆匆而去。

待到关下重新安静，关上也只有风声的时候，韩师仲这才缓缓开口："泰山说的有道理。"

另一边，韩师仲也旋即再问："若是这般，完颜巴力速确系有些古怪，或许正如你言，咱们哪里有漏洞被他窥到了。"

"漏洞只能是一处。"李彦仙脱口而对，"大金对我们而言，优势始终在骑兵，铁岭关左有骆驼岭，右有绛山，横贯两百余里，天然分割。他之前从绛山绕过来，使我一时不能防备，如今必然是要在前面做牵扯，遮护身后诸军，只等身后援兵到了，合一支万骑大军从西边再故技重施罢了！"

"泰山以为俺是你？"韩师仲听到这里，复又不屑，"俺来之前给河东城下王胜留了两万锁城的大军，又有八千众分略各地，各地既下，安邑城也有郦琼接手，他们自然早早去堵住咱们西面那些缺口。那些通道，只要有所防备，稍微牵扯一二，不至于让金人一捅便穿，金人谋略便是无用。"

李彦仙强压怒气，勉力相对："郡王，西面骆驼岭与稷山之间的大道是谁人守的？"

"御营左军最稳妥的许世安率众驻扎于万泉县城。"韩师仲昂然作答。

李彦仙面色不安，但他依然没有放弃："汾水入黄河河口处呢？"

"你是说龙门？"韩师仲皱眉相询。

"我是说荣河。"李彦仙严正相对，"郡王在荣河专门安排驻军和统辖的大将了吗？"

韩师仲摇头以对，依然理直气壮："肯定有些许驻军，但俺也的确没有专门安排将领，或者特意留什么成建制大部队。"

"为何？"李彦仙目瞪口呆，"河东城还没打下来，若是金军合万骑顺汾水至于彼处，与温敦思忠里应外合，又怎么办？"

韩师仲依然摇头相对："李节度想多了，俺不是大意，也不是无知，乃是来之前与吴大说好了，他此时虽说要等郸奚辅兵，没有全面进军的旨意，但也会如约遣一支军渡龙门，替俺卡住汾水，你多心了。"

李彦仙点点头，正色相询："所以，郡王是让吴节度遣一军渡龙门，卡住汾水北岸？不是亲自派本部兵马卡住汾水南岸？"

"李节度真想多了。"韩师仲终于不安起来，"若见金军自南岸过来，吴大所遣军马难道还能在北岸不动吗？"

李彦仙再度点了点他："敢问韩郡王，那个吴大，还有他的下属，都是人吗？"

韩师仲陡然色变。片刻后，他本想回身去喊王世雄，但话到嘴边，自己亲自站起来，扶着腰间玉带匆匆往下去。

"郡王。"李彦仙从头到尾都只是端坐在椅子上，"大纛留下，那王世雄也留下，让他与我一起坐着便是。"

韩师仲点点头，一声不吭下关去了。

当日，这位烟广郡王匆匆点起本部背嵬军三千，外加摧偏军三千，又将李彦仙军中战马集中起来，合计六千人尽数骑马，稍作整备，便从关南沿着骆驼岭往西去了。晚间便抵达万泉。翌日中午抵达胡壁堡。又过了一日，也就是十月十二这日，待韩郡王绕过汾水南侧的那片山岭，自河东城北略过而不理会，抵达汾水口南岸的荣河地区时，却发现此处并未有差错，而且荣河这里也还是有五百陈桷留下的部属。这让韩师仲大大松了一口气，几乎准备回去喝骂李彦仙一番。不过，为了保险起见，他依然派出哨骑，让人往北而行，左右顺河查探了一番。

当日夜间韩师仲得知了一则消息——大约在昨日，有一支绍宋军自汾水北岸渡河，匆匆于南岸路上立垒。韩师仲此时也不敢大意，匆匆点起摧偏军和背嵬军，向北进发支援，于上午时分抵达了这个绍宋军营垒。

"张横是吧？俺在文书上见过你的名字。"天气清冷，韩师仲笼手坐在极为简陋的营寨阵中，环顾左右之后，乃是面上肃然、心中茫然地朝着身前这个连自家归属都说不清的张统制发问，"你们昨日过来，只是立了栅栏，连帐篷都未来得及搭？"

"大王英明。"张横今年已经快五十岁了，在韩师仲面前显然是有些慌乱和畏缩的，甚至很可能还没能从对方忽然抵达的讯息中反应过来。

"金军快到了？"

"大王英明。"

"多少人？"

"两个原本在石州与宪州的万户凑的，都是骑兵，但两个万户没敢都来，大约就是一万稍多一些。"

"谁领的头？"

"啼哭郎君，完颜萨利赫……"

"不意外。"韩师仲点点头，忽然再问，"你怎么知道金军要来？"

"俺家在太原熟人多。"

"想起来了，是有这说法，官家提过，对了，吴大派人到龙门了吗？"

"好让大王知道，吴节度派了统制官郭震过了龙门，俺就是在那边会合的郭统制。"张横诺诺相对，明显畏缩起来，"俺前日一见着他就告诉他太原的消息，完颜萨利赫领着一万骑兵要从汾水南边走去救河东，他听完了，就让俺守龙门，自己直接渡河回去了。"

且说，这位烟广郡王花了好一阵子才消化了这个消息，之前片刻他耳边只有一句话嗡嗡作响——那个吴大，还有他的下属，都是人吗？片刻后，韩师仲调整好心情，没问对方为何不跟着那郭统制逃回陕北，又为何要带着两千义军渡河过来，摇头笑对："你是个好汉！"

张横欲言又止。

"想说什么？"韩师仲一眼望见，当即再问，"想说就说。"

"大王，俺这次跟了你，能算是御营的正经统制官了吗？"张横躬身认真问道。

"算了。"韩良臣瞥了对方片刻，也不知道在想什么，但最终重重点头，"俺会亲自替你保举的！"

张横喜不自胜。

就在此时，河北人成闵匆匆自营前过来，遥遥便用让人出戏的河北口音开口汇报："郡王！完颜萨利赫快到了。"

不用成闵汇报，早就感觉到地面震动的韩师仲微微一点头，然后继续认真来问张横，却不知为何，口音也变得像是正经官话了："张统制，你这里没个帐篷，却该有吃的吧？"

"有，锅里有羊汤，也有现成炊饼。"兴奋之下的张横赶紧介绍。

韩师仲深深呼吸了一下初冬的空气，正色相对这个五旬山西老汉。"我吩咐你三件事！"

"得令！"张横赶紧叉手肃立。

"我的背嵬军与摧偏军一早过来，都还没吃饭，赶紧让他们喝汤吃饼，也给我弄些，但要记住，先紧着让摧偏军吃，再让背嵬军吃。"韩师仲在成闵的愕然中如此吩咐。

"记下了！"张横依然叉手严肃相对。

"然后，你要带着你的人赶紧做防备，如果桓榛人抢攻，你要替我稍微挡住一两刻钟，别耽误我们吃饱饭再上阵。"

"得令！"张横声音中似乎有些颤抖，但说不清是畏惧还是兴奋。

"最后，完颜萨利赫一到，就找个大胆的，盛一碗羊汤，带两个热炊饼，替我送给完颜萨利赫，就说烟广郡王韩师仲请他喝汤，没有了！"

张横匆匆点头，速速离去。

就这样，大约两刻钟后，绍宋军营垒前，金军万户完颜萨利赫怔怔看着眼前地上那用托盘架着尚冒着热气的羊肉汤和硬炊饼，半晌才有了反应，直接从腰上拎起锤子，直接朝着那碗羊肉汤奋力一砸。只是一砸，陶碗便碎裂开来，羊肉汤也随之四溅。然后，这位万户便拎着尚带着油花和白气的锤子回头相顾自己身后诸多猛安、谋克，愤愤然出言："都统那里军情不断，说韩师仲昨日还在铁岭关上端坐，大纛隔着十几里地都能看到，结果今日便来到这里做好了汤等我们？一百多里地，咱们尽数骑兵，快人快马，且直直顺河过来就行，他中间还得绕路，难道是飞来的吗？当我完颜萨利赫是蠢货吗？看不出这是空城计？"

言至此处，完颜萨利赫将手中锤子掷于身前地上，大手一挥："出兵！速速攻下此垒！咱们晚上到河东城吃饭！"

金军众将，轰然称诺，一时金戈铁马，耀武扬威。

上午时分，当韩师仲开始整第二碗羊肉泡饼的时候，部分桓榛骑士已经着甲完毕，战斗正式爆发。

一上来，扼守当道营垒的绍宋军便陷入苦战之中。

"善良，我记得你家就是这左近的？"韩师仲端着碗，慢慢咽下了一口泡馍，又轻啜了一口羊汤，没话找话一般看向解元。

"六十里。"解元端着碗朝正东面战线方位努了下嘴，"顺着汾水过去，就是骆驼岭北面，汾水南边，大约还是属稷县。"

"这么近？"韩师仲一时诧异。

"近不近吧。"解元用筷子翻了一下泡馍，他炒饼放多了，无奈应声，"十几岁就离家去了陕北保安军，二十六跟你当了副都头就把家里人接过去了，或许那里还有当日发小、亲眷、故识，可要不是来到根底下，我都不定能想起来是这里。"

韩师仲沉默了一下。

而解元又吃了两口，眼见到韩师仲这个模样，反过来端着碗蹙眉相对："五哥今日是怎么回事？莫不是才歇了这几年，就见不得血了？听我一句，现在能怎么办？咱们又没带双份甲胄来，便是带了也来不及，他们不适应。"

韩师仲摇了摇头："话是这么说，但当时要是能多给这些义军一些铁甲就好了！"

解元瞥了眼低头去吃泡馍的韩师仲，又瞥了眼动静不断的正东面，到底是保持了沉默，只是继续细嚼慢咽，喝他的羊汤，吃他的泡炒饼。就这样，二人领着摧偏军细嚼慢咽地吃了大约一刻钟而已，披着重甲的金军便已经摸到了栅栏跟前，这意味着外面的壕沟部分被填上，石垒也已经被突破了，谷积山的义军被迫撤入最后一层防线。

张横有些紧张地跑了过来，韩师仲早已经面色如常，将空碗递给了对方："这羊汤委实不错，劳烦张统制给我再盛一碗来。"

张横茫茫然用带着血迹的双手接过来，然后醒悟过来，重重点了下头："得令！"随即，便直接转身过了。

人一走，韩师仲立即斜眼去看解元。解善良会意，对身侧军官下令，军令层层传达下去后，摧偏军开始就地披甲，整备弓弩箭矢等物。

稍待片刻，张横复又双手端着一碗羊汤过来，而韩师仲一声不吭直接接过热汤，就势从旁边筐子里取了炒饼，依旧撕开泡汤如故，开始用饭的背嵬军也都有样学样。张横见到对方不说话，又看到解元以下士卒开始披甲，一声不吭匆匆折回前线。

又过了半刻钟，眼见着越来越多的金军进抵栅栏前，开始尝试破坏栅栏，摧偏军也全部整备完毕。韩师仲再度看了眼解元，然后终于下达了一个新的军令："先不要着上面甲。"解元会意，点头而去。

初冬时节的上午，天气微冷，随着解元的离去，三千披甲完备摧偏军也随即在各部军官的层级带领下纷纷起身，然后按作战序列带着近千具劲弩，负着多个弩矢筒子，此外还有部分长枪手、刀盾手，向前轰然拥去。这支军队或许不是三十万御营大军中最精锐的那支部队，但无论如何也称得上是绍宋军最精锐的部队之一。

"我老早便看出来，这些人应该是谷积山中的乱军。"

就在同一时刻，远远在后方督战的完颜萨利赫双手握住战马缰绳，面露不屑，"一身皮甲够干什么的？不去山中躲着，如何敢当道拦我大军，还用韩师仲来吓我？前面都快崩了，后面还烧水烧得那么勤？"

一名岐辖谋克忍不住表达了疑虑："是谷积山中的乱军应该不错，但乱军难道不晓得自己一身皮甲只好在山中活动，如何反而敢当道阻拦？真不怕死吗？"

完颜萨利赫越发冷笑不及："你来问我，我去问谁？说不得是被绍宋大官逼的！"

"末将正是这个意思。"那岐辖谋克居然顺势颔首。

完颜萨利赫稍微一愣，然后略一思索，倒也认真了起来："太师奴，你是想说，这些谷积山中乱军未必是情愿过来的，要么是身后有绍宋军要逃，用官爵拿捏住这些乱军首领，逼他们打阻击，要么是有人唬他们，说是会有援军？"

"不错。"那唤作太师奴的岐辖谋克颔首不及，"这是最有可能的，但还有一种可能，万户，会不会真有绍宋军御营精锐在这里？绍宋军也该想到在此处遣一军扼守吧？"

"不可能。"打断此人的不是完颜萨利赫，而是另外一名刚刚从前线回来的桓榛猛安，"俺刚刚亲自去看得清楚，这营垒的功夫全在临道的沟壑栅栏上，远远望去，虽然雾气缭绕外加栅栏密集，看不清内情，但依然能看到后方连些个帐篷都无，可见这营寨本身是仓促弄出来的，若真有主力藏在后面，便是多个几千民夫，又何至于此？"

"今日早间先行了十里的斥候也是这般说的。"又一桓榛军官开口，验证了这种说法，"说绍宋军数量不多，装备杂乱，营寨空虚，唯独这当道的栅栏和壕沟足够长，整个遮蔽了咱们的进军线路。"

完颜萨利赫微微颔首。

"末将的意思是，有些绍宋军御营主力，但数量不多，所以让山中乱军先来送死，如此，足可使我们大意轻敌，也是诱我们深入的意思。"那太师奴终于不耐，一口气说出了自己的担忧，"然后他们再忽然出战，造成杀伤。"

"所以要先打着韩师仲的名号来给我送羊肉汤与炊饼？"完颜萨利赫打断对方，若有所思，"届时咱们猝不及防之下，受了伤亡，只以为韩师仲真到了此处？说不得会沮丧退兵？"

其余诸多猛安、谋克一时也都有些思量，不少人随之点头。

那唤作太师奴的岐鞡谋克还要言语，却不料他的上司，唤作耶律夷珍的岐鞡猛安就势笑言："太师奴这厮终究是揣测，依着末将看，十之八九还是万户说得对，就是汉人说书里的空城计，想想便知道了，咱们此番本是借着都统的掩护，自后方奔袭过来，谷积山的乱军或许能察觉，但绍宋军御营主力又如何能晓得？"

"耶律夷珍说得不错。"完颜萨利赫笑了，"而且便是如此，也不中用，他要是说王胜、许世安，又或是对岸的吴介，我还能信他三分，却不该将韩师仲拿出来吓唬我们。一来，韩师仲在何处，我们比他一个谷积山乱军清楚；二来，韩师仲天下名将、堂堂元帅，所谓绍宋军第一人，如何亲自来阻我？估计也就是个没见识的乱军头子、乡下豪强，什么都不懂，只听过韩师仲，便趁机胡乱掰扯。"

耶律夷珍赶紧再赔笑，其余人也都随之而笑。太师奴无奈，却也只能干笑两声。笑声未落，却闻得前方战线那里齐齐发一声喊，然后便是密集的尖啸之声，再就是惨叫声、嘶鸣声、锣鼓声、喊杀声、欢呼声迭次而发。最后收尾的，则是整齐的呼啸破空之声。

乱象持续了片刻，眼看着前方的金军主力混乱不堪，却因为军纪不敢擅自退却整队，又挨了一轮克敌弓的弩矢之后，后方观战的金军军官如梦初醒——前线指挥官很可能被第一时间狙杀了。随即，一名猛安赶紧跃马向前，吹动号角，临时接管指挥，方才让前线的混乱稍停，但攻势也随即告一段落。

金军士卒仓促退下整备，数以百计的伤员被抬了下来，哀号声遍布四面，完颜萨利赫以下，诸将看得目瞪口呆之余，却又忍不住齐齐去看那太师奴。太师奴张口欲言，却终究一句话都说不出来——就眼下这个伤亡，他宁可自己判断失误。早有军官顶着极大的生命危险上前去窥探，也有人趁势盘问退下来的士卒，很快就得出了结论——绍宋军不但在汾水口这里有主力屯驻，而且绝对是一支精锐部队。

意识到这一点后，金军诸将纷纷去看完颜萨利赫。而完颜萨利赫面色铁青，骑马立在彼处，这三轮齐射，本能让他想到了桥山之战，让他想到了吴介的驻队矢。理智在提醒着完颜萨利赫，即便是绍宋军在这里候着一支精锐弩矢部队，甚至是从这些人没有铜面这个韩师仲部特有标志来看，很可能真就是黄河对岸的老对手吴介又集合了当日驻队矢的精锐到此，那也不至于像桥山那一战惨烈的。完颜萨利赫强作镇定，然后端坐马上，连番下令，指出一名本属亲信桓榛猛安，接任正面指挥官，以三十个谋克三千骑步的兵力接替第一拨进攻的兵马，继续维持进攻。又紧急继续分出一千五百骑，下马进入战场南面的丘陵地带，试图绕过栅栏从侧后进攻。

金军自上而下，迅速稳住心态，尝试继续进攻。不过，从此时开始，他们就必须付出切实而连续的伤亡代价了，百步之内射穿札甲的克敌弓与神臂弓可不是什么摆设。

"金军确实不比往日了。"待金军发起又一次攻击后，解元自前线归来汇报，却开口不提具体军情。

"怎么讲？"韩师仲捧着空碗坐在地上，身侧是刚刚撤下来的张横。

"若是当年，金人哪怕只是佯攻，只要军令一下便会前赴后继，不计伤亡，咱们往往就会被压垮。"解元蹙眉以对，"而眼下这个局面，金军正面甚至不能说是佯攻，他们见到友军步行往侧翼后，就已经敷衍起来。"

韩师仲稍显紧张："不填壕沟、不推石垒和栅栏了？"

"只填壕沟，也推石垒，却不愿靠近栅栏了。"解元摇头以对。

"近处挨弩矢与远处挨不是一回事，人之常情。"韩师仲倒也释然了，"当年与大金作战，我就觉得怪异，为何金人都能这般悍不畏死，而咱们为何都这般胆怯，以至于望风溃逃？现在看来，金人也都是人，时间久了，想得多了，也都会畏死畏难。咱们经历得多了，想得多了，也都能渐渐不再荒唐到那种程度。"

"若当年咱们有眼下这般军饷军备，又何至于丢了两河？"解元终于也嗤笑起来，"至于说什么犯错不犯错，说句不中听的，便都是敢为国家赴死的忠臣良将，都是好汉，依着如今渐渐宽绰的局势，不也得争个座次、分个先后？不然死了进岳台供奉着，香火都要差人一截子的。"

"说得对，不是相忍为国的时候了。"韩师仲思索片刻，微微颔首，瞥了一眼身侧明显插不上话的张横后缓缓摇头，"但两河终究未复，也不是该歇息的时候，张统制！"

"在。"

"先拆了南面栅栏，再去东面候着，清理营垒地面，做好准备，等南面绕过来的金军被击退，我给你军令，你就动手，自己拽倒正面的栅栏，还要推了自家的石垒，填了自家的壕沟！还要分出人手，帮着背嵬军看住战马！”

“晓得！”张横赶紧应声，片刻之后见对方不言语了，复又小心追问，“大王还有啥要俺做的？”

“再去与我盛一碗汤来，炊饼也没了，替我专门寻一个过来。”韩师仲将空碗递给对方，面色如常。说完，韩师仲又扭头看向背嵬军统制官成闵，成闵会意，即刻行动起来。

此时，营中只剩韩师仲依然冷静地坐在原地。许久，终是等到了北侧来袭的金军。此刻，早间的水气渐渐散去，两军交战范围内视野渐渐清晰。这股金军先锋下马绕过沟壑，却眼见三千全副武装的绍宋军甲士排列整齐，当场惊骇难当！

“是背嵬军！”

简单的几个要素，加上之前的那碗汤，让带头的岐鞑猛安耶律夷珍几乎是脱口而出。“正面是摧偏军！韩师仲真在此处！”

“开战！”

成闵毫不犹豫，即刻起身，拔刀指南，言简意赅：“向前！杀！”

周围军官立即摇动旗帜，传达军令，三千步行作战的背嵬军，此时见到军令已下，阵型齐整，奋力向前，直扑从侧翼杂乱来袭的金军。

“太师奴，你回去！”

关键时刻，绍宋军喊杀声中，那先到的金军猛安耶律夷珍来不及感慨，直接朝着身侧的太师奴回头下令，“让后面那两个猛安的人不要过来送死，然后速速原路撤回去，告诉万户，就说韩师仲真在这里！背嵬军、摧偏军都在，河中偷不得了！”言罢，不等太师奴反应过来，耶律夷珍奋力一喊，拔出刀来，迎着数倍于己的绍宋军顶级精锐冲杀过去。

太师奴一怔，本能想追过去，但回头环顾周边不过数百先到之人，却都阵型散乱，又是辛苦翻越沟壑丘陵至此，只有一小半人跟着自家猛安冲杀过去，更多的则是面有惶恐之色，踌躇不前，终究是一跺脚，转身钻回了那条山沟里。

以多击少，以逸待劳，外加事先准备好的心理震慑，韩师仲看都不看侧翼战斗一眼，只是端着那个早已经见底的羊汤碗装模作样，喝个不停，足以让所有看到这一幕的人底气横生。

也就在营垒南面喊杀声猝然响起的同时，正东方的正面战线上，金军终于再度发起强烈攻击。数以千计的金军在各自军官的指挥下，往来不断，身披重甲，波浪式轮番向前冲锋。残破的石垒被彻底推倒，沟壑也被就势填平，粗大的桓榛重箭密集发射不停，与绍宋军的弩矢隔空交错。

不过片刻，便有小股金军骑马武士逼近了栅栏，在更近的距离，用骑射的方式贴身重箭与绍宋军交战。这股之前忽然涌上的绍宋军重甲弓弩部队伤亡亦惨重。

"再等一等。"

立在栅栏后面一个仓促堆积起来小高台上的解元回头看了下坐在那里的韩师仲，又看了看此时刚刚从南侧回转的成闵部，转身下令："再等等再着上面甲！"

数百步外，完颜萨利赫从前线收回目光，低头相顾身前匆匆回来给自己进言的太师奴："再等等，兴许是耶律夷珍弄错了，正面明明攻势顺利！"

太师奴抬起头来，面露悲愤之态："万户是因为我们是岐輵人，所以不信我们吗？"

"韩师仲怎么可能在这里？"完颜萨利赫听着不好，赶紧解释，却不知道是在跟谁解释，"他便是察觉到我们从都统身后过去的动静，然后立即过来，也要从河中府那边绕路的，怎么可能比我们先到？还是那句话，他难道是飞来的不成？"

太师奴又气又急，以至于站起身来，立在那里，偏偏他也不可能知道是李彦仙对河东地形烂熟于心，结合局势料敌以先，以至于人家韩师仲是提前两天出发，才能远路先至的。所以，他想来想去，终究不知道如何说服对方，只能咬牙切齿。周围金军军官无奈之下，也多焦躁，纷纷看向前方主战场，甚至有性急的按捺不住，打马向前去观察。虽说前方伤亡不停，但的确攻势顺利，越来越多的金军攻击波次直接触及最主要的栅栏。那层栅栏也摇摇欲坠，似乎随时倾倒。

"韩师仲是故意的！"那太师奴在地上咬牙看了一会儿前线烟尘，似乎想到什么，放弃纠结时间问题，跑过去抱住完颜萨利赫的马脖子，"万户，韩师仲是在反过来学当日四太子在淮上那一战！"

"什么？"完颜萨利赫茫然一片。

"我们要奔袭过去，要让骑兵过去，就得沿途捣毁铺平道路！"太师奴在马下仓促解释，"所以韩师仲坐而不动，乃是要等我们一边伤亡，一边填平道路，好方便他的背嵬军反冲出来！然后便是狭路相逢，将我们冲回去！"

"若是想以背嵬军当面狭路来冲，为何要耗费那么多力气仓促建垒？"完颜萨利赫气急败坏，直接拿马鞭戳向了对方的兜鍪，"太师奴，你一个跟着耶律於顿逃到西勒又逃回来的罪人，若非耶律夷珍看在旧日情分保举你，耶律马五又是个心软的，如何能让你在军中继续厮混下去？结果你胡扯什么呀？"

太师奴闻言越发焦急，松开马脖子，在原地转了好几个圈，忽然醒悟："万户，绍宋军必然是两股，一股是阻击的乱军，在此立垒；另一股是韩师仲率背嵬、摧偏两军仓促来援，但因为疲惫不堪，所以用疑兵之计，让我们来替他们平垒，自己在后方歇息进食，做出一副从容模样！"

完颜萨利赫怔怔听完，思索片刻，本能保持了反对意见："还是不对，若是摧偏军，为何不见铜面？"

"什么？"太师奴一时没理解对方的思路。

"我是说，这当面阻拦我们的弩手明明没有铜面，明明是吴介仓促调集来的弩手。"完颜萨利赫急切说道。

"那又如何？"这次不是太师奴，便是旁边一名桓㮌猛安也醒悟过来，"万户！前面的弩手是吴介的驻队矢还是韩师仲的摧偏军，到底有什么区别？"

"若是驻队矢，不是摧偏军，那就是后面在假装韩师仲啊。"完颜萨利赫赶紧再解释。

"铜面而已，随时可以戴上啊！"太师奴听到一半，气急败坏地吼道。

完颜萨利赫终于怔住。而太师奴依然愤愤："万户，你还不明白吗？从那碗汤开始，韩师仲就是故意的，就是让你不信他亲自到了这里，这样待会儿他亲自带着背嵬军冲出来，你怕是要慌乱，不敢战了！"

完颜萨利赫刚要再说些什么，忽然闻得前方战线处哄然一片，乃是绍宋军弩矢不知为何突然密集起来，将金军整体逼退。

很快，一名谋克匆匆疾驰而来，当面汇报："万户，绍宋军忽然齐齐上了面甲，俱是暗红铜面，俺家猛安让俺转告你，当面必然是韩师仲摧偏军，速下决断，务必小心！"言罢，这谋克便又疾驰回去。

周围猛安谋克闻言，皆面色不善，纷纷盯住完颜萨利赫和他马下的太师奴。太师奴一声不吭，神色严肃，翻身上马，完颜萨利赫当此之时，怔在当场，只觉手脚冰凉，脑中空洞，言语如噎。

就在此时，营垒之内，韩师仲当先整备上马，周围成闵以下早已折返回来，静待军令。

"可以了。"韩师仲罩上铜面，再度出言。

张横闻得军令，直接抬起手，在空中做了个往下一扣的动作。随即，早有准备的谷积山义军便拖动绳索，一起发力来拽。然后便是扑通之声响彻河间山谷，并带起无数烟尘。韩师仲也不言语，只是一手勒马一手取出长矛甩开矛头套索，兀自冲向烟尘，周围亲卫纷纷跟上扈从，接着不用成闵下令，上马的三千背嵬军便齐齐涌上，随着自家郡王向东冲锋。

且说，之前扑通声作响，震起无数烟尘，而烟尘之外，金军茫然，又闻马蹄轰隆之声，紧接着又是不知道多少人的呼喊助威之声，更有克敌弓、神臂弓趁势迭发，心中更加慌乱。却不料，随即铁骑铜面，金戈亮矛，如箭离弦，穿破烟尘滚滚，自西向东，当身而来，恰如霹雳弦惊。而当此一冲，汾水之畔，烟尘之内，这些最前线的金军比完颜萨利赫更早一瞬间相信，韩师仲在此！韩王在此！

几百步外，虽说前方烟尘滚滚，让人看不清具体局势，但马蹄隆隆足以让完颜萨利赫恍然大悟，随即数千金军狼狈逃窜，匆匆夺马向后，口中或言背嵬军，或喊韩师仲，让他彻底醒悟。狭路相逢，前军已溃，当此局面，完颜萨利赫恨恨看了眼身前的早已经握着兵器的太师奴，转身打马便走。

太师奴目瞪口呆，怔怔望了下东面，又瞥了眼东北面，眼见着烟尘滚来，也只能恨恨掉转马头而去。

"解元！"另一遭，韩师仲既已冲垮当面措手不及的金军步行骑兵，却不急着砍杀，反而转到之前解元的大略方位，在烟尘中奋力呼喊，"事成了！"

"在呢！看到了！"虽然隔着烟尘，但解元几乎都想象得到装了大半日姿态的韩师仲此时是如何耀武扬威，在烟尘中横戈立马的，赶紧放声回复，"五哥请下令！"

"让摧偏军回去上马！跟上来！"隔着烟尘，韩师仲的声音如雷如电，穿透一切，"你路近，今日俺韩五就先送你回家！"

烟尘滚滚向东，而烟尘与铜面之后，解元久久方应。

第八十章　忽暗忽明

十月中旬发生在汾水畔的这场战斗毫无疑问是一场击溃战，是一场骑兵之间的击溃战，是一场道中相逢、以少胜多的骑兵击溃战。

这日晚间，韩师仲因为天色昏暗下令停止追击的时候，已经进入稷县境内，也就是他的兄弟解元家乡所在。不过，可能是因为需要随后清扫道路，收罗掉队士卒的缘故，解元比韩师仲晚了一个多时辰才抵达韩师仲屯驻的村庄。

入得庄来，看到村庄空空荡荡，只有几位年迈老者，这让见惯了类似事情的解善良难得烦躁不安。兄弟二人相见，篝火旁正在擦拭自己长矛的韩师仲率先开口："善良，这地方是你家不？"

"不是。"解元摇头以对，"我家路上已经过去了，是个山岭坳子，我下马瞅了眼，早就荒废了。"

韩师仲点点头，再问："如何？"

"不好。"几十年兄弟，解元当然晓得对方的意思，便再度摇头，"汾水如今已经变浅了，而且中午太阳晒得也不是太凉，许多散乱下去的大金骑兵，有马的直接抱着马脖子，没马的直接解了甲凫水过去了，也就是比那次铁岭关南边稍强，估计就是勉强过千的斩获。"

"不错了。"韩师仲丝毫不以为意，"过河一旬，三仗，斩获三四千，算是生平之大胜了，还指望啥？"

解元点头应声："关键还是河东城，此战后金军不能救河中，那温敦思忠和他那个万户就插翅难飞了。"

"那便是一个半的万户。"盘腿坐在地上的韩师仲给自己的长矛套上套索，昂然相对，"天下人便该晓得为何是我韩师仲天下无双了！"

"五哥。"解元也不坐下，依旧在篝火对面正色劝解，"这一战是国战，咱们三十余万，大金也有二十个万户，加上燕京新军，几千斩获、一个万户，不过是大战先挫锐气，万万不能倨傲失态。何况，完颜巴力速尚在前方没有退走的意思，便是河中府也尚未有定论。"

"我知道。"韩师仲含笑以对，"不过，这一回他既受挫，留着也没意思了，正该趁势将他驱走！"

"我已经派人去寻许世安、陈桷他们了。"解元立即应声，"明日应该便能抵达，咱们届时会合部队，大举渡过汾水，攻取河北面的稷县县城，再进逼绛州州城，做出一副要顺着汾水向北断金军后路的姿态，完颜巴力速要么分兵渡河来拒我们，要么直接撤兵。"

"太慢！"韩师仲摇头以对。

"五哥有了别的主意？"解元略一思索便晓得对方意思了。

"你看那座山如何？"韩师仲努嘴向南。

解元诧异回头，只见尚有日头余光兼月光的暮色中一排山岭轮廓清晰，正黑洞洞蹲在那里，其中一座挨得比较近的，明显高度、宽度超过其余山头，应该正是韩师仲示意所在，但解元仍然不解。

"想要撵走完颜巴力速，最好趁热打铁。"韩师仲见状从容解释道，"趁着他摸不清白日这一场到底有多少伤亡，我们有多少兵力的时节，今晚稍作歇息，即刻再度奔袭过去，尾随完颜萨利赫的溃军敲他大营，逼他撤兵转回临汾。可咱们兵少不说，若是仓促再往前去，后勤也不足，一旦受挫，届时又天亮，反而要出大事。"

解元额首不停，不要说自古以来，便是他们二人亲身经历过的乐极生悲之事就数不胜数。

"不过，所幸敌营与铁岭关只隔着一条小小浍水，若李彦仙能提前知道咱们想法，与我们一起合力出兵，便是不成，咱们也能从容进退。"韩师仲继续言道，道出自己的想法，"所以，我想仿效当日马括举止，点火烧山，以作威吓，也当联络。"

解元怔了一下，本能摇头："马总管当日并未烧山。"

"一个意思。"韩师仲嗤笑以对，"大家一下午冲了六十里，正该歇息，难道还要让大家临时造火把，再上山不成？"

解元点了点头，一声不吭，转身离去。

"你去哪里？"韩师仲诧异相对。

"去烧山。"解元停都不停。

"不歇一歇吗？"韩师仲越发不解，"况且烧山这种事情，哪里要你一个副都统过去？一个都头足够了！"

"五哥。"解元终于在相隔几十步的距离停下，回头相对，"你这个主意极好，正是眼下最妥当的计策，不可能不去做的，但你看沿途村庄，全都空空荡荡，人都到哪里去了？"

韩师仲微微一怔。

"我没有阻碍军事的意思。"解元继续言道，"但我是副都统，又是本地人，只要告诉下面军士此事，再亲自往山下一站，他们自然会先尽量驱赶山中百姓，然后再烧，否则以他们眼下的疲敝，怕是直接一把火了事，到时候又如何呢？"

韩师仲没有言语，只是点了下头，便低头去忙了。解元不再多言，转身离去。

就这样，到了半夜时分，初冬落叶堆积的山头上，火势渐起，继而一发不可收拾，汾水两岸被映照如昼。就在匆匆随韩师仲追击到此处的绍宋军在平原上怔怔盯着这巨大火势之时，同一时刻，已经接触到部分败军，此时正在汾水南岸，夹着汾水支流浍水立营的完颜巴力速及其部金军主力；与完颜巴力速对峙，正夹在铁岭关立营的李彦仙及其部绍宋军主力；包括此时已经得到通知，就在韩师仲南所驻部几个缺口上的御营左军许世安、陈桷等将，察觉到了这里的动静。其中，许世安和陈桷行动最快，这二人本就接到了解元的传令，此时更无犹疑，即刻连夜发兵向北支援。与此同时，铁岭关上的李彦仙，第一时间意识到韩师仲的意图。窥破西面缺口可能破绽的正是他，促使韩师仲出兵救援的也是他，而在符合预期的时间，在既定战场的东面出现了这种动静，必然是韩师仲成功阻击了金军，并正面击溃对方，然后追击至此。

点火烧山，亦不言自明。李彦仙没有任何犹豫，一面紧急派人去绛县通知马括，让他们守好侧翼，一面即刻连夜动员，发关南本部七军与韩师仲遗留下的呼延通诸部出关向北，再度去攻夹浍水立营的完颜巴力速。当然了，下达这些命令的同时，李节度没有忘记一件事情，那就是将韩师仲那碍眼的大纛先从铁岭关上拔下来。

同样的道理，作为众矢之的的完颜巴力速，其实看到火起第一时间便已经猜到了韩师仲要干吗了，因为他从前半夜开始，就陆续接触到完颜萨利赫的后撤部队与零散溃军，甚至完颜萨利赫本人都狂奔一个下午加一个前夜回来了，他早就已经知道西面败了。而待到铁岭关上下一动，动静遮都遮不住，这位金军都统对局势就更加洞若观火了。

"让完颜突合速先撤回浍水这边，与我合营。"

枯坐了一炷香时间，灯火通明的金军大营内，完颜巴力速终于下了决断。

"再传信给曲沃，让折合不要再休整了，即刻连夜西进，渡过汾水，进驻绛州州城，务必夹住汾水两岸，不给绍宋军留下包抄的余地。再派出部队，点起火把，沿着浍水搭建临时浮桥，接应败军。对了，再告诉完颜突合速，无论多难，都要尽量派人趁夜穿过绍宋军甬道阵地，去通知西冷山口的讹鲁补，让他撤走。完颜突合速一走，他就是最危险的了。"

为了尽可能地保全有生力量，彻底放弃了河中盆地，就此撤回临汾盆地。而下方诸将当然也会意，却无人反对，只是哄然一声，然后便各自离去。

天亮时分，混战结束。韩师仲根本没有抵达铁岭关南，便已经达成既定目标。金军唯二探出来的两个万户，一南一北，一个轵关陉的讹鲁补，一个浍水南岸对着绛县通道的完颜突合速，同时连夜撤后。很快，随着绍宋军诸部的北上，以及金军紧急增加汾水另一侧的绛州州城兵力，将对峙局面推出了河中盆地。所谓区区一线之隔，让出这一条线，河东城的陷落，基本上已经是时间问题了。

中午时分，韩师仲回到铁岭关，第一时间重新立起自己大纛后，汇总军情，豪气自生，他一面亲自写军报给赵官家，汇报各路军情，顺便表功、告状；一面却不耽误他搞露布捷报，同时与吴玠传递文书，严厉喝问郭震的相关事宜。暂且不说吴玠那里如何被动，李彦仙又重新遭罪，只说这文书与捷报向南面传递过去的时候，河南之地，却并不是那般好过的。原因很简单，三年承平，骤然大发劳役，动员北伐，本就会问题迭出，而且随着这半月的发酵与扩散，中原、关西地区的全面动员终于全面展开，引发了前所未有的混乱。

这日一早，赵官家换上一身轻甲，外罩棉布戎装，扶剑而出，精神抖擞。在韩师仲三次发威，实际上夺取了河中盆地后，吕夷昊与王彦这两个随驾的最高阶文武臣属，同时表达了对河东战场的忧虑，然后同时建议赵官家亲自渡河，整顿局面，约束诸将。及罢，赵官家本欲言语，但不知为何反而冷静异常，只是亲手夺来那檄文，当众焚烧，旋即转身而下，便亲往登船。

"官家！"

就在赵玖披着一件淡黄色披风立在轮船上思绪跳动之际，忽然间，旁边的平清盛、脱里等人出声，拥到跟前，挡在这位官家的右侧。赵玖一时蹙额，但很快他就从其余船只的旗帜讯号上意识到了问题——黄河北面孟州区域内的河堤上，有金军存在。

随着河堤上越来越多的金军涌现，杨轶忠率先醒悟开始汇报："是讹鲁补，必然是从轵关陉撤出来的讹鲁补！可惜了，不知道他撤得这般慢，否则将他堵住又如何？"

众人即刻再去看，发现对面的金军同样慌乱仓促，军容极为不整，而且方向是自西向东。恐怕真就是刚从王屋山、太行山中钻出来，然后此时撞上绍宋军大股船队，同样措手不及，以至于占据河堤后，便保持了一种诡异的沉默，此时正纷纷停在河堤上，临河观看绍宋军旗帜与轮船。

意识到不是金军有意设伏，不可能准备诸如炮车之类的杀伤性武器后，上下也都松了一口气，与金军遥遥相对，观察起来。

"如此说来，倒是仓促之间路上相逢了？"赵玖顿了一下后，似笑非笑，"讹鲁补也是熟人了，咱们之前讨论战犯，说淮上有他，破宁庆后屠城，逼张所、杀辛道宗也有他，宗相公被逼入绝境也应该算他一份，之前尧山战前强渡洛阳逼汪相公，杀翟统制，还是他，对不对？"

"是。"杨轶忠咽了下口水，很显然，渡河这件事情对他也有些影响，"正是此獠。"

"既是故人，便做个倾盖之交吧！"

赵玖冷笑以对："他必然在找朕身影，都让开，让他亲眼看一看朕在哪里，又将往何处！"

杨轶忠等人在心中估算了一下河心距离对岸河堤的距离，小心躲开，但同时跟右侧北面的船只打了讯号，让他们跟脚下的大轮船一起，适当加速、减速，以尽量做些遮蔽和防备。事实上，当赵玖身侧的甲士微微散开后，不只是讹鲁补，几乎所有金军都意识到那面插着龙纛的大轮船上，被人簇拥着，披着披风，正往此处来看的人是谁了。

数以千计的金军，带着疲惫和茫然，怔怔看着船上的龙纛和龙纛下的身影，一言不发。讹鲁补当然也在其中，他一度抬手弯弓，想撞一个天运，但终究自嘲般地笑了一下，然后选择放弃。最后，这名金军宿将，只是跟所有部属一样，带着一丝疲惫，用一种说不清的表情望着那面金吾纛旆和金吾纛旆下的身影，一声不吭，目送这支庞大的船队逆流而上，最终消失在视野内。

就这样，这日傍晚，赵玖在王屋山的那一边的垣曲，在李世辅的迎接下，波澜不惊地登上河东之地。

这一日，乃是建炎九年冬，十月十八。绍宋官家赵玖越过黄河，自陕州垣曲登陆。到此为止，前期的突袭式战斗正式结束，北伐进入一个新的阶段。

当日夜间，赵玖在垣曲扎营休息，便已经引发了整个河东与河南地区的震动。翌日，天色稍微阴沉，赵官家自垣曲启程，在多达八位统制官及其部属，外加御前班直的护送下先往西行进，中午过三门峡，晚间抵达平陆境内。

平陆守将邵云出城向东前来迎接，随即受到赵官家的专门设宴款待，以及大加恩赏。君臣宴罢，赵玖便以邵云部为先导，从平陆境内北上，自张店镇穿中条山，于当月廿二日抵达安邑城下。这安邑城位置极为紧要，面对着城中守将石皋，郦琼在此对峙十余日，仍未将其拿下。

这日赵玖在军营之中遥望城上许久，突然开口："将朕的檄文发给他。还有朕在路上拟定的那六十几个战犯名单也发给他。告诉他，朕绝不会赦免他，非但如此，到明日午时为止，这城中凡担任伪金军官、吏员之人，若不能降，便不会赦免。"

翌日一早，石皋便召集主簿梁肃，以及城中民夫首领、州兵军官，让这些人放弃抵抗，开城投降。除此之外，还让跟自己上任地方的儿子石据去面谒郦琼，表达谢意。

见到石皋决定投降，城中军官、民夫首领俱皆释然，这些人愿意跟着石皋，绝不是什么忠心于大金，而是因为石皋对他们素来有恩，他们一层又一层被石皋本人拴住了，而且即便如此，他们也都在昨日完全动摇，上上下下都已经出现了串联和失控的情形。现在石皋愿意放手，他们自然觉得浑身轻松。相对而言，梁肃和石据也是类似思量，只不过，他们的一切出发点都在石皋身上，所以又多了一层顾虑。

待见到来降之人，赵官家面色丝毫不变，从容应对，甚至还点了那个已经成年的梁肃为秘书郎。按照渡河前定下的规矩，三十岁之前是可以赦免任用的。

军中既然受降，城上依约开门，宿将张景亲自督部属蜂拥而入，迅速控制城防，清理街道，并对城中兵丁民夫予以安置缴械。随即，赵官家自带着近臣文武，动身往城中而去。

进入城中，来到路口，披挂整齐的张景匆匆迎面而来，当众拱手请罪："臣惭愧，还请官家不要入县衙。"

"那厮畏罪自尽了？"

赵官家未及开口，骑马在后的吕夷昊便气急败坏，但显然是单纯的愤怒，并无诧异之色。郦琼、范宗尹，乃至于寻常东南公阁随员而后也都恍然大悟。只不过，这些东南来的人，从没想过两河沦陷区的儒生会是这种生存状态，即便是醒悟过来，也还是难掩震撼之色。而郦琼、范宗尹这些人，不免心中感慨，却因为昨日吕相公的发作，不敢表露。

刚刚点了秘书郎的梁肃，也在虞允文、梅栎几个人的注视下，在马上摇晃了一下，然后便面色大变，翻身下马，跪倒在赵官家侧后，引来了数名甲士的环绕。而那个石据，更是在自己师兄拜下后差点从马上栽下来，也早早被几名赤心队骑兵给围住了。

"已经死了。"张景被这一幕弄得有点蒙，但还是匆匆拱手，"是上吊自杀，还留下四个字，写的是无愧于心。"

"朕也无愧于心。"吕夷昊刚要再发作，赵官家却忽然冷冷开口。

那个梁肃，茫茫然隔着自己身边几个甲士，看了眼被骑兵环绕控制住的小师弟，忽然在地上叩首不停。出乎所有人的意料，赵官家这一次渐渐冷静下来，他没有发表什么檄文一般的斥责，也没有再借机说出什么豪言壮语来呵斥谁，来表达什么心境。

"就这样吧。"

在许多近臣的诧异之下，赵官家平静地扔出了这句话，然后打马向前，并在满街密密麻麻的军士护卫下，越过了路口。

安邑开城后的第二日，赵官家便收起脸色，佯作无事发生便召开军议，询问接下来的行程。

"陛下。"吕夷昊在县衙中拱手以对，其人神色冷清，丝毫看不出昨日的愤怒与难堪，"臣以为解州既下，便不可久留。"

"哦。"赵玖状若讶然，"吕相公何出此言？"

"官家北上，所图甚大，乃是要全求两河为上，若有可能，便是燕云也要尽力夺下。"吕夷昊不慌不忙，"河中一府两州，得之而扼绛县便可守，固然可喜，但官家若是摆出一副可喜姿态，怕是反而要被有志之士耻笑，前线将士也会觉得官家所求甚小，不免懈怠。"

"那便是去前线了？"赵玖面不改色，"是去河东城？"

"自然是去前线，可既是去前线，又要去什么河东城？"

吕夷昊继续昂然相对："金军撤出轵关陉，退过浍水，夹汾水而守，已然是弃了河中的意思。而那河东城虽是河中首府，当世名城，但初战受挫，已无出战之力，加上被数倍于己的王胜部合围，折腾不得，如今又断了援军可能，早就是一座死城了。至于温敦思忠，出身完颜阿古达本帐，又在河中数年，杀戮甚重，是官家亲手放入那份战犯名单的敌酋，且不说会不会投降，便是投降，官家难道会应许？所以温敦思忠也只是一个活着的死人了。"

"朕晓得了。"赵玖一副恍然大悟的样子，"必死之城加必死之人，朕若是多看一眼，都是不该，更是在抢王胜辛苦一个月的战功。为今之计，河东那里，只该摆开阵势，让王胜引御营左军主力堂皇取之，杀之传首天下，以作震慑，是也不是？"

"是。"

"那朕又该去何处呢？"

"请官家移跸铁岭关，总督诸军向前，与金军主力争夺临汾！"吕夷昊的言辞听着便让人没有反驳之意，"这才是官家渡河向北的本意。"

"吕相公说得好！"

赵玖当场拍案，环顾左右，恳切咨询："诸卿以为如何？可有其他好主意？尽管说来，朕与吕相公必然诚心思量。"其余诸文武面面相觑，而后恍然大悟，并纷纷出列称赞吕相公言辞恳切，一语中的。

所有人意见一致，赵玖不再犹豫，即刻做出决断，移跸铁岭关。不过，这一次赵官家没那么着急了，他按照王彦的建议，一面督促前方韩、李、马三将布置妥当，向北施压进发；一面在解州这里亲自下达了沿线建立临时兵站与仓储点的旨意，试图构筑一条稳固而坚挺的后勤补给线，以应对可能到来的拉锯战。一直等到相关布置完成，这才正式北上。

而这一耽搁，情况就有了新的变化。首先是吴玠将郭震的人头加急送来了，其实，这倒不是吴介之前不舍得斩了那个郭震，吴大也是个心狠手辣的主，既然出了这种惊破天的事情，甭管是给赵官家交代还是给本身在西军都是老大哥的韩师仲交代，他都要杀了此人以表态的。

赵玖下令传首，心情稍微好转。但很快，这位官家就不安起来，因为他刚一动身，一场冬雨便不期而至，气温再度下降，给北伐蒙上了一层阴影。毕竟，如果寒冬降临，到了最后连黄河都封冻起来，一个是严重的后勤压力，几十万士卒和几十万民夫都要冬装，部队屯驻也会大量消耗燃料；另一个则是御营水军对黄河的管控将会丧失优势。换言之，必须要取得足够的进展，给冬日作战留下战略缓冲，也需要更进一步夯实后勤基础。后方是有物资的，但黄河结冰前，陕州河道的后勤堵塞只会越来越严重。反倒是黄河结冰后，方便了一点，只是那个时候的后勤需求会更大。

在这之前，随军的吕夷昊吕相公直接得了风寒，同行的东南公阁百强中，也有几个年长之人直接病倒。这下子，赵官家只得将吕相公暂时安置到闻喜。而河东城外，御营左军副都统王胜也仿照安邑城事例，向城中传递了赵官家的檄文，对城中下达了最后通牒。王胜既然决心已下，这一番檄文送入，便又去鹳雀楼上犒赏三军，并聚起军官，封官许愿，叙旧立威的，而军官们也都一力配合。一时间，上上下下，热烈非凡。

小酌之后，王胜干脆宿在鹳雀楼上，这日晚间却被亲卫叫醒。待转出帷帐，望着满城火光，这位御营左军副都统怎么也没想到，一封檄文居然引发了城中的混乱与火并。

第八十一章　思前想后

河东城的陷落是理所当然的，温敦思忠奋战应敌之事也只会泯灭在历史的灰烬之中，夹杂在那些随军东南公阁百强的笔记里。

"军中相见，不必拘礼，都起来吧。"

十月底，赵官家虽在闻喜稍微耽搁了半日，但终究还是听从吕夷昊劝解，与王德、郦琼、李世辅三部大军一起赶到了铁岭关，迎面遇到汇集来的以韩师仲、李彦仙、马括为首的诸将，不待众人行礼，便直接摆手示意，匆匆入关。随从赵官家抵达的也有数十名将、数十近臣，外加近百东南公阁精英。原本以为会是一场极为郑重和热烈的会师，却不料赵官家这般姿态，让人不免紧张。不过，紧张归紧张，胡思乱想归胡思乱想，众人只能随面无表情的官家蜂拥而入。

铁岭关只是一个扼口，一个狭长小院，外加南北两个关楼，北面三层，南面两层，金军统揽整个河东时，只有一个谋克屯驻，委实狭窄。如今赵官家龙纛进入关内，无数文武随从涌入，还有必须在此的御前班直，整个关隘便显得拥挤。没错，赵官家甫一入内，见到这铁岭关这般逼仄，只让杨轶忠去将龙纛立到光秃秃的关楼上，自己在院中廊下坐北朝南，并着刘彦铺开木质沙盘，开启军议。

军议开始，第一件事，赐下匆匆赶制好的大纛于马括。赐下大纛的过程显得有些冷清却又庄重不说，赵官家待到此事妥当，几乎马不停蹄，点着韩、李、马三人问起了临汾相关地理、军情。三人不敢怠慢，立即主动上前，指着木刻沙盘，给官家做了详尽说明。

"如此说来，临汾三州一军，东面是太行山西翼主脉，西面是谷积山南段主脉，中间平坦如盘，南北长两百里，东西最窄处不过五十里，宽阔处七十里，中间还夹着一条汾水，是也不是？"赵玖对照着随行赤心队摆上的沙盘。

"是。"

扶着腰带的韩师仲当仁不让，应答干脆。

"如此地形，是有利于金军还是有利于我们？"赵玖身形不动，面色不变，继续望着身前沙盘追问。

"都称不上有利。"转到沙盘一侧的韩师仲脱口而对，"好让官家知道，这般平地固然方便大金骑兵南北往来，但东西横向未免太窄了，尤其是汾水尚未结冰，骑兵渡河也要费工夫，汾水将此地一分为二，就更显得地形狭长．只要我军兵力充足，铺陈妥当，金军便是有骑兵之利，也无发挥可能。"

"那我军兵力充足吗？"赵玖忽然再问。

韩师仲怔了一怔，回头看了看满院子人，一时不知道如何应答。便是其余人等，也一时怔住。

"朕换个问法好了。"赵玖见状面色不改，继续从容言道，"按照韩卿刚刚所言，如今当面铺陈在临汾四郡的金军少则四万，多则六七万，沿汾水两岸层层布防，是也不是？"赵玖继续指着木刻沙盘追问。

"是。"韩良臣赶紧颔首。

"大金会继续增兵吗？"赵玖继续追问。

"应该不会。"韩师仲摇头相对，"便是会增兵也不足为惧，因为汾州的阳凉北关与阳凉南关之间，鼠雀谷道狭且长，三四十里窄地，如何供给更多后勤？"

而言至此处，韩师仲似乎想到了什么，不由得多说了一句："若是从这个大方向思量，临汾地形，反而有利于王师，不利于金军，臣若是金军统帅，断不敢在这里决生死。"

"朕在闻喜时便闻得王胜加急军报，说河东城已破，故此，浍水以南，我军已有御营左军全军、中军全军，另有骑军一万，太行山义军最少三四万，是也不是？"赵玖不置可否。

"是。"韩师仲莫名有点慌了。

"那是多少？"赵玖继续追问，"去掉去守轵关陉的八字军，去掉后勤沿线必要城寨驻扎。"

"虽有战损减员，但也有降卒和补充，与开战前差距不大，再去掉些许必要屯驻，"韩师仲在心里估算了一下，然后给出了一个越发让他有些慌乱的数字，

"御营主力合骑步十一二万总是有的，另有可充辅兵的两河义军三四万，若是算上御营后军。"

"不要算御营后军。"赵玖当即打断对方，用目光瞥到了被吴玠派来的亲弟吴璘，然后冷静相对，"御营后军是总预备队，不到决战，绝不轻用。况且，吴玠渐渐合兵在陕北，足够牵扯大同金军了。"

"是。"吴璘仓促出列应声。

"那我们跨河而来，知晓本地地理吗？"赵玖面色不变。

韩郡王停止了与赵官家的对答，只是愣在那里若有所思，却不知是不是在重新计量兵力数额。

"官家，大金虽占据河东十年，却不能变山川地理。"李彦仙冷眼看了半日，此时忽然出列，昂然作答，"且不说王都统、解副都统，皆是河东人物，便是马总管籍贯不在此处，也在太行山盘桓多年。再退一万步讲，还有数万太行义军、数万八字军在此，若论通晓本地山川地理，怕是金军也不如我们。"

赵玖点点头，依然不置可否，依然继续追问不停："天气渐渐变冷，后勤转运能力不足，恐怕要优先转运冬装，暂停运输军械，现在的军械充足吗？"

"前期转运屯留，足够进取临汾四郡。"李彦仙干脆挑明了言语，使得很多还在猜度的文武一时恍然大悟。

"冬日变冷，燃料如何解决？"

"河东自古出石炭，左右便有足量石炭、木材，只要人力充足，足可就地取材。"

"攻城器械呢？"

"山中自有大木，军中自有工匠。"李彦仙依旧凛然。

"那好。"赵玖点点头，"情况朕已经知道了，如今临汾这里，地形狭长，汾水结冰前不会于我们有太多不利；然后，我军御营主力两倍于敌军西路军主力；同时，我军对本地地形通晓清楚；后勤、辅兵也暂时充足；而且，眼下还没有到真正寒冬，是也不是？"

"是。"李彦仙声音高亢，身形端正。

"那能立即动手与金军争夺临汾四郡吗？"

"能！"李彦仙刚要说话，王德却忽然自对面闪出，音量压过了所有人。

"那好，现在朕就在铁岭关。"赵玖端坐在沙盘后不动，环顾左右，如数家珍，"此关中现有元帅一人，节度使五人，都统、总管、副都统九人，算上正在河东城收拾局面的王胜便是十人，外面还有吴介领着五万御营后军主力，外加数万鄜奚辅兵，还有岐辙、蒙兀援军，在河西与河外牵扯大金军力。你们谁愿站出来，总督全军，替朕夺了这四郡？"

"臣愿往！"李彦仙当即应声。

随即，御营总都统王彦、御营中军左副都统王德、右副都统郦琼、御营骑军副都统李世辅，几乎一起出声。只有马括，晓得自己不可能指挥得动御营十余万主力，一时默然，吴璘也知道自己是凑数的，老老实实立在远处，解元则是看向了韩师仲。

韩师仲转过身来，方才松开腰带，再度严肃行礼："臣自淮西受陛下恩遇，凡八载有余，未尝有一日不思为陛下雪旌和之耻，如今陛下有言，许诸将求战，臣忝列河东路元帅，不敢不求此任。请陛下给臣十万兵，留足二十日，二十日内若不能尽驱临汾金军过鼠雀谷，臣便舍了这郡王爵位，弃了这三镇节度使，以警后来人！"

赵玖点了点头："良臣今日临关请战，足以名垂青史。这般豪气，又何须与朕作赌？援军朕与你带来了，十万之众，且拿去用！"

"臣谢过陛下。"

"尚有一言。"

"请陛下旨意。"

"节度使以下，若有违逆，你自先斩，无须来奏，战场临机任命，也无须与朕分说，唯独三事，务必严肃来报。"赵玖状若泰然，"一则，王师北伐，事在吊民伐罪，若有作奸犯科，劫掠戕害百姓者，务必送达关前，朕亲自批复处置；二则，军需匮乏，事关北伐整体成败，不得隐瞒；三则，朕虽放手与你，也要知晓大略军情，凡战线二十里南北进退，须整齐报来，不得有误。"

"臣敢不从命！"韩师仲严肃作答。

"那便出兵！"赵玖催促不及。

十一月到来之前，绍宋军便迅速而猛烈地向临汾盆地发起了攻击。

率先动手的是王德部。王德、张景、乔仲福三名昔日归于刘广仕部下前便闻名遐迩的西军名将，也是赵官家最早收服的直属军事力量，此时排成品字形，带着御营中军内部装备最好、部众最精锐、编制最大的三部，累计一万四千众，率先渡过汾水，分三路直扑绛州州城。紧随其后的，乃是御营左军副都统解元所率领的统制官呼延通、陈楠、许世安、董旻、陈彦章诸部，竟有一万七八。

且说，绛州州城理论上有足够数量的大金守军，万户完颜折合自从那次得失参半的夜袭后就率本部在此处休养，城内城外合计三四十个谋克以及足足五千汉儿军，守城足够。但是，绛州州城距离汾水极近，渡河当日虽然有霜花和淡雾，但从太阳出来那一刻起，便迅速消散，视野广阔。这种情况下，当完颜折合登城观望，眼见着无数绍宋军铠甲耀眼，旗帜清晰，阵型分明，就在汾水上堂而皇之搭起无数浮桥之后，这位金军西路军宿将即刻下令，将早有准备的部属一分为二，汉儿军即刻率先护送辎重北撤，桓榛骑兵则尽数披挂整齐，随他一起出城。

汉儿军既走，亲率桓榛主力的完颜折合出得城来，复又避开威名赫赫的王德王夜叉，直取之前在城头便分辨出三部阵型中最散乱的乔仲福部。三四千桓榛甲骑，趁着乔仲福渡河将半未半，立足未稳，一击得手，斩首数百，却毫不恋战，直接匆匆后退。

桓榛甲骑刚一折返，王德便将刚刚渡河的军队交给长子王琪整理，然后亲自率千余骑步混杂的核心精锐来援，反应速度之快，求战欲望之强烈，令人咋舌。与此同时，其余绍宋军大队进发不停，渡河不止。

就在这时，面对王德率小股精锐突进不停，亲自率数千桓榛甲骑的完颜折合明明有绝对兵力优势和机动优势，却与王德一进一退，对峙之意明显，而且临到四门大开的绛州州城侧，根本没有入城的打算，反而继续严整北行。王德反应不及，他一度怀疑城中是否还有新情况，但回头看到自己长子率本部精锐在二里地之外，终究一咬牙，指挥部队入城查探。

完颜折合依旧冷静都督本部有序后撤。待到绍宋军大队涌上，完全接管城池，众人方才无疑——完颜折合居然第一时间放弃了绛州州城，而之前的行径也清楚无误，是在亲自引大股桓榛铁骑为自己本部汉儿军断后！

战事过程迅速被报到韩师仲处，但韩师仲并未在意，因为汾水西岸两军兵力对比太明显，孤城前突，一旦失去汾水遮蔽，完颜折合选择弃城而走也算是意料之中。实际上，此时的韩师仲与李彦仙等人一直在等汾水东岸的战报。

汾水东岸，因为只有一条较小浍水阻拦的缘故，战事以一种更大规模的态势早早展开。这边的先锋部队是郦琼所领的熟悉太行山地形的八字军。但是，因为八字军之前分出了相当一部分兵力前往轵关陉，而且还担负了沿途阻塞太行山西翼诸通道的任务，所以，此时郦琼手上只有一万出头的兵力，远远少于"辅助"他的陕洛部队。翟进、翟琼、翟冲、牛高、董先五名出身河南义军的统制官排成一个方便进军的大纵队，沿汾水进军不停。与此同时，邵隆、宋炎、贾何，还有因铁岭关之败降为副统制的吕和尚，以及李彦仙力排众议从洛阳那边提拔上来的原董先副将、现在代替了因罪免职的赵成统领其部的张玘张伯玉，也是五个统制官，率陕州方面的部队，摆出纵队，在郦琼八字军东侧，越过曲沃城，朝着曲沃城东北面的翼城进军，准备阻断金军主力后路。

下午时分，比汾水西岸的绍宋军稍晚一会儿，东岸的绍宋军也遭遇了类似情况。相同的地方在于，曲沃那里金军主动放弃了守城，面对着绍宋军铺天盖地一般的攻势，原本盘踞在此的金军主力选择掉头后撤。不同的地方则在于，跟汾水对岸的绛州州城不一样，金军在这里和周边猬集了三至四个万户，而且曲沃周边地形平坦，距离浍水也有足够距离，而且莫忘了，除了先头的八字军战斗力能得到保证外，两翼充当实际主力的陕洛集团军早已经被证实野战能力相对薄弱，而且各部战力参差不齐。尤其是眼下，绍宋军两翼阵型过于拉长，也方便大金铁骑强行突破。换言之，金军是有绝对足够的实力和回旋空间与绍宋军正面迎战的。

但是，数万金军主力就直接有序撤退了。看旗号，乃是耶律马五断后。

"金军不傻呀！"

消息传到满是浮桥的浍水岸旁，驻马于自己大纛之下的韩师仲微微蹙眉。其人身侧，是大纛并立的李彦仙李节度，身后是御营骑军副都统李世辅、御营左军背嵬军统制成闵、御营骑军泼喜军统制嵬名云哥。这些人身后，足足有一万五千骑装备妥当，正在下马列坐休息。除此之外，还有李彦仙的本部以及赵官家指派过来的邵云部，合计近万部众。

李彦仙感慨道："郡王，这些年桓榛名将凋零，再无往日气势，以我观之，金军诸将其实已无顶尖帅才、将才，但是，宿将仍在！"

韩师仲微微颔首，刚要说话，却又立即意识到了什么："完颜巴力速又如何？"

李彦仙严肃以对："完颜巴力速这个人，不能将之视为单纯宿将，他一开始还带着两百人的时候，便是在完颜娄石、完颜尹恕克身边作战的，而且往往被指派去做一些称不上独当一面，但的确是独立领军的差遣。完颜瞻汉要总揽军政，西路军常常被完颜娄石、完颜尹恕克二人分领，而二人又往往让完颜巴力速独领偏师。郡王，此人一开始便是照着一个帅臣路子走的。"

韩师仲想了想，若有所思："完颜巴力速本就是太原行军司都统，标准的帅臣。"

李彦仙微微摇头："下官是想说，此人是个真正的帅臣。"

"帅臣也有真假？"这次轮到韩师仲失笑了。

李彦仙即刻开口："依着下官来看，帅臣也是有区别的，有实帅也有权帅，有正帅也有偏帅，这些都是帅才。"

"你是想说我是偏帅？"

"是。"李彦仙毫不客气地应声，"韩郡王才能卓绝、悍勇知机，有打仗的天赋，真真是所谓古之名将那般，让人望而兴叹，决计是学不来的。但郡王的这般才能，往往止于万众之下，万众之上的本事其实只做到知人善用、严肃军法这个层次，战场调度、配置计划，往往只能大而化之，还是要亲身率精锐上阵以定胜负。"

"不错。"韩师仲居然带笑颔首，"知我者李节度是也，这就是我提拔王胜和总是带着解元的缘故了。王胜是个能用众的好手，解元是个能与我配合的心腹，打起仗来，我就把王胜当铁砧，解元当侧卫，然后自己带着背嵬军当投枪来一击决胜。还少说了一个许世安，许世安这个人虽没有什么出奇的地方，但为人稳重、善于补阙，我总是让他来拾遗补阙，都督后路。"

"这也是下官说郡王是偏帅，而不是单纯一将之才的缘故了。"李彦仙喟然道。

"我是偏帅，谁是正帅呢？"韩师仲继续笑问，似乎心情依然不赖，"官家吗？"

"官家是权帅。"李彦仙笑对，"这便是下官要说的了，官家这种帅在于震慑上下，调谐阴阳，定分作断，却未必真的要通军谋。对面死了的三太子完颜讹里朵、活着的四太子完颜乌竹，其实也算是半个权帅。论军略，完颜乌竹未见有什么大略，完颜讹里朵也没有什么出奇的地方，但架不住大金是完颜家的，他们只要能听从意见，做出最好的决断，便已经算是一种帅才了。"

韩师仲微微点头，若有感慨："好官家难寻，好太子也难寻。"

"不错，权帅也要看本钱和心力的。"李彦仙继续言道："吹捧官家的话咱们就不多说了，只说这个大金四太子，他倒是屡战屡败，但架不住周围能当权帅的不是没了便是废了，反而越发把他捧起来了，大金就是他家的，不找他找谁？其余人，如完颜塔兰，一朝死了女婿，失了那口气，便再不能做他的'龙虎大王'

了；完颜尹恕克，一朝做了内斗中的小人，西路军和那几个太子就都不能真正放任他了，他亲弟弟完颜巴力速都不许他回来。"

"节度是想说，完颜巴力速是个实帅了？"

"是！"

"什么叫实帅？"

"实际上出谋划策、施展方略的那个。"李彦仙正色以对，"用兵之难，首在用众，五万人的部队是个门槛。郡王，这次进军便是明证，官家放手于你，你不能调配妥当，更是小看了对面。"

"不错。"韩师仲笑了一笑。

"下官以为，吴晋卿亦为实帅，且看他之前尧山一战便知。"李彦仙认真以对，"金军此番这半年干脆，必有大人物承底，又有整体方略，方才如此撤兵干脆，郡王当速速做出决断。"

"是。"韩师仲微微颔首，"李节度说得对，我知道该怎么打了。"

言至此处，韩良臣回首示意，之前茫茫然跟着其他人退后的李世辅半天才意识到对方是跟自己说话，然后赶紧打马上前："郡王？"

"传令给王德，让他不必顾忌，将绛州州城留给后续部队，继续向北去抢太平县，传令给郦琼，让他也将曲沃交给后续，速速北取翼城。你部也不必留在这里，你亲自领骑兵过去充实右翼。"韩师仲正色下令，"待翼城到手，东西通道收窄，便号令左右两翼齐头并进，夹河向北，直取临汾。每日进，左右不可脱节，每晚歇，必须要立坚寨。同时在汾水上每隔三里搭建一座浮桥，确保东西连通。"

李世辅就在马上拱手，然后率众而去。

万余骑兵分几十道浮桥越过浍水，然后便是隆隆之声不停，向北进发不断。韩师仲立在浍水南岸的大纛下，见此形状，忽然大笑起来。

"郡王何故发笑？"这次轮到李彦仙来问了。

韩师仲笑意不绝："眼下局面难道不是金军见机逃了吗？"

李彦仙微微一怔，旋即失笑："正是如此，无论如何，都是我们大胜，金军望风披靡。"

韩师仲忽然开口："李节度方才少说了一个岳斐。只是此人到底年轻，究竟能否为帅也得待这次打下河北才能决断。"

李彦仙闻言感叹："我隐约觉得，这军队规制、士卒操练一年胜过一年，像以往那种倾覆战场的场面估计越来越少了，怕是咱们这一代人后，将来再无名帅、名将，真要靠妙算决胜负了。"

韩师仲点头认可。

十一月初，雀鼠谷。

和之前铁岭关的扼口不同，雀鼠谷中间有汾水穿过，南面的阳凉南关与北面的阳凉北关之间还有一个灵石县，这使得此地注定不是普通的险隘山谷。这一日，初冬早间的雾气刚刚散去，百余名连旗帜都未打的大金骑士自南向北抵达灵石城下，其中为首之大将勒马于城门前，环顾灵石周边地形，不禁摇头不止，顾左右而叹："平素从这里走，总觉得这雀鼠谷南北不通畅，今日却只觉得这个山谷太通畅了。"

周围金军将校面色不佳。为首大将，太原行军司都统完颜巴力速，眼见如此，情知众人的情绪未必是跟自己感同身受，而是对之前的不战而逃感到不满与愤懑，也在心中微微一叹，催马入城。

入得城中，稍作歇息，不过一刻钟多一些，便闻得城北马蹄阵阵，果然同样是百余精骑，同样是没有旗帜，同样驻马于灵石城畔四下张望了片刻，然后打马入城。而自北向南来的不是别人，正是大金魏王、四太子完颜乌竹。

"见过魏王！"

完颜巴力速早早立在门内相候，见到来人入城，便直接拱手向前。

"见过元帅！"

胡子拉碴的完颜乌竹自马上翻身而下，同样拱手，堪称礼貌异常，而且还用了一个奇怪的称呼。

完颜巴力速怔了一下，勉力而笑："魏王说笑了，都元帅府都没了好几年，哪里还有元帅？"

"有的。"完颜乌竹就在城门内正色相对，"朝廷已经有了旨意，陛下下旨，尚书台公议，经都省、枢密院连署，发布天下，拜足下为大金军马大元帅，总督河东河西各处兵事，统辖二十万众，然后以大名府高景山、西京大同府完颜讹鲁观为副元帅。从哪里说，你都是大金的正经元帅了。"

上午的阳光下，完颜巴力速恍惚了一下，但也仅仅就是恍惚了一下，并没有任何多余表示，甚至也没有产生内心波澜，只是微微颔首。

待登上灵石城，眼见着汾水绕城而走，两面山峦如聚，完颜乌竹不禁心下恍然，脱口而出：“元帅准备用灵石城拖住绍宋军？”

“不是灵石城。”紧随其后登城而来的完颜巴力速肃然以对，抬手指点南北，“绍宋军倾国而来，只是一个汾水当面便是绍宋官家亲督十几万大军，韩师仲、李彦仙、马括、王彦、王德、郦琼诸多虎臣名将云集，这般局面，怎么能指望着区区一城一地阻拦大势呢？我是准备从阳凉南关到太原城下层层设防。而且即便如此，也只是指望拖延他们一阵，以等到我们从河北折返。”

完颜乌竹沉思片刻，正色相询：“如此，需要留下多少人马以作阻拦？”

“最少三个万户！”完颜巴力速脱口而对，“先借地势在雀鼠谷层层阻截，若阳凉北关被破，即刻分散。一面要有兵马沿途分散固守太原南部诸城，以作拖延；一面要一部兵马总揽太原东部诸城，卡住井陉，以保住真定府、隆德府的通道，太原府本城那里还要有一支正经的守军。”

完颜乌竹捏住马鞭，继续认真来问：“元帅准备用哪三个万户？”

“完颜突合速是个斗将，要随我们去大名府的。”完颜巴力速认真以对，“自然是折合、完颜萨利赫、马五三人留后。”

“三人谁守太原？”

“完颜折合是个有韧性的宿将，交给他最放心。”

“完颜萨利赫……”

“完颜萨利赫愈挫愈涣，心气已失，若非是怕临阵斩一万户会使中枢疑虑我忠心，之前一败我便杀他以儆效尤了。”

“那完颜萨利赫用在何处？用他来守住太原东部通道吗？”

“此事事关后续成败，焉能用他？耶律马五忠诚可靠，可以当此重任。至于完颜萨利赫，只让他分兵去守介休、西河、平遥、祁县这些绍宋军必经之路。”言至此处，完颜巴力速正色以告，“事到如今，完颜萨利赫也当留在太原南边为国尽忠了。”

“俺知道了。”完颜乌竹沉默了片刻，点头应许，“既是元帅之意，俺不会驳斥……还有吗？”

“有。”完颜巴力速毫不客气，“要从大同调一个万户过来忻州，顶在太原身后，以备不时之需。”

完颜乌竹勉力解释：“完颜火钺去了燕京，大同府便只有四个万户，吴介还没动，之前你说还要带走一个万户，若是再派一个万户南下，大同府只剩下两个万户，朔州一个，河外一个，勉力支撑而已，未免太虚了些。"

"殿下，若是太原丢了，便不可复得。"完颜巴力速依然严肃，"可若是太原没丢，只丢了大同，却可复得。而且此战关键在于合重兵于河北，河北那边不能再少了，否则如何击退岳斐？依着我看，真到了关键时刻，未尝不可以让副元帅弃了大同，合兵太原。"

完颜乌竹想了一想，长呼了一口气，终于点头："元帅所言极是，如此说来，咱们便以六个万户固守河东与西京，然后带三个万户去河北，汇集东路军，以十三四个万户去击退岳斐，再回师联合届时能赶过来的燕云新军，将绍宋军阻在太原之前？"

"是。"完颜巴力速重重颔首。

"元帅还有什么要交代的吗？"完颜乌竹诚恳询问。

"没有。"完颜巴力速连连摇头，"只要魏王从现在开始与我一起行动，无论什么细节都可临时发令。"

"那就如此吧！"完颜乌竹忍不住长长呼了一口气。

二人在城上并立，一时无语。

"不过。"半晌，嘴上说着没有言语的完颜巴力速还是忍不住开口，"殿下想过没有，绍宋军分两路而来，太行天然阻隔，咱们以地利节节抵抗、后退拖延，同时以骑兵之利，迅速集中兵力以图各个击破，这种战略是眼下不能相持时的必然，绍宋军难道猜不到吗？"

完颜乌竹不以为然："赌河北那边咱们能借着冬日结冰的地利拼死压上去，驱除绍宋军！赌河东这边他们压不垮我们！总不能坐以待毙吧？"

"不错，就是要抢一口气。"完颜巴力速想了一想，只能颔首，"若魏王殿下没有别的意思，那咱们便动起来吧！速速布置起来，速速向河北集结！"

"只等元帅下令。"完颜乌竹拱手以对。

完颜巴力速刚要言语，目光扫到对方那略显疲惫的面色上，忽然心中微动，继而放缓语速："殿下，三太子之事还请节哀，事发偶然，时运如此。"

"是偶然，也不是偶然。"完颜乌竹闻言反而苦笑，"如完颜篓石将军之前所言，我们这些人往上，幼年时吃的苦太多，少年时便从军作战，身体本就不好，过了四十岁便一蹶不振的不只是三哥一人，唯独三哥这次着实不巧，居然在前线发病。"

完颜巴力速点点头，本欲就此作罢，但转念一想，复又追问："话虽如此，燕京那里就没什么言语吗？"

完颜乌竹闻言终于眯起了眼睛，严肃相对："元帅但安心抗敌，后方之事，俺自为你担之，何必多言？"

完颜巴力速心中凛然，拱手相对。

绍宋军十年之功，三年积蓄，一朝而来，其势如虎，金军自然要避其锋芒。太行山巍然耸立，连贯千里，天然分割战场，大金想利用自家的骑兵机动性，以图各个击破。至于冬日结冰，河北战场对骑兵的地利凸显，河东战场地形狭窄，又无法阻碍绍宋军的重兵推进，再加上河北方面的绍宋军明显更少、更弱，那自然要抓住天气优势，先在河北对绍宋军造成极大杀伤，再不济也要击退河北方向的岳斐，联合动员起来的燕京新军，以足够的优势兵力在河东反扑回去。另一方面，绍宋军也认为自己能在金军击退岳斐前率先拿下太原，进而在掌握战略优势的情状下开启最后对河北的大总攻、大决战。影响本次决战的重要因素是主战场的山川地理，是两个国家的战争实力与战争潜力，而决定最终结果的也是这两个国家的战争实力与战争潜力。

十一月，金军紧锣密鼓开始行动，绍宋军在河东的临汾盆地大踏步且谨慎向前，与此同时，燕京的河流却已经开始结冰了。

第八十二章　映雪映月

建炎九年农历十一月初的这场小雪，对于大自然的时序变迁而言微不足道，对眼下已经全面展开的战争局势来说，更没有任何直接的改变。但是，无论文武，无论东西，无论绍宋、大金，几乎所有有识之士都意识到，这场雪足以成为一场预兆。

危机在酝酿。

在迎来危机之前，冬日阴沉天气下，这一日雪后的下午，大名府大名城率先迎来了自东而至的数百绍宋军精骑。为首一骑高高举着一面田字旗，身后还有一面张字旗，来到城前对答一番，而大名城之人稍微检视身份后丝毫不敢怠慢，大开城门，即刻放这百骑入内。

来者中两个当家守军不是别人，正是御营右军副都统田师中与之前在御营前军任过职，但又被岳斐主动推回御营右军，如今领背嵬军的张子盖。二人入得大名城，迎面便有闻讯而来的御营前军副都统王贵领中军统制官汤怀出迎。

"田都统。"汤怀不善言辞，只是王贵迎面寒暄，"路上可还顺畅？"

"本将是副都统，都统是我家节度。"田师中冷冷更正，"路上也还好，只是临到此处左近时，遇到麻烦，如何这么多伐木的队伍充塞道路？"

"元帅直接下的军令，破此城后第二日便开始了，一直没停，我们也没问，反正工事、板材这些东西越多越好。"王贵情知对方是个喜欢装冷淡的，也不在意对方语气，只是随口解释。

"这倒也是。"田师中果然只是随口一问，然后便指着城西某处遥遥可见的两面大纛以对，"张都统已经到了？"

"到了，正与我家元帅在城西水门周边，说等田副都统到了，便直接请过去。"既是寒暄，王贵也不再多话，直接指引带路。

闻得此言，田师中越发蹙眉不停，但终究没有多问，只是让张子盖带着随行部属与汤怀一起去用些热汤，自己随王贵匆匆去见岳、张二位。待越过那两面大纛，来到城西水门附近，并未见到多少旗帜，也未见多少高级军官。岳、张二人则一身家常打扮，见到田师中和王贵过来，招了下手。

"如何？"岳斐见到田师中，便主动开口，问起战况。

"难！"田师中喟然以对，"元帅，前日雪后，我军在夏津县东北，遇上金军大队，便已大败一场，算上之前王刚在聊城之败、李宝水战后先胜后败，已经连败三阵了。"

张荣开口也有些不耐烦："正是因着这些，鹏羽才叫俺们过来，是要定个应对方略的。"

田师中摇头叹道："如今金军调度东西两路而来，兵力远胜我军，更兼骑兵聚集，咱们野战几乎无力，只能依托防线，守过冬日河流结冰期。"

"不错！"岳斐坦然以对，"但怎么防？在哪里防？是据城还是据河？"

田师中微微犹豫："若是想维持眼下局面，无外乎是据城，而若想之后有所作为，还需据河……"

张荣连连摇头："大名城绝不能弃！"

"你们都有自家的难处！"岳斐叹气道，"但若是能拿下大名府，使身前局势进一步开阔，那少不得还是要进取一番的！"

张荣欲言又止。

"而欲在冰冻前破城，必须一面全力围攻，一面分兵抵挡北面大金援兵，对也不对，田都统？"岳斐看向田师中。

田师中长呼了一口气，压下不满，勉力相对："是。"

"那你能亲自带一万五千众来此，替我挡北面金军援兵吗？"岳斐继续认真相询，"也只有这样，我才能有足够余力攻城。"

明明在火炉旁，田师中却只觉得头皮发麻，浑身发冷。"我部本就乏兵，如何能再带一万余众至此？三州十余城不要了吗？"

"不要了。"岳斐平静以对，"我的万全对策在你这边很简单，你不是兵少防不住那么多地方吗？我做主，弃了那三州十余城便是，只守河道最狭窄的夏津、高唐二城，连济南、青州，以作防线，不能守吗？"

田师中怔了一怔，简直不能相信自己的耳朵，当即反问："弃了三州，元帅如何与官家和东京交代？你知不知道弃了那三州，后方那些相公、士人、百姓皆不知兵，怕是会直接闹出乱子的！"

"但这样最起码能保证万一兵败失利，也能保全防线。"岳斐干脆以对，"至于后方，一来，按照官家临行前旨意，东京诸相公最多只能责问，却不能干涉咱们的；二来，此战事关国运，怎么能为了什么面子和后方骚动而徒劳在末端浪费兵力，失了大局，那才是遗祸百年；三来，此事真有首尾，我自担之！你只说若是这般来守，能不能给我凑出一万五千御营右军战兵来？"

田师中以一种极其复杂的目光盯着身前人看了一看，却居然一面摇头一面肯定："有！但一万五千众，又如何在平地上替你挡住北面现在已经露面的阿里、杓合、王伯龙三个万户？尤其是阿里和杓合的两个万户，就在元城北面的馆陶屯驻，距此区区二三十里。"

"我有法子！"岳斐脱口以对。

田师中几乎要骂出来，但猛地想起一事，心中微动，却居然没有再追问，只是强压某种猜测与不安，缓缓摇头："河对岸又不是瞎子，如何才能速速让主力渡河布置防线呢？"

岳斐扭头看向了许久没说话的张荣。张荣怔了一下，反应过来，压低声音指着东面河道以对："鹏羽！俺老张固然信得过你，可眼下这个局面，你让俺的船队如何能钻过去？上面有炮车压着呢！水都浅了许多！"

"这就是关键了。"岳斐终于语气略显艰难起来，"张兄，不用太多，过去十几艘船、两三千人，抢下一个阵地便可，你若能成，我就放手施为一番，你若不能成，那咱们就老老实实退后布置防线，如何？"

张荣定定看着对方，半晌不言。而田师中捏着一旁粗大的麻绳，手指几乎弯曲到一个危险的程度，却是半点声音都不敢发。

"这是先礼后兵对吧？俺若是不答应，你是不是会直接下军令？"张荣语调有些颤抖，"不许俺言语？"

"张兄！"岳斐在半空中喟然以对，"咱们当兵，只是为了吃粮吗？为什么当兵吃粮？太平了三五年，就忘记当年的念想和当年的人了吗？"

张荣也叹了口气，然后咬了咬牙："你既说到当年，那好，就好像当日你那般信俺，几乎孤身将金军引到缩头滩一般，俺今日也该信你的人品、本事才对。三千人、二十艘小轮船，俺让萧恩带队！"说完此话，这位御营水军都统干脆直接将脸扭向了东面，逃避式地避开了西面的水道。

岳斐下令本月内破元城，全取大名府。军令既下，最先行动起来的是田师中部，随后几日，无数御营右军士卒收拾起行囊，在后方接应部队的遮护下一起从前线有序后撤，河北地区大量刚刚得手的偏东、偏北的城市被放弃，军队越过那些复杂的河道，往更靠近御营前军主力部队猬集的少数大城市或者军营汇集。绍宋军统帅从王伯龙的出动与签军的大规模征发中嗅到危险，大举收缩。

除此之外，另一个使岳斐做出如此决定的重要缘故，其实在于一个人——高景山。早在之前数年间，在与河对岸金军对峙、互动期间，岳斐便察觉到这位大金大名府行军司都统的性格，此人尽职尽责，军事经验丰富，政治地位稳定，但一直就表现得很保守。这一点，从七年前此人尾随八字军渡河一矢不发始现端倪，乃至开战以来他的应对手段也全都能加以验证，那些保守的后撤与放弃，水军的长久避战，大名府防卫措施的构筑，包括那二十多架对准了河道的炮车，全都能说明问题。

这种保守的主帅，配合着大金主力大举集结的事实，没有进行直接的军事干扰，也没有在大名府周边进行大规模军事调整——高景山根本没有求功的意思。王伯龙倒是出击了，这也在预料之中。此人虽然隶属于大名府调度，实际上看驻地就知道，他与大名府周边那四个万户素来割裂，此时自北向南过来，也有理由避开高景山的军令，再加上此人作风强悍，做出追击动作也属寻常。但是，王伯龙不可能真的追击深入，一方面是孤军深入后的危险，另一方面是他身上必然有完颜乌竹之类掌权者的最高军令，让他在某一区域就位。

事实上，他的将旗也的确停在了夏津北部，而他的部属则越过了黄河东道的北岔，扫荡了德州，并在与绍宋军交战数次后选择了撤回。即便是军事上的发展完全如岳斐所料，他也失算了，而且影响了计划的推进。真正出乎意料的不是金军，也不是后方东京的政治压力，东京的反应没这么快，而且再大的反应也不可能直接对前线造成影响，对军事计划造成最直接影响的是黄河东道岔口里那三州的百姓，也就是刚刚光复的三州河北遗民。

尽管御营右军从来不是模范军，但也要看跟谁比，最起码这里距东京不是太远，离岳斐和一多半都是河北人的御营前军更近，御营右军也不敢屠城劫掠不是？

117

更何况，老百姓看不懂局势，他们只看到御营右军刚刚占据城镇不过十几日、几十日便大举后撤，自然会产生惶恐之心。与此同时，大金又在黄河北道周边的州郡那里大举征发签军，整村整镇的男丁被拽走。于是乎，慕王师之德也好，心存绍宋也罢，畏惧战乱也成，反正随着御营右军一动，居然就有十余万计的三州百姓拖家带口，尾随南下。岳斐也只能在得知消息后迅速出兵，反过来去支援田师中，然后亲自写信给济南的万俟燮，请对方收容接纳流民，同时不忘向东京方向和河东地区写文书、密札请罪。

十一月中旬第一天，与东京方向明显带着震怒的质询同时抵达的，还有万俟燮的公文与私信。后者在公文中许诺，将以御营前军在河南的军营为营地，临时接纳这些河北流民，同时在其中就地组织丁壮，代替部分京东籍贯壮丁，参与后方输运。但这个事情注定不能长久，京东两路的压力也很大，必须尽快促成这些人返乡，最好是明年春耕前，而且还要岳斐务必跟中枢做出说明，让中枢从物资上予以补充。

同时，在另一封私人画押的私信里，万俟燮不忘严肃提醒岳斐，应该主动向赵张两位相公坦诚计划、说明原委，更不能因为官家的绝对信任，就把一些事情当作理所当然。按照他的猜测，东京很快会有使者到前线，必须要做好准备。岳斐读完公文、私信，一时如释重负，却又不免心情复杂。因为他当日真的立即向东京方向很认真地提供了一份文书，也给赵官家派去了自己的亲校毕进充当信使，算算日子估计都快到了，但是，东京方向的相公们依然会震怒和不满，连万俟燮也在忧虑他不能保持对后方的温良态度。不过，不管如何，当万俟燮毫不犹豫地伸出援手后，岳斐终于可以松下一口气来，继续他的军事计划，而且异常坚决，哪怕此时因为流民事务的耽搁，局势已经处于非常不利和紧张的地步。

十一月十三，田师中部借着混乱抵达大名城周边军营的第三日，天气阴沉，这是一个好机会，知道不能再等的岳斐于傍晚时分向各部传达了军令。

收到军令后，当日晚间，最先动起来的是马陵渡的御营水军。马陵渡位于大名城和元城上方位不过十余里的河道口处，此地正是黄河东道和北道的分岔口，此时诸多御营水军船只忽然趁着夜色奉命行动。

但是，总有例外。马陵渡这里有三个人早早知道全盘计划，一个是亲自过来坐镇的张荣；一个是张荣在梁山泊时便替他整理文书、负责外交的尤学究；最后一个，自然是早有准备，今日得到军令后便整备部队，独自领军向西北的统制官萧恩了。

且不提尤学究去大名城见岳斐，只说张荣亲自打马去故城镇，路途不过十余里，而沿途见到黄河分支后东面这条水道上，几乎每两三百步就有一个大大的灯笼，自马陵渡一路排到阵中，接连不断，俨然是自家水军船只。两岸无数甲士密布，巡弋不停。虽然之前有军令要低声禁语，但如此局面，只是寻常动作便已经动静不小了。待到故城镇中，张荣更是看到密密麻麻的民夫汇集起来，半个镇子都被照得灯火通明。

在故城这里主持局面的是御营前军副都统王贵，见到张荣板着脸亲自至此，措手不及，匆匆拱手来迎。至于其余人等，眼见着张节度和王副都统二人相聚于此镇，上下便也都晓得，这里是关键了。

"节度，船已经到了。"王贵明显也有些紧张，以至于在黑夜中有些气喘吁吁，哈出的白气在火把下格外明显，"事情不能耽搁，今夜其实不那么冷，冰道恐怕成不了，就用滚木吧！"

"那就用滚木！"张荣当即应声，"都是船坞里用惯的手段，也试验过足足三次的，没理由不能成！快干！"

王贵重重颔首，毫不犹豫，扭头下令："拖船！"

闻得命令，故城镇港口旁的船坞前，一艘早在候命的小轮船旋即奋力催动水轮，轻轻驶向露天船坞，在众人紧张的目光之下，借着惯性，冲上了寻常船坞里根本没有的木质缓坡，以至于将船底裸露出来。

船只速度虽然越来越慢，但终究是方向板正地冲上了缓坡，并且随着船头微微一晃，终于让船头微微向上，停在了船坞尽头。见此形状，船上蹬轮子的民夫和舵手一起下来，与此同时，早就相候的更多民夫也蜂拥而上，赤足在满是泥水的船只周边捆缚绳索，固定物件，并在前方铺设滚木，片刻准备完全后，便又四散开来，拉纤一样试图将船只拖曳上前方木道。然而，数以百计的民夫，还有无数牲畜，无论是马匹还是牛骡，全都奋力向西，但不知为何，始终不能拖动这艘小轮船，以至于众人齐齐沮丧，一时不知所措。

张荣、王贵急得满头大汗，之前都能妥当，为何此时不行？各自慌乱之中，张荣强作镇定，只是将棉袄解开，披在肩上，叉腰而对；王贵作为执行人无可奈何，一面让人检查船只，一面唤来民夫头子呵斥，让这些人务必用心用力，同时不忘让人唤来更多民夫。

而待到王贵呵斥完毕，民夫首领们表情各异准备散去再做尝试时，火把之下，张荣忽然一抬手喊住其中一人："你别走！"

那人吃了一惊，赶紧回头俯首行礼。

"我记得你，素来跟着我们水军的屯长对不对？"张荣严肃相对，"我看你刚才是有话想说？你是晓得哪里不对？"

那民夫首领，也就是周镇了，闻言尚未作答，王贵便也严肃看来，吓得后者再度低下头去。

"王都统莫要吓到他们。"张荣一时跺脚，"这些随军都是黄河岸边那些军屯出身，要么是退下来的老兄弟，要么是遭过兵灾的，你这般作态他们要么不服，要么害怕得不行！"

王贵尴尬转身，忍不住在三四步外停下，看张荣亲自来问。

王贵一走，周镇便小心且认真相对："节度，下吏刚刚想说，未必是有什么卡住了，也不是力气不足，只是今日有军令，不许大声喧哗，再加上夜间天气寒冷，人心涣散，所以力气散乱，若能许我们喊起号子，一艘船而已，必然能拉扯上路。"

王贵只觉得此人胡说八道，但张荣和他身侧几名梁山泊老兄弟是什么出身，哪里不晓得这人说到了点子上，即刻释然，一起去看王贵。王贵依然不信，片刻之后，去检查船只的人回来，只说没有问题，张荣又冷冷来看他。旋即，禁令解除，并干脆指定了那个周镇做此间指挥。

在号子的作用下，这艘轮船便成功离开船坞，登上了后方平实的木道，木道上全是预备好的滚木，船只压上滚木，民夫立即变得轻松了许多。而且，一旦来到此处，地形开阔，能使用的牲畜、人力也比之前在船坞前更加充裕。于是乎，这艘装配了小型投石机的轮船，立即开始陆地行舟。

这个时候，第二艘轮船也成功启动了，第三艘船，也就是一艘大号轮船，也开始在镇外的另一个更宽大的露天船坞处开始尝试启动。张荣也不再多言，复又上马，往大名城去，但行不过五六里路，夜色之中，忽然间听到西南面夜空中一阵喊杀之声响起，也不知道是多少人在乘夜行动，惊得当场勒马盘旋不定。张荣情知是大名城那里得到快马汇报，知道故城这里遮掩不住，也很可能是从第一艘船成功启动后便有人过去汇报的缘故，但不管如何，佯攻计划都提前启动了。

第八十三章　举火成炬

天色阴沉，月色被遮掩，虽然没有什么过分的寒风，但本就是冬夜，寒冽之气不必多言。黄河北道南岔口两岸，一场仅仅是双方战兵便实际上接近十万状态下的战斗正在进行。

河道东面的大名城与河道西面的元城，无疑是战场的核心，双方主帅外加双方实际上的指挥部、中军营寨就这么隔河相对，双方前沿的直线距离可能只有六七百步，却隔着一条大河保持对峙状态。更让人感到不安的是，这条河的河道宽度固然不会轻易缩减，但河水越来越浅，而且越来越有可能彻底封冻，反过来成为通畅大道，随时随地成为逆转战场局势的关键。

两城往南去，绍宋军中军不下万余众，数名统制官领军，在汤怀的总领下忽然渡河，热闹非凡，声势极大。鼓噪声、喊杀声，蔓延了十余里的火光，形成了整个战场动静最大、最混乱，也是仅次于元城光亮的地方。双方指挥官心知肚明，这里是最不要紧的地方，汤怀此次渡河过去，主要任务就是搞出动静来。

往北去，虽然也有点点火光，整体上却呈现出一种安静、沉寂的情状。双方指挥官也都清楚，这里才是此战最终之根本，是蕴藏杀机的地方，再往北一些的馆陶境内，便屯驻着一支庞大的金军主力，他们引而不发，随时可以南下扫荡这片区域，并随时支援元城，而绍宋军想要攻城，必须要在这片开阔的地方掌握主动权，阻拦住金军援兵。这个空当，本就是一种陷阱与诱饵。

往西去是元城更西的大金占领区，火光渐次晦暗，到了永济渠，或者说黄河北道西岔那边，没有一点动静与火光，宛如浓黑的背景。可以想见，彼处原本密集的城镇中，在大多数丁壮都被拉走充当签军以后，面对东面的战火，会是何等小心翼翼。

往东去，也就是大名城身后的绍宋军主力的总体盘踞区域，虽然没有刻意喧嚷与放肆，但是各个据点的灯火，往来不停的士卒、人群，声音和光亮无法被遮掩。这里正酝酿着今晚行动的最终成败，船只在横穿陆地，民夫在尽全力整备工事板材、拉纤运输，甚至是在烧锅做饭，一支庞大的精锐主力部队也在候命。

然而，最奇怪的地方终究还是战场的中枢节点那里，金军大名府行军司都统高景山所居的偌大元城灯火通明，城里城外严整号令，秩序井然，与此同时，绍宋军河北方面军元帅岳斐所在的大名城暗沉沉一片，除了必要的灯火外，沉寂得可怕。唯独，明暗交加的河道之上，有些东西终究无法无视它的强烈存在感。

田师中在城北候命，王贵在故城镇指挥陆地行船，张荣迟迟不见踪影，其余将佐也多领下任务，早早去别处了。

立在大名城内西侧水门的高台旁，尽管南面的喊杀声清晰可闻，根本遮不住数百步外大金石炮发射的呼啸声，遮不住炮丸砸入水中那沉闷的扑通声，以及碰到木料后发出的清脆撞击声。岳斐枯坐在那里，并不晓得萧恩是如何想的，也不晓得尤学究是怎么想的，可对于本就善于思考的他来说，此时不免有些恍惚，"慈不掌兵，义不掌财"，但真这般坐在这里，强迫自己去听这些炮石飞空、砸船伤人声音的时候，才会意识到，自己到底做了什么。

"元帅。"

打破沉默的是陷入某种惶恐之中的贝言，他忽然上前，仓促喊了一声。

"什么？"岳斐沉声以对。

"炮石落水的声音多了一半。"贝言匆匆解释，"要么是船丢了一半，要么是闯过去了一半，要么是船只坏掉，动弹不得，挤在一起了。"

岳斐瞥了这个熟人一眼，心中登时醒悟，对方在提醒自己，不管是真的突袭闯河道，还是佯攻，此时作战要么成功，要么已经失败，没必要继续下去了。

似乎是看穿了岳斐的心思，贝言赶紧小心再说："元帅，若是佯攻，使金军不去注意其他地方，咱们大张旗鼓地救援本身，其实也能拖延时间，损失这么多还不撤退，恐怕反倒会让对面疑心的。"

岳斐上下打量了一下这个距离自己不足两三步的故人，像是第一次认识对方，但仅仅是一瞬之后，他便收起多余心思，当场决断："既如此，立即点火，大举下河救援！"

军令既下，尤学究和这个贝言一起如释重负，仓促奔走传令，俄而，城中待命军士蜂拥而起，瞬间将整个大名城照得跟对岸元城一般明亮，整个城寨如同突然活过来。然后便有绍宋军沿河堤而下，放声呼喊，要河中的水军兄弟弃船弃甲，逃回这边岸上。

见到这副场景，听到弃船之声，对面金军上下欢呼雀跃，自觉大胜，而河中苦挨，却连伤亡情况都不清楚的御营水军也多释然。

"元帅，河中沉船颇多，光照不足，俺家不少伤员根本寻不到路。"尤学究满头大汗，复又匆匆来报，"河中军士磕着，撞着、冻着，便是多待片刻都是要命的。"

原来，此一时彼一时，原本绍宋军"突袭河道"，本该尽量避免灯火才对，但此时既然要撤退，而金军的炮车又都是固定位，无论如何这种"火力"都是固定的，这种时候，需要足够的光亮才行。河中越亮堂，萧恩和他的部属弃船后生还的概率就越大，伤员得到救援的可能性也越大。

既然已经决定弃战来救，岳斐如何不依？赶紧再下军令，去周边调集火把、火盆，又在河堤上堆放燃料，燃起火堆。但很快，不过是一瞬之间照亮了满目疮痍的河道之后，对岸的金军也意识到了问题所在，他们一面继续炮击河道，一面渐次熄灭除了炮车阵地外的所有不必要光源。

河道之上，再度变成一边明一边暗的状态，加上夜间不知何时微微飘来的轻雾，让河道再度变得晦明晦暗了。许多御营前军在初时的恍惚之后，开始不顾一切冲下河道，争先救人。许多御营水军也都再度鼓起勇气，奋力呼喊，努力向东。

元城阁楼中，之前亲自下令城东南熄火、炮车不停的高景山也彻底失态。

"过去多少了？"

时值三更偏后时分，随着视野中的火球渐渐消失，蹲坐城南河道旁吃饼喝汤的田师中回头相顾。

"那现在估计有二十艘小轮船，十艘大轮船了，对不对？"田师中死死捏着手中饼子，平静相对。

"是。"张子盖咬牙作答。

"过河后，你率背嵬军继续休息，养精蓄锐，不用干活，也不用负板！"

张子盖重重颔首，然后随对方起身，并拱手告辞。

张子盖既去，却见到微光之下，田师中与他的一个亲卫，一起从之前所坐的地上掀起一个宛如盾牌，但又比盾牌大得多，而且长得多的物件，然后奋力扛起，并一马当先，小心走上浮桥，往对岸而去。周围士卒见状，自统制官以下，纷纷效仿，然后还有无数在此候命御营前军的军士、随军征召的民夫，也都一起行动，很快，黑夜之中，一股潮水便从河东岸涌向了西岸——绍宋军开始在大名城南部大举渡河，朝着几乎相当于死亡陷阱一般的金军骑兵扫荡区域，也就是元城城南的狭窄地区进发。

托冬日夜长的福气，绍宋军的计划得以有充足的时间来完成。

数十艘带着小型炮车、床子弩的大小轮船成功越过这片狭窄的陆地，从黄河东道的北岔进入黄河北道的东岔。在冬日薄雾之中，数以万计的绍宋军主力，开始在城南城北同时渡河，城北尤其规模庞大，因为随着战兵渡河的，还有数不清的绍宋民夫与建筑板材。从灯火通明的大名城、元城这边向北望去，光暗之间明显有一股奇怪的雾气在舞动，好像什么活物一般在黑暗中朝着光亮的城市张牙舞爪。

岳斐说道："高景山既不知道我们有战船过去控制了河道，也不知道我们是在立寨建垒，还有了萧统制的决死拖延，应该不会再黑夜冒险的。"

"要是他非要冒险呢？"张荣蹙眉以对。

"那就打！"岳斐回头相顾，"他敢出城我们就趁势打！压着他的兵卷回去！他要是绕城连夜请援兵，我们就等援兵来，迎着顶回去！反正援兵天明也会过来，而萧统制争取了不少时间，此时最快也不过是早一个时辰的模样。事到如今，河中已经有船，岸上已经开始立寨，大军整个都过去了，难道还需要有什么忧虑吗？"

"也是！"张荣叹了口气，"到了眼下，心里反而没什么担子了！兵来将挡，水来土掩！"

"还是要做点决断的。"岳斐正色对道。

"这……"

"算四十日封冻期，四十日内，务必调动足够的船只粮草，如此方能立下巨寨，隔绝金军，趁势攻城。但这还得让东京那边的相公们配合，写封信给你举主胡尚书，不说公事，公事公论，只把姿态摆地上，明白说担心张骏，这是个铁面的，能替你勒住张相公，请赵相公出面的话，反而容易出事。"

岳斐思索片刻，重重颔首，转身逐级而下。

张荣本没在意，只是重新穿上棉袄，但马上就醒悟过来，当场回头呼喊对方："鹏羽你干啥去？"

"元城既有动静，以防万一，过河督战！"正在下楼梯的岳斐头也不回，"还要催促全军加速修寨，越过永济渠，继续向西修下去。"

张荣本想去劝，但想了想也是无奈，回头再问："岳云呢？！你家驸马爷呢？！"

"早跟背嵬军一起在汤怀后从城南渡河去了，此时应该到了永济渠西面。"岳斐依然没有回头。

张荣怔了一怔，方才意识到，岳云和御营前军背嵬军的位置乃是真正孤军悬外、首当其冲。这是因为元城北面十二三里的两河夹地上，永济渠先东西再南北，先从西面穿过黄河北道西岔过来，来到元城下趁势绕着城墙向北，与黄河北道东西二岔平行，直接将元城北面夹地一分为二。这种地形状态，若是馆陶那两个大金万户一起过来，沟渠东面数里地肯定已经是修好寨墙工事的，破绽必然在永济渠西面。

"是有大军，但不必在意！"

元城北城城头上，高景山终于披着一件狐裘来到了城头，然后平静地做出判断："绍宋军既然前面准备偷渡，必然在后面预备下足够的接应……"

"不错。"跟来的高庆裔高通事也随之正色附和，"河道上我刚刚去看了，绍宋水军一往无前，二十艘船尽数抛在河道内，固然是偷渡，但也绝对存了一旦被发现不惜一切强渡的意思。既如此，集中大军在北岸设伏，以防馆陶援兵，兼做接应，也是情理之中。"

"都统，通事，话是这么讲，"负责北城的桓榇猛安以手指向身前翻腾雾气，恳切相对，"但这个动静未免太大了。"

高景山盯着身前翻腾的雾气，以及雾气后奇怪的光线，听着河对岸和城南嘈杂声中那若隐若现的奇怪而又密集的压抑噪音，一声不吭。而后，高景山在脑海中过了一边城中布防安排和城池设计，还是不顾城下绍宋军的动静，静待馆陶援军，决定死守东南水门，建立头炮车阵地封锁河道。

但是，翌日一早，唤醒高景山的却是突如其来的炮机声。随着太阳渐渐东升，东城、北城、南城、本城皆有不利消息传回。高景山来到北面城门楼，冬日薄雾已经彻底消散，一轮红日出现在地平线上，算算时间，馆陶的那两个万户也差不多该出发了。但是从东西向楼梯登上城楼的高景山并没有心思看太阳，也没有想什么馆陶，他第一个注意的便是昨夜隐隐看不起绍宋军的那名桓榛猛安的脸色，此人面色发白，正眼巴巴地在城上等着自己，看到自己抵达后，更是木然举手向北，全然没了几个时辰前的灵动。

大名府元城北面城楼上，带着某种强烈的不安，刚刚登上楼梯的高景山第一时间便向北望去，然后愕然怔在楼梯顶处。足足十余息后，他方才提起脚步，缓缓走到城垛前，并用一种迷茫的眼神，将眼前的盛景收入目中。原来，元城北面自东向西，宽十来里的两河夹地之上，居然有无数旗帜、军伍、民夫、工事将这块夹地彻底铺满。

头晕目眩了一会儿，高景山的目光本能被正对着城门、大约二里外的那面四字大纛率先吸引，盯着那个大纛上的四个大字看了数息，他才顺着大纛后方那些人流的运动方向注意到那条位于最北端，此时还在继续施工的防线，只剩下二三里的缺口，而且还在迅速补上这个缺口。

太阳继续东升，阳光照射在两条黄河河道上，辉光更盛，高景山继续往身前来看，大纛与城门之间，一部分绍宋军明显已经严阵以待，小股巡曳骑兵不断，数个重步兵方阵，俱列阵当前，以对城门，而在这支军队侧后方的永济渠西面，远远望去似乎有隐藏在旗帜后面的生力后备军，再加上之前西门汇报的那支骑军。来不及多想，高景山继续向东侧望去，只见大纛以北、以东，这些军队身后，另一部分军队和民夫还在川流不息般地输送着物资，只有几十步宽的永济渠上，铺满了充当浮桥的简单木料，几乎将整个水渠盖住，形同平地，而东侧黄河河道上，也有数十架浮桥，甚至有小轮船左右往来，代为输送建筑材料。

而继续再看下去，高景山便看到了一个让他如遭雷击，却又彻底恍然的事物——那是一艘绍宋军的轮船，好大一艘轮船，此时居然侧翻在河对岸的陆地上！不过，也就是看到这里的时候，打断高景山观察的人出现了。

一骑自北向南，飞马来到城下，遥遥便呼："有话！绍宋河北方面元帅岳斐遣使来告大金大名府行军司都统高景山，今元城已被四面困住，十死无生，高都统何不早降？若降，必依绍宋皇帝谕旨，虽战犯可降一等罪！或得特赦！"

高景山终于回过神来，扭头怔怔相对那桓榛猛安："放箭！"

桓榛猛安受命之后，仓促之间，居然没有下令汇集弓手，而是拎起自己脚下的硬弓，弯弓射箭。一箭未中，城下绍宋军骑士勒马尥了个蹶子，便打马归阵。

当此之时，城东绍宋军依然在炮轰不停，北面城墙上，无数金军军官死死盯住高景山。高景山丝毫不顾，待到这轮炮石声平息，以手指向那面大纛，厉声以对："以三千死士，二十小船做饵，明修栈道暗度陈仓，苦心准备，一夜成城！这是何等决意！这是何等气魄！咱们被这种人戏耍于股掌之中，难道不是理所当然嘛！可大名府为河北门户，国家托付这等要害之地于我们，我们难道因为人家气魄大，便要一言不发，一箭不射，将此城拱手相让吗？"

"不能！"那名驻守北城的桓榛猛安勉力应声，却声音发虚。

"传我军令！"高景山负手冷冷以对，"高通事说得一点不错，今日最要紧的便是北城，便是北城外这一战，哨骑一起自城西出去，四散去传令，能走一个是一个，只要有一个迎上阿里与杓合的便可，告诉他们此间军情，告诉他们今日是解围最大战机，务必要奋力来冲！从西北那个没建好的缺口冲！提前过永济渠，在那边冲，冲过来，来到西门，咱们内外夹击，只要打通援军与城内联系，绍宋军便失了立足根基！"

"诺！"

周围军官士气微振。

"其次，还是要自城西出去，四散去传令，能走一个是一个，去西面黄河西岔的沿河据点，下令烧船！存在小吴埠后方沿河城镇的那些船只，有一个算一个，全部烧掉，不能留给绍宋军！"高景山继续吩咐。

但这个时候，高庆裔稍有不解："都统，何必烧船，让船只去西岸，等四太子大军便是……"

"你懂什么！"高景山破口以对，"陆上行舟一次，就有第二次，绍宋军只要再往更西岔道送过去十艘船，打通小吴埠，或者干脆从陆上军队夺了小吴埠，直接引绍宋军水军自外而入，那以绍宋军水军之强盛，区区一段河道，接下来便是瓮中捉鳖，咱们重建小吴埠后，辛苦存下的些许船只，徒劳送给绍宋军当粮船，当阻碍！"

高庆裔一时惶恐色变，不再敢言。

"而且，如我所料不差。"高景山继续回头，负手去看城外大纛，"岳斐的心思，怕不只是要锁城、攻城。"

周围军将越发凛然。

"最后！"高景山忽然厉声拂袖，"拆房，拆楼，现在就拆，拆了起炮！四面起炮！以炮制炮！再派个使者单骑过去告诉岳斐小儿，我高景山但在此城，就绝不是他能撼动的！"

众将见高景山如此应对不虚，且意气不减，终于士气倍增，便要轰然称是，但刚要说话，东面城墙外，又是一轮呼啸之声，然后便是又一轮雷声隆隆。

"又有什么事情？"

刚刚下了城楼，高景山便看到一名面熟的渤海蒲里衍匆匆自西面顺着墙根打马疾驰而来，一时气结。

"都统！"那蒲里衍一声招呼，翻身下马，但因为马势太快，下马后一个趔趄，几乎在地上打了个滚方才扶着城墙根立住，"西北丙字号角楼忽然拿杂物阻隔了城墙通道，还从楼上扔下了旗帜！必然是刘安那厮见绍宋军大队围城决意反了！"

高景山一时错愕，旋即醒悟，当场回头去指了一名从城市中心跟来的猛安："速速带人去夺回！如果不能速速夺回，就放火烧！城墙是几丈厚的夯土加条石条砖，不怕烧！千万不要给城外绍宋军攀城支援的机会！如果绍宋军没有察觉，千万不要有行动，但若是绍宋军有所察觉，就一定将那些作乱之人从塔楼上吊下去！"

那猛安恍然大悟，即刻回头喊了几个谋克、蒲里衍姓名，便匆匆随报信的蒲里衍向正西面，也就是城池西北角而去。

人走后，高景山稍一思索，复又急切指向高庆裔："高通事，你去城中军营将王当唤出来，他是最可靠的汉将，让他带队去巡视汉军，若有不妥，就地格杀。然后你本人再打开府库，拿绢帛、酒肉出来，也去巡视，统一再安抚一遍汉军！"

高庆裔醒悟，匆匆而去。有惊无险，一刻钟后，角楼里作乱的汉军军官便被剿灭殆尽，但此时，元城内忧外患，发生什么事情都无须惊异了。

"过不去！"

就在高景山转回到靠近城北的翠云楼前，连楼都来不及上，就在楼下街口临时追加种种城防军令之时，和之前迅速处置了叛乱的军官不同，另一名之前受命的军官完全是颓丧着脸前来汇报的。"好教都统知道，绍宋军骑兵在永济渠对面，卡住桥头，咱们想派到北面的信使根本过不去，倒是城南包裹不严实，下令去烧船的信使也不用过永济渠，多半冲出去了几个。"

高景山勒马立在翠云楼下，闻言忍不住长呼了一口气，疲态尽露，然后强打精神，顶着东面的隆隆声往西城而去。抵达西城，匆匆登上城墙，高景山只是看了一眼，便再度长呼了一口气。

"都统，要不要让我带本部六个谋克下去冲一冲，做个掩护？"就在高景山心中泛起一丝别样的涟漪之时，昨夜挨了几军棍的蒲速越，一直到现在都还在西城坚守的渤海猛安，忍不住一瘸一拐地靠过来提议。

高景山转过头来，用复杂的目光打量了一下对方，稍显犹豫。

"都统！"蒲速越见状明显有了点误会，"二十军棍不至于让我骑不了马、用不了矛。"

"还不是时候。"高景山摇头不止，"而且也来不及了，事到如今，只能指望阿里跟杓合两人，我估计他们也快到了。你去集合兵马，非止是你自己的六个谋克，我再给你凑十四个谋克。这是极限了，待会前方接阵，若援军从渠道东面来，你不必过永济渠，立即去骚扰岳斐大纛前的主力；而若援军从渠道西面来，你就不必忌讳伤亡，务必尝试突破渠道，给援军做个牵扯！"

蒲速越大喜过望，躬身一礼，复又一瘸一拐地下去纠集骑兵，高景山叮嘱了几句接手的西城军官小心城防之后，又定定去看城外那支精锐重骑兵，过了好一阵子，方才动身去了最利于察看局势的西北角楼。

元城的西北面是因永济渠转向修成波浪状的斜面，每一个突起都有一个城楼，之前的汉军叛乱就发生在此地的丙字号楼，而高景山也正是登上了满是血迹的丙字号楼，然后在平平的顶层居高遥望。

正如他之前所言，来不及了。这位金军统帅登上角楼不过片刻，绍宋军防线北面的地平线上，便已经烟尘大起。金军配置在馆陶的野战兵力，两个万户的大军，完全按照之前的约定，四更做饭，天一亮便直接向南来扫荡这片夹地了。而这些金军前锋跟城上的金军一样，被绍宋军偌大的阵势惊着了。但是，他们身后便是满编的两个万户，而且到底没有那种一夜成城的心理震慑感，稍作踌躇后，即刻发起了对绍宋军阵地的进攻。

答案不言自明，小股的金军骑兵在严密的鹿角前便无计可施，只能在遭遇到绍宋军的弓弩打击后狼狈退回。一时间，绍宋军上下振奋欢呼之声响彻北面夹地。

然而，欢呼声尚未彻底停止，沉默坐在大纛下的岳斐便听到了一阵怪异的声音，然后本能向河道看去。这个声音，跟水师弩炮齐射后石弹砸在元城那厚重城墙上的声音非常类似，晴天闷雷一般。但是，河道那里没有刚刚提速发射炮石的迹象，他们还在整齐划一地瞄准就位，等待着身后替天行道大旗下的信号。

岳斐立即反应过来，然后站起身来，翻身上马，掉头向北立住不动。周围军官也多恍然，各自凛然转身。

果然，雷声越来越大，而且越来越近，带动一股遮天的烟尘出现在正北方，烟雾弥漫宛若乌云，很快止步在北面的防线前，而战场上的雷声所起之处也很快又只剩下河道与元城东城那一片了。金军主力到了。

绍宋军哨骑也立即回报，说是看到了金军宿将阿里的旗帜。但是，也就是绍宋军哨骑在自家大阵中往来两里地的工夫，没有犹豫，没有磋商，甚至没有空隙，几乎只是一顿，北面金军就毫不犹豫，选择下马步战，以重甲步卒的姿态搬开鹿角，争北面栅栏。

这一次，根本不用哨骑来报，喊杀声、弓弩破空声便遥遥可闻，旗帜挥动下令，部队往来调度也都遥遥可见。北面仓促立起来的防线上，战事格外激烈，早有准备的绍宋军在栅栏后方的射击高台上发射弩箭不停，但身披重甲的金军毫不畏惧，直接顶着弩箭和伤亡一层层去抬开鹿角。这还不算，随着鹿角被部分挪开，金军马上改变战术，乃是一面是继续开拓战线，另一面开始就地拆卸劈砍鹿角，裹上自家旗帜乃至于军衣，然后点燃起来，组编成一种临时的怪异火把，来往栅栏下方投掷。这一招起了奇效，很快，部分栅栏便被引燃，又逼得前线绍宋军指挥官慌乱之余去取水灭火。

元城角楼上，遥遥望见这一幕和后方烟尘走向的高景山心中激动，不得不承认阿里和杓合两名宿将的决意和妥当。而岳斐远远望见北面的烟火，同样有些严肃。

"都统！"

有金军仓促登上角楼，代为传达。"蒲速越将军已经准备妥当，请求自西门出，绕到北面，挠绍宋军之后，以助阿里、杓合两位将军！"

高景山回身以对，犹豫了一下，勉力摆手："不急！"

"元帅！"绍宋军也有一名披着皮甲的参议官小心上前，"金军攻势颇急，是否当发援军？从此处发，足够妥当，从永济渠东面发，足够快捷。"

岳斐毫不犹豫，甚至连看都没看对方就抬手以对："不动！"

参议官无奈退下。

虽然双方主帅都暂时没有被阿里的攻势所动摇，但战事走向委实出乎所有人的预料。或者说，阿里这个从低贱小卒一路做到万户的桓榛宿将及其部的强悍委实超出所有人预料。他几乎是甫一抵达前线，便下达了下马作战来争防线的命令，然后不顾一切用自己的旗帜和军衣来火烧栅栏，并起到了奇效，这还不算，很明显，随着后方其部汉儿军抵达，金军的弓弩辅助也迅速成型，战场上的箭矢交加起来。

本来就只有区区数里宽的永济渠东的夹地上，此时因为鹿角的阻碍，双方只是沿着几条临时开辟的狭窄战线进行对战。一刻钟后，便有大金士兵成功越过壕沟，推倒了一块被烧垮了支柱与绳索的栅栏，越过防线。

"跟俺过来！"

防线前，负责这一段防卫的御营右军统制官胡清一时慌乱，用京东口音奋力大喊，乃是招呼自己的直属亲卫，仓促戴上兜鍪，亲自上前试图堵住缺口。然而，其人率部迎上，不过是一个照面，一名率先冲出来的桓榛重甲兵便窥到机会，直接迎面一箭射来，正中胡清没有挂面甲的面门。胡清堂堂统制官，居然当场死在栅栏前。

胡清既死，身后亲卫一时惶恐失措，匆匆抢走自家主将躯体，糊里糊涂撤了下来，以至于金军趁势涌入这段缺口，一面肆意追杀，一面以兵器砍斫栅栏，试图扩大缺口。塔楼上，遥遥看到这一幕的高景山呼吸都粗重起来。

"让赵不尤领一千人过去，以作堵漏！"

片刻之后，胡清战死的消息传到大纛下，而此时金军明显已经扩大了突破口，甚至已经有了另外两个小的突破口，岳斐也不得不正视这个问题："但若是田都统自有安排，也不要擅自抢夺战线，只在后方维持。"

赵不尤是宗室出身的太学生，素有武艺，早在旌和时便因缘际会在相州结识了岳斐，对其命令素来服膺，从岳斐在东京留守司下为将时便为下属，如今为统领官。赵不尤既走，周围参议、军官纷纷围拢，俨然都觉得局势有些危险，岳斐的处置有些轻敌了。

"不是我轻敌。"事关十余万军民生死，事到如今，便是岳斐也要对自己的幕僚机构和亲近军官做出说明，"恰恰相反，是杓合兵马未现，城内接应部队也未出！何况永济渠将夹地一分为二，此时东面虽然看起来战事危殆，但不过是金军自恃生力军，且有一鼓之气罢了，一旦受制，必然气沮，反倒是永济渠西面那个只剩几百步的缺口，才是此战真正的要害之处，需要留下足够后手，以作应急。"

众将勉力压下不安，继续观望。

然而话虽如此，就在赵不尤率部支援向前时，前线的境况却又越发糟糕起来——金军借着突破栅栏的威势，继续在前线翻天覆地，一支后方支援过来的重甲部队穿过缺口，毫不犹豫趁乱突入到一支明显是运水救火民夫的队伍前，肆意砍杀，引发了更大规模的混乱。遥遥望见如此情形，岳斐继续端坐在马上不动，而角楼上的高景山却在蒲速越第四次请战要求前彻底犹豫了起来。

作为大名府的主将，高景山对战局理解十分透彻，对岳斐按兵不动的心思也一清二楚，甚至他居高临下，遥遥观望北面，比岳斐看得更清楚。说到底，他也在等金军绕道永济渠西面，来冲那个只剩下几百步的缺口。但现在的一个大问题在于，绍宋军一夜成城，在永济渠上架起了无数桥梁，绍宋军往来夹地东西两侧虽然不敢说如履平地，却有机动优势。而金军，无论是之前城内哨骑受阻，还是此时杓合未现，以及他本人对蒲速越攻击方向的犹豫，其实都已经明确展示出了一个巨大的战术漏洞——在绍宋军这般神奇的操作下，他们原本倚仗的地利永济渠，此时反而成为金军最大的战术阻碍。

仓促之间，没有准备的大部队想抢时间过永济渠这个地上悬河并非易事。城内是如此，援军必然也是如此。而现在，阿里毫不迟疑的决死突击起到了奇效，所以，高景山自己也不知道到底是该将手中的机动兵力投入到城北还是城西了。

“让蒲速越出城吧，去城北袭扰岳斐大纛。记住，让他袭扰，不是让他浪战轻抛。”终于，目光再度从城西那支沉默等候的绍宋军骑兵身上扫过后，高景山强压不安，回头下达军令，“尽量扯住对方，让对方不能尽力去支援北面防线便可。”

一言既罢，这位大金行军司都统便后悔了，终究没有更改军令。因为他知道，如今自己继续让蒲速越等下去的话，怕是也会后悔，而且战场上更改军令，比做出可能是错误的决断怕是还要糟糕。

就这样，当北面防线混乱程度达到最大的时候，轰隆隆巨响中，元城内的金军骑兵终于出现，涌出西门，继而顺城向北集结。绍宋、大金两支骑兵，一支在渠东，一支在渠西，中间的永济渠是一道微微耸起，但遮不住高大骑兵的人工水渠，宽不过几十步，双方遥遥可见对方甲胄，但双方都没有顾忌对方。金军骑兵匆匆顺城向北，绍宋军骑兵也没有冒着被城上远程打击的危险去隔河骚扰，就这么目送对方从身侧经过。

这一幕，印证了角楼上高景山的猜想，绍宋军骑兵的纪律性远超自己的想象，让城内骑兵渡渠去渠道西面接应，怕是效果会更糟。

"元帅，金军出城了！"身侧有将领大喜过望，"朝我们来了！要不要仿效韩郡王，诱到跟前，再让背嵬军冒险堵住他们后路，以求城下全歼？"

"不必。"岳斐根本没有回头去看身后局势，面色不变，迅速在马上下令，"河北、河东截然不同，不可浪战，传令姚政、庞荣、李山三统制，待敌骑兵越过元城西北角楼，即刻迎上，将其堵塞在城前即可！"

军令既下，待金军转出西北角楼，三部便依军令轰然启动，也就是此时，另一阵连续的隆隆雷声再度响彻战场，滚滚烟尘再度铺天而来。这一次，动静来自夹地西北，而且根本没有像之前正北面那般渐渐平息下去，一刻不停，直扑夹地西北缺口。金军万户抃合便在阿里的掩护下，自后方越过永济渠，抓住了绍宋军最大的破绽。

"让张子盖起身。"疲惫不堪的田师中如释重负，松开手中捏住的一掬尘土，尘土落下，撒在了他满是灰尘的甲胄之上，"迎上去！告诉他，成败在此！事先定好副将序列，不要学胡清，自己送了性命不说，还坏了战线！其余所有人，也不必再依各自防线，向北迎敌！"

田师中既然下令，近万名御营右军精锐，即刻从民夫与旌旗之间起身，轰然向北。

城头上，高景山望着这壮观一幕，忽然觉得哪里不对，绍宋军的战兵兵力有些超出他的想象，张荣率水军在东，汤怀在南，张宪在西，还要有必要的河对岸留守部队，哪里来的这一万多人？

"打旗号！"岳斐终于回头瞥了眼元城方向，却再度在马上下令，"让河上拆掉浮桥，让张都统调回轮船，沿河炮击阿里！中军待命不动！背嵬军待命不动！"

第八十四章　南北并起

一匹披了一层皮甲、挂了皮制面罩的雄壮战马努力驮着自家主人，自北面缺口处脱出，彼处，早已经是人马相挨，甲胄密集，以至于旌旗无法展开，兵器刃口的闪光更是在中午阳光的映射下几乎连成一片。

绍宋军的重甲长斧兵和金军的重甲骑兵蜂拥在第一线，不计伤亡相互砍杀。稍微向外延展一点点，双方的重箭、劲弩，虽然误伤率惊人，却依然是片刻不敢停歇。不过，这匹战马脱出战团后不久，很快便在黄河畔降下了速度，并不住地打着呼哨，然后依照本能收缩后腿。原来，雄壮战马的右后腿那里，不知何时划开了一个口子，外皮也在奔跑中被撕扯了一下，正耷拉在腿上，以至于鲜红的血液不停地沿着这片裸露伤口绽出，并顺着破皮抵达地上。甚至，当它离开温度偏高的战场核心，抵达河畔后，伤口周围还在冬日间的寒气里带起了一层薄薄的白气。

马上的桓榛骑兵回头相顾，他几乎是片刻犹豫都没有，便直接挥起手中折断的长枪枪杆，狠狠一枪拍在马屁股上，同时脚下马刺发力。马匹吃痛，原地打了一个旋后继续驰起，按照主人的示意直奔几十步外的一群民夫而去，骑兵也立即将枪杆扔下，并从腰上取下一柄拳头粗的骑兵锤来，高高举起。

这些民夫正在几名军士的命令与催促下挖着一条新的壕沟，没办法，前线战事激烈，伤亡不断，而随着越来越多的伤员和尸体被抬到后面，民夫们明显对前线畏惧起来，再加上一夜的疲惫，很多人都拒绝再工作，以至于绍宋军不得不使用类似督战队的组织逼迫这些民夫来到缺口后方继续构筑二道防线，以求进一步阻碍金军骑兵。但不管如何，此时这些民夫忽然见到有桓榛重甲骑兵穿越战线，全身铁塔一般骑在雄壮战马上，然后挥舞锤子过来，登时惊吓逃窜。几名军士也只能匆匆拎起武器，试图上前阻拦。

一支箭矢率先射出，钉在了战马的颈部皮甲上。这一箭，其实并未对战马造成什么实质性伤害，但是箭头刺入皮甲，又是脖颈那里，产生莫名奇效，战马的冲势锐减不说，更是不停地扭转长脖，就地打转，以躲避脖颈上的刺痛，而这个空当中，两名手持长枪的绍宋军早已趁机冲到跟前，试图一左一右以长枪将这名明显失了长兵的桓榛骑士捅下。

桓榛骑士见状喝骂了一句，再度勒控战马，同时也做好了必要时弃马的准备，却不料，忽然间一根粗大的箭矢自后方射来，擦着依然在打转的桓榛骑士的甲胄，射中了一名绍宋军长枪手的面门。

骑士回头一看，见是一名失了战马的金军重甲同袍，一时大喜过望，但根本来不及道谢，只是招呼了一声，号召那重甲兵随自己一起进发，便不顾战马嘶鸣，直接将战马脖颈上的箭矢奋力一拔，强行勒住战马，再度准备冲锋。

见此形状，另一名绍宋军长枪手直接气沮，拖着长枪转身逃窜。桓榛骑兵大喜，但战场经验告诉他，那个长枪手兵刃未曾脱手，说不得是在使诈，应该交给身后有硬弓在手的袍泽为上，于是其人不再理会长枪手，转向之前射箭的绍宋军弓手。

战马飞驰，掠过那弓手身侧，桓榛骑兵只是一锤，便将明显仓皇失措，准备逃窜的弓手从后方当头锤翻在地。但是，等到这名骑兵一击得手，勒马转过头来，惊愕发现，之前射箭助自己的同袍，早已经消失得无影无踪。

当然，这名桓榛骑兵也不是在悲天悯人，而是说他孤身冲到这边，战友的作用毋庸置疑，刚刚对方已经救了自己一命就是明证，此时陡然失去唯一的战友，不免心慌罢了。心下一慌，再加上河畔寒风一吹，之前在主战场带出来的那股子劲，也陡然卸掉了。

这骑兵开始有些疑虑了。实际上，他担心的也没错，周围绍宋军回过神来，看到只有一骑，且丢了长兵，战马半拉子腿血肉模糊，果然有人立即在阵地上呼喊招呼起来，然后那骑兵眼见着七八名绍宋军聚拢起来，有弓有弩，有枪有盾，就往自己这边来了。

当此之时，骑兵既不敢再应敌，也不敢回到缺口，犹豫了一下，掉转马头，准备再度驰向之前那股子散开的民夫。眼见着要追上其中一股民夫之时，忽然间，战马一个趔趄，双蹄一翻，跪倒在一条已经挖掘成型的小型壕沟之内。这股民夫之所以在逃散时还能维持成股的态势，本身就因为有人招呼带领他们往这条新挖的壕沟后躲避。这还不算，战马趔趄之后，因为马速并不快，根本没有将那骑兵甩出来，只是让后者胸口发闷，眼前发黑，再加上双脚跟马镫一起被夹住，一时失控而已。

骑兵情知到了生死关头，不顾眼睛都没力气睁开，便奋力去夹马腹，同时去拉缰绳，试图将战马拉起。而这匹雄壮战马果然没有让主人失望，强大的生命力和多年驯化的服从性让它用尽全力支起了一只前蹄，准备将主人救起。但也就是此时，一柄明显不是制式装备，倒有点像是伐木用的斧子陡然出现，砍向了战马的这只立起来的前蹄，战斧卡在战马膝盖下方，血流如注，而战马也彻底不能支撑，复又哀鸣一声，重新跪下。

"抢他的锤子！"

金军骑兵痛苦不堪，却依然能听到有人在他身侧呼喊喘息，听到这话后，赶紧挥舞起手中的骑兵锤，试图阻碍对方。但是，他不挥则已，奋力一挥之下，战锤反而脱手。

之前砍马蹄的民夫，也就是周镔了，此时浑身狼狈不堪，双目赤红，几乎是本能一般奋力去捡这个锤子，同时放声招呼自己的伙伴："把他拽下来！压住他！我来了结他！"

民夫们也不是傻子，见到周围援兵马上就到，这名大金甲骑不能行动，赶紧一拥而上，七八个人，拽胳膊的拽胳膊，抓兜鍪的抓兜鍪，果然是将对方成功从马上拖曳下来，并奋力按住四肢。可怜这名桓榛蒲里衍，本是身经百战的老卒，此时马失前蹄，陷入重围，便是奋力挣扎，又如何能反抗？须臾间，到底是被这些民夫给按在了壕沟之内、马血染成的红色泥污之中。

"小乙，你来掀开他面罩，别让他咬住你！"周镔捡起骑兵锤，来到对方脑袋一侧，双手紧握，却又对身侧一个稍显年轻的民夫嘶吼下令。

面罩掀开，露出一张年约四旬，容貌粗疏，但跟周围民夫不可能有什么本质差别的面容来。那张面容盯着骑在自己身上之人，明显露出慌乱、恳求一般的神色，但小乙只是茫然。倒是周镔毫不犹豫举起长枪刺向其人，而后带着数名民夫呼啦啦前去寻军官报功。

最近的旗帜，就在两百步外，旗下将领是一名统领官，唤作张逵，乃是赤心队资历出身，尧山后积功，转出御前班直，便在御营右军出任，迅速坐到了统领之位，只是长久没有作战，没有成建制的领兵战功，便一直不能越过最大的那个台阶。

张逵其实早就注意到了更西面这点空隙引发的骚动，冷眼看完刚才那一幕，复又侧耳听略显紧张的随军进士与那屯长记功，待诸事妥当，方才翻身上马，从此处往东而去。东面，乃是排列整齐的数千绍宋军，虽然不是长斧重步集群，却也长枪大弩林立，刀盾弓矢不缺。张逵径直来到这排军中最大的张字旗下，拱手相对，提出建议。

“在西面沿河一带稍微撤开一个口子，你部在后方张网以待？”刚刚自前线转回的田师中闻言微微蹙眉，“是西面贴河的地方撑不住了吗？”

“不是，只是末将看到前线战事胶着，死伤惨重，而我等在后方列阵，却不得上前襄助，心中不忍。”张逵拱手以对。

“也有忧心自己弄不到功劳，北伐结束了都混不到统制官的心思吧？”田师中冷冷相对，“张逵，你以为此时还是太平时节，此地还是京东屯驻之地？你是不是觉得少了一个赤心队的统领，刘统制便会断了御营右军的十个密札匣子？”

“末将不敢！”张逵赶紧俯首，“末将并无此私心，只是从战事考量。”

“考量个屁！”田师中终于大怒，“不就是看到此战兵力尚有余裕，起了私心吗？你睁开眼睛去给我看看，前方战事这般激烈，万一后撤引发局势全崩，谁来负责？而且此战后不用攻城的吗？这么大的元城，周四十余里，城墙最矮的地方也有三丈高，塔楼七八十座，抵得上八个大名城，不知道要花多少力气呢！守好本部，等待出击命令！”

张逵狼狈而走。而张逵既走，田师中黑着脸，方才重新将注意力转移到前方的战线上。

下午时分，匆匆分派好前线事务，田师中便疾驰到岳斐的四字大纛下，尚不及下马，便匆匆询问：“敌军大溃，城中必然震动，何况如此大城，周数十里，总能寻到破绽，何妨今夜便以火药炸城，然后募死士突击，一旦成功，便可得手，以成奇功？”

岳斐果然摇头：“田都统，若是那般打算，刚刚我便该不惜伤亡，将城内那股骑兵尽量留在城外才对。”

田师中闻言一声轻叹，复又死死盯住对方，几乎无奈：“那你欲何为？”

"田都统，我是这般想的。"岳斐忽然抬手，周围近侍兵马纷纷如潮水般闪开，便是扶着大纛的军士也都主动撤离，而待周围军士躲开，这位绍宋河北方面军元帅方才勒马以对，"火药炸城并不急于一时。"

"你是想借此替官家拖住金军主力？"田师中几乎脱口而出，"可如今金军战力未失，若是错失炸城时机，我军就要被金军倾覆，官家那边怕也无益。"

"所以要继续修工事，不留一点缺口，不去野地里浪战！"岳斐依然平静，"你看今日战局，若是工事完备，没有缺口，是不是便能妥当防卫？"

田师中在马上摇晃了一下，显然会意，却重重摇头："那得修到何种程度？"

"简单。"岳斐立在马上，抬手指点河山，"元城在黄河两道最窄处，东西不过十三四里，咱们已经在北面起这么一道防线，何妨在南边也起这么一道防线，然后沿西河堤再起一道防线，东面河堤也起一道防线，还要跟大名城连在一起，顺便再度陆地行舟，使水师夹河并行。"

田师中几乎目眩："你还不如说在此地包着元城建一座城呢！"

"便是当作修城又如何？"岳斐明显不以为意，"修建一座同样周数十里，乃至于周百里的大城。"

"这般大城，如何守得住？"田师中依然不安。

"如何守不住？"岳斐蹙眉，"封冻之前，两侧水道若有水师，金军主力虽到，其实无用，只能南北施展。但今日情形你也看到了，他们铺展不开兵力，我军守起来稳若泰山。"

"我当然知道，关键是封冻以后呢？"田师中怒极反笑，打断对方，"如何抵挡？若不能抵挡，便只将一切压到火药炸城上？你不是最忌讳这种孤注一掷吗？万一火药失效，一路兵马，一国之运，十年之功，便要葬送在这里吗？"

"这就是关键了。"岳斐以手指向二人身前偌大的元城，"我问过张都统了，他告诉我，封冻期最多四十日，实际上应该只有三十日，咱们不说火药，只说一件事情，若是高景山可以一个万户外加一万多丁壮守住这座周四十里的城五六十日，我们凭什么不能以六七万战兵、七八万民夫，守住一座周一百里的城三四十日？这个地方还没东京城大，我们的兵马难道不如十年前的那些禁军？东京城不也守了数月，然后是城中自降的吗？"

田师中愕然失语，却又连连摇头："此地便是有夹河的地利，可仓促起垒，又如何比得上东京城？"

"内起土垒,包元城,使内中兵马不能外突;外面也设土垒,同时起壕沟、架拒马、立栅栏;中起土山、设炮车,分营区,层层分列……便是后勤准备,我也让汤怀立即去身后攻金军那些水寨了,四十日后勤准备,必然能成。"岳斐摊手以对,"请田兄明白告诉我,凭什么不能守?"

田师中黑着脸,捏着战马的鬃毛,一声不吭。岳斐情知对方已服,眯起眼睛,睥睨四顾:"说白了,太原怎么守的城,元城怎么守的城,我们便也如此守便可。刚刚高景山遣人来对我讲,说但有他在元城,元城便不是我能撼动的。我今日亦有一语,但有我在此处立垒,便也不是金军倾国就可撼动的!让尔辈来便是!我待他们十年了!"

田师中只是喘着粗气去看对方,却渐渐松开了战马的鬃毛。

金军退却,绍宋军一面收拾战场防范可能的突袭,一面开始大规模休整。

来不及搭起帐篷,很多绍宋军便在野地里卧倒而眠。昨夜的劳累,今日的苦战,实在是让人疲惫,冬日午后温暖的阳光更是助长了这种倦意,以至于很多军士甲胄不解,甫一卧倒,便直接入眠。民夫们也不遑多让。

接下来,众人按部就班,充实北面防线,构筑营垒,东京方向也源源不断往战场输送补给。当然,这期间免不了一次又一次的小规模军事冲突。少部分轮船再度折返,沿着河道不停移动轰击元城的东墙,试探薄弱处,杓合、阿里也屡次来窥,那一战之后他们早已经意识到了仅凭自己兵力是不足以突破绍宋军的,尤其是绍宋军的北线防御阵地越来越牢固,越来越复杂。北线战斗,更多的是零散的哨骑战。与此同时,一些明显的讯号也渐渐多了起来,比如不听高景山招呼的王伯龙忽然再度南下,几乎进逼到夏津跟前,比如绍宋军哨骑来报,河西面的洺州、相州一带,桓榛骑兵渐渐密集,哨骑往来彼处武装侦察变得艰难起来。

随着时间的流逝,随着紧促的准备工作进行,绍宋军这里的意图也基本上越来明显——有些东西,下面的民夫和军士根本不会关心,但放在高级指挥官的眼里就是另外一回事了。首先是绍宋军主阵地的西移,昔日大名城、故城之间庞大的绍宋军事区几乎整个移动到了元城正北面,只将大名城、夏津作为重要据点;其次,绍宋军完成北面防线的万全构筑后,几乎没有任何停歇,立即开始在元城南面继续构筑防线,而且规制几乎与北面无二。

此时,高景山也意识到情势的危急,准备烧掉元城西面黄河岔道里分散的船只,但是面对着元城内的信使,那些多是由汉军转任军官和本地渔民组成的水军对军令表现出了极度的抗拒，他们只知道绍宋军要来了，出现了大量动摇、拖延的行为，使得高景山的烧船军令效果落实不足。而这种情况下，这些船只，也多在绍宋军完成第二次路上行舟后迅速沦为绍宋军的缴获，并进一步成为绍宋军从小吴埤那里转运东京方向物资仓储的重要组成部分。于是乎，接下来大量的船只昼夜穿梭不停，大船沿着黄河行驶，在岸边交接，而小船则驶入略显逼仄但依然足够通行的永济渠，在绍宋军阵地内部交接，以求做到最高的转运效率。

这使元城内的金军得以居高临下，稍窥一二。

这一日，当高景山得到汇报，亲眼见到绍宋军突然开始转运石炭以后，终于慌了。

十一月下旬某日，晴空万里，元城北面，岳斐与一众亲信军官正在巡视攻城阵地。

"是那里吗？"

停在城西北的永济渠另一侧，借着河堤的掩护，岳斐以手指向了对面一处明显是临时修筑的城上工事，彼处还有人影晃动。

"是。"一名负责前沿的营指挥当即应声，"好让元帅知道，那地方是元城西北角楼中最突前的一个位置，也是最早安上固定大弩的位置，只是一直没有发射过，我们也只是当作它够不着，但昨日一艘满装军械的平底船路过这边的永济渠，中间稍微慢了一些，城上弩手没有忍住，直接放弩攻击将船打了个大洞，船只将将再驶出来几十步便不能动弹，费了我们好大力气才将物资打捞上来。"

"你的意思是什么？"岳斐认真听完，平静相询。

"就在此处他们够不着的地方架一个八牛弩，借射程优势反过来将那边压制住。"营指挥当场以对，"它设一次，我们毁一次。"

"可以。"岳斐随口以对，"但不能用水军，待会儿让军中参议官给你个文书，你去往工匠营那边领一架新送来的。"

"末将晓得。"营指挥脱口而对。

岳斐点点头，便要继续去视察，但就在此时，一骑飞驰而来，相隔数十步便匆匆呼喊："元帅！黄参议着末将速速请你去河边，说是东京可能有大员到了，他已经先去河边了！"

岳斐当即一肃，便是周围诸多军官也都凛然，负责城北事宜的统制官黄佐更是直接拱手行礼，主动表态："元帅不必顾虑此处，末将必然尽心尽力。"

岳斐再度点点头，也不多言，便要掉转马头回去。忽然间，那个人影晃动的地方有人发一声喊，接着便是一支弩箭飞来，弩箭歪歪扭扭，勉强飘过永济渠便已经无力，直接滑在河堤上。

岳斐勒住战马，抬头看了一眼，正色相询："逆风？"

"确实逆风。"黄佐勉力摇头笑对，"大冬天的，可不正是西北风？"

岳斐再三点头，从马上取出弓来，就在马上抬起，稍一比画，便挽弓而射，箭矢也顺风而发。一箭飞出，直接将一只一直在城西北面盘旋，此时恰好来到最西北面，进入了射程的海东青于半空中射落。

海东青既落在了永济渠对岸的河堤上，其人连看都不看，便勒马而走，去寻东京来的要员了。走马到更西北面的黄河畔，彼处，一面是后勤货物转运不停，一面是很多民夫乘坐小船沿着岸边捣毁两侧薄冰，而其中，岸边河堤上一名紫袍大员的身影十分扎眼。

岳斐提前下马，匆匆向前，临到跟前，见到自己的参议官黄纵等人俱都凛然恭敬，心中小心起来。可是，即便是有着足够心理准备，临到跟前，那紫袍大员转过身来，岳斐却还是一惊，以元帅之身主动先行拱手，恭敬问候。

原来，来人不是别人，正是当朝文官中的佼佼者，资历极厚、功勋极重、地位极高的工部尚书胡尹胡明仲。

"岳元帅。"胡尹回头看到岳斐到来，面色冷静，拱手道，"你的谋划诸相公已经尽知，你的私信我也接到了。军情严肃，不要耽搁时间，你中军大帐在哪里？速速带我过去，再将张节度、田副都统唤来，我有话要说。"

"谨遵明公之意。"岳斐越发紧张，只能拱手应声。

就这样，河畔匆匆一会，胡尹即刻转入中军大帐，并不与岳斐言语，气氛更加凝重。田师中倒好，此时正在元城北面监督建立土山，此时闻得岳斐召唤，飞马过来，片刻就到，可张荣一直到下午时分方才姗姗来迟。

"其余人都出去。"

见到张荣也到了，胡尹终于开口，却一上来就屏退了所有闲杂人等。岳、张、田三人面面相觑，只觉得之前各自思索与底气全无，偏偏还要硬着头皮相对，心中不免更加不安起来。

待所有幕属、侍从离去，帐中只剩四人之际，胡明仲一言就使三人的心沉到了底："秘阁公论，岳、张、田三人玩敌纵寇，拥兵自重，恃宠而骄，我也深以为然。"

此言既出，田师中面色苍白，张荣一时失措……可能也有没听懂这三个词是啥意思的缘故，岳斐赶紧拱手："明公容禀！"

"岳节度能容我说完吗？"胡尹反而冷冷以对。

岳斐只能沉默。

"秘阁以为，河北方面军擅自扔下三州，致使十余万百姓隆冬流离，既有弃地之嫌，又使后勤压力陡增，国家积攒三年才凑出来的军需物资，平白多出计划外的抛撒。这一点，你们三人再怎么狡辩，也不能更改已经给国家造成的动荡与麻烦的事实。是也不是？"言至此处，立在中军帐中一侧的胡尹方才环顾三人，正式追问，"三位可以先说此事。"

岳斐当仁不让。然而，他在其余二人的瞩目下拱手相对，坦诚说道："三州弃守是为了集中兵力，但引发十万河北百姓流离，委实是我考虑不周。我为河北方面军元帅，当东京质询，委实无言以辩，唯独战事严肃，请东京诸相公、秘阁元任，许我战后再去请罪。"

胡尹点了点头，继续黑着脸以对："秘阁还公议了你进呈给枢密院的军事计划，都说你是狼子野心，为求个人功业，挟持重兵，图谋不轨。"

"胡公。"终于有人忍不住打断胡明仲，乃是一时急切的田师中，"此地御营前军、右军、水军六万五千余众，外加七八万民夫，合计十四五万人，却委实无一人可当此罪！"

"你二位节度也是这般想的吗？"胡尹理都不理田师中，直接看向了其余二人。

张荣虽然听不懂那些词汇，但狼子野心和图谋不轨听着便知道啥意思，也是立即愤然拱手："俺也一样！"

"无论如何，绝无此心！"岳斐也只是无奈拱手，但出乎意料，他并没有像张荣和田师中那般带了情绪。

"那你知道为何秘阁上下全都这么认为吗？"胡尹盯着岳斐追问。

岳斐一声不吭。

胡尹见状继续黑着脸以对："看来是知道的，秘阁以为，你这么做是将东京抛于敌前，是置东京百万生民，还有太后、贵妃、贤妃、诸皇子、公主安危于不顾。有人说你是个比范琼还恶劣的拥兵自重之徒，还有人说你是个比刘广仕还可笑的欺世盗名之辈。而如果说秘阁中还只是这般评价、议论你，公阁中却干脆有人主张要杀你了！"

听到这里，岳斐反而释然，只是冷静拱手相对："明公，斐之本心，天日昭昭。"

胡尹沉默了一下，一时没有回复。

倒是田师中，赶紧再度上前解释："胡公，御营前军、右军、水军、海军合计九万，海军微小，其余三军合计战兵，虽有损伤，也有八万以上，如今此地合战兵不过六万多，其余城寨，也不是空置的，东面夏津、高唐与济南连成一线，身后濮阳如今也落在我们手上，完全可以与绍兴夹河固守，为东京北面门。"

"你只说，黄河一旦结冰，金军大队弃了这些城寨，也弃了你们，直逼东京城下，再来一遍旌和旧事，你们如何反应？"胡尹听着不耐，再度开口，打断对方。

田师中一时惶恐，赶紧再言："胡公，此一时彼一时也，大金不会弃了大名府南下的！"

"不错。"张荣也严肃起来，"胡尚书想一想就知道了，当年河上水师是没用的，现在俺们御营水军又如何？他要是敢南下，只要熬过冰冻，俺自会将金军锁在河南，然后这边怕是能直接捣了黄龙府都说不定！"

胡尹点点头，瞥了一眼一声不吭的岳斐，然后继续正色以对："所以，咱们先不说东京能不能守，金军会不会南下，只说一件事情，那就是三位也都坦诚，若是金军真的南下，哪怕是到了东京城下，你们也不会救的，对也不对？"

张荣一时语塞，田师中沉默。

"是！"半晌之后，岳斐强压种种心绪，拱手相对，"十年之功，俱在此处，且东京看似危险，其实无虑，若大金真的遣大军南下，末将以为，陈枢相足可妥当守城几十日，而末将也不会真的轻易追击！而是加紧围攻大名府，以反向使之不敢南下！"

胡明仲平静追问："若是东京太后下旨呢？都省、枢密院来催呢？"

"末将只认官家旨意。"岳斐咬牙相对，"官家走前，公开许末将河北独断之权。"

"你知道这话传出去，有什么后果吗？"胡尹追问不停。

"大约此战之后，便是成不世之功，也要被东京诸公厌弃，然后就此闲置，再不得用。"岳斐冷静以对，"但话反过来讲，如此战能成不世之功，斐死而无憾，何况是为人厌弃呢？"

"其实呢，事情就是这么简单。"

胡尹点了点头，终于负手喟然："谁都知道，便是退一万步讲，金军真的南下了，而且真打下了东京城，天下震动，可此一时彼一时，官家在河东，天下的聪明人也大约都懂，咱们这位官家既可以在流离中重立一遍朝廷，那自然也能立第二次，何况此时官家自握三十万御营，金军主力被锁，又有关中可以支应，完全可以破太原，下燕京，直捣黄龙。但是鹏羽呀，不管你计量的有多么合理，从军事上讲如何最优，既然有了这个将东京暴露出来的危险，那东京诸公、秘阁也好，公阁也罢，怕是都要恨你入骨，因为他们就在东京，你是将人家摆在了'可弃'，最起码是看起来'可弃'的位置。寇准是怎么失势的，你也是读书的，难道不知道？"

岳斐只是低头不语。

"而且咱们说实话，这一次，便是我都对你们这些帅臣厌弃起来。"胡明仲继续言道，"你知道为什么吗？"

岳斐也想到了对方刚开始的那句"我也深以为然"，终于严肃以对："末将惭愧，但内里委实没有觉得明公与诸公真的可弃。"

"不是这个意思，最起码不只是此意。"胡尹负手叹气道，"我们这些人，对你感到厌弃的是，你们总是仗着大局需要你们，便逼着天下所有讲大局的好心人给你们做事……逼着南方老百姓给你们加税供养，逼着东京城变成大军营，逼着文化风流、皇家典仪全都要变成你们的石炭与炮车，逼着其实慵懒随性的官家不得不与你们这些武夫做勾连，扔下人主之重，去做一个最大的军头。我这几年，负责北伐军需准备，最常想的一件事情便是，这些东西，乃是举国汇集而来的民脂民膏，若耗掉它们而不能成事，有何面目见江东父老？！"

田师中有些茫然，岳斐完全能理解对方的意思，张荣也有些似懂非懂。

"岳鹏羽，"胡尹终于掸了掸紫袍上的尘土，然后束手相对，"我明白地告诉你，为了你能成事，这一次，几位相公真的已经尽力了，吕公相解散了公阁，赵相公和张相公强压了秘阁，陈相公当场以全家百余口性命为质，立誓东京城牢不可破，而且我也按照你私信的提醒，抢了张相公的行迹来此军中坐镇，至于后方燃料转运，你不必忧虑，我既然至此，后方绝无拖延敷衍之可能。当然，事到如今，再说这些，反倒显得有些居功之态，可这一战，或者说此次北伐，你必须要尽全力去做，尽力去拖住金军主力，以成你的不世之功，因为便是我，也要代后方诸公说一句，这般辛苦，没人想再来十年！"

田师中大喜过望，张荣当场释然。

岳斐越发严肃，拱手再三：" 末将还是那句话，天日昭昭，可鉴此心！请明公上座，观末将成事！"

"我不上座，你是元帅，你自上座。" 胡明仲转身坐到了帅位左侧的椅子上，平静且略显疲惫以对，"你放心吧，从今日起，东京诸事，我自替你当之，军务决断，你也当好自为之，擂鼓聚将吧！"

岳斐闻言心中五味杂陈，朝着上方恭敬一礼。张荣和田师中见状，也赶紧向胡尹行礼。随即，岳斐自向主位坐下，张荣也赶紧上前，坐在一侧。田师中扶刀立到了三人之侧。

三通鼓后，诸将汇集，见到胡尹，知道是天下闻名的胡尚书，也多骇然，待到这位胡尚书以东京相公之名当场下令，岳斐应当暂缓攻城，据地而守，以牵制金军主力云云之时，上下越发惊骇，相顾凛然。于是乎，就这般，胡尹既至，绍宋军再不遮掩自己的战略意图，随着更多的物资转运不停，元城周边，内外双层壁垒，七面起垒，六面起炮，堆建土山，修筑船坞不停。

然而，也就是这期间，黄河对岸，渐渐隆隆不断，然后明显看到成建制的大金兵马渐渐聚拢。一开始，绍宋军还可发兵与之短促交战，以作挫败，十一月最后几日，眼见着金军大队连绵不断，数日内无数步骑汇集，绍宋军终于不能再渡河邀击了。

待到腊月第一日，金军营垒也渐渐立起，兵力十数万之众，再加上不下二三十万负责转运后勤的签军，平原之上，居然轰轰然连营数十里，甚至将数个城镇完全包裹在内。而也就是同一天，大金魏王完颜乌竹的王旗、元帅完颜巴力速的五色捧日旗，一起出现在了河对岸。

见到此景，岳斐毫不犹豫，集合八牛弩、炮车，当着金军主力的面，连续砸城不断，一日内便轰塌了元城西北角的四个角楼。

第八十五章　内外交困

进入腊月，绍宋、大金两部主力部队在大名府相会。

整个大名府战场，绍宋军河北方面军合计御营前军、右军、水军，累计战兵六万出头，随营民夫七万余；金军合计隆德府行军司五个万户，河东方面努力支援的四个万户，外加大名府本地行军司的四个万户，拢共十三个万户，有战兵步骑十三万众，另有数字不定，往来负责后勤转运的民夫，也就是签军二三十万众。

双方兵力对比，即便是不用强调金军那前所未有的六七万强大骑兵集群，也是强弱明显的。除此之外，金军还掌握了周边几乎所有郡县的行政权、控制权，能确保外围的支援与调度。更重要的一点是，那个周四十里，扼河北要冲的大名府首府元城，依然在金军控制下。如此局面，再加上北面的杓合、阿里，东北面的王伯龙，其实金军一上来便有隐隐合围的姿态。从金军这个角度来看，绍宋军已经内外交困。

只说金军连营连垒，场面浩大，自诩撼山移海，但实际上，进入腊月后的前几日，战况却出乎所有人的预料。面对着偌大的元城，绍宋军分门别类，三面陆地起炮，一面河上行船，轰击不停，与此同时，军队分划有致，或挖掘地道，或平整土地，或开始正式搭建巨型攻城塔，或集中小型拆卸式弩炮和八牛弩定点清除元城上的比较有威胁的塔楼。

与之相比，元城内的金军也没有气馁，在援军抵达后，整个城池里的守军士气陡增，一些城内仓促组建的炮车也开始隔墙还击。并且在进入腊月后，几乎每一夜都会派出战队出城破袭。但是，城内和城外相比，一则炮车数量规模、位置灵活性全都受限；二则绍宋军有一道很明显的环城内垒，破袭常常无功而返，所以金军总归是落入下风的。

而这么一日日过去，元城虽然称不上四面楚歌，但也的确遭受了巨大的削弱与动摇，七八十个角楼在数日内被集中摧毁了十几个最具威胁性的，部分墙体开始在炮车的轰击下出现裂口，军士伤亡也渐渐成为城内不可忽略的一个问题。甚至，城外不清楚的是，高景山为了确保继续起炮和修补城防的木材与建筑材料的充足，以身作则，居然连自己的府邸都拆了，整日只在翠云楼盘桓。

这些天，黄河西面的金军大队，莫说撼山移海了，就连全面出击的机会都没有，因为他们第一时间便见识到了万户阿里与杓合提醒的绍宋军水师之利。

几百步宽的黄河河道和黄河两侧六七百步的绝对威慑距离，瞬间让金军丧失了不切实际的心思，也使得金军徒有惊人气势，却伸展不开手脚，无法支援元城。结果城内因为绍宋军的包围与明显的兵力对比，陷入明显的劣势，但本该反过来包围绍宋军且也有明显兵力优势的外围金军却因为绍宋军水师的存在陷入不能组织起攻击的尴尬境地。甚至，在绍宋军水师的护佑下，绍宋军的后勤物资依然源源不断顺着黄河转运过来。

"将军队四散开来，散个两百里，一起渡河又怎样？他张荣有几艘能装八牛弩的战船，真能拦得住我军？"

"分散渡河了又如何？河对岸又不是没有阿里将军与杓合将军……即使渡过去，这么窄的地，两侧都有八牛弩，难道就能铺展开兵力去攻了吗？"

"恕我直言，杓合跟他部属都是渤海人，所以才攻不下！"

"如此这般，不如劝高都统早降，请桓榛勇士自己来打便是。"

"便是桓榛，阿里将军不也作战了吗？他的话也听不得吗？"

"阿里将军当年虽勇，如今却已经老了！"

"故此，这大金便只有你金牌郎君管用？对面可是有六万绍宋军披甲御营的！你这般强横，拿你的万户过去试试如何！我们乐得过河来休整！"

充当大金主力营盘核心点的李固镇中，立着两面旗帜的某个大户人家院落里，随着阿里与杓合又一次渡河拜谒，一场军议随即在万户这一层级再度展开，但很快军议上便发生了争吵，而且争吵也很快变得激烈、混乱起来。

面对这种情况，完颜乌竹早就有些不耐了。与此同时，与完颜乌竹并排坐在上首的元帅完颜巴力速偏偏一直面无表情，且一声不吭，不免让魏王殿下谨慎起来，他不想喧宾夺主，尤其是这场争吵表面上是一回事，实际上跟完颜巴力速的权威有直接关系。不过，耳听着争吵越来越脱离战事本身，这位大金执政大王到底是不能忍耐，稍作犹豫，终于回头示意，让身后太师奴附耳过来："告诉元帅，请他放心处置完颜奔睹，怎么处置俺都只会赞同与配合！"

太师奴会意，立即趁乱转到完颜巴力速身后，再度贴耳以对。这算是猜到正确答案了。

隔着一张桌子，既得许诺，完颜巴力速立即在座中昂然出声："完颜奔睹！"

一声厉喝，院中瞬间安静。旋即，之前争吵最欢，也几乎是院中最年轻的那个万户便只是冷笑一声，然后以一种几乎是挑衅的语气拱手以对："元帅有何吩咐？莫非元帅就任后咱们桓榇人就此改了规矩，连军议中也不许说话了吗？当日太祖在时，便是在场的谋克都能面批其错！"

"军议之中，不议军事，反而无端攻讦同僚，这才是毁坏军议传统的作为吧？"坐在那里丝毫不动的完颜巴力速同样冷冷以对，然后脱口传令，"完颜奔睹私心太重，故意挑乱军议，应当鞭打二十，有谁反对？！"

言语既罢，满院寂静无声，莫说完颜奔睹本人怔在当场，便是刚刚私下做出许诺的完颜乌竹都一时怔住。

"我有太祖御赐的金牌，谁敢鞭我？！"片刻的沉寂之后，完颜奔睹回过神来，当场勃然大怒，直接从腰中扯下自己的金牌来，手持金牌厉声相对左右，"你们这些行军万户，看看自家的金牌，再看看我的金牌，是一回事吗？我的前途，是太祖在时便公开许诺的！我倒想看看，这军中谁敢鞭我！"说到最后，这厮几乎是将手中金牌怼到了完颜巴力速的鼻子跟前。

但也就是这个动作和这句话，终于引来了一个人的雷霆之怒。说时迟，那时快，完颜巴力速依然一声不吭，完颜乌竹却霍然起身，抄起自己与完颜巴力速之间桌上的马鞭，便朝着逼上前的完颜奔睹劈头盖脸抽了过去。

可怜金牌郎君刚刚还豪气逼人，自以为军中无敌，下一瞬间，便见到是太祖亲子中如今仅存的两个执政亲王之一，也可能是东路军真正的主人，亲自过来抽自己鞭子，却是半点不敢反抗。慌乱之中，这位辈分比完颜乌竹还高一辈的金牌郎君唯一能做的便是赶紧收起那枚金牌，在怀中捏住，防止金牌被误伤到，然后只是低头立在原地，任由对方鞭打不停。

这种鞭打，隔着甲胄和袤袍，当然不可能有什么实质性伤害，稍微几鞭子抽到脸上，那也无妨，但震慑力和侮辱性却极大——二十鞭子抽完，完颜乌竹转回座位中，继续一声不吭装哑巴，而完颜奔睹也再不敢多一句废话，只是老老实实回到下面万户群中肃立。其余万户，更是无言以对。

"我直说吧！"完颜巴力速见到情势安稳，再度开口，"黄河不封冻，以眼下局势，河道被绍宋军水师锁住，强行从南北夹攻，不说兵力铺展不开，南北工事也绝不是什么摆设。阿里将军虽老，却是宿将，且治军极严；杓合将军部属虽多是渤海人，却也因为如此，想必也是为了救援高都统而最敢战的一部，他二人说不行，那就是不行！"

听到这里，完颜乌竹忍不住看了一眼阿里，这个昔日对自己横挑鼻子竖挑眼的宿将，这一次却一言不发，甚至之前面对着完颜奔睹"误伤"与侮辱，也根本没有半点反应，只是让杓合一人出面与完颜奔睹撕扯，也不知道是不是真老了。

"不行归不行，但不能这般干等着结冰，"就在完颜巴力速稍显公允的表态后，又一阵沉默后，完颜突合速拖着腿上前一步，替自家都统和元帅打圆场了，"得做出点事情来，或是阻碍绍宋军攻城，或是支援城内，反正不能干等着！否则城内高都统那里如何看我们？几十万大军里面也交代不过去。"

"正是此意。"完颜巴力速缓缓颔首，环顾左右，"诸位都有什么主意，尽量说一说！"

众人面面相觑，最后还是多看向了阿里与杓合二人。

讹鲁补讪笑一声，近乎开玩笑地说了一句："要不想法子截断黄河？"

众人哄笑，也就是此时，阿里终于平静开口："可行！"

院中笑声戛然而止。

"不开玩笑？"讹鲁补追问了一句。

"不开玩笑。"阿里从容以对自己老友，"如今河北的黄河是不对路的，与其说是黄河，不如说是河北的水系借用黄河河道，又或者黄河河道侵袭了河北水系。这种情形下，咱们身前的河道，盛水期是黄河水多些，到了枯水期，就是河北的水多些，而且水流缓慢，水源驳杂，再加上河道汊子太多，截断一个分支，也不至于出乱子。"

众人恍然，旋即振奋。

完颜巴力速正色询问："若依阿里将军所言，合此地民夫二十万，需几日能成？"

"若是绍宋军不侵扰，民夫三五万，多了没用，二三十日吧。"阿里依然从容，"而且截断之后，须防河底淤泥难行。"

众人纷纷哑然，完颜巴力速也尴尬苦笑："二三十日，不如等结冰！"

"我本是对讹鲁补的话做个分解。"阿里也笑了。

"局势艰难，还请老将军指点一二。"完颜乌竹再度开口，难得起身，朝阿里稽首，然后方才坐回。

阿里瞥了眼对方，终于不笑："此时想要支援元城呢，不是没有路子，分小股从南面渡河，然后寻些小船，换水路走元城东南的渡口区，从道理上讲还是能进去的，绍宋军不可能真的四面锁住，但也不可能进去成建制的部队。"

众人纷纷颔首，不管如何，此时只要能进城，哪怕是几个人、几十个人，对城内守军而言都是莫大的鼓舞。便是成功概率不大，也该试一试的。

"其次一条。"阿里继续平静言道，"截断黄河当然是玩笑，但可以截断永济渠，以扰乱绍宋军。"

完颜乌竹、完颜巴力速以下，众人精神再度一振，因为永济渠就在李固镇旁边，也是穿过了金军营盘的。

"永济渠有什么说法？"完颜巴力速主动催问。

"永济渠是人工渠，引淇水、洹河注入前面河道，越过黄河，抵达元城之下，然后横穿绍宋军营盘。"阿里从容言道，"而因为强行引水和人工而为的缘故，这条河在对岸从黄河里再引出来的时候，其实位置偏低，有些悬河姿态。我们从下游截断，它必然在绍宋军营盘里泛滥，届时看情况，运气好了，说不得能将绍宋军营盘一分为三，运气差了，或者他应对妥当，也多少要耗费他一番工夫。"

众人终于振作，这才像是一个正正经经的法子。完颜巴力速也颔首不及。完颜乌竹更是直接离座，上前去牵阿里的手，连声夸赞。

阿里却直接摇头："这不是我的主意，这是之前与高都统在一起的时候，他说的一些言语，被我记住了，今日想起了，觉得可行，临时卖弄罢了，而且这种事情，咱们都不晓得成效如何，只能说是趁着没结冰，需要事情来敷衍下面军心，这才试一试。"

众人越发嗟叹。就这样，今日军议到底没有无功而返。

这日晚间，完颜乌竹借着夜色遮掩循河而上，一路行来，明显能感觉到河边的冰层随着时间流逝越来越广，越来越厚，但一直走到下游，正对绍宋军营盘的区域时，河边只有冰碴。完颜乌竹亲眼看见，大晚上的，河上还有不少绍宋军民夫举着火把乘着小舟，连夜捣冰。让完颜乌竹尤其感到惊喜的是，绍宋军战船周边，也有不少动静，显然是轮船停泊在河中，仅仅是上半夜都直接开始冰冻，逼得绍宋军不得不如此。

这般看来，黄河封冻到底是躲不掉的，绍宋军也情知如此，只是为了尽量输送物资和控制河道而尽人事罢了。且说，时值腊月初，前夜过半，西北风明显，而头顶月光、星光又都不明朗，又是一个寒冬之夜。不过，此时两岸营盘全都密集而广大，篝火连接几十里，完颜乌竹立在河堤内侧，见两岸火光相互映照，河中有微光因冰花水色泛起于暗夜之中，倒是在稍窥一点局势之余，又起三分恍惚之态。

大河奋起万里，行至下游，一分为二，再分为五，看似广阔壮丽，其实内里水量早已经不如上游那般充沛，便是内里水源都已经变化，让人难寻根本。

实际上，完颜乌竹暗暗想来，若非如此，此河未必就年年封冻。然则，转念一想，大河终究是大河，虽在枯水期，虽只是一道支流河汉，犹然壮丽如斯，犹然舟船横行，使几十万大军望河兴叹，不能有丝毫寸进。与此天时地利相比，区区人事究竟算什么？又该以何等心思以对大势？恍惚间，这位大金执政亲王，一时有些痴了。

忽然间，太师奴不顾礼仪，直接拽动完颜乌竹往河堤上而行。完颜乌竹回过神来，也见到河中有两艘船径直往岸西边过来，且船上人物在两岸辉光之下明显有光影闪动，俨然是着甲的绍宋军精锐。完颜乌竹一边想，一边匆匆与太师奴等侍从登上河堤，准备折返。而这个动作，反而暴露了他们的行踪，那两艘船直接朝着这边荡来。

待到完颜乌竹来到河堤这一边，也听到了河堤另一侧船只碰撞薄冰的声音，便要翻身上马，可也就是此时，那一边却主动带笑开口了："不知是大金哪位将军趁夜来此观景？"

太师奴等侍从赶紧弯弓搭箭，以做遮护，而待太师奴等人预备妥当，完颜乌竹方才在马上笑对："大金枢密使、魏王完颜乌竹在此，不知道是绍宋哪位将军，与俺同般情调，深夜临河观景？"

对面明显有些骚动，但很快便安静下来，然后之前那将继续轻松笑言相应："绍宋河北路元帅、御营前军都统岳斐在此！四太子，难得相逢，何妨过堤坡这边一叙？"

完颜乌竹也是蒙了一阵,太师奴等人同样哗然片刻,但很快,完颜乌竹便苦笑相对:"早就听人说,岳元帅弓马刀枪,河北第一,便是在军中,也只是因为资历缘故被韩郡王稍压一头,你这般万夫不当之勇,俺此时过去,怕是不妥,岳元帅若有心,何妨过来这边,俺必定好生招待。"

对面那人,也就是岳斐了,闻言越笑:"四太子莫要哄我,我便是武艺再强,这般距离,桓榛重箭吃上一下,不死也残,何必自找没趣?"

"也是,也是。"完颜乌竹连连颔首,一声叹气,却又若有所思,"若是这般,咱们就不握手言欢了,隔着堤坡聊一聊?"

"聊什么?"黑夜中,岳斐捏着背后硬弓,不知为何反而肃然,"事到如今,四太子要与我讲道理、论时势吗?"

"就算是兵戈相见了,为啥不能讲道理?"完颜乌竹不以为然道,"何况,今日夜半堤坡相逢,咱们虽不能谋面,却也算是难得机缘,而且便是说得不对、不好,也不至于忧心丢了士气,惹来弹劾。"

"四太子会错意了。"岳斐喟然以对,"我不是觉得此间不能说话,但有些话委实没必要多言,桓榛侵我疆土,杀我百姓,劫我财物,毁我城池,难道还有道理吗?"

"将军上来便是个糊涂话。"完颜乌竹冷笑以对,"两河昔日是绍宋领土,今日是大金领土。"

"你们不过是狄夷之辈,沐猴而冠而已。"岳斐状若不屑。

"这就更糊涂了。"暮色之中,盾牌之后,马上的完颜乌竹依然不怒。

岳斐居然坦诚言道:"斐也不能不与四太子说个清楚了,你说正统之源在统不在正,那敢问,桓榛窃据两河,视民为奴,厉行酷法,使百姓不惜抛家弃业,或南渡求生,或反上太行,皆不下百万之众难道是假的吗?更不要说,你们曾在此地屠戮为常,使四野腥膻,这也算统吗?"

完颜乌竹一时气涌:"俺也知道,岳元帅是河北人,是相州人,十年前,大军南下,攻克相州的正是俺,所以俺晓得岳元帅想收复家乡的心思,但为一己之私,而使天下流血漂橹,这也算是为将之德吗?!"

完颜乌竹停了数息,听到对方还是无声,更加振奋,便要继续说话:"岳元帅,你听俺一言……"

"完颜乌竹!"

就在这时，对面的岳斐忽然开口，其声之大，隔着一个堤坡，犹使完颜乌竹一惊。

而一惊之后，完颜乌竹却也失笑："听着呢，岳元帅请讲！俺正等着呢！"

"你此番所言，有些话语，确实辩驳不得。"一声怒喝之后，岳斐反而平静，"譬如你说一旦开战，不论胜负，不知道有多少无辜军民丧命，谁能驳斥呢？"

岳斐继续凛然言道："我唯一可说的，便是告诉你，届时将士军民拼死为国，我岳斐既为军伍，也必然在其列、当其先！胜则同胜，败则同败，若战死沙场，魂则同归岳台，身则同化青山！而若侥幸存活，也必将合其余生人，抚伤恤死，然后同心戮力，再建太平！此言，可对天日，可对河山，可对身后十余万军民，也可今夜对你！"

完颜乌竹沉默不语。

"两国交战十年，不是你们先大肆屠戮劫掠的吗？不是完颜瞻汉和你二哥斡离不抢着南下的吗？为何你们强盛时便要屠城掠地，就要劫财杀人，到了如今我们来攻的时候，便要说什么以和为贵？"

完颜乌竹依然沉默，但拎着盾牌挨着他的太师奴借着远处火光清晰看到，这位四太子的嘴角已经微微抽动。而抽动之后，这位大金四太子到底是按下心中种种翻腾之意，咬牙切齿："如此说来，还是要刀兵上见分晓了？"

"我本就是此意，反倒是四太子，无端扯些歪理，逼我与你隔着堤坡讲话。"岳斐的声音恢复了从容，"至于说此战，四太子，我还有一言，你到底是哪里来的信念，觉得能抢在我破元城之前先破我营垒？我军虽少，却如龙似虎，不似你们那些桓榛人，个个如骑在马上的矮脚蛤蟆！五六万蛤蟆也指望跳过此河？"

完颜乌竹目瞪口呆，竟不知道该如何回复。但很快，不待他回复，便闻得河堤对面一阵嘈杂，然后明显听到船只启动与甲胄摩擦之声，片刻之后，这位四太子刚要再说话，复又闻得一个与之前不同的声音："大金魏王殿下，我家元帅已经走了，他说，夜间匆匆一会，虽不欢而散却也不能失了礼数，故将佩剑留在这里，算是赠物。他还说，绍宋上下，自韩郡王以下，欲活剐了魏王的人不计其数，若是魏王兵败，不妨念在今日堤坡之交，用此剑自刎，将来尸首被争抢起来，认出此剑，也好算是我家元帅的一份功劳。"

这几日，先是一阵西北风，永济渠率先被彻底冻住，水流不急的黄河也渐渐难以支撑，很多大轮船开始驶入营盘内预备好的船坞内。接着，一场小雪之后，温度再降，小轮船也立足不得，消失在河面上。

河道既封，于金军而言，战机便现，战事也必然爆发。这一战，与上个月刚刚渡河那一战相比，战事激烈程度不会差多少，战事规模却将数倍、甚至十倍扩大。而且考虑到绍宋军此时工事完备，金军兵力充足，很可能还会出现拉锯战与消耗战。没人可以轻忽。

"绍宋军最大的错处不是岳斐犯的，而是那个自以为是的绍宋官家！"完颜乌竹发怒之后，完颜巴力速就在座中正式接过了军议，且言之凿凿。

"那个官家最大的错处便是将他的三十万御营大军一分为二，而且分兵之后，还要两面一起进取！"完颜巴力速昂然做解。

"那赵官家若是拿他的御营右军和水军谨守黄河，再将御营前军直接堵到隆德府，然后合吴介的御营后军还有耶律於顿的岐鞑杂胡出雁门，将河东的山野之间铺得满满腾腾，一个缝隙都不漏，那种地形，我是真不敢合大军与之决战的！"完颜巴力速霍然起身，"可他既然分了兵，还逼着岳斐强攻大名府，逼着御营前军非得打下这个元城，那便是将战机白白暴露了出来。"

"任他几路来攻，我们只此一路来杀！"完颜巴力速拔出佩刀，露出雪亮的白刃，"这是大势！此战，咱们合了十三个万户，魏王亲自督军，一定要吞下岳斐的六万人！"

另一边，岳斐也在帐中进行最后的战前动员。

"我军此次北伐，大局在握！"待帐中军官查看那些"旨意"完毕，岳斐端坐帅位，凛然四顾。

"之所以如此说，不光是因为我们辛苦十年，渐渐强盛起来，有了三十万御营大军，发动五十万民夫，更关键的是，桓榛人也眼见着一日不如一日。"岳斐稍微放缓语调，"十年间，大金军势简直天壤之别，这才是我军在此应敌的真正倚仗。

"这一战，咱们虽然兵力稍弱，却有完备的工事与防线。"岳斐继续平静分析，"高墙之后逞勇易，咱们完全可以仗着工事大举杀伤敌军，而敌军看似势大，其实臃肿，一旦第一次总攻不成；第二次便也不会成；第三次就会彻底气沮，开始进退两难。

"官家旨意在此，你们都已经看了，其意不言自明，胡尚书更是坐在这里，这一战没有退路！"岳斐起身，严肃下令，"但尔等若能严守军纪，令行禁止，此战便也绝无失败道理！"

就这样，双方主帅鼓动完毕，又分配了作战任务，大约下午时分，部队调度妥当，战斗便迅速且大举爆发。首先出击的，并不是金军主力，而是签军。在全副武装的大金重兵集团催逼下，不下七八万之众的签军，套着防滑的草鞋，很多人身上只着家中带来的破旧冬衣，少数人拥有残破的皮甲和此时显得有些奇怪的蓑衣，拎着简单的长矛、软弓、朴刀，在十七八里宽的战线上，翻越羊马墙——黄河大堤，然后踩护城河——也就是冰封的黄河河道，向着经营了快一个月的绍宋军阵地发起了声势浩大的冲锋。

　　人过一万，无边无沿，人到七八万，那基本上就是一股任何人都不可能轻忽的力量了。唯独绍宋军这里，本身也有不下十三四万的人手，方才能毫不畏惧，并稳妥应对。略带寒风的隆冬午后，在毫无温感的阳光直射下，这些河北签军像是一股黏稠的黑色浪潮一般，奋力从黄河河道的西边开始向东侧翻滚过去。而对面的绍宋军毫不迟疑，河堤上的八牛弩、河堤后的炮车，以及土山上的神臂弓，几乎一起发射，将数不清的箭矢、石弹从河堤上、河堤后砸过去。

　　密集的远程打击之下，这股黑浪很快变得迟缓。好不容易等这股黑浪抵达另一侧的河堤，便也迅速失去了继续翻滚的动力，然后宛如受到重力的自然作用，重新向后翻滚回来——河堤边缘，绍宋军主力部队在栅栏后面严阵以待，这些签军根本没有肉搏的勇气，至于那些极少部分冲到跟前的，即便是表达了投降的意思，恳求绍宋军允许他们通过避难，也只得到了长枪与短刀作为回应。

　　在这种孤军悬危的状态下，绍宋军不可能冒着巨大的军事风险对他们网开一面。事实上，就连金军也没指望过这些装备低劣的签军能冲入绍宋军阵地，他们本也就是要用这些签军来浪费绍宋军的箭矢弹丸，然后疲敝、动摇绍宋军。故此，眼见着黑浪大举回滚，金军指挥官根本没有半点多余想法，只是让督战队立即向前，逼迫对方再度翻滚回去罢了。

　　就这样，大半个下午，近十万签军全都在这一次次的翻滚中渐渐流失。鲜血渗入冰层，在冰缝中扩散开来，殷红一片，而冰层上部，因为这些签军的不断往来，则形成了一层薄薄的泥水，却又迅速被冰冻住。

　　冬天黑得快，四五次这种大规模冲击后，绍宋军终究不忍，所以开始有意识地减轻打击力度。签军发现只要不去冲击绍宋军阵地，绍宋军便不再对他们发动打击。而金军在察觉到绍宋军阵地的牢固程度，以及这支绍宋军的纪律严整后，也很快失去了继续费气力砍人督战的心思。傍晚时分，金军终于鸣金收兵。

这一战是个序幕，是个开端，作用在于消耗绍宋军的士气和投射储备，在于试探绍宋军的纪律性与执行能力。除此之外，本还有试探虚实、找到绍宋军战线弱点的战术目的，但因为绍宋军严整的防备和签军的庞大臃肿，也没有成功。

第二天上午开始，金军将会换一批新的签军，并在其中掺杂部分披甲的汉儿军，甚至小部分下马的金国铁骑，以确保完成这个战术目的。届时，这些签军也不可能像今天这样能够在河道中稍得喘息了，他们会被威逼到最后一刻。

但是，岳斐也绝不是被动防守，不敢还手的人——当日夜间，寒风之中，稍显疲敝和沉寂的河西金军大营内，火光乍起，惊动全军。完颜巴力速和完颜乌竹大惊失色，二人仓促起身，指挥不断，一面让各部分割营区，坚守不乱，一面派出信得过的本部连夜向东，沿河巡视，务必防范绍宋军大队趁机突袭。

闹了一夜，凌晨时分，汇集信息，完颜巴力速和完颜乌竹方才晓得缘故。原来，昨日的试探性攻击中，绍宋军窥到机会，派遣小股精锐伪装成签军，在战斗后期趁乱藏到了河道中，然后跟随混乱的签军队列混入金军大营，因为签军伤亡颇多、士气沮丧的缘故，居然无人发觉。最后，乘夜放火。

金军反应迅速，而且处置得当，所以火势没有蔓延开来，大营也没有出现大规模混乱，也大概是因为如此，绍宋军接应部队在与金军接触后不久，掩护己方突袭小部队撤退后就也直接撤回。而这场袭扰战也使得签军趁乱逃散。因此，第二日的战斗规模陡然缩减。昨日遭遇到那般突袭，第二日依然坚持原定战术战略，而且其中披甲的汉儿军依然如约出现，也反过来说明，金军高层的决定是不可动摇的。

第三日，金军重甲小规模参战，战斗烈度进一步上升，绍宋军依仗着的河堤阵地第一次被突破，两架八牛弩被焚毁，数百民夫被屠杀，然后才被绍宋军二线部队堵住缺口。也就是这一日下午，大名城和故城镇的北面，绍宋军阵地的东侧，也就是之前绍宋军主力的旧阵地那边，忽然出现了千余骑金国重甲骑兵，他们在绍宋军阵地的东侧逡巡了足足两个时辰，隔着偌大的绍宋军营盘听了西侧战场两个时辰的喧嚷后，于傍晚时分忽然撤离。王伯龙的部队忽然扔下北面的夏津城出现在这里，也只能意味着一件事情，那就是两日半的持续试探、施压与耗费投射器械后，金军的第一次总攻即将到来。

第四日一早，天刚刚亮起来不久，金军大营主力在用餐之后沿河大举集结会合；烟尘滚滚，金军大营的南段，有相当数量，很可能至少上万的骑兵向南边运动而去；北面馆陶方向，金军主力也重新集结；元城内，也有大量骑兵集结到已经很空荡的翠云楼周边，似乎并不确定出击方向；最后，阵地东北面，烟尘密集，动静跟阵地西面的金军主力大营当然不能相提并论，但一看就知道是大股部队行军带起的烟尘。这一日，金军不但要总攻，而且要四面来攻，以图将兵力优势发挥到极致。

第八十六章　果决如斯

从元城城楼上望去，整个绍宋军营盘不只是南北两道明显的厚重防线，也不只是东西两个黄河河道、大堤塑造的天然防线，还有六座土山上的弓弩阵地与大堤上方、后方的炮车阵地，以及挖掘土山时顺势建立的船坞和蓄水池，最直观的还是营盘的规模以及工事的密集程度。密集的栅栏、并不高大却足够形成阻碍作用的土垒、纵横整齐的壕沟，营寨与营寨之间，工地与阵地之间，截然分明，甚至因为其密集的程度，绍宋军军营里的大部分道路都有了一种甬道的感觉。

"高通事找我有什么事吗？"

又看了一阵子，满脸疲态的高景山方才回过神来，却是紧皱眉头。

"蒲速越已经集结完毕，请问都统下一步指示。"高庆裔压抑着某种不安迅速作答。

"不要理他，到时候会给的。"高景山面色不变，"现在告诉他，只会暴露出击方向。"

高庆裔回头看了眼跟上来的两个侍卫，其中一人会意，即刻折返去告知蒲速越，而人一走，高庆裔复又盯着城前诸多事物看了一阵，禁不住摇起头来："这仗越打越难懂了，两军数十万人相逢，却不是布阵野战，而是数不清的炮车、巨弩，能坐人的大号孔明灯和这般密集的工事。二十年前，咱们年轻的时候，哪里能想到这般？"

"还是有迹可循的。"高景山闻言摇头不止。

高庆裔一时茫然。

"还是甲胄。"高景山没有卖关子的意思，而是一面盯着城下开始有序调度的绍宋军,一面平静解释,"我早就有这般想法了,甲胄这个东西,厚密到一定份上,便使得寻常软弓、刀枪的作用不足了,你还记得吗,二十年前的时候,咱们在丽东防备盗匪,最有用的东西其实是长枪和大盾,然后刀盾手腰中还都要准备一个小囊,里面装七八块石子的?"

"是有此事。"高庆裔想起往事,简直恍如隔世,"那是没有弓箭的刀盾手用来防备对方不远不近袭扰的好东西。"

"不错。"高景山站起身来,指着自己身上的重甲平静以对,"现在呢?这般厚密的甲胄出来后,凡是真正能决胜负的精锐都是这般披甲的,对上这种甲胄,那七八个石子若还带着,岂不是个笑话?便是软弓朴刀,也多是民间自备的东西,而不是军中要害了,绍宋、大金两家,哪里会将半点心思放在什么软弓细箭上面?"

"现在都是劲弩、重箭、战锤、厚铜、大斧、长矛……"高庆裔点点头。

"是呀,换句话讲,全都变成了重兵、重步、重骑……咱们是铁浮屠,对面是步人甲,一个主战士卒,得扛着几十斤的装备作战。"高景山继续感慨道,"而想要应对这些重装军队,除了以重克重外,更简单的一个方式正是要倚仗城池、营垒、工事,取他不便,取他不能持久作战,取他后勤不力。而城池、工事的作用显出来后,便要起炮,便要锁城,想要压制外围炮车,城池工事内最好的法子便也是起炮,以炮制炮。于是炮车越来越常见,越来越多,越来越简便,而城池也好营寨也罢,全都越来越厚,越来越密……就成了眼下这般样子。"

高庆裔思索一二,竟想不到反驳的话来,只能重重颔首。

"我现在忧心的其实也有两个。"言至此处,高景山也终于转到正事上来,"一个是四太子他们总攻不力,绍宋军为求妥当,必然会反过来全力攻城。而依着常规道理来讲,咱们城池固然厚重坚固,城墙最矮的地方也高三丈,但很难防备炮车轰击,再加上只有一重城墙,一旦哪段城墙被合力轰开,便可能直接破城。"

高庆裔看了看脚下的城墙,又回头去看身后的大名城内里,摇头不及:"城太大了不是好事!依眼下的局势来看,若是四太子他们不能攻破营垒,咱们即便被施以常规手段,也该被绍宋军攻进来了,这时候,绍宋军便是有什么出奇之法,也是人家自己锦上添花,咱们作为瓮中之人,想这么多做什么?"

高景山明显怔了一下,然后方才重重点了点头。随即,二人又聊了一阵子,在城内环挖壕沟,防止绍宋军地道作战;在一些明显的破绽点后方存些火药与油料，必要时以火药和油料当助燃剂阻拦缺口；当然，也否定了诸如以泼水结冰的方式修补城墙、以作防范的"献策"，因为城墙的很多部位都已经出现了内部裂口，倒水结冰很可能适得其反，破坏城墙稳定性。

且说，绍宋军围绕着元城，借着两侧河道在夹地上建立了一个周七八十里的超大营垒，其中必然有无数细微破绽，而且这些破绽早在之前三日的战斗中被金军试探出来，但是大兵团作战，除了找到那些破绽加以针对性地投入兵力之外，最主要的还是得考虑一些大而化之的战术选择。比如说，绍宋军先修的北面防线，然后是南面防线，所以南面必然不如北面。而东西两面防线修得更晚，而且只能是倚靠着河道与大堤来仓促建立，这就导致两侧防线又很难与南北两面相提并论。因为元城的存在，使得西侧这条十七八里的防线中南段显得更薄弱一些。除此之外，金军主力自西面而来，汇集在河西，这就进一步导致绍宋军必然把精力、器械多集中在西侧。故此，金军几乎一定会把这两段当成主攻方向。

其中，西侧南段且不提，只说东侧，金军想要投入兵力集中攻击，却也不可能提前分兵过来在这边立营好随时出击的，因为绍宋军实力也不弱，而且居中调度，方便出击，只要敢立垒过夜，都是给绍宋军分而击之的机会。故此，临到总攻，金军只能临时调度一支别动部队到东线去，这支别动部队从西面大营出发，需要花一定的时间，穿过两次冰河，绕过绍宋军的营垒以及那座依然控制在绍宋军手里的大名城，一直到绍宋军身后来与本在东北面的王伯龙部汇合集结。在战事最焦灼的情况下，集中精锐重甲，进行统一夹击。

考虑到路程，考虑到士卒有必要在安全区域内休整后再行攻击，东面战事应该会在下午，或者会等到下午偏后的时间才会开启。甚至都不排除夜间大战的可能。

很快，西线这边，金军在稍做整备后，便发动了潮水一般的攻势。这一次，金军只逼迫签军发动了两次突击。两次之后，上午刚刚过半，签军便撤走。随即，所谓万户内的补充兵，也就是汉儿军为主，但如今已经不只是汉军的成建制步兵，开始大举出击。

这些步卒，当然不会像那些猛安谋克一样装备精良、战斗技巧娴熟、待遇优良，但作为成建制的作战部队，他们依然获得了该有的装备与待遇。士卒的披甲率达到了六成以上，普遍性按照建制配发了劲弩、战斧，这是针对绍宋军披甲部队的配置。这种部队，金军一口气投入了三万至四万之众。

绍宋军沿着大堤布置了大量的弩车、炮车之余，同样在大堤的内坡上建立了栅栏，并在弩车的正前方削陡了坡度，布置了足够的一线部队。金军阵营中的补充兵们一拥而上，在大堤的顶线上遭遇到了顽强阻击，不得不以仰攻的姿态承受绍宋军劲弩的大量杀伤。很快，绍宋军的八牛弩车便通过一种最简单和直接的方法——也就是用木料垫起后脚以压低射界的法子，迅速终结了这次突击。不过，金军指挥官也不是愚蠢和固执的，在炮车开启轰击之前，他们便迅速调整战略，将部队召回，将部队按照建制分队、分组，避开那些八牛弩的直接扫射范围，分波次在更小的区间里去突击和作战。

调整效果立竿见影，金军并没有让这些补充兵徒劳送死，在确定这种法子可行之后，部分桓槊重甲也正式加入了突击队伍。这使得金军的作战能力立即上了一个台阶，如昨日那般，绍宋军伤亡显现，阵线在极个别地方开始出现松动。大约又是两拨大的攻势后，中午之前，开始出现大队的桓槊重甲了，而且没有任何意外，他们集体出现在了战线的南部。几乎是一瞬间，在永济渠南侧固守的绍宋军便感觉到了极大的压力。

"元帅，贝指挥传下军情，说西线南段甲字第二区一度失陷，只是被迅速收回了而已。"元城北侧的土山上，封冻前几日才匆匆自河东折返的岳斐亲校毕进满头大汗，来到岳斐身侧下拜汇报。

"知道了。"岳斐端坐在土山上的一把椅子中，言语简单至极。

毕进闻言赶紧折返，继续去等消息。这一上午，他已经往来了足足三四十回，也难怪会满头大汗。

"元帅，要不要提前支援？"参议官黄纵虽然没有往来传讯，却也有些汗水浸透之态。

"不是黄参议你亲自定的军略吗？"岳斐终于有了些表情，眯着眼睛相询，"之前你说，金军南北不夹攻，绝能不发御营右军，身后东侧不夹攻，绝不可动两部背嵬军，如何临阵改易？"

且说，此时张荣去了最南线坐镇，胡尹去了北线督战，而黄纵环顾四面，见到只有田师中一个外镇大员坐在那里，方才深呼吸数次，一时苦笑："不到临阵，如何知晓会这般难挨？"

岳斐点点头，若有所思："所以，黄参议不是改了主意，而是临阵不安，以至于明知道该等下去，却还是有些按捺不住？"

"是。"黄纵干脆承认，"让元帅见笑了。"

岳斐摇摇头，似乎是不以为然，又似乎是不以为意，但此时此刻，整个西面十几里战线上喊杀声阵阵，宛如波涛海潮一般，再加上军情传递不断，无人在意。

又等了一会儿，毕进仓促来报："元帅，南段出了大岔子，乙字第四区明显被金军破了，位于区中的旗帜都被金军砍了！"

众人俱皆惊慌，齐齐去看岳斐，而岳斐不慌不忙，就在座中瞥了眼身后，复又瞥了眼身侧没吭声的田师中，这才缓缓作答："不必惊惶，乙字第四区身后是李逵部，他为人虽然精细谨慎，但大事从来果断，应该很快便会顶上去，他若不成，也有汤怀居中调度。"

众人勉强少安，片刻后，前线派出部队，将金军撵了下去，而领兵反扑的，正是军中以精细闻名的统制官李逵。众人这才平静下来。

而也就是此时，岳斐在又一次回头相顾后，忽然喊了旁边一人："田都统！"

田师中心下一惊。

岳斐片刻不停，认真相对："田都统，金军露出了一个天大破绽，机不可失，时不再来，我觉得可以试一试。"

吓了一大跳的田师中想了一下，然后跟周围的军官、幕属一样，怔在原地。

"看身后。"岳斐没有卖任何关子，"一上午，王伯龙的大旗便已经左右逡巡了十几个来回，我每次回头接毕进送的字条，他大旗的位置都不一样。"

和周围幕属一样，田师中茫茫然起身，回头相顾，盯着身后一直无战事的东线渐渐恍然大悟："他求战心切，按捺不住了？"

"你去出击，诱他来攻！他不来则罢，若真敢孤军来战，咱们就抢在金军各部就位之前，虎口拔牙，先强吃掉他！"岳斐眯起眼睛，正色下令，"整个吃掉！"

田师中虽然大略明白了岳斐的意思，却还是觉得有些不可思议："那是足足五六千骑，便是交战不利，也能退走吧？"

"你做诱饵，我来兜底，两部背嵬军一做侧击，一做绕后！"岳斐继续冷静叙述，"就这般吃了他！要快，要狠！"

田师中霍然起身，匆匆向东。

人一走，黄纵即刻提醒："元帅，若行此险策，元城那边须看顾不提，西线南段须放些手段以防万一。"

"你有什么计略？"岳斐认真询问。

"遣一将自永济渠口反冲出去，顺河道向南突击，夺金军士气。"黄纵想了一下，认真相对。

"两部背嵬军我要用在身后东线，不能分兵。"

"河道就这么宽，不必大军，也不必骑兵。"黄纵赶紧提醒，"遣一勇将，率千余众足矣。"

"谁可当此任？"岳斐旋即追问。

"统领官王刚可当此任。"黄纵想了一下，提及一个人名，"他本是背嵬军出身，素来最敢战的，阵前恢复他统制官身份，交还他部分旧部，让他戴罪立功！"

岳斐思索不过数个呼吸时间，便当即下了决断："可！"

城北的绍宋军核心营盘内，眼看着伏兵大略布置妥当，田师中却是毫不犹豫，率领两个统制官、八个统领官，约小四千步卒，翻过了一直没有战事出现的东线，抢占了对岸的河堤，并向金军发起挑战。

"笑什么？"

看到绍宋军越过河堤后一面仓促列阵，一面遣使送来挑战言语，当先大笑的王伯龙笑过，复又在马上捻须环顾，语气凛然起来："你们都在笑什么？难道不知道人家出击情有可原，不知道人家这般遣使来挑战正是一个好计策？"且说，这王伯龙本是大金世袭的猛安，其人悍勇敢战，号称大金东路军第一猛安，名号更在大金诸将领之上。此时一语道出对方底细，本就是这许多年战场打熬出的功绩。

周围一群猛安谋克，有汉人也有桓榇人，还有奚人、岐辙人，俱和王伯龙一般披甲完备，此时闻言一起整肃，仿佛刚才赔笑的不是他们一样。而马上就要到五旬的王伯龙见状，也是稍显满意，这才挺着肚子在马上以手指向绍宋军军阵，继而睥睨相询："你们知道人家为何要主动出击吗？"

周围无人应声。

王伯龙也自顾自指指点点，略作解释起来："来的旗号是田，这便是田师中，田师中是张家军的副都统、大帅张峻的女婿，张峻据说是病了没来，所以让他带兵来的，可也正是因为如此，才让岳家军的岳斐成了元帅，让张家军在这次成了做小的，而那姓田的本人也要被那岳斐欺辱。"

王伯龙言之凿凿，众将也纷纷颔首，都颇以为然。

"若俺所料不差。"王伯龙继续笑道，"必然是绍宋军西边深沟高垒准备得足一些，再加上四太子尚未发力，所以一时挡住了，让这些人以为咱们大金的兵马不过如此，于是那岳斐的部属便拿之前张家军败给俺们的事情挤对起田师中。这田师中但凡要点脸，想继续当这个都统，都要出来与俺们闹一番的，否则便没脸在军中厮混下去了。而岳斐呢，但凡是个还顾点大局的，也只能放他出来。"

听到此处，众人面露恍然，一个接一个，都说万户讲得有道理。

"至于说计策嘛。"王伯龙收回手指，继续捻须笑道，"田师中部俺是晓得的，虽然远远不如咱们，但也不是什么窝囊废，若俺想得不差，姓田的这次直接怼到河堤上，又派人来挑战，本意就是想让俺们吃一惊，然后或是起了疑心，或是纯粹想让俺们笑话，反正要引得俺们糊涂起来，他才能趁机立阵，背靠着大堤，把大枪、劲弩立起来。这样，最起码能撑得下去一时，待耗上片刻，再小心整肃撤回去，也能在军阵中夸耀了。"

其余诸将纷纷恍然，随即一将当场询问："可若是这般，咱们又该如何应对？"

王伯龙再度变了脸色，凛然下令："那就是偏不能如他姓田的所愿，他要拖延时间，俺们便要趁他立足未稳，直接冲垮他！萧长！"

"末将在。"那名主动发问的奚人猛安即刻勒马出声。

"你带十五个谋克上去，从南面顺着大堤冲！"

"诺。"

"赵八！"

"末将在。"一名汉将旋即打马向前。

"你也带十五个谋克，自北面突。"

"是。"

"老贺呢？"

"在这里……"

"你不要突前，你去引后面汉儿军出来，等姓田的撑不住了，就在后面替俺兜住，届时跟着俺一起压过去，看看能不能趁势入他大寨。"

"晓得。"

"其余人，等老赵和老萧夹住了，便跟俺一起蹚过去！"王伯龙忽然抬手，又狠狠挥下，"立即动手，不要瞎等，这一战，俺还是全军的先锋，与你们一般冲在最前面！"

众将轰然应诺。随即，原本徘徊在绍宋军大寨东侧河道外的王伯龙部即刻骑步分离，骑兵一分为三，两翼先张，自左右两边一起去夹田师中，最后王伯龙本人更是率剩余铁骑直接拥上。

话说，田师中一出来，刚刚翻过河道，就派了一个人过来挑战。而王伯龙看到人来，说笑了不过几句话，直接下令，分毫必争。金军骑兵来不及调整冲锋集群，绍宋军部队仓促转向，双方以混乱姿态凑在一起，陷入混战之中。不过，这两翼骑兵撞上的，本就是田师中安排好的两个后卫统领部，所以，作为主将的田师中没有半点动摇，只是催促中心部队速速归寨。

但也就是这时，王伯龙的将旗也动了，堂堂万户，眼见绍宋军将退，不顾阵型未整，匆匆率部来冲。绍宋军主力此时已经转头上了河堤，正在往冰上行，而留作后卫的两个统领部加一起也不到一千人，两翼被夹，后方空洞，然后被王伯龙当面一冲，瞬间付出了巨大伤亡代价，当即崩溃。一千后卫部队，丢盔弃甲，仓皇败退。

诱敌诈败之策，最起码一小半成了真败。而这个时候，一名断后的统领官却又敏锐地发现了另一个危险之处——王伯龙部的骑兵，马蹄子居然是裹着破麻布的。

这当然不能使金军骑兵在黄河冰道上冲锋，却足够让这些骑兵不必下马，直接继续尾随溃兵追击。此人作为一名统领，根本不可能知道绍宋军大的谋划，当即惶恐起来。

"王伯龙！"恍惚了一下，也犹豫了一下，这名已经逃到大堤最高处的绍宋军统领官转过头来，拿掉面甲，拎着手中的铁铜朝着河堤下放声相对，"还记得安州张逵吗？"

戴着面罩的王伯龙循声而望，见到是丽东故人，当即剥开面罩大笑。可只笑了片刻，这名大金大将便忽然收声，然后回头相顾："那人是俺丽东故旧！他是想凭自己一个人拖延住俺们，射死他！"

身后诸多铁骑闻言，毫不犹豫，蜂拥到河堤下，拉动手中重弓，朝着河堤上拎铜的绍宋将密集攒射，只是呼哨之间，那张逵便被诸多重箭射透甲衣，一声不吭跌倒下去。王伯龙见到这一幕，言语急促："俺这故旧当年也是个混账玩意，不想今日居然有了几分气概，而他这般想拖延下去，可见绍宋人是真的崩了，莫要犹豫，随俺追击！"

言讫，其人亲自打马，从河堤下向西而行，虽然速度不快，却胜在毫不迟疑，片刻不停。而其人身后和周边，原本还在顺着河堤扫荡追杀绍宋军的数千丽东铁骑，见状无人再敢乱战，也无人再敢去争夺战利品，乃是纷纷聚拢起来，簇拥着王伯龙的大旗和王伯龙本人，压着绍宋军的溃逃部队，向前不疾不缓地涌去。

走上大堤时，其部骑兵已然汇集了大半，再缓步下河时几乎已经无人再去零散追击，等到王伯龙的大旗尾随绍宋军溃兵踏过冰道时，数千骑兵早已经在冰封的河道上整肃汇集，轰然如一。远远望去，端是气势豪迈，不同凡响。

整个过程，不过一刻钟而已。

土山上，转过椅子方向的岳斐见到这一幕，面不改色，回头与黄纵相对："王伯龙来得太快了，这是好事，却不能让好事变坏事。让张宪速速出兵，王刚那里也不要等了，立即打旗语，让两边全都即刻出击！"

黄纵会意而去。此时，王伯龙也走上了河堤这一侧的最高点，并终于窥到了绍宋军那密集而庞大的营寨。时值中午，王伯龙部正式大举踏入偌大的绍宋军营盘。

几乎是同一时刻，绍宋军营盘最东北侧和西面战线的中心点上，寨门打开，得到旗语命令的两支绍宋军部队几乎同时离开了大寨，东北面是御营前军统制官张宪所领的四千背嵬骑兵，此时只是牵着裹了麻布的战马，借着营寨和工事的掩护小心翼翼俯身鱼贯而出，生怕引起王伯龙部队的注意；正西面，虽只有一千套了草鞋的重步，大张旗鼓，齐声喊杀，奋力突出，在戴罪立功的前统制官王刚的带领下冲向早已经混乱不堪的西线河道，然后甫一接阵，便陷入激烈的肉搏之中。

这个时候，西线的金军主帅，完颜巴力速与完颜乌竹并没有想那么多，因为战斗进行到这一刻，看似激烈，但其实并没有到真正决胜负的时候，金军连绕后部队都还没集结呢，绍宋军也还没有疲敝，后面营寨中的后备部队还没有拼命。

大家都在按部就班，唯独王伯龙从头到尾，果决如斯！

城头上，高景山冷冷看着这一幕又一幕。他看到王伯龙为了贪功，将自己的铁骑撒入绍宋军厚实而复杂的营盘内；看到这些在野战中本可横行无忌的百战精锐因为营盘和地势，外加追击绍宋军溃军的缘故，自然而然地被分割开来；看到这些骑兵为了有效作战和躲避密集的弓矢，不得不下马步战；现在，他又看到那支让他印象深刻的绍宋军骑兵。这支骑兵小心翼翼，试图潜行过河，甫一踏上东面河道，便引起王伯龙遗留部属的注意并发出示警。

得到了警告的王伯龙诧异掉转马头，就在河堤上探头去看，仅仅是一眼，这位战事经验丰富的万户便猛然醒悟，然后面色大变："摇旗！"

周围军官一时措手不及。

"摇旗！"王伯龙回过头来，脸色前所未有地严肃，"立即摇旗，让前军撤回去！这是陷阱！"

身侧亲校恍恍惚惚，赶紧一起摇动数面旗帜，并吹响军号。

"立即发动！"土山上，岳斐居高临下，下达了又一道军令。

一时间，充当绍宋军指挥台的土山上，七八面红色旗帜一起挥舞，而早就藏在一侧营中的御营右军背嵬军，也就是那支早就按捺不住的长斧重步兵，即刻在张子盖的带领下，顺着熟悉的营盘道路，自侧翼向着涌入营盘的金军急切袭来。

与此同时，土山下的几支预备队蜂拥向前，最前线憋屈到极致的田师中转身，将自己旗帜立定，号令反击。甚至连一些大胆的民夫都开始利用熟悉的地形自一些小寨中涌出，试图夺取那些宝贵的战马。双方动作毫无间隔。

这个时候，已经察觉到周边动静的部分金军骑士醒悟，纷纷转头，但那些密集的壕沟、营寨、甬道，之前是如何阻止他们有效推进的，现在就如何反过来成为他们撤退的阻碍。

惶恐之下，即便是百战精锐也陷入某种失措之中。河堤上，王伯龙比这些士卒看得更清楚，那支精锐重步推进速度极快不说，而且有意无意往东面外侧河堤偏移，俨然是想要将自己的部属包围在营寨内，尽数吞掉。与此同时，自家部属的撤退速度也太慢了。照这么下去，自己砸入绍宋军营盘的部队被彻底包围歼灭，似乎只是时间问题，而作为主将，他必须要迅速做出决断，是带领自己的亲卫和身后的步卒一起下去接应，还是壮士断腕，立即撤走？

王伯龙立在河堤上，胯下战马带着他反复转了几圈，也使得他的目光在前方中伏的部属、南侧偌大的元城、北面河道上越来越多的绍宋军骑兵，以及身后东岸大堤上自家步卒军阵间反复移动。终于，王伯龙拉下面罩，掉转马头，打马向东，带着自己最后一支骑兵亲卫，去寻步兵阵列。

王伯龙打马撤退，让所有人失望。金军在低处，沮丧愤怒，而岳斐等将见到王伯龙这般极速断臂逃生，同样失望，这可是一个万户，而且是开国万户一般的宿将，号称东路军勇武第一的宿将。

元城城头上，高景山亲眼看着王伯龙的军阵被绍宋军小股精锐骑兵突散，亲眼看到王伯龙的旗帜淹没在乱战之中，然后亲眼看到陷入绍宋军营寨里的那几十个谋克被彻底包围，却不知从何时开始陷入诡异的沉默中。他身后，高庆裔和蒲速越也都无话可说。

王伯龙既死，其部主力骑兵尚被围在营区内，留在河对岸的步卒也被大举冲杀，两侧几乎是一起全面崩溃，但不过是一两刻钟后，已经看到溃军、意识到情况不妙的阿里部便仓促在北面显现。绍宋军背嵬骑军当即一分为二，一部与阿里部混战阻击，一部继续冲杀不断，以图尽量歼灭更多金军溃兵。

但是，随着阿里部过河骑兵越来越多，尤其是随后元城中残余骑兵冒着巨大伤亡代价强行自结冰的水门出城，也渐渐涌现在南侧，背嵬军放弃了全歼王伯龙部最后残余的意图，开始谨慎撤退。待到半个时辰后，随着绍宋军彻底撤回营区，战场东线重新归于平静，民夫甚至开始在最东端大举修补起了防线。而东线南侧，讹鲁补与完颜奔睹的旗帜也终于姗姗来迟，出现在大名城后。这二将路上遇到溃兵，已经惶恐不安，待到与阿里部会合，打听到具体战况，又寻得王伯龙那已经如棉絮一般的尸身，彻底惶然，如丧肝胆。

下午时分，预定的总攻时间到来，完颜奔睹、讹鲁补、阿里，还有逃出城的高庆裔、蒲速越等将只是枯立，却根本不知道该如何应对，更不知道要不要按照原计划发起总攻。北面的杓合部闻得讯息，也不知道该不该往绍宋军最牢固的北面防线上送命。

就在犹疑之际，一骑自北面而来，杓合抢在完颜巴力速和完颜乌竹质问之前递交了刚刚获知的确切情报。完颜巴力速先看，双手不加掩饰地颤抖起来。

"王伯龙！还俺万户！"黄河之畔，完颜乌竹只觉眼前一黑，几乎从马上栽下。

所幸太师奴在侧，扶住了这位魏王。

就在完颜乌竹被情报震动到进退两难之时，绍宋军营垒内，战事已然了结，一战虎口拔牙，虽有波折，却终究建立奇功，充当指挥台的土山上，众人振奋莫名。田师中更是敏锐意识到，原本显得艰难的大局已经松动。

此时，几乎全程没有离开座位的岳斐注意到一个信使，转向闻讯后明显色变的黄纵："何事？"

"王刚王统制伤重，回来后片刻便殒命了。"黄纵无奈以对。

岳斐沉默片刻，微微颔首，表示知晓，然后便一言不发，看向西面。彼处，依然杀声震天，依然有以十万计的兵力在河道上下奋力搏杀，仿佛所有的一切都没发生过一般。但人已为，事已毕。

第八十七章　进言

腊月十五，天寒地冻，金军那夸张营盘正中央的李固镇内气氛几乎凝固。没办法，上头的贵人们一个个铁青着脸，下面不免层层受制，何况下面也没什么理由高兴，黄河河道是腊月初十那天封冻的，然后便是一日比一日激烈的消耗战，结果一直到昨日，也就是腊月十四，很多甲士一股脑地砸上去，也没有突破绍宋军防线，只是徒劳送了无数儿郎性命而已。这种情况下，莫说中层的猛安谋克们，便是汉儿补充兵的军官们也没好脸色。至于更下层的基层士卒包括签军民夫就更不要说了，他们本就是伤亡的直接承受者，难道还能高兴不成？

没错，昨日傍晚，金军酝酿了三四日的第一次总攻就那么稀里糊涂地结束了。不是没打，只是想象中那种五个万户自西向东，三个万户自东向西，两个万户在南，两个万户在北，还有一个高景山中心开花，所有人一起发力死战，绍宋军支撑不住，全线崩溃的场景并没有出现罢了。

随着王伯龙战死，一个万户突兀消失，下午这一战，北面勾合孤掌难鸣，根本没敢朝绍宋军最坚固的北侧防线发动什么像样的攻势，东面完颜奔睹、讹鲁补，外加错位救援的阿里，还有城内逃出的高庆裔、蒲速越诸将，强打精神，遵循着军人的职责试探性地攻击数次后，也都似猫递爪一般速速缩了回去。

真的没办法，王伯龙及其部万户的消失，在东面和北面是没法遮掩的，东面几个万户，从上到下，军心士气沮丧到了极致，全都没有决死一战的那股士气了。倒是西面，在战场如此庞大，且消息滞后的情况下，算是于完颜巴力速的军令中稍微鼓起余勇，奋力冲了两次，但如此攻势，在东面和北面无法有效牵扯的情况下，却是被士气如虹且支援不断的绍宋军给咬牙挡住了。最终，随着绍宋军二线部队全线支援，同时开始大量展示王伯龙部的缴获，生怕引发前线士气崩溃的金军高层也不得不鸣金收兵。实际上，这个时候，甚至有人担心绍宋军会把割取的金军首级当成炮石给砸出来……不撤兵还能如何？

"怎么讲？"

镇中一处还算宽绰的宅院内，高庆裔正一个人坐在廊下，偎着火炉喝鱼汤，身旁还有一份绍宋人最新的邸报，此时听到有人进来，头都不抬便直接发问。

来人不是别人，正是渤海籍万户杓合。其人闻声并不直接作答，而是先着侍从帮着解了头盔、去了甲胄，然后又兀自取了碗筷汤勺，坐到高庆裔对面，给自己盛了一碗热汤，啜了几口下去，这才闷闷叹一口气："能怎么讲，乱成一团，不值得讲！"

"还是要讲的，细细讲讲便是。"高庆裔面色平静，"昨日那事都经历了，难道还能再被吓到不成？"

"就是吵嚷……"杓合端起碗来，又连啜了几口，这才长呼了一口气，继而大约讲了一下，"七八个不在东线的万户，一直到今日还都是蒙的，就是不信一整个万户那么快就没了，而且还是王伯龙的万户。等讹鲁补着人把王伯龙都冻硬了的尸身丢到了院子里，上下才敢信了，然后又开始推诿起来，只说是东线的几个见死不救。后来蒲速越上去，当面说了他在城墙上那些见闻，这事才算过去，然后又都诿过，只说王伯龙是个如何误国之辈，又接着说讹鲁补和阿里救援不得力，完颜奔睹那厮居然还将事情怪到城中高都统头上，引得我与他争吵了半日。"

高庆裔面色不变，似乎并不在意此事："只是如此？魏王与元帅如何言语的？没有商讨今后策略吗？"

"这正是我要说的。"杓合闷声闷气，"闹了许久，四太子只是不吭声，说不定是被王伯龙气得发了旧伤，反正不知道他是怎么想的，完颜巴力速干脆是中午才来，只说是去巡视营房，然后给军中发放些赏赐去了……"

"这是对的。"

"自然是对的，完颜巴力速来了，场面才大约稳住。"杓合端起汤碗稍微喝了两口，继续言道，"场面稳住后，这厮摆出元帅模样，才大约说了几句像样子的话。第一个是指了王伯龙自大误国，丧师辱身，与他人无关；第二个是提拔了蒲速越为临时领军万户，乃是将城中带出来的这二三十个谋克跟王伯龙剩下的那点子步卒溃兵凑到了一起，又加了点签军，硬凑了一个万户。"

"不然还能怎样？"高庆裔终于有了些表情，却是苦笑以对，"一个万户就那么稀里糊涂没了……便是硬凑，也得把这个万户建制给留下，否则军心士气还要不要？"

"比没有强吧，至于军心士气，这东西从昨日到现在，根本就没了。"杓合放下碗来，望着院子里喂马的侍从，一时也有些沮丧之态，"其实我如何不晓得，这么多万户，个个不是宿将就是贵种，之所以这般吵嚷混乱，其实还不是心中起了畏惧之心，以此来遮掩？便是我与奔睹争吵得那般厉害，其实内里也是如此……吵到最后，已经有人喊着要撤军了，撤到什么燕京，还有人说，不妨留几万人在这里对峙，其余兵马直接趁着黄河冰冻南下，去东京城下，弄什么围……围魏救赵。"

"不至于。"高庆裔停了半晌，方才轻声回应，"不至于的，十几万大军还在呢，不过丢了几千人，何至于此？"

"高通事这话，说得未免过于轻巧了些。"杓合摇头不止，"昨日那一战，根本不是一败丢了几千人那么简单。真要是说兵力，现在细细究来，只说王伯龙那事，寨中丢了四十个谋克，河东又被绍宋军骑兵击溃践踏，损失了一两千，加一起不过是五六千折损与一员万户主将，而绍宋军呢，诱敌的也损伤不少，听说西边为了遮掩也有一支兵马出来决死，损伤不少，也不是全然无损，可是再怎么说，都是一个万户直接就没了！这不是拿兵力计算的事情！"

高庆裔沉默不语，他怎么可能不懂呢？王伯龙昨日一败，根本不是几千人没了的问题，而是一个万户，一个精锐的、满员的万户，呼啦一下就没了，就成建制消失了的问题。

主将死了，尸身摆在那里；将旗被折断践踏；五十多个谋克里，有足足四十个在绍宋军营盘里被整个包围，不管是死了还是降了，反正是整个丢掉了四十个谋克，然后又在埋伏圈外被绍宋军骑兵追击、践踏，遭了一两千的伤亡……难道非要指着剩下的一群补充步兵和残存的几百骑说他们还在？便是蒲速越成了万户，大家心知肚明，其实也更像是继承了城内高景山的那个万户，属于渤海人内部的军权更迭，本质上跟王伯龙无关。所以，王伯龙的那个万户是真的直接整个没了。

那么这种万户金军有多少呢？二十个？其实没有那么多了。

表面上是二十个，但实际上，如王伯龙这种属于嫡系，属于开国便有的根基万户，属于装备精良、士卒精悍、传承不断的那种万户，已经根本没有二十个了。鄢陵开始，尧山更甚，七零八落的，金军的损失也有三四个万户了，何况还有完颜火铵在陕北的破事。实际上，从鄢陵和尧山也能看出来这种成建制军事力量的重要性。鄢陵一战，不过丢了十来个猛安，而且还不是成建制没的，结果就造成了金军攻势的全线崩塌，完颜塔兰也硬生生从昔日的名帅变成了一个不敢言兵的废物。尧山就更不要说了，一战下去，不过两三万损失，天下人就都知道，桓榛人再不可能继续于大局上进取了，中原也好，关西也罢，都不是他们能染指的了。也正因为如此，这一战直接牵动天下大局，使大势逆转。

完颜乌竹兄弟几个人为什么要在燕京搞什么新军呢？除了制衡，本质上就是这种老底子在凋零，不得不寻求一个让人安心的军事力量。而说到安心，王伯龙这一败，也不光是损失了成建制力量的问题，他着实是用自己的资历和自己部的根基给所有金军提出了一个问题——那就是如果连他王伯龙的万户都能在这种战场上在这么短时间被轻易抹除，是不是说，所有的万户都丧失了独立行动的安全性？

这么想可能有些夸张了。但现在，不说深远影响，只说金军不得不面对的一个问题是，在维系住士气后，接下来又该怎么做？很显然，这一个万户的丢失，及其导致的第一次总攻失败，已经切实动摇了金军高层会歼岳斐部、救援元城的信心。甚至，已经影响到了他们对长远战略的判断。

"杓合。"

枯坐在廊下许久，眼看着对方喝了两碗汤、吃了半条鱼，高庆裔终于开口："请你务必帮我个忙。"

"什么？"杓合诧异抬头。

"我想见魏王一面。"高庆裔认真言道。

杓合当即皱起眉头："你是都元帅的心腹，所谓罪臣余孽，你这个身份去见魏王，他如何信你？而你若是想说什么，不如去见完颜巴力速，依着我看，他这个元帅似乎还是有些担当的。"

"完颜巴力速有担当是有担当，但大略上真正能做主的人，还是魏王，所以我还是要见魏王。"高庆裔平静解释道，"至于罪臣余孽什么的，他若不信，我也算是尽心尽力了。"

"为谁尽心尽力？"杓合皱眉追问了一句。

高庆裔闭口不言。

"也罢！"杓合板着脸站起身来，"喝你两碗鱼汤，总该知恩图报，我去替你言语一声，只说高都统有言语交代你转达，至于魏王愿不愿意见你，那就不关我事了。"

高庆裔只是不语。不过，随着日头往西面下沉个不停，炉火渐熄，汤锅变凉，枯坐在走廊下的高庆裔到底是等到了魏王完颜乌竹派来的亲卫。然后，在被搜查了一番后，这位高通事也在日落前被带到了镇中完颜乌竹所居的宅院内。具体来说是后宅卧房里。完颜乌竹躺在炕上，面敷热巾，而杓合立在一侧。但是，随着高庆裔朝着炕上之人恭敬行礼，然后叉手而立，杓合干脆一声不吭折身离去了。一时间，卧房内只有完颜乌竹一人仰头躺在炕上，高庆裔一人叉手立在门内，然后两三个侍卫立在房内边角以作监视罢了。

"你便是高庆裔？"完颜乌竹听到动静，一点未动，甚至连遮住眼睛的热巾都未拿开，"完颜瞻汉的那个心腹通事？据说完颜瞻汉当日在看了完颜希尹的政改文书后，曾准备让你做完颜希尹的副手，担任副相？"

"罪人便是高庆裔。"高庆裔微微俯首，"也确乎有此事。"

"你何德何能，能做副相？"完颜乌竹语气阴冷。

"可能只是因为与都元帅亲近，所以有此一戏言吧？"高庆裔叉手诚恳答道。

"那你与都元帅，到底亲近到什么程度？"完颜乌竹依然躺在那里不动。

"都元帅身死尚书台，设也马（完颜瞻汉长子）在府中听闻官兵围住府邸，一边哭泣，一边拉着罪人的手说，恨他们父子不能早听罪人的言语，以至于有今日之祸……"高庆裔平静作答，"大概也就是这种亲近程度吧。"

不知道是不是面巾已经变凉，完颜乌竹终于将那玩意从脸上扯了下来，然后露出一双满是血丝的眼睛来瞪此人。而高庆裔只是叉手肃立。就这样，双方僵持了片刻，大金的执政亲王再度开口，语气却稍微怪异起来："据杓合说城内高都统有私密言语只说给了你，让你私下转达？"

"不过是罪人请杓合将军引荐的由头罢了。"言至此处，高庆裔微微一顿，方才叹气道，"至于高都统，他不过是让罪人告诉魏王殿下，他受大金二十年知遇之恩，是绝不会给大金丢脸的……这种话，算不得什么私密言语。"

完颜乌竹听到这里，反而黯然，却是在榻上同样一声长叹，继而喟然："高景山最起码比王伯龙强些……"

"罪人有一言。"高庆裔忽然插嘴，而完颜乌竹也冷冷瞥了他一眼，却并没有什么反应，而前者见状，也就继续讲了下去，"王伯龙罪无可赦，误国误事，这是当然的。但事情到了这一步，依着罪人来看，高都统其实也有不可推卸的责任，他身为大名府行军司都统，居其位而不能树其威、约其众，从此战一开始便不能控制王伯龙，也是王伯龙此番误国的一个重大缘由。何况，此战以来，高都统行事保守，也是岳斐能成事的一个重大缘由。恕罪人直言，高都统也有重大责任。"

听得此言，完颜乌竹在炕上深呼吸了数次，居然有些释然。要知道，高庆裔这个言语，居然正是完颜乌竹从昨日到现在一直闷在心里的一个念头。王伯龙误国是肯定的，但他已经死了，骂上一万遍，也不可能解恨的。高景山昨天所为不必提了，真怪不到他，但他从此次战端开启后就军略保守，现在看来也是导致如此局面的一个重大缘由。而且说句诛心的话，高景山真的是没法约束王伯龙吗？他有没有借王伯龙这个混账做靶子，来拉拢杓合、阿里这些人的意思呢？很可能是有的，因为高景山本身也不是什么高尚人物。甚至更进一步，王伯龙战败，军心沮丧，这个时候把城内的精华军队，尤其是渤海籍军队抓住时机送出城又是个什么操作？从小处说，固然是保存有生力量，但从大处来看是不想守城了？一个都统，这个时候还在考虑自己族中后路，而且还把沮丧写到脸上，却不想着守城，替国家维系大局，这像话吗？

但问题在于，高景山不是还在城中坚守着？完颜乌竹就算是有一万个不满，也不可能说出来，只能默然。或者说他心知肚明，昨日战后，所有的责任，都得他这个魏王自己来扛！完颜巴力速都无法分担。非只如此，完颜巴力速那些人，只会怨恨他完颜乌竹不能约束王伯龙，还会以此为理由，要求完颜奔睹等嫡系万户进一步无条件服从元帅的指挥。

当然，想归想，释然归释然，片刻之后，完颜乌竹翻身坐起，却盯着对方眼睛冷冷开口："高庆裔，高都统对你有救命之恩，你就不要搬弄是非了，而王伯龙跋扈骄纵，归根到底在于燕京不想让大名府掌握太多兵权，所以故意纵容，何况还有渤海、丽地汉人这一说。高庆裔，俺明白跟你说，这件事情，如果非要在王伯龙之外找个担责的，只能是俺这个魏王，懂了吗？"

"懂了。"高庆裔回复极速。

"说吧，你来找俺，到底想说什么？"见到对方应声，完颜乌竹也懒得计较太多，只是催促。

"殿下。"高庆裔立即认真出言，"我听说，昨日王伯龙战殁，继而总攻失利，以至于军心震动，人心思变，有人干脆建议趁着黄河封冻，南下去攻东京，行围魏救赵之策。是也不是？"

"是有此事……你要进言？"

"罪人哪里敢进言？"高庆裔轻声答道，"不过有几个事情几个疑虑，若不能当面与魏王说一说、问一问，心里总觉得不安……"

完颜乌竹嗤笑一声，状若不屑，却也没有开口阻止。

"当先一事，南下东京，果真能围魏救赵，救元城当下之困吗？"高庆裔毫不犹豫，指出问题关键，"若不能调走岳斐，以骑兵之力与之在野地决战，南下是图什么？"

完颜乌竹表情稍缓。

"其次一事。"高庆裔不由得叹了口气，"我大金固然是桓榛当先，完颜为主，可自起兵以来就来源驳杂，除了桓榛之外，军中渤海人、高夷人、丽东汉人、燕云汉人、奚人、岐鞑人，最近还在拉拢蒙兀人……其中，渤海人与桓榛颇有渊源，素来混杂，以至于颇为得用，但如今，大挞不野战死，罪臣也算是绝了前途，只剩下高都统和杓合，若是连高都统也被弃了……"

"如何言弃？"完颜乌竹突然打断对方，"若南下，其实不也是为了救高都统吗？王伯龙兵败，死不足惜，却也使得围攻之势难复。结冰期就这些天，谁也不知道还有几日能战，军心一鼓不成，接下来只会一次不如一次，继续留在这里强攻，岂不是也等同于坐视元城困守？依着俺看，不如南下，行围魏救赵的计略，那才是真救！"

"或许也是救。"高庆裔平静对道，"但问题在于，元城中那些汉儿军士卒会以为魏王是在救他们吗？当日岳斐临城，当场便有汉儿军作乱，如今高都统将城中许多谋克送了出来，剩下的力量想再压制城中汉军、民夫就已经很艰难了，到时候高都统决定为国尽忠，城中其他人还会想着为国尽忠吗？魏王就不怕自己前脚一走，后脚元城内便作乱献城？到时候，岳斐占据元城，再无约束，就不怕他反过来将监视军队吃掉，然后断我后路粮道，使我军速败？"

完颜乌竹一时不能答。

"除此之外。"高庆裔继续认真讲道，"军中这些渤海籍贯的猛安、谋克，素来服膺高都统，尤其是此番被高都统拼了命送出来的人，几乎人人感激涕零，他们难道也会觉得魏王南下是在救高都统吗？便是其余诸族军士，这些人到底懂什么大的军略？见到魏王弃元城南下，怕是都会觉得魏王这是要弃了高都统吧？消息传到河东，耶律马五将军又会怎么想？他们可是有耶律於顿、耶律奴哥前车之鉴的。当此大局，魏王就不怕人心反噬吗？"

完颜乌竹本能看了眼立在高庆裔身后的太师奴，然后又去看高庆裔，满心满脸都是疲惫："俺听出来了，你根本不是杓合说的那般想在俺这里谋个身份，而是感激高景山，想劝俺留下来，努力救他，是也不是？"

"是。"高庆裔直接在门内下跪叩首，然后坦诚以对，"罪人生平最恨的事情，就是不能救都元帅，而都元帅全家既殁，高都统于罪人又有这般救命之恩、知遇之恩，却断不能再负他了……但魏王，这跟罪人说的话有没有道理，没有关系！"

完颜乌竹摇头反驳："那咱们就事论事，照你之前那般说，汉儿军要反，岐鞑人不可信，你们渤海人眼瞅这也不满起来……大金岂不是早已经千疮百孔，什么都不能做了？"

"这正是罪人今日要说的关键。"高庆裔在地上言辞恳切，"魏王，时代变了！之前国势蒸蒸日上，十余年而合万里大国，那时候做起事来自然如勇士纵马平原，可肆意为之；而如今，国家是守势，绍宋倾国之兵来袭，一旦败退，便要有尽没之危，此时做事，便如高坡负重，自然要小心翼翼……殿下，罪人没有危言耸听。"

完颜乌竹一声不吭。

而高庆裔也在地上继续言之凿凿起来："殿下，咱们大金起于关外偏远之地，卒成万里大国，根基当然是桓榛铁骑。可所谓桓榛不满万，满万不可敌，这固然是称赞的言语，却也指明了大金核心族裔偏少一事吧？故此，为成大事，为合大局，汉儿军一日多过一日也好，引其余诸族为军也好，都是免不了的事情。而这其中，诸族杂乱，文化不一，以至于各怀鬼胎，本就是素来常有的事端，也是不可免的事端……根本不是罪人今日来说才会有的，也不会因为罪人今日不说便没有。罪人今日，也不过是劝魏王要注意人心罢了，这难道不对吗？"

完颜乌竹冷静听对方说完，却似乎鼓起什么勇气一般，在炕上坚定地摇了下头："你说的有几分道理，但大金还不至于到这份上，万里大国，数十万大军，如何会因为丢掉一个万户就失了军心？"

"万里大国，数十万大军，如何会因为丢掉一个万户，便要弃忠臣名城而走？"高庆裔当场反驳，却又再度叩首，"殿下，罪人还有两个言语，请务必许臣说出来。"

"你说便是。"

"殿下，王伯龙一事，还说明了一件事情，那就是咱们之前以为的铁骑可以一当二，补充兵可以一当一，所以二十个万户，可当三十万御营绍宋军……是错的！以后打仗，不能这么算！"高庆裔抬起头来，盯着完颜乌竹，言辞急促，"而大金想要在决战中求得胜算，只能求野战合大股骑兵，利用大股骑兵的野战优势来求胜！"

完颜乌竹又一次无法反驳。

"最后，罪人其实还想说，接下来大军是要去东京围魏救赵，还是继续在这里尝试救援元城，其实根本不在于东京和元城，也不是在于什么围魏救赵，或者奋起余勇，而在于另外一件事情……"

"何事？"

"罪人想问魏王一句，若事不谐，必须要决战，魏王拿着这十几个万户还有燕云新军，是准备在河南决战呢，还是准备在河北决战？！是在河北南面的大名府决战，还是在河北北面的真定府、河间府决战？"高庆裔抬起头来，语气激烈，"现在这个时候，魏王难道还只想着如何胜，不想着若败了该当如何吗？魏王，谋胜是应该的，但也该准备倾国一掷了！"

完颜乌竹悚然而惊，直接从炕上跳下，光脚站到了地上。

而高庆裔也再度叩首："所以，罪人恳请魏王不要南下，努力救一救元城，救一救高都统。这样的话，即便是真到了事情不谐的时候，咱们也可以稳妥后退，或去协助守太原，或在河间、真定一带，背靠燕云，于野地中决一死战。而不是将大军抛到河南，一旦失措，都不知道该将手中几十万大军掷到何处，甚至连渐渐集结起来的燕云新军都不能与手中兵力汇聚！那不是直接将国家葬送到底吗？"

说完此话，高庆裔便低头不语，而卧房内也久久无声。

王伯龙战殁后，金军上下震动，士气沮丧，以至于有了避战之心。绍宋这边，赵官家亲自下旨，让直学士梅栎督造了一批小型、轻巧，而且关键是配件大小标准化的炮车，然后加上了轮子，用上了畜力以作牵引。从阳凉南关开始，这些炮车不停损耗，同时在不停补充，确保它们一直发挥作用。

与此同时，针对汉儿军的招降，熟悉地形的义军穿越小道突袭绕后，正面部队的夜袭、火攻、强攻，包括泼喜军登高以骆驼为基发射小型弩炮，该有的战术也全都有。种种手段，再加上绍宋军可以仰仗着兵力优势，轮番上阵，昼夜不停，到底是顺着汾水河道一路向北，稳稳地打通了雀鼠谷，砸破了两关，攻下了灵石城。

且说，耶律大石进取喀喇汗国，夺地三千里，直通河中，又派来使臣向赵玖进献重礼。眼看着堂下礼物琳琅满目，赵玖随即失笑："使者回去后不妨告诉你家大石林牙，就说朕很感念他的诚意，也晓得他到底是想要什么，但那些东西绝不是什么宝货能买的。而且反过来说，这些宝物，只要两国和睦，文明一体，届时西面道路通畅，自有丝绸西去，来做置换，何必要他搜天刮地地给朕送来？当然，若是大石林牙下次多送些种子、波斯技艺，朕也乐见其成。"

使者心中微动，但礼物送到一半却不好直接开始正式话题，便当即束手哂笑，连连应承。

赵玖见状也不在意，只是干脆做起了分配："这样好了，十二张波斯地毯，这张最大的给青州张都统送去，然后东京吕公相一张，前线韩郡王一张，汾水对面临汾城中吕相公一张，其余八张，分别安置在文德殿、集英殿、秘阁、公阁、都省、枢密院……呃，还有太学和武学各一块。"

押班邵成章在侧，赶紧捧着那盒红花称是。

"至于波斯红花四十二盒……"赵玖看着邵成章怀中的红花，若有所思，"宫中三位太后、贵妃、贤妃每处一盒，诸相公、帅臣每家一盒；秘阁、公阁各五盒；此地御前随侍近臣也留五盒，公平分配；剩下几盒交给吴国丈，让他代为发卖，筹措军资。"说到这里，赵玖忍不住看向一侧的范宗尹，却又不由得失笑，"这一盒单独赏给范学士，学问虽远，便是在波斯也应当习而得之，没什么可羞耻的，学问上的事情，勉而习之便是。"

若是直接赏赐，反而有羞辱之意，但最后一句话说出来，范宗尹反而不好计较，便当众严肃称是，而真等他将这一整盒红花从不苟言笑的邵成章手中接过，引得堂中不少人艳羡，闻着那种奇异辛香，却又觉得此番倒也不坏了。波斯红花之后，使者又将绿玉石展示出来，果然那种特有的颜色又引来一番啧啧称奇之态。

"玉石是成件成颗的。"赵玖见到整整十三箱绿宝石，更是欣喜，当即环顾左右而笑，"这就容易分多了，取其中最好的雕琢成件的，还是给太后、贵妃、贤妃、宰执、帅臣每人一件，其余宝石，秘阁诸位每人一颗，统制官每人一颗，今日堂中诸位近臣，包括使者和侍卫也都辛苦，大家也每人一颗，剩下的拿出去到外面大营里、河对岸大营里去展示，告诉军中上下，朕要拿这些宝物做先登太原的赏赐。"

说着，这位官家终于起身，却是绕过地毯，亲自带头取了两颗波斯绿宝石，一颗掷到范宗尹怀中的盒子里，另一颗捏在手中把玩。随即，杨轶忠、任鲍忠、梅栎以下，诸多文武近臣按品阶依次上前，各自取走了一颗石头，笼在袖中。

不过，轮到使者时，这名姓萧的使者犹豫了一下，还是拱手朝赵官家正色行礼，并不着急去取宝石。赵玖会意，却也不含糊："朕知道大石林牙的意思，他想要的不就是人吗？岐辖人、希人，甚至汉人，他都想要。主动想去投靠的，战败被俘的，甚至有罪流放的，他也都不在乎，是也不是？"

使者想起来之前国主的嘱托，知道此番辛苦数千里就是为了这最关键的几句话，却是不敢有丝毫怠慢，当即严肃应声："陛下明鉴，我家国主正是此意！"

"是这样的。"赵玖也不再含糊，"人本身是无价，想要人不是不可以，但不应该指望这些宝物来换，而是要丽国谨守金河之盟，遵循两国文明一体来换。"

使者赶紧再言："好让官家知道，相隔数千里，我家国主根本来不及额外出兵协助，但已经让阴山的耶律将军务必听从官家调遣了。"

"阴山的事情，咱们两家心知肚明。"赵玖摇头以对，"便是没有你家国主旨意，耶律於顿也不可能违逆朕的意思，朕说的守盟在于丽国内里！"

"外臣惶恐，请官家明示。"使者越发严肃。

"丽国既然又去了喀拉汗，兼有泰半西域，根基已成，虽不是万里大国，却也是带甲五万的数千里大国了。但国家既立，有没有推行科举？有没有定下官方文字？你此行有没有转运书籍的旨意在身？有没有整理维护东西大道？有没有设立律法，明下旨意宣定国统？"赵玖认真相对，"照理说，朕此时在打仗，不该对数千里外的事情多做言语，但一则两国交通不便，你来一趟不容易，有些话不如趁势来说；二则朕与大石林牙算是知己，只要说了，他自然晓得朕的意思，有些事情，只能趁着他在尽量去做……说句不好听的，朕这里若是败了，他那里若是病倒了，有些东西也就是泡影朝露了。"

"陛下说笑了。"萧姓使者思索一二，正色相对，"我家国主在千里之外，闻得官家北伐，犹有定论，他说绍宋、大金势早已逆转，陛下十年之功，不亚勾践之奋，大金二十载兵锋，早已疲敝钝庸。此番胜负在国不在军，在众不在兵，在势不在战，陛下必取全功！也正是因为如此，才让外臣不顾事发仓促，匆匆来请谒官家的。"

"还是要打仗的。"赵玖摇头以对，"打得好能省好几年工夫，打不好说不得要从头再来十年，哪里能这么轻松？"

使者点点头，并不争论，只是在微微一顿后，继续言道："若是这般讲，只要我们大丽在西域做了那些事，陛下便会将岐辄战俘发往我国中吗？"

"若是丽国能那般做了，朕当然会发人过去。"赵玖平静以对，"因为只要那般做了，丽国便是沉下心来为华夏支脉的意思，朕为天子，反而有为丽国稳固根本的义务，责无旁贷。"

使者得了这个言语，再无疑虑，转身取了一颗波斯绿宝石，复又恭敬朝只坐在一个木凳上的赵官家大礼参拜，便自请告退，乃是以外使来谒，不能不见宰执为由，请往汾水对岸去拜见吕相公。

赵玖当然无话可说，干脆直接点了杨轶忠，让对方带着地毯、波斯红花，还有宝石玩件一起，护送使者去见吕夷昊。

就这样，杨轶忠带着西勒使者与几名随员既去，梅栎等学士复又匆匆将丽国的国书文字等物誊抄收拢，更有内侍省押班邵成章赶紧着人将那些堆满了大堂的波斯宝物依着之前赵官家的分派一一处置下去。而其余近臣近侍，平白得了个巨大的利市，也自然是个个踊跃，忙不迭地听从邵押班的吩咐去协助。

等到下午，众人又按照官家吩咐，将剩余的七八箱绿宝石拆开，到城外营地展示宣告，讲明来由，说清官家此番处置，道明此番赏格，更是引得城外的偌大营盘一时喧嚣。不过，事情总是忙不完的，就在城外喧嚣振奋起来以后不久，逼仄的临汾府衙大堂上，又迎来了一位远道而来的客人，却不算是什么不速之客了。来人不是别人，正是樱国为表达友好，专门派出的那支武士援军的首领源为义了，此人和其部行程，一直是在绍宋廷控制中的。

且说，绍宋跟樱国其实算不上什么盟友，甚至经贸往来的规模也很小。而双方之所以看起来打得火热，主要是赵官家枉顾经济规律，为了搜刮财富支撑军费，私下开展的贵金属贸易。这种贸易对双方国家来说，从长久而言其实都是有害的，因为绍宋什么贵金属都缺，尤其是铜钱作为主要流通货币，拿出去交易就更不该了；而樱国那边更不用说，黄金的流失绝对不是什么好事。

但问题在于，这种交易是以绍宋皇室与樱国皇室之间直接交易的形式进行的，赵玖这里属于为了军费，竭泽而渔的事情做得太多了，反而不在意多这一茬；而樱国那边则是皇室，具体来说是当初刚刚摆脱祖父阴影、初掌大权的鸟羽法皇与他的亲信贵族们可以越过其他派系的贵族以及国家与朝廷，通过这种交易直接得

180

到暴利，以维系自己的权力与奢侈生活。所以，双方属于臭味相投，一拍即合。尤其是赵玖直接避开了虚名，根本没有提任何宗主国什么的破事，更是给双方的交易减少了不必要的阻碍。

而二人之下，直接操作这事的，在绍宋这里是张浚，在樱国那边是讨伐海贼后控制了濑户内海的平忠盛，也就是引源为义入内的平清盛亲父，所谓樱国重要武士集团伊势平氏的首领。至于源为义，作为不亚于伊势平氏的武士集团河内源氏首领，这次来援，其实也不是什么多么荣耀的行程。

实际上，源为义这个人做官、做事、做人，都远不如他的老对头兼同龄人平忠盛，就在平忠盛官位日显，家族积累的财富愈多，势力经营得日益庞大的时候，他却麻烦不断：窝藏罪犯、排挤同僚，部属水平也不行……当然了，最主要的还是一朝天子一朝臣，与平忠盛受前白河法皇以及现在掌权的鸟羽法皇宠信不断不同，源为义在白河法皇在时还能维持体面，只比平忠盛晚一年得到官位，但到了鸟羽法皇这里，后者简直就是横挑鼻子竖挑眼，对他厌弃至极。身为北面武士，不能受法皇信任，还能怎样？

这次过来，根本就是鸟羽法皇彻底受不了源为义，准备将他撤职撵回家，正好来了这么一说，便如流放一般，给了此人戴罪立功的机会。而源为义此番随着装着黄金、硫黄的货船渡海而来，一开始也是一种死马当活马医外加一点点自暴自弃的心态。

但是，青州的富饶，济南的巍峨，东京城虽在战中依然宛如天上人间一般的华美，以及越过陕洛时的山河壮丽，还有抵达河东后如此庞大的军事力量，都给了源为义一种前所未有的震撼。而最让他震撼的莫过于，掌握和拥有这一切的绍宋皇帝居然亲自领兵，而且居住在一个县城的官衙之内。他的心态一直在改变。

当然，这些跟赵玖没有任何关系，他才不在乎什么军队将领的什么心态和故事呢，他的压力已经很大了，而且渡河以来，他也已经够忙够累的了，只是说人来了，总得见一面而已。

“官家，此人便是唤作源为义的……”源、平两家这年头没有根本性矛盾，但不代表已经十八岁的平清盛就会多么尊重对方，所以语气虽然听起来很正式，但姿态中却不免有一种暗暗的轻视。

“陛下！官家！我便是唤作源为义的……樱国……援军……首领！”但就在这时，让平清盛和赵玖一起怔住的，乃是源为义忽然在地上叩首，然后用一口特别别扭，但绝对是汉语的口音打断了平清盛，主动做起了自我介绍，"陛下！我是奉……法皇之令，来为陛下……效死的！"

"源为义，你汉话怎么学的？"赵玖回过神来，好奇询问。

"从、从青州……开始，自己、自己跟船上人学的。"同样梳着月代头的源为义叩首以对，艰难解释，"刚刚的、刚刚的话，是、是请人念……我背、背的。可、可平时，能、能听懂。"

"难得源卿你有心了。"

赵玖恍然，然后挤出一丝僵硬的笑意，并四下去寻什么，但扫视一圈后，却又恍然，然后只在怀中取出一颗波斯绿宝石来，走下去，俯身握住对方手，将宝石塞了过去。"远道而来，本该赏赐，但身旁没什么东西了，这个算是一点心意，还望你努力杀敌，不负武勇之名，且歇息去吧。"

源为义根本不敢抬头去看，只是在手中瞥了眼那宝石，就连连叩首，也不再强说。

而赵玖点点头，便看向了平清盛，后者也是有些恍惚，半晌回过神来，便匆匆带源为义下去了。按照之前平清盛自己的进言和讨论结果，将会予以这些人适当的甲胄，然后编入御前班直后备，必要时就得上阵。这叫物尽其用，几百人也是一股力量。

但事情还没完。源为义既走，又有人送来一份情报文书，赵玖看了也只是疲乏——原来，蒙兀终于出兵了，但是和西部蒙兀王忽儿札胡思直接率部进入阴山，向吴玠与胡世将派遣信使，表达听从调遣之意不同，东蒙兀王合不勒却领兵抵达云内北面的黑水一带，并无太多表示。

"你怎么看？"赵玖将文书交给了任鲍忠。

着幞头的任鲍忠大略一扫，便即刻出言："回禀官家，并不出意料之外，合不勒此时心态其实很简单，冬日天冷，本该纵兵南下，而此战之大，也总得参与，所以必然要出兵。但合不勒的地盘在东面，挨着大金，咱们没有钳制他的力量，再加上大金屡屡遣使贿赂他，所以他势必要首鼠两端，看形势做决断。"

赵玖点点头。

这些日子，随着情报的增多，他对孛儿只斤合不勒的认识稍微有了些改变，那就是合不勒作为一个汗王，却不是靠着战争统一的东部蒙兀，而是在大金的威逼下，东蒙兀诸部选举出来的一个带头人，他还没资格当枭雄，他的很多行动都还需要照顾东蒙兀诸部头人的意见和心态。但是，这不代表他不能首鼠两端，因为金河会盟之后，整个东蒙兀就处在两国势力的中间位置。换言之，未必是合不勒首鼠两端，而是整个东蒙兀几十个部落一起首鼠两端。

"其实。"任鲍忠扫了一眼逼仄的堂中，看到几个蒙兀王子都不在，复又低声相对，"官家，臣多说一句，忽儿札胡思应该也是这般心态，只是他的克烈部在西面，被岐辖和绍宋夹住，仅此而已。"

赵玖点了下头，然后没有给多余言语。

就这样，任鲍忠继续捏着文书说了几句，却忽然发现这位官家不知道何时，已经从以肘撑额，变成以首枕臂，且闭目不语了……也不知道是假寐还是真的睡着了。但无论是哪种情况，任鲍忠都只能将文书小心放下，然后环顾左右以作提醒，待周围人意识到发生什么以后，也都小心放下手中事务，然后依次退出大堂。同时，不忘在堂前拉起帷幕，以作遮掩。

而就是在这种情况下，傍晚时分，牛高攻破阳凉北关的军报被送到了此处。

赵玖即刻下旨："准备旨意、文书，通告东京、长安，还有洛阳的刘侍郎，还有吕相公跟宇文相公，还有两位胡经略，还有韩、李、马、郦、王诸卿，告诉他们，朕要移驾向北。也让营中早早做饭，明日一早，汾水两岸大军一起启程，与朕向北！"点起蜡烛的堂中，赵玖看完文书，环顾左右，平静地下达了一道旨意。

"敢问官家，行在移往何处？"

范宗尹作为近臣之首，当仁不让。

"太原城下十里的大营内。"赵玖平静以对，站起身来，在一片沉寂中往后院转去，走到一半却又回过头来，"还有吴介那里，让他也速速跟朕会合，耶律於顿和忽儿札胡思也是，让他们向朕靠拢！"

这一日，是腊月十五。

第八十八章　兵临城下

腊月中旬，天寒地冻，正是一年最冷的时节，以往这个时候，大宗商贸与长途旅行早已经断绝，所有人都会守在城镇、村社中预备过年，便是东京城里也无例外。但今年不同，全面战争改变了一切，自东向西，自南向北，战争的气氛遮盖了一切。

对于连通太原盆地与临汾盆地的雀鼠谷而言更是如此，进入腊月，雀鼠谷被打通，这里有数十万计的军民涌入其中。雀鼠谷因为汾水而形成，而汾水也将雀鼠谷一分为二，大量的作战部队沿着较为宽绰的汾水东岸迅速挺进。

实际上，部队进发这么快，这么井井有条，很大程度上还是因为赵官家的御驾就在身后。腊月十五连夜发圣旨到各部。腊月十六，雀鼠谷内和阳凉南关外屯驻的韩师仲、李彦仙、王德、郦琼等部精锐便依次进发。与此同时，赵官家的御驾也从后方的襄陵启动，在御前班直护送下，扔下刚刚抵达行在的樱国武士，直接向北而来。

龙纛下午便抵达了距离襄陵足足五十里的洪洞县，而后片刻不停，又行进了十余里，一直到天黑，方才在赵城南边一处空出来的绍宋军营盘内就近屯驻下来。

腊月十七中午，御驾进入雀鼠谷。下午时分，天空开始阴沉下来，有小雪飘落。而傍晚时分，小雪之中，龙纛抵达灵石城下，却再一次过城而不入，而是继续行军，一直到天色难以支撑，御驾方才在谷地西侧一个山坳里的营寨中稍作停顿。

腊月十九，御驾行六十里，抵达平遥城下。而平遥城内守军本就为绍宋军忽然极速北上包围城池而震动，又见无数大军自城下经过一路向北，心中渐渐动摇，结果马上又见到龙纛抵达，却是彻底惊骇。以至于第二日，赵官家即将扔下此处围城部队继续北上之际，有城中汉军作乱，打开东城城门，主动求降。

遇到这般战机，赵玖将御前班直一并交予负责平遥锁城的御营中军统制官乔仲福，后者即刻纵兵入城，一番激战后，在中午之前便抢下了这个太原盆地的重要据点。平遥虽然破城，赵官家却依然没有停顿的意思，他将部分班直留下，集合部队，立即与后续赶上的王胜部一起出发，当日晚间抵达祁县城下，与王德会合。

又一日，也就是腊月廿一，赵玖于中午赶到了太谷城下，汇集了韩师仲、王彦，然后片刻不停，当日晚间抵达了徐沟镇。

腊月廿二，在得知太原首府阳曲城东面重镇榆次由郦琼亲自带兵围住后，赵官家毫不犹豫，率领身侧已经越来越多的主战部队向太原首府阳曲而去。当日晚间，赵官家抵达了距离太原本城只有二十里不到的永利监，并在此处设立大营。

腊月廿三，上午时分，抛开前锋部队只有三百里的路程不提。随赵官家龙纛一起到达太原城下的，还有不下三万御营各部精锐。与此同时，数不清的部队、民夫正不停从后方汇集而来。

铁骑掠阵过，秋涛触山回。

腊月下旬，绍宋军忽然变缓为急，变少为众，其进军之神速、部队之规模，让太原盆地中的大金守军无不震动，而绍宋官家本人的龙纛更是只用了八个昼夜便直抵太原盆地的心脏太原城下。

一时间大军兵临城下，城中金军不免惶恐。当此之时，守将完颜折合以勇将督数百骑突出，掠阵而归，稳定城中军心。

这场突袭战的胜利毋庸置疑，金军不过七百余骑，抓住绍宋军大股骑兵北上后步兵大阵立足未稳的空隙突袭，杀伤何止四五百众，而自身不过损失了七十余骑而已。

当日傍晚，匆匆立起的绍宋军大营内，早已经去了甲胄的赵官家正在手持长弓，饶有兴致地在中军大帐一旁的空地上摆弄。谁也没想到，赵官家召集了一批御前出身的各部军官，询问城防问题。

交叉火力。赵玖在心里默念了一声，却只是一声不吭。

"羊马墙设置得也全，基本上绕城一周。"有人开口言道，"不过远远看着，应该是城中守军新建的。"

"不光是羊马墙，羊马墙外，隔着一条护城河，还有外壕、鹿寨。"又一人提到，"而其中通道也比较复杂，我今日亲眼看到，金军是在关城上旗帜的引导下摸进去的。"

"还有炮车。"再一人开口，"之前安化郡王曾在此城首开以炮制炮，完颜折合接手城防四十余日，没有不仿效的理由，故此，我猜想，此时城池内东、南、北三角，应该已经有炮车阵地了，只是没必要今日便打出来示威罢了，可一旦咱们就近设立炮车阵地，就是中了他的计策。"

"若如此，官家虽一贯亲冒箭矢，此次却绝不可轻易临于阵前。"

就在讨论渐渐有了点气势的时候，作为近臣中主管武事的任鲍忠，忽然转身朝着赵官家恭敬行礼，严肃以对，让一旁所有人都措手不及，打断了讨论的节奏。

当然，措手不及后，王彦以下，众人虽然无语，却免不了附和。

想要破城，确实很难。

"所以，想要破城，须以炮车层层送入，先砸破关城，再抹去鹿寨、填平壕沟，可能还要填平护城河，最后才能炮车互砸，以量取胜。"一番讨论之后，王彦尝试总结。

"如此说来，太原城就没有弱点吗？"就在这时，赵玖忽然问道，"你们看，这城三面都有关城，不是少了一面吗？若是按照你们的说法，城中内城是挨着西面和北面的，炮车也不可能摆到西北角，为什么不能从西面攻城？"

众人面面相觑。

随后，王彦主动拱手解释："好让官家知道，太原城西面确实没有关城，西北角也不可能设置炮车，非只如此，太原城西面墙下也只有一个羊马墙，并无太多延展，就连墙上的堡楼，也比其余三面少太多。但西面城外不过百余步便是汾水河道，现在天寒地冻，汾水通行妥当，最多十来日，便有化冻之虞，届时太原城西反而是太原城最稳妥的一个地方。官家，不是不能从西面行险一试，但咱们没有现成的攻城器械，怕来不及。"

赵玖含笑摇头。

"官家的意思莫非是要截断汾水？"任鲍忠思索了一下，正色相询，"趁着天冷，先在外围挖出一条河道，待冰一化开，便截断原来的河道，便可化河道为坦途，从西面设立阵地，起炮攻城？"

王彦等人若有所思，片刻之后，居然有不少人状若意动，而且很快便起了附和之声。这法子虽然听起来笨，听起来浪费人力，但在太原城这个几乎没有死角的军事堡垒前，却似乎真有一定可操作性。

"现在攻城，最根本的东西是炮车？"赵玖继续问道，"一旦起炮，破城只是时间问题，而城中反制手段，也多是以炮制炮，是也不是？"

"对。"

"是。"

王彦与任鲍忠几乎同时言语。

"朕的意思是这样的。"赵玖终于回头，下了定论，"太原城不是一般的城池，它是河东中枢，一旦拿下，河东之地便无虞了，付出什么样的代价都值得，什么样的法子都可以试一试。实际上，这也是朕不惜代价这么快赶到城下的一个缘由。诸卿，朕想要破城，而且想要速速破城，否则，朕何必来这么快？"

王彦先是皱起眉头，继而若有所思。

"现在营中大约是三四万人，明日马节度便该到了，吴都统不晓得什么时候能到，咱们以兵力为准……先起炮，从咱们脚底下的城南面开始起，此面一律交给王卿你来处置！"赵玖如是吩咐。

"是！"王彦精神陡然一振。

"若兵力过五万，则同时设置攻城阵地，烧鹿寨、填壕沟、毁羊马墙。从西面开始毁，该劝降劝降，该夜袭夜袭，仁卿你来负责。"

"诺。"任鲍忠大喜过望。

"若兵力过十万，则同时三面起炮，到时候，城北给烟广郡王，城东给李节度。"

"是。"

"若兵力还能再多，就在城西挖河道，为河水解冻做准备，从西面攻城。"说着，赵官家看向一个奇怪人选，"到时候杨卿你来总揽此事。"

杨轶忠怔了一下，旋即拱手："臣晓得。"

王彦与任鲍忠怔住，却并不言语。

赵官家腊月廿三抵达城下，当日晚间城下便有四万之众。

腊月廿四，随着马扩随后赶到，以及越来越多的掉队兵员、民夫抵达，城下军士、民夫的数量便达到七万。故此，几乎是同一时间，王彦便正式在城北设立工场，划出炮车阵地，大举伐木，准备起炮，而在任鲍忠的指挥下，各部也开始尝试焚烧鹿寨、毁坏羊马墙。

腊月廿五，后续主力部队陆续抵达，太原城下的战兵、辅兵，绝对超过了十万。赵官家说到做到，不顾其中过半的民夫依然要把精力放在后勤转运上，直接三面起炮。

腊月廿六，徐沟和团柏两个小寨成功被攻破，更多的军士和民夫在随后两日来到城下，城西也从这一日开始正式挖掘起了河道。

腊月廿九，距离过年只有两日了，让城下绍宋军欢呼雀跃，也让完颜折合感到一时惊惶的是，两万兵力组成的部队打着吴字旗号，忽然自西面而来。

同一日下午，一场不大不小的雪花从天而降。

"吴卿如何来得这般快？"

"好让官家知道，主要还是完颜萨利赫闭城不出。"吴玠按照官家示意坐回原处，小心以对，"所以，臣自吴堡寨渡河，诱降石州首府离石守将后，便发现接下来一片坦途，就各分兵五千，以统制官关师古为督，分别往北面岚州娄烦城下和南边石盆寨前顶住，然后臣只率五千战兵，一万五千郸奚辅兵轻身翻山过来。至于臣其余部属，尚有一部主力两万战兵，以副都统郭浩为首，乃是从河外三州出发，由保德军进朔州，去压大同南路，而耶律於顿与忽儿札胡思，自阴山出云内，压大同北路。除此之外，臣弟吴璘督御营后军剩余部属与三万郸奚辅兵在河外总揽陕西路、南兴路转运的后勤。"

赵玖闻言反而沉默下来，过了许久，天下无人有资格对抗的赵官家终于开口，却是率先叹了口气："吴卿，朕这个样子是不是挺吓人的？"

吴玠一时不知所措，更不知该如何回应，只能去扫视帐内，偏偏帐中此时除了几个侍卫，居然一个近臣都不在，那个新晋活跃的铁面押班邵成章也不在，甚至连杨轶忠都不在，也是让吴都统更加紧张起来。

"其实朕也不瞒你。"赵玖见状，越发感慨，也有些像是表达歉意或者做解释一般，"北伐以来，朕看似成竹在胸，也都能凡事尽力，内里却日益焦躁不堪，生怕哪里打了败仗，哪里后勤不支，以至于贻笑天下……所以，思虑渐渐繁杂，疑惧之心也起……朕今日见这来得这般快，第一反应居然是你吴晋卿也和韩良臣、李少严、曲师尹他们一样，生怕捞不到军功，所以才不顾一切，这就显得有些多疑了。"

吴玠怔了一怔，反而释然："官家有此一想，岂不寻常？须知，天下人都知道这次北伐是定天下局势的，谁又不想立个不世之功呢？而我等臣属，便是自家没有这般心思，又如何挨得过下属推搡怂恿呢？”

“是呀。”赵玖若有所思，“如之前曲锻，明知道不能成，却还是被下属给逼过来请战，朕也只好给他一鞭子好让他给御营骑军那些人一些交代。”

吴介闻言犹豫了一下，但看了眼身前这位官家后，还是小心以对：“若说别人倒也罢了，曲都统那里臣自问是晓得根底的，他之前自诩天下奇才，结果差点万劫不复，全靠官家宏大，本不该再违逆官家的，但御营骑军那里委实有些说法……”

“朕知道。”赵玖在座中侧身扶额以对，“御营骑军成军仓促，来源驳杂，他虽是都统，又是节度，但其中副都统李世辅功劳也极高极稳，父子忠勇天下尽知，只是碍于年龄和出身才屈居副都统之位。更要命的是，其所领郡奚轻骑数量几乎占了骑军一半份额，便是说战场资历，郡奚轻骑也比新组建的重骑隐隐更胜一筹。剩下一半新组建的重骑，却又一分为二，隐隐还有个刘锜带着吐蕃番骑和熙河军占了半壁江山……这些人，说不听曲锻指挥当然无稽，但说曲锻能妥当压服，其实也不大可能。而他倚仗的那些嫡系的如张氏兄弟，还有什么夏侯远那些人，但凡有了立功之心，他如何还能挨得住？所以，只能硬着头皮来吃朕一鞭子，好给自己那些心腹一个交代。”

且说，吴大是个何等人物？此人大概是帅臣中最圆滑的一位，但不代表他没有决断和胆气，否则当日也不至于直接一咬牙，妥妥当当将曲锻绑了移交给胡尹与万俟㝗。又或者说，他后来显得这般圆滑，反而多少是因为有过这么一次奉命绑了上司的缘故，所以轻易不愿意展现自己锐利的一面。

不过，这些都是旧话，只说吴大与赵官家二人的关系其实也很有意思，相较于韩师仲、张峻、张荣、岳斐，甚至曲锻，吴大身为御营主帅之一，却一直和赵官家之间少了一点有特色的“佳话”。没错，就是那些什么夜间叛乱不走反入大营，什么当众抽鞭子之类的。吴大本身是被胡尹推荐代替曲锻，一跃而上成为一方大将，然后凭借着才能和为人处世的能耐稳住了身份，最后尧山大放异彩，这才以帅臣之姿为天下知。

某种意义上来说，吴大也是很想跟官家交交心，建立一点私人关系的，他可不只是对同僚圆滑妥当。所以，当赵官家絮絮叨叨说了一通后，这位御营后军都统立即意识到，这是一个机会……他相信其他那些帅臣必然跟自己一样，敏锐意识到了赵官家战前的紧张与疑惧，因为这的确很正常，也很难瞒得住那些人精一般的帅臣，甚至是近臣们。但是很显然，来得早不如来得巧，只有他吴大遇到了这个官家试图倾诉的契机。

"好让官家知道，曲都统挨鞭子的事情臣在路上便听人说了。"

心中百转，不耽误吴大直接接上了赵官家的话。"但依着臣下看，其实人人皆有自己的难处和想法，曲都统是被下面架着不说，又何尝没有顺水推舟试探一下的意思？但这又何妨呢？谁人没自己的小心思？谁又敢说自己大公无私？"

赵玖微微一怔。

"譬如韩郡王，他算是到了本朝武人极致，此时再争功，不过是求自家功位第一的位置能保住罢了，说不得还以自己打舒坦了为上，所以有河中府奋力一跃，却真不在乎下属如何。"吴介仿佛没有看到赵官家那怪异的目光，直接侃侃而谈，"但如李节度，他之前铁岭关争功，一则是在陕州八年辛苦，确实憋屈；二则，却因为其部多少都是陕洛人士，而且军伍驳杂，未免有为下属正名之意。至于马总管，马总管看似不争，也没法争，但那是因为他想争的不是自家功业，而是自己部属此战后能有几分结果，所以不争是为下属在争。"

言至此处，吴介看到赵官家没有制止的意思，于是便继续说个不停："不过，便是这三位，还有曲都统，虽都有争功正名之心，可遇到官家，却都能闻过而止，收敛心思，转而令行禁止，便是有些私心又何妨呢？"

"吴卿。"赵玖终于失笑，"你是想绕着法地安慰朕，说朕和他们四人一样，虽然也是临阵患得患失，稍有焦虑疑心，却未尝有失措之举，那便是有些心思，又有何妨？对也不对？"

"陛下明鉴。"吴介起身俯首相对，而此时，他身前汤碗已经没有热气了。

"承吴卿好意了。"赵玖摇头不止，笑意不减，"不过吴卿，朕跟他们真不一样……"

吴介心中怎么想的不知道，面上却是当即肃然："臣晓得官家难处，比我等臣僚要麻烦千万倍，天下大局，南北西东，方方面面，俱在官家思虑之中，而臣等只要顾得眼前便可，哪里是一回事？"

"后勤消耗太快了。"赵玖越发摇头，"甲胄和例行军需倒充足，但粮草、车马、衣料这些东西，朝廷其实大略是照着三十万战兵、五十万民夫一年的消耗来准备的，可偏偏变数太多……民夫消耗比想象中来得太多，而且河北那边忽然就多了十几万流民，然后岳斐忽然就要在大名府立几十里的大寨，这些全都要流水一般的后勤。河东这边也是，除了原定的数额外，人多了不过几万，身前身后的消耗却成倍增长，还有马括的兵马也比想象中来得多，再加上你此番过来，身后还有郓奚人，还有岐鞑人、蒙兀人的援军，也都得是咱们拿钱粮来，就这还不知道能不能拦得住他们趁势劫掠地方……真的太难了，朕也是真的忧心忡忡。"

暂时不统计开战以来的减员，只说御营战兵三十万，其中河北九万，河东二十一万，现在还要算上岐鞑援军一万五、西蒙兀援军两万。民夫初时五十万，现在按照赵官家说法，怕是不下六七十万。除此之外，还有五六万消耗比民夫大，比战兵少的郓奚辅兵……吴介不用去算，心里大概也能知道，赵官家的说法怕是没有半点夸大。毕竟，谁都没试过这种规模的战事筹备……之前五路伐夏算一回，但那一次，就是打一半后勤崩了，这事吴大其实挺熟。

一念至此，吴介也彻底严肃起来："敢问官家，如此说来，粮草到底还有多少支撑？"

"具体有多少朕也一时不能报个准数，但之前消耗，比原来预计的多了五成，你们御营后军和北面援军一动，便是几乎加倍。"赵玖给了个很恐怖，也很直观的结果。

"也就是说，原来一年的储备，现在估计只是半年多一点。"吴介心中稍微一算，几乎脱口而出，"已经开战快三个月了……明年寒食节之前，一定要停战？"

"差不多吧！"赵玖在座中感慨道，"那时候，便是还有兵马，还有些钱粮，也得熄战存力了……不然后续不用桓榛人，蒙兀人、高夷人都会给咱们弄些大麻烦出来。有时候朕真不懂，为什么桓榛人、蒙兀人就能撑住？"

因为他们不是王师，因为他们的签军是用了就扔的一棍汉，因为他们是内线作战，因为他们随身带着牲畜群，喝羊奶、牛奶就可以，能一样吗？吴介心中无奈，嘴上也不说这话，而是直接跳过，继续询问："那敢问官家，这便是官家想要速速破太原城的缘故吗？"

"是。"赵玖点头应声，"若能速破太原城，说不得还能趁着春日出河北决战，以求全功。"

这边君臣互相交托底细，那边因着御营后军安置事宜辛苦了一日的平清盛也趁着闲暇去寻了源为义说话。

一番交谈后，源为义得知绍宋四百军州，此时尚有三百在手，此役实额三十万战兵，辅兵、防护部队无数，同时年入数千万贯时，自然是一时咋舌。而得知大金也是万里大国，且那般强横的栢榛甲骑也有二十个万户，另有十万新军尚在组建时，也不禁感慨连连。最后，二人免不了谈及眼下这场战事。

"若是按照清盛你这般讲，这大金也是有一战之力，那这一战岂不是还有的打？"源为义架着胳膊，坐在榻上，于灯下用日语认真相询。

"肯定还是有的打。"立在榻前的平清盛倒也不否认，"万里大国相争，几十个州郡得失根本不算什么，河东这边是太原府，河北东路那边是大名府，然后河北西路还有个真定府，这三座城是一定要打下的，然后才能碰得着燕京城。而且城池之外，不拘何处，总还得硬碰硬来一场大合战，几十万对几十万，最少也是十几万对十几万的那种，而且得全是重甲武士才行。"

源为义犹豫了一下，复又压低声音认真再问："绍宋果然能赢吗？"

"必然能赢。"平清盛毫不犹豫。

"为何这般肯定？"源为义追问不及，"是因为绍宋官家打仗厉害，还是绍宋兵更强，将更勇？"

"都有，尤其是官家本身是公认的天下名将，远胜大金主帅、亲王完颜乌竹。"平清盛依然毫不犹豫，"甚至有传言，官家乃是道祖天授的兵法，但又绝不只如此，乃是个文武双全、通前晓后的天命圣君。"

源为义越发好奇。

而平清盛到底年轻，一时忍耐不住，便有了卖弄之心："为义公，我问你，你知道我们官家现在一共有几个妃嫔吗？"

源为义当然不知道，但他无论如何也晓得平清盛的大略意思，所以，随着对方伸出两根手指，便本能按照判断压低猜想，脱口而出："只有二十个吗？"

"只有两位。"平清盛冷笑以对，"一位贵妃，一位贤妃，先皇后薨了以后，便再未立中宫。而且，这也绝不是什么装模作样，因为官家登基后十年间的数个公主皇子，全是这两位所出。"

源为义一时骇然。

"这还不算。"平清盛见状越发冷笑不止，"官家本人的宫殿原本几乎有半个平安京大，结果与大金开战后，宫殿要么赏赐给了功臣做宅子，要么赏赐给了武士们进学兵法的武学，要么供奉给了太后，便是官家自己居住的那片御苑，也都种了桑树、挖了鱼塘……堂堂天下最尊贵之人，这般辛苦，居然已经快十年。为义公，你说这种官家，如何不胜？"

源为义欲言又止，明显一时犹疑。

但平清盛似乎早料到如此一般，却又继续笑道："为义公，你是不是不信？我刚来时也不信，我父亲与你都是北面武士出身，不说如今法皇，只说你二人都在先白河法皇身边时，怕是比谁都清楚法皇与待贤门院的龌龊事，见惯樱国那边的皇家、公家丑事，自然不信比法皇权势更大、财产更多的人会这般。但我做了数年官家的北面武士，却也同样知道这位官家的真假。"

源为义越发茫然。

且说，虽然源为义跟平清盛未曾经历过平安时代末期，但无论如何，这个时候樱国贵族的腐化都是毋庸多言的。

当然了，平清盛也懒得去证明什么，只是淡淡来讲："为义公，事情反正就是这样，绍宋这边虽然早年打不过大金，弄出皇家大半被俘的丑事，但就好像古书中的吴越故事一般，现在就是三千越甲可吞吴的气势了，何况我们这位官家有三十万绍宋甲！"言罢，平清盛也不多说，更懒得解释什么叫"吴越故事"，也不说"三千越甲可吞吴"是剽窃谁的言语，便以绍宋礼拱手告辞。

源为义回过神来，意识到平清盛虽然年轻，却已经是绍宋官家的"北面武士"，身份不比自己差，便也想回礼，却不料一抬胳膊便扯动伤处，只能勉强起身点头。

而平清盛将要离去，走到帐门前方才又想到一事，便又回头笑顾："为义公，若说我们官家的故事，一个月都说不完，我也不想多说，只说一件他人的事情，你可记得那日亲自挖坑，并给死去武士超度的那个粗衣和尚吗？"

"自然记得。"源为义略微一想，立即明白过来对方所指何人，"昨日还来看过我们，帮我们上药，他在营中，似乎极受人尊重？"

"当然受人尊重，那和尚是临济宗嫡传法座，绍宋释门里身份最贵重的紫袍大法师，御赐大慧禅师。"平清盛依旧冷笑不停，"绍宋上下，何止是官家一个人那般诚恳勤俭？今日也不说不舍得吃一只鸡的元帅了，只说连和尚都这般做派，那这一战凭什么不胜？"

源为义彻底骇然，竟然连对方走掉都尚在失神。而过了好一阵后，他好不容易回过神来，却又忽然醒悟，对方那满脸冷笑是在笑谁，复又心生惶恐……却没有半点反驳的余地。

夜半时分，雪花稍稍给河东大地染上了一层白色后不久，便慢慢停了下来。与此同时，相隔千里的河北大名府处，却一直没有下雪，取而代之的是凛冽的寒风。

数日间，寒风呼啸不停。且说，岳斐是腊月十四那日虎口拔牙，吃掉王伯龙，挫败了金军第一次大规模进攻的。而腊月十五，是高庆裔用政治账和军事账努力劝服了陷入了进退两难的大金执政亲王完颜乌竹，请他努力再战，不要放弃元城的。

也是同一日，远在河东的赵玖获知了牛高攻破阳凉北关，打通雀鼠谷的消息，随即于当夜发布全线急袭进军的命令，并花了八日工夫，挺进到了太原城下，然后片刻不停，在太原城下进行全线攻城阵地的作业。

而转回大名府这里，大金想要继续组织攻势，就必须要提振士气，所以，要对之前作战英勇者进行赏赐。其中，汉儿补充军被打开了上升通道，部分格外出色者直接阵前获得行军谋克、行军猛安，甚至世袭谋克、世袭猛安的身份。而原本的猛安谋克，直接被许诺恢复了许多的特权。

当然，也肯定少不了征调周边的府库，大力赏赐财货、金银。同时，还不忘在周边各地大肆掳掠征发签军。以往是一棍汉，现在是有名册的签军，区别在于，一个来自绍宋领地，一个来自被大金视为自家领地的河北地区。

这些动作，本质上跟之前的汉化改革是冲突的，甚至可以说，这么搞下去，之前三五年的努力算是白费了。但事到如今，经过王伯龙的身死丧师，经过高庆裔的提醒，完颜乌竹已经敏锐意识到，虽然决战还没开始，可双方的力量早就发生了根本性的扭转，再不能顾忌什么坛坛罐罐了。眼下，是要求生的。但是，即便是这些出格动作也需要时间，足足折腾了六七日，部队方才渐渐恢复了气势，新的物资方才聚拢。

然后，寒风也来了，紧接着便是寒风中更加残酷的消耗战——因为凛冽的寒风给双方都带来了巨大的麻烦。对绍宋军而言，在后勤补给线被大面积切断的状况下，物资都是封冻前输入的储存品，解冻之前，有一天算一天，全都是典型的坐吃山空。这其中，尤其是燃料和粮食的问题，随着寒风的抵达，二者消耗量陡增，然后着实出乎了所有人意料。毕竟，岳斐和他的幕僚也不是神仙，也确实没经历过这种规模军队的长期冬营，而且还要维持作战。他们无论如何都不能理解，人还是那些人，甚至还战殁了不少，结果只是冷了一点点，消耗居然就发生了剧烈的变动，这跟和平状态下的冬营根本不是一回事。

无奈何下，还是胡尹出面，亲自做出了划分，开始有计划地进行粮食分配。

作战人员优先，他胡明仲以下的非作战人员稍减，所有人都开始有定额，以避免万一结冰期太长，熬不过去。这种情况下，绍宋军稍微气沮，而且作战略显乏力，也是没奈何的事情。

不过，金军也没好到哪里去。金军虽然是内线作战，理论上兵力更是无穷无尽，而且也不顾民夫死活，但是有些东西不是说不受限制就会没有问题的。比如绍宋军在赵官家的一再要求下，先后将护耳、手套，甚至口罩纳入了军需，此次备战，更是军需储备之一，跟军粮一样，全都是赵官家亲自去检查过的，而且这些物资相比较于其他军械甲胄什么的，成本又不高，储备量基本上是以百万计的，人人都有的那种，岳飞这里当然也有储备。

而金军呢？金军上下虽然早就经过正常的民间流通知晓此事，也事实上在军中开始配发，甚至金国用毛皮做的护耳和手套是公认的比绍宋的麻布制品更有效，可金军却没有那个统一成百万规模储备的意识。之前还不显，现在寒流一至，有没有那点东西就是个大问题了，而他们虽然在燕京空有金银无数，在真定府空有无数军械甲胄储备，甚至在真定就存了大量用来御寒的毛皮，却一时间不能变出来成型的大规模手套和护耳。即便少部分储存，也只能满足战兵，甚至战兵也不能全部配备。总之，就是类似的小事情，被动迎战的金军这里，因为这里一点小东西，那里一点小东西，军队的战斗力开始迅速出现分化。

精锐和战卒都可以勉强保持战斗力，但下层的辅兵与签军却陷入艰难之中……但如此规模的战事，早已经超出原来所有人的认知，辅兵和签军不知不觉中早已经成为战事的必要组成部分，后者无法发挥效力的时候，战事也是要受到影响的。

最直观的表现在河道战线上，无论金军怎么努力，这些辅兵和签军都不能起到有效的消耗作用，往往一场攻势的准备工作就要消耗大半天，而如果这些签军和辅兵不能起到有效消耗作用，谁舍得将战兵再次大规模投入到绍宋军那满是冰溜子的防线上去呢？所以，寒流抵达后，金军惊惶发现，虽然士气渐渐恢复，可自家组织起大规模攻势的速度和能力却越发艰难。

腊月廿六，赵官家开始在太原城西侧截断汾水河道的那一天，金军第二次大规模进攻虽然没有出现王伯龙那种严重挫败，可也并不出意外地被绍宋军咬牙撑住了。不过，从大局来说，这个结果似乎使绍宋军处于一种更危险境地，也使绍宋军高层陷入某种不安。

第八十九章　天惊

"岳元帅，"腊月二十九的深夜时分，黑着脸的胡尹出现在岳斐的帐中，在火盆旁伸出了几乎已经冻僵的手，并直接开口，"我有话说。"

岳斐不敢怠慢，即刻起身恭敬行礼，然后示意左右侍从、幕僚一起离开。

几个人一走，胡尹当即开口："我听说，大金在南边开始截断两侧黄河河道？"

"是。"岳斐没有任何隐瞒的意思，"好让胡尚书知道，金军是大前日进攻受挫的，大约昨日开始，便直接更改了计划，在南面集中了大量民夫，尝试以挖通黄河北道东岔与黄河东道西岔的法子，截断咱们身侧的两个河道。因为规模巨大，斥候也是今日一早才弄清楚对方意图，然后回报。"

"你觉得如何？"胡尹没有质问对方为何没及时告诉自己。

"不好说。"岳斐难得喟然，"我本是河北人，晓得本地水文，单说截断是没问题的，关键是此举耗费巨大，眼下已经快过年，不知道能不能来得及。若是化冻前他们能完成也便罢了，否则工程未完，河道已经开化，那便是自寻死路。"

"所以，这便是要将成败交给大金的意思了？"胡尹冷冷相对。

"单以此事而论，确系如此。"岳斐坦诚以告。

"这也是我找你的意思。"胡尹放下烤火的双手，认真以对，"若是金军能成，咱们后勤便要断绝，须做长久打算。自明日起，咱们再改一改粮食配给，如何？"

"胡尚书。"岳斐向前几步，眯着眼睛，压低声音，稍带喘息，"胡尚书，我说句实话……我觉得你想岔了，甚至想反了。"

胡尹微微一怔。

岳斐也迅速做出了解释："首先，金人受挫之后行此举，表面上是为了截断咱们后勤，说不得也确实存了这点意思，但考虑到时日，其实大半都是来不及的，十之八九是另有其意。"

胡尹先是茫然，而后警醒，继而缓缓相对："你是说……他们本意更多是想毁掉黄河堤坝，待春日后水漫河北，使咱们不能妥当进军？可水漫河北又如何，他们不要了吗？"

"这便是不顾一切了。"岳斐叹气道，"若不能阻我等与官家两线进军，河北便是绍宋地，他们有何顾忌？"

胡尹一时不能言语。

"还有呢？"半晌之后，胡明仲才回过神来，强压着心中不安咬牙追问，"元帅说首先，自然有其后吧？"

"其后，"岳斐就在胡明仲跟前盯着对方认真言道，"越是如此，越不能为长远打算，而是应该放开配给，让士卒、民夫力气充足，以攻代守，将力量牵制过来，甚至用攻势吓到他们！"

胡尹稍作思索，立即醒悟："猛攻元城？"

"元城被围四五十日，也被攻了四五十日，之前王伯龙一战中高景山更是将城中近半精锐遣出，早已经摇摇欲坠。"事到如今，岳斐也没有隐瞒的必要了，"若要破城，我早就破了，之所以不破，不过是为两件事：一则为河东牵扯金军主力；二则，却是与官家有约尽可能明日与官家一起尝试破城！"

"明日？"胡尹恍惚以对。

"明日。"岳斐平静拱手，"只因为金军昨日才动手尝试挖河堤，不差今日这一日，才没有跟胡尚书多言。"

胡尹沉默片刻，再度追问："官家明日尝试破什么城？"

岳斐难得失笑："胡公以为呢？"

胡尹微微摇头，一时难以置信。

夜已经过半，太原城外，雪早停下，大金宿将完颜折合全副披挂来到太原城南的关城城楼上眺望绍宋军大营，却因为眼前的奇异景象久久没有言语。原来，寒冬时节，深更半夜，雪刚刚停下不久，绍宋军大营那里忽然变得雾气蒸腾起来，跟周围白茫茫雪地与黑漆漆夜空形成了鲜明对比。

和太原城下因为雪花融化带来的湿气蒸腾不同，干冷的元城城下，因水蒸气升腾，隔着一条河道的金军见到河对岸炊烟、蒸气不停，又闻得对面动静不断，便知晓绍宋军有动作，匆匆重新汇集部队。随即，完颜乌竹、完颜巴力速引诸将登上了这几日在河西刚刚垒起的高大土山，遥遥观望局势，立即便意识到绍宋军今日要攻城。

当此情景，一身札甲的高景山在北面城墙上扶刀而立，心中思忖着对面绍宋军中种种举动，正当心思百转之时，绍宋军鹅车已经逼近城墙，高景山来不及多想，回头下令，让部属上城防守，准备落石攻击。石头是很宝贵的，基本上全是绍宋军这些天陆续发射进来的，而绍宋军很诡诈，等到城头上的工事被磨平后，大部分弹丸就变成了打磨晒干的坚硬泥丸，这种弹丸对人的杀伤力依然很大，但是一旦落地就会炸开，不能被金军反过来使用。而对上鹅车，泥丸也多半是没用的，还是要靠石头和钩索，更主要的是靠火药和油料进行焚烧。

"元帅，还是稍微用些力吧！"西面数里之外，虽然看不到具体细节，但依然能看得清绍宋军攻势大起的完颜乌竹到底是没忍住，直接在凛冽寒风之中朝身侧完颜巴力速低声进言，"有些事情，还是要给几位渤海万户交代的……再说了，城中必然还有储备，若是被岳斐忽然拿下，来不及焚烧，怕是对局势也不利的。"

完颜巴力速一时沉默，半晌方才回头相顾一名大同来的万户，后者会意，摇头而去。

话说，导致金军终于改变了方略的，其实还真不是寒潮之下第二次总攻失利，或者说，导致第二次总攻失利，本身就有另外一个原因——那就是身后斥候来报，绍宋军打通雀鼠谷后，忽然急袭向北，速度惊人。仅仅从几个重镇被围前撤出信使的时间次序，以及太行山几个山口被堵住的时间次序来看，金军也意识到了，绍宋军主力，甚至包括绍宋官家，已经直接抵达太原城下了。

这个消息，再加上这个行军速度与军队调度规模，委实给河北这边的金军高层带来了极大震动，尤其是河东路的几个万户，包括元帅完颜巴力速，都迅速转变了立场，开始放弃了对元城的坚持。而一旦不成也可以趁势放开河水，阻挠岳斐部北上的那个截河计划，也是在那个时候得到了完颜巴力速支持的。

但是，所有人都更担心太原，少部分人开始思考真定或者河间，也不是没有人依然牵挂元城。新任万户蒲速越倒也罢了，杓合的态度格外坚决，金军高层必须要考虑这个实权万户的态度。金军在河道上陡然加强了攻势，这让绍宋军稍微措手不及，但这并不能耽搁城下的推进速度，终于，两个巨大的、完全跟元城城墙高度相匹配的攻城塔也启动了。

高景山稍微紧张起来，注意力也更加集中在这两个攻城塔上，不过他明显能感觉到，此时太阳似乎已经开始渐渐偏西了。这意味着他只需要尽力支撑便能守城不破。

话说，如果说大名府那边的高景山是绝望中的坚持的话，那么太原府这里的完颜折合此时就是心情怪异了，因为城南的绍宋官家似乎在举行一场宴会，并进行一场明显具有表演性质的列阵。场面很大，绍宋军营前那刚刚夯土而成没两天的将台上，桌案铺展广阔，无数军官近臣幕僚分列而坐，而虽然看不清楚具体动作，但是午后阳光下，外加微微积雪反射，俨然视线清晰，关城上的完颜折合分明能察觉正中间那个摆在龙纛下的几案后是有人的，几案上似乎也是摆放着许多东西。

其实，这时候举行宴会并不是什么不能理解的事情，因为要过年了，城下举行宴会，进行列阵阅兵，然后大加赏赐，振奋军心，并以展示军力和物资的行为对城内进行威吓。这么一想的话，即便是昨晚还说赵官家不是临阵宴饮之人的完颜折合也都觉得有些合理。但他依然陷入一种不解、警惕、怀疑和错愕的复杂情绪，而且眉头紧皱，因为他还是不能接受那个打败了完颜娄石的绍宋官家会做出这种事情来。就在同一时刻，无数的绍宋辅兵民夫依然一如既往在城西汾水旁挖坑筑堤，而数十辆刚刚打造出来的鹅车也正在从东、北、南三面挺进，继续之前拔除鹿寨、破坏羊马墙的作业。

这项作业，在之前每天都在进行，按照进度来看，最少还得四五日才能彻底破坏，这还是在他完颜折合隐忍不发城内炮车的前提之下。而那个赵官家，就是在这么一种情况下，当众出来宴饮，然后宛如观看杂剧一般来看这些稀松平常的东西。

与此同时，甚至数以万计的绍宋军甲士，都在营前将台两侧的雪地中列阵而坐，他们之前当着金军的面用过了饮食，此时披挂上了今日注定没有用处的全副甲胄，抱着同样今日注定没有用处的长枪、劲弩、大斧，宛如仪仗队一般在给中间龙纛下的人做姿态，并随那位官家去看那些辅兵、民夫做这般寻常之事。

但这有什么好看的？便是有鹅车遮护，也免不了伤亡的……吃着喝着看自己的士卒去死，有什么意义吗？龙纛下的那个人，真的是传闻中发誓要灭掉大金，而且的确一步步从一个接近灭国的流亡官家，依次立足南阳，夺回东京，继而击败完颜娄石，殄灭西勒，已经成为几乎所有大金贵人头顶悬剑的绍宋官家？真正的绍宋官家不会是直接去河北了吧？耶律马五投降了？但即便如此，也该将军队带去吧？这么多甲士都在自己眼皮子底下，是做不了假的，那龙纛下的绍宋官家也必然是真的！

时间一点点过去，完颜折合越来越错愕，越来越不安，以至于汗流浃背，但他环顾四周，绍宋军的炮车明明还没有建成，还在视线可及的工场中搁着，而且确实在组建中，就连之前绍宋军在雀鼠谷中使用的小型炮车都不见踪影。

完颜折合渐渐不安，城南大营前的将台上，赵官家身侧，除了几名言谈自若的帅臣外，几乎所有列席的臣僚军官早就不安起来了……这的确是一场宴会，酒肉俱全，所以他们更加不能接受赵官家会突然做出这种事情来，也有更多的猜想和警惕。尤其是这位官家，从头到尾都没有用身前的鸡鸭鱼肉，只是笼手坐在那里，催促其他人吃东西，和帅臣交谈，似乎只是在等待什么一般。而这种不安和警惕，随着灰头土脸的杨轶忠折返，达到了顶点。

"官家有旨！"

押班邵成章上前一步，高声在龙纛下宣告："今日年节宴饮到此结束，烟广郡王韩师仲、中军都统李彦仙，及所有统制官各归本部待命！"

旨意既下，将台上那些全副甲胄的将官纷纷起身，却又恍然意识到，所谓本部，其实大部分就在将台两侧的偌大空地上，便纷纷转向将台两侧，只是韩师仲和李彦仙一起往东而去，准备回城东与城北。

一时间，将台之上，只剩下些许近臣和依然平静用餐的吴介、王彦、马括三人。后面这三位绝对是知情人，到底位阶摆在那里。随即，一直没开口的赵官家忽然直接上手，撕扯起了一只早已经凉透的鸭子，然后放肆啃食起来……当此局势，所有近臣俱皆骇然，唯独吴、王、马三人，只是一怔而已，并没有太大反应。

当然，城下诸多将官离开将台，韩师仲和李彦仙带着自己的大纛转回各自负责方向所引发的骚动，也让城南关城上的完颜折合越发警惕起来，他同样敏锐地意识到什么东西要来了，所以注意力更加集中，并开始犹豫，要不要提前发动炮车，驱逐城南的这些鹅车，以绝后患。

"回禀都统！城西地道声响已经停下！"

"都统，城南攻势渐缓！"

"都统，此面两处地道声响也已经停下，应该是察觉到了内壕。"

"都统，城西攻势也缓和了下来，绍宋军多已经开始放弃鹅车回撤。"

"都统，城西绍宋军炮车停下。"

一个又一个回报，让早已经疲惫不堪的高景山如释重负，早在王伯龙那一战后，他就对守住元城根本没了指望，故此，今日绍宋军退去，他根本不愿意再多想，只觉得今日又熬过去罢了。

"还有几辆鹅车有人？"

扫视了一下注定是主攻方向的城北面空地，高景山越发释然下来，目视所及，因为即便是这边的绍宋军也开始渐渐松懈和缓和下来，两辆攻城塔走到一半的时候，被他一直隐忍不发的几辆炮车一起发射，毁在了途中，这应该就是让绍宋军失去攻城欲望的战斗转折点，而绍宋军的炮车此时已经渐渐停止，只有区区数辆鹅车还在城下叮叮当当，俨然还有些许士卒依然敲击城墙根部。

"四辆……三辆……只有两个了！"旁边的猛安仔细观察了一下，给出了一个答案，"正下面门洞里的这个好久没动静了，根本就没深入城门，刚刚最西面那个也逃了……"

"用火药！"高景山现在只想快点结束这场战斗，"先扔柴火，再撒火药，然后扔火把下去，烧掉这最后三辆车，脚底下门洞里这个也一起烧掉！"

旁边的猛安同样已经有些不堪重负，当即应声。

片刻之后，早有准备的元城守军将柴草、油料、火药等物纷纷取来，直接抛撒到城下几处鹅车上，而随着这些东西的抛撒，最后几队有威胁的绍宋军不顾一切纷纷弃车逃窜，又被金军从城头射杀了几个，然后引来掩护的绍宋军弩手的反扑。但这些都是无所谓的事情，最让人吃惊的是高景山脚下这里，一直毫无动静的那个鹅车里居然也随着柴草的掉落逃出了几个人，也不知道之前一直在忙活什么。

"去看别处没动静的鹅车！"高景山劈手夺来身侧军官手中尚未点燃的火把，严厉呵斥，"说不得里面也有人，专门等到夜间奇袭！"

军官不敢怠慢，转身就走。

而高景山也毫不犹豫，等到身侧军士扔下一袋火药后，便将火把点燃，直接抛下。

远处土山上，完颜巴力速和完颜乌竹等人，此时也早已经随着绍宋军攻势稍减而稍显释然……无论如何，他们也都希望元城能够再支撑下去才好。

"元帅……"

目光脱离了元城的完颜乌竹叫住完颜巴力速，以手指向绍宋军营盘里热气球下岳斐大纛方向，刚要说些什么，忽然间，晴天之中，寒风之下，宛如闷雷一般，有什么东西轰然而起，直接淹没了他的声音。与此同时，金军诸将脚下的土山也隆隆颤抖，继而众将胯下战马嘶鸣声纷纷而起，但不知为何，明明就是胯下的战马在嘶鸣，却宛如夏日蚊声一般微小，取而代之的是明显的耳鸣和那股连续而又很紧凑的，而且不知道来自何方的轰隆声。

完颜乌竹一时不解，努力压着胯下战马的翻腾，然后回头去看，却见到土山上几乎所有骑兵都是一般折腾，人人都在努力控制胯下战马，而很多猝不及防之人，直接从失控受惊的战马上被甩了下来。

山塌了！

完颜乌竹终于还是从眼角余光中捕捉到了事情的"缘由"所在——土山的一角忽然塌了一大半，已经有人连人带马一头栽了下去。这下子伤亡肯定不少，连夯土的土山都不能做结实，一定要杀了土山的负责军官。

还在狼狈压制胯下战马的完颜乌竹半是愤然，半是无语，脑子里不由得闪过了这个念头。但是，就在四太子捕捉到所谓真相并产生了这个想法的下一瞬间，忽然间，寒风之中，一股莫名的热浪从正东面翻滚而来，这让完颜乌竹彻底愕然，同时本能往东面去看。然而只是一看，这位大金执政亲王便直接从马上摔了下来。但随即，满头满脸是血的完颜乌竹还是努力爬起来，就势翻上一匹不知道是谁的战马，然后认真去看。

无他，此时此刻，整个元城北面，以城门楼为中心的近百步距离内，足足七八个白色云朵尚在空中没有消散，而云朵之下，之前还巍峨挺立的城墙、门楼，以及城墙与门楼上的一切，全都消失不见了。就好像变戏法一样，全都不见了。

暖风散去，听力渐渐恢复，土山上依然混乱一团，没有控制住的战马在土山上横冲直撞，不少人带着重甲被甩翻在地，疼痛难忍，更有不少人鼻青脸肿，乃至跟四太子一般血流满面，甚至有人直接一头从坍塌的土山那里栽了下去，然后一动不动。与此同时，河道中与河道后方的军队，早已经混乱不堪，金军大营里也是近乎营啸一般乱成一锅粥，无数人在奔跑、嘶吼，因为他们不可能知道发生了什么事。

而绍宋军大营内同样没有什么好结果，无数的绍宋军甲士和民夫如没头苍蝇一般在各自的营寨区内乱撞，最离谱的是那个热气球，直接挣脱绳索，带着上面的精悍军官向北面飘去。

但完颜乌竹和完颜巴力速几名高层，或者还在马上，或者只能站在、坐在土山那里，却丝毫没有半点反应，没人顾及这些乱象，所有人只是看着消失了的元城北面城墙发呆。隔了好一阵子，完颜乌竹才在深呼吸了数口气之下回过神来，然后带着满脸血迹茫茫然扭头相对坐在土山地上的完颜巴力速："元帅……这味道是硝烟……绍宋人几年前邸报上写的是真的……他们的火药势比天雷！"

满脸是泥的完颜巴力速在地上张口欲对，但忽然间，这位桓榛大帅想起一件事情来，然后抱着完颜乌竹的马腿，疯了一般站起身来，并脱口而出："太原！太原！元城都已经这样了，算个屁？！我的太原没了！"

完颜乌竹怔了一下，只觉脑中一片空白，差点一头从马上栽下，却是用脚蹬着完颜巴力速的身体方才防止自己二度摔下马来。

太原城下，一声惊天的轰鸣之后，源为义慌乱从紫袍大法师的帐中狼狈逃出，而武士的本能让他以尚能使用的左手牢牢握住了一个杵臼——那是大慧法师刚刚在帐中帮厨房砸年糕的，军中有御营军士是南方人。不过，此时不是谈论这个的时候，源为义拎着杵臼在前，大慧和尚空手在后，二人摇摇晃晃，匆忙跑出营帐，只见满营各处全都是四处奔跑的民夫、辅兵！

源为义瞥了眼大营西北方向的不明所以的超大云朵，也不管人家大慧法师，直接回头，奋力相告："法师，这不是地震就是火山，我是见过的，咱们速速去护卫官家！"

饶是大慧和尚佛法通天，顺口溜的本事更是通天之上，此时也茫茫然惶惶然，只是本能跟着前面那个好学的樱国武士一起向前罢了。

然而，走不过半刻，刚刚出营，耳鸣大约消失，神志微微恢复，忽然间，数十号角齐齐自四面奏响，这是行军进发向前的号角。闻得此声，所有慌乱之人，包括部分尝试往营中跑的列队甲士，一起循声而望，却在慌乱之中瞥见将台之上，龙纛陡然拔起，然后向前缓缓移去。

继而，无数声响自将台上传来，却是将台上的御前班直全都在叫嚷嘶喊，一开始还显得纷乱，但随着龙纛向前数步，声音却又渐渐整齐，大慧和尚听得清楚，将台上的班直都在喊——"城破了！官家出阵了！"

"城破了！官家出阵了！"

大慧和尚喃喃重复了数遍，同时脚下踉跄，却是双手合十奔跑向前："城破了，官家出阵了……官家出阵了！"

非只如此，也就是同时，漫天遍野，整个太原城四面似乎都渐渐来喊——"城破了，官家出阵了！"而且那些在城南营前列阵的数以万计的甲士，持长枪的甲士、持长斧的甲士、持弓弩刀盾的甲士，也都和大慧和尚一样，随着龙纛的运动方向转向而去，也就是朝着太原城西侧蜂拥而去。

大慧和尚在茫然的源为义自营门内而出，迅速跑到了将台一侧，却见到龙纛之下，果然是赵官家本人，也不着甲，只是一件棉衣，双手不知为何，居然泛着油光，摊在两侧，也不持刀剑，也不上马，也不拈弓，只是缓步往前，却又坚定异常，正准备走下将台。周围无数近臣、班直簇拥在旁，跟跄而又迫不及待一般向前不止。地位最高的，当然是黄脸的吴介和黑脸的王彦，二人全副武装，一人横刀，一人抚剑，分左右而立，官家行一步，他们便向前三步，然后又掉转回两步，只是居高临下，朝着所有目视可及的台下军官、甲士传军令不停："城破了，官家出阵了！跟上来！跟上来！"

吴介、王彦如此，二人以下，任鲍忠以及无数近侍班直，也都仿效起来，如此作态。唯独杨轶忠、刘彦却只是沉默不语，乃是一前一后，随赵官家亦步亦趋，范宗尹、梅栎、虞允文等文臣也居然在后，却只是跟跄步行跟随。

平清盛也在其中，他回头相顾，看到源为义在那里，却又不顾一切失态大喊："城破了，官家出阵了！为义公，跟上来！"

这下子，源为义终于明悟，急忙向前，但此时早已经失态的他根本来不及多想，满心满眼都只有追上那位官家这一个念头，居然不晓得要绕开将台从前方跟上，反而是拎着杵臼，拽着伤着的右臂，试图直接爬上将台，却当场跌落。而大慧和尚此时似乎也犯了糊涂，非但没有指路，反而从下面托起源为义，将对方托上了将台台阶，然后自己也跟着爬了上去。

登上早已经光秃秃的夯土将台，源为义本能扫视四方，而目之所及，四面八方俱是绍宋军旗帜，俱是绍宋军甲士，这些宛如铁流一般的当世精锐，不顾一切，自四面一起涌上，而甲士之后，无数身着红衣的辅兵和民夫也如发了狂一般从营中涌出，紧随其后。

所有人都在重复那两句话，所有人都在高喊着那两句话，仿佛这两句话有什么魔力一般。营盘，城池，闪光的封冻河流，白茫茫的雪地，无数翻腾的甲士铁流，还有铁流之后的赤潮，以及那面缓慢却坚定向前的龙纛。

再度将焦点集中到那面龙纛上后，源为义即刻拎着棒槌向前追去，同时脑中有着一种前所未有的激烈念头——这才是武士，真正的武士！这才是战争，真正的战争！这才是皇帝，真正的皇帝！这才是世界，真正的世界！自己前半辈子，到底在做什么？然而，呼之欲出的愤懑与激动的念头，化为声音，却只是语调怪异的那句话——"城破了！官家出阵了！"

拎着杵臼的源为义奔跑向前，疯了一般追着赵官家的龙纛朝着那个巨大云朵一般的硝烟下方，也就是城西偏南处而去，然后终于跟其他的樱国武士、蒙兀王子、郫奚辅兵、吐蕃骑兵，以及近十万众的绍宋军甲士、民夫一起，化为巨大潮流中的一部分。

而就在源为义迫不及待地融入时代的同一时间，头发都已经有半寸厚的大慧和尚却怔怔立在将台上，双手合十，盯着那处硝烟，以及硝烟下的城池还有龙纛，闻着那个味道，然后稍显犹豫。聪明如他，已经结合着数年前阅兵的传闻，当场反应过来，然后意识到了事情的真相。于是，他开始本能地畏惧与犹疑……因为这股力量太强大了，强大到他不知道该不该诞生，而龙纛下那个如此娴熟掌握这股力量的皇帝也太强大了，强大到他不知道那个人将来会倚仗这股力量做出什么不少置信的事情来。

但与此同时，一个念头也在脑海中跃跃欲出——这不就是佛祖让他来看的缘法吗？这种力量不是已经诞生了吗？事到如今，难道要畏惧和逃避已经存在的事物吗？已经存在的事物，是孽障也好，是福报也罢，身为修行之人，难道该躲避吗？带着某种决意，大慧终于再度移动了脚步，却也念出了战场之上唯一与众不同的声音。

正所谓：

身口意清净，是名佛出世。

身口意不净，是名佛灭度。

"快回内城！"

似乎是被大慧和尚的偈语恢复了清醒，太原南面关城上，攀着城垛、胸口发闷的完颜折合猛地看向了身侧的猛安。而那名猛安面色苍白，口念佛号，却状若未闻。

完颜折合没有责怪对方，也没有强行去拽对方，他只是立即掉头，孤身一人下了关城，寻得一匹惊马，直接顺着关城内门的吊桥往城内疾驰而去。

进得城中，他便已经注意到，城西南处有了一个巨大的缺口和一个黝黑的大坑，而大批的绍宋军甲士早已经从那里涌入了，此时太原城的西侧的街道上，已经有成队的长斧重步开始顺序扫荡，而城池四面此时俱皆是绍宋军嘶喊呼进的声音。

"城破了，官家出阵了"那句话，震天动地。但折合只是不理，只是拼命打马，试图抢在绍宋军之前回到内城。

然而，他刚刚打马来到太原城中那个著名的丁字街口，便要转向之时，忽然间，太原东北面，原本应该是防护最牢固的东、北两个关城中间的东北角，复又传来一声霹雳巨响。这一声响，虽远远比不过一刻钟前城西南面那次巨响来得石破天惊，但还是引得胯下战马再度受惊，将完颜折合掀翻在地。

而完颜折合努力爬起来以后，根本不顾身体疼痛发闷，只是迅速登上道旁的一座酒肆小楼，然后凭栏远望，却见到硝烟之后，韩师仲部那标志性的赤红铜面正自缺口处密密麻麻蜂拥而入，一面入城，一面还在重复那句话——"城破了，官家出阵了！"

完颜折合回头看了眼就在身前那与外城无二的太原城内城城墙，只是一眼，他便醒悟，内城去不去都无所谓了。随即，其人仰天一叹，再不往城内赶，也不折返坚固的关城，更没有试图逃亡，反而在心中估算了起来。没有一百日，没有五十日，甚至没有十日，天下锁钥、河东心脏的太原城，竟然只守了八日？！

一念至此，不知道是之前第一次爆炸离得太近的缘故，还是刚刚被马匹掀翻一身重甲摔落在地所致，又或者是忽然又瞥见那面龙纛催动难以计数的甲士自西南缺口涌入，这名桓榛宿将只觉得胸口一阵发闷，继而便瘫坐在这个丁字路口旁的酒楼之上。

然而，又过了足足一刻钟，目送许多甲士入城后，夯拉着双手立在缺口外的赵官家才终于走到了那个缺口跟前，却又在登上大坑内侧边缘后忽然止步，并伸手在炸开的夯土墙面上蹭了蹭满手的油腻。那是刚才啃鸭子时弄的。抹去油腻之后，这位并未着甲的赵官家才带着满手黑灰，在缺口上回头相顾身后大坑中的那些早已经恢复冷静的文武近臣，堂而皇之地宣布："诸卿，城破了！"

闻得官家言语，吴介第一个反应过来，乃是扶刀向前半步，摘去手套，仿着官家在地以手抹灰，然后才在缺口里恭敬下拜回复："回禀官家，贺喜官家，太原城确系已破！"

第九十章　陈述

骢马新跨白玉鞍，战罢沙场月色寒。

城头铁鼓声犹振，匣里金刀血未干。

建炎九年最后一日，赵官家与岳斐同日破城，太原府、大名府齐齐攻下。太原城内外，绍宋军主力部队其实陷入某种形式的混乱。

"好让官家知道，此人便是完颜折合。"

忽然间，御营中军副都统王德亲自牵引一人，踩着暗红色的血迹进入堂内。而闻得此言，府衙内自然群情振奋，便是赵玖也一时精神大振。赵玖朝王德点点头，看向被捆缚的那名金将，一时犹豫。

但很快，在所有人的屏息凝神中，绍宋官家开口："折合，朕与你说个实在话，依着朕之前发布的檄文与战犯名单，是没必要劝降的，但你是朕活捉的第一个桓榛万户，还是完颜氏出身，所以你若愿降，朕可以破例赦免你死罪。你可愿降？"

全身被捆缚严整的完颜折合自一进门便盯着坐在昔日完颜巴力速位置上的赵官家看个不停，此时闻言，深深打量了一下对方，然后便缓缓摇头，平静以对："外将不死，一开始纯粹是破城太速，心中气馁，待到被围，就只是想来近处看一眼官家模样而已，如今看了，死而无憾。"

然而，赵官家听得此言，却只是点点头，面色不变，在座中挥手，言简意赅："斩了！"

周围文官登时气馁。

"给东京的快报中加一句话。"赵官家想了一想，复又相对身侧近臣，"告诉他们，再改一改那个说法，凡大金猛安、万户两列，各自第一个出降者，赦其死罪。"诸近臣会意，匆匆去忙。

吴介正式接手河东方面军，按部就班开始下一步统筹。而大名府河西之地，金军主力大军的高层却足足熬到三更，才终于强压着种种不安，在李固镇外的某处大篝火旁召开了一场临时军议。

这是没办法的，虽然那场连环爆炸同时弄得两军一起炸营，但绍宋军到底很快就反应过来那是自家的神迹，摧毁的是敌军的城防，所以最终在下午时分就从容入城。而金军这边光是收拢部队，急忙调回河对岸南北几个万户，确保大营无虞，就已经很艰难、很考验人了。只能说，好在绝大多数中低层大金士兵都没有那个视野目睹那场连环爆炸，否则，连收拢部队这个过程恐怕都很困难便是这场军议，也显得有些尴尬……因为绝大多数万户，都未能从白日那场惊天动地的破城中恢复过来，很多人直接丧失了基本的逻辑思维，明显有些恍惚之态。这其中，甚至包括完颜巴力速和完颜乌竹两位军中最高领袖。

其实，这些大金顶层精英内心深处不是不懂得此时要迅速、果断下决心，立即更改战略部署，但是懂得归懂得，那种亲临其境的冲击感，却根本不是能轻易挥之而去的。好几次，众人尝试开口，但完颜巴力速等河东诸将，张口就忍不住说起太原，说着说着便语无伦次，杓合、阿里一开口都哀恸难名，便是讹鲁补、完颜奔睹等将，也都有恍惚失神之态，既没有了宿将的稳重，也没有之前争权夺利时的桀骜。

"诸位，这样好了。"完颜乌竹几次想说话，几次都不知从何说起，却又恍惚想起一人来，便勉力支撑身体，就在篝火旁起身，"你们与俺全都亲眼看到白日那一遭，说是心里明白那是火药，但其实还是受了震动，以至于心中已乱，不能妥当言语……俺换个幕僚来，你们也都认得，之前西路军的通事，后来又跟着高景山的那个高庆裔，他的本事应该是不用怀疑的，让他来替俺们说一二。"

篝火旁，完颜巴力速以下，诸将面面相觑，所有人神色晦暗不明之余也都无奈，便只好点头。片刻之后，高庆裔被唤来，听阿里转述了几句话，却一声不吭，众人望去，只见此人除了双目在火光映照下一片通红外，神色倒也平静，却不知道是怎么回事。

唯独完颜乌竹一时暗叫自己糊涂——别人不知道，他不知道吗？这高庆裔受高景山大恩，而后者如今十之八九是死无葬身之地了，那前者状态难道还能有个好？一念至此，这四太子便要挥手斥退对方。不过，出乎意料，也就是此时，高庆裔居然开口了，其人声音虽然稍显嘶哑，却称得上平静认真，倒是让所有人精神为之一振。

"恕下官直言不讳。"高庆裔神色平静，"事情本身是很简单的，四太子与元帅还有诸位万户之所以不能妥当分析，不是因为不知道，而是因为不愿说罢了，容下官稍作解读。"

篝火旁，一时言语嘈切皆无，只是风声呜咽不断、篝火噼里啪啦之声明显。

"其一，元帅说得对，元城可以这般炸开，那太原必然也可以，再考虑到今日是年关，而绍宋官家之前那般极速进军太原，怕是本就有约定，此时太原必然也是这般被炸开了，而太原城既然陷落，那完颜折合将军十之八九也已经殉国。"

完颜巴力速抿了抿嘴，欲言又止。

"其二，太原府与大名府既都落入绍宋军之手，大名府这里不说，只说太原，太原一丢，河东之地咱们大金防御上的根本立足之处便也失了，整个河东，从大同到上党，必然要被绍宋军主力肆无忌惮轻易扫荡干净。现在，不要指望这两个地方还能守，需要迅速发军令，让大同的两个万户、太原的残余部队、上党的些许留守尽数速速撤离，晚了就要被绍宋军堵住，就要落得白白覆没的下场。"

"果然没救了吗？"完颜巴力速终于开口，言语艰难。

"如何有救？"出乎意料，回应完颜巴力速的居然是面部浮肿的完颜奔睹，其人沮丧难制，"高通事说得不差，不但太原无救，隆德府也只能退出去，晚一步，绍宋军南北一起压过来，便是死路一条。看今日白天那场动静，分明是雄关、城池在绍宋人面前全都无用了，隆德府的几座关隘根本拦不住绍宋军，太原府剩几座城多少兵，都只是任人宰割……完颜萨利赫也是等死！"

场面一时冷清下来，但很快，完颜突合速忽然近乎咆哮一般仰天一叹。完颜乌竹以下，诸将情知他的家小都在汾水西岸，估计此时还没来得及被俘虏，但似乎也跑不掉了，也都黯然到无话可说。

"关键是大同府。"过了不知道多久，借助着高庆裔的说明，完颜乌竹终于也咬牙承认了现实，不过，从他的角度而言，显然更在意别的地方，"大同府两个留守万户才是关键，高通事，太原府有兵也无用了吗？"

"有兵反而更危险。"高庆裔平静以对，"四太子，且不说雁门关还能不能拦住绍宋人，只说一事，合不勒在北一直首鼠两端，今日太原城破，他还会继续中立吗？若是合不勒南下，那大同便是三面、四路被围，甚至整个被包围都有可能。"

完颜乌竹悚然而惊，即刻回头相呼："太师奴何在？"

"属下在。"黑暗中的太师奴猛地一怔，继而回过神来。

"速速派员，传俺的金牌，让耶律马五务必顶住井陉，再去大同府那里找完颜讹鲁观，让他立即后撤，能带几个人便带几个人后撤。"

太师奴应下。

"借魏王金牌。"完颜奔睹也咬牙跟上，"俺即刻遣本部几千军马，一并随魏王金牌到隆德府，接出隆德府行军司诸将家小，府库能搬就搬，不能搬就烧！"

完颜乌竹茫然颔首。

"高都统果然是十死无生了吗？"当此艰难之时，一个稍显年轻的声音艰难以对，"不能去查探一二吗？"

篝火侧的黑暗之中，稀稀拉拉响起几声冷笑，而篝火旁，神色平静的高庆裔一动不动，仿佛没有听出来这是蒲速越的声音一般。

倒是完颜乌竹，微微叹气后，继续回头吩咐："太师奴，明日一早派使者去对面问一问岳斐……对方是个讲理的，若有下落必然不会遮掩……高通事，你继续来讲。"

而此言以后，篝火侧再度安静下来，高庆裔稍微等了一下，方才认真讲解起局势："四太子，接下来其实是对策，对策也很简单，今日一事后，正如金牌郎君所言，城池不可恃，关碍不可恃，那为今之计，想要国中主力不至于直接一崩到底，便只有野战一途。"

众人无话可说。

"而想要野战，该在何处野战呢？城池不可恃，难道就要放弃吗？"高庆裔说到这里，也有些沮丧，"真定府历来为执政亲王巡视定分诸路军需所在，尚有军械粮草仓储无数，难道要直接放弃？弃了真定，河间又如何？再弃了河间，岂不是要直接再弃燕京？所以，想要野战，也只能弃掉元城，利用岳斐缺马的这一利处，速速引主力北上，在真定周边布阵，尝试决战了。"

众人还是无话可说……因为对方说的道理太对了，对到无懈可击的那种。

眼下，他们就是被绍宋军逼到不得不这么做的地步。

"可想要野战，又谈何容易？"完颜巴力速忽然出声，"如今这个军心士气，怎么可能与绍宋军野战？"

"恢复士气，无外乎就是那几种，或者赏赐安抚，或者主动寻得机会，小胜几场，包括如何向士卒和那些不看邸报的愚昧军官讲解火药，却都是魏王与元帅的分内之事了。"高庆裔平静以对，"下官的职责无外乎是将诸位将军心中早就清楚，但不敢说出来的话给说出来罢了。"

完颜巴力速与完颜乌竹隔着篝火对视一眼，全都无言，完颜乌竹更是准备强打精神安抚诸将一二。但也就是此时，不知是谁，一阵寒风吹来，风中呜咽不断，宛若有人哽咽。而风声止住，哽咽声居然不停，完颜乌竹怔怔，方才意识到是真有人在哭了，于是赶紧去看完颜巴力速，而完颜巴力速与完颜乌竹对视一眼，居然没有任何阻止的意思。完颜乌竹彻底无奈，便想起身看看是谁，以劝阻下来。

然而，随着他脑中思索不停，却也同样放弃了起身……原因再简单不过，他不知道该如何安慰失了家眷和十年居所的河东方面将领，也不知道该如何安慰即将失去家园的河北方面将领，便是蒲速越想要为高景山哭一哭，他都不知道该如何安慰。实际上，随着一阵寒风再度袭来，完颜乌竹对着篝火吸了下鼻子，却发现自己居然也想借着风声放肆一哭……平白无故的，怎么就落到这般境地呢？

"快！快！快！"

"全军跟上！"

"不要等步卒，带上干粮，骑上马，再寻一匹驽马装载甲胄，全军向北！"

"扔下那些锅和马勺！进了太行陉，泽州那么大，不缺你一个马勺！"

正月初四的下午，建炎十年刚刚到来没几日，冰雪未化，河道未开，黄河北岸、王屋山东、太行山南的平原之上，数不清的骑兵匆匆向东进军，场面乱作一团。

之前为了防止金军主力犯浑南渡黄河，御营骑军中的重骑与一部分郦琼下属的八字军，合计三万余众被扔到了轵关陉两侧以作防备，全程没有参与大名府和太原府的要害战事，彼时御营骑军上下不满。而现在，随着年前那两声巨响，大名府与太原府一起开城，局势改易，数日间捷报流水一般从北面送来，御营骑军被动得知讯息，更加不满。

"来得及吗？"一阵沉默之后，御营骑军副都统刘锜看着山坡下仓促进发的军队，明显有些不安。

"不好说。"统制官张中孚蹙眉以对，"咱们是骑兵不假，可北面比咱们快两

211

日知道消息，泽州肯定是咱们的，隆德府真不好说。"

"若是那般，此战咱们岂不是白饶一趟？"刘锜听到这里，忍不住长呼一口气。

"副都统这话怎么说？"张中孚明显误会，勉力劝慰，"咱们是骑兵，本该用作野战、夺城什么的，有功劳固然好，可便是抢这些白地吃了亏，又何必过于在意？马上河北野地决战用心便是！"

"野战未必打得起来。"刘锜低声透露了一个都统层次才知道的消息，"后勤花费比之前计划的多得太多，最多再撑三个月，你说，若是大金退得果决，直接将河东河北的地方全让出来，退到燕京城下，那考虑到春耕，官家万一顺水推舟，就此罢兵稍歇，又该如何？"

张中孚闻言面色不变，心下一惊，随即勒马向前数步，来到曲锻身侧，俨然是在求证。

曲锻微微颔首："刘副都统说的是实情，可依着我曲大来看，决战还是要打的。仗打到这份上，官家没理由停下来，若是停下，放过金军大队，过两年再发兵，那才是浪费军资人力。"

张中孚微微颔首，但稍一思索，又正色请求："都统，不管如何，眼下快一些进发隆德府总是没错的，金军失去大名府和太原府，隆德府夹在中间已成死地，绝没有固守的理由，能抢下来总是功劳一场。我亲自去前面督军如何？"

曲锻想了一想，即刻颔首："且去，快归快，却要小心一些！"

张中孚即刻应声，打马下坡，带着几个心腹军官飞奔而去。

人一走，曲大身侧除了刘锜，只有夏侯远几个近卫，忍不住回头埋怨："何必跟下面人说这些。本来就乱作一团，现在岂不是更乱？而且金军又不是丢了两个城便没了战力，万一遇到一个两个脑子抽的，再败上一场，又算谁的？"

"都统何必怪我？"刘锜连连摇头，"目下这个样子，我不说莫非就不乱了吗？况且……"

"况且什么？"曲锻盯着下方纷扰的军队，敷衍相对。

"况且……"刘锜在后面一时叹气，"都统，咱们说句良心话，就凭当日关西作为，你想求一面大纛是真难，可下面人想进一步你总不能拦着吧？便是我，虽不指望混个节度，但如何不想建立功勋，好在官家面前求个恩典，让家兄有个好结果？他现在还只是被赦了的白身，自觉是家门之耻。"

曲锻闻言一叹，情知对方说的是实情，便不再言语，而下方骑军依然纷乱进军不停。

此时，太原城内，赵官家这边，虽然因为吴介的抵达卸了军事上的责任，但年后数日，依然忙得不可开交。

"要打败仗。"

正月初四这日下午，从军营中转了一圈后，得到消息的赵玖入城参加军议，待见到吴介、韩师仲等人，却是脱口而对，语出惊人。

"官家何出此言？"

一阵沉默后，黄脸的吴大硬着头皮接话。

"太原城破得太利索了，军中骄躁。"赵玖避开主位坐到一旁，平静言道。

"确实有此一虑。"吴介闻言失笑，"但请官家明断，骄躁是骄躁，但太原城这般轻易得手，大局为陛下所握，也是实情，骄躁是有缘故的。况且，这等国战，胜败之事本属寻常，有些事情其实也并不影响大局。"

赵玖在座中想了一想，倒也无可辩驳，何况军事上的事情他向来是比较信任吴介几个帅臣的，便不再多言此事，正色询问军情："听说耶律马五见了折合首级也不愿降？"

"好让官家知道。"王彦从一侧转出，"非止是不愿降，还将使者的首级替了折合首级送还。"

"他一个岐辙人，到底图什么？"赵玖冷笑以对，"以他手中的本钱，去了西勒，耶律大石能封他个北院大王，只比几个姓萧的稍矮半头，比耶律於顿还强！反倒是留在大金，桓榛人能真心对他？"

"这种事情不好说的，但凡一口气撑住，生死都不在乎的。"李彦仙忍不住插嘴道，"战事如潮，大浪滔天，泥沙俱下，人与人差的就是这口气。"

"有道理。"赵玖也同样若有所思，但不知为何，只此一语，并未多言。

且说，王德率军两万去了北面，去攻定襄、雁门，而烟广郡王韩师仲以下，李彦仙、马括、吴介、王彦俱留在太原城，以作统揽，此时也都在御前，见到官家无言，堂中众人一时也都不好接话。

片刻之后，赵玖摇了摇头，也不再发什么感慨，继续询问军情："耶律马五不愿意让开道路，陷入死地的完颜萨利赫又如何？"

"回禀官家。"这次换成李彦仙来报了，很显然，这些帅臣之间是有默契的，在御前各有负责和分工，"完颜萨利赫依然闷声不吭，闭城死守。"

"他不信太原已经下了？"赵玖蹙眉以对。

"没理由不信。"李彦仙正色对道，"太原城几个猛安和几十个谋克的头颅都给他送去了，还有发遣过去代替李副都统郸奚轻骑围城的援军，他不该不信。"

"那便是装死了。这种人物也是常见的，堵住耳朵，不降不战，坐着等死，明知道这般下去，无论是什么结果，朕都不能饶他，完颜乌竹也不能饶他，却还是不敢动。"

"恐怕正是如此。"李彦仙言简意赅。

"也是个麻烦。"赵玖也有些无奈，"还有什么？东面西面，南面北面又如何？"

"南面隆德府已经让郦副都统遣军小心进发。"这次是马括来答。

"是为了给曲锻和御营骑军留脸面？"赵玖摇头以对，"北面如何？"

"好让官家知道，北面忻州守军不相信太原已陷，誓死抵抗，不过，王德那厮到底还算个好汉，率部进发后，两日内激战五场，接连得胜，百井寨、赤塘关、石岭关都已经拿下，此时应该快到忻州首府秀荣了，秀荣再拿下，定襄就在眼前。"这次是韩师仲来做汇报，"取定襄，就可以进取雁门，威逼大同了。"

"如此说来，也算是进展顺利。"赵玖点了点头，不置可否，又有些疑惑地看向吴介。

无他，太原城既下，以目下进展，各个方向都处于扫荡状态。吴大会意，立即拱手向前，说出了请赵官家来参加这次军议的目的："好让官家知道，有将官议论，雁门和大同固然是要取的，可既然忻州进取顺利，而井陉那边耶律马五又不愿降，那能否发一军从五台山北，走蒲阴陉，出瓶型寨？若能成，则金军必然阵脚大乱，井陉这里也即刻不破自下，何况，我军在太原猬集，本就军力余裕极大，没理由在此处抛撒军需物资。"

赵玖沉默过后，方才反问："这个'有将官'具体是谁？"

"御营左军副都统王胜。"吴介不敢隐瞒。

赵玖点点头，此人请战理所应当："那你们几个以为，此举可行吗？"

"臣等议论以后，以为可行。"吴介俯首以对。

"既如此，那就让几位学士下旨。"赵玖面色不变，点头应承，"具体是王胜还是谁去，领多少人，你们自己商议，吴介汇总决议，向朕汇报即可。诸位相公也得将军事放在首位，不耽误军略才行。"

随即，军议结束。

转出太原内城，赵玖却并未一路向南出城转入城南大营，反而是让大部分近臣、随从回去，自己则与杨轶忠、刘彦二人带着部分御前班直勒马出了西门，到了汾水岸边，这才缓缓打马而南。

随着天气明显开始转暖，汾水上的河冰越来越薄，再不能倚仗，民夫们也开始大面积搭建临时浮桥。与此同时，数日内，太原城下的大营规模不减反增。

派出去一万军队，后方又因为扫除某个城池会合过来几千部队。更重要的一点是，随着太原城破，沿着汾水构建的强大兵站式后勤线终于在雀鼠谷的北面建成，更多的民夫与后勤物资从雀鼠谷南面的河中、临汾盆地顺着汾水源源不断输送过来。非只如此，随着岳斐部阵斩王伯龙、攻破元城，金军主力会合一处、大举北走的消息传来，可以想见，冬日内大举戒严的河南地、河中地重新敞开，更多的物资将会在短暂的黄河凌汛后源源不断顺着这条补给线送达。短期内，太原依然是个巨大的兵营、指挥所与后勤基地，同时也是进行下一步会战前的大本营。

正月初八，汾水开冻。距离太原最近的一个金军大型据点文水县，当地负责指挥各路部队围城的御营左军统制官陈彦章，在攻城阵地即将修筑完成的情况下放弃起炮砸城，转而听信城内汉军的情报，夜间亲自带队攀城偷袭，堂堂一部统制官，在中了一个老套的诈降计策后，被金军乱箭射死在瓮城之中。

正月十二，距离上元节不过三日，汾水彻底化冻，一份满是对太原、大名府胜利溢美之词的邸报加刊被加急送达太原，使者同时带来了黄河上游部分河段凌汛，部分河段开冻通行的好消息。

此时，一骑自身后太原城中驰出，专门来寻官家。

"官家！"

今日负责在城内执勤的平清盛打马而来，直接滚鞍下马，带来一个天大的坏消息："王副都统在瓶型寨大败，死伤逾千！"

"知道了。"坐在马扎上的赵官家居然不怒，甚至都没有抬头，"败那么惨，经过如何？"

"好让官家知道，按照军报所言，耶律马五早有准备，很早就自河北那边分兵到了彼处，先诈败弃寨，诱我军深入，王副都统杀敌心切，前后脱节，不料金军提前设伏于寨外瓶口处，隐忍不发，待王副都统主力先过，再弃马步战，左右齐出，烧了我军后勤车队，杀我后卫近千人。"地上的平清盛越说越小心，打量了一下赵官家面色，才继续言道，"王副都统在前方察觉不对，赶紧弃了诈败金军，回头转回瓶型寨，结果金军不敢再战，直接逃逸。可没了辎重，王副都统也不敢再进，只能稍驻瓶型寨，上书请罪。"

"我军主力被诱过瓶型寨，后卫被金军在瓶口杀绝，辎重尽失，结果王胜掉头回来，金军又一哄而散。"赵玖抬头，环顾周围随侍的近臣、班直，最后落到了杨轶忠身上，"朕怎么听了有些古怪呢？正甫，你是代州人，瓶型寨你最熟，你觉得是怎么一回事？"

杨轶忠的军事经验何其丰富，当然晓得其中情状，再加上今日周围也无要害人物，所以他也不做遮掩，直接拱手回应："臣冒昧，应该是金军本身就在撤退，所以战备仓促，又或者兵力也少，总之战力极弱……仓促埋伏之后，一击成功，就已经是全力施为了，这才不敢纠缠，直接逃散。否则，但凡还有一战之力，金军只要锁住瓶型寨，失了辎重的王副都统怕是要被活活憋死在蒲阴陉中。"

"是这个道理。"赵玖缓缓点头，若有所思。

"官家，若臣所料不差，耶律马五便是有心，也未必能把手伸那么长、那么快……这一战，更像是代州守军仓促逃窜之下，被逼急了，一招回马枪罢了。王副都统之所以说是耶律马五所为，一来因为耶律马五到底是万户，是经历了南阳、尧山的名将，败在此人手上不至于太丢脸；二来因为代州乃是另一位王副都统打下的，而另一位王副都统之前报捷，说自己在州城全歼守军。若是强行纠缠起此事，恐怕又要闹到官家身前来评理了。"

"你说得都对。"赵玖喟然以对，"一招回马枪，却杀伤近千，两个王副都统，一个轻敌冒进，一个报捷夸大。他们莫非以为朕会不晓得这些事情吗？"

"侥幸之心人皆有之。"杨轶忠无奈以对，半是解释，半是劝解，"何况如王德报捷时，区区残兵逃散，以常理度之，本该溃散，后来便是有溃兵组织起来，也不耽误他十余日内荡平忻州、代州、宁化军三郡，威逼雁门关的整体功绩；又如王胜败绩请罪，损失、战败过程皆不敢遮掩，只是在敌军归属上做了个文眼，求个脸面和通顺。"

赵玖看了对方一眼，并不作声。

杨轶忠恍然大悟，不再言语。官家意思很明显，那些话正是他要说的。

另一边，平清盛在地上等了一会儿，眼看赵官家不言语，杨轶忠摆手示意，便回去向几位节度汇报了。

随着百余年不为汉家所有的大同府被光复，一个完整的太行—黄河的形胜之地彻底落入绍宋军之手。与此同时，岐辙、东西蒙兀援军累计约四万之众抵达大同，御营后军剩余部队也将彻底解放，继而大举东进，与主力会合。与此同时，一些隐忧也开始出现，军队渐渐心浮气躁，轻敌冒进之事迭出，败绩接二连三。

金军也没有因为太原的丢失而完全丧失士气，耶律马五依然苦守井陉这个从太原出发进抵河北的最主要通道，而太原盆地西南的汾州州城西河城依然在完颜萨利赫手中。而对于绍宋军高层而言，更让他们感到忧虑的，却是东蒙兀援军的立场问题，他们一旦反复，必将对战局形成强大冲击。

太阳越来越偏西，汾水畔的柳树下，赵官家放下邸报开始钓鱼。

大同战事的主要筹划人，也是大同方向进攻部队主力之一的直属上司，更是年节后太原大本营的临时总负责人，也就是吴介吴晋卿了，他在城内得到讯息后，立即陷入强烈的不安和惶恐。只是稍作犹豫，他便意识到，自己还是要跟官家稍作解释为妙。

"是这样的吗？"

赵玖放下手中钓竿，转身相顾，脸色难看。

"是。"立在前方的吴介看到这一幕，庆幸自己没有拖延，而是直接前来汇报。

"晋卿。"赵玖沉默了好一阵子，方才开口，没有直接讨论东蒙兀的问题，"你知道朕为什么这么放心将太原诸事尽数托付给你吗？"

"臣惭愧。"吴介心中一紧。

"不是这个意思。"赵玖摇头以对，扶着膝盖站起身来，继而负起双手在柳树下左右踱步，"朕是觉得，处理一些军事上的庶务，组织军事安排，还有对河东的地理认知，你这样的人本就比朕强太多，朕在这里枯坐，当好一个稳定军心的官家便可。但是，即便是朕，也有自己不能放松的一份考量。你觉得，朕作为官家，此时在太原，到底该在意哪些东西？"

吴介平静而又无奈地回答："当是后勤与兵力。"

"是，就是这两点！"赵玖停下身来，看着对方略显感慨，"晋卿，你确实是个帅才。"

吴介一声轻叹。现下大金大同守军的成功逃离，本就触及两军决战时兵力对比问题，这正是吴介前来请罪的重要缘故。

"臣……惭愧。"一念至此，吴介越发惭愧。

"你不要惭愧。"赵玖缓缓摇头，"晋卿，既然出了这种事情，咱们今天就得对一对思路。"

吴介赶紧拱手。

"当先一事，朕之前便说了，军中已经没有充足火药了。"赵玖从一个双方都确定的讯息开始，"朕攒了好几年的火药，几十万斤，当日一分为二，河东这边为了确保太原能下，已经一口气用光了，分给烟广郡王的几万斤也都被他当日直接用了，或许还有一些，那也是岳鹏羽那里，朕这里委实没有了。"

西斜的初春阳光下，吴介面色不变，但等到赵官家一说完便立即摇头："臣以为无妨，因为桓榛人不敢赌！便是有人亲口告诉完颜乌竹与完颜巴力速咱们没火药了，他们也不敢赌！便是见到我们用炮车一点点砸城他们也不敢赌，只会当我们跟之前一样，准备把火药用到最关键的地方。"

"是这个道理，但没了终究是没了，咱们自己得明白。"赵玖点点头，继续看着对方说道，"第二件事情，那就是朕大约觉得，这场野地决战，恐怕会来得特别快，很可能咱们一出河东，就要迎头应战。金军此时隐约有了哀兵之势，并不一定会抗拒决战。"

"确实如此，如今我们得河东形胜之地，居高临下，若张弓以待，于金军而言，拖得越久，越容易动摇失措。"吴介想了想，重重颔首，"但也要考虑燕京援军的问题，所以，于金军而言，最好的决战时机是燕京援军刚刚抵达后。可反过来说，陛下出奇拿下太原，主动权依然在我们，只要我们进逼河北，他们就得迎战。唯独我们后勤不足，不能拖得太久，所以最好是在燕京援军抵达前进逼河北。"

赵玖再三点头，终于说到了今天的事情："所以，合不勒与东蒙兀这件事情很严重……必须尽快处置，不能拖延。"

"臣愿意亲自往大同一行。"吴介咬牙以对，"官家，这件事情是这样的，臣亲自去看一眼，若东蒙兀可用，臣立即就将他们带来太原会合，若不可用，便立即在大同让郭浩和王副都统、岐鞑耶律於顿部、西蒙兀部，将东蒙兀人处置了，切不可让他们有临阵反叛的机会。"

"可以。"赵玖点头，"而且此时也就是你去最合适，但是若此时处置东蒙兀人，恐怕会引起西蒙兀人和岐鞑人的惊恐，这之间的纠葛冲突，还须妥善考量。"

"臣请官家指教。"吴介赶紧请示。

"没有指教。"赵玖严肃以对,"若是情形明显,你该动手便动手,能提前解决便提前解决,若对东蒙兀人动了手,便要将西蒙兀人隔绝在雁门关北,不能让他们影响决战!而若是事情混沌不明,动手风险太大,你就不要管合不勒和东蒙兀了,立即带着岐辖人和西蒙兀人南下,将东蒙兀人隔绝在雁门关北就行……当然,最好还是带着所有援军一起南下!"

"臣晓得了。"吴介如释重负,"臣愿即刻动身。"

"还有一件事情。"赵玖在树下回头相顾。

"是。"吴介赶紧再度拱手。

"这一战,从朕到你,从王胜到陈彦章,从大同到东京城,从上到下,从前到后,所有人,所有事,出再大的篓子都是理所当然的。"赵玖停在那里,盯住对方认真言道,"不要有任何忧惧之心。"

吴介当场便要谢恩。

却不料,赵官家直接拂袖:"去吧!带上梅学士、仁舍人,还有脱里,梅栎是应付爱慕文华的岐辖人的,任鲍忠负责调解大同各部冲突,脱里是控制西蒙兀的,而你则要下决断,是不是要处置东蒙兀。速去速回,不要耽搁!"

吴介趋步后退,匆匆而走。

不过片刻,目送着吴介身影消失后不久,赵官家便颓然,一屁股坐回柳树下的马扎上。杨轶忠不敢怠慢,即刻向前几步,扶住这位官家。但赵官家只是摆手,却又回头相顾:"若按照之前的说法,咱们扫荡了太原和隆德后,全军汇集,立即出井陉,最多有多少兵?最少有多少兵?"

"道理上是最少二十万,最多二十四万。"杨轶忠脱口而出,"但实际上肯定没这么多,减员不少,而且沿途需要留守。除此之外,还要考虑是不是要留一些像样的兵马放在隆德府与太原府,以防万一。"

"太原和隆德府必须得留,那便是十六七万到二十万?"

"是。"杨轶忠小心作答,"但这个数额其实没有算上岳斐部,他们是步兵,不确定能来多少人。"

"岳斐部还是有些骑兵的,还有一些牲畜,应该会有几千到一万的部队尾随金军过来。"赵玖迅速对道,"那便是十七八万到二十万出头?"

"是。"

"金军呢？"

"二十个万户，王伯龙的没了，高景山的没了，完颜折合的没了，温敦思忠的没了，再加上注定跑不掉的完颜萨利赫，还有完颜火钹、乌林答泰欲的两个万户在燕京，金军应该还有十二三个万户。"杨轶忠依然脱口而出，"但这是燕京援军不来的结果。"

"怎么可能不来？"赵玖揉起了左面的眼睛，"都到这关口了，便是燕京新军主力来不及到，完颜火钹和乌林答泰欲，乃至于燕京的合扎猛安，都是要过来的。所以，若是速速决战，双方援军主力都不到，那就很可能是十七八至二十一二万对十五六万？关键还是要看大同那边？"

"是。"

"若是双方援军都至充足到达，那便是三十万对二十万？"

"是。"

赵玖连连摇头："不会这么顺利的，朕刚才就跟吴介说了，这种规模战事都是第一次，必然有各种差错，说白了，就是一锅夹生饭。"

"但咱们有，桓榛人也一定有，兵力优势始终在绍宋，在官家手里。"杨轶忠恳切安慰。

"这倒是实话。"赵玖微微颔首。

而就在这时，正当刚刚有些心理安慰的赵官家要再说些什么的时候，忽然间，一骑飞速驰而来，赵玖远远望见，立即闭口不言，甚至几乎有了畏缩之心，只是没有表现出来而已。

"官家，大捷！"

来骑滚鞍下马，远远便呼："董先、牛高二位统制攻破西河，生擒万户完颜萨利赫！"

赵玖精神陡然一振，但不过是一振，再度紧张起来，因为这意味着他和吴介的猜想得到了验证，决战很可能比想象中来得更快。

第九十一章　忧惧

"他是怎么一回事？一直是这般模样吗？"

正月十四，距离上元节只有一日，太原城内，吴介走后重新进入内城的赵官家指着堂下静坐沉默之人好奇发问。此人不是别人，正是大前天晚上因为西河城破而被俘虏的金军万户完颜萨利赫。

"是。"一旁肃立的御营中军统制官董先略显尴尬上前拱手解释，"好让官家知道，这厮自从城破后就是这般模样，不降不死不逃不反抗，路上给饭吃饭，给水喝水，与他好生说话，他也正常应答，可一说到政军情报就不愿意再吭声，更遑论投降。"

西河城破，意味着绍宋军的河东方面军身后再也没有大金的大型据点与保持战力的成建制的金军存在。也正因为如此，自河南到太原的后勤线彻底无忧，河东方面的绍宋军主力也得以从容向太原盆地汇集，在此次北伐中渐渐崭露头角的牛高、董先二将一起随完颜萨利赫汇集于此，便是一个明证。与此同时，军都陉、蒲阴陉、飞狐陉都落入绍宋军之手，夺得滏口陉也如探囊取物，金军掌握井陉的战略意义正在不停地被削弱。

总而言之，后勤已通，兵力重新汇集，这个时候，下一步军事行动的必要性，便已经呼之欲出了。

按照军报所言，金军果然如所有人预料的那般，知道隆德府不能守，便放弃了此地。但是这里一直是大金东路军五个万户驻扎的核心地带，有很多大金高级军官的家眷、财产在彼处。所以，那边大名府一炸，完颜乌竹便立即应隆德府诸将的要求，分出八十个谋克，共计八千骑极速进入隆德府，分路去取众人家眷、财帛，并尽量焚毁遗留财物、军资。但是，金军去得快，原本在隆德府西南的御营骑军去得也快，沿途也就是在太行陉那里稍微耽误了一点时间，等到先锋张中孚率五千骑进入隆德府所在的上党盆地腹地后，金军的撤离行动只进行了一大半，此时见到绍宋军大队，更是大骇，直接放弃了周边小城镇，仓促准备从潞口陉撤离。

张中孚见此，并没有去取那些大城，选择主动尾随追击。追击过程的前半部分异常顺利，金军毫无战心，而且一开始是分为小股的，所以面对绍宋军铁骑大队只能狼狈逃窜，一时间，张中孚部的杀伤缴获占领也极多。

但是，随着张中孚的部队一路追击越过浊漳水，来到清漳水与浊漳水之间的涉县、黎城一带时，金军各路也随着地形汇集起来，而见到绍宋军骑兵紧追不舍，不足五千骑的金军骑兵终于忍无可忍。为了保护自家家眷和财产，在侦察到后方绍宋军骑兵主力大约还剩四千骑在维持追击后，五千金军铁骑也一分为二，一千骑继续护送家眷辎重会合向北，另外四千骑则迅速集合，掉头迎上，与数量相同的绍宋军骑兵在上党盆地的边缘地区展开了一场骑兵大战。

战斗从上午打到下午，绍宋军骑兵渐渐不支，被金军彻底冲垮，张中孚狼狈而走。若非是金军无心恋战，没有追击，此战绍宋军骑兵很可能会在已经化冻的漳水岸边大规模减员。

是日，上元佳节，月明星朗，赵官家披衣对月枯坐。

"官家此时对月伤怀，可知自古发兵之难，既得陇，便该复望蜀，夫复何疑？"

原来，此人居然是之前一直在南面临汾的枢密院副使吕夷昊，此时乘夜而至，而赵官家似乎本就在专等此人。

吕夷昊与赵官家携手转到帐前，看到帐前雅素，却又不禁喟然："是臣任性了……不该执意赶路，让官家这般辛苦等待的……若是在路上歇一晚过来，官家今日至少能召集军中文武，做个心中安稳的上元聚会。"

"那些都是虚浮之事，宰执既然要来，哪里能顾那些？"赵玖当即失笑，"况且，吕相公不来，朕心中终究不能安稳。"

吕夷昊也笑。

君臣旋即在帐前落座，赵玖又专门吩咐，让杨轶忠去取一些"浊酒"以应范文正之词句。片刻之后，诸事完备，等吕夷昊吃了两个热火烧，喝了一杯浊酒暖身，稍微舒展，赵玖这才开口："相公身体果然大好了吗？"

"没有大好。"吕夷昊摇头不止，丝毫不做隐瞒，"臣今年已经六十有六，这般年纪，先是从秋日开始便鞍马劳顿，自江南至河南，复自河南至于河东，数月间早已不堪，然后又是冬日得的风寒……稍有常识之人便都知道，这便是半条命直接去了，此时面上轻松，但内中也虚了，注定不能大好的……将来也只会一日不如一日……可越是如此，越有些赶不及的心思，这才匆匆来见官家。"

赵玖点点头，也没有什么惊疑之态。

"陛下，臣的来意，陛下应该已经尽知，但请容臣当面奏对。"吕夷昊话锋一转，直接进入正题。

"相公请讲。"赵玖依然面色不变，俨然也早有准备。

"臣听说，官家在太原期间，心思沉重，颇有忧惧之态，不知道是真是假，若是真的，那敢问官家，这些日子到底是忧惧什么呢？"吕夷昊接过杨轶忠亲手奉上的第三个驴肉火烧，正色相询，"以至于迟迟不愿发兵再进？"

"朕确系起了忧惧之心，但具体而言，更忧虑的乃是战后如何收拾局面。"赵玖平静作答，"至于战事本身，虽然也有些疑惧畏缩之心，却不会为此耽搁战事进展的。"

吕夷昊微微颔首，并没有吃惊之意，反而认真追问："敢问官家，是忧虑战后河南的春耕，河北的流民、河东的负担吗？"

"是，但也不尽然。"赵玖摇头不止，"这些事情虽然麻烦，但还能比十年前旌和之后的局面更麻烦？人定胜天，再烂的局面，认真收拾就是了，老百姓的能耐比我们想的要强。"

吕夷昊终于有了些异色，却又认真追问："那敢问官家，到底在忧惧什么？"

"朕忧惧的是，此战若胜，之后举国上下没了一个压在头上的大金，人心会不会散乱？"赵玖微笑以对，随意开口，"譬如说，会不会再起党争？会不会有人止于收复旧地，连打燕京都不愿出力？"

"必然是有的。"吕夷昊想了一下，也跟着笑了，"但无妨，这类人皆是空谈之辈，成不了气候。"

"但人心散乱何止如此？"赵玖点点头，继续言道，"朕还有一个忧惧在于，此战若胜，北方光复，同时流民遍地，必然要重新分划北方田土，届时该分与谁？会不会有梅花韩氏这样的家族拿出几百年的确凿证据，要求恢复祖产，而使北方流民依然无立锥之地？"

这个问题的答案也很简单——梅花韩算什么！他家有几个统制部？不过，吕夷昊并没有直接回复这个简单的问题，反而稍微严肃起来，因为他意识到，赵官家的"忧惧"必然不止于此，于是干脆低头去吃那个还热着的火烧。

果然，赵玖见到对方不语，却依然絮絮叨叨连续不断："朕还忧惧的是，战乱之后，北方一时不能恢复生产，届时还要南方输血救助，南方还能不能忍？会不会又有南北分化？会不会有南方士民觉得朕在哄骗他们，对朝廷失了信心？还有，燕京倒也罢了，塞外之地乃是大金起家根本，河北能胜，塞外还能胜吗？若出塞追击，一战而败，大金会不会复起，与绍宋反复拉锯？此外，大理、南越倒也罢了，战后到底该如何维持绍宋与西勒、东西蒙兀、高夷的平衡？若不能直捣黄龙，高夷会不会反过来与桓榛结成同盟敌视我等？而若是一口气将大金荡平，却无力控制关外，蒙兀，尤其是东蒙兀，会不会取岐辙大松林、潢水故地，继岐辙、桓榛之后，第三次自北面崛起，成为绍宋新的心腹大患？"

言至此处，赵玖终于喟然："吕相公，朕当然知道你的性情，也知道你此番是来劝朕出兵的，更知道你此番过来是得知了河北通告，晓得大金曾尝试挖开河堤……但你都知道的事情，朕如何不晓得呢？实际上，朕今日下午从曲锻那边听闻此事后便已经决意出兵，大同府那里也有了急件，要吴介当机立断，尽量带可信兵马迅速南下会合了。但是，朕决意出兵，不代表朕不能忧惧，不该忧惧，吕相公，你说这些事情，到底该怎么处置？"

吃完了第三个火烧的吕夷昊沉默许久方才拱手："官家的思虑比臣想得要深，这一次是臣孟浪了，但恕臣直言，种种战后内外之事，说起来个个值得忧惧，但只要官家抓住一点，却又个个不值得忧惧。"

"请相公指教。"赵玖依然平静。

"官家只要还握有三十万御营之众，便足以对外睥睨天下，对内压服种种。"言至此处，吕夷昊举起一杯浊酒遥对官家，然后一饮而尽，"届时官家挟灭金之威，掌天下精锐，些许疑难，又如何呢？"

"若是这般说，朕最后还有一个忧惧。"赵玖忽然再度失笑，"吕相公，你说此战若胜，大金势弱，国家为什么要穷尽岁入，继续维持三十万御营之众呢？朕便是要挟灭金之威掌天下精锐，三十万众也太多了，裁军撤将势在必行吧？届时会不会引发骚乱？弄得军中离心离德？"

吕夷昊也再度笑了起来："这就是臣真正想说的话了。官家，臣冒昧一问，战后的局面再难，难道有十年前旌和后的局面难吗？"

"当然没有。"赵玖含笑相对。

"彼时连御营大军都不成体系，甚至韩师仲的部属都差点杀了赵相公，弄得官家几乎要狼狈而走……那敢问官家，战后的人心相疑，难道会比那时严重吗？"

"当然也不至于。"

"那当日官家是靠着什么撑过来的？"吕夷昊忽然正色。

"无外乎是觉得这天下终究还有一些可信之辈、可敬之人罢了。"赵玖对答如流。

"不错，总有一些人如宗忠武那般逆流而上，名垂千古。"吕夷昊若有所思，"而且，臣也明白官家的意思，正所谓可共患难，不可同富贵，今日可信之人，明日时势流转，会不会不可信了呢？"

"会有吗？"赵玖追问不及。

"会有，但终究是少数。"言至此处，吕夷昊抬起头来，望着天上明月幽幽感叹，"官家，臣想多问一句，如宗忠武、韩郡王、李节度那般人物，当然是天下难寻的，可官家身侧其余人等，臣就不说那些大而化之的言语了，只说如今日太原内外数十万众，这数十万众，聚拢在官家龙纛之下，不惜身家性命，也要伐金，是因为什么？难道他们个个都是那种古之英杰，个个都是烟广郡王与宗忠武一般的人物吗？"

"自然不是。"

"那他们可信吗？"

"当然可信。"

"他们可敬吗？"

"当然可敬。"

"官家手握天下权柄，可敬可信，待人以诚，才得了如今这个局面，若官家战后依旧如是，天下人又如何会变？请官家放心便是。"

正月十六，赵官家下旨，以董先、张玘二将为先锋，兵发井陉。同时，明旨调度曲锻、吴介、耶律於顿、东西蒙兀二王、王胜、王德、郦琼，各自合兵，或重归于太原，或稍出太行诸道以作窥探，或自南北逼近井陉。

旨意既下，太原南北周边大军数十万，轰轰然再动。一时间，上下皆知，正如当日进取太原一般，赵官家倾大军压河北之决意，已经不可更改。

第九十二章　获鹿

　　建炎十年正月十六，正是初春时节，这一日，绍宋军派出成建制大部队向井陉方向发起了试探性攻击。同时，太原周边集结的大军中也开始有部队以稍缓的速度陆续拔营向东。

　　"所以说，合不勒汗本身并没有抵触我们的心理，而是他根本无法对东蒙兀诸部做到令行禁止？"这日下午，空荡荡的中军大帐中，赵玖若有所思，似乎对这个结果并不意外。

　　"是。"

　　得知出兵消息后被吴介要求急速驰回的任鲍忠不顾车马劳顿，当即在座中捧着温盐茶、抹着汗解释："按照我们此行探听的消息，东蒙兀内，如今地位最高、部众最广的当然是合不勒和他的堂弟所领的孛儿只斤—泰赤乌一系部落，但如蔑儿乞部一系也很强盛，两大派系在东蒙兀一直隐隐对立，只不过是因为大金崛起才不得已捏合在一起。"

　　"所以这次是蔑儿乞部私通金人，而合不勒根本无法控制？"

　　"不是。"任鲍忠也有些无奈，"据吴都统与臣一起查问猜度，私通金人的应该是达达迤部，但也不确定，合不勒部本身就说不好有私通金人的部众，或许真是金军撤退太快，东蒙兀进兵不及，只能说达达迤人是通金可能性最大的一家。"

　　赵玖怔了一下，明显是消化了一下信息，然后才反问："达达迤部难道不是金人为了对抗东蒙兀，人为捏合的边境部落吗？"

　　"是。"任鲍忠越发无奈起来，"但是金人之前为了示好合不勒汗，有将达达迤部及其领地部众尽数转送给东蒙兀的动作。"

"合不勒就要了？"赵玖彻底无奈。

"好让官家知道，合不勒没那么蠢。"任鲍忠真心觉得口干舌燥，"但是合不勒借着金兴丽亡之反复，到之前绍宋、大金的边界进行走私贸易，其部在草原大举扩张，扩张之后按照传统与其堂弟俺巴孩分了帐，俺巴孩居南，其部渐渐强盛，改称泰赤乌部，势力渐渐不弱于合不勒本身的孛儿只斤系。两家是一体不差，俺巴孩是合不勒最大的助力也不差，但毕竟变成了两家……"

"朕猜猜。"赵玖忽然在上首冷笑一声，"达达迩人是大金扶持的小部落捏合而成，自然在草原东南边境，素来也是俺巴孩和他的泰赤乌部负责对付。而如果转入东蒙兀，他们必然要成为俺巴孩和泰赤乌部的直接附属。俺巴孩其实也没有要跟绍宋翻脸的意思，而且也知道达达迩人注定要跟大金千丝万缕断不开，但是反正天塌下来有合不勒顶着，他乐得少流血，顺便扩充自家势力，所以就直接纳下了达达迩人，而合不勒也没法子为这个跟他堂弟翻脸，是也不是？"

"是。"任鲍忠赶紧在座中低头，"官家圣明，明见万里。"

"狗屁明见万里。"赵玖收起笑意，整个人都不好了，"朕最怕的就是这种没有坏心眼，可说翻脸就翻脸的原始部落，能辩不能为，什么乱子都能惹出来。"

任鲍忠一时不敢答，而此时帐中只有刘彦往下区区几名侍卫，所以帐中一时沉寂。

"无论如何，东蒙兀人里面都有达达迩部做大金内应，是也不是？"赵玖等了片刻，示意任鲍忠将一杯盐茶喝完后，这才重新追问。

"嗯……是。"任鲍忠明显犹豫了一下，却在抹了下嘴后给出了肯定回答。

"吴晋卿怎么决断的？"赵官家继续追问。

"吴都统说，官家既然决意出兵，他便按照之前吩咐，从速从严处置。臣来之前，吴都统已经发出信函，要求合不勒汗三日内将军中达达迩部尽数处置了。"任鲍忠丝毫不敢停。

"处置了之后呢？"赵玖微微蹙眉，"便带东蒙兀剩下援兵南下？"

"不是。"任鲍忠终于咽了一口口水，"是不管东蒙兀如何处置，或者不处置，他都会留一部守大同，监视东蒙兀；再留一部守雁门关，为锁钥；然后带着岐鞑人、西蒙兀诸部，还有王郭两位副都统的兵一起回太原来，绝不耽误大战。这便是吴都统让臣先回来说给官家的意思。"

赵玖终于点了点头，似乎很满意这个处置方法，很快却又一声不吭在座中陷入第二次沉默，似乎是在思索什么。

另一边，任鲍忠喝完了盐茶，汇报完了要害，却依旧有些气喘吁吁的感觉，似乎有些紧张。这也是难免的，须知道，这次大同那边的事情，又一次让任鲍忠有了兔死狐悲物伤其类的心态，因为他又一次感受到了数年前西勒灭亡时的那种惶恐。这种惶恐，不是由什么背叛、什么处置引发的，而是说在上位者一层一层的不在乎中，许多人的命运就被决定了。

平心而论，这一次东蒙兀军中的那些达达迤人，或许是内通了大金的，但或许并没有，真的很可能就是大金撤得太快没来得及进军。但吴大不在乎。那些随军的达达迤部众，足足两三千人，很可能会因为吴大的一句话就遭遇全员覆厄的命运，很多边境上的所谓达达迤部族，也会因为这件事情陷入灭顶之灾。

而再往上一层，则是无论合不勒和他的堂弟如何处置达达迤部，那些达达迤人无论是生是死，也都无法改变东蒙兀诸部将被隔离在这场大战之外的现实，他们再怎么挣扎和补救，都无法改变合不勒与东蒙兀失去了绍宋军事信任这一事实。同样的道理，再往上一层，来到眼前这位不忘给自己赐座赐盐茶的和善官家这里，怕是整个东蒙兀部众的命运，都要因为一些潜在的可能性，因为一次误会，因为这位官家的一丝念头，在战后被彻底改变。

这种事情，任鲍忠见过一次的，上一次，这位官家因为要取得对河东发动攻击时的形胜之地，就轻易选择灭亡了西勒，而在以开垦过度破坏水土为理由灭亡西勒后，南兴那里为了储备此次出兵的军粮，灌溉面积反而更大了。

"仁卿……仁卿。"

"臣在。"任鲍忠回过神来，惊出一身冷汗，却是赶紧起身应声。

"且坐。"

"诺。"

"西蒙兀怎么说？"

"西蒙兀还好，忽儿札胡思汗只是个浑人，而西蒙兀诸部正如臣之前所言，因为处于西勒与绍宋之间，内中也多受西勒八部影响，根基上还是稳妥的，只是此番官家让脱里回去后，脱里上蹿下跳，多有狐假虎威之态，拉拢了好多其父直属部众，似乎稍有不妥。"

"便是如此，浑人也留不得。"赵玖忽然出言，显得莫名其妙。

"官家说得是。"任鲍忠也丝毫不停，赶紧附和。

"岐辙呢？"

"岐辙更是妥当，虽然彼辈曾放任忽儿札胡思汗劫掠大同，有试探之心，但耶律於顿本就是一个惊弓之鸟，情知将来阴山与他的长久还是取决于绍宋，有此作为反而合情合理。"任鲍忠言道。

听到这里，赵玖若有所思，旋即开口："仁卿在朕身边多年，又熟悉边地事务，此战若能成，朕欲以大同府为核心，统揽周边州郡。朕属意你来做首任大同路经略使。"

"臣必当竭尽全力，报答官家信重！"

就这样，在确定了大同方向的布置后，赵玖最后一丝顾忌也消失不见，接下来数日，以统制部为单位，一部又一部的主力御营部队开始大规模向东挺进。

正月十六，董先、张玘二部最先进发。当日下午，就有牛高、翟进、翟冲、邵云四个统制官累计万余人，兵分两路，一南一北，夹杀熊岭进发向东，以为后援。

正月十七上午，董先、张玘二将便抵达太原府最东面的寿阳县东部，来到了著名的绵蔓水，并与小股金军交战。同时，御营左军都统、烟广郡王韩师仲亲自带领以御营左军为主、解元为首的七名统制官，近两万五千御营战兵，外加一万余民夫、辅兵走杀熊岭北侧道路进发。这日下午时分，也就是任鲍忠匆匆折返回太原的同时，以牛高为首的四名统制官也分南北，分别抵达太原府最东面的盂县与寿阳县。

正月十八，任鲍忠一早便受命北返。上午时分，赵官家则亲自引龙纛，在杨轶忠、刘彦两位班直的护卫下离开太原城。随行诸人，包括御营总都统王彦、御营骑军副都统李世辅，以及自后方抵达会合没多久的御营后军副都统吴璘。三人之下，又有十五名统制官，所率诸部，乃是此次北伐中几乎没有任何减员、堪称生力军的三万御营后军与一万五千御营骑军中的郾奚轻骑。

正月十九，风平浪静，诸军进发不停。

正月二十，心急火燎的王德先行自大同归来，引军两万进入太原盆地，得知此消息后，随军相公吕夷昊也旋即启程，他只带领数千部队与两万民夫，携带大量辎重，外加随军的大部文官向东进发。这日下午，正式进入井陉范围的董、张二将忽然在百井寨遭遇金军主力，猝不及防的绍宋军一时难克，不得不后撤十里扎营。

正月廿一，经过三日从容行军，赵官家所率主力抵达寿阳县境内，而吴介率一万岐辙阴山援军，一万五千西蒙兀援军，外加剩下的一万御营后军，越过忻州，进抵太原盆地。随即，李彦仙率剩余的陕洛部队，约一万众，外加王德的两万众，合计三万战兵启程，一日内便向前追上了吕夷昊。同一日，牛高、邵云、翟进、翟冲与董先、张玘二将在井陉内会合，六名统制官轮番上阵，通宵达旦，一举攻克百井寨，夺取井陉前段要害，并于后半夜遣使向身后的赵官家报捷。

正月廿二，距离董、张二将出发已经足足七日，吴介终于自太原整军向东，他在留下一万守军分布太原、西河后，率领以岐辙、蒙兀、郓奚、奚等轻骑援军为主的部队，向东启程。到此为止，绍宋军自太原出动向东的战兵，便高达十四万之众！

且说，开战时绍宋军三十万御营军一分为二，河北方向为御营前军、右军、水军、海军，九万余战兵，河东方面汇集的御营主力不言自明，乃是足足二十一万战兵。算上此次阴山、西蒙兀援军两万五千众，共二十三四万战兵。但是，经过数月战事，必然会有消耗与减员，除此之外，绍宋军在占领了整个河东地区后，也总免不了要在要害处留下守军，以防万一，并参与维护后勤，譬如太原、大同、雁门关、西河、隆德府，更是留下了成建制的守军。即便如此，即便是抛开这些所有的枝叶问题，所有人也都能算出一个可能的、令人感到惊悚的最终参战人员数字来。

"最少十五六万，最多二十万，最终实际上可能会有十七八万。"

隔着一座太行山，距离绍宋军前锋直线距离不到一百里的地方，大陆泽以北，赵州高邑县，城中县衙大堂上，在汇集了各方面情报后，双目满是血丝、坐在下首的高庆裔给出了一个比赵官家那边更确切的数字，因为他们非常清楚知道自己身后远远缀着的曲锻、刘锜、张中孚、张中彦、张宪等将汇集的骑兵集团有多少人，"主要看蒲阴陉那边的王胜和更北的合不勒会不会汇集过来。至于曲锻和张宪那些人，不可能抢在绍宋军主力出井陉前就解决了。"

"算上已经在真定的完颜讹鲁观他们，咱们这边是十三个万户，但各种战损根本来不及补充，实际上尚余战兵步骑十万出头。"大堂内空空荡荡，只有一张铺设了地图的桌子，疲惫不堪的完颜乌竹此刻正在桌子的一侧闭目出言，将那些早已经烂熟于心的数字重复了一遍，"完颜火钹和乌林答泰欲已经到保州了，大兄也按照俺的书信，将燕京的四个合扎猛安一并交给了完颜剖叔，马上就到保州，这三人一定能赶得及！可是南边怎么办？不设防的吗？万一让岳斐追来，参与进来又如何？"

"所以要尽快发动，"高庆裔再度说道，"抢在岳斐顺流而下抵达河间前，绍宋官家出井陉抵达真定前发动，最好是北面王胜来不及会合，这样便是十二三万打十七八万。"

"元帅以为如何？"口干舌燥的完颜乌竹闭着眼睛喊了堂中另外一人。实际上，堂中摆着地图的桌子周边，此时只有三人，他们也是仓促抵达此处，仓促召集小规模军议。

此言既出，却许久得不到答复。完颜乌竹诧异地睁开眼睛去看，却发现枯坐在斜对面，此刻正和高庆裔一样睁着满是血丝的眼睛看着地图一动不动的完颜巴力速方才抬头瞥了自己一眼："就这个数，一路上算了那么多次，魏王何必再算？"

完颜乌竹不置可否，只是反问："那元帅刚刚在想什么？"

"在想绍宋官家的进军。"完颜巴力速抚摸着身前的简易地图，摇头以对，"魏王，你说之前赵官家进取太原，算不算其疾如风？这次自太原进发井陉，又算不算是其徐如林？接下来，是不是便要侵略如火了？"

完颜乌竹怔了一怔，一时无法反驳，但很快，他就回过神来，再度去看高庆裔："高通事，俺再问你，抛开兵力问题，眼下稍作喘息，军中可有什么要紧的事情要处置吗？"

"一则，井陉要不要守？"高庆裔脱口而对，"二则，选何处为战场？这二者又是相互关联的。"

完颜乌竹思索片刻，反问一句："只有这些吗？"

"还有很多。"高庆裔近乎冷笑道，"燕京是否安定？会不会有一支骑兵出军都陉直逼燕京？燕京新军中那些新兵到底是否可用？该以谁为帅？真定府具体还有多少军需？陈王在真定给我们准备了多少签军以作辅助？咱们大军辛苦至此，到底有多少掉队减员？什么时候才能收拢得当？"

"但也全都不是当务之急，也不是全局大略。"完颜乌竹幽幽一叹，然后强打精神同样去看那份简易地图，"眼下急需决断的，便是耶律马五要不要撤出井陉来与我们合流，然后再选在何处决战。"

"撤吧！"

完颜巴力速突兀出言："井陉内中宽阔，当年韩信在陉道中打了十万人的大战都不嫌狭窄，马五和他的部属肯定是挡不住绍宋军大队的，还是撤下来保存实力为上。而且，一路上你们就不停地说，一定要尽快决战，抢在岳斐追上来之前决战。指望着层层抵抗拖延下去，反而对我们不利。"

"能否在井陉内中决战？"完颜乌竹忽然插嘴，俨然是直接默认了让耶律马五撤退的意见。

"到底是通道地形，不适合骑兵大队。"完颜巴力速摇头以对。

完颜乌竹复又去看高庆裔，高庆裔也是摇头。

"如此说来。"这位四太子先是点点头，看着地图念念有词，"今日便是要在井陉以东、真定以西，找一块好地形来战了？守滹沱河，还是绵蔓水？"

"魏王糊涂了吗？"完颜巴力速忽然不耐，"都说了，不能拖下去，眼下越快与绍宋军决战，才越能有一战之力，一旦拖延，拖到岳斐北上河间，两面包夹，局势只会更糟！而若是要速速与绍宋军决战，守这些河川是图什么？把他们放过河川才是正题！"

完颜乌竹陡然一惊，再度去看地图，将目光移到绵蔓水以东地区。

此时，高庆裔缓缓出言："话虽如此，也不能放绍宋军过滹沱河，因为真定城就在滹沱河后，万一绍宋军再行那般破城之法，全军震恐，不敢接战，坐视绍宋军夺取真定怎么办？"

"也不能挨着滹沱河立营。"完颜巴力速再度补充，"否则就成了背水之势，一旦战败，我们虽是骑兵，不好四散而走，有被全歼包抄的危险。"

完颜乌竹闻得此言，终于摸着地图苦笑起来："如此说来，便几乎只能在绵蔓水以东、滹沱河西南之间的平地里找出一地，然后引绍宋军过绵蔓水来取我。可这片地方本来也就只有一个县，估计几十万大军几乎要将此处塞满了。"

"获鹿！"下一刻，完颜巴力速与高庆裔同时惊呼。

无独有偶，绍宋军大营内，赵玖也看着地图，对此地做出评价："获鹿，好名字。"

韩师仲刚要附和，赵玖忽然抬头再问："看地图在咱们东北面，有多远？"

"一百二十里。"韩师仲微微一怔，旋即肃然，"就是一个井陉通道，外加一道绵蔓水。"

获鹿。

这是一个真定府下辖县，虽然历来很富庶，面积广大，可依然只是一个平平无奇的河北西路所属县。而现在，当绍宋、大金高层按照自己的进军速度，敏锐意识到双方很可能会仓促迎上，仓促爆发大规模野战时，却都不约而同地注意到了这个地区。

正月廿四，得到了后方许可的耶律马五终于放弃了在井陉的努力，主动后撤。实际上，即便是他不撤退，也要顶不住了，绍宋军太多了，而井陉通道也不是什么一夫当关万夫莫开的天险，绍宋军足以铺陈足够兵力以维持轮番攻击。

随着耶律马五的后撤，绍宋军前锋打开局面，御营中军大将邵云一马当先，率部尾随耶律马五，率先走出井陉通道，来到井陉县境内。紧随其后的，乃是牛高、董先、张玘、翟冲、翟进诸部。

第二日，正月廿五，则是解元、呼延通、董旻、陈桷等御营左军诸部越过井陉通道。这日傍晚，李世辅所领的郓奚轻骑迫不及待越过次序，抢在绍宋军核心大部队之前涌出井陉，以作必要的侦察、协防。也是同一日，先锋五部便横扫了甘泉、小作口、王家谷、旧县诸寨，控制了绵蔓水以西、滹沱河以南的井陉出口区域。

而在占据了必要的安全区域后，到正月廿六，绍宋军部队便在数不清的旗帜带领下连续不断，越过井陉，抵达河北。

且说，金军只是丧失了绵蔓水西侧的主要据点，还有零散的哨骑冒着生命危险留在这里以作必要的侦察，他们藏身在太行山余脉中，借着山谷丘陵颇多的地形远远窥探。一开始，还试图计算出绍宋军的数量以辨认出各部的主将，但很快，他们就放弃了这一徒劳举动。

当日晚间，绍宋高层匆匆在御前召开了一场军议，商议下一步进军事宜。主持军议的正是吴介，而参与者并不多，赵官家以下，除了马括在后方督运粮草，没有在此，其余是吕夷昊带着几位学士，韩师仲带着几位帅臣，外加杨轶忠、刘彦，如此而已。

"还是获鹿！"

军议一开始，灯火之下，吴介毫不犹豫地给出了与韩师仲之前在井陉西侧时完全相同的答案："也只能是获鹿！"

"为何？"问话的是明显有些精神萎靡却在强打精神的吕夷昊。

"好让相公知道，现在是，我们位于绵蔓水以西、滹沱河以南的井陉出口。"

吴介继续指着地图，言语明晰，逻辑清楚，"金军主力猬集在滹沱河南侧的获鹿，隔着一条绵蔓水与我们遥遥对峙，两军主力皆庞大无匹，蓄力相对，当此之时，断不可轻易分兵。"

"不错。"吕夷昊稍一思索，捻须认可。

"接下来，我军为攻，主力要么渡滹沱河去真定，要么渡过绵蔓水去获鹿。可去哪里不是我们说了算，按照斥候所报，金军主力明显已经在获鹿城东南的石邑镇周边旷野中猬集立寨，若我们渡滹沱河，不需要全渡，只要能渡个四五万，他们就会立即渡过绵蔓水，趁机与我们决战，或者说再等一等，等我们大部渡河后尝试堵塞我们后路！"

"能沿绵蔓水的地利阻拦金军吗？"范宗尹没有忍住插嘴。

"不能。"吴介的回复堪称斩钉截铁，"滹沱河是大河，绵蔓水却只是支流，是小河，部队往来滹沱河，难度远大于部队往来绵蔓水。更何况，从我们这边来看，王师所控滹沱河段过短，远不如绵蔓水几十里绵延，方便往来。"

言至此处，吴介稍微一顿，看向一直没吭声的赵官家，因为他知道若是吕夷昊没有反对意见，如此仓促之态，基本便是官家一句话的事情。吴介继续言道："双方如此大军，无论是什么河水，都不可能有效阻拦，能阻拦十几万大军的，只有十几万大军！而且，王师此次东出河北，本就是冲着金军主力来的，断没有本末倒置之理！"

此言既出，吕夷昊以下，韩师仲、李彦仙、王彦、王德、郦琼、吴璘、李世辅等人纷纷回头，去看坐在一侧烛火下的赵官家。

"说得好。"早就听韩师仲、李彦仙、王彦等人分析过数次的赵玖毫不犹豫点头应许，"只能去获鹿迎战！何况，若不渡过绵蔓水，也无法与曲锻部会合。可晋卿，若是在获鹿接战，你可有什么条陈布置？"

吴介听到这个问题，稍作沉默认真相对："好让官家知道，如此大战，规模几乎是三倍于尧山之战，真正的针对性布置，怕是要等到渡过绵蔓水，临到阵前，看地形、看军情、看天气，临时布置。"

堂中骚动。

但赵玖表情丝毫未变，只是颔首："无妨！咱们如此，桓榛人也如此，仓促也好，没有经验也好，都是一样的。按照军报，桓榛人抵达获鹿也不过比我们抵达井陉县早一日半而已，你只说眼下要做什么便可。"

吴介说道："渡绵蔓水，取井陉县城，然后遣大军在井陉县东部、获鹿县西部的丘陵之地设立大寨，布置防御，会合曲都统骑兵，再向前推进，沿途观察敌情，与金军试探交手，决定战略。"

"好，就这么办。"

赵玖言简意赅，了结了这一日的御前军议。接下来，赵官家亲自下旨，大军立即做出调整，沿着绵蔓水铺陈，决意渡过此河，夺取井陉县城与平山县城，以为立足立寨之地。

翌日上午，赵官家率御前诸将与大部队亲自向东，抵达绵蔓水，亲自督战，兼做渡河准备。按照昨夜吴介制定，赵官家传下的军令，今日一早，足足有十三个统制部，在各自将领的率领下一起渡河。而后，绍宋军主力便将大举向东推进，逼入获鹿。

正月二十七，中午时分，春水潺潺的绵蔓水前，赵官家的龙纛在春风之中微微摇晃，对岸目视可及的井陉县城已经在这次北伐中表现得越来越突出的董先部的奋勇攻击下摇摇欲坠。但也就是此时，宛如春雷的隆隆之声由远及近，越来越清晰。

金军定要趁绍宋军渡河立足未稳，稍打几仗提升士气的，这本在意料之中。所以，初时并无人在意，只是从御前传下军令，着原本就要次序渡河的御营左军诸部做好准备，随时渡河与董先做呼应。然而，雷声越来越大，对岸董先部从东向西，部队率先进入慌乱失控状态，最后居然主动放弃了唾手可得的城池，背河挨着浮桥猬集。绍宋军上下终于察觉到一丝不对劲。很快，他们亲眼看到，数不清的金军披甲铁骑，一人双马，潮水一般翻过对面的丘陵、小坡，进军的横向战线绵延不断，达七八里之宽，接连不断，拉长纵深。

春日阳光之下，金军甲胄、兵刃闪闪发光，旗帜密集，放眼望去，不乏名师大将，使得河水西岸的绍宋军纷纷色变，甚至有动摇之态。龙纛下，赵玖和吕夷昊还有诸帅臣皆一声不吭，一直到金军在对面山坡列阵完毕。

"这是多少骑兵？"

紧紧攥着马缰以掩饰紧张的赵玖面色不变，终于开口去问身侧将领："五万还是六万？"

"三万！"韩师仲脱口而出。

"只是三万吗？"赵玖略显诧异。

“好让官家知道，骑兵铺陈得广而已，就是三万。”李彦仙在旁冷静解释，“不过，如此三万铁骑集中使用，足够一锤定音，决二十万大战之胜负。”

“金军骑兵应该不止三万吧？”赵玖稍微一想，依然不解，“按照军报，燕京的两个万户和四个合扎猛安已经来援，他们应该有六七百个谋克，便是不算燕京援军，只说跟着完颜乌竹与完颜巴力速从南边撤下来的这般铁骑，再加上大同两个万户，以及耶律马五的部属，应该最少有五六万之众。”

“官家。”吴介忽然勒马掉头，挤到赵官家与吕相公之间的位置，“完颜乌竹和完颜巴力速应该就是想让我们这般思虑……”

赵玖微微一怔。

“金军虽有六百个谋克，但经历三个多月战事，又如何能仓促之间汇集六万骑兵？”吴介冷静以对。

“那眼下之势又该如何应对？”

吴介严肃以对：“请官家下旨，提前渡河！

“不错。”吴介沉声催促，“请官家不要犹豫，此时金军必然是闻得我们渡河，仓促汇集示威，既没有步兵相随列阵配合，也没有足够军械后勤布置，而且还要担心曲都统及其部在侧后的威胁，根本无法也无心与我们堂皇相争，遑论做决战准备了！而我军浮桥已立，早已经做好全军渡河的准备，只要发精锐先渡，掩护全军渡河，数倍兵力之下，金军必然惶恐失措，只能撤退！”

赵玖怔怔看着吴大，忽然扭头下令：“虞允文！”

“臣在！”身高极为突出的虞允文心中一突，即刻打马向前。

“怕死吗？”赵玖冷冷喝问。

“不怕！”虞允文干脆以对。

“渡河过去，替朕劝降完颜乌竹！”

“诺。”

“良臣！”赵玖复又喊起一人。

“臣在。”韩师仲拱手以对。

“你部两万余众本来就要渡河的，现在你打起自家大纛，亲自都督本部自下游抢渡，会合董先部！若金军胆敢不撤，你就与朕迎头痛击！”

“臣领旨，请官家观臣破敌！”韩师仲依然睥睨，打马率大纛而走。

“王德。”赵玖继续打量诸将，却是盯上了跃跃欲试的一人。

"臣在。"王德一时惊喜。

"你自上游去渡。"

"诺。"

"其余全军。"赵玖回头相顾,"做好准备,待烟广郡王与王副都统渡河立足,李副都统便以骑兵援护后发,其余中军,按照之前渡河预案,次序进发!"

众将哄然一片,王德匆匆而走。

"元帅,如之奈何?"完颜乌竹强压心中慌乱,越过众将,扭头相对完颜巴力速。

完颜巴力速张了张嘴,尚未给出言语,便又有哨骑疾驰而至,声称有绍宋军使节直学士虞允文单骑越浮桥到来,奉绍宋官家旨意来见魏王。

"说不得是曲锻已至,且与河对岸绍宋官家有了联系!"闻得此言,完颜巴力速脱口而对,状若醒悟,"所以绍宋军才手段频出,不惜一切代价缠住我们,好方便曲锻偷袭我石邑大寨!"

完颜乌竹愣了一下,继续等完颜巴力速说出后文。但完颜巴力速一声不吭,只是盯着完颜乌竹来看,后者忽然醒悟,当即拊掌:"是了!必然如此!元帅,我军既已示威,敌军沮丧,便没必要多留,依俺心意,还是折返大营,小心为上!"

完颜巴力速思索片刻,这才缓缓颔首:"既是魏王军令,自当遵从。"

众将以下,如释重负,便纷纷折返阵中,收拢部队,准备后撤。

很快,骑兵的战术机动优势便发挥出来,金军各部纷纷后撤,虞允文更是一句话都没来得及说,便被捆缚,作为俘虏带回石邑。一场示威对峙,堪称虎头蛇尾。甚至赵玖、吴介、韩师仲这些人都没想到金军撤得这么干脆。

然而,听着绍宋军欢呼震野,眼见着金军大举撤离,龙纛之下,吴介与李彦仙两个之前金军抵达时没有太多激烈反应的帅臣,此时却都色变。但是,此时全军振奋,赵官家也没有注意到这一点。

下午时分,井陉开城投降,绍宋军御营左军、中军精锐皆已在河东抢占高地,突前列阵,御营骑军中的郫奚轻骑成功渡河,撒在了井陉县东侧、获鹿县西侧的那片山脉与平原交会的丘陵之地上。一时间,绵蔓水东侧安全无虞。赵官家也携龙纛进发,准备进入井陉城中安顿。

而待赵官家打马越过浮桥,周围大部军官、近臣暂时被分开,御营中军都统李彦仙忽然打马上前,趁机来到赵官家身前低声相告:"官家,莫要因为今日之事小觑了金军。"

赵玖面色丝毫不变："这是自然。"

"陛下没懂臣的意思。"李彦仙越发严肃，"金军耀武扬威是虚的，不足为虑，但金军撤退时，没有一支部队散乱，也没有一支部队脱离大部去攻击刚刚渡河的左右两军，这才是金军战力的体现。大战之中，执行军令第一。由此可见，金军铁骑余威尚在，足以在战事中一举定下胜负，切不可轻视。"

赵玖想起之前所见情形，终于色变，但只是微微一变，便恢复如常，继而重重颔首。李彦仙见到赵官家醒悟，便也不再多言，只是告退，然后打马慰问之前作战辛苦的自家部属董先部去了。

李彦仙刚走，刚刚渡河的吴介打马过来："官家。"

"可是要说金军铁骑军纪严明一事？"赵玖平静反问。

"是。"吴介稍微一愣，立即面色如常，"但不止此事。"

"官家。"吴大严肃以对，"臣知道此战之胜负在哪里了。"

赵玖再度色变，却又再度恢复如常："说来。"

"金军铁骑战力斐然，必然要集中使用，恐怕正如烟广郡王之前所言，完颜巴力速将会合数万精锐骑兵作撒手锏，战至酣时，将数万铁骑一并撒出，进行致命一击。"吴大认真以对，"故此，我军若要得胜，唯一也是必然之举，便是留出一支足以压制数万铁骑的精锐为后备，待敌骑兵大队出，也随之出，便可决胜！"

赵玖纹丝不动。

"关键在两点。"吴介平静做了总结，"要抽调组建一支数量庞大的精锐，临战一定要让金军先出骑兵，咱们再发此军。"

"抽调精锐？"赵玖终于开口。

"是。"

"长斧重步和劲弩，以克金军铁骑？恰如你当日抽调各部神臂弓以成驻队矢？"

"是。"

"抽调不难。"赵玖终于说到关键，"但集中使用，以何人为将？这可都是诸将官的命根子。而且还要做最后一击，此人既要有威望，又要知兵敢战。"

"这就是臣要说的。"吴介瞥了眼赵官家身后，压低声音说，"按照官阶制度、军事经验，应该是王彦王总都统来领这支军才对。"

"但王彦为人小气，军中各部皆不服他，是也不是？而若是不让他领，则名不正言不顺，还是会引来不服，连着他也不服，是也不是？"赵玖平静反问。

"是。"

"你有什么法子？"

"官家。"吴介喟然以对，"自建炎以来，御营便是大将军制，各部大将皆有自家依附亲卫，这是无奈何的事情，所幸官家威望卓著，若有御令，无人敢不服。"

"朕亲自领军？"赵玖无奈至极，"怕是要一败涂地。"

"焉能如此？"吴介无奈揭开了谜底，"请官家派一员心腹，天下皆知的御前近臣，为王总都统副将，实际上是与王总都统一起督此军作战，众将必然服从。"

"就如当日尧山刘彦那般？"赵玖稍微一愣，旋即颔首，却还是有些不解，"但这等大规模精锐，刘彦怕是也有些不足，而刘彦若不行，哪还有人？"

吴介抬起头看着赵官家，一声不吭。赵玖先是不解，但数息之后，恍然大悟，回头正见到杨轶忠面无表情立马于自己身后，这才又回头来看吴介，以作求证。吴介无奈，便要点头。但就在此时，距离龙纛不远浮桥方向却又忽然骚动起来。

赵玖、吴介等人皆有不解之态，便一起心照不宣停下之前议题，一起去看。片刻后，一名赤心骑果然狼狈来告："官家，吕相公骑马过桥，一时趔趄，落入水中，所幸没有伤到筋骨。吕相公让末将来告知官家，不要回头管他，也不要宣扬此事，以免耽误大军前行，还请御驾速速进城！"

赵玖色变，但这位绍宋官家打马在龙纛下旋转了两圈后，终于还是转身勒马向前，带着一声不吭的吴介与杨轶忠往井陉县城而去。

第九十三章　天意

“郸奚儿、蒙兀儿都在哪里？为何还不来？！”

建炎十年正月廿九，获鹿县城南数里外的一条小河畔，一个小坡底，一名身披札甲的雄壮绍宋将气急败坏，正单手挥刀喝骂。其人身侧，尚有约两千绍宋军御营士卒在河畔环列布阵，背河临一石桥拼死固守。外围则是同样两千金军披甲骑步，环绕坡地，却以一种不急不缓的从容姿态，三面围攻不停，唯独留下临河一片地方没有深入，俨然是有意诱导绍宋军，逼迫绍宋军主动弃甲渡河，或者从那座石桥上逃窜，然后趁机扩大战果。

而这个临河小坡对面，则是一块面积广大、在平地上极为明显的高地。满是青绿色的高地之上，一面万户大旗迎风招展，大旗之侧，尚有数千桓榛铁骑岿然不动，蓄势待发，这才是呼延通部的危机所在。

“确定是呼延通吗？”高地上的金军主将不是别人，正是万户完颜突合速，此人骑在马上遥遥观望，语气难得轻松，“韩王的那个下属？”

“正是呼延通。”旁边一名在大名府提拔上来的汉儿猛安明显是读过书的，此时也在马上手搭凉棚随意相对，“此人素来以豪勇著称，自恃兵精，骄纵一时，所以中了如此简单的诱敌之计，竟然孤军突到太平河这边来，既失了轻骑援护，又近我石邑大营，活该有此厄！”

完颜突合速环顾四周，点了点头。

“统制！”一骑自那条只能并排五六骑的石桥上过河来，远远便奋力大呼，以寻找呼延通，待见到对方后更是滚鞍下马，匆匆相对，“没寻到蒙兀骑，也没寻到郸奚骑，只在西面山口寻到了两千岐鞑骑，为首的耶律奴哥允诺来救，片刻便到，却只愿意隔河接应我们撤退。"

"岐辖人也不足信！"拉下面罩的呼延通额头青筋泛起，"金军压阵，他只愿意隔河接应，哪里能妥当，不知道要死多少儿郎！再去找其他援军！"

哨骑一声不吭，翻身上马，再度去寻援兵。然而，哨骑一走，在几名稍显狼狈的军官面面相觑之中，便是呼延通也感到无力。

"万户，恭喜万户，贺喜万户，呼延通势穷了。"

日头偏西，高坡上，远远看到对岸数千岐辖骑兵飞驰而至，却只在河对岸徘徊，汉儿猛安忽然大笑："而万户若是能在此处吃掉呼延通全部，岂不是能平当日王伯龙万户之厄？"

完颜突合速茫茫然相顾，一时无语。

此时，呼延通寻到太平河西北侧的牛高部，面对金军的绝对优势，牛高严肃拒绝了率本部大举渡河救援的要求，并反过来向呼延通建议，双方通过石桥输送军械物资与伤员，同时他也会派遣自己所部甲士不停小股支援轮换，确保呼延通部能在河对岸立足。这样一直守到天黑，再渡河撤离，损失将会下降到可以接受的程度。

就在牛高抵达并派出亲校交代了这个方案以后，事情便发生了变化，随着时间的拖延和信息的明了，双方援兵越来越多。终于，随着李彦仙中流砥柱的大纛与最少五个统制部的骑步一起出现在太平河西北面，兵力量变引发了战斗质变。

这又是一次大规模对峙。但这一次，占据主动的是金军，他们没有任何理由撤兵，他们不可能放弃呼延通部这块肥肉——见到李彦仙亲自都督上万精锐来援，完颜突合速非但岿然不动，很快还有完颜奔睹与构合两名万户率领更多兵马一起抵达支援。三个万户，三万之众，远超战术需要的兵力。高地上的金军将领与河对岸那片狭窄平野上的绍宋军将领严肃备战，亲自在前线指挥的呼延通更是已经头皮发麻了。

随着太阳继续西斜，两军支援片刻不停，在李彦仙的御营中军各部几乎尽数抵达，并在太平河这一侧正式列阵的同时，李世辅的郓奚轻骑主力、耶律於顿所领的岐辖轻骑主力、忽儿札胡思父子所领的西蒙兀轻骑主力，因为轻骑兵的优势，也都陆续先于步兵抵达。太阳斜到正西南的时候，金军已经在高地上猬集了五个万户——讹鲁补和阿里也抵达了高地。

双方依然保持了脆弱又危险的平衡。绍宋军在兵力不占优的情况下，不敢轻易渡河，而这一次掌握着主动的金军也畏首畏尾起来，完颜奔睹几次想下令让部队当面解决呼延通部，却始终没有说出口。一场所有人都已经提前知晓，但所有人都措手不及的旷野大决战，即将点燃。

完颜奔睹没有勇气点燃这场决战，所以他呼叫了完颜乌竹。不过，完颜乌竹的抵达没有打破这种脆弱的平衡，因为就在这位大金执政亲王的旗帜出现在金军侧后方的同时，韩师仲的大纛也出现在了太平河上游地区，其部早在十余里外便戴上了标志性的铜面。故此，完颜乌竹立即掉头，与韩师仲开启第二个大规模临河对峙的战场。非只如此，随着两处主力战团的成型，完颜乌竹还从高地上抽调了讹鲁补部往高地侧面两大块部队的结合处汇集。

另一边，绍宋军的轻骑兵们即刻调整，最可靠的李世辅部被安排到两面大纛中间的接合位置，耶律于顿与忽儿札胡思汗父子分别往更远的两侧铺陈开来。信使在两面大纛之间往来不断，更多的传令兵则不停地从两面大纛下分散汇集，将两位节度的军令传下。

太阳越发西沉，金军步卒大量抵达，在讹鲁补部原来的位置列阵，讹鲁补率本部骑兵离去后，消失在高地后方不见。彼处，元帅完颜巴力速早已经率一万多一人三马的纯粹铁骑在彼处静坐等候。完颜火钹、完颜剖叔、乌林答泰欲等人旗帜皆在此处，讹鲁补的后撤，使得完颜巴力速手上这支撒手铜达到两万之众。金军依然没有下令对呼延通发起总攻。

天色越来越晚了，和呼延通区区一部相比，他们必须确保部队可控。

天气越发阴沉，赵官家的龙纛与一支数量不亚于两个大纛下主力集团的援军出现在西北面。各部本能整肃，进入临战状态，其中一部直接从一处防守空虚的浅滩朝对岸发起了突袭。

旋即，所有人心里一紧，早就因为仓促聚集陷入紧绷对峙的两军直接失控，双方各部从前沿对峙的浅滩、桥梁处相互发起攻击，战团迅速扩大，继而搅动了十几里长的战线。军令、战术全都失效。春雷滚滚，天昏地暗，雨落如流。雷电、雨水和黄昏的到来将最后一丝传达军令、控制部队的可能性轻易抹除，同时将原本已经交战的各部从战争的狂热中浇醒。

韩师仲听到雷声前，几乎要下令全军渡河与当面的完颜乌竹全面交战，呼延通也准备朝高地猛扑。但是雨水一落，伴随着雷声、雨声下根本分不清是哪家的鸣金声大作，双方交战部队都开始有意识地后退。唯独后撤过程中双方的路线、敌我的态势完全模糊，遭遇战到处都是。由于是绍宋军首先发起的战斗，且有部队越过河去，所以注定要成为此战中损失更大的一方。

春雷滚滚，四野茫茫，赵玖立在车上，任由雨水冲刷着脸庞，陷入茫然。

"官家。"吴介语气谨慎，却又格外坚决，"这两日咱们大举压上，强行推进战线，而今日事则说明，双方都已经逼到了极限，再没有回旋余地，便是今日下了雨，也只是依着这条太平河维系罢了。如此局势下，越是紧张，越不可后退，所以，咱们首先得在河这边立寨，方便出兵，同时确保太平河这一侧没有金军据点。"

赵玖在雨中开口："朕记得今日消息送到前，你本来是要李彦仙率部去取获鹿县城的？获鹿县城是不是在这一侧？"

"是。"

"有多远？"

"距此处十几里，不过不在正西北，在此处偏东，距离这太平河不过五六里。"

"里面有多少守军？"

"一个猛安。"

"确定？"

"臣确定。"

"拿下来！立即冒雨摸黑拿下来，今日就在获鹿县城过夜，并以此城为中心，大举立寨，让刘彦亲自督四个统制官去，四面攀城，一举攻下！"

"是！"

军令匆匆传下，前线依然乱作一团，雨水中赵玖复又忍不住再问："晋卿，金军为何放弃获鹿县城，反而要在石邑镇周边立寨？"

"臣今日之前只以为他们看中了石邑周边平坦，又或是担心我军以火药炸城，坏他们士气，但今日来到阵前，便瞬间醒悟。"说着，吴介以手指向东南河对岸方向，"官家，河对岸那片高地不知官家可曾留意？"

赵玖立即注意到了那片高地。

"官家，那应该是河对岸唯一高地，临河两三里，去石邑大营十来里。"吴介认真以对，"方圆六七里。"

"朕懂了。"赵玖恍然一时，"他们不是看中了石邑，而是看中了这块高地，河对岸一片坦途，只有这片高地独存，若开战时他们能如眼下这般占据高地，则可居高临下，掌握四面战况，随时发骑兵扫荡支援。这是他们选定的战场。"

"官家睿智。"吴介点头赞同，"但又不只如此，如此大战，不可能追求固定战术，如今日这般据高地压制我军渡河部队，从容出击想来也是有的，但也有可能是以那片高地为诱饵，故意引诱我军去攻，而我军为得视野、战利，明知是诱饵也不得不攻，届时，等我军身后援军因为此河进取乏力，他们便集中大军扫荡，吃下高地上的我军部众，重夺高地。"

"高地在此，太平河在此，我们攻，他们守，主动权在他们手中。"

"陛下睿智。"吴介言道。

闪电又一次亮起，四野迷离，河对岸的高地也模糊起来。全身淋透的赵玖望着河对岸方向，在雨中摇头："不管如何，且待雨水停下，曲锻汇集，他应该也就是这两日了，届时再做打算不迟。"

轰隆隆的雷声之中，吴介欲言又止。

往后连续三日，春雨居然淅沥不停，以至于平野泥泞。一时间，两军上下皆苦不堪言，却又各怀忌惮之意，无一方敢轻易撤退。绍宋军迅速夺取了获鹿县城，继而沿着县城大举立寨，民夫士卒冒着雨水从后方山野中砍伐木料、拆除旧营、转运物资，建立新寨，辛苦备至。金军也不遑多让，为防止失去对高地的战术控制权，他们大举移营向前，原本均匀立在石邑周遭的营寨被拆除，从后方索来的大量签军同样冒雨劳作，将营寨从石邑开始一路向获鹿县城方向铺设不停。

建炎十年二月初一，曲锻、刘锜带领着剩余部分的御营骑军与张宪、张子盖两部抵达获鹿县城。对此，绍宋军上下皆是且喜且忧。喜的是，曲锻带来了一万六七千众援军，此番及时抵达，自然振奋军心。但忧的是，因为之前整个河北地区西部都遭遇到了雨水，而曲锻为了防止被金军突袭，妥当抵达，选择倚靠着太行山东麓行军，抵达获鹿时已经疲敝到极限，而且沿途减员极重。

曲锻甫一抵达，便与刘锜、张子盖明确在御前提出，要求部队务必休整妥当，再行开战。但毫无疑问，他们三人的提议，遭遇到了韩师仲、李彦仙、吴介、王彦、王德、郦琼等人的一致反对，这六人意见一致，他们公开提出，雨水一停，便当开战。对此，赵官家似乎不置可否。甚至在争执持续了片刻之后的中午时分，赵官家便直接退出了获鹿县衙大堂，不知所终。

河北大都督吕夷昊在赵官家移镇获鹿的第二日便匆匆率御前诸文臣冒雨赶到。赵官家刚刚离去不久，这位枢相领大都督就在梅学士的搀扶下抵达堂中，只是一番呵斥，韩师仲以下，多讪讪而退。

"吕相公。"吴介见状立即上前，然后诚恳躬身以对，"且听末将一言。"

"说吧。"吕夷昊应道。

"末将是担心官家因为这场雨水不能决意出战。"吴介越发诚恳，"之前在太原时，官家便犹疑，眼下这场雨水过后，太平河暴涨，弓弩不开，后勤艰难，曲都统及其部状况也的确不佳。"

吕夷昊微微颔首，却只是拄着手杖并不发声。

"相公，这个时候，若是官家因为曲都统等人言语，决心借水势稍作休养，再行开战，甚至要等岳元帅顺河而下，两面夹击，那就反而要错失良机了。"说到这里，吴介不免长呼了一口气。

而吕夷昊也稍微来了一点兴趣："怎么说？"

吴介认真以对："天降雨水，对敌对我皆不利，而若是岳元帅发大军来援，怕也会受雨水阻隔。"

吕夷昊颔首。

"不过，这些都不是关键，关键是我军不能因为雨水失了气势。"吴介赶紧点出重点。

"哦？"吕夷昊再度出声。

"请相公想一想，不要从咱们这些决断者来想，也不要从金军的决断者来想，只从下面的士卒来想，自开战以来，咱们是不是连战连胜，进军不停，丝毫顿挫也无？而从金军那边的士卒来看，他们是不是接连受挫，应接不暇，以至于大举败退？"言至此处，吴介一顿，方才继续解说，"这个时候，如果因为雨水停止进军，不对就在眼前的金军发动打击的话，将会是开战以来我军第一次明显畏缩停战之举。所谓休整之论，只对曲都统和他带来的援军有利，对河东方面带来的十五万主力大军而言，却不免受挫，甚至可能激发出金军士气。为了一万多人的战力而牺牲十五万人的士气，弊大于利。"

吕夷昊似乎完全被对方说服了，却是一手拄拐，一手捻须："吴节度，你说的极有道理。"

吴介一时释然。

而后吴介既走，吕夷昊在原处稍驻，待梅栎一声不吭走过来帮忙打伞，二人这才一起轻轻转出廊下，继而从容走出县衙，在烟雨迷蒙中缓缓穿过街道，小心翼翼登上湿滑的南城城头，而到城上，远远便有赤心队班直涌上来护卫，将吕夷昊与梅栎引到正在城头上木棚下眺望远方的赵官家处。

"相公既受风寒，没必要冒雨登城。"赵玖回头相顾。

"一则，区区风寒，不至于即刻要了这条命；二则，年老体衰，又伤根本，终究不能长久。既然如此，不妨肆意一些。"吕夷昊扶着拐杖失笑以对，"况且，大战降临，不知道多少人将生将死，老朽性命不值一提，官家不必管我！"

赵玖失笑："相公豁达。"

"雨水虽缓，却迷蒙一片，不知官家这几日每每登城，都在看什么？"吕夷昊越过这个话题，好奇张目，却一无所获。

"首先是看水势。"赵玖没有必要故弄玄虚，"朕从第一日起就注意到了，春雨一落，太平河便浑黄一片，雨水根本遮不住水势暴涨下的河道。"

"春雨涨微波，一夜到彭城。过我黄楼下，朱栏照飞甍。"吕夷昊缓缓吟诵，继而感慨，"太平河本是小河，却不料一场春雨成了两军分野。"

"虚的。"赵玖不以为然道，"雨水一停，只要河道通畅，水势一两日便能落下去不少，而朕亲口问过数个本地老人，都说春雨不比秋雨，不可能持续太久。便是水势不落，这等几十步宽的雨后泛水，木筏、长木，须臾可成浮桥，也还是没用。所以，终究如吴晋卿所言，能挡住十几万大军的，只有十几万大军，既不是黄河，也不是绵蔓水，更不可能是这区区一条太平河。"

"如此说来，官家决心已定？"吕夷昊微微再笑。

"不错。"赵玖平静以对，"要朕从根本心意来讲，这一战未免太仓促了，但是，局势走到眼下，哪里是人力能控制的？便是朕为官家，内心犹疑，又怎么可能逆大势而为？"

"确实如此。"吕夷昊若有所思，"自官家炸开太原城后，这一战就免不了了。"

赵玖缓缓摇头，不知道在想什么。

吕夷昊挂着拐杖稍作沉默。他望着春雨迷蒙的前方，略略醒悟："官家之前说'首先看水势'，那其次是看什么？金军军营是望不到的，莫非是看这一片茫茫绿色吗？"

"相公好眼力。"赵玖望着前方坦诚以对，"朕依然是从第一日起便注意到了，雨水之后，难掩春绿，而这几日雨水淋漓不停，绿色肉眼可见变得浓厚。"

"从获鹿城向南望去，只能看到些许太行山边角，如此春绿，多半还是荒田中无人打理的野苗杂草。"吕夷昊若有所思，"整个获鹿往南、往东，皆是上好良田。"

"是呀，上好良田。"赵玖冷静接口道，"已经二月了，本该春耕发苗，当此春雨，农夫也该披蓑笠而清内涝，但实际上此时本地农夫多半被圈在对面军营中当签军了，剩下老弱妇孺，也都逃入太行山去了。"

"区区太平河，一条黄带而已，确系大势不可当。"吕夷昊一时感慨，"怪不得官家决心这般坚定，便是曲都统如此狼狈抵达，也不曾阻拦官家半分心意。"

"话虽如此，还是要讲军事的。"赵玖摇头解释，"从韩、李、吴、王全都力保呼延通朕就知道，他们是要以此提醒朕，我军士气尚在，战事切不可延缓，今日曲锻与他们争执，就更是明显。若非他们态度坚决，朕区区一个不知兵的官家，如何这般坚定？"

赵玖稍作停歇，君臣二人一时无言，而雨水也似乎随着二人的稍歇一起缓和下来。片刻之后，赵官家刚要开口，却不料吕夷昊抢先一步，语出惊人："官家，正所谓，人之将死其言也善，臣有两句话要交代官家，还请官家念在臣是在位宰执的份上，认真听取，而若是有人有所质疑，官家也尽可推到臣身上。"

赵玖一声不吭，盯着对方来看。

吕夷昊拄着拐杖，望向雨线越来越弱的前方："官家，那日在太原城外，官家那番言语，臣这些天无一日不在思虑，而以臣的经验与能力，想来想去，除了那晚劝官家一如既往不要失信外，只多了一个法子而已，便是君当为先！"

"为先？"

"为先。"吕夷昊肯定答道，"官家在江南曾讲，凡事必有初，而臣一生之法门，却是在为先二字上。"

"朕愿闻其详。"

"请相公赐教。"

"一来，数日后大战，必要之时，官家可为军中之先。"吕夷昊娓娓道来，"依臣看来，这并不危险，因为倾国之精锐都在这里，当河对岸兵马超过这边时，官家率众为先，其实反而是在天下最安全的地方，躲在后面，与大军相隔，反而会招来危险与祸患。"

"有道理。"赵官家的回复尚在意料之中。

"二来，此次北伐之后，千头万绪，黄河以北的疑难，官家之前说得很清楚了，臣想了许久，若想要妥当处置，也有一个当国之先的法子！"言至此处，吕夷昊转过头来，认真相对，"官家，臣昔日在燕山道，看燕京颇有地利之重，把控河北，兼领关外，若此次北伐能全取北方五路，何妨迁都燕京，重定乾坤？"

听到最后八个字，一直纹丝不动的刘彦和邵成章忍不住在赵官家与吕相公身后对视一眼，难以掩饰震惊之色。不远处，在场唯一的文官更是在心神震动之余同时醒悟，这很可能是对自己有提拔之恩的吕相公为了回报这几日自己的悉心侍从，赠送给自己的一份巨大政治礼物。不过，赵官家没有任何惊讶之态，只是淡淡颔首："吕相公所言极是，燕京有王气！"

当日下午，雨水便停下，春日阳光随之出现。赵官家亲自下旨，要求全军清排污水，防止时疫，当日晚间，他便召集诸帅臣与资历统制官，询问吴介开战后的大略方案。吴介颇为镇定，将这几日磨合出的临时方略一一道来。

翌日白天，日头明亮，随着一日暴晒，原本稍显泥泞的地面也迅速干涸，足以跑马轻驰了。与此同时，可能是春雨的影响，这一日，众人才发现，太平河两侧四野，漫山遍野绿意初现，空气更是沁人心脾。绍宋军开始大举晾晒、擦拭军械，准备翌日干粮净水。

当日后半夜，或者说就是原定决战的二月初三凌晨时分，牛毛细雨再度落下，引来全军上下色变。即便只是牛毛细雨也足以动摇人心，天气对战事的影响超乎想象。故此，绍宋、大金两军几乎是同时提前召开了战前军议，不等天明就进行最后一次讨论。

此前，就在双方军官按照军令聚拢会合时，大金营中的高庆裔与太师奴率先寻到一处偏帐所在，这里是燕京方向劳军使、枢密院都承旨洪涯的营帐，后者是随夹谷吾里补一起抵达的，随行的还有仓促从关外和燕地临时凑出的一个全骑兵万户，也就是昨日下午绍宋军看到的那一百个谋克。高庆裔进得帐来，匆匆说明来意，乃是准备遵照完颜乌竹之命，将那绍宋俘虏虞允文与贝言二人带走，以便等下杀俘立威。绍宋这边，在韩师仲的一力坚持下，终是决定出兵如故。

几乎同一时间的河对岸金军中心大寨内，因为军制问题，参与军议的猛安数量远远超过太平河对面绍宋军的统制官。完颜乌竹同样下令，要求麾下大军按照之前战略布置，早早做好作战准备。

天色微亮，细雨中，获鹿县城内，绍宋军开始强调此战相关军纪。除此之外，赵官家更是声明此战之后将帅皆可加官晋爵，甚至亲口许了韩师仲、岳斐、吴介等人亲王之位。

且说，此时细雨虽在，天色却明显明朗起来，完颜乌竹情知不能再拖，便呼喊太师奴上来杀俘祭旗。天色将明，两军各部按照原计划出营列阵。金军以获鹿县城西南、太平河对岸的高地为核心，大举布置。隔河遥遥可见数名万户的旗帜在高地上微微飘扬，包括都统完颜奔睹，而高地前挨着石桥的小坡上与左右两侧也有密集布置。绍宋军除了李彦仙、吴介、郦琼在高地一石桥正对面大举列阵时，韩师仲也迅速带领本部御营左军在沿河铺陈的郸奚、岐辙、蒙兀轻骑遮护下，向更西南方向的太平河上游挺进。双方夜间放出的哨骑，此时随着大军沿河铺陈，早已经无法立足。

出营足足一整个时辰后，韩师仲部方才越过轻骑掩护，亮出那面"天下无双"的大纛，然后在昨日侦察后预定的地方大面积架设浮桥，并以旗语迅速向石桥方向打出旗号，数万轻骑也开始铺设浮桥。

绍宋军刚一动作，太平河东南一侧的金军便立即察觉到动向。此时尚未开战，高地上与高地周边的金军高层明显有些汇集和讨论，靠近上游的侧翼也有相对反应，似乎是准备分出对应兵马，将韩师仲部御营左军堵塞在河边之意。

但也就是这个时候，"指挥若定"的崭新大纛下，号角忽然吹响，旋即，前军李彦仙处鼓声响起。就在石桥跟前候命的王德一面下令命部属自两侧架设简易浮桥，一面以次子王顺为前卫，长子王琪率几十骑为后卫一马当先，亲自从石桥上驰马而过。

太平河对岸金军无数，于细雨中遥见王字大旗当先过河，开始以为是雨水影响视线，看错了旗帜大小和字迹，便是高地之前，呼延通固守的石桥旁小坡上，金军宿将阿里所统一部数千步骑，也一时犹疑不信。

第九十四章　河流

王德先锋陷阵，催动本部士气如虹，首当其冲的阿里部虽然猝不及防，一度动摇，但有赖于阿里本人的威望与战场经验，以及其部核心部众的军事素质，立即重整军队，双方旋即在牛毛细雨中于石桥前的小坡上陷入肉搏苦战。

转回眼前，小坡上两军陷入苦战后，战线起伏不定，而王德和他的两个儿子则仗着自己的骁勇与全身重甲，领着几十骑在战线上往来冲锋不停，左向救援被困下属，右向冲散金军大股反扑攻势，父子三人率精锐亲卫为其首，宛如刀刃，锋锐不可当，而其身后骑兵虽然不断伤亡消散，却又不断从渡河而来的军士中补充兵力，好像有什么根系连着太平河一般，使之无穷无尽。

另一边，阿里亲自临阵督战，指挥妥当，不停调度部队对前线施加压力，竟然也使得王德父子疲于奔命，部队难以展开。而这等惨烈战事的细节，以战场之大，当然不可能为两军观望者所知，但他们依然能看到王德的大旗往来左右移动不停，看到双方战线起伏不定，看到阿里的将旗距离王德的大旗最近时不过区区两三百步，却始终难以再相互靠近。然后，两军主帅凭借着自己的经验判断出战事的激烈程度。

而这就引出来王德此次先锋出战的第二个重大作用了。

李彦仙眼见战事如此激烈，即刻传令本部："传令各部，向前逼近河边，架设浮桥，命董先、牛高发小股精锐，前去支援王德王节度。"

且说，太平河真的只是一条不大的河流，前几日雨水后的暴涨并不能掩饰正经河道的狭窄，尤其是数日内两军斥候早已经摸透了河情，知晓哪里有河中浅滩，哪里河道狭窄，哪里又流速缓慢。所以，正如之前吴介保证的那样，也如王德部刚刚实践的那般，浮桥的架设迅速而又简单，很快便有十余架简陋却又实用的浮桥沿河架设完毕，并有绍宋军小股精锐渡河，试图往石桥处汇集，继而引发了金军沿河前线的连锁反应……驻扎在高地上的金军大队倒也罢了，高地两侧临河的金军作为当面部队，却是本能做出了反应，部分骑兵和步卒主动迎战，试图阻止绍宋军的"大举渡河"。

"去告诉完颜奔睹，绍宋军这是在故意虚张声势，是想让靠着河的仆散背鲁被黏住，实际上绍宋军不可能此时便从当面冒险渡河，便是王德此次率先突袭，本意都是在为韩师仲做掩护，让他千万不要做了误判，因小失大！只让仆散背鲁按照原定计划，速速逆流向上游去阻拦韩师仲就行。总之，西边这四个万户，务必要同进同退，保障战线稳定。"

高地的西侧偏南位置，完颜突合速所部万户早已经接到军令，此时正在向更西面的上游地区进军，以求压制御营左军渡河。然而，行军队列一侧，驻马观察局势的完颜突合速在注意到河边动静以后，立即敏锐察觉到了绍宋军意图，并扭头向自己的亲卫侍从传达指令。亲卫听完言语，大略重复一遍，便匆匆而去。

但亲卫刚走，完颜突合速依然感到不安，复又转向另一个亲卫："将刚才言语转给完颜巴力速元帅，万一完颜奔睹动摇犹疑，让他直接传令干涉。"

又一名亲卫得令，匆匆而去。

完颜突合速这才继续催动马匹，随大部队向西。

"万户，"旁边的汉军猛安打马上前，"韩师仲的御营左军此时多有损耗，而石桥当面兵马强壮，恐怕才是真正的主战场吧？"

"这种战事何论主次？"

完颜突合速当然知道这个在大名府才当上猛安的汉将本质上是带着某种不安全感才一直在自己身侧打转的，但事到如今，他也有责任拉拢和安抚这些人，所以并不排斥趁着进军间隙做出解释，甚至稍微大声了一点："关键是战事发动的顺序……"

"请万户指教。"汉儿猛安不失时机地插嘴。

"有什么可指教的。"完颜突合速一边前行一边感慨，"我军加上新到的援军十三四万，绍宋军加上新到的援军有十七八万，军队太多了，谁都不能妥善指挥，更不可能一拥而上，那样是自毁建制自寻死路，这时候就得讲究一个战场分划，也得讲究一个进军的波次和顺序。而韩师仲部虽然只有两三万众，却全都是没打过败仗且成建制的精锐部队，韩师仲本人更是天下名将，正适合先渡立足。他们一旦渡河，那些岐辙人、郸奚人、蒙兀人，足足四万轻骑便可以轻易在韩师仲的掩护下从容过来……而四万轻骑一旦涌过来，本身杀伤其实不足，却足以起到全线骚扰遏制、分割战场的作用，到时候咱们就不可能拦得住李彦仙部的主力大军团当面渡河与我们相争高地了。而若是韩师仲部与那些轻骑不能成功，虽然李彦仙还是要在中午前率主力渡河，却不免要在渡河时被我军主力从高地上大举压下来，死伤惨重……这便是胜机。而这些事情也是一层叠一层的。"

汉军猛安在马上微微颔首，但明显还是有些疑惑，还想再问些什么，却终究没有敢问。而且很快，他也没必要问了，因为位于完颜突合速左侧的他在保持谦卑姿态的同时，忽然注意到了对面河畔的动静，并微微抬手示意。

完颜突合速诧异回头，脸色当即一变……原来，他最担心的事情还是出现了。不知道是承受不住河对岸绍宋军那密密麻麻大军沿河而立的压力，又或者是高地上的完颜奔睹直接做出了误判，传下了军令，总之，高地西侧临河的这个东路军万户，终究还是没有按照原计划扔下当面之敌不管，跟他们一起速速并列向西，反而派出了大量部队压向河边。这样的话，即便是后来这个万户得到支援或者军令后迅速转向，向西挺进，可自己这边的战线也不免要受到影响，尤其是他本部，侧翼是要被暴露出来的。

唯独木已成舟，而且那个万户的首领仆散背鲁虽是个公认的废物，却偏偏又是太祖完颜阿古达的小舅子，而且仆散部本身是桓樑大部，根本不是他能干涉的，所以完颜突合速看了片刻之后，还是扭过头来，随本部大部队向西而去。然而，事情还没完，完颜突合速行不过两三里，所谓片刻工夫，细雨之中，刚刚失去了后方高地周遭的视野，前方便又忽然传来喊杀之声。

完颜突合速与随行军官匆匆登上一个略微突起的田埂，只是一看，然后便半是惊愕，半是恍然起来。原来，他们正前方，一面熟悉的旗帜带着一支熟悉的部队，当先迎面而来，直接发起了对金军的袭击，却正是御营左军统制官呼延通所部。很显然，呼延通部渡河后，并没有如金军想象的那般，先建立防线以求立足，然后掩护大队渡河，再然后又是大队御营左军立阵，继续掩护轻骑渡河……呼延通部能够此时出现在此处接战，只能说明一件事，那就是呼延通一定是作为韩师仲部先锋率先渡河的，而且还是以一个非常偏下游主战场的危险位置直接渡河的，并且刚一渡河，便片刻不停，直接向所谓主战场方向攻击前行。

这种攻击欲望，令人咋舌，而且，从掩护效果而言，这种以攻为守似乎并不比稳妥立阵来得差。原定的河畔压制战，迅速转变为了当面遭遇战。完颜突合速惊怒之余，一面向其余两个万户通报军情，让他们准备应敌；一面却又立即下令，让全军就地布阵，步兵居中，骑兵分野两侧，以标准而又朴素的鹤翼之阵迎击推进。这种简单到朴素的阵势，不是别的，正是大名鼎鼎的拐子马。

没错，拐子马和吴介的驻队矢一样是战术名称，而非对兵种的称呼，铁浮屠才是形容重甲骑兵的词汇。至于所谓拐子马，具体而言，就是两翼铁骑遮护中间步兵，与步兵相配合，层层递进，发起短途冲锋或者短途包抄战术，是一种典型的波浪式骑步配合推进战术。

这种战术，说开了，没有想象中的那么神奇，神奇的永远是人的韧性、勇气，这些东西，佐以严明的军纪、优良的甲胄军械、充足的补给、公平的赏罚，足以让任何战术变得神奇。桓楹建国初期，不缺那些优良品质，所以再平平无奇的战术，再普普通通的行政军事制度，都会被神化。

"魏王虽然发怒，却没有要杀你的意思，显然是认可了我和高通事的言语，准备必要时放你回去，用你给……给赵官家传话。"就在绍宋、大金两军在正面与上游一起开战的时候，金军大寨偏向滹沱河的那一侧营地中，却显得嘈杂而又波澜不惊，其中某处营寨里，洪涯正在和虞允文诚恳交流。

"换句话说，所谓魏王、四太子，一军之统帅，也对此战没有底气了？"虞允文双目通红，在榻上近乎狞笑一般反问。

"谁有底气？"洪涯丝毫不怒，反而笼着袖子立在那里喟然一时，"金军绍宋军谁有底气？绍宋军兵力占优是不错，可金军到底是隔河来守，而且还有平地骑兵大队的优势，拐子马一出，往来百余个回合都不溃，难道是假的？这个时候，谁都没有底气，对岸的官家怕是也没底气！"

双方旋即陷入沉默之中。但很快，虞允文便又冷静发问："金军到底有多少战兵？大家都说，金军有十三四万，可到底是十三万还是十四万，又或者是十五万？"

洪涯摇头苦笑："足下此刻打听这个不觉得太晚了吗？外面闹成一团，我刚才亲口问了，王德王夜叉先锋过桥，这时候都已经正式开战了。"

"既然已经开战，说来也无妨吧？"虞允文死死盯着对方，追问不及。

"不是不能说，而是真的不知道。"洪涯摇头苦笑，"虞探花，不瞒你说，便是完颜巴力速都未必晓得金军到底有多少战兵，战事太仓促了，没有补充，没有整编，各部皆有损耗，大名府那里，曾经有数次交战，隆德府那里也有一次大规模骑兵交战……"

虞允文一声不吭，只是死死盯住对方。

"你若问有多少个万户，谁都可以告诉你，有十六个万户。"洪涯被盯得无奈，只能继续坦陈，"但这里面既有作为援军过来，足足一百个谋克的全骑兵万户，又有耶律马五那种打残了的万户，还有一个渤海人蒲速越的万户根本就是充数的，此时在滹沱河那边做接应，连战场都没法子上！战力也千差万别，就像那个全骑兵万户，里面一半是燕云汉人，一半是塞外杂胡，全都是没上过战场的新军，你说顶用还是不顶用呢？可从燕云过来的四个合扎猛安，由完颜剖叔总领，那是完颜娄石的副将，昔日大同留守完颜阇母的儿子，便只四个猛安，又有谁能轻视？就算是不说这些，只说那些几十个谋克配几千汉儿军的万户，又如何呢？不也是千差万别吗？完颜巴力速与奔睹的那两个万户，与大同那两个万户是一回事？都要战场上见分晓的。"

虞允文终于冷笑："所以说，金军战力参差不齐，十六个万户其实就是十三四个万户的战力了？"

"大概也就是十三四万的战兵吧。"叹了口气后，洪涯忽然反问，"都说赵官家这次有战兵十七八万，那敢问虞探花，此战御营到底是十七万还是十八万，又或者是十九万战兵呢？"

"有二十万！"虞允文平静以对，"曲都统带来了两万还多。"

洪涯连连摇头，懒得争辩。二人再度在帐中沉默下来。

但很快，虞允文忽然又问："燕京新军到底有多少？前面打这么急，为什么不一起过来？是赶不及吗？"

洪涯眯了眯眼睛，刚要说话，忽然间，帐外又哄然起来。这位金国枢密院都承旨心下一惊，赶紧扔下虞允文出帐去打探，却又闻得"韩王自上游渡河，大举来攻"的消息。

这个韩王当然不是吴介，而是韩师仲，也只有韩师仲，能对金军留守辅兵与签军造成这种级别的轰动效应。很显然，在呼延通与完颜突合速交战后，御营左军剩余各部也在渡河后毫不迟疑，选择了直接进发，到此时必然已经与金军左翼重兵集团爆发了全线接战，最起码韩师仲本人的大纛已经出现在了战线上，否则绝不会引发这种级别的震动。

"那是完颜突合速?"

满地绿苗的平野之上,天下无双的大纛之下,身材高大的韩师仲未戴面甲,直接驻马在雨势微微变大的细雨之中,然后伸出戴着皮质手套的一只手,指向当面金军。

"是。"

王世雄身为亲校,自然应声而对。

"怪不得呼延那厮直接就砸上去了。"韩师仲嗤笑一声,"不过我听人讲,完颜突合速虽然瘸了,却也稳妥了不少,如何列个拐子马,却要将本部扯得这么开?七八千人,展开了四里路?"

王世雄当即沉默。

"应该是后方部队未到,不得已方才如此。"不知何时转过来的解元忽然出现在不远处,"哨骑说,南边并列的两个万户,加一起也不过展开四五里路。"

"这就是战机了。"韩师仲再度失笑,"我早就说了,王夜叉是个好汉,这必然是他在石桥那里突击额外扯住了原本要往这边并行的一个万户。这是战机!"

言到最后,笑容已经变成狞笑了,而言语一停,这位秦王殿下便直接挂上了铜制面甲。解元以下,所有人一起挂上面甲,然后俱皆肃然无声,等候军令。

"没什么可说的!"韩师仲以手指点,"背嵬军随我来,以骑制骑,正面突过去,毁他拐子马一角,剩余全军交予解元统揽,却只有一个专门的要求,那就是务必随后遣军顶住这边破掉的侧翼,让他不能再伸展出来!"

"诺。"铜面后的解元平静作答。

"对了。"就在韩师仲勒马向前两步之后,却又忽然回头叮嘱,"蒙兀轻骑将渡,但我信不过他们,让他们去最南边,让李世辅的郾奚轻骑为我后援!"

"五哥放心。"解元依然冷静。

片刻后,刚刚渡河,尚未汇集齐全的御营左军背嵬军便直接沿河发动突袭,目标正是完颜突合速为了控制战线而过分延伸的右翼拐子马。正所谓,桥上之人看风景,却不知自己也是他人风景,就在韩师仲盯着完颜突合速的阵势,迅速确定了战术的同时,完颜突合速当然也注意到了那面大纛。

而且,在看到韩师仲的第一时间,他便有些慌了。无他,迷信也好,战绩也罢,没有人可以忽视那面"天下无双"的大纛,也没有人可以忽视韩师仲的御营左军以及他的背嵬军。桥山战败后，完颜突合速再也不觉得自己比谁更强，但是问题在于，他除了虚张声势又能如何？下着雨，侧翼洞开，面对着兵力远少于自己的呼延通一部，他有什么理由不把阵型铺开以防万一？但是，韩师仲来得这么快，行动得那么果决，他又能如何呢？难道这时候再把侧翼收拢过来？露出空当让韩师仲直接过去？说到底，真正打起来完颜突合速才意识到，从王德到呼延通，再到韩师仲全军……这一战，绍宋军气势汹汹，其势宛如必得！

战事开始后，韩师仲因为王德隔空掩护成功大举渡河，并发动全线进攻，石桥处，王德却陷入彻底的苦战之中。

当此之时，赵玖正端坐于望台之上观战，眼见如此战局，赵玖当然想救上一救，可若是出兵，必将打乱主力部队的进军计划。疑难之中，赵玖只能转向身侧侍立的刘彦，稍作询问："平甫，能不能让李彦仙集中一些弓弩手隔河压制，划出一片安全区来？"

后者犹豫了一下，还是摇了摇头："好让官家知道，雨水越来越密，而雨水对弓弩最大的影响便是让弓弦受潮发软，弓弦一旦发软，射程便会大大缩短，这般隔河抛射，将弩机裸露，怕是不过三矢便要被打湿，届时不足以遮蔽我军不说，反而容易因为射程变短、精度不再而造成误伤。"

"派些许精锐从石桥支援呢？"一旁的首席学士范宗尹忽然插嘴。

"太少不足以压制金军，没有太大意义；太多的话便很可能引来当面高地上的金军主力，弄巧成拙。"刘彦平静以对。

赵玖终于沉默，吕夷昊也一声不吭。

"官家……"就在这时，一旁侍立的梅栎忽然开口，"可否让泼喜军一试？泼喜军用的小驽炮可以在油布木架下操作，射程比弩还要远一点，而且拳大的石头足以杀伤重甲，压制金军。"

赵玖当即一怔，复又看向刘彦。

刘彦稍作思索，即刻颔首："可以一试，而且泼喜军的骆驼有高度，不必隔河压制，完全可以从石桥渡河，到对岸军阵中做支援！"

赵玖毫不犹豫，迅速点头："让嵬名云哥出战！"

话说，嵬名云哥从此次北伐一开始便一直跟随御驾，并在进攻雀鼠谷过程中稍立功勋，但其部特殊的编制，也就是骆驼加小型扭力弩机的配置，很难通过休整迅速得到补充，所以部队虽然没有遭遇败绩，却也从出发时的每人五百匹一路沦落到不足每人三百匹的编制，此时被喝令渡河出战，也是一时惊疑。

但军令既下，便无思考余地，其人当即引本部两百余骆驼扭力弩转向石桥。而与此同时，一百余匹骡马牲畜也在郓奚辅兵的驱赶下，驮着打磨好的、充当弹药的拳头大小的石头尾随前行。大约两刻钟后，昔日发明出来专门应对绍宋军重甲步卒的泼喜军便靠着骆驼的强大机动性渡河就位，然后立即产生了奇效。

拳石如雨，密集布阵的金军甲士，无论步骑全都被打得抬不起头来。王德部的压力瞬间大大减少，最前方的王德父子似乎也能稍作喘息。如此奇效，便是嵬名云哥都没想到，要知道，自己这种偏门的、很难补充的兵种，早有斥退之论，如果不是因为他去年上书说泼喜军可以发射火药包的话，早就被解散了。

王德稍得喘息，阿里部一时受挫，石桥前的小坡战场上局势有些逆转倾向。但高地上，手握四个万户的完颜奔睹一声不吭，甚至连看都没看高地正前方的战场，与此同时，高地侧后方的营寨内，全身都被打湿却只是望着自己头顶那面五色捧日旗的完颜巴力速，当然也没有任何反应。

完颜巴力速身侧，有一处木质望台，魏王完颜乌竹不顾身份，此时正亲自攀登望台眺望局势，却也不是在看高地正面方向，而是在向高地西面，所谓太平河上游地界奋力眺望，丝毫不顾雨水之中根本看不清任何情况。完颜乌竹之所以如此，原因很简单，前方哨骑接连汇报，先是韩师仲部背嵬军突破临河拐子马一角，与仆散背鲁的万户正式交战，然后便是数量惊人的轻骑纷纷渡河，涌了上来。这个时候，高地西侧的太平河上游才是真正的战场，彼处双方交战部队很可能已经达到七八万之众，而且还在往十万之众的交战规模无限制逼近……这种情况下，谁还在乎正面的小坡战场，尤其是此时看来，王德部的突袭更像是在给韩师仲做掩护。

转向上游，早已经全线交战的战场上，戴着金冠的忽儿札胡思汗率领部分西蒙兀部众率先渡河，本欲直接顺河进军，尾随韩师仲部进发，却得到了解元代传的秦王军令，要求他们自绍宋军背后绕行，准备去高地侧后方进攻，尝试插入金军战线最南端与营寨之间的缝隙，然后从高地后方洼地处完成对高地的包围。

当然，说是包围未免高看这一万多蒙兀轻骑了，本质上还是要他们起到遏制、骚扰的作用。实际上，绕过绍宋军部队后，忽儿札胡思便赫然发现，前方已经有金军骑步在此处布置妥当，依然还是步兵居中，骑步分两翼的典型拐子马战术，而且已经成功连接南面营寨外的壕沟，封死了道路。

见此情形，早就知道厉害的忽儿札胡思倒吸一口冷气，但想到今日早间绍宋官家的战利品许诺，却还是咬起牙关，回身用草原语言呼喊激励起来："我的安答们！我的鹰狗勇士们！绍宋的许诺已经说得很清楚了！这是个公道的赏赐！现在该我们拿勇气兑换承诺了！不要惧怕敌人，也不要惧怕这场雨水，我知道雨水很快就会将我们的弓弦沾软，将我们的箭羽弄湿！但是只要听着我忽儿札胡思的号令，我指向哪里，便将箭射到哪里，一刻不停，在箭羽湿掉之前，在弓弦软掉之前，把两筒箭全都射出去，桓榛人便会像兔子一样逃窜，胜利就是我们的！现在，把弓全都拿在手上，把箭搭在弓上，随我来！"言罢，穿着重甲、戴着金冠的忽儿札胡思掉转马头，一马当先，弯弓便朝金军阵地奋力一射，而几十名全副汉军制式重甲的克烈部贵族紧随其后，纷纷持弓追上，向着桓榛军阵发射弓箭。

见到汗王这般身先士卒，西蒙兀军士气大振，当即遵从命令，也都纷纷仿效，以典型的轻骑战术展开阵型，然后在广阔的阵地上尝试以弓箭骚扰压制金军。一时间，这位西蒙兀王身后箭矢如雨，而且雨落不断。但是，不过亲自射出了两箭而已，刚刚还在阵前挥舞大弓，鼓舞士气的忽儿札胡思汗一声不吭，直接从马上栽倒，再不能起身。西蒙兀部众一时不明所以，阵脚大乱，刚刚鼓舞起来的士气更是跌落谷底。

就在自己父亲身后七八步外的脱里同样目瞪口呆，说实话，他是做好了战后将亲父移交给赵官家准备的，但这次真不是他。实际上，众目睽睽之下，也不可能是他。

忽儿札胡思汗的几位安答以及几位西蒙兀小部落头人一起下马，将直接没了气息的忽儿札胡思汗从地上抱起，而脱里这个时候匆匆下马去看，方才意识到发生了什么……真不是什么阴谋，就是一个意外，一支传统的蒙兀羽箭正中因为戴了王冠而没戴头盔的汗王后颈。

而羽箭的一侧已经被雨水打湿，羽毛散乱，这种情况下，没人能控制箭矢走向。这就是一场战场上常见的误伤，只不过这一次被误伤致死是堂堂西蒙兀汗王而已，而且是在战事刚刚要趋于激烈化、全面化的时候，忽然殒命。

一身札甲的脱里立在自己亲父身后，目瞪口呆，一时慌乱到了极致，身后部队更是散乱一时……要知道，西蒙兀军才刚刚接战，甚至连身后部队都还没汇集妥当。而原本因为大股蒙兀骑军抵达而陷入紧张的金军似乎也意识到发生了什么事情，开始有少部分铁骑越众而出，尝试侦察。

在这个紧要关头，鬼使神差一般，被周边克烈部贵族所注视着的脱里居然将目光集中到了自己父亲脑袋上的那个王冠之上……那个小小的玩意，刚刚害死了一个汗王，却似乎有什么魔力一般，脱里几乎想立即拿掉自己的头盔，戴上这个东西。不过，随着雨水从兜鍪上渗入到脸上，跟在赵官家身侧见识了很多的脱里很快便回过神来，继而在恍惚中意识到，在眼下这个地点，这个状况下，这个王冠并不是自己戴了便算数的——而是赵官家、身侧这些克烈部核心贵族武士，以及身后部众全都同意才算数。

他必须要做出一些事情来向那位在河对岸操弄乾坤的官家，向身前身后克烈部的贵族与部众，向战场上尚未汇集起来的西蒙兀的零散部落证明自己可以戴上这个王冠。这是前所未有的危险，但也是机会。

下一刻，在周围克烈部核心人物的瞩目之下，忽儿札胡思的长子忽然向前，然后不管不顾，直接将王冠从自己父亲头上取下，却又翻身上马，拿匕首割断了自己的弓弦，并用弓弦将自己父亲的王冠系在了自己的长矛之上。

一名稍显年轻的克烈部贵族意识到了什么，迅速将忽儿札胡思脖颈上的箭矢折断，然后其余贵族也都反应过来，立即将忽儿札胡思汗的尸体抬上一匹战马，然后只是将战马向后方自家军阵中稍作驱赶，便也纷纷转回自己马上。

上午时分，牛毛细雨稍显急促了一点，震耳的喊杀声提醒着所有人，石桥一高地的西侧，太平河的上游部分，战斗已经全面展开。

绍宋军御营左军两万众，外加李世辅所领御营骑军中的郸奚轻骑一万五千众，耶律於顿所领岐辖一奚轻骑一万众，西蒙兀轻骑一万五千众，累计兵力六万。金军也早在绍宋军向上游延展兵力时，便针锋相对地在彼处布置了四个万户。

绍宋军中，韩师仲的御营左军骑步毫无疑问是精锐、是主力。御营骑军中，李世辅部虽然都是轻骑，但毕竟是御营战兵，装备整齐精良，且训练有素，是极为可靠的辅助力量。曲折蜿蜒的战线，大略是南北走向，自河畔到高地后侧延续了八九里的直线距离，实际交战战线很可能早已经超过十二三里。然而，对于理论上双方达到十万众的战斗规模而言，这个战线长度还是有些短了，而且短得过分。总体而言，双方的兵力，均在此预留过多。不过，这也正是韩师仲的大纛出现在战线上的理由，绍宋需要以此直面未知战场的一切。

上游战事全线展开后，作为露出破绽的一截，韩师仲亲自催动背嵬军进发此处，这里可以说是绍宋军攻势最猛烈的一处，也是绍宋军全线占优的一处战场。

然而不代表绍宋军能摧枯拉朽。有杀伤，但对双方的重骑重步而言，只要阵型不崩坏，士气不崩殂，大规模杀伤于战局影响不大。也有推进，韩师仲以背嵬军为前锋，让解元以另一支本部精锐为侧翼犄角顶住完颜突合速，然后又引李世辅为后援，要精锐有精锐，要兵力有兵力，要士气有士气，没有任何理由不能压过对方。但是，两军军阵太厚，双方战事出现相持状态。

事到如今，金军要维持胶着状态，绍宋军就是要打破胶着状态。这对双方都是一种考验。

雨水一阵一阵的，在令双方全都心烦气躁的胶着中，雨水复又缓和了下来，而混乱之中，韩师仲那面大纛又将战线逼退了百余步。绍宋军此时略略小胜，正有些松懈，骤然遇到金军骑兵猛冲上前，待到眼前，对方军阵自然裂开，五十骑铁浮屠从阵中跃出，直扑大纛而去。绍宋军前线目睹这一幕，立即惊扰慌乱。

这股金军骑兵直趋大纛而去，却打乱了战线的平衡，在不经意间露出破绽。韩师仲立时下令，沿着金军进军空隙推进，直插猛安旗帜之下。韩师仲一击得手，毫不犹豫催动全军，以背嵬军为前，李世辅鄯奚骑为后，蜂拥向前，驱赶溃军向前压上。这片局部战场上，金军大局崩塌。

高地上，远远目睹这边战况的完颜奔睹当然不知道自己的亲信蒲里衍刚刚已经死亡，也不知道三太子的表弟也追随三太子一并去了。但是，绍宋军一举击溃仆散背鲁万户的前军，然后继续以锐不可当之势向前压上，以至于渐渐逼到高地跟前的情形他却看得一清二楚。

嘴中有些发涩的奔睹立即向身后派出了信使。信使打马下坡，在越过空荡荡的高地后方洼地时连人带马摔了一跤，一时狼狈不堪，所幸此处并没有多少烂泥，满地翠绿不至于让他变得满身泥泞。更后方的营寨中，迅速有骑士涌出，将他救了起来，一声口令之后将之带入营寨，然后在满营密密麻麻于木棚下安坐的士卒注视下，又将此人迅速带到了一处临阵的高耸望楼之下。

"仆散背鲁军势崩了一半？"

望楼上枯坐着的完颜乌竹低声重复了一遍，然后看向了自己侧下方，那个坐在那失神的元帅完颜巴力速。"元帅怎么说？"

"不是意料之中吗？"完颜巴力速回过神来，平静以对，"难道还能指望西线四个万户，谁能斩了韩师仲，直接了结此战吗？刚刚纥石烈太宇不还来报，说他部阵斩了西蒙兀王忽儿札胡思后，结果西蒙兀人反而疯了一样猛烈攻击，几乎冲动他的阵脚吗？连西蒙兀人的轻骑都不敢说能挡得住，何况是韩师仲？"

完颜乌竹闻言终于苦笑："不错，这个局面，怕是韩师仲真死在了战场上，也拦不住绍宋军进军的。"

完颜巴力速不再言语，只是继续抬头望着那面旗帜……此时雨水稍歇，但旗帜上依然是缓缓渗出水来。

完颜乌竹已经在望台上居高临下，回复信使了："回去告诉奔睹，他的任务是，绍宋军从正面渡河时，尽量施加压力，造成杀伤；西线崩溃时要收拢部队，结成大阵遮护住大营，防守住高地；实在不行的时候，死在军前，为国家和太祖尽忠，而不是看到半个万户崩了，便惊慌失措，问俺要不要提前出击接应……这么说吧，如果他不能沉下心来，就让他回来守大营，俺去替他！"

浑身狼狈的信使也不言语，只在地上叩首数下，便匆匆折返。

"洪涯！"距离完颜乌竹数里开外的营帐内，负手左右踱步的虞允文终于不耐了，"外面现在没人，我直说好了，我晓得你的身份，我在杨统制给我看过的文书上见过你的名字。"

"那又如何？"笼手坐在榻上的洪涯冷冷相对，"莫说当年我没有留下什么文字，便是有，又如何呢？你以为是在说书呢，凭着一个七八年前的只言片语便能定我一个大金枢密院都承旨领兵部侍郎的罪？莫非烛影斧声坐实了，便能治罪太宗不成？想让我们这些人给你些关键，要的是大势，不是什么把柄，秦会连亲儿子都不在乎的，你今日居然想这般轻易拿捏我吗？"

虞允文如何不懂这个道理，只是因为经历贝言身死，心中焦躁，所以才不免一时气急："你到底想要什么？"

"不是我想要什么，而是说这个局面下，我刚刚才发觉，有些东西怕是你们给不了了。"洪涯在榻上喟然以对，"连一个被俘的指挥都视此战绍宋军必胜，那绍宋军上下自然以为大胜是理所当然，我说什么做什么，战后不都是个弃之如敝屣的结果吗？"

"你只说自己到底想要什么？"

"我不过求个富贵安稳罢了。"

"你若是能说些有用之物，如何不能与你？"

"说了能如何？正如今日我能不在意当日许诺，你们将来得势了又如何会在意今日许诺？"洪涯越发冷笑，"甚至，说不得正因为我今日与你交涉，结果落得连性命都无。"

"如何又连性命都无了？"虞允文越发气急。

"不说别的，只说你这种想要做相公的人，将来真成了相公，难道不会忧心我这个昔日伪官到处宣扬救了你性命之事？说不得直接沙门岛走一遭，路上干脆了结了我吧？"

"荒诞。"虞允文彻底无奈，"我算是听明白了，你这人根本就是以己度人习惯了，只因为自己无耻，所以这般猜度。"

"谁还不是个以己度人的人呢？"洪涯幽幽以对。

虞允文抬头冷笑，却不知为何，忽然冷静了下来，然后扭头打量起了对方："我知道了。"

"虞探花知道什么了？"洪涯不由得警惕了起来。

"我也是刚刚醒悟，说到底，对你这种人而言，当然是希望在大金安享富贵，但于大局而言，却不可能是有担当的人物，是只能随波逐流，不敢违逆大势的。而你今日这般推脱，也不可能是担忧绍宋日后不能履行承诺，因为便是不能践行承诺，你就敢不应了吗？怕只怕是我刚刚逼问的那番言语事关重大，只怕这里一说，便直接失了那三分最好的存身结果，失了摇摆的根基，所以在这里纠结犹豫罢了，是也不是？"虞允文强迫自己缓缓出言，逼问不止。

洪涯一时沉默。虞允文也一时不再言语，只是死死盯住对方。片刻后，洪涯微微叹气，率先开口，却又问了一件风马牛不相及的事情："虞探花，你随官家自太原来，敢问留守西河的万户完颜萨利赫，到底是降了呢，还是殉了国呢？这边都快争出花来了。"

虞允文平静相对："洪承旨，你随援军自燕京来，敢问当年的南阳殿试授官的新郑知县洪涯，到底是降了呢，还是殉了国呢？济南他老家那里，也争论不休。"

洪涯怔怔看着对方，半晌才摇头以对："虞探花何必这般咄咄逼人？"

雨水又紧了起来，太平河畔，御营左军精锐在自家主帅的大纛指引下奋力向前，而对面金军居然在与之当面对攻！

金军一时进退不能，居然鼓起余勇，折身与绍宋军对攻。然而于金军而言，这相当于直接放弃了之前一直努力维持的战线。原本连续不断、相互连接的战线在两侧开了两道狭窄的口子。口子很小，但已经足够了。在李世辅几乎颤抖的声音下，其部万余轻骑在各自军官的带领下一拥而上，继而沿着河畔及高地间的空隙冲了过去。

然后，郸奚轻骑抵达高地跟前，抵达阿里部西侧，而且还要沿着阿里部的身后继续涌过去。随着绍宋军的大举行动，高地之上与高地东侧的金军各部如同被雨水浇醒了一般，立即重整军阵，数不清的哨骑往来各部不断，准备迎战。很明显，高地上的完颜奔睹在尝试排列出一个整体的、庞大到前所未有的拐子马大阵。

石桥畔，苦战许久的王德部一时大喜，王德两子王琪、王顺也一时释然，便是泼喜军也终于松了一口气……就在这短短的半个上午时间，他们的骆驼炮已经因为连续发射毁坏过半了，动物肌腱做成的扭力弩炮，渐渐被时代淘汰，是有缘由的。

然而，就在石桥畔全军释然的时候，骆驼炮射程之外的小坡侧翼边缘，早已经疲惫不堪的王德回头看了看太平河对岸正在向自己这一方挺进的壮观绍宋军大阵，复又看向了数百步外的阿里将旗，却忽然对着自己两个儿子失笑："你们俩可是累了？"

知子莫若父，知父也莫若子。王琪、王顺兄弟即刻肃容，然后长子王琪平静相对："父亲，你可是觉得援军渡河，阿里必退，有些不甘心？"

"不错。"王德抬起有些酸胀的胳膊，以手指向阿里将旗，认真言道，"你我父子虽然抢得此战先机，但部众已经疲敝，接下来的战事想立下大功也难，如此局面，若没有大将斩获，又怎么能算是正了咱们王氏之名呢？而现在阿里尚没有退却，但其部众已经有了退却之意，无人愿意苦战，这是个机会。"

长子王琪犹豫了一下。

次子王顺却毫不犹豫，拱手以对："父亲，我来为你开路。"

王琪旋即颔首："父亲，我来为你断后。"

王德点了点头，然后不急不缓，带着两个儿子，以及几十名几乎人人带伤的亲卫，还有自己的将旗，向着中军有骆驼炮遮护的地方走过去，就好似是看到己方援军大举进发，准备回到此处休整，安静以待援军一般。但是，王德本人却于马上环顾不止，沿途点起目视可及的本部可信骑士，让对方悄悄跟上。未到石桥正前方，便已经成功汇集了两三百骑。

"大旗留在这里不动。"心思缜密的王琪主动吩咐旗手。

不远处，阿里借着高地坡度冷冷看着这一幕，但只看了片刻，同样因为年迈和长久指挥作战而精力不济的他便又扭头看向了自己阵地的西侧，那里已经有御营骑军的郯奚轻骑杀到跟前，直接与处于疲敝状态的自家将士交战了，并且还在不停地往自己身后涌动。

实际上，这些郯奚轻骑真就宛如流水一般，是直接"流"入了金军阵列空隙的。而金军的机动力量，也就是那些铁骑，在雨水中丧失了硬弓这一主要杀伤武器之外，机动性损失也远远高于这些轻骑，这使得双方陷入了某种都无法奈何对方的可笑境地——这些轻骑无法杀伤金军的重甲骑步，而金军的重甲骑步也无法追上这些轻骑。

但是阿里知道，只要对岸的绍宋军重步集团渡河，或者自己身后高地上的金军试图压下来，这些轻骑一定会尽全力迟滞阻碍本部移动。这就是这支庞大轻骑的战略作用，包括分割战阵，阻碍支援，遏制进军，协助包抄，以及可能的战后大举清扫，猎杀首级。所以，他的部众所面临局势已经很危险了，他必须要迅速做出选择，要么在这里等待高地上的完颜奔睹组织妥当，然后居高临下地冲下来，要么放弃这块小坡地，尽快撤离，回到高地上参与到完颜奔睹的结阵行动中。

作为一名久经战阵的大金开国宿将，斜卯阿里并没有花太长时间便做出决断——此一时彼一时，现在强行留在这里，很可能便是让自己这些部属全军覆没。已经五十七岁的阿里真的不在乎自己的生死了，但他要履行一个军人的职责，努力执行上司的军令，努力保护自己的部属。所以，还是后撤回高地好一些。

当然，这么做的一个很大恶果在于，已经被韩师仲推压到高地侧前方临河地带的仆散背鲁部很可能要在绍宋军的包围下全军覆没。故此，虽然之前便已经知道仆散背鲁长子战死，仆散背鲁发狂的消息，阿里还是主动唤来亲卫，传信仆散背鲁，要对方务必尾随自己后撤到高地上。在绍宋军轻骑大军越过上游防线，当面重步集团没有丝毫迟疑便全线进军的状态下，在临河地段维持战线已经没有战略价值了。

吩咐完这话，阿里刚要再传令部队做好准备，有序滚筒式后撤，话还没说出口呢，便闻得前方一阵骚动，抬头去看，正见前方已经有些混乱不安的本部步骑，仿佛是秋天遇到了野兔在其中奔跑的麦田一般，抖动着麦浪、茫茫然向两侧闪开。

分开的麦浪之中，那只野兔也迅速露出了身影，那是数百骑绍宋军骑兵，他们不举旗，不嘶喊，只是闷头向自己奋力攻来。阿里战斗经验何其丰富，只是一看便晓得是怎么回事，惊怒之下，其人还是那般脾气，手持骑兵锤不退反进，周围亲卫也都醒悟，各自努力向前遮护。然而，绍宋军此番突袭委实抓住了阿里部众将退未退的大好时机，以至于突袭开始后阻力极小、进展极速，此时阿里及其亲卫反应过来，却已经来不及了——不过是片刻之间，一名骁勇绍宋军将便已经杀到跟前，直接放声嘶喊，并带动身后绍宋骑兵一起放声喊杀。

为首的阿里的亲校丝毫不惧，当面迎上，却被一枪挑落马下。但这名绍宋将既一击得手，却并不去尝试进攻仅在十余步外的阿里，反而是直接挥舞铁枪，将阿里一侧几骑给奋力荡开，并尝试去砍阿里右方侧后将旗，引得几名骑兵齐齐去拦。

阿里情知此人是在干什么，却已经来不及提醒了，反而捏紧手中骑兵战锤。

果然，说时迟那时快，一名身材远超其他绍宋军士的高大骑士自之前那绍宋军将之后跃马而来，手中长斧被雨水冲刷得雪亮，早已经高高抡起，恰如夜叉下凡。

只是一瞥，阿里便知道，这必然是王德王夜叉亲至，这厮到底是凭着一勇之气杀到了自己跟前，更知道自己此时已经绝无幸理了。但电光石火之间，面甲后的阿里面目狰狞，依然不惧，其人非但不去阻拦自头顶落下的巨斧，反而奋起余力将骑兵锤朝对方肩上砸去。阿里的战锤挥过，却只砸到王德长子王琪，而自己此时早已被王德以长斧阵斩于马下。

战事进展极快，此刻，两侧绍宋军牛高、董先二部迅速成功渡河立足，两部金军军阵，也终于全线崩溃。

第九十五章　反复

中午之前，雨水再度急促起来。

随着预定战略达成，高地—石桥前的绍宋军当面主力四万众再不犹豫，立即按照十余个统制部的划分，在御营中军都统李彦仙的总督下大举渡河。与此同时，高地上的金军毫不犹豫，按照预定计划，四个万户在大金隆德府行军司都统完颜奔睹的指挥下于高地上汇集合阵，以一个巨大的、遮蔽了整个高地的庞大军阵向着前方太平河压了下去，以求完成预定的"尽量杀伤渡河绍宋军"这一战术目标。

随着绍宋军全线渡河，包抄之势隐隐形成，阿里部与仆散背鲁部当即大溃，金军的沿河阵线直接崩塌。随着金军沿河战线的崩溃，两大重兵集团中间，尝试阻遏歼敌的过万绍宋军郫奚轻骑立即跟同样数量的金军溃兵混作一团，形成了一个长条形的复杂混战长带，而这个长带向西而去又连到了已经交战一个上午的西线战场。

当此情状，李彦仙与完颜奔睹两队重兵在高地前方撞到一起时，非但没有想象中的大开大合，一决生死，反而让战场上所有的秩序、条理瞬间失效。双方前线部队，当场就被中间的混战区域卷了进去，前线部队的编制也都在一定程度上被打散，双方的指挥系统陷入半瘫痪状态。而偏偏双方的军阵是如此庞大，指挥系统上产生了一种惯性，使得双方后续部队不停地压入中军混战区域，混战区持续扩大起来。

这种混战还迅速向西，将原本维持着秩序的西线战场不断拉扯进来。

平心而论，这个局面尚在预料之中。但这种混战如此不受控制倒是让双方指挥官始料未及。不过，这不代表完颜奔睹无事可做，他抬头望天观察了一阵雨势，然后直接从腰后掏出一柄匕首来，居然在雨落不止的泥地上翻掘起了泥土。

完颜乌竹几乎是瞬间会意，忍不住上前两步去看："如何？"

"两寸深的泥泞，三寸深的湿软，再下面就有干土了。"完颜巴力速收起匕首，扭头平静作答，"而若是接下来跟上午雨势一般无二，那等到傍晚前，怕是要有四五寸的稀软，草地上存水厉害，可能会更深些，但只要没成泥淖，反而不容易垮……不过，依着眼下情势，应该早就积水攒了不少泥淖才对。"

"那会耽误咱们骑兵出击吗？"完颜乌竹稍显急躁。

完颜巴力速摇了摇头，一度让完颜乌竹放松下来，但很快，这位大金元帅一连串不紧不慢的话语便又让魏王殿下继续陷入某种无力的烦躁感。

"魏王，这根本不是雨势的事情，莫说眼下这般，便是更大的雨，更烂的泥地，更急的河水，军中也有不少人曾经历过，无外乎是马速慢一些，滑倒滑伤多一些罢了……白山黑水间，冬日冰雪间出兵，咱们难道没有过？可今日的问题在于，兵太多了，而且战场已经失控，谁也不知道这么多状况叠加，会有什么结果。怕只怕到时候最后两万五千骑冲出去，只来得及一个军令，便直接各自为战，根本冲不起第二轮。"

完颜乌竹闻言不免有些沮丧，他自问这一战自己早已拼尽全力。完颜乌竹得知自己兄长突发急病死在河北前线开始，他便行动果决，将后方托付给长兄完颜斡本，自己亲身到前线，努力聚合军心，统合部队，动员签军，并坚决支持和鼓励完颜巴力速发动相关战略战术。然而，绍宋军的几次军事行动让金军主力丧失了战略主动性，将金军的一切拿捏在手中，绍宋军所有行动，全都卡着时间、地理、后勤的限制向金军逼迫而来。

此时，完颜乌竹向东北方向看去，尽管相隔甚远，视线难及，这位大金四太子仍然能感觉彼处的赵官家气势汹汹。

太平河对岸，赵玖不知不觉已经灌下了半壶酒，面色红润微醺。绍宋军占据了优势，金军丢掉了沿河战线，失去了成建制的两个万户，只能依靠高地优势奋力抵抗，绍宋军以十万之众应对六个万户，此时尚未到中午，双方士气、军心、体力都能勉力支撑，没有理由不压制金军。但是，赵玖依然心中不安，依然内心惶恐。

这种混战在雨水、泥泞以及甲胄的作用下，双方的体力将会迅速流失，大规模伤亡会迅速出现。尽管目前还没有确切情报，可赵玖依然可以肯定，金军一定还有大量的生力军没有投入战斗，到时候，双方每一次投入新力量，都会有大规模伤亡产生。

时间一点点过去，中午时分，眼看着高地前的绍宋军大阵在越来越多的西线援军帮助下，通过血腥的混战以及对大面积溃军的驱赶，终于占据了整个高地三分之一面积时，完颜乌竹转身去了完颜火钵的营寨。他走后不久，完颜奔睹便开始执行既定预备方略，乃是一面下令部队收缩整合列阵，一面收拢西线部队后退，以求继续控制高地，并遮护身后的大营。但这个动作，不可避免地将位于战线折角上的完颜突合速部置于一个危险境地中。

呼延通眼见如此缺口，便迫不及待披挂上阵，亲率本部直扑完颜突合速部北翼而去。看到呼延通的旗帜再度过来，完颜突合速将旗之下，满心疲惫的桓桑宿将只是微微叹气并不着急指挥部队上前，反而在马上环顾四面，观察形势。虽然视野受制，战场混乱，可金军大举收缩的态势很清楚，位于夹角处的本部即将陷入三面被围的状态也是一望而知，侧后的解元，前方的呼延通，侧前方的岐轍骑兵，还有更远处一直被韩师仲要求按兵不动的许世安俱皆虎视眈眈。

坦诚地说，完颜突合速有心后撤，此时将兵马带回去对大局更加有利。然而，完颜突合速看向前方已经冲到自己身前百十步外的呼延通，此人这般纠缠，他怎么可能举众脱身？战况不利，完颜突合速本部北翼这里被削散不停，大旗之下也只有一千余众，而其余人等，早已被冲垮流散，再难聚集。"南翼那边指望不上了，就眼下而言，此处还有四五百骑兵和千余步兵。"完颜突合速忽然再度开口，语气严肃了许多，"咱们自己动起来吧！"

周围军官、亲卫，一时凛然。

"骑兵随我出击，步兵趁势向南翼靠拢。"完颜突合速平静吩咐，"待步兵会合成功，咱们也撤往南翼，继续支撑，尽量保存力量。"

其人身后旗下很快便聚集起了数百骑兵，然后朝着呼延通的大旗缓缓进发。剩余步卒，趁势脱离阵地，缓缓向南移动。

随着骑兵渐渐提速，完颜突合速忽然在双方部众的瞩目之下，临阵转向，擦身绕过呼延通部，带着这几百骑沿着河道方向朝着战场之外的更西面疾驰而去。所有人全都措手不及。片刻后，完颜突合速身后几百骑也瞬间分裂，有人犹疑折返，有人低头尾随不停，便是一头扎入呼延通部军阵中的骑兵，也有来不及改道和愤愤之下主动选择冲锋战斗的两种。

而就在主战场这里乱作一团时，完颜突合速在转向南面之后，根本没有停止，继续转向，直到完全掉头，与呼延通的追兵当面相撞。众目睽睽之下，这名昔日以骁勇闻名的桓楮宿将仿佛真的回到了十年前那般，一马当先，挥舞战锤，亲自冲杀在前。

　　两名将军直直相迎，呼延通明显被对方这个回马枪给弄得有些措手不及，完颜突合速拎起锤来，砸中了他本就受了伤的一侧胳膊。呼延通在剧痛之下不慎落马。

　　一击之后，完颜突合速在马上失去平衡，随即就被迎面而来的呼延通亲卫一锏推下马来。二人几乎是前后脚滚入了一个满是泥水的洼地里，登时便陷入肉搏混战之中。接着，仿佛发了狂一般，一直尾随着各自将领的绍宋、大金两军亲卫纷纷下马，双方各几十骑，全都是重甲铁锤，直接就在泥淖中战作一团。红的白的黄的黑的，也全在雨水中混成一团。

　　面罩的存在，使得混战双方很快就不能再确定哪个人是自家将军，唯独御营左军的铜面稍能分辨敌我，使得这种血腥的肉搏战持续不断。两支部队，迅速陷入最惨烈的肉搏生死战之中，双方根本就不是杀红了眼可以形容的，因为之前他们就已经在一个上午的交战中杀红了眼，而此时的疯狂绝对是有过之而无不及。

　　大约一刻钟后，随着岐靰骑兵与解元部的仓促来援，战斗迅速分出了胜负，这种疯狂也戛然而止。一时间，到处都是呻吟声与哭泣声。而呼延通与完颜突合速的尸首也被找到。谁都没想过，这个局部战场会以这种方式做出了结。这么快，这么血腥。

　　解元沉默立在呼延通尸首前，一时不语。岐靰将领耶律奴哥打马过来，不敢插嘴，便转身朝尚在对峙的完颜突合速部南翼阵前而去。而等他刚一过去，一名丢掉了兵刃的金军猛安便直接举着手中银牌走了过来。很显然，这名汉儿军猛安在目睹了刚才那一幕后，丧失了最后的抵抗勇气，再加上其部实际上被隔绝在了主战线之外，所以选择了举众投降。而这一部，也成为这一战第一个主动投降的成建制金军。

　　"不要杀我！"

　　当耶律奴哥将此人驱赶到解元身侧时，这名汉儿猛安直接在呼延通与完颜突合速的尸首旁跪了下来，并对解元言道："我有机密军情汇报！金军十六个万户，完颜讹鲁观是完颜阿古达亲子，所以带领其部万户驻守真定城。西线这边四个万户，分别是纥石烈太宇、夹谷吾里补、完颜突合速、仆散背鲁。高地上，是完颜奔睹领杓合、乌林答泰欲、蒲查胡盏合计四个万户。阿里独自前突为石桥先阵，他若是撤退，本该高地东面去撤，防止高地侧后方完颜斡论与耶律马五那两个万户被暴露。还有元帅完颜巴力速，他现在还在大营里，完颜火钬、讹鲁补也在后面，还有两个太原府行军司的合扎猛安，还有个叫完颜剖叔的从燕京带来了四个合扎猛安！"此人一边说一边瑟瑟发抖，却根本不敢看身侧两具尸首。

"说完了吗？"解元冷冷相询。

"说完了……不对，还有一个……有个叫蒲速越的渤海万户，其部连半个万户都没有，留在了滹沱河上浮桥与大营之间，以作必要接应。"汉儿猛安依然言语颤抖，"军情就是这些，都统但有他问，罪将知无不言。"

解元扭头相对自己身侧亲卫："将此人所言，分批四面传递出去，确保官家、相公、郡王，还有诸位节度全都知晓。"

亲卫们对了一遍情报，便扭头而去。

下午时分，春日雨水依然时急时缓，战事很快进入第三阶段。

在得知了那名汉儿猛安提供的情报后，结合着其他零散的前线反馈，战场总指挥吴介立即判断，这个情报十之八九为真，最起码大略的兵力分布没有太大出入，所以其人即刻做出决断，将郦琼部提前投入战斗。两万养精蓄锐的御营中军立即出发，从石桥—高地下游，也就是获鹿县城侧前方渡河出击，然后沿着交战力度稍弱的高地东侧绕行高地侧后，试图寻找到耶律马五与完颜斡论这一支"后备"军队。

望台之上，赵玖得知呼延通死讯后，内心却涌上许多过往的人与事，就在这时，一队赤心摇铃骑兵自吴介那边飞驰而来，吸引了所有人的注意力，而满脸都是雨水的赵官家压下心中繁复的情绪，问道："何事？"

刘彦主动扶刀迎上。几名赤心骑来到跟前，直接拜倒，其中一人立即汇报："回禀统制，前线有报，统制官关师古将军战殁。"

关师古是御营后军资历大将，吴介数次提出要以此人代替其弟吴璘担任御营后军副都统，在御营后军那里地位卓著。故此，刘彦怔了一怔后，立即回头看向了端坐不动的赵官家，赵官家回道："知道了，吴都统还有其他讯息吗？"

"有。"为首的赤心骑队长接过话头继续汇报，"吴都统说，前线战事稍微不利。"

"怎么讲？"刘彦立即严肃起来，"是关将军战死引发了震动吗？"

"有一点关将军的缘故，但关将军在高地正面战场，战殁后的涟漪不足以动摇大局，主要是高地东面侧后那里低估了耶律马五部和完颜斡论部的实力。"赤心骑队长言语清楚，"原本以为耶律马五部在之前太原战和井陉撤退中损耗极多，战力应该不强，所以吴都统才会以郦副都统两万众主动寻敌求战，但接战后才发现，耶律马五部和完颜斡论部实力非止不弱，而且兵力绝对超过两个万户。"

"为何如此？"刘彦忍不住打断对方追问道。

"根据战场反馈是多了许多步兵，而郦副都统和吴都统都认为这是金军为了集中骑兵做最后一掷，将剩余三个万户的步卒挑了出来，补充给原本实力偏弱的耶律马五统一使用。"

"原来如此。"刘彦微微松了一口气，只要不是超出原定规制的天降神兵，那自然可以接受，"那吴节度决定如何处置？"

"吴都统说，虽然御营中军不能速速压制高地东面侧后的这股金军，但高地西面我军已经势大不可制，全线压制金军，逼出金军后手，只不过是时间问题……请官家勿忧，稍待便可。"赤心骑队长言语到此为止。

而刘彦听到最后一句，再度回头看了一眼身后，确定那位默不作声的官家已经确切知晓了相关讯息后，便也不再多言，只是挥手示意，让对方到吴介那边回报去了。

赤心骑既走，赵官家依然无言，倒是吕夷昊此时在梅栎的伞下慢悠悠开了口："刘将军。"

"末将在。"对上吕夷昊，刘彦一时居然有些慌乱，"吕相公请言。"

"过河的兵马有多少了？留在太平河这边的又有多少？"吕夷昊不慌不忙。

"过河的是十二万五千，留在河这边的尚有御营骑军与御营前军背嵬军组编成的骑军一万三四，由王节度与杨统制统辖，又加入了御营右军背嵬军组编成的长斧重步与长枪混编，两万六七，合起来大约不足四万。"

"还有吗？"吕夷昊追问不停。

"还有御前班直，些许将领亲卫，合计步骑三四千众，以拱卫获鹿大营还有官家。"刘彦顿了一下，继续俯首作答。

"还有吗？"吕夷昊状若未闻，继续来问。

"还有就是郫奚辅兵与太行义军了。"

"怎么讲？可用吗？"

"可用。"刘彦陈述道，"多有战斗经验，但因为要从太原至获鹿沿途布置补给线，获鹿这里眼下只有两万郓奚民夫和一万太行义军改编的辅兵在营中。"

吕夷昊点点头，看向面无表情的赵官家："陛下，此次出河北凡十八万之众，除去分兵到滹沱河那边的几支偏师，剩余约十七万战兵，已经渡河大半了。"

众人心下恍然——吕相公这居然是催促赵官家亲自渡河，以打破僵局。

赵玖思索片刻后，居然摇了摇头，然后勉力平静以对："再等等。"

吕夷昊颔首，吩咐刘彦，将两万郓奚辅兵、一万太行义军辅兵从营中支派出来，到石桥后的空地上列阵。

赵官家下令："让辅兵们将各营拒马尽数抬出。"

就在刘彦匆匆去整饬辅兵的时候，太平河对岸的战场上，绍宋军十二万之众与金军十个万户的战局已经一塌糊涂了。高地西侧，绍宋军在击垮了金军西线两个万户后已经全面占优，并在努力尝试撕裂最后的阻碍，完成从高地后的包抄。高地正面，绍宋军在击溃了阿里部后，成功与西线部队连成一片，一直维持优势不断推进。与此同时，正面的高地上金军不乏宿将，而且四个万户同样连成一线，颓而不溃，所以高地上始终没有形成如西线的突破局势。至于高地东侧，战事规模虽然稍小，可难得双方势均力敌，而且都是生力军，再加上完颜斡论、耶律马五以及郦琼、乔仲福、张景这些人都是公认宿将，倒是打得有来有回。

绍宋军原本就士气、兵力全面占优，此刻占据大略优势，但偏偏不足以迅速摧垮对方的厚重兵力；金军虽然开战前就知道自己处于全面劣势，却也尽可能地通过控制高地、隔河立寨来获取一定的战术优势，但战术优势又不足以抵消他们的全面劣势。

吴介在得知金军大营与真定府之间只摆了一个万户后，一度起了让曲锻率部绕后偷袭的想法，旋即就被他自己按了下去，甚至都没有跟赵玖讨论这种可能性，战斗进行到这个程度，不可能再分兵，只有尽量往主战场集中兵力这一条路可走。吕夷昊不失时机地劝说赵官家适时渡河，唯独这位官家，还想着一个更合适的契机罢了。大约就是赵玖说出那句"再等等"以后两刻钟不到的工夫，刘彦还没有将三万辅兵整饬利索，随着拉锯战的持续，张玘部随着战略推进控制了高地上的东侧坡顶，那是高地上东西两个制高点之一。

已经进发到石桥前的"指挥若定"大纛下，吴介望着高点上的张字大旗，迅速回头向赵官家专门给他调拨的赤心骑下令，要求曲锻带领剩余绍宋军铁骑，果断渡河出击，从彼处压上，以作突破，同时将此军令转告御前。

曲大没有半点犹豫，立即下令刘锜、张宪、张中孚、张中彦等将各归本部，然后沿着之前郦琼部队渡河时架设好的浮桥进发出战，率亲卫先行渡河。

"曲都统，"刚刚渡河，一名赤心骑便跨河追来，告知曲锻，"官家有旨意，着御前剩余的一千多赤心骑随你调用。"

曲锻来不及表达感激，下意识向河对岸的龙纛方向看去。略微停歇下来的细雨中，那面龙纛动了。细雨中，这位绍宋官家和吕夷昊相互点了下头，吕夷昊折返获鹿城，赵玖起身向西，其人身侧不过是几名近臣，刘彦以下七八百御前班直。曲锻催促部队渡河，支援正面部队以图彻底控制高地，顺便为这位官家和他的龙纛扫清驻跸场地。

绍宋军最后一支主战骑兵全线极速渡河，而一身暗金色甲胄的赵官家在直直向西后，停在石桥后方，也就是吴介的大纛身后。刘彦将那两万郦奚辅兵和一万并没有在河东地区补充到御营编制内的太行义军辅兵分派进军路线。

一万三四千的骑兵突然投入战场，立即改变了战场局面，原本活跃的耶律马五一完颜斡论两部立即丧失了主动权，无法再对高地上的友军进行支援；而高地上的部队，更是一时间士气大颓，以至于过半高地为绍宋军所控。完全可以说，这次出击造成了金军全线萎缩。

这个时候，赵官家终于再度出发了，此时他身后不仅仅是抬着几千个简易拒马分流进发的三万郦奚—汉辅兵，甚至还多了几十个面色在苍白潮红之间变幻不断的"以备咨询"……这些人是被吕夷昊从城中赶出来随驾的。

这三万辅兵全线撒开，由浮桥处渡河，而赵玖一行人则由石桥进发，此时，静候于此处的吴介迎面跪拜于地。赵玖端坐马上一声不吭，吴介毫不犹豫上前亲自为这位官家牵马，并引上石桥。

这个时候，辅兵们引发的动静早已经惊动了太平河对岸沿河一带的绍宋军士卒。闻得这般动静，又看到龙纛过桥，无数绍宋军伤兵溃军还是忍不住翘首以盼，其中溃军更是不自觉地带着某种犹疑姿态往石桥方向汇集。

这位官家一言不发，只是让吴介将自己引到石桥前的小坡上而已，然后便在此处引着那面金吾纛旆稍驻。片刻之后，仿佛石子投入湖面后引发的涟漪一般，源源不断地，就将原本陷入凝结状态的河畔绍宋军重新吸引，越来越多的绍宋军溃兵与轻伤员拥了过来，立即将小坡围得水泄不通，而更外围的部队与士卒还在不停赶来。

赵玖立在小坡正上方，环顾四面，眼见无数双眼睛盯着自己，有心言语，却还是如之前那般语塞难言。官家强压下心中种种言语，准备继续前行，但他刚刚再度打马，不过行了两三步，看到一人自侧前方匆匆而来，匆匆勒马，吴介也全程配合。无他，来人乃是御营中军副都统王德，孤身一人，光着膀子，只穿一条长裤，上半身从手臂到躯干，缠了七八处绑带，其中五六处明显有血水渗出，徒步而来，而见到赵玖已经要走，便远远相隔几十步俯首下拜。

赵玖情知其部伤亡颇重，但不知为何，话到嘴边，却格外简略和平淡："王卿。"

"臣在。"王德抬起头来，明显带着一种与战前截然不同的激动之色。

"跟上来！"战马上的赵玖努力平静吩咐。

然而，不知为何，就是这么简简单单的三个字，却几乎使得王德当场落泪，费了好大力气方才止住情绪，复又重重在泥地上叩首："请官家稍待，容臣擐甲！"

赵玖当即颔首相对。

随着赵官家这一点头，周围聚拢的溃兵，包括许多轻伤员，终于哄的一声，再度活了过来，然后四处寻找自己的甲胄、兵器。赵玖则待王德执长斧骑战马引将旗为自己前卫后，以不急不缓的步伐让吴介牵马向南，以登高地。

而不过向前行了一两里地，李彦仙当面迎来，君臣二人相会，依然惜字如金，只是一礼，李少严便自引大纛与本部随御驾前行。此时此刻，赵玖身后身侧兵马已经形成相当大的规制，再加上此时抬着拒马的辅兵们渡过河来，并按照之前军令重新开始往御驾身后汇集，这面龙纛引发的动静，终于不可抑制了。

高地北侧坡面，绍宋军全线鼓舞，已经被压到高地另一侧的金军大部虽然不知是何缘故，也明显受到了震动和影响，少数占据高地高点的金军催动哨骑，呼叫支援，但是已经来不及了。

"官家！"又行了不过两三百步，韩师仲忽然自西面打马而来，然后远远便呼，"官家是要去东侧那个坡上吗？"

"然也！"赵玖回头相顾，对着那面天下无双的大纛高声作答。

"东面高坡是次坡，没有西面高坡高。"韩师仲来不及摘去面罩，便以马鞭指向自己侧后方言道，"官家贵为天子，既要观王师决战，如何能去一个次坡？必然要到西侧主坡安阵！"

"主坡不是尚在金军手中吗？"赵玖尚未开口，身后的李彦仙高声喝问。

"待我与诸节度护御驾至，主坡必然已为我军所制！"韩师仲也是片刻不停，当场应声。

赵玖掉转马头向西而行。韩师仲立即引自己大纛尾随侧卫，其部背嵬军却早在统制官成闵带领下，往尚在金军掌握的西侧主坡而去。赵玖沿途进发，西线各部纷纷振作，御营左军各部与郓奚、岐鞑轻骑一起，如虎跃并力往此处高地而来。

此处金军早就摇摇欲坠，此时遭到四面冲击，如何能守？不过半刻钟，望着那面汇集了足足三面大纛十数面将旗的龙纛，守将杓合只是一叹，便黯然打马引众后撤了。

下午尚未过半，雨水尚未停歇，绍宋官家的龙纛不声不响地立在了战场核心高地的最高点上。一同到来的，还有韩师仲、李彦仙、吴介三位都统的大纛与节度使王德以下十数面将旗。抵达此处以后，龙纛居中，诸帅臣将领大纛、旗帜列于左右侧后，御前班直环列铺陈，赵玖好整以暇，翻身下马，自有御前统制官刘彦摆上马扎，班直抬来几案，内侍省押班邵成章摆上那壶不知道还剩多少的蓝桥风月。随即，众将前涌环列，随赵官家居高临下，以观战事。

全程没有击鼓，没有号角，没有额外指挥。立旗之后，不过一刻钟内，无法控制全局部署的曲锻便与几乎所有独立率部的下属一道，不约而同地从东线与高地战场的缝隙间突破，甚至与另一个下属李世辅顺势而下的郓奚轻骑部众汇集到一起，在高地偏东一面形成一个庞大的骑兵集团。这是御营骑军主力自北伐以来第一次在战场上全线汇集，而赵官家选择与御营骑军一起进发的好处也彰显无遗。与此同时，一直苦苦支撑的夹谷吾里补部万骑，也终于在很可能被全线包围的巨大危险下放弃了对纥石烈太宇的遮护，折身而走，试图在杓合的背后重整。

太平河对岸绍宋军大寨中，细雨之下，却是御营总都统王彦扶着腰间佩刀，与杨轶忠共同静待战机。下午刚刚过半，随着绍宋军开始以辅兵在高地制高点周围铺陈拒马，昔日完颜娄石副将、完颜剖叔终于不能忍耐，随即率六个合扎猛安中的四个当先出营。

完颜剖叔既出，最西侧的完颜火钹随即也率部出营，接着面色苍白的完颜巴力速自大营节点处正式出兵，本部骑兵外加两个合扎猛安一起出战，最后是仓促之下按照完颜巴力速军令动身，从高地东侧营寨出兵的讹鲁补。

赵玖居高临下，遥望此阵，半是释然半是惊骇。便是韩师仲、李彦仙、吴介等将，也都面沉如水。只是一看，他们便已经意识到，尽管赵官家随御营骑军一起出战，成功钓出了金军最后的撒手锏，但金军雪藏了一整日的精锐，确需绍宋军付出血的代价才有可能打赢这一仗。

辅兵们紧张地抬着拒马按照军令迅速铺陈，步兵结成大阵，硬枪竖起，宛如铁林，散落在战场各处的轻骑也奋力从各处收缩汇集，试图支援高地。赵玖身侧的御前班直迅速涌下，在已经铺设的拒马后方结成阵势。高地东侧当面临河之地，一支庞大的绍宋军刚刚越过太平河上那数不清的浮桥，此刻正在沿河整队。这支两万四五千之数的铁甲部队在整队时沿着河流迅速摆出略显长条阵型。

开始，完颜巴力速以为这是为了方便行军，这支军队是要迅速行军到西面，然后藏身到绍宋官家身后。但很快，随着这支军队举起自己的武器，东侧坡面上能看到这一幕的所有金军，从完颜巴力速到讹鲁补全都失色。最少两万四千绍宋军制式札甲重步兵，排成区区四列，首列举起长斧，次列举起长枪，三列依然巨斧，四列依然举枪，阵型严密，如墙如林。下一刻，随着鼓声隆隆，甲墙斧林，徐徐而动，宛如一条在河畔潜藏了许久的铁龙，向着高地卷过来。

高地东侧坡面上，无论是骑兵还是步兵，大队还是小股，望着这一幕的金军尽数悚然，恰如之前绍宋军见到金军甲骑尽出一般。彼时，金军三面排闼而出，阵型齐整，声势浩大，全是重骑，更兼养精蓄锐几乎大半日，士气高昂，颇有气吞高地十万之众，逆转全局之态。与此同时，绍宋军居高临下，且握有兵力优势，更重要的是之前已经有了全局压制的大胜之势，又如何会轻易动摇？

而在这个节骨眼上，在高地南侧偏东，双方骑兵主力几乎是猝不及防地当面暴露，绍宋御营骑军重骑、轻骑都在这里，金军完颜巴力速部的西侧部分和完颜剖叔所领的东侧部属也在这里。随即，在地形、时间、军队位置等因素作用下，绍宋、大金双方的大股重骑兵猝然爆发了一场举世罕见的大规模当面对冲。

这场冲锋的胜利者无疑是金军，不然也不会有完颜巴力速扫荡眼前部众，登坡望见绍宋军那"一掷"的一幕了。只是绍宋军此时依旧溃而不散，紧紧咬住金军不放，尽管战局艰难，完颜巴力速依然用自己的威望和指挥能力催动了一个顶级的金军精锐骑兵大阵，并以一种尽可能的速度，朝着绍宋军的那个如墙如林的札甲大阵而去。而绍宋军此时也片刻不停，准备发起最后的冲击。

任何看到这两支部队，或者只看到两支部队之一的人都会意识到，这就是最后的决战了。自今日早间至此，苦战大半日后整场战斗的胜负；或者说自去年秋末冬初至此，绵延四个多月的此次三十万众北伐的得失；甚至自旌和以来，两国十年交战后的最终国运，即将由随后一个时辰内的战斗结果来决定。实际上，抛开周围战场上的喊杀声与轰隆声，龙纛下堪称安静异常，牛毛细雨下，赵玖一声不吭，韩师仲、李彦仙以下，绝大部分近臣、军官也都在静待结果。

此刻，众人都忍不住将眼前的阵势和当日尧山一战相比，当面的绍宋军兵力，似乎和当日尧山下的核心部众差不多，而且双方身侧也都有相持状态的两军大阵。而完颜巴力速眼见绍宋军军阵，却从中窥得对手气势如虹，不同以往，那面甲斧林墙如铁龙一般，让人一见便陡然心惊。当完颜巴力速看到绍宋军铁龙因为行军过程不可避免地变得弯曲后，不禁释然。但很快，随着完颜巴力速看见前方绍宋军甲墙斧林接触到一个尚在交战的局部战团后，终于无法自欺欺人了。因为他亲眼看到，那个战团里的绍宋军被那条铁龙吸收合并了。

"稳住，稳住！"

数里之外的雨水中，杨轶忠满头大汗，素来沉默寡言的他今日放声嘶吼："前进，前进！让开！让开！到后面整队跟上！"

随着杨轶忠以及数百名军官的嘶吼，这支汇集了精锐的两万四千众札甲重步兵终于在所有人面前展示出不可挡的战场统治力。铁龙所到之处，混乱的战场立即如同被扫过一般，金军彻底崩溃，转身便走；绍宋军则无不欢欣鼓舞，或是在铁墙前奋力追击，或是在铁墙后整队尾随。随着绍宋军的扫荡和进发，沿途的绍宋军立即填充了这条铁龙，完颜巴力速眼中这支如墙如林重步兵大阵的最大弱点正在逐渐消失。

双方相距约三里的时候，扫荡了小半个东线战场的绍宋军大阵已经汇集了至少一半的郦琼部和两个御营后军的统制部，阵型强了一倍，而且还在吸纳、重整东线绍宋军力量。与此同时，完颜巴力速忽然彻底醒悟，他从一开始就错了。绍宋军之所以采用这种看似留下破绽的单薄阵型，是因为他们从来没指望用区区四列阵型扫一切，这个"最后一掷"根本只是一种手段，一种将绍宋军之前全局战场的优势上升为胜势的手段。包括之前绍宋官家的进军路线，自石桥出发，汇集当面部众涌上高地——在绍宋军指挥官眼里，决定胜负的，从来都是整个战场上的所有绍宋军！他们要集合所有人的力量来压垮金军！

也只有集合了所有绍宋军的力量，才能压垮战场上的十四个金军万户与六个合扎猛安。与之形成鲜明对比的，正是他完颜巴力速，他居然将所有希望放在区区两万多骑兵的奋力一冲上！但此时一切都来不及了，随着前方一个合扎猛安当面击溃一支区区数百人的绍宋军步兵小阵，一条直达那甲墙斧林的通路猝不及防地出现在了尚在羞愤之中的完颜巴力速眼前。

这是机会，也可能是不归路。完颜巴力速缓缓向前，心中打鼓，开始紧张，他忍不住看了眼西面的高地方向，彼处，两个制高点依然在绍宋军掌握之中，尤其是更西面的那个最高点上，龙纛依然在雨中微微摇晃，这意味着完颜剖叔与完颜火钚根本没有冲到跟前。

"全军随我向前，迎上去，迎上去！"

心思百转的完颜巴力速从那面龙纛上收回目光，回头相顾，没有了任何犹豫。与此同时，周遭绍宋军展现出截然不同的态势。

正北面，绍宋军长斧重步兵阵列迅速停下整队，后方尾随的绍宋军阵列朝着露出缺口的部分迅速集合，以做出应对金军冲击的准备。

东面战线上，郦琼部陡然停止融入身后大阵的动作，转而努力维持阵型，与耶律马五以及完颜斡论对战的区域也瞬间激烈起来，双方一时间都咬紧牙关。东面几乎是贴着营地的讹鲁补也毫不犹豫，不顾身侧有厚重绍宋军军阵，提速施压，要与完颜巴力速相呼应。

往西看去，也就是高地两个制高点偏东的范围，暴露在外的御营中军的张玘部与牛高部保持了沉默，明显是在整备军力。而在这两个军阵后方，两个制高点的中间位置，已经休息了半个时辰的御营左军背嵬军重新开始在高地上布阵，俨然是准备必要时前来支援。

至于南面，之前作为骑军大阵出击的部分重骑、轻骑陡然加速，在刘锜、张宪、李世辅的号令下几乎尾随不停。

提速、逼近，前方合扎猛安忽然全速发动，一个直趋身前化为冲阵前锋，一个转身向上化为壁垒，试图抵住来自高地的夹击。但居高临下的张玘部与牛高部丝毫不为所动，他们放弃了阵地，自上而下全力冲压，以步兵大阵朝着金军骑兵侧翼奋力冲来。不过，最先接战的还是北面，抢在侧翼绍宋军步兵抵达之前，金军骑兵便已经全部提速，然后便是浪涛拍岸，卷起千堆雪。

当先的合扎猛安，十个谋克，七八百名铁浮屠，只能带着某种必死的决心，随着忽然爆发的一阵喊杀声，生穿硬凿一般，一头扎入绍宋军的那面"墙"上。

这支铁浮屠奋力冲上，却陷入绍宋军甲阵之中，反而丧失机动性，被两侧绍宋军尽数包围，以长枪制住，造成巨量的伤亡。远远见到这一幕，完颜巴力速心中微微一颤，却没有任何减速的意思，反而穷尽全身力量，奋力喊杀，率领身后主力冲向了正在屠杀铁浮屠的绍宋军，并再度造成了巨量的伤亡。但因为前面铁浮屠的停滞，他们根本没有突破绍宋军的铁墙，而且，随着战线上的旗帜挥舞，更多的长斧与长枪，在杨轶忠和张子盖两人亲自带领下，从更宽的两翼再度折叠过来，尝试着将包括完颜巴力速在内的更多金军骑兵裹住。

后方的金军骑兵部队努力向前，尝试救援，那个负责阻碍高地夹击部队的铁浮屠也直接掉转马头，失去钳制的张玘、牛高二将不顾一切催动军阵冲下来，几乎尾随着那个合扎猛安顶住了金军骑兵大阵的侧翼，与此同时，御营骑军的骑兵无论重骑还是轻骑，全都自后方蜂拥而至，配合着本就在另一侧的郦琼部，四面部队将整个金军骑兵大阵牢牢锁住。与此同时，更多的长斧重步兵与长枪重步兵再度从两面折叠过来。完颜巴力速和他的精锐骑兵，陷入绍宋军的钢铁密林中。

第九十六章　一掷

　　战场的制高点上，赵玖当然不知道绍宋军将领此时正往来奔走，但他已经看到了完颜巴力速的冲锋和失陷。片刻之后，这位官家将目光从东侧收回，转向了南侧，气氛再度紧张起来。原因很简单，顺着赵官家的目光看过去，此时的南侧坡面上，相当一部分战场上，绍宋军陷入苦战，而且还有一名节度使级别的大将深陷其中。而造成这个局面的缘由，还是之前那场冲锋。

　　彼时，金军甲骑三面而出，位于高地东南侧的御营骑军迎面冲下，再加卜金军大队本身出兵有一定间隔，所以一冲之后，金军骑兵被分成了两大股。一股在高地南侧中部以及西部，看旗号正是完颜火钹和完颜剖叔，还有相当数量的合扎猛安，目标明显就是这个制高点，就是这位正在观战的赵官家及其身后龙纛，也就是他们导致了很多南侧战线绍宋军的苦战；另一股在高地东侧，正是此时陷入绍宋军阵中的完颜巴力速以及讹鲁补部，而完颜巴力速的目标无须讨论，他明显是想击穿绍宋军的最后精锐长斧重步兵，控制住这"最后一掷"，给完颜火钹与完颜剖叔争取时间。

　　所以，现在的问题是，究竟是绍宋军东线的铁龙先扫荡东线战场，转向南侧，造成全局压制，还是金军的"最后一掷"抢在绍宋军支援得力之前，杀到这个制高点上，实现逆转。

　　细雨之中，稍得喘息的曲大并不知道东线已经成了天大之功，也不知道成闵正领着援军前来支援。他晃了下脑袋，摇开额头雨水，然后奋力向周边望去，却只见雨水迷离，双方人马混作一团，如潮如汐，在坡面上起伏不定，根本窥不到大略局势。而他自己和他身侧的将士，都只是这股潮汐中的一小部分。

之前就说了，御营骑军一冲之下，从战略上而言无疑取得了巨大成功，他们将金军的骑兵一分为二，难以汇集，正是因为如此，才使得金军的撒手锏陷入两面作战，结果两面都不能为的尴尬境地。从这个角度来说，曲锻与御营骑军功莫大焉。但正因如此，御营骑军也不得不在付出了巨大伤亡后，依然陷入你中有我、我中有你的艰难境遇……然后，完颜巴力速北走，混战中的御营骑军也一分为二，一部分随张宪、刘锜、李世辅而去，另一部分却是顺势转而向西，死死咬住了那些合扎猛安。

曲锻本人，正在其中。

"都统。"

虽然戴着面甲，但因为旗帜和胯下那匹新铁象的缘故，周围御营骑军将士如何不识得曲锻所在？而亲校夏侯远领着数十骑自后方催马而来，更是不会认错。曲锻没有回应，只是四面去看，而果然，很快又有两三队骑兵跟夏侯远一样汇集过来，身后兵力也短暂汇聚到了四五百众。

"只能聚起这些人吗？"曲锻忍不住长长吐了一口气，"刚刚那支赤心队呢？是跟张中孚凑一起去了？"

"应该没有，只是被那支铁浮屠从中间截断了。"夏侯远勉力指着不远处的一支三四百人的具装金军脱口而对，"在另一面！"

"那就再冲回去，把人带回来。"曲大不愿多想，也来不及多想，因为和此刻正在匆匆汇集的绍宋军骑兵一样，那股被作为对手的合扎猛安也很快注意到了这边的情形，并立即开始汇集和调整。

众人当然无话，这种战场上，没人敢停下，也停不下来，唯一的正确做法，就是不停地会合友军、打散敌军，他们便是想护着曲锻去一个安全地带，也得通过这种方式来转移。于是乎，不过是稍得喘息，御营骑军所属的绍宋军重骑四五百骑，便匆匆与那三四百铁浮屠发起了又一轮对冲。

且说，人马俱甲的铁浮屠当然战力非凡，甚至可以说在这种短途低速冲锋与白刃战中占尽了优势，可曲锻身侧亲卫也都是精挑细选，再加上兵力稍微占优，而且在对方身后应该就有一支两三百人的赤心队可以重新会合，所以这次冲锋其实应该是没有太大问题的。事实上也的确如此，曲锻以夏侯远为前锋，一冲之后，短促的交战，便成功引起了之前那支赤心骑的注意，继而会合过来，而对面的这支铁浮屠在丢下十几具尸体后，也无奈选择了暂时后撤。

就是这种战斗模式，因为死伤和减员导致士气跌落，双方不得不以这种小规模低速冲锋来相互发起战斗，而且往往会在交战前减速，进行一场短促的刚蹭式的白刃战，最后，士气更高而非伤亡更少的那方占据阵地，获得胜利。但失败者也会很快重整，反扑回来。这种战斗，就好像无穷无尽一般，但又不可能是无穷无尽的，因为每一次类似的战斗，双方都会有各种各样的损耗。

譬如这一次，绍宋军除了减员七八人外，连带着曲锻胯下的坐骑也直接瘸了腿。一名因为打滑而落马的金军铁浮屠，带着最后的挣扎努力去砸曲锻的腿，却误中副车，骑兵锤隔着丝绸罩衣砸到了新铁象的左后腿上，一时间，伤口血肉糜烂，隐隐可见白骨。随即，这名铁浮屠被夏侯远勒马狠狠踏在蹄下，但那匹赵官家御赐的骏马也蜷曲起左后腿，再难支撑奔跑。

在这种战场上，这无疑是件很危险的事情，所以即便是御赐的神骏，也必须得放弃，曲锻也毫不犹豫地翻身下马，准备更换坐骑。唯独刚刚经历了一场短促白刃战的战场之上，完好的无主坐骑根本不存在，不是战马也有损伤就是相关装备受损，无奈之下，和几名下属稍微商议后，曲锻只能尝试将原本的鞍鞯换到一匹扯开了马镫的绍宋军制式战马上，但还没来得及动作，随着一声示警，一彪四五百人的金军铁浮屠便忽然出现在曲锻东面侧翼位置。这个数量的铁浮屠对于眼下的曲锻及其周遭兵马而言就已经很危险了，尤其是其中还很有可能存在一位能做主的金军猛安。

当此之时，旁边一名正在协助曲锻换鞍鞯的骑兵军官毫不犹豫，直接骑上了那匹扯开马镫的战马，曲大当然也不做作，立即翻身上了对方的战马。随即，便又是与金军骑兵的匆匆一冲。这一次，吃亏的明显是没来得及提速的绍宋军，为了保护旗帜，曲锻不得已扔下部分下属，逃到一侧的洼地中重整。

而刚刚停下，尚未来得及等到其他骑兵汇集而来，一匹背上空荡荡的战马便引起了曲锻的注意，这匹马的一侧马镫完全被扯开了，只是因为跟随头马的习惯一路追到了洼地。雨水之中，曲锻难得失神了片刻，但还是趁着周边兵马汇集的空当询问了一句："你们有谁知道，刚刚给我换马的是谁？"

"是赵不凡。"左臂明显受伤的夏侯远脱口而出。

混乱的洼地中，曲锻一时怔住。不过，战场注定不是让人思考的地方，就在这时，高地上方的龙纛左近，隐隐有急促的鼓角声传来，随即，一大彪绍宋军甲骑从后方绕过拒马，出现在正北面的高地坡上，标志性的铜面和居高临下的地形引发了下方金军骑兵的震动。

曲锻亲眼看到，西侧坡面上正在仰攻御营左军解元部大阵的一面金军旗帜直接撤离了战斗，转向一旁，并开始吹动号角，摇晃旗帜，显然是要其部往旗帜那里汇集，然后应对韩师仲背嵬军的意思。原本正在跟曲锻部混战的铁浮屠们大量脱战西走。汇集兵力的正是完颜剖叔。然而，之前那个足足四五百骑的铁浮屠大队得到讯号，却在迅速整队后，毫不犹豫对着曲锻处将旗发起了又一次进攻。

双方擦阵而过，依然是金军获胜，绍宋军败走，金军者落马死伤十二三众，绍宋军减员十七八人，绍宋军随即退往水洼更东侧以作回避。

曲锻再度一马当先而出，周围骑士一时凛然，也都赶紧尾随不停。而下一刻，数千稍作休整的御营左军铜面甲骑在成闵的带领下全力压下，与御营骑军和部分不知从何处涌来的岐辙轻骑一起，将完颜剖叔及其所属的那些铁浮屠淹没。

完颜乌竹立在完颜火钹寨中的一处望楼上，看着前方战事，口干舌燥。问题出在哪里，完颜乌竹一清二楚。且不说绍宋军在身后龙纛加持下的坚韧，也不说绍宋军骑兵的奋力冲击与分割，那些都是敌军的事情，他们无法改变，金军这里，完颜奔睹与完颜火钹之间根本没有配合。完颜火钹和完颜剖叔率生力军加入战场，除了部分兵力被绍宋军骑兵缠住外，所有兵力都在寻找绍宋军阵线上的薄弱点去尝试突破，丝毫没有协助完颜奔睹整体推进战线的意思。与此同时，完颜奔睹只是闷头维持战线，完全没有分出骑兵协助完颜火钹寻找突破的意思。

完颜乌竹不得不做出决断，命吾里补全力协助完颜火钹。转过头来，完颜乌竹有心再去攀登望楼去观战，却一时气馁，不敢再登高去望，但偏偏即便是站在营寨里，也能遥遥望见那面龙纛和坡面上的两军阵线，最后在细雨中枯站等待，不免茫然和惶恐起来。

激战过后，完颜巴力速所领万户渐渐溃散、垮塌，然后从四面的缝隙中彻底流散。完颜巴力速也战死于这场战役。此时此刻，东线战场上，金军尚有三个万户，其中讹鲁补甚至还是主力未损的生力军，但是随着那条甲墙斧林迅速得以重整，所有人都知道，这条变得更加夸张的铁龙已经彻底无人可挡了。至于说金国元帅完颜巴力速，没人知道完颜巴力速到底是何时死的，怎么死的，即便是目睹了杨再兴将他砸翻在地的金军也不知道自家元帅是当场死亡还是后来被马蹄践踏，又或者是在绍宋军阵线扫荡过此地时被尾随的绍宋军士卒给了结了。

唯一确定的是，完颜巴力速的金牌与那面旗帜，成为绍宋军的战利品，而完颜巴力速也确实死在了此战之中,何况,他终究是做到了元帅,而且注定要被记载于史册,要被很多人大书特书。身为金国元帅,他的老上司完颜瞻汉将来都未必有他知名。

"你那厮!"牛高部已经开始被铁墙吸收整合了,牛高本人也准备转入阵后监督进军,但眼见着那名高大骑士又陷入乱砍乱杀的地步,却还是忍不住放声大喝,"还留在这边做甚?想要再立功,接下来该去龙纛南面砍那些铁浮屠,若能成功,说不得能有个国公做做!"

杨再兴一时大喜,居然在马上朝牛高唱了个喏,然后匆匆而去,看得牛统制目瞪口呆。

"魏王,这得看此事是急是缓。"

金军营寨内,洪涯看着就在咫尺之外的战场,眼角扫过那面龙纛,不由得心中乱跳。

"急该如何处置,缓该如何处置?"完颜乌竹双目圆睁,努力维持镇定,因为就在太师奴去叫人的这个空当里,他已经得知了完颜巴力速全军遭遇绍宋军两万余长斧重步兵大阵的军情,知道了完颜巴力速部陷入绍宋军大阵中的残酷现实。

当然,他还不可能知道那面旗帜已经落入泥水中,和完颜巴力速裹在了一起。

"缓,就是说战局还算可靠。"洪涯勉力而对,"这个时候,就要外松内紧,一面据理力争,尝试与绍宋议和,一面加紧将部队运过河去……"

"那急呢?"完颜乌竹直接打断了对方。

洪涯一下子便气息紊乱起来:"急嘛,就是战局已经不可恃,这个时候就什么都不要顾忌了,绍宋官家就在那边山上,立即将虞允文给放了,请他带话,城下之盟也好,虚言恫吓也好,磕头求饶也无妨,反正死马当活马医,努力趁着对方不知道河间军情的时候,胡乱求个盟约,以求有少许机会,将部众运过河去,能哄一分是一分,能走一人是一人。"

言罢,洪涯死死盯住了对方不放。

而细雨中,完颜乌竹左右来回踱步,只觉得呼吸急促,步履失控,一时难断:"不怕绍宋官家因为俺们遣使生疑,反而察觉到什么?"

"他便是有所怀疑,也不可能知道具体情由的。"洪涯赶紧认真解释,"主要还是看战事到底如何,真要是到了地崩山摧的地步,总该试一试吧?"

"真要是地崩山摧了,便是哄骗与求城下之盟,哪里又有言语可以说呢?"

完颜乌竹还是摇头不止。

"魏王，其实还是有言语的。"洪涯上前半步，"比如说，先许诺燕山道，退出汉地全境，偿还旌和金银……由此便可顺势拿燕云汉家大族说事，只议和说能避免再遭伤亡，使汉家大族不能反抗；然后再拿此战伤亡说事，说这一战死了这么多人，没来参战的岳斐岂不是尾大不掉？还可以拿塞外平衡说事，东蒙兀合不勒汗没有参战，保全实力，西蒙兀却死了大汗，难道草原不需要制衡？还有高夷，还有河北战后安抚，还有春耕……都是能说一说的。魏王，你一定要记住，绍宋官家，从来不只是一个将军，他还是个官家，需要为战后做思量的。"

完颜乌竹愕然盯着对方看了片刻，又思索一阵，这才点了点头，扭头看向了太师奴："去将虞允文活着带来，这次不要再自作主张！"

太师奴匆匆而去。洪涯忍不住咽了下口水。而仿佛是看穿了洪涯心思一般，完颜乌竹旋即又扭头相对："洪承旨，还没到地崩山摧的地步，俺此时只是要将虞允文带来，以防万一。"

洪涯微微释然。

似乎是在呼应完颜乌竹的言语，就在完颜乌竹与洪涯讨论什么死马当活马医，以及以防万一之时，前方坡面上的战斗，金军居然有了一些起色。夹谷吾里补带着全骑兵的援军出现，给了完颜火钹巨大的支持，一时间，绍宋军南坡战线上，颇有几处呈岌岌可危之态，甚至有小股金军真真正正来到了拒马前，然后尝试下马破坏这些拒马。然而，这时的龙纛下居然没有任何军令传下，反而任由完颜火钹部突进。

战争经验很丰富的完颜乌竹清楚，那面龙纛后面，明显还有充足的、正在休整的兵力，这位官家却引而不发。这位大金魏王目视所及，细雨迷蒙之中，高地东侧乱作一团，无数金军自彼处逃散而来，一开始是漫无目的骑兵，完颜乌竹还想派人去收拾局面，但很快，随着更混乱的步兵，以及耶律马五与完颜斡论，乃至于讹鲁补的旗号乱哄哄出现在东侧视野内，完颜乌竹哪里还不明白，东线战场已经全线崩溃。

完颜乌竹眼见金军颓势，干脆命太师奴带着虞允文前往绍宋官家面前求和。而临到拒马阵前，太师奴更是混账，直接将虞允文拖下，又一拳打得对方七荤八素，这才拖着对方躯体一边上前，一边对着前方绍宋军阵中遥遥大呼："这是你们绍宋的翰林学士虞允文虞探花，替天行道张荣张节度的女婿，我是大金魏王的使者，前来请见赵官家！"

数名军将当面迎上，太师奴更是将虞允文扔到地上，孤身上前，却不料迎面而来的居然是耶律於顿与数名岐辙武士。

双方相顾，难得一怔。但很快，耶律於顿便自去引几个人抬护虞允文，也自有其他几名岐辙武士将太师奴迎上，匆匆反剪捆缚了双手，夺取兜鍪，然后却又一拳狠狠打在面上……也不知道是杀威还是故人私怨。但是，太师奴早已经全然不在意这些了，因为挨打之前，摘掉兜鍪那一刻，他便于恍惚间看到了高地东侧，彼处正有一面巨大的、足足十来里宽的军阵铁幕沿着坡面整个向西扫荡过来，阵型之大、之广，平生未见。惊骇欲死之余，太师奴敏锐意识到，这应该就是魏王所恐惧的未知事物，也是导致金军东线大溃逃的东西……一念至此，却哪里还顾及面上疼痛，只是念及之前完颜乌竹交代与恩德，然后不顾一切，奋力向龙纛方向挣扎而去。

唯独其人双手被捆缚，如此挣扎向前，却只换来沿途数次栽倒与拳脚相向，待被带到御前，更是浑身狼藉不堪。可即便如此，其人也丝毫不在意，只是匆匆下跪，奋力将之前言语交代出来："陛下！赵官家！此战是你用兵如神，全然大胜了……我家魏王愿以燕山道请和！大金退回塞外，汉地全境割让，并许归还旌和所得金银！甚至愿称臣纳贡！"

一些咨询微微耸动，更多人却是冷笑以对，至于一身暗金色甲胄，唯一坐在那里的绍宋官家则一声不吭、置若罔闻，只是低头自斟了一杯酒，然后一饮而尽。

"官家！陛下！"太师奴努力不去看东面那越来越壮观和显眼的铁幕，只是侧着头勉力言语，"我家魏王实在是诚恳求和……须知道燕云大族素来不服绍宋，官家若是一意抢夺，不知道要再死多少人，便是武力得了燕云，也要使北地人心离散！为何不能稍许大金生路，以换得燕云平稳交付？"

周围几名近臣微微意动。但赵玖只是速速又自斟自饮了一杯。

"陛下。"太师奴越发匆匆言道，却是已经带了哭腔，"便是不说燕云，北伐以来，死的人还不够多吗？上天有好生之德……就是只说今日一战，外臣沿途过来，整个草坡都是尸首兵刃，到处都涂抹血渍泥水，再战下去又有什么意思？而且真要是这么杀下去，便是我们金军不能承受，可绍宋军难道就能承受了？再说了，这边死的人多了，官家就不怕岳斐与他手中十万之众会尾大不掉吗？"

身后已经有了明显骚动，赵玖微微晃动手中酒壶，试图再满上一杯，那个样子就好像手在颤抖一般，但是即便如此，也只得了半杯。随即，这位官家捧着这半杯酒站起身来。其人目视所及，巨大的铁幕已经越过了高地东南角，带着某种宛如雷霆的震动感出现在南坡视野之中，而高地南坡两军主阵地上，大量的金军阵地就好像遭遇到地震一般，开始在没有遭遇任何进攻的情况下摇晃、颤抖。

赵玖吐了一口气，将最后半杯酒喝了下去，然后摘掉头盔掷于地上，便扶刀向前，引得身后韩师仲以下，几乎所有帅臣、武将纷纷扶刀呼应，韩师仲几个人，甚至主动跟上了几步。

"陛下！"太师奴叩首在泥水之中，完全就是哭泣了，"还有东蒙兀、西蒙兀……战后就不用处置了吗？高夷人呢？河北春耕如何？官家是大国的官家，眼里不能只有战事，要为战后考量……我家魏王一开始确实只想蒙骗行缓兵之计，但见了这般大阵，必然会真心想和的……请官家给我们一条生路吧！"

赵玖已经走到了此人跟前，不远处的侧前方，耶律余睹匆匆而来，身后则是被搀扶着的、满嘴是血的虞允文，似乎有话要说。但是，临到跟前，就好似跟在后面的韩师仲等人一样，耶律余睹忽然止步，因为赵官家忽然拔出了他的佩刀。

下午时分，细雨之中，龙纛之下，手持利刃的赵官家居高临下，扫视了一番前方的密集的金军溃兵与残余阵地，扫视了一番混乱的金军大营，又扫视了一番迷蒙的雨幕与早已经变了颜色的草地。他用尽了所有力气，却只能用一种短促急切的语气，下达了一道简单到极致的军令：" 压过去！给朕……压过去！"

明明战场上越来越嘈杂，但不知为何，这道军令之后，周围人却仿佛有了一种错觉，天地间忽然陷入某种停滞之中一般。身后诸将哄然而应，高地后方的绍宋军在早有准备的诸将带领下大举步行越过高地，穿过拒马阵，自上而下，铺陈向前，奋力压了过去。

此举，呼应着东面越来越近的庞大铁幕，终于引发了金军的全面恐惧。忽然间，不等两面绍宋军一起压上接战，金军阵地便全线摧崩，名师大将，皆不得立身，绍宋军骑兵当前，先逐金军于寨侧，三面蹂躏，肆意践踏。

下午时分，距离天黑还有相当一段时间，细细的春雨没有停止的意思，金军已经全线崩溃了。

全线崩溃到来之前，在后方大营留守的完颜乌竹虽然已经惶恐至极，还是勉力做出了连番应对准备，他一面让太师奴带虞允文去面谒绍宋官家，以求尽量拖延可能到来的总崩溃，一面又让亲卫打开所有营门吊桥，并在吊桥后准备好旗帜，以作必要时的接应，还让营中留守部队从另一侧驱赶签军出营，又让人清理营中通道与场地，方便部队进入和整备。然而，种种准备，随着地崩山摧那一刻到来，全然失效。

大营内从前往后全线失控，绝大多数人都不再理会军令，劫掠、争夺伴随着弃岗逃窜行为到处蔓延，安排的引导旗手也十之八九转身离去。

"魏王！魏王！"洪涯对着望楼连喊几声，"局势已然无救，咱们赶紧回真定府吧！"

面色惨白的完颜乌竹终于茫茫然点了下头，然后恍惚爬下望楼，却又差点直接摔倒，但在他摔倒之前，数名亲卫便一拥而上将自家亲王连扯带抬扶到了地面上，并有人迅速牵来战马。

"不行！俺不能去真定府！"

完颜乌竹浑浑噩噩上了马，与洪涯还有几十名心腹亲卫进发不久，行至一个营盘内的路口时，却又忽然恢复了几分清明。"这般大溃，滹沱河上那几座浮桥根本过不了几个人，大股兵马还是得朝东面走……可若是去东面，洪承旨你是知道的……"

洪涯当然知道，不就是金军大部分溃兵仓促间肯定还会留在滹沱河南，而岳斐很可能会从下游包过来吗？但事到如今，他怎么还敢插嘴此事？作为军中可能是对金军全线崩溃最有心理准备的一个人，他刚刚比完颜乌竹清醒多了，但愣是一个字都不敢多言，就是怕将来出事疑到他身上。虞允文一摊浑水足够让人担惊受怕了！

"俺先去石邑，看看能不能沿途收拢溃兵，尽早渡河。"另一边，完颜乌竹见到洪涯不开口，反而会错了意，只以为对方是文官怕死，"洪承旨，劳烦你去后营，带后营的人去真定府，之前俺让高庆裔唤老六发援军，现在你要拦住他们，不要让他们再过来送死，让老六守好真定……能守一日是一日，再让蒲速越把握好河上那几座浮桥，能收拢多少人是多少人！"

这话开始说的时候，完颜乌竹便尝试从腰中取下自己的金牌交给对方，但不知为何，一直说到最后，却都未曾取下，最后还是洪涯自己急到满头大汗，亲自打马过去，就在马上伸手解开，劈手夺来。夺来以后，二人便各自打马，准备分道而行，但走了数步，洪涯还是忍不住稍微旋马，就在马上捏着金牌朝着完颜乌竹侧身拱手："四太子，务必珍重！"

完颜乌竹茫然回头看了一眼对方，在雨中微微颔首，但旋即，二人终于还是各自打马，分道扬镳。而如果说，完颜乌竹和洪涯因为在后方大营内，还有稍许回旋时间，那么全线崩溃之前，位于高地最突前位置的完颜火钹、完颜剖叔、夹谷吾里补三将及其部属，便是首当其冲，然后在第一时间便意识到，大势已去，非人力可为了。然而，当此地崩山摧之势，三名昔日完颜娄石所属亲信宿将，却又表现得截然不同。

已经六十四岁的夹谷吾里补一声长叹，旋即打马归营，尝试逃窜，而且与大多数溃散兵马相反，居然率数十骑亲卫逆势向东面而去，俨然是准备反其道而行之，借用绍宋军铁幕大阵的行动不便，从容避开大队溃兵，而且也方便走滹沱河去真定府。他可是知道尽快过河的紧要性的。

至于完颜火钹和完颜剖叔，则不约而同地停在了原地，然后任由身侧兵马溃散，却只是怔怔看着山顶那面龙纛不动。这倒也能够理解，其他人还有逃窜的理由，还有求生的本能，但完颜火钹和完颜剖叔呢？他们什么都没有了，没有了长久以来支撑自己的复仇信念，没有了战胜那面龙纛的最后希望，甚至连最后立足的本钱都没有了……他们的军队此时在最前面，恐怕是最难逃脱的那部分，而且这一战，总归要有人为战败负责的。

魏王那个层次是一说，可完颜火钹与完颜剖叔率先出击，导致最后一大股骑兵精锐被绍宋军骑兵分割，结果两侧的战略任务都没有达成却也是众目睽睽之下的事实，连辩都无须辩。

一念至此，细雨之下，完颜火钹勒马笑顾身后尚存的几十骑："你们且去找完颜剖叔将军，他是太祖的庶侄，回去总还是有一条命的，将来退到塞外，白山黑水间，说不得还能东山再起，替我父报仇，千万不要在这里白送了性命，速速过去！"

几十骑亲卫面面相觑，一时无人动弹，但随着前方绍宋军大阵滚滚向前，周围更有精锐绍宋军甲士窥见是金军大将而针对性袭来，到底是有十余骑部众俯身而走，去东面寻完颜剖叔了。

完颜火钹原本想等人一走直接扔掉兜鍪，拔刀自刎，但眼见身后尚有十几骑在，却干脆纵马迎上，乃是避开绍宋军大阵，沿着拒马阵缝隙往那面可见而不可即的龙纛冲锋而去。见到这般场景，其人身后十几骑再度折走数骑，一时只有七八骑尾随前行。

第九十七章　崩摧

　　且说，拒马阵中虽然因为拒马的存在使得绍宋军分布零散，不如周边阵型紧密，却依然有足够重甲武士轻易阻拦下这数骑根本跑不快的骑兵。唯独完颜火钹窥视了半天，早就看到了有一群拎着长刀却无钝器的绍宋军盘踞在龙纛前拒马阵一角，看似可欺，所以此时一马当先，仗着马术精良、武艺出众，左折右闪，居然一路避开了蜂拥而下的那些重甲武士，率数骑冲到了那群挥舞长刀的异族甲士面前。双方迎面而上，这些异族甲士果然不是完颜火钹及其亲卫对手，往往一锤下去便能料理，而甲士长刀擦身，则毫无效用，少数换了锤斧的，也明显用不惯……一时间，居然被完颜火钹亲卫缠住，然后完颜火钹本人更是近乎单骑冲到了龙纛前两三百步的位置。而此时，完颜火钹与龙纛下的那个明显是御前班直组成的阵型之间，也只剩下了一名长刀异族武士。

　　见此情形，龙纛前的阵中稳如泰山，并没有半点动作，便是周边绍宋军大阵，也都无人来救，因为没有人会觉得这单独一骑能冲过上千御前班直，便是完颜火钹自己此时想的也只是，若能死在绍宋御前班直阵中，让绍宋官家看到自己死不旋踵，那也算了无遗憾了。孰料，就在完颜火钹全身热血沸腾之际，与对面的长刀甲士临近，对方非但没有退，反而大叫一声，挥刀迎上。

　　完颜火钹见状，也毫不犹豫，抢锤相对。然而，一骑一步当面相撞，完颜火钹居然失去了目标，而大约是顺势驰出十余步后，其胯下披甲战马复又一声嘶鸣，继而轰然跌倒，顺便将完颜火钹直接甩到了旁边一组拒马上。

　　虽因盔甲遮护，完颜火钹没有被戏剧性地刺穿，却也足够让他疼痛难忍，失去行动力，任人宰割了。迷迷糊糊中，被夹在拒马两根木锥狭缝中的完颜火钹奋力睁开眼睛，正看到战马侧后有一大团内脏血污顺着坡面滑动翻滚，其中马肠子更是从战马腹部一路被拖了几十步不止，而就在这时，那堆内脏里面居然站起了一个血人，然后一瘸一拐往自己这边而来。

完颜火钹哪里还不知道，对方这是死里求活的招式，只能说，这厮借着地滑划开马肚子的同时，居然没有被战马踩成残疾，也真真是走了大运。当然，现在不是想对方的时候……完颜火钹努力想看清自己模样，却根本无法折身，只能心中暗叹，这般轻易死掉倒无妨，唯独没有死于龙纛之前，死在那个绍宋官家和无数绍宋名将面前，不免还是有些委屈。当然了，委屈也很快就消散了。

全身血污的源为义一步一步走上前去，在周围绍宋军的肃穆观望下，先是摘了对方腰中金牌咬在嘴里，然后挑开面甲，直接以腰后匕首一刀插到面门上，这才匆匆踩着对方尸身，对着高处一个方向将金牌高高举起。

之前挥刀后便亲自向前突进到拒马阵跟前的赵玖负手不动，此时遥遥看到这一幕，也只是伸手一指罢了，而也只是一指，源为义便也如释重负，继而又跌坐在地，一时莫名痛哭起来。

且说，因为仆散背鲁尸首一时没有寻到，完颜巴力速也只是被人发现帅旗折断，所以完颜火钹是这一战中继阿里、完颜突合速后，绍宋军确切阵斩掉的第三名万户，也是实际上被阵斩的第五名万户。

此时乃是下午时分，金军全线崩溃后不过半刻钟，雨水未停。

赵玖挥刀下令全军总攻，帅臣不提，诸将纷纷督阵向前。然而，当这位官家刚刚再度坐下，忽然又有消息传来。

"曲大围住了完颜剖叔，完颜剖叔想让朕阵前相见？"赵玖蹙眉以对，"完颜娄石的那个副将？"

"是。"刘彦脱口而对，"也是完颜阇母的庶子，完颜阇母是完颜阿古达的庶弟，此人算是完颜阿古达的亲侄子。"

"如此身份见一见倒也无妨。"赵玖在雨中端坐，"但今日朕并无兴趣，告诉曲大，速速杀了，然后去营前践踏敌军便可。"

刘彦俯首而走。而大约半刻钟以后，军令便传达到了曲锻那里，曲锻点头会意，也不吭声，只是用眼睛看阵前一名没有兵刃和战马的大金士兵，后者会意，直接折回金军阵中。完颜剖叔周围，尚有数百铁浮屠，此时闻得回复，纷纷来看自家主将，而完颜剖叔四面查看，尤其是看到身后营寨前壕沟处的乱象后，倒也平静。

"绍宋官家看不起我们，但我们不可以自轻自贱，大金没有投降的合扎猛安。"完颜剖叔一面摘除兜鍪与护项，一面高声宣告，"但事到如今，也不可能让你们强战送命，都逃了吧！营中储备战马就不要想了，现在先解开马甲，越过营寨后，再扔下甲胄，咱们的马好，找到浅滩，抱着脖子就能渡过滹沱河，能逃一个是一个，等逃回燕京，就去寻国主。将来国主万一要折回塞外立业，还要你们来护卫的。"

说着，其人复又解开脑后辫发，甩了甩上面附着的血浆污水，便直接拔出刀来，朝着自己颈部大动脉奋力狠狠一割，只是一割，便血如泉涌，将脖颈处的污渍雨水尽数冲刷得干净。而周围铁浮屠也哄然上前，团团围住完颜剖叔战马，小心翼翼扶着渐渐失力的完颜剖叔躯体，不让对方倒下。

与此同时，外围绍宋军骑兵已经迫不及待开始攻击杀戮，铁浮屠明明身后故意被撒开一个口子，竟冒着被绍宋军东侧铁幕、高地大阵包裹的危险死战不退。一直到完颜剖叔颈部血涌渐平，瞳孔四散，周围扶着他的铁浮屠将其小心翼翼放平在马上，这才各归本部，然后解开马甲，轮次断后，努力逃散，无一人投降。

直至此时，金军早已丧失了最后一丝抵抗能力。而绍宋军得到旨意，奋力冲上，赶到金军营寨前肆意追逐。

"为何会这样？便是败局已定，也不该这般情状。"讹鲁补见此情形，失神追问。

耶律马五冷笑道："本该如此，岐輠人是这样，绍宋人曾经这般模样，如今轮到桓榛人，为何不能这般？难道桓榛人果然三头六臂，跟我们岐輠人还有那些绍宋人、蒙兀人不是一个种？"

讹鲁补居然无言以对。

"大营注定守不住了，留下来也没用！"耶律马五忽然严肃，当场呵斥，"这里有马，将军若是想求生，便速速去北面浮桥那里，到真定府；若是想努力救一救下属，便去石邑整备，回头在寝水和滹沱河前收拢部队，反正不要留在这里发呆。"

讹鲁补缓缓摇头，然后上前接过缰绳翻身而上。就这样，二人一起率数百骑出了后方营门，然后刚一出门，往南侧走了几步，便闻得身后嘈杂声中夹着数声惊呼，耶津马五回头，却发现讹鲁补这个以豪勇闻名的东路军宿将居然一声不吭向北朝着真定那边去了。其中一多半人也随之而去。

耶律马五在原地旋马一时，犹豫片刻，但终究是摇了摇头，转身带着剩下部众朝南打马而去。

且不说马五如何，只说另一面，讹鲁补飞驰向北，越过大丰营盘之后，远远看到前方有大队齐整人马，跟上前去，方才发现是洪涯与后营文官、参军，以及部分留守部队，更令人惊愕的是，老将夹谷吾里补居然也在其中。

三人相见，相互知会了一些言语，各自松了一口气，便会合一处，继续向北去找滹沱河上浮桥。而又行了两里，道路刚刚开始与太平河末端并行，未见得蒲速越兵马和完颜讹鲁观援军，却先见到高庆裔率百余骑迎面而来。

见此情状，讹鲁补、夹谷吾里补二人微微低头，洪涯则赶紧率先迎上。

而未待洪涯开口，高庆裔便先行仓促来问："洪侍郎，战事如何？"

"地崩山摧，全局溃散，我此行便是奉魏王之名，让你不要再引六太子援军过来，然后让六太子收拢部队，小心守城，再让蒲速越整肃浮桥秩序。"说着，洪涯将手中金牌高高举起，"然后，我本人还要去滹沱河北岸下游接应溃兵。"

夹谷吾里补在后面微微一愣不提，高庆裔直接面色惨白，在原地怔了一怔，方才再问："全然无救了吗？"

"全然无救。"洪涯不耐烦道，"绍宋军横扫战场，我军无一处能维持建制，便是四太子，也只能先去石邑那里，准备在战局外搜罗整备溃兵了。高通事速速掉头，随我们一起回去吧！"

高庆裔越发惊惶，但终究是在对方催促之下掉转头来，顺流而下。一行人越发壮大，又行了片刻，身后喊杀声渐渐偏远，反倒是渐渐闻得前方河水湍流不停，水声盛大在前，众人情知滹沱河将至，便不由得加速向前，又行几步，见到滹沱河就在眼前，且这一侧蒲速越营地齐整，旗帜分明，这才彻底松下一口气来。

接下来不出所料，年轻的蒲速越跃马率众出迎，匆匆询问战事："高通事如何这般快回来？洪侍郎，前方战事……讹鲁补将军为何在此？吾里补将军也在？"

"不瞒将军。"洪涯早就破罐子破摔了，此时毫无负担，直接上前相告，"前方大败，绍宋军横扫，杀伤甚重，而我军无一处能立足。魏王去了石邑，准备在战场外围收拢部队，所以有金牌与我，让我传令与你，务必控制好浮桥，尽量收拢溃兵，必要时该做处置便做处置。"

蒲速越怔了一怔，目光从对方手中金牌上转过，又看了讹鲁补与夹谷吾里补一眼，这才茫茫然点了下头。但很快，他又扫了面色发白的高庆裔一眼，并再度朝洪涯发问："既如此，敢问洪侍郎，可有杓合将军讯息？"

洪涯一时也不知道该如何说，倒是高庆裔，直接在马上掩面了。

"不好说。"讹鲁补忽然接话，"绍宋军胜手是从东面过来，我与耶律马五将军、完颜斡论将军都在东线，先行溃散，反而得以逃入营中，吾里补将军应该是之前正好在营中轮换部众，但除此之外，西线和中军那里，兵马过于密集，溃散得也晚，人都堵在营门前的吊桥处，踩踏死伤甚重……贤侄，我直言好了，杓合那个位置本就危险，而且现在距离天黑还有一个时辰，这么下去，等到天黑，便是杓合能侥幸活下来，他的那个渤海万户怕是也要死伤累累。"

听到这里，众人几乎一起抬头看了下天色，脸色全都更加难看起来。

半晌，蒲速越方才颔首："如此，我送诸位渡河，六太子必定还在真定城翘首以盼，等诸位消息。"

众人一时喏然，但无人反驳，反而越发加速随行，穿过蒲速越那只有两三千人的营寨，然后从营寨后方登上滹沱河上的浮桥。

滹沱河是大河，又是汛期，又是河口，浮桥建造委实不易，此处不过只有四处，可以想见，等到后方溃军过来，到底能过多少。唯独几个人既已偷生，却也懒得计较那些东西了。实际上，一行人分别登桥，各自渡河后，终于彻底释然，居然有瘫软在原地之态，倒是蒲速越毫不犹豫转身回去了。

就这样，一行人在这边稍微歇息一阵，方才欲动身，但刚要行动，却又闻得河对岸营中一片嘈杂之声。早已经成为惊弓之鸟的众人不敢怠慢，匆匆寻得浮桥前的一个小土坡，骑马登高而望，却既未见到追兵，也没看到大股逃散的本方溃兵，反而见到蒲速越的旗帜领着大约千骑之众直接出营，逆着太平河向着战场方向而去。

众人见此形状，如何还不明白？但今日生死之事见得实在是太多了，反而一时无言以对。

但有一人除外。

"我活着还有什么意思？"高庆裔鼻中一酸，当场跌坐在雨中地上，一时痛哭流涕，"杓合与我生死相交多少年，其人生死未卜，我连问都不敢问，反倒是一个晚辈，这般视死如归……真真羞煞我也！"

众人听了这话，各自表情不同。

而洪涯干脆冷笑："高通事，你何止是负了杓合？难道没有负了四太子？此次军阵，俱是你来参详谋划，虽说是情势所逼，没有什么错处，可既然战败，且酿成今日之祸，便该有人当其责，十五个万户，算你百分之一的错处，也该杀生偿命了！"

高庆裔闻得此言，反而连连颔首："洪侍郎所言极是。"说着，高庆裔不顾众人在侧，直接当众解衣，然后从坡上走下，蹚入滹沱河那暴涨的河水中。

对此，所有人一言不发，冷冷相对。而果然，高庆裔走了七八步，水到胸前，一脚试探了一下，发现前面似乎是个大坑，便不敢再动，只是原地仰头哭泣。见此情状，岸上之人，懒得再看，纷纷掉转马头，往真定城而去。

倒是洪涯，实在是没好气，直接在岸上呵斥："高通事！差不多就行了！你这般聪明人，事情知晓得比谁都清楚，结果完颜瞻汉元帅死时你不去陪葬，高景山送你出城时你顺势而出，之前路上也不问杓合生死，如何见了一个蒲速越逆流而上便挂不住面子了？真要寻死，还要脱衣服吗？速速上来，随我去见六太子！"

言罢，洪涯也不再理会，直接留下一匹马转身而走，倒是高庆裔半是羞愤半是无奈，在河水中哭了好一阵子，方才回到岸上，然后穿上衣服，抹着眼泪骑马跟上去了。全程竟然无一人愿意再归河对岸，去接管蒲速越的军营。

暂且不说这群人逃出生天，只说另一边，金军中路与西线部众，确系如讹鲁补所判断的那般，因为过于密集的军阵，在崩溃后陷入被全面屠杀的境地。一时间，绍宋军骑兵自三面涌来，追索不停。而随着绍宋军大阵逼近，金军开始大规模投降。而耶律於顿因为知晓金军高层内情，所以奉命督军搜检金军部众，一时间，银牌、铜牌随着岐辖骑士往来飞驰，传递不断，纷纷直达御前。

赵玖身前的箩筐一个接一个被满是血迹的牌子给摆满，而稍待片刻，甚至又有三面明显被雨水冲洗和擦拭过的金牌被一起送到了赵官家手中，放在之前几面金牌一侧。

行军万户的金牌是有字迹的。第一面显然是杓合的金牌。

"死的活的？"赵玖越发恹恹。

"应该是死的，耶律将军有言，这个金牌是从尸首上直接摘下的。"刘彦俯首相告，"而且耶律将军本人也辨认了，虽然脑袋一半稀烂，但依然能大约看出来是杓合。"

第二面金牌很有意思，它的形制跟杓合的金牌完全不同，一面居然是平的，而且另一面字迹粗糙模糊，宛如什么粗制滥造的东西。

"这是谁的？"赵玖一时不解。

"是完颜奔睹的。"刘彦脱口而对，"完颜奔睹自幼被养在完颜阿古达帐中，很小就被赐予了这面金牌，许了他前程，后来完颜奔睹就一直带着这面金牌……"言至此处，刘彦微微一顿，方才言道，"官家，此人被活捉了，就在跟前，要不要带上来看一看？"

赵玖本懒得见，但环顾周围，重新折返渐渐汇集的诸将皆有意动，再加上完颜奔睹到底是堂堂隆德府行军司都统，算是金军此战前三的人物，而且耶律於顿就在侧前方不远处，面子也要给的，便终于点了下头。

须臾，反剪捆缚着的完颜奔睹被耶律於顿亲自领人拖上高地来，直接扔在御前。此人抬起头来，赵玖低头去看，却居然发现此人在流泪不止，根本不是单纯雨水打湿模样。非只如此，其人在坡上挣扎回头相顾，只见坡下金军或死或降或逃，且有许多绍宋军骑兵尚在追逐零散金军为戏，偌大战场，早间威势赫赫之阵，殊无半点残留，更是一时泪如雨下，哀号不止。

赵玖终于冷冷开口："金牌郎君也要做啼哭郎君吗？"

完颜奔睹闻言，居然越发哭泣得厉害，半晌才在赵玖身后、龙纛之下无数神色各异的文武臣僚的瞩目下勉力作答："正是想起了完颜萨利赫，才这般伤心……好让赵官家知道，我与完颜萨利赫俱长在我家太祖帐中，虽无兄弟之名，却有兄弟之实……他当日在桥山被吴介打得啼哭，我虽公开维护，心中却不免一直嘲讽于他……可今日，今日见此山崩之势，方才晓得……大丈夫便是再豪勇，再自傲，可若是见到麾下儿郎这般如草芥而亡，又怎么可能不哭呢？"

说着，他以头抢地，哭泣越发激烈，以至于上气不接下气，片刻不停。

赵玖点了点头："完颜萨利赫未曾失节，早早自缢而死，你也随他去吧！"

闻得此言，不待完颜奔睹回复，耶律於顿便直接从旁边地上取来一柄弓弦松弛的大弓，然后以膝盖抵住对方后背，只将弓弦往脖颈上一套，复又一扭，完颜奔睹便不能再哭泣，只是双腿踢蹬不停，挣扎不断，但不过片刻，便没有了挣扎的力气，然后自有班直上前，一人持弓不断，两人拖拽，将完颜奔睹拽到一旁。

赵玖对耶律於顿点点头，复又去翻第三个金牌。这个金牌居然又与前两者不同，俨然更精致，而且重量体积都更大，不用刘彦和耶律於顿解释，赵玖便已经认出来元帅二字了。很显然，是有人找到了完颜巴力速的金牌。

到此为止，这位官家终于懒得再看，直接扭头下旨："良臣！"

"臣在。"

韩师仲拱手向前。

"发你部骑兵，再带两个统制部的援军去夺金营北面滹沱河当面浮桥，其余御营左军全军，随朕回转获鹿县城。"赵玖平静吩咐。

韩师仲当即应声。

"晋卿。"赵玖将目光从鼻青脸肿的虞允文身上扫过，继续环顾四周，这才看向吴大吩咐道，"军情不太确切，但确有相关言语，岳斐与张荣、田师中或已至下游河间府滹沱河口。御营左军你不要动，其余部众你看着安排一下，确保能追击妥当，收降安置兵力，打扫战场也都不要落下。"

吴介早已经知道这个消息，甚至心中已经有了筹划，除此之外，今日大胜，金军全线失控，其实杀伤、俘虏是远超想象的，逃走的虽然多，但绝对没有一半。所以，吴大此时只是淡淡应下，倒是些许不知情的将领，闻言振奋一时。

言至此处，赵玖也懒得多说什么，直接便要起身回转……他需要好好休息一下。

"官家！"就在这时，刘彦忽然上前，指着远处依然跪倒的太师奴相询，"此人该如何处置？"

赵玖怔了一下，然后才问："之前虞学士汇报，他听到了吗？"

"没有。"

赵玖点点头，不以为意："那就放回去吧！放给完颜乌竹！"

刘彦赶紧点头，耶律於顿也一声不吭。而赵官家刚要再走，刘彦却复又指着地上那些箩筐匆匆提醒："官家，还有这些该如何处置？"

赵玖回头相顾，言语清晰："暂且收起来，待明日滹沱河浮桥在手，将今日金军伤员好生打理干净，外加这些牌子一起送入真定城内便是！尸首也可以送进去，计略战功之后，便送到城下，让他们自己安葬。"

众将难得再度凛然起来。而赵官家眼见着无事，到底是摘下头盔，仰天一叹，然后抱着头盔步行往太平河对岸的获鹿归去了。

天色彻底变黑之前，又一捷报送到获鹿城中，原来，韩师仲下属成闵部与董先部、邵云部奉命向滹沱河进发，在途中迎面撞上滹沱河浮桥大营守将蒲速越，其人当场被斩，继而绍宋军追压溃军，轻松夺下浮桥，并遣游骑渡河侦察，临真定城而窥。

这一日，金军已经折损万户大将八人，占了此战金军十六个万户的整整一半。对此，此时早已到石邑的完颜乌竹当然不知情，不过，他等到天色黑透，却只收拢了零零散散不足两万众，便是万户大将，也只等来了完颜斡论、纥石烈太宇、耶律马五、乌林答泰欲、蒲查胡盏区区五人！然而，即便此战损耗如此之重，完颜乌竹估计也会有四五万人逃脱，与众将说明了明日一早各自向东，收拢部队、分散渡河的计划，尚未说得妥帖，便陡然闻得营外喧哗起来，居然是绍宋军不顾天黑，直接顺着营寨追杀过来了。

当此之时，营中好不容易聚集起来的兵马瞬间炸裂，完颜乌竹与诸将无法，也只得各自出营，匆匆上马，准备乘夜收拾部队，向东逃窜。

建炎十年二月初三这一天的获鹿，一日之内，绍宋、大金双方在方圆数百平方公里的局部战场内总计投入了超过三十万兵力，并通过一场前所未有的激烈正面作战，分出胜负。绍宋军大胜，金军大败。

翌日一早，绍宋军继续大举进发了。

吴介总揽太平河对岸、滹沱河南事宜。御营左军也在韩师仲的统揽下利用所获浮桥大举渡河，逼临真定城，并按照赵官家旨意将伤员搬运至城下。当此境况，若说完颜讹鲁观和真定留守部队之前还对所谓"惨败"停留在字面感触上，是所谓满脑子空白那种震惊感，那眼下便是一时五内俱震，如丧肝胆了。

这还没完，随着傍晚时分，绍宋军主动停止搬运，转而撤回营中，或许是后怕，或许是恐惧城中不接纳他们，或许单纯只是忍不住伤口疼痛，城外伤员忽然间便失控恸哭起来，而且瞬间席卷了整个城外的伤兵队列，哀号恸哭之声一时响彻真定周边。非只如此，城内守军出来接应，惊恐之下居然随之痛哭，随着这些伤员哭泣入城，接着，复又有城内军官家眷寻亲未果，也号啕不止，最后就是城内城外哭声一团，甚至有高级官员和将领都顶不住压力，陪着全城一起来哭。声音之大，隔着数里的绍宋军新立营寨中都能清晰耳闻，御营左军部众与董先、邵云二部也不得不伴着哭声来用晚餐，议论纷纷之下，以至于有人心生恻隐。

"绍宋官家怎么说？"

且不说满城哭声，只说随着轻伤金军得以入城，一人意外地得到了完颜讹鲁观的直接召见，并在满是金军高层的大堂上被临时主持真定事务的大金枢密院都承旨领兵部侍郎洪涯当众询问。此人不是别人，正是因为不知道完颜乌竹在何处，而被干脆放回到真定城的太师奴，他作为之前临阵去见赵官家的使者，此番居然顺利回来，那被召来问询倒是理所当然。

"好让洪侍郎知道，昨日以后我就未曾再见到绍宋官家。"太师奴惭愧低头，明显羞愤，"便是当时见到了绍宋官家，说了许多言语，他怕是也没有半分在意与理会，更不要讲还有相关言语交代了……此番全身回来，怕只是因为使者身份，再加上昨日那位官家杀的人太多，懒得再杀，所以才侥幸偷生。"

洪涯面上略显失望，直接回头去看坐在正中的完颜讹鲁观，却见完颜讹鲁观面色僵硬，似乎根本没有在听，便又去看堂上众人神色，而如他所想，堂上文武，大多数也是失望之态，只有寥寥几个人稍显释然。

大略记下了这几个人后，洪涯便直接朝太师奴点头："既然回来，便是天意，也不必多想，且安顿下来，等魏王讯息！"

太师奴从进来未见完颜乌竹，便大约猜到自家主上不在此处，只是此时上位者们明显正在议论军国大事，而四太子不在，他一个侍卫首领便是平素再有体面又哪里有资格插嘴？于是便直接俯首朝完颜讹鲁观、洪涯依次称谢，然后先回去歇息，准备等会私下寻洪涯询问完颜乌竹境况。

太师奴一走，堂中便复又嘈杂起来……很显然，正如之前所言那般，几乎堵塞了四门的伤员、死尸让真定城里的所有人彻底认清了现实，现在全城哭成一片，留守部队从上到下全都士气颓丧，便是有一整个万户、无数库存，也必须要论一论后路了。

唯独现在这个地崩山摧的局势，后路哪里是这么好论的？

"能不能乘夜率军撤走？"

"撤往何处？"

"东面无极，北面新乐都可以，当然，只是暂时落脚，我的意思是，既然昨日败得那般惨烈，城中这个万户就反而更加要紧起来，若能带回燕京，便是个可靠倚仗。"

"就当是有地方撤，又该怎么撤呢？城中一整个万户，步骑各半，如何在韩师仲眼皮子底下撤走？绍宋军所谓御营左军没有骑兵的吗？正值春汛，路上遇到一条小河小道，稍一阻碍，被追上了怎么办？你我都知道这个万户是最后的倚仗，绍宋人如何不知道？至于燕京、太原……不说也罢！"

"足下问我这些，我来问谁？只是眼下不撤又如何呢？满城哭号，士气沮丧，无人敢战，至于说退守太原，我当然晓得，可越是如此，越说明这真定是没法守的！"

"几位到底在说什么？便是没法守，也要死守！因为一旦出城，便是死路一条，倒是留在城中，还能多挨几日……"

"挨那几日后便是今日堂中这些人被一网打尽！而若是乘夜逃走，便是败了，也能让各人赌个天命！"

"足下想过没有，我们若是走了，绍宋军从滹沱河北岸长驱直入，届时连追都不用追，河对岸的四太子与数万溃兵便也要匹马不得北归了！"

"四太子的命是命，六太子的命便不是命了吗？"

"几位且住，你们都不管城外尸首与伤员吗？那全是自家儿郎！尤其是伤员，他们的命就不是命了？"

"这个嘛……"

"还有府库，真定府的仓储是举国之力打造的军需总仓储所在，是三太子、四太子平素巡视驻扎的地方，城中甲胄、粮草、箭矢、刀剑、皮革、金银铜铁锭无数，难道要扔给绍宋人？"

且说，洪涯冷眼旁观，早已经看得清楚，这些人议论纷纷，无外乎就是局势大坏，守是不能守的，逃也是不好逃的，所以进退两难，几乎算被逼到墙角。这是当然的，昨日一战，绍宋军一战而定乾坤，连大金还能不能存下来都要看天时、看地利、看人和了，区区一个真定府不可能有什么堂皇大道可走的。

不过话说回来，非要走，走某种极端的小道求生却还是有可能的。比如说，全城上下，从六太子完颜讹鲁观算起，带着无数撤到这里的文武、一整个万户和数不清府库直接投降……这是洪涯最想见到的，事到如今，他非常需要这座真定城来在那位官家面前获得功绩与生路，同时所有人一起投降也能有效保护他在燕京的那些家眷。当然了，这个办法太理想化了，洪涯目前也只是暂在心里想一想，并没有太大指望直接实行，眼下堂上也无人敢真正将降字说出口。需要观察一番，抓住契机再说。

除此之外，还有一条路，那就是现在就抛弃伤员、扔下尸首，一把火烧了府库，同时也是抛弃了滹沱河南的完颜乌竹与溃散军队，然后以城中这个万户大部队为诱饵与掩护，分路逃窜，那么堂上达官贵人或许能够有相当概率逃出生天。可是这就更极端了。堂堂大金自有国情在此，虽然一败涂地，可脸还是要的，君不见，高庆裔都知道往河里走几步，然后等自己走了再上岸，所以这堂上怕是根本没人能咬牙说出这般言语的。

"要我说，为何不能弃了那些尸首与伤员，再一把火烧了城中府库，然后以万户全军为诱饵做遮蔽，咱们集中亲卫精锐，护着六太子去新乐？"就在这时，一名汉将忽然出列，说出了一番让堂上众人瞠目结舌之语，连洪涯都愣在那里了。

众人尚在发蒙，忽然间，便有人面色涨红，直接出列当众呵斥，却居然又是一名红袍的汉儿文臣："刘萼！你寡廉鲜耻，枉为刘王之后！若行此策，当先杀我！"

"不行此策，又该如何？"唤作刘萼的汉将，见到跳出那人，也当即大怒，"程寀，你来说，眼下当如何应对？"

"当死守真定，能得一日是一日，若城破，便当举火焚城，以正臣节！"唤作程寀的文臣毫不犹豫，当即应答，但意见跟刘萼几乎走了相反的极端。

"你说的什么糊涂话？"刘萼听了以后，彻底失态。

"你说的又是什么糊涂话？"程寀也分毫不让。"焉有弃军偷生的道理？！我还是那句话，你若要行此等事，须先杀我！"

"你以为我不敢杀你吗？"刘萼越发大怒，干脆扶刀向前。

"我乃是天使，是我杀你还是你杀我？"程寀凛然不惧，同样扶刀相对。

两人一言不合，直接喊打喊杀，而周围文武见状，既无人去劝，同时也无人呵斥，只是冷冷去看。

且说，真定府作为大金前方统揽一应事务的实际帅府所在，因为战事汇集了很多大金要人，不仅仅是什么亲王、万户、猛安、谋克，也存在着很多其他贵人，比如洪涯就是从燕京过来的使者；又比如说刘萼，乃是之前的恩州防御使，因为恩州早早被田师中攻克，所以便一路撤到真定；再如这个程寀，乃是堂堂大金翰林学士，大半月前尚不知道太原丢失时燕京发出的劳军使，算是洪涯的前任。

但这些都还不是重点。重点在于，刘萼身份有些特殊，其人正是燕云大族刘氏族中眼下当家的嫡系三兄弟之末。而所谓刘氏，乃是昔日唐末卢龙节度使刘怦之后，其家在丽世代为相，刘萼亲父刘彦宗更是在降金后备受恩遇，甚至一度被委任燕云政务。只不过，这家人在燕云实在是存在感太强，所以内里素来为大金高层忌惮，再加上刘彦宗在完颜阿古达死后依附完颜瞻汉，有改换门庭嫌疑，引来高层一致排斥，所以老早便被高高抬起，郁郁而终，刘氏在大金高层中的地位，在燕云大族中的首领地位，也早早被大金高层刻意扶持的韩氏所取代。

但不管如何，这家人的家世、根基都摆在那里，所以之前的大封诸王中，刘萼父亲刘彦宗依然成为大金唯一被追封王爵的汉人，刘氏的能量与刘萼本人，也不可能在眼下这种局面下被忽略。

可事情有意思的地方就在这里——程寀也是燕云汉人大族的代表性人物。程寀的爷爷，跟绍宋名臣林景默父亲一样，都有个霸气的外号，林景默父亲绰号林九牧，而程寀的爷爷绰号程一举；林景默兄弟九人，程寀父亲兄弟六人，加上各自的父亲，都是进士，只不过一边是绍宋，一边是丽国而已。除此之外，正如林景默兄弟中有两个格外拔尖的，唤作大林学士、小林学士，程寀父亲程穆降金的时候就是一方节度使了，然后一直担任节度使，现在还在总揽着景州防务，等到程寀起势，父子二人同朝为官，素来也被人称作老程节度、小程学士。

这种家族，谁敢无视？唯独，金军一战打崩了燕山以南几乎所有的军事力量，桓榛人自己都还没闹起来呢，两个燕云大族子弟却爆发出这般几乎水火不容的争执，格外让人觉得意味深长。

闲话少说，争执到了这种地步，注定不可能通过和谈得出结论来了，于是众人目光渐渐汇集到堂中一人身上——六太子完颜讹鲁观。完颜讹鲁观是太祖完颜阿古达第六子，本就身份贵重，之前也履任了大同留守，统揽一方，此番城中这个万户也正是完颜讹鲁观从大同带回来的，再加上三太子急病而死，四太子一败涂地、生死不知，二太子、五太子（现任国主亲父）早死，其人莫说在这真定城里，便是在整个大金恐怕都数得上号了。故此，只要这位六太子开口，这真定城内还是无人能反抗的。

然而，众人瞩目之下，完颜讹鲁观却只是浑浑噩噩，六神无主，丝毫不能下定论，俨然是被城外惨状给影响到了……这也难怪，四太子完颜乌竹便是全程参与大金开国战事的最年轻宗室了，到了年轻的完颜讹鲁观这里，正好是一条分界线，等完颜讹鲁观参与到军事活动中以后，大金都已经成型了，基本上打的都是顺风仗，军事经验和战斗经历少了太多。

无奈之下，众人便又去看洪涯，这位是燕京新派来的天使，而且有四太子完颜乌竹托付军事的名义，连四太子自己的金牌都在此人手上，此时出言拿个主意，说不定下面大家伙都会支持，上面六太子完颜讹鲁观也会顺水推舟。但是，素来以精明能干闻名的洪涯洪侍郎此时扫视堂上，虽然心中大定，面上却反而一脸为难，继而两手一摊："诸位，我虽为天使，又有四太子临阵托付军务，但眼下这种局面，又如何敢轻易做主？"

这话说得颇为诚恳，众人也是无奈，于是，复又争执片刻后，到底是一哄而散。

唯独其中不少精干之人，情知此时已经到刀劈火烤、生死无常的地步，却是丝毫不愿耽搁了，当日晚间，私下去寻六太子完颜讹鲁观与枢密院都承旨洪涯的人络绎不绝，以至于太师奴都等到二更时分才得以见到洪侍郎。

　　"四太子就是这个情况……"灯火之下，伴随着依然隐隐可闻的哭泣声，洪涯略显无奈地介绍了一番情况，"总之，绍宋军只派了御营左军和两部御营中军来滹沱河北，河南那边怕是要紧追不舍的，只能听天由命。"

　　"若是这般，我明日动身，拼死过河去寻四太子。"太师奴一时肃然。

　　"不可以。"洪涯也随即肃然，"真定城这个情状，谁都不能轻易独走后撤，否则便是一个一哄而散的场面！"

　　太师奴微微一愣，居然无法驳斥，于是又反过来认真询问："那真定这里到底要怎么办？"

　　"还能如何？"洪涯摊手以对，"眼下是不能战的，而不能战便是守，不能守便要走，不能走便是或降或死，还能如何？"

　　"守……"

　　"守其实也是没法守的，不过是苦挨罢了，我晓得你的意思，走也是极少数人的事情，撞天运罢了。"洪涯接口而对，"大局如此，整座城真正的路数其实在于降与死。"

　　灯火下，太师奴沉默片刻，方才再问："便是这两条，洪侍郎以为又该如何呢？"

　　"不是我以为该如何，我一个临时顶罪的侍郎能拿什么主意？主要是城中上下的意念……"到这里，洪涯顿了一下，方才继续言道，"想降的人还是居多的，尤其是下面的官兵，上头其实也挺多，千古艰难唯一死嘛……但上头这里，不少人拉不下脸面，而且还有少数人因为种种缘故，坚决不愿降，将大话拿了出来，所以这才僵住。"

　　"降与死利弊如何，洪侍郎总有看法吧？"太师奴稍作踌躇，继续来问，"只说于大金而言的利弊。"

　　"于大金而言，没什么利弊可说。"洪涯喟然以对，"死守到底，全员覆没，当然是好的，最起码能让河对面那位官家稍微睁开眼睛看看咱们，知道大金还是有忠臣义士的，将来再往下走，不至于太过小觑了大金。但真能上下一心阖城去死吗？真到了炸城或者攻城那一刻，怕还是十之八九要降了的。"

太师奴闻言苦笑。

"可若是投降呢？把诚意拿出来，让六太子这等身份的人跟赵官家当面说一说，指不定能在议和上能多留几分余地，届时若是真能议和了，那这几分余地，便不知道是多大的天地了！"洪涯言至此处，不免盯住了对方神色，"但还是那句话，总有一二混账，根本没有见过昨日战阵威势，总还以为自己可以逆大势而为，以至于白白坏事！"

"不错。"太师奴见到对方隐隐表露态度，终于也一时喑然，"说一千道一万，但凡昨日经历了那一战的，又哪里不明白什么叫大势已去？到了眼下，什么生什么死，什么降什么和，什么真定什么燕京，都只是昨日那位赵官家横扫千军后玩剩下的，没什么太大意思，关键是要寻一条生路，给你我，也是给四太子与大金。"

"正是此言！"洪涯终于也仰头闭目而叹，"听听这满城哭声便知道了，什么叫大厦已倾？昨日你走后，我与四太子临阵而望，见到一扇铁幕徐徐扫来，只觉得万念俱灰，恨不能让你回来，将那番诈降言语落到实处……我今日说句不中听的实在话，昨日战后，燕山以南就不要想了。再挣扎也只是无益，不如早早弃了燕云，转回塞外。"

这番话正说到太师奴心坎上，不过此人何等伶俐，不然也不至于从容辗转于耶律於顿、耶律马五、完颜巴力速、完颜乌竹之间了，所以，他稍微感慨之后，便忽然醒悟："洪侍郎的意思是……让我再去一趟，为六太子请降，继而促成请和？"

"不错。"洪涯干脆以对。

回应洪涯的，是漫长的沉默。

不过，洪涯也非常有耐心。

果然，等了许久，太师奴还是艰难开口了："刚刚洪侍郎不还说，城中有些许混账阻碍此事吗？"

"几个燕云大族出身的二世祖，当然是最怕那位官家打过来的，但区区几个二世祖，又违逆众心，到底能成什么气候？我挥手可灭。"说着，洪涯真的挥了下手。

"六太子……"

"六太子早已经失态，俨然是早存了降意的，只是身份使然，咱们把事情料理了，顺手推一把，他自然会点头。"

"可洪侍郎自己不也是降人吗，就不怕……"

"就是因为是降人，才要借这个大局藏身其中，不能单独做事，不然便是自寻死路。"

"如此……我还有最后一问。"几番对答后，太师奴不免口干舌燥起来，"若是现在降了，会不会对四太子有碍？他还在河对岸，不知所踪。"

"有什么碍？"洪涯一时苦笑，"嘴上说丢了真定，会让绍宋军长驱直入，可实际上绍宋军此时若想去打什么地方，哪里还要顾及真定？再说了，此事再顺利也得等明日见了绍宋官家再来说定，然后最少要后日才能成，而四太子那里，最迟明日便到寝水边上了，生死早与我们无关。"

太师奴越发黯然。

"不过。"洪涯情知多嘴，赶紧再言，"若是四太子能回转，怕是也要赞同议和的，实在是不可能打下去了，议和才是大势所趋！"

太师奴点点头，终于颔首："既如此，明日等洪侍郎吩咐。"

洪涯点点头："不用明日，你且回去等动静，看我示意。"

就这样，太师奴不再多言，直接告辞而去，而洪涯丝毫不动，只是唤来一名侍从，让对方再去请两人来……须臾，讹鲁补与夹谷吾里补便一起到来。对于这两人，洪涯连试探都懒得试探了，因为人家昨天是上了战场的，肯定比自己更难忘怀。

"举城投降，然后我们趁势逃走，转回燕京？"

夹谷吾里补蹙眉相对。

"是。"洪涯坦诚以对，"昨日战后，大局崩坏，燕山以南就只有燕京那里还有区区几万新兵，再加上太原城和元城的教训摆在那里，怕是根本挡不住绍宋人扫尾休整之后，兵锋直趋燕山之下。现在的问题是得有人赶紧回去，面见大太子与国主，告知前方危急之态，要让燕京那里速速决定大事，要尽量协助收拢溃兵，还要拉住那些新兵南下浪送，以图保住本钱，这种事情，没有比两位更合适的了。"

"然后真定这里直接降了？"夹谷吾里补微微蹙眉，"你们真准备议和？"

"算了！"讹鲁补忽然插嘴，"事到如今，难道还要有什么军事上的指望不成？便是指望也不是真定这里，六太子和洪侍郎有自己的路数，咱们二人能回去便不错了。洪侍郎，你只说要我们二人做什么吧！"

夹谷吾里补也是摇头一叹，不再多言。

"杀了刘萼与程寀。"洪涯越发干脆。

讹鲁补和夹谷吾里补对视一眼，居然没有任何疑惑，他们二人今日也是在堂上的，如何不懂？

"杀这二人容易，莫说是为自家折回燕京杀这二人，便是看在洪侍郎昨日同行之谊，杀了也就杀了，但洪侍郎，你须晓得，此战以后，燕云大族的实力便显出来了，而且燕山以南没有险阻，他们注定是要激烈行事的，杀了二人后，该如何提防消息传到他们族人耳中呢？"讹鲁补追问。

"如何会让两位担此责？"灯火下，洪涯略显不耐起来，"只要两位应下，我即刻让高庆裔去找程寀告密，只说刘萼集合私兵，汇集些许贪生之辈，准备先烧了府库，然后趁机挟持六太子逃窜……等他们两边撞到一起，两位便出兵帮忙处置了，到时候自是他们两家火并而亡！而真定城内外安定了，咱们便该降降，该走走，我自与六太子去议和，两位自回燕京做国家顶梁之柱，岂不两全其美？！"

讹鲁补与夹谷吾里补再度对视一眼，依然毫无反驳之意。而洪涯更是毫不犹豫，直接起身，出门去唤心腹侍从，让对方再将高庆裔叫来。如果说一开始对上太师奴他还有小心翼翼的试探，但经历了这次交谈后，这位洪侍郎早已经看出来了，那就是但凡是经历过昨日血战之人，就没有一个不对局势绝望的。

什么真定，什么六太子，什么燕云大族……在昨日那场战事面前到底算个什么呀？这种情况下，凭什么不许跑？凭什么不能杀两个坏事的混蛋？凭什么不能曲线救国？！当然，或许也还有许多有血性想坚持的大金重臣，但那些人绝不是弃了石邑、丢了部属，轻身逃到这里的讹鲁补、夹谷吾里补等人。

午夜时分，城中忽然生乱。

"洪侍郎，这是怎么回事？"

大金六太子完颜讹鲁观本来就没睡着，此时更是惊吓一时，而待他匆匆着甲，率亲卫转出真定府衙大堂时，却正好在台阶这里迎面遇到了以洪涯为首的一众城内高层，便当即出言询问。

"六太子不必过虑。"洪涯赶紧率众迎上，认真相告，"下官刚刚使人打听了，据说是恩州防御使刘萼准备烧了府库挟持六太子出逃，结果翰林学士程寀得到讯息，率部去阻拦，援兵已经过去了。"

完颜讹鲁观怔了一怔，先是想起傍晚之事，微微颔首，却又迅速察觉似乎哪里不对。而随着这场乱事迅速结束，当事二人都在乱中被杀的消息传来，这种不对劲的感觉变得越发强烈起来。

"洪侍郎？"黑夜之中，完颜讹鲁观忍不住与身边地位最高的一人再做探讨，"此事是不是有些说法……援军是哪处，不是该去救援程学士的吗？为何二人都这般轻易死了？"

"六太子，"洪涯回头看了看周边火把下脸色阴晴不定的诸多文武，方才回头来看完颜讹鲁观，却是当众坦然以对，"我以为这事情没必要问那么清楚。"

"何意？"完颜讹鲁观一时汗毛竖立。

"事情本身再明显不过了，昨日大败，人心浮动，既不能战，又不能守，逃也是九死一生，死更是千古艰难之事，这个时候，人心思降、思生，乃是常情。"洪涯无奈摊手解释，"刘萼与程案或许为公事而斗，或许只是私下起斗，但无论如何，二人一起身死，无疑便是城中想投降的人顺水推舟罢了！这个时候追究下去，岂不是在逼反全城？"

完颜讹鲁观愕然当场，继而忍不住想寻其他人来验证这种说法。但他四下望去，只见火光冲天之侧，伴随着依然隐约可闻的啜泣之声，几乎所有人都肃立不语，只是怔怔来看自己，却是彻底惶恐起来，最后非但没有敢点人问出来，反而一个没有忍住，当众也沁出泪水来。

含泪四望许久，这位留守真定的大金六太子方才走下台阶，然后回过神来一般再来看洪涯，并拱手以对："洪侍郎……还请你教一教我，如此局势，如此人心，如之奈何呀？！"

闻得此言，洪涯仰头一叹，居然一声不吭。

倒是太师奴见状，终于转出，俯首而拜："六太子！我本是四太子私人，便也是六太子的私人，还请六太子信我一信，我愿再入绍宋营，一来请降，让绍宋官家务必许阖城活命，二来努力促成和谈之事。"二月初五，上午时分，太师奴单骑出城，全城等到下午时分，见到绍宋官家的龙纛出现在了真定城外，并有御前班直统制岩州刘彦驱马来问。

当此之时，完颜讹鲁观再不犹豫，即刻按照约定，解甲去袍，打开城门，只着单衣出城，往谒绍宋官家。他却丝毫不知，昨夜乱后，到眼下时机，其实有一十七名文武，选择了殉城而亡。

第九十八章　条约

午后的滹沱河畔阳光明媚，春风拂荡，如果不是真定城外尸横遍野，以及滹沱河湍流不息的河水中时不时冒出来许多残破旗帜、躯体，恐怕很难想象，就在前日，就在河对面，曾爆发过一场决定了两个万里大国百年国运的战斗。

坐在马扎上的赵玖看向身前叉手立着的一群人，并最终看向了为首一人："你便是完颜讹鲁观？大金太祖完颜阿古达第六子？"

"降人正是完颜讹鲁观，排行第六，前为大同府留守。"和身后许多人一样，完颜讹鲁观终于在心中长出一口气，然后犹豫了一下，忍住没跪，只是在周围无数甲士的环绕下再度躬身作揖罢了，"今日特来谒见陛下，请为……"

"没有封王？"赵玖显然也不在意这些礼节，只是蹙眉追问，"朕怎么记得前几年大金曾大肆封过王爵呢？"

"是。"被打断的完颜讹鲁观赶紧再度叉手应声，"好让陛下知道，确有此事，但当时是为了收拢各处人心，降人长兄当时曾跟降人说过，我们兄弟不宜抢了他人爵位。"

"确实有些道理。"赵玖点点头，不以为意道，"但应该也有定下名分，强调你们三个兄长在兄弟中权威的意思吧？你们兄弟得有十几个……"

这话听起来有点像是在质疑完颜讹鲁观的分量，所以六太子本人一时不知道该如何回复。但所幸，身前的这位官家并没有纠结此事，迅速进入正题："完颜讹鲁观，朕今日其实本不想来的，但后来还是来了，你知道是为何吗？"

"陛下仁恕。"完颜讹鲁观言语上格外柔和。

"今日过来呢，一个是因为你们有诚意，给朕省了不少事。"赵玖没有理会对方，只是继续望着真定城方向平静解释道，"你须晓得，自从太原之后，朕这里的火药就不足了，估计也就是再炸一个燕京城的事情，是断不舍得在真定这里用的，而真定城这里，偏偏还有这么多储藏……如此境况，你们愿意以礼来降，朕当然要投桃报李。除此之外，还有一个缘由，却是随行的吕相公，前日淋雨观战后便又卧床了，他的身体自北伐以来日益不足，朕怕耽误他北归燕京。绍宋、大金开战之前，他是燕山道经略使。"

这话听起来似乎既诚恳又严肃，但在完颜讹鲁观这边听来，却更像是直接讨论起了谈和条件。

果然，赵玖继续出言："朕此番言语，只需你转述给大金主事之人，要他们知晓朕的本意。"

"是。"完颜讹鲁观越发放松，身后小心翼翼立成一片的大金文武也多释然，因为这位官家委实痛快，而且确系没有为难他们的意思。

"其一，战事因燕云十六州而起，大金必须退出燕山以南，这是根本一条。"

周围人皆无言语，唯有头顶龙纛猎猎而响，与旁边滹沱河水声相和。

"其二，丽东、丽西，自古以来便是中原直属，舜分五镇十二州，其中北镇的医巫闾山就在丽西，这是真正的古已有之，断没有放弃的理由。"赵玖瞥了眼陡然色变的完颜讹鲁观，又看了看不知何时闭目以对的刘彦，继续平静言道，"故此，原丽国中京道与东京道黄龙府以南，凡三十八州，一并要归还。"

完颜讹鲁观此时已经如鲠在喉，但正如他身后很多真定府文武一样，虽然震动，却因为这位官家事先不许插嘴的明确警告，只能叉手无言。

"其三，"赵玖以手指向在旁肃立不语的耶律于顿，"朕还准备收回阴山之地，归于南兴路，取而代之，要在临潢府周边设立一个岐辖自治路，第一任经略使朕已经钦定了，就是耶律于顿将军。大金必须让出大松林以东的岐辖族、奚族故地，也就是你们的临潢府路。"

"臣感激不尽。"耶律于顿毫不犹豫，下跪叩首谢恩，周边一些岐辖族裔也下跪。

而完颜讹鲁观面色越发苍白。

"其四，"赵玖朝耶律于顿点点头，示意对方起身后，继续冷静言道，"必须要归还旃和中掠走的金银、人口。上面四条都是讲如何消弭战事的，于大金而言都算是外务了，可大金想要延续下去，不光是要了结此战，还要讲一个重修内务、重归中原之制，故此，除了外四条，还有四条。"

完颜讹鲁观面色惨白，虽然依旧不敢言语，却忍不住愤愤回头去看洪涯，然而，洪涯迎面对上，居然面色从容，反过来又让这位六太子一时心慌，复又重新低头来听。

"首先，大金须与绍宋重定名分。"说到这里，赵玖喟然以叹，"国主做朕的义子。"

完颜讹鲁观如坠冰窟。

"其次，大金必须遵从仪制。"赵玖继续言之凿凿，"再次，制度还要继续完成汉化。"

"最后，"赵玖停顿了一下，才一字一顿说了下去，"必杀完颜乌竹，方可和！"

回应赵玖的是长久的沉默与无数粗重的呼吸。完颜讹鲁观一言不发，只是低头垂泪。

"所以你们呢？"赵玖心知此人是在逃避，也懒得理会，只是朝着对方身后一众降人继续相对，"你们谁可有什么言语？"

"陛下。"就在绝大多数人都学着六太子一声不吭时，一人忽然拱手出列，赫然是面色发白的太师奴，"四太子若在，必然赞同谈和的……陛下怕是误会了！"

"没有误会！"

赵玖扬声而叹："此事跟许和不许和没有关系，而是说，完颜乌竹自淮上至南阳，自南阳至尧山，自尧山至河东，自河东至获鹿……屡败屡战，也堪称一奇男子了，所以说好听点，那就是此人不死，朕不得安！说难听点，便是打了那么多仗，朕总要杀人出气的！"

言至此处，赵玖复又扫视了所有降人一通，再度重申："朕就是要他死！议和，你们来杀，不议和，朕自发兵去杀！"

所有人彻底无声。

"走吧！"赵玖忽然起身，干脆拂袖，然后直接往真定城方向而去，彼处，韩师仲已经率御营左军控制妥当。

龙纛下，众人匆匆跟上，而大金六太子完颜讹鲁观以下，一众降人五六十之众更是不敢怠慢，准备仓促追上。然而，走了两步，赵玖复又回头，冷冷相对："六太子，朕让你走，不是让你跟朕入城，而是说，既然事罢，不妨早归燕京，带着朕的内外八条去做汇报。"

完颜讹鲁观等人目瞪口呆，这才意识到对方居然是要放自己走。实际上莫说是完颜讹鲁观了，便是昨夜还叱咤风云的洪涯都愣住了……偏偏又委实一个字都不敢说出来的。

"赶紧走吧！"赵玖最后催促一声，"你们今日要见朕，不过两件事，一则献城求生，二则代替大金与朕谈论议和之事。两者相加，本该放你们早走，唯独战马珍贵，却是一匹都不能与你们，且自寻脚力；城中降军，也不可能轻易放过，就不要多想了。"

说完，这位官家直接动身，再不回头，周围将领、军士、近臣也都纷纷尾随……片刻之后，河畔受降之地便只剩下一些甲士往来不停，却是往来押送真定降军的。完颜讹鲁观等人初时依然不敢乱动，等了许久，确定无人理会以后，这才茫茫然绕开真定城，往北面新乐而去。便是洪涯，踌躇许久，看到果真无一人理会自己，也只好一跺脚，咬牙跟上。

你还别说，在绕过真定城，确定逃得生天之后，真定降人五六十众，虽然无马，却个个矫健如飞，当日傍晚便来到了北面滋水，却又不顾疲惫，匆匆寻桥渡河，然后方才暂时放松下来。随即，众人寻得一座河畔依然空荡荡的小村落，然后自请六太子高坐，复又听从勉强打起精神的洪涯洪侍郎调遣，乃是一面生火，一面又往村内努力寻得几个陶罐，准备烧一些热水，稍作歇息，然后便要再接再厉，今夜便要再渡沙河，抵达新乐。

不管如何，不用做阶下囚，且继续做人上人，总是极妙的。

但是，就在众人刚刚烧起水来，忽然间，马蹄阵阵，便有近百骑自北面而来。众人半是警惕，半是希冀。而令人匪夷所思的是，来骑虽然势大，却是因为一人三马，骑士不过二三十骑模样，且极为狼狈，既无甲胄，也无长兵，只是带着一些简单弓弩、短刃而已，明显不是大家熟悉的绍宋军或者金军。

"是蒙兀人！"

眼瞅着对方直接往火堆前驰来，傍晚余晖下，长年驻扎大同府的六太子忽然猜度出了来人，继而释然。"蒙兀人都是绍宋所统，应该不会出事的……那位官家不是食言之人。"

"但也没必要多生事端。"自从重新上路后就一直有些思绪不安的洪涯低声相对，"这些人明显从北面来，未必知晓咱们已经被赦，而且咱们全是单衣，无甲无械，又累又饿……一旦他们有了歹意，咱们只是箭靶。"

六太子当即颔首认可。

不过，六太子和洪涯俨然是多虑了，这些蒙兀骑兵明显也是有事的，而且同样疲惫不堪，他们匆匆来到火堆前，其中自有几个通汉话的人主动出来，一则问南面滋水渡桥所在，一则只是讨了些热水来兑马奶，准备稍作休息补充。

且说，真定降人这边，有文有武，但因为投降的缘故，孤身单衣出城，什么都没有，此时走了一整个下午，更是疲惫，待见到马奶，便有人主动搭话，恳求赠予。而对面的蒙兀人倒也和善，直接分出许多马奶来，双方气氛一时更加和谐。不过，六太子也好，洪涯也罢，能去当面见绍宋官家投降的这些人，哪个不是平素锦衣玉食？所以一口又酸又冲的马奶下去，立即被熏得受不了，多有人出丑……复又引得蒙兀人哄堂大笑。但也就是此时，一直保持沉默的太师奴却显现了出来。

"你莫不是太师奴吧？"忽然间，一名通晓汉话却蒙兀装扮的骑士直接借着余晖与火光，认出了对方，"你不是跟了大金四太子吗？如何在这里？"

太师奴微微一怔，抬起头来，果然发觉对方有些面善，停了半晌，方才意识到什么："你是耶律撒八？耶律撒八？"

"是我！"耶律撒八一时喟然，"不想咱们二人此生居然还能相……"

说到一半，耶律撒八声音便越来越小，最后干脆停下，相顾身侧一名矮壮敦厚的蒙兀武士，并低声用蒙语说了些什么。随即，那低头喝马奶的蒙兀武士抬起头来，像狼一般扫视了这群真定降人一眼。气氛一下子变得紧张起来。

洪涯暗叫不好，即刻起身解释："诸位蒙兀将军不要误会，我们是被赵官家亲口赦免的，不是逃人，你看我们这身形状便知，而且与四太子也无关，四太子战后一直在滹沱河南，太师奴只是恰逢其会。"

周围人醒悟，登时肃然，纷纷应和，便是太师奴也无奈在六太子目视下匆匆起身，稍作解释。而耶律撒八也老老实实做了翻译。但出乎意料，火光之侧，弄清楚原委之后，那蒙兀武士让耶律撒八转述了一个匪夷所思却偏偏让人如坠冰窟的回复。

"我家……头人说……便是赵官家赦了你们，也不能让你们走。"耶律撒八咽了下口水，"须留下十个八个首级，这样方才好在赵官家面前说我们不敢懈怠私纵可疑之辈！"

众人听得头皮发麻，只能纷纷去看六太子与洪涯。

这下子，二人情知不能再遮掩下去，只好由洪涯站起身来，袒露一切："不可以滥杀，这位是之前镇守真定的大金六太子，此番得了赵官家言语，要回燕京议和的。"

耶律撒八赶紧回头准备翻译。孰料，听完洪涯言语，那蒙兀武士反而直接起身，隔着火堆死死盯住了完颜讹鲁观，并咬牙相对："俺就说你是个面善的，却没想过是六太子……六太子，会宁府一别许多年未见了，那时你还小吧？！"

完颜讹鲁观怔愣片刻，方才醒悟过来："是合不勒汗吗？"

"自然是俺。"孛儿只斤合不勒连连摇头，"六太子，你我既在此处相逢，便不能轻易放过你，唯有如此，我才好去向赵官家请罪。"

言语既出，火堆旁一时无声，完颜讹鲁观本人以下，真定降人几乎人人腿脚发软，而周边蒙兀武士却各自弯弓捏刃，静待合不勒发矢便要一起动手。而接下来，打破沉默的却不是合不勒的鸣镝，而是意识到那支箭很有可能转向自己后，来自洪涯洪侍郎的奋力一语："不能杀我！我是赵官家钦定的大金未来宰执！位置与六太子一般重要！"

但也就是这句话，直接开启了屠戮。话说到一半，合不勒便微微一怔，趁此时机，太师奴为首的十余名真定降人中的武将便忽然四散转身，尝试去夺一旁蒙兀人的马匹逃窜，而蒙兀人则赶紧各自动手……双方虽然都没有甲胄和长兵，而且一般疲惫，但带着匕首和弓箭的蒙兀人无疑有着绝对优势。

弓弦噼啪作响，刀刃闪烁余晖，虽然有少数武职真定降人逃出生天，更多的人却被东蒙兀人轻易宰杀在了篝火畔。杀了个七七八八后，完颜讹鲁观与洪涯被捆缚起来，各自放到了马背上，抬头便能看到放在其余战马侧后方的熟人首级。这些首级的主人怎么都没想到，绍宋官家没杀他们，却居然因为某个蒙兀人"要摆出姿态"这种荒诞的理由而忽然便葬送了性命。

"六太子，"再度渡过滋水的时候，马背上的洪涯忍不住朝不远处的六太子完颜讹鲁观开了口，"兵败之下，人命如草芥，你我则皆如道旁败犬……能和还是要和的！"

已经渐渐黑下来的暮色中，完颜讹鲁观没有应声。随即，二更时分，合不勒一路辛苦，抵达真定城外，然后便按照之前耶律撒八的"指导"，在通报了姓名来由后，直接脱去了衣服，大半夜的背着一根马鞭跪在了真定城的北门外。

"一个个的，这么拼命干什么？！"饶是白天因为得了真定府库而大大振奋了一番，可此番被刘彦和邵成章叫醒后，赵官家还是不免有些气急败坏，"不能任朕宰割的吗？"

满身汗臭味的合不勒在隐隐的尸臭味中抵达真定府府衙后堂时，这位官家只是带着倦意一声不吭地坐在那里。不过，等合不勒于甲士环列中下跪于地，恭敬而又认真地见礼结束后，赵玖却直接在座中假寐过去……寂静的夜色中，早没了昨日的满城呜咽声，唯独赵官家微微的鼾声响起，在后堂这里显得格外清晰。

合不勒一动不动伏在地上，周围的甲士也都肃立不动，而赵官家跟前的御前统制官刘彦与内侍省押班邵成章则面面相觑，却也只好肃立。不知道等了多久，天都蒙蒙亮了，双腿已经完全麻木的合不勒才忽然听到了一阵窸窣之声，继而是某些动静。

又过了一阵子，才听到了那个之前听过数次的声音："合不勒吗？朕刚才不是在特意为难你。"

"小王知道。"合不勒依然没有抬头，语调似乎也有些艰难，这倒不仅是他的塞外汉话本身就很艰涩，更多的还是因为跪得太久，外加一夜未眠，浑身僵硬之下陡然开口所致，"官家要是装睡，也没有装这么久的道理，是小王来的时机太差，扰到官家休息了……"

"你也去歇歇吧！"赵玖擦了一把脸后继续言道，"休息足了再说事，脑子清楚……朕今天也不像前两日那般轻闲，也要去忙些事情。"说着，这位官家直接起身从合不勒身侧转过，径直走出了后堂。至于合不勒，更是随着身后脚步声的远去，忽然从跪姿跌成侧瘫之态。

不管如何，合不勒终于得到了休息的机会，非只如此，等他一觉醒来后，又有人引他去吃了顿简单而又充足的午间早餐，甚至还专门去洗了个澡，换了衣服……等到他随赤心队中的几名蒙兀王子一起走出真定城来去城外见绍宋官家时，却显然已经是下午时分了。和昨夜相比，此刻的真定城内非但尸臭味大减，且早已经是川流不息，文武官员、各族头人、军将甲士、辅兵民夫，外加少许商贾、平民，接连不断，穿梭如流。仅仅是一座军事重镇展现出的底蕴，便让整个蒙兀高原的所有部族加一起都显得相形见绌，而因为之前数年贸易往来的缘故，合不勒也早就知道，以中原之大，这样的大镇没有上百，怕是也有几十。

走出城后，合不勒更是看到了许多熟人——城北面的空地上，便有一大片典型的蒙兀人营地，大车环绕，打着补丁的蒙兀包四散排列，牲畜被聚拢在中间，而许多他眼熟的中西部蒙兀头人正带着轻骑往来营门，出入不停。

这些人中，有的装备整齐、骑在马上，带着一队或数队轻骑在营区边缘与绍宋人军官呼喝军令，俨然是准备去或者刚刚执行完军务；也有的一身便装，牵着战马，带着些许战利品在路旁绍宋商栈中停驻，指手画脚，准备交换铁锅、针线、布匹；而最让合不勒震动的一幕是，当他转过这个明显是西蒙兀人的营区一角后，清晰地看到，营寨侧后方中央大帐前的空地上，几乎堆满了战利品！

数不清的甲胄、金银、铜锭、铁锭、丝绸、毛皮，就那么赤裸裸地堆放在空地上，而一群早已经换成札甲的西蒙兀各部贵人正在那里争执得面红耳赤……如果不是这些东西旁边还有绍宋文官与甲士，这些人怕是能当场火并。合不勒非常清楚，赵官家让自己从这条路出来，就是要自己看到这一幕，而且也要这些蒙兀头人看到他。沿途走来，他固然在看着这些人，但这些人也注意到了被御前班直围住的自己……可明知如此，双方还是都移不开目光。

西蒙兀部众的人都知道，合不勒汗孤身来向赵官家请罪了，而合不勒更是从之前所见所闻中确定了两个不容置疑的事实——首先，当然这一战真的是前所未有的大胜，桓榛人真的是一战而崩了；其次，却是那位绍宋官家也的确赏罚分明。二者但凡缺一，都不可能让西蒙兀人拿走这么多战利品的。

不过，目睹了这一幕后的合不勒不知为何，反而松了一口气。

穿过城北的营区，又越过一片正在埋葬尸体的空地，合不勒终于来到一条大河之畔，并在这里看到了昨夜没有敢抬头真切看上一眼的绍宋官家……后者一身素服，正临河而坐，周围除了甲士环绕外，还有数不清的文武汇集，此刻也有人正在汇报什么。可见，今日早间这位官家言语，并非虚妄。实际上，合不勒依旧没有被召见，只能宛如一个囚徒一般被看押在一侧，老老实实静待传唤。

"所以寝水畔，你们虽然扫荡了诸多金军，却只捉到了乌林答泰欲一个万户？"赵玖若有所思。

"是。"赵官家身前的一名绍宋将恭敬以对，却正是御营骑军中的一名统制官张中孚，"好让官家知道，刘副都统捉住乌林答泰欲时，这厮已经换了寻常衣物，只是其人在燕京这些年养尊处优，驱赶之中根本不善奔跑，这才被看穿。可见，其余诸败军之将，早就弃了领军之职，一一逃脱了，怕是仓促间极难再捉住。官家可要见一见此人？"

"不见了，直接砍了。"坐在河畔的赵官家脱口而对。

张中孚吃了一惊，赶紧应声。

但还没等他回头吩咐，座中的赵官家便继续言语下去："且拟几道旨意。"

此言一出，旁边立即有几名近臣文士上前半步，以作聆听，乃是准备听旨后再去正式拟旨的。

"当先一个，是给刘锜的，告诉刘锜，继续引军东进，穷追不舍，务必与岳斐、张荣会师，阻碍金军溃兵北归，别的不要多理会。"说到这里，赵玖微微一顿，便有一名近臣重复一遍，然后见到赵官家没有补充，便稍微后退，往不远处的树荫下拟旨去了。

"第二个，是给刘锜与所有追逃军官的，告诉他们，朕不要将，只要兵。这个时候俘虏更多金军士卒才是第一要务，不要被军功迷了眼，什么大将，什么四太子都可以往后排！若是让朕知道，谁家为了追索大将而使金军溃兵成股北归，朕是要处置的！"

此言一出，且不提有文臣重复言语，准备拟旨，站在那里的张中孚却面色发白了起来……很显然，赵官家对御营骑军捉了一个万户便匆匆遣军将押送回来非常不满。

"最后一个，朕记得已经赦了刘锡的罪责，就在南兴路寻个边境军州，让他转个实职。"赵玖匆匆说完最后一道旨意，直接挥手屏退张中孚，然后再度唤人，"吴介！"

吴大闻言，赶紧上前："臣在。"

"撤兵序列拟好了吗？"赵官家言语之间似乎有些咄咄逼人。

"是……"吴大硬着头皮相对，"西蒙兀先撤，然后御营中军、左军、后军各自减半……"

"不能只减半。"赵玖有些不耐起来，"真定这里府库很足，但多是甲胄军械、金银财帛，做赏赐可以，粮草却是草多而粮少……留这么多兵干吗？浪费粮食还是耽误春耕？要多减一些。"

吴介一时不敢出声。

"尽快将赏赐发下去，发下去再撤。"赵玖见状深呼吸了一下，然后放缓语调言道，"这里只要留下步骑七八万就足够了，还要算上太原、大同的留守部队，还有王胜的一万众……岳斐那里也要适当撤兵，留个五六万也足够了，然后还要安排来不及转回的民夫、辅兵就地在地方上春耕补种。"

"诺。"吴大微微松了口气。

"还有……"赵玖犹豫了一下，终于还是认真相对，"待此地清理休整完毕，河间会师后，进取燕京一役，还是让良臣为帅，晋卿与少严为辅，让岳斐、田师中为后继。若是燕京进取后，金人依然顽固，就只让岳鹏羽为帅，出塞作战好了，如何？"

一直没吭声的韩师仲、李彦仙也都出列称是。

且说，这才是撤兵问题的真正关键。首先，撤兵肯定是要撤的，金军主力被消灭，维持这么庞大的野战攻击集团实在是浪费，也只有撤兵，减缓后勤压力，才好继续北上，维持攻势，进取燕京。但问题在于，具体让谁去攻燕京，谁又撤兵回到驻地呢？

从军事的角度来看，接下来无疑应该让岳斐、张荣、田师中等人的河北方面军，汇集此次追击过去的御营骑军，以及岐鞑、蒙兀人顺势从河间北上才对。可这也意味着，御营中军、后军、左军大部都要撤回。那么凭什么呢？河东这些部队在获鹿大战中死伤累累，战功卓著，一战而定天下，凭什么让功劳更大的他们直接回去，让御营前军和右军去摘燕京这个果子？燕京那里的金银、功勋、荣誉，不该是河东方面军拿大头的吗？所以，赵玖必须要考虑刚刚立下大功的河东方面军的军心，韩师仲、李彦仙、吴介也需要考虑下属的意见，不让下属受委屈。

然而，身为官家，赵玖又不能只考虑这一点，还得考虑粮食问题，考虑政治问题，考虑军纪问题……所以，他才拿出了这个和稀泥的妥协方案，并在之前就先行将军纪最差的西蒙兀军撤了回来。大胜之后，看似大路通畅，但不耽误沿途全是新问题。所幸经此一战后，赵官家的权威明显更盛，只要他能确保赏罚二字，总归是没有人能从明面上反对他意见的。

转回眼前，在将自己妥协后的方案摆出，得到了帅臣们的认可后，赵官家稍显疲惫，但还是立即朝合不勒那里指了一下，引得所有人一起看了过去。毫无疑问，这又是一个麻烦事。

"小王拜见官家。"合不勒相隔甚远便跪倒在地，"让官家久候了。"

"起来吧。"赵玖语气淡然，面色平静，"是朕让你久候了。"

合不勒旋即起身，然后一声不吭……有些事情双方早已经心知肚明，说出来不过就是那些话而已，倒是态度一定要摆正。

"且站过来几步。"赵官家继续吩咐。

合不勒越发释然下来，并赶紧上前数步，来到赵官家跟前，可即便如此，仍有数名军官隐隐跟上前去，几位帅臣也各自向侧前方稍微分开，将其隐隐夹住。

"上次与汗王相见是黄河畔，这次是滹沱河，蒙兀那里也有这样的大河吗？"赵玖待对方站定，方才出言相询，却又没直接说正事。

"好让官家知道，蒙兀自然有河。"合不勒叉手立在那里，认认真真以对，"我们乞颜部就在斡难河周边游牧，不过，草原上的河都不如中原的河来得大，而且随时节变化的也多。"

"斡难河……乞颜部……孛儿只斤……合不勒。"赵玖若有所思，喟然以对，却似乎终于进入到了正题，"斡难河直接通着会宁府吧？"

"好让官家知道。"合不勒继续认真答道，"能从水路相通，但并不直接连着，斡难河往下就是哈拉穆河，哈拉穆河跟会宁府的混同江在更下游合二为一……不过这条路虽然在，却因为沿途凶险寒冷，没人敢走，从斡难河去会宁府，还是走临潢府那边快些。"

哈拉穆河与混同江都是黑龙江，只不过是上下游和南北流的名字不同罢了。

"原来如此，那合不勒汗当日去会宁府见大金老国主的时候，便是从临潢府那边去的了？"

"是。"

"既如此，朕有疑问。"

"官家请讲。"

"为什么汗王当日敢在大金太宗跟前捋人家胡子，昨夜却在朕面前这么恭敬呢？"赵玖认真相询。

合不勒犹豫了一下，最终没有说那些套话，而是诚实以对："因为我知道，大金只占了东蒙兀诸部的东边和南边，根本够不着漠北和漠西，便是打起来，我们也能借着地利做应对，该躲躲，该战战……可官家这里，不只是打败了大金，要取下东边和南边，还拿住了西部蒙兀，他们跟我们可是知根知底的……"

赵玖微微露笑，却并不言语，倒是在场的几名帅臣、军将冷笑了起来。

合不勒继续言道："况且，此战之后，西蒙兀诸部收获颇多，怕是巴不得官家彻底铲除我们东蒙兀，好一家独大。"

赵官家闻言不由得微笑："你这不是挺聪明的吗？"

而不等合不勒回应，赵玖却又在微微一笑后陡然严肃起来："可若是这般聪明，那为何之前要在大同放走了完颜讹鲁观呢？是觉得朕打不赢这一仗，还是觉得这一仗绍宋便是赢了也没那么简单？所以你就可以趁机施为了？又或者是你觉得金人在，你还可以倚仗地理进退自如，而拿捏了西蒙兀的朕一旦夺取中京道和临潢路，你们东蒙兀就被三面捆缚住了，所以刻意放纵大金？"

"无论如何，小王都绝对没有刻意放纵敌军的意思。"早在赵官家说到完颜讹鲁观之后，合不勒便再度当场下跪，于赵官家身前叩首，"当日在大同，真的是大金逃窜太快，而前锋诸部不识地形……况且，前锋那些达达迤人我也让俺巴孩处置了。"

"那又如何呢？"赵玖感慨以对，"合不勒，我们中原有句俗语，说是要定一个人功过，不能去猜度他在想什么，而是要看他做了什么。这件事情，固然无人能证明你们存了歹意，可最终也无人能证明你们的清白。而无论如何，你部不光没有及时参战，还逼得朕在大同又放下了部队做监视，直接使得之前一战，朕少了数万之众在侧……这总是对的吧？"

吴介侧身回头盯住了合不勒，合不勒这一次却没有吭声。

"朕知道你的倚仗是什么，或者说，此地得有一半人晓得你之前一直在暗示什么。"赵玖眯着眼睛继续来看对方，"你合不勒之所以忌惮朕，是因为朕能控制西蒙兀，使东蒙兀诸部有切实灭族之危。那么反过来说，若是没了你东蒙兀诸部，西蒙兀独自做大，全据了草原，朕似乎也就失了对西蒙兀的控制。所以，你打定主意，认定了朕不会处置你，是吗？"

合不勒还是没有说话。

"可是呢，所谓赏罚分明，西蒙兀立下大功要赏，东蒙兀延误战事要罚，朕这个天子但凡要继续做下去，总得尽量公道吧？更何况，朕登基以来，有两次不顾大局，亲手杀人，全都是像你这样'避战'的大人物，你在大同，犯了朕最大的忌讳！"说着，赵玖忽然伸手指向了对方。

而随着这个动作，身后数名班直直接上前，将合不勒肩膀死死捏住。合不勒没有反抗，却还是一声不吭。

"这是真料定了朕不敢杀你吗？"赵玖再度笑了起来。

"小王从没有这个意思。"合不勒在地上平静相对，"小王之所以没有过于惊吓，无外乎是来之前就知道此行便是不死，也必然不能再回去，算是早就将生死置之度外了。结果等到了这里，发现官家没有放纵西蒙兀吞并东蒙兀的意思，就更加无所谓起来，官家，小王只有一句话，一句话后，要杀要剐，随官家心意！"

"说来。"

"合不勒是合不勒！乞颜部是乞颜部！东蒙兀是东蒙兀！"合不勒猛地抬起头来，"这三个东西，虽是连着的，却绝不是同一个东西！"

"你是真聪明！"赵玖终于大笑起来，"这也是朕本来要说给你听的话，而且朕还想说，你的乞颜部是乞颜部，你堂弟俺巴孩的泰赤乌部是泰赤乌部，而孛儿只斤又只是孛儿只斤。"

合不勒终于怔住，但旋即摇头："俺巴孩是我兄弟，不会负我的。"

"朕没说俺巴孩会负你，但俺巴孩和你死了以后，乞颜部与来源驳杂的泰赤乌部注定要分崩的。"赵玖笑完之后，不禁摇头，"朕有一万个法子让你们孛儿只斤内乱。"

"死后的事情，多想无益。"合不勒勉力再对。

"这话是有道理的。"出乎意料，赵官家居然颔首认可，"那咱们就说活着的、眼下的事情。合不勒。"

"小王在。"

"合不勒，你想得一点都没错，东蒙兀朕一定是要保住的。"赵玖坦诚以对，"但你和你堂弟俺巴孩是必须要惩戒的，而乞颜部与泰赤乌部能不能留存，需要看你们表现来为自己争取。"

"东蒙兀尚有万骑，愿意为官家先锋，去取燕京。"合不勒回过神来，赶紧表态。

"不用你去取燕京，也不许你去。"赵玖继续摇头，"燕京是朕的燕京，你们这些人，一路冲过去烧杀掳掠，怎么约束？朕连西蒙兀都撤回来了。"

"那……"

"你要和俺巴孩一起替朕取中京道。"赵玖终于将自己对东蒙兀的最终判决亮了出来，"若进展顺利，你与俺巴孩可以活命，但要带两家人质、子嗣一起去东京常住；若进展不顺，你与俺巴孩就都得死。若不愿意死，或不愿意来，又或者只愿意来一个，朕就让脱里替朕料理了乞颜部，然后再寻一个蔑儿乞部乃至于达达迤部的人做首领。"

"脱里……"合不勒忽然有些慌乱。

"是，脱里，忽儿札胡思汗战死了。"赵玖平静以对，"朕的侍卫，他的儿子脱里用长矛系上西蒙兀的王冠替朕冲杀……就在今日上午，他刚刚替朕扫荡了金军溃兵回来，朕就在这里给他分发了事先约定的战利品，然后给他加了冠冕。这也是朕要说的第二件事，从今往后，别处朕不管，可东西蒙兀，还有高夷，包括桓榛若能存活，若要王室继承，都得朕来加冕，否则便是乱贼，便要千刀万剐了才行！这两件事情，你觉得如何？能应下吗？"

合不勒沉默一时，并没有直接作答。而赵玖也不催促，只是抬头望着身前的滹沱河发呆……韩师仲等人面面相觑，一时也不好插嘴，倒是几名以备咨询，也不禁看向了滹沱河水，猜度若是这个东蒙兀王一直不应，那这位官家便要将他沉入河底的。

过了许久，合不勒终于再度开口："官家。"

"什么？"

"俺路上看到有人在埋尸体。"合不勒跪在地上认真言道。

"是。"

"那些是绍宋人的尸体还是金人的？"

"金人的。"

"都是金人的？"

"是。"

"金人死了多少？"

"阵亡三万多吧，这几天还在不停地死……尸臭味都散不了，逼得朕不得不将卧病在床的宰相送到别处安养。"

"那绍宋人呢？"

"什么？"

"绍宋人又死了多少？"合不勒一脸恳切与认真，"这一战，官家的大军死了多少？"

赵玖终于整个人警觉了起来，就好像一只一直慵懒颓丧的猫忽然弓起了身子一般："你问这个干什么？"

"知道这个，俺就能大概知道要不要答应官家的这两个条件了。"合不勒依然很认真。

赵玖上下打量了一下对方，等了一阵子，才平静告知："当时死了八千多，这几天已经死亡过万了……没有埋在这里，都在对岸一个高地上。"

"那官家怎么看死的这些部属呢？"合不勒继续认真来问。

这话同样引起了在场许多人的好奇。

而赵官家停顿了许久，才忽然正色开口："'地崩山摧壮士死，然后天梯石栈相勾连。'就是说，死了这么多人，才铺开了一条大道，所以，道上有再多的杂草，朕也要走下去，而且还要把草给薅干净了！"

"这就是小王想知道的事情了。"合不勒终于点了点头，"这就是小王想知道的事情……小王愿意接受官家的两个条件！但也请官家答应小王一个小小要求。请官家答应小王，允许东蒙兀王位父死子继，让小王最小的儿子忽图刺接替小王。"

"可！"赵玖没有半点犹豫，应下合不勒之请。

第九十九章　传旨

二月上旬，随着大规模战事的落幕，漫山遍野的绿意抢先席卷了燕山以南的两河地区，建炎十年的春天也完全到来了。而就是趁着这么一片绿意，大金六太子领大同留守完颜讹鲁观与枢密院都承旨领兵部侍郎洪涯，在东蒙兀汗王合不勒的护送下抵达了定州安乐县。

此时的安乐早已经被绍宋军占据。所以，二人稍微休整，向城中的绍宋军索求了一点给养后，便往东北而行，并于这日傍晚抵达了定州州城。

定州州城距离真定一百余里，中间还有三条不大不小的河流。得知了前方大败消息的定州这里早就惶惶不可终日了，而定州刺史毛硕也已经允诺，翌日和他们一起北走。可等到第二日，也就是二月初十这一天早间，早饭才吃了一半，完颜讹鲁观与洪涯便惊愕发现，他们似乎还是行动拖沓了一些。

"毛仲权，你这是何意呀？"一声叹气之后，后堂餐桌之上，洪涯捏着一个热乎乎的油饼，冷冷相询，引来了正在喝面汤的完颜讹鲁观一时不解。

"并无他意，只是问六太子、洪相公……能否吃快一些，"坐在桌案对面的毛硕干笑一声，勉力作答，"早些出发？"

"只有这个意思吗？"洪涯冷笑相对。

"洪侍郎想多了。"未等毛硕继续言语，刚刚喝了一口面汤的完颜讹鲁观倒是先不以为然起来，"毛刺史旌和中是绍宋将官，然后出仕刘豫的齐国，做你下属，然后又在本国为官，为一州刺史，这等身份，注定为绍宋人所不容，所以才这般焦虑。其实毛刺史，你且放心，赵官家那边还是讲体面的，只要不反抗，便是绍宋军来到城前，也最多不许我们带走城内牲畜、财货罢了。"

毛硕再度干笑了一声，却没有应对。

"六太子把毛刺史想简单了！"洪涯耐着性子等完颜讹鲁观说完，这才狠狠咬了一口油饼，然后继续冷冷来看对面之人，"毛仲权，你跟我说实话，是不是绍宋人来了什么言语或者讯息，所以你便改主意不走了？否则如何自家一口汤水都不喝，却只是坐在那里催我们快吃快走？"

完颜讹鲁观终于一愣。

而毛硕微微叹了口气，也终于正色起来："六太子身份贵重，洪相公是我旧日上司，我也不想隐瞒……就在今日早间，有绍宋骑来到城下，送了三道旨意过来。"

"你是个什么东西，也需要绍宋官家专门送三道旨意来招降？"洪涯越发气恼，"我与六太子往来两次都没见到一张专门旨意！"

"两位稍等。"毛硕闻言当即起身。

"我有一句言语。"洪涯赶紧捏着油饼严厉呵斥，"我二人是带着赵官家与燕京议和的条款出来的，不是逃回来的，你若自作聪明，只会平白惹来赵官家厌弃！"

一朝被蛇咬，十年怕井绳，完颜讹鲁观也紧张一时。

"洪相公想多了！"毛硕无奈回头顿足，"我去替两位将三道旨意拿来！"

洪涯与完颜讹鲁观到底是没了用餐的兴致，只能枯坐相顾。须臾，毛硕便折身回来，还带着那三张白纸黑字的文告。洪涯只是一瞥，便看到上面的大印，然后就心中明悟，毋庸置疑，这的确是绍宋官家的旨意，但很明显，这种布告形势的旨意不可能是针对个人的。

"我就不看了，你也别念了，大约说一下意思吧！"洪涯一时有些颓丧，反而起身从桌子中央的大盆里为自己和完颜讹鲁观各自盛了一碗面汤，"看看是什么旨意让你改了主意。"

那边刚刚抿了一口，这边毛硕便也干脆直言了："三道旨意都是前日，也就是初八日拟定，今日一早刚刚送达的，全都是农事。"

"农事？"

"不错。"毛硕按着身前通告感慨言道，"第一道旨意，乃是要求燕山以南凡河东路、河北东路、河北西路、大同路、燕山路五路各州军地方官，无论署任者为大金为绍宋，都要切尽职责，疏导、安抚百姓，督促春耕。"

完颜讹鲁观与洪涯对视一眼，登时都有些意兴阑珊，同时各自无言。

"第二道旨意，"毛硕顿了一下，观察了对面二人的表情后，继续言道，"稍关军事，但主体依然是农事，乃是说地方上若有因为之前军事行动而荒废的大片耕地，或者大金权贵逃亡后遗留的耕地，当早早报去，并尽量粗耕，不要浪费，而若是实在无力，真定那边将发随军民夫、辅兵以及部分俘虏，前来就地、循地进行粗耕，尽量维持耕作。"

洪涯依旧无言，倒是完颜讹鲁观忍不住干笑一声："赵官家到底是个仁恕天子。"

毛硕没有理会对方，而是继续讲到了第三个旨意："这第三诏，既是军事，又是政事，却依然以农事展开，乃是说赵官家要从御前摘出许多什么'以备咨询'，并从军中大举抽调随军进士，或三人成组，或五人为队，在小股部队的护卫下往周边各军州巡视春耕……"

"高！既是格局高，又是手段高！"话音未落，洪涯便扬声以对，继而低声感慨，"是真的高明！怪不得毛仲权你一早上便改了主意……只是不知道是赵官家自己的笔墨，还是那位吕相公这几日稍微好了些，做的布置。"

"这有什么区别，相公不也是官家所用？"毛硕先是微微摇头，复又微微点头，"不过不管如何，确实称得上是高明。"

当然高明，连完颜讹鲁观都点了下头。格局高，自然不必多言，获鹿那般大胜，别人不知道，这都七八日了，相隔百里的定州如何不知道？在座的三人如何不知道？而当此大胜，那位官家没有好大喜功大举进发，没有屠戮俘虏煊赫威风，反而将事情的重点放在时节所迫的农事上，万事皆以农事为轴来做，确实显得有格局，也分得清主次利害。

除此之外，单说其中手段，其实也是很高明的。比如说第一道旨意，你一个大金地方官甭管接受不接受，总是可以去做的，而且应该去做，没有任何人会说你安抚百姓、恢复秩序、重视春耕是错的。但是，偏偏又有了一丝铺垫与心理暗示。所以第二道旨意，就给了部分本就想投降的人顺水推舟的机会。

而接下来第三道旨意就更有意思了，所谓巡视春耕，当然是指巡视、督导、检查春耕事宜，但既然是巡视，就不免要有评判，既然是评判，就不免有优劣。别的不提，回到那些大金任命的河北地方官身上，该如何面对那些绍宋官家派出来的巡视官呢？

首先，要不要打开城门让绍宋的巡视官进来？不打开，没问题，那是军队的事情；但打开了，一个最重要的心理门槛是不是就过去了？接下来，表现得很差劲是一说，这也很正常，一朝天子一朝臣嘛，这都是两个国家更替了，平平安安卸任又如何呢？但如果真给评了个春耕工作优秀，那又是个什么意思？总不能说我接受赵官家旨意安抚百姓、督促春耕，做得特别好，绍宋钦差都说好，结果回头说我是敌国伪臣，一刀砍了吧？十之八九，便会趁势留任，或者转任。所以，要不要努力工作一下……尝试一下呢？当然了，实际上这还没完，春耕结束了，工作组留在一个地方，是不是可以顺势对大金之前分配给那些猛安、谋克、蒲里衍的财产土地进行接收清理？是不是就可以在春耕后进一步履行赵官家的战前承诺了？

后来这些事情，毛硕这些人暂时是不知道的，但仅仅是之前的考量，仅仅是三道旨意蕴含的政治态度，仅仅是那一点点小权术，就足以让很多大金地方官心里动摇了。

总而言之，如果三道旨意得到施行，那春耕之事便会得到最大补救，而抛开春耕，就连降人都有了台阶下，从而大量避免了刑罚之事，减少了社会秩序的动荡，也算是一种军事成果转化为政治成果的有序步骤。只能说，河北果然在获鹿战后变天了，但不是想的那般粗暴直接。

"所以毛刺史是担心我等走得晚了，后脚工作队进来了，引来不妥？"六太子完颜讹鲁观也不蠢，只是没有洪涯反应那么快，心眼那么多而已。

"确有此意。"毛硕略显尴尬应道，却又微微摇头，"除此之外，也是想劝一劝故人……洪相公？"

洪涯在完颜讹鲁观的恍然中叹了口气，也是一时低头不语，俨然是感慨于毛硕没有忘了旧情，心中触动。但片刻之后，他还是微微摇头，引得完颜讹鲁观微微释然下来。

当然了，完颜讹鲁观不知道的是，洪涯这一套表情只是敷衍而已，此人此刻内心并无波澜。这倒不是说洪涯这厮一心想着荣华富贵，没有想过就势留在绍宋安稳下来，他老早就这么想了，不然也不至于促成真定投降了，但赵官家不是不要他吗？尤其是后来二次回到真定却没有受到召见，这个几乎在心意揣摩上成精的人更是对那位官家的心意有了确定性揣测……不管是真心想促成那种条件的议和，还是典型的离间之策，反正那位官家都不想见到他洪涯在眼前膈应。随完颜讹鲁观北归，固然有对可能最优结果的心动，但更多的，还是一种无奈。

转回眼前，定州刺史毛硕因为官家的隐晦而有条件的赦免旨意动了心，此人本就是个公认的能吏，自认能将定州打理妥当，所以选择了留在定州，重归绍宋。而与此同时，完颜讹鲁观与洪涯再怎么感慨，也只能在早饭后以被驱逐的姿态匆匆上路。这一次，二人没有再于路途上自寻没趣，他们轻身上路，又疾驰了一整日，沿途经过望都、北平二县，皆过城而不入，一直走到保州首府保塞城东关外的金台顿大营方才勒马停驻。

且说，金台顿是一个著名的永久性驿站、兵站，起源于当年绍宋太宗北伐大丽尝试夺取燕云的那场战争，后来变成绍宋与丽对峙下的著名常备军寨，如今也理所当然成为大金自燕京南下河间、真定的一个重要中转站。而完颜讹鲁观与洪涯也一开始就是奔着这里来的——按照他们的想法，这里不仅应该有一支小规模驻军，讹鲁补和夹谷吾里补二人北归，也必然经行此处，之前失散的溃军，如他们这般逃来的地方官、将领也应该会在此处有痕迹。

事实证明，完颜讹鲁观和洪涯想得太对了，甚至对得过了头。

"六太子、洪侍郎，两位无恙实在是太好了。"

太师奴迎出辕门，恭敬行礼。"魏王与耶律将军、纥石烈将军都在寨中，魏王殿下正在等着两位。"

完颜讹鲁观与洪涯对视一眼，各自有些面色发白。这倒不是说完颜乌竹和这两位出现在这里有什么不应该的地方，算算距离和位置，完颜乌竹既得生路，便也正该在此处。

可话说回来，这不是赵官家有那么一句"必杀完颜乌竹，方可和"吗？而且还有直接献城那破事。所有的事情，根本瞒不住，尤其是太师奴都在这里了。所以，由不得二人惶恐。唯独太师奴既然专程守在辕门这里相候，他们也根本跑不掉的。于是乎，二人只能压下心中不安，硬着头皮随太师奴转入金台顿大营。

果然，大营中凄凄惨惨，到处都是浑身狼藉的溃兵、伤员，所幸应该是耶律马五或者纥石烈太宇控制住了局面，原本的驻军虽然手忙脚乱，却没有失控的态势。

闲话少说，二人在一片凄凄惨惨之中来到一个亮堂宽绰的大军舍内，一眼便见到了独自躺在宽大榻上的完颜乌竹。而这位金国执政亲王虽然面容还算干净，脸色却惨白一片，而且身形姿态怪异……原因一望便知，四太子的左腿和右臂都明显有伤。很明显，完颜乌竹虽然逃得生天，却绝对是历尽艰辛。

"四哥！"

毕竟是亲兄弟，甫一相见，饶是完颜讹鲁观之前忐忑不安到了极致，可见到自己兄长这般狼狈，却还是忍不住鼻中一酸，然后上前在榻沿上拉住对方那只可以活动的左手，一时痛哭流涕。

而完颜乌竹见到完颜讹鲁观入内，本也该与自家兄弟一起抱头痛哭才对，但不知为何，他只是任由对方拉住自己的手哭泣，半晌后，更是支棱着那条打了木板的腿晒笑起来："老六何必这般哀哭？大局当前，胜败已定，俺们兄弟能再复相见，已经是爹爹在天之灵护佑了，若只是哭丧，徒让天下人笑而已。"

说到这里，完颜乌竹微微一顿，继续言道："借用曹孟德的一句话，日哭夜哭，还能哭死那沧州赵玖不成？"

完颜讹鲁观闻言，勉力收声，继而又忍不住在榻前含泪追问："四哥，我听人说绍宋军发数万骑军追索不及，岳斐和张荣似乎也到了河间，两面包夹之势下，你到底是怎么逃出来的？"

"这有什么可讲的？"完颜乌竹摇头以对，却终究不免一丝黯然，稍作讲解，"一路逃来，在寝水前被绍宋军轻骑追上，先没了三成兵马，听人说乌林答泰欲也在河畔被捕……然后勉力过河，又发现刘锜先行据了藁城，猝不及防下，又没了许多士卒……无奈东走，鼓城过河时看到张荣的水军，然后不得不继续向东……结果到了束鹿，迎面遇到东面方向逃来的溃军，这才知道，田师中已经督军从东面杀来了……彼时俺正好腿也被马踩折了，便胡思乱想，觉得获鹿大败，束鹿又走投无路，莫不是天要俺在那里被'束'住？但越是如此，越不能认命，便准备自杀，宁死不可被'束'……却又被马五给劝下，往北面河畔再试一试。"

说到这里，完颜乌竹复又苦笑起来："俺那时才晓得，束鹿的束字没有应在绍宋人身上，反倒应在了马五身上，到了河边，他不敢寻浅滩，又只有一匹马，无奈之下，只能将俺捆缚在马背上，然后二人一起浮马渡河……过了河，遇到从绍宋军俘虏中逃出的纥石烈太宇才知道，绍宋军前一日忽然有旨意传下，说是赵官家发了怒，让追军不许擅自追索大将，只以杀伤兵力为主，所以河上才改了巡防，只在各处浅滩堵截，路上兵马也只追索大股部众……这般算来，俺这区区一条命，三成是天意，四成是马五之功，还有三成倒是那位赵官家所赐了。"

完颜讹鲁观听完这番叙述，唏嘘不已。可以想见，别看自己四哥说得那般轻巧，但这七八日来，他怕是日日在生死边缘挣扎，与之相比，自己最危险的时候，也就是遭遇合不勒的那天晚上，都未必有这位四哥最轻松时来得严肃。毕竟，他这个六太子的性命，全程是无忧的。

而就在完颜讹鲁观唏嘘之时，叉手立在门槛那里的洪涯却也微微蹙眉……想那赵官家口口声声说要"必杀完颜乌竹"，实际上却在最有可能捕获完颜乌竹的滹沱河南网开一面，虽说大道理都是对的，却总显得那个议和条件稍有戏谑之态。当然，现在不是想这个的时候。

"魏王得天之幸，倒衬托出下官有些贪生怕死了。"眼看那边兄弟二人大约交代了几句，情绪都收住了以后，洪涯赶紧上前，并说了一句废话，"不瞒魏王，当日我在真定，是劝六太子降了的，实在是有负魏王托付……"

"俺自然知道。"完颜乌竹也不免叹气，"太师奴都与俺说了，不过这事不怪洪侍郎……绍宋官家将几万尸首与伤员一抬过去，俺也能想得到是何光景，确实没法守……至于说降了以后又想议和，也不算你们自作主张，毕竟当日在营中咱们确实提过此事。"

听到这里，完颜讹鲁观也面色苍白起来，赶紧起身抹泪："议和的事情，不知道四哥知不知道具体条款。我当场便说，那绍宋官家不免太苛刻了些。"

"洪侍郎以为如何？"完颜乌竹没有理会自己六弟，而是看向了洪涯。

"下官以为这并不是苛刻。"洪涯向前一步，正色相对完颜乌竹，"而是绍宋官家心存歹意……"

完颜讹鲁观一时怔住，而完颜乌竹则肃然起来，正色追问："什么歹意？"

"下官以为，所谓苛刻，无外乎是拿定了主意覆灭大金社稷，然后围三缺一之策。"洪涯坦然以告，言之凿凿，"说到底，绍宋人根本不想议和，还是要往死里打的，这个议和条件，放在眼下当然是苛刻，但等他们整顿完毕后会将我们逼入绝境之中，到时候却能反过来以这个议和条款来动摇我们拼死相抗之决心。"

"不错。"完颜乌竹略作思索，重重颔首，片刻后却又再度哂笑，"仅此而已吗？"

"还有离间之策，但这个就太明显了。"洪涯双手一摊，言语依然坦荡，"'必杀完颜乌竹，方可和'……可实际上，如何能杀四太子？谁来杀四太子？不过是料定了获鹿大战之后，四太子威信大减，中枢想要努力一把，也只能倚仗燕云大族与塞外部落，以此来使我们内中相互生疑罢了。"

"说得不错！"完颜乌竹仰头卧倒，喟然长叹，"说得不错！一针见血！一针见血！但这是阳谋！是阳谋！"

完颜讹鲁观依然诺诺，倒是洪涯忍不住继续追问："魏王，你且与下官交个底，滹沱河这条线上，到底有多少人逃出来？"

完颜乌竹一声不吭。

洪涯微微蹙眉，刚要再言语，却不料一阵酸臭之味忽然自身后卷来，回头一看才发现有人自外面闯入，而太师奴根本不拦，再定睛一看，才发现来人居然是万户蒲查胡盏。只见其人狼狈不堪，一身短打扮，双腿双臂俱是红褐色的泥污，胡子头发里也全是脏污，却攥着两张白纸布告，委实狼狈可笑。

但无论如何，又见到一名万户得生总是好的，因为诚如洪涯和完颜乌竹所言，赵官家的离间之策分明就是阳谋，此时但凡有一个在获鹿活下来的资历大将，都能加强中枢和塞外部落的团结，壮大中枢力量，继而震慑其他小部落与燕云大族。

不过，来不及多言，蒲查胡盏便瘫坐在地，然后对着榻上的完颜乌竹喘着粗气相告："魏王……乌林答泰欲那厮死了。"

完颜乌竹看了眼来人，稍微释然后倒也不急："胡盏，这个境地谁死了不都是寻常吗？"

"可这死的人也太多了。"蒲查胡盏将手中那两张布告高高举起，言语激动，居然有哽咽之态。

洪涯原以为对方拿的是定州所见的那几道旨意，此时听得不对，直接上前夺来，只是对着上面一扫，便摇头不止，然后将那张布告交予榻前的六太子。

而蒲查胡盏早已经在地上喋喋不休起来："我是从饶阳逃出的，没敢去河间府，只是昼夜不停绕道肃宁寨渡河，再去高阳……高阳守将我是认识的，是当年打河东的时候我收的降将出身……可走到城下，那厮非但不纳，反而扔下两张布告，让我自去……我又不认识字，一路到了这里才在门前让人读了，然后才晓得，居然死了十三个万户？！"

完颜乌竹微微一愣，便梗着脖子去看拿着文告的自家六弟。

完颜讹鲁观本能欲递上，但伸出手后才意识到自家兄长这个状态根本没法阅览，也是一时无奈，便主动解释起来："兄长……乃是绍宋人立威的旨意，将斩获讯息传递了下来，要传首四面，想借此兵不血刃，收降州郡。"

"念一念名单与数字。"完颜乌竹再度瘫卧下去，"不要忌讳，念一念！"

完颜讹鲁观无奈，只能摊开文告，认真相对："文告是二月初九，也就是昨日发出来的，有沧州赵玖的画押，算是圣旨……上面说……说……大金元帅领太原行军司都统兼万户完颜巴力速以下，隆德府行军司都统领万户完颜奔睹、万户完颜突合速、万户斜卯阿里、万户完颜火钹、万户仆散背鲁、万户乌林答泰欲、万户完颜萨利赫、万户温敦思忠、万户仁佳杓合、万户完颜折合、万户大蒲速越，又有燕京合扎猛安都统完颜剖叔，凡十三人……另……获鹿阵斩银牌行军猛安四十八人，俘三十二人；阵斩铜牌行军谋克五百三十七人，俘三百二十三人；阵斩铁牌蒲里衍四百二十九人，俘二百二十一人……合计一千七百零三人……其中有首级者，以行军牌号并行传首示众，无首级者及受俘者，以行军牌号代为并传。"

完颜乌竹居然不怒，甚至嗤笑以对：“居然没俺想得多！而且绍宋人居然没杀俘吗？”

“应该没杀。”完颜讹鲁观无奈解释，“俘虏怕是要卖给岐辙人的，卖之前还要做苦役种地、修路什么的，这下面第二道旨意也说了，要以御营中军副都统郦琼为都督，看押俘虏六万余众，沿我军之前往来大名府——真定府路线南下，沿途协作春耕补种，以补签军被抽调后地方之空虚。”

完颜乌竹彻底无声。而完颜讹鲁观也有些讪讪，他已经意识到，这篇昨日发出的文告里面，所谓俘虏的六万众，很可能只是绍宋军在获鹿与真定俘获的兵马，其中获鹿五万多，另外多出来的七八千正是自己选择投降后交出的那个万户。

但即便如此，怕是也足够了，因为大金在燕山以南，一共几个行军司，一共几个万户，大约多少人，这是人尽皆知的事情，如今这两道旨意配合着之前春耕事宜的相关旨意一并撒出，只是彻底将获鹿之战的战果给摆了出来。而以那一战之地崩山摧之势，一旦摆出来，自然是传旨而定，瞬间席卷两河。怪不得蒲查胡盏也被旧人驱赶了过来。只能讲，河北真的要变天了。

除此之外，这布告中暂时没说的，也就是那一战逃出去那四五万金军溃兵，又被绍宋军在滹沱河南大肆追索，只看眼下完颜乌竹等人惨象，就也能猜到，即便是没有匹马不得北返，怕是也要十丧七八了。那么经此一役，金军老底子的二十个万户，到底还有多少有生力量？多少精锐敢战之士呢？回到燕京，那些把控剩余新军的塞外部落头人、中枢被弃用之旧将、燕云大族，又会怎样闹腾呢？怪不得那位官家要行如此浅薄的离间之策，只能说时来天地皆同力，运去英雄不自由了，这委实是一种让人无力的大势阳谋。

一念至此，算清了账的完颜讹鲁观几乎颓丧到了极致。倒是洪涯，依然若有所思，似乎这个聪明人还没有把这个简单账目算清楚一般。

转回眼前，当最少一千七百多名大金军官被杀、被俘的消息通过布告确认以后，整个房间内便鸦雀无声，几乎所有人，包括之前喊着不要忌讳的完颜乌竹都陷入沉寂之中。这个打击太大了，获鹿之战基本上将整个大金的脊梁打断，然后又抽骨割肉，大金前途如何，人人皆不可想，不愿想了。颓丧之气，伴随着蒲查胡盏身上的腥臭味，一时四散弥漫。

打破沉默的依然还是新的来人，耶律马五匆匆抵达，而房内众人望见这位岐辙大将手中那一整摞新文告后，几乎人人心中颤抖。

"耶律将军，这又是什么？"便是洪涯，也需要深呼吸后才能小心相询。

"真定那里发的文书，都是封赏旨意。"耶律马五倒是保持了冷静，"绍宋皇帝在大肆封赏功臣，全都是一些看不懂的晦涩文字，光封王就一堆。"

"这倒是无所谓了。"洪涯一时释然，当即摆手，"煊赫威势的手段罢了，就不必专门给魏王来读了。"

"如何不读？"

躺在那里的完颜乌竹忽然奋力出声，状若嘶吼："敌之英雄，我之贼寇！彼辈功勋，皆是我军膏血所成！如果不读，何以悼此战我军数十万膏血？！读！读出来！一个字都不要差！"

众人骇然之余，各自无声，耶律马五也只好将那一大摞圣旨兼布告塞给了洪涯。有些字，他确实不认得。

洪涯无奈，也只好拿起这些布告，深呼吸了数次，开始缓缓宣读："一曰：方旌和、建炎之际，天下安危之机也，勇略忠义如韩师仲而为将，是天以资朕之兴复也。方金军南略淮上，唯师仲敢言与战。后驱完颜乌竹于下蔡，破完颜塔兰于长社，斩完颜娄石于尧山，唯山河于获鹿，每战为朕前略，奋不顾身，号为天下无双，实为国之肱骨，朕之腰胆。特晋爵为秦王，授元帅，依旧领太师。"

一气读完，无外乎是韩师仲晋爵秦王、任元帅、领太师，位极三公，勋盖武臣而已。而完颜乌竹所居房舍内诸人，或卧或坐，或立或倚，竟也无一人言语。

稍微一顿后，洪涯掀开一张，再来一张："二曰：自古以计，汉有韩、周、卫、霍，唐有李、徐、苏、薛，代不乏人，然求其文武全器、仁智并施如岳斐者，一代少见。岳斐为帅，非只武略，更兼仁风。严军令以禁掠夺，为软语以慰编氓，修谦让以谨交际，习文辞以相酬和，与廷议而持公论，屏奸邪以交君子。是故，相臣而立武功，周公而后，唯诸葛武侯一人也。帅臣而求令誉，吉甫（周代名将）未必称焉否也，唯岳斐精忠报国，可当此誉。酬荆襄、伪齐、西勒、大名、河间之卓勋，特晋爵为魏王，授元帅，领太傅。"

堂中依然无声，倒是完颜乌竹终于有了一丝反应，他微微扭头，看向了自己榻前靠着的一把宝剑，然后重新闭目。

"三曰：凡大厦将倾，必有支柱，泥沙俱下，必有阻遏。"

洪涯翻开第三张布告，然后只读了前两句话就知道是在讲谁。"方天下将倾，淮河以北不复汉家，李彦仙崛起于陕洛，如砥柱立于中流，几以一己之力，使金军分为两势，使朝廷犹存大河而系中原、关西。凡十载巍然，其功之大不可胜计，其忠之深不可尽言也。特晋爵为晋王，授元帅，加太保。"

舍中气氛已经有了微妙的变化，但洪涯也懒得理会，只是又掀开一张纸来，继续宣读，这一次他还没开口，就知道该是谁的了："四曰：自古名将易得，帅臣难寻。吴介才气不群，忠勇自奋，策足功名之会，腾声关陇之间，却敌有沈果之谋，驭军适威爱之济。比者擢帅于关西泾原，尽护诸将。尧山之战，尤为隽功。获鹿之役，指挥若定，塞其酋豪，丑类尽折。壮朕兴复之威，非谋以济勇，能若是耶？特晋爵为韩王，授元帅，领少师。"

再度读罢，无人言语，洪涯停了片刻，终究只能自顾自读了下去："五曰：建炎以来，朕之心腹，张峻握兵最早，屡立战功。其于下蔡，孤军北悬，从无动摇，并发求战，可谓忠勇。后以年长，进退自如，并推杨轶忠、田师中、张子盖续行功勋，堪称有德。又曰，淮上之约不敢忘也，特晋爵为齐王，领少保。六曰：昔国家纷乱，上下失序，官吏弃地而走，将士闻风丧胆，张荣崛起于草莽，聚义士而护一方平安，合布衣而成百战英豪。缩头滩一捷，始定军心，驱舟过汴，始固国本。替天行道者，当如是也。特晋爵为鲁王，领少傅。七曰：星星之火，可以燎原。昔天下颓败，马括以故交得金人优待，仍摒家弃身，兴兵抗金。凡十载，出入太行，勒马河北，辛苦周旋，昼夜不息。昔大金方盛，使贼军聚众而不得南下鲸吞者，太行之功也。及王师北进，使天下合力而成不可向迩之势者，亦河北之力也。特晋爵为邢王。又有信王赵臻，襄助有功，易爵代王，以示荣宠。八曰：王德家世忠勇，素有神威。自淮上为御前主战，未曾有堕，至于十载，功勋卓著。及获鹿而决，当先为战，冲锋陷阵，勇不可当。及阵斩阿里，始摧大阵，功直中兴。特晋陇西郡王，特荫一代传爵不减。"

不知道是不是错觉，略显口干舌燥的洪涯翻过一页，刚想看看接下来曲锻的表彰时，似乎有人在暗地里啜泣。然而，之前完颜乌竹有过发作，所以虽然有些异样，但洪涯只是一顿，便继续读了下去："九曰：建炎方起，完颜篓石扫荡关西有二，当此危难，李彦仙崛起于陕洛，功莫大焉，曲锻保民于关陇，则稍有功绩，唯其跋扈违节，多有不妥，不可不言。然，周处除三害而自新，曲锻亦得知耻而后勇，其射完颜篓石于驾前，宁西勒于贺兰，出全军于轵关，奋忠烈于获鹿，堪称节勇。故晋爵镇戎郡王。"

"十曰：昔李永奇、李世辅忠义归朝，正当尧山之前，时国家穷馁，适近橐丐之际，父子破家殉国，忠义无双，并称奇功，古今难寻。复定西勒，又得殊勋，决胜获鹿，始终为前。特追……"

"够了！"

就在这时，啜泣声忽然止住，取而代之的乃是完颜乌竹的又一声大喝。其声之厉，惊得洪涯直接一抖，将手中文告尽数抛撒落地。不过，一声厉喝之后，完颜乌竹反而沮丧，只是躺在那里，用一只尚能动作的左手再度遮面啜泣起来。

许久，其人方才在舍中哀凄出声，如泣如诉："俺就不明白了！何以区区十载，天地就翻转了个？十年兴，十年衰，大金开国豪杰，纷纷凋零，绍宋英雄，却纷纷而降……这难道真是天意在庇护绍宋不成？！"

此言一出，榻前的蒲查胡盏与完颜讹鲁观皆不能忍耐，各自落泪不止。但挨着门前的三人，从耶律马五到太师奴再到洪涯，却只是面面相觑。

而片刻之后，还是耶律马五心绪不平，出言驳斥："魏王，你要讲道理的，依着道理，最让人不明白的，难道不是太祖奋勇，居然十年灭丽，而后完颜瞻汉又大举南下，居然直捣汴梁成功吗？你们桓榛人做出这般豪迈事，便是英雄奋起，绍宋人如今打回来，为何就是不明白了？"

此言一出，完颜乌竹依然以手覆面，舍中却再度渐渐安静了下来。

建炎十年的二月中旬，随着真定传出无数旨意，获鹿大战的影响终于四散传播开来，所谓春耕、封赏旨意所至，河北诸郡，一朝反复，天地换色。至于完颜乌竹和一众逃散高层，只在保塞待了三五日，收拢了七八千溃兵，连完颜斡论都等不到，便随着绍宋魏王岳斐的部众出现在视野内，直接掉头逃窜，往身后的范阳而去。

第一百章　谏言

"……特追李永奇绥德郡王，并一代传爵不减，以李世辅承爵，并加武当军节度使。"

东京城内，皇城崇文院秘阁二层，内侍省大押班蓝珪又读完一张诏令后，不由得稍作停顿，忍不住去旁边案上取水来喝，显然已经读得口干舌燥了。不过，所有在场的秘阁大员也都知道，这肯定还没完。

其实想想就知道了，在西勒覆灭，郓奚一族需要大举融合的大背景下，原本就立有奇功，且算是忠贞典型的李永奇父子得以位列郡王，当然是可以理解的。但与此同时，原本资历就很深，这次也没有落下功勋的原十节度之一的王彦，又怎么会少？甚至更进一步，抛开那位"代王"不说，连亲王都封了七个，那算上王彦，这郡王的封赏难道就只有四个？到底哪个更金贵？就算是为了凑数也不差这几个的，只是不知道独立领兵的郦琼、田师中之外，还有谁罢了。而刘锜若有，那解元也应该有，不知道王贵和吴璘能凑上吗？

"十一曰："果然，稍微咽了两口水后，大押班蓝珪继续宣读下去，"旌和之祸起，两河尽墨，王彦弃家救国，首出义师于太行。南阳被围，朝堂悬危，再起八字军南归。尧山激战，持重迎难，督其众于东坡塬。河北兴兵，总统全略，横铁幕于获鹿。其人赤心报国，忠耿不移，进退泰然，文武兼用，可谓国之大将。特晋隆德郡王。"

这是意料之中的封赏，秘阁之上没有人有任何多余反应，只是静静倾听。

而蓝珪也毫不犹豫，从一旁的木匣中取出又一张旨意，继续宣读，辞藻却意外变得简单起来："十二曰：自古用兵用实，使将使锐，田师中督御营右军背嵬之众，淮上用命，尧山决死，大名当众，并发张子盖于获鹿定局，忠勇恳实，谓之功不可没。特晋凤翔郡王，加威武军节度使。"

秘阁之内，稍有嘈杂，但很快平息……之所以嘈杂一时，是因为田师中这个口子一开，就意味着这次封赏是真的"大封"了，而迅速平息的原因也很简单，在今天这种旨意轰炸下，什么"必杀完颜乌竹方可和"，什么"十三个万户、一千七百个牌子"都不值一提，之前"七个亲王"的旨意，早就让人迟钝了，何况是多几个郡王？

果然，蓝珪越读越快。

"十三曰：刘锜挫折合于尧山，冲完颜剖叔于获鹿，擒乌林答于寝水，逐完颜乌竹于深州，神机武略，皆定乾坤之举。特晋德顺郡王，加安德军节度使。十四曰：旄和乱起，郦琼投笔从戎，转战河上，守滑州十载，扼金军七次，从征鄢陵、激战东坡、扫荡河东、困缚完颜巴力速，堪称战功卓著。特晋安阳郡王，加清远军节度使。十五曰：解元久随秦王，辗转不停，摧偏辟锋，刚勇细密，可谓大节。特晋正平郡王，加保信军节度使。十六曰：……"

蓝珪忽然一顿，登时引得许多已经心猿意马的秘阁权臣看了过来，而很快，后者便晓得是怎么一回事了。

"十六曰：耶律於顿者，丽国近宗也，慷慨大义，素有贤德，惜乎受制于昏君困局，不得已反复自困。一朝释解，遂得开阔，乃定策于西勒，献土于阴山……今复取大同、战获鹿，不可不赏，以示天子之德，彰绍宋与丽国之谊。特进临潢郡王，领岐轶自治路经略使，奉宗祠于上京道。"

这个旨意一念完，出乎意料地引来了秘阁中众人的附和称赞，把控东西蒙兀要害的阴山要冲直接被"献土"算是一种实利，以任命的方式延续岐轶余祚于临潢府则算是一种非常符合儒家价值观的处置。

这个郡王封得没有任何毛病。

当然，众人之所以出声，也有以为旨意到此为止的缘故，因为有战功和资历的基本上都封王了，忽然冒出来一个仿佛凑数的岐轶郡王耶律於顿，人数也恰好来到了十六个，那当然以为官家今天隔空扔过来的火药包会到此为止了。但是，正当众人等着首相赵定出列带头称贺之际，却不料大押班蓝珪微微轻咳了一声，然后从木匣中再度取出了两张旨意，秘阁中旋即安静了下来。

"最后两张。"

蓝大官知趣地笑了一下，这才重新正色起来，却又在只读了三个字后再度一顿："十七日……十七日：杨轶忠父祖三代忠贞无二，皆国之栋梁。其典班直十载，唯命东西，于君臣之道，始终如一，朕之赵云也。特晋静塞郡王，领班直如故。"

一旨既罢，满阁鸦雀无声，似有所虑，不过，最后一王已经毋庸多言了。

"十八日：刘彦万里辗转，十年相从，可谓忠矣；典兵禁内，勤恳无失，可谓恪也；用众疆场，阵射韩昌，亦可谓勇；寝幄扈从，无问权柄，可谓直也。特晋辽阳郡王，领班直如故。"

一气读罢，蓝大官状若无事，只是团团拱手："官家有口谕，诸位于秘阁闻旨，不必虚礼，万事以实论为主。"

说完，这位资历大押班更是直接退到角落，寻来一杯茶水，微微润喉，然后径直离去。当然了，赵官家说是不让虚礼，实际上又怎么可能不虚？所以首相赵定以下诸相公、尚书、侍郎、九卿、五监纷纷涌出，朝着北面虚空行礼，轮番口称贺词。

好一番折腾以后，秘阁二楼内，方才渐渐平静下来。但所谓平静，并非无话可说，无事可论，恰恰相反，实在是要说的太多，要论的太多，以至于一时间不知道从何开始了。须知道，今日还与之前不同，四日前，仅仅是获鹿大胜简报飞马抵达，秘阁之中只晓得赵官家此人应该不会虚言夸饰，确系一战决胜，便已经嘈嚷了一整个下午，讨论了各种预案。而今日，捷报如飞，战场细节一一罗列，斩首、俘虏、缴获，乃至于战后处置、封赏清晰无误，信息量多得惊人，秘阁之中，众人又如何能空坐？

"老夫说一件事啊……一口气十八个王爵，这封赏是不是稍微有些滥了？"一番沉寂之后，打破沉默的乃是刑部尚书马伸。

"刑部多虑了！"御史中丞李光当即排众而出，抢先而对，"这次封赏不比寻常，一则是确切大胜，几乎使金军匹马不得北返，继而山河尽复就在眼前，莫说七个亲王、十一个郡王，便是十七个、二十一个，封也就封了；二则嘛，刑部没听之前旨意上说嘛，这是官家阵前许诺，昔日成王一叶封唐而周公贺，敢问天子之诺难道是可以食言而肥的吗？"

马伸当即无言以对，甚至有些措手不及，因为李光反对得太快，太直接了。

"不错，非但不能食言而肥，而且宜早不宜迟，宜宽不宜窄。"李光刚刚说完，便有人匆匆附和。

"要我说，刑部委实多虑了。"继而，就连枢相陈规也忍不住负手讪笑起来，"十八个王爵算什么？当年丰亨豫大的时候，光亲王就几十个，如今全都空出来了，两河尽复，朝廷缺这点禄米吗？再说了，这般封爵，反而能确定不是实封，无外乎是官家兴不世之业，遂有不世之功，拿这个做个功勋排定，将来好上史书罢了。"

马伸微微一怔，然后陡然醒悟，随即闭口不言。

且说，马伸是何等人也，他这个醒悟可不是说被这两人一番话就讲得心服口服。事实上，他虽然对这个王爵太多不满，尤其是对耶律於顿之后那两个近臣因为什么"始终如一""十年相从"感到有些别扭，甚至他隐约觉得，解元和刘锜能封王，都是官家为了让杨轶忠和刘彦能封王而私心添上去堵人嘴的……但是，不满归不满，这并不代表他会真在意这个爵位本身。

什么王爵？绍宋的相公们只要不出事，致仕后都有王爵，干得好的，弄个大国封王也是手拿把攥的事，而人家吕浩文家里干脆是家传的东莱郡王，和这种美事相比，更进一步的王爵都显得有些画蛇添足。所以，便是准备扯一扯杨轶忠、刘彦这二人，也不过是个引子。归根到底，不过是赵官家一口气封了那么多武将为王，马伸有些担心文武平衡被打破罢了。但这不是李光和陈规直接跳出来说清楚了吗？

赵官家这十年干的事业，如今至少也要跟光武并称了，再干个三十年不出幺蛾子，指不定能跟秦皇唐宗相媲美。那么光武有云台二十八功臣，唐宗有凌烟阁二十四功臣……赵官家只有武将出身的十八王中兴？什么王爵，王爵不过是一种评价体系，代表了你的功勋和排序。故此，有十八个武将，肯定还有十八个文臣哪！文武各半，凑个三十六才合宜呀，武将是战前许诺，现在先封，等燕云一下，或者战事了结，自然该论一论十八文臣了，你质疑十八个王爵多，岂不是相当于质疑十八个文臣功位多？

但要是那样，在场的诸位到底有几个人心里有底呢？建炎以来，名臣如云，李罡、宗颖、汪博彦、吕浩文、许景衡、赵定、张骏、宇文绪忠、吕夷昊这几位妥当的一去，到底还有几个位置？陈规、刘汲心里都虚，胡尹好像妥当些，但刘子羽、林景默呢？他李光、你马伸呢？外头是不是还有王庶、胡闳休，便是殉国的张所也说不定……到底谁有把握呀？而偏偏晋与不晋，几乎能直接对身后名有盖棺论定之说，这就很坑了。

所以，别说嫌弃十八个王太多了，按着秘阁里有些在心里算来算去头上冒汗的人的想法，王胜、吴璘、王贵、傅选这四个也是可以凑合的，郭浩、邵云也可以。弄个什么岳台四十八功臣最好，这样自己说不得能搭个尾巴。当然，这就想多了。真要是那样，反而让人笑话。十八文、十八武，建炎三十六名臣，专指中兴之功，已经算是比较合适的数字中偏多的一个了。

就这样，王爵的议题匆匆开启，然后又在所有人心照不宣中匆匆关闭，随即，赵定身为首相，强压各种心思，进入正题："官家当日战前承诺，固然是封王为先以安军心，可其他军功许诺也不能放下，枢密院要做好准备，还是那句话，宜宽不宜窄，宜早不宜晚，切莫让官家与朝廷失信于军。除此之外，部分撤军与民夫折返的事情也要做好应对。"

"枢密院定当尽心尽力。"张骏即刻与陈规一起闪出，严肃应下。

"还有两河任员，也当尽早处置。"一言之后，赵定稍微一顿，才说出了这么一句似乎本该顺理成章的言语。

然而，吏部尚书陈公辅可不会纵着赵相公，其人直接转出，拱手以对："话虽如此，可还请相公明言，两河故地旧官去留之权，到底是咱们这里处置，还是官家派出的春耕巡视官来定？"

"先紧着官家言语。"赵定平静以对，"暂以巡视官意见来定，若有什么事端也无妨，因为今日事后，官家指不定哪日便要回来了，便是不回，此时往来通畅，届时直接上书一问便可，不必过虑。"

陈公辅微微摇头，倒也没有追究。

"那军功授田一事呢？"户部尚书林景默接口再问。

"这事能有什么问题？"赵定蹙眉反问，言语急促，"当日长社战后，官家还于旧都，中原便曾大约做过此等事，后来官家更是渐渐引出了抑制兼并的国策，明显是要以授田而行均田之策。今日两河再行此事，无外乎是规模更大一些，行事更彻底一些罢了，便是有少数人不满，以如今河北局势、朝廷信誉、官家威望，外加三十万御营甲士，又能如何？真要是谁敢不满，也不过就是跳梁小丑的格局罢了！"

"不错。"张骏也失笑挥袖，"赵相公自家也是要均田的，都未曾不满，那到底谁敢冒天下之大不韪，在这个当口去寻官家的不痛快？"

赵定旋即失笑："我家在河东本就没有几亩地，还指望这次授田能给家中添一笔资产呢……"

秘阁之中，立即哄笑起来。

林景默也笑了笑，好像并没有意识到赵定在装糊涂，而张骏在帮着赵定装糊涂一般。事情很简单，当此大胜，而且又是官家近臣出身，林景默根本不会质疑政策可行性，更不会质疑政策本身，他刚才的意思其实是在问赵定，军功授田这种事关国家根本的事情由谁负责？难道还要顺势交给那个什么劳什子巡视官吗？当然，林景默也知道赵定的难处，更晓得当此之时说某些话未免扫兴，所以也随之而笑。

大家笑完之后，会议继续。又有人建议，既然吕夷昊吕相公连番病卧，身体不好，范宗尹等人力有未逮，不知可不可以请示官家，再发部分官吏到御前协助？当然，也有人对官家议和之论表示怀疑。其余种种，不一而足。

这场会议，最后一直开到天黑才在首相赵定的强行压制下终止。接着，众人勉强散去，而林景默作为值日的尚书，却又留在秘阁二层，等待都省直属的秘阁文书将不涉密的会议讯息与可发布信息整理妥当，亲自过目签字后，这才准备下楼离去。按照规矩，前者要第二日发给公阁来看，后者要今晚便发给邸报部门来看，时间久了，官僚系统总会内部自洽的。当然，且不提什么政治规矩，只说林尚书走下这个可能是全世界权力浓度最厚重的一层楼，未曾出门便闻得宫城外喧嚷不停……这是理所当然的，因为位于皇城东南位置的崇文院，隔着一堵墙分别是最繁华的东华门外马行街夜市与最宽阔的御街主干道，而且，这种喧嚷从四日前北面大胜的讯息送达后便已经开始，只是这些天越来越明显罢了。而且可以想见，从明日起讯息散播开来，除了城外御营家属区届时不免有些哀切之意，恐怕东京城还会更热闹。

然而，如此理所当然之事，却引得当朝户部尚书一时呆住，以至于立在黑糊糊的崇文院中若有所思。隔了许久，林景默方才恢复正常，却是转出御街，寻得等候已久的家人，然后也不回家，只是直接前往东华门找了一个店铺，让店家余了些猪肉丸子，一半凉拌一半做汤，与随从家人一起临街安静吃完，这才向北归于延福宫后的景苑……能否在这里有一栋宅子，是朝廷重臣是否简在帝心的标志。但林景默回到此处，依然没有回家，而是让家人随从先走，自己孤身一人径直往枢相张骏府上拜谒。

出乎意料，张骏居然尚未归来，以至于林景默又足足在后堂上等了小半个时辰，才见到了正主。

"往大宗正家里去了。"对上林景默，张骏倒不至于遮掩什么，"今日送到枢密院的文书，除了那些大的旨意，还有些小文书，其中一个便是大宗正家长子赵不凡殉国的表彰……不好在秘阁中当面宣读的。"

林景默微微恍然，继而在座中再问："赵不凡是嗣爵之人，大宗正又是朝堂重臣、宗室威望所系，必然有格外恩典吧？"

"这是自然。"张骏接过使女送上来的茶水，微微啜了一口，便挥手示意其余人全都退下，"特许嗣爵三代不减，而按照官家口谕暗示，可能还要给大宗正加郡王，但不在此番武臣封王之列。"

"似乎又太重了。"林景默若有所思。

"是有些重，但也是有缘故的。"张骏认真解释，"听报信的人提及前线事迹，好像说赵不凡根本是为救镇戎郡王曲锻而死。御营骑军这次死伤惨重，曲锻深受震动，甚至私下婉拒了赐蠲的建议，曲锻不要，连累着王德、王彦也不好有，而赵不凡又是宗室近支子弟，拿出来做榜样也是应该的。"

说到这里，张骏微微喟然："我原以为大宗正家中会哀切过头，但在他家中待了一阵子，才晓得哀切归哀切，却也有几分豪态……按照大宗正言语，国难至此，一朝了断，死得其所，痛哉惜哉，哀哉壮哉……大丈夫，本就该如此的。"

林景默也不纵着对方，直接摇头："国家文武昌盛，各司其职，赵不凡死得其所，可相公身为西府总揽，若是事到如今还可惜不能仿效诸葛武侯的事情，便有些可笑了。"

"不说这些了。"张骏略显尴尬，当即肃容，"林尚书这般晚了还来寻我，必然是有什么言语教我吧？"

"也没什么具体言语，只是今日秘阁值日，孤身下阁，心生感慨罢了。"

"何等感慨？"

"人有悲欢离合，月有阴晴圆缺，此事古难全。"林景默喟然以对。

张骏微微一怔，当即反笑："不该是此等良辰美景，更与何人说吗？十年辛苦，一朝竟成，旌和之耻，一战皆雪，便有些许牺牲和不妥，终究是万家灯火，千古奇功，且享且惜哉。"

"兼有之，看似自相矛盾，其实人之常情。"林景默也笑道，"就好像大宗正的哀哉壮哉一般，也好像今日秘阁中诸位对十八王爵鄙之慕之一般，都不矛盾的。"

"这倒也是。"张骏越发轻松起来，"那到底什么事情让你这般'阴晴圆缺'起来？"

"我在想一事。"林景默平静作答，笑意不减，"相公，此战之后，朝廷与官家该如何相处？"

张骏瞬间愕然，但立即摇头：："朝廷即官家，官家即朝廷。"

"果真如此吗？"林景默从容追问，"便是如此，耽误权出两处，君臣生分吗？须知，对于官家，朝廷这里既敬之，又惧之，也是不矛盾的。"

张骏一时无言。

话说，张德远非常清楚，林景默有这个思虑实在是太寻常了，今天秘阁中很多事情都绕不开官家和东京这里两分的问题。而这个问题的本质在于，赵官家从巡视东南开始，已经连续数年未曾归京，包括再往前数，早在之前多年屡次征伐期间，赵官家也常不在东京，所以政事便也多托付于两府六部五监组成的这个秘阁。甚至更进一步，大概是因为军事需要难以分心，所以赵官家即便是在东京，也很少在特定问题外干涉官僚系统。

于是乎，最高行政权力实际上形成两分之势已经很久了，今天关于两河地区行政权、任命权、接收权的隐晦讨论，包括部分人想往御前跑，本质上也是这个问题。当然，和许多人一直暗自担心双方会产生龃龉不一样，建炎十载，这种看似危险的体制其实一直运行妥当。原因再简单不过，首先东京这里是从赵官家那里拿到的权力授权，法理上就有张骏那句"朝廷即官家，官家即朝廷"的基础。除此之外，官家在外一直打胜仗，在内一直卧薪尝胆，声望卓著。

当然，还有最重要的一点，赵官家兵权在握，而且兵权越握越稳。所以，东京官僚系统，也就是林景默口中的朝廷，在那位官家面前，从内到外，从本质到表皮，毫无反抗能力，真就是"朕给你的你才能拿"。而获鹿一战后，完全可以想象，这种强势怕是直接要延续到某位官家崩逝为止了。

"林尚书，你我皆是官家心腹，而你更是官家近臣出身。"张骏沉默半晌，最终点出一个事实。

"但我们也是国家重臣。"林景默平静以对，"身兼两权，就更该居安思危，早一些为官家和朝廷做思量，以免将来再出乱子。"

"能出什么乱子？"张骏还是有些不解，"白马绍兴之事，东南武林之会，不都妥当过去了吗？官家威信在此。"

"此一时彼一时也。"林景默依然从容，"张相公，当年我等随官家自八公山溯淮西行，当时我便想，当此之时，真乱世也，以后行事切不可拘于凡俗规矩，见到什么离奇非常之事也不该动摇。今日闻获鹿大胜，我同样也只有一个念头，那便是，这天下果然要太平了。敢问相公，乱世与平世，可以相提并论吗？之前那般行事，往后还能继续吗？"

"那该如何呢？"张骏失措以对，同时也不免有些不安。

乱世之时，他张德远可以凭借着赵官家心腹这个身份，成为官家在朝堂与都城内的代言人，顺从官家心意来参与军事日常，以至于从容与赵定分庭抗礼，可乱世将定呢？

"这么多年了，相公怎么还是这般糊涂？"林景默终于再度失笑，"官家连杨刘二位都要一力抬举起来，难道是不念旧情、故作高深的那种天子吗？何去何从，何妨坦诚一问？"

说着，这位户部尚书直接起身拱手，俨然是告辞归家了。

张骏也恍然而笑，并起身拱手："不错，今日多劳林尚书提醒了，我明日便在秘阁中推吕侍郎北向劳军，顺便请他替我给官家上一道'密札'。"

林景默微微颔首，直接告辞离去。而张德远也并未远送，他回到后院一处二层小阁楼，微微看得东京城中那依然明显的满城灯火，稍微痴了一阵，这才转回室内，铺开笔墨，然后隔着纸张按住桌案，准备写这篇密札。

"官家，"就在张骏转回书房，提笔来写密札的时候，几乎是同一时间，真定城内，一处宽敞院中，灯火之下，宴席之间，也有一人忽然按住身前几案，却又陡然起身，"臣有话要说！"

春风摇动暮色，见得此人起身，周围在场的十多名王爷无不色变，继而肃然起来。无他，这人正是今日宴会主宾，自后方赶来的工部尚书胡尹胡明仲，其人威名在外，尤其究军中渊源，亲王也好，郡王也罢，还是什么其他近臣，真没几个不怵他的。唯独与秦王韩师仲并列主席侧位的枢密院副使吕夷昊，依然好整以暇，不以为意。

"朕若说让明仲有话明日再讲，怕是明仲也不会听的。"至于赵官家，怔了一下，但还是摇了摇头，并在席中笑对，"说吧，朕有准备。"

"谢过陛下。"胡尹肃然以对，然后出列拱手，"当先一事，官家此番封赏，难道没有滥爵之嫌吗？"

座中一时尴尬无声，其中虽有人明显有了些酒意，一度准备起身驳斥，但也被韩师仲等几位亲王给冷冷瞪住。

半晌，还是赵玖轻笑以对："明仲想多了，河山兴复，旧耻可雪，国家酬功，几个王爵算什么？"

胡尹当即摇头："好让官家知道，自古功臣难养，今日诸王在此，似乎可以收敛一时，但将来居此功日久，必生骄慢之心，真到了生成祸患那一日，官家迟早还要下手亲自拔除的，到时候反而有损君臣之恩遇。"

"说得好。"赵玖居然点头认可，引得在座诸王一时紧张，"人心难测……想要君臣长久，实在是太难。"

听到这里，诸王皆有酒醒之意，随即韩师仲带头，纷纷出列。接着，还是这位秦王带头表态："好让官家知道，官家这般神武，尚书这般警醒，谁敢骄慢？还请官家与尚书放宽心便是。"

胡尹懒得理会。

倒是赵玖看着身前诸王，笑意不减："朕没有借明仲言语敲打你们的意思，也没必要，只是单纯感慨，因为有些事情怕真是免不了的……对功臣最妥当的唐太宗都免不了侯君集之事，咱们君臣又不是什么天生的圣人，怎么可能免俗？唯一能求的，不过是将来真出了事情，也还能做到唐太宗与侯君集那份上罢了。"

韩师仲如今是读了书的，知道赵官家说的是真情实意，反而不好反驳。

小小插曲，不值一哂，赵玖挥手示意众人归座，然后再去看胡尹："明仲，虽说人无远虑必有近忧，可因为将来可能的忧患现在就做出一些狭隘之事，也不是什么明君所为吧？十八王爵已成定局，且皆犒赏妥当，多言无益。"

"是。"胡尹居然没有争执，只是继续拱手，"官家，臣还有一事要问，以随军文士巡视春耕，自然是极妙的处置，但春耕之后呢？是不是要就势让他们接手查抄逆产、军功授田之事？"

"不错。"赵玖点头以对，"不可以吗？"

"不是不可以，但此举将东京置于何地？"胡明仲问得直接。

赵玖终于蹙眉："朕没有无视东京两府六部之意，但此间军事未停，多绕这一层算什么？而且，朕也不瞒胡卿，朕的确是有心要给军中履任的文士一个出身结果，河北之地也想清理得更彻底一些，并不愿东京那边牵扯进来，挤压这边过多。"

"若是这般，就事论事，倒也无妨。"胡尹越发严肃，"但臣有一言，虽说官家常年远离东京，国家实际上常年令出两门，可东京两府六部毕竟也是官家臣子，断没有内外亲疏之分。今日军事未停是实言，可天下大定也是明显，当此之机，官家也该对东京诸臣稍作抚慰，以安人心。"

赵玖终于再笑："明仲多虑了。"

"臣这次没有多虑。"胡尹严肃异常，"河山将尽复，旧耻将尽雪，十年之功大成，这是天大的好事，是臣等平生之所愿，臣路上听到获鹿大胜，夜里抱着衾被落泪，坐起身来又失笑失态……彼时方悟何为'漫卷诗书喜欲狂'，但走到获鹿战场便已经冷静下来了。官家，天下并不是只有雪耻之事的，乱世将定，平世将至，官家为天子，可曾想过将来太平时节该如何处事任人？"

赵玖点点头，继续含笑来问："还有其他言语吗？"

"有。"胡尹依旧严肃，"不管如何大胜，都不免使河北残破零落，官家安抚春耕之后，又准备如何恢复两河生产？还有军事上的事情，进取燕云，应当不难，可大金塞外尚有根基，若出塞远征，又该如何平衡内外，不让河北继续被军事拖累呢？难道指望一个东蒙兀进取中京道，便能将桓榛人逼入绝境，然后按照官家的离间之策，自相残杀吗？"

听到这里，赵玖与一直没吭声的吕夷昊本能相顾，然后这位官家依然笑对："你说的这些，朕都想过，朕也都可以给你一个说法。"

胡尹面不改色。

"东京那里，你不必忧虑，因为即便是天下太平，朕也准备继续维持现状，授权两府六部与秘阁，替朕监国。"赵玖从容相对。

"那官家又做什么呢？"胡明仲依然较真，"难道还要去养十年鱼，种十年桑吗？"

"这恰好就是你另外一个问题的答案了。"赵玖轻松相对，"朕已经下定决心，每年农闲皆出河北，亲自监督治理黄河，有多大富裕就用多大力气，三年成，则三年；五年成，则五年；十年成，则十年……其他的事情，朕没那个本事，也不必来找朕。"

胡尹惊愕一时，继而沉默一时，他甚至有那么一点慌乱……这个答案是他没有想到的。

"至于说大金的事情。"赵玖依然从容，"朕可没指望一个东蒙兀便能如何，明仲既然来了，何妨随朕多等几日，咱们一边勘探水土，一边等消息。算算日子，再加上那边对这里的关注，也该得到消息动起来了。"

胡尹强压心中种种思绪，勉力一想，便恍然大悟，继而由衷赞叹："官家洞察千里，大巧不工，委实妙策！"

赵玖坦然受之，然后举杯示意左右，引得一头雾水的韩师仲等人匆匆应和。

第一百零一章　密谋

距离获鹿之战刚刚一个月多一点，依着现在的交通条件，战争的影响力最多越过黄河，甚至都未必到达长江流域，这是因为老百姓需要看到战胜归国的士卒，听到具体的故事，甚至见到大量的战斗牺牲者牌位与伤员才会相信前线的消息，继而才能形成真正的民间风潮。

坦诚说，战后诸事太过仓促，需要追敌，需要围真定府，再加上吕夷昊身体不好，多次卧床，所以战后处置基本上是赵官家本人的一言堂，最多由下面的文臣润色一下，就顺水推舟，而东京那里的朝廷重臣们也多是简单附和，并没有干涉和讨论的余地。但此时的密集反馈多有激烈之语。有太学生上书，要求将金军俘虏一并处死，铸京观以威吓大金；有边缘宗室上书，要求务必直捣黄龙，殄灭大金之余，犁庭扫穴，尽诛完颜氏，切不可议和；除此之外，还有部分曾遭受屠城地区的地方官，以及部分确定牺牲的御营军官家属，代为转呈的种种报复性提议，比如十一抽杀大金俘虏，严厉处置降人等等。甚至，就连太上道君皇帝的贺表里，也专门提及昔日在五国城受辱，请求"官家"报仇的言语。

总体而言，黄河以南的中原地区，民间言论明显趋向于强硬，对于赵官家那个连洪涯都能看出来是挑拨居多的"议和"条件也非常敏感。

平心而论，赵玖对此并不诧异，但他依然要慎重。于是，三月初十这天，在与胡尹稍作讨论后，赵官家立即折返回了河间府，准备与吕夷昊这个行在相公正式讨论此事。而在这期间，主张一战既已定乾坤，便该强力报复的舆论已经开始大面积进入官僚体系了，包括御营体系中也开始有类似声音出现。

"臣知道官家在想什么。"

吕夷昊身体日渐虚弱，但此时在河间府将养下去，暂时将事情扔给范宗尹等人的话，精神上总还是能撑起来的，此时只是挂着拐杖在居所后院树下石凳上一听此事便晓得官家的顾虑了。

　　"官家所想的，无外乎是之前最早受荼毒的河北之地反而没有那么大怨望，继而又想到了将来事情再往南传，疑虑东南荆襄又是个什么风潮……是也不是？"

　　"知朕者相公也。"

　　"那官家以为河北是何缘故？东南又会是何等反应呢？"

　　"朕以为河北不是不恨大金，但一来春耕要紧；二来经此绍宋、大金更迭，心中惊疑；三来，却也是最要命的一条，乃是两国军士五十万众，百万民夫往来一冬半春，两河百姓内中委实厌兵。"赵玖有一说一，"至于东南，朕大胆猜度，应该还是反对继续用兵的居多，因为东南地方上的赋税还没去掉，前方一日用兵，都还要东南、荆襄、巴蜀来出一日力。"

　　"官家所言极为透彻，道出根本。"吕夷昊点头认可，"但依着臣看，根本是根本，最后表现出来的，却未必如官家分析得那么透彻和干净……"

　　赵玖略有猜测，但吃一堑长一智，他也不敢做什么谜语人，而是直接寻求验证："是说大胜之下，东南那边的士大夫不敢再言和，而河北这里老百姓的心思也无法表达出来，乃至于中原那里，因为都城在那里，所以中枢各方不敢轻慢任何民意的意思吗？"

　　"正是此意。"吕夷昊恳切言道，"民意是民意，但是民意无法直接表达，而是由官吏代传……"

　　赵玖本能与身后跟来的胡尹对视一眼，二人心中皆有一番感慨，那便是——姜还是老的辣。来之前二人曾有讨论，但说来说去，却不及吕夷昊说得这般透彻。

　　而吕相公也只是漫不经心一般，坐在原处随口说了下去："官吏这个事情，有的地方多，如中原，尤其是东京周边；有的地方少，如东南；有的地方现在几乎算是没有，比如两河。故此，中原那边的民意最明显，东南次之，两河民意若不去亲眼看看，几乎无有。除此之外，官吏也要顾忌自己的官帽子，所以还会看形势。比如此时，前线大胜，朝廷上下都知道这是官家夙愿，东南官吏本就因为反对北进而吃过不少瓜落，如何还敢像以往那般反对继续北进呢？还比如中枢官员，重臣们想着战后赏赐、名分，还要顾虑官家和中枢生分，难道在传达的时候就不会有所顾虑？至于河北这里就更不用说了，要么是降人，要么是官家刚刚从军中放出去的，谁会违逆着官家心思？换言之，同样是民意，却要被官吏层层偏移、遮蔽、放大，官越大，偏移越大，官家自己的态度作用最大……根本不用自己说话，下面人就能按照官家的心意自行偏移。"吕夷昊最后总结道，"中原之所以会骚动，会主张强硬，会反对官家议和，并不是要跟官家唱反调，恰恰相反，是看出来官家这个议和本身荒唐，猜到了官家只是挑拨威逼，并非真心议和，再考量着官家以往的态度来的。"

说到这里，吕夷昊微微挑眉："若非如此，太上道君皇帝，如何敢言此事？"

赵玖难得哂笑。

倒是吕夷昊，反过来再问："倒是官家究竟准备如何处置大金？"

"朕会给桓榛一条生路。"对上吕夷昊，赵玖只能认真作答，"因为桓榛人是固有族裔，杀不绝的，没有熟桓榛还有生桓榛。但大金有没有生路，要看他们愿不愿意认清现实，愿不愿意替朕将之前的大金洗涤干净，愿不愿意帮朕将以后的桓榛人融入绍宋，这样算是灭了旧大金，立个新大金了吧？"

"所以，之前的议和确系只是挑拨了？"吕夷昊蹙额追问。

"那倒不至于。"赵玖摊手以对，"譬如说今日他们再来求和，隔了三十余日，条件当然就要变了，这次还要杀掉韩昉以及左企弓三子、刘彦宗三子，还要将逃走的讹鲁补、夹谷吾里补、耶律马五、蒲查胡盏四名万户一并送来让朕处置。"

吕夷昊想了一下，当即捻须颔首："拖了三十余日，只多要十一条性命，倒也合情合理。"

赵玖会意一笑："只希望燕京那里不要再拖下去了，若想议和，无论条件如何，也该来寻朕说一说才对。"

"后面的民意都来了，前面也该撑不住了。"吕夷昊终于摇头，然后一时望天失语，似乎又想说些什么，又不知从何说起一般。

且说，国有老臣，总是妥当的，往后的数日，吕夷昊的判断无一落空。先是中原各方民意汹涌，坚持报复的强硬态度展露无遗，终于震动了中枢，然后秘阁公议，请官家小心议和，除敌务尽，切不可沽名学霸王。而随着秘阁的公文传开，两河地界，各方将帅、地方文武，也皆上表力请不得议和。不过数日，河北便也似乎达成一致，皆求除恶务尽，便是降人也都有涕泪讲述大金暴行的文书奏上。

一时间，除了最远的南方民意未至，其余各处几乎便已经定下举国风向，乃是反对议和，要求赵官家履行诺言，殄灭大金，对桓榛犁庭扫穴。当然，这些纷乱中也是有一些倒戈之人的，比如从三月中旬开始，忽然便有很多前线的燕云汉军主动反正过来，然后被韩师仲从前线送到河间。

与此同时，前方燕云大族也忽然绷不下去了，那依照军事上的传讯速度，燕京也该派人来了。果不其然，不过两日，乌林答赞谟便出现在了赵玖面前。

"六太子封王了吗？"早有准备的赵玖是在河间府外的军营靶场中接见的乌林答赞谟，但接过正式国书后，这位刚刚射箭射到一身汗的官家却并没有直接打开，反而先捏着经折装国书问了一个匪夷所思的问题。

"好让陛下晓得。"乌林答赞谟面色憔悴，双目略显疲色，但还是强打精神严肃回复，"本国王爵赏赐乃是本国内务……"

"那就不要谈了。"刚刚坐在马扎上的赵玖直接将国书掷回对方脚下，"朕四十余日前的条件都未满足，何谈议和？"

乌林答赞谟双目圆睁，死死盯住眼前端坐之人，但立即引来了杨轶忠与身侧诸班直的警惕，将他隐隐隔开，便是靶场门前的源为义看到这边动静也迫不及待转过身来。

乌林答赞谟彻底无奈，只能低头捡起国书，然后恳切相求："陛下……外臣失礼，但本国确系诚心议和……而既然是议和，总归要有讨论的。"

"讨论什么？"赵玖显得异常不耐，"乌林答卿，你可是经历过绍宋、大金两国所有外事的，当日完颜瞻汉和斡离不怎么在东京城外回复渊圣皇帝的？国家都要亡了还谈什么条件？现在就是，你们一个部族联盟仓促立起来的国家，军队整个都被打没了，拿什么跟朕议和？朕给你们的条件已经足够优厚了，后方也已经很不满了，还想如何？！"

"陛下，本国尚有数万之众，可当一战。"乌林答赞谟鼓起勇气相对。

"可堪一击？"赵玖越发不耐起来，"你们能聚起来这些力量，难道不是朕故意让你们聚起来的吗？之前不知道朕还有没有进取的力量，聊以观望，现在难道还在做梦？！要不要朕将金富轼还有燕京周边那几个地方上大族的效忠文书给你瞅瞅？！朕倒是想看看，等燕京周边诸州都被朕的秦王一一吞下，东京道与中京道被蒙兀人跟高夷人锁住，你们燕京聚集的那几万新军到底能撑几日不自溃？！"

"官家！"乌林答终于无奈下跪叩首，道出了底线，"若能免四太子死罪，许俘虏中的桓榛人北返，我国愿意按照官家大略条件议和！便是国主亲自来见官家称父都可！"

"晚了。"赵玖扭头去看一侧蓝天白云黑土，眼神飘忽，"朕心里是有计量的……二十日足够六太子往来燕京与河间一趟的，过了二十日，便是你们诚心作梗，之前的条件便不足了……三十日时，朕与吕相公商议，便要加上燕京内中左氏三兄弟、刘氏三兄弟，外加韩昉，以及逃回的讹鲁补、夹谷吾里补、耶律马五、蒲查胡盏四万户，凡十一人性命！而今日已经过了四十日，就还要再加上你家大太子完颜斡本的性命！然后还要补上完颜塔兰为执政亲王，与完颜讹鲁观并行掌军。"

乌林答听得这些言语，中途便已经失态落泪，勉强听到最后，终于仰头呼喊："官家本无议和诚意！"

"乌林答卿不要这么讲，河间距离燕京不过三百里，且沿途平坦，若是你换马不断，疾驰归燕京，再快马回来，是能够在三月廿五，也就是第五十日再变更条件之前，带回议和应许的，而若是届时诸般条件皆许，朕又如何能食言而肥，不答应呢？！"赵玖回过头来，一脸诚恳。

乌林答赞谟跪在地上思索片刻，然而百般思索，也无一点应对门路，只能起身拱手一礼，便准备跟跄离去。

"乌林答卿且住。"赵玖复又喊住对方，同时扭头朝杨轶忠示意。

乌林答赞谟茫然回头，却见一身银盔的杨轶忠向后方一挥手，远远便有一名季春时节还戴着口罩的军士拎着一个木桶快步跑来。

见此情形，这位大金礼部尚书几乎是瞬间醒悟，继而面色惨白起来。

"乌林答卿，咱们相识许久，虽非君臣，却也有外邦君臣之礼，算是有一番交往……这是你兄弟的首级……朕早猜到会是你来，如今巡首已毕，拿回去安葬吧！"赵玖努力忍着臭味相对。

乌林答侧身立在赵玖木桶身前七八步远的距离，眼看着那个桶子越来越近，神色愈加仓皇，同时泪涌不止，而等到桶子送到跟前，他更是本能跟跄，想伸手去接过那个木桶。但只是动了半步而已，乌林答赞谟便如被火烧了一般仓皇缩手，然后就在桶旁朝赵玖恍惚行礼："外臣谢过官家隆恩……但我弟为国家将军，死于国战，本属寻常……而我为国家使节，哪里有其他将士未归，便先徇私拿回自家兄弟首级的说法？外臣先走……"

说完，不等赵玖再讲什么，乌林答赞谟直接掩面而逃，只留下满靶场的腐臭之气。

"乌林答，你怎么敢将这种条件带回燕京？！"

在换了五匹马后，乌林答赞谟只花了两天多一点的时间便越过了三百里的路程抵达燕京，而在满布大金权贵的尚书台大殿内，当他用尽全身力气努力说完某位官家新增加的条件以及时限问题后，立即听到了一声居高临下的怒吼。

吼他的人是宗室老臣，此番被赵官家指名与六太子完颜讹鲁观并为执政亲王的完颜塔兰。或者说，就是因为他是完颜塔兰，才不得不硬着头皮吼上这一声的。不过，完颜塔兰吼完，众人只是冷冷相对却无一言附和，而乌林答赞谟更是累得不行，根本懒得理会。

"乌林答尚书且歇一歇吧。"半晌之后，还是被指名要除掉的大太子完颜斡本黑着脸打破了尴尬的沉默，"一路辛苦了。"

"是。"

筋疲力尽的乌林答赞谟勉力拱手，直接转回到自己的座中，瘫坐了下来，然后立即有侍从在另一位执政亲王完颜乌竹的示意下奉上了茶水和泡饼，而乌林答也毫无顾忌，直接在座中吃了几口。

"叔父也歇一歇吧。"完颜斡本看到乌林答赞谟坐下，复又扭头相顾已经尴尬到极点的完颜塔兰，"这里没人疑你……"

完颜塔兰也只能遮面回到座中。但是，这种小场面的缓解根本无济于大局，众人各自落座，开始仔细思索绍宋官家的条件，却着实无力。

"肯定不能答应。"

沉默之中，完颜希尹忽然开口，这个时候也就他能放下身段公允讨论一下了。"咱们为什么要求和？不就是想有所保全吗？执政亲王、核心大族子弟、军队将领的脑袋被砍下来送到敌国，国主向敌国皇帝称父……便是还有一个大金，那也是另一个国了，还求什么和？"

"下官以为完颜希尹相公说得极好。"枢相秦会也忽然插嘴，"今日既然到了这个局面，不妨把话说清楚一些，大金是个什么情况？是太祖、太宗、诸太子、国主一脉相承，以皇族完颜部为首，以桓榛族裔为军队主体构筑了一个核心，然后燕云汉族、我们这些南来汉人、渤海人、高夷人，降服的岐鞑人、奚人，大家围绕着完颜氏与桓榛国族这个核心主干，或上或下，或主或从，各司其职，形成一体，才有了之前的万里大国。说到底，议和不是不行，但要先弄清楚，这个大金到底是谁的大金？！难道不是完颜氏与桓榛国族的大金吗？！"

闻得此言，在座众人纷纷额首，毕竟，道理是这个道理，大家无论是文是武，是汉是奚，个个心知肚明，但不得不承认，真要是细细剖析开来，还是人家两位相公说得清楚直接。大金是谁的，不就是人家完颜家和桓榛人的吗？现在，完颜家的三个首脑，两个身亡，一个刚刚成年的国主去给赵官家当儿子，桓榛族的主要残存将领也都任由绍宋人惩处，那这个大金跟亡了也没啥区别。

"之前下官便说了，那赵官家怕是本无议和诚意。"洪涯瞥了一眼一声不吭的六太子完颜讹鲁观，继续发言，"就是离间之策，没必要再去的。"

众人愈加赞同。

"诸位说得不错，但不议和，生路又在哪里呢？"但也就是此时，早在四十多日前便被隔空宣判了死刑的完颜乌竹忽然在座中低头出言，引得满堂喧哗立即停止，"国本，国本，完颜和桓榛当然是国本，但完颜也分完颜氏和完颜部，桓榛也有桓榛军队和桓榛族。俺是个败军之人，是将国本一战葬送的罪人，本不该多说的，也不想多说，今日只有一句话，俺这条性命，若是国家需要，随时可拿过去，绝不要有什么顾忌。"

说着，完颜乌竹勉强爬起身来，朝着一直没有开口说任何话的年轻国主，也就是自家亲侄微微躬身，然后也不与其他任何人交流，便一瘸一拐走出了这个铸造过他权力巅峰的尚书台大殿。

绝大部分人从头到尾都保持了沉默与安静，而今年已经十八岁的年轻国主一度想起身表达些什么，也最终没有吭声。所有人只是目送魏王殿下一个人走出了大殿。这倒不是说所有人都是冷血之人，恰恰相反，最冷血的毫无疑问是完颜乌竹本人，因为当所有人还在因为各自立场不得不自欺与欺人的时候，这位魏王直截了当地揭了大家老底。

完颜乌竹既走，众人各自颓丧，也不知道该如何定策，只能约定明日一早定下最后决策，然后各自散去。

而众人皆走，洪涯理所当然地去见了秦会，这个时候，燕京城已危如累卵，而且还点燃了引线，什么都不能顾及了。

"你是怎么想的？"

进入秦府，两人前后脚转入后院，刚一进屋子，洪涯便有些气急败坏之态。

"今日在殿上这般替大太子他们威吓他人……事到如今，能在一个千里属国做个久远相公，总比回去强吧？！咱们终究是降人，回去之后，惹到了谁，一个知县便能处置我们！"

"我自然知道这个道理！"秦会猛然回头相顾，也明显有些情绪失控了，"但是你真没看出来吗？那位官家真就是在耍弄燕京这里，大金十之八九要亡！咱们的什么久远相公，也只是个名头，赵官家真就是在挑拨离间！"

这个道理洪涯此时如何不懂？一时也无应对，二人各自只在屋内枯坐。然而，二人偏偏又心知肚明，枯坐无异于等死，他们必须要讨论出一个结果来。

"咱们得捋一捋。"半晌，洪涯先行开口，"会之兄，别人不提，燕京这里的南降之人都是一根绳上的蚂蚱，你我更是福祸与共，这个时候必须得合力走出一条道来，否则十之八九就是一个船破人亡的结果！"

说到这里，不待对方说话，洪涯就再下一定论："当先一个，如你所言，官家表面松懈，实际上却是内外双管齐下，铁了心要让大金殄灭，便是真有将来，那也相当于在塞外弄一个新立之国了，所以，必须要尽快跳下这艘必沉之船！"

"但往何处跳？"秦会看似是在反驳，其实是在顺着对方思路迅速思考，"赵官家不纳我们，这船之外什么高夷、蒙兀、岐鞑俱是赵官家的船！"

"大船没有，便要寻小舟，这艘船上自系的小舟。"洪涯出口相对，"走一步看一步。"

"也就是要找到此时燕京城内能自保的势力，然后看看官家会不会瞅在塞外势力制衡的份上许这艘大船在塞外重新架起来。"秦会当即推断了下去，"再重新上船……"

说到这里，二人相顾一眼，稍有释然。

"燕云大族可行吗？"洪涯以手拍桌，按部就班，"此时燕京城内就数燕云大族兵马最盛，周边也是……"

"不行。"秦会摇头以对，"燕京是官家要定的地方，而且格外看重，甚至为此不惜等了四五十日，让蒙兀人和高夷人抄后道，逼迫这里自溃自走，就是要不战而取此城。而燕云大族根基皆在燕云，如何能上这条船？"

"不错。"洪涯随之肯定，"便是今日官家要处置刘、左、韩三家之意明显，他们也不能轻易弃了家资的，最多是韩昉与刘左等兄弟带几个人随国主北……"

"也未必。"秦会忽然插嘴，"既然那边那位官家恶意明显，而且刘彦宗幼子又死在真定，韩昉一心想当他的帝师名臣，偏偏剩下的刘氏两兄弟与左氏三兄弟又都年轻，说不得会一起拉扯着国主，不让国主撤离，绑着燕京来个鸡飞蛋打。"

洪涯微微冷笑："或许如此，但不是我看不起他们，真到了你死我活的境地，直接动起手来，这些人虽然人多势众，却未必是那几位宿将的对手。"

话至此处，洪涯微微一怔："说起来，官家弄错了一件事情，刘氏三兄弟的老三早死在真定了。"

"未必是弄错，而是故意以此激怒刘氏兄弟。"秦会在旁微微摇头，"反正燕云大族不可恃……那几位撤回来的将军呢？可靠吗？"

"我觉得暂时可靠。"洪涯叹了口气，"这几位是宿将，手中兵马虽然少一些，但毕竟是逃回来的老兵，而且人人都有自己的亲卫，甚至除了耶律马五，其余四人在塞外也都有根基，便是在官家名单上，何妨借舟而行，等到塞外再一脚踹开呢？"

秦会点头："先记下这个……大太子、四太子、六太子这三位又怎么说？可有落脚之处？"

"看今日四太子形状，已经没了心气，六太子虽然立场与我们最近，似乎也在真定被官家吓到，一心议和，但本身只是个废物，当此紧要关头，并无大用，倒是大太子，是国主养父、太祖长子，而且此番还逃回了千把合扎猛安，算是名实都最……"洪涯说到一半，忽然停住。

"又怎么？"秦会一时不解。

"官家又算错了。"洪涯一时有些瞠目结舌，"不光是刘氏三兄弟弄错了，万户……万户好像也弄错了……明明逃回来五个万户，官家却只要四条命！"

"点名了吗？"秦会也是一怔，然后赶紧来问。

"点了。"洪涯回忆起刚刚尚书台大殿内的乌林答赞谟言语，"马五、讹鲁补、蒲查胡盏、夹谷吾里补……"

"少了纥石烈太宇！"秦会忽然有些失魂落魄，"这是故意的吗？纥石烈部是与仆散部并列的桓楚大部，仅次于完颜部的核心大部……而且仆散背鲁父子皆死，纥石烈太宇父子皆存；仆散部在婆速路，挨着高夷，几乎不能幸免，纥石烈部根基却在黄龙府北面，上京周边……这位官家算计到这种程度吗？！"

"说不得只是忘了。"洪涯勉力来劝，但他自己都有些疑神疑鬼起来，"纥石烈太宇不是什么宿将，而是跟仆散背鲁一般前两年从后方补过来的，不如其余四人与那位官家多有交手……"

"纥石烈太宇……纥石烈部……"秦会一边说一边站起身来，在屋内笼着手四下走动，然后忽然停下，"洪侍郎！"

"什么？"洪涯也喘起粗气。

"万一那位官家确是故意的呢？"秦会失态反问道，"这是说得通的……就好像故意提及死掉的刘氏第三子，激怒燕云大族，弄坏燕京局势，此时故意留下一个有退路有实力的纥石烈部，让桓榛人自乱，也是弄坏燕京局势……难道不可以吗？而且，你有没有想过，若是这般，那官家预想到我们的反应更是寻常……他是不是暗示我们去助纥石烈太宇呢？"

"有点离奇了吧？"洪涯慌乱不及。

"这不是离奇不离奇的问题，一则，宁可信其有不可信其无。"秦会认真相对，"二则，便是赵官家失误，纥石烈太宇自己会怎么想？这是不是一个天大的破绽和机会？"

"什么机会？"洪涯笼起手来，同时拉下了脸。

"兵马尽丧，人心惶惶；大军压境，燕云不可保；蒙兀出中京道，高夷出东京道，后路将断……赵官家如今又这般逼迫，燕京马上就要乱！"秦会靠近对方，压低声音相对，"燕云大族不管是什么心思，都肯定不愿意放国主离去，而塞外兵马却是分毫不愿意等，就想着回去……不用等明日一早，今晚就要出乱子！"

"秦相公，说点下官不知道的。"洪涯抬起头来盯对方那张白脸，冷冷相对。

"若能与纥石烈太宇合流，能不能趁乱以小博大……趁乱把议和条件给坐实了？"秦会用一种格外轻柔的语气言道。

"怎么坐实？"满头大汗的洪涯像是第一次认识对方一样，"你晓得你这话是什么意思吗？这可不是当日真定城里糊弄一个废物六太子的事情，各方势力纠葛，哪一家都是人杰，咱们俩不过就是两个手无缚鸡之力的书生！"

"我自然晓得局势。"秦会气喘吁吁，"至于如何坐实……"

说到这里，便是秦会也有些慌乱和犹疑……诚如对方所言，这可不是在被尸体和伤兵包围下的真定城里糊弄一个六太子。

"能怎么坐实？！"

就在这时，屋外忽然响起一个声音，惊得二人乱作一团，几乎如被捉奸一般，但很快二人便放松下来，因为来人正是秦会的夫人王氏与王氏的表弟郑修年。而说话的居然是王氏。

王氏昂然走入屋内，冷冷瞥了一眼自己丈夫与洪涯，又回头看了眼畏缩的表弟，一时气急，干脆从袖中掏出一把匕首来，然后随手在桌上盘中取下一块糕饼，随即一刀划开，复又扔下匕首，手持两块糕饼回头相顾秦会："能怎么坐实？这般坐实不就行了？眼看着一日内就有大乱，莫说什么富贵，连身家性命都要不保了，还在这里犹犹豫豫，像个什么样子？！"

秦会一时诺诺不敢言。

而王氏复又拿着糕饼看向洪涯："洪侍郎，我家三郎本是个废物，遇上他是我胎里的过错，可如何连洪侍郎今日都这般可笑起来？"

洪涯被吓了一阵，此时又被王氏怼到脸上，终于气急，便起身拂袖而对："王夫人！若非与你家三郎一般可笑，如何一起做的降人，又一起落得今日下场？！"

而也就是这时，在闭目片刻后，面对着夫人的催逼，秦会陡然咬牙做了决断："无论如何，且试探一下纥石烈太宇！不把话说死便是……不行，咱们再去寻讹鲁补他们。"

洪涯欲言又止，终究不能反对。

第一百零二章　浑水

三月间春暖花开，但遇到阴天，或者到了晚间，温度变化还是很剧烈的，刮起风来也不让人好受。这日下午的燕京尤其如此。

然而，诚如王氏所言，马上命都快没了，如何还能坐以待毙？于是乎，既然仓促做下决定，秦、洪、郑三人便干脆一并出了秦府，各自分头行动起来。其中，郑修年目标最小，最不引人注目，所以被安排去寻此时比较敏感的完颜塔兰。经过真定一事，洪涯等人早就看出来了，六太子完颜讹鲁观一则无用，二则惊吓之后内心已经完全倾向议和，跟战败归来的四太子的颓废之态不相上下，所以干脆不必理会。倒是完颜塔兰这老头儿，到底还不知道有没有这个意思，而且此人终究是军中打磨出来的，所谓烂船也有三斤钉，真到了必要的时候，用处要比完颜讹鲁观来得大。至于纥石烈处，秦、洪二人却并不准备一起上门，乃是要秦会先以枢相的身份堂而皇之拜访，稍作试探，若试探妥当，局势又乱起来，再让洪涯过来捅破窗户纸。而洪涯此时也不能闲着，他还要去见一见讹鲁补几个人，求一个后备。

闲话少说，只讲三人在秦府仆从、护卫的保护下匆匆行动，可只是转到秦府所在巷子外面的大街上，三人便有些惊惶起来……原来，此时的大街上已经到处都是纷乱的军队了。非只如此，三人并马，大着胆子走了一阵，更是察觉到了其中某种怪异气氛。

说这些兵马是乱军，那是胡扯，因为他们明显是有组织的，而且并没有发生大规模劫掠事端，也没有相互冲突；说是戒严，也肯定不对，因为这些部队并没有将心思放在街道控制权上，更没有阻拦任何人，对明显身份较高的三人，沿途甚至还有一些面善的中级军官主动率军避让和行礼；说是哗变夺权，似乎也不对劲，因为这些部队太分散了，相互之间也明显没有一个统属关系。

"是本地大族在调度新军中的自家子弟。"走过两个路口后，渐渐放松下来的秦会得出了结论，"有人只是往家里汇聚，以求乱中自保，但几个大家族部属明显是想去接管城门。"

"不错。"洪涯喘着粗气相对，"但不管如何，新军都已经算是开始自溃了，接下来乱象也只会越来越重……等天一黑，迟早会杀人放火的，不能拖延了。"

三人最后相顾两眼，虽然都有些胆怯，但也只能各自低下头来，按照原计划分路打马而走。

"谁要来见俺？"

正在院中枯站，侧耳听着街上动静的完颜塔兰惊愕回头："这时候谁能找俺？"

"是郑侍郎，秦相公的那个外弟。"瘸腿的家将拱手作答，"就一个人，带着七八个侍卫，心急火燎、凄凄惨惨的，像是来求助一般。"

完颜塔兰在院中若有所思，然后点头："让他进来。"

"元帅救我！"

片刻之后，郑修年奔入院中，直接跪倒在地，涕泪相对。

"郑侍郎，"完颜塔兰失笑相顾，"这样好不好，你要是能救俺，俺不顾这张老脸，给你也跪一个，还能磕个头……"

郑修年一时不知道该如何回复。

完颜塔兰见状直接叹了口气，转身走过去将对方扶起，然后单刀直入："秦相公本就是俺发掘的，俺素来也知道他是个有主意的，现在大家伙是一般处于嫌疑中的人，他若是有心跟俺一起闯一闯、做点啥，俺也愿意听他的……你姐夫到底怎么讲？"

"要害据说在别处。"郑修年站起身来，稍显尴尬，"我姐夫也知道元帅这里是可靠的，所以让我这个没本事的过来示个意罢了……"

完颜塔兰点点头，继续来问："那秦相公本人去哪儿了？"

"去和洪侍郎分别巡视几位撤回的万户了。"郑修年低声以对，"我姐夫的意思是，马上就要乱了，就甭管长远了，眼下能凑一点兵马在手里是一点……先借着顶燕京本地大族这一波把兵马凑起来，看看有多少兵在手，再说其他。"

完颜塔兰先是摇头，然后又点头，似乎也颇为无奈："不错……这个局面，大的要塌，小的要倒，先顾眼前，再顾长远，走一步是一步……不管如何，小秦还能想着俺旧情，总还是让俺心里熨帖的。"

"那下官便留在此处，随元帅一起等消息？"郑修年微微释然。

"不行，你得立即动身，替俺去见一个人。"完颜塔兰一边说着，一边从怀中取出一块金牌来塞入对方手中，"俺若是亲自去，太过扎眼，指不定就要让大太子的合扎猛安给剁了，你姐夫说得对，这时候多一点兵都有可能救命。"

"敢问是哪位？"

郑修年半是惶恐半是激动，惶恐的是，外面那个兵甲穿梭的模样，说不得什么时候就会闹起来，他实在是胆怯，偏偏他自知无法推辞；而激动的，莫过于完颜塔兰坚决不愿坐以待毙，非但上来就同意了与自家这边联手，而且似乎另有盟友与力量支持。

"去找完颜尹恕克。"完颜塔兰认真解释道，"战事一来，俺跟完颜尹恕克便都被重新起用了，任新军后备左右都统的，但前方兵败讯息一来，大太子就瞒着讯息，先行把俺们两人一起撤了。这厮跟我们未必是一条路，但跟大太子那里必然是两条路。而且，完颜尹恕克做过太原留守、燕京留守，城中旧部极多，他要是愿意点头，咱们自保的把握就更大了。"

郑修年勉力颔首，仓皇转身，却又回头：" 元帅……能给我分拨几个甲士吗？"

完颜塔兰沉默了一下，立即摇头："都说了，这时候把兵凑起来才是最大的一件事，多一个兵都是好的，如何能再分散？"

郑修年彻底无奈，而等他栖栖惶惶出得门来，看着明显更混乱的街道，头皮发麻之余，居然忍不住当街落泪……自己此时本该在东京看蹴鞠赛才对，如何遇到那种兄弟，落得此番下场！但是，即便心中百般抵触，百般无力，理智还是催促他一面让人回报王氏，一面又往完颜尹恕克家中而去。

"将军，我此行只有一事，那便是求将军看在咱们还算有点交情的分上，在乱中替我们几家南逃汉人保全家小……"时间紧迫，城西军营内，讹鲁补对面，气喘吁吁的洪涯伸手按住了自己身前的茶盏，俨然一落座就要开门见山，"茶水就算了。"

讹鲁补咧嘴笑了一下，然后放下手中茶壶，微微摇头："这种事情，洪承旨遣个家仆过来说一声便是，或者直接将家小送来就行，何至于这个关头亲自过来？"

"因为在下准备多走动几位将军，然后将几家人的家小打散，以求尽可能在乱中保全。"洪涯正色相对，"这是吃一堑长一智的道理，当日我与六太子一行人从真定回来，路上遇到蒙兀人，稀里糊涂便被杀了个七七八八，除了我与六太子是专门留下外，就只见到一个太师奴还活着……总之，不知道将军可愿答应。若愿意，明日早间大会中，我便将家小分开送来。"

讹鲁补点点头："无论如何，这点事情在下总还是能做的，只是洪承旨，街上情形你也看到了，你就不怕今夜就撑不住？"

"将军这就是小瞧我们的眼光了。"洪涯摇头不止，"尚书台大会看似拖延无定论，但拖延本身也是一条路，接下来，无外乎是塞外人归塞外，燕云人留燕云，这本是大势所趋，而今夜便是再乱，也不过是几个立场尴尬的燕京大族试图阻拦国族北返而已，但那些人，便是看起来兵强马壮，又如何是几位将军百战余生的对手？"

讹鲁补再度颔首，不再言语。而洪涯也干脆起身，准备离去，引得讹鲁补随之起身相送。整个拜访过程干脆利索，毫无拖泥带水之态，似乎真就是来托付家人一般。但是，正当洪涯即将跨出门时，讹鲁补忽然上前一步，直接攥住了对方一只手臂："洪承旨，你今日真只是来托付家人的吗？"

"将军！"

洪涯被抓住手臂，心中惊惶，面上也惶急一时，却反而不敢犹豫，直接回头反问："我自然知道将军的意思，无外乎是疑虑我又准备耍起手段，再弄个真定之事，是也不是？"

讹鲁补笑而不语。

"但燕京跟真定是一回事吗？"

一言既出，熬过那一刹那的失态，洪涯顺势在门槛那里跺脚。

"真定城内时，我有四太子金牌与钦差身份，今日的燕京城内呢，我又算个什么？真定城内，六太子那般耳根子软，可燕京城内，大太子与燕京大族都是生死要害，哪有半分动摇让我来插手？而且这种局面但凡做事，必然要兵马，当日倚靠的正是将军随手替我杀了那谁，今日将军难道还会被我一言说动，轻易为我杀了谁吗？你们如今也在生死利害之中，不是我能插嘴的！"

"洪承旨晓得我们的难处便好。"讹鲁补见状，终于撒手，然后顺势指天鸣誓，"也请洪承旨放心，但有好歹，我必然将诸位家人看作我自家族人一般援护！"

洪涯点点头，居然反过来拽住了对方的手，恳切地晃了一晃，这才低头出门而去……端是一番情真意切。当然，或许是真心感激也说不定，因为一旦秦会在纥石烈太宇那里试探不成，那此行就不是麻痹，而是真的托付家人了。

便是讹鲁补，也一定想不到，洪涯此行本就是半真半假。

"纥石烈将军说笑了。"

就在洪涯有惊无险地麻痹着那几位上了名单的将军的同时，秦会正在亲自做着最要命的试探。"我等文人，手无缚鸡之力，若无豪杰庇护，便什么都做不成……"

"也罢！"纥石烈太宇随即大笑起来，"不就是万一乱起来替你们保全家人吗？虽说俺觉得秦相公多想了，但既然亲自来找俺了，俺还能说个不字？"

而秦会也趁机打量起了纥石烈太宇。此人今年四十出头，乃是桓榛大部纥石烈部的首脑人物，而因为其人常年在上京周边活动，这两年才过来领兵，言语举止之间跟那些早早来到汉地完颜氏嫡系将领相比，不免粗豪了许多。刚刚一番交谈，也大约验证了此人的这般性情。

当然，秦会并不指望一番交谈，便能窥破人心，但事到如今，也没有什么万全的门路，只要对方表现得够粗豪，够有"桓榛"味，便足以进行下一步了。至于所谓桓榛味，也肯定不是傻和粗鲁，而是一旦被说动，便往往愿意在局面到来时赌上性命去做出一些激烈事情，这是在塞外恶劣的生存条件下，被迫形成的某种"风气"。这种风气下，行为人往往不将自己的性命当成性命，也不将别人的性命当成性命，所谓规矩更是无稽，一旦达成某种浅层约定，往往就会直接施展异常暴力的行动，这跟汉人的思维截然不同。说白了，就是蛮横狠厉，大胆粗鲁。实际上，这本就是秦会等人决定往此人身上尝试的一个重要原因。

"纥石烈将军，"深呼吸了一口气后，秦会忽然严肃起来，"其实在下今日过来，不仅是想请纥石烈部替在下看护家小，还有几句话想问一问。"

"秦相公有话直说。"隔着一个桌子，纥石烈太宇挥手相对。

"将军，你是从获鹿回来的，你觉得咱们对南面还有战胜余地吗？"秦会认真相询。

纥石烈脸上的豪气与粗鲁登时消失不见，取而代之的是一种异常严肃的表情："没用了！打不赢了！不光是我，秦相公随便问个战场上下来的其他人，都是这般回答，只有速速出塞北归，才能有些生路，留在燕京是痴人说梦。"

"可若是这样。"秦会似乎也有些颓然，"南面死死追下去怎么办？追到黄龙府、会宁府怎么办？到了那地方就能挡住吗？"

"走一步看一步吧！"纥石烈太宇也有些无奈，"我说句实话，丽地肯定是保不了的，黄龙府、会宁府那般摆在明处，也未必顶得住，不过实在不行的时候，躲入山林之中，绍宋人也没法追进去的。"

"真要躲进去了，这大金还不如那赵官家给的言语局面好呢！"秦会为之一叹。

"谁说不是呢？"纥石烈太宇随口接道，"可今天在尚书台，秦相公不也说了吗？国本就是国本，这大金本就是人家完颜氏的家产。"

"今日在殿上，在下的确曾言及国本。"秦会努力让自己平静讲述，"本意想说大太子那里不可动摇，劝大家不要中了南边的离间之计。但是，四太子后来一番话，却又让在下颇有感慨……将军，你说万一咱们这边触怒了赵官家，人家发了狠，无论如何都保不住国本怎么办？"

纥石烈太宇依然没有多想，直接摊手以对："看着便是，还能怎么办？"

"那我就直说了。"秦会继续问道，"若是真有国本更替那一天，纥石烈部与将军你有没有担当新国本的意思呢？"

纥石烈太宇终于怔住，继而睁大眼睛严肃反问："秦相公什么意思？"

"我们的意思再简单不过了。"秦会也终于摊手，"将军，我们为何一再强调议和乃是南边挑拨离间之策？实在是因为我们心知肚明，大太子和诸位上了名单的将军皆有兵在手，燕云大族也有兵在握，只有我们这些被点名'走了运道'的人毫无实力，一旦乱起来，人家要杀便杀，要斩便斩，所以那些言语，与其说是劝解众人不如说是当众求饶。但怕就怕，便是求饶，也不能苟全性命。故此……"

"故此找上我来了！"纥石烈太宇幽幽一叹，"你们这些汉人心思多，一下子就看到我部其实也是个被人生疑的尴尬所在，偏偏手里又有些自保的兵马，所以想寻俺造个联盟……"

"不是联盟，是投效！"秦会毫不犹豫站起身来，然后当场下拜，"若将军将来有收拾局面、重立国本的意思，我等南来汉人，愿为将军马前卒。"

纥石烈太宇一时惊喜，几乎便要立即起身去扶起对方，然后说些托付心腹的言语。

但不知为何，其人行动初时极快，却又越来越慢，等到将对方扶起后，反而干笑一声："秦相公，你的好意我是愿意认的，但这事我一个人做不得主，能否请你等上片刻，我去去就回？"

秦会看到原本水到渠成的事情忽然卡住，也有些发蒙，当即提心吊胆来问："将军家中另有智谋之士？不知我可认得？"

"不是什么谋士。"纥石烈太宇稍显尴尬，"是我后宅家人……自打离了会宁府，进了关内，无论大小事我都喜欢与他商议一下再做决断的。"

秦会听到这话，立即醒悟，甚至反而有了一丝亲切，于是虽然有些提心吊胆，却还赶紧推了一下对方："将军速去速回，我待会还要去大太子跟前探听讯息，不敢久等的。"

纥石烈太宇赶紧点头，然后匆匆转出堂上，进入后宅。然而，其人根本没有如秦会想象那般去见纥石烈夫人，反在后宅稍微一转，转到后宅临着侧门的一处偏院。

纥石烈刚一进入院中，便闻得一阵琅琅读书之声。

"嗟乎！师道之不传也久矣！欲人之无惑也难矣！古之圣人，其出人也远矣，犹且从师而问焉；今之众人，其下圣人也亦远矣，而耻学于师。是故圣益圣，愚益愚……"

"完颜篓石我儿！"纥石烈太宇哪里顾得上什么"师道之不传"，来到门前，直接相呼，"有一事要你来帮着拿主意！"

原来，纥石烈太宇所言的家人，并非是秦会所想的夫人，反倒是他年方十七岁的长子纥石烈良弼。而纥石烈良弼听得父言，倒持书本走出来，恭敬一礼，风度显露，俨然是翩翩一汉家公子，更甚于国主完颜合剌。

纥石烈太宇毫不犹豫，上前低声将堂上秦会言语一一转告，然后方才来问："如何？我儿以为可以信用此人吗？"

"儿子觉得可以。"纥石烈良弼思索片刻，毫不犹豫给出了答案，"现在局势已经清楚了，汉地已经没有立足之处，所以是燕人留燕，国族归国，剩余几家想留下国族的燕京大族不过是垂死挣扎，既不得人心，也不是几位将军的对手。而从咱们家来说，今日那绍宋官家将父亲与几位将军分开后，便也着了嫌疑，怕就怕大太子与几位将军杀红了眼，顺势将我们这些嫌疑之人一起处置了，所以何妨与其他嫌疑之人先联起手来，以作防备？至于秦相公则是个长袖善舞的，若能纳了他，便是完颜塔兰与完颜尹恕克几家也能借他拢来都说不定。"

纥石烈太宇连连捻须点头："那国本更替之事呢？"

"那秦相公说的也算实诚。"纥石烈良弼握着书本感慨，"咱们虽不好做什么篡逆之辈，但若是宝物真落到脚跟前，捡起来又何妨？说到底，经过这二十年，上辈人见识了富贵，下辈人见识了文华，怎么可能再回去呢？真到了绍宋官家紧追不舍的境地，说不得正是父亲的红运。"

"正是这个意思！我儿一言道破！"

纥石烈太宇不再犹豫，当即折身往堂上而去。倒是纥石烈良弼，在偏院中立了片刻，方才试图重新读书，但不知为何，翻来覆去，都不能再静下心来，只将一句"欲人之无惑也难矣"，在呼啸的春风里反复念了数遍。

确定对方接下了所有试探的秦会非但没有激动狂喜，反而心中七上八下，出得纥石烈府邸，只是让下人将一个打了对勾的白纸送回府上，便直接往大太子府中去"表忠心"，兼作打探了，甚至做了必要时鼓动大太子主动出兵的准备。当然，很快他便意识到，就眼下这个局势，人人自危，根本不需要任何人来鼓动。

且说，绍宋官家新的条件送达后，新军的自溃真没有让谁发怒，因为到了这时候，上下早就看出来只有一条路，那就是放弃燕京先逃走再说嘛！对此，塞外诸族是想着越快越好，燕京大族的主体部分是想着尽量保存燕京精华跟赵官家与韩元帅做个交易，双方好合好散。但这不是赵官家点名了要杀韩氏、左氏、刘氏三个燕京大族首领吗？所以，局势直接将这三家人物逼到了墙角，免不了一场波折。

傍晚时分，天色还没有黑下去，呼啸风声之中，满满都是官吏、将军的大太子府邸中，忽然便迎来了数个同时抵达的消息——韩昉入宫去了，左渊（左企弓次子、燕京副留守）正亲自往此处而来，与此同时，因为之前依附完颜瞻汉所以一直称病窝在家里的礼部侍郎刘筈（刘彦宗次子）忽然出现，并带领依附刘氏的大量新军往城北而去。那里有武库，距离几个有瓮城的北门也都不远。

"秦相公以为该怎么做？"

完颜斡本长呼了一口气，环顾四面，理所当然地注意到了此间人中"地位最高"的一个。

"能怎么做？兵来将挡水来土掩而已。"秦会站起身来，扬声以对，"请大太子许臣入宫，去看看韩昉到底要对国主说什么，然后自留在府中以礼相对左留守，听听他想说什么，最后派几位将军，直奔武库，能不杀人就不杀人，万不得已杀人也就杀了，总之把武库夺回，没了武库，回到丽东，连高夷人都难对付！"

完颜斡本连连点头，刚要言语，却又忽然扭头看向身后一名身形偏矮的披甲之人："完颜迪古乃，你怎么说？"

"父王！"那唤作完颜迪古乃的人居然只是个少年，此时也直接出列拱手，声音洪亮，"我以为秦相公说的固然有道理，但立场不同，却不是父王应该采用的！"

秦会心下一惊，完颜斡本更是蹙眉追问："怎么讲？"

"儿子的意思是，局势这般恶劣，不知道多少人想取父王首级与南人官家议和，这个时候稍有犹豫，稍有宽宏，都会引来大祸的。所以武库那里不必留情不说，韩、左、刘三家明显进退一体，欲以私利阻碍咱们大局，所以何妨一并铲除？"完颜迪古乃言之凿凿的同时，秦会也松了一口气，"儿子愿意随几位将军一起去，以雷霆手段，夺回武库，同时将三家一并处置了，最后再去宫中寻国主说话，请国主处置韩昉，局势才能妥当起来！"

完颜斡本犹豫了一下，终究摇头："不至于到这份上……不至于的……还是秦相公的方略最老成妥帖，你下去。吾里补！"

"末将在此。"夹谷吾里补转过身来，拱手以对。

"我给你四百合扎猛安，你再去西街军营里寻讹鲁补，一起夺回武库，能不杀人就不杀，但若是刘筈反抗，便速速涤荡了！"

"末将晓得！"

"乌林答尚书，请你出门代我迎接左副留守。"

"是。"

"秦相公，请你入宫一趟，无论韩昉说什么，只让国主等我过去！"

"下官晓得！"秦会汗流浃背，心中澎湃。

夕阳西斜之下，燕京城内彻底扰乱。

而隔了两刻钟，天色将黑不黑的时候，同样心惊肉跳起来的纥石烈太宇忽然得到讯息，枢密院都承旨洪涯突兀来访。

"速速请来！"经历了下午的事情，纥石烈太宇当然猜得到洪涯是"自己人"。

"将军，出大事了！"洪涯入得府内，不及行礼便仓促言道，"两边都太激烈了！韩昉入宫去了，刘筈发大军去夺武库与之呼应，而大太子那里，其子完颜迪古乃居然劝说大太子聚拢兵马，趁乱杀尽一切不稳之人！"

纥石烈太宇大惊失色，立即反问："如之奈何？"

"只有一条路了！"洪涯以手指向一处地方，"速速趁乱带兵入宫，然后请国主驾临尚书台！"

"无诏如何能带兵入宫？"纥石烈太宇一时慌乱。

"将军想哪里去了，又不是让你谋反！"洪涯仓促跺脚，"入宫是自保，咱们这些有嫌疑之人，只有当着国主的面才能与大太子抗衡！也是护驾！乱起来，指不定有哪些本地燕人想浑水摸鱼，在南面官家面前发一笔财呢！便是大太子和刘筈那里都有些不妥！"

纥石烈太宇这才恍然醒悟，却又再度显得有些迟疑起来："洪侍郎稍驻，我去再问问别人。"

洪涯大急，当场呵斥："将军！完颜塔兰与完颜尹恕克都已经行动了，连区区带兵入宫这种事你也要落于人后吗？"

纥石烈太宇跺脚："洪侍郎稍待，兵马已备，只是问一问而已。"说着，这位桓榛传统六大部之一的纥石烈部首脑，统揽纥石烈三十六分部的将军，居然真的扔下来报信的洪涯去了后方。

说句良心话，洪涯一度想逃走的。但是，还真只是片刻而已，纥石烈太宇便去而复还，并当场拱手："洪侍郎，我儿说完颜迪古乃确实是那种人，大太子那里确实危险，而你说的若全都无误，局势确实紧迫，正该引兵入宫！"

洪涯长呼了一口气出来……借得纥石烈部兵马便是实，有国主在手便是名，名实虽然都是凑的，却可以肆意操作一番了！

第一百零三章　驱鱼

暮色沉沉，既是春暮，也是日暮。而暮色之下，风声呼啸，穿街入巷，混合着呼喊声、尖叫声、甲胄与兵刃的摩擦声、脚步声、门窗开合声，将半个燕京城北部卷在了一起。

燕京不是没有这般乱过，大约十四年前与十二年前，都发生过类似的动乱。十四年前那一次，乃是大金太祖完颜阿古达亲自率兵破了居庸关，然后直接带着二太子斡离不与麾下骁将完颜娄石并发燕京。听到这个消息，萧德妃与耶律大石仓促自古北口出逃。当此态势，刘彦宗、左企弓、虞仲文这些燕京大族，一面礼送萧德妃与耶律大石等人出城，一面连夜控制城防，待到天明，大金太祖完颜阿古达来到城下，众燕京汉族首领则大开城门，从容请降。

恍惚间，十四载已过。现在回头去看，那一次燕京大变中的主要人物里，大金太祖完颜阿古达病死，二太子斡离不病死，名将完颜娄石战死，萧德妃为丽天祚帝所杀，耶律大石西走立国，虞仲文、左企弓为反复叛将张觉所杀，刘彦宗因为卷入完颜瞻汉与完颜阿古达两派内斗郁郁而终。端是物是人非。

至于十二年前那场动乱，却没有了燕云大族的身影，最起码舞台中央是没有的，这是因为早在那之前，刘彦宗和左企弓就都曾经力劝完颜阿古达不要将燕京交与绍宋，等到交还燕京之后，这二人与大儒虞仲文更是干脆弃家从大金，宁可暂时离开了祖辈世居几百年的燕京，也不愿意做南方臣子。实际上，那一次动乱主要发起者是郭药师，常胜军统帅郭药师察觉到绍宋的虚弱与可笑，也察觉到了大金主战派的南侵之意，所以决心降金，他将时任燕山府路转运使吕夷昊绑架，裹入军中，带到大金，直至旌和之变才给放回，以至于被吕夷昊视为生平之大耻。

而也就是那一次，当郭药师率常胜军大部叛乱之际，常胜军八营中的岩州营将领刘彦却没有半点动摇，坚持率本部留在了绍宋，也因此得名"赤心"。

现在吕夷昊与刘彦卷土重来，郭药师被完颜瞻汉玩弄到一无所有，却没有直接去死，只是隐居锦州，其子郭安国尚为平州守将，依然在侧，倒也算是另一番故人前缘将续了。

"外面出了什么事情？"

燕京西南面的宫城内，一处偏殿中，年方十八岁的大金主完颜合剌正在与恩师韩昉认真讨论着什么，相对而言，一旁的枢相秦会虽然得以坐在一把距离很近的椅子上，却始终不能参与其中，直到完颜合剌忽然听到外面一阵嘈杂，忍不住出言询问。没办法，人家是打小的师生，你秦会算什么东西？何况你一进来就说大太子让韩尚书跟你走，把国主的脸面放哪里？

"臣去看一看。"秦会丝毫没有犹豫，竟然直接起身，然后与几名侍卫一起匆匆出门，宛如司阍一般。

完颜合剌与韩昉各自看了秦会背影一眼，然后继续低声交谈起来……这二人虽然是情同父子的师生，此时却不是在说什么个人的问题，韩昉需要为三大族存亡考量，要说的话都是下午时分三家商量好的，而完颜合剌身为国主，也需要为"国本"考量。

"韩师傅，"见到秦会离去，完颜合剌干脆换了称呼，"不可能让皇伯父留在燕京打一仗的，这是让他白白送命，四伯父和六叔也不行，依着朕说，恩师与左、刘几位，乃至于三家全族，何妨一起随我们出塞暂避？当年郓王不就是选择跟随太祖暂时离开燕京了吗？"

"不一样的。"韩昉也满目疲色，"当日郓王他们是知道迟早还能回来，而且只是离开此城去平州去大定府，都是周边的地方。今日这局势，不说一去不回，便是会宁府那般路途，也无人愿意。再说了，真有万一那一天……"

"陛下！"

韩昉尚未说完，刚刚带着几个侍卫出去的秦会便匆匆折回，而且言出惊人："快躲一躲吧，有大股乱兵入宫了！"

"哪里来的乱兵？！"完颜合剌到底已经十八岁了，闻言非但不慌，反而有些发怒，"燕京已经到这等境地了吗？"

"不错！"韩昉头皮发麻之余也赶紧出言，却明显带了慌乱之态，"左、刘几位绝不会往宫城派兵的！秦相公莫要乱说！”

"这种事情臣难道还能说谎不成？"秦会无奈在偏殿中摊手以对，"陛下若不信，直接问侍卫便是。乱军确系已经进了宫城，而且是从东、北多处先后涌入。数量也不一，最多的一股估计有千人以上，正在入宫途中。"

几名心腹的御前侍卫丝毫没有反驳插嘴的意思，外面的嘈杂声也越来越近，完颜合剌终于有些慌乱了。而韩昉也面色惨白起来。

"陛下，听臣一言。"秦会喘着粗气上前走到完颜合剌跟前言道，"刚刚韩尚书呵斥臣，自然是以为来的乱军是燕京大族所领的新军，他们也的确有这个动机，但恕臣直言，外面真不一定是左、刘两家……"

完颜合剌且不提，韩昉倒是微微一怔。

"而事情危险就危险在这里，现在根本不知道是哪一方引兵进来了，甚至可能是多方一起进来。"秦会言辞恳切，"臣今日就不说什么'身怀利刃，杀心自起'，又或是'奇货可居'等诛心之论了，只说一句'君子不立危墙之下'。若是多家在宫中火拼起来，陛下千金之躯，又能如何呢？须知刀剑无眼！"

完颜合剌面色涨红，一时想斥退对方亲自出去喝止乱兵，一时又觉得对方说得极有道理，当日在尚书台，从太祖时代便与太祖分庭抗礼的都元帅完颜瞻汉就那般死在乱锤之下，也给他这个年轻国主留下了深刻印象。

"陛下，"就在完颜合剌犹豫之际，倒是韩昉忽然拽住了这名刚刚成年国主的袖子，"秦相公说得对，陛下暂且往宫城西南深处躲避，且容臣等在此试探一二，若是局势稳定下来，来者可控，陛下再出面也不迟。"

完颜合剌听到老师说话，心中稍微安稳，便点点头，然后抓住对方手来："既如此，朕先去寻皇后，恩师在这里也要保重。"

说完这话，看到秦会，完颜合剌复又上前握了一下秦会的手："秦相公也辛苦了！"

秦会与韩昉各自点头，然后一起向两侧躲开，又一起向殿中立着的甲士示意，殿内外甲士倒是八成跟上，匆匆护着完颜合剌便从侧门而出，往宫殿深处而去。一时间，殿中只剩下四五个人，也不知道能不能撑住。

眼见着完颜合剌消失在暮色中，殿中烛火之下，韩昉这才松了一口气，坐下身来扭头相对秦会："秦相公，咱们是主动迎上，还是等在这里？"

"等在这里吧，这里亮堂。"秦会喟然以对，"大不了等乱兵到了再迎上去做个姿态……韩尚书，若真是你们燕云人做的事情，还请务必保我一保。"

韩昉刚刚恢复了一点血色的面孔再度惨白起来，但也只好胡乱点头。毕竟，事到如今，他还真不知道外面的乱兵是哪一家，只是按照常理推测，还真就是刘、左两家最有动机，指不定就是刘筈因为弟弟刘萼死得不明不白，表面与自己约定只取武库，私下却动了劫持国主的恶念。便是那些看似安稳的其余燕京大族，怕是也有充足动机，奇货可居嘛。只能说，如今的燕京太乱了，而且也被那位绍宋官家逼得太紧了一些，以至于各方势力都有自己诉求，又相互制约和斗争。

就这样，秦会与韩昉二人一起并坐侧殿之内不久，随着一阵暮春之风卷入殿内，撩动烛火，摇曳不停的火光之下，两人终于一起站起身来——因为这一阵风，直接将殿外的兵甲之声卷入殿内来了。

当此之时，二人本能对视，都能从对方目光中察觉到那一丝理所当然的惶恐与紧张。

"快快快！进殿看看，护驾护驾！"

一个似乎有些耳熟的声音紧接着传来。

"似乎是完颜塔兰元帅。"秦会长呼了一口气，主动拦住韩昉，"我与完颜塔兰元帅有旧，我先出去！韩尚书可以等一等。"

"辛苦秦相公了。"同样听到是完颜塔兰声音，韩昉也稍有释然，但明显没有秦会那般妥当，所以当即认可，甚至，他似乎还有些内疚起来，"其实今日事皆由我等而起，秦相公本不必牵扯其中的……"

"此时说这些已经晚了。"秦会一边摇头一边向外走去，俨然言由衷发。

似乎是在呼应秦会的言语一般，脚步声与明显的呼喊声已经来到殿外，而秦会毫不犹豫，主动加快步伐向前，走出偏殿。殿外火光冲天，当先七八十人而已，为首者正是全副武装的完颜塔兰，而偏殿前的寥寥几名侍卫则明显有些手足无措，见到秦会出来，方才好像找到主心骨一般。

"秦相公！"

见到走出来的人，完颜塔兰居然也好像找到主心骨一般，立即迎上。

"元帅！"秦会也大声喊了一下，然后立即上前，两双大手紧紧握在一起，这才彻底放下心来。你还别说，此时他们真就是一条绳上的蚂蚱了。"为何来宫中？从何处来？还有别人来吗？"

完颜塔兰会意，直接拖着对方走到殿外阴影中，低声相对："俺只有两百人，完颜尹恕克也只有两百多人，乃是按照你府中传讯，趁乱速速从宫城北门、东门分路进来，寻得旧部打开门后才大张旗鼓……结果完颜尹恕克这厮到这时候还耍滑头，等俺进来，他都只在外面鼓噪，一直到纥石烈部的兵马又动了才喊了他的老部下开门跟着进来。现在是俺的人先进来，完颜尹恕克和你妻弟马上就到，纥石烈部兵马最多，足足千余众，洪承旨应该跟他在一起，尚在后面……也已经要进宫了。"

"那就得快些了。"秦会握着对方手，努力压低声音，"国主往宫中深处躲藏去了，应该是在皇后那里，很好找……殿中人是韩昉，这是个好机会……速速杀了此人，只告诉国主是大太子下的手……至于国主那里，大约还是要让纥石烈太宇寻到手中，才能使大太子真正投鼠忌器。"

"明白！"完颜塔兰点点头，却又有些犹豫，"一定开杀戒吗？一旦动手，便无回头路了！"

"元帅，"秦会苦涩相对，"咱们便是能回头，难道就有第二条路吗？事到如今，正是要拉着所有人都没有回头路，咱们才有一线生机……快去吧！"

完颜塔兰深呼吸了一口气，便要转身。但也就是此时，秦会忽然又拽住了他，然后在阴影中尽全力低声相告："还有……杀了此人后，能不能想法子把他的首级送到刘筈那里？刘筈不行，韩府、左府，甚至随便一个有兵马的本地大族家里都行！"

完颜塔兰怔怔回头，但只是一瞬而已，他便再度点头，然后只将秦会留在了阴影中，便向偏殿而去。须臾，风声之中，完颜塔兰摆出昔日元帅架势，将那几名宫殿侍卫喊到一旁，大肆呵斥一番，询问国主下落，与此同时，数十名甲士则在一名瘸腿家将的带领下趁势冲入殿中。

"你们如何敢擅自持兵甲上殿？"韩昉既惊且怒，同时又有了一丝来得太晚的明悟，"秦相公在何处？本官要见他！"

听到此言，行到七八步外的一名瘸腿桓榛军官直接止步，却又在对方的惊愕中弯弓搭箭，只是一箭射出，便当胸将那位当朝帝师给钉回到了太师椅上。

桓榛重箭这般近距离射中要害，注定无救，但也不可能即刻死亡，唯独韩昉此时胸腔疼痛难忍，却又因为箭中在肺部，而且应该伤了气管，以至于哀号声艰难低沉。好在这瘸腿家将早就得到明确命令，所以一箭射出，毫不犹豫，直接拔出刀来向前，只是两名甲士按住，他奋力一挥，便将对方首级割下。

闷闷充斥了整个偏殿的哀号声瞬间止住，取而代之的是血水如流。

可怜韩昉一代名臣，未曾像另一个时空中等到学生亲政、位列宰执，便直接死在一支桓榛重箭之下，享年五十四岁。而且，恰如完颜塔兰所想那般，此人一死不足惜，却使原本就全面陷入相互猜疑的燕京局面彻底不可收拾起来。

暮色与风声之中，完颜尹恕克随即抵达，紧接着是桓榛传统六大部之一的纥石烈部兵马，而纥石烈太宇闻得韩昉被"大太子"直接处死并取走首级，而国主又不知所终后，根本不用洪涯提醒，便发了狠劲，下令去全力寻找国主，甚至连那个无头尸首都懒得看。

事到如今，谁还不是骑虎难下呢？然而，千余众兵马涌入皇城内，灯火昏暗，一时也免不了趁机欺凌宫女、掠夺宝物财货之事。倒是完颜塔兰与完颜尹恕克，身为昔日统兵元帅一级的人物，深知眼下实力不足，而且国主注定只能是纥石烈部控制才有效，便干脆趁着两个合扎猛安的残余都被大太子调走，宫卫群龙无首而且分布零散，大肆收拢，以作壮大。二人心照不宣，一个自东往西，一个自北往南，顺着宫墙，聚众不停。

这下子，整个宫城都混乱起来，动静瞒都瞒不住。而宫城一乱，加上北面已经开始了军事冲突，中央各处街道巷口又有各方兵马小心防护……可以说，整个燕京城都已经热闹起来了。

"纥石烈太宇这厮想做什么？！"大太子府中，正在呵斥左渊的大太子完颜斡本闻得报讯，几乎是惊怒交加，"纥石烈部想要做什么？！"

"父王！"当丽王震怒之际，却有两人一起闪出，而其中一人正是完颜迪古乃，"不要犹豫了！人心惶惶，当下重典，纥石烈部便是窥到我们行事优柔，才会做出如此大逆不道之事的！"

言至此处，完颜迪古乃微微一顿，方才继续言道："父王当速速发兵夺回国主！同时请许我替父王将六叔请来！"

几乎所有在场文武，包括大太子完颜斡本都微微一怔，但一怔之后，却又无话可说——六太子完颜讹鲁观，与死去的二太子一样，母族正是纥石烈，而且六太子还是南面那位钦点的执政亲王，与被判死刑的大太子这里天然对立。至于完颜迪古乃此举意图也算明显，正是要去探察完颜讹鲁观是否也参与其中，若直接参与了不说，若没有，也应该先控制起来，防止被纥石烈利用。

"乌林答尚书，你有什么话要说？"半晌，还是大太子自己打破了沉默，却是点名了与完颜迪古乃一起出列的礼部尚书乌林答赞谟。

"殿下！"依然疲色难掩的乌林答赞谟诚恳相对，"从绍宋官家那个条件送回来后，燕京城内各方便相互猜疑，难以善了，眼下这个局面，更是一发不可收拾。但下官还是想提醒一下殿下，纥石烈太宇也好，六太子也好，他们同样立场尴尬，咱们该镇压镇压，该收拾收拾，却总该心里明白，大家都有各自难处，不能眼睁睁地看着这是个挑拨离间的陷阱，还要遂了外人的心意。"

"我懂！"大太子完颜斡本勉力点头，却又看了对方一眼，显得难掩疲色，"我懂的……"

"父王！"完颜迪古乃一时气急，"这个时候，还要讲这些吗？无论如何，先控制局面、镇压了不稳再说！"

"那是你叔叔！"完颜斡本努力相对，却又看向了一直在自己身前的另一人，"左副留守，我给你最后一个机会，你现在随我儿去武库见讹鲁补将军，替他劝降刘侍郎，若是愿降，你们三家的事情我便不做追究！完颜迪古乃，你随左副留守去见讹鲁补将军，告诉他，若刘笘愿降则降，不降也要速战速决，即刻抽身回来，随我一起去宫中。"

完颜迪古乃与左渊几乎齐齐想说话，但大太子根本不给他们说话的机会，只是复又看向乌林答赞谟："乌林答，你既那般说，便由你去宫中，先问国主安危，再问纥石烈太宇他到底是怎么一个意思。我整备下兵马，也马上过去。对了，顺便问秦相公去处。"

乌林答赞谟当即俯首，而完颜迪古乃也无奈俯首。

倒是左渊，一时气急："大太子！我们不过是占据了武库而已，还专门来你跟前求情，纥石烈部干脆是据了宫城，劫了国主……结果，你们桓榇人之间这般大方，却要对我们'速战速决'。今日这般举止，便是熬过了燕京一劫，就不怕出了塞，今日在这院中的渤海人、奚人发下狠来，反手将你们覆灭在路上吗？！"

大太子本想说自己对双方都已经仁至义尽，但话到嘴边反而觉得没意思起来，因为他的确是以完颜氏第一，桓榇人第二，并未将燕地汉人视为什么要害之处。于是，完颜斡本只是抬手催促对方离去。

然而，左渊立在那里，又哭又笑，却根本不愿移动。完颜迪古乃见状，蹙眉来拽，两三次后，依然无法，一时彻底大怒，便忽然拔刀，奋力朝对方脖颈处斫去……唯独其人年纪尚小，气力不足，虽是突袭，却只将对方从肩膀上砍到脖颈侧，弄了个半死，然后在地上打滚哀号。

一片混乱之中，众人措手不及，纷纷又去看火把下的大太子。大太子只觉得满身无力，只能朝一侧的蒲查胡盏挥手。蒲查胡盏叹了口气，上前拽住准备亲自上去了结的完颜迪古乃，自有数名甲士上前，将左渊按住，轻松一刀了断。实际上，很多人都猜到今夜不会善了了，甚至此时北面和宫城里说不定已经出了很多人命，但事情发展得那么迅速，杀戮这么快在眼前出现，还是一位理论上在哪里都能体面的"大人物"，终究让在场的所有人有些不是滋味起来。

就在左渊因为情势激化而被轻易杀掉的时候，纥石烈太宇以及完颜尹恕克、完颜塔兰、秦会、洪涯等人也寻到了十八岁的国主，外加才十五岁的裴满皇后……有秦会适时指点，完颜塔兰收拢了部队后，立即便寻到此处，并引来了纥石烈太宇。

"韩师傅在哪里？"在几乎所有人一起行礼后，鼓起勇气的完颜合剌正色追问。

众人面面相觑，完颜塔兰如何会将在场的侍卫带来？而其余人虽然隐约猜到，但也都无证据，何况到了眼下这个地步，进宫之人都有些心照不宣之态，所以一时无人应答。

"秦相公！韩师傅在哪里？"火把之侧，立在中宫台阶上的完颜合剌直接点名了。

"陛下节哀。"秦会当场下跪俯首，"韩尚书已死！"

完颜合剌一时难以置信："韩师傅刚刚不还与朕和你说话吗？而且为何只杀韩尚书，不杀你？"

"陛下。"完颜塔兰忽然也开口，"臣亲眼看了，首级都被取走了，应该是要送到丽王那里复命去了，秦相公本就是丽王派来找韩昉，或者正是秦相公来找韩昉不能成，这才引来杀身之祸。"

完颜合剌脑中一片空白。

"陛下，"秦会也勉力相对，"此事未必是丽王亲自下令……臣来时，力主铲除所有不稳之人的乃是丽王殿下的长子完颜迪古乃，并非丽王殿下本人，否则臣何至于此？所以，真未必是丽王亲自下令……"

火光之下，完颜合剌面色一时阴晴不定。

"陛下，"这个时候，随着洪涯在后方推了一下，早已经骑虎难下的纥石烈太宇也上前拱手行礼，"其实这就是臣等现在过来的缘故……臣等不是兴乱的人，而是大太子那边行事过于激烈，为求自保，只能来陛下身侧……当然，也是确实忧心有人作乱，会牵扯陛下，所以来护驾的意思。"

完颜合剌看着满院的火把，听着外围宫城内那根本停不下来的动静，一时艰涩相对："你们想让朕怎么保你们？又准备怎么保朕？朕虽年少，却也知道，夜间乱事一起，又出了人命，谁也把握不住一个刀剑无眼。"

"陛下，"在完颜塔兰与纥石烈太宇二人的逼视下，完颜尹恕克终于出列，拱手建议，"宫城太大，我们区区千把人，再加上宫中侍卫，也不过是两千众……到时候一旦发生冲突，根本守不住不提，只怕正如陛下所言，刀剑无眼……所以，陛下何妨移驾尚书台？那地方外墙高大，面积稍小，便于防守。而且内中也有大殿，方便安置宫眷。更重要的是，尚书台居中，方便向各方发布旨意。"

完颜合剌一时犹疑，很显然是被韩昉死亡的讯息给弄蒙了，这是好事，也引得几人纷纷准备开口再劝。

"我不去！"然而，当此时机，国主完颜合剌明明要被说动，其人身侧才十五岁的裴满皇后却忽然吊起眉毛，毫不犹豫地表达了反对意见，"什么刀剑无眼，只将中宫封起来，丽王难道还会杀了国主和我吗？还是说国主不去，你们便要动手胁迫？真要说刀剑无眼，离开皇宫去尚书台的路上才是最危险的，这时候，应该先遣人去丽王府上询问韩师傅的事情。"

完颜合剌听得此言，居然本能颔首："皇后说得是！"

而在场诸人，从秦会开始，有一个算一个，面面相觑之下，也一时无言以对。

这个无言以对，倒不是说没有言语驳斥皇后，而是说面对忽然杀出来的皇后，谁也没有准备。

无奈何下，纥石烈太宇等人只能硬着头皮"派出使者"，然后又回身连番来劝。但正如几个人担心的那样，裴满皇后小女孩脾气上来，死活不愿意挪窝，完颜合剌也在皇后的坚持下稍微恢复了一点清明，准备等自家伯父兼养父回信……说到底，国主和大太子丽王殿下之间，还是有坚实信任基础的。

一番折腾之下，谋划始终不能成功，以至于秦会、洪涯还有跟着完颜尹恕克抵达的郑修年三人，外加已经沾了血的完颜塔兰，趁机在暗中讨论，几乎已经要撺掇着纥石烈太宇与国主撕破脸了。

但是，计划根本来不及施行，所谓屋漏偏逢连夜雨，纷乱之中，纥石烈部的一名军官居然直接来到中宫院中，当着国主和皇后的面告知了纥石烈太宇一个消息——礼部尚书乌林答赞谟奉丽王之命过来面圣。须知道，纥石烈部本就没有什么特定目标，一开始过来都是洪涯催促的，当然没有什么私下的言语与纪律，而以乌林答赞谟这种官职外加乌林答部领头人的身份，他只要不带兵，谁会阻拦？

谁敢阻拦？没错，想都不用想便知道，乌林答赞谟马上便会出现在中宫院中了，都来不及阻拦了。

"秦相公，若说起韩昉，俺该怎么讲？"

赶紧从台阶上溜达下来的完颜塔兰都有些慌了。

"只一口咬定是大太子动的手，只是此时很可能没来得及将首级送到而已。"秦会也只能这般说了。

而果然，二人刚刚串供，那边身心疲惫到极致的乌林答赞谟便出现在了视野之内。

"乌林答尚书。"

见到又一个可靠臣子到来，完颜合剌一时大喜，但旋即想起韩昉，复又在台阶上肃然起来，然后遥遥相呼："韩尚书的事情你知道吗？"

乌林答赞谟一声不吭来到御前，先是微微拱手，然后便抬头环顾四周，目光从台阶两侧的纥石烈太宇、完颜塔兰、完颜尹恕克，以及阴影里的秦会、洪涯等人身上一一扫过，这才再度拱手："陛下！韩尚书的事情臣不清楚，但是现在武库那里讹鲁补将军已经跟刘筈刘侍郎刀兵相见了，左渊左副留守也被完颜迪古乃当众给砍死了……"

所有人都目瞪口呆，完颜合剌身形微微晃了一晃，裴满皇后更是吓了一跳，直接躲到完颜合剌身后。

"陛下，总之今夜乱象已经止不住了，而且必定还有人在浑水摸鱼。"疲态尽露的乌林答赞谟努力言道，"但所幸无论哪一方都没有公开对陛下动手的胆量，所以依着臣看，陛下与皇后留在满是漏洞的皇城，反而无益，何妨移驾尚书台，仗着那里易守难攻，熬过今夜再说？"

"真是天助……"

暮色之中，借着忽然卷起的怪风和中宫院外依然嘈杂的动静，后背满是冰凉汗水的秦会忍不住咬出了几个字，然后却又迅速咽了回去，然后认真去看彻底失措的国主夫妇。

"狗屁天助，分明是大局如此，乱象一起，便要分崩离析。"更后面的洪涯听到那几个字，却没有秦会的隐忍，当即一声冷笑，"仔细想想，乌林答氏跟纥石烈氏比起来，除了实力稍逊，到底哪里有区别？就因为死了一个弟弟，便要拿全家全族来赌气？说不定还要指望官家开恩要回尸首呢……今夜事，已经有五成把握了！"

第一百零四章　将死

话说，此时的燕京城乃是依循当日丽国宁庆制度，宫城或者说皇城位于城池的西南部，不但占据了整个城池的四分之一多，而且西南两面宫墙干脆与燕京城的城墙共用城门，属于典型的面积大、人少、四处漏风。而这也直接导致宫城防守成了一个大问题。

之前大太子将合扎猛安调出来，是因为新军与燕云大族都在北城，却不料为完颜塔兰、完颜尹恕克、纥石烈太宇等人轻易所乘。而纥石烈太宇等人既然乘虚而入，占据了宫城，可依照他们的实力，却不敢继续待在宫城。这种情况下，位于城市中心左近的尚书台就成为最佳选择，彼处面积偏小，却是依照宫墙规制起的围墙，便于防守，而中央突兀一个大殿也便于监视控制。实际上，这正是当年完颜乌竹选择在尚书台动手铲除完颜瞻汉的一个重要原因。

"你又要如何？"暮色中，尚书台那黑洞洞的墙体在火光下若隐若现，而在目送郑修年转回秦府报信后，洪涯忽然注意到了秦会依然犹疑的姿态，然后立即上前相询。

"我在想要不要回大太子那里。"黑夜中秦会压低声音相对，"必要时劝他亲自过来面圣。"

洪涯一时蹙眉，因为他本能察觉到了对方的滑头。毕竟，即便是到了眼下这个地步，局面也只是个五成胜负的光景，而若是此时依然在明面上坚持大太子一党的身份，那万一今夜事不成，他秦会说不定也能借着混乱与某种心照不宣的沉默摆脱嫌疑；而若是今夜事成，这厮依然是这边大家公认的大功臣。

只能说，端是个好打算。但与此同时，洪涯也不得不承认，国主在手，尚书台就在眼前，讹鲁补、夹谷吾里补镇压三大族新军私兵的战事已不可逆转，此时最重要的一点就是赶紧把大太子本人弄到尚书台来，骗过来也好，引过来也罢，关起来也成，被逼到下黑手在尚书台大门外一箭射了也行，总归是要将大太子弄过来控制住的。

这个时候，并没有露出明显破绽的秦会回到大太子那里，从内应角度促使大太子来尚书台，当然是有益于局势的。所以，洪涯只是蹙眉，却没有反对，甚至都不好冷哼。

眼看洪涯没有反对，秦会便也拿定主意，主动与完颜塔兰、纥石烈太宇交谈，表明心意，而这两人也果然没有多余表示，竟放他从容离去。黑灯瞎火的，秦会一个人偷偷带着几名侍卫离开，根本没有引起其他人注意，而很快，在一众兵马的护卫下，并乘一匹马的国主夫妇，也就是完颜合剌与裴满皇后，便也抵达尚书台前。

且说，燕京城乱到现在，动静也好，范围也罢，已经足够大了，尚书台此时当然也听到了动静，有了反应。而等到众人抵达尚书台外围大门时，大门紧闭之余上方高墙后也有了照明火盆与持械坚守的士卒。不过，这一切都随着主动上前来到门下的乌林答赞谟一句话迅速瓦解："我乃礼部尚书乌林答赞谟，国主与皇后现俱在此处，完颜塔兰元帅、完颜尹恕克都统、纥石烈将军、洪承旨也都在，速速开门迎接！"

只是一声喊，墙后士卒便慌乱起来，然后不过片刻，尚书台大门便直接打开。众人护着国主与皇后一拥而入，见到尚书台内部还是一片黑灯瞎火，完颜塔兰更是忙不迭呵斥，要求留守士卒、书吏点起灯火来，务必照得亮亮堂堂，以防国主与皇后跌跤……当然了，众人心知肚明，这更是方便监控居中的主殿。而很快，随着众人迅速向主殿涌入，整个尚书台也迅速变得亮堂起来，以至于有些灯火通明的感觉，而且还在不停地变亮，甚至渐渐亮得过了头。

在距离尚书台中心大殿几十步的距离处，走在国主夫妇两侧的完颜塔兰与纥石烈太宇似乎率先察觉到了什么，然后开始慢慢放缓速度，试图观察。但是完全来不及了。

晚风呼啸，火光耀眼，足足五开的尚书台中央大殿的大门忽然全部打开，数百甲士自四个侧门蜂拥而出，而在甲士洪流中间，数个人影也突兀出现在所有人面前。这还不算，更多的甲士也从外围偏殿、厢房中拥出。

当此之时，与身侧几个人仓皇止步，甚至本能扶刀警惕不同，国主完颜合剌不惊反喜，居然直接迎了上去："四伯父！完颜希尹相公！"

这两个称呼，让在更后方的洪涯内心沉入了谷底，也让绝大多数随行而来的宫廷卫士与纥石烈部军官彻底慌乱失措起来。

阴沉着脸的完颜希尹上前扶住完颜合剌，而立在大殿门后的完颜乌竹只是朝完颜合剌微微一点头而已，然后便在太师奴的搀扶下一瘸一拐地走出殿来，而其人来到大殿最前方，只是目光一扫，纥石烈太宇、完颜塔兰、完颜尹恕克几个人，当然还有洪涯，便彻底生寒。

辛苦一日，竟入别人彀中！

当然，也有表现从容的，一直在队伍前面的乌林答赞谟毫不犹豫，直接扶着有些茫然的小皇后低头上前，转到门内去寻国主与完颜希尹了。

"完颜塔兰叔父、完颜尹恕克将军、纥石烈太宇将军！"不知为何，明明伏击成功，立在尚书台台阶上的完颜乌竹却根本没有那种夺人的气势，反而有些白日间在此处的那种苦涩之态，"俺先说好……俺知道你们的难处，也不准备追究任何人今日闯入宫中的罪责……倒是你们，若是觉得心有不甘，想再试一试，咱们相距十几步，何妨过来一刀将俺处置了？俺今日并未披甲。"

完颜塔兰张了张嘴，却没有发出声音，和一侧完颜尹恕克一样，只去看纥石烈太宇。

而纥石烈太宇扶着手中佩刀沉默了好一阵子，方才艰难开口："四太子……你若是有心止乱，为何不一开始就在宫中等着？"

"因为俺一开始真没想着拦你们，也不知道你们会闹这般大。"完颜乌竹摇头以对，"是完颜希尹相公来劝俺许久，然后又无意间知道了一件俺心里不能放下的事情，这才不得不请了耶律马五将军出面，外加几家私兵在此相候，连乌林答尚书，都是完颜希尹相公临时遣人在宫外拦住的。"

纥石烈太宇回头，目光扫过台阶下许多人，又瞅了眼尚不知情依然在拥来的本部士卒，以及立在外围大门旁的耶律马五，然后终于沮丧下来……说到底，他没有那个勇气在这种光明正大的场合，在双方力量对等的情况下，公然去攻击魏王、国主、皇后，以及都省相公完颜希尹、礼部尚书乌林答赞谟。或者说，从完颜乌竹出现在这里的时候，所有人就都知道，他们失败了。

"魏王！"纥石烈太宇回过头来，"你得当面立誓，赦免这尚书台内的所有人，还要去阻拦大太子事后报复，我才能信你……"

"这个誓言俺不能立。"完颜乌竹长叹一声，"因为俺之前便说了，若不是今日无意间知道了一件俺心里更不能放心的事情，都不至于过来的。今日此处，所有人都能赦，但有一个人，若是核实了那件事情，俺必杀无疑！"

说到这里，完颜乌竹看向了立在台阶下更远一点的一个人影："洪承旨，你上前来！"

洪涯立在原地，情知今日难了，但不知为何，其人非但不惧，反而鼓起莫名勇气，当场一声冷笑："魏王，你们桓榛人自乱，却要我这种无根无基的汉人来做替死鬼吗？！你当燕京城里的人都是瞎子吗？今日事后，外围新军便会直接倒戈，你们也只能仓促逃亡，逃亡路上也免不了人人相疑，大举火并！而今日这种种事情，根子不都在获鹿，不都在你吗？！"

"洪承旨，俺只问你一句话。"完颜乌竹没有任何反驳的意思，他平静等对方骂完，这才认真出言，"今晚我和完颜希尹议论到你们这些南逃汉人时，说起你来，什么真定之时就不提了，太师奴忽然想起一事，他说当日在获鹿，奉命将虞允文带去求和，结果刚到阵前，虞允文便大喊岳斐自后方来了……这是怎么一回事？虞允文在当时是如何知道岳斐已经来了的？"

洪涯沉默无声。

其实，他本可以继续做某些口舌之辩，比如说虞允文只是仿效东晋故智，说完颜乌竹赦免实际叛乱，却要因言杀他一人，至不济也可以继续开口喝骂下去，将主责是完颜乌竹战败这一点咬死……但洪涯可能是已经意识到，完颜乌竹绝不会原谅任何获鹿的相关事端，今夜绝不会放过自己，所以他并没有这么做，只是沉默以对。非只如此，沉默中，洪涯心中还渐渐生起了一丝奇怪的念想，一丝让他渐渐鼓起勇气面对这一切的诡异念头。

另一边，看到洪涯沉默，完颜乌竹终于喟然："俺知道洪承旨肯定不服，知道你心里肯定想说，是俺完颜乌竹拿着十六个万户在获鹿打了败仗，才有了许多其他的事端，但事情一码归一码，无论如何，你将军情泄露，使数万离散将士不得北返，都是……"

"不错！"火光之下，燕京尚书台正门前，数不清的甲士之间，洪涯忽然面色涨红，大声相对，唯独终究面临生死之际，依然不敢动弹而已，"正是我存了虞允文一命，又告知他河间战况，才有你们匹马不得北返之事！"

完颜乌竹猛地一怔。

"你们这群狄夷之辈！无知无德！只晓得杀戮劫掠！简直粗鄙可笑！"洪涯立在原处，继续抬手指向了正前方的完颜乌竹，复又转向完颜尹恕克、纥石烈太宇，乃至于完颜塔兰，"若非刀兵相迫，真以为我堂堂殿上进士愿意在你们这些满身腥膻之气的桓榛人面前奉承吗？我早就想将你们一窝送尽了！"

"这厮竟然认了。"完颜尹恕克尴尬一笑，说了一句明显晚了半拍的话，而且无人理他。

"杀了吧！"完颜塔兰听到最后一句，居然有些伤心之态。

"放在以往，你们还能扯什么成王败寇，仗着兵甲之威在那里吹嘘，什么陋习什么恶心的事情好像都有说法，连身上的腥膻之气好像都能扯一个吃苦耐劳……谁让你们强呢？扯什么都行！可现在呢？现在你们还有什么？！没了腰间刀子，扯掉这层面罩，你们到底还有什么？！脑袋后面的金钱鼠尾吗？！"

说着，洪涯居然向前走了一小步，而也就是这一步，居然引来了周围人的慌乱应对，很多持械甲士居然退了半步，紧张看向这名手无缚鸡之力的文士。

"杀了他！"

纥石烈太宇干咽了一口口水，似乎也有些迫不及待了。倒是完颜乌竹和他身后的大殿内，一时毫无声息。

闻得命令，纥石烈太宇身侧一名亲卫有些紧张地瞥了一眼沉默的四太子完颜乌竹，这才慌乱取出刀来。

"来吧，杀了我吧！让天下人都知道，我洪某人不是个绍宋奸人，而是个用心潜伏的谍者！"

而此时，状若疯狂的洪涯早已经什么都顾不得了。

"完颜乌竹，我今日死了，还能被你送个名望！虽死犹生！可你们这些桓榛狗！便是苟且逃到会宁府，却能如何？上一辈抢的金珠都要还回去，继续受穷受苦！下一辈为了保住读的书还要去给南面官家下跪，做狗做牛做儿子！"

"闭嘴！"说话的，居然是从门前抢出的乌林答赞谟。

"获鹿一战，你们就已经死光了！"

"杀了他！"乌林答赞谟奋力催促。

"离了燕京，大金也就亡了！"洪涯面目狰狞，毫不畏惧，甚至又上前一步，"来杀呀！"

"快快杀了他！"乌林答赞谟终于也在完颜乌竹身侧嘶吼了出来。

随着洪涯说出最后一句话，原本在洪涯身前慌乱畏缩的那名侍卫，到底是在身后的催促下一刀捅出，而也就是一刀，洪涯便剧痛难忍，捂着肚子倒下挣扎起来，然后放肆哀号，再无言语可出。和这个世间大多数人一样，他还是怕疼怕死。

那侍卫赶紧上前，连连补刀，很快便捅入了致命之处，而洪涯也很快失去了挣扎力气，没了多余声音，只躺在尚书台前的台阶下，无力地等着生命消散。

这个时候，洪涯已经失去了基本的感知与反应能力，他只有一个感受，那便是太冷了，浑身冰冷，然后唯独一个念头，却始终在脑海中萦绕，直到生命最后一刻，方才随之消散……那就是，自己这般鼓起勇气，当众喝骂桓榛人，又认下了那般功劳，不敢说惊动官家，可到底能不能触动自己那位"上线"静塞郡王，好让自己进入岳台呢？

"此事到此为止。"不知道过了多久，完颜乌竹方才开口，而且依然面容愁苦，"接下来，俺与完颜希尹相公已经商议好了，待会儿还会请国主下旨……今日擅自入宫的事情不可追究，韩、左、刘三家也只诛首恶……天明之后，等俺大哥一起，咱们将城中燕云大族唤出来，两边将府库中军械、金银平分……省得再出事端。"

言至此处，完颜乌竹稍有无奈，但还是不得不言："这是没办法的事情，今夜乱事，注定遮掩不住，消息传出去，怕是外围新军就要立即倒戈降服……咱们得尽快走……走古北口出塞！这个时候若是不能与剩余的燕云大族好合好散，只会举国覆灭。"

完颜塔兰从洪涯尸体上收回目光，连连摇头："话虽如此，不能议和，终究要被穷追猛打下去……今日与燕云大族和气，逃得出燕京，明日到中京道，要如何与蒙兀人'和气'才能到丽地？到了丽地，再与高夷人如何'和气'？到了黄龙府，是不是还要跟渤海人、岐輠人和气？而到了那时候，却不知道赵官家又提出什么新条件了，怕不是连国主都要去死？"

"俺知道这个事情的厉害。"完颜乌竹等对方说完才沉声相对，"到时候俺自会有说法的，最起码能让那位官家划出一个彻底的道来，不再猫戏老鼠。"

完颜塔兰摇头不止，显然是不信。而完颜尹恕克与纥石烈太宇二人，也一时眼神飘忽，不知道在想什么。

少了浑水摸鱼的第三股力量，夜间乱事很快结束，诚如所有人想的那般，韩、左、刘三家看似掌握了很多的新军力量，但那些人无论是战斗经验还是将领素质都远逊于讹鲁补等人所领余众。武库迅速被夺回，国主虽然对韩昉、左渊二人的死亡非常不满，却不敢违逆养父与四伯父，以及包括另一位声望卓著的都省副相完颜希尹在内的几乎所有人的共识。

翌日一早，他连番下达旨意，首先自然是赦免昨日所有乱党；随即，以完颜希尹为首，总揽国族撤离燕京事宜；同时打开府库，要求燕京城内所有有官职却不愿意随国族出塞的官吏按照品级前来领取财货、军械……至于剩余的粮食，干脆在完颜希尹的建议下，以补偿昨夜乱事的名义发给城内百姓。

当然了，这般安排是不可能让所有人信服的。甚至恰恰相反，所谓好合好散之下，是被军队强行镇压的种种不满……几乎没有一个人对这个结果由衷认可。年轻的国主始终不能忘记恩师的死亡，他甚至都不敢在事后去问到底是纥石烈那伙人动的手还是自己养父那个好儿子动的手。

大太子对于纥石烈太宇的行动格外愤怒，但是面对着四太子、完颜希尹外加国主的居中联盟，即便是他也只能强压怒火。纥石烈等人，此时也明显有对昨日的功亏一篑有些不服，外加忧心被秋后算账的不安。至于所谓国族与燕地大族，真到了这一刻，也没有那么利索，国族里不知道多少人不愿离开燕京，他们中甚至有人在更南的黄河沿岸生活了十几年，如何愿意忽然回到什么白山黑水之处？更不要说，桓榛权贵们走得这么急，金珠、军械什么的根本带不完，只能与燕地大族进行分匀，拿财货和军械换取车辆牲畜，而这种分法与这种仓促下的交易，双方注定都会不满。

但话又说回来，在完颜乌竹、国主、完颜希尹这个政治联盟的捏合下，左边牵着大太子，右边扯住纥石烈、完颜塔兰等人，下面再拽住几位将军，桓榛人勉强维持住了一个行为整体，倒是让他们可以用快刀斩乱麻的姿态强行开启撤离行动。而且，不撤也不行了。燕京城的动乱当日下午便被有心人传到了涿州，没办法的，这个时候，哪怕是封闭四门也会成为燕京动乱的"证据"，何况前一晚的动静那般大？

得到消息后，原本就全线动摇的范阳新军大营直接开始了雪崩，彼处新军在士卒大量逃散的情况下，用尽全力在傍晚时分凑了一个局面，乃是汇集了七八个将领，写了一封请降书，集体向南面新城一带的韩师仲投降，并请求韩元帅前来接收部队。而夜间时分，恐怕前面范阳大营的投降书还没有送到新城呢，后面的良乡守将、出身燕地豪门的程穆程老将军在得知了前方大营消息后，便毅然决然以年近七十之身直接反正，将准备好的绍宋旗帜挂到了良乡城的城头上，然后主动向燕京告知了自己的"易帜义举"。后半夜，良乡消息传到燕京，燕京高层虽然对前线崩坏早有预料，却还是心乱如麻起来，唯独此时已经是后半夜，到底没有直接引发全城混乱。

但也就是如此了，到了黎明时分，城中消息迅速不受控制地传播开来，本地大族重新开始了动员，披甲的新军重新鼓起勇气，毫无顾忌地占领和控制一些官府署衙，主干道以外的街口巷道也多有本地新军巡视。

然后，便是试探，便是冲突，而这一次，毫无战意的桓榛兵马反而多有溃散之态。很快，连最重要的武库都被燕京本地大族夺走了，并且无人再尝试夺回。

前一夜，数不清的人绞尽脑汁辛苦筹划，好像在争夺什么了不得的东西，结果只隔了一天，就为一面自顾自挂起来的旗子所轻易碾碎，也是可笑。不过说句良心话，桓榛人也实在是撑不住了，很快便有旨意传达各处：国主御驾下午就走，诸国族一并同行，汉地出身官吏，尽量随行，不愿走的也可以不走。

郑修年选择留下，他不敢再尝试前一夜那种刺激了，但同样在前一夜逃出生天的秦会却仓促收拾起了行李，连同夫人王氏一起出门，俨然是准备随行出塞。

"秦相公为何也要走？"

出乎意料，甫一出巷口，秦会夫妇便迎来了一个正值壮年的阻拦者。

秦会看了此人一眼，虽不记得具体来历，却隐约觉得有些面熟，似乎是个旃和中被掳的汉人，便在马上稍微一顿，继而幽幽一叹："我若留下，必死无疑！"

"真是因为做了金人相公获罪，便趁机改名易姓做个寻常人如何？"那壮年汉人当即大急，"秦相公，如今的局势，好好的绍宋人不做，难道要去做桓榛人？"

秦会还要言语，却不料身后马车内王氏直接催促起来："走走走！你连逃难都要落于人后吗？真要做个穷困之人，整日吃栗子度日？"

这个时候，秦会终于想起阻拦自己的汉人是什么来历了，却只是低下头来，一声不吭催动侍从前行，身后光是车辆就有十七八驾，载满了这些年桓榛贵人们的赏赐与贿赂。

而其人既行，身后那名被侍从撑开的汉人还在后面焦急呼喊："秦相公，真去了塞外，怕也是十死无生！"

秦会只做未闻。既然是逃难，便注定没有什么秩序了，秦会上得街来，本想寻四太子的车驾仪仗跟随，却根本没有寻到，又去寻完颜希尹的家眷，却也没寻到，无奈何下，只能选择往北门道旁相候，准备跟着国主的车驾北返。

而这一次秦会倒是等来了完颜希尹以及完颜希尹与四太子的家眷，只是不见四太子本人而已。

"四太子何在？"

前夜侥幸得生，秦会颇显小心，却还是忍不住疑窦丛生……这要是没了四太子，国主完颜希尹为平衡核心的桓榛大联盟，怕是路上自己就要遭殃……于是主动来问完颜希尹。

"到古北口便告诉秦相公。"完颜希尹面沉如水，平静作答。

秦会只觉得头皮发麻，偏偏又无可奈何。

辛辛苦苦行了一路，不停有人逃散，走到傍晚，过了古北口，众人勉强歇息，秦会却依然想着完颜乌竹下落，稍微安顿好家人，又赶紧来问。

"昨夜良乡易帜消息传来后，四太子便即刻自缚向南，寻赵官家求和去了！"完颜希尹不带任何感情色彩，直接回复，"家眷都是我替他收拢的。"

秦会闻之，如遭雷击。

大金权贵撤离到古北口的时候，韩师仲部背嵬军与完颜乌竹狭路相逢。

盘问底细后，御营左军所属背嵬军统制成闵大喜过望，只让副将继续向北，自己亲自押送完颜乌竹往保塞来见韩师仲。而韩师仲见到完颜乌竹，也是左右为难，只能写了札子，命成闵押送对方往东面去寻赵官家。

赵玖就是在两国界河尽头的沧州这一侧等到了完颜乌竹。

两人的会面异常平静，赵玖只是随手翻阅了韩师仲的札子，便将完颜乌竹晾在一边。而出乎意料，完颜乌竹也没有说话。一身白衣，被捆缚着双手的他只是低着头，跪在夯土将台的另一头，看着膝盖下的夯土一声不吭，似乎是在等待着随时可能出现的宣判。

可这个宣判迟迟未来。良久，赵官家终于扭头望向了自己正前方的完颜乌竹，并说出了这日下午第一句话：“明正典刑，传首示众。”

此时，几名背嵬军军士上前，将完颜乌竹拖下将台，手起刀落之间，这位四太子完颜乌竹便已身首异处，享年卅八。

建炎十年春末，大金灭亡，绍宋和大金长达十年的战争终于结束了。

是日也，天朗气清，惠风和畅，建炎天子与众臣子放肆宴饮，于明道宫酩酊大醉，宴罢，众臣子各归偏厢，统制官杨沂中自扶天子卧于后山小殿。

其余不提，只说赵官家方卧，沉醉许久，渐渐醒来，伸手展腰，便欲起身。然而手掌向前，却忽地遇阻，睁开眼来，也是一黑，仓促中一摸，竟发觉头上戴有一覆面盔，遮蔽双目。

赵玖心中惊慌，赶紧取下头盔，复又当场怔住。

原来，自己居然躺卧在一个游戏舱内，身前阻碍也只是外舱玻璃壁隔。

赵玖沉默下来，半是失落，半是释然，良久之后方才用尽平生力气推开了壁隔，然后翻身坐起，却又见到好友钱看山正在一旁等待。

见到赵玖起身，钱看山明显尴尬不已："赵哥，实在是对不住，我传错游戏了，把公司还在开发的《绍宋》给你传来了，不是《创宋》。《创宋》是参照了北宋的历史场景，《绍宋》则参照了南宋的历史场景，差太远了……关键是游戏也没开发好，估计系统缺陷挺多的。"

赵玖只在游戏舱上坐了一会，喘了几口气，方才来笑。